封面插画：戴敦邦

残红旧梦

子枫 著

I

知识产权出版社
全国百佳图书出版单位
—北京—

图书在版编目（CIP）数据

残红旧梦：全4册 / 子枫著.—北京：知识产权出版社，2020.5
ISBN 978-7-5130-6764-5

Ⅰ.①残… Ⅱ.①子… Ⅲ.①《红楼梦》研究 Ⅳ.①I207.411

中国版本图书馆CIP数据核字（2020）第022254号

责任编辑：石红华　　　　　　　　　　　　　　责任校对：谷洋　　潘凤越　　王岩
封面设计：回归线（北京）文化传媒有限公司　责任印制：刘译文

残红旧梦（全4册）

子　枫　著

出版发行	知识产权出版社 有限责任公司	网　　址	http://www.ipph.cn
社　　址	北京市海淀区气象路50号院	邮　　编	100081
责编电话	010-82000860 转 8130	责编邮箱	shihonghua@sina.com
发行电话	010-82000860 转 8101/8102	发行传真	010-82000893/82005070/82000270
印　　刷	三河市国英印务有限公司	经　　销	各大网上书店、新华书店及相关专业书店
开　　本	787mm×1092mm　1/16	总 印 张	95.5
版　　次	2020 年 5 月第 1 版	印　　次	2020 年 5 月第 1 次印刷
总 字 数	1400 千字	总 定 价	288.00 元

ISBN 978-7-5130-6764-5

前　言

昭公八年春，天降异兆，魏榆之地，有石头开口说话。

晋侯便问师旷：石何故言？师旷回答：石不能言，或已附灵。

拟有传闻，天下失政，民力凋敝，诽谤动于民，则有非言之物而言。

自此，石言于晋地，成为社稷败亡的凶兆。

《石头记》开篇立典，便是石言于大荒山！顽石吐真，日夜悲嚎，自愧无补天之才，竟也是怨怼老天不公，自哀志向难酬。然而作者却极力辩解：此书不敢干涉朝廷。敢说这不是欲盖弥彰之词？书中隐藏真事，乃不争之实，但隐藏手法之奇，令人眼花缭乱，隐藏谜团之深，竟成了一条迷津。

警幻就曾告诫："此即迷津也。深有万丈，遥亘千里，中无舟楫可通，只有一个木筏，乃木居士掌舵，灰侍者撑篙，不受金银之谢，但遇有缘者渡之。尔今偶游至此，设如堕落其中，则深负我从前谆谆警戒之语矣。"谆谆嘱托，宝玉竟然负之，以至于坠入迷河，大呼救命。此举不过是提醒世人，若要横渡迷津，须遵三条法则：首先，须得做个"有缘人"，成为洞彻作者心酸往事的个中人；其次，以"谋局士"之思维，解密其层层布局中的九连环；最后，也不必由"会诗者"撑篙，干脆自己做个诗人，精解其诗词谜赋。如此这般，所隐真事，定然会大白于天下！

《红楼梦》开篇立名，说此书题名极多。半部书，何故在命名上大做文章？或因书名最能体现写作意图？最先以"石头记"命名，当是提示一种记事方法，概因石上刻字，可万世不磨，如同石刻碑文，想必是为历史人物树碑立传，也未可知。而抄书人竟因抄录《石头记》，由空生情，变道为僧，改《石头记》为《情僧录》。碑文幻作纸文，重新题名，尚可理解，因何道士无缘无故变成僧人？难道抄书之人是一僧一道？抑或作者身份亦僧亦道？

果然有些规律，凡道士救助之人，皆为男子，如甄士隐、柳湘莲、贾瑞；而情僧必是为女子锁定命运，如香菱、黛玉、宝钗，二人确乎做了男女分工。但二仙师共携石头入世，却又打破常规，因为石头不分男女。因而《石头记》设置人物所循规则，便是男女莫分。

按书中交代，十年间，曹雪芹分章回，编目录，五次增删。言外之意，虽说他付出极大艰辛，却不能算是写书人，最多不过是修订者。可脂砚又提醒，如若雪芹只做修订，这篇楔子又出自谁手？分明又确认他就是作者。如此故作混淆，却又特别强调修订者的身份，其用意何在？

答案就藏在那些书名中。所谓《金陵十二钗》，初看题名，极易想到儿女情事，仔细体会，倒更像人物传记。走进"薄命司"看看，各钗各册，分其类，存其匣，各有判词，像为特定人物存设档案，十二钗及副钗，其排列井然有序，极符合人物传记体制。

说到孔梅溪题名《风月宝鉴》，脂砚马上提及一件陈年往事：雪芹旧有《风月宝鉴》之书，乃其弟棠村序也。今棠村已逝，余睹新怀旧，故仍因之。原来曹雪芹写过一部旧作，其弟棠村作序。可两部书为何重名？难道孔梅溪题名之作，与曹雪芹旧年所著，不是同一部书？单单只是借用名字而已？假如是同一部书，则作者就是孔梅溪。

试想，东鲁乃圣人之乡，被称作东鲁孔梅溪者，分明是借用孔子后人名义来诠释《风月宝鉴》之真义。在圣人看来，明镜高悬于朝堂，便可照见历史真相，因为儒家经典之作《春秋》，正是孔子修订，而曹雪芹修订《金陵十二钗》，是否效仿了孔子呢？

换言之，如此不厌其烦地更改题名，且多次置换作者身份，作者与修订者，是与不是之间的矛盾，其实是想掩盖一种写作手法，便是曹雪芹修订《金陵十二钗》，与孔子修订鲁国《春秋》之手法，极其相似。故此，《石头记》就如《春秋》，实是一部编年史书。

而为《风月宝鉴》作序之棠村又系何人?

棠村之棠,便是海棠之棠。怡红院里的女儿棠,风景别样,红艳欲滴,有西子摇曳之美;《海棠春睡图》装点着秦氏居所,也是宝玉醉心之处;史湘云以海棠花瓣做芯而枕,其海棠睡再现美学经典。所以,大观园便是一座"海棠之村"。可以断言,石头、雪芹、僧道,以及梅溪与棠村,都是作者的障眼法。什么石刻者、书写者、传抄者、题名者、作序者、修订者,无非是一人多身而已。

凡例云:当此时,则自欲将已往所赖,上赖天恩、下承祖德,锦衣纨绔之时,饫甘餍美之日,背父母教育之恩,负师兄规训之德,以致今日一事无成、半生潦倒之罪,编述一记,以告普天下人。

此番行文,无疑是作者自述,自责之情溢于言表,可仔细研读,发现其文词语气,甚是不妥。

天恩!本是上天给予的恩德。上赖天恩,下承祖德。何等样人物,可以赖诸"天恩"!敢说"下"承祖德!最关碍处,他何德何能,可将一己之罪,昭告天下!感觉其话语之间,极像帝王所颁《罪己诏》的语境。

壬午除夕,书未成,芹为泪尽而逝。每每看到此批,为雪芹心有不甘,黛玉还泪一生,如何雪芹也泪尽而亡?书未成,雪芹逝。难道十年磨一剑,所著之书,竟真是未完之作?果真如此,至脂砚斋重评之时,本是甲戌年,与壬午年算来,有八年之隔。既然书未完成,这八年之久,如何不做完,却在半部书上,批阅增删五次之多?显然,这又是作者的狡狯之处。

未完之作,便有断臂之美,令人扼腕叹息之余,都会探求接臂之术。正因如此,芸芸爱红者,才会前赴后继,为还原其旷世真貌,倾尽毕生,只可惜苦了历代红迷,他们对着半部红楼做万般剖剔,而搜剔之后的《石头记》,恐怕已体无完肤了。

此系身前身后事,倩谁记去作奇传?

其情殷殷,其心堪怜。某虽才疏学浅,却倍惜芹脂一文一字,钦佩《石头记》无一字可更,无一文有差,有感于芹脂所隐密事,更不敢造次,谨怀敬畏之心,尝试借芸轩之名,假托《秦淮烟云》文体,倾心吐胆,解密作者所隐身前身后诸事，也谨以此文，奉献给书中泪笔之人。

此书终究落了《石头记》套臼，全靠芹脂力量发挥而来，就题名为《残红旧梦》，并题一绝云：

石破惊天梦，微言著春秋。

痴心昭日月，奇缘莫叹愁！

目录
CONTENTS

第一回

祸起葫芦庙　罪咎糊涂人

　　舞台上，一个眉目清秀的道士手执羽扇，操一口南京话，摇头晃脑道："本道之前世原是仁清巷的乡宦，姓甄名费字士隐，自谓深得大雅之道，至于守成半世。岂不闻君子之道费而隐，便悠然自得如羲皇上人。不想老来突遭乱世，竟是盗贼充巷，道德违费，只落得家道败亡，做了个妻离子散、家破人亡之人。惭愧！惭愧！

　　"好在本道自行了悟，自随渺渺真人入得太虚幻境之后，得便解脱了凡事。说来也是巧合，老道与那顽石前生有些机缘，忽那日听警幻言其尘缘已了，想那绛珠草儿，泪也还完了，便命本道去天齐庙会他。

　　"点一支'引梦香'的工夫，复引其回到赤瑕宫来，回灵河岸边还做他的神瑛侍者罢了，如今倒好，竟也时常聚会聚会，品茗听曲自也逍遥。忽听仙子报说，又有前世故人来访，不知何人来见，难不成又亡了一朝人？"

　　子枫在一旁捂着嘴发笑，着道服的秦明斜她一眼，手指放在嘴上作噤声状。一回头见山岚穿一身不合体的乌帽猩袍，头上的官帽翅歪斜晃动，腰上的玉带几乎挂在屁股上，两人忍不住大笑起来。

　　山岚强忍住笑，操着不大标准的京腔，提着玉带走到台中间自言道："本贯原系湖州人氏，姓贾名化，表字时飞，别号雨村，前来拜见故人。

"说来贾某有愧于恩人哪，不知能否得恩人见谅，实在愧也！愧也！想我前生恰逢末世，政云纷非，变化莫测。因思古人云：乱世出英雄。我便学些莽、操手段，以求飞黄腾达，不想当年却也得了些好处。

"哎！竟是展眼云烟，已过三劫，今日竟也落得些难处，入了这末世轮回。辗转打点些才入得太虚境，烦请警幻仙子通报，欲拜见故友恩人，不知恩人可愿相见否？"

没等说完，一个人从幔子后一步闯进来笑道："姑奶奶们别磨蹭了，文德桥上人都满了，你们这排场也离谱了，瞎费工夫不是，再不成也得等我布置了。"

进来的这位叫鹿秋真，边说边拉起笑弯了腰的秦明，道："你也是，我借这身戏服容易吗？这样不爱惜，别想下一次，快点吧，等咱到文德桥体验一下再说。"

山岚意犹未尽，取过秦明手里的扇子沉吟道："玉在匣中求善价，钗于奁内待时飞。想当年我也是玉楼人上人。"

秋真拍手指着山岚骂道："你的野心路人皆知，真是饿不死的野杂种。如今且饶过你，先不和你理论。"

山岚道："你都弄些什么戏服糊弄咱，这么不合体，都忍不住笑场，怎么好演出真情实感的来？"大家七手八脚地脱着衣服。

秋真笑道："快点，去晚了哪有好地方，都让人占没了，好不容易找人留了位儿，怕留不住的。我说你们够让人操心的，没见这么磨蹭的了。"

秦明道："一帮单身去圆月，够没意思的。咱还不如先去媚香楼喝它个七分醉，再到文德桥对月寓怀，也找一找当年贾雨村的情怀。"于是，她们嬉笑着收拾东西，准备上文德桥赏仲秋月去。

诸位，你们没人看懂这段小品吧？别嫌啰唆，让我慢慢道来，只不过说来话长，得先排场一下做个引子。

这些人装束不得体，台词也不伦不类，原来几个人学着演话剧，且是自编自演自张罗，并不在意有没有人看得懂。几个二十大几快三十的女人，本身就是一台戏，再整点文绉绉的词，看起来很是热闹，但不知她们究竟想演些什么名堂。刚进来的那位叫鹿秋真的最是难缠，工作马马虎虎，一切重心皆放在穿衣打扮上，一副玩世不恭的态度，一天到晚嘻嘻哈哈，在剧团做编剧，兼着服装剧务。

这秋真于昆曲研究上颇有造诣，凭一副好嗓子，常客串一把《牡丹亭》中的柳梦梅，唱起来有板有眼，很是传神。她和山岚一样喜欢亲自做旗袍，说做秦淮河的女人，只有穿上旗袍才显得"玉婉如烟惊秦淮"。那副满不在乎、常常搞怪的样子，团长都拿她没法子。

扮作道士的叫秦亦明，本是秋真的铁杆姐妹，带个眼镜，一派慢条斯理的模样，属于老学究派，遇事非说出个一二三来，较真得很。不过学问了得，历史系研究生，写一手漂亮的小楷，目前做个文职，写一些官样文字糊口而已。

她本扬州人，据她自己说，祖上是北宋"苏门四学士"之一的秦太虚，故对宋词很有研究，有时诌一段并时常来两句什么"翠黛含颦堪恨处，任是无情也动人"。

常侃侃言其先祖也曾梦游太虚，独步幻境，对宋学士推崇备至，凭借一句"明月无端，已过红楼十二间"，就说祖上深得老庄道义，梦游太清的法子，不独《石头记》信手一用，是她秦家独创也未可知，秋真也就常取笑她"邻家有女秦罗敷，杨花终日空飞舞"，有什么好嘚瑟？俩人便时常斗一番嘴。

另一位穿蟒袍的叫顾山岚，小资又小情调得很，因家资富饶，秉承养尊处优的大小姐风度，成日家缠着秋真学做旗袍。不过这山岚于茶道上功夫了得，倒学了她母亲的家传茶艺。与子枫是四年的大学同窗，另外她祖上是医家，靠着一张祖传方子，积累了几代人的辛苦，成就了其父顾教授的专家地位，可到了她这里愣是不喜欢从医。

最近倒好，她偷偷从家中倒腾了一些坩埚、秤子、烤箱等，说要研制冷香丸，闹得满屋子里烤糊的味道。子枫笑她："何时奇香潜入梦，终将残红糊中求。"不管什么味，也只好闻着，都也拿她没法子。

说起子枫，特别交代一番，就是在旁边发笑的那位姑娘，本就长得清瘦，话也不多，自小就喜欢读书，于西方绘画上也颇有功夫，除此再没别的爱好，不是很活泼的。

听她自己说幼时都叫她"书虫子"，自从认字儿起，心思就放在《石头记》上，毫不夸张地说，她就是个书呆子。自说凡她读过的书，没一部书能比《石头记》让她痴迷沉醉。还知道她的小名叫芹儿，家乡籍贯一概问不出。

同窗四载，没有亲人来看过她，她也从没回过家，自己以写作养活自己，生活自然是马马虎虎将就着过。只是一点，山岚自认识她以来，发现她似乎与这部《石头记》有一种天然的联系，冥冥中做一些虚幻的白日梦，并向自己和秋真絮叨些不着边际的傻话。

开始时并不以为然，只是时间久了，有些梦却渐渐地蚕食她的情绪，慢慢地就觉她有些呆性，偶尔变得发神经。山岚试图阻止她，但她并不放在心上，还是一味地入迷。

最近一年的光景里，她每每看到书中的情节，似乎是身在其中一样，每次说给大家听时，都笑她痴子，纯是走火入魔的症状。

子枫还有另一个爱好，就是酷爱奇石和砚台，只看她那收藏，便知她的爱好程度。其中有一枚仿薛素素脂砚的，小小一枚是她的最爱，时常拿来把玩一番。朋友都笑话她不食人间烟火，可怜的几个钱，却来买这些和女孩无干的劳什子，可她就是这么个人。这是后话。

当时，秋真比二人高一年级，第二年子枫和山岚从金陵女子学院毕业。山岚因父亲的关系，被分去了一家报社编辑部，子枫一个人茫然地到处找工作，纵然有若干作品，却无甚收效，倒是她自己也很看得开。

这日晚间，她疲惫地回到学校住处，忽然一个僧人师父在校门口截住她，合掌道声阿弥陀佛，遂问道："施主可是山东的芹姑娘？"子枫见是一个和尚，先是警觉起来，奇怪自己并没有和出家人有瓜葛，心卜狐疑：难道看我落魄，要度我出家？上下打量这个和尚，见他面善得很，便怯怯地答道："我是，请问您是谁？找我什么事？"

那师父道："我本栖霞寺的茗智师父，施主的母亲是每年来我寺护持三宝的居士。施主发愿不回家，老人家很伤心，这次捎信来问施主，毕业后能否回家去，家里着实不放心哪。"

原来是这事，子枫遂放下心来，道："烦您告诉妈妈，请她老人家放心，我在这里很好，但我不会回去的。"

　　那师父道："既如此，施主好自为之，如有急难之事，尽可到寺里来找我，告辞！"说完，茗智法师飘然而去。

　　子枫见他去了，胡思乱想着，魂不守舍地回到宿舍，进门却见山岚等在那里，便失魂落魄地问："你来干什么？班上得怎样？"

　　山岚一扭脸儿，道："我才不去呢，我有个想法你看好不好？这两天妈妈陪我去看了个地方，我俩开个茶室怎样？"

　　子枫道："我可什么都不会，开赔了怎么办？"

　　山岚道："走吧，地方都找好了，先陪我去看看，茶轩是妈妈开的，咱俩打工，赔了算她的。"边说着也不管子枫累不累，拉起来就走。

　　二人走出学校，来到秦淮河边的一栋小楼旁。看着灵巧古朴的小楼，子枫如在梦中一般。于是在妈妈的帮助下山岚和子枫一起开了一间茶轩。子枫领情，知山岚全是因为她，也乐得人家不图报答，二人遂以此为生。

　　绛芸轩，就是她们在秦淮河边上开的那间茶轩名，与别的茶室不同，子枫在茶室的楼上为自己辟了一间书房，里面满是她搜集的关于《石头记》的书籍，并放置一个奇石架，整日家摆弄那些个怪石头。

　　受子枫的影响，那几个姐妹也都渐渐地喜欢起《石头记》来，又都是些无聊闲人，便时常聚在一起畅谈，权当是打发时光。闲时便学些名流雅士起个号，她们也不愿那么讲究，《石头记》里现成的有，高兴起来就胡乱地吆喝名号。

　　子枫自称雪樵，号痴梦仙姑；山岚称做脂砚，又名钟情大士；秦明自称梅溪，号引愁金女；秋真叫作玉峰，又名度恨菩提。个个道号不一，很是滑稽。

　　前几日，子枫提议：既然喜欢《石头记》，喜欢里边的词赋，何不也起个诗社，如香菱学诗一般，不是更有些意思，于是在绛芸轩里起了第一社。也不必费心思，应景儿地就名为"芸轩诗社"，她给自己改名就叫芸轩。

　　这一社芸轩做东，就仿香菱学诗，以吟月为题。

一起诗社不打紧，她们竟也得了些子门道，更不可思议的是，山岚竟上了瘾，把诗操词也像香菱一样，做得有模有样，还在诗刊上发表了几首。

其中一首词这样说：

哭情种，众解红楼梦，恼煞芹兄。灯下掩卷，心生犀灵。文戚戚，志耿耿，虚幻一梦惊。枉言天下真情。十年血泪书，儿女事，家国情。

大家看了说，若只管这样写，得一车也不难，也就是糊弄些半吊子而已，山岚一笑而过。

这一日，山岚找到子枫神神秘秘道："人家都在研究《石头记》说头好多，又是这派那派的真热闹，看你也痴到了一定程度，带咱也玩玩怎样？"

子枫连连摇头道："你省省吧，不嫌我神经了？人家是大家。大家！你懂不懂？都是名流、作家，就你和我，咱们就是些无聊女生，还研究红楼梦？你掉到'红河'里就是一粒沙，如何淹死的竟不知呢，不管你是哪派，一露头准有人踩死你现成。"

山岚伸了一个舌头，情绪马上写在脸上，说："可人家《石头记》上都说了，'木局士'掌舵，'灰侍者'撑篙，都能渡过迷津，你不也同意咱们的说法吗？你说过的，通了词赋就通了八九，研究了这么长时间的词赋，是不是咱们算是'会诗者'了？你天天研究它的谋篇布局，是不是你就是'谋局士'？有了你掌舵，又有我们撑篙，咱准能渡过去的。"子枫摆弄着那枚脂砚不答话，只是看着她笑。

山岚道："我就是觉得有些想头，自当过瘾，爱好《石头记》又不犯法，闲来无事就聚在一起权当做游戏，咱无名无派的怕什么？打发时间而已，你就答应了吧。"

看山岚那样子，子枫其实是心痒的，也因自己的影响，带累的山岚着了道儿，不好意思再打击她，只得同意她的所谓梦境再现法，自演自张罗起来。反正是娱乐自己不伤大雅，其他几位渐渐地也接受了。

还别说，她们扮上装表演一番，捯饬一番妆容后，还极像演过《红楼梦》的演员宝玉、黛玉们的模样，这说巧不巧？或可坐而论诗，吵上一会子，一来二去地竟把个《石头记》翻了几十遍不止。天天在一块争啊吵啊的，虽然有时纯是胡说八道，胡猜乱测，倒也打发了不少无聊的光阴。

诸君，您如果有时觉得无所事事，不妨也来一试，或可消时解闷的。若是红学爱好者，千万包涵些个，休要耻笑了去，芹脂泉下有知，也多给些警示，保佑她们早日找到入门钥匙。

下面的闲文，便是依几位女子之亲身经历，由子枫所录，就借绛芸轩的名字，胡乱称是芸轩云云。

咱还接着说那个中秋之夜。

四人兴高采烈地来到夫子庙，但见文德桥上人来人往，大多是借赏月约会的年轻人，终究能否看到文德分月先不说，可这番热闹景象，最是吸引人。

秋真见人来人往的，也大都成双成对，遂叹道："看人家成双成对的，我们咋混成这样呢？"

秦明道："六朝金粉地，君子不过桥。咱们不都是谦谦女子吗。不过对面要是有个人等，不过桥才怪呢。"说得都笑她，又一起来到距离得月台最近处，是秋真约好的地方，找个坐处，要些米酒和小菜，开始畅谈各自的见闻。

秦明问芸轩道："听说你找到棠村了，说说他是谁？"

芸轩道："他是谁没答案，倒是'梅'与'棠'，我觉在书中有特别的安排。只这俩名字就别有意味：自爱新梅好，其下自成溪。既然有梅之溪，就该有棠之村。先是海棠，曹子拿来反复使用，还为她专门做了一幅画儿叫《海棠春睡图》。虽还不知想预示些什么，但这海棠花是《石头记》的主角花定了。

"现在又说棠村是其弟，当'棠'与兄弟相勾连，我就联想到了《小雅·棠棣》篇，诗中说：棠棣之华，鄂不韡韡，凡今之人，莫如兄弟。本是颂兄弟之情，而后面却说：脊令在原，兄弟急难。每有良朋，况也永叹。急难时刻，还是兄弟相帮，然而又说：丧乱既平，既安且宁。虽有兄弟，不如友生。"

不待说完，山岚问道："棠棣并为天下士，芙蓉曾到海边郭。怎么说兄弟不如朋友呢。"

秦明道："弟兄倒不如朋友了。你们不想想，拿这么个眼光看待兄弟情，这个棠村弟弟出现的用意是什么？"

秋真道："不管怎么说，雪芹和棠村是真兄弟没错吧？且雪芹还在书中为这个棠村安排了重要角色，应该是所有以'棠'为花语的人物。这个对不对？"

芸轩道："重点是安排其为《风月宝鉴》作序一事。此书是把双刃剑，能告诉你真实，也能埋葬真实。而兄弟之情焉不是如此，能相帮也可相残的。

"曹子安排此棠村弟给《风月宝鉴》作序的用意，乃是一石二鸟，既想说《石头记》内充满了兄弟相残的悲剧，也明示其弟为书作过序，参与了《石头记》的书写，或者有身在其中的经历。"

秋真道："你这不是又绕回来了吗？《石头记》根本没有序，哪来作序一说？"

芸轩道："我说过多少回了，这就是你的天真处。没有序言是吧？正是因为没有，咱们才翻来覆去地寻思呢。寻思要是有那篇序言，得是什么样子，有朝一日你会突然明白，哎！这和说《石头记》没写完是一样的诡计，无非是让咱们把注意力集中到序言上，序言一定有问题。"

山岚道："那又怎样，咱们不是找了吗，只有凡例。"

芸轩道："就等咱们下这个结论呢，一定会去注意《石头记》的凡例了。此凡例是否就代表那篇序，里面有没有问题，我再三读了好几遍，觉这个凡例真是怪怪的，那口气用语与古代帝王发的《罪己诏》语境雷同。

"此种诏书常云：天谴于上而朕不寤，人怨于下而朕不知。上累于祖宗，下负于蒸庶。罪实在予，永言愧悼，等等。而这凡例中很明显一句就是：上赖天恩，下承祖德。天恩就是上天给予之恩德，不会惠及普通人，一定给予了皇族人。

"凡例中也说，自己有背父母教育之恩、负师兄规训之德，已至今日一事无成、半生潦倒之罪，编述一记，以告普天下人。最关键的疑点就是告普天下人，昭告天下是什么意思？作书者要编述自责之罪，以告普天下人，这哪是凡例，就是一篇《罪己诏》书，凡此种种，不就是想让咱们注意作书者的身份吗？"

秋真道："算你说的有理，但说来说去，还是没弄清棠村是谁，倒扯到作者身上去了。除了皇族人身份，还发现别的吗？"

芸轩道："你们这些人真没诚意，咱可是分了工的，一人说《石头记》里一个对子，如果把这些对子之间的关系说清楚，真相自然大白。"

山岚道："有这么神奇？那我先说，第一个对子就是一石一木的木石盟。从青埂峰处开始看，先见到了无才补天的顽石；顽石变成'玉石'，再加上青埂峰之'峰'字，就出现了'玉峰'此人；再往书里看，我眼里见到的就是大观园里的山子石，还有什么扇坠一类，都是石类。

"但这些石头们，都是神瑛侍者的幻型，经过锻炼通了人性，等于经过和尚的幻化，石头变成了美玉，形状像扇坠，就一起到了人间。所谓珍珠、翡翠、宝石、扇坠等就都是顽石成玉后的化身。

"还说改名为《红楼梦》的吴玉峰，'吴'字之意，现实里其实'无'有此人，起这个名字的目的，就是用那个'玉'字，他应该是玉石一族人。

"还有一'木'字，是绛珠仙草在人间的化身，属于木质花草。都和这株仙草相关联的，什么梅、棠、柳、竹、荷、桂，包括菱角。

"再比如，改名《风月宝鉴》的梅溪之梅，和作序之弟棠村之棠，就都是属于草族人，加上雪芹本人，他们和石类的玉峰一起完成了此书的编写。所以《石头记》里的木石盟，先就体现在这五位作者身上，玉石和梅棠的关系，应该就是石头和草木的关系。"

秦明笑道："没想到哈！你还是下了功夫做了功课的。可你也没搞懂'木石'代表谁和谁呀。还是看我的这一对吧：一僧一道。一个大士，一个真人，二人一出现，作者就这样形容他们：二人生得骨格不凡，丰神迥别。脂砚就评说，这是作者自己形容。意思是告诉咱们，这是作者的真模样。到了现实里出现了癞头跣脚僧，跛足蓬头道，脂砚反说这是幻象。

"在石头的眼里就又不一样了，石头见到他们竟然觉得：二师仙形道体，定非凡品，必有补天济世之材，利物济人之德。瞧这话说的，石头因无才补天独自嗟叹，可这二位仙师，倒有补天之才，你们说是不是很出乎人的意料？从僧道的外貌到僧道的好处，写得多明白。其实，我觉得这真是作者的自画像，这是拐弯抹角地标榜他自己呢。

"再看二人的关系。两位大师将一块顽石幻形铭字，再携入红尘，像不像一对夫妇孕育了一个孩子，然后将他投胎人间的过程？这二位真人，注意，用了'真人'二字。这二人既洞悉众情鬼下世历劫之天机，且参与布局，竟还知道此人间要历劫三世。

"一劫，就是一次翻天覆地巨变，三劫也正应了三春之劫数。说明他们要经历三场大规模的人生磨难，而最终的结局就是都去北邙山相会。北邙山是什么地方？是埋葬古代帝王和名人的八宝山。有诗说：春风草绿北邙山，此地年年生死别。三劫后在那里相会多有深意。

"这二人把石头投下世间，也负责把他收回北邙山。你们想想，这些关于布局谋篇和最终结局的玄机，也只有作者能提前预知。所以我断定《石头记》里反复出现的这一僧一道，一定有作者的影子在，此人也许真是亦僧亦道呢。"

芸轩道："推断有理，二人下世度脱的第一对人，就是士隐和英莲父女，二人对这对父女的结局不仅高度关注，还预言准确。况这士隐半路出家，我隐约觉得这家仕宦大族的这段小枯荣，正是作者出家前的经历。"

山岚忙问："你的意思，这道士出家前，过着优哉游哉的羲皇日子？"

芸轩道："极有可能！就比如说甄士隐，禀性恬淡，不以功名为念，每日只以观花、修竹、酌酒、吟诗为乐，倒是神仙一流人品。脂砚评曰：自是羲皇上人，便可作是书之朝代纪年矣。什么意思，不以功名为念，过着羲皇上人般悠闲生活，怎么就可以推断一个年代了？"

"就是啊！能吗？"山岚疑惑道。

"还真可以。有个朝代这种生活非常普及，就是明代的皇族人。"芸轩道。

秦明道："你是说，这一段说的是明代人的没落？"

芸轩道："我注意到和尚都与女子有关联，如妙玉、惜春，还有救凤姐、度英莲；而道人都与男子有关，第一个度脱的就是甄士隐，还有后来的柳湘莲，还救过贾瑞和宝玉。可咱们也说了，尽管分工明确，可二人的身份是可以互换的。我断定他们其实是一人，但为了写作方便，就给僧道做了角色分工。"

秋真道："似乎明白了一点点。你说完了吗？换我的吧。我这一对你们都想不到，就是真假与正反。"

秦明笑道："你这是两对好不好。"

秋真道："要说就要占先，哪像你们小气吧啦的。说起真假和正反话就长了。俗话说：真作假时假亦真，真真假假不用分。"

山岚道："胡说，怎么能真假不分呢。"

秋真道："真作假时假亦真。请问你能分得开吗？其实《石头记》最大的特点，就是真假莫分。可正反要辨，如果不辨正反，就是死路一条的。"

山岚道："你这等于没说。你该说说甄、贾宝玉是谁，才有些意思。"

秋真道："什么叫没说，要说清楚这个，我还了不得了呢。真假我先不说，我只强调一件事：分清正反，这是要命的秘法，都逃不过的。再给你们泼泼凉水，咱们能不能走到彼岸，先要抛弃风花雪月的事，且还要看造化。"

芸轩笑道："要你这种对子管有的是。金玉算不算一对？《石头记》里有金人阵营，如戴金锁的宝钗，戴金手镯的湘云，偷金子的坠儿，姓金的鸳鸯和莺儿；还有玉人阵营，宝玉、黛玉、妙玉、红玉，你也玉我也玉的就不用说了，还有个偷玉的良儿。这说明什么？是金阵营和玉阵营对垒吗？不得而知。而我要说的一对，保管你们感兴趣，就是一芹一脂。"

大家听了鼓起掌了，引得隔壁座位上的人侧目而视。秋真做了个噤声动作，山岚一吐舌头，笑道："你要告诉咱们芹脂是谁，今天的客我请了。"

芸轩道："不用你请，我也没这大本事，就只提个醒而已，咱们且看他二人的分工。刚才说到僧道在《石头记》里的分工，就让我联想到芹脂的分工，芹溪和石头都担负作书工作，所谓脂砚就是一块砚台，他负责誊录工作，但二人都有参与谋篇布局，说明脂砚不光抄录，还是有一部分作者的身份。

"刚才也说了，给梅溪作序的棠村，在《石头记》里拥有了海棠的角色，芹溪变成梅溪时，芹梅也会互换，芹自然也有梅的角色。这说明，芹脂在《石头记》里也是分工明确的，脂砚的角色何止批书抄写这么简单。如果僧道是一人，那么芹脂也可以是一人。"

山岚道："就这些吗？到底还是不知道他们是谁。"

芸轩道："这已经离真相很近了，这么容易知道那怎么得了。他是皇族人，亦僧亦道，且有个最明显处，就是脂砚告诉咱们芹溪的死亡时间，这就足够了。"

秋真道："你原知道，怎么还故弄玄虚地不告诉人？"

芸轩道："说你什么好，这个壬午除夕，泪尽逝去的故事你也信他。照汉人年俗，除夕日最忌讳说死人，可脂砚偏偏说雪芹在除夕死去，我觉得是用了苦肉惊心法。用心明显处是让咱们关注雪芹死之悲壮。泪尽除夕，令人陡增凄楚，不禁就会记起文天祥的《除夕》诗来：

命随年欲尽，身与世俱忘。

无复屠苏梦，挑灯夜未央。

所以，除夕泪尽，焉知不是曹子要表达自己如宋瑞之志。你刚才还什么真假莫分地教训人，这会子又忘了。"

秋真道："听起来玄，万一他真是除夕死去呢。"

芸轩道："说的也是，说这么个忌讳的日子，真有提醒之意。我常把雪芹的大年除夕之死，和元春的大年初一之生联系起来，但却打不通关隘，这二人有生死关系吗？在关于作者身世的批语中，只有这么一处同时告诉了几个干支纪年，要想弄懂芹溪和脂砚的生死关系，这几个时间一定是钥匙。"

秦明道："你是说壬午除夕、甲午八日、丁亥春这三个时间吗？"

芸轩道："正是。还有甲戌年，懂了这四个时间，或许就知道芹溪的写书年代和去世时间，至少距看懂他是谁更进一步。"

正说着，有人喊："快看，月分桥下了。"听到喊，大家纷纷各自找自己的位置，兴趣盎然地欣赏这人间奇景。

秦明站在得意处，向众人招手，笑道："快过这边来看，好气势，我可找到贾雨村的感觉了。"大家也都笑着走到她那边去，是一处楼顶月台上。

抬头望月，月圆如银，似乎离她们很近。低头看文德桥上万人涌动也都在抬头仰望。山岚叹道："真是有月亮之下、万人之上的感觉呢。"

秦明学着贾雨村的口气，念道："时逢三五便团圆。"

芸轩在旁边解释了一句："此乃贾雨村最得意之日，他对十五圆月情有独钟啊。"

秦明又念道："满把晴光护玉栏。"秋真也旁白道："好个护玉气势，真真大胸怀。"

秦明念道："天上一轮才捧出，人间万姓仰头看。"

芸轩笑道："这才恰如宋祖的霸气之作：未离海底千山暗，才到中天万国明。真帝王之气凸显。也难怪士隐老先生连连赞许：今所吟之句，飞腾之兆已见，不日可接履于云霓之上矣。看来咱们这位雨村大人要一步登天了。"

秋真道："一步登天是什么？不就是看上了人家的丫鬟吗？要上玉人楼？还能的他，想当皇帝是咋的？"

秦明道："这个上玉人楼的想法可不简单呢，说是个丫鬟，可他吟的那句联，听起来非同小可：

玉在匮中求善价，钗于奁内待时飞。

你能说他贾时飞要等待的人是个丫鬟？是宝钗与黛玉，单单想要个丫鬟吗？野心大着呢。看来这贾雨村是大有来历。"于是大家回到坐处，谈论起《石头记》里第一对甄、贾冤家来。

秋真道："这个贾雨村就是个瘟神，住在葫芦庙里的湖州人，其实整个就是糊涂蛋。虽然他并没有直接对甄家做什么，可直觉告诉我，甄家的破落和他有脱不了的干系。"

秦明道："怎么能靠直觉呢，你得说个理由才行。"

山岚道："理由就是甄贾是一对冤家。贾氏走上腾达之路，完全是由于甄氏的接济和赏识，而关键处，雨村是靠落井下石于恩人之女甄英莲，才得以进入权势圈儿的，这个理由怎么样？"

秋真道："小妮子知道动脑子了，算帮了我一把。"

芸轩道："这个雨村真的可怕，可怕在他的住处，就是这个葫芦庙，三月十五是庙里炸供失火的日子，这不是很明显的征兆吗？八月十五中秋日，是他的发家之日，十六日进京，甄士隐又说，十九日便是他的黄道吉日。这一连串日子连起来，对于他可真是不可想象啊。"

山岚道："三月十五失火，和他进京可不在一个月里。"

芸轩道："即便不是一个月份，也难说曹公是有意这样安排。假若放到一个月份呢？"

山岚道："不就是三月十五日、十六日、十九日这几个日子吗？这些个日子凑到一起很特别吗？"听到这里，秦明也有些不相信，心想，如能推出这些个日期和贾雨村有关联，就了不得了。

芸轩心里也是咯噔一下，但事关重大，不能草率，见秦明不接话，相互看了一眼，也都装作没听见。

芸轩似乎是自言自语，道："这雨村敝巾旧服，虽是贫窭，然生得腰圆背厚，面阔口方，更兼剑眉星眼，直鼻权腮。脂砚直道是莽操遗容。可见此人不简单哪。曹操、王莽，具是篡权谋国的枭雄，贾雨村是他们一流人物吗？"

秋真道："也别瞎猜，既然是一对，又是一家败落一家升腾。那得知道甄士隐的底细才行，知道了他的底细，自然就能断定贾雨村的来历了不是。"话说到这里，看看已是深夜，观月的人越来越少，人们陆陆续续地回家去了，四人也喝完最后一杯米酒，各自怀着心事回家，不提。

眼看年关将近，茶轩里的客人更是冷清。瞅着空隙，山岚还是天天做她的冷香丸实验，偶尔还请她师哥陆风来帮忙尝尝。每次品尝也着实让陆风叫苦不迭，笑她："这叫什么？宝钗要是吃了你的丸子，还不得变得和男人一样丑。"

芸轩忙着整理了几条疑点，是关于甄士隐的，写好了粘在墙板上。另外，她开始学着临摹一幅画，一遍遍地着了魔一样，最近画的是越来越像了。

就这样，忙忙碌碌地就过了新年。

刚过十五，闹过元宵后，茶轩里客人开始多了起来。秋真、秦明也都从老家回来。这日中午，芸轩趁空回到书房，继续仿画八大山人之《海棠春秋图》，并在画尾留白之处题了一首诗：

西浒海棠棠棣华，垂丝海棠唐若邪。

若邪四海皆兄弟，琴瑟东施未有家。

刚撂下笔，山岚和秋真抱着大包东西，气喘吁吁地进来，一面放物件，秋真一面说道："你做个梦就要了我的命啊，求爷爷告奶奶地才捣腾齐了，你看够不够使的。你可答应过的，说这两天就把咱俩的本子写完的，我们团长都答应人家快半年了，我也指着这个本子活命呢。"

芸轩只是笑，山岚走到书架上拿过一个本子，道："她都快不要命了，为了给你赶这个破本子。"

说着，山岚将本子摔到秋真怀里，秋真接了看时，是《秦淮烟云》下部，不禁抱着芸轩亲了一下，往床上一倒，兴冲冲地笑道："你懂啥，加上我写的上部，有了这个我就有了好些特权，还不是为你们这些无厘头的事提供方便用，我有啥用，就说这包东西，不是团长发话，谁敢借给我。"

山岚道："那就劳你喊秦明来，咱再排演一个小品吧，就用芸轩的梦境做蓝本，好不好？"

芸轩回头道："梦境倒还记得，只是这么离奇古怪的咋演？况且这个词儿也不好写出来，既不能腾云驾雾，又不能呼风唤雨的。"

秋真道："你倒是说说那个梦能多离奇？你当神仙还是啥？咋还需要飞起来怎的？"正说着，山岚端来一壶茶，边喝茶，边听芸轩讲她的梦境。

外面春寒料峭，室内温暖如春，茶香袅袅。金笼里的鹦哥，也很安静地听她们说话。芸轩从她的奇石架上，取下一个泥塑的娃娃，用笔在其眉心处作一点红，握着娃娃，悠悠说起那个奇怪的梦，是关于英莲的。

许是芸轩对这个小女孩特别关注，近来经常梦到她，梦到她在一个虚幻之所在，哭喊着找自己的家乡。最近这一次，芸轩好像来到一处庙里，离山塘街不远，像是苏州的阊门一带，有个小女孩的声音说，她是在这里丢的，另一个声音说，去那里能领她回家。芸轩觉得那个声音就是英莲和她的父亲，可芸轩不知道在梦里如何救她。

秋真站起来，边看芸轩的墙板边道："日有所思的缘故，你这哪里是梦，就是白日梦。也不是头一次，你真是走火入魔了。你这板上写的啥？这不就是甄家的事吗？"

秋真上下看了个大概，遂念出题目：《甄家覆灭记》

一、英莲之不祥。僧人见到英莲如同见到不祥，竟然大哭起来，预言道："施主，你把这有命无运、累及爹娘之物，抱在怀内作甚？舍我罢！舍我罢！"

何为有命无运、累及爹娘？这个生下来就额点红痣的女孩，难道不该活在世上？或者说她只有三岁的入世年限，现在就该被和尚度去出家吗？出了家，甄家就免于灾难吗？

显然不是，甄家终究无法与命运抗争，英莲最终还是走上了无运的劫数。

她失踪了，也连累了爹娘，使得爹娘几乎为此丧命，甄家从此一蹶不振。

二、葫芦庙之起火。三月十五日葫芦庙起火，这才是让甄家最终灭亡的直接原因。甄家败亡，士隐悬崖撒手，离不开两个重要因素：英莲失踪和葫芦庙失火。如果把这两件事中隐藏的真事剔出来，那么甄家败亡的真相会大白。

三、英莲之不公。当说到英莲有命无运、累及爹娘之语时，脂砚是不同意的，他长篇大论地说：八个字屈死多少英雄？屈死多少忠臣孝子？屈死多少仁人志士？屈死多少词客骚人？

看他所写开卷之第一个女子便用此二语以定终身，则知托言寓意之旨，谁谓独寄兴于一"情"字耶！武侯之三分，武穆之二帝，二贤之恨，及今不尽，况今之草芥乎？家国君父事有大小之殊，其理其运其数则略无差异。知运知数者则必谅而后叹也。

脂砚以为，如此定位英莲是冤枉她了，不光冤枉她，还冤枉许多忠臣孝子和仁人志士。英莲之含恨，就如同诬陷为光复大汉付出一生的诸葛武侯，和冤枉抗金英雄岳飞一样，让二贤含恨。

脂砚对于英莲的不平感，迥乎到了完全失控的地步，最后强调：家国君父，事有大小之别，但其理一样，知运知劫者，定会谅解这个评价，也会为英莲扼腕叹息。

为什么把甄家败落的劫数放到英莲身上时，脂砚深感不公呢？我以为虽不公平，但曹子只能将这个败落的因子藏到英莲这里，别无他法。所以，只有揭开英莲的面目方能看清一切。

第二回

两赋论英雄　再局定兴衰

有诗云：

> 首局何处论输赢？再开更堪运不隆。
>
> 两赋欲说英雄事，局终最关女儿情。

却说秋真念完芸轩的《甄家覆灭记》笑道："哼！老奸巨猾，英莲是第一个现身的薄命女子，也是《石头记》里最可怜不过的人，还是最后收场的一个。不到收场时，谁知道她身上藏着什么秘密，这个难了。"

山岚道："难说就先不说结局，只说她的冤屈，怎么能和忠臣孝子们的冤屈相提并论？她的遭遇和仁人志士的能同日而语吗？"没待说完，听外面有客人来，山岚只得走开。

秋真道："还别说，有可能是这个意思，算一个路子。"

芸轩道："别瞎猜，曹公不像你想象的如此简单，还没摸清他的路数就和他对弈，还早着呢，才刚开始。我倒是注意了另一点。甄家的日子并不是一下子败落的，虽然遭了横祸，只是失了些房屋钱财而已，并没伤着家人性命，还没到伤筋动骨的地步，甄家的日子是渐过渐穷的。

"我仔细分析过，有这么几个疑惑。

"第一，老丈人封肃家，是一家农民。按说甄士隐家乃仕宦望族，应该家大业大的，即便遇到火灾落了难，怎么去投靠一家农民？有些奇怪吧。既然还有些银两，为什么不继续在城里经营生活？"

秋真道："为了安全起见。"

芸轩道："曹公说了，反而是封家的田庄上，鼠盗猖獗，兵荒马乱的，封肃那里根本不安全。

"第二，甄士隐将折变田地的银子拿出来，托封肃随分就价薄置些许房地。这个买卖多不合理，卖了田地再买田地房屋，这算哪门子买卖？就更让人纳闷了。

"第三，那封肃便半哄半赚，些许与他些薄田朽屋。这个农民丈人也忒不厚道，连女儿女婿都骗，不符合一般农民的老实特性。

"第四，读书之人不惯生活稼穑等农事，勉强支持了一二年，才越觉穷了下去。这个理由还算说得过去。

"第五才是最关键的，再兼上年惊唬，丢了英莲，急忿怨痛，已有积伤，暮年之人便贫病交攻，渐渐地就露出那下世的光景来。

"一一数来，我抓了几个重点，分析给你看：第一丢了英莲，第二葫芦庙起火，第三被农民骗了，第四这个家族是羲皇上人，不会自救。"

秋真道："那么结论呢？"

芸轩道："结论么，我已有啦，比起文德桥赏月那会儿更清晰些，只是我需要再卡得准确点，我的结论可容不得半点瑕疵，我怕一着有误，满盘皆输，曹子布的局可难解得很。不过我有信心，你有空看看我对《好了歌》的注解。"

秋真正待要看，外面来了一大拨客人，听寒暄是山岚的旧识，见来的人多山岚忙不开，芸轩和秋真也出来一起招待。芸轩走进茶室，一眼看见角落里坐着两位客人，一位是头发花白的老者，另一位是茗智和尚，二人正在品茗对弈，摆的竟是残局。

芸轩悄悄向里边望了一眼，见和尚并不在意她，虽来了几次，似乎并不想认识她，芸轩也就放下心来。又一回头，正看见那位白发老者的背影，觉得这背影很熟悉，似乎就是她梦中的那个。梦中模糊见一个孤独老人，走在茂密的山林里，随着身影再往山林深处去，是一座破败的庙宇，然后那背影就消失了。

芸轩看到和尚，又想到梦中那座破庙，忽然灵光一现，拍一下脑门，折回到自己的房间坐下来，记着什么。

安顿下客人，里面有秋真熟悉的一位老票友，喜欢听昆曲，秋真便特地找了一曲《琴挑》中的"懒画眉"放起来。山岚拿出看家功夫，为几位烹茶煮茗，表演一番技艺。于是绛芸轩内，曲声悠扬，茶香淼淼，客人们谈天说地地沉醉其中。秋真见无事可做，也就悄悄地退到书房去了。

因还惦记着芸轩那篇《好了歌》释文，进来时见芸轩头也不抬地写着什么，遂自己拿过来看，上写着：

宫阙灰飞，曾经隆治比盛唐。飘蓬梗断，如今湘帘成欢场。当年布衣起英雄，末世运劫国将亡。休说这，十里珠珑桃叶渡；为何那，乌衣巷内燕无梁。朝起碌碌拜君恩，夜归红舫结酬唱。

逍遥累，择膏忙，公侯戚畹失脊梁。顾不得民怨沸腾异族强，只为着尔虞我诈升黜旺。但等那，日失颜色走梅山，十日屠城月无光，甚凄凉！只落得北邙山上一抔土，青埂峰下是故乡。

秋真看罢笑道："有些意思，只是我的道业浅，半懂不懂的，看你这释文好像知道就里了似的。要不泄露一二，叫我也知道知道。"

见芸轩低头写着，并不及答话，一抬头又忽见墙板上有个奇怪的符号，便笑问："这是什么符号？八卦不像八卦的，你自己造的吧？"

芸轩还是不抬头，只笑道："我哪里有这本事，你瞅瞅能看出什么来？"
秋真看时是这样一幅图：

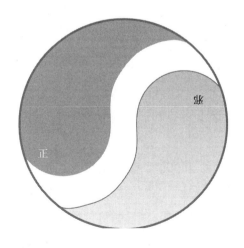

审视了半日，秋真也没明白，笑问："什么时候八卦图中间的分界线成了鸿沟？两个黑白鱼眼睛呢？被你吃了还是咋的？倒成了'一正一邪'，怎么解释这个道义？难不成正邪之间，还有个不正不邪处？"

正说着，山岚进来笑道："谁吃了鱼眼睛？吃了鱼眼睛就阴阳不分了。"

秋真道："不光阴阳不分，吃了鱼眼睛还男女不分了呢，你想吃吗？"

山岚道："想啊，你有吗？"

芸轩写完，抬起头笑道："别闹了，我也正在纳闷呢。曹子这个布局极有创意，我忽然想起来，得八成把握了。"

秋真道："先不说你的布局，我只想问这是什么意思。"

芸轩道："想看懂这个，那得先研判透了贾雨村的《两赋论》。倒也不算他的独创，应该是曹子的布局法之一，你看我根据《两赋论》做的这份表格。"

遂向书内抽出一张图表，上面写着《阴阳图解》：

一阴一阳，谓道。阴阳之道，二气相感激发而成体。阴极则阳，阳极则阴，此消彼长之法则也。依阴阳论，极阴处有阳，反之亦然，故有鱼际之黑白眼。

然曹子独创"两赋说"，谓阴阳之外，有第三处，其成体者，皆因阴阳二气竞合后互感而发，自成于不阴不阳之独立处。及至人性论，若阳为正，阴为邪，秉正气者大仁，秉邪气者大恶。然赋正邪两气之第三气者，谓何？何以判定其仁或恶？正或邪？忠或奸？

乃曰：大仁者，创运隆之世，则世道昌隆，世隆则英雄无所为；大恶者，则毁世成劫，世劫则有朝代更迭之变，朝代更迭则为乱世，乱世则出英雄。

果如此，又何以定论亦正亦邪者？雨村曰：成王败寇也！此两赋论，实乃雨村之历史观，此赋定论：乱世造英雄。

秋真看下面，便是根据贾雨村之宏篇大论做的分类表，遂笑道："这就是你的两赋论？你这之乎者也的，咋让人懂？我猜着了，是说贾雨村的历史观有问题。"

芸轩道："你没发现贾雨村是个很有意思的人物吗？他本不是《石头记》里的主角，曹公对这样的人物，总是惜墨如金，有些只给几句话，可对贾雨村的塑造，是全方位的。姓甚名谁，家乡籍贯，仕途升迁，且还独独赋给他一大观。你想啊，《石头记》也只有三大奇论，即宝玉的《女儿论》，湘云的《阴阳论》，再有就是雨村的《两赋论》了。最后他竟还做了黛玉和甄宝玉的先生，这个人身上谜点最多。"

山岚道："三观，这里一下子就有了两观，我可仔细琢磨过甄、贾二玉的《女儿论》的。"

秋真道："哈！专门研究这个了，有发现吗？"

山岚道："女儿观，由贾宝玉开端。他说：女儿是水做的骨肉，男人是泥做的骨肉。我见了女儿，我便清爽；见了男子，便觉浊臭逼人。这个'造人之说'，既不同于女娲用泥巴做人的传说，也不符合三生石姻缘造人的规则，却说制作男女的材质太不一样。说女儿是水做的且很清爽。这是什么论断？如果女人是水，倒是自古就有人说，女人是祸水。"

秋真笑道："有人帮我们女人说话了，还不乐意，你想自己承认是祸水？"

山岚道："少来。这还不算，甄宝玉竟说：必得两个女儿伴着我读书，我方能认得字，心里也明白，不然我自己心里糊涂。这又是什么话？我倒觉得他糊涂，是因他没有通灵宝玉的缘故吧。又常对跟他的小厮们说：这'女儿'两个字，极尊贵、极清净的，比那阿弥陀佛、元始天尊这两个宝号还更尊荣无比的呢！你们这浊口臭舌，万不可唐突了这两个字，要紧，要紧。但凡要说时，必须先用清水香茶漱了口才可，设若失错，便要凿牙穿腮。

"他是把'女儿'两个字，当成'护身符'了，怕亵渎了，女儿们就是他的'上帝'，否则见了那些女儿们，就不会由暴虐变温和，由憨痴变聪敏，好像'女儿'就是他的通灵玉，拿'女儿'做灵魂，闻所未闻。

"关键是，其父下死笞楚他，每打得吃疼不过时，他便姐妹地乱叫起来。他说急疼之时只叫'姐姐''妹妹'字样时便觉不疼了，遂得了秘法。"

芸轩道："你还是没找到关键。脊令在原，兄弟急难。遇到急难之事，呼喊'兄弟'才行，没听说过呼喊'姐妹'的。"

山岚道："你说的何尝不是呢！脂砚也说了这么个意思。大概作者因鹡鸰之悲、棠棣之威，遇到了兄弟相残的死威之难，便有了心理阴影了，才如此推崇姐妹女儿情，特别为闺阁姊妹们做传。"

秋真道:"难不成这甄、贾宝玉都吃过兄弟的亏,才对男人如此憎恶?"

这时,秦明一步闯进来,拿着一卷纸笺,边打开边尖声尖气地念道:"贾雨村接旨。"三人都吓了一大跳。

秋真骂道:"要死呀,学什么不好,还冒出个太监来。"

秦明笑对山岚道:"你就接旨吧。"

秦明遂念道:"奉天承运,皇帝诏曰:贾雨村自奉知府之职,虽才干优长,然多有贪酷之行,且又恃才侮上,生性狡猾,擅纂礼仪,沽清正之名,暗结虎狼之属,致使地方多事,民命不堪。既已查实其罪,即批革职。钦此!"

秋真道:"死妮子,这是给你下的圣旨呢,本来就是安排给你的任务,她说的这段,你倒是弄明白了没有?"

山岚道:"她肯定知道了,早就把这段台词编好了吧。"

秦明道:"知我者山岚也,我果然明白了这段话的意思。他一个小知府,竟能让龙颜大怒。他做的事一定是触怒天颜的大事,而且是被上司参劾,一定事关政治,你们想想能是什么大事?"

秋真一把夺过那卷纸,笑道:"把圣旨给我看看。参劾的这些事儿,都是些虚事儿,哪有一件能落到实处,什么大不了的事儿。"

秦明道:"对呀,贪酷和狡猾确实是虚话,那么'侮上'呢,这个'上'是上司的上?还是皇上的上?都不好说。但如果和擅纂礼仪相关联,就会感觉到'侮上'和擅纂侮上之礼仪是一回事,上司需要什么礼仪?他怎么纂改的呢?"

秋真道:"你是说这个'上'特指皇上,他纂改了皇上的礼仪?乖乖!他纂位了!这才是侮上的具体事件。"

秦明道:"还有,不光纂位,且还沽清正之名,竟是打着很堂皇的旗号纂的位。后面又说他:暗结虎狼之属,致使地方多事,民命不堪。够严重的,竟然是武力纂位。"

山岚道:"如果真是这样,何止革职,简直就该杀头。"

芸轩道:"没错。但贾雨村轻松地就逃脱了罪责,担风袖月地游历金陵来了。"

秋真道："对了，你不是刚才还说他的《两赋论》来吗？你又说这是历史观，《石头记》里可是不能擅自发表政见的，如果是，他的历史观一定有问题。"

秦明道："《两赋论》自然是历史观，冷子兴是什么人？古董行里的老油子，自然知道古董行里的事。古董行不就是说古道今吗？三句话不离本行，他说话能离开历史的旧东西？可不就是二人在谈论历史吗。"

两赋论	代表人物	功过是非
正派 天地 正气 仁者 所秉	尧 舜 禹： 汤 文 武： 周公 召公： 孔子 孟子： 董仲舒： 韩愈： 周程 张朱：	上古禅让制圣王 上古开国帝王 开国功臣 儒家创始人孔圣人、孟亚圣 西汉大儒，首倡独尊儒术 唐代大儒，发起古文运动 南、北宋经学理学大师
邪派 天地 邪气 恶者 所秉	蚩尤： 共工： 桀纣 始皇： 曹操 王莽： 桓温： 安禄山： 秦桧：	兴兵伐黄帝，兵败被杀 争夺帝位失败，怒触不周山，被禹驱逐 夏、商、秦之暴君 篡夺东、西汉政权之奸臣 阴谋篡夺东晋政权，未成先死 阴谋篡位，发动唐"安史之乱" 奸臣，杀害抗金英雄岳飞
情派 正邪 两赋 情者 所秉	许由： 陶潜： 阮籍： 嵇康： 刘伶： 王谢： 顾虎头： 陈后主： 唐明皇： 宋徽宗： 刘庭芝： 温飞卿： 米南宫： 石曼卿： 柳耆卿： 秦少游： 倪云林： 唐伯虎： 祝枝山： 李龟年： 黄幡绰： 敬新磨： 薛涛： 卓文君： 红拂： 崔莺： 朝云：	尧之隐士，洗耳高人，不做帝王，志在青云 田园诗人，隐士，不为"五斗米折腰" 奉老庄之学，避乱世之间，"竹林七贤"之一 乱世之狂人，为权贵不容而死，"竹林七贤"之一 才华酒徒，无所事事 谢安、谢道韫，王羲之、王献之，人才辈出之族 东晋大家，世称其为"三绝人物" 李煜，南朝陈末代皇帝，诗词作家 唐李隆基，唐玄宗，音乐家，词曲作家，历"安史之乱" 北宋末代皇帝，创瘦金体，书画家 唐朝诗人、琵琶演奏家 温八叉，诗人，音乐家，花间词鼻祖 北宋书画家，宋四家之一 芙蓉城主，北宋诗人、书法家 北宋词人，婉约派巨擘 北宋词人，书画家，苏门四学士之一 元末明初山水画家，善画墨竹（近日） 明代画家（近日） 明代书法家（近日） 唐玄宗的宫廷乐师 唐玄宗的宫廷乐师，参军戏演员 五代后唐庄宗的宫廷艺人 唐代歌姬，自制彩笺写诗，人称"薛涛笺" 识司马相如于贫困时，传世一曲《凤求凰》 识李靖之大志，成就"风尘三侠骨" 与张生终结良缘 随苏轼度过贬谪之艰难岁月，成就苏轼知己美名

芸轩道："秦明说得对，就看他的历史观有没有问题了。他认为，大仁大恶者都能创造历史，或创圣世，或造劫世。而介于两者之间的一些人，虽然也是些奇人，却也只能顺应历史，既不能像大仁者创世，也不能像大恶者劫世。因为所有历史，都是由胜利者书写的，这其实是'窃国者王，窃钩者贼'的又一种说法而已。"

山岚道："贾雨村认为这是历史规律还是认为这样不公平呢？"

秦明道："这有什么，历史就是如此。齐桓公杀了自己的哥哥当上齐国的国君，后又把嫂子据为己有。对这样的人，连圣贤之管仲都心甘情愿地辅佐他。《尚书》上也说'孰恶孰美？成者为首，不成者为尾'，就是成王败寇。"

芸轩道："所以，苏轼也说：世以成败论人物，故曹操得在英雄之列，似乎有些为其鸣不平之意，贾雨村自然也如此。他在区别这些人时，在划分的两类人里，就有几个有争议的人。"

山岚道："有吗？谁呀？"

芸轩指着墙板上，道："大恶之人中有曹操、王莽。别的不说，单辨曹操忠奸，自古就争议颇多，有人说他是拨乱的英雄，也有人说他是谋国的枭雄。贾雨村则直接把他放到了恶人一类里。"

山岚道："对了，脂砚还说贾雨村有操、莽遗容呢，说他就是操、莽一流人物。这又古怪了，难道他否定了自己？"

芸轩道："这就是问题，历史自有后人评说。我相信他做的事和他这个人一定会有争议。他把自己放到这一拨人里，算有点自知之明。"

秋真道："你就卖关子吧，我还觉得第三拨人很奇怪呢。第三种正邪两赋的奇人，有高士、隐者，有优伶、奇女，有大儒、学者，还有些艺术家。里面倒有三个皇帝，你们没注意？"

秦明道："还是末代皇帝，几乎都是些亡国之君，叵那又怎样？"

芸轩道："第三种人里，就是有亡国之君哪，有什么好奇怪的。"随手拿过那张奇怪的阴阳图，比画道："告诉你们吧，我有新发现，此图乃贾府正、邪两赋布局图。

"正气这方是以贾政为首、黛玉的妈妈贾敏为辅的，所谓'敏政'之所在，是老祖宗的正基华第，就是荣国府。荣禧堂便是贾府正气中心。在荣府内正派占主导，故邢夫人、贾环、赵姨娘这些有邪气之人，在荣府不得翻身。就连大老爷贾赦也须远离荣禧堂，住在毗邻宁府、阴森的黑油大门内。

"再看这部分，是以贾珍为首的宁国府，是邪派的大本营，象征罪孽与邪恶，天香楼便是宁府的邪气中心。在宁府内，邪气压倒正气，贾敬不务正业，烧丹炼汞，贾珍是作恶的代名词，正直的焦大被贾蓉侮辱。"

山岚问道："那这个鸿沟呢？黑白鱼眼睛又去哪了？"

芸轩道："属于正邪两赋派的天下，'鱼眼睛'也是宝玉经常提及的一个词汇，它化作图中间的鸿沟地带，就是这个不阴不阳之处，是黑白合一的大观园。这里以宝玉为首，是两赋派的圣地，大观楼的顾恩思义正殿，是两赋派的人性美圣堂。大观园内属于正派和邪派的，是兼而有之的宝玉、四春和钗黛，还有十二优伶。"

秋真道："你怎么想到的？还真是这样，里面有绛洞花王如宝玉，他是什么身份？"

秦明道："有逸士高人如妙玉。"

山岚道："里面不乏诗人、画家，那么也会有如陈后主那样的亡国之君。"

芸轩道："这就是曹子设置《两赋论》的初心，而且还有三个人，咱们更得注意。"

山岚道："还有谁？"

芸轩道："贾雨村打了个比方，是这样说的，你们听着：如前代之许由、陶潜等人，后面又说：近日之倪云林、唐伯虎、祝枝山。再就是后面的一大串，直到王朝云等这些人，你们看出什么了？"

秦明道："先是说'前代'的许由，后又说到'近日'的唐伯虎。这个'近日'有些意思，马上又说再如李龟年。这几个时间顺序的表达，是含有寓意吧，好像是说贾雨村和'近日'中的这三个人，同时代的意思。"

秋真道："和倪云林、唐伯虎、祝枝山一个时代？"

秦明道："怎么会是一个时代呢？是一个朝代还差不多。贾雨村列举的这些人，最晚的是明代，没有涉及一个清代人物，这三个人是明初或者是明代人，没错。"

秋真点头道："明白了。"

芸轩道："所以这个《两赋论》大有深意。其实中间地带这些人，才是中华民族的灵魂。那三个皇帝都是入错了行，他们如果不当皇帝，都是百年不遇的高人和艺术家。即便他们都不是一代名君，但也不是大恶之人，这恐怕也是贾雨村的言外心声呢。虽然把自己放到邪恶之人里，他也在为自己做无声的辩解呢。"

秦明道："我看他越辩越黑，他就是个糊涂人，要不怎么会乱判葫芦案呢。"

芸轩道："谁叫他是湖州人，老僧煮的粥，可不就是糊粥吗。"

秋真笑道："怎么说到老僧煮粥上来，有典故吗？"

芸轩道："事有原委，总是成对演绎。当初僧人见到英莲时大哭，说她有命无运，祸害爹娘。甄士隐听得明白，却没照老僧的要求去做，结果呢，正如所料，士隐惨淡出局。倒是甄士隐的惨淡败落成就了贾雨村，这一兴一败，亦真亦假，对比鲜明。

"这位贾雨村，上位上得奇，败得也快，到底还是输了。然而曹子说了：一局输赢料不真。看来，他竟然有重开一局再定输赢的愿望。所以，这个老僧又来了，企图像警醒甄士隐一样，显一个真相给贾雨村看。老眼昏花的人煮粥，就是煮一锅糊涂汤给他看。"

秋真道："意思是，你千万别再犯同样的糊涂了，都已经犯过一次了，已经被革职查办了。你也算是个翻过跟头的人了罢，难道后面还想再犯糊涂吗？这才是'身后有余忘缩手，眼前无路想回头'的当头棒喝。是不是预示这个雨村今后还要犯一次傻呀？"

山岚道："有退路时不撤身，无退路时回头晚，这警告和对甄士隐的一样，可惜都不管用。"

芸轩道："这还是次要的，曹公还专门给他安排了个热中说冷之人。作为旁观者，给他发热的心火泼泼冷水，所以才有这篇冷人之演说辞。"

山岚道："这篇冷子兴演说荣国府，是给贾雨村泼冷水吗？我还以为就是单纯介绍贾府人丁呢。"

秦明道："这么说也似乎有些道理。虽然他们聊了很多，但冷子兴演说的主题很明确。"

遂学着冷子兴的语气道："如今这宁、荣两门，也都萧疏了，不比先时的光景。虽说百足之虫，死而不僵。但生齿日繁，事务日盛，主仆上下，安富尊荣者尽多，运筹谋划者无一，其日用排场费用，又不能将就省俭，如今外面的架子虽未甚倒，内囊却也尽上来了。这还是小事，更有一件大事。谁知这样钟鸣鼎食之家，翰墨诗书之族，如今的儿孙，竟一代不如一代了！"

秋真指着山岚笑道："听出来了吗？你们贾家一代不如一代，你还想东山再起，怎么可能。"

山岚道："慢着，什么我们贾家，贾雨村自己抬高自己倒罢了，你也说他和贾府是一家。"

芸轩道："推到贾复时代，他们自然是一家。"

山岚道："怎么讲？上推五百年还都是一家呢。"

秦明道："说对了，咱先看看他和贾府的共同老祖宗是谁，就是贾复。此人乃儒生出身，刘秀的大将之一，曾随刘秀击信都，攻邯郸，战真定，破邺城，成为刘秀东汉中兴之功臣，定封胶东侯，乃云台二十八将第三位。"

山岚道："这又怎么了，不就是一员大将吗？认他做祖宗，也不见得很值得骄傲。"

秦明道："可不是这样的，贾雨村提到贾复，就是让咱们想到光武帝刘秀，他是唯一一个能在乱世中重新恢复汉王朝的人。历史评价说，他是末世能拨乱反正的楷模，难道这个贾雨村也有继承祖宗遗志的情怀？"

芸轩道："这个还有待探究，但他完全不同意冷子兴对贾府'一代不如一代'的论断。在他看来，衔玉而生的宝玉一定是有大来历的，反而是被父亲错认了，不能把他看成是色魔一类，而是……"

山岚道："所以才有了贾雨村的一套《两赋论》，原来是为宝玉的不平凡之处找理论依据的。"

芸轩道："还有，你看贾雨村在说到宝玉时那郑重其事的态度。他还强调，想看透宝玉这样的人，必须具备两种本领，一是要格物致知，二是要参玄悟道。"

秦明道："'格物致知'一词，历来有各种定义，不就是要洞悉万千的儒家功夫吗？可参玄悟道这算什么。我倒认为，是说这个人须得具备儒、释、道三家全能。既然贾雨村能识辨宝玉，他自己就是全能者喽。"

山岚道："即便这样，贾雨村在甄家处馆，不也是因教不了甄宝玉而辞馆了吗？"

芸轩道："你们还是没看明白，这个'格物致知'是《大学》八目之一，乃儒家倡导的治国理政的中心思想，应该是：格物、致知、诚意、正心、修身、齐家、治国、平天下。他的意思，只有这等本事的人，才能解透宝玉来历，或者才能辅佐宝玉成功，也未可知。"

秦明道："怪道贾雨村提他的祖先是贾复。想东汉一朝，被后世史家推崇为中国史上风化最美、儒学最盛的中兴时代；再比如，林如海的官职，就是兰台寺大夫，这个官职就起源于汉代，本是御史官。后汉的班固，就曾任兰台令史，受诏撰《光武本纪》，形同史官。"

秋真笑道："既然你们看出贾雨村的用意，虽然被革职，但并未一败涂地，'侮上'一局，似乎并没论出输赢来，他要东山再起，重开一局。可他已经被革职，还拿什么做筹码开局？"

芸轩突然答道："黛玉！她就是他此处出山的筹码。"

大家听了这一说，都大吃一惊，也都愣了一下。秦明反应快，想了一想道："对呀，当冷子兴说贾家一代不如一代时，雨村也承认，像甄宝玉这等子弟，必不能守祖父之根基，从师长之规谏的。

但他又说：只可惜他家几个姊妹都是少有的。冷子兴也附和道：便是贾府中，现有的三个也不错。政老爹的长女，名元春，现因贤孝才德，选入宫作女史去了。二小姐乃赦老爹之妾所出，名迎春；三小姐乃政老爹之庶出，名探春；四小姐乃宁府珍爷之胞妹，名唤惜春。因史老夫人极爱孙女，都跟在祖母这边一处读书，听得个个不错。"

秋真道："好像冷子兴和贾雨村都赞扬甄家和贾家的姊妹们不错来着。"

山岚笑道："宝玉不是有《女儿论》吗？这样可以捋出一个女儿关系来。

本来冷子兴说贾敏老姊妹四个，老一辈的一个也没了，只不知这小一辈的东床如何？是有些担心的意思。贾雨村说，老一辈的已然'敏政'失和，可他见过甄府的几个姊妹都是好的，冷子兴也承认贾府里小一辈的四个也不差，且其中一个已经进宫了，说明小一辈的还真可以。

"他觉着，即便是老一辈的都末了，有这些小一辈的，贾府还是有东山再起的希望，所以才把自己培养的学生黛玉也带进贾府。这就是贾雨村南下的动机吧？贾雨村恐怕是专门来寻找黛玉的。"

说得大家都点头同意，秋真笑道："懂雨村者，山岚也。既然来龙去脉懂了，咱们就把台词各自做好，找个时间排练排练。怎么样？"有了眉目，大家便一声欢呼响应。

转眼就到了正月末。

秦淮河南岸的玩月桥旁便是夫子庙，故址原是明时留都旧院所在地。整个正月里，每到晚间，这里都是灯火阑珊，到处是各色灯笼，上写各样灯谜，灯影里人流如梭，熙熙攘攘。

茶轩里正好没客人，芸轩和山岚沿着秦淮河岸边，也来到这里。河中央画舫竞渡，琉璃闪烁。河岸上更是人流熙攘，好不热闹，各色灯谜趣味横生，不知不觉中，她们看了大半条街。

二人突发奇想："要不去苏州赏灯吧，出了正月就撤灯了，现在就走，稍晚点就到。"

二人说走就走，几个时辰便赶到了。果然这里更热闹，火树银花，灯火辉煌，她两个简直是目不暇接了。

"看这条谜语：湖水干涸月影无。打一字。"山岚看了这个，不禁想起那条谜语，怎么说来着：水向石边流出冷。谜底怎么看都不像是山涛，说是像石涛或石溪，都比山涛更接近谜底。山岚边走边想，然后问芸轩的看法。

芸轩开玩笑："下一句是：风从花里过来香。其实这是'冷香'一说的再现。这是要你用山涛之水做引子，他要帮你做冷香丸呢。"遂又正色道："不过我也觉'二石'两个人的名字更接近些，可作书者或许不愿意他们出现在书中，他就限了谜底，说是打一个古人。在当时，'二石'也许还不是古人。"

两个人你一言我一语地不觉来到一处。或许是日有所思的缘故，芸轩曾无数次梦到这里，阊门外的十里街。梦中的这里熙攘繁华，车水马龙，集市喧嚣，物产富有。到处是不眼熟的小玩意，什么自行人、酒令儿、水银灌的打筋斗小小子，沙子灯，一出一出的泥人儿的戏，用青纱罩的匣子装着，又有虎丘山泥捏的小像。

芸轩自觉新奇，但都无心细看这些旧玩意，每一次她都要糊里糊涂地寻一个小巷子。有一回，她恍惚地走进一座古庙，这庙只有前后两殿，中间是一方狭长的天井，其形似葫芦。寺门侧开，有一座栏杆上写着"普福桥"字样的小石板桥，恰似葫芦之柄。

这庙虽地方狭窄，但香火极盛，进香拜佛的人成群结队。问道才知，每逢三月十九日，朱天菩萨生日这天，善男信女都要到这里来祈福，如今来的地界，叫山塘街的便是了。半塘往西北的青山桥畔，就是普福禅寺。站在青山桥上，听禅寺中唱腔抑扬，寺门前的牌坊上大书一联：

梦里明明有六趣，觉后空空无大千。

恍然间，芸轩似乎忘却身在红尘了。看了一会儿，两个人朝后院循声找去。原来为贺元宵，这里每晚上演范莎侠编写的潮州剧《葫芦庙》。场地上空座不少，看戏的人也稀稀拉拉，俩人找了一处偏僻的桌旁坐下，要了两杯茶。

台上正是香菱，听她唱道："小女子自幼遭拐卖，惨离了父母家乡。落魔掌遭鞭笞，苦役无间断，小年纪尝尽了苦难辛酸。几次逃跑被抓返，打折筋骨哭断肠。遇冯郎至诚君子相怜爱，暗庆幸，从此有靠脱深渊。有谁知歹毒人贩再将我卖，恶薛藩打死冯郎罪滔天。大人呀，苦命女泣血将情实告，求大人惩凶揖恶，救无辜，为我惨死的冯郎报仇冤。"

忽听的身后有人道："历世造劫三百年，三生石上旧魂还。幻缘未了徒演绎，血泪空挂情未完。大师听这曲调，可比得上咱们那里的？"

另一个人没接话头，却自顾自说："此女遭逢劫数，运数使然，当年士隐老先生若舍我佛门，这藏有大千玄机的葫芦庙，如何还这般热闹？"听那僧人有些调侃。

"可见人人喜热闹，更喜那些老套的才子佳人传奇，当年也曾警言：好防佳节元宵后，便是烟消火灭时。今犹在耳啊。可见武侯之三分，武穆之二帝，二贤之恨，当年不尽，至今也无人解得。世俗不过如此，大师多说无益，还是随缘吧。"

芸轩听着有些疑惑，回头看一眼，却见一位老僧坐在那里，样子不甚看得清，灯光的缘故，也让人觉得恍惚。

只听台上贾雨村又唱道："一案激起千层浪，好教我震惊彷徨。小沙弥变门子说穿案底，方知这案外功夫，更比案内难，护官符上列权贵，一家权贵一座山。若把薛蟠来法办，大山压境，玉石难全，若判香菱归薛府，天理人情怎容宽，此时犹似浪尖风口，一步走错关存亡。

"猛想起，姑苏任上被革职，心胆至今有余寒。起复委用非容易，宦海怎能再翻船。不可！不可！手捧官符心颤抖，郁愤委曲向谁言。此心已在网罟内，进虽污浊退不甘。天理人情且丢下，博一个好前程，腾达飞黄上云天。"

身后那僧人的声音又传来，却很有些遗憾道："倒是这贾雨村真得了实惠，世人都言宦海艰难，任谁碰到这样的情况，也会像他一样忘恩背主，难得世人都这般理解他。"

"不急，不急。他的事早晚会有人了悟得来。"

芸轩她们看了一会子，听着身后那老僧和人议论着些人生如戏、戏如人生等玄妙之谈，起初并不放在心上，当听到那僧人说："无趣，甚是无趣！这葫芦庙里供着朱天菩萨倒是好笑，好笑！你我既然来过一遭，何不到栖霞山再游历一番故地，或许能得遇有缘人也未可知。"等芸轩回头再看时，俩人竟不见了踪影。

芸轩和山岚听得真切，心下有些后悔，也许该同那二人打些招呼，有些话也让她俩疑惑好奇。但人已不在，也没法子，看看时候也不早了，台上的戏也已接近尾声，两人便一前一后地走出普福禅寺。

芸轩自言自语道："葫芦庙里供着朱天菩萨，好笑吗？是不是胡虏占了朱天菩萨的庙宇？"山岚没听清芸轩说啥，便赶了两步追上来问："你嘟哝些啥？"

"你没听见有人说，葫芦庙里暗藏玄机吗？一个贾雨村牵动一个甄家的命运，又背叛一个庞大的贾家势力，那和尚还说'他的事早晚有人了悟'，可见他的事不一般。"

说话的功夫，突然一声山响，芸轩惊醒，手中的书掉到了地上。原来是一个梦。芸轩抬眼看外面，灯火通明。山岚还在楼下招呼客人。忙了一天，想是太累的缘故，她趴在桌子上竟睡着了。

想起那个梦，她便翻开《石头记》又看了会儿，遂将贾雨村和林黛玉及香菱三人写的"吟月诗"抄录了下来。连续看了几遍，遂念了贾雨村的一句：

未卜三生愿，频添一段愁。

又念香菱的那句：诗人助兴常思玩，野客添愁不忍观。奇怪！二人竟都是愁绪满满，都有些悲凉之感。这也难怪，统部《石头记》仅有的几首咏月诗，竟是这两个人做的。

贾雨村是黛玉的老师，黛玉又是香菱的老师，可见他们的诗肯定一脉相承。可他们想表达一种什么思想与意境？这个贾雨村，他的事应该是什么事？

起先，他是"偶因一着错，便为人上人"。贾雨村偶因一着什么"错"，侥幸就成了人上人。为什么是因一着"错"呢？他究竟"错"在哪里？

老僧那里的"身后有余忘缩手，眼前无路想回头"之言，和这"翻过跟斗来的"智通之语，也未能惊醒他试图重开一局的糊涂想头，他又错上加错吗？

后面又题：捐躯报国恩，未报身犹在。眼底物多情，君恩或可待。这首诗在很多抄本中并没有，或许是因为太辛辣、太直白，而被作者删去过。这未报国恩和君恩的贾雨村，究竟干了些什么？芸轩不禁又陷入了沉思。

贾雨村从一个毫无根基的穷儒，一步登天，就如甄家丫鬟娇杏的命运一样，颇具戏剧性。她偶因一回头，便由丫鬟转身成为正室夫人，这个转身如此华丽，和这个"偶因一着错，便为人上人"之谜局，多么相像。

是什么样的"侥幸"奇事，让他一步登天？想到这里，芸轩拿起笔，在一张纸笺上，迅速画出一个鬼魅般的背影来，挂在墙板上，又在左下角写了一个名字：贾雨村。

是呀，这个如鬼魅一样的贾雨村，如今是要依附在黛玉的身上走进贾府吗？当年，甄士隐解囊相助，却遗憾于没写个荐书，然贾雨村依旧鸿运当头，一发而中。如今这一幕再现在林如海身上。林如海一样解囊相助，同样倾力相荐，且还搭上一个宝贝女儿陪他进京。他又东山再起了。

可他附魂在黛玉身上想做什么？进贾府？既然他和贾府是一个祖先，难道是想说，贾雨村就是贾府之人？贾雨村进了自己的府邸吗？

芸轩忽然想起子贡问孔子的一段话，子贡问：有美玉于斯，韫椟而藏诸？求善贾而沽诸？孔子答道：沽之哉，沽之哉！我待贾者也。

玉在椟中秋善贾，钗于奁内待时飞。中秋月圆之夜，贾雨村吟唱的那一联前人之句里，原来用了这个典、藏了这份心思。一边藏美玉，一边求善贾。难道这贾雨村是来寻美玉的？可他却不是什么善贾之流，他又东山再起了？想到这里，芸轩努力摇摇头，她自己也不相信这样的结论。

第三回

无缘会通灵　有约拜前盟

芸轩正在胡思乱想，听山岚和秋真在外面相互笑闹，不一会儿工夫，二人笑得满眼是泪，相互推搡着进到芸轩的房间来，芸轩一看也忍俊不禁地笑。原来进来的二人，声音虽是秋真和山岚，但乍一看差点不认识了。

二人各穿了一身怪异的服饰，不知啥时也上了妆，且山岚是满头发辫，秋真手里还捧着一套衣服，不容分说，二人一进来，就开始帮着芸轩穿戴起来。

一面穿，秋真笑道："我看你俩怎么谢我，也不知花了我多少工夫，关键是我一个月的工资都没了。哎，这枚红宝石像不像宝玉的玉，我还专门找人给它打了宫绦和穗子。"说着，就要给芸轩戴在项上。

山岚抢在手里审视一下，笑道："倒是五彩花纹缠身，真漂亮，可惜没有字迹，你这是雨花石吧？能花你一个月工资？"秋真并不睬她，给芸轩梳起一个明代男子发髻，又从包袱里拿出一个束发嵌宝的紫金冠给她戴上，边道："看这手艺，见过这么精细的吗？专门请我的旗袍师傅绣的。"原来是一个二龙抢珠金抹额，秋真亲手给芸轩齐眉勒在额头上。

山岚站在对面，上下打量着芸轩，笑道："等我拿出芸轩的人物画对比一下，看老鹿的眼光行不行。"

说着，从画架里取出一张，嘟哝着对比起来：这个人头戴紫金冠，齐眉勒着二龙抢珠金抹额，穿一件金百蝶穿花大红箭袖袄，腰里束着宫绦。应该看不见的，因外面罩了石青褂子，蹬着小朝靴；面若中秋之月，色如春晓之花；鬓若刀裁，眉如墨画，面如桃瓣，目若秋波。虽怒时而若笑，即嗔视而有情。项上金螭璎珞，又有一根五色丝绦，系着一块美玉。

又打量了芸轩一遍，对秋真道："样子差不多，可这件袄和你的这件有点像，你俩是不是撞衫了？"

秋真道："这是芸轩的意思，你以为我愿意？为了看《宝黛初会》和凤姐首次亮相，光凤姐的头饰我就求了好几位老师才搞到。不过这一件戴在头上还挺轻的，好看吗？"

芸轩看着秋真，摇头摆腰地走了两步，又要撑不住想笑，秋真道："打住，这是最后一次，再和你的画比对一下，若再有问题，我就不管了。"

山岚又拿出另一张，围着秋真边转着圈儿边笑道："凤姐一出场，那叫一个蓬荜生辉，简直恍若神妃仙子下凡。只见她头戴金丝八宝攒珠髻，绾着朝阳五凤挂珠钗，项上戴着赤金盘螭璎珞圈，裙边系着宫绦，腰里是双衡比目玫瑰佩，身上也穿着缕金百蝶穿花大红袄，外面也是罩着石青色银鼠褂子。一双丹凤三角眼，两弯柳叶吊梢眉，身量苗条，体格风骚，粉面含春威不露，丹唇未启笑先闻。"

说到这里，围着二人又绕了一圈，奇怪道："芸轩说的对，从头颈到腰身，包括配饰，瞧瞧！你俩的配备和色调怎么这么像，都是百蝶穿花大红袄，外照石青色褂子，配饰也差不多，你们二人穿戴得怎么这样顺色？"

秋真笑道："不光顺色，快看，我的八宝攒珠金丝髻和他头上戴的嵌宝紫金冠也差不多样式，还有这个朝阳五凤钗，是五只凤凰呢，这样凤冠似乎不是常人能佩戴的。而宝玉的紫金冠可是古代王子专属，且还有二龙抢珠的饰纹，都够分量了。"

芸轩捏了一下秋真的八宝攒珠，道："你就糊弄咱吧，这就是八宝的样子了？你再看山岚的八宝坠角，更差了。"

秋真道："你们给的图案我看不懂，什么佛八宝，又是天子八宝玉玺的，我只好各样做了一个。"

芸轩又拿起秋真腰里的佩玉，笑道："这也叫玉佩？不难为你了。只是这块比目鱼佩，似乎有特别的意味。"

山岚道："比目鱼代表成双成对，说明她和贾琏的关系融洽呀。"

秋真道："不见得是，八宝是否天子玉玺，我不知道，但做这个二龙抢珠的抹额时，我有些感触来着，二龙抢珠一定有寓意。为什么宝玉头上戴着这么个双龙图案，是不是说，有两条龙在抢一颗宝珠呢？和凤姐一样，二人都是项上戴着金螭璎珞，螭为龙形。二人都身配龙形玉器，真有些说不出的意思在里面。"

芸轩道："你可仔细了，这两个璎珞可不太一样。宝玉的是金螭璎珞，一条龙形，而凤姐的是金盘螭璎珞，盘螭是双龙相盘，这个和比目鱼佩有同样意味，是成双成对。"

山岚道："我说就是么，还不是说凤姐和贾琏和睦。"

秋真问："你肯定吗？要不是呢？"

芸轩道："对，这里不关乎和睦问题，更不关乎贾琏，我认为凤姐出场，就代表二龙出场。"

秋真道："为什么这么想？"

芸轩道："我发现主人翁出场大有讲究，这么隆重地描写其穿戴的人，全书就只有凤姐和宝玉俩人。你看看咱俩的穿戴和配饰多么相似，简直就是一对。衣服颜色也有些怪，都喜欢穿红色，却为何把红色都穿在里面？"

山岚嘟哝道："红色外面罩上青色，不大好看。但凤姐的东西确实是成对的，不就是说她和贾琏的关系好吗？"

芸轩道："错了，她和宝玉的装扮一样，一定和宝玉有关。我看不是她和贾琏，是有人要和宝玉成对，只不过是用凤姐的配饰演示给咱们看而已。"

山岚问："谁和宝玉成对？什么时候成的对？"

芸轩道："我问你，凤姐什么时候出的场？"

山岚道："黛玉来了之后。"

芸轩道："我就说这个出场很有讲究么。黛玉来了，贾母和两位夫人、李纨都在场，又叫来三春，贾府的女主人们全部在场，却安排凤姐姗姗来迟。凤姐一出场，就带着不一般的动静，又是笑，又是哭，又是夸黛玉，又是戴着成双成对的饰物。这自然是告诉咱们，黛玉来了，有人马上带着'对子'隆重登场。古人认为：凤凰双栖鱼比目，双鱼成行则相合。凤姐就是凤凰，是凤也是凰，成对于一身。她的比目鱼，是预示宝玉要找的另一条鱼儿已经来了。"

秋真道："你是说二玉合成比目，就是凤姐吗？"

芸轩道："可以这么说。只有黛玉来了，凤凰才隆重诞生，恍如神妃仙子一样下凡了，或者这就叫有凤来仪呢。"

山岚道："我觉得你钻牛角尖了，宝玉出场不光隆重，还亮了两次相呢。你们也不看看我，满头小辫子，还有一根大辫子，怎么看怎么别扭，和你们的装饰哪里一样啊？这个怎么解释？我这个样子哪能和凤姐联系到一起？"

二人看着她笑起来，秋真指着她道："头上短发成小辫，攒至头顶成大辫是好玩。这四颗大珠和金八宝坠角，是我用泡沫做的呢，咋样？像不像？"

芸轩道："别闹了，她这上身穿着半旧大袄，还带着项圈、宝玉、寄名锁、护身符等，下面半露裤腿，锦边弹墨袜，厚底大红鞋。全身看来是个半短打扮，露裤腿，还有辫子，真是和咱们的打扮有天壤之别，即使是家中休闲，也是有些怪的。"

秋真纳闷道："怎么这个打扮法呢，真是的。"

芸轩道："虽然如此，但曹子给他的面部描写没变，宝玉是：面如敷粉，唇若施脂，转盼多情，语言常笑。天然一段风骚，全在眉梢，平生万种情思，悉堆眼角。

"这几句和给凤姐的描写差不多：丹凤眼，吊梢眉，身量苗条，体格风骚，粉面含春威不露，丹唇未启笑先闻。都是眉梢带风情，未语先常笑，且都用了'风骚'一词。说明宝玉虽换了服饰，和凤姐还是一个人的。"

秋真道："还有，说凤姐是贾府有名泼皮'破落户'。这个'泼皮'好理解，有些调侃的味道，可这个'破落户'倒有些家道败落的意思。南省又称凤辣子，我怎么觉得凤姐有些落地凤凰的感觉。"

山岚笑道："落地的凤凰不如鸡，别看穿得光鲜，其实她已是破落的南京人了，来了一只落魄的凤凰。可宝玉有时也被称作凤凰的。"

芸轩道："没错。这个凤姐是自幼假充男孩子教养的，而且还有学名。她是《石头记》里唯一一个有学名的女子，也确实是男子的待遇。真假互通，男女无别，这么说还真有些对上号了。"

山岚道："可是我头上这不伦不类的大辫子，还有金八宝坠角的四颗大珠子，恐怕大有文章吧？这个宝玉，怎么会在首次出场的瞬间，让咱们，不对，是让黛玉看到他呈现出两个样子呢？"

芸轩道："混世魔王，你的这第二个样子，才是值得研究的，那首《西江月》怎么说来着？"

山岚马上接道："富贵不知乐业，贫穷难耐凄凉。可怜辜负好韶光，于国于家无望。天下无能第一，古今不肖无双。"

芸轩道："慢着，就是这几句。宝玉的行为怎就关乎国与家了，还天下第一，古今无双。这几个词儿，可不能小觑了，你们说天下第一且是无双的唯一的东西是什么？"

山岚答道："帝王啊！天下要有两个帝王就麻烦了。"

芸轩道："哎！大约就是这么回事，他生就一副好皮囊。不对，是两副好皮囊，这显然代表了两个人，这恐怕就是二龙抢珠的二龙呢。嗯哼！我倒是知道了，是哪二龙要抢哪颗珠子了。"

二人忙凑过来问她，芸轩笑道："天机不可泄露。"

见她不说，二人又都伸手咯吱她，三人在房里闹得不可开交，叽咕了一会子，秋真问："不说算了，谁稀罕。说句公道话，我的任务完成得也说得过去了吧，你给秦明安排的呢，她怎么不来。"

芸轩道："昨天来过，说正在请人帮忙做一座荣府沙盘，过两天给个惊喜，还问给黛玉准备的衣服有了没有。"

秋真道："还说呢，别的我都忍了，为黛玉的衣服我可受难为了，你们什么意见也没给，曹公什么信息也不透，叫我怎么准备？不过我也有笨办法，山岚，去取来。"于是竟变戏法一样，山岚从她的屋子里推出一大串衣服架子，上面是各式的女装，但大多是明代女装样式，颜色也素雅。

芸轩道："算你有心，总算没弄些大红大绿的来。"

秋真道："我也佩服曹子，整部《石头记》不提一句黛玉的穿戴，其他几位主角，都事无巨细地唯恐说不明白，到底安的什么心？"

山岚道："有一处写了，下雪时大家穿大氅的时候。"

芸轩道："那一处可不是为专门交代黛玉穿戴的，那是为衬托邢岫烟的寒酸，黛玉的服饰还真个是谜。"

秋真道："就是嘛，既是个谜，能让我一个人猜呀！"

芸轩道："一直以为，你是服装设计大师，怎让这点事难住了？行行行，今天咱们就陪你猜猜这个谜。"

秋真笑道："这还差不多。可怎么猜？从哪里下手？"

芸轩道："我想想，好！咱们就从别人眼中看，从看黛玉到底是个什么样子开始。先说黛玉见到贾母时众人眼中的她是啥样？"

山岚道："让我说：她年貌虽小，其举止言谈不俗，身体面庞虽怯弱不胜，却有一段自然的风流态度，便知她有不足之症。"

芸轩道："对，从众人眼中写黛玉，只有一个意思，病且弱。脂砚也加批说：黛玉草胎卉质，岂能胜物耶？想其衣裙，皆不得不勉强支持者也。这是什么意思？就是说，这么个病美人是穿不动衣服的。看来，她的衣服穿在身上分明是一种负担。"

山岚道："你的意思是说最好少穿衣服？可这分明是个冬季，那还不冻坏了她。"

芸轩道："你听我说，到了凤姐的眼中，是这样说的：天下真有这样标致的人物，我今儿才算见了！可见黛玉之丰姿。又说：况且这通身的气派，竟不像老祖宗的外孙女儿，竟是个嫡亲的孙女。这句话，看似是奉承语，但一语双关，既承认黛玉气派不凡，也夸奖黛玉的基因好，黛玉是继承了贾母的基因，但这里还是只字没提黛玉的衣服。

"马上又问了这样一句：妹妹几岁了？可也上过学？现吃什么药？你看吧，一般的见面语，很少问别人吃什么药。可见在凤姐的眼中黛玉除了美，整个就是个病人。"

山岚道："意思是说黛玉除了气质好，剩下的就是病了。"

芸轩道："对了，这还不算，到了宝玉这里呢？就是有名的黛玉特写。"又摇头晃脑地说道："两弯似蹙非蹙罥烟眉，一双似泣非泣含露目。态生两靥之愁，娇袭一身之病。泪光点点，娇喘微微。闲静时如姣花照水，行动处似弱柳扶风。心较比干多一窍，病如西子胜三分。

"宝玉眼中的这段特写，就直接说娇袭一身之病。这样的话，宝玉眼中的黛玉就是三个字：病西施。而且还说这林妹妹，眉尖若蹙，直接送给黛玉的字便是颦颦。这进一步坐实了大家眼中的黛玉，只有一个字：病！"

秋真道："说来说去也不新鲜，黛玉的病，她自己又不是没说。她说：我自来是如此，从会吃饮食时便吃药，到今日未断，请了多少名医修方配药，皆不见效。那一年我三岁时，听得说来了一个癞头和尚，说要化我去出家，我父母固是不从。和尚又说：既舍不得她，只怕她的病一生也不能好的了。若要好时，除非从此以后，总不许见哭声。除父母之外，凡有外姓亲友之人一概不见，方可平安了此一世。

"你们听听，这黛玉的病和宝玉的玉，还有英莲额头的红痣，都是胎里孕育的。要想好病，是有条件的，不能见生人。可看今天的情形是永远好不了了，只好以人参养荣丸来维持生命。"

山岚道："有性命之忧！被癞僧、跛道二人点明迷津的已出现了两个人，都是三岁时丧命，可见这个'三岁'之数，是某个人过不了的命数。"

秋真道："还有，黛玉的弟弟也是三岁时死的；英莲是三岁时丢了；黛玉天生有病，其生死攸关的年份也是到三岁时面临抉择。结果呢，就在三岁这个劫数年，英莲失踪，黛玉的弟弟死亡，而黛玉选择了离开父母，来到陌生之地，这也相当于选择了死亡。"

芸轩道："我看咱们扯远了，黛玉的服饰之谜没还解开，又引出了'病西施'之谜。秋真，你别把咱们带沟里吧。"

秋真笑道："是你扯远了。"

芸轩道："说黛玉的病，其实正是说黛玉的衣服，正如萨都剌的诗曰：鬓翘如插戟，体弱不胜衣。我体会到了'弱不胜衣'这句话就是谜面，她比西施还病三分呢，怎么能堪当重衣。"

山岚道："堪当重任好吧？和衣服有关吗？算啥谜底。"

芸轩道："不对，在所有人看来，黛玉之弱真是无法当得起衣服重量的，你们以为呢？"

秋真道："那又怎么了，我这里准备的衣服里就有西施穿的萝衣，正所谓：邀人傅香粉，不自著罗衣。我来打扮她，黛玉的穿戴，自然该是飘然若仙子了。"

山岚道："对呀，像西施这样的美人，穿什么都好看，所谓情人眼里出西施，宝玉怎么关心黛玉的衣服呢？"

芸轩道："你俩真笨，宝玉不嫌，但王夫人和凤姐就不一样了，二人就有一段对话，我学学，你俩琢磨一下。

"凤姐说：才刚带着人到后楼上找缎子，找了这半日，也并没有见昨日太太说的那样的。想是太太记错了？王夫人道：有没有什么要紧。很无所谓，没有就算了。

"因又说道：该随手拿出两个来，给你这妹妹，去裁衣裳的，等晚上想着叫人再去拿罢，可别忘了。这里用了'随手'二字，也有很随意的意思。熙凤忙道：这倒是我先料着了，知道妹妹不过这两日到的，我已预备下了，等太太回去，过了目好送来。王夫人一笑，点头不语。一个笑，一个点头。一个提示，一个就说早有预备。二人是心照不宣吗？倒像黑话一样让人听不懂。为什么这里插一段关于缎子的话呢？就说说我的直觉先。

"王夫人让找缎子却并不说为何找，单就在咱们都关心黛玉穿什么衣服时，提出这个事就值得注意，莫不说是王夫人嫌黛玉穿得寒酸，才给她做衣服？"

秋真道："不排除这个推测。但黛玉什么出身？是侯门世家的独女，林如海是盐政御史，那可是肥差，说黛玉寒酸谁信呐。"

芸轩道："但有个细节你们注意了吗？她的行李有多少没明说，可佣人只有两个，一个小的可怜，一个老的可怜，再加上黛玉病得可怜，这三个人组合到一起，就是老弱病残的代名词。"

秋真道："这个我认。"

芸轩道："我是说黛玉的寒酸是相对的，相对于贾府的奢华而言，她是寒酸的。要不黛玉进贾府，怎么会用'收养'二字呢。"

山岚道："对呀，黛玉真切地表现出寄人篱下的感觉，说不定就是一只落地凤凰。"

芸轩道："不信你看看黛玉和她母亲对贾府的评价，有三个地方黛玉用了'不一般'三个字。第一次是听母亲说过，她外祖母家与别家不同，她近日所见的这几个三等仆妇，吃穿用度已是不凡了，何况今至其家。"

秋真道："这点我认真研究过，到了贾府，她可开了眼。贾府的人可了不得，看宝玉和凤姐的穿戴，除了倭缎就是洋缎，就连丫鬟穿的都是绫袄罩青缎。贾府人又都是富贵眼。这么说来，王夫人看她寒酸，还真有些道理。"

芸轩道："所以，细细体会王夫人和凤姐的语境，真是黑话，凤姐的话有些为王夫人打圆场的意思。贾府的人都知道黛玉这几天就到，王夫人也知道这个寒酸的外甥女要来，就嘱咐凤姐找匹缎子出来，像是知道黛玉穿的一定不是缎子的，所以又有些很看轻的味道。可找的这缎子，又像很陈旧的压在箱子底的样子，要不凤姐怎么这么难找，结果是凤姐没找到。

"当听王夫人说是给黛玉的，凤姐机灵得很，马上说预备下了，脂砚也马上说，凤姐明显是撒谎了。其实是为了帮王夫人掩饰她对黛玉的嫌弃。"

秋真道："算你说的对，那你感觉黛玉穿得有多寒酸？"

山岚走到衣服架子旁，拿起一件道："我猜着了，黛玉的母亲刚刚去世，她的衣服肯定是银白色为主，很素又很轻，又要有气质，就这件素色绣花的斗篷吧。或者是青色袄，白绫子棉裙或者是罗衣。不是说：罗衣何飘飘，轻裾随风还吗。搭配起来像不像仙子？"

芸轩道："你又错了，曹子不提黛玉的衣服，肯定是不想让咱们去关注黛玉衣服的颜色和样式，而是让咱们注意黛玉为什么没有衣服？"

秋真道："写黛玉，用的是水墨画的意象技法，写宝玉则是写实手法，所以呀。"

芸轩道："我直说吧，这里的衣服就代表衣冠传承。黛玉是没有衣钵传承之人的，她的老师是个穷儒，老师的灵魂附在黛玉身上来到贾府，也一定代表着寒酸。而宝玉有，凤姐也有。虽然黛玉的通身气派像贾母的嫡孙，但她毕竟不是，她没有传承下衣钵，就如同南省来的破落户。或者说，她没有贾府这样的根基，还担不起传承衣钵的重任，起码王夫人是这样认为的。"

秋真道："你的意思，她弱不胜衣是说她当不起为贾家传承子嗣的重任吗？"

芸轩道："你也想到子嗣？王夫人就直截了当地告诉她，还不如说警告她，离宝玉远着点，休要招惹他。王夫人的态度和语气都很不客气。"

秋真道："有些意思，原来黛玉的衣服包含这么多信息。曹公乃鬼斧之笔，我可就惨了，还得琢磨着怎么给秦明配衣服呢。对了，知道服饰之谜，怎么解释'病西施'呢？"

芸轩笑道："说了这么多，我也饿了，这可是秦明的任务，想知道这个，你就要顺着黛玉的眼睛看过去，也许会看到一个惊人的去处，说不定会看到黛玉的灵魂深处。"

没等芸轩说完，秋真打断她，笑道："等她弄好那个沙盘，天都黑了，你说说就完事了呗。"

芸轩笑道："哪有这么容易，你给秦明的衣服还没选好，过些时日，叫上秦明，咱们对着实景分析，一定能搞个水落石出。"

次日上午，芸轩和山岚一起来到夫子庙旁的一个古董店，里面的光线有些黯淡。略略适应了一会子，看到这里除了古式的金银铜器，就是陶瓷玉器，二人大多看不懂。

见那边太师椅上坐着一位老者，正在用放大镜检视一个古鼎里面的铭文，芸轩走过去向老者问道："请问金师傅在不在？"

老者抬起头，看了她们一眼，道："老夫就是，有什么事吗？"芸轩一听，他就是要找的人，忙拿出一张图片递到金师傅手里，师傅看了一眼，面无表情道："你这是玉青汝窑，看色质倒是温润如玉，但这是个觚形器，少见，若是古物恐怕难有真品，姑娘有这个物件？"

见金师傅问，芸轩遂回道："师傅见笑，我哪有这样贵重的古物，这画上的东西叫汝窑美人觚，我从没见过，只是有些困惑，请师傅见教。"

芸轩说明来意，原来这是她照汝窑美人觚的样子想象着画的，用了汝窑特有的玉色和觚形。金师傅听完，便不似刚才那样警觉，又见提到汝窑瓷器，竟一下子高兴起来。

放下镜子让她俩坐在对面，微笑道："你们算找对了人，这一带古玩行里数老夫鉴定瓷器最多，你们想知道什么，尽管问。"

山岚怯怯地道："我都不知道什么是汝窑，也问不出专业的东西来，您给普及一下常识也行。"

师傅道："汝瓷在宋代就位居五大名瓷之首，始于唐中期，盛于北宋，只可惜北宋后期，宋金战乱不断，北宋亡了，汝瓷技法也相继失传。汝瓷之兴盛共也不过二十余年，且大都是贡品，传世之品少之又少，所以才弥足珍贵。"

芸轩道："听说汝瓷是玛瑙为釉，其釉色犹如'雨过天晴云破处'。有这样美妙吗？"

师傅道："那自然，北宋皇室烧制汝瓷不惜工本，至明清时，其贵堪比周鼎。"

芸轩道："明清时期，汝瓷和文王鼎，什么样的人都能用吗？"

金师傅笑道："看姑娘说的，除了皇家有，民间谁敢用。特别是这个觚形，是西周时的酒器，后来就成了礼器，汝瓷中，这个形制少见得很。"

芸轩道："如果有这么个物件，是不是可以说，它是仿古青铜觚造型的汝瓷，用来插花可以吗？和文王鼎、匙箸、香盒一起摆在几案上和谐吗？"

师傅听见芸轩说文王鼎，就拿起他刚才摆弄的那件，笑道："文王鼎也是周时法器，可不是随便摆设的，至于和炉瓶三事放在一起，倒还可以，当作时尚摆设也说得过去。"

山岚道："文王鼎、匙箸、香盒，是炉瓶三事吗？"

师傅道："可不是吗，文王鼎乃周公祭祀文王之鼎，属于国之重器，哪能随便设于庙堂。但如做成熏香用物，像炉瓶三事等，也就没什么大惊小怪的了。"

山岚嘟哝道："美人觚、文王鼎都是周器，贾家摆设这些东西，说明这里周礼尚存，所以贾政字存周，原来是这么回事。"

芸轩拽了山岚的衣襟，又问道："金师傅，如果是大紫檀雕螭案上设着三尺来高的青绿古铜鼎，一边是金蜼彝，一边是玻璃海，墙上悬着《待漏随朝》

墨龙大画。您觉得这个陈设怎么样？什么家族才能这样摆设厅堂？"

金师傅道："你慢着说，我没听真切呢。大紫檀雕螭案，雕着龙形的紫檀案子上面，是三尺来高青绿古铜鼎吗？"

说着用手比画了一下，道："器形够大的，还有什么？"

芸轩道：《待漏随朝》墨龙大画。"

师傅点头道："随朝待漏，是计时的铜壶滴漏，应是朝房里，大臣们等待上朝吧，这画是大臣们等待早朝前的景况。墨龙画，难道是《墨龙图》？我还真不能瞎猜。"

芸轩道："您就这样猜，我也说说这幅画的意境。画中的墨龙，估计是写意法，有可能暗隐龙形。下面是随朝的大臣，上面加上龙形，这就不是随朝，而是上朝的感觉了。"

金师傅咂嘴道："这幅画有意思，画的两边是什么？一边是金蜼彝，另一边是玻璃海吗？这蜼彝也是周礼器，玻璃海是大酒器。龙形花纹大案上摆放这三样，加上悬的这幅画，装扮起来，真不是寻常人家的厅堂了。"

山岚道："上面还有万几宸翰之宝印，更说明意思。"

金师傅吃惊道："万几宸翰之宝？这当然是皇帝宝印。你这二位姑娘开玩笑吧。如果这个物件放在案上，这里就是皇帝办公的地方，何苦还让老夫瞎猜一通。"

芸轩道："她没跟您说清，是在一个牌匾上盖了这么个宝印，不是案头放着的呢。"

金师傅笑道："这也了得，皇帝的印哪里是到处乱戳的。"说得大家一笑。

告辞出来，芸轩心里泛起了嘀咕，按金师傅的说法，这一联：座上珠玑昭日月，堂前黼黻焕烟霞。更有说道头了，到时候看秦明如何演绎。

这一日正是周末，吃过午饭，趁着客人们来得少，她们在茶轩大厅里拼起桌子，摆上来一座逼真如画的纸沙盘。刚开始，并没感觉到什么，乱乱的一堆纸积木，等摆完了打上灯光的瞬间，她们还是发出了震撼的嘘声。只见沙盘上甬道纵横，厅堂轩昂。树石错落，游廊蜿蜒。特别是那个黑色的大门，很跳脱地进入大家的视线。

第三回
无缘会通灵　有约拜前盟

45

秦明有些激动，搓着两只手，兴奋地笑道："这效果，可是我独步太虚得来的灵感。"

秋真叹气道："听说石家庄有个宁荣街，荣国府也是按曹公的原意建造的，一点不差，只可惜咱们去不了，假如能去那里，谁还用你这个。"

秦明道："你们就权当到了那里不行吗？一点想象力没有。赶紧的，把黛玉的衣服给我穿上，随着我的咒语，咱们一起穿越吧。"

秋真道："穿黛玉的衣服可以，得回答我两个问题，看你有没有穿越过去的本事。听好了，第一，说黛玉心较比干多一窍，又说她病如西子胜三分，这是褒还是贬？"

秦明道："当然是褒，比干乃天下第一忠臣，是历史上第一个以死谏君的忠臣，是殷商王室的重臣。商末，纣王暴虐荒淫，滥用重刑，比干在摘星楼强谏三日不去，纣王大怒，遂杀比干，剖视其心是否忠诚。"

山岚道："你的意思，黛玉也被剖心了吗？"

秦明道："这个我不知道，但我知道国神比干乃林姓始祖，关于这段渊源古籍上都有记载的，和咱们这个姓林的黛玉是有渊源。古人云：圣人心有七窍，她心较比干还多一窍，可见其对王室的忠贞不亚于比干。"

秋真道："一个弱女子怎会和比干联系上，西施呢？"

秦明道："西施，越国美女，天生丽质，禀赋绝伦，相传，连颦眉抚胸的病态，亦为邻女所仿。但她能闻名于世不是因她的美，而是因她用自己的美，帮助一个国家打败了另一个国家，就是著名的'攻心美人计'。"

山岚道："搞笑，依你的意思，黛玉来贾府是做美人间谍的？那她要帮助谁打败谁？"

秋真道："胡说，她怎么会是间谍？"

秦明道："难说，西施的花魂是荷花，她生于水乡，浣纱于荷花之侧，虽出卖色相却出淤泥而不染。还有人说：一场大梦烟波里，泪洒珍珠照来人！传说，西施是嫦娥的珍珠下凡而来，而黛玉又是绛珠下凡，袭人也叫珍珠，这种种安排，你说出于什么目的？"

秋真道："怎么还急了，暂且不说这个，再回答我一个问题：黛玉来贾府干什么？"

秦明双手合一，默念道："我只能说来了自然知道，你们还是随我来吧。"随后，芸轩念了两句诗：

> 心较比干多一窍，病如西施胜三分。
>
> 泪似湘妃落千行，痕成绛珠了万般。

又道："湘妃洒泪是为了找舜帝，不知黛玉洒泪竟是为谁。咱们还是相信秦明吧，就随她去贾府走一遭。"

说来也怪，那座沙盘上的建筑，似乎变得高大起来。秦明内穿绿萼梅刺绣交领窄袖袄，白底撒花裙，披一件莹白软纱无花斗篷。秋真又精心为她梳了一个美人髻，乍一看，活像电视连续剧《红楼梦》林黛玉扮演者陈晓旭的模样。

随后秋真向大家拍手，招呼道："都注意了！《宝黛初会》一场，是咱们首场实景秀，虽说咱没条件重塑场景，但咱们是认真的，我也是头一回玩这个，能不能有点意思，就看大家的了。排练开始，大家各就各位，在每一个节点上配合秦明。都准备好了吗？好！Action！"

接着，芸轩的画外音开始："母亲在世时，曾经告诉过黛玉，她的外祖母家与别家不同，家中有个衔玉而诞的表哥，这是最大的与众不同处。

"古礼曾有大丧含玉之说，言外之意：皇帝大丧尊含玉之礼，讲究的是死后含玉。可谁成想又杜撰一个衔玉而诞的荒诞故事，让一个孩子含玉而生。生死之间，这块玉就跟着转世了。

"可外祖母对黛玉是否有玉一事，说了这样一番奇怪的解释：说她原是有玉的，不得已随葬于母亲了。如若这样，我倒要问问，母亲的葬礼是否符合含玉之礼？曹子没说，恐怕也不能说。贾敏之葬礼，怎么可能是皇帝大丧之礼呢？

"但奇怪的是，照贾母的谎言推测下来，发现这个含玉随葬之说符合事实，以至于宝玉也认可了。原来黛玉应该有玉的，脂砚所谓：君子可欺以其方，我也深以为然。

"但黛玉是否有玉，还是不得而知，而就是这样一个神秘的黛玉，来到了一个充满怪异的贾府。咱们就看看，黛玉在贾府里见到了什么特别之事，而她背井离乡来贾府，又肩负了何种特殊使命，随着黛玉的眼睛，看过来。"

只见黛玉来到西角门，自说道："母亲的话果然不错，看外祖母家，来接我的这几个三等仆妇，吃穿用度已是不凡了，我须步步留心，时时在意才行。"

芸轩的画外音道："黛玉已经拜见过贾母，接下来须去拜见两位舅父。请黛玉先到大舅父家中。"

黛玉随着秋真装扮的邢夫人，坐着骡车来到东边一个黑油大门旁，黛玉道："真真疑惑，这个大门能进骡车，当然不是角门，似乎像正门。可依大舅舅家的爵位，他的大门不说是'朱门'罢，也得是'金门'，大舅父世袭一等将军，而这个大门怎么是黑色的？

"这里的厢庑游廊也小巧，院中随处之树木山石皆有，显得杂乱无序。大舅父是荣府的长门长子，又是外祖父的袭爵者，这样一个地方怎会是大舅父的住所？他为何蜗居于府外的花园隔断中呢？"

芸轩画外音道："知道大舅父不见自己，是怕见了彼此伤心，又听了舅父传出的一番嘱托，黛玉还是辞别大舅母出来吧。"

秦明变回了自己，向秋真道："我看到贾赦夫妇住在有些乱的一个小花园子里，是图休闲自在吗？怎么也没个内角门，天天省晨定昏的，每天来往都得动用骡车，多麻烦的事。"

秋真道："哎，这里就是大观园的发祥地，赦老就是那正邪两赋之人也未可知，这里的古怪一言难尽，慢慢你就知道了。"

芸轩画外音道："请黛玉回到荣府的西角门，然后向东转弯，穿过那个东西穿堂，过南大厅进入仪门内大院，进上面五间正房的荣禧堂中。"

黛玉来到荣禧堂门前，发现来到了荣府的中轴线上，一条大甬路，正对着大门。黛玉心想：原来这是二舅父的正经内室。进入堂屋，黛玉发现堂壁上挂着一块赤金九龙青地大匾，是皇帝赐书给曾外祖的，还盖有皇帝的玉印。

中间那一幅，画的正是大臣等待朝会的情形。大紫檀雕螭案上有古铜鼎、金蜼彝和玻璃海，好气魄。地下两溜十六张楠木交椅。看来，这里经常来很多客人，一副乌木牌联，写的是：

座上珠玑昭日月，堂前黼黻焕烟霞。

黛玉细细端详这个联，招手向芸轩道："这个联该是放在什么地方的？是放在《待漏随朝》墨龙画的两边，还是放在堂屋的门两边？"

芸轩道："曹公没明说，我看像是放在了门的两边了。"

黛玉道："我觉有些不对劲，这一联像是在解释《待漏随朝》墨龙画上的情形。坐上珠玑昭日月，分明是帝王的光彩堪与日月同辉；堂前黼黻，可不就是说的随朝的大臣们吗，他们的风采使得室内生辉。这联应该挂在墨龙画两边才对。"

芸轩道："有道理。这个正经内室，十六张楠木椅子，可能是正经朝堂还差不多，我看这回黛玉是来到了贾府的权力中心了。"

秋真道："这么说，这个联的落款有着落了。"

芸轩道："是吗？怎么讲？"

秦明道："你先断开句再说。"

秋真道："你们听着：同乡　世教　弟　勋袭　东安郡王　穆莳　拜　手书。断得怎么样？"

芸轩道："又怎么解释它？"

秋真道："秦明说吧，我说不好。"

秦明道："算你有自知之明。为贾源写联之人，应该和贾源同乡。所谓世教，一般指周公、孔子所尊之儒教，说明他们都是尊正统礼教，论的是兄弟关系。此人自称是弟，贾源为兄，那这人是谁呢？是世袭的东安郡王吗？如果这样，问题就出来了。

"既然大家是尊周礼的世教关系，一定懂得孔子的纲常礼教。按朝纲，国公的等级一定不会大于郡王，可这郡王，不但自称为弟，且还要拜而为其手书该联。

"一个王爷，为国公写对联时，需要膜拜再手书吗？显然有背世教正统。既违背常理，那只能解释为：能被王爷膜拜的这个贾源，不是一般人，这个朝堂也许就是他的呢？"

秋真道："倒也不算胡说，确切地说是穆莳拜，刚才你说这个名字时，我竟然听成'木石拜'，是木头和石头一起拜吗？是不是告诉咱们，黛玉是来拜码头、拜把子的，木石二人要在这里祭拜结盟吗？"

山岚笑道："亏你胡乱联系，不过这个'莳'字，我查过字典，是栽种的意思，还真和草有关。穆字，也许和宗庙祭拜时的昭穆排序有关，既然要膜拜，就需要排左昭右穆的次序，不是吗？"

秋真道："那你说这两个字放在一起是啥意思？"

山岚道："也许特指移栽到这里的那棵绛珠草，就是黛玉，她正按左昭右穆的次序，和另一个人向上膜拜。"

秋真道："那不一个意思吗？难怪黛玉在贾赦那里，没人提次序，倒是邢夫人请贾赦出来见黛玉，就有点别扭。可来到这里感觉完全变了，黛玉要处处度量贾政的座次，难道黛玉真是来拜次序的？这是黛玉来这里的目的？"

正自说自思量间，芸轩的画外音又道："请黛玉不要过多停留，贾政不在这里，王夫人居坐宴息之处，也不在这里，请老嬷嬷引黛玉去东边房内。"

黛玉进入房间，只见临窗大炕上铺着猩红洋罽，正面设着大红金钱蟒靠背，石青金钱蟒引枕，秋香色金钱蟒大条褥，两边设一对梅花式洋漆小几；左边几上文王鼎、匙箸、香盒，右边几上汝窑美人觚，觚内插着时鲜花卉，并茗碗痰盒等物；地下面西一溜四张椅上都搭着银红撒花椅搭，底下四副脚踏，椅两边也有一对高几，上有茗碗瓶花。

黛玉思忖道："这里和外祖母那里不同，不是床而是炕，上面是猩红色洋毡、靠背大红色，引枕石青色、条褥秋香色。椅子上银红色椅搭，加上花卉、瓷器和这些金钱蟒的富丽纹饰，好鲜亮红火的屋子。"

又见老嬷嬷让黛玉炕上坐，炕沿上却有两个锦褥对设，黛玉度其位次便不上炕，只向东边椅子上坐了。本房内的丫鬟忙捧上茶来。黛玉一面吃茶，一面打量这些丫鬟们，装饰衣裙，举止行动，果与别家不同。

秋真笑道："别光顾着喝茶，看到了什么异样？"

秦明道："如果这是贾政的屋子，感觉很奢华，丫鬟也不一般，奇怪的是，嬷嬷为何让我坐炕上。"

山岚道："因为你是客人哪。"

秦明道:"凭直觉,我坐那个位置不合适。"

贾政不在,正说话间,一个穿红绫袄、青缎掐牙背心的丫鬟走来笑说道:"太太说,请林姑娘到那边坐罢。"

老嬷嬷听了,于是又引黛玉出来,到了正房边上三间小耳房内。只见正房炕上横设一张炕桌,桌上摆着书籍、茶具,黛玉见了眼熟,似乎是旧物;靠东壁面西设着半旧的青缎靠背引枕,王夫人却坐在西边下首,亦是半旧的青缎靠背坐褥,见黛玉来了便往东让。

黛玉心中料定这是贾政之位,可为什么舅母也要我坐那个位置?且这里的陈设是青色半旧的,挨炕一溜是三张椅子,比起贾政的屋里少了一把椅子,是搭着半旧的弹墨椅袱,整个环境黯淡无光。

一新一旧的,区别怎么这样大?看样子这才是二舅母的居处,二舅夫妇有各自的会客房吗?这是她真正的会客室,但都是旧东西,规格也低,这个地方却更让黛玉喜欢些。

果然,王夫人再四携她上炕,她终于挨着王夫人坐了下来,这个举动不一般。

第四回

英莲逢孽缘　扶乩泄天机

　　芸轩的声音又说道:"别走神,我给你讲一下脂砚的笑话,你也许知道自己该干什么了。他说一个农人进京见世面,回家后告诉人们,他在京城见到皇帝了。

　　"众人问:皇帝如何景况?

　　"农人说:皇帝左手拿一金元宝,右手拿一银元宝,马上捎着一口袋人参,行动人参不离口,一时要屙屎了,连擦屁股都用的是鹅黄缎子。我问你,这个段子插入的用意,你明白吗?"

　　秋真道:"难道是说,黛玉也是进京见了皇帝了?可为什么有新旧之分?"

　　芸轩笑道:"黛玉,你现在见到眼前这些新旧对比的东西,其实都符合皇帝的生活起居之实况。前面那些象征新帝,后面这些象征旧帝。"

　　秦明道:"我明白了,黛玉既是米序座位的,在这个半旧物件的屋子里,她是有座位的,王夫人也让她坐上了她自己应该坐的位置。可既然给了位置,却为何又嘱咐那些话呢?让黛玉远离宝玉,是不同意木石拜吗?这是何居心?"

　　芸轩道:"回头再说,请黛玉回到贾母处,外祖母喊你吃晚饭了。"说着,大家笑起来。秦明走回来,山岚也刚打扮成宝玉梳辫子的样子,回到桌子边坐下来议论起来。

秋真道："你说皇帝笑话，我倒记起脂砚的那两句，□骨变成金玳瑁，□睛嵌作碧璃琉。你们也猜猜，那两个没有的字是什么？"

芸轩道："你又有闲工夫猜这个，肯定是两个龌龊字，他不好意思说才省去了。"

秦明道："玳瑁乃乌龟。说是'乌'骨变成金玳瑁，'龟'睛嵌作碧璃琉。不行吗？非要难听的字吗？"

芸轩道："算了，说这些做什么？你还是说说看完二舅家后，感受如何？"

秦明道："第一个感觉：在其位者反而不谋其政，大舅是一等将军，二舅却占据权力中心。"

秋真道："也就是说，贾府是二爷当家。怨不得不管是排行老几，有点用的男人都成二爷了呢。"

芸轩道："知道这个现象叫什么吗？"

山岚道："叫政权不一，也叫二。"

芸轩道："别胡说，在古代是一种摄政制度。摄政者要代行天子之政，一般是由于王朝发生重大事件后，主权难行时。最著名、最成功的就是周公摄政和舜帝摄政，但大多数摄政的结果，都蜕变为兄终弟及，或者改朝换代，比如那个王莽。"

秦明道："你是说贾赦是个隐形的政权。我倒觉得他住的地方像是死人住的地方呢，只是说不出为什么。

"第二个感觉：二舅家有三个起居室，一处像朝堂就不用说了，你们也感受到了，最大的问题是，另两处新旧区别明显，似乎一个是贾政的，另一个是王夫人的，二人是分开办公的。"

芸轩道："说明这个权力中心，确实有两个，一新一旧，就好比宝玉瞬间换两套冠带，异曲同工，而宝玉换的第二套衣服，就是来自王夫人处。还有吗？"

秦明道："再就是，他们一直让我往炕上坐，且让我坐贾政的位置。"

秋真道："你不也坐上去了么，说明你来这里的目的达到了呗。"大家一笑。

秦明道："看来我是相中了一个旧皇权。说最后一个感觉：贾府里到处是什么夹道、穿堂、抄手游廊的，院中有院，我数了数进项，似乎是九个层级，真不像一般的公府，有点像皇宫的感觉。"

芸轩道："一会儿让你吃晚饭，那阵仗更明显，用茶水漱口，这和你们侯府一样吗？"

秦明道："是处处不一般。"

芸轩道："你忘了一件大事，刚才还嘟哝说什么来着？"

秦明道："对了，二舅母嘱咐的那段话，语气生硬，还不如大舅的嘱咐有人情味呢，要我不要沾惹宝玉，什么话？我怎么会沾惹他。但话又说回来，我来的目的就是来找宝玉的，怎么能避开他呢。"

山岚道："你终于承认了，你来贾府是来寻宝的。我就知道那个贾雨村没安什么好心。"

秋真道："他的复活是大意，如甄士隐对他的帮助一样凑巧。他再一次遇到了林如海，也是羲皇上人般的瀚海学林人物，又是给钱物，又是给写荐书的，贾雨村真是遇到狗屎运了。"

山岚道："这次东山再起，定是两个女学生为他出力。"

秦明道："是被他利用了，好不好！"

芸轩道："别争了，说正事，你打算怎样搞懂你二舅母的用心？"

秦明道："我是这样回答的，我来了，自然只和姊妹同处，兄弟们自是别院另室的，岂有去沾惹之理？男女授受不亲，自然是分开的，我也没机会呀。"

秋真道："王夫人回答得更巧妙，她说呀，你不知道原故。他与别人不同，自幼因老太太疼爱，原系同姊妹们一处娇养惯了的。你不是也听母亲说过，他最喜在内帏厮混的，这才是最大的原因，你们必定是分不开的，非住在一起不可。"

秦明道："还是废话，她为什么嘱咐这些呢？"

芸轩道："我的理解，王夫人的意思是你们可以结盟，但你不可生占有之心，这是我的底线，因这个孽根祸胎是我的，谁也不能沾染。"

秦明点头道："似乎有道理，我也隐约觉得宝玉砸玉，似乎和这个嘱咐有关联。"

秋真道:"提起这个来，才是咱们今天的重头戏，黛玉来了半天，从贾母那里开始走了一大遭，都吃完晚饭了，曹公才安排二人初会。谁也想不到，男主人公赶到晚上才隆重登场。山岚，快梳好你的辫子，穿戴起来，来最后一场《宝黛初会》吧。开始！"

大家忙乱一番，黛玉来到屋子当中的空地上，宝玉从门外走进了，黛玉一见，便吃一大惊，心下想道：好生奇怪，倒像在哪里见过一般，何等眼熟到如此！

宝玉忙上来作揖。厮见毕归坐，细看黛玉的形容，道："这个妹妹我曾见过的。"

秋真悄笑道："这就是传说中的一见钟情吧。"

宝玉道："我看着面善，心里就算是旧相识，今日只作远别重逢一般，妹妹可曾读书？"

黛玉道："不曾读，只上了一年学，些许认得几个字。"

宝玉又道："妹妹尊名是哪两个字？"黛玉便说了名。宝玉又问表字。

黛玉道："无字。"

宝玉道："我送妹妹一妙字，莫若'颦颦'二字极妙。"

芸轩道："停！古话说，少女未嫁曰待字闺中，《石头记》里只李纨有字，叫宫裁，其他闺中女子皆无字，如今宝玉要为黛玉取字了，难道说宝玉是有意向黛玉求嫁吗？"

山岚道："这话正中我下怀。"

秋真道："心怀不轨。"

秦明道："别说他心怀不轨，探春的一句话提醒了我，她问这个'颦'字的出处，和咱们的怀疑有些契合。明明觉得黛玉眉尖若蹙，美若西施才取这个字。所谓情人眼里出西施的，就是此情此景，可宝玉的杜撰却离了谱。他说《古今人物通考》上说：西方有石名黛，可代画眉之墨。这才是他取'颦'字的出处，你们谁研究过这句话？"

秋真道："宝玉不是说了，除'四书'外杜撰的也太多，怎么就不许他杜撰了。说明这本《古今人物通考》真就是杜撰。可他为何杜撰一本《古今人物通考》呢？后面的画眉之黛，说的是用黛石画眉的情节，和古今人物有关吗？这个杜撰有些风马牛不相及的意味。"

芸轩道："不过细细想来有关联，咱们上下联系起来想。但就书名看，此书该是考证历史人物的，而这个历史人物，一定和黛石画眉有关。你们满脑子想想，有没有这样一个历史人物，喜欢给别人画眉毛？"

秦明一拍手，道："有呀，就是著名的'张敞画眉'。他和夫人感情极好，因他的夫人幼时受伤，眉角有了缺陷，所以他每天要替夫人画眉后才去上朝，这成了夫妻恩爱的代名词。"

芸轩道："这不就对了，黛玉眉尖若蹙，算不算眉角有缺陷。所以宝玉才主动请缨，要为黛玉画眉。"

山岚笑道："怎么样？不用黛玉沾惹，他就主动出击了。"

秋真道："别酸了，你们继续。"

宝玉问黛玉："可也有玉没有？"众人不解其语，黛玉便忖度着："因他有玉，故问我有也无。"

因答道："我没有那个。想来那玉是一件罕物，岂能人人有的。"宝玉听了，登时发作起痴狂病来，摘下那玉，就狠命摔去。骂道："什么罕物，连人之高低不择，还说通灵不通灵呢！我也不要这劳什子了！"

秋真道："好！好！这才是《宝黛初会》的高潮部分，可怎么老是感觉宝玉的反应不但癫狂，还违背常理。"

山岚道："常理怎样？"

秋真道："反正不是这样，要不咱们按照正常的思维模式演绎一下行不行？来，假如宝玉有玉，黛玉没有，你们自己发挥一下，准备好，场景一，开始！"

宝玉问黛玉道："可也有玉没有？"众人不解其语，黛玉便忖度着："因他有玉，故问我有也无。"因答道："我没有那个。想来那玉是一件罕物，岂能人人有的。"

宝玉听了，笑道："妹妹放心，没有也不打紧，我的就是你的，你可以随时拿去。"说着摘下那玉给黛玉递过去。

秋真道："这个反应正常。我有，你没有，你得羡慕我吧，我如果高兴了，是可以送给你的；第二个假设：宝玉有，黛玉也有，你们也自己发挥一下，开始！”

宝玉问黛玉道："可也有玉没有？"众人不解其语，黛玉便忖度着："因他有玉，故问我有也无。怕我有玉，他就不如我，我就拿给他看看我的。"

因答道："想来这玉是一件罕物，岂能人人有的。但不仅你有，我也有。"宝玉听了，登时发作起痴狂病来，拿过那玉，就狠命摔去。骂道："什么罕物，连人之高低不择，还说通灵不通灵呢！我以为只我有呢，别人也有，我也不要这劳什子！"

秋真笑道："对了，熊孩子和别人攀比时，都是这样状态，只有这样才能引发想摔玉的恶劣情绪。"

芸轩道："我看你就是个蹩脚导演，把人都导到邪路上了。宝玉有玉，黛玉也有，就能让宝玉发狂，你怎么敢歪曲曹子用意呢？"

秋真道："你有本事你来，我就不信了，见自己有玉，别人没有，就生气把自己的也摔烂，什么逻辑？"

芸轩道："我来就我来，谁怕你不成。来，按照我的台词来，你俩按照曹子的原话开始！"

宝玉问黛玉道："可也有玉没有？"众人不解其语，黛玉便忖度着："因他有玉，故问我有也无。"因答道："我没有那个。想来那玉是一件罕物，岂能人人有的。"

宝玉听了，笑道："妹妹放心，我的便是你的，你可随时拿去。"说着，摘下那玉，给黛玉递过去。

黛玉道："万万使不得，这罕物天生是你的，别人怎好拿走。"

宝玉听了，登时发怒道："什么罕物，果真罕物，妹妹这样的人物更配有。似我这等须眉浊物怎配呢，它连人之高低都不分，还说自己通灵！也不配做罕物。"

黛玉道："你千万不可如此想，它是你的命根子，它在，你就在。我曾盟誓要保护你的玉，二舅母也嘱咐我远离你的玉，我也答应了，万万不敢要你的玉。"

宝玉哭泣道:"家里姐姐妹妹都没有,单我有,我说没趣。如今来了你这样一个神仙似的妹妹也没有,可知这玉不是什么好东西,也许会给人带来厄运。如果让你来护它,岂不也连累你吗?我怎么忍心呢,干脆我现在就砸了它完事。"便摘下那玉狠命摔去!

秋真道:"我算服了,按你这么一说,宝玉的用意还有另一个呢。"

芸轩道:"说说看!"

秋真道:"宁为玉碎,不为瓦全。他告诉黛玉,你放心,如果有人想要这块玉,在'逐他姓则生,不逐他姓则死'的情况下,我宁愿砸了它。"

山岚笑道:"哎!这就对头了。二人终于对上了暗号,黛玉正是从此时就开始为宝玉还泪了。"

芸轩道:"慢着,你刚才说,如果遇到有人夺玉,他宁愿砸了它,是不是?"

秋真道:"是的。"

芸轩道:"这说得太对了,恐怕现在他就面临有人想要他的玉呢,要不此次摔玉怎么解释?"

山岚道:"对呀,既然这是《宝黛初会》的高潮部分,宝玉为什么摔玉呢?是因黛玉吗?王夫人也嘱咐黛玉离那块玉远点,黛玉也根本不想要那玉,他怎么就发了狂呢?"

芸轩围着沙盘转了一圈,道:"让我想想,问题到底出在哪里?对!对!问题出在贾母这里。"然后指着贾母的住处问道:"黛玉要来贾府,贾母和王夫人、凤姐知道吗?"

山岚道:"肯定都知道。"

"但是,从凤姐的安排上看,显得很仓促,既然早知道黛玉要来,为什么不提前为黛玉安排房间。来了半天,直到吃完了晚饭,贾母还不提黛玉住的事,凤姐和王夫人也不提,直到晚上,宝玉来见过面后,也就是《宝黛初会》完成后,才有人提出这个问题。

"贾母才匆匆忙忙地说:今将宝玉挪出来,同我在套间暖阁儿里,把你林姑娘暂安置碧纱橱里。等过了残冬,春天再与他们收拾房屋,另作一番安置罢。听出来了吗?看上去是贾母像临时决定的。但是,依我看,对于黛玉的住处，贾母实际上早有安排。"芸轩向大家解释一番。

山岚道："那又怎样？宝玉本来就是在内帷厮混的人，这个安排也不出意料。"

秦明道："你错了，虽然二舅母说宝玉与别人不同，同姊妹们一处教养惯了，但现在的情形，他只是跟着贾母住，并不和三春住在一个屋子里。正如我说的，宝玉其实是另院别室的，我可没想到贾母要他们同住一间屋子，这不合规矩的。"

芸轩道："黛玉的反应是对的，显然她的目的是要最终见到宝玉，而宝玉的目的，是求娶黛玉，倒是贾母的安排，很是巧妙地完成了这个布局。"

秦明拉一把芸轩道："怎么完成的，我怎么没看出来。"

芸轩道："连你都瞒过了，可见曹子的功夫，也佩服贾母的老道。你们看贾母安排黛玉的住处，绕了一个让宝玉钻空子的小圈子。于是水到渠成，宝玉和黛玉住的，就只有一纱之隔了。"

秋真道："你别绕了，直接说结果。"

芸轩道："贾母可以这样安排：宝玉在碧纱橱里别动，把你林姑娘暂安置在我的套间暖阁儿里，等过了残冬，春天再与他们收拾房屋，另作一番安置。好不好？宝玉总不能说：好祖宗，我也住到暖阁外面吧。他们还有机会住在一起吗？"

秦明笑道："贾母聪明，将宝玉挪出来，到她那里住，宝玉的话一定很现成，我就在碧纱橱外的床上很妥当，何必又出来闹得老祖宗不得安静。贾母想了一想说：也罢了。简直是半推半就的。为了掩人耳目，还给每人配个奶娘并一个丫头，余者在外间上夜听唤。怕让人觉得男女独处一室的安排违反礼教。"

山岚道："断得有理。到临睡觉时，熙凤命人送了一顶'藕合'色花帐，并几件锦被缎褥之类。这个'藕合'，这个'花帐'，确实令人想入非非。"

秋真道："你就直说是二人结盟了？"

芸轩道："到此，我看出来了，黛玉此行的目的就是来和宝玉完成前世盟约。是占有宝玉来的，这就促成了宝玉第一次摔玉。"

秦明道："宝玉摔过好几回玉，但第一次很特别吗？"

芸轩道："那还用说吗？玉是他的命根子，摔玉行为就是自杀行为，他是在自裁。联系贾雨村的所作所为，到这里我终于明白了一件惊天秘密。"大家都凑过来问她："好好告诉了罢，别卖关子了。"秋真笑道："再这样吊胃口，就不陪你玩了。"

芸轩道："哎呀！误会了，我需要最终确认。这几天来，我一直梦见一个地方，在山塘街的一座庙里，有人在唱戏。唱的就是《葫芦案》，还老是有人说，在那里能找到英莲的家，乱七八糟的。记得有个和尚说他那里有乩坛，有疑难处可问乩仙，闹得我心烦意乱的。"

秋真道："你也快走火入魔了吧，乩仙，还笔仙呢，这些你也信？"

秦明道："不可不信，许多道教书籍，比如《吕祖全书》《上清经》等都是扶乩的成果，虽是盗名出处，也不可全不信。"

山岚道："信不信先不管，在学校时我可是扶乩高手，咱们好久没弄这个了，我们也来个乩坛问事呗。"

秦明拍手道："好啊，好啊。我还没见识过呢，你们就展示一回吧。"

秋真道："那你想问什么？"

芸轩道："想问一下李纨是谁，和那个护官符的秘密。"

秦明道："有意思，作坛写些个啥？"

山岚道："秋真会，我来做乩笔。"

说着，一起动起手来，不一会儿工夫，桃木、柳木和乩笔等工具齐备，芸轩看一眼纸板上的字，又添上了"烈女"二字，笑问："谁做正、副鸾？"

山岚道："我和秋真，秦明，唱词你记录，不正好吗？"

秦明忙去掩上窗帘，屋子里瞬间暗了下来，她便笑道："这么黑咕隆咚的怪瘆得慌，虽没做过，但袁枚的《子不语》里说了一段故事。"

山岚问什么故事，秦明道："说的是明季时期关羽曾下乩坛，批某士人终身道：官至都堂，寿止六十。后来此人登第，果然官至中丞。清朝定鼎中原后此人乞降，虽官不加迁，而寿已然八十。

"又有一日，偶至坛所，恰好关帝复降乩坛，此人自以为必有阴德才至延寿。遂跪下感谢说：弟子官爵验矣，今寿乃过之，岂修寿在人，虽神明亦有所不知耶？

"你们说关公怎么答复的，乩仙大书：关某生平以忠孝待人，最恶变节者，甲申之变，汝自不死，与我何与？"

芸轩道："我知道了，屈指算来崇祯殉难时，正是此公六十岁时。"说着，山岚已点上蜡烛。

大家静静地坐在桌子边上，秋真道："不知道这回是哪路神明下坛来，看看我们的运气吧。"便口中念念有词。不一会乩笔慢慢动起来。

秋真问："请问仙自哪朝来？"

笔走到写着"汉"字的地方，画个圈，秦明唱到："仙自汉朝来。"芸轩在纸上记着。

秋真问："请问仙自哪里来？"

笔写道："奴家原住未央宫。"

秦明道："仙乃汉宫女子。"

秋真道："宫中女子，她能知道什么？请问名姓。"

笔写道："曾有诗篇曰《团扇》。"

秦明吃惊地唱道："红黛相媚，步步生芳。恂恂班女，斌斌婕好。"

芸轩道："她是班婕好，这下有盼头了。"

秋真笑问："纨者为宫裁，此女何处来？"

笔写了好一阵子，秦明仔细辨认后，唱道：

新裂齐纨素，裁为合欢扇。

团团如明月，鲜洁如霜雪。

芸轩边记录边说道："这不就是她的《团扇歌》吗？新裁的宫扇，如今却冷若冰霜，是未亡人的感受，看来李纨她是宫中人。"

秦明道："班婕好乃大才女，你既为才女，想必《烈女传》你最熟悉，是因飞燕失德而作。"

山岚道："原来《烈女传》是她们那个时期的作品，是劝诫皇后遵守妇德的。"

秦明继续问道：“既如此，何为无才便有德？”

笔走到一个‘有’字旁画着圈，然后写道：“男子有德便是才。”

秦明笑道：“她也知道曹公改了一个字？依你的说法，李纨读过《四书》，怎会是个无才之人，问题出在前一句上，是不是？”笔在‘是’字上画个圈。

秦明道：“李纨有才，那么她有德吗？”

笔仙道：“是！”

山岚道：“这句话的意思是指的男子：男子只要有了德，就相当于有了才，说明品德对于一个男人多么重要。”

秦明道：“品德对李纨同样重要，可李纨是男子吗？”

笔仙道：“是！”

山岚道：“她疯了。”

秦明道：“那么，李纨都有什么德行？”笔仙在纸上找了半天找到一个字，就是芸轩后来添上的“烈”字。

秋真笑道：“这个男人还是个烈女。”

只见笔仙又找到一个字：贤。

秋真道：“看来他是个贞洁烈男。”

接着问道：“请问，这人姓什么？”

笔仙指着一个字：朱。

秦明道：“丈夫‘珠’儿，玉朱有个‘朱’字，她难道就是朱氏未亡人，应该是朱李合体吧。”

那笔没动，秋真接着道：“她不想说了，我再问你，李纨守寡几年了？”

岚道：“这个不好回答，只说：珠儿虽夭亡，幸存一子贾兰，今方五岁。谁知道是贾兰几岁时她丈夫死的？”只见那笔仙急匆匆地写下几个字，秦明看时是：守寡一年。

大家面面相觑，芸轩道：“也许她认为朱氏死亡时，贾兰是四岁，应该和英莲失踪时的年龄一样大。是不是？”

笔仙答：“是。”

秦明道：“我说呢，英莲的年龄变来变去的，一定有问题。不过不用问她，这个问题我就能解决。"

秋真道:"要不,咱请大仙回去,听你瞎掰瞎掰?"说着,口中念念有词,那笔滑到纸边上不动了。

秦明没来得及挡她,笑道:"我还没问护官符呢。"

秋真道:"不听你们胡说八道了,再说一个宫女怎知道护官符的黑暗。权当解解闷可以,你咋还当真了。"

秦明道:"我觉得很有意思,她说的有些道理,还没过瘾呢,就让她走了。"

秋真道:"我不问乩仙,你不是说你知道英莲的年龄问题吗?我就问你啦。"

秦明扯过一张纸来,拿起那支笔,笑道:"这是高等数学,说出来怕你看不懂。"

于是在纸上写着:香菱年龄之谜

一、英莲失踪时的年龄:三岁。而贾雨村说英莲的失踪年龄是五岁,门子却说这一种拐子,单偷拐五六岁的儿女,年龄成了五六岁。

二、从失踪到再次卖给冯渊的间隔年限:五年,门子却说隔了七八年,又说和贾雨村八九年未见面。

三、英莲到现在的实际年龄:九岁,而按照门子的说法是:十二三岁,平白无故地就多了三四岁。

四、分析:排除第一个问题,门子说见英莲隔了七八年,和见雨村隔了八九年是对的,因为这个官司打了一年,自然差着一年。

英莲的实际年龄是九岁,可在雨村和门子算来,竟成了十二三岁,为什么差着三四年呢?又为什么非要说她是五六岁失踪的?这就是香菱之年龄谜案。

秦明写完把笔一扔,坏笑道:"谁的算术好帮我算算。"

秋真道:"甭嘚瑟,谁不知英莲的额头有红痣,说明她和宝玉一样是个标志性人物。芸轩前面不是说了吗,也许代表某个政权,三岁就是她的劫数,说明这个政权只有三年的寿命。可雨村和门子非要把年龄说错了,是提醒咱们这个年龄很关键,是想让咱们注意门子的错误吧。"

秦明道:"真让你碰上瞎猫了,失踪时三岁,门子为什么非要多说上三年呢?"

山岚道："三年是一个政权的劫数，但是，有两个小孩三岁时出过事，这里又无缘无故地多出一个三年，难道有两个英莲？"

秦明道："你看山岚说的多有理，年龄这么乱，先是两个三岁的孩子出事，就该是两个劫数，这里又出现三年的差别，如果就是两个英莲呢，不就好解释了？"

芸轩道："是两个可怜的政权吧。"

秦明道："对！这样解释最合理。"

秋真道："哪两个政权？"

秦明又抓过纸来写道：英莲让一个穷儒误了终身，是否看看当时，有哪两个政权和穷人有关，也许是两个农民政权的成长始末，分析如下：

一、大西政权：张献忠自立为王，是高迎祥死后的一六三七年，立国号大西于一六四四年，独立战斗到一六四六年亡。立国三年，独立战斗九年。

二、大顺政权：李自成称闯王时，也是一六三七年，立国号大顺于一六四三年，独立战斗至一六四五年亡。立国三年，独立战斗八年。

三、两个政权的立国时间都是三年，分别坚持战斗八年、九年，这就是一直不断出现的什么相隔八九年了，又多了三四年的缘故。对于有些人来说，比如香菱、黛玉的弟弟，三年这个运数，确实是个坎儿。

秋真抓过来看了会子，笑道："好啊！还真是这样，这就能解释'李氏'嫁给'朱氏'，生个'假兰'的来龙去脉了。还别说，笔仙说的有道理。贾兰五岁的话，贾珠肯定是去年死的，倒和冯渊一年死的来。

"芸轩，这样算对吗？是不是和笔仙一样说胡话？但护官符就不能这样诌下去了，你快说说吧。"

芸轩道："都是你的错，你看纸盘我都做好了，我还不如笔仙灵验呢，你们就信她了？"

山岚道："你就权且当一会乩仙吧，我问，你用笔提示给我们不是一样？比看不见的鬼魂好多了。"

秋真拧了山岚的嘴，骂道："呸呸，说谁鬼魂呢。"

芸轩做了个鬼脸，吓到山岚面前笑道："吓死你再说，看你晚上还能不能睡觉。"

秦明道:"哎!听说普福禅寺里有乩坛,不如过两天咱们去那里问问。"

秋真道:"别闹了,老是想歪门邪道了。我倒有个法子,咱们问,芸轩答,如果把她问住了,咱们就去普福禅寺;如果都解决了呢,咱就不用去了。"

芸轩想了一会儿,道:"可以试试。"说完,拿过自己做的纸盘来,拿笔在手,道:"开始吧!"

秋真道:"我先问,何处是应天府?"芸轩画圈是南京。

秦明道:"南京作为应天府是何朝代?"

芸轩又画一笔道:明代。

山岚问道:"脂砚的批语中,为何不厌其烦地说四大家族的分房情况,宁、荣亲派八房在都外,现原籍住着十二房;保龄侯尚书令史公之后,房分共十八,都中现住者十房,原籍现居八房。想说明什么?"

芸轩写道:都中或指北京,原籍就是南京。

又道:"只有明代才有南、北两个政治中心,且南京就是大明之祖籍。所以,四大家族分房只在都中和原籍两处。"

秦明问:"贾不假,白玉为堂金作马。"

芸轩道:"甄不真,玉堂金马三学士。"

秋真笑道:"你俩是对暗号呢,啥意思?"

秦明道:"她说的玉堂金马,是玉堂殿和金马门的并称。玉堂殿乃未央宫之属殿,金马门是汉宫宦者署门。均为学士待诏之所,后成为翰林院的代称。她是骂甄士隐乃假翰林呢。"

芸轩道:"真作假时假亦真,雨村士隐本一人。"

秦明道:"说什么?怎么可能是一个人。"

芸轩点头,秦明道:"我有个问题,一定能难倒你。"

秋真道:"快说。"

秦明道:"爵位,贾家世代国公,到了这一代贾赦袭一等将军。我查了好多资料,这个爵位很奇怪。"

秋真道:"我可不太了解古代爵位等级制度,你能知道多少,能难住她?"

秦明道："远的不说，自唐以来是二十四爵制或者九爵制，从亲王、郡王、公、侯、伯、子、男，都没有出现过将军爵位，直到明代才有。

"但明代封爵，却分为宗室和异姓两类，其中将军爵位，只有宗室皇亲才可授，比如郡王诸子则授镇国将军，而异姓爵位则为公、侯、伯三类。

"听好了！这样问题就出来了，上面两种爵位是这样分封的，宗室的：藩王、郡王、将军，有将军但没国公；异姓的：国公、侯、伯，有国公但没将军。而贾府的情况则是：国公、将军同时有，这怎么解释？"

芸轩在清朝上面画个圈，道："你怎么单单不看清代的爵位世袭制度。单宗室封爵，从高到低就十二等：亲王、郡王、贝勒、贝子、国公、将军，并且有一等将军，而明代的将军是没有等别之分的。所以，贾家的世袭由国公到一等将军，是清代的宗室规则，所谓：住在清宫内，玉堂金马门，就是贾家了。"

秦明道："这个不算，听下面的。三百里阿房宫，乃天下第一宫，为何金陵的史家，能住在皇宫里面呢？"

芸轩指着三个字，道："因史家乃是尚书令。"

秦明道："那又如何？尚书令虽是权重的标志，可也不至于全家住在皇宫里。"

芸轩写了个唐字，道："我记得，在唐朝只有皇帝担任过的职务就是这个尚书令。李世民和李适二人做了皇帝后，就取消了这个职位。"

秋真道："你的意思，史家也有皇家的影子？"

秦明道："后面的我都没信心，东海缺少白玉床，龙王来请金陵王。他家本就是王，就不用说了，这个都太尉统制的官职更是了得，实为太尉制和都统制这两个高级军衔合而成一。这个金陵王家，祖上曾握重兵，恐怕连皇帝家都怕他家呢。"

芸轩用笔圈了个错字，道："玉床，指天床星，古人以为，此星主帝位，星倾则天子不安，将失位。龙王之玉床缺失，玉床摇动乃帝座不安，真人将兴，能安天下之乱者，必是金陵王家相助，他家世袭县伯，这个爵位……"

见秦明不说话了，秋真笑道："不是对手了吧，看我的。丰年好大雪，珍珠如土金如铁。这家人无官无职，就是一家商人，有些钱财又能怎么样？"

芸轩拿笔写了五个字：皇商或皇上。遂道："俗话说，有钱能使鬼推磨，有钱就能打天下，别小看这个皇商，虽说他家都中无人，可都中之人都为他家做事。还有，这个紫薇舍人，是中书舍人和紫薇省的合称，唐开元年，改中书省为紫薇省，那时的中书舍人，掌制诰之职，虽官位不高，却是掌君印的，能小看他们吗？"

秦明道："照这个说法，这四家人说白了，和帝王家都有扯不断的关系，是兵权、财权、政权的高度结合，足足代表国家力量，如果是这样，谁敢惹。"

芸轩道："门子说得对，触犯了这样的人家，不但官爵，只怕连性命都保不成。起初，我以为门子的话有些耸人听闻，但现在看来，谁敢和国家力量作对。所以，才理解那句话：大丈夫相时而动，又要趋吉避凶。很显然，是告诫雨村想扳倒他们东山再起，需要见机行事，还要避开灾难。"

秋真道："听你这话，雨村和门子见死不救，徇情枉法，都是有道理的了？"

芸轩道："不好说，但这门子很可疑，我看整个案子都是照他的意图办的，可无论从哪个角度讲，都找不到他左右这个案子的动机。"

山岚道："我也有这样的感觉，按说他早就知道英莲的身份。拐子住在他家时，他早就认出了英莲，也进行了印证。门子本是官府公人，那时既没有冯渊，也没有薛蟠，逮住拐子就行，可他为何不救她？"

秋真笑道："是这么个理儿，他不但不救，明知道是贾雨村的恩人，还撺掇贾雨村也别救，还吓唬他。"

秦明道："是这样吗？我怎么没觉出来，我觉得是贾雨村犯浑呢，案子再简单不过，英莲该救，薛蟠该偿命，门子如何左右得了，是雨村判的案子，怎放到门子身上了。"

芸轩道："门子可疑，他第一次见到雨村时，连续问了几句话，你们听听：第一句：老爷一向加官进禄，八九年来就忘了我了？请问，他为什么要忘不了你呢？

"第二句：老爷真是贵人多忘事，把出身之地竟忘了，不记当年葫芦庙里之事？这句话雨村听了，如雷震一惊。他惊恐什么？是炸供起火的事吗？为什么说葫芦庙是雨村的出身之地，门子再一次提醒雨村别忘了，别忘了什么？

"第三句：老爷既荣任到这一省，难道就没抄一张本省'护官符'来不成？没有这个还了得！连这个不知，怎能做得长远！一个当官的，真连个门子也不如吗？反而是这门子，太懂为官之道了。

"第四句：一时触犯了这样的人家，不但官爵，只怕连性命还保不成呢。正是这句性命不保的话，触动了贾雨村的神经，是活命还是救恩人？还是消灭恶霸？已死了个冯渊，薛呆子一向拿人命当儿戏，难道我们都要陪葬吗？所以门子的主意是让冯渊的魂自己报仇，英莲就别救了，送给薛蟠算了。我就觉得这个门子不一般，一开始就咄咄逼人，质问雨村忘本，满是一派教训人的口吻。

"什么贵人多忘事了，忘了故人了，忘了出身之地了，怎么没有护官符了？这样做官能长久吗？会当官吗？会断案吗？照这样，别说报效朝廷，自身都难保。门子似乎透露出雨村在葫芦庙时做过坏事，而现在又帮雨村分析他的处境。别冲动，报效君恩的想法太不现实了，先活下来才最重要，正应了那句：捐躯报君恩，未报躯犹在。雨村也就彻底放弃了。"

秦明道："听你这么一说，似乎有道理，可门子是谁？"

芸轩道："给你一张地图看看。"说着拿给秦明一张古南京的地域图，秦明来回看了几遍，没看出什么来，遂说道："南京的明代城墙，分内外两层，别的没什么了。"

芸轩道："形状呢？"

秦明道："根据南京山脉水系走向所筑城墙不是规矩的形制。"

芸轩道："看内城。"

秋真招手道："快来看哪，内城竟是葫芦状！"

芸轩道："我想，这大约就是葫芦庙的由来。这里的门子，能分析全国的财力、兵力形势，劝贾雨村审时度势，放弃搭救恩人不切合实际的想法，他能一般吗？"

秦明道："原来是关于南京的战况分析，连门子都这么厉害，那这个死了的冯渊呢？他就那么不懂分析军情，和薛蟠硬碰硬地打起来吗？"

秋真笑道："没听雨村说吗？冯渊之死是命中注定。"

芸轩道:"冯渊一贯钟情男风,直到遇见英莲,他便一反常态,不再爱男性,而热烈地爱上了女性,且是改得彻底决绝,这简直令人匪夷所思!"

山岚笑道:"是英莲太美了吗?或许是鬼使神差?但一个人转变得太突然、太彻底,也不是什么好事。脂砚在这里非常冷酷地评了一句:人若改常,非病即亡!"

芸轩道:"这个道理贾雨村最明白。他似乎是英莲和冯渊的知己,他对这段姻缘充满遗憾。"

秦明道:"你的意思,他们之间有关联?"

芸轩沉思道:"这就是我搞不懂的地方,他怎么忍心把英莲送给那个没有人性的呆霸王?"

秋真道:"到底怎样?江郎才尽了?实在不行,咱们就去普福寺。正好大后天是三月十九日,有庙会呢,咱们去凑个热闹吧。"

芸轩道:"依我的主意,咱们不如请法师帮忙,你们排练了都快几个月了,借他们的舞台一用,验证一下这段小枯荣的大结局如何?"大家没有不同意的。

秋真没法子,只得去找人帮忙,临时又拉来两个同事。三月十九日这天,他们便早早地来到禅寺,里面的香客已是络绎不绝,座位上也都坐满了看戏的人。两位扶乩大师已准备好了乩坛,按秋真的吩咐,正准备点名请仙。

只听正法师念念有词道:"设此坛主鹿秋真,借向众仙寻故人。故人若得此消息,烦请来此降乩文。"

副法师道:"前世曾往太虚境,生有奇女胭脂红。赖头跛足本幻象,真假难辨父女情。"

那笔不停地转动,只见山岚扮演的贾雨村和秦明扮演的甄士隐从黑影中显现出来,台下一片惊呼:"快看,乩仙真被叫来了。"

贾雨村道:"不知法师因何事,请我二人来有何贵干?"

正法师道:"因一桩人命案子,就是当年的葫芦案,贾老爷可还记得?"

雨村大吃一惊,听那副法师又道:"十八之子名冯渊,十八九岁小少年。他不喜凤雏爱龙阳,偏生有缘遇英莲。只想一改风流性,二人结得鸾凤缘。谁想偏遇恶薛蟠，葫芦庙判了糊涂案。冯渊一命归了西，奇冤何得昭雪还？"

"刚说完，从角落里走来一个浑身是血、生命垂危的年轻人，他痛苦地说道："十八之子本是'李'，与那英莲有孽缘。谁料，谁料恶魔欺我弱，变成，变成冤魂我焉放过。"

他跟跟跄跄走到乩坛边，夺过法师的桃木柄，念念有词，道："佛家本该度众生，葫芦庙内恶魔容。门子，门子出来，我有话要说。"一个小门子从地下冒出来，双手合十，伏地不起，口中说道："罪过！罪过！冤孽！冤孽！"

冯渊走向他，法师言道："稍安勿躁！"又双手合十，高声道："还有一位未到，请本庙朱天菩萨，速降仙坛来！"

只见那笔工工整整地写了一个'朱'字。

问曰："株松已枯号庄烈，何事凡间言罪过？"

只听有人唱【醉扶归】

【甄士隐】唱道：三月里一把火烧了甄家院，正是那十九日，雨村进京登上金銮殿。这一日，庄烈帝走煤山，眼见的呼啦啦大厦倾，昏惨惨迎末世，大局已乱。

【贾雨村】唱道：时飞我重整旗鼓再出东山，实指望甄贾混元，迎回甄贾合一的甄英莲，就好比李氏、仙朱出贾兰。虽说是留下遗脉是孽缘，可叹我将冤魂抛在九宫山。

【冯渊】唱道【皂罗袍】：原指望，我与英莲再续前缘，盼雨村重登武英殿。明煜煜黄袍再加身，金灿灿宝印挂胸前。谁成想，天翻又地覆，突然一场地覆天翻，凄惨惨走上黄泉路，抛弃英莲在转瞬间。

【贾雨村、冯渊】合唱：结下孽缘，自古道，成王败寇，只落得人人做笑谈。

【冯渊】唱道【步步桥】：恨门子见死不救害英莲，那雨村遭天谴。天道恢恢，我自知，败者为寇，有何颜面与世人见？

【冯渊】走到门子面前，问道：葫芦庙里你断的什么案？

【门子】道：我随爷坐堂在应天府，不瞒你说实为我断案，贾雨村便是你冯渊。开明城异族人直入武英殿，骂雨村、糊涂爷，如何面对故国乡邻，败坏了江山！那英莲本是爷的命，似冯渊为她葬前缘。我恨只恨，朱天菩萨何时再回大明宫殿？

【贾雨村】指着冯渊道：屈杀我也！葫芦庙内有人断了案。想当年，你们联虏平寇是实情。糊涂也罢，冤屈也好，只为我苍天。

听着上面的唱词，底下的人窃窃私语，都疑惑这是唱的哪一出？真假不分，怎么贾雨村和甄士隐二合一了，甄英莲岂不成了贾英莲，成了他贾雨村的孩子了？如果是这样，他能舍弃自己的孩子吗？雨村断糊涂案，说自己是冯渊，冤枉自己了吗？什么逻辑？众人虽然疑惑，但还是津津有味地听着。断案接近尾声，乩仙再也没有动过笔。芸轩心中有些难过，想那仙人泉下有知，作何感想？

第五回

黄粱惊红楼　一梦演大荒

秋真的剧团与上海影业合作，终于采用了她和芸轩编了两年的这部剧《秦淮烟云》。

说起这个剧本，不得不说说她们团。团长姓阎，心地善良，喜欢礼佛，和妻子一起供奉观音菩萨，阎团长其实是位不男不女的绵软长官。近两年来，老戏曲渐渐没了票房，团里的业绩不见起色，因此，团长就天天给秋真等人施加压力，要她们寻一部关于金陵兴衰的古装剧。没办法，秋真费了很大工夫，再强迫芸轩帮忙，就写了这个本子。

《秦淮烟云》第一部分，是吴梅村与卞玉京的故事；第二部分是龚鼎孳与顾横波的故事，这两部分都是秋真执笔。闲暇时间，到处寻规觅迹，真是难为了她。

第三部分，是钱谦益与柳如是的故事；第四部分，是吴三桂与陈圆圆的故事，都由芸轩写作。毕竟芸轩的时间自由些，写得不甚累，但也花了很大心思。

秋真忐忑着把本子给了团长，不料阎团长看后激动不已，竟三天没放下，兴奋得像打了鸡血，再也不向秋真甩脸子，于是就促成与影业的合作。

秋真不明白，剧团如何能与电影合在一起做？剧团大约要转型升级了？

不管怎样，听团长的总没错。只是昨天阎团长一改贤良的性格，朝她大呼小叫。为这个，秋真跑遍了整个金陵，就为一个绛云楼的书藏结构图，请教不下十几位工程专家和藏书家。

为重视起见，团领导又推荐秋真作编剧兼导演助理。自筹备以来，她天天忙得不亦乐乎。芸轩也只好每天都来走走，商量一些剧情细节和预备事宜。

因秋真特别喜欢吴梅村的长诗风格，他的每一首，秋真几乎都能朗朗上口。眼下就梅村诗中单一句："使君滩急风涛阻，神女台荒云雨多"。她便翻出老黄历，找到宋玉的《高唐赋》和《女神赋》，研究巫山云雨的出处和寓意，还拿来探讨一番。秦明笑话她，是真不知害羞了。

这一日，秋真随团长夫妇去栖霞寺进香，回来时拿来一样东西给芸轩，说是栖霞寺的鲁尼小师父捎来的，告诉说，这是了若大师留下的东西，大师临行时嘱咐过，一定专交芸轩，并留言说："世尊释道忞曾留下一枚玛瑙石，是块老物件，大概出自赤霞山，知道施主惜石，愿意奉送，就常带在身边，也许有些好处。"

不待说得很细，芸轩更是莫名其妙。俩人细细看来，只见大如雀卵，灿若明霞，莹润如酥，五色花纹缠护，不约而同地说道："是它！"

上面还有一篇篆字小文，道是：

玛瑙坡前石，坚贞可补天。

女娲何处去，冷落没寒烟。

芸轩纳闷："原来是块补天石！可我不认识了若师父，这像是释智圆的《玛瑙院居戏题三首》中的句子，难道是告诉我，补天之石是块玛瑙石？"

秋真知道芸轩是个石痴，看到好石头就拔不动腿，就说她："没见过这样的女人，给块玉不稀罕，看见石头倒像是见了活宝。"不过这块玛瑙石，形态不错，上面刻字却不容易，给的人也怪蹊跷。哪有什么赤霞山，倒是有个玛瑙坡，还不如说是赤霞宫呢，还知道芸轩惜石。正待说的工夫，来了个剧组的同事喊她，就急匆匆地去了。

天气越来越寒湿潮冷，客人却渐渐多起来，大部分竟是熟人。二人忙着接应，稍有些闲暇，芸轩回到茶香袅袅的书房内，赏玩奇石，有几块是三生石的阴阳石，其中一枚，她喜欢得不得了，其状酷似飞天，腰身三线分明。

如今看了这枚玛瑙，更是爱不释手，反复赏玩，竟也倍感亲切，有了似曾相识的感觉。她突然想到明人张岱的"女娲炼石半玛瑙"之说，暗自笑起来。

这个张岱有些意思，只他自写的墓志铭就不一般，说什么：功名耶落空，富贵耶如梦，忠臣耶怕痛，锄头耶怕重，著书二十年耶，而仅堪覆瓮，之人耶有用没用？提起这些感受，真令人感慨。

知道这段日子茶轩里客人多，秦明每晚都来帮忙，等客人走后，秦明问山岚："屋子里除了茶香，还有一种香好闻得很，你淘登香水？也给咱来点。"山岚只神秘一笑。

芸轩道："什么香水，她呀鼓捣了好几天，做什么群芳髓香脂，万艳同杯酒，千红一窟茶。"

秦明笑道："又不做冷香丸了？"

山岚道："你懂啥？这些和冷香丸的原料可不一样。"

秦明道："哈！这些东西还有原料配方呢？"

山岚道："怎么没有，不信看看就知道了。"说着递过一张纸条给秦明。秦明看时，确实像一张方子。

群芳髓香脂秘方

一、诸名山胜境内初生异卉之精，产地：蘅芜苑。

二、各种宝林珠树之油，黛玉仙名绛珠，乃宝林珠树，产地：潇湘馆。

三、钗黛合一成就群芳髓精油，群芳髓即燃脂钗黛。一个冷香，一个暖香，冷暖相交，奇香无比。

千红一窟茶秘方

产地：放春山遣香洞。

原料：仙花灵叶上所带之宿露。

烹法：哭成红茶，泪珠儿变血。

产品：千红一哭，血泪之茶。

残红旧梦
CANHONGJIUMENG

74

万艳同杯酒秘方

原料：百花之蕊调和万木之汁。

工艺：麟髓之醅以凤乳之曲酿成。

香型：麟髓凤乳，以百花万木合酿悲剧香型。

产品：万艳同悲，即上至龙凤下到草木，皆逃不掉同一个"悲"字。

秦明看完，笑道："你这除了血泪就是悲剧的，怎么还能弄出这么好闻的香味来？"

山岚道："别提了，开始我还真是照着方子做了，就这个群芳髓，蒸馏出来的精油，真好香的。但后来，我一下子明白了，这才是曹子聪明之处，其实这些香艳的味道里，充满血腥，如果单是血腥味，你愿意要吗？"秦明点头认可，说又是老生常谈。困了，给个地方躺下睡一会儿。

芸轩笑道："真巧，这回你有福了，昨日个秋真专门给你准备了一个瓷枕，猜着你今天会来告困求卧，让你枕着个宝贝睡一觉，怎么样？给她拿出来吧。"山岚笑着，果真拿出一个玉色长方瓷枕放到芸轩的床上，让秦明躺上去。

秦明笑道："你个促狭鬼，是不是耍我，这个好枕么？冷冰冰的。哦！明白了，想让我做一场黄粱美梦是不是？"

芸轩道："算你聪明。邯郸卢生，倚吕洞宾的瓷枕而卧，一梦沉酣，他在梦中娶了美丽的妻子，中了进士，升为陕州牧，当上户部尚书，最后封为燕国公。他的孩子们也嫁娶高门，高官厚禄，享尽荣华富贵。八十岁时，卢生病而不愈，临终时他一惊而醒，转身坐起，左右一看，一切如故，吕翁仍坐在旁边，黄粱饭还在锅里没熟哩。"

山岚道："听起来，这和宝玉枕着红娘抱过的鸳枕沉酣入梦是一模一样。不过，红娘的鸳鸯枕，应该是夫妻合和之枕，又是红娘又是鸳鸯的，那他的梦应该是个春梦。"

芸轩道："果然，秦氏引梦前，说看着猫儿狗儿打架发春呢，宝玉也在梦中声色歌舞娶妻游玩，一番巫山云雨而后一惊而醒。妙在秦氏竟还在原地看猫儿狗儿打架呢。"

秦明笑道："卢生由吕洞宾引梦前，等着小米饭熟，醒来后，吕洞宾还坐在原处等呢，曹公套用的倒是一点不差，原来《红楼梦》通部，就是宝玉的南柯一梦啊！可你们让我入梦，谁引导我？我也是去做春梦吗？"

芸轩道："不知羞！先不急着入梦，入梦前得酝酿一下情绪。先闻香，刚才你也闻见了；再先看看咱们可卿的卧室布置。"说着，指着梳妆台上的镜子笑。秦明这才注意到她二人真就特意放了个古镜在桌子上。

遂笑道："你们这间卧室，也敢和秦可卿的一比？"

芸轩道："看来你是懒了，没细看秦可卿卧室的布置。"说着，她站起来在屋内转了一圈，又道："其实很普通的，就是一面铜镜，一个金盘，盘子里一个木瓜；一张床，一挂联珠帐子，还有床上的纱衾和鸳枕。本来很普通，只不过前面加上了些唬人的定语，她的屋子，就成了神仙居所。"

秦明道："你说的何尝不是，但这些前缀可不一般。"

山岚道："怎么不一般？"

秦明道："武则天是帝王，赵飞燕、杨玉环、西施都做过皇后，还有两个被帝王和皇后宠坏了的公主。能一般吗？你想想，要是他们同时出现在这间屋子里，组成一家人的话，这是一家什么人？"

芸轩道："所以呀，可卿的居所条件虽一般，但住的人不一般哪。她自己说的，这里连神仙也可住的，说明她是神仙一类人物。"

秦明道："这样说倒有意思。我记得她领着宝玉来到太虚幻境后，就凭空消失了，紧接着出来个仙姑，宝玉对仙姑的称呼就是'神仙姐姐'。此神仙就是彼神仙，此姐姐就是彼姐姐，也未可知。"

山岚道："秦可卿其实就是仙姑，是位神仙姐姐喽？"

秦明道："先不说什么神仙不神仙的，我怎么入梦，快说说，别瞎耽误工夫。"

芸轩道："好说，你们都姓秦，独步太虚可是你们秦家的独传本领，还用别人引吗？我这里有两幅图你瞅瞅。"二人忙着把两幅图挂起来，一幅是《燃藜图》，一幅是《海棠春睡图》。

秦明瞅了半天道："《燃藜图》说的是黄衣老人夜授刘向《五行洪范》的典故。宝玉不喜欢仕途经济，所以不愿意看。画一个老头子在上面，有什么好看的。"

芸轩道："不见得这么简单，《五行洪范》是帝王治理国家必须遵守的根本大法，也叫《洪范九畴》，可不是一般的经济学问，是不是说明宝玉讨厌学习治理国家？难怪老祖宗都着急了，动用警幻仙姑来劝导他。"

秦明道："我不同意，也许这本《洪范九畴》里隐着别的东西，先瞅名字就怪怪的，好像洪承畴的名字在里面，和他有关吗？再看看警幻的规劝办法，分明是用美酒、佳肴、声色、美人，这诱惑，像糖衣炮弹腐蚀他还差不多，怎么是规劝他呢？"

芸轩笑道："洪承畴就被糖衣炮弹腐蚀过，咱们别争了，要不山岚给你引梦，咱们入梦一看，便知究竟。"

山岚笑道："你才是痴梦仙姑，由你引导才对。"

芸轩道："好啊，躺下看着这张《海棠春睡图》，山岚再点上你的梦甜香，让秦明入梦，请随我来。"

秦明道："看这幅图，就会想到杨贵妃，挺容易想入非非的，我还是坐着入梦吧。"说着，秦明坐在床边合上眼睛。

芸轩语气缥缈，语速缓缓道："但见这里朱栏白石，绿树清溪，真是人迹稀逢，飞尘不到。这时前面来了一个人，只见她蹁跹袅娜，那么她是谁？听《警幻仙姑赋》告诉你：只见她佩兰荷衣，樱唇榴齿。但行处，纤腰舞雪，出没花间，徘徊池上，若飞若扬。"

秦明正瞑目沉思，忽然道："出没花间，徘徊池上，若飞若扬。此情此景，见似蝴蝶飞来，乃宝钗扑蝶。"

山岚继续吟道："蛾眉颦笑，莲步乍移。良质冰清，文章闪烁。"

秦明道："眉间若颦，文章闪烁。颦颦！竟是有林下之风的黛玉，袅娜而来。"

山岚问道："素若绽雪，洁若秋霜，神若月射寒江。"

秦明答："绽雪、秋霜、寒江。寒若雪霜，定是宝钗！"

山岚又问："静若青松，艳若霞映，文若龙游曲沼。"

秦明答："文若游龙，自是黛玉！"

山岚道："谁比西子，谁像土蔷？"

秦明道："黛玉就是西子，谁像王昭君？薛宝钗！"

芸轩笑道："好吗，《警幻仙姑赋》分明就是《钗黛赋》。鸟惊庭树，影度回廊。看起来，宝钗的使命，是来围剿玉蝴蝶的，她像王蔷，而出塞的王昭君，又和胡人有斩不断的关系。"

秦明道："依你说，西子还是美女间谍呢，黛玉也是？可她们和秦可卿什么关系？"

芸轩咕哝道："玉带、金簪。是谁的玉带？谁的金簪？秦氏倒有更衣、遗簪之举，恐怕这两样都是她的遗物。"

大家没听清，秦明道："咕叽什么呢？我看秦氏还真是太虚幻境主宰了。如祖先之愿，我要独步一回太虚了，可知道来这里是干什么了。"说着，咧嘴一笑。

芸轩正色道："别开玩笑了，宝玉入梦，翻的是庄周梦蝶之典，他自己就是那只玉蝴蝶，而宝钗扑蝶，也不是什么好兆头，就看宝玉能否逃过此劫了。"

秦明道："那我不想入梦了。对了，仙姑本来是去荣府请黛玉的生魂，结果路过宁府祠堂，被宁荣二公的灵魂碰到了，就托付了一件重要事。说贾家运数合终，只有宝玉还可以挽救一二，但恐无人规引入正。求仙姑以情欲声色等事，警其痴顽，或能使他跳出迷人圈子，然后入于正路。真不明白，这是什么仙方，情欲声色能警人痴玩。"

芸轩道："所以，才请你这个秦氏后人走一遭啊。"

山岚道："我倒以为黛玉的生魂也来了呢。"

芸轩道："为什么这么说？"

山岚道："秦可卿好像是个复合体，她看着猫儿打架，好像没入梦，其实她也入梦了，然后又凭空消失了，但马上又出现了一个仙姑。刚才说了，《仙姑赋》也是两个人的合赋，谁能说清楚秦可卿和黛玉、宝钗，以及秦可卿和仙姑之间，她们到底谁是谁？"

秦明道："这个秦可卿还真是个谜。她的卧室里《海棠春睡图》旁的对联中，出现了'冷香'二字，这又是宝钗求之不得的东西，真怪了。"

芸轩道："好了，你们先别纳闷了，先看仙姑的第一警：先以彼家上、中、下三等女子之终身册籍令彼熟玩。"

山岚笑道："警幻撒谎了，本来说给宝玉看的是金陵省上、中、下三等女子之终身册籍，宝玉又说单他家的上上下下，就有几百女孩子呢，看的也确实都是他家的女子，金陵省和贾府可以画等号了吗？"

芸轩道："仙姑以为可以画等号的。我大约也做了这套图册，先拿这个警示你一下。看完后，秦明能否惊醒自己些。"说着，芸轩拿出一本册子，二人一页页地看起来。

第三页没看完，秦明道："你搞错了吧，怎么《终身误》的主人是宝玉呢？难道金陵十二钗曲子，第一首不是宝钗，十二钗之首是宝玉不成？"

芸轩道："这正是我的结论，金陵十二钗里面，根本没有宝钗，只是在图册里面用了一句话：可叹停机德，用了一个雪埋金钗的元素，还是合在黛玉的图册里的。而十二支曲子里面，直接就没有宝钗，也仅仅是因宝玉提到宝钗而已。不信，我改一下曲词，你一听就明白了。"

芸轩遂改《终身误》道："都说是金玉良姻好，可俺宝玉只念木石前盟。空对着，山中高士般冷洁的薛宝钗，却终不忘，世外仙姝般寂寞的林黛玉。叹人间，美中不足今方信。纵然是，与宝钗齐眉举案，到底意难平。"

山岚笑道："同床异梦了吧，面对着宝钗，心想着黛玉，可不就是终身误吗？以前老以为是宝钗守活寡，可至少宝钗心里有爱。从宝玉的角度看，守着一个自己不爱的人，他的终身才是被误了呢。"

秦明道："你这一说，我也发现问题了，好像十二曲的每一首都是用第一人称的语气写的，比如《恨无常》里：儿命已入黄泉，天伦呵，须要退步抽身早！儿，就是我。

"再比如《分骨肉》说：奴去也，莫牵连。奴，就是我。下面各曲都是这样的。俺只念木石盟中，也是自称。看来，这第一首曲子写的真是宝玉。不过，让宝玉做十二钗之首，真有些怪异。"

山岚道："宝玉本是绛洞花王，做十二花之首怎么不行，我看这册子，倒有了灵感。咱们可以照芸轩说的意思改编一下，一起改来行不行？"芸轩、秦明听着山岚说的有意思，便一气儿地改编起来。山岚看着册子上的图，做着解说。

《金陵十二钗判词图册》之晴雯：非人物，无山水，水墨渲染，满纸乌云浊雾。

图解：非人非物非山水，只是一个环境，还是个污浊不堪的环境。这是什么环境？不是风光，就不是自然环境，难道是政治环境吗？

秦明道："依我的理解，画册的首页，一上来，先描画一幅污浊的环境，应该是一种历史大背景。霁月光风，本是指清明的政治环境，可这里却是霁月难逢，污浊不堪！是晴雯生不逢时了。污浊不堪的政治环境，正是造成她被毁谤的根源。"

山岚念完判词，秦明做注解道："霁月难逢，彩云易散，政境污浊。心比天高，身为下贱，定是某人'出身难堪'。风流灵巧招人怨，是世间不容她。寿夭多因毁谤生，是什么样的口舌是非，要了人的性命。多情公子空牵念，她竟是与宝玉无缘，空担了虚名的。"

芸轩说了一句："政风恶，何来霁月光风。我似乎看到了那个朝代。"

山岚翻着图册，继续解说《金陵十二钗判词图册》之袭人：一簇鲜花，一床破席。

图解：花与席子化音为花袭人；化意则为：袭人是宝玉之贴身卧具。

山岚道："我看，席子是卧具没错，袭人和卧具关联后，再将袭字上下拆开，就是龙之衣，说袭人是一件衣服吗？"说完，自己偷笑起来。

芸轩道："我简略一下她的判词，说她：枉自温和，空如兰香，其实这些都该属于那个优伶琪官，也与宝玉无缘。我的谶语是：席子代表自荐枕席，是巫山云雨的代名词，这才是袭人的本分，应该找找谁对宝玉有荐席之举，谁和宝玉行巫山云雨，而席之破者，毁而不保也。贴身之物，终要换与他人，宝玉与龙衣终无缘矣！

山岚笑道："是宝玉的席子破了吗？上面可是一簇兰花的，肯定不是宝玉，应该是一个属性兰花的人吧。"

秦明道："可谁是兰花？李纨的儿子叫贾兰，难道是李纨这支假兰？我好像是明白些了，是李纨要穿宝玉的龙袍。"

芸轩道："除了假兰，还有一支真兰，便是晴雯，不信你们找找，这幅画是晴袭合一的一幅画，不过这里咱们不展开讨论，先往下看。"

继续看《金陵十二钗判词图册》之香菱：一株桂花，下面有一池沼，其中水涸泥干，莲枯藕败。

图解：菱藕本同根，均遭枯败宿命，皆因这不合时宜而来的夏桂。

秦明道："菱藕如何与桂花较劲？桂树能做什么？"

芸轩警示道："金桂来，菱藕亡。"

山岚继续道："《金陵十二钗判词图册》之钗黛合一：两株枯木，木上悬着一围玉带，又有一堆雪，雪下一股金簪。

图解：玉带挂于枯木之上，化音为林黛玉，化意则为林木枯败时，玉带便随之坠落；金簪被雪埋是什么意思？"

芸轩解释："黛玉有咏絮之才，林如海其名既有瀚海学林之意。还有一说，众木为林，所谓学林者满朝文武也。若林枯带落，意味着满朝翰林要零落凋敝了。"

秦明道："这挂在枯树枝上的玉带就是黛玉，黛玉就是一围玉带，自古玉带就作为朝廷官阶的标志，有明一代，唯亲王及一品文官才可配戴，到了清代，金人沿用自己本民族的习俗，玉带便不再使用了，才被挂起来了吧？"

山岚道："按你想的，宝钗就是一支金簪，若凋零的是明人的玉带了，簪子还被大雪埋葬了，这个玉带和簪子是谁的？这个命题大了，如果真这样，咱俩改改判词？"

秦明道："改就改。"

山岚："可叹停机德。"

秦明："乃宝钗襄助丈夫成功之德。"

山岚："堪怜咏絮才。"

秦明："黛玉林下风致之才。"

山岚："玉带林中挂。"

秦明："翰林中玉带高悬，大才济天之士被高高挂起，木枯林败时，满朝文武就再无用武之地了。"

山岚："金簪雪里埋。"

秦明："雪下的金簪会变得寒光闪闪。"

秦明说到这里，接着道："好，这幅画是钗黛合一的最终结局，黛玉被风干，宝钗变冷酷。那么这里的玉，就不是宝玉而是黛玉，看我如何改编这首《终身误》。"

遂吟道："金玉良缘，你结我也结，木石盟约，你破我也破。都对着，雪里金钗难动情；终难忘，木枯林败太寥落。叹一声，我的天啊，金玉均待空守身，齐眉举案又如何？"

山岚听着笑个不住，也补充一句道："你还真别说呀，第一曲说的是宝玉没错。"

芸轩听了也笑起来，秦明道："越来越有些意思了。"她们继续看下去，下面是《金陵十二钗判词图册》之元春：一张弓上挂着香橼。

图解：弓音宫，橼音元。宫中的元春到底经历了什么？其宫中生活，竟用一张剑拔弩张的兵器来形容，她的结局竟是大梦而归。

二人看完判词，就对答起来：

山岚："二十年来辨是非。"

秦明："何是何非，竟要用二十年来辨？"

山岚："榴花开处照宫闱。"

秦明："难道元春宫中结子了？"

山岚："三春争及初春景。"

秦明："三春争景，元春还在吗？"

山岚："虎兕相逢大梦归。"

芸轩插言道："宫中虎兕相逢，相争二十年，是何等凶险祸事，让她大梦而归。"

山岚道："别和我争，我自己改个《恨无常》。"

喝口茶润润嗓子道："喜之喜，荣华正好；恨却恨，无常又到。眼睁睁，芳华之人上了吊。只可惜，离家乡太遥远，只能梦里相寻告：儿命已入黄泉，爹娘呵，须要退步抽身早！"

秦明道："改得俗，什么芳人。"

山岚道："我没你那么多雅词，好懂就行。"

芸轩道："二十年的时间可不短。怎样的经历，让她在这么长的时间里挣扎于是非漩涡里；又是怎样的是非，她要为此丢掉性命，还有事件和时间上的疑惑。"

秦明道："对呀！他们贾家离宫中应该不远，可她为何口口声声说：'望家乡，山高路远。'呢？"

山岚道："疑惑也白搭，谁也参不透，等什么时候咱们都弄明白这些就好了。到时，你这图册上的人物、事件，说不定会面目全非呢。"

秦明道："你俩做梦吧，谈何容易。"

芸轩道："我有信心，说不定我这个图册上的人都变成男的呢。"

山岚道："又说梦话，先顾眼下吧。"

继续看着册子：《金陵十二钗判词图册》之探春：两人放风筝，一片大海，一只大船，船上有一女子，掩面泣涕之状。

图解：俩人在江边放风筝，俩人是谁？是她母亲赵姨娘和弟弟吗？风筝代表游丝相连，游丝一断，风筝便飘摇远去，再也回不来了。

秦明笑道："清明涕送江边望。自古以来凡提到'江'均指长江。俩人在江边放风筝，这好理解，可大船却是航行在大海上。"

芸轩道："你细想想，这里的大海是哪里？如果是在江边登船，再转入大海，那么长江和哪个海相连？难道不是长江东流入海吗，可东海的三千里以外，又是什么地方？"

山岚制止二人争论，继续道："她才志高明，可惜却生于末世，凤姐才高，也是末世凤凰，贾雨村有才华，他也提到末世，似乎这些有才情的志士仁人，都有生不逢时的遗憾。"

秦明道："本来就是，看我想到的探春的《分骨肉》。"

吟道："海上风雨路三千，却江边把骨肉家园齐来抛闪。爹娘啊，休把儿悬念，江海两地太遥远，各自保平安。奴去也，就如风筝断了线，只怕是再也不能回，莫牵连。"

芸轩点头示意不错，山岚不服气跺跺脚，继续看《金陵十二钗判词图册》之湘云：几缕飞云一湾逝水。

图解：湘云乃湘江飞云，飞云乃霁月光风耀玉堂之兆。可见，湘云此人曾经创造过清明之政治环境。然逝水稍纵，她的政治生命如昙花一现，虽能抵消她曾受过的孤苦，但飞云逝水，不过是过眼云烟，一去不复返。她的成功是短暂的，失败才是她的宿命。

看其词曰：

富贵又何为？襁褓之间父母违。

展眼吊斜晖，湘江水逝楚云飞。

山岚刚念完词，秦明就灵光一现，附在山岚耳朵边，唧咕了一会子，和山岚对说起《乐中悲》来：

山岚："襁褓中，父母叹双亡。"

秦明："孤儿！"

山岚："纵居绮罗丛，谁知娇养？"

秦明："很不幸！"

山岚："幸生来英豪阔大宽宏量。"

秦明："从不会和别人儿女情长！"

山岚："好一似霁月光风耀玉堂。"

秦明："只好自己创造美好的政治风光。"

山岚："就好比，配了个才貌仙郎，以求博得个地久天长，准折得幼年时坎坷形状。

秦明："只叹美景不长，就像是巫山云雨，终久是云散高唐，水涸湘江。这是尘寰中消长数应当，何必枉悲伤！"

芸轩听了竖起大拇指，欣慰地笑道："'湘云'二字，似乎指的是湘江云景，倒让我想起一首《潇湘水云》古琴曲，琴家观水云苍茫，寄亡国忧思，不知有没有关系？"

只是猜了半天，也没什么头绪，便继续看《金陵十二钗判词图册》之妙玉部分：一块美玉，落在泥垢中。

图解：啖肉食腥膻，是她最厌恶处，身边却有啖肉食腥膻的朋友；视绮罗俗厌，自己却拥有无价古玩；过洁成癖，却终于陷入泥垢。是这个世界之肮脏和她过不去，还是她走错了路？

芸轩摇头道："欲洁不洁，云空不空。可怜金玉人，终陷泥沼中。"刚说完，就听她二人又对着《世难容》胡乱编排起来：

山岚："你看我，气质美如兰，才华阜比仙。"

秦明："这有何用！你天生孤僻人皆罕，只能将才情隐没在古佛殿。"

山岚："最厌恶啖肉食腥膻，我一向视绮罗俗厌。"

秦明："矫情！岂不知太高人愈妒，过洁世同嫌。可叹你，青灯古殿人将老。辜负了红粉朱楼春色阑。看起来你也是红楼梦中魇。"

山岚："朱楼梦醒又如何，依旧是风尘肮脏违心愿。好一比，如无瑕白玉遭泥陷，又终究与王孙公子真无缘。"

秦明："哼！无缘，妙玉也讲究和公子的缘分了。自云洁，看你如何风尘落。空不空，古殿之内露马脚。你把自己用的绿玉斗送给宝玉用，能说无情么？"

芸轩听了摇头道："不好，不好。"

山岚道："还是继续看吧。"

《金陵十二钗判词图册》之迎春：一个恶狼，追扑一美女，欲啖之意。

图解：子系乃"孙"字，中山狼者，寓意"孙"姓恶人乃忘恩负义者。

秦明做着怪相，扑向山岚，笑道："中山狼，扑向东郭先生，这个景象，怎么也附不到迎春身上。我真想不通，孙氏到底受了贾家什么样的恩情，以至于背上了'中山狼'的骂名。仅仅是因孙家攀附过贾家吗？不是说贾家反欠孙家五千两银子么。"

山岚道："我看过孙绍祖的情况，也没见他多么发达得志，猖狂倒是有些。只是这句：金闺花柳质，一载赴黄粱。难于理解，迎春是梦中被中山狼害死的吗？"

芸轩道："自然和元春一样大梦而归。你不是能改编吗？你俩再改一下《喜冤家》呗。"

山岚和秦明一拍即合，道："改就改，你听好了。"

山岚："中山狼，你无情兽，全不念当日根由。"

秦明："当日怎样？难道孙家曾被贾家救？"

山岚："肯定是有恩不报，反倒是一味地骄奢淫荡贪还构。觑着那，侯门艳质同蒲柳；作践的，公府千金似下流。"

秦明："贪还构？构陷过你吗？禽兽负恩本如是，谁叫你救的是一只恶狼，只怨你自己愚蠢至极。"

山岚："叹芳魂艳魄，一载荡悠悠。"

秦明："真奇怪，迎春的死法，如何也用'荡悠悠'三个字形容？难道也是吊死的。"

芸轩道："最后一句说到点子上了，就是'荡悠悠'三个字。不过，我现在也说不上来是什么感觉。"

山岚道："那就继续听着，《金陵十二钗判词图册》之惜春：一所古庙，里面有一美人，在内看经独坐。有人说：天上碧桃和露种，日边红杏倚云栽。天上天桃怎样，云中杏蕊如何？皇家雨露也难抵秋之萧索。杏落三春后，才把梦看破。"又接着道："不如我把惜春的判词和她的《虚花悟》合在一起说说。"

秦明道："别让我笑掉大牙。"

芸轩道："不妨听听。"

山岚道："堪破三春，只有'惜春'景不长。跳出情天，打灭韶华，缁衣换下昔年妆。说什么，天上天桃皇家盛，云中杏蕊依傍多。到头来，虚梦一场，谁把秋捱过。"

秦明道："这回改得有水平，还知道用天上天桃、云中杏蕊的典了。"

山岚道："天上碧桃和露种，日边红杏倚云栽。生在帝王家是福分，也可能是灾难，这个谁不知道，总小看我是吧。"说完又继续往下看。

《金陵十二钗判词图册》之熙凤：一片冰山，上面一只雌凤盘旋而飞。

图解：凤凰之意，谓才能杰出之人；冰山者，特指不可长久依靠之权势，此处使用了"冰山右相"之典。其意为：阿凤靠着一座太阳一出即可溶化的冰山。

芸轩道："不说别的，我对'一从二令三人木'之谜，琢磨了足足一个多月，昨天才有了些感觉，我画给你俩看。"一面说着，拿来一张纸，画着一个老写的'來'字。一人、二人、三人，加上这个木，是不是个'來'字；二令合在一起，就是一个'冷'字。

"一从二令三人木，乃自从'冷'人来，冷人者宝钗也。意思是：自从冷人宝钗来了，凤姐的情形就如她的判词说的那样，哭向金陵事更哀。"

秦明道："若真是这样，得好好看看宝钗。"

芸轩道："这样一来，你俩还能改《聪明累》吗？"

二人说没问题。

山岚："机关算尽太聪明，反算了卿卿性命。"

秦明："生前心已碎，死后性空灵。枉费了，意悬悬半世心；好一似，荡悠悠三更梦。"

山岚道："梦醒后又是一个'荡悠悠'，确实应该注意这个词的用意了。别的话就不多说了，要不继续看巧姐？"

一座荒村野店，有一美人在那里纺绩。

图解：巧姐沦为村妇穷人了。

秦明道："可谁是狠舅奸兄？"

山岚道："你这问得蹊跷，离不开王家人和贾家人。她的舅舅是王仁，哥哥就该是贾兰。王仁不仁，但贾兰是否是奸兄，咱不知道。"

秦明道："我想起来了，李纨有一句判词：桃李春风结子完，到头谁似一盆兰？说的该是她生了一位似桂如兰的儿子，可词中为何发问呢？什么叫'谁似一盆兰'？言外之意，到头来，他是不是一盆兰还难说，也许会势利如贾雨村呢。"

芸轩道："我判断，像香菱的遭际一样，巧姐遇难的时候，舅、兄虽有权有势，可谁都无动于衷，也未可知。刘氏倒是穷妇，但穷妇成了巧姐的救命恩人。巧的是，巧姐最终也沦为了穷人。"

山岚道："苍穹啊！这是什么轮回原则？无论是帝王还是将相，难道所有人的最终归宿，都将是穷人？这就是十二钗中最小一钗所代表的意义吗？"

芸轩道："王者之仁和兰者之臭，都惠及不到微不足道的穷人。劝人生，无论如何得势，都万万别忘了济困扶贫。"

山岚道："最后看看李纨的吧：一盆茂兰，旁有一位凤冠霞帔的美人。

图解：凤冠霞帔，腰悬金印，爵禄高登，却黄泉路近？这是怎样一场生死富贵，忽来忽去的大变故，将相可还在？帝王可还存？"

接着又问："李纨怎能和帝王将相并论？冰来自水，却寒于水，冰水相妒，到底为哪般？"

秦明道："她的判词很明确：枉与他人作笑谈。虽然地位显赫，却似乎逃不过被耻笑的下场。怪了！怎么品质如老梅的李纨，生了个兰蕙之子，该都是梅兰气质者，怎么反被后人笑话呢？要么改改她的《晚韶华》。"

山岚："镜里恩情，梦里功名！"

秦明："有恩情，有功名，怎么还是一梦呢？那美韶华去之何迅！再休提绣帐鸳衾。"

山岚："富贵功名，来之快，去也匆。为什么？"

秦明："因为都抵不住无常来索命。"

山岚道："快看，说到无常索命，最后这张图才恐怖呢。就是秦可卿的图册。"

高楼大厦，有一美人悬梁自缢。

图解："荡悠悠"三个字才是死亡的表征，用过这个词的有元春、迎春、凤姐，而可卿才是真正的实现者。

芸轩道："这个悬梁的死法，出现了三次渲染，应该是真实存在的。太虚是孽海情天处，而秦可卿独占三情：情天、情海、情身。可见她是太虚的主宰，是宝玉的引路人，也是咱们打开《石头记》谜的钥匙。"

秦明道："我也这样认为，她的《好事终》有一句：画梁春尽落香尘，擅风情，秉月貌，便是败家的根本。按照《离骚》香草美人的说法，风情月貌是王者风范，但没听说过美人是败家根本。"

芸轩道："肯定有更深的含义，别忘了，秦可卿可是有遗簪、更衣之举的，莫不是丢下的金簪和玉带是她的？"

秦明拿过册子来又翻了半天，笑道："你也不过是猜测，还是糊涂着。让我梦里守着一群美女，翻看这本册子？就算你重新做了图解，咱们也开脑洞搜罗了一遍，我还是不明就里。不过凭直觉，里面怎么除了死就是亡的，反正没有一点好事。"

山岚道："痴儿竟未觉悟。饮馔声色都未见效，还能图将来一悟？难也！"说着夺过图册扔一边，端过一杯红色葡萄酒，一盅红茶，摆到秦明面前。

继续道："你不是闻着香吗？喝了这血色的茶，饮了这血腥的酒，听了那死亡曲，看了这上吊的册子，你的梦还没被吓醒？"

秦明笑道："没有呢，让我再睡一会儿吧。"说着竟然躺下了，气得山岚站在床边直瞪眼。回头看芸轩，问道："还有什么法子治治她？"

芸轩道："让我想想，最后一招，巫山云雨法。"

山岚脸先红了，笑道："她哪里知道什么巫山云雨事。再说了，老人规劝孩子学好时，都让远离这个还来不及，谁会专门用这个做法子来教育？这样就能引宝玉走上兴家立业的接班路啦！真搞不懂。"

芸轩道："我也糊涂，既然情欲声色是个迷人圈子，让宝玉陷进去，就能警其痴顽了，陷进去，然后还能跳出来才行，我也疑惑着呢。"

秦明睁开眼笑道："想不明白了吧？关键就是'意淫'二字。别看这俩字儿是被现在人糟践了，当初曹子独为宝玉创造这两个字，就像宝玉说'女儿'二字一样道理，是怀着锦心绣口说的。你们想想那是什么意境。"

山岚摔给她一个枕头道："那就快入你的巫山梦吧。"

芸轩道："脱不了现在人的俗气，再用这二字想宝玉，我也觉得不妥。不如咱们也独创一个，再改一下。"

山岚道："改成什么呢？"

芸轩道："莫若'玉淫'二字为妙，这才是宝玉独有。若这样，宝玉的好处现在还可以想想。"

山岚道："就是说，只有宝玉是有这个脾性的人，在闺阁中可为良友，然于世道中未免迂阔，且见弃于世道。"

芸轩道："珍重女儿就叫不务正业，咋听都像是混蛋逻辑。但淫虽一理，意则有别。虽说猜不透什么是'玉淫'，但这之外还有一淫是有所区别的。那淫不过悦容貌喜歌舞，调笑无厌，云雨无时，恨不能尽天下之美女，供我片时之趣兴，这叫什么？"

秦明道："这叫皮肤烂淫，不如我替你解释呢。抛开这些，我倒想到一个典故，就是宋玉的《高唐赋》说：妾在巫山之阳，高丘之阻。旦为朝云，暮为行雨。"

芸轩道："这是说的巫山云雨吗？"

秦明道："对，所谓巫山云雨，其本意是说，神女与国王交合乃是天地交会，能够降生云雨，让谷物丰收、民族繁衍、国家强盛。都是俗人会错了意，将庄严神圣的国家大事，误解为缠绵的儿女情长。"

山岚道："那'玉淫'是不是指的帝王之淫？这个说法似乎有道理。如果这样说来，宁荣二公的嘱托就可以理解了。他们是想告诉宝玉，末世降临，大厦将倾，看看十二钗凄惨的未来，赶紧行云雨之事吧。"

芸轩道："我看，这个不但是警示宝玉的法子，也是咱们解读《石头记》之法。醉你灵酒，沁你仙茗，警你妙曲，再使你领略仙闺秘事。可见幻境之风光尚如此，何况尘境之情景哉？那钗、黛二人，也不过是可卿死后遗留在红尘的随身之物而已。宝玉莫留恋，我等亦莫留恋，亦莫痴迷。"

山岚道："什么随身之物？"

芸轩道："宝钗乃金簪，黛玉乃玉带，你以为秦可卿的'遗簪'与'更衣'环节被特别注明删除，就真忘了？"

秦明道："说到这里，我的梦该不该醒了？"

芸轩趴在秦明脸上，道："别急，再睡一会儿，我带你来到最后的去处，迷津边。认真听着，你和可卿缱绻难分，手拉手游玩到此。只见迷津深有万丈，遥亘千里，水响如雷，竟有许多夜叉海鬼将你拖将下去。"说着，山岚悄悄地用竹简捅了秦明一下，吓得秦明一下子坐起来，喊道："可卿救我！"

山岚笑了起来，秦明赶过来要打山岚，芸轩拦住她，笑道："效果不错，就是这样。她带你出梦，你还打她。"

秦明道："我只觉得，整个梦里，都有秦可卿的影子在。进梦出梦，梦里梦外，她无处不在。且直到最后宝玉也并没有被警醒，还是掉进迷津了，好可怜！"

山岚道："可怜的是咱们，都也没能跳出迷人圈子呢，怕是也同宝玉一样，掉进迷津了。"

芸轩道："可卿救我！可卿也是咱们的救星，可卿更是揭开梦魇的钥匙。忘了吗？津中无舟楫可通，只有一个木筏，乃'谋局士'掌舵，'会诗者'撑篙，不受金银之谢，但遇有缘者渡之，咱们难道做不得有缘人？"

秦明道："那就这么定了，不管别人是谁，咱们先咬定十二钗最后这位可儿，我倒想看看可卿的来龙去脉。那句怎么说来着：箕裘颓堕皆从敬，家事消亡首罪宁。怎么一个上吊的女人，竟和宁府的败亡关联在一起，真值得一究。"

芸轩道："箕裘，出自《礼记·学记》。文中说：良冶之子，必学为裘；良弓之子，必学为箕。意思是要子承父业。后来，箕裘一词便被喻作祖先基业，曲词也说贾府的箕裘颓堕，家事消亡，均是贾敬之过，他竟是造成贾家败落的罪魁祸首。"

秦明嘟哝道："对呀，在秦可卿的判词里，提到败坏祖宗基业之人，是从贾敬开始再到她，这祖孙二人怎么关联，令人费解得很，想得我脑仁疼。"

说着，只觉一股困意袭来，连连地打起哈欠来，又喃喃道："要不咱们明天接着解吧，我真想进入梦乡了。"二人见她哈欠连天，眼泪汪汪的又都累了一天，各自休息不提。

第六回

羞说云雨情　初探巫山景

近日,《秦淮烟云》举行了隆重的开机仪式。秋真刚入此行,虽说相好的同学大都在这个行当做事,却也是显得手忙脚乱的。这不刚请来一位饰演柳敬亭的老演员方瑜,想在茶轩里切磋一下自己刚做的一段鼓词。

见芸轩从书房出来,面色还略带困倦,知她近来疲劳,遂向她招手示意。山岚悄悄端来一杯普洱参茶,另两碟子点心,让她坐在窗边偏屋角的桌旁,还有些客人也都想看看热闹。

只听方瑜调弦打板,刚唱了一句:"科头抵掌说英雄,段落不与管弦同。"秋真便递给方瑜几页纸道:"方老师,先停一下! 唱词的第一句得改,韵也不对。"便走过去和方瑜商量着。

山岚正在招呼客人,凑过来欲言又止,却先脸红起来。

芸轩喝一口茶又吃一口点心,问:"看到什么了?"

"没什么,只一句话说得很怪。脂砚说:他多大的胆量敢做如此之文。"

"我的姐姐,到底哪一句,还卖上关子了,不就是:吾所爱汝者,乃天下古今第一淫人也,很怪吗? 还至于你脸红半天,又不是说的你。"芸轩调侃道。

"人家可是正事,少乱说。平日里还拿你当个不看黄段子的人,其实也没正经,不说了。"山岚赌了气不作声。

也难怪，对于两个没结婚的女孩家，谈论这些个事儿，是有些不合时宜。芸轩一下子没了食欲，喝完最后一口茶，催着山岚说下去。

山岚这时声音也有些涩涩的，看芸轩正经地听，便不再负气，也只得往下说。"虽说你给改了'玉淫'，但还是不好琢磨。你听底下一句：'恨不能尽天下之美女，供我片刻之趣味'。这话是黄宗羲说的，大意是：为君者，敲剥天下之骨髓，离散天下之子女，以奉我一人之淫乐。这哪里是'玉淫'，就是皮肤烂淫。

"这不就是秦明说的帝王之淫吗？如果曹公以为帝王是天下第一淫人，是有所指的话，那确实够大胆的，就说他是帝王了。我的意思，宝玉和袭人或者宝玉和可卿之间，不仅仅是'玉淫'这么简单。"说着，又红了脸。

芸轩道："前两天不是说清楚了吗，用的是巫山云雨之典。用鲁迅的话说，宝玉之爱，周旋于姊妹丫鬟辈之间，昵而敬之，恐拂其意；爱博心劳，而忧患亦日甚矣。用宝玉的话说，我为你们操碎了心。这大概才是'玉淫'之真谛。"

山岚道："不这么简单。我看警幻一边对他的'玉淫'心态大加赞赏，一边却再三劝阻，简直是奉劝宝玉，不要为了这个'玉淫'丢掉自我。从另一个角度看，这个'玉淫'是很危险的事，似乎是告诉宝玉，万万不可动这个念头。所以我判断，既然他的'玉淫'不同于一般人，那他的巫山云雨，更不是一般的事。"

芸轩看着她问："何以见得？说他和袭人与可卿的云雨事里，透着蹊跷大事？"

山岚红了脸道："我终于说清楚了，就是这个意思。"

芸轩轻笑道："真看不出，你在别的事上还有限，偏是对这些高唐云雨上心得很，不过值得想想。"说着，憋不住吃吃地笑出声，道："云雨之事，当然就是要命之事。"

"死东西，越发没正经。"山岚急赤白咧地骂她。

芸轩忍住笑道："说正经的，指不定就是这么个意思。掐指算来，这个天下古今第一淫人，初试云雨时，应该是在他八岁那年，可八岁是不是太小了点？"秋真摆手，谴责她俩不消停，那边正调弦子试调子。

第六回
羞说云雨情　初探巫山景

93

山岚问："我的疑心不对吗？这也许不是个年龄，而是一个纪年呢？"

"有道理。"芸轩虽然笑她，但内心觉得真是有些道理，道："梦里梦外一样事，初试云雨幻双卿。梦里云雨也是梦外云雨。如若是纪年，这一年必定有过不寻常的大事。或让宝玉初历风霜？或遭大难？权当这样认为吧。若有差池，我当羞你没完。"

正闹着，秋真又扔来一团纸，道："两位姑奶奶，快帮我看看这段词。好意等你们吃完点心，就没完了，还有时间闹，不知道我工夫少吗？"

这个工夫，那方瑜刚起唱一段苏州弹词，声音很有磁性，弦子弹得也流畅。山岚说，没听说柳敬亭会唱弹词，而芸轩不置可否。俩人挪到跟前儿，听几个客人也在议论这段唱词，是一段失传的《段秣陵》。客人说，好久没听过这么正宗的弹词了，有幸！她俩也展开纸团看着词。

此时，突然进来一位矮胖的、戴眼镜的中年男子，山岚以为是茶客，迎上前却又感到面熟得很，仔细看，原来是大名鼎鼎的说唱大师老梁。山岚先是手足无措，然后激动地喊芸轩，快来看看谁来了，秋真转头望过去，才知道是咋回事。原来这老梁是她请来的客人，早就盼着了。

她热情地奔过去，快活地挽起老梁的胳臂，高兴道："梁老师，可把您给盼来了，您再不来，我可要跳楼了。柳敬亭可是我剧中第一个出场的人物，拿不下他，后边的就走不动。"

老梁听她说着只是笑笑，众人见了，更是围过来问三问四。老梁不紧不慢，招呼大家坐下，道："你的段子呢，让我的徒弟先练练口，咱们也听听。"

大家调开桌椅，坐在柳敬亭下首，只听他醒木"啪"地一拍，鼓板一敲，开口道："老子江湖漫自夸，收今贩古是生涯。年来怕作朱门客，闲坐街坊吃冷茶。今日俺柳麻子信口一段，无事消闲扯淡，就中滋味尝酸甜。咱就说，远离京师千里之外，那偏僻荒凉的陕西米脂，芥豆之微的一个小小的驿卒，阴差阳错的，却与朝廷有些说不清的瓜葛，现说与众位提神解闷。"

只听柳敬亭唱起来：

这一年，蝗灾大旱，赤地千里，老天降奇荒。更可怕，金人突起犯我北方边关。大明朝，真是内忧加外患，崇祯帝，饭不思，茶不想，消损了龙颜。

挽狂澜，征良策，终可减负二十万！

诸位要问了，是何强国之策，能为国家减轻二十万两白银哪？您听我慢慢相告：没奈何，满朝文武定国策，为减负，只得裁撤各地方驿站。您不禁又问，这能管多大的事儿？听我柳麻子说：驿站裁撤三之一，每年节省十几万。哎！省一点是一点吧。

省点银子不打紧，怕只怕，上天偏将"巧"安排。

方才说了，有个小小驿卒，原是个马车夫，出身农民，本也老实巴交，却识得几个字，武艺也了得，此人小名就叫黄来儿。因他丢了公文，正被惩罚，正好又裁撤驿站，这不，立刻他就失了业。

谁知，偏这一年，陕西大旱，又加上蝗灾频现，人们已食不果腹，连草根子都没得吃了，而催征之人却敲门紧哪，快开门！快开门！举债也把税来纳。

为纳税来举债，可债是借了，又如何还？这一日，债主恶棍逼得紧，这黄来儿，无论如何也还不了他。没法子，这债主告他到了县衙，得了个械而游市欲斩杀，亏得家人朋友齐相救，黄来儿，这才仓皇出逃，离了魔爪。

却不想，屋漏偏遭连夜雨，祸不单行头风打。黄来儿的妻子，通私奸，背妻德，他一怒将妻殒刀下。黄来儿杀了债主与妻子，身负两命落荒而逃，隐姓埋名地投了军营。

此时，北方金人逼近中都，他随大队紧急赶往京师勤王，可进京之路艰又难。不成想，因欠兵饷起叛乱，他便成了叛兵一员。从此后，他与朝廷不两立，一段传言遍中原。这才是，裁撤驿卒不打紧，一员杀星降凡间。

老梁摆摆手打断徒弟，回头招呼秋真道："从此，一个农民便和朝廷就有了瓜葛，有意思。我说秋真，你的本子我也拜读了，有一点我得提醒你，把李自成叫杀星降凡，这不符合农民起义的说法，他可是结束一个腐败王朝的英雄，怎么叫杀星降凡呢？"

正说时，外面进来一个人，脸上戴个面具，是刘姥姥发笑的样子，手里还拿着些别的面具，和一个青色的竹板子，站在门口向里面张望。

大家见了这个模样，只觉得好玩，芸轩一见，站起来去把她拉过来，替她摘下面具，原来是秦明。

秋真笑道:"搞什么怪,没见梁老师在吗?天天让我给你引荐。"见秦明没反应,又道:"怎么变成呆子了。"

秦明定定神,高兴地笑着过来,道:"谁知道你哪句话是真的。"又抓住老梁的手摇晃着:"我没想到能见到真人,真是梁老师?您什么时候来的?"

一面说一面和老梁握手,又嘟哝道:"你们不带我,山岚又支应我去买这些个,倒是你们,听曲喝茶的,还和梁老师说戏。"

老梁笑道:"我可是刚来不久。"说着,拿起那个面具,瞅了瞅道:"这是要办假面舞会吗?买这些面具做什么用?"

秋真一笑道:"今儿碰巧了,本来我们想做个游戏来着。说完戏要没别的安排,您也参与一下。"

"那得先看是什么游戏,我看这些都是《红楼梦》里的人物面具,还能做什么游戏。"

秋真道:"您不知道,我们一直在做《石头记》情景再现秀,试图复原作者写《石头记》的真实过程。"

老梁听了吃惊道:"有结果吗?"

秋真道:"没有。也有一点点,不过可有意思呢。"

老梁蛮有兴致地笑道:"《红楼梦》里藏的东西,哪里是好还原的,就凭你们几个?满大街解密的人,和别人解密有区别吗?"

秋真道:"我们不在乎结果,就图个乐子。但每次我们都如有神助,出来的结果,连我们自己都想不到呢。"

老梁笑道:"情景再现秀!这倒是从来没有的方法,新鲜!我还真想见识你们的花样呢。秋真,咱先不说戏了,我想看看,这次想要还原出什么花样来?"

芸轩道:"就是刘姥姥,还有她来荣国府的秘密任务。"

"所以,就让她戴上刘姥姥的面具。"老梁一边看着,笑道:"还有,这个是贾蓉的吧,这个是贾雨村。这些人能和刘姥姥有多大关系?"

秦明道:"目前我也不知道他们之间的关系,有意思的是,等我们演完了,就知道个大概了。"

"有这么神奇?我倒要看看了,这块板子也是道具?"

秋真道："这回就看芸轩的了，可别守着梁老师丢丑。"

芸轩站起来，道："那就看我的，刚才山岚告诉我，她觉得宝玉和可卿才是真正初试云雨之人，且这次'云雨事件'，一定是预示二人遇到了大劫难，这场劫难偏偏这么巧合的，竟与刘姥姥来荣国府同时出现。

"我的问题就是：刘姥姥是谁？她来做什么？她来荣府，与宝玉袭人的初试云雨，到底有没有关系？"

秋真悄悄告诉老梁："她们觉得，宝玉初试云雨，用典自《高唐赋》，宋玉鼓励襄王往会神女，希望通过与神女交欢，给国家带来福祉。仙姑受宁荣二公嘱托，把宝玉带到警幻处，也给到他这样的警示，也是这么个意思。"

老梁哑然笑道："巫山风物，暮雨朝云。还别说，《高唐赋》有这个用意。可宝玉不才，堪比帝王？你们还真会想象。"

秦明戴上刘姥姥的面具，道："太爷们纳福，小小穷人进趟京不易，别笑话我，问我是谁，我也不知道，就先说说我女婿家吧。女婿姓王，祖上曾做过一个小小京官，昔年与王夫人之父认识，因贪王家势利便连了宗认作侄儿。"

山岚戴上贾雨村的面具，笑道："你女婿家干的这勾当，怎么和我如出一辙。我也是贪贾家的势力，才连了宗做了他家宗侄儿，看起来，咱们都是侄儿辈的。"

刘姥姥道："后来，女婿祖家已故，只有一个儿子名唤王成，因家业凋零，就搬出城外乡中住了。前几年，王成才病故，有一子小名狗儿就是我女婿。女儿女婿亦生一子小名板儿，又生一女名唤青儿。我今儿就带了板儿来，到贾家打秋风来了。"说着举了手中的竹子板笑。

老梁笑道："这就是你的板儿了？"

芸轩道："这家人最大的特点，名字奇怪，狗儿、板儿、青儿，农村味十足。但在我看来，他们的名字个个有寓意。先说这家人中的男主人狗儿的品性，用刘姥姥的话说：咱们村庄人，哪一个不是老老诚诚的，守多大碗儿吃多大的饭。狗儿却托着他老的福，吃喝惯了，如今所以把持不住。意思是，农民就该老老实实地种地，可狗儿却不老实。

"什么叫把持不住？想干什么事把持不住？像甄士隐的老丈人封肃那里的

人一样吗？偷盗抢劫？

"还说他：有了钱就顾头不顾尾，没了钱就瞎生气，成个什么男子汉大丈夫呢！

"刘姥姥一个村妇，却懂得用男子汉大丈夫的标准衡量女婿，这是一个很高的标准，而且还充满挑唆的口吻。"

老梁道："为什么？怎么挑唆？"

芸轩道："姥姥说呀，如今咱们虽离城住着，终是天子脚下。这长安城中，遍地都是钱，只可惜没人会去拿去罢了。在家跳踏会子也不中用。"

老梁道："怎么拿？偷还是抢啊！"

芸轩道："狗儿听说，便急得问，你老只会炕头儿上混说，难道叫我打劫偷去不成？

"话中直接说了，打劫！偷！只有两个法子，二选一。

"刘姥姥道：谁叫你偷去呢。也到底想法儿大家裁度，不然那银子钱自己跑到咱家来不成？

"法子选定，谁叫你偷？打劫啊！

"狗儿就笑话道：有法儿还等到这会子呢。我又没有收税的亲戚，做官的朋友，有什么法子可想的？便有，也只怕他们未必来理我们呢！

"这就叫骂死人不偿命，收税和做官，就是打劫，这个法子可不是人人能想的。

"姥姥又说了，这倒不然。谋事在人，成事在天。咱们谋到了，看菩萨的保佑，有些机会，也未可知。我倒替你们想出一个机会来。

"怎么样？把持不住的是刘姥姥。而且狗儿的话也露了马脚：你老人家明日就走一趟，先试试风头再说。

"通过周瑞家的透露，狗儿还帮着周瑞争买过田地，这可是恶霸所为。一个'打劫'，一个'试试风头'，他和刘姥姥用了地道的行话，就是强盗暗语。所以，刘姥姥说他不是大丈夫，而是把持不住的盗贼。"

老梁笑道："歪理邪说。"

芸轩道："说狗儿是盗贼，您不信，那就再说说狗儿的父亲。他父亲叫王成，联系王家的兴衰过程，我能想到一个成语。你们谁猜猜？"

秋真道："我想到了，把'王成'二字倒过来是'成王'。"

老梁道："成王怎么了？"

芸轩道："成王败寇啊。对的，这和贾雨村的《两赋论》不谋而合，说明这个小小的介豆王家，也是大有来头。"

姥姥道："太爷们说的有道理，好比贾老爷进京中举做了大官，我也是第一次进京，打了凤姐儿的劫，收获也不少。"

梁老指着秦明道："还真有这么一说。那个板儿呢？"

芸轩掂在手里道："这个梁老师肯定比我们懂，古人上朝最起码在明代官员们手中都要拿个东西的，是什么？"

梁老道："你说的是笏板吧？"

芸轩道："是的，按照官阶，有的持象牙笏，有的是玉笏，有的是用竹笏。您看我拿的这个就是个青色的板儿。"

秦明拿过竹板，笑道："我称呼你们太爷，显然是用了官府的称谓，手里拿着个笏板，像不像是来贾府上朝的？"

老梁大笑道："哦！亏你们想得出，青儿、板儿，合在一起就是'青板'了。"

芸轩道："还真对上景儿了，一家子把嘱托的话，都交给了板儿，刘姥姥在告贷的时候，就是问着板儿：你那爹在家怎么教你来？打发咱们作煞事来？这说明，板儿的作用就是记事用的，而板儿呢，自始至终也没说过一句话，可不就是个哑巴物件吗。"

秋真指着刘姥姥和贾雨村道："我明白了，你两个侄子辈的人，是同一个人吧。"

老梁摇头道："差矣！刘姥姥和贾雨村二人，怎么胡乱联系呢。"

芸轩道："梁老有所不知，待我分析给您老听听。贾雨村也是个穷人，曾经两度进京。第一次进京时，择了十九日这个黄道吉日，又因三月十五日甄士隐家着火，这俩日子合在一起，就出现了三月十九日，这个历史上很敏感的日子。"

老梁道："贾雨村和这个日子有关？他进京的年代呢？"

芸轩道："可以从姥姥这里算出来。"

秋真道："怎么算? 刘姥姥进京也有黄道吉日?"

芸轩道："当然有,否则怎么这么顺利。其实刘姥姥这是二度进贾府,从表面看,这是第一次来,但这里也出现了两个敏感的日子,其中一个就是二十年前。刘姥姥说: 二十年前,他们看承你们还好,如今自然是你们拉硬屎,不肯去亲近他,故疏远起来。

"说明二十年前后,两家是有变化的,变化的结果是关系疏远了,疏远的原因是王成拉硬屎,瞎逞能。"

秋真道："瘦驴拉硬屎,没数瞎逞能。我也觉得刘姥姥用了这句话,明显有意思。是王成觉得自己家比王夫人家厉害,还是怎么的? 为什么和王夫人家瞎逞能呢?"

山岚道："说到亲戚们疏远了,凤姐也是话里有话的,说: 亲戚们不大走动,都疏远了。知道的呢,说你们弃厌我们,不肯常来,不知道的那起小人,还只当我们眼里没人似的。

"明白地说明这样一个道理: 知道的呢,是你们弃厌我们,不肯常来。所以,确实是王成家主动疏远的,凤姐分明抱怨,是他们家厌弃了王家的意思。"

老梁道："让我想想,自然是我们瘦驴拉硬屎,疏远了你们,我们嫌弃了你们,咂摸一下还真有这么个味儿。"

芸轩道："这个信息很明显,一定是王成家逞能了,可到底逞的什么能呢? 我做过一册《红楼纪年》,葫芦庙失火是红楼二年发生的事,而金陵城起复贾雨村,则是红楼七年发生的事,间隔正好五个年头。

"如果放在历史纪年里,葫芦庙着火事件,和十九日结合,就是一个标志性事件,那一年应该是一六四四年,那么现在的纪年坐标,就是一六四九年。二十年前,自然是一六二九年。看看这一年前后,一定发生了重大事件,才导致王成家不被看承了。"

秦明掐指一算,道："这么巧。崇祯元年,因黄来儿丢失公文,被驿站裁掉,他从此失了业,他就这样不被皇家看承照顾了。第二年正是一六二九年,李自成在陕西起义,这可不是一般的拉硬屎瞎逞能。"

老梁睁大双眼，吃惊道："这就更是耸人听闻了，王成，一个王成，竟成了李自成？"

芸轩道："别吃惊梁老师，我们可不是孤证。还有第二个时间，就是周瑞家的提到的五年前。她说：姥姥有所不知，我们这里又不比五年前了。如今太太竟不大管事，都是琏二奶奶管家了。"

秋真道："这个时间同样重要，从一六四九年，往前推五个年头，就是一六四四年，这个年份，对于李自成和崇祯来说，不敏感吗？"

老梁吃惊得合不拢嘴，道："这个年份加上那个日期，是让我意外，太意外了！不过你这个时间有漏洞。既然发生那事的时间是五年前，刘姥姥现才进荣府，这怎么嫁接到一起？这个你们说不过去了吧。"说完，老梁得意地看着芸轩，等她解释。

芸轩道："周瑞家的见到板儿时，有过一句话，她说：你都长这么大了！板儿此时五六岁的样子，然后周瑞家的又说：如今，同五年前不一样了。这句话说明，周瑞家的在板儿小的时候或者是一岁的时候，见过板儿，要不怎么解释她直接和板儿的对话？刘姥姥也说过，早年她和女儿来过一次的，在自己家时说的；王夫人也说过早年来过，也没让她们空手回去。

"种种迹象均表明，刘姥姥第一次进荣府是五年前，应该是带着板儿和女儿来的。这是第二次，后面那次，才是第三次。刘姥姥确实是三进荣国府，脂砚透露的没错。搭救巧儿，为巧儿取名字的那一次，才是最后一次。"

山岚道："回目是刘姥姥一进荣国府，怎么是二进了？"

芸轩道："若是这样，就可以把刘姥姥一进荣府的实际时间，提前到五年前才对，至少这次进府和上次合写了，不信，就看看以后发生的事情，是否符合历史事件顺序。"

老梁不由得不信，渐渐静下心来，开始有点接受这歪门邪说，道："移花接木，蒙太奇。暂且这样认为，还有吗？"

芸轩道："再看周瑞家的是啥角色，就更不容怀疑了。"

秋真道："她是太太的陪房，也是刘姥姥的引荐人。"

芸轩道："那我请问：假如没有这个周瑞家的，刘姥姥能进得来贾府吗？

前门的仆人是根本不让她靠近大门的。"

秦明以刘姥姥口气道:"周嫂子说,与人方便,自己方便,是周嫂子开了方便之门,我才见到了真佛。"

还学着刘姥姥的样子,连连咂嘴念佛道:"阿弥陀佛!谁曾想到,我一个穷婆子能登堂入室的,还见到仪态万千的凤哥儿。"

老梁道:"这个地方我有印象,刘姥姥见凤姐,那是层层递进,凤姐首度展现执事风采,也是从没有过的傲慢与排场。"

芸轩道:"不管怎么说,刘姥姥见凤姐还是相当顺利的。周瑞家的安排也是停停妥妥,说明什么?李自成进京是家奴迎进来的不是吗?否则就凭他,怎么可能这么顺利。再说,你们也不想想,如同贾雨村碰到了狗屎运一样,都来上赶着,帮他出钱出力牵线搭桥的,他才飞黄腾达起来了。"

老梁道:"很难想象!但史实中,李自成进京本身确也允满巧合和传奇,其过程一直是个谜。凭实力,看他当年的行军路线,都不怎么样,他确实很难攻破京师,可真有些鬼使神差似的,他就顺利进京了。"

芸轩道:"还有王成家住哪里?"

秦明马上道:"我们家住在京郊,住在天子脚下。"

芸轩道:"《石头记》从来不说具体住址和具体纪年,凡京城,大都是说都中或者神京,这里却明明白白说的是'长安'。"

秦明强调:"如今咱们虽离城住着,终是天子脚下。这长安城中,遍地都是钱,只可惜没人会去拿去罢了。"

芸轩道:"方位如此清晰,可以肯定,他们真就住在长安郊区,那么陕西的米脂,是不是长安的郊区?"

秦明学着刘姥姥道:"谋事在人,成事在天,活菩萨保佑我们,谋到了,一定会成的。"

芸轩道:"看看这个长安郊区来的村妇,其气魄蛮有信心的,哪来的信心?果然就得手了,刘姥姥借到了银子,李自成呢?"

老梁道:"这回说的有道理。那她来贾府的目的就值得商讨了,真是来借贷的,但怎么和贾蓉联系起来了?"

山岚见秋真戴起面具来，道："您老看秋真的面具。"

果然秋真戴上了贾蓉的，听她道："刘姥姥正在跟婶子借银子，中间插上我一杠子，这就又一次移花接木了。"

老梁道："这实际也是蒙太奇手法，可见曹公也是个电影人，深谙此法呀。"

秋真学着贾蓉道："我也是子侄辈，我借的东西可不一般，是玻璃炕屏，贵重着呢，但易碎。"

遂向芸轩作揖道："我父亲打发我来求婶子，说上回老舅太太给婶子的那架玻璃炕屏，明日请一个要紧的客，借了略摆一摆就送过来的。"

芸轩道："首先，你借的东西是我们王家的，不是贾家的，是我的陪嫁，这里我特别告诉诸位了。"

秦明摘下刘姥姥的面具，道："梁老师，在远古，屏风是不是有帝王身份的象征？屏风就是一道屏障，这么个易碎的东西，说明屏障不结实吧。"

没等老梁说，芸轩道："贾蓉来借东西，凤姐说了一段话，暗含抱怨，道：也没见我们王家的东西，都是好的不成？一般你们那里放着那些东西，只是看不见我的才罢。她一再强调，王家的东西都是好的，为什么都来要王家的东西？都来打王家的秋风呢，说明什么？"

老梁道："真有这么个味道，凤姐的抱怨，也有给刘姥姥听的意思。王家的东西自然包括王位，当然都是好的，谁不觊觎。你的意思，突然插进来的贾蓉，也是来打秋风的，和板儿一样，他们都来借东西，都是要王家的东西。

"其中一个，便是贵重易碎的也许是王权，这个我同意，移花接木，此侄儿就是彼侄儿，好像对于侄儿一事，周瑞家的还抱怨过刘姥姥，怎么说的来？"

秋真学着周瑞家的笑道："我的娘！你见了他怎么倒不会说话了？开口就是你侄儿。我说句不怕你恼的话，便是亲侄儿，也要说话软些。那蓉大爷才是他的正经侄儿呢，他怎么又跑出这么个侄儿来了。"

老梁笑道："恰恰是突然跑出这么个侄儿来呢。反正都是来向王家打秋风的侄儿，我同意了。不过，都说这一段里，凤姐和贾蓉的戏词有些暧昧，你们若能把这个也分析出一二来，我就服了。"

秋真道："梁老师，还用分析吗，暧昧是肯定的，听凤姐说的那话，不如我和芸轩学一学给大家看看。"

大家鼓起掌来。芸轩学着凤姐的样子，坐在椅子上，便向窗外叫："蓉哥回来。"外面几个人接声说："蓉大爷快回来。"贾蓉忙复身转来，垂手侍立，听何指示。

那凤姐，只管慢慢地吃茶，出了半日的神又笑道："罢了，你且去罢。晚饭后你来再说罢。这会子有人，我也没精神了。"

贾蓉看了一眼刘姥姥，道："姊子是怕这个姥姥吗？那我晚饭后来。"说着退出来。

老梁道："这么一演，是看出点门道了，怕人看见，没有精神，晚上再来，分明是偷情的语境。"

秋真笑道："怎么样？我的演技。"

芸轩道："宝玉在梦中，曾经和贾蓉的媳妇巫山云雨，凤姐又暗示晚上让贾蓉来。梦里梦外的这种逻辑，也只有曹公安排得出来。从另一面说明，这哪里是巫山云雨，而是来要命的。"

老梁道："你们就凭这推断出刘姥姥来荣府是来要命的，且演绎的是五年前李自成首次进京，来要崇祯的命。哎呀！天下奇闻，你们真是敢说。"

老梁站起来，拍了一下方瑜的肩头，笑道："她们有意的吧，让我这徒弟先唱一段李自成举旗造反的鼓词儿，再马上切换成这么个荒唐频道。"

秋真道："冤枉啊，真是巧合，您来说戏是临时加的，我们做游戏才是常态。"

老梁笑道："那个千里之外芥豆之微的刘姥姥，来荣国府借到了二十两银子，本来为的是度荒年，蝗灾、大旱。对！她还有一个'母蝗虫'的头衔呢，和黄来儿一比，还真有点像。佩服！佩服！曹公的想象力好，你们的也不赖呀。"

山岚道："我说'天下第一淫人'，真是为天下人操碎了心，芸轩还笑话我，初试云雨，竟是如此的腥风血雨。"

秋真道："所以，凤姐的暧昧不是真暧昧，见这些侄子辈的人们，都来觊觎她王家的东西，是想对他们发狠呢，心里话，你们一路货色，只不过守着外人不好发作而已。"

老梁道："倒也有这么点味。你不是对服装有研究吗？这一段里有凤姐衣着的描写，你能看出什么来？"

秋真道："我哪有时间，还是芸轩吧，她研究得透彻。我记得，她专门为凤姐接待刘姥姥画过一幅仕女图，拿来让梁老师欣赏一下呗。"山岚颠颠地去了书房，不一会儿拿来一幅彩色素描。画上人物逼真，服饰华美。

只见那画上人物：带着秋板貂鼠昭君套，围着攒珠勒子，穿着桃红撒花袄，石青刻丝灰鼠披风，大红洋绉银鼠皮裙，靠在锁子锦靠背与一个引枕上，旁边还有一个自鸣钟。

大家看了一会儿，老梁点头道："画功有些底子。不过，凤姐穿的是石青色披风吗？整个色彩是素的。"

秦明道："是啊，我印象中凤姐的装束一向富丽堂皇，以红色为主，可你这幅画上的色彩很雅，怎么会是这样？"

秋真看着仕女图，出了半天神，啧啧嘴道："里面这件桃红洒花袄，应该是桃红底子上布满了小朵折枝彩色碎花的；大红洋绉皮裙，裙里衬有皮毛，且皮毛出峰，是好看。

按理，桃红配大红是顺色，可她外面是一件石青披风，上面只露一点桃红 V 字领，底下石青披风下，露一点大红裙的边缘，一道茸茸的毛皮边。曹子才是配饰专家，他用大片的、整体的、庄重的石青，压住了上面的桃红和下面的大红。青色中，跳出一领桃红和一抹大红，倒显得那点红，更艳了。"

山岚道："红色被青色遮住了，只是王熙凤头上，带着貂鼠昭君套，里面还有勒子，有些多余和重复，有些俗。"

秋真道："我也觉得这昭君套很抢眼，前面咱们为她和宝玉做过一套雷同的服饰来着，二人如同一人。这个打扮又是一出，让我想到王蔷，她身上有了王蔷的影子吗？"

秦明道："我看出来了，这昭君套是皮毛外翻，把她的攒珠勒子也盖得只露出一点珠子。用皮毛遮住了红色和珠子，是这幅画给人的感觉。"

芸轩道："王昭君，嫁给异族的汉女子，穿着毛皮外衣，就是一身皮服，乍一看确是有异族人的味道。"

秦明学着刘姥姥笑道:"我来拜见的凤哥儿,准是个异族凤凰。"

秋真问梁老:"您有什么高见?"

老梁笑道:"我没大听懂你们的暗语,什么王昭君、异族凤凰的,是汉人嫁给了胡人。倒提醒我记起一件事来,好像凤姐还有一件衣服,叫石青刻丝八团天马皮褂子,不知有什么寓意没有?"

秋真道:"当初我也注意过这件衣服,您能说说这衣服的讲究吗?"

老梁道:"古代大家富室,衣色皆尚青,且皇室的衮服、朝服、吉服、常服等服饰,也多用石青色,显示正统与庄重。八团天马皮褂子,应该有些来历,像是吉服褂子,而八团天马图案也不一般。可凤姐儿既不是诰命夫人,更不是贝勒夫人,按照大清规定,是没有资格穿吉服褂的。好在这里是石青披风,倒是常服。你看,让你们说得我也神经兮兮的了。"

秦明道:"啥神经,是渐入佳境。"

山岚道:"梁老师,什么是锁子甲纹哪?您看凤姐的靠背,是锁子锦的。"

老梁道:"这个纹饰,至少在北宋就有,绘有锁子纹的形象,一般多为仪仗或神像,或绘或绣或织,这个史书上是有记载的。还有一种锁子纹,就是锁子甲,是战争中使用的一种金属铠甲,铠如环锁,射不可入,是战场上的防身护甲,普通的弓箭不能射入的。照你们的推理,她这个靠背,是表示仪仗呢,还是护身甲呢?就不得而知了。"

山岚道:"在刘姥姥眼里,自然就是仪仗,凤姐不是说么,朝廷还有三门子穷亲戚呢。简言之,虽是借俗语打了个比方,但我觉得凤姐的话却是事实,这里就是朝廷。"

老梁道:"你们敢确认这里是皇家朝廷?"

山岚道:"至少在刘姥姥眼里,这里金碧辉煌,让她睁不开眼呢。"

老梁道:"芸轩,那你这个自鸣钟有什么含义吗?"

芸轩道:"这个钟告诉了一个信息,就是贾府和凤姐的吃饭点儿,刘姥姥听钟声先是响了一下,吓她一跳,接着又是八九下,凤姐那里就让摆饭,说明凤姐是上午巳时,也就是九点到十点吃饭。推断下来,贾母吃饭时间一定比这个要早，那么她们吃的什么饭呢？是早饭还是午饭？"

秦明道："周瑞家的说的很明白，催着刘姥姥说：快走，快走。这一下来，他吃饭是个空子，咱们先赶着去。若迟一步，回事的人也多了，难说话。再歇了中觉，越发没了时候了。说明这是午饭。"

芸轩道："可凤姐问刘姥姥吃过早饭没有，刘姥姥说没顾上呢。这样的话，这顿饭是早饭也是午饭？所以贾府里的主餐是两餐制，这个能说明什么？请梁老师帮咱们分析一下。"

老梁笑道："我对这些还真没研究。一日两餐自古就有，且源远流长。我一直理解《红楼梦》里的两餐制，是金人宫中生活方式的缩影，你看现在满人还是两餐，我们汉人不还是三餐吗？"

秋真道："还真是这样，刘姥姥来到贾府，见到的一切都变了，和五年前不一样了，王夫人下台了，当家的凤姐穿戴像王昭君，吃饭方式也变了。即便是皇家，到底是哪个皇家？是不是这个意思？梁老师，你不觉得有意思吗？"

老梁感叹道："还别说，与君演一场，胜读十年书啊。这个游戏有些做头，我支持你们。特别是宝玉的巫山云雨之说，不光你们奇怪，我本身就探索过。不妨把我的探索结果也告诉你们。"

众人一听这个，来了兴致，不知老梁还研究这个，都催他快说说。老梁眯起眼睛进入沉思，悠悠说道："虽很不同意你们这些没根据的推测，但却无意中勾起我一段没法释怀的疑惑。我曾一度研究顽石补天的传说，才发现这个传说很普遍，从宋玉、司马迁、东方朔到苏轼，都曾用补天石被弃事件，来表达自己报国无门的悲愤。

"由于曹雪芹的缘故，我也读了一些曹寅的东西。说来奇怪，他的其他作品风格差不多，唯独有一首《巫峡石歌》却风格迥异，让我深感困惑。

"那是一首长诗，是曹寅临终那年写的，意境大体也是说巫峡顽石无才补天的故事。但曹寅一生得志，似乎他不是写的自己，而是将补天之石与昭君村女联系在一起，并有'俗闻呼龙有小话，米脂鱼膏鬣犬马'之句，让我隐约感到些什么。"

山岚悄问："什么是小话？"

老梁道:"小话就是现今说的小说,'米脂鱼膏'之句,似乎暗透巫山顽石补天发生的时代背景,他提示,有人曾把这个传说写成小说。"

芸轩等兴奋起来,笑道:"真有这么巧,快给我们说一下他那长诗,好不好?"

老梁道:"好是自然好,可我哪能记得全,让我想想,只记得有这样几句。先是说石头的来历,是周公携带来的,说:周老囊中携一片,状如猛士剖余肝。又说这石头是将母流星下凡,其精神被蜓食,又遭雷斧凿空,还被霹雳摧残,最后说他:娲皇采炼古所遗。"

山岚道:"什么叫蜓食?"

老梁道:"蜓是传说中的神蛇,他的精神被神蛇嚼食,多可怕。这块顽石历经风霜和激流冲击,说它是:风吹日晒几千载,漩涡聚沫之所成。于是,顽石经过锻炼就通灵了,竟然是:不生口窍纳灵气,嶒峻骨相摇光晶。这倒符合曹雪芹的通灵玉之说。"

山岚道:"后来呢?"

老梁想了一会儿,道:"他也提到了顽石之无用,还叹息了一番:嗟哉石,顽而矿,砺刃不发硎,机舂不举踵。说他磨不得刀、舂不得米。也是终日叹息,抱山哭泣。"

山岚问:"再后来呢?"

老梁道:"后来,顽石就说,他见到了巫峡之事,想告诉人们一个传奇。先说了巫峡之神奇:蟆培水可敌慧泉,江流几折成巴字。还见到了一男一女,就是:滟滪堆前发棹郎,昭君村中负壶女。"

秦明道:"梁老师,三峡的昭君村我是知道的,可滟滪堆是什么?"

老梁道:"滟滪堆,是峡口的一个大石堆,在白帝城西,俗称燕窝石,船到此处常出险,所以后来被炸掉了。"

秦明道:"那负壶女指的是谁?"

老梁道:"这个我也没搞懂。壶,也许是一种说法,或是济世悬壶之意,难道是说这个女子是个济世之人?另一说法,就是背着葫芦卖药。"

秋真笑道:"您是说,一个背着葫芦的女子,和一个撑船的男子,渡过暗礁丛生的滟滪堆了？"

老梁笑道："有这个意思。后面说的确实很凶险：穷猿撼木昼长伏，月黑蛇游巨于股。巫峡内月黑风高，穷猿和黑蛇出没于峡底。"

山岚道："这么凶险，人会怎样？"

老梁道："正好接上你们刚才讨论的问题，他也感叹：谁云阳台乐，不信巫峡苦。都说巫峡云雨美，不知巫峡山水恶。所以他又说：得失毫厘间，父子不相顾。铁船一触百杂碎，撇捩脱手随飘风。意思是，面对滟滪堆的漩涡暗礁，得小心行船，否则就会粉身碎骨。"

山岚道："把巫山云雨演绎成巫山险恶，又该怎样？"

老梁道："你还别说，面对艰难，此女不但没有退缩，反而从此立下宏志。怎么说来：安得排八翼，叩九阍，勒丰隆，驱巨灵。铲削崾嶬作平地，周行万里歌砥京。"

第七回

初品冷香丸　再猎惜花人

山岚道："半句也没听懂。"

芸轩道："我解几句，梁老师听听。她只想说：如何才能长上八只翅膀，叩开九天之门，驱动丰隆巨灵，削平险恶，一路凯歌，挺进京师，对不对？"

老梁道："差不多这么个意思，而且她还有更大的愿望，不图财富，不图增岁。惟愿：耳不闻哀号之声，目不睹横亡夭折，百姓安居乐业。这时候，石头说了：如君言，亦复痴。说你是痴人做梦，伯禹虽大圣，其或犹难之。像大禹这样的人都完不成的大业，你能行？"

秦明道："昭君女如何回答的？"

老梁道："她说：平陂往复据定理，患去惕出天所持。平路和坡路，是往复循环的，得失天注定。哀多益寡古则然，黔娄岂合长贫者。也就是说：'损高益下'古法则，像黔娄子一样的人，怎会永远做贫者。

"说到这里，里面就出现了一句怪话，也是我疑惑的地方，就是：'俗闻呼龙有小话，米脂鱼膏餍犬马。'这又怎么讲？有人说，米脂是李自成的'代名词'，这块顽石还说了：嗟哉石，宜勒箴，爱君金剪刀，镌作一寸深。石上骊珠只三颗，勿平嵃巇平人心。"

芸轩道："他说这块顽石'宜勒箴'，愿意把负壶女的这段奇遇，用小话的形式撰文于金石之上，而且要用金剪刀刻作一寸深。"

秦明道："难道这小说是一个金人用刀刻成的？"

老梁摇头道："别瞎猜，照你们的说法，她最后说：石上骊珠只三颗，又怎么解释？是顽石自己刻上了三颗珠子吗？三颗珠子代表什么？最后说：勿平嶮巇平人心。他写小说的目的，不为平复险恶，是为平复人心。他怕人心不平吗？不得而知，难以捉摸。但我可没你们的勇气，敢说这写的是李自成。"

芸轩道："那您看我们靠不靠谱？宝玉头上原是四颗珠子的，后来不就是丢了一颗也成了三颗吗？"

老梁笑道："靠谱！怎么不靠谱？谁也挡不住你们喜欢《红楼梦》不是吗？不过我也是红谜，从今后，我就是你们的粉丝了，以后再有这样的游戏，别忘了带上我。"

众人听了都欢欣鼓舞起来，把面具抛向屋顶。说实在的，她们真没奢望有人会理解她们的举动，特别是鼎鼎有名的梁老师。

送走梁老师和方瑜，秋真浑身轻松了许多，找到了饰演柳敬亭的人，她总算松口气，不为别的，光团长的唠叨就快让她崩溃了，头回做这样重大的事，别的演员都陆续到了位，她负责寻找戏曲类演员，不能落了后。

回到茶轩，客人也大都走了，她兴冲冲地来找三人，见芸轩、秦明都在山岚的卧室里。没到门口，就闻到一股说不出的异香，既不像花香也不像果香，有点薰衣草的味道。

"谁的香水？好香啊。"秋真嚷嚷。

进入山岚的卧房，秋真笑道："老天爷！才几天没来，你这里怎么像杂货铺子了，这么乱糟糟的。"山岚一脸幸福，捧着一丸晶黄色龙眼大的丸子，放到秋真鼻子底下，让她闻闻。笑道："没见我这正做着实验吗？冷香丸，我终于做出了冷香丸。"

"什么冷香丸？能吃吗？不过闻着不错，给我一丸吧，当薰香不错。"秋真抬手就想拿一颗。

"亏你想得出，这就是传说中的冷香丸。"

芸轩调侃道："人家鼓鼓捣捣一年多呢，又是花儿，又是朵儿，又是粉儿的，可巧雨露霜雪一样没得，全用纯净水代替，终于做成这几颗。"

秋真睁大眼，从来衣着讲究的她，对香水也颇讲究的，没想到山岚这丸药，还真是香味奇特。她闻了又闻，只觉沁香无比，闻久了竟觉得头脑清凉，好生舒服。

"怪道宝玉闻到这香味，喜欢得拉不动腿，真真是'群芳髓'的味道，不只宝玉想吃，我也有想吃一丸的冲动呢。"秋真惊奇这冷香丸的功能。

秦明道："那当然，没有奇特功能，赖头和尚能给薛宝钗这方子吗？宝钗拥有两大法宝呢——金锁和冷香丸，要拴住贾宝玉的心，非这两样不可。"

秋真笑山岚："小妮子，你自己偷着尝了吧？你也学会拴男人了？"

山岚满意自己的杰作，脸红了一下，笑道："不和你一般见识。不过说来奇怪，自从我准备这些白色花蕊，就老做噩梦，这些花蕊，可是春分那日，我特意拿出来晒干了的，前段日子我还做了个梦，更蹊跷了，梦见芸轩的头发都变成了白色的，像白发魔女凶着呢。你两眼发红，痛苦地喊着：救救我！救救我！我问你怎么了？你说自己被热毒攻心，让我赶紧给你一丸冷香丸。"

芸轩道："坏透了你，我又没惹你，干吗编排我？"

山岚道："我多早晚编排过你，是真的。不信你俩看我这个药方子，我自己也奇怪。后来我查了一下，春分这日，在古代是个祭祀日，也叫春祭，这一天晒花可不吉利，晒的又都是些白花，大概我是心里有了阴影了，才这样的。"说着，递过一张单子给她们看，原来是冷香丸配方：

春天开的白牡丹花蕊十二两

夏天开的白荷花蕊十二两

秋天的白芙蓉蕊十二两

冬天的白梅花蕊十二两

将四样"白色"花蕊，共四十八两（折合三斤），于次年春分这日晒干，和药末子一齐研好。又要：

雨水这日的雨水十二钱

白露这日的露水十二钱

霜降这日的霜十二钱

小雪这日的雪十二钱

把四样"白色"水（折合三两水）和了"白色"花蕊粉末儿调匀。再加：

十二钱蜂蜜（甜）

十二钱白糖（甜）

丸了龙眼大（龙眼大是多大？）的丸子，盛在旧瓷坛内，埋在花根底下。若发了病时，拿出来吃一丸。

用十二分黄柏煎汤送下（苦）

黄柏：性寒，清热解毒。

秋真先笑道："花粉这么多，折合起来就是三斤哪？"

秦明道："没错，半斤就是八两，四十八两，可不就三斤。这么多花粉，也不怕花粉过敏得哮喘，得做多少丸子，够宝钗吃一辈子的了。"

芸轩道："傻闺女，十二代表周天之数，她要的是天下所有的白花蕊。看宝钗的病症，像轻微哮喘，是治疗哮喘。可用花粉治疗哮喘，确实没听说过。我给你们画张图，保管宝钗见了再也不想吃了。"

秋真又闻了一闻道："异香异气的这么好闻，都是花粉儿，我还想吃呢。"

芸轩道："听我说，赖和尚给的药末子，就是药引子，通过香味闻就知道，有可能是'群芳髓脂'。这个异香气息，能不能看成冷香丸的魂魄？"

秋真道："那要看底下有什么，硬说是魂魄也没办法。"

芸轩道："不仅白色令人关注，我倒看四样花蕊之'蕊'字，更有玄机。"

山岚道："什么玄机？"

芸轩道："蕊字含众心，冷香丸的主要成分乃是众花之心。再看这四时之水，也都是天地精华，权当是流动的血液，蜜和白糖呢算是肉。"说话的工夫，芸轩简单几笔，纸上便出现一个白发少女。

她笑道："有魂魄、有心、有血、有肉，再埋在梨花根下孕育一下，就长成花仙子了。长这个样像不像人生果，你们敢吃吗？"

秋真道："呸！呸！这么好的东西，你就让冷香丸变成人，吃人？你唐突咱们宝钗，可有人收拾你。"

秦明道："我觉得还说得过去，白牡丹花就是她自己，自己做引子；白荷花、白芙蓉指黛玉，白梅应该是李纨，这样安排啥用意。这冷香丸的最大特点又是什么？"

芸轩道："一个字，是巧。"

秦明道："对，宝钗也说，东西药料一概都有限，只难得'可巧'二字。咱们算一下，一年内收来这些花粉儿好说，春分晒干也行。可靠天的那四样水，按照周瑞家的推测，十年也未必得，全靠老天爷照顾。可巧的是，人家宝钗一二年全得了。一二年工夫，这不是老天开眼吗？该十年成形的冷香丸一二年就得了，这东西天注定啊！"

芸轩道："四时之水天上来，这叫天时；赖和尚及时送给方子，叫人和；宝钗住进梨香院，可以埋到梨花树下，这叫地利，天时、地利、人和都有了。"

山岚道："该十年得的东西，一二年得了。"

秦明道："梨香院住过小戏子，取义于梨园之意。想当年，这梨园可是皇家园林，宝钗能住进这里大有讲究。"

山岚道："怪道我做噩梦，收集完这些白花后，我就越看越像悼亡之花，还埋在开白花的梨树下，梨可不就是'离'的意思吗。还有，从医学角度讲，花性寒凉，又是白色花，黄柏也是，宝钗吃这么极寒的东西，她的热毒够厉害呀。"

秦明道："对了！说起她的热毒，自己称呼说是'那种病'，看来是无名之症。什么叫热毒，狂热病吗？对什么狂热？对仕途经济吗？宝玉都反感。这也叫凡心偶炽、孽火齐攻，反正不是什么好词。对这个病名，她自己都有羞于出口的感觉。"

山岚道："她正在病中呢，咱们看看她病中做了些啥事，和谁有关联，说不定能搞明白冷香丸的真用处。"

芸轩沉思了一会儿道："真用处？假如说，该十年打下的江山，一二年就得了呢。犯了'那种病'时，除了吃冷香丸，这人病中还亲自描花样子呢。对，这个不爱花儿、粉儿之人，却亲自描着花样子，一定和花有关。"

秦明道："这样说我就知道了，有一件事更可疑，宝钗病了时，薛姨妈也做了一件和花有关的事，她让周瑞家的帮着送宫花，宫花也是花，对吧。看来送宫花也有阴谋，且宫花里一定大有文章。"

秦明道："说的对，宫中出事，秘密一定藏在宫花里。"

芸轩眯起眼睛道："我看到送宫花之人，好似白蛇出动，跟着宫花的脚步走，看看宫花把咱们引向何方。"

秋真变戏法一样，从包里取出两朵花来，道："怎么样？未卜先知。我就知道你们需要两枝宫花，这不是。可是接触这花的人多了去了，这可怎么好？"

秦明道："这好办。有题曰：十二花容色最新，不知谁是惜花人？怎么会问这个问题，难道有人要找惜花人？"

秋真道："这是不错的法子，曹公问的对，堪问谁是惜花人？只要咱们看看谁爱惜这两朵花，不就行了吗？"

山岚道："这个不难，咱们顺着花的去向，捋一捋。"

说着，拿起那朵花，来到秦明面前道："周瑞家的拿上花，首先见到的是迎春、探春。这两个人正在下围棋，周瑞家的将花送上，说明缘故。二人忙住了棋，都欠身道谢，命丫鬟们收了。"

秦明看了一眼花，并没接手，摇摇头道："她二人对于花，连看都没看一眼，根本没把花放在眼里。"

山岚又走到秋真跟前道："周瑞家的找到了惜春，惜春更好了。"

秋真道："我这里正和智能儿说，我明儿也剃了头，同他作姑子去呢，可巧又送了花儿来，若剃了头，可把这花儿戴在哪里呢？"

山岚道："惜春命丫鬟入画来收了，还拿花取笑了一回，就更不爱惜了。李纨是个寡妇，不可能给她戴，她正睡中觉；十二钗之巧姐，又是个小孩，也在睡中觉，就直接没给她们。"

山岚拿着花，走到芸轩跟前道："最后到了黛玉这里。没人，她在宝玉处解九连环呢。黛玉就更直接了，只就着宝玉手中看了一眼。"

芸轩道："还是单送我一人，还是别的姑娘们都有呢？"

山岚道："各位都有了，这两枝是姑娘的了。"

芸轩冷笑道："我就知道，别人不挑剩下的也不给我。"

山岚道："冤枉啊！其实大家看得明白着呢，这十二枝花，即没告诉颜色，也没告诉花样款式，说不上哪枝好，哪枝不好，只说都是新花。从送花的过程看，也根本没人挑挑拣拣的，更谈不上什么剩下不剩下的，只能说明黛玉小性子，也根本不稀罕而已。最后倒是凤姐，虽然是平儿接过来的，但有个细节我注意到了，就是平儿进去了半刻工夫，又出来吩咐彩明，说送两枝给那府里蓉大奶奶戴去，命周瑞家的去薛家道谢。"

秦明道："对头，进去半刻工夫，时间可不短的。我推测，平儿肯定是给凤姐看了花，也回了话。平儿应该是得了凤姐的吩咐，才出来让彩明送花的。可这能说明什么？"

山岚道："凤姐以为，这两枝宫花是好的。要不好，她也不会转送别人，还让周瑞家的向薛家致谢。所以，惜花人是凤姐无疑。可是，有了惜花人，谁是那花？"

芸轩笑道："你们忘了，回前有诗的：

十二花容色最新，不知谁是惜花人？

相逢若问名何氏？家住江南本姓秦。

家住江南本姓秦，都已告诉你了。

问曰：何氏？

答曰：姓秦。

此处何氏，是不是指'和氏璧'呀？"

秦明道："此举若是把和氏璧变成秦国玉玺，便是惊天之举！和氏璧改嫁，国之将亡，这可了不得。"

芸轩道："别激动，咱们慢慢理。宫花接触第一人，其实是香菱，是她先拿给周瑞家的，这个没错吧？周瑞家的还说了几句话：只见香菱笑嘻嘻地走来，周瑞家的便拉了他的手，细细地看了一会儿，向金钏儿笑道：倒好个模样儿，竟有些像咱们东府里，蓉大奶奶的品格儿。

"怎么样？英莲第一次改了名字，叫香菱了，说明她从原来的角色转换了，这是个华丽的转身，是否说明她改嫁了？且还有了蓉大奶奶的品格。或者说，她是蓉大奶奶的一部分。所以从某种意义上讲，蓉大奶奶才是接触宫花第一人，而凤姐最后转送的也是此人，秦可卿也许就是那花。

"还有，你们肯定没发现，接触过这花的人还有宝玉。别人都是让丫鬟收起来，而真正把花拿在手上的人，只有宝玉，他先问：什么花儿？拿来给我。一面早伸手接过来了。开匣看时，原来是宫制堆纱新巧的假花儿。黛玉只就宝玉手中看了一看，根本连碰都没碰，所有人都没碰。到了此处，才有人接在手中，认认真真地看一眼这花。"

秦明道："难道宝玉也是惜花人？别人对待这宫花，都是一副爱答不理的态度，唯独宝玉，马上就派了茜雪去问候宝钗，这和凤姐对薛姨妈致谢一样用心。

"况且，我也仔细研究过'茜雪'二字，很有讲究的。茜是红色，代表宝玉之最爱；雪是宝钗之'薛'，这丫头的出现，就是为了宝玉和宝钗勾连，才设置的吧。"

秋真道："还真是，只从这里开始，就有了茜雪这个人。派这个丫鬟去看宝钗，是向她暗送秋波还是怎么的？我的结论：宝玉才是真正的惜花人。"

山岚道："凤姐是惜花者也没错，而且她转送宫花时，还发生了一件事呢。"

秋真笑道："啥事？倒说说。"

山岚道："凤姐家里很特别，只听这边一阵笑声，却有贾琏的声音，接着房门响处，平儿拿着大铜盆出来，叫丰儿舀水进去。什么意思？你不明白吗？"

秦明笑道："这就叫：雪隐鹭鸶飞始见，柳藏鹦鹉语方知。点明就没意思了。"

秋真点头道："形象得很！白鹭站在雪地里不飞，你能发现吗？藏在柳树上的鹦鹉不叫，你能听见它吗？她和贾琏不笑出声，不见丰儿出来舀水，能发现他们的勾当吗？"

秦明道："说得多难听，别唐突咱们凤姐，就是一幅《幽窗听莺暗春图》，二人恰是云雨时。"

山岚道："我才没你们无聊呢，宫花送到时，也恰是凤姐云雨时，平儿这才耽搁了一会子。被转送来的两枝宫花，先在凤姐这里落了一下脚，是不是就起变化了？"

秦明道："什么变化？"

秋真坏笑道："被云雨之人染了，变成两朵淫花了罢。"

山岚道："就是的。凤姐将这样的花传到她那里，再透露点云雨之事，是不是想告诉咱们，秦可卿是花，也是淫花，她的淫事要露出马脚了。"

秋真正色道："又是你的巫山云雨，要命。难道有人想要秦可卿的命？"
山岚浑身打个激灵道："这感觉好可怕。"

秋真道："那咱们就要重新定位了，还有别的线索能指向严重事件吗？"

芸轩突然道："我知道了，冷子兴！在周瑞家的送花过程中，出现了一场官司，官司的主角就是冷子兴。女儿告诉周瑞家的，说她的女婿冷子兴，前儿因多吃了两杯酒和人纷争，不知怎的，被人放了一把邪火，说他来历不明，告到衙门里，要递解还乡。这件事里透着一股邪性。"

秦明道："可不是吗，告的这叫什么罪名？什么叫来历不明？越过了不该越过的边境，还是怎的？竟要递解还乡。既然来历不明，又还哪里的乡去呢？拿现在的话说，好像是违法偷渡似的，所以才被驱逐出境。

"这也罢了，关键是冷子兴的'冷'字，让我想到了同样是'冷'人的薛宝钗。既然冷子兴来历不明，两个都是冷人，是不是宝钗也来路不明啊，是她要被赶回老家去了吗？所以宝钗才病了？"

秋真点头道："得法，且还有一件事，就是再次提到了庙里十五日的日例香供。对话内容是这样的，周瑞家的问智能儿：十五的月例香供银子，可曾得了没有？这很容易让人联系起葫芦庙十五日炸供起火之难。按问话的语境推断，说话时节已过了十五日这天，不禁就又让人想到十九日这一天。"

芸轩道："联想归联想，不一定准确，但惜春曾问周瑞家的：如今各庙月例银子是谁管着？惜春关心这个，真难得。周瑞家的就回答：是余信管着。脂砚马上明点'愚信'二字，知道啥意思吗？"

秋真道："惜春在提醒咱们，是谁愚蠢地相信这些骗布施、哄斋供的老秃贼？"

秦明道："是王夫人。连周瑞家的都骂智能儿的师傅是秃歪剌，可见都对这些人没好感。可偏偏王夫人愚蠢地信奉她们，供斋供银的，定是王夫人的决定，这可能是引火烧身的关键一环。"

山岚道：“凤姐临去宁府前，说到甄家来人了。我预感，甄家一旦出现，就有祸事发生，且还提到一个临安伯。”

秋真道：“临安伯，什么意思？”

秦明道：“有问题，提到临安，就容易让人联想到钱镠'纳土归宋'事件，可不就又是咱们山岚的预言么：云雨事，关乎保家卫国与领土完整。”

山岚得意地笑道：“就是这个。”

秋真道：“怎么找到真相？”

芸轩道：“两条线，一条，宝钗正吃冷香丸，需要吃很多花心，再从描花样子开始，让咱们看到一件事，她要猎花，然后通过送宫花，终点竟然指向秦可卿；第二条线，凤姐将宫花转送后，马上也来到宁府，且还带上宝玉这个惜花人。这条线索，暂且命名为：秦宝初会。恐怕这里面有实质性问题，要不咱们就看看凤姐来宁府的活动过程，也许能找到真相。”

秋真举手：“同意。山岚的冷香丸闻多了犯晕，思路也没了。走吧，去你的房间找真相吧。”说着，四个人移步到芸轩的书房来。

秋真摆弄着一只九连环道：“先说我的想法。凤、宝二人来宁府赴宴，只发生了两件事：第一件是宝玉和秦钟初会；第二件，就是著名的'焦大醉骂'。这两件事写得简直是莫名其妙，所以，一定藏着血腥事件。”

山岚道：“你只管说废话就行。我对秦钟的印象不怎么样，为了他出场，曹公没少下功夫。先是凤姐为宝玉安全起见，以不让宝玉单独出去为由，提出让人带秦钟过来见面，见个小孩子有什么不安全的？至于这样唬慌忌惮。”

芸轩道：“尤氏的回答正相反，说秦钟比不得咱们家的孩子们，胡打海摔地惯了，人家的孩子斯斯文文的，乍见了你这破落户，还被人笑话死了呢。说人家孩子斯文，反而咱们的孩子像个粗人，别吓着人家，特别是凤姐，像个破落户。能理解这话的含义吗？”

山岚道：“贾蓉的意思：他生得腼腆，没见过大阵仗儿，婶子见了没的生气。证实了凤姐的担心是多余的。秦钟很腼腆，说得不好听一点，他根本没见过世面，那种小家子气，凤姐见了不生气就好，竟然还担心他有能耐，会对宝玉造成危险。”

芸轩咕哝道:"要真有那本事就好了,可惜这位秦钟,根本上不了台面。否则怎么引得凤姐不耐烦呢,凤姐最后一句是什么话来着?"

秦明啐道:"他是哪吒,我也要见一见!别放你娘的屁。再不带我看看,给你一顿好嘴巴子。"

芸轩道:"听出味道来了?"

秋真道:"火药味?"

芸轩道:"火药味吗?此时凤姐说到一个名字,你们肯定觉得奇怪。"

秋真道:"别卖关子,哪个名字?"

芸轩道:"凤姐说,他就算是哪吒,也要见见。"

秋真想了想道:"哪吒是神仙,还有太子身份。"

芸轩道:"我倒觉得,说哪吒是个神仙更符合凤姐的原意,她是强调秦钟是神仙人物吧?"

山岚道:"这话一波三折的,神仙姐姐,神仙弟弟。"

芸轩道:"不是神仙弟弟,我看是神仙妹妹。"

山岚道:"又开玩笑了。"

秦明道:"她说的对,你们看看凤姐和宝玉眼里的秦钟,是这样描写的:较宝玉略瘦些,清眉秀目,粉面朱唇,身材俊俏,举止风流,似在宝玉之上,只是羞羞怯怯,有女儿之态,腼腆含糊,慢向凤姐作揖问好。"说着,秦明羞怯怯的,向秋真款款行礼,学的模样引得大家哄堂大笑起来。

秦明又笑道:"大有女儿之态,其实比他姐姐还袅娜多姿呢,是不是神仙妹妹?"

芸轩道:"这是宝玉和凤姐眼中的秦钟,你还没体会到宝玉心目中的秦钟,是什么样子呢。"

秦明道:"怎么没体会,宝玉只一见了秦钟人品出众,心中便有所失了。痴了半日,自己心中又起了呆意,乃自思道:天下竟有这等人物!如今看来,我竟成了泥猪癞狗了。我虽比他尊贵,可知锦绣纱罗,也不过裹了我这根死木头;美酒羊羔,也不过填了我这粪窟泥沟。富贵二字,不料遭我荼毒了!这是宝玉的内心活动,相见恨晚哪。宝玉恨自己为什么生在这侯门公府之家,若也生在寒门薄宦之家，早得与他交结，也不枉生了一世。

"那秦钟呢，恨自己偏生于清寒之家，不能与他耳鬓交接，可知'贫富'二字限人，亦世间之大不快事。你看看，和宝玉见到黛玉一样，'二玉'是因有玉无玉之别，深表遗憾；这秦、宝二人一见钟情，相见恨晚，价值观惊人地相似，都自认为不能相见，是因'贫富'差距惹的祸。"

芸轩道："这恐怕也是事实。这个和秦可卿没有半点血缘关系的小弟到底是谁？贾雨村和甄士隐有贫富差别，刘姥姥和凤姐有贫富差别，这里又出现一个对贫富差别深表不满的人，其实就是穷人与富人在较量。"

秦明道："怎么讲？"

芸轩道："这就是宝玉的《女儿论》。男人是什么来着？女孩是什么来着？这一段心理描写，其实就只有一句话：我是泥做的泥猪癞狗，而秦钟是水做的骨肉。宝玉心里认定他就是女儿身了，这种安排什么用意？"

山岚道："你的意思，秦钟是女儿，宝玉和秦钟初会宁府，脂砚说他俩眼见得是一身一体，是来亲厚的？"

芸轩浅笑道："你是这方面专家，怎么理解？"

山岚道："宝玉和秦可卿梦中初会，云雨一番。这里宝玉和秦钟，却实实在在地初会，难道也是……有些意思，是这么个意思。"

又拍手笑道："我知道了，凤姐送来的淫花，可找到出处了。宝玉、凤姐是惜花人，可他们爱惜的花是谁？他们肯定有'惜花'行动，如何爱惜花才是关键。如果送来的那对花在这里，这姐妹二人才是需要被人爱惜的呢。"

秋真道："我说是吧。未嫁先名玉，来时本姓秦。这个典故，原来的解释是那样的，咱不说了，可用在这个地方更合适，我有了新的诠释，你们听听。没嫁人时叫宝玉，嫁了人后叫秦钟，秦钟即为'情种'，就是宝玉出嫁后的名字，此时宝玉变情种了。"

秦明笑道："你也不算胡言乱语。出嫁的秦钟，竟和宝玉谈起了家务事，像一对小夫妻。二人破天荒地开始一心一意发愤图强求学了。多温馨的一幕，谁说这是要命的事。"

芸轩道："别被蒙蔽了双眼。贾雨村一个穷读书人，偶然得了甄士隐资助，侥幸做了大官；秦钟一个穷孩子，与宝玉一次偶然初会，也是侥幸一见钟情，还谈论读书事宜，得了凤姐状元及第的彩头，怎么也像贾雨村这么好运？一对惜花人的惜花之举，便是巫山云雨事，事情很严重，要不怎么会惹出焦大之骂来。"

山岚道："你们就会说些现成话，既觉焦大之骂很诡异，也该说说诡异的地方。"

秋真道："小妮子，别激将人，说就说。先说焦大这个名字，反过来就是'大焦'。有人心怀很大的焦虑，这种焦虑不骂出来，不足以愤世嫉俗，特别是今天，凤宝二人的造访，更是加重了这种焦虑，最经典的台词就是：咱们胳膊折了往袖子里藏！红刀子进去，白刀子出来。"

山岚道："自己作孽自己受呗！"

秋真道："自作孽，不可活。差不多这个意思吧。"

秦明道："据我看，焦大此人，才是宁府功臣。照尤氏的说法，他从小儿跟着太爷们出过三四回兵的。"

山岚道："出过几回兵，次数不算太多，说明不是频繁的战争，倒像是太平时期偶然发生了几场叛乱一样。"

秦明道："虽次数不多，可都是些恶仗。从死人堆里，把太爷背了出来才得了命；自己挨着饿，偷了东西来给主子吃；两日没得水，得了半碗水给主子喝，他自己喝马溺。即使是叛乱，也很严峻，这战争关乎家族存亡。"

山岚道："战争？是内乱还是外患？"

秦明道："暂时不好判断。虽然推测不出是什么样的战争，但焦大绝对是功臣。批语都说了：有此功劳实不可轻易摧折，当处之道，应该厚其赡养，尊其等次，才是正道。如果放在朝廷中，这样的人，应该是帮着帝王打天下的大功臣，因脂砚有一句评语：所谓汉之功臣，不得保其首领者，我知之矣。"

山岚道："什么意思？"

秦明道："摧残功臣，朝廷才是最大的忘恩负义者，脂砚对擅杀功臣之举，好像有所亲历，且深有体会。"

山岚道："脂砚的意思，只有汉人功臣才这样下场，别的族人不这样吗？"

秦明道："也许吧。自古至今，好多开国功臣的命运多以悲剧结束。这一切，对人性、对民族传承来说，都有着极大的损害。比如，诛杀功臣比较残忍比较著名的皇帝，有刘邦和朱元璋。"

山岚道："为什么会这样？脂砚的意思，有历史规律。"

秦明道："咱们理解的规律，似乎布衣皇帝往往忧患意识强，穷日子过怕了么，比不得本身就是氏族财阀。如果贵族得天下，有可能皇室内部倾杀严重，但很少大量杀大臣。而布衣之人，好不容易取得天下，他们又没根基，为了稳固家族的统治地位，不得已就要除掉功高盖主之人，还有一同打天下的那些发小们，就是所谓的兔死狗烹罢。"

芸轩道："焦大的情况，好像不同于你们说的开国功臣的情况，他也提到了二十年前的事，似乎这些事情，就发生在那个时间段。"

秦明道："这不还是回到了那个虽和平但战乱不断的崇祯元年吗？焦大的意思，那之前，爷爷辈上的主子还是比较尊重忠臣的，自那以后，形势就慢慢变了，主子们变得像贾珍、贾蓉那样。凤姐也说了，该远远地打发到庄子上。也就是说，这段时间里，能臣都被驱逐得远离朝廷了，后来的这二十年，变得令人焦虑。"

芸轩道："不光忠臣变得焦虑，或许真正的焦虑之人，正是崇祯自己。"

秋真道："说起他，让人爱恨交加，他一方面清正爱民，另一方面又多疑固执。他也真是杀戮功臣的名人。比如袁崇焕，历史评价他，杀了袁崇焕，相当于自毁长城。"

芸轩道："那段时期，他不分青红皂白地屠杀大臣，已经到了令人发指的地步，他的朝堂变得虚弱不堪，几乎对天下失控。朝堂中，几乎都是蝇营狗苟、只知党同伐异的酸腐之辈，力挽狂澜之人不存在了，那个王朝，真是摇摇欲坠。"

秋真道："他也尝到了自酿的苦果。正如焦大骂的，还真是'胳膊折了往袖子里藏'呢！"

秦明道："《离骚》有：当今之势，幽兰不可佩，美玉亦无光，粪壤充其帏，申椒更无香。再看焦大，喝马尿救主子的人，却又让主子用马粪填满了嘴，不正是粪壤充其帷的写照吗。悲哀呀！真是五子失家巷，乱流其鲜终了。"

芸轩道："焦大何其心焦！岂不知祸已来临，他想骂醒这些败家子们呢。"

山岚道："可他骂的是啥？他骂的最诡异的是'爬灰的爬灰，养小叔子的养小叔子'。爬灰和养小叔子，很严重吗？这骂的是谁？为什么这样骂？骂这些能解决问题？"

秦明笑道："应该我们问你才是，什么叫爬灰？"

秋真道："俗话说的，公公和儿媳妇乱伦。"

山岚道："那爬灰的人不用说，就是指的贾珍和秦可卿，可养小叔子呢？"

秦明笑道："养小叔子简单，就是云雨之事，不是关乎性命吗，这茬你倒忘了？"

山岚道："有叔嫂关系的人不只一对，比如，凤姐和宝玉，可他二人又很清白，我也搞不清是谁和谁，不好瞎说。"

芸轩道："这里面叔嫂关系不正常的人，是有明写的，就是贾瑞和凤姐，焉知不是骂将来的凤姐和贾瑞？还有'爬灰'一说，怎么单指贾珍了？宝玉和秦可卿，难道不是小叔公和侄儿媳妇的关系？梦中云雨也是云雨。秦钟是侄儿辈，又像是个女孩子，和秦钟这番初会，不也是爬灰行为吗？"

秋真道："算个思路。说到这里，我突然记起一事，那日贾蓉向凤姐借炕屏，你们都说二人暧昧，我不同意。当时凤姐有个奇怪的动作，她不接平儿递过来的茶，也不抬头看人，只管低头拨手炉内的'灰'。这个拨灰的举动，是不是有所警示？我看焦大骂爬灰，真可能有她的份。虽然不是宝凤之间，焉知不是骂的她俩和别人呢。"

山岚道："对呀，我怎么就忘了贾瑞这茬。你说的有意思，骂贾珍只是借口，焦大应该骂现在正在发生的才对。宝玉来会秦钟，就是爬灰行为，骂的就是他。"

秦明道："情天情海幻情身，情到深处必主淫。这一对淫花，已经被宝玉拿在手里，爬灰之人是宝玉，没错。"

山岚道："你们确信爬灰和养小叔子的人，就是宝玉和凤姐？"正讨论着，楼下茶室外进来几个客人，她们只好就此打住。原来是找秋真的。没法子，秋真恋恋不舍地离开。忽想起梁老师嘱咐的事，急得一拍脑门，告诉她们说，等明天晚上再来，匆匆拿上包走了。

吃过晚饭，芸轩收拾完屋子，想起刚才的推断，觉得很有趣，难为都能想到这些上面来。其实芸轩心里想，焦大醉骂很让人疑惑，但却暗含了一个人死亡的预言，想到这里，遂摇头苦笑。

因山岚陪一个男同学看电影去了，还有几个客人在品茶聊天。芸轩坐在茶柜子前的太师椅上，翻看前几日秦明拿来的《楚辞》，又看了一遍《离骚》，芸轩一时来了灵感，随手写了几句，题目就叫《焦大醉骂吐兰香》：

> 口含粪壤遭险秽，痫心峥嵘悲风回。
>
> 谣逐屈子善淫志，孜孜神女梦不归。
>
> 耿耿此心炽焦焦，兰香美政两遥遥。
>
> 自疏故国情何堪，以死直分谏离骚。

心里又自思忖：所谓红刀子进去，白刀子出来，竟不是醉话，正是酒后吐真言，其预言不谬。

芸轩看到报纸下面，有一只九连环露在外面，便拿过来端详了半日。这两天，山岚一有空就摆弄它，看着九连环她忽然笑了，想起宝玉和黛玉解九连环的场景。自思道：十二花容色最新，不知谁是惜花人？为何寻找惜花人？黛玉和宝玉一定解开了九连环的秘密，不如我也试试。拿过一张纸笺，边涂鸦，边写着：

九连环之第一环：神秘猎人

宝钗的热毒病犯了，而真正的病因，是冷子兴这个'冷'人正在吃无名官司，他要被递解回原籍，大概要被赶回老家去，这才是'冷'人犯病之正因。

疗此毒之法：服用冷香丸，实际上需要吃百花之众心，宝钗需要食用花心解毒。可是，吃哪朵花的心做引子呢？病中的宝钗，开始描画这朵花的样子，此花该是什么样子？描好了，比着样子就能猎取这朵花。

九连环之第二环：出猎惜花者

但是她不想亲自寻找，她喜欢的花，别人也喜欢，不如要先寻到那个惜花人，看谁爱惜那朵花，通过惜花人的行踪，不难找到那花。于是，薛姨妈为女儿之病开始奔波，可她并不会亲自出马，只派了一杆猎枪，就是王夫人的贴身婆子，周瑞家的这位'冷'人之岳母，可以看作自己人的，开始照着宫花样子，出猎惜花之人。

九连环之第三环：惜花者落网

周瑞家的一番周折后，送遍现有八钗，包括：迎春、探春、惜春、黛玉、李纨、巧姐、凤姐、秦可卿。一一观察后，最终找到了惜花人。所有人对宫花不屑一顾，唯有凤姐将宫花转送他人，还致谢送花人，显然她是喜欢这花的，她肯定是惜花人；宝玉亲手染指宫花，也对送花人表达了关心，他也是惜花人。

九连环之第四环：花落谁家

有了惜花人没用，得找到被惜花人爱惜的花是谁。凤姐转送宫花时，正值凤琏云雨中，宫花变成两朵淫花后，被送到了宁府。花儿在宁府？原来宁府才是宫花的去处？试问，描的花样子，是不是有小蓉大奶奶的体格样貌？难怪接触宫花的第一人是英莲，这个改名叫香菱的女孩，就有小蓉大奶奶的样子。

九连环之第五环：寻觅海棠花

虽然不确定她到底是不是宫花，可找到惜花人一切好办，只要验证惜花人，看他是否爱惜这花，眼见为实才可确定。于是，凤姐携宝玉，来到宁府赴宴，会面秦可卿。

记得她卧房有秦太虚的联：嫩寒锁梦因春冷，芳气笼人是酒香。尾字正是'冷香'二字。这真正是：

> 冷香非得冷人寻，宫花只寻惜花人。
>
> 惜得宫花云雨再，却似梦魇众芳心。

惜花人找到了淫花，而描花样子的人，通过惜花人也找到了她，就是那个室内挂着《海棠春睡图》的睡美人，她原来是海棠花。

九连环之第六环：惜花行动

凤姐、宝玉赴宴宁府，却不期而遇了秦钟，偶然初会，一见钟情，二人惺惺相惜，便是惜花行动开始。秦钟大有女儿之态，与姐姐成为姐妹花，正是这两朵淫花，先后与宝玉完成巫山云雨情。姐姐在梦中的太虚幻境，弟弟在姐姐的宁府，惜花行动告一段落。

九连环之第七环：惜花莫若淫花

焦大醉骂，焦大以忠仆之身份，骂出了氏族之家的劣根性，骂出了贾家罹祸的真正病因。从不负责任的大管家，到忘恩负义的少主子，再到爬灰的宝玉，养小叔子的凤姐，无一不让他心焦如焚。他大骂：淫花才是败家之根本。

虽然发现淫情，试图骂醒凤姐、宝玉。可骂醒了吗？没有！宝玉浑然不觉之态跃然纸上，还傻傻地问凤姐姐：什么是爬灰？可惜！焦大之骂没起任何作用。

九连环之第八环：狩猎惜花人

这一节，必定是宝钗亲自出马，所谓螳螂捕蝉黄雀在后，惜花人找到了海棠花，而她只要找到惜花人，循着他的踪迹，也就一样找到她想要的花。在梨香院，她正张网等待惜花人自己送上门来。

宝玉来了，二宝彼此欣赏各自的爱物，通灵玉和金锁上面的字，成双成对，而且与玉玺上的字意非常接近，他们似乎交换了玉玺，从此，宝钗已经有了争夺那朵花的实力。后面就一定是焦大的预言：红刀子进去，白刀子出来，红与白的较量正式开始。

九连环之第九环：猎花之战

何为惜花？千般情愫赋予万般爱怜，宝玉秦钟再次完美体现自己的怜香惜玉本质，开始猎花。在学堂，宝玉的人与薛蟠的人展开对'香怜玉爱'的争夺战，而此战结局不容乐观，金荣得势，秦钟受伤，而经此"学堂事件"，秦可卿也得了"断红"之症，海棠花开始枯萎。

但是，隐约感觉，宝玉和薛蟠两个势力，所争夺的并不只是海棠花，还有另一朵花。因黛玉调侃过宝玉，说他这次去学堂，定能蟾宫折桂的，宝玉是去寒冷的月宫折取一支"桂花"吗？他们争夺的是两朵花，一是海棠，二是桂花。可是他得到了吗？结局如何？

写到这里，芸轩甩甩手腕，停了一会子，还意犹未尽，心想：大闹学堂！不知这最后一环的结局是什么样子，谁来解开这最终一劫？宝黛二人共解九连环，我相信黛玉的聪慧，难道是黛玉？一定是黛玉解开了最终的死结，她拯救了宝玉。

又想到宝玉和宝钗在一起的情形，二人交换着爱物，彼此欣赏着那上面成双成对的吉祥话。通灵玉上的字，首度展现出来，真好彩头。此时，黛玉摇摇摆摆地进来，又安安全全地把宝玉领回家。芸轩心里一阵暗自高兴。

她一直耿耿于怀，红楼十二曲中，没有专门为宝钗的一首，既然钗黛合一，她也该进薄命司，为什么不给她一曲？想，反正那十二曲，都是曹子新编的曲牌名，何不我也胡乱拼凑一个。想了半天，写道：

定仙缘

牡丹至尊花至冷，荷与芙蓉洁至清。梨花堪与雪比艳，漫天霜花落雪琼。落雪琼！眼见高士金缘定。

收起艳骨雪中埋，终生吸汲香丸冷。香丸冷，消得狂热变晶莹。金缘定，缘定到底意难平。剥落琼花埋赤玉，不做红楼断肠梦。

第八回

争锋梨香院　醉闹绛云轩

这两日，天一直阴沉沉的，气温也渐渐降下来。一大早，外面就飘起了雪花。乘着有空，芸轩拿出那枚玛瑙石，看了一会子，喊上山岚，带上自己绘制的字形，穿上风雪衣，来到夫子庙旁的春秋金石印社。

掀开门帘进来，一股暖流扑上脸颊，二人抖抖身上的雪花，环视四周，除了琳琅满目的玉石印材，又多了几幅庙宇山水画，看起来是老社长的墨迹。

正欣赏着，有人过来招呼，芸轩见不认识，知是新来的社员，便问春上师傅怎么不见。此时，一个年轻后生从工作间走出来，穿一身白色制服。制服上面满是各色颜料点子。小伙子头发微长飘逸，满脸书卷气，白净的脸上带着一点淡淡的忧伤。

后生微笑着向二人招呼："我还以为你二位忘了呢，怎么这么长时间才来？"说着，让座，并倒来两杯热咖啡，温和地看着芸轩。

后生是她们的同学，叫夏雨。小伙子别的都好，就是有些内向。自从来南京上学，就一下子喜欢上了雨花石，便一发不可收拾地开始了收藏，给自己也改了名字，叫夏雨花石，同学们都叫他夏雨花。

读书期间，夏雨就酷爱篆刻，毕了业就来到这春秋印文工作社，社长是有名的鸟虫篆大师，一眼就相中了他的潜质，每每加以着重培养，手把手地传授篆印绝技。他现在夫子庙一带，已小有名气了。

芸轩见他满身消沉的样子，道："你师父都走了快半年了，还这样没精打采，你要这样，他们怎么办。我看你这么大的社，都萧条了，都指望你师父的字画撑门面了。"

山岚笑道："说过多少回了，我不爱喝咖啡，你不知道吗？每回来你都这样。"

夏雨道："别难为我了大小姐，我又没你的茶功夫。你的口味又刁，对不上口味，还不是白耽误工夫找挨骂。"

芸轩道："听说栖霞寺的人也找过你，他们想干什么？"

夏雨苦笑一下，道："我也没心思做了，这里很多应付我也不懂，才知太难了。"说着，拿出一枚方章和印文。

又道："本来，你给玉料后，想让师父帮我完成的，他哪里有空，我只得一个人瞎琢磨。"又给芸轩加了咖啡。

山岚道："可是看出冷暖来了，我不喝咖啡，你来杯热白开也行啊，就不知道我也冷。赶紧拿来，我看看那物件。还有，我要的闲章你刻了没？"

夏雨道："没时间，再等等吧。"

芸轩拿过这枚四寸大的方章，端详了半日，又看了看印文，道："和我想象的差不多，记得越王勾践剑上的铭文，就是这样篆体，好古逸的。"

山岚道："我一个字也不认识，倒很像古代战旗上的符号，这怎么分辨是哪个字？"

芸轩道："我指给你看。这四个字是'受命于天'，这四个字是'既寿永昌'，共八个字，看出来了？"

山岚点点头，道："这就是传国玉玺上的印文样子吗？到底是不是这个模样的，怎么像鱼又像鸟的。"

芸轩又拿出那枚玛瑙石，和绘制好的字形，递给夏雨，让他比着自己的设计，给刻到石头上。夏雨拿过强光手电，照了一下玛瑙石，道："这得需要机刻。"

芸轩问："快吗？"

夏雨道："我得看你的字。"拿来端详了半天，微笑道："你设计的吗？"

芸轩道："《石头记》原文上的，我照着样子描下来的。怎么了？有问题吗？"

夏雨道："也没什么，这'莫失莫忘，仙寿恒昌'八个字，怎么和这玉玺上的意思差不多呢。"

芸轩道："你也看出来了？先别管那么多，你把这八个字给我刻到玛瑙石上，再找一个金锁，刻上'不离不弃　芳龄永继'八个字。"

见夏雨进到里间，山岚道："你当真，这个可是别人送你的，刻坏了这个多可惜。"

芸轩笑道："可惜什么？刻上这个，玛瑙石一下就变成传国玉玺。石头变成玉玺，你掂量掂量，是石头值钱还是玉玺值钱。"

正说着，一股冷风扑进来，外面闯进一个人来，一边抖搂身上的雪花，一边嚷嚷道："说什么来着，害我在雪地里等了半天，你俩不招呼客人，都跑出来干什么了？猜着就是来了这里，你俩这里大眼瞪小眼的，干什么勾当呢，春上大师不在吗？也跟着他师父出家了？"

山岚道："也没见冷死你，你以为我愿意在这里，这屋子冷得站不住，连口热白开都不给，还不是为了芸轩的宝贝。"

"什么宝贝？是春上君吧！可惜人家的心也去栖霞寺了。"芸轩见二人打趣她，自己不打紧，怕夏雨听见，连忙嘘着二人打住，好在里面电笔刻字的声音很大。

秋真道："赶紧的吧，咱回茶轩不行吗，这里没吃没喝的不能待。叫上春上一起走。外面落雪飞舞，撒满天街，你俩赏雪，我做几个拿手菜，来一壶，招待一下你的春上不行吗？"

芸轩道："死妮子，没完了是吧！"三人正说闹，夏雨从工作间走出来，把刻好的玛瑙递给芸轩。

秋真道："春上，几天不见，你怎么又消瘦了一圈。这可不行，光我就心疼死了，看你穿这么薄的衣服，快跟我们走吧。"不待夏雨换衣服，拽着他就向绛芸轩里来。

茶轩里，自然是春意盎然，一路走来，秦淮河边赏雪的大有人在。一进屋子，芸轩忙不迭地拿出玛瑙和金锁赏看，夏雨也凑过来。秋真见这个情形，笑道："算是机缘巧合吧，你俩把他勾引来，倒引出了我的兴致。快看，此情此景像什么？"她拿手做个画框的手势，对着二人。

山岚道："一惊一乍，能像什么？"

秋真道："都道是桃花树下'宝黛共读西厢'，乃《石头记》之妙景。怎么没人说'双宝共赏金玉'也是《石头记》的名典。"

山岚道："什么意思？"

秋真道："你看他俩脑袋凑到一处，彼此欣赏彼此的宝玉和金锁，曹公都说：莫道绮縠无风韵，试看金娃对玉郎。人家穿着破旧的工作服，照样风韵十足，咱们难道无动于衷？"芸轩听这样说，看一眼夏雨，见他懵懂的样子，知道他没听懂，才放了心，瞪了秋真一眼，示意她打住。

秋真道："开个玩笑么。我真的突发奇想呢，照你老人家的吩咐，我刚刚找好宝玉和宝钗在梨香院相会时穿的服装。这个傻小子多符合宝玉的长相，你俩穿戴起来，我先给你们来个定妆照，好不好？"

山岚道："今天没客人，不如咱们自导自演一场'双宝共赏金玉'戏。"

芸轩想了一想，道："也行，不如我们边导边演。那个名字俗了，这一场戏就叫争锋梨香院。"回头对夏雨笑道："别担心，咱们只是玩个游戏。"

山岚道："他是玻璃心，伤不起。"

夏雨道："我看未必是游戏，今天算我中了邪，你们可不能成心捉弄我。"

芸轩道："就当开开心，乖乖听话就行。"

夏雨道："好吧，就听你们一回，只要有酒喝就行。"

山岚忙着弄吃的，秋真忙着找戏服，芸轩忙着写台词提示，夏雨无言地让秋真自上而下换上各式装束。

捯饬了好一阵子，山岚喊道："古鼎新烹风髓香，那堪翠斝贮琼浆。看我准备的，是不是风髓琼浆薛家宴。"

秋真道："先不能入席，咱们得从宝玉出门开始。"

芸轩道："得从看戏开始。"

山岚道："看戏有什么讲头？"

芸轩道："去宁府看戏的人，有贾母、王夫人，凤姐、黛玉、宝玉，至晌午贾母便回来歇息了，王夫人呢，见贾母回来也就回来了。最后是凤姐坐了首席，尽欢至晚。这就是说，主要看戏之人是凤姐，这里开始分场子了，你想想，宝玉和黛玉干什么去了？

"一对惜花人，出来寻花问柳了，自然是找一对花朵般的人来了，一个留在宁府，在宁府做了首席，且尽欢至晚。另一个呢，就是宝玉，他独自去了梨香院，单看他在梨香院什么待遇。

"梨香院，寓意梨园之所，是不是也是看戏的地方？宝玉在这里也是做了首席，也是尽欢至晚方回，我就是从这个地方，才开始慢慢推演出一个谜来。"

山岚道："我先猜猜。在宁府是行巫山云雨，被人家焦大骂了，在梨香院难道也行云雨之情了？"

秋真道："你除了知道这个，还能说点别的吗？不怕春上君听懂了你。"

芸轩道："你还真不能耻笑她，你们没发现，宝玉这次出来得很蹊跷吗？"

山岚道："好像是偷偷摸摸的。"

秋真道："躲着他父亲呗。"

芸轩道："未必。你们看，去宁府看戏的人，独独说了五个，没提三春。下午，贾母、王夫人不去的话，正常应该是凤姐、黛玉、宝玉三个人都去。

"这时候，曹公找了这样一个理由说：宝玉因送贾母回来，待贾母歇了中觉，意欲还去看戏取乐，又恐扰得秦氏等人不便，因想起近日薛宝钗在家养病，未去亲候，意欲去望她一望。

"什么意思，宝玉和黛玉一直形影不离的，连打发小丫头问候宝钗，也带上黛玉的口声，本来上午一起看戏，下午他却突然要去看宝钗，那黛玉去哪儿了？"

山岚道："宝玉是为躲着黛玉吗？"

秋真道："真没看出来，这家伙怎么躲起黛玉来了。"

芸轩道："我看出来两个征兆。

"第一，他走的路线，是这样表述的：若从上房后角门过去，又恐遇见别事缠绕，再或可巧遇见他父亲，更为不妥，宁可绕远路罢了。

"话外之意，除了怕遇见父亲之外，还恐遇见'别事缠绕'，什么别事？还用了'缠绕'二字。谁缠绕他，是别事还是别人？

　　"第二，就是换衣服，当下众嬷嬷、丫鬟伺候他换衣服，见他不换，仍出二门去了。他为什么不换衣服？他和黛玉应该住得很近，虽不是碧纱橱内外这么近，照曹子的表述，至少在一个大屋子里。如果他换衣服一定会惊动黛玉。所以他选择不换衣服就走。"

　　秋真道："他躲着黛玉干吗？"

　　芸轩道："不仅躲黛玉，也躲着他父亲是真。"

　　山岚道："要干不得见人的事吗？"

　　夏雨笑道："宝玉不会干坏事。"

　　秋真看他穿着宝玉的装束，说这样的话，不禁笑起来。道："人家自己都争辩了。我看也是，你们疑神疑鬼的。"

　　芸轩道："不是疑神疑鬼，就是见鬼了。不信，咱俩演一下看看。你是门下清客相公詹光，我是单聘仁。"

　　二人走来，一见了宝玉，便都笑着赶上来，一个抱住腰，一个携着手，都道："我的菩萨哥儿，我说做了好梦呢，好容易得遇见了你。"说着，请了安，又问好，唠叨了半日，方才走开。

　　秋真茫然道："真是，出门怎么遇见这么两个人。"

　　芸轩道："还没体会出来吧，那个'善骗人'说，能得遇宝玉是做了好梦。虽是奉承话，但说明他梦寐以求地就想得见宝玉。"

　　山岚道："骗子梦中想得见宝玉，加上'沾光'这个人，两个人名合到一起，许是宝玉一出门，就碰到了想沾光的骗子了吧。"

　　芸轩道："差不多这个意思。就要看这个想沾光的骗子是谁了。另外，这时入梦之人，还有他父亲贾政，他正在'梦坡斋'歇中觉。"

　　秋真道："睡午觉怎么了，说明宝玉成功躲过了父亲。"

　　芸轩道："恰恰相反，做好梦的善骗人，正是从梦坡斋而来，贾政那边沉酣入梦，梦中是不是被人骗了，需要宝玉替他验证一番。"

　　秋真道："真是的，躲开了黛玉遇见了鬼。还有一大帮人呢，什么管银库房的总领，名唤无星戥；管仓上的头目名大量；买办叫花钱如流水；还有几个管事的头目，共有七个人呢，大约个个是家里的硕鼠，贾府用这些人管家，不败才怪呢。"

芸轩道："让你想不到的是，这些人说的话，竟和黛玉一个口声。"

山岚道："不会吧，你让我想想。还真是，都笑说：前儿在一处看见二爷写的斗方儿，字法越发好了，多早晚儿赏我们几张贴贴。黛玉也是这样说的：个个都好。怎么写的这么好了？明儿也与我写一个匾。这不是奉承的话吗？"

芸轩道："是不是奉承话先不说，宝玉一心想躲开黛玉来着，这帮人偏偏和黛玉一个口声说他。可见冥冥之中没法躲开去，于是黛玉如影随形地也跟了来。梦中怎么能少了黛玉呢。所以好戏开始！咱们分别入座。"

秋真道："好，我看看单子。夏雨赶快熟悉台词。第一场：金娃对玉郎，出场演员，夏雨饰演宝玉，芸轩饰演宝钗。开始！"夏雨正在把玩自己刻的玉玺，被山岚推了一把，只得站起来，走到芸轩旁边来。

秋真的画外音道："宝玉躲过所有人，独自一人来到宝钗身边。这是他们第一次独处，在宝玉眼中，宝钗是什么样子呢？"

夏雨再看一眼秋真给他的卡片，道："让我细细看看宝姐姐。她头上挽着漆黑油光的纂儿，蜜合色棉袄，玫瑰紫二色金银鼠比肩褂，葱黄绫棉裙，一色半新不旧，看去不觉奢华。

"蜜合与葱黄，一色浅黄若素，都是高贵之黄。再看她唇不点而红，眉不画而翠，脸若银盆，眼如水杏。正是：莫道绮縠无风韵，却是娇憨藏机括。这个姐姐罕言寡语，人谓藏愚，安分随时，自云守拙，我终究有些看不透她。"

秋真道："为何藏愚守拙呢？外表娇憨，却内藏机括。外表装憨的目的是什么？要行欺骗之实吗？内藏机括，她成心要骗谁？"

山岚道："就是，平日里不爱花粉儿，不喜佩戴任何首饰的她，却在衣服里面贴身佩戴个金锁，且日夜不离身，似乎是有意识藏着的，真是一副娇憨外表下，藏着骗人之心呢。"

秋真道："宝钗见宝玉独自闯进房间，应该是内心暗喜吧。心想：我派出去的猎枪有了成果，惜花人终于自己上钩了，这可是个捕猎惜花人之最佳时机。于是，宝姐姐审视起宝玉来。"

芸轩道："只见宝玉头上戴着紫金冠，额上勒着还是那二龙抢珠金抹额，身上穿着秋香色立白狐腋箭袖。浅黄如霜的秋香色，和我的服饰是一样的高贵之黄，我们倒穿了同色衣服。

"他腰系五色'蝴蝶'鸾绦，蝴蝶成双，难道是来求配的？项上挂着长命锁、记名符。看到了，只想好好看看这块落草时衔下来的宝玉。"

芸轩和夏雨，一面相互审视对方，一面绕着对方转一圈。画外音也一面重叠着，相互交织着响起。

芸轩道："成日家说你的这玉，究竟未曾细细赏鉴，我今儿倒要瞧瞧。"

山岚的画外音："这块玉，黛玉终究也没能真真拿在手里，细细赏鉴过，包括初来时，袭人要拿来给她看，黛玉都没让，可见二玉无缘。此时，终被宝钗托于掌心，反复赏坑，顽石叩有感慨吗？"

秋真道："说起缘分，顽石和甄士隐倒有一面之缘，不知藏着什么意思。我要是那顽石，便遂心如意了。"

山岚道："蠢物，蠢物，你被这……还是不说了罢。"

夏雨道："听说姐姐也有贴身金锁，给我瞧瞧吧。"

芸轩把金锁递给他，秋真道："那宝玉将金锁拿在手中，反复看了两遍，二人同时念出玉石和金锁上面的谶语。"

芸轩和夏雨一起念道：

【芸轩】莫失莫忘，仙寿恒昌。

【夏雨】不离不弃，芳龄永继。

山岚道："是一对，真的天生一对。谁知这相互一眼中，玉儿和锁儿就配成了'天缘'。"

秋真道："如果猜得不错，传国玉玺八个字，似乎也是说：得之则象征其受命于天；失之则预示其气数已尽。每个帝王都希望玉玺永远陪伴自己，不离不弃，莫失莫忘。这正是：未嫁先名玉，来时本姓秦。宝玉这是又一次来嫁人了呢。"

夏雨道："你的意思，我俩交换一块玉和金锁，相互看了一眼上面的字，我就嫁人了，我俩就算结合了？真荒唐！这个游戏不好，我不演了，还是坐下喝酒吧。"

山岚道："你也觉得荒唐是吧？女娲炼石已荒唐，又向荒唐演大荒，这种荒唐会世代延续下去。"

秋真道："失去幽灵真境界，幻来亲就臭皮囊。由石头变玉玺，原来这就是吴玉峰的出处。穿上一身高贵之黄又怎样，还不是臭皮囊。这块玉怕是碰见鬼了，我就知道被'邪祟'缠上了。"

山岚道："这次结合未见得好，脂砚提醒说：好知运败金无彩，堪叹时乖玉不光。好似此次金玉结合，透着一股邪劲。"

秋真道："玉之不光，可以理解，说的就是他时气不好，山门被人骗了，被污了宝光。按说，金是得了玉的一方，怎么会有金无彩之败运一说？"

芸轩道："说来惭愧，善骗人说梦见菩萨哥，众管家说，宝玉的字越发写得好了，这都是骗人的鬼话和奉承的谎言，说明此次金玉结合，充满了欺骗和谎言。无彩、不光，合在一起怎么读？"

山岚道："不光彩！是谁不光彩？是藏愚守拙的金人用谎言和善于骗人的把戏，做了一件不光彩的事吗？"

秋真道："干了什么不光彩的事？"

山岚道："我知道了，现在告诉你不得。但这次结合不会长久。宝玉自有除邪祟的功能。那玉上就有'一除邪祟'的符咒，怕什么。"

夏雨道："还不结束吗？"往桌子边走时，突然闻到一股香气，遂问道："你们这里有股奇香，真好闻。什么香？也给我点吧。"

秋真道："臭小子，关键时候还自己加上台词了。不过，说到点子上了。本来我那么羡慕冷香丸，盼着你做出来好吃一丸。现在倒好，一提冷香丸我浑身打激灵。宝钗早起吃了冷香丸，宝玉就来了，这不正好，送到嘴边的惜花人不吃白不吃。"说着，都往饭桌那里走。

芸轩道："说得我都没胃口了。我发现，梨香院这出戏，实际上是宝玉梦入警幻宫的翻版，就差黛玉出场了。"

山岚道："我这不来了吗？好不容易让我演一回我崇拜的黛玉，我得好好演。"

秋真道："怎么翻的版，你说明白点，我们好发挥呀。"大家就了座，看秋真穿出一套薛姨妈的衣服。

山岚道："我就没联系好，宝玉梦入警幻宫，有最不可少的几大元素，这里统统找不到。你比如：入梦出梦的引导人；群芳髓香；万艳同杯酒；千红一窟茶；小名唤可儿的兼美；红楼曲子。这里有吗？"

芸轩道："曹公统统可以给你变出来。首先，宝玉念念不忘一件事，就是宁府好吃的食物。"

夏雨道："什么食物？"

芸轩道："鹅掌、鸭信。谁在宁府？是不是凤姐正在宁府看戏？用这些东西引着我们往凤姐那里想。所以，入梦引路人的可儿，正和凤姐在一起看戏听曲子呢，有了可儿和曲子元素了吧；冷香丸的香气，堪比群芳髓，宝钗这里有，这是不是第二个元素；

"据说，千红一窟茶，是以仙花灵叶上所带之宿露而烹。宝玉一大早就泡好了枫露茶，血色枫叶，是不是灵叶？用枫叶上的露珠，烹制的茶，其实就是千红一窟；

"宝玉来薛宝钗家，就是专门来要万艳同悲酒喝的，薛姨妈马上就给准备了。至于兼美，她既像宝钗又如黛玉的，宝钗已经在，黛玉一来不就都有了。"

山岚道："就算这样，入太虚幻境的顺序是：醉以灵酒，沁以仙茗，警以妙曲，再将吾妹一人，乳名兼美，字可卿者，许配于汝。今夕良时，即可成姻。

"元素倒具备，还有即可成姻一说呢。你这场'梨香院争锋'，有成姻缘的过程吗？"众人点头称是，芸轩一时无语。夏雨又催，怎么还不上酒。

秋真道："你忙什么，先看看美食家给咱专门准备的薛家宴全不全。"

山岚道："你看看呀，这个是鸭信。据说，鸭信也叫升平炙。古时，官场溜须拍马，最典型的一道看馔就是这升平炙了。特别在宫中，为讨好皇帝，凡是舌头食材就多了一层讨好的功能。"

秋真道："讨好皇帝吗？宝玉是皇帝吗？快些讨好一下咱们的宝玉吧。"说着，夹一块放到夏雨的盘子里，学着薛姨妈又道："快吃呀，我的儿。"

山岚道："这是我的兰贵人石头茶，虽比不了枫露茶，但味道确实独特。糟鹅掌就不用说了，现如今虽是我等世俗人家的家常小吃，在过去那可是宫中食材。"

正说着，外面有人接话茬道："看来我有口福了，能吃上宫里的食材。"

进来的是秦明，也是披风上落满雪花，见一桌子人都穿的怪模怪样，倒先怔了一下。看清是他们，也不顾有别人，先就下了手。

秋真拍一下她的手，道："没规矩，没看到客人吗？"

秦明这才看见夏雨也在，道："没跟你师父一起去啊！"

秋真道："你来得正好，我们还缺个李奶奶，先换上衣服再过来。"

秦明道："别呀，李奶奶多早晚捞着吃饭了，一会子还赌气走了，还是让我先吃一点吧，我做旁白也行啊。"

山岚道："就依她吧。"

秋真道："看在你准备宴席还将就的份上，那就从黛玉进门开始吧。你不是想过一下演黛玉的瘾吗。开始第一场：'钗黛露峥嵘'。"

秦明和山岚都去外面，秦明道："林姑娘来了。"话犹未了，林黛玉已摇摇地走了进来，一见了宝玉，便笑道："嗳哟，我来的不巧了！"

宝玉等忙起身笑让坐，宝钗因笑道："这话怎么说？"黛玉笑道："早知他来，我就不来了。"

【秦明】说实话，你真不知道宝玉来这里吗？我看你这话是想说：早知道他来，我才来呢。

宝钗道："我更不解这意。"

【秦明】瞧瞧，装的多憨，她这是藏愚装糊涂呢！

黛玉笑道："要来一群都来，要不来一个也不来，今儿他来了，明儿我再来，如此间错开了来着，岂不天天有人来了？也不至于太冷落，也不至于太热闹了。姐姐如何反不解这意思？"

宝钗道："妹妹既然有这样心，间错开了来好啊，我病了这几日，妹妹为何不昨儿来，偏偏今日来？敢说不是成心的？"

黛玉酸酸地道："姐姐能解这意思就好，宝哥哥怕我缠他，才自己偷偷来姐姐这里，我哪里放得下心来，才要悄悄跟了来。姐姐心里更明白，我是来看你们喝喜酒的。"

秋真道："停！你们真会临时抱佛脚，不过意思倒是明白，任何情况下，也不能拆开木石之盟。好，黛玉入座。下一场：冷暖见真情。"

宝玉道："这个须得就酒吃才好。怎么还不上酒？"薛姨妈便令人去灌了最上等的酒来。

秦明悄悄对夏雨道："万艳同悲酒，也叫断肠酒。夏雨，劝你少喝点。"接着，变了一副李嬷嬷的面孔，道："姨太太，酒倒罢了。"

宝玉央道："妈妈，我只喝一盅。"

李嬷嬷道："不中用！当着老太太、太太，哪怕你吃一坛呢。想那日我眼错不见一会，不知是哪一个没调教的，只图讨你的好儿，不管别人死活，给了你一口酒吃，葬送的我挨了两日骂。"

山岚笑道："看这个李嬷嬷不会说话的，难道给宝玉酒喝的人，都是些没调教的，这不骂倒一大片么，是不是连薛姨妈也一起骂了呀？"

李嬷嬷又道："姨太太不知道，他性子又可恶，吃了酒更弄性。有一日老太太高兴了，又尽着他吃，什么日子又不许他吃，何苦我白赔在里面。"

秋真笑道："她的意思，宝玉可不可以吃酒，什么时候吃，全凭老太太做主，别人谁都不行。"

芸轩道："李嬷嬷的意思，我们家教严，宝玉最有教养，这样浪酒闲茶，和家教不相宜。"

夏雨问道："什么是浪酒闲茶？"

秋真道："李嬷嬷说宝玉呢，是出来喝花酒的，这叫眠花卧柳，所以才骂挑唆宝玉喝酒的人没教养。这老婆子可是拐着弯骂人呢。"

薛姨妈笑道："老货，你只放心吃你的去。我也不许他吃多了。便是老太太问，有我呢。"

秋真道："今日我薛姨妈定要做一回贾母的主了。我眼里，宝玉已是自家人了。"说着，命暖上酒来。

这里宝玉又说："不必温暖了，我只爱吃冷的。"薛姨妈忙道："这可使不得，吃了冷酒，写字手打颤儿。"

宝钗笑道："宝兄弟，亏你每日家杂学旁收的，难道就不知道酒性最热，若热吃下去，发散的就快，若冷吃下去，便凝结在内，以五脏去暖他，岂不受害？从此还不快别吃那冷的了。"

【秦明】这母女二人真是细心热情。宝玉听这话有情理，便放下冷酒，命人暖来方饮。

黛玉嗑着瓜子儿，只抿着嘴笑。心下道："哼！宝玉你果然只听别人的话，我生气了。"可巧黛玉的小丫鬟雪雁走来与黛玉送小手炉，黛玉因含笑问她："谁叫你送来的？难为他费心，那里就冷死了我！"

雪雁（秦明暂代）道："紫鹃姐姐怕姑娘冷，使我送来的。"黛玉一面接了，抱在怀中，笑道："也亏你倒听他的话。我平日和你说的，全当耳旁风，怎么她说了你就依，比圣旨还快些！"

秦明道："人家的话，其实就是圣旨，能不听吗？你平日的话怎能当圣旨？他为什么听？"

薛姨妈因道："你素日身子弱，禁不得冷的，他们记挂着你倒不好？"

【秦明】问得好，你老人家既知她身子弱，禁不得冷，怎么不记挂一下？给杯热水暖暖手也行啊。

黛玉笑道："姨妈不知道。幸亏是姨妈这里，倘或在别人家，人家岂不恼？好说就看的人家连个手炉也没有，巴巴地从家里送个来。不说丫鬟们太小心过余，还只当我素日是这等轻狂惯了呢。"

【秦明】答的妙。不说姨妈没眼色看人下菜碟，倒说自己轻狂。人家宝玉一进门，你看薛姨妈那阵仗，上来就搂在怀里，喊着"我的儿"嘘寒问暖，先是命倒滚滚的茶来，又让进里屋暖和，现在又极力劝宝玉喝暖酒。总之，哪里是一个"暖"字了得的，就怕冷了他。用黛玉的风凉话说：哪里就冷死了他，这关心也太过于了，这才显得轻狂呢。

可黛玉来了这半天，谁问过冷暖？这么冷的天，又知黛玉身子弱，怕冷，好说就看的人家都有手炉的，给个手炉也好啊。大约只有紫鹃知道，黛玉一定会受到薛家的冷落，才会巴巴地送个手炉来。讽刺！讽刺！黛玉体会得明白，薛家人骨子里透着寒冷，对宝玉的热情是有目的的，是想沾什么光，骗什么人吧。"

薛姨妈道："你这个多心的，有这样想我就没这样心。"

秦明道："果然，薛姨妈承认说，她没这个心思，根本没考虑黛玉冷或暖，她在黛玉身上是没有用心的。真是冷热自知，黛玉被冷落狠了。她因尝到了人间冷暖，所以说的每句话才透着酸劲，甚至是正话反说。"

宝玉却正喝得高兴，李嬷嬷又上来阻拦，道："你可仔细老爷今儿在家，提防问你的书！"

秋真道："提贾母已经镇不住宝玉了，现在又搬出贾政来，果然管用。但却惹得宝玉垂头丧气的，说白了，不喝酒也行，宝玉却心不甘情不愿的，这就惹恼了黛玉。"

黛玉先忙地说："别扫大家的兴！舅舅若叫你，只说姨妈留着呢。这个妈妈，他吃了酒，又拿我们来醒脾了！"

【秦明】黛玉这话不是恼宝玉，是恼李嬷嬷吧。意思是说，有薛姨妈撑腰，你管也没用。难道黛玉也希望宝玉在这里喝酒？

黛玉一面悄推宝玉，使他赌气，一面悄悄地咕哝说："别理那老货，咱们只管乐咱们的。"

【秦明】明白了，黛玉挑唆宝玉赌气呢，其实是她想赌气，是气宝玉真拿这里当自己家了，既然非喝高兴了不可，那就喝呗。"咱们只管乐咱们的"这句话，哪像黛玉的作风啊，什么忧虑也不要想，分明是褒贬宝玉，是个乐不思蜀之人。

那李嬷嬷不知黛玉的真实用意，她哪里听明白话里的含义，以为真是让宝玉放纵呢，因说道："林姐儿，你不要助着他了。你倒劝劝他，只怕他还听些。"

秋真道："这个李嬷嬷，黛玉赌气的话也信，还真以为是黛玉要助着宝玉呢。"

林黛玉冷笑道："我为什么助着他？我怎么会助着他呢？我也不犯着劝他。劝他有用吗？自从来了这里，你不一直劝着吗，他听进去了吗？

"况且你这妈妈太小心了，往常老太太又给他酒吃，如今在姨妈这里多吃一口，料也不妨事。难道姨妈这里是外人，不当在这里的。"

　　【秦明】通过"喝酒事件"发现，说实在的，在宝玉心里，薛姨妈这里和老太太是一样的了，在这里喝酒，没有不恰当的，像喝花酒，显然宝玉已经把这里当成自家了。

　　但在黛玉眼里，薛家人是冷漠的，姨妈这里就是外人，在这里喝醉是不恰当的。但宝玉的举动，只能让黛玉以为他把自己当成薛家人了！

　　夏雨继续独自喝着酒。

　　见宝玉不听劝，黛玉又不帮着劝，还抢白她，于是李嬷嬷就赌气家去了。这里，就有三个人赌气，宝玉赌奶妈的气，因不让他喝酒；黛玉赌宝玉的气，不该喝酒；奶妈赌黛玉的气，不帮着阻止他喝。总之，喝酒出问题了。

　　三人只管内斗，一切却都在薛姨妈的安排之中，对宝玉道："我的儿，只管放心吃，都有我呢。越发吃了晚饭去，便醉了，就跟着我睡罢。"

　　秦明道："对呀，宝玉吃醉了酒，留宿在薛家，才正合了薛家人的意呢。"

　　芸轩道："到此一停，夏雨，你这左一杯右一杯地自斟自饮，快喝醉了吧。"大家只顾着分析剧情，眼不见的，夏雨就真喝醉了。

　　本来就没有多少酒量，又不是个爱说话的人，心里又藏着事儿。就见他两眼乜斜着有些倦意，芸轩夺下他的酒杯，让山岚把他扶回卧室去。

　　秋真道："这场争锋好比智斗，各怀鬼胎，薛家母女一定要醉了宝玉，黛玉和李嬷嬷又极力地劝阻，宝玉呢，自甘沉沦，到底是喝醉了。"

　　秦明笑道："咱们的宝玉醉了，好在没摔茶杯子。我说什么来着，宝玉在太虚幻境喝醉了酒，还告醉求卧呢。"

　　山岚回来道："虽然喝醉了，可薛家的阴谋也没得逞，宝玉不还是让黛玉带走了。哎！那是多么温馨的场面。"

　　她学着黛玉的样子道："你走不走？"芸轩道："你要走，我和你一同走。"

　　秦明道："这大概是黛玉最希望听到的一句话，跟来的目的，不就是要把宝玉安全带回家吗？"

　　芸轩道："其实，黛玉就怕他们做不光彩的事。最温馨的场面，莫过于黛玉为宝玉理妆一节，站在炕沿上理鬓缨，然后双双回家，多像过日子的小两口。"

秋真摊开双手道："可咱们没有了宝玉，后面该怎么办，这个宝玉真醉了，那个宝玉还要醉闹绛云轩呢，怎么办？"

秦明道："他不来也没什么，游戏的目的是为推演出内幕，我好像感觉到结局了。"

秋真道："后面的信息量大得很，又是门斗上帖字，又是被黛玉赞扬，又是摔茶杯，又是赶茜雪，怎么给说法？"

"想知道呀？真不够意思，没见我站了一晚上伺候你们吗。刚才只顾演戏，我也来杯断肠酒。"说着，坐下来喝了一杯，又端起茶来道："还有你们的枫露茶。"

芸轩道："好！这才是戏眼呢。"大家听了一愣，都问喝酒喝茶的，算什么戏眼。

芸轩道："别急。秋真说了，后面的信息量大，但得有个头绪。我看咱就从门斗上贴字开始，先说一个新发现。"

秋真道："我猜，秦明是发现了豆腐皮包子和枫露茶的蹊跷，以你的身份提示一下，何如？"

山岚道："什么身份？"

芸轩道："薛宝钗的身份哪。"

接着，变一下神情笑道："妈妈见到宝兄弟，忙地一把拉了他抱入怀内，这个动作可复制。清客相公一见到宝玉，便都笑着赶上来，一个抱住腰，一个携着手，我演示一下，是不是一个动作。

"所以，薛家的身份，就合在这俩人身上了，权当是这些喜欢'沾光骗人'的清客们，宝钗的藏愚守拙就是这里了，纯是骗人的勾当。"

山岚学着黛玉道："这样说，我也知道了，那些管家们一见了宝玉，赶来都一齐垂手站着，独有一个买办，名唤钱华，因他多日未见宝玉，忙上来打千儿请安，都是这样。"说着，打个千儿。

又道："都是一副奴仆相，又都夸说他写的斗方好，也和黛玉口声一样。黛玉的身份就如同这管家们，用这些人管家，能管好吗？一味纵容宝玉，只会奉承顺着，连劝都不想劝，这是黛玉的做派。"

秦明道："这个定位好说，都是害宝玉的。斗方上的三个字，你又咋看？"

山岚道："也难说，绛云轩在哪里？到底是谁的屋子？"

秋真道："还能是谁的，当然是你宝哥哥的。"

秦明道："这个问题有意思，黛玉刚来时原是住在碧纱橱里的，到周瑞家的送宫花时，黛玉的住处就发生了变化。三春搬到王夫人处，只留下宝黛二人在贾母处，周瑞家的去找黛玉时，黛玉却在宝玉房内。

"至于二人的屋子，是贾母房内还是房外的，挨得近还是远，都没提。直到此处，向门斗上贴字，才推测出宝玉住的是贾母房外的屋子，因有自己的门斗。可黛玉住在哪里，一直欲说还休的。"

秋真道："你以为她会住哪里？"

秦明道："从黛玉的话里，能咂摸出味道来，不信让她说一遍。"

山岚学道："个个都好。怎么写得这么好了？明儿也与我写一个匾。"

秦明道："看吧，明知故问，这个匾显然是写给她的。"

秋真道："怎么讲？"

芸轩指着自家的匾额，道："绛树彤云户半开。'绛云轩'三字，可大有意味，要不我也不会盗用。绛者，大赤也，亦有绛草、绛树之说。有些时候，还常用绛色喻彩虹，比如，晴雯的名字就含彩云之意。别忘了，这斗方是晴雯亲自贴上去。绛草者，可以死而复生之草。黛玉的仙体恰是绛珠仙草转世。所以，绛云轩其实是红草轩，这个匾额，难道不是直接为黛玉写的吗？"

山岚一拍手，笑道："太对了！我就说么，黛玉的住处一直躲躲闪闪的。可从现在开始，这里诞生了绛云轩，黛玉又及时地出现在匾额下作了评判，意思是喜欢得了不得。实际上，这是他二人的爱巢呢。"

芸轩道："黛玉突然出现，欣赏完匾额上的字后，没等宝玉回过神来又悄然消失，也没交代去了哪里，宝玉还让茶，回头就不见了，你们不觉得怪吗？"

秦明道："难道她留在了屋里？"

秋真道："看起来她会隐形？"

山岚道："不是隐形，是分身术。"

芸轩道:"这话说对了,她在屋子里且分身了。"

山岚道:"我知道咋分的。宝玉戴斗笠,嫌小丫鬟不中用,道:罢,罢!好蠢东西,你也轻些儿!难道没见过别人戴过的?脂砚就说:'别人'者,袭人、晴雯之辈也。所以黛玉帮宝玉理妆,是扮演了袭人、晴雯大丫头的角色,对吧?反过来说,袭人和晴雯此时的表现,就是代表黛玉和宝钗的行为,互为影射的,黛玉不但隐身且还分身了。"

秦明道:"回到绛云轩后,里面的故事,确实是由袭人和晴雯来演绎的。"

秋真道:"这回有些眉目了,突然出现的绛云轩,的确不能忽视,可演绎的也没什么,一个装睡,一个帖字。我觉得'醉闹',才真是大有寓意呢。"

芸轩道:"不能小瞧这二人的小动作,梦坡斋里,贾政入梦,是宝玉的引梦人,回到绛云轩,无非是宝玉梦入警幻宫后又复演了一遍。宝玉告醉求卧,袭人和晴雯就是另一个兼美。谁说的没有成就姻缘之事,咱就从袭人的白荐枕席之举开始。"

秋真笑道:"袭人荐席?我琢磨一下。袭人似乎摸透了宝玉的心思,知道他会告醉求卧,所以早早地卧下来,是想再与他偷试一次云雨之欢。破席上一簇鲜花?可我记得谁说过,兰花是晴雯,这怎么解释?"

芸轩道:"此时,袭人代表的便是宝钗的心思,其实是宝钗荐席。如意算盘打得蛮精的,灌醉了宝玉,留宿薛家,再行云雨。可结果呢,宝玉被黛玉带走了,也就是说,实质性计划的实施,统统放在绛云轩里来完成,是让袭人和晴雯代为完成。"

山岚道:"这么说,袭人好险呢!我也理解宝玉的举动了。宝哥哥这会子冷淡了袭人,嫌她太卧早了些,不是时候,他还不想睡下呢。反而对晴雯嘘寒问暖起来,又是暖手,又是留包子,一派关心。这和在薛家时的态度,判若两人,还让黛玉喝茶,说明他心里还是只有黛玉。"

芸轩道:"如此明了,那边袭人荐席进行中,宝玉嫌她卧得早,不分时间场合,实际是不想俯就她;这边却对晴雯千般恩情,问寒问暖哦,这就是宝玉的态度。巧的是,茜雪却豁啷啷打了茶碗,袭人只得起来。"

山岚道:"你的意思,这就是醉闹的结局,宝玉借着醉酒,推脱了袭人和他的云雨之事？金玉缘不了了之。”

芸轩把玩着那块玛瑙石道："不光这个，还有别的。首次出现通灵玉公开示人，闹了半天，最后是有交代的。因李嬷嬷的原因，宝玉醉闹后，睡觉时，袭人伸手从他项上摘下那通灵玉来，用自己的手帕包好，塞在褥下，彼时李嬷嬷等已进来了，听见醉了，不敢前来再加触犯，只悄悄地打听睡了，方放心散去。

"脂砚交代得清楚。'塞玉'一段又为'误窃'一回伏线。宝玉的玉失窃了，虽是'误窃'，但毕竟他的玉丢过一回，是谁要偷这块玉，就指向最后的问题了，关乎李嬷嬷喝酒吃茶的因果关系，因这些事和赶走茜雪，藏有玄机。"

第九回

胡金闹学堂　李氏平祸端

说到这里，几个人来了兴致，问怎么参透"偷玉"玄机，芸轩说了个法子，找点醉酒的感觉，也许可以悟出来，遂每人端起酒碰了一个。

秋真先道："这却出人意料，好端端的搅个李老婆子进来，竟然惹得宝玉雷霆大发。"

山岚道："可不么，你们想啊，一向对下人和长辈温和的宝玉，怎么不服奶妈的管教了，怎么这么反常？脂砚都觉得难以理解，三番五次地帮他开脱，说这回是真醉了，这样对下人从来没有过，以后也不会再发生，只此一次。可见这次醉酒闹事不同凡响，宝玉发这么大的无名火，一定有原因。"

芸轩端起一杯茶，放在嘴边闻了一闻，看一看颜色，道："这是肯定的。千红一窟，枫露之茶，血色红枫，乃死亡之茶。宝玉一早就沏好了这样一杯茶，只是早起没下来色，留到晚上喝的话，一定茶色如血，他自己找着要喝，还劝黛玉也喝，谁承想，被李嬷嬷喝了。我看，虽然宝玉生气，她倒是替宝玉喝了呢。"

秦明学着李嬷嬷的口气，也喝了一口酒，笑道："我没那么傻，这杯万艳同杯酒，还是死亡之酒呢，喝的人不止有我，你宝玉喝得比我多，要死也得你先死。"

山岚道:"这个死老婆子,惹得宝玉不爽,宝玉才有那句牢骚的:她比老太太还受用呢,问她作什么!没有她只怕我还多活两日。

"你们听听,即便不让他痛快喝酒,也不至于说到死啊活的。什么叫多活两日?一个老婆子,还真妨碍着宝玉的生死了,他二人难道还有你死我活的事儿?"

秦明有了醉意,笑道:"肯定有,不管怎么说,喝了枫露茶就是要了命,要不宝玉也不会摔了茶盅,赶走茜雪。"

芸轩道:"慢着,赶走茜雪透着蹊跷,能不能这样理解呢:茜雪是宝玉派去看宝钗的联络员,她出现在《石头记》里只做了这一件事,看望了一下宝钗,然后因'枫露茶事件'就被撵走了,实际上她的历史使命已经完成了。"

芸轩用水在桌子上写着字,道:"红与雪,是宝玉和宝钗合一的预兆。他们的结合,会让李嬷嬷面临死亡。所以,老婆子才不遗余力阻止他们喝花酒。

但死亡之茶,终于还是被李嬷嬷喝了,说明她接受了死亡。她用自己的死亡,断开了宝玉和宝钗的合一,所以茜雪消失了。她的消失,预示着红与雪没能在一起,他们的暗中结合,并没有成功。"秋真和秦明碰一杯,一口干了。

众人道:"这个解释在理儿,我们爱听。"

秦明道:"我联系一下事实,当年真有这么档子事儿。朝廷正是腹背受敌,南有李自成的流寇或者叫李嬷嬷造反;北有后金压境。为了消除被两面夹击的危险,朝廷真是暗中派人去联络后金来着。有人主张可以先和金人议和,回过头,再打掉李自成的流寇。"

芸轩道:"这个主意不错么,可当时主战派占绝对,他们认为,议和就是投降。所以朝廷只能暗中派人前去,这恐怕就是金玉结合不光彩之说的源头。"

山岚问:"结果呢?"

秦明道:"暗中议和之事败露了,朝廷为了挽回颜面,那位联络员就成了替罪羊,以叛国罪论处被斩杀,偷偷合议也就随之流产了。"

秋真也有些醉了,没大听明白,还一个劲地问:"那个李嬷嬷呢,她是谁?怎么有这样大的影响力?还有,她还拿走了晴雯的豆腐皮包子呢,是什么意思?"

芸轩笑道:"抢包子吃,那是流贼的习性使然。说到豆腐皮,我记得是怀安特产,也许有个豆腐皮的传说和那个人有关,你打听一下吧,我也得先消化一番。

"不过,我提醒大家,曹公有提示:宝玉去附和人家宝钗,因黛玉的讽刺与跟踪,还有李嬷嬷的叨唠,晴雯嗔恼,宝玉不得不草草收场,以赶走茜雪而结束,这个联络员走得真冤枉,可危险继续蔓延。怎么办?一招不成,接下来宝玉又会再生一招,你们猜猜,他又用了什么招数?"

秦明道:"联房平寇失败,接下来的一招是什么?"

芸轩道:"回到《石头记》好不好?接下来是读书啊,读书能解决问题,你们忘了?从来讨厌读书的宝玉,心血来潮,一下子喜欢上学了。我猜着,上学读书,是宝玉力挽狂澜的最后一招。"

秋真笑道:"骗鬼呢,他读书是为了搞龙阳恋吧,救哪门子国呀?"

秦明放下杯子,摇头道:"你错了,读书肯定能救国,还用你说。但在这么紧急的情况下,似乎来不及了吧,上两天学,就能力挽狂澜?"

看来,都有些微醉,山岚嬉笑道:"我喜欢'闹学堂'一节,里面的帅哥多着呢。秋真,请几个过来,咱们也闹一闹,或许能闹出芸轩的曲线救国来呢。"

芸轩道:"算了,对牛弹琴,不说结局,你们天天勾引我说,今天早告诉你们结局,反而不信,一群贱骨头。"

山岚道:"推演出来的我们心服口服,你平白一说,我们都觉得怀疑,还是待咱们游戏出来好些。"芸轩无言,只得听从她们摆布了。

第二天,秋真一觉醒来,发现快八点钟了,昨天晚上真醉了。近来累得很,好久没有这么睡足过,听见动静,走出来看时,芸轩坐在桌子边上,夏雨正从小厨房往外端荷包蛋,一面说:"我明天就走了。"

秋真坐下来笑道:"明天去哪里?"

夏雨道:"我本来不放心芸轩,她不像你们是本地人,有照应。我俩独自在这里,人生地不熟的。现在看来,有你们在,芸轩的心里,一块石头已经满得放不下别的,我也很欣慰,遇到了师父,明天……"

夏雨沉吟了半晌，鼓起勇气道："明天，明天我要去栖霞寺了。"说完，白净的脸颊上泛起红晕。山岚和秦明也起床走来，听了这句话都很吃惊，怔怔地看着夏雨，大家一时无言以对。

芸轩忧心忡忡地走过来，握着夏雨的手，道："这是怎么说，大家只是开个玩笑，你可不是着了魔吧，你不是想继承师父家传，做篆刻大师吗？怎么想到去那个地方？"

夏雨苦笑一下，道："那是从前的我，如今我们已不在一个世界里了，那里才是我的乐土。"

秋真冷笑道："不和我们一个世界，我们的世界还玷污你了。我看，你和你的秃驴师父一个世界吧，那个老不死的东西，是要害死你呢，醒醒吧你就！"

山岚笑道："你说的话，我都不爱听，出世入世那是个人的选择，又不是火坑，去又怎样。夏雨，我支持你，与其这样和行尸走肉一样，还不如出世去脱掉烦恼，等心情好了再回来，啊！"

秦明道："你以为他是去上学呢，毕了业再回来。我看哪，他可不是出世去了，这叫做：出世正是入世法。跟师父走或许是缘分。"

秋真坐下来，边吃着冷笑道："什么出世，我送你两句话：谁了一生花烛事？岂有师父断袖欢。你就等着后悔吧。"

夏雨表情木讷，芸轩正默默地吃着这顿离别饭，听了后面两句，怪嗔地看一眼秋真，将盘子推到夏雨面前，大家胡乱地吃些应景。

外面雪早就停了，地上积了厚厚一层，只是风冷得很。送走夏雨，大家闷坐在那里，并没有一个客人来。

秋真看她们都苦着个脸，笑道："走了宝玉，就都丢了魂了？芸轩，早也没看出你有这份心思的，人家走了才这样，晚了三秋了，我们也没辙。"

芸轩笑道："你可是想多了，我只是可惜夏雨。"

山岚道："我保证，他待不了两天就回来的，我还不了解他，明天我告诉他父母，假如夏雨真出了家，他爸妈还不要他师父的命。"

芸轩开心了些，笑道："不过，刚才的告别，我有似曾相识的感觉。"

秋真指着芸轩的鼻子道："没良心的，我还以为你痛不欲生呢，你倒忘不了你的石头，怎么相似了？"

芸轩道："宝玉读书呀，你们忘了宝玉临上学前一一向众人告别了。宝玉是去读书，又不是出家，更不是远行或上战场的，却这么隆重的一一道别，你们不觉得怪吗？"

山岚道："还别说，和袭人道别时，脂砚就说：长亭之嘱，不过如此。但义学离家很近，袭人准备那些东西，确实像出远门用的。这似乎是提醒我们，袭人的那些嘱咐，让人感觉宝玉真不像是去上学。"

秦明道："袭人的心态就怪怪的，早早打点好东西，说明袭人很支持宝玉上学，但却闷闷的。为什么闷闷的？是舍不得还是担心什么？"

芸轩道："闷闷的，其实是忧心忡忡的。也说了，上学是好事，并不是舍不得，我看确是一种担心。"

秋真笑道："和你一样？到底担心些什么？"

芸轩道："担心冷！学里冷。手炉、脚炉、大毛衣服，难道就这么冷？还是强调那个'冷'字，说明那个地方出奇的冷。什么地方这么冷，你们不懂吗？

"第二个担心，袭人怕宝玉忘了自己的家。出门一里路，晚上回来吃饭，袭人竟然担心宝玉忘了家，说明宝玉一去不复返了呢？真的忘了家？或许就回不来了呢。

"第三个担心，袭人知道宝玉不喜读书，俗话说：反常必有妖。此次一反常态去读书，肯定读书是假，胡闹是真，老爷知道了真相不是玩的。她担心这一次是去胡闹，你们说，我的担心有没有道理？"

秋真道："有！有！可贾政似乎知道真相哎，要不怎么这样雷光闪电地大骂一通，且骂得狠着来，什么站脏了他的地，靠脏了他的门。"

秦明道："嗯！我也觉得是，说宝玉读书是哄人，掩耳盗铃，既哄人也欺骗自己。"

芸轩道："贾政对宝玉读书一事的态度，简直是光火得很，以为是胡闹不可取的行为。"

秋真道："为什么？和袭人的担心一样吗？"

芸轩道："不仅一样，还带着耻笑他的口气。"

山岚道："不会吧！"

芸轩道："听我说，靠脏了门，实际是说宝玉此举，有辱门楣，不是读书本身丢人现眼，是上学一事，给家族丢脸。然后，他把怨气撒到了谁身上了，你们想想。"

秦明道："李贵，一个大奴仆。"

芸轩道："对，就是李嬷嬷的儿子。贾政骂他把宝玉带坏了，学了些精致的淘气，要先揭了他的皮。想好了，前面是李嬷嬷的问题，刚撕罗出点头绪来，这里又出现个李贵，是不是李嬷嬷的事还在蔓延？李贵被责骂，贾政是看不惯李家在行事呢。最关键，是李贵说了一句《诗经》上的话，让清客们和贾政哭笑不得。"

秦明笑道："呦呦鹿鸣，荷叶浮萍。我觉得挺有韵味的，虽然错了。"

芸轩道："别假装了，呦呦鹿鸣是什么，难道不知道？"

秦明敲着碗唱道："'呦呦鹿鸣，食野之苹。我有嘉宾，鼓瑟吹笙。'这《鹿鸣》本是周王宴请群臣的乐歌。鹿子发现了美食，呼唤同伴，发出呦呦叫声，招呼他们一块来进食，古人以此举为美德，天子宴请群臣，地方官宴请同僚，以此来表示自己礼贤下士。到了曹操的《短歌行》中，用呦呦鹿鸣，来表达自己求贤若渴的心情，后来就有了鹿鸣宴的习俗。"

山岚道："你的意思，李贵说宝玉在渴求人才，才让贾政耻笑了？"听到这里，秦明猛然想到一段对话，是宝玉和李贵的。

李贵道："人家的奴才跟主子赚些好体面，我们这等奴才白陪挨打受骂的。从此后也可怜见些才好。"

宝玉笑道："好哥哥，你别委曲，我明儿请你。"

李贵道："小祖宗，谁敢望你请？只求听一句半句话就有了。"

秦明道："我知道了，宝玉说过要宴请李贵，正是李贵在贾政屋里挨了骂，出来时说的，难道宝玉、李贵真是要去摆鹿鸣宴？"

秋真道："明白了！上学的目的是去招揽人才。"

山岚道："这不是好事吗？有什么好担心的，贾政也犯不上骂他，你看黛玉就不一样了，黛玉就很支持，还说他这一去定要蟾宫折桂了，是预祝他鹿鸣宴开得成功。"

秋真道:"黛玉什么时候违拗过宝玉,这叫盲从,她就是那块胭脂膏子。"

秦明笑道:"你呀,说胡话呢,林者为君,黛玉虽为墨玉,毕竟也是块玉,二玉制好胭脂膏子,才能做印泥。"

秋真道:"不过,黛玉有一问我不解,她问宝玉,怎么不辞一辞你宝姐姐。仅仅是小女子的心思这么简单吗?"

山岚道:"你觉得呢?"

秋真想了一会子,道:"有明知故问的意思,她知道宝玉这次不会向宝钗辞别,才这样逗他。"

山岚道:"我也这样觉得,这个宝玉,前一次瞒着黛玉去见宝钗,这一次难道是瞒着宝钗去见黛玉?"

秦明哈哈大笑起来,道:"见黛玉?人家正向黛玉辞别呢,不是正在见吗?傻瓜,说顺嘴了吧。"

山岚道:"不辞宝钗辞黛玉。"

芸轩道:"还别说,这次上学,二玉是心照不宣的,确实瞒着宝钗了。至于去见谁,我猜测肯定是去见个人才。"

山岚道:"瞒着宝钗的动机我知道了,瞒着宝钗,肯定是去见宝钗的人,找人才,就是去挖宝钗的墙脚吗?"

秦明拍手道:"也许,可能,肯定是。黛玉说的对,宝玉是去蟾宫折桂了,蟾宫是哪里?是月亮,上面冷不冷?怪不得袭人准备那么些取暖的东西,还那么担心他。宝玉要去苦寒之地,折桂枝去,袭人能不担心吗?"

芸轩道:"对呀,这个人才就是桂枝,可桂枝是谁?"

秦明道:"是香怜、玉爱,二人名字合起来叫香玉。我记得宝玉说耗子精时,说黛玉才是'真香玉',那么这里就出现了两个伪娘,她二人就是'伪香玉'。难道宝玉上学,就为了这个伪香玉?"

秋真笑道:"这不又绕回来了,又是桂枝又是伪香玉的,宝玉上学可不就是为了这个,还用着你们这样掰扯,真没用。听我说,我就觉得荷叶浮萍有意思,宝玉招待的人才里面,既有荷叶也有浮萍,这才是玄机呢。"

山岚道："什么是浮萍？"

秦明道："荷叶、浮萍都是水生植物，不同的是，荷叶有根，浮萍无根，且漂浮不定。曹子说了，薛蟠就是个'浮萍'心性的人，他喜欢的人必定也是浮萍式的人物，宝玉难道是去渴求这样的人？"芸轩略有所思，不住地点着头，秦明问发现什么了。

芸轩正欲说，有人来找秋真，秋真出去和来人悄悄地嘀咕半天，回来半天不作声。芸轩问："他慌慌张张地做什么？剧组里有急事吗？"

"别提了，秦淮八艳只找到了四位，昨天剧组里安排了几个，但没来，定好的时间，镜也试不了，这叫什么事？昨日主任朝我发了一通火，来的时候，我心里还烦着呢，本来想找你们诉诉苦，也没给机会。"

秦明道："那你还不快走，万一有事找不到你，还不挨怼怎的。"

秋真笑道："更好了，小昆子刚才告诉我说不用来了。"

山岚道："发生什么事了，被开除了你？"

"差不多，好像是有个女演员面试时，团长想占人家便宜，给举报了。"

山岚笑道："你们团长不像个男人哪，咋还有这胆子。"

秋真道："我也纳闷，他平时不这样的，也许是误会，可小昆子说这次严重了，团长的位子保得住保不住还两说，我看悬。"

芸轩道："作品受影响吗？团长可是力主这部剧的。"

秋真叹气道："我不知道，按说剧是剧，他是他，他保不住江山，咱还得殉葬不成。"她有些心烦意乱的，招个演员还招出邪来，这可是她两三年的心血，要是不成了，秋真跳楼的心都有。

芸轩开导她："别胡思乱想了，没你想的那么严重，你又不是第一次喊跳楼，就着有空好好歇歇，倘若不行，我们帮你招。"秋真就是这么个人，情绪化地一下子跌倒谷底，也没有了辩论的心情，回到芸轩的卧房躺在床上，胡思乱想起来。过了一会儿，山岚探头探脑地进来道："我有个办法，你想不想听？"

秋真道："就你，净是馊主意，啥法子？闹学堂的事，还没个结果呢，咱们这几个不够用，缺两个呢，你们也正海选，不如我们亲自出马，找几个小帅哥来，咱先用用。"

秋真坐起来，给了她一下子，道："小色鬼，你的陆风不来找你，寂寞了？怎么去找？去哪里找？"

山岚道："去女金大呀。"便附耳到秋真跟前，如此这般地嘀咕了半天，秋真道："金陵女子大学有帅哥吗？是不是太招风了，不怕钟姨知道了骂你。"

提到钟姨，就说说山岚家。顾家本是中医世家，钟姨是山岚的妈妈，顾教授是国内肌激疗法的唯一专家，因是祖传，所以一直想让她做传承人，可山岚不喜中医，大学学的是中文专业，业余时间又迷恋妈妈的茶艺，顾教授也就拿她没法子，只好随她。

钟姨那里有个老茶室，里面的茶有上百种，还有自制的"兰贵人"。秋真和芸轩，时常跟山岚回家打秋风，可是最近却出了问题，山岚再也不回去啦。

原来，妈妈催婚了，她看中的，正是顾教授的学生陆风，说山岚都二十五六岁的人了，快成老姑娘了还不急，于是天天催着回家相亲。其实陆风和山岚熟悉得很，山岚见到陆风有一种哥哥的感觉，妈妈却认准了人家。好在陆风确实喜欢山岚，二人也就若即若离地交往着。

秋真玩笑道："不喜欢陆风就算了，让给我呗。"

山岚生性腼腆，开大点的玩笑就脸红，说道："少骗人，昨天妈妈还说，她用雨水喂的六安毛尖茶很有真味，要我回去品品，以为得了好茶就眼馋我，我可不上她的当。"

秋真道："别呀，钟姨说刚学了些广式药膳，什么人参、枸杞、红枣煲汤的，你看我都累瘦了，领咱回家补补吧，等吃了药膳，我就照你的法子做。"

说是这么说，秋真这回是真着急了，她立马回到了团里，做了一番申请准备，团里也就同意了，便派了两个老编剧，导演组也出了一个人，加上她们四个，组成了"女金大海选小组"，任务是寻找四艳。

其实，她们还有另一个秘密任务，在女金大教室制作小品《大闹义学》。她四人比别的都出风头，虽说是评委，却各穿一身年轻公子穿的青衿棉服，头戴逍遥巾帽，谈笑风生地走在校园内。

口中吟唱："明月星稀，乌鹊南飞。绕树三匝，何枝可依？山不厌高，海不厌深。周公吐哺，天下归心。"

引得那些女学生们前来围观，好不热闹。单有两个热情的姐妹花，看出她们是女子所扮，竟然大胆地走进来，挽起山岚和芸轩的手，一同去了海选的教室里。

选拔现场是秋真设计的，完全不是台上台下的关系，而是像一所私塾，老编剧和导演都是私塾先生的打扮。来的这双胞胎姐妹，是大二的女生，自然成了第一对面试者，在化妆间捯饬了会子，报上来的艺名，一名湘兰四娘，一名如是我闻，而布置来的道具里，竟然有一盆幽兰和一幅《墨兰图》，细细体会，教室里真是暗香浮动。

秋真道："她以为这是在幽兰馆呢，难不成，柳如是要来串门？"大家一笑。

如是我闻原创了一首古琴谱，起名为《梦江南调》，二人走将上来，曼舞吟唱柳如是的那首《怀人》诗。

人去也，人去绿窗纱。赢得病愁输燕子，禁怜模样隔天涯，好处暗相遮。

人去也，人去玉笙寒。风尹啄残红豆小，雏媒骄拥褒香看，杏子是春衫。

人去也，人去碧梧阴。未信赚人肠断曲，却疑误我字同心，幽怨不须寻。

人去也，人去小棠梨。强起落花还瑟瑟，别时红泪有些些，门外柳相依。

人去也，人去梦偏多。忆昔见时多不语，而今愉悔更生疏，梦里自欢娱。

人去也，人去夜偏长。宝带乍温青骢意，罗衣轻试玉光凉，薇帐一条香。

人何在？人在蓼花汀。炉鸭自沉香雾暖，春山争绕画屏深，金雀敛啼痕。

秋真听着曲调，似乎是模仿的《阳春白雪》，悄笑道："难为她，绿窗纱、蓼花汀，倒有些《石头记》里的影儿。"

秦明道："醒时恼见小红楼，朦胧更怕青青岸。我倒觉得柳如是的诗句里，有些含义在里面呢。"

那边的老先生，也窃窃私语起来，听她二位唱完，其中一个道："蘼芜新叶报芬芳，幽兰吐秀暗含黛。这二位才艺了得，倒是有些钗黛林下之风，我看可以去试试镜的。"

下面又上来几个，表演各式才艺的，唱歌、跳舞、小品文、朗诵，不一而足，半天下来，留下来竟有十几个，收获颇丰。登记在册后，评委们回去了。山岚见他们走了，立刻兴奋起来，问芸轩，做小品需要挑选几个人。

芸轩道："看你猴急的样子，问秋真哪，得看她备了几个人的衣服？"

秋真道："怎么问我，我可是照你的名单预备的，你自己来看。"说着，递给山岚一张单子。

山岚看了一眼，跟学生们笑道："咱们这是第二关，跟我们做个小品。我念到名字的谁想来，主动举手，去秋老师那里化妆，到我这里报到。"遂又念道："贾兰。"

"谁？什么小品？说明白些，贾兰是谁？男的女的？"学生们叽喳着问。

芸轩笑道："你们看过《红楼梦》吗？里面有一场宝玉、秦钟上学的戏。到了学堂，因争风吃醋，几个人打起来了，就是这场武打戏，共有十三人参加，为节省时间，咱们边化妆，边讲角色，怎么样？"

"那都是些小爷们，像你们一样，女扮男装吗？"

秋真道："是些爷们，可也是些花朵一样美丽的爷们，我看你们当中比得上这些个爷们俊的没几个。先扮上，我瞧了扮相再说。"

山岚说，香怜、玉爱，也只有姐妹花来演了。最后，点着人数对照道："贾瑞，贾蔷，宝玉，秦钟，这四个人我们来。贾兰，贾菌，茗烟，墨雨，扫花，锄药，李贵，金荣，还有一个暗助金荣的人，你们九个人过来，听台词。"

那位暗助金荣的无名氏，凑过来问道："老师，您说的这场打戏，我连个镜头都没有，也没个名字，我再怎么努力也没用啊。"

山岚道："错了，等我说完戏你就明白，于无声处更有情，在我看来你的作用最大了。"无名氏点头笑着走开了。

芸轩道："大家坐下来，先找一下各自的位置，我和秦钟，香怜、玉爱。咱们四个坐对角。就这样，每日一入学中，四处各坐，八目勾留，或设言托意，或咏桑寓柳，遥以心照，咱们先来一段找找感觉。"

说着，四个人坐下来，真就眉来眼去的，说些什么知我意、感君怜、此情须问天之类的胡话。

无名氏笑道："你们这哪里是来上学呀，简直个个都是龙阳君，这个学堂里怎么乌烟瘴气的。"

有人问道:"啥是龙阳君?"

无名氏大笑:"连这个都不知道?皇帝的男宠,后被封君了的人,就是龙阳君。"

那人道:"这一对儿一对儿的,敢情都是皇帝和男宠,在暗送秋波呢。"说得大家都笑起来。

芸轩笑道:"各位听好了,我先说这里的潜规。《石头记》明确地告诉咱们,这里是贾家义学,来这里的人,大多是贾府的子弟,但是也有些亲戚,比如秦钟,是靠了宝玉的关系,薛蟠是靠了王夫人的关系。但薛蟠来上学的目的很明确,说他是龙阳兴起,且这里的很多小学生,是被薛蟠哄上手的,其中这香、玉二人,就是他的龙阳君。"

秋真正帮着香、玉穿戴衣服,道:"也不用说别人,宝玉来为啥?还不也是因恋上了秦钟吗。"

香、玉二人打扮得眉清目秀,边化妆笑道:"我们到底是男还是女?这帮人都是为了断袖分桃而来吗?"

秋真拿着胭脂盒道:"你们以为呢?"

香、玉二人道:"不过,感觉薛蟠和我们,倒是明目张胆的,宝玉、秦钟和我们,怎么这般偷偷摸摸的?"

秋真道:"明人不做暗事,你俩是薛蟠的人,这不用瞒人。贾蔷和贾蓉,秦钟和宝玉,都需要瞒着人,才被下人们风言风语的。"

香、玉笑道:"我们搞不懂,大概不能公开吧。我猜,皇帝有男宠,不需要瞒着别人,薛蟠就不用瞒着,可宝玉他们为什么不能公开?"

秋真道:"实话告诉你们,说明这些贾家爷们做事,不能来明面上了,我们称他们是抽屉人,只能在暗中行事的,你可知道宝玉此次来学堂的主要目的吗?"

香、玉道:"当然知道,还不是为我们来的。"

秋真道:"真聪明你俩!你是薛蟠的人,宝玉能公开找你吗?好!大家装扮完成,各自找到自己的位置,坐好,大家看好各自面前的道具。贾兰、贾菌面前是砖砚、书匣子、磁砚水壶;无名氏面前是瓦砚;宝玉、秦钟面前,除了书、笔和纸，还有茶杯；旁边是毛竹大板、一根门闩；扫红、锄药手中都是马鞭子。事情的原委，是秦钟勾引香怜，结果被金荣发现，金荣因此羞辱二人。"

无名氏笑道："这些情节我们知道，不用费事，但我有个奇怪处，想请教几位老师。这里是贾家义学吧？可这里好像是薛蟠的天下。看人家薛蟠，喜欢谁就搞谁，连瑞大爷都成了他的人。再看宝玉，按说他可是贾府的'眼珠子'，他在自家的学堂，怎么什么也不敢？还需要偷薛蟠的人，开玩笑吧。"

秦明也笑道："我也纳闷了，在自家学堂里，自己的人被欺负了，宝玉的身份就不说了，贾蔷的身份也了得，怎么都不敢站出来制止呢，还用得着去挑唆一个下人和人家动手，还找个理由逃走了，这么怕事？贾家的爷们，都怎么了这是？"

芸轩道："我也奇怪贾蔷的举动。"

秋真道："就你俩事儿多，听好了，从茗烟进来开始。"

秦明【贾蔷】遂跺一跺靴子，故意整整衣服，看看日影儿说："是时候了。"遂先向贾瑞说有事，要早走一步。

贾蔷这是告诉诸位，这里虽然没他的事，但这场战争，正是他挑起来的。芸轩暗自想道：一定要找到这个人。

茗烟先一把揪住金荣，问道："姓金的，你是什么东西！我们入屁股不入屁股，管你鸡巴相干？横竖没入你爹去罢了！你是好小子，出来动一动你茗大爷！"

秋真拍手悄笑道："姓金的和明大爷干仗，原来这场仗是'明金之战'。"吓得满屋的子弟，都怔怔地痴望。

秋真【贾瑞】忙吆喝："茗烟不得撒野！"

秦明【贾蔷】道："看到了吗，贾瑞明显偏向金荣，如果真是明金之战，这个贾家人怎么向着金人，难道贾瑞是个吃里扒外的？"

金荣气黄了脸，说："反了！奴才小子都敢如此，我和你主子说。"便夺手要去抓打宝玉和秦钟。

尚未去时，听得脑后'飕'的一声，早见一方砚瓦飞来，并不知系何人打来的，幸未打着，却又打了旁人的座上，这座上乃是贾兰、贾菌。

贾菌在座上，冷眼看见金荣的朋友无名氏暗助金荣，飞砚来打茗烟。这个无名氏，出手好狠哪，瓦砚要是打在茗烟头上，那得要命啊！

　　偏没打着茗烟，便落在他座上，正打在面前，将一个磁砚水壶打了个粉碎，溅了一书黑水。贾菌年纪虽小，他如何依得，便骂："好囚攮的们，这不都动了手了么！"

　　骂着，也抓起砚砖来，要打回去。贾兰是个省事的，也是个怕事的，忙按住砚极口劝道："好兄弟不与咱们相干。"

　　贾菌如何忍得住，便两手抱起书匣子来，照那边抢了去。终是身小力薄，却抢不到那里，刚到宝玉、秦钟桌案上就落了下来。只听哗啷啷一声砸在桌上，书本纸片至于笔砚之物撒了一桌，又把宝玉的一碗茶也砸得碗碎茶流。这个有心无力地偏打了自己人。

　　芸轩旁观时，见到贾兰、贾菌的举动，自言自语笑道："看来在这场战斗中，有些自己人见死不救，有些人无意中打了自己人。只毁了贾菌的水壶，碎了宝玉的茶碗，这到底是哪场战役？"贾菌认得准，便跳出来，要揪打那一个飞砚的。看来这暗助金荣的人被贾菌瞄上了，这人和贾瑞一样，看来我们要认准他。

　　秦明笑道："瓦飞来，砖没让打回去，用书匣子打人。人家用兵器打你，你用文字回击别人，真是秀才遇到兵，够文雅的。"

　　金荣此时随手抓了一根毛竹大板在手，地狭人多，哪里经得舞动长板。茗烟早吃了一下乱嚷："还不来动手！"

　　宝玉还有三个小厮：一名锄药，一名扫红，一名墨雨。这三个岂有不淘气的，一齐乱嚷："小妇养的，动了兵器了！"墨雨遂掇起一根门闩，扫红、锄药手中都是马鞭子，蜂拥而上。

　　秦明道："看哪，刚才有瓦有砖，就只差石头了。现在是长板、门闩，加上马鞭子，还真动了兵器了，就是一派战场上打斗的情形。"

　　芸轩也兴奋喊道："怎么没有石头？瓦砚是什么？一片瓦砚，不是一片瓦而是一片砚石，对不对？我有灵感了，这不光是明金之战，他们的战场就在一片石。"

山岚她们听得真切，好在其他人正在嚷嚷，没听清。

秋真【贾瑞】急拦一回这个，劝一回那个，谁听他的话，都肆行大闹，山岚喊道："停！停！你真打着我的头了。"

秋真道："这就对啦，这场大战，受伤的人只有你，但是你不能喊停，来制止的人是李贵，李贵赶紧进来。"李贵急忙进来，且喝骂了茗烟四个一顿，撵了出去。秦钟的头打去一层油皮，宝玉正拿褂襟子替他揉着。

见喝住了众人，宝玉便命："李贵，收书！拉马来，我去回太爷去！我们被人欺负了，不敢说别的，守礼来告诉瑞大爷，瑞大爷反倒派我们的不是，听人家骂我们，还调唆他们打我们茗烟，连秦钟的头也打破。"

秦明道："他倒好，见李贵吼住了人，一下子来本事了，不过他也看清了事情的真相，都是贾瑞这个吃里扒外，秦钟才受了伤，可怜儿见的。一场战争，靠一个大奴仆才吼得住。"

宝玉继续道："还在这里念什么书！茗烟他也是为有人欺侮我的，不如散了罢。"

秦明道："看我们这位哥儿要打退堂鼓了，没骨气。"

李贵劝道："哥儿不要性急。太爷既有事回家去了，这会子为这点子事，去聒噪他老人家，倒显得咱们没理似的。依我的主意，哪里的事哪里了结，何必去惊动他老人家。这都是瑞大爷的不是，太爷不在这里，你老人家就是这学里的头脑了，众人都看着你行事。"

秦明道："听见了？李贵也看出来了，都是贾瑞作怪。"

李贵道："众人有了不是，该打的打，该罚的罚，如何等闹到这步田地不管？"

秋真【贾瑞】道："我吆喝着都不听。"

李贵笑道："不怕你老人家恼我，素日你老人家到底有些不正经，所以这些兄弟才不听。就闹到太爷跟前去，连你老人家也脱不过的。还不快作主意撕罗开了罢。"

宝玉道："撕罗什么？我必是回去的！"

秦明道："宝玉就会以身份欺人，别的招呢？"

芸轩道："你也糊涂，可不就只有身份，还有别的吗？"

秦明道："也是。"

秦钟哭道："有金荣，我是不在这里念书的。"

秦明道："哼！让一个姓金的欺负成这样。"

宝玉道："这是为什么？难道有人家来得的，咱们倒来不得？我必回明白众人，撵了金荣去。"

秦明道："对呀，贾家的学府倒让外姓人欺负得不敢来，好说不好听啊。"

又问李贵："金荣是那一房的亲戚？"

李贵想了一想："也不用问了。若说起那一房的亲戚，更伤了弟兄们的和气。"

茗烟在窗外道："他是东胡同里璜大奶奶的侄儿。那是什么硬正仗腰子的，也来唬我们。璜大奶奶是他姑娘。你那姑妈只会打旋磨子，给我们琏二奶奶跪着借当头。"

秦明道："璜奶奶跪着借当头，就是向凤姐打秋风，和刘姥姥干一样勾当，住在东胡同，还不如说是'东胡'人，金荣的母亲是璜大奶奶的侄儿，是不是也姓胡？"

芸轩道："对呀！"

秦明道："对呀，东胡，胡金荣，分明既是胡人也是金人，里面竟是后金人的事，茗烟和金荣闹了学堂，李贵出面及时制止，就该是'明金李'三方之战呢。"

芸轩连忙道："应该就是这三方，下面是贾瑞的戏。"

此时贾瑞也怕闹大了，自己也不干净，只得委曲着来央告秦钟，又央告宝玉。先是他二人不肯，后来宝玉说："不回去也罢了，只叫金荣赔不是便罢。"

金荣先是不肯，后来禁不得贾瑞也来逼他，李贵等只得劝金荣说："原来是你起的端，你不这样怎得了局？"

金荣强不得，只得与秦钟作了揖。宝玉还不依，偏定要磕头。贾瑞只要暂息此事，又悄悄地劝金荣说："俗语说的好，杀人不过头点地。你既惹出事来，少不得下点气儿，磕个头就完事了。"金荣无奈，只得进前来与秦钟磕头。

秦明嘟哝道："投降李自成的明军和吴三桂的明军相互残杀，加上金人帮忙，李自成的部队才大败而归，坐收渔利的金人完胜，贾瑞哪有能耐强迫金人赔不是？没看懂。"

山岚道："可以停了吧？仗也打完了，你们几个旁观者看出胜负了吗？"

香怜道："都说为争我，可我和秦钟还没怎样呢，秦钟就被打伤了。"

山岚道："看来，你不属于秦钟，应该属于薛蟠。"

秦明笑道："这就是浮萍的性格，随波逐流。宝玉没折着桂，倒让桂枝刮伤了。"

芸轩道："终于知道了，宝玉把像荷叶一样的真香玉留在家里，来这里求浮萍一样的假香玉，这个惜花人，来这里找一枝像浮萍一样的桂花，结果差点被这浮萍香玉要了命，难怪这个惜花行动，贾政如此不看好。"

香、玉二人道："说的都是黑话，什么惜花行动、桂枝浮萍的，我们可听不懂。"

无名氏道："我看出谁胜了。贾府又是主子又是奴才的，一起上手，吃亏的自然是金荣那小子，不是还被逼着磕头认罪了吗？虽然有我帮忙，也没帮上，还被发现了。"

香、玉道："你错了，我们在边上可看得真真儿的，虽都上手，贾菌不光没帮上忙，还打着自己人了，那几个小厮被贾瑞拦着，根本没施展开，倒是让金荣得了势，一顿大板子抡起来，伤了茗烟和秦钟，倒是人家金荣什么事没有。是贾瑞捣鬼了，胜了的人应该是金荣。"

秦明指着笑道："她们看出门道来了。你没听贾瑞劝金荣吗：杀人不过头点地。后面的意思，应该是得饶人处且饶人，别不依不饶的，得了便宜就收手吧，人都让你给打坏了，赔个不是算了。再咂摸一下，觉得这话不可能是劝一个失败者，而是劝一个杀人恶魔的。头都杀了，还能怎么样，不就是让你说句好听的话吗，赔个不是又如何，大不了磕个头又咋的了。我看这个磕头赔不是，完全是为贾瑞的举动做掩护的，贾瑞和无名氏才是贾家的败类。"

芸轩冷笑道："既然看出来是贾瑞作怪，那这个无名氏，早晚也会有名有姓地被写在耻辱柱上。"

无名氏笑道："这么说我没白演。老师，我还有一个问题，请问宝玉的四个小厮的名字，有什么含义吗？"

秋真道："怎么你也看《石头记》？还知道问问题了。我告诉你们，他们四人两两相对，分别代表了两个人，你们猜猜，都代表谁？"

香、玉道："扫红锄药，有扫帚，有花锄，都是黛玉葬花用的工具，这两个小厮代表黛玉。"

秋真道："说对了一半，扫红锄药，说起来是挺美的景致，但我们觉得那是一场死亡；另一个意思是说，这场战争需要扫红葬花的话，是死了很多人的。"

无名氏道："这个说法新鲜，照你的意思，扫红锄药一出现，就是有死人的事了。如果这样，一个代表黛玉，我猜猜看，茗烟墨雨，自然是代表宝玉。"

秦明道："假设，'茗'是大明的'明'，'烟'是淹没的'淹'，'墨'是淹没的'没'，'雨'是宝玉的'玉'，换上这几个字，'茗烟墨雨'连在一起就是'明淹没玉'。此番茗烟在学堂一闹，是把大明的江山闹丢了吧，也把黛玉闹没了。因为他们舍了真香玉，去找个伪香玉。香怜玉爱般地怜惜这朵花，不值！这次寻花行动吃大亏了。"那些人听了这话都一愣，嚷嚷道："茗烟墨雨，还和大明江山有关了？不信，一万个不信。"

第十回

暗喜金寡妇　　愁解十全饮

芸轩道："也不要你们现在就信，昨天我才知道，秦可卿为什么是从育婴堂抱来的。"山岚一下子跳了起来，怪她这么重要的发现，也不告诉自己。

芸轩道："我也是突发灵感，秦可卿出自育婴堂，这是强调她是个无父无母、无出生地之人，这和出自大荒山下的顽石是否有得一比，同样出自荒凉之所。"

山岚道："秦可卿可能也是块顽石？还有别的发现吗？"

芸轩道："你们想没想过，宝玉曾经见到秦可卿卧室旁的房间里有一幅图，是《燃藜图》没错，可你们知道他为什么见了这张图，如同见了瘟神一样，马上逃开吗？"

内中有人说道："宝玉不喜读书，那上面是劝人苦读的，所以他反感。"

芸轩道："可见你们只知其一，不知其二。宝玉真不喜欢读书吗？未必，只是《燃藜图》里面有个典，是黄衣人授书的典，授的什么书，你们知道吗？"

众人答："不知道。"

芸轩道："是《五行洪范》，也叫《洪范九畴》。"

山岚道："这部书有问题吗？"

芸轩道："你们不觉得这书名中的四个字里面，隐着一个人的名字吗？"

秦明道："好像是，还很明显呢。"

芸轩道："所以，我觉得宝玉反感的不一定是燃藜之教，他反感的应该是一个人。"

无名氏问道："是谁的名字，让人这么反感？"

秦明笑道："正如你现在是无名，也许是你的名儿呢，想知道啊，你就自己思量吧。"

无名氏又问："我知道了，原来你们是些红粉哪，我也喜欢这部书，太有看头了。你们的说法倒是新鲜，说这次大闹学堂，是什么之战的来着？就是你们刚才说的。"

芸轩道："我们推断，《大闹义学》演绎的是有名的'山海关大战'，也叫'一片石之战'。战争的三方分别：李自成、清军、吴三桂。其中吴三桂是明军，李自成的部分兵力也是投降他的明军，所以这里出现了小问题，贾菌打飞砚的人，却不小心打着宝玉了，这是个类似自相残杀的情况。"

山岚道："茗烟、金荣之战，简称'明金大战'，就是明军和清军之战，战争的起因，是为了争夺一个人。"

有人问道："为争夺谁？"

芸轩道："这个人就是宝玉和李贵来蟾宫折桂时，要折取的'桂'人，学名吴三桂。"众人都嘘道："伪香玉原来是他！你们有根据吗？"

芸轩道："你们先听听这个过程，再怀疑也不晚。李自成为了争取吴三桂投降，贸然进军山海关。李自成姓李是吧？所以，这事就落在李贵身上了，这就是李贵跟着宝玉上学，所谓来蟾宫折桂之举。

"记得李贵说完'呦呦鹿鸣'后，宝玉说要宴请李贵来吗？所以《鹿鸣宴》就是二人求贤若渴的标志。折桂，便是招揽人才，但在贾政等人看来，这是一场令人发笑的、失败的折桂行动。"

秦明道："可恨那吴三桂假意投降，诱李自成部深入，虽李部人数占优势，但在吴三桂和清军两面夹击之下，精锐部队损失惨重，不得不落荒而逃。此一战，关乎大明的命运，好端端的局势，被李自成葬送，这也就是贾政骂宝玉，此次上学有辱门楣的原因。而这一切的罪魁，和一个汉人息息相关。他是谁？

想知道吗？"

底下学生们齐声喊道："当然想！"

秋真笑道："下回来看谁有缘分，找到我们再告诉，今天就到此为止，谢谢你们，回去等通知试镜，好不好？"

学生们便意犹未尽地散去，也不知道演的这小品，到底是啥目的，好像和选演员关系不大，只得走开了事。

这一日，正是周末，再不回家，妈妈就要找上门来了。山岚没法子，动员了两个伙伴，陪着打发妈妈的唠叨，好在顾教授有事没回来，山岚才松了口气。钟姨欢天喜地地接待了四位年轻人，陆风更是不遗余力地帮着钟姨，做了一道秘制"十全饮"，喜得那三位手舞足蹈。陆风讨好说，这可是韩国明星推崇备至的养颜秘钥。

每人一个小紫砂锅，再配各色金陵小菜，汤味浓郁，小菜精致。秋真等不及先偷偷尝一勺，也许是偷吃的东西格外香的缘故，秋真由衷地感叹，世上竟有这样美味。

推推山岚，悄说道："人家做的这么好吃，你要不稀罕，我可真下手了。"山岚说："行啊，今天就领走才好，省得受妈妈的挤兑。"

钟姨招呼各人坐下，芸轩一向话少，钟姨就喜欢她的肃静性格，把芸轩拉到身旁挨着自己坐，又问道："小明怎么没来？很忙吗，可有些日子没见着她了。"

"阿姨，您不知道，近来她们忙着创城，单位管得比以前严了些，总是出不来，天天眼热我们自由自在的。"秋真笑说。

"咱们趁热快吃，我制了一壶梅子酒，老姐妹们都说好喝，你们快尝尝，看到底怎么着。"说着，便吩咐山岚给每人斟上一杯。她们一起举杯向钟姨致意后，各自饮了一口。芸轩感到口中微有酒香，酒香中有梅酸，梅酸中又有一丝清甜，不由得拍手赞道："这么好喝的梅子酒，钟姨，你定要交给我怎么酿制。"

"好！好！只要你们喜欢，怎么都行，快多吃点。"钟姨高兴地看看陆风，又给身边的秋真和芸轩夹菜。

秋真边吃着，又叫陆风把"十全饮"的方子抄给她，回头也学一学。陆风告诉她，这可不是乱吃的，讲究得很。主方可以给你，其他的加减裁定可就不那么容易掌握，要看体质状况和季节，做许多调整的。

"不想给就算了，别说些唬人的话。"秋真道。

"真不骗你，说来话长，如果现在让我说明白，大概是不让我吃饭了。"陆风笑道："等吃完饭，我一定抄给你。"

众人吃完饭，又七手八脚帮钟姨拾掇完饭桌，钟姨闲她们碍事，要自己收拾，就把他们赶到顾教授的书房里来。

他们不止一次地来过这里，阔达的房间里到处是书斗，里边大部分是中医典籍，顾教授一般不许闲人进里面。每次来，芸轩总是好奇地看不完，虽然似懂非懂，但仍是爱不释手。山岚一副放松的样子，给她们调茶，立时，书房内茶香袅袅，温暖融融。

秋真坐在旁边的躺椅上，说道："陆大才子，快把方子抄出来，我瞧瞧。"

"请稍等！马上给你。"不一会儿工夫，陆风抄好递过来。

秋真看时，上面写着：党参、白术、茯苓、川芎、地熟、当归、怀生地、桂心夏月、杭白芍、炙甘草。看完药方，秋真道："你又糊弄人，连个量和炮制方法都没有，怎么用。"

陆风道："你还真用啊？我这可是祖传的，轻易不给人。"

秋真生气道："怎么？瞧不起我。"又看了一眼，紧接着，她吃惊地坐起来，招呼她俩道："快来看看，这个方子好生面熟。"她俩凑过来看完，也相互一望。

芸轩问："有什么大惊小怪的？"

"这和秦可卿的方子差不多，你们没看出来吗？"

山岚道："亏你是学中文的，两张方子区别可大了。"

秋真一听，心想，山岚肯定知道这个"十全饮"的方子，看来也和秦可卿的方子对比过，就又问："看来你是知道了，怎么不一样，我看就差不多。"

陆风奇怪地看着仨女人，她们竟知道什么方子，笑道："真看不出啊，你们还知道古方，你们也有一张方吗？拿出来，我也瞧瞧。"

芸轩听说，笑道："这个不难，我写给你看。"说着，快速地写下那个方子，原来是张友士给秦可卿开的那张，写完给了陆风：

人参二钱　白术二钱土炒　云苓三钱　熟地四钱　归身二钱酒洗　白芍二钱　川芎钱半　黄芪三钱　香附米二钱制　醋柴胡八分　怀山药二钱炒　真阿胶二钱蛤粉炒　延胡索钱半酒炒　炙甘草八分　引用建莲子七粒去心　红枣二枚

陆风仔细地看了会儿，嘟哝道："不错的方子，十六味药。"又问方子是谁给的，要给谁用。

山岚道："别多问，就说方子好不好，有没有问题。"

山岚发话，陆风只得再仔细研究了一下方子，推敲了半天，道："此方有'四君子汤'和'四物汤'的影子。也就是说，里边是'八珍汤'，但多的这几味药，若说是'十全饮'，又缺了桂心。"

芸轩心里一动，道："桂心！"她一下子想到了宝玉上学的蟾宫折桂行动。

陆风望了望山岚，笑着说："你不让问给谁开的，我还真不好说。你想啊，中医开方子前，是要望、闻、问、切的，最起码也得有脉息呀。"

没等山岚开口，芸轩说："没错，等我把脉息也写出来你看。"说着，拿过一张纸，快速地写着：左寸沉数，左关沉伏，右寸细而无力，右关需而无神。

"就这些？这个人是男，还是女？"陆风看完后问。

"就这些还不够吗？要问男女？"

芸轩说道："人家那位老中医的结论是：其左寸沉数者，乃心气虚而生火；左关沉伏者，乃肝家气滞血亏。右寸细而无力者，乃肺经气分太虚；右关需而无神者，乃脾土被肝木克制。此病乃是忧虑伤脾，肝木忒旺，经血所以不能按时而至。明显出一个水亏木旺的症候来。"

听芸轩文绉绉地说完，陆风差点笑出声，也学着她的口气道："请问，此脉息从何而来？"

山岚道："正经点，往常我怎么倒忘了问你呢，赶快给分析一下。"

陆风笑道："你是不想问我吧。这个脉息似乎有些问题，我跟教授学中医，精于经络，对脉息不堪精通，却也略知一二。先不说看病要义必得望、闻、问、切，单说切脉，也得问三部之位呀。"

秋真说："你好好说个话不行吗，拽什么？快说什么叫'三部之位'？"

陆风拿过山岚的手示范道："左右手去鱼一寸，名曰寸口；去泽一尺，名曰尺部；两境之间，名为关位。"

钟姨正好进来，端着两盘各式水果，山岚忙抽回手来，脸红了一下。陆风又边比画着道："你的脉息里，只有寸脉和关脉，重要的尺脉哪里去了？只有四个脉息，左右要有六个脉息方可珍全。看来，你请的医生有问题吧。"

秋真笑道："你还比太医厉害了？"

陆风道："太医？这还是个宫中方子？是太医开得吗？"

芸轩虽明白了点，可又一个问题出现了，就问："尺脉关乎什么？"

"尺脉关乎生死啊。"陆风半开玩笑地说。

"怪不得冯紫英说，张友士能断人生死。既如此，他肯定知道尺脉信息。"秋真皱着眉头说。

"难道他把尺脉信息隐藏了？"山岚也疑惑起来。

陆风更加听不明白，这几个女人说的什么。

芸轩继续问道："快说说尺脉正经主什么吧？"

陆风慢慢道："《难经》三十六难说：脏各有一耳，肾独有两者，何也？肾两者，非皆肾也，其左者为肾，右者为命门。命门者，诸精神之所舍，原气之所系也，男子以藏精，女子以系胞，故知肾有一也。"

"你是说尺脉主命门？"山岚问。

"就是所谓的右尺命门之说，所以刚才说，看尺脉信息，可断人生死，也有些道理。"陆风开玩笑说。

芸轩问："尺脉信息男女有别吗？"

"也说有的，《命门学说》自古为医家重视，论述很多，但也众说纷纭。其中《类证活人书》中说，男子尺脉常弱，女子尺脉常盛；又以男子以右尺为命门，女子以左尺为命门；男子得阴以生，先生右肾；女子得阳以长，先生左肾。圣人以察阴阳以决生死，但也有持否定态度的，不一而论。"

"这么说来，既然张太医能断人生死，但又隐藏了关乎命运的尺部脉息，是为了让咱们断不出男女还是怎么个意思？"秋真突发臆想，却又觉得好像没有意义。

芸轩道："你还真不是胡说，他把了双脉的：伸手按在右手脉上，调息了至数，凝神细诊了有半刻的工夫，方换过左手，亦复如是。但说的时候，独独不提尺部脉息，又说能断生死，确实矛盾。先不管是男是女，我看，他不是给人看病，就是这个意思。"

山岚道："怎么不是给人看病呢？"

芸轩道："首先，张太医并不是医生，再者张友士既是冯紫英的老师，冯紫英又是少将军，那他的老师，肯定是一个懂军事的人，他断的生死必不是人之生死，难不成是军事成败？或什么战事命运？"

陆风笑道："那可是太医？给皇帝看病的医生，这个逻辑不敢恭维。可即便是医生，也断不了人的生死啊，更何况是军事成败，简直说胡话了。"

山岚道："少插言。一个给儿子来城里捐官的人，一定关心政治，关心国家仕途命运。我看他断的也许是一个国家的前途命运呢。"

"这似乎说得过去。"秋真附和着。

山岚看到陆风茫然，继续问道："既然脉息有问题，那这个方子又如何？"

陆风低头再看看纸上的方子道："方子倒是寻常方子，虽说那个脉息得出个水亏木旺的结论有些牵强，假如真是气血双虚的话，用这个方子也说得过去。"

"听你说的勉强，就是说方子也有些瑕疵喽？"芸轩追问。"我也说不好，别当真啊。中医组方的原则是：君、臣、佐、使。主药谓君药，佐君之药谓臣，应臣之药谓使。《脾胃论》再次申明：君药分量最多，臣药次之，使药又次之。不可令臣过于君，君臣有序，相与宣摄，则可以御邪除病；配伍也有原则，有小制：君一臣二；有中制：君二臣三佐五；有大制，君一臣三佐九。"

说完，陆风沉吟了一会儿，又说道："此方为复方。据我看来，这个方子中，君药两味，一是人参，一是熟地。按正常来讲，首味人参多用党参，今用人参，说明意在大补元气，熟地的分量也不少，也是此意。倒是有一个方子，如果再加黄芪，就叫'圣愈汤'可治一切失血。"

"哎呀！什么君啊臣啊的，我都听糊涂了，什么'圣愈汤'，你的意思是，男人也可喝的吗？"秋真问。

"倒是可以的，不过，你们的药名不是'益气养颜补脾和肝汤'吗？"

"妙啊，就是这个名字了。"秋真急忙站起来，看着陆风问道："你咋知道？"

"我现在算是听出来了，这是秦可卿的药方，是不是？里边的炮制方法没大问题，说她的病源是经期延长，也有道理，只是用药太讲究产地了，像云苓、怀山药、真阿胶、建莲子等。"

山岚问道："什么是真阿胶？难道阿胶还有真假？"

陆风道："东阿胶又名真阿胶，是以山东东阿县东阿井水熬制者，为最佳阿胶，倒不是真假之分。"

秋真道："这么讲究产地，也许这些地方很特殊呢？什么云南、怀庆、湖南、湘莲子的。对啊，湘莲子不就是柳湘莲吗。"芸轩听了摇着头，但眉头紧皱。

"我再提醒你们一下，你们真想琢磨的话，应该从药引子上着手。"陆风笑道。

他虽基本没读过《石头记》，但时常听山岚提起，说里边有一张唯一全面的药方子，方子里的药材组成，山岚倒来来回回念叨过。有段日子，她竟然熬制过，还非让他尝尝，神神秘秘的，这当然是很久以前的事了。

如今，听她们讨论，大约记起方子的名称，就说道："我算班门弄斧了，方子从表面看没问题。也许个中人能体会到里边的不同意义，我就参不透了。"一句话提醒了她们，是呀"药引子"肯定起提示作用，要不怎么叫引子。

"快给看看药引子，你再说给听听。"山岚央求道。

陆风看了一下，双手抱肩，来回踱着步道："按古方，药引子一般是生姜和红枣，这里却用了建莲子和红枣。建莲子其心味苦，所以才取走其心。取心则为通心莲，这个有含义吗？可以做药引子的，没看出什么问题来。"

山岚激动地笑道："谁的心里很苦？他这么一说，我倒想起来了，宝玉常喝一种汤，就叫建莲红枣汤，同时还口嗋一片法制紫姜，记得吗？"

秋真道："想起来了，是有这回事。你的意思，他二人用了同一个引子？或者将药引子交错饮用？是不是意味着他们同喝这一剂药呀？起码都用一样的引子。没错，曹公将这俩人不时进行关联，哈！真奇怪。"边说着，秋真瞅瞅山岚，看她是不是脸又红了。

"我觉得有这个意思在，这俩人是不正常。要不，如何解释秦可卿死时宝玉吐血呢。"山岚自言自语道。

芸轩问道："陆风，诊脉法在古时讲究很多吗？"

"这个我没有多少研究，只知道切脉自古演化而来，先是遍诊法，就是三部九候法。"

芸轩道："这怎么个诊法？"

陆风演示道："就是指用头、手、足三部脉诊。"山岚听了浑身不自在地抽搐了一下，笑道："浑身诊一遍吗？"

陆风笑道："听我说完，'三部脉诊法'就是常用的切人迎、寸口、趺阳三部，再后来就简化为'寸口诊法'。"

"遍诊法要脱衣服吗？难道秦可卿用的是遍诊法？要不，为什么她每次都要脱衣服？"秋真看山岚浑身难受的样子，知道她联想到了这个，也就笑着问。

陆风笑道，"哪里需要脱衣服，从来没有。"山岚这才释然，原来遍诊法不是摸遍全身。

这时芸轩说道："你们记得吗，书中医生诊脉出现过多少次？比如贾母诊脉时，老嬷嬷请贾母进幔子去坐，贾母道：'我也老了，那里养不出那阿物儿来，还怕他不成！不要放幔子，就这样瞧罢。'"

秋真道："对呀，晴雯感冒时人回大夫来了，宝玉便走过来，避在书架之后，丫鬟们都回避了，有三四个老嬷嬷放下暖阁上的大红绣幔，晴雯从幔中单伸出手去。那大夫见这只手上有两根指甲，尚有金凤花染的通红的痕迹，便忙回过头来回避，有个老嬷嬷还忙拿了一块手帕掩了。"

山岚道："还有，尤二姐看病时医生要大胆，要请奶奶将金面略露露，医生观观气色，贾琏无法，只得命将帐子掀起一缝，尤二姐露出脸来让医生看一眼，这已过分了。"

芸轩道："你们看看，除贾母说自己老了不避讳外，不管尊卑，看医生时都是要放帐幔的，唯独没有人脱衣服。"

山岚道："不光如此，贾珍和尤氏讨论一番衣服的事情后张太医就来了，可秦可卿并没有按贾珍说的脱衣服啊。"

芸轩道："不光没脱衣服，且秦可卿的佣人见大夫来，也没放帐子。大夫同了贾蓉一起，直接到了贾蓉的居室，见了秦氏，还向贾蓉问道：这就是尊夫人了？这一问，说明大夫一眼就见到了病人，中间没一点障碍的，你们看多么直接。然后说了大堆客套话，于是家下媳妇们，捧过大迎枕来，一面给秦氏拉着袖口，露出脉来。和别人诊脉时的情形差别这样大，不很奇怪吗，像给个男人看病。"

"说的有道理，太医不是医生，病人未必是病人，还这么强调衣服。到了真看病时，又不关衣服的事，一定是告诉咱们，这个衣服很重要。"

陆风兴奋起来，两眼放光地说："我帮你们猜猜。'衣'字加上药方里多出来的、特别讲究的什么'怀'字，或者'建'字、'云'字、'真'字的，有发现吗？"

芸轩激动道："'真'字加上'衣'字，是不是个'禛'字？"

山岚在手心里写了一遍，拍手笑道："对！是这样！"

看着她们莫名的激动，陆风虽弄不太懂，知道自己的一点提醒，能帮到她们也高兴，就讨好地看看山岚，想得一点赞许。

山岚边笑着，向他竖大拇指，边说道："你这个脉息，可是不一般，女人非女人，医生非医生，竟是为一个禛字人出诊，那人经期延长，快干血了，需要大补。看起来张太医真找到病源了。"

但芸轩并不显得特别高兴，她反而陷入了沉思中。那个药方虽有些眉目了，但病源还不十分明确。她觉得很多地方不对劲，时间也不对隼。那个金寡妇，追到宁府来干什么？照她的推测，这个时间，宁府里怎么会有一个病人呢？既有个病人，这个病人是谁？是他吗？

正想得出神，山岚晃醒她，问是怎么了，她遂将自己的担忧说了，道：

第十回
暗喜金寡妇　愁解十全饮

"我想知道，金氏来宁府的目的和时间。"

陆风笑道："什么金氏？病人和那个金寡妇有关吗？"

山岚悄悄道："你搞混了，是金氏，金荣的姑姑。金荣的妈妈才是金寡妇呢。金荣的妈妈本姓胡，嫁给了姓金的又成了寡妇。这个胡人寡妇的特点是视金如命，薛大爷平白给儿子那么多银子，她不问为什么，只要有银子，不问来路正不正，儿子怎么得的也无所谓，只要学堂里还要他就行，是个甘愿受辱、唯利是图之人。"

秋真道："他说是金氏也对。说起这璜大奶奶，我还真服了，她哪来的理由和勇气，敢向宁府少奶奶兴师问罪，来找算蓉大奶奶评理，先不说她有理没理了。"

山岚道："怎么没理？用璜大奶奶的话说：这秦钟小崽子是贾门的亲戚，难道荣儿不是贾门的亲戚？人都别忒势利了，况且都做的是什么有脸的好事！为什么不来找？"

秋真笑道："我告诉你，秦钟靠的是宁府的大奶奶，金荣靠的虽也是个大奶奶，不过是这个落魄的璜大奶奶。璜大奶奶靠着给琏二奶奶借当头过活，都是亲戚，可这两门亲戚，有可比性吗？

"再者说，秦钟做了没脸的事，那她自己的侄儿呢？这叫心不见心，眼不见眼，自己看不到自己做没脸的事，只看到别人。所以，气势汹汹地还来找算人家，怎么说怎么没道理。"

芸轩道："既敢来，一定有敢来的理由。璜大奶奶之璜，乃半璧之玉，也是个有半壁江山的金人，不能小觑她，一头没理由，还有另一头呢。"

山岚道："还有一头，哪一头？"

芸轩道："看靠山哪。金荣的靠山是薛蟠，秦钟的靠山是宝玉。且曹公也说：凤姐儿尤氏也时常资助资助他。脂砚就说：原来根由如此，大与秦钟不同。何况金氏也认为：就是宝玉，也犯不上向着他到这个样。意思是，宝玉还不一定给他撑腰呢。

"咱们从学府里的态势看，即使宝玉给他撑腰也没用。你们看宝玉的势头，实实被薛蟠压过去了。学里，明着暗着都是薛蟠的人。单说这一头，应该才是她有恃无恐地来宁府说理的勇气所在。"

秋真道："这个理由说得过去，可结果，真是出人意料，她要找的人，不用自己费事理论了，蓉大奶奶自己竟病入膏肓了。不过，每次看到这里，我就纳闷，我猜不透这个金氏知道这件事的心情，该怎么形容，是高兴？担忧？幸灾乐祸？还是害怕？"

芸轩道："金氏是什么人？你们想过吗？虽然是贾家媳妇，也是吃里扒外的贾家人，但和那个无名氏、贾瑞不一样，既然姓金就该是金人。金氏乍听到这个消息，把方才在他嫂子家那一团要向秦氏理论的盛气，早吓得都丢到爪洼国去了。说明她先是被吓到了，和秦氏理论的事，就不敢提了。被吓到了，说明这个消息突然且严重。后来她的表现就是'转怒为喜'，面上渐渐有了喜色，还劝尤氏，说这个不定是个喜呢。我就想，在她看来，肯定是件喜事，这就能分析出她的心理反应来：吓一跳却不是担心，只表明消息很出人意料，剩下的就是喜了，她心里肯定是暗自高兴的。"

秋真道："这个秦钟，宝玉靠不住，姐姐这一头靠山也不争气，好好的就病倒了，难怪人家打上门来。"

芸轩嘟哝道："打上门来对。可打上门来时，怎么还会有病人？这时候人不是早已死了吗？"

山岚听见问道："怎么没线索吗？金氏来的时间不对？"

陆风越听越糊涂，笑道："你们葫芦里什么药？方子我都帮你们看了，就说说这个病人是咋回事呀，让我也明白一下嘛，别看我是局外人，病人的事，说不定我还能给你们提个醒呢。"

芸轩道："也好，只是我也拿不准，都帮我理一理。这里应该是两个历史事件：一是宝玉蟾宫折桂失败，方子里自然缺了桂心，相当于山海关争取吴三桂失败。一片石战败后，李自成匆忙回撤。

"第二个事件：紧接着，金氏气势汹汹，来宁府问罪，就相当于吴三桂引清军入关后，清军气势汹汹，一路追杀李自成部进京问罪，可问题是时间不对。这些事件发生在春分后，三到五月间，一片石之战时，崇祯已经死了，而《石头记》的故事，均发生在冬天，且还下雪。"

秋真道："这个好解释，都成了薛家的天下了，自然下大雪，天气也很冷，这是曹公特有的符合事件背景的环境描述。"

山岚道："可后面的时间顺序有问题，你没发现吗？曹公的环境时间，从冬天一下子又跳到秋天，要不咱们一事一议，秋真的解释也有些道理。还有什么？"

芸轩道："进京没问题，得了皇位应该是喜事，怎么会有病人呢？谁病了？难道这个病人代表政权？真是占领了一个病入膏肓的政权？"

秋真道："我理顺一下，明金交火，李自成战败，金兵跟在李自成后面，一路追到京城下。本来以为会很难拿下京城的，结果长驱直入。但进京来一看，发现这是个失血过多、千疮百孔、病入膏肓、停止运行的京城，被李自成作践得差不多了。怎么样？这样解释呢。"

芸轩道："不怎么样，你说的病人不准确，我来解释这个病人。先看秦可卿的出身，她如同顽石一样出自大荒山，形同宝玉，这个已有过说法。秦钟呢，其实也是二爷，因有个和秦可卿一起抱来的哥哥，这个夭亡的哥哥表明，秦可卿的宿命也肯定是夭亡。秦二爷和宝二爷好得跟一个人一样，种种关联后就会发现，秦可卿的身份也不一般，为什么不一般？因秦可卿看病时脱衣服。"

陆风和山岚先笑起来，道："才已说过脱衣服的事，怎么又提这个，不是为了一个字吗，你黔驴技穷了？"

芸轩道："我认真想了一下，衣服不是代表一个字，而是一种行为。你们说说她脱衣服的环节，是怎样的？"

山岚道："文中说：三四个大夫，一日轮流着四五遍来看脉，弄得一日换四五遍衣裳，坐起来见大夫，其实于病人无益。"

秋真重复贾珍的话道："这孩子也糊涂，何必脱脱换换的，倘再着了凉，更添一层病，那还了得。衣裳任凭是什么好的，可又值什么，孩子的身子要紧，就是一天穿一套新的，也不值什么。"

芸轩道："为什么一天换一套呢？看个病，怎么就非得换新衣服呢？你们认为衣裳是什么？"

山岚道："衣服不是衣钵吗？"

芸轩道："如果放在皇帝身上呢，就叫黄袍加身，也叫加冕登基，这样换衣服合不合逻辑？衣服换得那么勤，不光不利于健康，且会让这个国家很快败亡。"

秋真道："如果这样就严重了，什么叫一天换一套？夸张的说法，这里是皇帝轮流做，一天换一个呀。"

陆风举手笑道："听你们这样说我知道了，让我说。在很短的这段时间里，差不多两个月的时间里吧，前面是崇祯，再是李自成，后是金人，南方还有弘光，四川还有大西政权，登基的皇帝不止三四个、四五个的呢。确实是各个政权'你方唱罢我登场'，皇帝们频繁地换着衣服。好么！这个事用换衣服表示真形象。好厉害，怎么想到这个。"

芸轩道："你还是由衷赞叹曹公吧，只有你想不到，没有他用不到的法子，反正到处是陷阱。不管怎样，学堂一仗，给这位姐姐留下病根儿是真的。我看这病，跟贾珍一点关系也没有。"她俩听芸轩这么说，既不赞同也没否认。

陆风道："你们的事我虽不懂，但我有感觉，这个病人让你们说得太缥缈了，又是国家，又是政权，又是皇帝的，这么说虽有些道理，但秦可卿很像一个真病人。作为一个医生，凭直觉，我还是对她得病过程有感触的，这个人是个实实在在的病人，要不，怎么会给她这么完整的药方子。你们不是也说，这是《石头记》唯一完整的方子吗？尽管脉息隐藏了些信息。"

山岚道："你又不是张友士，能知道多少，还不服。"

秋真道："可不是吗，不光你对她感兴趣，全世界没人不对她感到莫名其妙的。这么个人，你听婆婆尤氏怎么说她：倘或她有个好和歹，贾蓉再要娶这么一个媳妇，这么个模样儿，这么个性情的人儿，打着灯笼也没地方找去。她这为人行事，哪个亲戚，哪一家的长辈不喜欢她？这简直就是个完人。"

山岚道："为什么让秦可卿品格如此之好，肯定有这么个实实在在人。可也有个缺点，人是好，但多疑。

"虽则见了人有说有笑，会行事儿，她可心细，心又重，不拘听见个什么话儿，都要度量个三日五夜才罢。这病就是打这个秉性上头思虑出来的。所以，此人疑心很重。"

芸轩问着陆风道："还是说病吧，秦可卿到底得了什么病？想到她这病上，尤氏心里倒像针扎似的。不像婆婆对儿媳妇的心情，竟也是一种焦虑，全家焦虑，以当时的情形看，你知道怎么治好她吗？"

陆风道："我要是当时的医生，肯定能给她治好。"

秋真道："吹吧！要是你怎么治？尤氏说了，不是病得蹊跷，而是医术匮乏，竟是找不到好大夫。"

陆风道："那是什么疑难杂症，不就是月经不调吗？也不是太难治的病，这么难找医生吗？还找了一个被称作太医但又不是医生的张友士。"

芸轩道："称呼张友士是太医，就怪怪的，什么样的人被称作太医？太医可以给皇帝之外的人看病，但只要给皇帝看病，这个人必须被称太医。连医生都不是的张友士，给秦可卿看病时，就被称作太医，这是'被太医'了，病人可不就是位皇帝吗？如果这样，他有月经吗？"

山岚道："他还说是月经不调呢。人家张友士的诊断可不像。他说：大奶奶是个心性高强聪明不过的人，聪明忒过，则不如意事常有，不如意事常有，则思虑太过。此病是忧虑伤脾，肝木忒旺，经血所以不能按时而至。大奶奶从前的行经的日子问一问，断不是常缩，必是常长的。

"我就纳闷了，思虑太过，忧虑伤脾伤肝，怎么影响行经了？且行经的日子常长，是不是就要干血了。"

陆风道："怎么不影响，伤脾引起气结，从而出现气血不足，四肢乏力症状，形成气郁，会引起女性月经提前或延后，甚至闭经的。"

芸轩道："病症还有限，关键是病源，这回算找对了。尤氏说：他见了人有说有笑，会行事儿，他可心细，心又重，不拘听见个什么话儿，都要度量个三日五夜才罢。这病就是打这个秉性上头思虑出来的。

"她有心事，得了'焦虑症'。焦首朝朝还暮暮，煎心日日复年年。说的是她！因什么事，让她如此焦虑呢？"

山岚道："张友士是冯紫英的老师，冯紫英是冯唐之子，都是些军人。秦可卿所思虑的心事，难道是军事上的？对了，特别是弟弟的事，她竟气得连饭都不吃了，这一定是加重其病的根源。若因弟弟焦虑，还不明白吗？"

芸轩道："大约是，说到冯唐好奇怪，历史上真有冯唐此人，且有冯唐易老之典，也许此冯唐和彼冯唐有联系。"

陆凤道："什么是冯唐易老？"

芸轩道："所谓冯唐易老之典，出自汉武帝时期，匈奴犯边，武帝广征贤良，有人推举冯唐，可是冯唐已九十多岁了，他心有余而力不足，再也不能出来抗击匈奴了，只得让他儿子冯遂出战。"

秋真道："这就对了么，秦可卿的心病，也许就是因找不到抗击匈奴之人，所以才请冯紫英的老师出山。"

山岚道："这么分析有意思，符合张太医的论断。这位冯紫英的老师，给出的病情判断和治疗时间表都对。依大夫看来，这病尚有三分治得，吃了他的药，若是夜里睡得着觉，也就是说，不用疑心思虑的了，那时又添了二分拿手了。意思是，启用冯唐父子这样的人，且用人不疑的话，病有一半可治。"

芸轩笑道："用人不疑？这病非一朝一夕的症候，都是那些庸医们给耽误了。经脉不运行了，不如说朝政不运行了，也是被满朝庸臣给耽误了？

"又说：吃了这药，也要看医缘，依张太医看来，今年一冬是不相干的，总是过了春分就可望痊愈了。这话听来多可笑，还能拖延一冬，明明到春天就拖延不动了，还说什么能'痊愈'，贾蓉又不傻，能不明白。春分时节，将是这个病人生命终期的节点。咱们可记着点，看秦可卿的死亡时间，符不符合太医的预言。"

秋真摇头道："难了，不确定。"

芸轩道："是啊，这就是问题，她的病跟着一连串时间，很值得研究。宝玉探视宝钗时，还下着雪，冷得很，上学时明明也是冬天。紧接着，金氏来找秦可卿理论时，突然明确告诉咱们，这是九月里。又从尤氏口中得知：秦可卿八月十五还好好的，八月二十日开始病，到大夫来看她，又过去了半个多月，这样算来应该是九月半。

"尤氏也说过，凤姐初三这日还来过，说话的这天，起码是九月初三后了，第三天就是贾敬生日，凤姐来看秦可卿又说，如今才九月半，离明年开春还有四五个月呢，能治好的。九月初和九月半怎么算？两个时间差着十几天。"

山岚道："突然切入贾敬生日，这个生日也奇怪，也不告诉具体日期，跟咱们打哑谜呢。"

芸轩道："还是说的，曹公这是让咱们在这两个日期上做文章呢。越是打哑谜，咱们越是有兴趣不是吗？这个日期一定很重要。秦可卿病了，要死了，贾敬又过生日，生日是一个诞辰日，你们再想想，这一天还发生了什么事。"

山岚道："就是金氏要来找秦可卿算账，没别的了。"

芸轩拿手敲着桌子，考虑了一会，咕哝道："时间，诞辰日，金氏到访的时间。"

又一拍手道："对了，既然秦可卿换了几身衣服，这时段里，肯定诞生了好几个政权。应该有一个政权，被特别强调他的诞生时间，且非常符合金氏的到访的时间，怎么样？是不是金人的入都时间？陆风，你快告诉我，顺治迁都来北京的时间。"

陆风摸着头，想了会子，道："金人定都北京么，好像是一六四四年八月二十日开始启程，九月中旬到达京师，十月一日，顺治举行的登基大典。"

芸轩高兴道："八月二十，九月半，这两个时间节点都对上了。我说呢！有人要死，有人就要生的。"

山岚高兴地看着他们，没想到金氏进宁府一事，能推出这么个结果来。她兴奋地跳起来道："咱们一鼓作气，推出贾敬的生日来吧。"

芸轩道："别高兴得太早，死和生该有个先后次序吧。这边还没死呢，政权还没亡呢，那边就已进京定都了？"

秋真道："这本就是五年前刘姥姥一进荣府之事的倒叙。金氏要打上门来，也可能是一段预演呢。"

山岚问："预演的哪一段？"

幻情起两端　生死相辉映

秋真道："就是金人一进京城啊。"

芸轩道："别争了，若推出贾敬的生日，答案就有了。"

秋真道："贾敬的生日好算，应该就是九月半，但我提醒你们，那个九月初三日很重要。尤氏对凤姐说：你是初三日在这里见他的，她强扎挣了半天，也是因你们娘儿两个好的上头，她才恋恋的舍不得去。

"算算日子，秦可卿八月二十后开始懒得动，九月初三这一天，还能挣扎着出来见凤姐。到了九月半，就是贾敬生日这天，这么大的事，来了这么多人，她就挣扎不起来了。九月初三似乎是个分界日，这个结论对不对？"

芸轩在屋子中走了几步，说道："九月初三，好特别的日子，有一首诗中说。"遂吟道：

> 一道残阳铺水中，半江瑟瑟半江红。
>
> 可怜九月初三夜，露似真珠月似弓。

"难道，是借用这首诗的景致，想表达什么心思吗？"

山岚道："我怎么没大听过，这是谁的诗，写的这是什么景致？什么残阳铺水，分明是傍晚时的晚霞映照在水上，却怎么又有月亮加上露珠了，露珠是夜里才有呢。一个傍晚，加夜里，人怎么能同时看到这几种情形呢。"

秋真道："是白居易的《暮江吟》吧。说起来是有争议的。他观察到的这个景致，是从日落到月亮升起，然后再出现露珠。这该有个时间段在里面，随着时间变换了景致而已。"

芸轩道："这首诗的画面感特别强，你们闭上眼睛幻想一下，一边是夕阳西沉，残阳铺水，江水如血，一幅落日境况；另一边，新月初升，露似真珠般晶莹凝结，是一幅弯月升空的境况。

"将这样两个画面叠加在一起，曹公要的就是这个画面感，他是想借这首诗的两个景致告诉咱们，九月初三日傍晚，一边开始落日，一边开始月升。"

山岚点头道："落日的境况，指的肯定是秦可卿，那日凤姐在。可升起来的弯月是谁？也是凤姐吗？和贾敬的生日有关吗？"

芸轩道："这个日子，是说到秦可卿的病情时提到的，那初升的弯月，指的是刚刚诞生的清廷，也未可知。"

秋真道："这个结论草率了。"

芸轩道："我就是告诉你俩一下，还不是结论呢。"

秋真道："嗯。就算这个日子和生日有关，那贾敬让刻的《阴骘文》呢？他可是接连嘱咐好几遍呢，让急急地刻出来，印一万张散人去，很急的样子。为什么这样着急呢？还要散给那么多人，发传单呢。说明他非常重视这篇文字，文字里面一定有隐情。"

山岚笑道："谁知道《阴骘文》原文？秦明要是在就好啦，省得咱们翻书。"

陆风道："《阴骘文》听上去，像是篇道教的东西。"

秋真道："这回说对了，是劝人行善积阴德的文章。"

芸轩道："是以文昌帝君的口吻写的一篇劝善文章，我只记得开头几句。上面说：吾一十七世，为士大夫身，未尝虐民酷吏；救人之难，济人之急，悯人之孤，容人之过。广行阴骘，上格苍穹。人能如我存心，天必赐汝以福。正文很长，说了好多积阴德的事例。"

秋真道："也没什么呀。"

山岚道："吾一十七世为士大夫身，是啥意思？"

芸轩道："文昌帝君转世轮回十七世，都是做士大夫。就是说每次转世轮回，他都是做官的。"

秋真道："这个厉害了，确实修行得好，十七世都做大官呢，我还怕下一世托生条蛇呢。"

芸轩道："别像文昌帝君动恶念哪，他也不是没转世为蛇过。这十七世，全因他善积阴德，才有了福报。"说到此处，芸轩心头一亮，接着说道："十七世做官，难道有所指吗？我想起来了，文昌帝君也有所指，他是金魁星。"

山岚道："对，好像贾母给过秦钟一个金魁星和一个荷包。荷包就是取'合和'之意，加上金魁星，是取'文星和合'之意，和你这里有关联吗？"

秋真道："文星合和！你不说我忘了，好像文昌帝君本身就是个合和人物。"

陆风问："我怎么不知道，还以为是文人崇拜的一个星宿呢。这个帝君是谁和谁的合和？"

秋真道："那人叫张亚子，他曾多次投胎转世，一共做过十七代士大夫，他死后，天帝命他掌管文昌府之事和人间的桂籍，后人将他和张育的事迹合在一起了。"

芸轩道："不对吧，张亚子掌管文昌府，古人把张亚子和梓潼神合二为一了吧。"

山岚道："张育又是谁？"

秋真道："都是些民间传说，也不是很准确。据说张育自称蜀王，东晋时期，是抗击胡人苻坚的民族英雄。不管和谁合和在一起，总之文昌帝君的名号有很多，比如：梓潼、文昌帝、济顺王、英显王、梓潼帝君、雷应帝君、瘟祖等。他身边还有二位童子，一个叫天聋，另一个叫地哑，以示不泄漏考试秘密。"

芸轩听秋真说到抗击苻坚时，一下子有了想法，道："这不就对了，如果文昌帝君是文星合和，那么宝玉和秦钟的金魁星就有了意义。文昌帝曾经抗击胡人，宝玉和秦钟合和文星后，就更符合这一背景；如果文昌转世十七世都是士大夫，也和宝玉此时所代表的朝代换世次数吻合，一定就是他们了。"芸轩高兴得一拍桌子。

秋真和山岚也都明白了大概，只有陆风问道："你是说宝玉也轮回了十七世吗？"

芸轩道："贾敬散发《阴骘文》又如此着急，其实是要告诉人们一件紧急大事：马上就要面临改朝换代的危险了，赶紧告诉众人。"

陆风道："怎么算出来要改朝换代了？"

芸轩道："你数一数，此时的大明已换了十六位皇帝，如算上英宗复辟，正是十七次换帝位。文昌帝只轮回到十七世就结束了，也就标志着宝玉和秦钟结合后的时代就要结束了。"

秋真道："也许是这样的。十七世只做官，不做一般人，对于文昌帝来说是传说，但从实际情况看，只有帝王家才能做到十七世都做官宦。"

陆风道："是说从十七世后，宝玉秦钟要让位了对吧？"

秋真听他这么一说，突然想起一事，道："这完全有可能，说到文昌抗击苻坚，我一下子想到了秦可卿，她见到凤姐时，说的一番不甘心的话：

"如今得了这个病，把我那要强的心一分也没了。公婆跟前未得孝顺一天，就是婶娘这样疼我，我就有十分孝顺的心，如今也不能够了。我自想着，未必熬的过年去呢。

"此时，脂砚就说：正写幻情，偏作锥心刺骨语。呼渡河者三，是一意。这几句话就是'呼渡河者三'的用意。"

山岚问："呼渡河者三，有什么典故？"

秋真道："抗金英雄宗泽临死前不甘心，三呼'渡河'而死。"

陆风道："这个人我知道，和岳飞同时代，还是岳飞的上司，一心想着北伐复国，临终前还念念不忘呢。"

山岚道："说他们，你激动什么？"

陆风道："让我说说这些民族英雄呗。想当年岳飞写下壮志未酬的《满江红》：靖康耻，犹未雪，臣子恨，何时灭！大词人辛弃疾十次上书，做《美芹十论》，也力主北伐，至死不忘恢复中原，临终时还大呼：'杀贼！杀贼！'这一位，更是主张杀过黄河去，却忧愤成疾，含恨离世，临终前仍然高呼：'渡河！渡河！渡河！'可秦可卿的话，只是说不能孝敬公婆了，哪有这个意思？"

山岚瞅他一眼，道："人家都知道这些，你又偏能了。秦可卿更是心有不甘的，懂吗？"

秋真道："说来说去，只能证明咱们之前的推断没问题，看来和抗金是分不开了。那秦可卿是谁？她为什么不甘心？这些和贾敬生日无关哪，难道真成了谜不成？"

芸轩道："不如咱换个角度看，按照凤姐的说法，贾敬的生日就是九月十五日，他本身根本不是谜，而以这个时间为坐标点，推算两个月前秦可卿停经的日期，才是谜呢。"

山岚道："我算过，应该是七月十五左右停的经，这个有什么值得推敲的吗？"

芸轩道："我觉得，围绕生日，还有得病、停经，说了好几个时间点，总让人觉得里面藏着个大事，但我暂时也说不清。"

秋真道："我也觉得这个生日过得蹊跷。判词上说秦可卿：擅风情，秉月貌，便是败家的根本。已让人不可思议，风情月貌就能败家？而后面又来了一句：箕裘颓堕皆从敬，家事消亡首罪宁。就更琢磨不透了，就算秦可卿能败家，怎么还和贾敬联系上了？"

山岚道："'风情月貌'，是指的爬灰吧？我理解，败家有两大根本，这是其一；第二就是'箕裘颓堕'。贾敬作为贾府长房掌门人，不管理家务，或者说不亲自执政，连个生日都不回来过。"

秋真笑道："不回来过生日，也是败家的根本？"

山岚道："我是说，如果要解释判词里，同时出现'风情月貌和箕裘颓堕'现象的，这里就是一处。正好一个懂风情的人病了，一个不理家务的人过生日。

"细究秦可卿的病因，大概真是'爬灰'事发了，再看贾敬，他炼成神仙不回来了。这两件事加一起，一定是宁府败亡的标志性事件。"

芸轩道："确实不像生日。最爱热闹的贾母，因吃桃坏了肚子没来，她和宝玉吃桃子，让人想到馋嘴的猴，这是影射谁吗？

"王夫人说：我们来，原为给大老爷拜寿，这不竟是我们来过生日来了么？

"凤姐儿就说：大老爷原是好养静的，已经修炼成了也算得是神仙了。太太们这么一说这就叫作'心到神知'了。

第十一回
幻情起两端　生死相辉映

187

"这话有点变味呢？太太们一说，大老爷就心领神会了？太太们说的啥？说：这不竟是我们来过生日来了么？难道这生日真不是给贾敬过的？都修炼成神仙了，还过生日吗？关键是姑娘们怎么没有一个来的呢。"

秋真道："宁府出事，不在三春内？或者说，跟黛玉、宝钗没关系？"

芸轩道："宝玉探视秦可卿哭了一通，生日期间再也没露面，既不看戏，也不和爷们去打十番，却和丫头们搅在一起玩，总之是怪怪的。"

秋真道："不是说了吗，虽是庆贺诞辰，却一定不是为贾家人，所以贾母不会来；宝玉混在丫头堆里，他是转世投胎成了下人，也说不定。我也说不出什么感觉了，还是看看这首诗吧。"说完，遂念出了一首回前诗：

幻境无端换境生，玉楼春暖述乖情。

闹中寻静浑闲事，运得灵机属凤卿。

几个人横竖念了几遍，山岚道："什么叫幻境无端换境生啊？'换境'指的什么？蒙太奇？"

芸轩道："大有含义，倒是换境了，在宝玉眼里，再次出现了太虚幻境，你们发现了没？"

山岚道："宝玉第二次进到秦可卿屋内时，又看到那幅《海棠春睡图》，并那秦太虚写的'嫩寒锁梦因春冷，芳气笼人是酒香'的对联，不觉想起在这里睡晌觉梦到'太虚幻境'的事来。故地重游，是不是又回到了太虚？"

秋真道："不光重回太虚，再次看那对联，'冷香'二字是不是很扎眼？是冷香找上门了？"

芸轩道："不对，'换境'的意思，是指此幻境非彼幻境了，是换'幻境'了，换成凤姐和贾瑞的见面之境了。

"那句：小桥通若耶之溪，曲径接天台之路。正是宝玉命名的曲径通幽处，上接着天台之路。这一次不是宝玉，而是凤姐登上幻境之路了，这才是又一个太虚处呢。"

秋真道："有道理，曹公为何换了幻境？"

芸轩道："所谓幻境，无非是梦境，就好比咱们平常说的回忆。曹公这是要换到某个时点上呢。"

山岚道："咋看出来换了时间点。"

芸轩道："突然之间季节变了，我看这次不光季节变换，连年份怕也变了呢。"

秋真道："宝玉的幻境里，季节变化大着呢，从上学时的冬季，一下子跳到了秦可卿病时的秋季，你说是往回换呢，还是往前换呢？"

山岚道："似乎是往回跳了。"

芸轩道："肯定是往回跳了，而且冬至这个节气，很有研究头。十一月三十日冬至，这么准确的时间和节气，不可能无缘无故地告诉了，一定是一个关键的时间节点。如果这个时间节点和咱们推出的事实符合，说明咱们的思路基本靠得住。"

陆风道："那你快说冬至是怎么回事。"正说着，钟姨在外面喊山岚，"就来拿些点心进去。"山岚应着去了。

秋真笑道："都是你惹的，阿姨不敢进来了吧。"

芸轩道："我还没想好呢，等下回吧，咱们来的时间不短了吧，叨扰了这半天也该回去了，让钟姨早休息吧。"

于是四人一起离开了山岚家。

秋真的工作，又恢复了往常的忙碌。因好多事需和芸轩商量，这几日留宿在绛芸轩，和山岚挤在一张床上。秋真倒不妨碍，山岚晚间睡不好，一晚要起几次夜，每次起夜路过芸轩的房门口，总发现芸轩似乎整夜不睡。山岚知道芸轩常失眠，但彻夜不睡的时候却很少，山岚有些担心。

在一起这么几年，她慢慢地了解了芸轩的脾性，坐下来吃饭的时候，山岚对秋真道："这芸轩竟是魔怔了罢，她还为那个'冬至日'犯愁呢，就连润色《秦淮烟云》时也没见这么入戏。咱几个不过是有这点爱好，本不能拿这事当个正经，她莫不是真把自己当成个中人了吧？"说完，担心地看着芸轩。

近来，芸轩确实心绪不宁，她自己也说不上为什么，冥冥之中，她似乎走近了一个人，或者那人正走近她。她原本时常就做些糊里糊涂的梦，不想近来简直不能入睡，一闭上眼就会有一种愁苦的情绪在心底升起。

接着，就不着边际地走在一片黑暗中，试图找一扇门，然后听见一个声音不停地问，我是谁？我是谁？芸轩难受极了。她深切体会到一种苦难，一种不能向人言说的悲苦，让受难之人没法说，写书之人不能说，而芸轩却不知如何说。每当此时，她干脆起床，通宵地抄写，抄写那些戏文，她不知道为什么，自己会不由自主地抄写些戏文。

山岚看看芸轩掩饰不住的忧郁神色，担心地看着她抄的东西，也试图找到些什么原因。芸轩沉静了一会儿，说了句："秦明好久不来了，让她来一趟罢。"

秋真知道写东西很辛苦，本来劝她休整一段日子，正好帮自己把定妆的事做完，没想到芸轩沉到《石头记》里认了真，就说芸轩："可不带这样的，正事还很多呢，没找到秦可卿的病根，你却落下病根，值当的吗。咱不玩这个游戏了，本来只为个消遣，就你还当真了，里边的人没走出来，你却进去了。"

芸轩笑着说道："你想多了，怎么会。我只不过想看清一个影子，做梦而已，你别担心。"

秋真道："看你憔悴的样子，别吓唬我。一会我去团里，有几个人要来试镜，梁老和方瑜也要来，可以给你放松一下脑壳。过午咱们一起来这里，不行就让方瑜再给唱一段，好不好？"

山岚高兴地拍手道："自然好，快去快回，我可等着。"

午饭过后，秦明向单位告了假，匆匆地来到茶轩，她还以为有什么急事呢。没到门口，就听里面热闹得很，听上去客人很多，还有唱弹词的。走进门内才听出来，是方瑜的声音，原来梁老师也在，都围坐在茶桌旁饶有兴致地听曲子呢。

秦明发现，还有几个漂亮女学生也坐在那里，离梁老师坐得很近，殷勤地给老梁斟着茶。一时唱完，秦明走过来和梁老师热情地打招呼，女学生们亲切地喊她："老师好。"

秦明笑道："原来是你们，无名氏，你们怎么找到这里的，还很能耐的。"

秋真道："都试了一上午境呢，人家是来应招的。"

老梁道："听说你们又有好游戏了，秋真非叫上我来观摩，说上回的谜底找到了，这回更开眼。"

无名氏大方地笑道："自从老师们离开我们学校，我们就天天讨论。结果，越讨论越糊涂。上午试镜，就听秋老师说好玩得很。"

秦明笑道："你是演那个暗助金荣的无名氏来着，对吧？这回想明白自己是谁了？"

那女孩子笑道："别无名氏了，我有名字呢，我叫金九，你们叫我小九儿就行。能荣幸地和各位前辈认识，三生缘分，请多多关照。"

秋真道："真是青出于蓝，比我的嘴还甜呢。"

那对漂亮的姐妹花道："她是姐姐，真名英彦，我是妹妹真名叫英美，请各位前辈多多提携。"

秦明道："好名字！人美，名更俊，将来必成大事。"

小九儿道："你们走后，我可动了脑筋了，可怎么想也不知道我是谁？今天非搞清楚不可了。"

芸轩道："要不先请方瑜老师唱一段，李龟年在《长生殿》里的那段弹词，正是凤姐点的那出戏里的，咱们也听听，看有没有别的意思。"

梁老师笑道："这正是方瑜拿手的呢，就来一段吧。"方瑜正问想听哪一段，梁老师就点了《九转货郎儿》，方瑜调弦起板地唱道：

唱不尽兴亡梦幻，弹不尽悲伤感叹。大古里，凄凉满眼对江山！我只待拨繁弦，传幽怨，翻别调，写愁烦。慢慢地，把天宝当年遗事弹。

方瑜唱时，山岚正好拿着芸轩抄的几段戏文看，等唱完了，众人叫好，山岚却道："他这段弹词唱的是亡国梦，了不得，你们快看看这个。"便拿着文稿，走过来又说道："你们快看，芸轩抄的这三篇戏文，真有问题。"

秦明第一个跳起来，凑上去问："什么问题？"

秋真也凑过来。"你们看，我用红色笔圈起来的这三段。每一篇戏文中，我圈了一段话，将这三段话联系起来，似乎能看出凤姐点戏的天机哎。"山岚道。

三人看了会子，秋真道："这回巧了，有梁老师在就不怕了，这几出戏中，只有《牡丹亭》咱们还算熟悉，但《双官诰》就生疏得很。"小九儿也凑上来，让梁老师讲讲这戏文，说她从来没听说过，这是一出什么戏。

于是，梁老师给讲起了这出传统折子戏，道："难怪你们年轻人不知道《双官诰》传奇，或者说是《三娘教子》，还有一个名字便是《忠孝牌》。其实《三娘教子》是传奇里面的一折而已。"

英彦姐妹问道："啥故事？"

梁老师道："尽忠义得好报啊。有个版本是这样说的，说明朝时期，中州儒生薛子约，本是个行医之人，其次妻刘氏为他生了一个儿子，取名薛倚哥，这薛倚哥深得父亲欢心，可薛子约的正妻张氏呢，便心生妒忌，二人争宠，致使家庭不和。

"这年皇上患病，广求名医，薛子约被荐进京为皇帝治病，因其医术高明，结果圣上病愈，封薛子约为御史，兼理太医院，留在了宫中。

"后面的故事其实很老套，当初薛子约离家后，家中次妻刘氏便红杏出墙，被丫鬟三娘王春娥发现，这刘氏反诬三娘不正经，家里更是闹翻了天。

"薛子约这边也出了问题，但说法不太一样，其中一个说法，说有个叫王文的人，假冒薛子约名头行医，结果病死店中，店主误认为这就是薛子约，于是千里报丧；还有个说法，说薛子约外面行医赚了钱，托朋友带回家，被人家昧下了，谎报家人说薛子约死了。总之，家人便认为薛子约真死了。

"所以，本来就不和睦的家里人，就更有意思了。张、刘二位妻子，遂弃子盗物，另嫁他人而去，只有三娘坚守在家中，含辛茹苦，独自抚养被母亲遗弃的儿子薛倚哥。

"倚哥也很争气，终于成人且高中状元，巧的是他在朝中遇到了父亲，最后父子团圆，便一同回乡祭祖，为三娘求回了双官诰命，并御赐'忠孝节义'牌匾。"梁老师说完，开玩笑地问，这个题目和她们的理论有结合的地方吗？

芸轩只是思索，山岚道："都背叛了薛子约，却只有这个奴才出身的人因忠义守节，得到两份诰命头衔，《石头记》里的人，有这样待遇的吗？"

秋真道："暂时找不到这样的，先放放。也许凤姐点的《牡丹亭》里有什么玄妙？也找一找啊。"

山岚看了芸轩的文稿，念道："《牡丹亭》的故事背景简单，是这样的：南宋时期，杜丽娘之父杜宝，为南安太守。这日，投降了金国的贼王李全，领兵围困淮扬，朝廷升杜宝为淮杨安抚使，命他立即动身前往解围。”

梁老师道："故事背景是南宋抗金。记得《弹词》里面的亡国背景，是安禄山造反，也和胡人有关，如若这两出戏里同时出现两个相似的背景，值得深思。"

秦明问："您不是不同意我们的观点吗？我们觉得《石头记》也是明亡于金人的大背景呢。"

梁老师道："倒不牵强，可怎么和《双官诰》联系？"

芸轩道："可以分析出他们的联系。杜丽娘祖籍是南安，来给贾敬祝寿的人中，第一个郡王就是南安郡王。这个人恐怕就是故事的主人，因他是南安人。"

梁老师道："哦！何以见得？"

芸轩道："说来话长，我真有些找不到头绪，怕说乱了，更难让你们相信了。"

秦明这才注意到芸轩的脸色，笑道："几天不见，怎么就这么憔悴了。"

山岚道："还说呢，给你的任务呢？完成了吗？你要再不来，芸轩就真累病了。"

"不能吧，又不是什么大不了的事？"说着拿出一篇稿子来，递给山岚，接着说："你不是有个会做'十全饮'的朋友吗，给咱芸轩补一补啊。"

"惦记着上回没叫你是吧？"秋真的嘴不饶人。

秦明道："梁老师在呢，少开玩笑。我找了些，只是你们交代的时间真有些对不上，你自己看吧。"说着，拿给她一摞纸。

芸轩道："咱们推演一下，也许显得脉络清晰些。"然后，她在一个记事白板上写了几个日期，分别是：八月十五、八月二十、九月初三、九月半、十一月三十冬至日。写完指着日期道："这几个日期，分别和秦可卿重病、贾敬生日有至关重要的关系。咱先说贾敬生日，他的生日是在一种全家人心绪不宁的气氛下进行的。

"贾母没来，大老爷贾政、二老爷贾赦早退，中心人物宝玉，在秦可卿卧室哭过之后，更没心思看戏、喝酒，混在丫头堆里。就只有一个凤姐儿，独自支撑这个场面，这是气氛之怪。再看凤姐点的戏，基本都不是生日该唱的戏，《弹词》唱的是亡国恨，还点了一出《还魂》，就是死了的人要还魂，这是点戏之怪。"

梁老师道："不过，他们还为贾敬准备了打十番的。据说这是古代帝王举行大典时的庆乐，应该很热闹的，这个很符合气氛吧。"

芸轩道："您说的没错，按说爷们来庆寿喝酒，是对境的，关键是他们去了'凝曦轩'。"

梁老师道："一个轩馆，还能暗藏玄机了？你们就这么草木皆兵的。"

芸轩道："就是这个'凝曦轩'有问题，以我的理解，这个地方，可是《石头记》里最不正经的去处。"

方瑜笑道："真想不到，你们想得这样偏门，连一个轩馆的名字都不放过。"

芸轩道："不是我们想得多，是凤姐和尤氏的对话怪怪的，出现了问题。"

秦明道："对。凤姐问，爷们都去哪里了。旁边一个婆子道：爷们才到凝曦轩，带了打十番的那里吃酒去了。凤姐儿说，在这里不便宜，背地里又不知干什么去了！尤氏笑道：哪里都像你这么正经人呢。

"看看这几个词：背地里，不正经。对话中，隐隐约约感到，凝曦轩是个不正经的地方，可怎么个不正经法，我不知道，但后面贾珍玩娈童，好像就是在这个地方。"

芸轩道："那是后话，单从轩名上看，有没有些问题？"

秦明道："凝曦轩，就看怎么念了，单一个凝字，是冰冻的意思，凝曦，是冻住了光明吗？"

梁老师道："这倒提醒了我，变一个读法罢，'曦轩'二字就好，是指太阳，这样理解的话，是冰冻了太阳。"

芸轩高兴地笑道："亏了梁老师，应该就是这个意思。此处连太阳都被冰冻了，可见这里是个极寒之所，又一个'冷'字出现了。凝曦轩就是个冷太阳的住所，能不能这样解释：那里的庆典，是为冷太阳操办的，那边有一个冷政权诞生了。爷们的打十番庆贺，不是为贾敬的生日，这个就是贾敬生日里的玄机。"

小九儿道："这一环套一环的真有意思，那秦可卿的病重呢？又是什么玄机？"

芸轩道："也好理解，一个重病者面临死亡，一个诞辰日，也就意味着重生。这一生一死之间，就是一个政权和另一个政权的轮回。"

梁老师道："重在过程，说得太简单了，你们推演出来的才算有意思。"

秦明道："让我来推演一番。我认为曹公在这一连串的日期中，隐藏了一个重要日子。"

秋真问："藏了个日子，这不都写明白了吗？藏了什么日子？"

秦明道："你看看芸轩写的这些日子，都是尤氏明明白白告诉的，但唯独有个日子，是需要咱们推算的。"

小九儿道："我看，贾敬的生日就需要推算。"

秦明道："别打岔，真正需要推算的是秦可卿停经的日子。尤氏连续说了两遍，说秦可卿已两月没有月信了，但唯独不明说什么时间开始停的。秦可卿停经的日期，这里暂且称这个日子为'断红日'，这个日期一定不得了。要不，曹公不会把这个日期藏起来，所以咱们得算出来。"

秋真道："这倒不难，对九月半这个日期熟悉吧，按尤氏的叙述，秦可卿断红是两月前，应该就是七月半，如果咱们能搞明白这个日期里发生了什么，一切就迎刃而解。"

小九儿道："这怎么弄懂？"

秦明道："要容易弄懂就好啦。想弄清楚这个时间段里的事儿，就得先弄懂那个'换境'和换季的问题。"

小九儿道："您这一环没搞懂又套一环，更成了解不开的疙瘩了，像解不开的九连环。"

秦明道："我一直没搞懂，有些事还拿捏得不太准，可七月半的事儿，还是说得清的。"

秋真道："你可不能来些想当然，哄我们梁老师呢。"

山岚道："季节倒置的问题都快让芸轩疯了。"

大家看着芸轩，期望她有所答复。

芸轩道："这个问题我想清楚了。"

秦明道："快说说怎么解决。"

芸轩道："答案曹公已经告诉了：幻境无端换境生。没错，他就是用幻境之法变换了时间和空间。曹公来了个幻影移形，将时间整整前移了两年，当然季节就随着变了。他是把纪年从一六四四年的七月半，推到了一六四二年的七月半。"

秦明想了一下，立刻豁然开朗起来，笑道："怪不得你让我查老黄历呢，就是你说的'冬至日'。"

芸轩道："是的，这就是咱们突不破的时间玄机。这个冬至日，就是真正的时间坐标。"

秦明道："明白了，如果放到一六四二年，一切就都解决了。"

梁老师道："我也关注过这个'冬至'日期，你们怎么想的？"

芸轩道："冬至，在十一月三十日交节，这么确切的日期，一定不是心血来潮乱写的，我原想，它肯定是一个关键的时间坐标。查了老黄历，发现最接近的就是崇祯十五年，即一六四二年，再往前只有万历二十一年，最后必然锁定一六四二年。对大明来说，这一年可是不平凡的一年哪。"

梁老师点头道："还别说，这一年是有个重大事件。"

小九儿问："什么重大事件？"

梁老师道："洪承畴降清啊！"

小九儿道："那算什么大事，洪承畴当了汉奸是真的，可也影响不了多少国家大事吧。"

英彦英美道："谁都知道洪承畴降清的过程，还被后人编排得曲折感人，人家也算得上坚强了。可怎么也联系不到《石头记》里去，能不能说服我们？"

秦明道："怪了，事实摆在那里，还说服不了你们了，给我好好听着。"

芸轩笑道："还是我说吧。宁府这边是幻境生两端。什么意思？生日这一天，两件大事是分开写。一端：宝玉、凤姐一起回秦可卿卧室，重温旧梦。咱们也知道，她的卧室是神仙居所，那可是太虚之境的缩影，第一次他来欢会，而这一次，他是来绝别的，有宝玉一哭为证。另一端：在宁府荟芳园内，凤姐去荟芳园的路上，出现了一段浪漫的环境描写，说得明明白白。

"凤姐进得园来，漫步走在通往天台的路上，只见：黄花满地，白柳横坡。若耶之溪，天台之路。清流激湍，篱落飘香，红叶翩翩，疏林如画。西风乍紧，初罢莺啼，暖日当暄，又添蛩语。此景整个就是太虚幻境的重现，这一端，是咱们的凤姐儿独自领略太虚了。"

秋真道："不是独自吧，和她一同领略太虚的人是贾瑞，这个人正是咱们要找的目标。"

秦明拍手道："妙啊！曹公用幻境换境之法，让时间倒移了，且我也有了新发现。"

秋真道："你别一惊一乍，发现什么了？你倒是说说。"

秦明道："这两个境地，竟然就是焦大醉骂的两件事，原来最好的写照都在这里一一印证呢。"

山岚道："怎么解释，难道是爬灰和养小叔子吗？"

秦明道："就是，所谓的爬灰和养小叔子，你也可以倒过来理解。"

山岚道："怎么倒过来？"

秋真道："被灰爬、被小叔子养啊？"

秦明道："忘了？宝玉来看秦可卿，王夫人强调了一句话，还记得吗？她说，那是侄儿媳妇，看看就过来。是不是提醒他，你们不是同辈人，要注意分寸。可宝玉见到秦可卿后，动情地的流泪不止。

"什么意思？他看到了那幅画，想到那个梦啊！初到太虚时，二人交合缱绻，这一次呢？还不明白？真正爬灰之人在这里呢。"梁老师听着新鲜就笑起来，不过也没话反驳。

小九儿道："那凤姐独步幻境又为的啥？是为养小叔子呢，还是被小叔子养？"

秦明道："孺子可教，真聪明。我问你，凤姐和贾瑞是不是叔嫂关系？"

小九儿道："是啊。"

秦明道："这就是被小叔子养啊，其实说白了，就是被调戏了，凤姐被贾瑞调戏了，是也不是罢？"

梁老师大笑起来，道："把凤姐和贾瑞，说成养小叔子倒可以。可焦大醉骂的潜台词，是说爬灰和养小叔子是败家的根本。凤姐独步太虚也败家吗？或者说贾瑞调戏凤姐，会这么严重吗？"

秦明也笑起来，道："您别不信哪，您不是也说过，洪承畴降清，是大明败亡的最后一棵稻草吗？"

梁老师一拍脑门道："瞧，我把这茬给忘了。难道说贾瑞调戏凤姐，也是风情月貌？和洪承畴降清好像不搭边。"

芸轩道："您又不信了，有两个日期，能符合洪承畴的身份。冬至日出现在十一月三十日的年份，是在崇祯十五年，正是洪承畴降清的年份吧；冬至是十一月三十日，也出现在万历二十一年，巧的是，这一年也是洪承畴出生的年份。还有，给贾敬祝寿的四王之首是南安郡王，对不对？洪承畴就是南安英都人，和杜丽娘的祖籍相同，都是南安人。"

英彦、英美一听，把脑袋聚在一起，嘀咕了半天，满脸的惊讶。芸轩又继续道："另外，南安、东平、西宁、北静四王的名字合在一起，就是东西南北平安宁静。说明洪承畴的战败，预示着北方从此无战事。一个冷政权诞生了，所以他们才聚在一起庆贺。"

梁老师听了点一下头，道："说得过去，那点的这些戏呢，和这个人也有关？"

秦明道："那肯定的，宁府的尤氏，自从大家来祝寿，就一直就显得心慌忙乱的，先告诉大家秦可卿的病，急着找医生；人们来祝寿时，更是心里不清净。后来，又三番五次地催着凤姐进园子，且用了这样一句话：婆子们慌慌张张的走来找凤姐，好像她不来，那边实在等不得了。

"凤姐就说了，怎么像个急脚鬼似的，干吗这么急，尤氏到底急什么？而凤姐呢，反而是不慌不忙的，悠哉悠哉地看风景。巧的是，中间还遇到了贾瑞。一个着急忙慌，一个慢慢吞吞，这二人形成了明显的反差，你们想想，到底为什么？"

山岚道："为点戏呗，尤氏想催着凤姐快来点戏，把咱们的注意力推到点戏环节上，才是曹子的目的。"

秦明道："哎！这就是'断红日'的案底。"

秋真道："怎么看出来的。"

芸轩道："她们说对了其一，没领会其二。凤姐不急肯定有不急的道理。她在往园子里走的这段时间里，一直就是不慌不忙的，她似乎是在慢慢等待一个时间节点。我看尤氏着急忙慌的，肯定会急出毛病，一定是急中出错了。"

秋真道："能有什么错？不就是找凤姐来点个戏吗？这也是待客常情，也许是让客人们快听完戏走人呢，秦可卿病了，她没心情招呼客人。"

山岚道："不对，问题肯定出在点戏中。"

秦明道："很对，尤氏这么急的原因，就是单等凤姐来点戏。而凤姐点戏时，口声就有些埂，她说：现在唱的这《双官诰》唱完了，再唱这两出，也就是时候了。'是时候了'，难道是她要等的时间节点吗？"

秋真道："有那么点。是时候了，是什么时候了？"

芸轩道："我说你们，尤氏催凤姐来不是为点戏，是为看戏。为看那出《双官诰》好不好？"

山岚道："你的意思，有人正在被封两个诰命？"

秦明道："我明白了。好有一比，一个人的忠孝之举，被两个朝廷表彰了，像不像得了《双官诰》？"

秋真道："可以这么说，是谁呀？"

秦明道："杜丽娘死而复生，来一场亡国背景下的《还魂》，是影射另一个人亡国下的还魂，有人死而复生了。"

小九儿问："谁还魂？"

梁老师道："洪承畴！这个比喻恰当，都说洪承畴是两朝领袖，我也开窍了，他的确被两个朝廷用最高规格祭奠过，原来凤姐被贾瑞调戏，如同洪承畴调戏了崇祯啊，说得过去！"

秦明高兴地跳起来："梁老师同意，我死而无憾了。"

小九儿道："这怎么真有洪承畴的事了？是这么回事吗，我可接受不来。"

秋真道："你接不接受，谁管你。"

小九儿道："那你们说的'断红日'，到底又能附会个什么事。"

秦明道："刚说你悟性高，怎么还想不通了。"说着，拿过一张纸，道："这是芸轩让查的日期，你看看，二月十九日，洪承畴被俘，明廷以为他殉国了，谁知五月四日他投降了。"

梁老师道："五月初，朝廷听他家人上奏说洪承畴被俘后英勇不屈，绝食而死，让朝廷给他表彰。这就好比尤氏，着急地让凤姐来看这出《双官诰》，证明朝廷着急忙慌地开始表彰他。"

"确实，听到他殉国的噩耗，崇祯帝非常痛心，于是举国哀悼，建祠纪念，并按亲王规格，设祭十六坛，皇帝御祭，还亲自撰写《悼洪经略文》。从五月十一日开始，七日一坛，祭奠到第九坛时，出人意料的事情发生了。"

小九儿道："那个人还魂了？"

秦明道："对。那人就是咱们要找的无名氏，他才是暗助金荣之人，宝玉不喜欢的《燃藜图》里面，含着'洪范九畴'四个字，亨九当真还魂了。"

小九儿问："什么是《洪范九畴》？"

芸轩道："《燃藜图》是一本有关治国方略的书籍，这本书的名字里，含着洪承畴几个字，不是细细地琢磨，太难找到感觉了，曹公只能用一个'急'和一个'慢'字，来考验咱们的领会能力。

"你们看，凤姐探视秦氏期间，尤氏打发人来两三遍地请。那边那么急，进园子后，她倒来了兴致，慢吞吞在园子里赏景，还碰上贾瑞和她嬉闹。

"凤姐儿移步前来，将转过了一重山坡，见两三个婆子慌慌张张地走来，再催她。慌慌张张的，正是说明尤氏这边出事了。而凤姐儿还是慢慢往回走着，一点不着急。"

小九儿道："那边出了什么事？这边为什么这么慢？这之间有关系吗？"

芸轩道："她是在慢慢地挨时间，还问婆子们：戏唱了几出了？那婆子回道：有八九出了。戏已演了八九出，和这里的崇祯帝祭奠到第九坛的数字，是不是巧合得很？凤姐就是等这个'八九'出戏演完的时间节点。就在此时，尤氏那边出事了，也正好，她这边被贾瑞调戏了，同时发生的正是一回事。她来时，正在唱《双官诰》。洪承畴在清廷那边，正被封诰命，你这边也正在表彰他。"

秦明道："凤姐这才点《还魂》。这是告诉尤氏，你还《双官诰》呢，人家已经《还魂》了，还是听《弹词》里的亡国恨吧，该是散伙的时候了。"

梁老师道："凤姐的那句'也就是时候了'，真耐人寻味。细琢磨起来，感觉说的是时间和命运，该停下这场闹剧了，一切该结束了，她这里亡了国，人家那里却还了魂，且还得了双官诰。那边被清廷升官嘉奖，这边被大明以国葬祭奠。"遂感叹道："能得到两个国葬大礼之人，真也不多呀。"

英美扳着手指头，掐指算道："这就是尤氏着急要凤姐看《双诰官》的意图吗？从五月十一日开始每坛七天，九坛乘上七天，应是六十三天，加起来真是七月十五日左右来着。"

秦明道："没错吧！这个日期就是秦可卿的'断红日'，再说这'断红'二字，一是标志着从此时开始，大明的血液干枯了；还有第二个含义，也可以说，断红之'红'字，也是洪承畴之'洪'字，他和大明从此一刀两断。"

梁老师笑道："听你们这一说有收获。前两年，我看到《广阳杂记》书里面有个记载，说咱们北都的正阳门东月城下，有个观音大士庙，此庙乃崇祯时敕建，以祀经略洪承畴，后得知洪生降清，遂改祠为观音大士庙。此事有据可查，崇祯帝着实让洪承畴戏弄了一把，这还成了后人的笑柄。"

小九儿道："我开始能接受了。我说呢，我这个无名氏，帮着金荣打茗烟，你们就断定这人不一般，我还不信，回去胡思乱想地琢磨了好几天，也没个头绪。那个贾瑞却明目张胆地偏袒金荣。这下好，一明一暗，原来我和贾瑞是同一个人哪。这么巧妙的安排，真是鬼斧神工，我简直佩服得五体投地，无以言表了。"小九儿说着，还向她们几个捧手致意，看来真是服了。

真假文天祥　正反风月鉴

芸轩道："说到贾瑞，你只知其一，我还没说其二呢，你就佩服成这样？"

小九儿道："他还有其二啊。"

芸轩道："你不觉凤姐对贾瑞的态度很过分吗？"

小九儿道："贾瑞这么没天伦，调戏她，惹恼了人家，才被凤姐报复的，这也在理儿呀。"

芸轩道："你错了。所谓凤姐毒设相思局，她是设局高手，是有人设局将他引入瓮中。"说着比画个方形的图案。又道："比如凤姐屋子后的小过道，两边关上门，前后是房墙，样子不就是个严严实实的瓮吗？然后来个瓮中捉鳖，轻轻地就要了贾瑞的小命，可不是报复一下那么简单。"

小九儿道："他就该死。"

秋真道："可事实上他没死，还魂了不是吗？活得好好的呢。对呀，咱是不是弄错了，那个人可真没死，这怎么解释贾瑞之死？"

芸轩道："是有这个问题，谁听说过调戏个女人要犯死罪。贾瑞是调戏她了，可凤姐也使尽勾引之能事啊，她是设局陷害的贾瑞，难道这不是防卫过当吗？"

秦明道："好像是有些过了，可从历史角度看，假若凤姐代表的是皇权的话，谁让洪承畴糊弄朝廷了，皇上也是你敢调戏的吗？放在那个年代，就叫欺君之罪，是死罪。所以，于凤姐而言，那人简直就是罪该万死，应该让他死得很惨就对了。"

秋真马上制止道："慢着，这不权当是'阿Q精神'吗，人家实际没死，曹公不可能因为恨他，就把他写死了吧，说的这些似乎不对呀，洪承畴可活得好好的呢，不是吗？没有死。这个地方严重不符合事实，是凤姐穷发狠，哪里治死人家了？是不是咱们弄错了？"

听了这话，大家一时无言，梁老师道："凤姐设局没错，贾瑞入瓮也没错，可似乎贾瑞很愿意入瓮，且死不悔改的样子，有些太贱。但曹子也说了，有朝敲破蒙头瓮，绿水青山任好春。这也许就是说的事实呢，他打破了蒙头之瓮，如果从瓮中逃生了的话，照样拥有自己的春天。"

芸轩拍手道："我同意梁老师的解释，只不过曹子第一句更有意思：反正从来总一心，镜光至意两相寻。这是说的贾瑞照镜子，既然正反都是一样心，为何却要两寻？跛足道人为何抛给他一个两面出人的镜子？他要贾瑞两寻什么？是单纯地寻找死呢？还是寻找别的？"

小九儿笑道："就是找死，可不就是让他找死吗。"

芸轩玩笑道："不光是他找死，凡是看此书的人，都逃不脱这个下场。"

秋真道："少耸人听闻，依你难道我们也找死？"

秦明道："还真不是耸人听闻，贾代儒竟说这是个妖镜。那《风月宝鉴》本来就是《石头记》的另一个名字，若《风月宝鉴》是妖镜的话，不就是说《石头记》是妖书吗？"

老梁道："说的没错，这本书是充满了神秘色彩，像个千面人一样，咋看咋怪。"

小九儿笑道："是有一股妖味，说它是本妖书好恰当。"

芸轩道："所以呀，你们这些喜欢看此书正面的人，都得惊醒着点，别成为贾瑞，掉在曹子用死亡编织的风花雪月里。"

"看个书还要人性命啊。"梁老师站起来笑道："越说越玄了，设置贾瑞这个人物，竟然还有这个功能，真用心良苦啊！曹公以死相威胁，是怕有人误入歧途，把此书当成风月之书。以后再听你们说吧，等你们找到正经路子我再来，不给你们猜哑谜了，我还有事呢。"

老梁一面和方瑜起身告辞，小九儿等也站起来道："以后能不能还让来这里，周六、周日我们来帮忙也行啊。"说着，三个人都讨好地去搀扶梁老师，让他给求求情。

秋真笑道："先在我这里试完境再说，要不要你们，得看各人表现了，我们这里可不缺红粉。再说你们还嫩着呢，和你们哪里有共同语言哪，啊！再修炼上十年吧。"梁老师和方瑜也都笑了，一一地告辞出来，三个女学生也恋恋不舍地离去。

山岚还是担心芸轩的状态，就极力地说服秋真，趁着有空闲，陪芸轩出去走走也好。秋真道："正好有一个外景地，需要我去落实一下。"就征求芸轩的意见，要不要和自己一起去趟虎丘。

芸轩摇摇头，说道："三山半落青天外，二水中分白鹭洲。我想去吉安的白鹭洲书院看看。"秋真又和她争论一番，到底拗不过，没法子，只好答应陪着她。

说走就走的旅行，其实并不简单，迟迟的好几天没动身，见天气已经有些热，她二人才开始收拾行装。

秋真有些怵头，说芸轩"你不是去过一次吗？再去一次也还是那样，真要去，就去萨都拉说的地方看看，所谓：

明朝走马燕山道，赢得红楼说少年。

这么热的天，咱去一趟北大都，瞻仰那里的文天祥祠，不是更好些，北方天气现在也凉快些，怎样？"

芸轩道："不怎么样，你还天天向往你的 xanadu（仙娜都）呢，胡说什么：没有异族入侵，哪来的幅员辽阔，什么混蛋逻辑！"

秋真道："不对吗？那时的元上都，本就是西方人眼中的东方世外桃源，人人向往之。无论经历过什么，呈现给世界的就是真实的历史，怎么是混蛋逻辑呢。"

芸轩道："西方人眼中的梦幻之都，可是让咱汉人用一场几乎绝种的劫难换来的，你的这种没有羞耻感的民族感，我不敢恭维，我倒要好好地修理你呢。所以，你必须接受这一次行动。好了，咱们走吧。"

收拾好行装，二人向车站走去，一路辗转南昌后又换乘去吉安的车，傍晚才到达那里。虽然一路景色优美，芸轩的思绪，却随着飞快的车轮旋转着，一副愁眉紧锁的样子。不管秋真说什么，她的兴趣都不大，直到目的地，芸轩才感觉心情一下子舒展开来。看到她渐渐展开眉头时，秋真笑话说她有"节义"情结，这要生在古代，若再是个男人，肯定也是个节义大丈夫。

不管她说什么，坐了一天的车，俩人累急了，也没气力再斗嘴，匆匆地住下来，好明早就去白鹭洲书院流连。

吉安为古庐陵郡地，古时候所呈现的人才之盛，竟被描述为：一门三进士，隔河两宰相，五里三状元，十里九布政，九子十知州。而自宋代以来，这里更是名人辈出，成为人文荟萃之圣地，素享"文章节义之邦"的盛誉。

穿江廊桥，过青青竹林，前面传来琅琅读书声，学校的尽头，便是白鹭洲书院旧址了。

走进书院，二人沿着小路往前走，只听得一个学生模样的人，给几个年龄相仿的外地同学讲书院的历史。只听那学生道："白鹭洲书院的匾额，是宋代理宗皇帝亲书，因宝祐四年，在吉州，一年同榜进士就三十九人，占全国录取三百九十名进士的九分之一，居全国首位。而童生文天祥更是高中状元。

"说到文天祥，里面还有一个插曲。考完殿试，理宗皇帝看了考官们呈上来的排名，又阅了文天祥的卷子，看到文天祥以《法天不息》为题，议论策对，其文章以史为鉴，见地深厚，便深为感染，就想把他从第七名提到第一名，便咨询了王应麟。王应麟看卷子后评价道：此卷古谊若龟镜，此人忠肝如铁石，臣敢为得士贺。皇帝遂从第七名改为首选，授为状元。而且看到文天祥的名字后，说了一句话，说呀，得此人乃天之祥、宋之瑞。

"什么意思？理宗皇帝以为，得了文天祥就是得了国宝哇，偏安一隅的南宋从此就有救了。文天祥从此改字为宋瑞，皇帝也为文天祥所在的这所书院，亲赐匾额'白鹭洲书院'以示褒扬。从此，书院也名声大振。"

秋真悄悄笑道："谁不知道文天祥啊，说这些。历史上状元很多，但最有骨气的状元，也只有他了。"

芸轩道："你不是说北有耶律楚材吗，怎么也喜欢文天祥了。"

秋真道："说什么呢，连忽必烈都对文天祥青眼有加，既壮其节，又惜其才，希望得到他。你明显挤兑我，大概是想到了皇太极对洪承畴的知遇之恩吧。"

芸轩道："可不是吗，文天祥被俘后，整整三年里，元朝君臣用尽一切办法，对文天祥进行劝降。有旧日同僚，有他的亲人子女，有新朝贵人。可怎么样呢？无论动之以何样情怀，文天祥从不假以颜色，他才不作贰臣呢。当得知九岁的宋恭帝登基后，仍然尽君臣之义，北面拜号，那竟是铁骨铮铮，不卑不亢啊！"

秋真道："我就知道你是来这里找感觉的，看你这慷慨激昂的情绪，好像你见过文天祥似的。"

芸轩道："别说，我从小就崇拜英雄，有点英雄情结是真。俗话说，乱世出英雄，可惜我没机会。"

秋真道："有机会生在乱世，遇到洪承畴的情况，你不会投降？"

芸轩道："软骨头的东西，也真是，怎么房梁上掉下一块燕泥，就让人找到他怕死的致命弱点了呢，都是胡说，天生的软骨头。"又叹道："龙首黄扉真一梦，梦回何面见江东。他真的不怕死后骂名滚滚来吗？"

一面聊着，二人走进肃穆幽深的庭院。这种安详幽静的氛围，让芸轩这些日子以来的烦闷，和刚才的激烈情绪，慢慢地沉静下来。有几处三三两两的学生，正安静地看书、交谈。这久违的校园氛围，让芸轩满心向往，她不仅痴痴地望着远处若隐若现的青原山，呼吸着赣江水送来的夹杂着葱茏翠竹的气息，陶醉其中。秋真牵了芸轩的衣襟往里走，她们照直向风月楼走去。

边走着，秋真道："风月楼中无风月，云章阁里住云章。既然来了，咱们还是去膜拜一下那些云章大家吧，让咱也沾沾文曲星们的才气，写点好文章出来才是正经。"

是的，走过坊表长廊，书院的奠基人江万里，宋代著名教育家欧阳守道，明代天下第一清官汪可受，清初著名文学家施闰章，清末教育家、文学家刘绎等，一大批大家先豪们，一一从她二人面前闪过。二人又一一恭敬地拜读他们的事迹，缅怀先人的气概。

祭祀先贤，这是不同于其他书院最特别之处。漫步移进，她们来到孔子、文天祥祭祀台，庄重地祀祭了六君子、庐陵四忠一节，还有那幅熟悉的画面，她俩仔细地端详着，上写着文天祥拜祭乡贤四忠时的慨然誓言：殁不俎豆其间非夫也！

几近千年的时光流逝，这瞬间，如同翻开尘封已久的庐陵史册，芸轩仔细体味着淹没在青山绿水间的忠贞痕迹。可巧，迎面又走来那几个学生，还是那位同学招呼其他人过来，指着碑文道："可见这种节义之气的感染力是多么强大，而这份感染力培养出来的栋梁，更是可以列出一份令人叹为观止的名单：

"民族英雄文天祥；忠节名臣邓光荐；以掩护文天祥避难而被元兵烹死的刘子俊；父子四人全部为国捐躯的刘沫；被元兵俘虏后，绝食八日而死的罗开礼；生祭文天祥的王炎午……"

那位同学说着这些熟悉的历史人物的名字，让那些慕名而来的悠悠学子，对书院更是肃然起敬。而讲解的同学，更是声情并茂，诉说着文天祥状元及第后如何官拜右丞相，如何散尽家资抗击元兵，又如何于五坡岭兵败被俘，如何在元大都囚禁四年，忽必烈亲劝其降，却不为所动，守着最后的节义之身，在柴市从容就义。

芸轩心有所感，叹息道："历史总是惊人的相似，宋末发生的这一切，也同样发生在明末，只是此贾瑞不是那宋瑞了。"

秋真说道："你就较真，我倒是觉得国亡不可救，乃天运。像文天祥，明知不可为而为之，是可以永葆节义，但于百姓福祉不一定有益，有些不懂。"

"你才让人不懂呢，你这就是洪承畴的心思。你要在那个年代，不定怎么样呢。"

秋真笑道："你怎么知道我的心思？我真享受不了那刑法，若给我一刀倒痛快了，要是慢慢折磨人，说不定我就降了。"

芸轩摇摇头，道："搞不懂，你想啊，作为当时受过儒家忠贞思想教育的大儒，也一定崇祀过孔子，甚至还有文天祥。当时的他也一定是满怀报国之志和忠贞之情的。不信你看，他在剿灭农民军时，将投降士兵斩尽杀绝，只这一点就证明，他对没有忠节之人毫不留情。所以，对他的变节卖国，才让我真不懂。"

又咕哝道："国亡不能救，作为臣子，死有余罪，怎敢怀有二心，还苟且偷生呢，也许活着就是一种罪。可对于洪承畴，死就那么可怕吗？"

秋真听了，奇怪地看一眼芸轩，看她又愁眉紧锁，于是赶紧说："小姑奶奶，别死啊活的了。文天祥也罢，洪承畴也好，你我都望尘莫及，他们守不守节义，和咱们有何相干，咱下午还是往回赶吧，我回去还有别的事呢。"

看也看完了，在这里芸轩不仅没找到洪承畴投降的理由，而是更迷茫了。回来的路上，坐在车里，芸轩拿出画笔，秋真以为她画风景呢，拿过来看时，原来她画了一面古铜镜，下有一行字：风月之鉴，无关风月。

秋真道："还不懂他的心吗？看到你这个镜子，我倒有个主意，咱们家去，做一场《风月宝鉴》戏，一定有意思，也许你就懂他了。"

家里还好，山岚一个人有时忙不过来，陆风就往这里跑，还带来山岚爸爸的另一个学生，名叫张子凡的，高高大大一个帅气的男生，还有他的未婚妻郭悦，他们一同来帮忙。往常陆风很少来的，好不容易山岚主动邀请，陆风他们得了由头，也来混点好茶喝。

可也不白喝，每次陆风都带一堆好吃的，乐得张子凡和郭悦来凑热闹。陆风背后警告他俩，长点心，多给他创造些机会，二人只是坏笑。

下午客人少些，几个人忙着收拾杯盘时，山岚突然问陆风："你如果爱上一个人，会怎样？"

陆风一时没回过神来，怔了一下，以为说的是自己，木讷地"嗯嗯"了两声，那二位在旁边吃吃地笑，山岚郑重地说道："我问的是正事。"

张子凡小声说："肯定是正事，不过有些小儿科。这也算问题吗？爱上一个人就告诉她呀。"

"那好，如果是小叔子爱上远房的嫂子，是怎么个意思？嫂子会是什么反应？"山岚发现，问的确实有些模糊，忙改过来问。

"这也不是什么问题吧，说明嫂子有魅力呗，如果嫂子喜欢就来一腿，如果不喜欢就骂一顿，让那小叔子消停了就是。"张子凡说。

"哪里冒出这种问题？搞心理测试啊？"陆风放松下来，遂又不放心地问一句。

山岚接着学凤姐的口吻，问："嫂子的反应是：没人伦的混账东西，起这个念头，叫他不得好死。如果这样，几时叫他死在我手里，才知道我的手段。这种反应正常吗？"

郭悦说："不太正常了，爱别人没有错呀，人家只是起个念头，你就让人家不得好死。何况小叔子喜欢嫂子也不算什么没人伦，不愿意拉倒，怎么就恨得那样，一定有别的原因。"

陆风道："发乎情止乎礼，小叔子一定是失礼了，他调戏人家了吧？"

山岚道："也是。"

"这就对啦，那个嫂子是什么态度？"张子凡问。

山岚笑道："那嫂子又假意喜欢他，欺骗说要和他约会，然后又设下陷阱，狠狠地惩治他。几次三番下来，结果就真让他丧了命。你们说，这个嫂子为什么会这样？她这是什么心态？"

郭悦睁大眼睛说："这不是心理变态吗，我看这嫂子是诚心想要小叔子的命。"

陆风不同意地诘问郭悦："人家喜欢她，又没怎么样她，她平白无故地为什么要人家的命？"

张子凡跟着问："那个家伙就那么傻？人家假意喜欢他，他感觉不出来？他就一次次上当，宁愿丧命，也想不到人家是在哄他？"

郭悦笑着说道："叹世间情为毒物，直教人以命相许。你我这些坠入情网之人，从此可就改了吧！"

陆风笑道："你想证明什么？"

山岚道："还是那个贾瑞，我怕我们理解有误差，怕我们和他一样死得惨，推导出个怪结论来。看来，你们和我是一样感觉，凤姐太过分了。"

一直忙到晚上，差不多客人都走了，几个人才歇息下来，回家不提。且说芸轩她们，流连了两天就回来了。

至晚间，见芸轩房间的灯光依然亮着，山岚进来，从身后拿出一枚古色古香的铜镜，虽不值什么钱，可芸轩一看，就喜欢得了不得。

这是一枚凤尾饰孔雀翎状的心型铜镜，店主说是仿宋的，名字叫"双凤镜"，芸轩得了宝物一般，拿在手里正反地看着把玩。山岚坐在芸轩的床沿上，笑着对芸轩说："你也不必怪秋真，你们在创作《秦淮烟云》时，对吴梅村和钱谦益的仕清理念，本就有些分歧，我看曹公也会是这样理解的。你去了趟吉安，还没有灵感吗？"

芸轩道："有是有了，不用说，让贾瑞死，就是曹公的政治答案。可问题是贾瑞是调戏凤姐吗？如果看做他真是向凤姐表达忠诚和专一呢？

"死了都要爱，不提人伦，不也是一种坚贞吗？凤姐是因他至死不改初衷才设局害他吗？矛盾哪。我看这个镜子正说有理，反说也有理，这就是我最不懂的地方。"

山岚道："咱们这样的人，也不该有那些政见。对古人有不同的理解，也在所难免，反正不关乎现在。你也别心事那么重，好吗？"

芸轩点一下头，笑道："没什么，我只是想做个场景，看怎么搞得明白些。这个贾瑞其实就是假天祥，假宋瑞，说他是洪承畴应该没错。秦可卿死前，加入他的死亡，光写贾瑞之死，前前后后就一年，从秋天写到第二年冬，曹公大有深意。而把林如海之死又放在贾瑞死亡之后，几乎和秦可卿同时，就更有深意。秦可卿从得病到死亡，还真是拖够了两年，正好符合咱说的幻境法，时间往前跳了两年倒没错，就先听听我的计划。"

芸轩如此这般地说了一番，山岚听了，高兴地跳起来，之后便忙里偷闲地，让秋真帮着准备些材料，又找来陆风几个帮忙，赶到周六这日，终于搭建出了一个两面正对的小舞台，分别按照双凤镜的样子，做的门面造型。

只是一面画着美女，一面画着骷髅，颜色也反差很大，骷髅是黑色背景。众人正欣赏着，突然见小九儿和英彦来了，二人进来，同样大吃一惊。

但见茶室里面，全部换了布置，茶客们都被安排到边上去了，中间出现了两个小舞台，怪怪的颜色。不过看出来了，像两面大镜子，戳在房子当中。

二人还以为换了轩主，仔细看才发现，确实有几个不认识的，可见秋真她们也在就放了心，问这是干什么吗，开演唱会吗？秋真见她二人进来，鬼鬼祟祟的，笑说，又没请你们，怎么就擅自来了。

玩笑间，自己又向陆风他们做了介绍，大家斯认了一番。时间紧迫，又各自回到卧室，化妆的、试衣服的一团忙乱。山岚边忙活边问道：“你这姐妹花怎么少了一朵，英美呢？”

英彦噘着嘴道：“别提了，她被人打了。”

山岚问道：“谁打她？别人打她，你怎么不保护她？”

英彦道：“说来还丢人了，不说了。”

小九儿道：“是你俩打架了吧，我冷眼看着，自从你俩回校后，怎么到现在谁也不理谁，赌气的吧？”

秋真画着眉毛，道：“哈！两个淑女还干仗？说说，咱们也长长见识。”

英彦道：“什么呀，都是你们说的那个洪承畴惹的祸，我们是老乡呢。”芸轩听着立即来了兴趣，也凑过来道：“你俩是南安人？”

小九儿道：“她俩是南安英都人，也姓洪，和洪承畴是地道的同乡呢。”

英彦道：“提起来，不知道说啥好。家乡人为洪承畴修了个纪念园，你们知道吗？本来谁也不在意，可自从知道你们说的这些事，我们就对这个纪念园的活动关注了些。

“说来巧，上周我们回老家，有人正在里面举办活动，我们也去凑热闹，到了一看，来了好多专家呢，里面还收集来了顺治的‘御制碑’。”

秋真忙问道：“什么什么碑，你说清楚些。”

英彦道：“就是洪承畴的母亲傅氏逝世时，顺治皇帝派钦差谕祭，祭文称洪承畴是开国鸿勋，兴朝良佐，准封洪承畴的母亲为一品夫人。祭文的碑刻，就立在了傅氏的墓前。如今这石碑又被复制出来，放在纪念园内了。”

芸轩道：“人家还真是‘双官诰’呢。那你们怎么还打起来了呢？”

英彦道：“那天我们也去看热闹了不是，说不上什么感觉，可那些专家们振振有词，评价洪承畴是开清第一功臣，还给挂了一对联。”

芸轩帮着秋真戴上荷包、戒指，道：“我倒想知道，能是什么联？”

英彦想了会子道:"好像写的是:爱民即是大英雄,辅国堪称真学士。"

芸轩道:"我为文天祥一哭。不知二人在九泉之下见了面,该如何交换民族观。"

秋真道:"他俩地下见面肯定打起来。哎!你俩为啥打起来呢?"

英彦道:"热闹完了,人就都走光了,我俩也正想离开,你猜怎么着?"

秋真道:"怎么着,洪承畴高兴得活了不成?"

英彦先笑道:"不知哪里跑来一条狗,对着洪承畴的塑像就撒尿。"大家听了呵呵大笑起来。

秦明道:"贾瑞被从头浇了一桶尿粪,还是人浇的呢,这里连狗都不放过他,天意呀!"

山岚道:"用贾瑞的谎话说,自己失脚掉在茅厕里,还不是身败名裂,专家们的一个联就能洗清他,难喽!"

秋真笑得眼泪都出来,流花了妆。边补妆边道:"难道你俩和狗打起来了?"

英彦道:"哪里!英美去赶那条狗,我猜她是怕脏了环境,结果狗就咬她,她就拿个砖头吓唬那狗。"

山岚道:"然后呢?"

英彦道:"那边突然来了个看门的老头,看英美欺负他的狗,就不愿意了,俩人吵起来。老头说,是他让狗来这里撒尿的。英美骂他缺德,俩人越说越来劲,眼看要打起来了。我没办法,就拉住英美,对老头说,那狗尿得好。"

秋真道:"有意思,还真会劝架。"

英彦道:"我也没想那么多,谁知道英美正在气头上,看我向着那老头,就给了我一巴掌,骂我吃里扒外。我也来气了,就和她打起来,我俩就这样互相残杀起来了。"

秋真笑道:"老头呢?他不劝架?"

英彦道:"老头偷笑着早没影了。"大家又是哄堂大笑起来。秋真道:"洪承畴泉下有知,也得气死。"回头对陆风道:"怎么样,听了这些插曲,有信心演好贾瑞吗?"

陆风戴上了一顶学士帽，道："一帮魔怔女人，你们咋就天天说他呢，芸轩还跑去吉安找感觉。这姐妹俩为他打得不可开交。山岚昨天还问我，什么肉桂、附子、鳖甲、麦冬、玉竹的，吃这些东西对贾瑞的病管用吗？我可不是你们'个中人'。不过我也体会到了，贾瑞真是有洪承畴的影子，感觉他就是洪承畴，我有信心演好他的嘴脸。"

秋真道："对呀，我问你，独参汤对贾瑞管用吗？"

陆风沉思一会，道："从贾瑞的表象看，是纵欲过度造成的虚脱。按说，这些都是补药，应该管一点用。特别用独参汤吊着的话，是管些用。可关键是他欲不自拔呀，恐怕就什么药也不见效了。"

小九儿道："贾瑞喝独参汤，我联想起一件事。你们谁看过《庄妃秘史》？里面就有洪承畴喝人参汤的事，是不是一回事呀？"

芸轩笑道："还是小九儿聪明，贾府的人参只有凤姐有权掌握，家里有吗？有！前面还说秦可卿就是每天二两人参都吃得起，但她找出全部理由，就是没有这二两救命的人参给贾瑞，是告诉咱们一个传说，就是关于洪承畴被金人用独参汤救活的传说。"

小九儿道："可也不对。贾瑞没喝上独参汤死了，而事实上洪承畴喝上了，还因此活了呢，这可怎么解释？"

秋真指着小舞台和镜子道："一个死一个活，都是因为这个正反面的镜子给的结果。这就是咱们今天做的'正反风月鉴'的用处。咱们这出游戏好玩得很，你们有眼福了，也别多问了，看完了就明白你的疑问了。"

小九儿道："也让我们参加一下好吗？求姐姐们了。"

秋真道："别闹了，我们都是即兴发挥，又没有固定台词，只给你少量提示，你咋能跟上趟。先听听芸轩说说思路吧。"

芸轩道："我的担心不在这里。"

芸轩拿过那枚双凤镜，看了看两面，说道："贾瑞有选择性强迫症，你我也不是没有。这枚来自太虚幻境、空灵殿上的风月宝鉴，是警幻所制，既是警幻制造，就该有警示作用。可警示什么呢？专治邪思妄动之症，这正面的风花雪月，害死了贾瑞，也害死了咱们这些只把《石头记》看成是风月情浓的邪思妄动凡人，也正是这些人，葬送了《石头记》。

"什么时候风月宝鉴不再被贾代儒这样的腐儒毁灭，写作此书之人，便不再哭泣；什么时候咱们能看清此鉴反面血淋淋的史实，也许《石头记》里的真相将大白于天下。"芸轩说完，郑重地把这枚贴有《石头记》字帖的双凤镜放在桌子上。

山岚也觉得，也许她们不再是单纯的草根红楼爱好者，现在正有一种使命在督促她们，她理解了芸轩这些日子以来的心情，她为什么不再那么无忧无虑地看《石头记》，而是越来越心事重重。看来，她已走进了芸轩的生命里。

秋真见准备得差不多了，也已经不是头一次，她立即拿出导演的范儿来，来到楼下，拿着芸轩的人物安排表，指挥大家各自到位，开始进入角色。

秋真饰演的凤姐，和陆风饰演的贾瑞搭戏。二人走进写着'风月宝鉴正面'的小舞台里。只见凤姐坐在一张椅子上，平儿进来，给凤姐换上家常衣服。

秦明解释道："凤姐从宁府回来后，有一个细节，即贾母因向凤姐儿说：你换换衣服歇歇去罢。凤姐儿答应着出来，见过了王夫人，到了家，平儿将烘的家常的衣服给凤姐儿换了。换衣服，这是凤姐要转换身份了。凤姐穿着正装见贾母，代表的是大明皇权，如果脱下正装，穿上家常衣服，又代表什么政权呢？咱们看看。"

凤姐儿方坐下，问道："家里没有什么事么？"

平儿方端了茶来，递了过去，说道："没有什么事。就是那三百银子的利银，旺儿媳妇送进来，我收了。"

秦明道："哦！这原来是个放高利贷的政权，是不是和开典当行的薛家干一样营生？大概换成了清廷皇权。也许真是这样，要不为什么：贾瑞见凤姐如此打扮，益发酥倒。什么打扮让贾瑞酥倒？难道是这身家常打扮吗？应该是凤姐的身份让他动心了，如果是这个身份就有意思了。"

平儿道："再有，瑞大爷使人来打听奶奶在家没有，他要来请安说话。"

凤姐儿听了，哼了一声说道："这畜生合该作死，看他来了怎么样！"

话说凤姐正与平儿说话，只见有人回说："瑞大爷来了。"凤姐急命："快请进来。"贾瑞见往里让，心中喜出望外，急忙进来，见了凤姐，满面赔笑，连连问好。凤姐儿也假意殷勤，让座让茶。贾瑞因饧了眼，问道："二哥哥怎么还不回来？"

秦明道："瑞大爷，贾瑞来了被称呼是大爷，贾琏倒是二爷。听这意思，大爷诘问凤姐，二爷怎么回事，为什么不回家来呢。"

凤姐道："不知什么缘故。"

秦明笑道："不知缘故，才给人遐想的空间。"

贾瑞笑道："别是路上有人绊住了脚了，舍不得回来也未可知？"

秦明道："大爷的意思，二爷有了自己喜欢的人，你凤姐是不是被抛弃了呀？"

凤姐道："也未可知。男人家见一个爱一个也是有的。"

秦明道："顺杆就上，凤姐说自己果然被抛弃了。说男人向来不忠诚，见一个爱一个。言外之意，有些人见一个主子爱一个主子，对朝廷没有忠诚可言。"

贾瑞笑道："嫂子这话错了，我就不这样。"

秦明道："他表白自己很专一，不会朝秦暮楚的，是假话真说，还是真就是这样？"

凤姐笑道："像你这样的人，能有几个呢，十个里也挑不出一个来。"

秦明道："讽刺啊，当时被俘虏的上百名大将，都被金人杀了，只有你洪承畴投降了。真是十个里挑不出一个来呀，百个里面也只挑出你一个来呢。"

贾瑞听了喜得抓耳挠腮，又道："嫂子天天也闷得很？"

秦明道："再仔细判别一下，这是向谁表心意，套近乎呢？是前明还是后金？似乎都有过。"

凤姐道："正是呢，只盼个人来说话解解闷儿。"

芸轩道："凤姐可是真正的大忙人，睡觉的工夫都没有，哪有工夫嫌闷。"

秦明道："可对于金人来说，巴不得盼着你投降，过来说说话呢，给金人当向导，详细说说明朝那些事儿。"

贾瑞笑道："我倒天天闲着，天天过来替嫂子解解闷闷，可好不好？"

秦明道："我说是吧，卖国贼的嘴脸，马上出来了。"

凤姐笑道："你哄我呢，你哪里肯往我这里来？"

秦明道："欲擒故纵。"

贾瑞道："我在嫂子跟前，若有一点谎话，天打雷劈！只因素日闻得人说，嫂子是个利害人，在你跟前一点也错不得，所以唬住了我。如今见嫂子最是个有说有笑极疼人的，我怎么不来，——死了也愿意！"

秦明道："皇太极不光是个极疼人的，给你喝参汤，披裘衣，还嘘寒问暖。你自己都承认，他是你命中的真天子，可不死了都愿意追随他。"

凤姐笑道："果然你是个明白人，比贾蓉两个强远了。我看他那样清秀，只当他们心里明白，谁知竟是两个糊涂虫，一点不知人心。"

秦明道："果然聪明，不识时务者大有人在，谁人比得上你贾宋瑞乖。"

贾瑞听这话，越发撞在心坎儿上，由不得又往前凑了一凑，觑着眼看凤姐带的荷包，然后又问戴着什么戒指。凤姐悄悄道："放尊重着，别叫丫头们看了笑话。"

秦明道："金人一引逗，洪承畴就上钩了，看凤姐的荷包，就是有求合之意。他哪里还怕被人笑话？洪承畴如果想到后事被人笑话，就好啦。"

贾瑞如听纶音佛语一般，忙往后退。

凤姐笑道："你该走了。"

贾瑞道："我再坐一会儿。好狠心的嫂子！"

秦明道："这话不假，说凤姐狠心，一点不冤枉她。贾瑞若有冤屈，就说出来吧。"

贾瑞指着凤姐道："那一夜，我为嫂子在西穿堂里差点冻死；回到家还逃不掉腐儒爷爷的诛心和鞭笞。小屋子里，嫂子骗我被人捉奸，背负着羞耻和沉重的债务，这些都是拜嫂子所赐。可是即便被污秽泼满全身，哪怕让我身败名裂，或让我遗臭万年，我宁愿背弃从小受到的儒家节义熏陶，我对故明已然忘恩负义。

"自此后，最重要的是我要活命，我要飞黄腾达。相信我，我对嫂子的痴心，已不能自拔，嫂子怎还赶我走，还不明白我这赤诚？"

凤姐又悄悄地道："这些我都知道，可大天白日人来人往，你就在这里也不方便。你且去，等着晚上你入了梦，我会悄悄地来会你。"

秦明道："贾瑞回到家里，自此满心想着凤姐，常被欲火攻心。他二十来岁的人，尚未娶亲，迩来想着凤姐，未免有那指头告了消乏等事。"

芸轩道："他可真是欲壑难填，自此一睡倒合上眼，还只梦魂颠倒，满口乱说胡话，且因自己深负内疚，梦中常常惊怖异常。"

这日午睡，他梦中恍惚来到一处园子，只见黄花满地，白柳横坡。小桥通若耶之溪，曲径接天台之路。石中清流激湍，篱落飘香，树头红叶翩翩，疏林如画。西风乍紧，初罢莺啼，暖日当暄，又添蛮语。遥望东南，建几处依山之榭，纵观西北，结三间临水之轩。笙簧盈耳。别有幽情，罗绮穿林，倍添韵致。

正走着，忽然看到凤姐在那边招手叫他，贾瑞急忙走向前道："也是合该我与嫂子有缘。不想就遇见嫂子也从这里来。这不是有缘么？"一面说着，一面拿眼睛不住地觑着凤姐儿。

凤姐笑道："你认错人了，这里是太虚幻境，我是这里的警幻仙姑。原说你是正邪两赋而来之人，你我才有此幻境相会之缘，不久你会有急难之事，今带你入境，是想警你些好处。"说着，拿出一枚镜子递给贾瑞。

凤姐道："我这里有宝镜一枚，正面所现乃假象，虽能满足你的欲望，但也会让你名节大亏，将来会生不如死，切勿照看。难以抉择时，我会让一个道士给你，只有看懂真相，方能出离苦海，切莫沦丧初心，否则将堕入地狱。切记！切记！"说着，仙子飘然而去。贾瑞一梦而醒，发现那枚铜镜，正在自己手里。

贾瑞举起来看时，只见另一个写着"风月鉴反面"的小舞台，幔帘拉开。昏暗的灯光闪烁下，一群带着骷髅假面的人，在舞台上艰难跋涉，然后相互厮杀，进而仆倒在地，背景上，血流成河，尸骨遍地。

贾瑞见情形如此可怕，骂道："道士混账，如何吓我！"

秦明道："糊涂，竟然忘记了仙子之警。这里满是杀戮和流血，真不能满足你活命的愿望，也不能满足你飞黄腾达的欲望。但满足这些欲望时，要用牺

第十二回
真假文天祥　正反风月鉴

217

牲一个民族千万条生命为代价。看看这里吧，由于你的背叛，死神正在逼近整个汉民族无辜的人们。"

贾瑞合上宝镜，走过去，慢慢将反面小舞台的幔子拉上，一脸的不屑，道："也管不了许多了。"遂拿起镜子看正面舞台，只见凤姐那边招手示意，他便放下镜子，走过去拉了凤姐，便欲亲昵云雨起来。小九儿突然站起来，拿过贾瑞的宝镜，要给他扔了。

秦明正喝着一口水，见状，接过抛来的镜子道："谁毁我的风月宝鉴，我来救也！"说着，正好把镜子接在手里，大家看了一愣。

秋真走下舞台，边走边大笑起来，道："看来，咱们的小九儿是看懂戏了，要不怎的那么激动。"

小九儿发狠道："他宁愿身败名裂，也要死在金人怀里。这样惩戒他都醒不来，没得让人恶心。怪不得，我们老家有个传说，当得知他投降的消息时，有人把他的塑身丢在粪池内了，还真是印证了那个桥段，贾瑞被屎尿泼污就对了，可不就得满头满脸，浑身皆是尿屎的。"大家看她这样，都笑起来。

第十三回

惊变天香楼　逗漏大明宫

这一日天色阴沉，傍晚时节，陆风来到绛芸轩，进门就卷起袖子，忙着收拾桌子，见芸轩一个人在小厨房给茶具消毒，就问："秋真哪去了，怎么不见她？"

芸轩探出头向着陆风笑道："怎么？你开始关心她了？"

陆风做了个投降的手势，说道："只是觉有些冷清，好几天了，她不在这里混，无趣得很，是不是有事儿呀？"

"你说对了，还真有事。"山岚听见说话，正从楼上下来，告诉他："团里出事了，我恍恍惚惚，听得也不真切。"

"什么事，是秋真吗？"陆风急切地问。

山岚道："呸呸！你真是乌鸦嘴，她没事。大前天，有人慌慌张张地来告诉秋真，说团长坏事了，唬得秋真半天没回过神来。"听山岚如此说，陆风也吃惊不小，急问到底怎么了。

山岚道："谁知什么事，先是听说为女演员，夫妇二人闹矛盾，后来就和解了。"

陆风道："正常的事。"

山岚道："又说那女演员嫌坏了自己名声，找团长闹事，还要跳楼自杀，结果她没死，二人拉拉扯扯，团长不小心，从楼顶摔下来死了。你说这事寸不寸？简直是造化弄人。谁也料不到团长弥勒佛一样的人，就这样下场。"

陆风惊得合不拢嘴。

芸轩从厨房里出来，把茶具一一摆到茶具架子上，道："也不知秋真怎样了，从前天走了就没见人影，不为别的，就为那部戏，还不知伤心到什么地步。好歹是团长看中的，又力推给他们公司，团长这一去，这部剧能否继续，恐怕凶多吉少。"

山岚也知道，这部戏对她俩都很重要，就说："也是，要不咱们去看看情形吧。听客人议论，好像团长夫人要请栖霞寺的齐淑法师做法事，咱们是不是也该去祭奠一下，无论如何，夫人和咱们还是有些情分的。"

说起这个倒有个缘故，只因这段时间以来，芸轩为了打发失眠，除了抄写些戏文，又一头钻进了贝叶经里，倒不是出于信仰，只是兴趣，实在看不懂了，就问那个常来茶轩角落里坐着品茶的老者，一来二去的，就熟络起来，有时还去寺里拜访他。

这个老者，原来是栖霞寺的齐淑法师，他和团长夫人也很熟悉。因夫人常去寺里拜佛求子，也成了一个虔诚的居士。几乎每个礼拜，都要参与礼佛。

就这样，加上秋真这层关系，夫人就和芸轩她们熟络起来。二来，自从夏雨去了那里，她也惦记着，有时也找个由头去瞧瞧他，所以山岚才有这个提议。

不想，刚吃过晚饭，秋真急火火地回来了，一进门就嚷嚷："了不得，我说前两天来的那个龙瞎子是个乌鸦嘴，竟说咱们这里被冥灵光顾，还害得芸轩天天失眠。她还说我什么来着？说我的天空有一片要坍塌的云，他妈的，当时我就不舒服，果然倒霉的事说来就来，真是邪了。"

她的嘴上起了燎泡，面容憔悴，一副垂头丧气的样子。山岚赶紧端来一碗柚子蜂蜜茶，放到她跟前儿，帮她揉打着肩背。

"能帮你点什么？"芸轩赶紧问。

"明天陪我去栖霞寺吧，夫人要给团长做一场拜忏道场，交代我去看着，你们陪我去吧。这事单位不知道，只是夫人自己的意思，又不能请到家里来，在寺里做做就算了。"

"我可从来没听说过，现在的人有做法事的，咱们谁也不懂，咋帮忙？"芸轩犹豫着说道。

秋真沮丧道："我也担心呢。好在齐淑大师肯定亲自主持，咱们问着他不就行啦。先别管了，我得歇歇，这两天我都烦透了。不讨论这个了，明天再说，给我弄点吃的吧，山岚。"

"你原来没吃饭！怎么不早说。"山岚忙忙地去了厨房。

至晚间，芸轩也心事重重地胡乱躺下，心里就涌出团长的事，烦躁地又坐起来。看到桌子上刚写的"逗蜂轩"三个字，心思又跑到秦可卿那里，一时就更加烦闷。

她拿起纸来，看着上面的字，皱眉沉思到：明明说秦可卿明年开春怕是不好，可贾瑞死后那么长时间，没再提她的病，秦可卿竟好好地又活了两年，也没说点征兆却突然就死了。死后，第一个来上祭的人，是大明宫的首席大太监，打伞鸣锣而来，显然是以朝廷身份公祭。

秦可卿一个无封号的普通少妇，多大的分量？大明宫的掌宫内相，皇上的贴身大太监，首七第四日，应该是送完讣闻的第一天就来祭奠。这样一个身份的人，到这"逗蜂轩"里，究竟要逗漏些什么？

还有，这大太监许的官职，是五品御前侍卫，级别并不低。他一个宦官就能定夺这么大的事，且直接兑银子到户部，连户部的堂官都得听他的，显然是太监专权的标志。这个现象在清朝时期是没有的，倒是在明朝有。既这样，这个出现在会芳园"逗蜂轩"的人，真是大明宫的人吗？蜂者多也，写书人还有几个意思要逗漏呢？

芸轩又想：戴权肯定是个大权在握之人，来逗漏消息之一：将有龙禁尉空缺的事透露给贾珍，这是为秦可卿找名头，说明她不该是无名无职之人，死后应该场面风光。

一箭双雕，曹公明显还要把戴权的真实身份告诉出来，他真的是大明宫的人。如果这样，秦可卿的身份还了得，可她是谁？

对！秦可卿死后，瑞珠触柱而亡，这是明显为主殉节之举。尽管说了些不明不白的含糊理由，但明确的意思，因她殉节而得到主子们的称叹，贾珍以孙女身份殓殡。

还有逗漏之三：戴权拿走的那张履历，也一定有问题。芸轩想到这里，又一下子跳起来，走到书橱前，找出一本《明史》。她记得，帝王死后殉节的制度是明英宗废止的，但有一个例外，就是明思宗死时，命周皇后等妃子殉节共赴国难，宫女投御河而死者三百多人，而他的首席大太监王承恩，更是殉节而亡。有记载的那些忠烈大臣，有的甚至满门殉节，都是死得轰轰烈烈。

难道是他？既如此，所托梦中事又不像他。

他死得那样匆忙，自然有很多遗憾，而秦可卿的憾事，似乎又不是他的。这梦托心事为哪般？未了的憾事是他的初衷吗？天香楼在哪里？芸轩左思右想，累得脑壳发蒙，浑浑然又和衣躺回床上，不得要领地陷入迷茫中，一会的工夫便朦胧起来。

这时，听到楼下有人道："生死穷通何处真？英明难遏是精神。所谓穷通得丧，天也，世道轮回，命也。然，其死贵在精神，世人自然有辨识，如若直抒胸臆，遗老们那能放过这个破绽，芹溪做如此安排，也是不得已而为之。"

芸轩听得真切，有几个人在窃窃私语，还有喝茶的声音以及翻看纸张的声音。于是，她来不及穿鞋子，悄悄走下楼来。好在没人发现，她已悄悄走到角落里那张空桌子边坐下，细细打量这些着古装的人。

其中一位面庞清瘦，形容憔悴，却仙风道骨，精神矍铄。微须，著宽袍，刚刚从头上摘下一顶斗笠来放在边上，露出道士样的发髻来；另一位，倒是长袍马褂的，头上有根辫子，戴着瓜皮帽。

只见那位斗笠老者，捻一下胡须，脸色阴沉，忧虑道："世侄将《石头记》添加风月情事，重加润色，掩埋事实，其辛苦，老夫如何不知。可一味以风月之笔掩饰，怕有违雪公《风月宝鉴》初衷。

"再者，老夫也怕唐突了逝者，诸位看这四五页，公媳相袭，淫丧天香，虽说真事能隐于风月下，可老夫还是觉得唐突不得，不可！万万不可！"

瓜皮帽站起来道："叔公不必担心。"又转身对着一位芒鞋僧袍的和尚道："澹公，依你呢？我左右盘算许久，才得此法。为隐藏其事，可谓费尽了心思，你老倒也评评这理。"

和尚道："愧杀老衲。风月笔墨，那是我和尚入眼的，不过，如若对贾珍与可卿的温存之事，描摹过细，有伤大雅，老衲也颇感唐突，还是删却的好。"

瓜皮帽无奈道："可不如此，怎好表露这更衣之举。"

说着又翻了几页，指着另一处文字道："再看此处，贾珍之亲昵正是为'遗簪'留地步，不如此何来遗簪之举。"

斗笠老翁狡黠一笑道："老夫有法子了，就依老夫之意删去吧。我等何不以畸笏之名，做朱笔留批，就实话告诉个中人，也无不可。前日，不是为你起号芹溪吗，老夫与雪公皆起个名号，以书评之法，多加提醒。老夫等自然也是畸笏老遗民哪，可好？"

被叫作芹溪的那位，正是戴瓜皮帽那人，站起来笑道："自此，老侄就算是芹溪了。起些号尤可，可茫茫史界，若找不到此等人半点消息，将来怕是埋入尘烟了。我等要留给后人这段血泪史实，怕是永无出头之日了。"

斗笠老者又捻一下胡须，道："这也有法子，楂石世侄，你本粗木顽石，也常署'生不拜君'字号。老夫细细描摹过这个几个字，像不像这三个字？"说着，蘸着茶水，在桌子上写着。

又道："就拆朱字为二，一字为八，一字为牛，老夫号八大山人，你名牛石慧，如何？自今后，凡作画时，别一些字号，老夫皆弃之不用，唯用此号，其法一；二者，我以牛石慧之名，可作画数幅，后人有心者，不难将此人与老夫有所关联。"

芹溪道："那牛石慧又取何号呢？又如何勾连？画作勾联易，可如何与《石头记》勾连？"

斗笠老者笑道："听老夫说，牛石慧，号三学，自然离不开释界之戒、定、慧。而后，你须在'慧'字上，做些文章。出个'慧娘'未为不可，也须在'芹'字上打些注意，这个不难吧。"

芹溪道："这倒容易，容我细掂量，可你老一会儿长辈，一会像同辈的做些批语，易把诸位看官混糊涂了。"

那和尚道："也是没法子，个驴之书文字画虽上乘，可哭笑之间，又怕人窥破，过于晦涩，又难抒胸臆。依和尚之见，出个主批之人，我等各依其名，做逗漏之笔，如此这般，就看个驴老兄运气了。若干年后你这'个驴'许会等来'个'中人呢。"

芹溪点头稽首道："老侄想通了，二老就再斟酌一下。此一节，我的用意，所谓：更去旧衣新装来，遗落金簪雪里埋。更衣之法，原也用过。四个新朝帝王轮番登台，就用了秦氏一日内换四次新装呈现。未嫁先名玉，谁知她一日新嫁四次，你二老也没异议。可这一回，秦可卿是真失去衣钵，恰该用'更衣'之举达意才是。"

斗笠老者道："你是想用'遗簪更衣'之举，用天香楼之丧，来凸显皇权旁落给另一个持簪人，暗示其改朝换代之巨变，立意尚可，只是与医生诊病时更衣不同，医者瞧病更衣，虽然怪异，然不猥琐，这里却太过于了。你也看重他魂托阿凤贾家后事，他本不是那安富尊荣坐享之人，其事虽未行，其言其意，令人悲切感服。翁媳淫乱，此写法有污其名，世侄偏偏忘了他是谁不成？唐突了逝者的身份，实在不忍，还是寻个其他法子吧。"

芹溪想了会子道："叔公说的有理，这几页就此删了。"

和尚笑道："可惜了的。"

芹溪道："倒也不必可惜，只是我再也想不出更好的法子。就如叔公的意思，做些逗漏亦可。"

和尚看了几段，拿起笔，边写朱批边道："也好，所谓：微密久藏偏自露，幻中梦里语惊人。依我说，芹溪这段梦中托言，着实关键。有这几段亦足够了，删就删了，这样就十几页很好，不用再加其他，哪能说得再多。如若不然，个老把'命芹溪删减之遗簪、更衣'诸文，直接透漏给个中人，也在此处加批如何？遗簪！更衣！有这四个字也算醒人耳目了，有心者定会勾连前事的。"

斗笠老者听罢，暗自点头，捻一下胡须，在雪公递过的纸上，加朱批一段。写完又端详了一下，道："老衲本是畸零人，焉有执笏之心。"说着，竟暗自落泪。

芹溪轻拍一下老者的肩头，安慰道："叔公不必伤怀，我修此稿，如若修史，定会逐字斟酌，一字不差。若以此稿留于后人，逝者泉下有知，也定感激叔公慈悲之心。"

和尚也笑道："先生别难过，畸笏老人，乃畸零持笏之人，也合乎个老身份，合乎当今事宜。不然，怎让楂石起一个曹雪芹的名字呢。"

芹溪道："奥！叔公为我起了学名？'曹雪芹'三字取自何意？"说着，自想了一会子，得意道："叔公是说我有子建之才，才取其曹姓吧。"

和尚道："不单因子建之才，有道是：身在曹营心在汉。此语正是个老心里话，就取曹姓了。"

芹溪笑道："如此说来，便知雪芹来历了。"

斗笠老者笑道："说来听听。"

芹溪道："叔公历来推崇苏学士，一再让老侄启用'冷香'之典，多处用着，还不是因喜欢那句：水向石边流出冷，风从花间过来香。

"学士有诗云：泥芹有宿根，雪芽何时动。如今的新朝，正来自塞北雪国，你老这位出污泥不染的雪个先生，自然变成雪芽了。雪底芹芽，身在雪国心向汉，才有这'曹雪芹'三个字哪！切得很，切得很。"

老者点头称许，和尚接过纸稿，看了批语笑道："可卿之死，乃重中之重。也好，我等皆同时出现在此回当中，正有加重疑惑之意，为保完全，莫若让梅溪和棠村，也来加批如何？"

听如此说，斗笠老者也渐渐地放下心，正要端杯饮茶，和尚又担心道："这一删，倒把悬梁自尽也一同没了，这个可如何是好？"

这时，只听楼上豁朗一声响，芸轩一下子从梦中惊醒。原来秋真起夜，碰倒了小凳子。芸轩睁开眼，梦中事却像发生在眼前，她记得一清二楚，便疑疑惑惑地下楼来，看时才发现，角落的桌子上，放着一打纸稿，上面竟然是有朱批最多的这一回。

芸轩不禁呆住了，心下想到，难道我梦游了？

秋真从厕所出来，睡眼惺忪地问芸轩，半夜三更不睡觉，待在下面像幽魂似得，吓死人了。

芸轩失魂落魄地回到房间，仔细回味梦中情形，虽有些害怕，但一下子想到了畸笏老人的批语：通回将可卿如何死故隐去，是余大发慈悲也。便思忖道：这个梦好生奇怪，秦可卿之死，这样重要吗？怎么死的？从太虚幻境的画册看，她确实是悬梁自缢。

神秘死亡，虽用"淫丧天香楼"原稿删却为借口，但经脂砚这样一说，似乎有此地无银之妙。

虽说这样瞒天过海地瞒过不少人，但曹公似乎有苦心，才删去风月事，看来其死真和风月无关。对，漏洞处正是着眼处，如此漏洞百出才更能让人冥思苦想，追根求源。

畸笏老人命删去风月情事，不就是让我们多看风月反面的东西吗。芸轩想着，忽然就来了灵感，心下道：无论如何，也要还原我的梦境，也许就会知道，秦可卿到底为什么死的，怎样死的，她到底是谁？

第二天，秦明也听到秋真的消息，因担心她，便特特赶来，秋真却去了团里。芸轩就告诉山岚和秦明，自己昨晚做的怪梦。

山岚根本不信，说《石头记》怎么可能是几个人合写的呢。原先说过，有可能是一个人写的，为了避祸，才从不同的角度找些个匹配的名字，再将写作意图分给了几个子虚乌有先生。

芸轩道："《石头记》的成书者，本就是个亦僧亦道之人。后因写此书成了情僧，这个还用争论吗？因为是和尚道士，才把风月情浓的一面给了棠村，说是自己的弟弟，我原以为，许是兄弟二人做的，可现在我有了新认识。"

秦明道："别争了，正好呢，何为情僧？僧人动了情愫，还俗了。这很符合八大从临川发了疯癫病，焚烧僧服，一路哭笑着走回南昌后还俗的经历。出那种疯癫状态，谁知道他内心发生了什么大变故。不过，从还俗起，他便开始大量作画，确实从那时起，开始启用八'大山人'这个名号。

"我算一下，如果那时开始动笔，也基本符合开始写作《石头记》的时间。一六八四年，所有关于大明的一切，都尘埃落定，所有因大明复国的行动全部结束。若从此时开始动笔，到一六九四年，正是十年写完，也就是从一六九四之甲戌年开始，以脂砚重评的身份，让作品问世。"

芸轩道："八大的书画落款，也从来不用朝廷纪年，全都是干支纪年，这也很符合《石头记》里只用干支纪年的特点。"

山岚点头道："《石头记》是作者的亲身经历，倒也符合他的皇家出身，亲历亲为了。"

遂向着芸轩道："你还说有个叫朱容重的呢，和朱耷是叔侄关系。这样一来，吴玉峰的《红楼梦》，和曹雪芹的《金陵十二钗》又怎么解释？"

秦明道："说到曹雪芹，你不也认为这是个组合名字吗？但起这个名字的企图，我还是半信半疑的。"

仨人讨论来讨论去，又拿不定主意，秦明道："咱们两者都保留，还原一下试试不就知道了。关键是怎么安排角色，净是些老人。"

山岚道："可惜秋真忙，她是行家，和她商量一下吧。"

于是，又争啊吵啊地好半天。等秋真一回来，非要在这个下午，趁着茶轩人少时开始排演。

秋真说，别打自己的主意，没多少心情。虽如此说，可也没办法，愿意做个观众。

茶轩内已经焕然一新，分明是一间旧书房，门斗上大书：窭歌草堂。太阳已经西下，暗霞映照下的草堂里，书案沉香，却更让人想马上进入秦太虚的幻境里。

"秦明还真有一套，不愧西江文化研究专家，这书房就是破旧了些。"秋真环视一周，赞许道。

昏暗的房间里，透过门帘的空隙，照进一束昏弱的阳光，更显得有些幽静，角落的木桌上，堆着些线装书册，桌面上半展开一幅小画，似乎刚刚题完一首诗。细看，原来是那副《个山小像》。

有一只黑猫，懒懒地卧在旁边的蒲团上。一个身着宽袍芒鞋，看上去像道士的清瘦老者，正饶有兴致地拿着蝇头小毛笔，展纸，运墨，不一会工夫，宣纸上，赫然趴着一只墨猫。

老人正画着，门帘掀动时，有人朗笑道："叔公在吗，快看看杏斋给您老带啥好吃的了。"进来的是两个人，一个人手里提着米袋和纸包的点心、烧鸡、酒。说话的这位，年长些，背个布褡裢，是杏斋的父亲，号楂石的。

虽称个山为叔公，但楂石看上去，年纪比个山还稍长，常常笑说自己是拄拐棍的侄儿。老人见到他父子二人进来，又带来这些吃食，不由得眉开眼笑。放下笔，小孩一般的神色，接过吃食，弹弹凳子上的灰尘，让座、倒茶。

楂石从褡裢中掏出一本书册，递给老者，道："请叔公过目，其他章回我增添了不少，也均誊抄过了，单等叔公再加朱批。遵叔公的嘱咐，只这回删减了那几页，但因其事重大，不敢自作主张，想与叔公再商议一番，看是如何将其事说得再透彻些。"

芸轩扮的是八大个老，山岚是杏斋，秦明扮演的是楂石。杏斋不待吩咐，就从墙边的木匣里，取出一方小砚台，打开砚盖，露出朱红的胭脂泥，他轻轻用笔调了一下，放在八大的案头。

个老笑道："你倒想得周到，先不忙，容老夫再构思一回。老夫担心此书，会遭夭折埋没之运。"

杏斋疑惑道："这如何是好？"

个老道："这几日，老夫突发异想，还有一个更好的法子，或能拴住有心人。"

楂石问道："何法？"

个老还是狡黠一笑，道："不如做成残本，把后面的内容删去，穿插到前面来，做成未完之作。如何？"

楂石拍手道："妙啊！世人一向有窥探隐私之癖，残本更让人有续貂之念，此本未完，或可有幸被无休止地追究下去，不怕没人窥破谜题。"

个老见楂石如此欢心，对杏斋道："如此，就苦了你父亲，须得打乱次序，重新谋篇布局，又得几年工夫，老夫怕是等不到完稿之日啰。"

杏斋笑道："您老又说丧气话，等我父亲把《石头记》删减完，我来誊抄，您老就擎好吧，等着换个身份，再行批阅呢。"

个老看一眼那方小脂砚道："我这方脂砚也可以幻作批书人了，就用脂砚斋的号，如何？"

楂石笑道："叔公不是有'畸笏老人'的字号了，怎么又要启用一个？"

个老道："修史之事，非同小可，加之苦心经营，容不得半点差池。如此大的改动，抑或面目全非了。莫若将删减部分，用脂砚斋之笔，再增至前端逗漏去。是书，残而不缺方为妙。如此，你一人之力奈何。我做陪笔，纵一芹一脂，燃尽余生，许能保证完此巨著。"

楂石笑道："叔公休要愁得，此法甚妙。已有初稿，即便再有几次增删，老侄也做得。怕是为个中人吃透此书增了些障碍。"

个老道："管不了许多，唠叨了这半日，怎得也尝尝杏斋的好酒啊。"三人笑着，收笔，摆菜，倒酒。边喝着，楂石说，此来务必定了可卿之事。

个老喝口酒，道："秉持两点：其一，与可卿通灵之人有二，唯阿凤与宝玉。可卿死，其灵必有所感，阿凤感梦中所托，宝玉则有锥心之痛。其二，可卿死，定在一个'疑'字上做些功夫。"

楂石道："人人疑心，因何忽然没了，难在梦中所托。托付之事，若立意高远，竟不像是家族事，容易堪破天机，若所托事太具体，则不能达叔公意思，竟为难得很。"

个老放下杯子，愤然道："我来斟酌。以我等现如今的状况，那日他升天前可否想到，他这一去，祖宗庙堂何在？子孙们又立身何处？生活无着，哪还有复国机会？"

又痛心哀伤道："就这样说：常言'月满则亏，水满则溢'；又道是'登高必跌重'。如今我们家赫赫扬扬，已将百载，一日倘或乐极悲生，若应了那句'树倒猢狲散'的俗语，岂不虚称了一世诗书旧族了！"

楂石道："否极泰来，荣辱自古周而复始，岂人力能可常保的。"

个老道："目今祖茔虽四时祭祀，只是无一定的钱粮；其二，家塾虽立，无一定的供给，子孙何以为继，又怎能延续香火，再图将来。依我想来，如今盛时，固不缺祭祀供给，但将来败落之时，此二项有何出处？"

楂石道："叔公的意思，在祭祀、供给上留念头。可有何大用意吗？"

个老道："祭祀乃社稷大典，家塾供给，乃子孙复业根本。此两项乃立家治国平天下之基石，怎会没有大义。"

楂石道："如何再明白些？"

个老思忖道："须得借其口声，说出些定见来。就照此说：莫若依我定见，趁今日富贵，将祖茔附近多置田庄房舍地亩，以备祭祀供给之费，皆出自此处，将家塾亦设于此。合同族中长幼，大家定了则例，日后，按房掌管这一年的地亩、钱粮、祭祀、供给之事。如此周流，又无竞争，亦不有典卖诸弊。便是有了罪，凡物可入官，这祭祀产业，连官也不入的。便败落下来，子孙回家读书务农，也有个退步，祭祀又可永继。"

楂石道："叔公差矣，按照大明律，虽说犯官之家，祭祀产业可不罚没，可改朝换代之际，如我等皇族，几无立身之地，性命几近堪忧，岂可保住祭祀供给产业。"

个老道："可见，世侄没琢磨老夫话中含义。可卿之逝，犹如树倒猢狲散，大势去矣，其生前后悔之事，正是其最大憾事，你再细想老夫那几句话的用意。"

杏斋嘟哝道："祖茔附近，多置田庄房舍地亩，将家塾亦设于此。我朱家的祖茔在南直隶，这是让我等回南保家业吗？要在南京经营子孙事业。

"合同族中长幼，大家定了则例，日后按房掌管这一年的地亩、钱粮、祭祀、供给之事。这几句的意思，是要在祖先的发源地，遵守祖先之规，按房掌管供给等，无非还是要遵照皇族的长幼次序，不要坏了次序，来经营好南京基业呀。"

楂石道："这不假，当初确有此意，这确实是逝者最痛心之处。以当时情形，回南才是可取之举，偏安江南倒也不是我大明首例。即便是北方出现危难，总还有退路，竟不至于一败涂地，只可惜丢了时机。逝者嘱托此憾事，也无不可。"三人说到此处，沉默了许久，个老冷笑着喝口闷酒。楂石抬头看见个老的《古梅图》上有自题诗，道是：

得本还时末也非，曾无地瘦与天肥。

梅花画里思思肖，和尚如何如采薇。

遂哭笑道："郑思肖忆念故国，伯夷、叔齐，饿死不食周黍，可谁人识得叔公心事。可卿所托，我记下了，就照叔公的写就是了，但竟想不出如何布个'疑'阵出来。"

个老才思敏捷，马上来了兴致，放下酒杯扳着手指道："须是众人有疑惑。

世侄想，可卿病重，张友士曾预言，明年春天过不得，贾母也眼看她熬干了灯油，婆婆都预备了后事。可仔细算来，自'断红日'到可卿逝去，还差两年呢。竟有两年，她那样情形岂能熬过两年之久，倒是说个病情见好的征兆，后却突然亡故。有人就会思忖，或许不是因病，是因'事'，因了何事？就说因坏了事，她托梦阿凤时，提到获罪之意，世侄就做一个获罪的王爷头衔加给可卿，未尝不可。"

楂石在纸上记下来，点头连称几个"是"。个老叹息一声，道："其死，无亲眷一人在侧。其葬，无棺椁陪葬装殓。其情其景，怎是一个悲惨体会得了啊！"

楂石哭笑道："无人陪伴，正是一场自我埋葬，既然阿凤为其生灵，就遣阿凤葬之可好，老侄就使尤氏生病，为阿凤送葬找个由头。叔公，你老既遗憾逝者死时身旁无眷属，老侄何不让贾家全族人皆到场，也慰藉您老心意。

"侄儿这里，还要着重用一个字，老侄想好了，就是一个'哭'字。先是荣府，要众人哭其洪恩：那长一辈的想她素日孝顺；平一辈的，想她平日和睦亲密；下一辈的想她素日慈爱；以及家中仆从老小，想她素日怜贫惜贱、慈老爱幼之恩，莫不悲号痛'哭'者。

"再写宁府：府门洞开，两边灯笼照如白昼，乱哄哄人来人往，里面'哭'声摇山振岳。您老听听，悲号痛哭者，摇山振岳声，这是何阵势。一个坏了事的人，怎得如此受人爱戴？使人痛惜？如此这般，必定让人疑惑。"

杏斋笑道："听父亲提示，我也来了感应。可卿之死，贾珍须有所交代，孩儿给他这几句话可好：合家大小，远亲近友，谁不知我这媳妇，比儿子还强十倍。如今伸腿去了，可见这长房内，绝灭无人了。"

楂石笑道："媳妇怎能比儿子强，媳妇死了还可再续，又不是儿子死了，怎就至于长房内绝灭无人呢，除非死去的是男子，方可如此表达，这话过于明显。"

个老笑道："就如此，才说透实情，实情如此。可卿死，乃灭顶之灾，正应了那句树倒猢狲散的谶语了。"

楂石忙点头道："是，叔公说的是，屈指算来，此灾难三十五年后，又重现眼前，不提也罢。另外，老侄想加一段为可卿选取入殓木板之事，可否？将来有些老人，也许能看出些眉眼来。"

个老道："此意可行，凡大丧，尤其帝王之丧，选取棺椁木材，大为讲究。帝王之丧，乃金葬之礼，有用阴沉木，有用金丝楠。如可卿身份者，用上等杉木即可，世侄有何打算？"

楂石道："楠木可好？不若让贾珍执意用义忠亲王老千岁定过的樯木。"

个老摸把胡须，思忖道："樯木，取舟具用木。妙啊！莫若使樯木产自潢海铁网山更妙。"

楂石道："潢海铁网山？叔公为何杜撰此名？"

个老道："潢海，取浩瀚之意。世侄可知须弥山南，有大铁围山，铁围中间有八大地狱，何不化用此名，称作铁网山，以代地狱之称。所谓，人生若浩海泛舟而已，若得潢海铁网之樯木，可度脱逝者，出离生死苦海。"

楂石道："既如此，你老介不介意，此板让薛蟠相赠？"

个老沉思片刻，又重重地喝口酒，叹息道："事实如此，又有什么法子。就这样说：此木作了棺材，万年不坏。这还是当年先父带来，原系义忠亲王老千岁要的，因他坏了事，就不曾拿去。现今还封在店里，也没人出价敢买。你若要，就抬来罢了。"

楂石道："别人不敢买，可卿焉敢用！亲王所用之物，有无僭越之嫌？'义忠'之人坏了事，是否有背道义，逝者也是忠义之人，如若引当朝猜忌，可万万使不得。"

个老道："就如此才好，一逗再加一隐，切莫担心。将可卿之丧期、葬期，隐藏成一年之久，让那些多事者，失了头绪。"

楂石笑道："叔公忘了，可卿死死葬葬的，可不真就持续了一年之久，有蛊惑人心者，改葬了帝后，亵渎了逝者，你老忘了不成。"

说着，示意杏斋拿过褡裢来，然后取出一张纸条来，笑道："叔公看，侄儿为贾蓉做的履历，有无漏洞。"便把纸条递给个老，看时，上面写着：

江南江宁府江宁县监生贾蓉，年二十岁。曾祖，原任京营节度使世袭一等神威将军贾代化；祖，乙卯科进士贾敬；父，世袭三品爵威烈将军贾珍。

个老审视半天，掐指算道："乙卯年，果然有一科殿试，此乃万历四十三年。容老夫一算，贾蓉年二十岁，贾珍则年约四十岁，贾敬为六十岁上下。若于三十岁左右进士及第，亦可。此人，白衣进士，无官无职，正合那位一月天子的履历。"

遂点点头，又算道："生年也接近，推算下来，贾敬的生年，大约在万历十三年左右，距万历十年的泰昌，不差多少。不过，与这位孙媳妇的辈分，差矣。"

楂石笑道："不瞒叔公，我竟要把这对翁媳做成一辈人。所以才有爬灰之说。皇权幻做美人，哪个朝代不是父子共侍之，贾珍父子聚尤就是此意。以此暗射兄弟二人之'兄终弟及'制，也说得过去。"

个老道："这也罢了。可惜贾敬已是飞升之人，做了神仙了，无论如何不能唐突了他老人家。"

楂石道："以老侄的主意，就以嘉靖爷修仙之举为幌子，也可暗射多位皇爷，未尝不可。"

个老道："有何不可，自古想修道飞升之儒者，也不可胜数。"

楂石笑道："就连你老拜服的东坡居士，不也将静安居士记为异人，说什么：面旋落英飞玉蕊，人间春日初斜。十年不见紫云车。龙丘新洞府，铅鼎养丹砂。

这苏大学士，不仅打小从学于张道士，居官期间也迷信方士之言，被贬黄州后，还能'故作明窗书小字，更开幽室养丹砂'，不如意时，也有服丹砂求飞升的念头，何况帝王。"

个老道："哼！竟别这样说，帝王专修道术者，却屈指可数，咱们那位爷就算不二之人了，自宣道号'飞玄真君'，依老夫看，就命贾敬在玄真观修行，透其身份。"

楂石笑道："老侄记下了。还有一事，请叔公定夺。"

个老站起来，走到自己刚刚画好的那幅《墨猫图》旁，提笔署款：牛石慧写。杏斋则在宣纸上，临下"生不拜君"四字。个老掷下毛笔，摸着胡须，边看画边道："还有什么不了的，快说。"

第十三回
惊变天香楼　逗漏大明宫

楂石道："逝者死于何处？死得离奇，必定死的地方令人惦记，是否做些交代？"

个老道："这个难了。说得太明了，就失了水准。容老夫想一想，如何做个套子。"说着，便倒背双手走了两圈，一拍大腿，笑道："有了，只在方位上做文章，定能做出个样式来。"

楂石道："你老别吊口味，说得详实些，老侄也学一学。"

个老道："世侄可在方位上做些手脚。既然忌讳的那个花园子，在宫殿的正后面，每次说到花园子时，专指东或者西，唯独避讳'后'字。"

楂石道："如何避讳？"

个老沉思道："此处除了逝者，唯有一人竟可以进去。"

楂石问："何人有这样大权力，能到此处来。"

个老道："贾雨村哪，世侄不如让南京贾家的花园子，出现在府邸后面，且让贾雨村能走进去。"

楂石道："容我想来，有了！得来不费功夫，你老听听，给雨村加一段话，就说他见到南京老宅时，做如此说：

"去岁我到金陵地界，因欲游览六朝遗迹，那日进了石头城，从他老宅门前经过。街东是宁国府，街西是荣国府，二宅相连竟将大半条街占了。大门前虽冷落无人，隔着围墙一望，里面厅殿楼阁，也还都轩峻，就是后一带花园子里面，树木山石，也还都有蓊蔚洇润之气，那里像个衰败之家？"

楂石说着，在宣纸上画了一张位置图，示意给二位看，又道："贾家二府中间这条街，须得做成南北向的断头路。走到尽头，即可看到后面花园子里的景致，这可留了地步了。如此，雨村便可长驱直入，只有他能看到此处风光。"

个老道："也好，可京中贾家这个太显眼了些，须混他一下。世侄可把贾家二宅，做成街东和街西，门前的荣宁街自是东西向的。他家的花园子也在后面，但无街可通，有所掩盖才好。"

楂石道："你老须要透露些，就批：'后'字何不直用'西'字？于贾家花园处也加批：试思荣府园今在西，后之大观园偏写在东。何不畏难若此。

"用东、西一混，其实花园子应在后面，也留一个小夹道。如此，个中人就于东、西、后之间自然做些较量。莫如再加一批：恐先生堕泪，故不敢用'西'字。再于别处也强调'西'字之玄。"

杏斋道："怕是人都糊涂了。"

个老道："不怕！聪明人定会看懂'西'字是故弄玄虚的，还不由世侄你的笔力么。多多用此字，什么西方黛、西角门、西府海棠的，如此频频用之，怎就不怕先生落泪了？如此一来，是西还是后，不言自明。可卿死处，必定是在后面花园子里的。"

楂石想了想，也没其他好法子，虽说有些绕，也说得过去，遂点头同意，说回去好好思量思量。

秋真原来一言不发地观看，演到此处，见绕得头疼，忙喊停，笑道："几位老朽，别说你们自己，我都被这些弯弯绕闹糊涂了，到底也没看懂她是怎么死的，为什么死的，在哪里死的。"

芸轩等走下来，山岚道："身临其境，才有感触，我怎么都体会到了呢。真是吊死的，因坏了事，且是在后面花园子里。还说别人绕，不说你心不在焉的。"

秋真道："那她死的时间呢？你们怎么不说。张友士说是春天，这里明明说是冬底，因昭儿让带大毛衣服去，又说赶年底回来。明明是冬底，可又说林如海是九月初三巳时没的，显然是秋天。就九月初三这个死亡节点，又把秦可卿的死期拉长了整一年，你们说不清这个安排的动机。"

芸轩卸着衣妆，道："我以为不用推演了，玄机应该还在那句'可怜九月初三夜'的诗里。"

山岚悄悄道："九月初三，像不像三月十九？"

秋真道："就乱猜测，哪有像不像，得说出道理来。"

芸轩道："九月初三这个日子，的确被写书人重复用了。秦可卿九月初三病重，林如海九月初三没的。虽说的不在一年里，但为了强调作者对这一时间的重视程度，专门说了个时辰。用相同的时间安排，证明这两个人的死亡之间肯定有某种关联。"

秋真道："有道理。巳时是几点？"

秦明道:"上午九点到十一点。"

秋真道:"是中午前。我的看法,这个时间点是不是如日中天之时。原说的,可卿自病重到亡故,正是诗中的晚景,说明可卿之死是暮霭已沉时。巳时,却正是如日中天之际。从来也没提过林如海身体有恙,却突然传来他病重的消息且很快死亡。应该说,林如海如日中天之际,突然亡了,是无疾而终。"

秦明道:"我认为,虽有联系但绝不是一回事,这两者之死,一个明写,一个暗写,时间似乎发生在同一年内,算算看看不行吗。"

秋真问道:"真也奇怪,林如海冬底病重,黛玉启程,凤姐还在掐算他们去扬州的行程呢,可知走了不长时间秦可卿就死了。死后,过五七时昭儿就回来了,来回明明就一个多月,可突然说林如海九月初三没的。这立刻有了矛盾焦点,是不是说明,死亡和发丧都是虚的呀。"

芸轩道:"我想这是一明一暗,一虚一实。你们看啊,可卿的死亡地点,有这样一个交代,给她做水陆道场的榜文上,写的是:四大部州至中之地,奉天承运太平之国。她居住在至中地、太平国,都是虚的吧。而林如海的居住地却写得很明白,是扬州城。时间拉长一年,能不能这样判断,秦可卿光发丧就一年,伴随着秦可卿的死亡,在发丧的一年时间里,瀚海文林也亡了。瀚海文林,是否特指翰林院,是国家机器的首脑。他亡了,国将不国。"

山岚道:"有这层意思,但我也觉得,既然具体发生地在扬州城,也许扬州出事了呢?"

秦明道:"越说越清晰了,这一年里贾家、林家均发丧。可薛老大家,却是吃着碗里看着锅里的婆妾了。

"凤姐告诉贾琏,这一年来的光景,他为要香菱不能倒手,和姨妈不知打了多少饥荒呢。他也是用了一年的光景娶了亲了,香菱嫁人了。贾府内一边发丧,一边娶亲,真的改朝换代了。"

山岚道:"找到根源了,贾珍那样悲痛,要倾家荡产发送秦可卿。结果不是那么回事,其实都是虚的。最关键的棺材板还是薛老大送的呢。捐个官,还比别人便宜三百两银子。单凭这两大项花的银子数比较,秦可卿权当薛家发送了一半。"

芸轩道："说的没错，前后两个月，偷梁换柱成一年，又是用了一个换境幻情之术。"

秦明道："这个愿闻其详。"

芸轩道："黛玉、贾琏走后，每到晚间，凤姐是胡乱而眠，宝玉也是索然而睡，可知都是想念远行之人的缘故。凤姐和平儿，还计算贾琏的行程，你们就忘了一个典故。"

山岚问什么典。芸轩道："当年白居易有《醉忆元九》诗：花时同醉破春愁，醉折花枝作酒筹。忽忆故人天际去，计程今日到梁州。

"巧的是，写此诗时，元稹正好在梁州，且冥冥之中也写了一首《梁州梦》：梦君同绕曲江头，也向慈恩院院游。亭吏呼人排去马，忽惊身在古梁州。

"白居易诗中事，竟与元稹写的梦境事吻合了，他二人虽在两地，却心有灵犀地都写同一件事。"

山岚道："这个我明白了，宝玉经历的事，和黛玉经历的是一件事。可到底是什么大事，你明说了吧。"

芸轩道："天机不可泄露，我有一首小诗，你可以参一下，看你的悟性。"遂吟道：

> 千秋抱恨饮长捐，长赋心事梦已寒。
>
> 奈何浮生止一死，许是铮铮心不甘。
>
> 暮落新冢草青青，和血滴泪痕斑斑。
>
> 白首红颜话兴亡，朱弦续断占人间。

第十四回

南北大葬礼　真假双龙现

第二日，秦明因有事没能来，秋真三人，一大早便到了栖霞寺。好在团长夫人昨日已知会了寺院，在知客处就见到齐淑大法师还有夏雨，三人齐齐地行了礼，又随大师来到法事大殿。

这里是临时布置的，因多年来院里已经不做类似的葬礼法事，也只好现摆布。法师领她们一一看过大殿各处及施主休息的房间。她们更是第一次见识这样的阵仗，只懵懵懂懂地跟着看。

大师道："丧礼既成，可得需要许多治丧礼节，尊礼成服、入殓、设祭堂、建宣坛、做法事，这是旧礼。现如今都用新制，也就讲究不得了，即使只在寺院做道场的也不多见，简陋些，也只能如此了。许施主是本寺居士，常年礼佛，又是住持的至交，念她虔诚，又一再请求住持，也就应了她。现在的情形，也说不得周不周到。"

大师拿出法事流程单子递给秋真，边指看单子，边讲给她们听。山岚看得眼花缭乱，只见大殿顶上垂挂着二十四幢不同颜色图案的经幡；佛像四周的石栏立柱外，分别设立了玻璃罩的戳灯、绣片形式的引幡、以素菊为主的鲜花；须弥座正中，供着一座纸扎的粉红莲花座，周围直径约九尺，高三尺，上面竖立着团长的牌位。

莲花座的两旁，各立一个纸糊的僧装侍者，俱手持黄绫引幡，上有"西方接引"的字样。释迦、药师、弥陀三世佛前的供案上，炉焚檀香，青烟霭霭。玉烛高燃，佛语冥冥。时令果品、奇样糖酥、糕点，罗列有序。

大师道："许施主请了十三众僧，由本法师主持拜大悲忏，做功德一昼夜，晚间放焰口。"这时，有几个身披黄袍、红缎子绣金线福田纹袈裟的小僧，安置铛、铪、钟、鼓诸法器，以备高僧诵佛经时用。

"这权当是法事道场的宣坛处了，各项执事礼仪，自不能过分讲究，各位施主，看还有何不周处？"大师领着看完后问道。

山岚看不出究竟，更不知有什么不周到处，后悔没带秦明来，这些事她也许知道一些，秋真更是想不了那么多，只有芸轩说道："我们年轻不懂，大师定是费了心的，许施主让我们来，特地向大师及住持深表致谢。只是有一点，许施主交代我们，礼成后去斋客堂过斋的事，怕大师受难为，特多备了点礼金，以款待前来随喜的居士、散众和亲朋好友。许施主则是想去另院吃罗汉斋，不知大师能否费心安排？"

"啥是罗汉斋？"山岚悄悄问秋真。

"就是素什锦烩成的大锅菜，每人一碗，馒头、米饭自取，管饱管够。"秋真多少知道点，偷偷告诉了。

大师笑道："这不费什么，也是应该的。依照寺规，对于名流之士，由助善的知客处，让到东西大客堂里坐席，预备的是南街上香善轩素菜馆的全素席，所有菜馔均是以素托荤，但主食仍按老南京的风俗预备，以应洗三面、寿诞面、接三面的典。"听了这些，芸轩觉得再无不可的了。

她几个人想在法会期间做些斋饭赞助，以表心意，芸轩才问了这些。于是便定于今天下午两时许开始，晚间放焰口，明天下午两点施斋供众，下午四点结束。

芸轩欲言又止，大师看她这情形，就问，是否还有嘱咐的。芸轩不好意思，说道："有一事要请教大师，不知大师时间方便吗？"

"方便，就去老衲的净室一坐吧。"

边走的时候，芸轩道："我这里有一张丧礼法事的流水单子，大师您给看看，有几件事，我须得请教些。"芸轩掏出昨天抄的单子，递到了大师手中，大师拿在手里，领着众人转了几个弯才来到僧舍。进屋子，从抽屉里拿出老花镜戴上，就手中仔细地看了两遍，见写的是：

一、入殓棺木：帮、底皆为八寸厚樯木，该木纹若槟榔，味若檀麝，以手扣之，玎珰如金玉，做了棺木万年不坏。

二、钦天监阴阳司择日，推准停灵七七四十九日，三日后开丧送讣闻。

三、四十九日期间，单请一百单八众禅僧，在大厅上拜大悲忏，超度前亡后化诸魂，以免亡者之罪。

四、另设一坛于天香楼上，请九十九位全真道士，打四十九日解冤洗业醮。

五、停灵于会芳园中的登仙阁，灵前另有五十众高僧、五十众高道，对坛按七做好事。

六、灵幡执事，具按五品官制备，先僧后道，两坛对开的水陆道场。

七、五七正五日：应佛僧开方破狱，传灯照亡，参阎君，拘都鬼，延请地藏王，开金桥，引幢幡；道士们须伏章申表，朝三清，叩玉帝；禅僧们行香，放焰口，拜水忏；尼僧十三人，搭绣衣，趿红鞋，在灵前默诵接引诸咒。

八、伴宿之夜：两班小戏并耍百戏。

九、发引之日：六十四名青衣请灵，前面铭旌上大书"某恭人之灵柩"。

十、路祭：王、公、伯、子、男等亲友世家。

看完礼单，大师沉思良久，三人也屏住呼吸，紧张地看着齐淑，只见齐淑抬手捻着胸前的念珠，严肃道："葬礼的事，老衲知道得也有限，单只这法事倒没甚大问题，只是感到这位丧主很不一般。"

秋真急切地问："怎么不一般，大师快说说听听。"

"以老衲浅见，独做解冤洗业醮的，历来不多。凡打醮，无非平安醮、庆丰醮。在道家很少单独打解冤醮，可见这位丧主定有不世奇冤，才请下九十九位全真道长打醮，或许死者为枉死之人。"

大师疑惑地看着她们，又道："另外，这位的棺木，老衲也未曾听说过。樯木，应该是舟楫好材，可做桅杆，虽是奇材，不知能否做棺木。老衲只知，古时使用棺木，身份等级极严，不可僭越，若丧主是五品官位，大约不可使用这种奇材，至于其他意思，老衲一时看不出。"

"说到僭越，我想起一场丧礼来。"山岚悄悄道。

"你能知道谁的葬礼？"秋真奇怪地问。

"贾敬的啊，书中一共就两场葬礼，这是第二场，我觉得，曹公在书中写两场葬礼的用意很明了，说不定就是让咱们做比对用的。同样是发丧期间，可卿的丧礼上，贾珍那是真悲伤，再看贾敬丧礼期间，贾珍父子是什么表现。"没等山岚说完，芸轩做噤声状制止了她，示意她听大师的话。

芸轩问大师："四十九日道场，一百零八位禅僧拜忏，一百位僧、道对坛法事，六十四位青衣请灵，这算不算一场大规模法事？"

"当然，帝王之丧也不过如此，老僧还听师宗讲过，他老人家小时，在京师见过的一场浩大的法事，是清末民初袁世凯的丧礼，少见的帝制葬礼啊。"

"您给讲讲吧。"秋真激动地说。

"这说来可就话长了，老衲也记不太清了，只大概说说吧。据说，他的棺木用的是阴沉木，法事用番（喇嘛）、道（道士）、禅（和尚）、尼（尼姑）和居士，轮流礼忏、燃灯、施食，以免亡者之罪。"

秋真问道："那僧道数量呢？"

大师道："一般有身份的人家办丧事，无论僧道，每棚经最多为十三人，等而下之的为十一人、九人不等。袁氏每棚经却用了十五人，且禅师分别是从广济寺、拈花寺和戒台寺所请，各为十五众，成为三棚。

"据说，三经坛俱供三世佛巨幅画像，由三位正座法师领忏，十二位随众；那经幡、法器、法物、法衣也都很是讲究，要每场换衣的。经案上左设铛、铪、引磬、大磬；右设木鱼、引磬、法鼓、忏钟。红缎绣花的桌围子，红缎绣的经符子，真是花团锦簇。

"首七和发引头天伴宿的日子，则五棚全到，发引时才用了三十二位青衣请灵。所以你们说的这位丧主，竟用六十四位，这可不一般。"

听大师如数家珍地说远了，芸轩插话问道："您刚才说他用番、禅、道、尼、居士，究竟是什么讲究？"

第十四回
南北大葬礼　真假双龙现

241

"这是满人的法事制度，满人崇尚喇嘛教，不同于咱们汉人。在古时，比如明朝，丧事上是没有番僧的，只有禅、道、尼讲经做法。"听到这里，三人对视一眼，秋真嘟哝道："怪道秦可卿的法事里，有僧、道、尼呢，原来如此。"

齐淑并没听清，继续说着："若再往上古时讲，不好说了。老衲听师宗讲，要说礼忏用到一百零八位禅僧的倒有一位，是原广济寺的现明宗师。宗师先后传授了三次千佛大戒，广结名人和达官贵族，弟子众多，威望无边。宗师圆寂后，四众弟子们分别在方丈院设灵堂，在三学堂戒台院和大雄宝殿里，昼夜轮流诵经礼忏。

"首七期间，除临时随喜的散众，在大雄殿随班念佛外，广济寺本庙挂单常住僧众，每日由客堂以开牌的形式，指定一百零八位高僧，登坛拜大悲忏。这样的法事，虽不沿帝王制，却也是禅宗界绝无仅有盛况。"齐淑大师感叹良久，作为僧人，大有心向往之之感。

芸轩看着耽误的时间也不短了，就忙忙地问道："您能说说，这'引幡'和'铭旌'是一种东西吗？"

"区别不大，满执事中，将灵幡制成'六尘幡'各式样，中间主幡的荷叶宝盖下，写着逝者的名字，作引魂灵幡；汉执事中，将灵幡叫铭旌，可做成铭旌亭。在清代，帝、后从晏驾之日起，立大幡于乾清门外，谓之丹旐；汉人则立铭旌，实皆为招魂引路的旗帜，用法是一样的。"

"可对我们来说，区别大了，您老还说区别不大。"山岚做了个鬼脸，朝秋真挤挤眼睛，笑笑。

大师又看一眼法事单子，道："这开方破狱，传灯照亡，参阎君，拘都鬼，可不都是老黄历了。寺里倒是有宗传，也有记载。这些规矩，老衲也大体说得上来，可说不上谁人用过。"然后感叹道："这丧主的路祭了不得，直不是个五品官的派势，最小也得像个王爷的。"

山岚接口道："可不吗，她们还不让说，我研究过贾敬的葬礼，他也是皇帝钦赐的五品，官职算是一样大了。允许光禄寺按'上'例赐祭，却命朝中王公以下才准祭吊，比这差远了。

"还有更奇怪的呢，贾敬出殡的日子，是尤氏命天文生择的，而不是钦天监的阴阳司；寿木也是早年备下寄存在庙里的，甚是便宜。

"一个宁府的祖宗，宾天后竟是这般待遇，天文生择日，便宜的棺木，不准王公祭悼。比较之下，秦可卿葬礼是何等荣耀。"

芸轩笑着说她话多，这些话回去说就等不得？白白耽误大师的时间。齐淑大师倒不放在心上，反正也没听出意思，只是慈祥地笑笑，说过午就开坛拜忏，让三位施主就到知客处，先休息一下。

临走时，芸轩问大师有没有抄好的《阴骘文》，齐淑说有现成的，示意夏雨从桌子上取来，交给芸轩。

夏雨入寺，并无受戒剃度，只是依止齐淑大师受教诲，见到三位好友也很安静。他走到芸轩面前，交给芸轩经文，又拿出一枚佛坠，朝大师看了一眼，大师认得，那是夏雨篆刻的一枚佛形玉印，上面刻着爱染明王咒的阴文，"唵吽悉地梭哈"，大师默不作声地看着他。芸轩则双手接过佛印，看了一眼面色幽静的夏雨，细细地读一遍咒语，放心地收在口袋里，拜辞了齐淑，三人作辞出来。

秋真道："我看夏雨还行，你嘱咐过大师了？"

芸轩点头，山岚却激动得心情难以平静，不管别人如何，她倒是开了眼界似的，似乎觉得芸轩的心结就快打开了，她只盼芸轩能高兴起来。而芸轩本是个单纯的人，这几个月的工夫，山岚从没见她如此心神不安过，就是创作《秦淮烟云》时，也没见她这样。

下午，团长及许夫人的好友来了好多，三人忙里忙外地接待招呼，登名记册，向好友奉送白菊花，又抽空看看拜忏法事。只听大殿之上，磬声叮当，佛音森森，香烟缭绕，幡旗飘飘，直到五时拜忏才结束。

本来，晚间放焰口，她们难得一见，但三人已经累得不行，就向许夫人交代一番，另安排别的朋友帮忙照看，拜别齐淑大师后，拖着疲惫的身子回到了绛云轩。

大约是太忙的缘故，好些时日秦明才照面。自栖霞寺回来，秋真那里也慢慢恢复了正常，《秦淮烟云》也准备开机了，山岚观察到芸轩的情绪稳定了许多。这日，见她请人用青竹做了一对画着符号的牌子，拴个红绳，挂在卧室的墙上，时不时地拿下来把玩一番。

隔几日，又淘腾来银饰和鸡翅木的珠子，精挑细选地做了一串花纹不错的串珠，美其名曰"鹡鸰香念珠"，天天戴在手腕上。最近几天，又忙得连饭也顾不得吃好，见秦明和秋真来了，山岚忙着喊她，却不见动静。跑到卧室看时，发现芸轩刚赶完一幅小画，正在收拾笔墨。只见画中有二人，一个是北静王：头上戴着洁白簪缨银翅王帽，穿着江牙海水五爪坐龙白蟒袍，系着碧玉红鞓带，面如美玉，目似明星，真好秀丽人物。

另一个自然是宝玉：戴着束发银冠，勒着双龙出海抹额，穿着白蟒箭袖，围着攒珠银带，面若春花，目如点漆，人赞如宝似玉。

山岚看了惊叹道："神似！真像！衣服也一样，真像是一对双胞胎。"

芸轩得意道："擎好吧，好戏在后头呢。"

秦明道："耽搁了这么久，我的思路都断了线，看你的轻松样，像是有几成把握了。"

秋真道："最好这样，那些事把我忙晕了，别指望我。"

芸轩一面下楼，一面道："都别推三阻四的了，依我的主意也行，那你们得完全听我的安排才行。"

山岚道："哼！还说呢，我就没法继续下去，你们听她给我的课题：贾琏与黛玉。听了题目我就反感，怎么继续？你就不分青红皂白地乱联系。"

芸轩道："大家可是说好的，我分派你们的任务，谁也不许偷懒，要是在你这里断了线，是要受罚的。我不是让你看明白那首回前评诗吗，你就嘴硬。"

秦明问山岚是哪首诗，山岚道："就是有人瞎评，说什么：家书一纸千金重，勾引难防嘱下人。任你无双肝胆烈，多情奋起自眉攒。"

秋真听了，捂着嘴哈哈大笑，指着二人道："多情奋起自眉攒，亏你们想得出，风流猥亵男和冰清玉洁女，怎么可能。"

四人洗了手，收拾好碗筷吃着饭，见山岚没好气，秦明笑道："别烦，要不我帮你分析一下？不说别的，除了宝玉之外，这个男人和黛玉一起出了一趟远差，这个你不否认吧。至于这趟差事的时间也有问题，冬底走的，却折回到九月初三死亡，只有把时间拉长一年才能解释，可见他们在一起正好一年，这也没错吧。"

秋真道："没错，咱们想象一下，黛玉此行，随行的仆从至少有紫鹃、雪雁、春纤等几个丫鬟和嬷嬷；随行贾琏的应该有昭儿等若干小厮，且贾琏会像贾雨村护送黛玉入京时一样，会另船依附黛玉而行，至少不会同船共渡。"

山岚道："是啊！这不就对了。再一个，他们相处虽然时间不短，可他们面对的是黛玉家的塌天之丧，黛玉的悲哀可想而知。面对这样的大事，一定是贾琏着力帮助，犹如凤姐在宁府的不辞辛劳，怎么会有你们这样龌龊想法。"

芸轩只是坏笑，秦明道："我还没说完呢，评诗中说：家书一纸千金重。昭儿回来是送信儿的，对不对？但凤姐见到昭儿问了一句话，好生奇怪，她问：你见过别人了没有？昭儿回答得也很干脆，道：都见过了。这像不像暗语？昭儿需要见谁？

"难道贾琏除了陪黛玉送葬，还有其他使命？昭儿要去见某个人吗？显然是呀。从回答的情形看，且很顺利地见到了。诗中又说：勾引难防嘱下人。因难以提防贾琏要勾引人的，才嘱咐下人，所以到了晚上，凤姐一得了空就让昭儿进来，嘱咐了几句话，说：在外好生小心伏侍；不要惹你二爷生气；时时劝他少吃酒。最关键一句是：别勾引他认得混账老婆。你们倒是说说，贾琏在扬州有认得的混账老婆吗？"

山岚急了眼，道："哦！你的意思，他只有认识黛玉，所以凤姐不放心，怕贾琏勾引她吗？才嘱咐下人的。推理忒恶毒了这也。"

秦明道："不怨我推理有问题，诗中也提醒：任你无双胆肝烈，多情奋起自眉攀。这句怎么说？凤姐的担心，你怎么解释？"

山岚一时哑口无言，拿眼睛白楞秦明，芸轩暗笑道："谁让你不听我的，自听了题目就没少烦气我，啥也听不进去，这回没话说了吧。我可以提醒你一次，要看大布局！"

山岚这回算是彻底讨厌这个命题了，还是嘟哝道："什么大布局，需要唐突黛玉，我不想看。"

芸轩笑道："曹公的分工多明显，这叫'对对分'，宝黛南北分开，凤姐和

第十四回
南北大葬礼　真假双龙现

贾琏也是。宝玉和凤姐，在宁府帮着尤氏治丧送葬，贾琏和黛玉，在扬州做着相同的事情，时间节点，更是完全一样，就连哭的日子都一样。"

山岚道："我怎么没看出来，哪个日子哭？"

芸轩道："五七正五日，可是个大日子，凤姐一大早，就缓步走入会芳园中登仙阁灵前，一见了棺材，那眼泪恰似断线之珠，滚将下来。只听一棒锣鸣，诸乐齐奏，早有人端过一张大圈椅来，放在灵前，凤姐坐了，放声大哭。

"恰恰也就在这一天，昭儿回来了，报完林如海死亡的消息，宝玉说了一句：了不得，想来这几日，他不知哭的怎样呢！说着，蹙眉长叹。

"这分明说的是黛玉这几日也有同样的行为，也是哭得了不得。所以看似是一场葬礼，其实是两场，暗中有一场在扬州，想必同样轰轰烈烈。"

山岚道："那又怎样，你们还不是疑心不改。"

芸轩道："你又糊涂了，宝玉和凤姐之间什么样，自然黛玉和贾琏就什么样，其实是一回事，只是分开写而已。"

秦明道："哎！这个推测没说服力。宝玉多纯洁，贾琏可不让人放心的。"

芸轩道："你真是像凤姐，不见棺材不落泪。要真凭实据是吧，我不惜当地说，你先看看贾琏是怎么回来的吧。"

秦明笑道："回来后，凤姐就笑话她，说：往苏杭走了一趟回来，也该见些世面了，还是这么眼馋肚饱的。还提到薛蟠娶香菱的事。从凤姐的话里，听不出问题来吗？"

山岚道："说明他在女人方面没见世面，很老实的。"

芸轩道："不对，玄机出在另一个身上。"秦明和山岚同时问，是谁！

芸轩道："贾雨村哪！这个如影随形的家伙，就像黛玉的影子，每次进京都是他随着，这一次也不例外，你们不觉得怪异吗？"

秦明一拍脑门子，道："忘了！忘了！是有个人跟着来了，雨村此来是候补京缺，真是又一次进京，做了京官。"

芸轩道："关键是他还与贾琏认了同宗弟兄，又与黛玉有师从之谊，故同路作伴而来。难道你们还想象不到贾琏去勾引谁了？"

秦明和山岚齐声道："贾雨村？"

芸轩道："对了，没勾引认得老婆，却勾引来了贾雨村。凤姐说得明白，黛玉自此要在贾家常住了，雨村也要在京中常住了，可不知黛玉这次回贾府的使命是什么？"

秦明笑道："岚子，你可从来没这么邪过，还天天自比脂砚呢，眼里只有风月了吧，小觑了我们黛玉的能量了。"

山岚从芸轩的手腕上摘下香珠，掷给秦明，道："我就是看准了黛玉。是不是你们说的这样，我还得琢磨呢。你的任务是这串香珠，还是好好解释这串臭男人拿过的珠子吧！你说黛玉为何不要它？"

秦明已经吃完饭，站起来道："告诉你也不值什么。"指着饭桌笑道："你得收拾残局。想让我说好这串珠子，得看着芸轩的那幅画说。"

芸轩的卧室里越来越乱，秦明看到新挂上墙的竹牌，好奇地摘下来，掂一下分量，道："刚才没顾上欣赏，这就是传说中荣宁两府的对牌？这是谁的命题？"

芸轩道："我的。"

秦明道："秋真的命题呢？"

秋真笑道："能便宜了我！我的题目是葬礼，最难了。"

山岚进来道："什么呀，我说我已经研究好久了，包括贾敬的葬礼，从栖霞寺回来我就有了眉目，可偏不让我说，你的最容易了。"

秦明拿着竹牌，向秋真面前一掷，道："速速传谕下去，革去来升一月银米。"

秋真接过签子笑道："死丫头，你吓我一跳，不过，看起来还真像公堂上的竹签子。这签票，就相当于现代的逮捕证，是权力的象征。"

秦明道："前些日子都瞎忙，好久没聚谈聚谈，今日咱们倒齐全，有些技痒，有玩意可做吗？"

芸轩道："没有，主要是把握不大，怕不出效果。要不我们亮亮剑，看谁的锋利。"

山岚道："又要论诗啊！正好今日客人多，我的题目也说完了，我没剑可亮。"说着就扭头要走。

第十四回
南北大葬礼　真假双龙现

芸轩拉住她，笑道："你的线索最重要，可不能断在你手上，我问你：贾雨村这次随黛玉来京的使命是什么？你可要把他给我看紧了。"

秦明笑道："大才女，怎么还怕起论诗了！不说你小气，好歹我们也是客人，也不给壶好茶喝？哎呀！好不容易凑一块，我都期待得不行了。如果客人来了，我们帮你一块招呼。"说着，拉着山岚去楼下烹茶去了。

回来时，秋真和芸轩正在商量《秦淮烟云》拍摄的事，剧组要求芸轩也参与，山岚道："你们都走了，我这里就没人手了，不行，不行。"

芸轩道："就你难伺候，先不说这个，今天就听我的指令。我问，你们答，点着谁是谁。主题就叫：南北大葬礼，送灵北静王。我起个头。"

沉思一会儿道："好！咱们先从一个不起眼的小人物说起。这个人叫来升，是宁府的都总管。我发现，在秦可卿病重前，宁府的大总管是赖二，荣府的大管家是赖人，应该都是赖嬷嬷的儿子。可就在可卿病重时，也就是贾敬生日那天，突然换了个人，叫'来升'，并吩咐他预备两日的筵席。

"在凤姐协理宁国府期间，这个人频频出现。再往后你会发现，'来升'不见了，宁府的总管变成了'赖升'，我百思不得其解，秦明怎么说？"

山岚道："曹公迷糊了？或者抄手誊错了也是有的。"

秦明道："你别带我进沟里，没这么简单，我对这个人有印象。"

秋真道："什么印象？"

秦明道："他曾经很中肯地评价过凤姐，似乎对凤姐很了解，他说呀：那是个有名的烈货，脸酸心硬，一时恼了，不认人的。这是有人首次评价凤姐，且是公开对着众人说的，先不说作为一个大总管这样评价主人合不合适，他的动机是什么？"

秋真道："提醒手下小心行事，别惹事端呗。"

秦明道："错了，有人就不这么认为，人家说：论理，我们里面，也须得他来整治整治，都忒不像了。说话的这个仆人，不赞同来升的评价，觉得凤姐这样行事是对的。所以，我认为这个来升确实有问题。"

山岚道："倒是说呀，什么问题。"

秦明道："别急，听我说。似乎是接应总管的提醒，来升刚说完话，就来了一个人，你们想想是谁？"

山岚道："谁呀，这么重要？"

秦明道："真应了来升的提醒，凤姐果然派人来说话取东西了。"

山岚道："别瞎卖关子，谁不知道她，来旺媳妇。"

秦明道："嘿！小妮子，既然知道，你说说她出现在这里的玄机。"

山岚道："我也觉得凤姐领两府的头目办事，是各顾各的，各府的媳妇领牌支银子，办理各府的事务，不可能荣府的媳妇，去拿宁府的对牌支银子领东西。但这里一上来就有这样一件事。来旺媳妇是凤姐的陪房，荣府的人怎么会拿着宁府的牌子，到来升这里领东西呢？"

秦明道："心够细的，可惜还有两点你没注意。第一，有赖大就有赖二。有来升，就有来旺。你们没发现，他们才是一条线上的人吗？第二，来旺媳妇来取什么东西？"

山岚道："纸扎。"

秦明道："确切地说，是订花名册用的纸扎，可来旺媳妇领的是呈文京榜纸扎。"

秋真道："有区别吗？拿好纸订花名册不行吗？"

秦明道："少抬杠，呈文、京榜是官府和宫中用的，说明凤姐现在所做的丧事，不能等同于一般丧事。"

秋真道："这一点我同意，我贡献给你点信息，葬礼上来吊唁的人中，八国公的名字取得有意思。他们分别是：理国、镇国、齐国、治国、修国、缮国，再加上荣国、宁国，共八公。名字排起来，就是：修身，齐家，治国，平天下。代表啥意思，你们想去吧。"

秦明道："对，就是这个意思。我强调的另一点就是，来升是宁府管外的，来旺媳妇代表凤姐管内的，来升也说了，请琏二奶奶来宁府管内务。说明整个大丧期间，宁府内外都是以凤姐为首的来升、来旺媳妇在运管，说明什么？"

山岚道："宁府不但换了管事的凤姐，是里外都被别人掌控了？"

芸轩道："算你聪明，你也不想想，尤氏病了，什么病这么长时间好不了，如果凤姐执政长达一年的话，她病得就更没道理了。"

山岚道："越说越没边了，就算宁府换成了凤姐，凤姐也是好的，她能是谁？"

芸轩道："听了你就知道她是谁了。秦明，快说完这个议题，你的结论是？"

秦明道："不管她是谁，赖二变来升，确实起到了偷梁换柱的作用，宁府换了当家人没错，但来升变赖升，还没理出头绪。"

秋真道："赖二、来升，两个名字合在一起，可不就是'赖升'吗，或许宁府变成个混合体呢。"

秦明道："有这可能。"

芸轩道："好，就先这个结论，宁府也许是被鸠占鹊巢呢，就算是个混合体，咱们接着论。说完这个小小的管家，再说说我手中的对牌。

这牌子，是经出宝玉之手递给凤姐的，仪式感很强。凤姐在用的时候，最密集的地方，我数了数，竟连续提起这个东西八次。其中，使用宁府的牌子，除了第一次来旺媳妇用之外，就是打人那一次。她掷出牌子，传谕：惩罚来升，可见这个牌子的厉害处。

还有第六次，是凤姐吃完饭后，就有宁国府中的一个媳妇来领牌，为支取香灯事。这时候，秦钟就问了一句话，道：你们两府里都是这牌，倘或别人私弄一个，支了银子跑了，怎样？凤姐的回答值得思考，她笑道：依你说，都没王法了。你们可听明白了，对于这个对牌，可有何感想？"

山岚道："听你一说，这两只牌子，就代表王法。凤姐此时是在治理国家，这个东西肯定是权力的象征，也许是皇权呢。"

芸轩道："那好，如果这个代表皇权，秦钟担心别人私造一个，又怎么解释？"

秦明道："这就是关键了，本来凤姐手中就握着两个权力，秦钟却又来提醒咱们，若有人再私造一个怎么办？"

芸轩道："哎！他的担心不无道理。窃国者诸侯，有人私造一个政权不算犯王法。也许凤姐就有这个机会，比如，宝玉有一件事，就问：怎么咱们家没人领牌子做东西？

"批语说，这是写不理家务公子之语。所以，凤姐道：人家来领的时候，你还做梦呢。这怎么理解？"

秦明道："这真是个问题。宝玉把宁府的牌子，从贾珍手里拿过来，郑重其事地递给凤姐时，似乎知道这个牌子的用处。可见凤姐在荣府，也肯定常用这个东西，宝玉能不知道这个东西怎么用、什么时候用？"

芸轩道："这才是关键，更为奇怪的是，他有一个要牌子的举动。当凤姐说：便是他们作，也得要东西，搁不住我不给对牌是难的。宝玉听说，便'猴'向凤姐身上，立刻要牌，说：好姐姐，给出牌子来，叫他们要东西去。看来，他是真不知道这个东西多重要。这又说明什么？"

山岚道："说明他幼稚，秦钟都知道这个东西要紧，还担心别人私造一个呢。"

芸轩道："用词不当，说明他是小孩心性，你看凤姐的反应是这样写的：我乏的身子上生疼，还搁的住揉搓。你放心吧，今儿才领了纸裱糊去了，他们该要的还等叫呢，可不傻了？我这一学，你们咂摸一下味道。"

秋真笑道："你真夸张，像个老太太，身子就那么乏？"

秦明道："我看出来了，像一老一小的，不像姐俩，倒像娘俩。"

芸轩道："我也有这样感觉，关键宝玉是'猴'上身，这个'猴'字用得巧。此时，凤姐手里握着两个政权，如果再和贾琏勾连起来，那就是南北两个政权。果真这样，这个凤姐又是谁？你们是不是心里有底了？我的对牌说完了。"说着，把对牌又挂在原处。

回头道："下面说一场大戏，就是咱们苦苦想打开迷局的大葬礼。其实，从见到秦可卿卧室的那天起，我就关注了一个人。"山岚问是谁，是武则天、赵飞燕，还是杨玉环。秋真认为，她们不仅是帝妃，还有一位是帝王，秦可卿就是个帝王。

芸轩道："不是她们，我只说那位同昌公主。"

山岚道："没人注意她，怎么了？"

芸轩道："此人生前备受皇帝父母宠爱，死后哀荣无限。其葬礼之奢靡，无与伦比。但有一点你们没注意，就是她死后，给人间留下一场血雨腥风。

第十四回
南北大葬礼　真假双龙现

251

"曹公提到她，是想将这个大葬礼赋给可卿，而寿昌公主的梅花装，却留给了香菱。这也就是香菱有蓉大奶奶体格的渊源。所以，我想问秋真，秦可卿是谁？"

秋真笑道："前些日子，我觉得她好神秘，现在我以为这已不是什么秘密了。可卿铭旌上的铭文，就是验明正身用的，什么'奉天洪建兆年不易之朝享强寿贾门秦氏恭人之灵柩'。这么个铭文不伦不类，看上去不是太显眼吗？"

山岚插言道："还好意思说，就你的简单，我替你说。听好了：奉天承运，是明朝首创敬语，这里就用上了；再加上洪武、建文，不言自明；兆年不易，自然是指万历。把这些明朝特有的东西，放到她的铭文里，谁也能想到，她一定是个明朝人。

"再者，说她享强寿，说明她不是太年轻，这和贾蓉的年龄不符啊，又是吊死的，这些都容易让人往那件事上想，重要的是，为什么非要让秦可卿用樯木，我就查找了好些资料，结果发现一个故事，说的就是樯木。"

秋真道："那就说说你的故事。"

山岚道："此木，乃明朝皇族崇拜之神木，祝枝山《野记》载：太祖初渡江，御舟濒危，得一樯以免。之后，令树此樯于一舟而祭之，遂为常制。最后是那个压地银山般的送葬队伍，可以说，声势浩大到透着一股神秘。连脂砚也帮着分析了，光送葬的六家王公，用拆字法拆开，就是十二属相的人，代表了全天下之人；

"王、公、伯、子、男之王孙公子们，就不用说了，代表所有的王公大臣、王孙公子；路祭的东、南、西、北之王，代表四方齐全的天下人臣。

"王公大臣、天下百姓都倾巢而出，如此盛大的葬礼，不就是国葬吗？谁享受这样规格？帝王啊，难道不是明朝最后一个帝王吗？"

秋真送给山岚一杯茶，笑道："润润嗓子吧，又没有人抢你的话，打听得这么周到。那我再问你，在秦可卿死的同时，林如海也死了，这段葬礼加进去的动机是什么？"

山岚道："你们不是知道了吗，这一年，可不是一个好年份。九月初三这个日子，历史有记载的。大明灭国后，大臣们像瑞珠那样殉国的人也有记载，弘光朝为表彰殉国的忠臣，将这一天定为'殉国大臣纪念日'。"

秦明道："林如海死了，王朝的翰海学林也亡了，华夏文明也亡了。"

芸轩道："算你用了功课，可我的看法不同，这不是那场丧礼，他持续一年怎么解释？"

山岚听了不服，芸轩道："这其实是一场滑稽的改葬之礼，清廷诈入京师，为了笼络汉人心，曾以帝礼改葬过崇祯，令臣民为其服丧三日，可绝对不可能如此风光。据说，改葬和修缮思陵，确实用了整整一年时间。因当朝者不重视，奴才们又不当一回事，才把一场丧事拖成一年之久，也就不奇怪了。"

秦明道："哎！把可卿的葬礼，写得如此超越规制，恐怕也是曹公作为后裔之人，想极力表达自己深深的遗憾。"

芸轩道："不错，葬礼就说到这里。最后一个物件，就是秦明手上的鹡鸰香串。这个物件的来历大家都知道的，是前来路祭的北静王，见到宝玉后给的贺礼。他是这样说的：此系前日圣上亲赐鹡鸰香念珠一串，权为贺敬之礼。确实是皇帝给的东西，这么重要的东西，北静王为什么要转送宝玉？"说完，芸轩拿眼睛看着秦明。

秦明道："只有一个目的，给了宝玉，宝玉才能转送黛玉，才能引出黛玉那句话：什么臭男人拿过的！我不要它。"

秋真道："又啰唆一圈，人家不是问你吗？黛玉为什么这样反应？"

秦明道："那你得让我说说关于鹡鸰鸟，诗云：脊令在原，兄弟急难。死丧之威，兄弟孔怀。其意不言自明，遇到外敌入侵，发生死丧战乱，还是兄弟相顾。在这场丧礼上，送一串这样的鹡鸰珠，就是表明一种立场，那位皇帝告诉宝玉，我们是生死弟兄，若有了这样死丧之难，我来帮你料理。"

秋真道："你的意思，宝玉和皇帝或者和北静王，是生死弟兄了？他要帮死者报仇还是怎的？"

秦明道："是啊！"

山岚道："那为何黛玉不要呢，就是说，她怎么不同意人家这个立场？是不接受这个兄弟吗？你看芸轩画儿上的这二人多和谐般配。"

山岚道："看着疑惑，说了半天还有一个谜没解开。"

秋真道:"还有什么解不了的谜?"

山岚道:"凤姐啊,你们只说她手握两大权力,可没说清楚,她到底谁呀?"

芸轩道:"这个人复杂,一时还真说不好。这么说吧,她身上的谜点最多,我只告诉你三点,你自己判断。

"第一点,秦可卿托梦时,也给了凤姐一个评语,说她是脂粉队里的英雄,连那些束带顶冠的男子,也不能过她,别人都未必中用,只有她还可以托付。咱们也知道,可卿梦中托付的可是治国大计,她如果强调凤姐的女人身份,就一定有所指,这个评价够高的,这说明世间真有这样一个英雄般的女人。

"第二点,咱们都知道,凤姐和秦可卿的关系可不一般。但凤姐对可卿病重的反应,却是耐人寻味的。看到她病体恹恹,凤姐说了些安慰话,按说,她心里是伤感的,可你们看看她的实际表现,从里头绕进园子的便门来,就看到园子里的景致,好像没见过花园子似的,竟然是一步步地行来赞赏,用了'赞赏'一词,她哪里有半点伤感味道。

"再就是听到她的死讯,凤姐吓出了一身冷汗,而不是像宝玉那样,万箭攒心,悲伤吐血。

"还有,等贾琏从苏州回来,凤姐这样得意地形容自己的举动:更可笑,那府里忽然蓉儿媳妇死了,珍大哥又再三再四地在太太跟前跪着讨情,只要请我帮他几日;我是再四推辞,太太断不依,只得从命。依旧被我闹了个马仰人翻。她竟然说,可卿之死是'可笑'的。

"第三点,丧礼期间,她吃饭的时候,宝玉、秦钟来了,她让宝玉跟自己吃,宝玉道:这边同那些浑人吃什么!原是那边,我们两个同老太太吃了来的。

"宝玉把这边的人,说成是浑人,似乎是吃了这里的饭,就玷污了自己了,他和秦钟还有老太太,才是好的。"

山岚道:"对了,脂砚就说,宝玉这是奇称,如果这边是些浑人,问谁是'清人'?"

秦明道："什么谁是'清人'，这个脂砚打马虎眼呢，这里的这些人，都是清人。"

山岚笑道："哦？你的意思，凤姐也是清人？"

秋真道："还别说，是咱们的吴三桂，再三请人家清人来帮忙料理家务的。凤姐的话一点没错，崇祯死得确实像笑话。此时的凤姐拿着两府的牌子，一手托着一个政权，是个双料人物。特别是在理丧上，应该是代表清朝一方来帮忙改葬的。"

秦明问着山岚道："不服气吗？我再给芸轩补充一点，关于凤姐的毒辣手段，在贾瑞身上就充分地体现了。让贾瑞心甘情愿地为她死，什么人能做到？还原到现实里，当她有'清人'身份时，就很好解释了。正是那人，死心塌地，就算身败名裂，遗臭万年，也要效忠金人的。"

秋真道："你这样一说还真是，宝玉'猴'上身时，还真有点小皇帝和孝庄的影子在呢。所谓：金紫万千谁治国，裙钗一二可齐家。这个女人不简单。清人为崇祯重新发丧，从薛蟠赠送棺木开始，到凤姐不遗余力地打理丧事，处处有清人的影子在。"

芸轩道："这样推测下来，黛玉对鹡鸰串的反感就好理解了。任你无双肝胆烈，多情奋起自眉鬟。在这件事上，雨村辈是对不起崇祯的。所以，黛玉远远地躲开了这场尴尬的丧礼。"

秦明道："我看作者也是狠心，竟然让她有丧父之痛，还让她的塌天之丧，也发生在同一时刻。"

芸轩道："别有用意，时间本来就很接近。你也不想想，这一年发生了多少大事。其实，他也为在这一年内死去的李自成一写。"正讨论着，下面来了客人，秦明和山岚忙着跑下去招呼了。

见二人打闹着去了，芸轩重新泡茶，换杯，递给秋真，担心道："其实，我也没有十分把握看清北静王，他算是《石头记》里身份级别最高的人物了，我需要求证这个人的来历。甄士隐和那通灵玉有一面之缘，缘分还没落定。而这个人，也一样和那玉有缘相见，可他到底是谁？"

第十五回

打破铁门限　葬入馒头庵

秋真站起来审视那张画道："北静王可是亲自至祭的唯一王爷，即便两家有世交之谊，可为了一个名不见经传的小媳妇亲自出马，显然说不过去。咱们该关注的恐怕是他来的动机。"

芸轩道："动机嘛，肯定不是来送鹡鸰香念珠表达兄弟立场的。就怕是为了宝玉的通灵玉而来，他该不是惦记宝玉的玉吧？"

秋真放下杯子道："即便是为玉而来，那也得看缘分，书中说：二人有似神交已久的样子，宝玉每思相会，只是父亲拘束严密，无由得会，今日反来叫他，自是喜欢。"

芸轩抬手比画道："一个急不可耐，一个被拘束无由得会。宝玉从衣内取出，呈给北静王看了，王爷又亲自给他戴上。这些举动是不是透露了他的动机？老是觉得似曾相识的呢。"

秦明正上来，听得二人说，忙问道："和谁似曾相识？"

秋真也不理会，两手一拍道："宝钗看通灵玉时，二人也是这样默契来着，结果黛玉来了，发生了那些冷嘲热讽，他们这里又如法炮制。所以，宝玉转赠北静王的香珠给黛玉时，照样受了她的冷遇，也一样。真是的，二人都惦记这块玉呢。我这番推理怎么样？"

芸轩点头称是，说推理万无一失，且北静王同样关心上面的字，不只问那些除祟呀疗疾的字是否灵验，更关注"莫失莫忘，仙寿恒昌"的谶语。

你想啊，如果"除祟疗疾"灵验的话，对这些觊觎这块玉的邪祟们，应该有惩避作用，能不问清楚吗？想得到这块玉，须得小心。莫失莫忘，仙寿恒昌。如果是块玉玺，哪个帝王不眼热。

秦明听她们讨论的还是北静王，就道："这人厉害，你看人家对宝玉，哪是赞赏有加呀，什么：语言清楚，谈吐有致，什么龙驹凤雏，将来雏凤清于老凤声。我看，他这是在赞美自己呢。"

芸轩道："拉拢宝玉的手法也是一套一套的，先是赞宝玉资质聪慧，想老太夫人、夫人辈自然钟爱之极；接着就吓唬说，吾辈后生，甚不宜钟溺，钟溺则未免荒失学业。他小时候，曾蹈此辙，想宝玉亦未必不如是；然后，再以做学问的名义来个请君入瓮，说宝玉在家难以用功，不妨常到他寒第。他虽不才，却多蒙海上众名士，凡至都者未有不另垂青，是以寒第高人颇聚。令郎常去谈会谈会，则学问可以日进矣。拉拢宝玉的说辞，多么有理有据，谁也推辞不得。"

秦明道："海上众名士凡至都者，未有不另垂青，他那里高人聚集，这笼络人才的手段也了得。可一个年纪轻轻的小王爷，有这样胆量吗？敢在天子跟前大量集聚人才？还常常谈会谈会，能量也够大的。"

秋真指着芸轩画上的北静王，笑道："胆子够大，能量也不能小觑，除非本人就是圣上。看你这画里簪缨银翅王帽，江牙海水五爪坐龙白蟒袍，虽说像戏服，也有帝王之样。"

秦明道："不过就算是王，也是个汉王的样子，如果是清王，不该这样装扮的。"

秋真道："为汉皇帝发丧，又要笼络人心，就得让自己暂时像汉王的样子。"

芸轩叹道："可怜作者的心了，大概水里梦里都盼着这样呢。"

秦明道："我知道了，北静王是不是北京王的意思？水字加溶字都带个水边，名字真好，清朝就是属水。他们为汉人皇帝发丧、路祭真是高明啊，此举能溶化汉人之心。"

秋真道："嗯！似乎有道理，果然黛玉的判断是清晰的，这个北静王或者那个圣上，就是臭男人不假。可有这么简单吗？这些人原是这样的吗？"秋真又怀疑起来。

正说着，听见山岚在下面喊，三人以为有什么事，忙忙地跑下来看时，见一个伙计搬着一辆小纺车站在当地。看到芸轩出来，忙笑道："老板让给你送来定做的纺车，看是放在什么地方好。"

芸轩把伙计让到楼上，把纺车也挂在竹对牌旁边的墙上，付了费，打发走。秋真则远远地站着，瞅了会子，笑道："你这屋子里若再挂个草帽，放个簸箕，就快成我姥姥的小农宅了。好好地做个纺车干啥，这工艺也一般，和你这些好看的石头一点不搭边，怎么想的？"

芸轩神秘地一笑，道："猜猜！这个可是有讲究的，今天就难为秦明，看看她知不知道关于纺车的典。"

秦明道："这个可不在命题中，我对纺车也没研究，想不出什么来，不如你先说说用意。"

芸轩道："能有什么用意，我是专门为二丫头准备的。"

秋真道："哦？二丫头有这么重要？你还专门为她做个道具？我还以为你为装饰卧室呢。"

芸轩道："每次都是你准备道具，看你这样忙，这次我亲自做，还行吧？"

秦明正从奇石架上拿起一块玉石，摩挲一会儿，又看看纺车喊道："我想起来了，有个笑话是关于纺车的，不对，不是纺车，是纺车的零件。"

秋真道："一惊一乍的，纺车还有笑话了。"

秦明道："听我念首诗，你们就知道了。"遂念道：

去岁相邀因弄瓦，今年弄瓦又相邀。

弄去弄来还弄瓦，令正莫非一瓦窑？

说完，先自个笑个不停，她三人都莫名其妙。秋真道："有意思吗？你自己说得热闹，什么弄瓦弄窑地盖房子呀。"

秦明止住笑，道："我刚才看了你的玉，又看你的纺车，突然想到这个笑话，里面还真有个典，说的是弄瓦之喜。"

秋真道："快说说。"

秦明道："出自《诗经·小雅·斯干》，原诗不说了，这里的瓦是指纺锤，纺车上的部件。弄瓦呢，是把瓦给小女孩子把玩，希望她将来能胜任女工，做个有用之人。与此相对应的当然就是弄璋之喜。璋是玉，给男孩子把玩玉，长大了就可做官，甚至当皇帝。"

秋真道："标准的重男轻女，女孩子玩瓦，会用纺车就是有用之人了？"

秦明笑道："对呀。所以古人常用弄瓦之喜，祝贺人家生女孩；弄璋之喜，祝贺人家生男孩。我刚才说的打油诗，就是苏洵的朋友祝贺苏洵的妻子连生两胎女儿的事。"

秋真听了，回味一下，笑道："弄来弄去还弄瓦，令正莫非一瓦窑？原来是这回事。"说完也笑起来。

山岚道："现在的习俗，纺锤和玉虽无法相提并论，但弄璋弄瓦，都是对男孩和女孩的将来做一种寄托，把玩纺车和把玩玉，同样重要。"

芸轩道："曹公可是别出心裁了，凤姐是女人，在馒头庵把玩过宝玉的玉；宝玉是男人，在农庄上竟去把玩二丫头的纺车，他可真会男不像男、女不像女地行事。"

秦明坏笑道："你一挂上这纺车，我就知道纺车里埋着幺蛾子呢。说实在的，我意识中，只把纺车这个道具给了凤姐的女儿巧姐，倒忘了宝玉也把玩过纺车，更忘了纺车的主人实际是二丫头，我算是服你啦。"

山岚道："快告诉了，谁是二丫头，一会儿来客人了，我可没工夫聊。"

秦明道："说来话长了，凤姐脱离送殡大队，来到这个农庄，就是为了这个二丫头来的，能一句话说清楚吗？"

山岚不服气道："你又充能耐，怎么看出是为了她来。"

秦明道："不瞒你说，我也是看到纺车才来的灵感，才想到的。早先我就疑惑，这送殡的路上，宝玉不大工夫就连着见了两位古怪的人。

"刚才是一个王爷，现在又一个农家女儿。虽然二人身份有天壤之别，可宝玉的态度却惊人地一样，对王爷那是一见如故，对村姑也是恋恋不舍，恨不能跟了二丫头去。对此，我绞尽脑壳，也没想出个所以然来。"

秋真道："这回有意思了吧，王爷是把玩玉的弄璋者，二丫头是把玩纺车的弄瓦者，其实都身份了得。"

山岚道："你的意思，二丫头的身份和王爷一样了？"

秦明道："差不多。"

山岚道："什么叫差不多。可你们说不能瞎猜测，得有真凭实据才行。"

芸轩道："我有两个证据。"

山岚道："什么证据？"

芸轩道："第一，就是凤姐哄宝玉的那句话。刚出城，凤姐儿记挂着宝玉，怕他在郊外纵性逞强，不服家人的话，便命小厮来唤他。笑道：好兄弟，你是个尊贵人，女孩儿一样的人品，别学他们'猴'在马上。下来，咱们姐儿两个坐车岂不好？

"这句话的意思很直白，说宝玉女孩一样的人品，对应的动作，就是宝玉饶有兴致地玩纺车，而不是把玩男人们用的锹、镢、锄、犁等物。他是不是女孩的心性？表明他此时就是个丫头。

"前面北静王也称赞，说他是龙驹凤雏，将来雏凤清于老凤声，强调的就是一个'凤'字。凤丫头是大凤，凤雏就是小凤。有了这个字，就可以和二丫头联系了。"

山岚道："我听出来了，凤姐有个凤字，宝玉又是雏凤，又和凤姐同车坐，简直是大凤和小凤，干脆就是大丫头和二丫头。所以，宝玉是二丫头。"

秦明道："我看车里是俩丫头，二丫头代指那俩人吧。"

山岚道："你又胡乱意会，不算证据，还有呢，你不是两个证据吗。"

芸轩道："第二，就是二丫头对宝玉的态度。见宝玉动她的纺车，就跑了来嚷道：别动坏了！宝玉呢，又是忙着丢开手，又是赔笑，一副服服帖帖的样子。二丫头就说：你们哪里会弄这个，站开了，我纺与你瞧。完全是一副瞧不上的样子，这种感觉像什么？"

秦明摸着纺车道："宝玉班门弄斧了，二丫头嫌乎他，嫌他二呀，宝玉才是二丫头的二丫头呢。"

下面有人喊结账，山岚只得下来，说得秋真笑起来，道："宝二爷就是'二'得很，才理解'谁知盘中餐，粒粒皆辛苦'的滋味，说老百姓的日子实属不易，这是理解造反农民的感受吗？"

　　芸轩道："也许，说正经的吧，凤姐带队来到农庄，除了让宝玉变成二丫头，还有一个玄机，不知注意到没有？"

　　秦明道："早就注意到了，凤姐来这个农庄上更衣了。"

　　芸轩道："对，但不知她要更换成哪个脸谱，哪个身份，只是有个词很特别：更衣抖灰，难道是换了一件带灰的脏衣服吗，要不怎么会先更衣服，再抖灰呢？"

　　秦明道："来农庄换衣服，自然是换农民装束，这姐弟俩斜出队伍来，摇身一变，是变成了农民了？"

　　芸轩道："对，离开北静王来农庄换身份，再回到送葬队伍时，其实已经变换角色了，接下来发生的事，也许和农民有关。"

　　秦明道："接下来是铁槛寺弄权，她做的事还真不少。"

　　秋真拍了一下手，从包里取出一叠纸，笑道："不说我倒忘了，说起铁槛寺我才想起来，谁嘱咐我跟齐淑大师要《血盆经》来？这不差点给忘了。"说着，递给芸轩。

　　芸轩翻看了一遍，问秋真道："经文我大体知道，意思无非说，女人生育过多，会污血亵渎神佛，死后下地狱，就在血盆池中受苦。多荒唐的佛旨，怎么把生育这样伟大的事，说成是罪责，还强加给女人们。大师怎么说？"

　　秋真道："大师也说这是部伪经，历来不主张的。"

　　芸轩道："这就对了，馒头庵里还能念出什么好经来。"

　　秋真边收起经文边道："嗯？看来你对馒头庵有看法？"

　　芸轩道："何止有看法，你看这几个姑子。不说别人，就说智能，她都称这里是牢坑，时刻盼望着能逃出去呢。"

　　秋真道："可她的好朋友惜春，却天天盼着做姑子，她倒好，做了姑子却情根未灭，还一心想着嫁人。我看是她自己有问题，不一定是馒头庵有问题。"

　　秦明道："我觉得馒头庵有问题。刚才说她们要为胡老爷家生了公子念

《血盆经》。先不管是不是姑子拿这个经文骗人，你仔细想想，'胡'老爷家的女人生了公子，而那个女人就会血污神佛，是否理解为：胡人生子，是要带来血光之灾呀？"

秋真道："这是个机括我承认。"

芸轩道："且净虚说她自己的出家地也让人生疑。"

秋真道："你是说她出家的长安县善才庵吗？"

芸轩道："就是，你不觉得'善才'二字有些耳熟吗？"

秦明想了会子道："宝钗进京的目的，是要进宫充任才人、赞善之职，这两个职务和起来，就是'善才'二字。长安又是京都，所以，净虚做的事和宝钗做的事有些关联。这样说来，这个馒头庵确实有问题。"

山岚正好上来，听她们正在谈论馒头庵，就插嘴道："别提什么馒头庵，题目我就迷糊着呢。说凤姐弄权铁槛寺，可我觉得她在铁槛寺没干什么呀，不就是觉得铁槛寺简陋，想去寻个舒服地儿吗，这也叫弄权？再者，秦可卿在铁槛寺安灵，不下葬吗？怎么不提下葬的事。林如海还入了祖茔呢，怎么秦可卿不下葬呢？"

芸轩道："这个好理解，所谓弄权，得有弄权的身份。既然弄权在铁槛寺，那么铁槛寺就一定藏着权力标志。想想这个地方，能代表什么权力呢？另外，要凤姐用什么身份才可以玩弄这权柄？"

山岚道："这条思路倒清晰，铁槛寺里有什么玄机？"

秦明道："孤陋寡闻了，没听说吗，纵有千年铁门限，终须一个土馒头。"

山岚道："铁门限和铁槛寺一样吗？"

秦明道："当然是一回事。打铁做门槛，强做千年调。世人对荣华富贵一向祈求世代长久，这也是贾家祖先的追求。铁槛寺里，就有活人祈求的一切，秦可卿不下葬，是要等着复活也未可知。"

芸轩道："可也有人说，城外土馒头，馅草在城内，早晚还不是一人吃一个。秦可卿是否复活不说，事实上，她本来就没有自己的陵穴，看看现实就知道了，古人称这种陵墓叫攒宫。"山岚接着问啥叫攒宫。

秦明道："所谓：君杀，贼不讨不为葬，实葬而名未葬，实陵而名不以陵者，为攒宫。"

秋真道："说得在理，秦可卿没地方下葬，是其一；留下宝珠伴灵，也有别的用意。至于凤姐在铁槛寺弄什么权，说不定就是让秦钟去馒头庵做草馅呢。"

山岚道："她要谋害秦钟？完全反了。照你的说法，铁槛代表祖先打下的基业，准确地说是贾家的权力基业，她是代表贾家在这里发号施令，对吧？贾家人，要害秦可卿的弟弟吗？"

秦明道："嘿！你就自己进沟里吧。你看看文本再说，好不好！曹公曾强调，送葬的人入住铁槛寺后，出现了两种情形，有那家道艰难的才安分住在这里，有钱势的，就不安分住这里了。

"又说了，贾家所有人都住这里，只有凤姐嫌这里不方便，出去找别的下处。这不矛盾吗？照这个逻辑，贾家只有凤姐出格了。凤姐出于什么目的不住在这里，你想过没有？此时，若贾家人都住这里，是否都家道艰难了？难道唯有凤姐自己有钱有势？她也是贾家人哪。"

山岚道："别说，还真是呢，没听她告诉净虚吗，别说三千两银子，三万两此刻也拿得出来。她确实是有钱人。"

秋真道："说大话吧，怎么可能！"

秦明道："就是，和谁比？和贾珍比，还是和王夫人比？如果贾家都败落了，怎么会独她有钱？"

芸轩道："有个例外。"

山岚问："什么例外？"

芸轩道："或者她根本就不是贾家人呢。前面不是也说她在农庄更衣了吗？凤姐的身份要是个农民暴发户呢？"

秦明道："都是山岚疑神疑鬼的，这不结论又回到原点了。凤姐和宝玉这二位丫头，代表的就是农民领袖，还有啥怀疑的。他二人本不是贾家人，当然不能住在贾府家庙里，在铁槛寺弄权的结果，就是带秦钟去馒头庵。"

山岚道："你们就认定秦钟被当成馒头馅了是吧？可他在馒头庵里风流着呢。"

秋真笑道："秦钟在姐姐大丧期间做这样事，确实匪夷所思，都超乎常人想象了。"

芸轩叹道："巫山云雨，不如此，焉能成草馅。我只是佩服曹公的手段，能瞒过所有人。"

秦明道："我就看出破绽了。"

秋真道："从什么地方？"

秦明道："智能的名字。"

山岚道："智善和智能，很普通的名字呀。"

秦明道："哎！可不普通。能儿，就是有才能的意思，在净虚和凤姐的聊天中，有这样几句话，我学给你们听。

"凤姐道：你瞧瞧我忙的，那一处少了我？既应了你，自然快快的了结。

"老尼道：这点子事，别人的跟前，就忙的不知怎么样，若是奶奶的跟前，再添上些，也不够奶奶一发挥的。只是俗语说的'能者多劳'。听出什么没？"

山岚抢先道："最后一句，'能者多劳'就说凤姐是个能者。这能说明什么？"

秦明道："凤姐是能人，那能儿和凤姐就有关系呀。"

山岚道："瞎说，她二人八竿子打不着，有什么关系？"

秦明道："还不信，凤姐一来庵里，入眼先看到的人就是智能，说她长高了，模样儿越发出息了，你也不想想，一个小尼姑，这样入凤姐的眼？"

山岚笑道："凤姐就是能儿吗？"

芸轩道："是的，这都是些小节点，他们一行人来水月庵，做的可是大案要案，是被公开藏起来的那段，谁可解得开？"

秦明道："到了晚间，凤姐因怕通灵玉失落，便等宝玉睡下，命人拿来塞在自己枕边。宝玉不知与秦钟算何账目，未见真切，未曾记得，此系疑案，不敢纂创。可是说的这件隐事？"

芸轩道："可不是吗？曹公隐藏了他二人之间的账目，且还让凤姐拿走了宝玉的玉，这不是大有沟壑吗？"

山岚道："可他二人有账目吗？不是故弄玄虚吧。"

芸轩道："肯定有账目。说到能儿勾引秦钟，你们不觉得和凤姐在风月鉴中勾引贾瑞的情节，几乎一样吗？"

山岚仔细想了下，笑道："仔细咂摸，有些像嘞，能儿和凤姐真是一回事。秦钟幽会能儿，被父亲发现，挨了一顿打，和贾瑞被爷爷责罚杖打一样；二人都是得了风寒，加上淫欲伤身，又都一命呜呼，难道真是凤姐惹的祸？可这和宝玉没关系吧。"

芸轩道："有没关系，看看就知道了。贾瑞和秦钟表达感情时，都用了一样的台词，对于晚上的约会，一个对凤姐说'死了也愿意'，另一个对能儿说'好人，我已急死了。你今儿再不依，我就死在这里'。看没？都是以死相许。"

大家听了齐点头，芸轩又道："可又不完全一样。都是被长辈发现后挨打不假，可秦钟的父亲因这件事气死了，贾瑞的爷爷虽然也很生气，可并没死。

秦钟之死，除了和智能缠绵加风寒伤身，最大的原因是父亲之死，让他过于内疚。而贾瑞的死，完全是因不节制的欲望。还有最大的区别，秦钟和能儿是有情的，在这件事上，曹公专门安排了一段经典场景，就是能儿倒茶。"

秦明道："这一段好，让我和山岚学一学吧。"说完，二人对答起来。

秦明【宝玉】笑道："有没有也不管你，你只叫他倒碗茶来我吃，就丢开手。"

山岚【秦钟】笑道："这又奇了，你叫他倒去，还怕他不倒？何必要我说呢。"

秦明【宝玉】道："我叫他倒的是无情意的，不及你叫他倒的是有情意的。"

山岚【秦钟】只得说道："能儿，倒碗茶来给我。"

秋真旁白道：那智能儿自幼在荣府走动，无人不识，因常与宝玉秦钟玩笑。他如今大了，渐知风月，便看上了秦钟人物风流，那秦钟也极爱他妍媚，二人虽未上手却已情投意合了。今智能见了秦钟心眼俱开，走去倒了茶来。

山岚【秦钟】笑说："给我。"

秦明【宝玉】叫："给我！"

秋真学着智能儿抿着嘴笑道："一碗茶也争，我难道手里有蜜！"

芸轩端起一杯茶道:"听见吗,这不是茶,是'柔情蜜意'。他们之间是因情而欲,贾瑞则是无情而欲,和他们能比吗?这有本质区别的。"

山岚端过茶杯,一边走一边笑道:"我明白了,凤姐是讨厌贾瑞的,并没真心向他示好。贾瑞虽然不顾身败名裂而死,其实并未真正得到凤姐,只是为满足私欲而亡。

秦钟因能儿死,能儿是有情的,是能儿的主动勾引之举让秦业发现,才气急而死。秦钟的死,其实是因失去了父亲,准确地说,虽然也是能儿害死了秦钟,但有情可原。"

秦明道:"反正都是被人家害死了,倒是秦钟比贾瑞好得多,他是实实在在得到了能儿的爱。要是这样的话,倒是和历史有所契合。"

山岚道:"怎么契合?"

秦明道:"宝玉来农庄,也才知道'粒粒皆辛苦'的滋味,假若他就是二丫头,那么宝玉和秦钟之间的账目,就是农民军和大明军之间的账目。农民军对权利的欲望,并不完全为自己,他们是为了劳苦大众,这就是宝玉说的,能儿和秦钟之间是有情意的。假若二丫头是李自成,秦钟和宝玉的账,就该好好算算。"

山岚道:"这么说,凤姐真有嫌疑,她有意识把秦钟带到馒头庵,让智能帮她实施计划,就是来包秦钟这个馒头馅的。果然这样的话,那宝玉为何制止秦钟和能儿密约,还要亲自和秦钟算晚间的风月账,这不就又矛盾了吗。"

秋真捂着嘴偷笑,秦明问她笑什么,秋真道:"别提这个人,秦钟和能儿,焙茗和万儿,都是在得趣之时被宝玉悄悄摸进来,棒打野鸳鸯。我就怪了,宝玉也是偷试过云雨的人,见了这个,能这样状态,真是罕见的写法。"

秦明道:"你提到万儿,我忽然想起来了,凤姐答应宝玉,在馒头庵多住一晚,宝玉对她的称呼不是好姐姐,而是千姐姐万姐姐地央求。这里就多了个万姐姐,既然能儿是她,这个万儿也有可能是她。"

山岚道:"别顾分析万儿了,就说宝玉为何拆开他们。"

秦明道:"为救秦钟呢。你也不想想,能儿勾引他,可是想要他的命呢。"

山岚道:"可又怎么解释秦钟和宝玉的账目呢。要是宝玉也想要他的命呢？"

芸轩道："五尺阑干遮不尽，独留一半与人看。曹公半遮半掩的账目里面，还藏着个另样的故事呢。"

秦明道："还有什么故事？"

芸轩道："怨不得你，这种无限退想的手法，曹公又不是第一次用，只用脂砚的批语留破绽。我查过这首诗，是占城使臣的《题葵花》，原文是：

花于木槿浑相似，叶比芙蓉只一般。

五尺阑干遮不尽，独留一半与人看。"

秦明道："这个故事我熟悉。一位来自占城的使者，被明臣戏弄，以为人家南蛮小国，不认识花，就把蜀葵说成是一丈红，结果反被使者作诗嘲弄。这和曹公的手法，有联系吗？"

芸轩道："不是这个，是脂砚把占城使者说成是'安南国使'，把国家名字说错了，这肯定是故意的。"

山岚道："占城和安南不是一回事吗？"

芸轩道："当然不是，这显然是个埋伏，是个纪年节点的埋伏。占城作为古老的占婆国，一直与大明通好，但就在一六九四年，被安南灭国。写那首诗的时候，占城还没亡呢，可脂砚偏偏说错了，用亡国后的名字用意何在？如果把占城说成是安南，一定是强调占城亡国的事实与时间。巧合的是，占城亡国的时间正好是甲戌年。所以，我才判断，《石头记》里的这个甲戌年，应该就是一六九四年，也就是《石头记》十年成书后，脂砚初评的纪年。"

山岚道："原来是这样，你又分析到纪年里了，我还是想知道他二人的账目怎么算的。"

秦明道："知道曹公的挥东指西法吗？看你这样问就知道你肯定没发现问题。这里说秦钟得趣馒头庵，其实秦钟得趣的地方有两处。这一处就不提了，还有一处，是在农庄上，他怎么赞二丫头来？你想想。"

山岚道："他只是说，此卿大有趣意，也没说别的呀。"

秦明道："对吧，里面用了'趣意'一词，从他的眼里看二丫头，是有趣意的，且也隐含着点淫意，要不宝玉怎么会说：该死的！再胡说，我就打了！

二人这样的反应，说明秦钟在此处也是得趣的，得谁的趣，得二丫头的。"

秋真道："对喽，二丫头又是宝玉，所以，他二人之间也和能儿之间一样，已经得趣得很。"

秦明道："错！就着这句话，宝玉可不是这样的。听了'此卿大有趣意'之后，宝玉是这样的：先是一把推开，然后说道：该死的！再胡说，我就打了！你看看，他并没有接受秦钟的戏谑和亲近，而是干脆地推开了他。

"把这一处的表现，搬到那一处里，二人睡下算账目的话，秦钟说他大有趣意，宝玉也会做推开秦钟的二丫头，账目就很清楚了。"

秋真道："这个账目拎得清，宝玉在警幻处，虽然和秦可卿云雨，馒头庵和秦钟应该没有得趣之事，且睡觉前，凤姐把宝玉的玉拿走了。宝玉已然是个失玉之人，说明秦钟并没机会得到那玉。"

芸轩也笑道："晚间的情形也摆在那里，秦钟宝玉在外间，满地下皆是家下婆子，打铺坐更。应该是有人不睡觉的，他二人能做啥？也就是说，秦钟和二丫头是没缘分的。把账目还原给历史，就是：李自成和皇权到底没缘分，他的皇位还没坐热呢，就让人赶走了。妙在得趣处只一半，才留下一半给人看呢。"

山岚道："账是这样算的吗？新奇！原来大凤、小凤都是来包馒头馅的呢。"

芸轩道："凤姐二人，不光在馒头庵里包了馒头馅，还没耽误和净虚做更恶毒的事。"

山岚道："这我就知道了，就是帮人退婚的事。"

秋真道："到这个情节你又知道了，在凤姐眼里，净虚就是个保媒拉纤的，倒是凤姐图了三千两银子，不知道净虚图些啥。"

秦明道："这才是凤姐弄权的实质呢，说明白点，是净虚在馒头庵里弄权呢。为了保媒去悔婚，既弄不懂保媒的动机，也不知道悔婚的目的。如果凤姐是个暴发户，不缺银子，那图这三千两的动机更说不过去。"

芸轩道："图钱，和凤姐放高利贷一样目的，表明此时的身份而已，刚才又说净虚出身在善才庵，她的勾当就和薛家有关了。我推测，这一节案情里，出现的守备和节度使，都是些掌握兵权的人物。看来老尼参与的不是单纯的保媒悔婚小事，而是军机大事，有可能是敌对者之间尔虞我诈和背信弃义的大事。"

秦明道："有没有可能和凤姐埋馒头馅有关？"

芸轩道："完全有可能。如果老尼此时换的身份是金人，所代表的就是有赞善之才的清军，秦钟代表的是失去了姐姐的小弟农民军，他们之间是有些勾连纵横的过往。"

秦明撸起袖子来，笑道："值得一论。咱们先将一下净虚挑唆凤姐干的事。肇事的首位人物，是长安府太爷的小舅子李衙内。这个实有所指的长安，能否就是陕西的代名词？这个地方官的小舅子姓李的，开始不安分地看上了美人张金哥。

"第二位登场的重量级人物，就是当地的张财主，也是长安人，能否也可以看成是陕西人。怎么样，张家长李家短的人物们都来齐了，一李一张，且张献忠和李自成，真是陕西老乡呢。"

山岚道："他二人虽是老乡，可彼此却没多少好感。此时二人怎么想起要联姻了？"

秦明道："形势所迫呀，二人分别在南北作战，但此时的情形不容乐观。这期间，两个枭雄人物分别谢幕而去，所剩残部需要彼此之间协同作战，两家联盟太有必要了。"

山岚道："可张金哥不喜欢李衙内，她喜欢守备之子。"

秋真道："对呀，她喜欢的守备之子，是哪方神圣？一点线索没有啊。"

芸轩道："有！虽然守备没说叫什么名，可长安节度使的名字说了，叫云光，这个名字一定有意思。"

秦明点头道："从字面看，云光似乎是云之光明，云彩明亮，是不是指大明？"

山岚道："是指的明军吧。"

秦明道："这就对上号了。那时，张献忠的部队正投靠明军，之后又反叛，所以守备就骂他，所谓：一个女儿许几家人家，他是反复无常地投降。"

山岚道："那这三家之间热闹了，可怎么往凤姐、宝玉和秦钟身上合呢？凤姐代表农家二丫头，如果云光代表明方，农民军怎么能安排动明军呢？"

秋真道："是有些别扭。"

芸轩道："有了，记得吗？在秦钟挑唆下，宝玉求凤姐多住了一夜，而多的这一天有个前奏。次日一早，便有贾母、王夫人，打发了人来看宝玉，又命多穿两件衣服，无事宁可回去。

"宝玉多穿的这两件衣服，就有故事了。我的意思是，这一天里，宝玉身上应该有三个身份，除了原来的二丫头，又多了两个。所以，凤姐在接下来的事项安排上，应是混着身份的，不信咱们就照这个思路看看事情发展的去向。"

秦明道："三件衣服到底哪三个？明人？金人？农民？"

芸轩道："别不信。宝玉的身份，从凤姐的动机上，就能分析出来。"

秋真道："对呀，虽然宝玉非要多住一天，可多的一天，对凤姐有三益，也许藏在这里面呢。"

山岚道："多穿两件衣服的用意，我认了，凤姐的心思和这个有关吗？"

秦明道："我来推理一下，凤姐认为，第一，丧仪大事妥了，还有一半点小事未曾安插，安插什么？就是宝珠执意不肯回家，贾珍也只好派妇女相伴。铁槛寺里真的留下了活人，还是个'宝珠'，可能是要留下复活的种子。"

秋真道："为大明留人的话，凤姐显然代表的是明人。"

秦明道："第二个也是关键的，可以完净虚那事。净虚挑唆凤姐，为着是让那三家内讧，这显然是金人干的，也只有明人才受金人的挑唆。而且凤姐被这老尼挑唆时，能安排云光办事，代表的也是明人。

"三则还顺了宝玉的心，贾母听见，也欢喜。这就更不用说了，讨贾母欢心，不用说一定是明人身份。我推理的结论是，凤姐一举三得，都是帮明人做的。"

山岚道："这么说，除了二丫头的农民身份，又多了个明人身份，三个身份还有一个呢？"

秦明道："还用说吗，光农民身份就有两位呢，大西和大顺，要不怎么是二丫头，看看退婚事件中的当事人，不就是三家吗。"

山岚摩拳擦掌地道："这可真热闹了，让我梳理一下这件事，你们听着。李家儿看中张家女，要做成'张李缘'，可张家女喜欢守备子，张家本来是和大明好好的，凤姐硬是让守备退定张家，这是断了大明和农民军的缘分。可是张家女看不上李家子，张李之间是无缘的，两家农民军为何不能合作呢？

"结果是：李家儿一片痴心空等待，恰似水中捞月一场空；张家最惨，谢礼也送了，女儿也没了，真个是人财两空；守备也倒霉，枉丢了儿子性命。这三家人都是输家，净虚要是金人的话，她才是唯一的赢家，无利不起早的老尼，大获全胜。"

芸轩道："怎么突然说得这么好了，那秦钟在馒头庵得趣，又是怎样的？"

山岚道："他挑唆宝玉非得多住一晚上，想干什么？无非要和能儿再得趣一日，我想这就是关隘处。这让我想到李自成入京登基的趣事。"

秋真道："说说看。"

山岚道："当年，清军迅速入关，得知崇祯死亡的消息，一路追杀李自成入京。李自成回京后匆忙登基，可他也只得了一日的趣，当了一天皇帝，怕清军在城里把他做成馒头馅，第二天就仓促逃窜，回西安去了。"

秋真道："好吗，凤姐馒头庵弄权，秦钟馒头庵得趣，这一趣，到底也没见到那块玉。原来是他的结局。"

正说得有趣，人喊秋真，找她何事，暂且不提。

自从南影接了《秦淮烟云》，连同秋真一起借调后，她再也没有闲工夫过来。只昨天得空回来一趟，同山岚商量，要把她们的绛芸轩装成拍摄景地借用。

芸轩对生意本就不太懂，生意上的事山岚做主，山岚就提个附加条件，借用可以，她俩必须还在这里营业。组里就告诉芸轩，为了加快摄制进度，导演组想让芸轩也参与编剧，同时启用的外景有好几处，包括苏州的拙政园和这一带夫子庙附近。

连日里来了几拨人，拿着一摞图纸，说是做的仿古设计。其实这座茶轩本来就是复古的，当初二人也不知费了多少心思，否则剧组也不会看得上。山岚看了看图纸，发现就是少量的软装，样子基本不大动，也就放了心。

大家正忙乱地拾掇着茶轩，秋真匆匆忙忙赶来，并带来两个陌生女孩，说是著名影星冰美丽和何雪的助手。

山岚听了，先是兴奋地睁大眼睛问秋真："是真的还是假的？"秋真不耐烦地说："骗你干啥。"

回头又对芸轩道："我已经替你答应了编剧的事，你就怨也白搭了啊。时间紧，如今就要你去拙政园，帮着熟悉外景地呢，你不去也得去。人家饰演柳如是和徐灿的两位明星大腕，已前往那里了，你看着办吧。"

见秋真先斩后奏，芸轩没法，又见两个小姑娘客气地等在边上，也只好答应，山岚嚷着也要跟去。好在，这两天山岚的小表妹已经来帮忙，二人向她交代一番，便匆匆朝苏州进发。

《秦淮烟云》里，柳如是和钱谦益部分，本就是芸轩执笔，进得园来，她就打开了话匣子。从柳如是如何走出归家院，如何爱上陈子龙，再到松江南楼的共度蜜月，期间二人诗酬往来，亲密无间。

柳如是做《男洛神赋》以赠子龙，而陈子龙也有情趣之作。说着，就吟一首他的《春日早起》：

独起凭栏对晓风，满溪春水小桥东。

始知昨夜红楼梦，身在桃花万树中。

闲话少说，芸轩匆匆带着她们，走过柳如是和陈子龙的红楼缱绻地。一路看景一路又告诉她们，柳如是和钱谦益如何从相识到相爱。在拙政园中，她与徐灿等几位女诗人，起社、作诗、吟唱、把酒，度过了人生最快乐的时光。

正说着，来到一处书卷式砖额的"海棠春坞"，院内就有两株海棠。而"听雨轩"旁的水池里，植满荷花，池边又有芭蕉、翠竹。雨落各物，其声各异，而听雨之人则因心情不一，各得情趣，境界绝妙。

她们踱步来到"玲珑馆"，以及舫式结构的"香洲"，芸轩一一讲解当年那些才情贵妇每日徜徉其间的趣闻轶事，顺便调侃一下名满江左的文综领袖，就是那个老头子钱谦益，不时引起一阵欢声笑语。两个助手，忙不迭地拍照、记笔记，不时与两位大明星做着交流，她们还算谦虚。

看了半日光景，大家都累了，芸轩领她们经过"得真亭"，又看看当年康有为题的一对楹联，写的是：

松柏有本性，金石见盟心。

见到这一联，不知为什么，芸轩的心一下就静了下来，再往前就是"与谁同坐轩"。小亭依水而建，非常别致，屋面、轩门、窗洞、石桌、石凳及轩顶、灯罩、墙上匾额均成扇状，故又称作"扇亭"。当年苏东坡有词：与谁同坐？明月、清风、我。

休息的工夫，芸轩悄问秋真："这样可交差了吗？我想静一静，不如你们先回去，我和山岚再待会儿，你就不用管我们了。"秋真没办法，就自己领着众人，继续熟悉环境，因她也了解这里的情况。

于是剩下她二人。

"其实也没什么，这次进园子里来，倒让我有了灵感，也许是看了那副'金石见盟心'楹联的缘故。"见她们走远了，芸轩对山岚说。

"这也难怪，这座晚明时期的园林几经易主，几遭毁灭，完全见证了那段腥风血雨的历史。若当年在这里创作《石头记》的话，倒可就地取材，再合适不过。"山岚拿出一瓶水，边喝边说。

"那倒未必是在这里写成。我想那时的江南，像《石头记》中的生活情致，该比比皆是，有名的园林有几处。我倒觉得，那个扩充的三里半大的园子，像是……"没等芸轩说完，听见有人叫她，回头看时，原来秋真回来了，告诉芸轩，她们已打道回府了，她也谎说自己有事，回来找她们。三人对视一笑。

秋真问道："你老兄又心事重重的，是发现什么了？"

"难得你又回来，我还以为你从此离了我们呢。"山岚斜眼看她。

秋真道："我是谁？成大事的人，哪像你俩，一贯鬼鬼祟祟，磨磨唧唧。"

芸轩道："也没什么，看到拙政园，我很想找到《石头记》里的园子。"

秋真道："前年我去过豫园，那个园子也别致，那山石造型，优美奇特；那戏园子，也和凤姐看戏的地方一模一样，我还上去体验了一把呢。唯一的印象，我算见识什么是铁门槛了，人家那都是用铜皮包的门槛，足有半尺高，都四百年了，还锃光瓦亮的。"

芸轩道："好不容易来一趟，刚才只顾得说戏，根本没法体会园子的情致。这会子我想重新走一遍，找一找入画的感觉，怎么样？"于是，三人一拍即合，叽叽喳喳地又飞进园子里，渐渐地将身影隐没在小桥流水间。

处天凤承运　初春龙竟休

琴声忽闻悲风调，

初蝉却若寒松吟。

钱谦益站在院内，听潞王弹的正是"寒江月冷"之调，虽然心事沉重，却也不忍打断，院中踱着步子，低声吟道：

寒江月冷，银河耿耿，水云遥映菱花镜，增佳兴，潇湘佳胜。凝眸高凭，遥见渔竿轻弄影，窄寄人篱下羊裘，高高帽顶。举月为媒，指天为证，不受殷周聘。世浊我清，众醉我醒，风月襟怀，惟凭诗管领，听天还听命。

吟罢，摇头叹息，见室内昏暗的烛光影里有人走动，书童悄声告诉王爷，钱大人已经来了会子，在屋外候着呢。

潞王停琴，调整一下心绪，迎出屋子，向钱谦益抱拳施礼道："让先生久等了。"又嗔怪书童，为何不让先生进来。

钱谦益回礼，向潞王道："王爷真是古韵大家，一曲《潇湘水云》，琴音哀婉，令人徒生眷念之情，实不忍扰了王爷的兴致。"

潞王苦笑，书童倒上茶来，落座后，道："何谈兴致，分明是丧家之人，寄居于此，奈之如何？先生打发人送信即可，怎好劳动亲自赶来，是否北都有了消息？"

钱谦益心事凝重道："前几日，宗社危情频传，说法迥异。微臣从阁部那里也没打听出些什么，只是见各衙门大臣和守备，均是惶惑不安的。没法子，初一日早，史阁部就发了勤王的公檄，初七正准备北上时，姜曰广传报说，上已乘舟由海道南下，太子也从间道得以逃出。得此消息，群臣喜悦，故此，微臣亲自赶来相告。"正说着，书童进来通报，说先生的门人有急事求见，王爷让速速进来。

来人见过王爷，低声跪禀道："都门失守，皇上于三月十九日宾天了。"

听了此话，屋子里所有人，都如雷轰顶般震惊地跳了起来，王爷桌上的茶杯，被豁朗朗碰翻在地，钱谦益急问："何处传来凶信？"

那人道："从北都逃出的魏炤乘，今日到了署衙，他亲眼所见，李贼闯入京师，朝廷已全部覆亡了，大行皇帝也缢于煤山。"

潞王听到此处，也不管有没有旁人，禁不住大哭起来，拍打着桌上的琴，哭道："我大明要亡在李贼之手了，这塌天大祸，我等如何躲得过。"哭着瘫坐在桌子旁。

虽然已经家破流亡，可还不至于绝望到底的潞王，听到崇祯自缢的消息时，他简直崩溃了。

钱谦益先是有些惊慌，但毕竟是老谋经世之人，慢慢镇静下来后，悄问那人："太子和两位小王爷可逃出来了？"来人摇头作答。

钱谦益让人退去，在屋内来回踱着步子，沉思一会，道："北都覆亡，我南都当有作为才是，不可自乱方寸，更不能坐以待毙。王爷听我说，国不可一日无主，当此危难之际，我等须早确监国之位。"潞王听此说，也是立即镇定了情绪，道："愿听先生详说。"

钱谦益跪向潞王爷，郑重叩头，道："我等愿拥立王爷即位大统，召令天下，为大行皇帝复仇。"

潞王听了，当即回道："不可！万万不可！兹事体大，伦序当有福王，小王怎可生此妄想。"

钱谦益起身答道："王爷不必推脱，容下臣速与史阁部商议对策。"

潞王道："不妥，应立者不立，则谁不可立？如此一来，各挟天子以令诸侯，谁禁之？本王既立，置福王于何地？请先生三思。"

钱谦益听王爷如此说，起身道："太平之世，故可立嫡立长，此番国难当头，须破序立贤，王爷不必担心，时间紧急，微臣想连夜赶回京师，商议此事，就此告辞。"说完，便躬身走出屋子，带着来人匆忙而去。

钱谦益连夜赶回南京，顾不得歇息片刻，一大早就来拜见阁部大人。史可法的署衙里面，已坐满了好几位勋臣大员，有兵部侍郎吕大器，户部尚书高弘图，右都御史张慎言，詹事府詹事姜曰广等，一眼望去多属"东林党"成员。

史可法正拿着几封书信给众人看，见钱谦益进来，道："你来得正好，看来你已得知消息。这不，路巡抚与刘诚等，皆力主按序拥立福藩，早上尊号，情势危急万不可迟滞。"

钱谦益不待落座，边看书信着急道："轮序当立福王，可若立福王，诸位不能不有所忌讳。诸位可是忘了万历朝国本之争？正是由于叶阁老等依祖制坚持立长，才使得老福王无缘太子位，今若一旦福藩登位，势必重翻旧案，别说难立朝堂，恐我等亦均死无葬身之地。"在座的听如此说，都交头接耳，窃窃私语起来，御史张慎言等也附和着，让史可法拿主意。

史可法道："向以立长之名争国本，今却不论长序，岂不有违祖制？如若由此起祸患，怎向世人交代？"

说罢，也立时表现出两难情绪。他本左光斗门生，自然心系东林，也明白此次立藩意味着什么，他也对拥戴福藩继统心存顾忌。可又担心舍亲立疏会犯大忌，倘若不慎引起政治风波，后果不堪设想。

反复考虑后，他决定前往浦口，同凤杨总督马士英商议，可否在潞王与福王之中选定一人。二位最高首脑密商的结果：以贤，惟桂乃可！决定拥立潞王监国。

然而，诡异的事情却发生了，第二日，马士英却以凤阳总督和三镇名义，正式致书南京守备太监韩赞周，宣布拥立福王朱由崧即监国位。

五月初一这天，福王朱由崧角巾半污旧，手摇白竹扇，拜谒孝陵，再由文武百官朝见。初三日，朱由崧便在南京就任监国了。议定的潞王，迎来的却是福王，也就是后来的弘光帝。就是这偷天换日的举动，为弘光王朝的迅速消亡埋下了隐患。

"镜头这么乱，我啥也没看懂，配些画外音就好了。哎，这个帅点的王爷是谁演的？好生面熟。"山岚在边上悄问秋真。原来，秋真和芸轩正在拙政园的远香堂，跟摄制组的人一起看刚拍完的第一组打样镜头。

见山岚问，就说她："怎么，想诱惑人家？"边说着，连芸轩一起被同事喊走了。

小表妹也来了，因茶轩被征用，正在停业软装。连夫子庙的江南贡院一带，都被勘察了个遍，其他上百个外景地，也基本确定。编剧组的工作已经收尾，拙政园倒成了培训基地。主要演员大多已到位，新来的都在这里集训，准备工作已经快半年了。

小表妹见都走了，向山岚道："他们导演组真会算计，白用咱们的茶轩，还耽误咱们收入，也不知道会变成啥样。"

山岚道："不懂了吧，拍完戏咱们的茶轩就火了，会招来更多客人呢。"

小表妹道："真的？岚姐姐，你和导演说说，也给我个角色吧，我要是火了也给咱茶轩长脸！"

山岚笑道："你想演戏，你懂啥？"

小表妹拽着山岚的胳膊，央求道："你教教我呗，先说这个，是谁和谁争皇位呢？这是哪个朝代的事？"

山岚笑道："你还打听这个？人家要保密的！"

小表妹认真地说道："透一点剧情给我，万一哪个小角色突然来不了，好给我个机会呀。"

山岚笑她天真，又因她第一回跟来，不好推诿，没办法，就坐在旁边，给讲了一下前后故事情节。因指着样片里的人道："这个潞王爷名叫朱常淓，今年三十七岁，喜欢做古琴，他弹的就是他自己做的潞琴，很出名的。

"按辈分，他是明神宗万历皇帝的侄儿。这一年三月初，他的属地卫辉发生农民暴乱，就是李自成的农民起义。来他这里避难的这个大胖子，就是福王朱由崧，是神宗帝的亲孙子，也是朱常淓的堂侄，他父亲就是老福王，传说被李自成煮了福鹿汤的就是他。

"这不，卫辉不能待了，小福王朱由崧就跟潞王一起逃到淮安来。这一年到处战乱，他们正巧就与南逃来的周王、崇王碰到了一起，四个王爷便一同寓居在河下镇西湖嘴的一条小船上。避难哪，惶惶不可终日。

"几天前，老周王爷因年龄大，又经几番辗转磨难病了，最终死在舟中。潞王也是刚刚被接到邵园来，暂且安顿。困顿中的这几个王爷，在接下来的几天里，因崇祯皇帝突然死亡，他们的命运，竟发生了天翻地覆的变化。你看到没，本来这帮人想拥立潞王当皇帝来，说他是贤王。"

秋真正好回来拿东西，撇一下嘴，朝她们道："什么贤王，清军一来，一个献出南京，一个献出扬州，双双投降，他和那个钱谦益，就是一对鸟人。"说完撤身去了。

山岚道："继续听我说。要不怎么叫福王呢，有福之人不用忙，就说的是他。关键时候，人家福王身边出现了个关键人物，一下子来了个乾坤大挪移，福王突然上位了。"

小表妹问道："谁这么厉害？"

山岚道："帝位不稳的时候，一定是太监起大作用，这个人，就是一个名叫卢九德的。"

表妹使劲点点头。山岚道："卢九德，本就是老福王的人，听说大臣们要立潞王，恼了，心想这不乱了秩序吗？是个人就能当皇帝？关键时刻，他想帮助自己的主子登位。于是，便串通实际掌兵权的总兵们，高杰、黄得功、刘良佐、刘泽清四镇，他想强行拥立福王。

"这四个军阀，见有送上门来的定策之功，怎么不眼红，痛快就答应了。还有那个马士英，见四个手下都这样了，也见风使舵，和史可法密商的协议立马作废。还把史可法说福王不忠不孝的坏话都告诉了福王，阴损吧！"

表妹问："啥叫定策之功？"

山岚道："拥戴你当皇帝，皇帝不得事事都听你的吗？都是功臣哪！这就是定策之功。"

"后来呢？"

第十六回
处天凤承运　初春龙竟休

279

"让几个军阀拥戴做皇帝，不见得是福。这个福王没经过世面，又没手段，心地又慈软，给个棒槌就认个针，也没军队，怎么说了算。所以呢，这些总兵们就居功自傲，谁也不服谁。自此就热闹了，开始了内部军阀间的窝里斗。

"这几位，什么借刀杀人，什么坐山观虎斗，什么清君侧，什么站干岸、见死不救，后边热闹着呢，全挂子武艺。"

表妹道："不是还有个什么可法，不也是个有兵权的大官吗，就管不了？"

山岚道："官虽大，可你没拥护人家，还说了福王一大堆不是，不要你小命就不错了，发配到扬州守城去了。"

正说着，芸轩回来，向山岚道："亏你一讲，这些全挂子武艺，好生让我心动，和凤姐抱怨她们家的管家奶奶们一个调调儿，莫非说的是同一件事？我等不及了，你俩早回吧，回去后归置一下东西，把这张纸条交给秦明，等我和秋真回去，咱们聚聚。"

估计装饰工作也接近尾声，二人赶早回去。直到一周后秋真和芸轩才得了空，也是剧组安排的让二人回来收工。

轩馆已换了匾额，红字黑底的隶书，写着：红豆馆。走进茶轩，山岚、秦明和小妹，正在归置东西打扫卫生。二人进门，就惊叹设计师的神来之笔，况秦明正是奉了芸轩的命令，才一直参与旧居复原和创意布置。

二人边感叹，边巡视。有兰，有竹；有画，有屏；有琴，有墨。若在门前再种上一棵桃树，就会让人想起温馨古朴的香君楼。

这景致，正是芸轩要的理想中的样子。秦淮八艳，都是云梦一般的人物，正配这样一所"人去小棠梨，门外柳相依"的去处。唯一没有被改动的，就是芸轩的书房，里面还是琳琅满目的奇石和奇奇怪怪的字画，不伦不类的各式物件挂在墙上，但每一件都是她的最爱。

进来后，秦明才发现，这里又多了一幅漫画，仔细辨别，看到两只鸟，长着白眼向天的眼睛，似乎像八大的《孔雀竹石图》。

秦明笑道："越发不像话了，临摹就这点功底了？八大画的孔雀，光秃秃的不长毛，就够难看的了，你这幅更差劲。"

秋真也笑道："人家画画是比美，你们画画，是比谁画得更丑吗？什么叫竹石图，光看见难看的大白石头了，光溜溜的，也不讲究什么皴法。更可笑的是下面这块石头，小头朝下，这能立住吗？孔雀也敢站在上面！竹子呢？一片小竹叶，还藏在石头下。孔雀就不用说了，长了三支秃毛，格楞楞地杵着，这也叫《孔雀竹石图》？"

芸轩道："这才叫艺术，说了你们也不懂。"

秦明下楼，从包里拿出一口小钟，唥地敲了一下道："你要的鲸卿我给你找来了，放哪里？"芸轩接过来，放到奇石架上道："它们是一类，归置到这里没错。"

秦明道："你这里快成杂货铺子了，别说你那画没人看懂，不就是八大借题讽刺宋荦吗？"

山岚道："谁是宋荦？他怎么招惹八大了？"

秦明道："你没注意吗？人家画上有题诗呢：孔雀名花雨竹屏，竹梢强半墨生成；如何了得论三耳，恰是逢春坐二更。"

山岚道："说谁坐二更？"

秦明道："真是画的他家，当时他是江西巡抚。据他的《西陂类稿》记载，他确实豢养过两只雏孔雀，也想为这两只孔雀请人作画。而且他的厅堂里也摆置过几架绘有名花、雨竹图案的竹屏风，可不画的就是他家吗。"

山岚道："人家是巡抚，为什么还被丑化得这么难看呢？故意的吧？"

秦明道："相传，有人打着'反清复明'的旗号，在南昌造反，是宋荦一举全歼三千人。因平叛有功才被清廷擢升为巡抚。可想而知，八大对他啥感觉。"

秋真道："我听出来了，这画里的话原来是骂人的。"

山岚问道："怎么骂的？"

秦明道："宋是汉人，这些小竹子没有竹节，寓意无节，骂他是无节气的人；再说这个三耳，古人云：奴曰臧。臧三耳，是说奴才要随时随地听候主人的吩咐，恨不得长出三只耳朵才好，分明是说，宋荦是个无节操的奴才。还有这两只孔雀，一只无尾，一只有光秃秃的三根羽毛，你仔细瞅瞅，这三根羽毛像什么？"

山岚道："跟清朝人帽子后面的三眼花翎很像。"

秦明道："这就对了，孔雀象征文官，三眼花翎，也正是宋荦作为江西巡抚的冠带。"

山岚道："'坐二更'又干什么呢？"

秦明道："二更天，大约是清晨四点，正是大臣们早朝的时间。这些秃尾巴孔雀，眼睛盯着牡丹，是想做花中王呢，二更天就得去上朝，怕耽误了，才坐等二更。"

山岚笑道："可你画这个干啥？"

芸轩道："为康熙南巡做铺垫呢。要知道，独他就为康熙接驾三次呢，说有个牙口不好的巡抚，就是说的他，康熙还专门送他御制豆腐呢。"

秋真道："为什么挖掘他？"

芸轩道："他让我想起康熙南巡来。元春要省亲了，我想知道元春省亲和南巡放在一起写的目的是什么？"

山岚道："借省亲事写南巡，出脱心中多少忆昔感今。"

芸轩道："没错，是忆昔感今。可我不明白，省亲和南巡，哪个是昔，哪个是今？"

山岚道："说借省亲写南巡，叫忆昔感今，从字里行间看，省亲是昔呀。"

芸轩道："不能猜测。省亲之事史上没有记载，可南巡之事，该是路人皆知的事件，且史书上也大书特书了。就算过去若干年，也不会被历史淹没。用这件事勾连元春省亲，你说啥目的？我推测，曹公拿这样一件人人皆知的历史事件做背景，只有一个目的，就是要人们破解一个真实的省亲事件，且用南巡来印证准确的省亲时间。"

秋真道："这个我同意，可怎么破解，你找到法子了？"

芸轩道："那是自然，要不敢惊动你们都来。"

秦明道："好啊，我也正憋着劲呢。"说着，走过去又敲了一下鲸卿，笑道："秦鲸卿，真乃鲸钟也。天子出，驾鸾盖，铿鲸钟，清黄道，出紫宫。用秦钟之死，来敲响亡国警钟了。"

山岚道:"人家正在烈火烹油地被封妃,秦钟这边却着急忙慌地下黄泉,又是一生一死。可秦钟之死能和亡国扯上关系吗。"

秦明道:"前面说的你都忘了?听听秦钟死时那些鬼话,说得明明白白。"

山岚道:"怎么会忘呢,我也注意了一个细节,宝玉看望快死的秦钟,李贵不是跟了来吗?我一下就明白了曹公用意。秦钟发昏,移床易箦,宝玉要哭时,李贵忙劝说:秦相公是弱症,炕上挺扛的骨头不受用,所以暂且挪下来松散些。李贵偏偏就知道秦钟的感受了?可见,姓李的是为自己说事。所以,我知道秦钟之死,和二丫头李自成有关,可李自成死了,也没影响多少事。"

秋真道:"正是呢,你俩不用争。我看秦钟回光返照一节,就很有意思。他的魂回来一趟,嘱咐宝玉的话,跟他姐姐的魂,跑去嘱咐凤姐是一样的路数。只不过,听起来秦钟是满心悔恨。说以前,自以为见识高过世人,今日才知,是自误了。什么意思?他自以为能统治得了天下的,可实际上却仓皇而逃,把大明江山丢给了金人,悔不该逼死崇祯。劝宝玉,以后还该立志功名。这可以理解为:希望宝玉能东山再起。"

秦明道:"这些都对,可鬼判的话更有意思。阎王叫你三更死,谁敢留人到五更。在鬼界这是律令,有敢徇私的吗?"

山岚笑道:"没有!"

秦明道:"就是啊,可一听'宝玉'二字,鬼判马上就变了,能徇私,就唬慌起来,他唬慌啥?是害怕宝玉吗?"

山岚道:"哪里是害怕,鬼能怕人?他说宝玉是个运旺时盛之人。看来是害怕运旺的人,难道宝玉能东山再起?"

秦明道:"鬼话连篇,他的话你也信。是他见不得宝玉,他们也讲有益无益的,连鬼都有势力心,他是动心了。"

秋真笑道:"鬼都动心的东西,世人能不动心?"

山岚问道:"鬼能动心什么?"

秦明道:"和阳界遵循一样道理,所谓'天下官管天下事'。在阴间,鬼怕啥?怕阎王,怕掌握生杀大权的阎王爷;而阳间最大的官自然是皇帝,面对至高无上的权力,他才唬慌动心呢。"

第十六回
处天凤承运　初春龙竞休

芸轩道:"皇权,宝玉若代表至高无上的权力,就代表国家政权,秦钟到底失去了宝玉。看吧,曹公惯常一箭三雕。其一,秦钟之死,确实隐藏着一段真实的死亡;其二,为另一场死亡敲响警钟;其三,预示着至高无上的权力又换了人,秦钟失去了,自然别人得了。所以,这一面送亡,那一面又迎来元春升妃,且迎来个烈火烹油般运气旺盛的皇妃。"

秋真道:"可宝玉面对姐姐的鲜花着锦之势,并无喜悦之感,看来不是什么好事儿。"说着,让小妹去外面找来一个包裹。

秦明道:"何止宝玉不快乐,听到宫里来人传旨,整个贾府上下都是人心惶惶的,也不知道他们唬慌些什么?"

秋真接过包裹道:"你是明知故问吧?看我准备的东西,趁着刚拾掇的景致,咱们占个先,来一段《康熙南巡掰慌记》怎么样?"

小妹在一边拾掇着卫生,见这样说,拍手笑道:"好啊好啊,这个好,比拍戏还有意思,让我当个小丫头也行。"

秋真道:"想当丫鬟哪?等下一回有机会着。先下去照我的要求挪一下家具去。"说着带小妹下楼去,不提。

山岚边换衣服,边说自己昨晚做了个梦。众人问什么梦,她说:"我听秦明说,江宁织造府,要被打造成电影城,就是为配合咱们《秦淮烟云》的拍摄,后来又说是传言,我俩为证实一下,就让芸轩陪着去看个究竟。"

芸轩笑道:"就是曹寅家重修的织造府?"

山岚道:"可不是吗,不看则已,一看原来竟是真的。只见府门口人头攒动,还不让进呢,说里面正在拍摄。咱多亏打了秋真的旗号才进去,说不得一一逛逛。"

秦明道:"有啥好玩的?"

山岚道:"花园子还是老样子,一会儿工夫就看完了。但有一条街市很是热闹,里面穿梭着各色人等,有茶坊,有药房,街边还有算命的。旁边正好是一家酒肆,里面还坐了不少人,正在吃午饭。我还纳闷呢,这里的酒肆不是假的,真的招待客人?还真给饭吃。

"正吃饭的工夫,我看到对过的药房门边,挂一把铜壶,就问秦明:他们家门边为何悬一把壶？秦明也看见了，说这大概说的是悬壶济世吧，做医家是有讲究的，没看见门匾写的是'费长房'吗？

"说话的工夫，不可思议的事情发生了，只见一个白须飘然的老者，趁人不注意，纵身跳入壶中不见了踪影。你俩也都吃惊地喘不过气来，平静了一下，秦明说，原来传说中的费长房，就住在这里。

"我问，这是几个意思？不是咱们看花了眼罢？

"秦明说的好像是什么何当脱屣谢时去，壶中别有日月天。她非要进去看看，问咱们敢不敢。

"我就问她，去了还能回来吗？先告诉我们到底是咋回事，咱再说去还是不去。芸轩就讲述了一个传说，说当年费长房为出远门学医术，也为断了家人想念他的心思，就让仙翁想个办法。仙翁便折了一根青竹，让他悬挂在房舍后面，家人见了，以为长房上吊死了，大小惊哭不已，然后就殡殓了。于是，费长房便跟从仙师远循学艺去了。

"我想啊，我可不去，这多恐怖啊，还得上吊不成。秦明想入非非的，说咱又不学艺，不用假死，去学学他的缩地术多好。正闹着就醒了。"

秦明笑道："什么缩地术，你是看《哈利·波特》上瘾了吧，还不如叫移形换影，亏你想得出。"

芸轩已换完了衣服，笑道："脂砚提出这个传说，曹公给你灵感了吧，他真是用了移形换影术，你们信不信？"

秦明道："是元妃省亲和南巡？"

芸轩道："将省亲事缩成南巡事，南京事缩到北京写，可不就是用了'费长房壶中天地'之法。"听她这么说，二人觉得也有些道理。

山岚去厨房，端来几个干果盘，放在桌子上。秦明也下来了，拿几个过来剥着吃，道："谁的主意，练牙口么这是？这么硬的果子，也不怕杠了大家的牙。"说着又还给山岚。

大家穿戴整齐，来到大厅，秋真招呼大家一一归坐。今天没有男生，只好让山岚扮成贾琏的样子，秦明扮演凤姐，芸轩的扮相是个老嬷嬷。

秋真做画外音兼裁判，正色道："角色是你们自己选的，你三个各自为战，男生的角色给山岚，老太太的角色统统给芸轩。答题没有任何规则，我这里共六道，以你各自的身份，说出大家认可的答案，最合理者为胜。

"听好了，第一题：日暮倚庐仍怅望。这句话是描写贾母在元春升妃前的一段心情。刚才也议到了这里，贾家为何一听到宫中的消息，还没打听清楚，就先咶慌起来，给人一种很不安的感觉。特别是贾母，见贾政进宫，倚门而望，她担心什么？为什么会这样？"

几个人都看芸轩，芸轩颤颤巍巍地站起来，倚在门框上，手搭凉棚，向远处眺望。旁边山岚和秦明也忙站到她身后，配合着，神情慌张地交头接耳。

芸轩边观望，边道："也不知老爷进宫是什么兆头，只说在临敬殿陛见，听大殿的名字，就透着蹊跷。琏儿，管家们在哪里打探消息？"

山岚道："回老祖宗，只能在临敬门外打听着呢，里面进不去。"

芸轩道："别哄我，紫禁城哪有这道门。记得咱们南省的皇宫外，第一道城门是洪武门，之前叫广敬门来着。"

山岚道："难不成是临时发生了什么，才改叫临敬门？"

芸轩不安地嘟哝道："净胡说，临敬门！我看是发生了什么大事，要临时启动国门了。"

秦明上来搀扶着道："老祖宗，若真临时启用国门，倒透着好兆头呢。没听人说吗，只有皇帝登基或者大婚时，帝、后才可走此正门的。"

山岚偷笑道："大概就是临时启动的意思，也未可知。等老爷回来就知道了，咱还是回屋吧，您老别担心。"

芸轩道："糊涂东西，果真有这样的事，我更担心了，能坐得住吗？我此时的心情就好比、好比那个南汉的梁嵩，你们可知梁嵩写的《代母作倚门望子赋》？"

【秋真】：苍苍茫茫道远，倚倚望望情伤。盈庭之萱草徒荣，满目之芦花自落。杨朱陌上，萧条而恨泪潸潸。汉武台边，宛转而残霞漠漠。

山岚道："这个谁不知道，梁嵩可是个孝子，宁愿辞官不做，也要回家侍奉母亲，是我等楷模。"

芸轩道："别会错意了，可知梁嵩侍奉的皇帝是谁？"

秦明答道："南汉太祖刘龑吗？"

芸轩道："竟是他。唐末天下大乱，他因兄终弟及，就创了个偏安岭南一隅的南汉政权。可刘龑的荒淫暴虐，竟也让梁嵩知难而退，不愿意在朝为官，倒想方设法地回家侍奉母亲，这是借口。梁嵩看得明白呀，这个王朝不会长久，这才想辞官不做的，就写了这篇《代母作倚门望子赋》，你们猜怎么着？还真骗过了刘龑。"

【秋真】：老祖宗，有消息了，咱们家大小姐晋封为凤藻宫尚书，加封贤德妃。如今老爷又往东宫去了，速请老太太领着太太们去谢恩。

所以，咱的第二道题目：论元妃的职位。这个职位到底有多大，自然是凤姐心里最有数。

秦明接着话茬，冷笑道："我说什么了，老祖宗，咱还是回吧。是喜事，你不用这么自己吓唬自己的，咱们家大小姐晋妃了，可不是天大的好兆头。"

芸轩道："说你是小人儿家，没见识，你听说过'凤藻宫'吗？"

秦明道："倒真没有这么个宫殿，凤藻或许是凤藻龙章呢，咱们家大小姐，是以德才晋选的女尚书。"

山岚笑道："尚书，像是我们男人的官职，用在妃子身上倒新鲜。"

秦明道："你知道什么。依我的见识，尚书不是官职，是指的《尚书》古籍吧。"

山岚道："凤藻龙章和《尚书》古籍，二者联系在一块，还是头回听说。"

芸轩道："嗯！这个说法新奇。"

秦明道："听我给老祖宗说。《尚书》古籍可是古老的皇室文集，乃帝王必读之书，里面记录着虞夏商周各代帝王的言行。此书要旨之一，便是阐明仁君治民之道。

"周室东迁后，人臣事君，远不如往古，乱臣杀君之事屡见不鲜。此书要旨二，便是阐明贤臣事君之道，以使后世取法。

"大小姐既为凤藻宫女尚书，必定具备贤德之才。凤藻为华丽锦绣文章，《尚书》为帝王经世之书。有此两样，华夏翰林复兴的第一春，便是咱家元春大小姐。"

秋真画外音：别跑题，请问老爷为何往东宫去了？

芸轩道："对呀，琏儿，大小姐册封娘娘，你老爷不回来报喜，好好的往东宫跑什么？"

山岚道："许是在册封娘娘的同时，也封了储君，老爷是去给人家道喜去了？要么就是大小姐封妃，东宫的人帮忙了？老爷去致谢了。等老爷回来，一问便知。"

秦明笑道："你就瞎猜吧，封个凤藻尚书，又出现东宫，无论如何，有东宫就有太子吧，一定有蹊跷，我猜，一定有个太子将来会露面的。"

芸轩道："你倒是未卜先知了，怎就断定'太子'有事了。你们可给我记好了凤丫头这话，太子到底怎样，可要拭目以待的。"

【秋真】：别争了。第四个问题，才刚入正题。贾琏从姑苏归来，夫妇二人一见面，就有一大段关于过问家务事的交流，特别是凤姐的话，听上去似乎都和事实不符。请问凤姐，你说实话，你说这些话，到底啥意思？

这回，大家都看着秦明笑。

只见秦明不慌不忙地站起来，朝着山岚施礼道："国舅老爷大喜！国舅老爷一路风尘辛苦！小的听见昨日的头起报马来报，说今日大驾归府，略预备了一杯水酒掸尘，不知赐光谬领否？"

山岚忙站起来，接茬还礼道："岂敢岂敢，多承多承！听老爷太太们说，我走这一年间，家中诸事，多亏你操持劳碌，多谢多谢。"

秦明道："我哪里管得这些事！见识又浅，口角又笨，心肠又直率，人家给个棒槌，我就认作针。脸又软，搁不住人给两句好话，心里就慈悲了。

"况且又没经历过大事，胆子又小，太太略有些不自在，就吓得我连觉也睡不着了。我苦辞了几回，太太又不容辞，倒反说我图受用，不肯习学了。殊不知我是捏着一把汗儿呢。一句也不敢多说，一步也不敢多走。"

芸轩道："看把你谦让的，这说得像你自己吗？我可听人说你待下人刻薄，脸酸心硬，翻脸不认人的。哪里是等太太同意，净自己揽事做。你胆儿也够大的了，瞒着太太外面自作主张，没少干坏事。什么一句不敢多说，一步不敢多走。打量是你林妹妹行事儿呢！"说得山岚捂着嘴笑。

秦明忙拉起芸轩的胳臂，笑道："哎哟！老祖宗，谁能瞒你老人家，我怎么敢说瞎话呢，我说的可都是实情。

"咱们家所有这些管家奶奶们，哪个是好缠的？错一点儿，她们就笑话打趣；偏一点儿，她们就指桑骂槐地报怨。坐山观虎斗、借剑杀人、引风吹火、站干岸儿、推倒油瓶儿不扶，都是全挂子的武艺。"说得芸轩也偷偷地笑。

【秋真】：这些毛病，书里并没写，哪里见过？除非在现实里发生这样的事。

山岚道："蓉儿媳妇的事，我也是才知道，听说珍大哥是再三再四的在太太跟前跪着讨情，请你帮他几日，可你也不推辞就从命了。闹出了事，就不成体统了，也不怕珍大哥哥报怨后悔。"

秦明道："更可笑，里里外外都是我的人为蓉哥媳妇发丧，是有些不成体统。要是有人疑惑，明儿你见了他，好歹描补描补，就说我年纪小，原没见过世面，谁叫大爷错委了我。"

山岚道："帮人家发丧，也不必炫耀，后世人还不知怎么议论呢，被当成笑话也未可知，不用描补，只怕越描越黑。"

【秋真】：别啰唆了，也只有我愿意听你们絮叨，快说第五个题目。听着：凤姐设宴，为南回的贾琏接风，结果，贾琏的奶妈赵嬷嬷，来赊情给两个儿子找活干，正好碰上这夫妇二人，谈论元春省亲之事。

就省亲的理由，贾琏说了一大段话。我就纳闷，自古根本没有妃子省亲制，曹公为何编排一段史上不存在的事，我的问题是：省亲的理由合不合理？曹子安排省亲的动机是什么？

秦明拿起干果，笑道："妈妈很嚼不动这个，倒没的硌了她的牙。早起我说那一碗火腿炖肘子很烂，正好给妈妈吃，拿了去赶着叫她们热来？"

又道："妈妈，你尝一尝你儿子带来的惠泉酒。"

芸轩道："这我倒尝尝。"说着，吃了一口，放下筷子道："老了，牙口不好，好歹这个很烂。火腿炖肘子，倒是扬州特色，还有这惠泉酒。带这些好吃食，可见二爷去了一趟南边，连扬州、苏州、惠州都到过了。

"我这会子跑了来，倒也不为饮酒，倒有一件正经事，奶奶好歹记在心里，疼顾我些罢。幸亏我从小儿奶了你这么大。我也老了，有的是那两个儿子，你就另眼照看他们些，别人也不敢呲牙儿的。"

秦明指着山岚笑道："妈妈你放心，两个奶哥哥都交给我。你从小奶的儿子，你还有什么不知他那脾气的？拿着皮肉倒往那不相干的外人身上贴。"

芸轩也笑个不住，念佛说道："若说内人、外人这些混账原故，我们爷是没有的。"山岚此时没好意思，只是讪笑道："胡说。"

秦明道："胡说？胡人说话了？"

山岚道："我也听出来了，自从回到家，什么设宴接风，纯粹是强调吃着南边来的特产。还来来回回地强调，我有个奶妈，又是说内人外人的，这乳母牙口还不好，种种调侃，不过影射一件事。"

秦明道："吆喝！看出来了？"

山岚道："不就是说我像那个胡人，刚刚南巡归来吗？"

秦明道："我也觉出来了，巧的是旺儿媳妇偏偏又来送利银，平儿偏偏撒谎说香菱来了。提到高利贷，我就想起薛家，再加上提香菱，凤姐此时的身份，值得怀疑啊，莫非真是说胡言的胡人？"

山岚道："刚刚南巡归来，太祖共有四次南巡，这是哪一次呢？"

秦明道："影射的该是康熙第三次南巡。接驾的人，正是宋荦和曹寅。那年宋荦大约六十五岁，据宋荦自己记载，康熙看到宋荦年老，牙口不好，便将自己喜欢吃的豆腐一品，送给宋荦。

"巧得很，也正是那一次，康熙在江宁织造署兼行宫内，见到年近六十八岁高龄的乳母，既曹寅母亲孙氏，称其为：此吾家老人也。

"再瞧瞧我的乳母赵嬷嬷，她的牙口也不好，大约也是这个年龄。她也是吾家老人，不是什么'外人'。所以，别说省亲的理由对与否，先说说为何把康熙南巡之事，搬到我的身上来，还把我此次南巡的时间，锁定为第三次，你们是何用意？"

秋真道："让你回答问题，你倒好，问起别人了，这个玄机，待会儿自己弄明白吧，还是解释省亲的理由吧。"

秦明问道："省亲的事，竟准了不成？"

山岚笑道："虽不十分准，也有八分准了。"

秦明笑道："可见当今隆恩。历来听书看戏，古时从未有的事。"

芸轩又接口道："可是呢，到底是怎么个原故？"

山岚道："我也是刚去老爷那里，听老爷告诉的，说：当今贴体万人之心，世上至大莫如'孝'字，想来父母儿女之性，皆是一理，不是贵贱上分别的。

"当今自为日夜侍奉太上皇、皇太后，尚不能略尽孝意，因见宫里嫔妃才人等皆是入宫多年，抛离父母音容，岂有不思想之理？在儿女思想父母，是分所应当。

"想父母在家，若只管思念儿女，竟不能见，倘因此成疾致病，甚至死亡，皆由朕躬禁锢，不能使其遂天伦之愿，亦大伤天和之事。故启奏太上皇、皇太后，每月逢二六日期，准其椒房眷属入宫请候看视。

"于是太上皇、皇太后大喜，深赞当今至孝纯仁，体天格物。因此二位老圣人，又下旨意，说椒房眷属入宫，未免有国体仪制，母女尚不能惬怀。竟大开方便之恩，特降谕诸椒房贵戚，除二六日入宫之恩外，凡有重宇别院之家，可以驻跸关防之处，不妨启请内廷銮舆入其私第，庶可略尽骨肉私情、天伦中之至性。"

【秋真】：琏二爷口诺，从来没这样长篇大论、咬文嚼字过，一般人还真能让他给绕晕了。听起来，这位皇帝家的确很有人情味，是三代同堂吗？还有太上皇，别说东指西地绕弯子，还是说清楚事实。

山岚道："这么大的事，别嫌烦，一时还真难以说清，得让我慢慢来。一来，皇上以为尽孝不分贵贱，这个没绕弯子吧？皇上天天侍奉太上皇和皇太后，在尽孝，可自己的妃子们，没办法尽孝。女儿思念父母是应当的，可父母若只管思念儿女，竟不能见，倘因此成疾致病，甚至死亡，皆由'朕'躬禁锢。"

【秋真】：诸位，这就有问题了，父母因思念宫中儿女至死的事，听说过吗？好像没有记载。倒好像宫里正闹母子离散的味道。无论如何，省亲是关乎人命了。

二来，最后这句话里有个忌讳。甚至死亡，皆由朕躬禁锢。不用解释词意，字面就好理解，死亡之事和"朕"有关。整个口吻，均用了第三人称，是叙述当今皇上的心里话，可此处用了一个"朕"字，突然转成第一人称。难不成贾琏此时说话，真是代表那个皇帝？这个皇帝使人家母子离散，才让妃子们省亲的？这是个什么皇帝？

秦明道："琏二爷别激动，还有第三呢。你天天侍奉太上皇，以为是好事？两位老圣人还降旨省亲哪。历史上有太上皇存在的朝代，都是非常年份。"

山岚道："有这回事？"

秦明道："不骗你，像刘太公那样和和睦睦做太上皇的，总是少数。大多数情形是，一旦有了太上皇，定是当时的皇权更迭出现了大危机。翻开历史看看，这样的事件不少。

"好像还有个省亲的贵妃父亲，叫吴天祐，奇怪的名字，'吴天祐'三个字，我就琢磨了半天。天祐，好像是唐哀帝的年号，也就是唐朝末代皇帝的年号，吴越之钱镠也使用过此年号。连起来，可不就吴国天祐年吗，那可是一个天下大乱的年代。"

山岚抢着说道："哎！由此可见，省亲的理由，显然不是尽孝，是关乎生死，是由于战乱不得已。"

【秋真】：动机呢？

山岚道："平息战乱？"

【秋真】：太笼统了。忘了南巡了，为何放到你身上来？凤姐原说是太祖爷仿舜巡，这话值得推敲。如果和事实比较，就会觉得子虚乌有了，似乎仅仅是用了一个大背景而已。传说舜帝南巡，是为铲除三苗王势力，且死在了苍梧。可康熙不是太祖，康熙南巡，也不是去平乱，基本是治理河道，享受太平盛世的。"

山岚道："可至少有两点可以叠加，南巡之人身份都是帝王，又都是去了南方。种种迹象表明，还有死亡和动荡。说明省亲之事，一定和帝王去南方平息战乱有关。"

曲径通幽处　秦人武陵源

【秋真】：好！快靠近了，就沿着这个路径走。咱们说最后一个问题，也是最关键处：省亲发生的确切时间是什么年代？解开这个谜，就给你们记大功一件。

芸轩道："阿弥陀佛！原来如此。这样说，咱们家要预备接咱们大小姐了？"

秦明道："若果如此，我可也见个大世面了。可恨我小几岁年纪，若早生二三十年，如今这些老人家，也不薄我没见世面了。

"我们王府也预备过一次。那时候我爷爷单管各国进贡朝贺的事，凡有外国人来，都是我们家养活。粤、闽、滇、浙所有的洋船货物都是我们家的。"

山岚道："王家预备接的那次，是第一次吧，这一年刚刚开放禁海，只有粤、闽、滇、浙，四口通商。和凤姐说的当时境况很吻合，可二奶奶算的年岁对吗？若早生二三十年，加上奶奶自己的年岁，就算是二十岁左右，王家预备的那一次，离今年得四五十年了吧。"说着，掰着指头算。

【秋真】：别算了，你们又不擅长用天干纪年，还是用现代纪年吧。开放禁海，确是一六八四年康熙首次南巡时，加上凤姐说的自己这段年龄，距今四五十年，可以算出今年是：一七二四到一七三四年间。

芸轩道："哎哟哟，咱们贾府也预备过一次，那时我才记事儿，咱们家正在姑苏扬州一带监造海舫，修理海塘，把银子都花的，像倘海水似的！"

山岚道："你老人家说的是哪一次？当时，扬州的清水潭，河水比湖水高，加固的是湖堤而不是海塘。苏州的高家堰等处，将减水闸尽行堵塞，加高了东岸堤，淮安府泾、涧两河开浚疏通，堤岸单薄处加高加宽，加固的也是河堤，也不是海塘。海塘，单指钱塘江，在杭州，而不在苏扬，哪里又修理海塘来。倒是有个赵申乔，在第四次南巡时申请加固钱塘堤来着，你老人家记错了吧？"

芸轩道："瞒人的事，偏认真了，就算你说的在理，我牙口不好，还是皇帝的乳母，有了这些佐证，这次就是第三次，那时老嬷嬷刚记事呢。"

山岚又掰着指头算道："你老人家今年不过六十岁，刚记事怎么也得五六岁，预备的那次距今也有五十五年左右了，可怎么算也不对茬呀。"

【秋真】：还是我算吧。第三次南巡即一六九九年，加上五十五年左右，今年应该是一七五四年。

芸轩拍手笑道："哎哟！我听出来了，我和妈妈说的南巡年份没错，可怎么加上二人各自的年龄后，算到今年就差了，倒不知今年是什么年份了。通过凤姐的年龄，算出今年大约是一七二四年到三四年之间；通过老嬷嬷的年龄，算出今年大约是一七五四年左右，'今年'错了，两个年份没有半点重叠。"

【秋真】：可不嘛，算出来的两个年代，没有交叉点，是你们的年龄报错了？还是南巡次序报错了？

说得大家无语沉默。

突然，山岚道："有了，时间换空间法。为什么把南巡之事，搬到我身上，我才明白呢。"

众人道："快说说看。"

"凤姐郑重其事地为我接风洗尘，咱们在这里喝着惠泉酒，吃着扬州菜，说着乳母牙口不好，还抱怨我不把吾老人家看成'内人'，不就是要我说出那句话：此吾家老人也。"

【秋真】：凤姐还换了身份，告诉贾琏一些和事实不太符合的"胡"话，来进一步印证自己身份的变化。咱这叫骑马找马，咱们今天演示的不正是南巡进行时吗，这里正是第三次南巡接驾的现场，对不对？

秦明道："对呀，什么时候见过凤姐那么客气了。"遂学道："国舅老爷大喜！国舅老爷一路风尘辛苦。小的听见昨日的头起报马来报，说今日大驾归府，略预备了一杯水酒掸尘，不知赐光谬领否？"

山岚笑道："岂敢岂敢，多承多承，是有那么点迎接大驾光临的意味，是接风洗尘，还是接驾？"

秦明道："就算为你接驾了。今天这里才是第三次南巡现场，而被摇摇回忆起来的才是省亲。对！如果将各自的年龄时间都往前推，也许就算不错现在的年份了。"

【秋真】：不是加，是减。那就再算算，虽然都是大约年份，一六八四减去四五十年，是一六四四年至一六三四年之间。一六九九减去五十五年左右，也是一六四四年左右。

哎呀！两个时间节点有交叉点，一六四四年，就是个重叠出现的年份，难道省亲之事就发生在一六四四年？可以啊，大功一件，值得庆贺，来！咱们干一杯。"说着，四个人高兴地喝酒庆贺。

刚高兴一阵，秋真又道："慢着，那一句独甄家接驾四次怎么解释，说的是曹寅家事吗？这个疑惑可不能丢了。"

秦明道："你这额外又加了一条，你自己琢磨去吧。"

秋真道："还反了你了。听我的，说到南巡不能不提次数，康熙六次南巡，《石头记》里说了几次？咱算算。王家、贾府只是预备一次，并没有真正接驾。只有甄家接驾四次，看来曹公只写了四次。依照雪芹壬午除夕泪尽而亡的说法，这个壬午除夕，若是康熙四十一年除夕的话，这年十月倒是完成了四次南巡，但这次只到了德州，并没到达江宁，那最后这次南巡如何解释。"

芸轩道："那是谁不知道的，如今还有个口号儿呢，说东海少了白玉床，龙王来请江南王。"

秦明道："妈妈，怎么把金陵王说成江南王了？"

山岚道："改个字，意思竟大不同。江南和金陵可不一样，王家势力范围一下就大了。"

秦明道:"你老的看法,甄家到底是谁家?这四次你老都亲眼见了?"

芸轩道:"说起甄家,恐怕有南陪都的影子。具象一点,落实了就是江宁织造府。这可不是一般的织造府,他家才是朝廷在江南的实际代言者。甄家若是江南王,那江宁织造府,其实就是江南王府邸。刚才,你们说的各色帘笼帐幔等织造物,就是去那府置办,一般人家儿,能来这里采买东西吗?这件事,在江宁怕是无人不晓。

"贾家花了放在甄家的银子,不就是南巡时用皇帝的钱花在皇帝身上吗。这次省亲,也是花皇帝自家的。

"说起南巡,贾家、甄家、王家,都是一回事。把一家说成三家,是为分辨南巡次数,其实只有一家,就是南直隶江宁应天府接驾。这府邸是南巡时必到行在,若是映到省亲,也应该是来这里,因四次南巡都驻跸江宁。这些大排场,凡我这个年纪的江南人,可不就算亲历了。"

山岚道:"你老说的到江宁四次,可最后一次没到江宁,是第二年二月二十六日才到的。如果曹公在去年除夕就没了,那么怎么见证后面的事。"

芸轩沉吟道:"连我也过不去了。"

【秋真】道:好,停!南巡之事,虽有些瑕疵,但不妨碍咱们判别省亲的来龙去脉。脉络清晰着呢。一六四四年,帝王家确实发生了大变,但唯独没有产生太上皇,可曹公怎会偏说,当今有个太上皇了呢?

芸轩道:"才刚的毛刺,我深表遗憾,不如我来说太上皇之事。史上大约有十几位太上皇,当得都有些不情不愿。除了汉刘邦之父刘太公和清乾隆帝外,唐朝三位,宋朝三位,都是在动乱中产生的。

"这里只想说明朝,唯一的一位就是明英宗,做了七年太上皇之后,又在'夺门之变'中废了弟弟朱祁钰复辟,重登大宝。有意思的是,朱由崧登基的理由,就是效仿景帝朱祁钰。

"因朱祁钰没有庙号,弘光还为其加上代宗庙号并增谥号至十七字,到这时期,朱祁钰才在礼仪规格上,与明代其他皇帝平等了。知道为什么这样吗?"

秦明道："你的意思，弘光朝是仿照朱祁钰'兄终弟及'原则登基的，可背景不大一样啊，可比吗？"

芸轩道："无论哪个朝代，帝王夺位，都要讲究个名正言顺。有明一代，有三人遵循'兄终弟及'原则。为什么朱由崧要找朱祁钰做榜样，我分析一下：

"先说第一位，是明武宗朱厚照，因无子，由明世宗朱厚熜作为堂弟继位，即是嘉靖。

"第二位，是明熹宗朱由校，也是因其无子，由亲弟弟明思宗，即崇祯朱由检继位。

"第三位，就是明英宗朱祁镇，他有太子，听见没？他有太子。但他却被入侵的瓦剌部俘虏，弟弟朱祁钰在国难当头之际，代哥哥继位，尊哥哥为太上皇。

"看出来了吗，朱由崧仿照朱祁钰的故事，也是因外族入侵，因崇祯帝有太子。在太子下落不明的情况下，在国难当头之际，先监国后登基，成为弘光帝。

"因此，这里反复出现太上皇，也出现了东宫太子。顺便补充秦明的太子线索。我记得，明朝东宫，倒是有个端敬殿的。"

秋真道："基本搞懂了，省亲真和南巡有得一拼，只是这个新朝笼络人才的方式，很个别。没听凤姐说吗，两个奶哥哥都比别人强，且看名字就知道，一个栋，一个梁，都是国之栋梁。"

山岚道："这叫任人唯亲。你看贾珍组建办事的班子，什么单聘仁、卜固修。就算贾蔷也是个没做过大事的毛孩子，且先就学着行贿凤姐和贾琏了，什么凤藻尚书的，都是浮华。"

秋真道："用南巡事引诱我们，无非是让我们发现江南发生了大事，是南直隶有了省亲事件，时间坐标也找到了。游戏到此为止。那就由我评，不知你们服不服？"

山岚道："服不服的，谁敢惹你。"

秋真道："把视线拉回当下，发现贾琏回归，正是演绎南巡，测出省亲纪年，功劳当属岚子，就给你个首功。"山岚听了，当即欢呼起来。

秋真道："秦明感知凤姐对管家奶奶们的抱怨，是来自南明朝中，四镇总兵们的勾心斗角；还有，预埋了东宫太子线索。明朝东宫，虽没有临敬殿，但有个端敬殿，算秦明的，也记二等功；

"至于芸轩的论断，虽有些瑕疵，但能及时发现太上皇存在的历史根源，也不错了，就排第三名。"

芸轩脱着衣服，不服气道："排老三也比你强，你就垫底吧。"说着，招呼小妹上点吃的，要庆祝一下。

秋真见她们卸着妆，道："这么大收获，我得总结一下，顺便安排一下后面的活儿。"

便拍手笑道："都听着，死亡和重生在较量，当下则有四件大事在交替进行着。"

秦明问："哪四件？"

秋真道："其一，为秦可卿发丧，证实清廷重葬崇祯事件。同时，葬入祖陵的林如海，却同时演绎了整个朝廷君臣覆亡的事实。

"其二，秦钟他和姐姐毫无血缘关系，却被安排成姐弟。姐姐死了，他也亡了，父亲也没了。先是被能儿勾引，气死老父，身心具被鞭笞，在伤心悔恨中死去。这说的正是李自成的一生，作为同宗汉人，应该情同姐弟，但却被皇权引诱，逼死了父君，也弄丢了大明江山。受到祖宗和世人的鞭笞，他也在悔恨中死去。"

山岚道："我说其三，元春封妃，凤藻宫有了尚书，预示着南方政权的建立，另一个代表翰林血统的朝廷，即将迎来初春。同时，贾雨村依附黛玉再一次回到权力中心，而这一次，贾雨村和贾琏认了同宗，预示着南明和大顺即将迎来新的合作。其突出表现，黛玉将宝玉转赠的来自于北静王的鹡鸰香珠，掷而不取，表明自己和北朝势不两立。"

秋真道："其四，在这关键一年里，薛蟠把香菱弄到了手，作为暗线，被凤姐夫妇提及。也就是说，清廷把本属于李自成的政权和疆域，在一年时间内基本弄到了手。"

秦明道:"我看哪,曹公最有意思的安排不光这些,贾琏骂薛大傻子玷污了香菱,脂砚凑趣说,贾琏还玷污了平儿呢。凤姐也说,拿平儿换香菱,可见香菱、平儿才是南北身份的象征。薛蟠占有香菱,意既北方政权的基本形成,他还有吃着碗里瞧着锅里的扩张意图。"

芸轩道:"如今,我算松了口气儿,咱们确立了这几条线索,会是曙光来临。我敢断定,后面展现的会是明灭清兴的一部恢弘大剧。"

山岚双手激动地搓着,道:"那咱后面怎么干?"

芸轩道:"明天去秋真那里领任务,有你们忙的。"

后话不提。其实,自从二人加入摄制组后就一直忙碌,芸轩说的事,基本就顾不得了,秋真也想寻个机会。谁知等中秋将近时,却更加忙碌。

可巧,这几日秋雨连绵,摄制组的外场景只好全面停工,各小组也趁机休整几日。秋真她们瞅了这机会,连陆风带秦明,又淘腾来各样做沙盘模型的木座、积木、树粉、卡纸等,开始了一项费时费力的巨大工程,建造大观园沙盘模型。好在芸轩已积攒了几十张草图,也细化了部分大观园布局图,虽不甚准确,但也有模有样的。陆风最是喜欢这活计,已按秋真做的西番草花样图,刻着墙体了。

山岚做着水系和假山石部分;秋真忙着画卡纸;秦明摆弄着各色草竹;陆风正左右打量着草图,安装着园门。

秦明道:"只能参考芸轩的大体位置,一定要忠于曹公的设计思路。瞧这园门,真气派。要我看,一个花园子,在自家院子内,开这种五间开的大门,有些别扭,真是自古少有。咱们见过的王府花园,可都是随墙门。"

说着,拿起雕花看了半天,又道:"白石台矶,凿成西番草花样,尤其不是府或宅的花园该有的。"

"西番草花样怎么了?多好看。"秋真指着自己画的卡纸道:"老师讲和玺彩绘时,就讲过西番草花,大多用于装饰皇宫城门。"

又站起来打量一下园门道:"可基石用白石凿琢图案,再加水磨石墙,园门雅是雅,看上去也太素了吧,倒像墓门呢。再者,两边都是雪白的墙,更素了,是个花冢吧。"

第十七回
曲径通幽处　秦人武陵源

山岚笑道："别草木皆兵的，看哪儿都有问题了，连这么一株草都不放过。或许这是皇宫的墙呢。"

秦明拿起一株小竹子道："林妹妹就是一株草，来到大观园，还住在竹丛里，当然不能放过一草一竹。"

芸轩正在写"体仁沐德"的匾额，正是元妃换衣服的所在，摇头自言自语道："'体仁沐德'殿的位置，怎么和'辅仁喻德'厅的距离这么远呢？"

两天的工夫，很快过去，他们也只是做了十之五六的大略布排。芸轩怕各建筑位置不准确，让细细做，秋真又等不及，秦明便出了个主意，想按宝玉首次给大观园拟匾额走过的路径先走一遍，看到底通不通，正好也评判一下宝玉题额的动机。大家一致赞同，秋真就给各人分了一下角色。略微不同的是，他们塞进了贾雨村这个人。

因贾政本来就想请他来拟额的，不如这就请了来，或许他和宝玉有些灵犀相通的。于是大家各自编了台词，随意打扮了一下装束，第二日一早开始了游戏。站在沙盘前，众人都道："好山，好山！"

【芸轩】贾政道："非此一山，一进园中所有之景，悉入目中则有何趣。"

众人都道："极是。非胸中大有丘壑者，焉想及此。布排安插如此巧妙，说来那老明公山子野有两下子。"

秋真悄悄道："好比老明公卢九德的定策之功，堪称缔造弘光朝的第一人。"

【山岚】贾雨村见各色山石，如鬼如怪，或如猛兽的样子，心下有些不自在。上面已然苔藓成斑，藤萝掩映，且无路可通。连说，大有述旧刻古之沧桑感。

【秋真】贾珍忙解释，此乃两府花园中的"旧石"移就而来，溪水也是原会芳溪的"旧水"重引的，都是旧东西改就来的，自然沧桑些。

果然，仔细看时，其中微露羊肠小径一条。【秦明】宝玉悄悄道："山子野精于此技。沿此小径，即可通天台之路，所谓：还是我的旧河山。"

秋真笑向秦明道："要不是有老明公给他打通这条幽静小路，他能通天？"说毕，贾珍在前引导，贾政扶了宝玉的手，逶迤进入山口。

贾政捻须说道："曲径通幽处，本是宝玉所拟，说什么编新不如述旧，刻古终胜雕今，就用了一句旧诗，雨村可有评议？"

雨村忙道："旧句刻在旧石上，竟是'述旧刻古'了，二世兄果然天分高，看得透。此句原取自：竹经通幽处　禅房花木深。是'曲经'还是'竹经'，当有一议。"

贾政拿眼看着宝玉。

宝玉领会，遂描绘起那意境来："山林安静，晨光明媚。入寺院，穿幽径，过竹丛，听幽深的后院禅房内，传来唱经之禅音，此为竹经通幽处之真境界。

"然此处既无竹亦无禅音，只好取'曲经'。昨儿我来过，偌大园子只一处绿竹，偏在西南一隅，只是远些，是有意把竹林藏在远处，也未可知。"

雨村点头道："如此说来，那一处该是个好去处，倒想一见。"说毕，众人便过小径，穿石洞，但见峰回路转，泉流弯旋。一带清流，从花木深处曲折泻于石隙之下。数步渐向北去，登高处，有白石为栏的石桥，桥上有亭，翼然临于泉上。

贾政道："此处有亭翼然，我的意思，醉翁亭也是压水而成，其泉则泻出于两峰之间者，着意于泉之'泻'字，拟做泻玉可否？"

雨村道："老爷之意，非着意于亭，而着意于泉之'泻'势，是否取意：醉翁之意不在酒？"贾政捻须点头。

雨村又道："泻出于两峰之间者，何也？酿泉也。酿泉为酒，泉香而酒洌。若为'泻玉'，其意在于溪之水由酒化'玉'，凸显此溪乃'玉'溪，当为园之命脉否？"

贾政道："知我者雨村也。"又嗔宝玉道："为何执意拟做沁芳，你便说与先生听听。"

宝玉道："老爷虑的是，醉翁之意不在酒，在于乐中忧国之思。细细想来，群芳凋落时流红满溪，此溪乃群芳之蕊，沁流而成，更添人忧思，岂不暗合欧阳公之意。"

又吟一联曰："绕堤柳借三篙翠，隔岸花分一脉香。"

雨村捻须点头道："柳翠借溪深，花香自一脉。这绕堤之柳，因溪生绿。

第十七回
曲径通幽处　秦人武陵源

301

隔岸之花，无分彼此。群芳虽隔岸，却一脉传香。此番既切合沁芳妙境，也得众芳一脉相通之神意。妙！妙！"

于是出亭过池，一山一石，一花一木，莫不着意观览。忽抬头见前面一带粉垣，里面有千百竿翠竹遮映，众人都道："果然此处有竹，好个所在！令人想起'竹林七贤'。"

秋真拿笔，做着路径标记，道："好个'竹径通幽处'，为了找到这片绿竹林，偏先斜岔到这里来。"

山岚道："元春游园，这里是不是也是第一巡幸处？"

秋真道："好像是。他们这里走的可全是小路，可见通向这里的路并不畅快。"

只见上面小小两三间房舍，一明两暗，从里间房内，又得一小门，出去则是后院，有大株梨花兼着芭蕉。又有两间小小退步，后院墙下，忽开一隙，得泉一派，开沟仅尺许，灌入墙内，绕阶缘屋至前院，盘旋竹下而出。

贾政笑道："正是这一处倒还罢了。梨花、芭蕉、竹林、溪水、精舍。若能黄昏月夜坐此窗下读书，不枉虚生一世。"说毕，看着宝玉，唬得宝玉忙垂了头。

又道："此处原有二公曾拟过两额，一曰'淇水遗风'；一曰'睢园遗迹'；今宝玉拟为'有凤来仪'，请雨村酌量一番，可有不妥之处？"

雨村沉吟片刻，道："晚生以为无不可处。"

贾政道："但听详说。"

雨村道："睢园绿竹。想旧时梁园之规模，可谓举世无双。苑内筑菟园，园中百灵山，山有肤寸石，石下有竹圃，宫观相连，绵延数十里。梁王忠于汉室，平叛'七国之乱'有功，天下文士趋之若鹜，园中竹木天下集选，梁园才有了'修竹园'之雅号。

"至于'淇水'，则也有绿竹猗猗之风。想那卫武公，治洁切如圭，治节磋如骨，治品琢如玉，治志磨如石，乃周之名臣。此处多竹，定是诚待梁王、武公这般竹君子居于此处，自然若：凤凰非梧桐不栖，非练实不食者而居，一般的道理了。"

宝玉道："先生所赞卫武公与梁王，都是臣子，都似不妥。这是第一处行幸之处，必须颂圣方可，莫若拟作有凤来仪。"

贾政严斥道："孽障，有凤来仪就是颂圣不成？"

宝玉辩解道："箫韶九成，凤凰来仪。大姐贵为妃子当为龙凤。先生既说，凤凰以竹实为食，竹为风骨高洁之物，游幸此处之人，应为人中之凤。"

雨村赞叹："果然妙在双关暗合。"

秦明得意道："不是双关暗合，是三关呢。此乃斑竹，想舜帝南巡，死于苍梧，二妃往寻，泪染青竹，才有这湘妃竹，此意也很应景。"

秋真道："晦气，晦气，岂能将贵妃娘娘，比作哭哭啼啼的湘妃呢。"

贾政暗自点头沉思，道："此处三间小厦，乃整个园子最狭小地方。狭小则心静，心静则生凉意。竹光月影，最能使人安详，仕途之人，就应住在此处修身。"

宝玉又吟一联："宝鼎茶闲烟尚绿，幽窗棋罢指犹凉。"

听到一个"凉"字，芸轩心下又想："黛玉此次回来，是来还泪，还是来寻找死去的舜帝？'凉'字在《石头记》的诗词里本不多见，且黛玉之凉与宝钗之冷不同，此处见凉，偏是在省亲颂圣热闹时出现，真有'那人却在灯火阑珊处'之暗叹。"

贾政巡视屋内，忽又想起一事，因问贾珍，帐幔帘子备得如何。一时【陆风】贾琏赶来，道："妆、蟒、绣、堆，刻丝、弹墨，并各色绸绫大小幔子一百二十架，昨日得了八十架，下欠四十架。

"帘子二百挂，昨日俱得了。外有猩猩毡帘二百挂，金丝藤红漆竹帘二百挂，墨漆竹帘二百挂，五彩线络盘花帘二百挂，每样得了一半，也不过秋天都全了。椅搭、桌围、床裙、桌套，每分一千二百件，也有了。"

秦明道："看吧，咱们疑惑的事终于还是提出来了，我说是去江宁织造府织造上好的东西。"不禁看一眼芸轩。

芸轩会意道："真难为他们。这些帐幔皆以妆、蟒、绣、堆法制成，难制费时就不烦说了，若不是皇家，谁能用江南织造府的东西。光床裙还要一千二百件呢，有这么多床吗？"

陆风道："没错，床幔一百二十架。刚得了帘子二百挂。外有夏用红、黑色竹帘四百挂。还有毡帘、盘花帘二百挂，各得一半，也应是四百件。仔细算，四百套房子，一套最少三间，可不就得一千二百间吗，房子真是够多的了。"

芸轩道："园子大小算过吗。"

陆风道："只粗略匡算了。从东边拐向北边，两边合算长短，得有一千七百多步的周长。这样算来，园基倒接近千余亩呢。"

芸轩点头道："哪个世家大族，能有这么大的园子。继续往前走吧。"

前面倏尔青山斜阳，转过山怀中，隐隐露出一带黄泥筑就矮墙，墙头上皆稻茎掩护。有几百株杏花，如喷火蒸霞一般。篱外山坡之下，有一土井，旁有桔槔辘轳之属。下面分畦列亩，佳蔬菜花，漫然无际。

贾政笑道："倒是此处有些道理。固然系人力穿凿，此时一见，未免勾起我归农之意。"

雨村忙道："正是，正是。"又指着路旁石碣道："此处石碣之上，所拟稻香村，出脱许多郊野气色来，得尽范石湖田家之妙。"

贾政听了，笑向贾珍道："这竹竿挑上的酒幌，还是村庄式样好，与这些鹅鸭鸡才都相称了。"

宝玉也不待贾政的命，道："加上酒幌，才应了那句旧诗：红杏梢头挂酒旗。如今莫若题做：杏帘在望，'杏幸'同音。杏帘在望者，幸运将临也。"

贾政一声喝断："无知的业障！你能知道几个古人，能记得几首熟诗，也敢在老先生前卖弄！"

又看着雨村道："红杏伴酒，暗合杏花村，虽杏花村名佳，只是犯了正名，还是请先生拟个虚名吧。"

雨村暗自思忖，倒是犯了贱内'娇杏'之名，这里怕真是侥幸所在了，住的人姓李最好，又忙道："惭愧，惭愧。"

说着，沉思一会道："老爷倒也不必可惜，樊川那句：借问酒家何处有？牧童遥指杏花村。断魂伤心日，却来此处，大乎不吉利。此处之意境，不合该有此情。"

贾政则道："说的是，此处田园，极易让人想到范石湖。当年范公出使金国，致书北庭，几于见杀，卒不辱命，俱古大臣风烈，后归隐田园，令我辈羡慕哪。"

雨村道："二世兄拟的稻香村就很好。所谓：村径绕山松叶暗，野门临水稻花香。"

贾政道："意境美则美矣。然，更使人直想起后一句：西去磻溪犹万里，可能垂白待文王。太公垂白时，不遇文王再。可惜消沉得过于痕迹了。"

说着，引众人步入茅堂，里面纸窗木榻，富贵气象一洗皆尽。贾政心中自是喜欢，却瞅宝玉道："此处如何？"

贾珍见问，都忙悄悄地推宝玉，教他说好。宝玉不听，便应声道："不及有凤来仪多矣。"众人不明，宝玉为何对此处如此反感，敢大胆牛心地顶撞老爷。

宝玉竟道："此处置一田庄，分明见得人力穿凿扭捏而成。远无邻村，近不负郭，背山山无脉，临水水无源，高无隐寺之塔，下无通市之桥，峭然孤出，似非大观。

"争似先处，有自然之理，得自然之气，虽种竹引泉，亦不伤于穿凿。古人云'天然图画'四字，正畏非其地而强为其地，非其山而强为其山，虽百般精而终不相宜。"

不待说完，雨村忙止道："二世兄之意，看似自然农庄，却并非天然生成，此处无根无源，强扭成郭。强占他人之地，强依他人之山，做园中园，终非长久之象。此乃真知灼见也，佩服，佩服。"

贾政气得喝道："如此荒谬！又不是夺了你的地，占了你的山，何来如此议论。又出去！"刚出去，又喝命："回来！"命再题一联："若不通，一并打嘴！"

宝玉只得念道："新涨绿添浣葛处，好云香护采芹人。"

雨村拍手点头道："更妙！极妥！葛之覃兮，薄浣我衣，归宁父母。正合贵妃归安父母之意，而化天下以妇道也。

"思乐泮水，薄采其芹，明明鲁侯，既作泮宫。然鲁公之德在于攸服淮夷。世兄之意，是寄望居于此处之采芹人，亦能狄彼东南了？"

宝玉听贾雨村如此说，只是冷笑，并不答言。

一面引人出来，转过山坡，穿花度柳，抚石依泉，过了荼蘼架，再入木香棚，越牡丹亭，度芍药圃，入蔷薇院，出芭蕉坞。忽闻水声潺潺，泻出石洞，上则萝薜倒垂，下则落花浮荡。

又见沁芳溪矣，众人都道："好景，好景！"

芸轩忽然记起《桃花源记》的描述：林尽水源，便得一山，山有小口，仿佛有光。便舍船，从口入。复行数十步，豁然开朗。土地平旷，屋舍俨然，有良田美池桑竹之属。阡陌交通，鸡犬相闻。其中往来种作，并怡然自乐。

心下冷笑道：沁芳溪塘内，落花浮荡，一片秋景，这哪里是世外桃源。凡此种种，不就是想告诉我等，这就是避乱之所吗。正想着，只听贾政道："诸公题以何名？"

众人道："再不必拟了，恰乎是陶潜的'武陵源'了。"

贾政笑道："落实了，直说是避难地，太明显且陈旧。"

众人笑道："不然就用'秦人旧舍'四字也罢了。"

宝玉道："这越发过露了。'秦人旧舍'乃避乱之意，如何使得？莫若'蓼汀花溆'四字。"

贾政听了道："暮天新雁起汀洲，红蓼花开水国愁。想得故园今夜月，几人相忆在江楼。用'蓼汀'多使人起忧国之思，更不好。"

雨村则道："老爷说的是，古人云：玉溆花争发，金塘水乱流。相逢畏相失，并著木兰舟。意虽缠绵，确乎是要在这'金塘'乱流中，必得互助互帮才可，故只用'花溆'更好些。"

及待入塘，又想起有船无船。贾珍道："采莲船共四只，座船一只，如今尚未造成。"贾政笑道："可惜不得入了。"

秋真笑道："桃花源里的避乱之所，可惜无舟楫载入，还怎么避难。"无法，只得从山上盘道进去。

贾珍在前导引，只见水上落花愈多，其水愈清。溶溶荡荡，曲折萦迂。忽见柳阴中，又露出一个折带朱栏板桥来。秦明指着桥道："红色栏杆的蜂腰板桥，才见点红色。红桥，莫若红娘。度过桥去，诸路可通。可见这是个穿线搭桥的好去处。"

过桥，便见一所清凉瓦舍，一色水磨砖墙，清瓦花堵。那大主山所分之脉，皆穿墙而过。

贾政道："此处这所房子，无味得很。"

雨村道："何止无味，这大山分脉来得蹊跷，清瓦清墙清厦，无花无木。不知设此居何意？"

因而步入门时，忽迎面突出插天的大玲珑山石来，四面群绕各式石块，竟把里面所有房屋悉皆遮住，似乎是大园中隐着小园了。

贾珍忙道："此处与别处不同，此处小山乃园北之大山分脉，又以山石包裹其形，先看起来也不引人注目，取隐忍不发之意，只是里边别有洞天的。"

果然，只见里面许多异草：或有牵藤的，或有引蔓的，或垂山巅，或穿石隙，甚至垂簷绕柱，萦砌盘堦。或如翠带飘摇，或如金绳盘屈，或实若丹砂，或花如金桂，味芬气馥，非花香之可比。

贾政不禁笑道："有趣！只是不大认识。"有说是薜荔、藤萝。贾政道："薜荔、藤萝不得如此异香。"

宝玉道："果然不是。那香的是杜若、蘅芜，那一种是金簦草，这一种是玉蕗藤；红的自然是紫芸，绿的定是青芷。想来《离骚》《文选》等书上所有的那些异草，也有叫作什么藿蒳姜荨的，也有叫什么纶组紫绛的，还有石帆、水松、扶留等样，又有叫作什么绿荑的，还有什么丹椒、蘼芜、风连。"

芸轩听秦明把'藿蒳姜荨'念错了，心下偷着笑，心想：金萱玉蕗，红芸绿荑。有金有玉，有红有绿。翠带飘摇，金绳盘屈，倒像是个盘丝洞。

陆风仔细瞅了瞅，又摆弄了一会石头，自言自语道："早上查的字典，她还念错了。这个地方，藏在山石中，咋像个山洞啊，应该是仙草洞。还有紫芸和紫绛，难道是绛洞？都说宝玉是绛洞花王，将来谁住这里，谁才是花王呢。"

贾政喝道："谁问你来！"唬得宝玉倒退，不敢再说。

雨村言道："提起蘼芜风连，倒想起左太冲的《三都赋》。左公好笔力，想那吴王，一代宏图开建业，自此金陵便成六朝帝都。正所谓，拥之者龙腾，据之者虎视。而蜀都更是富庶之地。此两地，拥之一者，即可独成一国。"

贾政道："自古金陵乃龙脉福地，山子野营造此处，也得此妙意。既与主脉大山相连，但也清爽隐蔽，独成一郭。得此处，便得整个园之主脉。不错，不错！"

宝玉则道："若论杜若蘅芜，屈子《离骚》曾曰：滋兰之九畹，又树蕙之百亩。可知，屈子善用椒、桂、蕙、茝诸芳，设喻为忠士贤臣。此处多储异蕙，乃藏龙卧虎处，也未可知。"

诸公附和道："是极，是极。"

贾政又叹道："此轩中煮茶操琴，亦不必再焚香矣。此造已出意外，诸公必有佳作新题，以颜其额，方不负此。"

众人笑道："再莫若'兰风蕙露'贴切了。"

贾政道："也只好用这四字，其联若何？"

一人道："我倒想了一对，大家批削改正。"

念道是：麝兰芳霭斜阳院，杜若香飘明月洲。

众人道："妙则妙矣，只是'斜阳'二字不妥。"

那人道："古人诗云：蘼芜满手泣斜辉。"

众人道："泣斜阳！颓丧，颓丧。"

雨村笑道："确实颓废了，鱼玄机之《闺怨》中就有：蘼芜盈手泣斜晖，闻道邻家夫婿归。一派弃妇哀怨之情，怎可用在此处，倒是'玉蕙、金兰'还有些合意。"

又一人道："我也有一联，诸公评阅评阅。"

因念道："三径香风飘玉蕙，一庭明月照金兰。"

贾政拈髯沉吟，意欲也题一联。忽抬头见宝玉在旁不敢则声，因喝道："怎么你应说话时，又不说了？还要等人请教你不成！"

宝玉听说，便回道："如此说，匾上则莫若'蘅芷清芬'四字。对联则是：吟成豆蔻才犹艳，睡足荼蘼梦亦香。"

贾政笑道："这是套的'书成蕉叶文犹绿'，不足为奇。"

众客道："李太白'凤凰台'之作，全套'黄鹤楼'，只要套得妙。如今细评起来，方才这一联，竟比'书成蕉叶'尤觉幽娴活泼。视'书成'之句，竟似套此而来。"

贾政笑说："岂有此理！"

雨村忙道："意如此不可不认。凤凰台上凤凰游，凤去台空江自流。凤凰已去空留台，其韵致不亚于《黄鹤楼》。就是那句：昔人已乘黄鹤去，此地空余黄鹤楼。同工同妙，道尽许多繁华与骄奢后，一切皆会烟消云散。都是落于颓丧之感，倒是世兄说出了此套。"

秦明摆弄着奇花异草道："胡说，纵然豆蔻才华，却不免荼蘼事了。即使异香满蘅芜，终究只剩下沉酣一梦香，不是更颓废吗？"

于是，众人出来。行不多远，则见崇阁巍峨，层楼高起，面面琳宫合抱，迢迢复道萦纡，青松拂檐，玉兰绕砌，金辉兽面，彩焕螭头。

贾政道："这是正殿了，只是太富丽了些。"

众人都道："要如此方是。虽贵妃崇尚节俭，天性恶繁悦朴，然今日之尊，礼仪如此，不为过也。"一面说，一面就走。只见正面现出一座玉石牌坊来，上面龙蟠螭护，玲珑凿就。

贾政道："此处书以何文？"

众人道："必是'蓬莱仙境'方妙。"

宝玉想起来，此处极像梦中去过的太虚幻境。一时身不由己地恍惚起来，这到底是在何处？贾珍引人出来，再一观望，自进门起所行至此，才游了十之五六。

贾政笑道："此数处不能游了。虽如此，到底从那一边出去，纵不能细观，也可稍览。"说着，引众客行来，至一大桥前，水如晶帘一般奔入。又见到沁芳闸。

芸轩道："是了，终究要写出水之源来，引入的外水，源在此处。因石牌坊位于中部，咱们自北边回来，须一路南行，穿过栊翠庵、芦雪广、凸碧山庄、凹晶溪馆、暖香坞等诸处，才来到这要紧的一处。"

因说半日腿酸，未尝歇息，忽又见前面露出一所院落来。贾政笑道："到此，可要进去歇息歇息了。"说着，贾政与众人进去。一入门，两边都是游廊相接。一径引着绕着碧桃花，穿过月洞门，俄见粉墙环护，绿柳周垂。

秦明道："这里终于也出现了颜色，好歹也是粉墙了。"院中点衬几块山石，一边种着数株芭蕉；那一边乃是一棵西府海棠，其势若伞，绿垂碧缕，葩吐丹砂。

众人赞道："好花，好花！从来也见过许多海棠，哪里有这样妙的。"

贾政道："这叫作女儿棠，乃是外国之种。俗传系出自女儿国中，云彼此种最盛，亦荒唐不经之说罢了。"

众人笑道："虽不经，如何此名传久了竟成女儿国花。"

雨村道："宋人沈立有《海棠百韵》诗，道：峨蜀地千里，海棠花独妍。具海棠香国美誉的古川地，曾有东女国，倒是有出处的，如何又说荒唐不经呢！"

秦明道："说起海棠，值得讨论一番。荣国府就是西府，把西府海棠种在这里，恐怕不是随意的。"

秋真道："我想起来了，不光西府有海棠，东府也有。"

山岚道："我咋不记得。"

秋真学着唐明皇的语调道："东风袅袅泛崇光，香雾空蒙月转廊。只恐夜深花睡去，故烧高烛照红妆。岂妃子醉，直海棠睡未足耳。忘了秦可卿的《海棠春睡图》了！"

秦明道："你这样联系就多了去了，记得沈立有诗云：和气高低洽，芳心次第还。金钗人十二，珠履客三千。海棠不仅和秦可卿有关，是否也和十二钗有关哪？"

芸轩道："海边奇树生奇彩，知是仙山取得栽。琼蕊籍中闻阆苑，紫芝图上见蓬莱。照这样说去，古人还说海棠是阆苑仙葩呢。"

秋真一拍手道："对呀，女儿国的海棠，花五出，初极红，如胭脂点点。海棠花苞，形如珠，色如绛，乃绛珠之化身，当然就是阆苑仙葩。"

芸轩道："花之色，红晕若施脂，轻弱似扶病，大近乎闺阁风度。不只近如闺阁风度，亦如西子之态。竟以女儿命名，还能有谁？竟是她了！一个是阆苑仙葩，可哪一个又是无瑕美玉呢？"

秦明道："芭蕉！"

山岚道："我反对。大观园里，除了这里有海棠芭蕉外，有凤来仪的后院，也有梨花芭蕉，更有一处秋爽斋，是梧桐芭蕉。此三处皆有芭蕉，他们怎么和无瑕美玉勾联呢？"

秦明道："宝玉出生时，芭蕉莘莘，此其一。宝玉套用对联，念的是：吟成豆蔻才犹艳，睡足荼蘼梦亦香。翻用了那句：书成蕉叶文犹绿，吟到梅花句亦香。他喜欢这对子，更喜欢芭蕉，此其二。

"你说到秋爽斋的芭蕉，我就发现，今天来的清客中，有人为这一处命名时称'蕉鹤'。我觉得，人家也不是随便说的，有两只仙鹤在芭蕉下或睡或徜徉，这个意境被反复使用，因此才有了'蕉下客'的名号，芭蕉里一定藏着别的玄机。"

秋真道："好像辛弃疾有一阕《踏莎行》说：萱草斋阶，芭蕉弄叶。乱红点点团香蝶。过墙一阵海棠风，隔帘几处梨花雪。芭蕉弄叶，乱红点点；海棠风吹，梨花飘雪。此情此景，如此缠绵悱恻，就分别放在咱刚走过的这两处，用意还不明显吗。"

秋真道："芭蕉春犹卷，海棠夜未眠。深庭长日静，两两出婵娟。这芭蕉和海棠，何以成就两两婵娟呢？你们说这成双成对的，不是一个红香，一个绿玉吗。还有啊，宝玉那么费心，非要顾此及彼地一样不拉，用心良苦啊，无瑕美玉还能是谁？他自己呗。"

芸轩道："好，就算是宝玉自比芭蕉，咱们离题了，还是回到戏中吧。"说着，引人进入房内。只见这几间房内，收拾得与别处不同，竟分不出间隔来的。

原来四面皆是雕空玲珑木板，或流云百蝠，或岁寒三友，或山水人物，或翎毛花卉，或集锦，或博古，或卍福卍寿，或天圆地方，或连环半壁，各种花样，皆是名手雕镂，五彩销金嵌宝的。

贾政道："这一路屋宇房舍具是清幽色，此处方见'朱'彩，也极合古玩玉器之多宝阁式样。"

众人都道："好精致想头！难为怎么想来？天圆地方，可见这里是储放宝贝的去处，只是门路多了些。"

贾珍笑道："老爷随我来。从这门出去，便是后院，从后院出去，倒比先近了。"说着，又转了两层纱厨锦隔，果得一门出去，院中满架蔷薇、宝相。转过花障，则见清溪前阻。

芸轩看一眼这种称'宝相'的，也是一种蔷薇花，心下想到：为何有两种蔷薇？单从字面看，所谓宝相，可谓'帝王之庄严相'，这院内一种是花，而另一种不是花吗，难道蔷薇花代表帝相？正疑惑着，听众人咤异："这股水又是从何而来？"

贾珍遥指道："原从那闸起，流至那花溆石港洞口，从东北山坳里，引至那村庄，又岔开一道口，引到西南方的有凤来仪，总共至红香绿玉这里汇合，从那墙下出去。"

雨村道："神妙之极！看来，此溪来龙去脉大有讲究。始丁彼，终于此，灌联至四处地方，溪水着意去处，当是命脉相关者无疑了。"

众人却道："有趣，有趣，真搜神夺巧之至也！"于是大家出来。

第十八回

元春露悲切　钗黛展狰狞

大家走出游戏秀，换了衣装。秋真道："出是出来了，有好几处位置拿捏不好呢，先说这怡红院，到底在园子的东南，还是西南？"

陆风道："我看也是，园里交代最清楚的是这五处，最关键的一处，就是怡红院。看我的，我通过溪水的走势，大约能推断出它的方位。"

山岚问："你说的，可是贾珍那段关于活水走向的话？"

芸轩笑道："什么活水，不如说是引来的'祸水'。将祸水引到怡红院，大有可能。它的位置，肯定要通过荟芳园的水系走向来推断。"

陆风指着沙盘道："就是这个意思。原来的溪水走向，自北向南，贯穿荟芳园，显然穿过整个宁府园内才对，南边即是出口。再引至大观园内的话，也得最后回到荟芳园南边的出口来，汇总了再流出去，而汇总处正是怡红院。"

秋真道："我赞成。你的推测有道理，宁府的荟芳园，一直是按照虚幻朦胧的手法交代的，也只有在凤姐的眼中，做了些描绘。不过，还能找到咱们需要的东西。"

山岚问道："怎么找？"

秦明道："就听听曹公的筋道处。"

遂说道："小桥通若耶之溪，曲径接天台之路。石中清流激湍，篱落飘香，树头红叶翩翩，疏林如画。景色如诗如画，里面的信息可丰富着呢。首先，你会发现，有一条溪水从园中穿过。且岸上有红叶，水中有石，有落英。

"继续听我说，刚才是虚化。遥望东南，建几处依山之榭，纵观西北，结三间临水之轩，这就是写实了。东南依山，西北临水，溪水是来自西北方向，听清楚没有？

"对于宁府的荟芳园来说，芸轩所谓的祸水来自西北方，没错。要是知道这个方向是特指哪里，意味着什么，就好说了。大观园建成后，荟芳园的西北部分，被扩建进来，变成了大观园的东北部分，这一变才有意思，能否体会到妙处？"

秋真道："所以，贾珍才说，从'东北'山坳里引到那村庄里。刚才是从荟芳园的角度看源头，现在从大观园的角度看祸水来自东北山坳。妙啊！曹公把个水源都隐藏得密不透风，还得咱们到宁府去找哪。"

山岚道："不错，联系贾珍的描述，咱们应当是站在怡红院这个位置，你们看我的。"

遂遥指远方道："原从那闸起，流至那洞口。这一股水，就是从东北方的沁芳闸出水。有个闸口，说明这个水的大小可以受人工控制。看到这一大片水域了没，出了闸口，漫延到整个正殿前，就是湖泊泛滥。

"花溆是什么？所谓的金水乱流处。直到'花溆石港'一带，这一大片水域，想象一下，如果闸口开大了，是否有一种水漫金山的感觉？"

秋真道："少说你没根据的感觉。不说这片水域我还想不起来，说的就是这个。贾政是穿插小路，走的陆路。可元春来时是弃陆登舟，走的水路。如果正殿和大观园大门，在一条中轴线上，进园登舟，要经过这片水域，直接到正殿不行吗？怎会是绕到偏西北方的'花溆石港'呢？"

山岚道："你别打岔，陆风摆的水域有问题，你才跟着走错了。刚才贾珍只了一部分水路，还没完呢。等我说完怡红院位置，再说你的水路。"

又指着路线道："从东北山坳里引到那村庄里，又开一道岔口，引到西南上，共总流到这里，仍旧合在一处。

"这是贾珍关于'活水来源'的第二句，他是话中有话的。刚才说从闸口到洞口是指这一片。接着，又说从山坳到村庄，你们不觉得，说的是两股水吗？"

秦明点头称是。

山岚道："我理解，这一处水系的起点，不是第一句说的那股水，是从闸口前出来的一股。源头虽一样，但应是闸口前的另一股，直接来自东北山坳，是先引到村庄，且又开了一次岔，才到西南上。从这里岔到了西南上，再联系潇湘馆的水系，显然是指西南的潇湘馆，起码说明怡红院不在西南上。"

芸轩笑道："我说是吧，大量'祸水'来自闸口，是原来的西北地区；还有一股祸水，直接来自东北山坳，却被引到农庄上了，这才开了岔，祸及西南的潇湘馆。两股祸水汇总到东南的怡红院。所以《石头记》开篇便是：当日地陷东南。"

秋真道："这可找到曹公安排水路的动机了。既然武陵源是避乱之所，元春省亲肯定是来避难的，而灾难的源头有两处。走水路的话，都要经过才行。所以登舟地点，应该在这里，应该在两个溪流汇合前一点的位置。

"再看行船路线，清流一带婉若游龙。什么叫婉若游龙？说明不是一个水面，而是一条溪流，两岸有栏杆。元春是从这条窄溪中，乘船沿着自东北山坳引来的活水，一路弯弯曲曲地来到蓼汀花溆洞口，然后进入自己的正殿。若是这样，元春走的这条水路就通了。而怡红院这里，必须有个汇流处才对。"

秦明道："那就把怡红院安置在大观园的东南角，贴近东府荟芳园的西部，溪水再回流到宁府荟芳园南面的出口，就方便了，这才符合溪水总出口的位置。"

调整好位置，秦明拍拍手上的土，道："怡红院算妥了，可还有两处有些不妥。"

芸轩问哪两处，秦明道："蘅芜苑和花溆石港两处。我注意到，蘅芜苑藏在北方大主山的分脉里，很隐蔽，但和元春的正殿隔得很近，只是蘅芜苑的位置，不知是在正殿的西北、正北还是东北。你把它放到了正殿中轴线的偏西一点，接近上下关系了，这合不合适？

"至于花溆石港的位置，从刚才咱们走陆路的途径看，过了稻香村，转过山坡，穿花度柳，抚石依泉，再过荼蘼架，入木香棚，越牡丹亭，度芍药圃，入蔷薇院，出芭蕉坞。这样走过五六处，盘旋曲折很往北去，走非常遥远的路才来到这里，看起来此处比较靠北方。

"因没有船，咱们只好从盘山道上来正殿，如果这样走，就必须经蘅芜苑，说明花溆石港和蘅芜苑离得应该很近。可问题就出来了，元春来大观园走的是水路，看到的第一站景观就是'花溆石港'。这分明是一处港道，似乎是由水道进入正殿的唯一通道，过了石港，才能到正殿。而石港又偏西北，走这条水路入殿的话，不是绕个大圈子吗？似乎正殿不在大观园正中央，而在很靠西北方的位置。

"还有就是，大殿和蘅芜苑都在花溆石港内，怎么两处都在避乱所之内呢？所以，贾政游览陆路能行得通，可让元春这一走水路，未必合适。"

芸轩摆弄了一会子水路的位置，道："提起蓼汀花溆，宝玉是有两层意思的，蓼汀一词，来自这首诗：

> 暮天新雁起汀洲，红蓼花开水国愁。
> 想得故园今夜月，几人相忆在江楼。
> 早背胡霜过戍楼，又随寒日下汀洲。
> 江南江北多离别，忍报年年两地愁。

诗人由南归的新雁，自红蓼花开的汀洲起飞，想到了南北分离的家乡。他盼望着早日离开北国塞外的'胡霜'，随寒日再下汀洲。"

秦明道："指向胡人。江南江北多离别，是因胡人。来这里避难的话，分明是避胡人之难。"

芸轩道："花溆，取自另一首诗：

> 玉溆花争发，金塘水乱流。
> 相逢畏相失，并着采莲舟。

贾政找过船的，贾珍也说有四只采莲舟。不用怀疑，一定是回应这里的采莲舟的。此处虽是金水乱流，但四只采莲舟可以并舟采莲，相互依存的。宝玉的意思很显然，既要避胡人之乱，也要协同在乱流中相互依存。"

秋真道："可元春给的答案是：花溆即可，何必蓼汀。这就大有深意，去掉寥汀，难道她来不为避难？也许只为找那个并舟采莲人呢。"

山岚问道："是这意思吗？找这个人干嘛，能找到吗？"

芸轩道："你问得蹊跷，哪是这么容易的，别说找人了，先确定位置再说。看这十几张草图，我都琢磨了好些日子呢，反复验证了几遍，还是有些出路。先说'花溆石港'，这个地方出现的意境，几乎和《桃花源记》里景象一样。

"里面说：武陵人捕鱼者，缘溪行，忽逢桃花林，夹岸数百步，中无杂树，芳草鲜美，落英缤纷，复前行，欲穷其林。林尽水源，便得一山，山有小口，仿佛若有光，便舍船，从口入。

"提炼一下要点，沿小溪行进时，发现了落英纷纷的桃花林。林尽，找到洞口，才进到桃花源里。

"再看'花溆石港'也是这样说的：只见水上落花愈多，其水愈清，溶溶荡荡，曲折萦迂；池边两行垂柳，杂着桃杏，遮天蔽日，真无一些尘土。只见清流一带，势若游龙。前面见一洞口。

"说到这里，咱们比对一下，有桃花，有落英，也是水溪婉转，曲曲折折才到石港。穿过石港洞口，定是一番世外仙境了，是不是相同的意境？"

秦明道："还说得过去，可怎么确定位置呢？"

芸轩道："至少说明两点，正殿是在'花溆石港'内。元春来时，应该是婉转绕路而来，石港在西北无疑，这个位置可以确定。再者，被放到仙境里的不光有正殿，还有蘅芜苑。虽然我也不确定蘅芜苑的具体方位，将来宝钗会从这里往返于各处。往后，咱们多走几趟，一趟找不准，走多了，不怕找不准。"

芸轩低头又想了一会，道："这几处倒还可以。其实我最拿捏不好的还真有一个地方，就是薛家住处。薛家迁址搬家了，只说东北一所幽静居所。可我不知道，这是大观园的东北，还是荣国府住宅的东北，很费周章呢。"

秋真道："别着急，最初来梨香院时，从路径上看，它坐落在荣国府的东北角没问题。这处院落不光通后街，薛姨妈也是通过这条宁荣之间的小巷子，去王夫人处走动的，很方便。所以，梨香院应该在靠着夹道的最北边。"

秦明道："是的，因梨香院后面有门通后街，去外面的话，不必经过荣国府，可以自由出入，这一点是可以肯定的。可大观园建成后，它只是修理了一下，还是独门独院地在园子里。"

秋真道："这也不难，要么是大观园外的东北角，要么是贾府住宅的东北角，咱们无非从这两处找啊！先说园子外的东北上，这里已经有了梨香院，再有的话，就到了宁府院子里去了，所以只能是在荣府住宅的东北。"

秦明道："这个东北上，大观园外也是宁府地界，更不可能了。"

芸轩道："这里，就是怡红院墙外的这个地方，大观园的东南角，也是荣府宅的东北角，紧挨着和宁府的夹道，往西去，有贾母后面的东西夹道，和王夫人来往也方便，暂且选定这里怎么样？不行的话，等以后咱们验证一下。"

秦明道："不用，现在就可以通过薛姨妈的走动路径验证一番。"

山岚道："对呀，牵扯薛姨妈走动的地方多着呢，让我想想。记得贾母与王夫人去送灵那次，说：园中前后东西角门亦皆关锁，只留王夫人大房之后，常系她姊妹出入之门，东边通薛姨妈的角门，这两门因在内院，不必关锁。

"这一段，提到了两个角门是内院的，说明薛宅和大观园紧挨着，大观园还有个直通薛家的东角门。薛宅在大观园的紧东南侧无疑了，可又不能跑到宁府中去，选这个位置就合适。"

秦明道："还有一次，就是宝玉挨打那次，宝钗生了哥哥的气，第二天回家看薛姨妈。一早，正碰上林黛玉站在花荫里。可知，只有宝钗是从北面的蘅芜苑向东南走，才路过黛玉这里。"

山岚道："这个并不明确方位，不算什么，我还记得有一次，是直接提到了方向的。宝钗说，自从她在园里，东南上小角门子就常开着，原是为她走的。可以明确肯定，薛家是在大观园的东南方无疑。可问题是，这个神秘的薛宅，究竟坐落在东南哪里呢？这个位置还有贾赦的院呢？"

芸轩道："咱们再算计一下，大观园东南方向有园子正门，正园门的东侧位置，应该有条宁荣府间的私巷。如果薛宅放到正门和夹道之间的话，日常可以自由进出，不必穿越荣府。这个布置，从方位上和日后薛宅的日常活动上，都讲得通。"

秋真道："那贾赦的旧院呢？也是独立的，中间再建薛宅行吗？"

秦明嘿嘿笑道："我看可以。贾赦院的后面，本来就是下人房，拆除后塞上这么个独立的小院也可以的，让薛家住下人住的位置，也算便宜她了。"

芸轩道："短见识，蘅芜苑对着正殿，薛宅对着怡红院，都是一南一北，有什么不好的？"

秋真道："可这个园子，只有这么几处房舍能确定位置，要完工还早着呢。我也归置烦了，要不咱们还是议一议元春的才情吧，她不是以一流的才藻上位吗？咱们就鉴赏一番呗！"

山岚道："好啊！好啊！"

正闹着，秋真团里的梅子一步闯进来，抖着雨伞，看大家都在，又在摆弄些不是女人该摆弄的东西。遂笑道："初来红豆馆，收拾得这么有格调，我还以为能讨杯好茶喝呢，这怎么还摆上迷魂阵了呢。"

秋真忙迎上去道："外面的雨大不大？你怎么来了？"

大家招呼梅子，给她让座，梅子道："下雨天我也不得闲，有套服装需要改，我带了样品和设计图，你帮我看看细节。还有你要的荷包，就是市卖的，怎么样？"说着，从口袋里掏出一个鸡心荷包来。

秋真接过来笑着递给山岚，和梅子走到一旁商量那图纸去了。陆风还在沙盘前安插着亭榭屋宇，山岚磨墨，芸轩执笔，秦明把写好的大观园题诗对联，一一摁到墙板上。

山岚拿着荷包端详着，秦明笑道："一物珍藏见至情，江山每向闹中争。没听说过吗？一个荷包可以换一座江山的。你这只，也只好换个情人，不合算吗。"

芸轩放下笔，比画着样子，道："荷包里放着一颗心？这个物件，在《石头记》里可算用到家了。一会儿香袋儿，一会儿荷包，一会儿绣春囊的。宝玉这回倒是保住了它，可成形一半的香袋，却被黛玉铰烂了，还换个情人呢，不见得是好兆头。"

秦明道："我的感觉还行，从目前的情形看，二玉的状态好着呢，有贾母的呵护，宝玉的珍爱，虽有点小拌嘴，但不伤大体。看来二人已缔结盟缘了，还成双入对地去了王夫人处。"

芸轩道："打住，就是这个王夫人处，才是政治中心呢。他二人来了是不假，可宝钗也在呢，有好戏看。"

梅子道："早听说你们鼓捣个小说，解什么红楼之谜，还能自编自演地来一段，今儿我也开开眼。"

秋真道："什么好戏开始了？没有我，她们还能唱出好戏来。"

山岚道："那是，你和梅子可都是梨园弟子，过会儿来两出，咱们才过过瘾呢。"

秦明道："正是呢，提到梨园，我就想起梨香院，这里面就是你方唱罢我登场的地儿。先是荣公，后是薛家，这不，又换上了贾蔷的十二个小戏子，也不知这帮人来，唱的是哪一出？"

芸轩突然道："为了搞懂这出戏，咱们必须还原大观园的原型。"

秋真道："谈何容易，天上人间诸境备。这哪里是一个花园子，简直是一个浓缩的大世界，天上独一，人间无二。我看哪，就不该费工夫去附会什么别的园子，任哪里也不会找到这个园子的影子。"

芸轩道："不必乱附会，曹公明明告诉了，干吗还要乱找一气呢。"

秋真道："你又是做梦吧？"

芸轩道："有梦境才解得开呢，玄机就在'天仙宝镜'四个字里。"

山岚道："什么仙境，就算是太虚幻境也都是假的，你看元春所见：岸上柳杏诸树，无花无叶，都是用通草绸绫纸绢，依势作成，黏在树枝上的；池中荷荇凫鹭之属，也是螺蚌羽毛之类做就的，元春权当来到了人造假仙境。"

芸轩道："我说的是那个牌坊，上面写的不是宝境，说的是天仙宝镜。如果换成宝镜之'镜'字，区别就大了，分明是说这是一处镇殿宝镜。

"秦明，关于宝镜镇守殿宇的传说，是不是来自大明宫？元春的太监说过，元春要去大明宫领宴看灯，她来大观园不也是吃宴看灯吗，还有别的解释吗？"

秦明道："嗯！有这么回事。风月宝镜也好，天仙宝镜也罢，镜子的功能，还是强大的。还有妙玉，妙玉是因元春而来，明说了，是来长安都中看贝叶经和观音遗迹的。这些东西，长安果真有的，大雁塔里就珍藏着唐三藏取来的贝叶经，还有观音古禅寺。"

"再看她的住址，西门外的牟尼院，也很确切。被贾府请进来，从都城西门进贾府，也和元春来自一个方向。且妙玉的师傅也说了，她不宜回乡，难道家乡出事了？她也是来避难的？"

秋真道："这个思路我喜欢，大明宫里最有名的地方，就数梨园了，贾府也有。有好戏看哪！谁能找一张古长安和大明宫的图，咱看看哪。"

芸轩道："别太早下结论，还不十分确定。但可以作为一个线索关注着。你说得对，王夫人那里，是大事的汇集处。贾蔷和十二官，一定是贾蔷的班底；二十个女尼女道又出现，一定是妙玉的班底；再加上宝玉和她的十二钗，这几股势力走在一处，真是有得看了。"

山岚还是拿着荷包掂量着，道："元春还赏了龄官两个荷包呢，怎么说？"

芸轩道："赏赐十二官，同时也赏赐了幽尼女道。这个元春到底葫芦里卖的什么药？"

山岚道："是呀！元春到底是来省亲的，还是避难的，怎么确定呢？"

秦明道："就算省亲，也不会大晚上来，大半夜回。你们看看她回宫的时辰，夜里两点四十五分，差一点就是'寅'时，正是所谓秦可卿见鬼的时间。"

秋真道："可以理解，她来自不得见人的地方，啥意思？就是不自由的地方。贾母凌晨五点就在大门外候着元春的銮驾了，直等到不耐烦，宫里才有太监来报，说元春白天来不了，只能晚上来。"

"照民间礼节，贾母以为孙女会一大早就来的，按皇帝尽孝道的原则，也该早来看家人。但皇帝只让她晚上来，半夜回，这就叫不得已。"

秦明道："哎！我看元春满心都是委屈，来了大半晚上，七个多小时，就哭了五六回，且还说了一句很不吉利的谶语，说如今天恩浩荡，一月许进内省视一次，见面是尽有的，何必伤惨。倘明岁天恩仍许归省，万不可如此奢华靡费了。脂砚马上就说，这是妙谶，便是不再之谶。什么叫不再之谶？明年肯定来不了了，这就算是生离死别了，能不悲悲切切的吗？"

山岚听到这里，来了灵感，道："我早定下了，谁也不许抢，到时我来破解元春的判词之谜。"

梅子听了半天，倒看着热闹，也不知所以然，道："大雨天，就猜这些个闷葫芦，真有你们的。我一句人话也没听懂，说点有意思的吧。"

秋真道："好啊，咱们以诗论事，看谁能找到机关。找不到的做今天的午饭。"

陆风道："你们都论诗，谁帮我搞园子。"

大家笑道："你自己做吧。"便一起走到秦明关到墙上的题诗前，看了一遍，秦明勾取了《凝晖钟瑞》和《世外仙源》二首。

山岚道："你选了正好，我最不喜欢这首呢，我来《有凤来仪》和《蘅芷清芬》。"芸轩在《杏帘在望》和《怡红快绿》前画了押。

秋真道："知道我不擅长，就留给我些好懂的，也只好选《风流文采》和《文章造化》了。"

梅子也笑道："我也凑个热闹，看能不能蹭口饭吃。如果说了不在行的话，别笑话。就这首《旷性怡情》和《万象争辉》了。"说着，各自摘走题诗，一旁推敲起来。

芸轩道："最前这首《题大观园》怎么没人要？谁要了去，谁做裁判怎样？"秋真正转身走，听芸轩这一说，回身取下道："这可非我莫属了。"

芸轩道："要做评家，也得真功夫，你现在就为此题作评，方服众人心。"

秋真笑道："这有何难，都过来听好了。咏大观园组诗中，此为元春所作第一首，她是群芳之首，理当有此作。

"既然元春能坐上贵妃宝座，才选凤藻宫尚书，可见其才华了得。此次省亲，让诸姊妹赋诗题咏，就是她的主意，其实，就是一场赛诗会，是一场以才能论天下的盛会。相当于大观园的首次诗社，当是元春发起的。这首诗便是总概括。

"衔山抱水建来精，是盛赞大观园落成，但在我看来，是欣喜另一件事，就是《石头记》构思完成。

"多少工夫筑始成？是作者由衷的感慨，正所谓：天上人间包罗万象，蔚为大观之《石头记》，就是一座《大观园》，此评可否？"

大家鼓起掌来，梅子一面称赏，一面笑道："这个说法新鲜，我也是头回听说，元春真是靠才能当的贵妃呀？我记得宝钗好像也是来选秀的，既然宫中选妃子，应是照批次来，宝钗来都城也有些日子了吧，没参选吗？以她的才情，起码也能选进宫的，怎么没有她？"

秋真道："这人像说鬼话呢，可也是个理儿，还能联系上宝钗选秀，有点天分。既这么着，你先说说你那两首题诗吧。"

梅子低头颠倒着看了半日，笑道："你刚不是说这是部书吗？迎春就说了，这部书的特点是：精奇特。

"谁信世间有此景？看上去她有所怀疑，问：谁相信书里写的这些事呢，还得费神思地琢磨。看了以后只能旷性怡情，图个乐子罢了。"说得大家哄堂大笑。

梅子道："我说得不好，你们谁再笑，中午不给饭吃，我还不说了呢。"

秋真道："没人笑，有点意思，快说第二首。"

梅子道："探春的就简单了，说精妙处一时说不明白，因我才疏学浅哪，可我明白一点，就是里面说的：果然万物有光辉。"

秋真道："完了？"

梅子道："完了。探春甘拜下风，自己承认才疏学浅，我也一样，还不行吗。"

秋真笑道："那你就去厨房吧，省得碍事。"梅子果真去了厨房。

秋真见她去了，悄悄道："这妮子，还真有点意思，误打误撞地还说出一件正事，我借着坡说惜春的《文章造化》吧。你看惜春的诗，就完全契合了我的论点，直接用了'文章'二字。

"小说架构，无非是高屋建瓴五云中，运筹帷幄千里外。书画创作，无非在于山水横拖之妙，巧夺天工之景。惜春又是画园子之人，她也承认，这部奇书是借神力之功造化而成。"

山岚道："听你刚才的话，探春的题诗，有特别的说法呀，怎么不说？"

秋真道："就你急，说完惜春的才能比较后，我发现，'四春'在对待大观园建成这件事上，态度有区别。元春赞叹其太费工夫；迎春担心，建得这么好没人能看懂；探春觉得自己才学浅，有些怕说不清楚；只有惜春说，文章要靠造化而成。看到没，其他人的担心没什么，只有探春，她怕说不清，就是一个

'争'字。包罗万象的大观园，万物有光辉，可为什么要万象'争'辉？里面谁和谁争光辉？是不是和探春执掌大观园有关？"

山岚道："这可都是后话，我同意这些，那李纨的呢？"见二人说得热闹，秦明拽了芸轩的衣袖，去了书房，让翻出存在这里的古地图，翻看起来，又嘀咕一会子。

秋真继续对山岚道："这首《文采风流》才是韵律合辙，对仗工整呢，不愧为国子祭酒的女儿。她只说，山水与文采，都幻如蓬莱仙境，可这山水文章是'抱复还'。"

山岚道："什么意思，山水是重新抱回来的？"

芸轩走来道："可不吗？大观园建设，就是用旧山旧水拼凑而成，还不如说是拾来的残山剩水呢。"

秋真道："就是的。关键是颔联：绿裁歌扇迷芳草，红衬湘裙舞落梅。你们知道李纨是有字的人。字，宫裁。纨，又指纨扇，而她自号老梅。如此看来，这一联说她自己无疑。谁说她心如槁木，她要在这篇恢弘巨著中，迷芳草、舞落梅呢。

"再看颈联：珠玉自应传盛世，神仙何幸下瑶台。丈夫叫贾珠，小叔子就是宝玉，其实是双关珠玉文章，如同珠玉本人的事迹，都应该流传于盛世。

"尾联就好理解了：名园一自邀游赏，未许凡人到此来。此联，大有赞颂元春之意，一经贵人游赏，此园就成了仙境了。"

芸轩冷笑道："如从文章的角度讲，却是鼓励咱们呢，若能欣赏得了这篇鸿篇巨著，咱们都不是凡人了，她也不允许凡人进来呢。"

秋真回头见秦明不在，喊她道："给你的时间够多了，还磨叽，赶紧的。"

秦明下来，听的半半路路，她一直在琢磨宝钗那句'芳园筑向帝城西'，手里抓了一叠地图，笑道："事都让你们说了，我还不能小瞧你们了。"说着，便将地图摁上墙。

一面道："你们都是'文章'，没有一个人提及大观园的真实情况。可宝钗是个实心人，她关注的是真实的大观园，一句'帝城西'，差点没折腾死我。"

山岚道："她说得又没错，大观园不就在帝城西吗。"

陆风在那边喊道:"你们千万弄明白位置,假如连这个都胡猜乱测的话,那么我在这里辛辛苦苦的,建得再精妙,也是空中楼阁。"

山岚道:"别打岔,又不是说的一回事。"回头道:"这个位置没错,黛玉进贾府是自东向西,对吧?

"当时,说她上了轿,进入城中,从纱窗向外瞧了一瞧,其街市之繁华,人烟之阜盛,自与别处不同。这说明她通过闹市区,又行了半日,忽见街北蹲着两个大石狮子,三间兽头大门。

"黛玉自东向西,穿过繁华区,走了半日路程,时间可不短哪,可见荣宁府是在城市很西部,怎么能有问题呢。"

秋真道:"贾雨村不也说过吗,去岁他到金陵地界,因欲游览六朝遗迹,那日进了石头城,从他老宅门前经过。街东是宁国府,街西是荣国府,二宅相连,竟将大半条街占了。再看看这张南京古地图,石头城可不就在南京城的西部吗。"

芸轩道:"大观园在南京吗?"

秋真道:"你觉得是在长安对吧?可大明宫不在长安西边,而是在长安东边。"

秦明道:"我也纳闷了,元春的行走方向正好相反。她来的时候,贾府的人都在西街口等待,来贾府是自西而来。我也计算过从宫里到贾府的时间:下午五点多,进大明宫领宴看灯、请旨,七点多才出发。

"再看贾府这天晚上的安排,有个点蜡烛的环节,先一担一担挑进蜡烛来,各处点灯。而点灯时间大约也是五点半后,天擦黑开始的。这么大园子,一担一担蜡烛,是不是要点些时间?

"方点完时,忽听外边马跑之声,大约从五点半开始点,刚点完就来了,是不是和元春在大明宫看完灯后来这里的时间差不多?说明什么?路上不需要多长时间,宫城和贾府很近,几乎像邻居,但也说明宫城在帝城的更西部。"

秋真道:"宫城更往西才更不对,大部分宫城都会建在帝城中央。贾府在帝城西还说得过去,说皇宫在贾府更西边,就有问题了。"

秦明道:"大观园位置会有问题吗?"

秋真道："如果大观园位置没问题，那元春就有问题了，或者说皇宫的位置有问题。"

秦明指着墙上的地图道："你瞧瞧，最有名的四座帝城，在长安、北京，其皇城都建在城市的中轴线上；而南京，明时的宫城反而建在偏东部。倒是黛玉提到的金谷园所在的洛阳，唐时的宫城倒是建在西部，难道是金谷园？"

秋真道："长安和洛阳，明清时期已经不再是帝城了，金谷园也不在城内，在洛城外的东北处，靠着北邙山呢？"

山岚道："哎！就是癞道士、秃和尚说的，三劫后会齐的邙山葬地？"

秦明道："皇宫的位置没找到，倒是虚幻出一个葬地来，晦气。"

秋真道："看来，到现实中找大观园是错误的，但宝钗和黛玉为何都这么关注园子的位置呢？一个问：筑何处？一个答：帝城西。这肯定是让咱们也关注这个。"

秦明道："有了，一个问，一个答，答的就是一个'西'字。这个字，可是脂砚非常不愿意提及的一个字，忘了？"

芸轩道："什么不愿意提，无非是欲盖弥彰罢了，书中重要人物都和这个字有关，不信我举几个例子。贾雨村从苏州进京赶考，说是买舟'西'上，看看这几个帝都，从苏州去哪个城市是坐船西去的？要么可以西去，要么不能坐船。

林黛玉，是'西'方灵河岸上的绛珠仙草，来自'西'方的仙子，且被称作'西'施；妙玉，住在长安'西'门外的牟尼院，看这个地图，是这个西门吗？叫'延平门'的？宝玉住在'西'府里，且院子里有'西'府海棠。

看看图上，明明西面没有什么皇宫，可元春偏偏从'西'而来。曹公才是最牛性的一个人，对这个'西'字，情有独钟呢。"

秦明道："从西方来不可怕，可怕的是到西方去，有个说法叫什么来着？驾鹤西去，你们不是算着元春回宫接近寅时吗？她从西边来，一定回西边去。难道是说，元春此去西边，是强调要驾鹤西去？"

山岚道："你胡说什么？我可不信宝钗是这个意思。"

秋真道："你牵着我们的鼻子转了半天，看出这么个机关来，自己倒不信了。如果'西'字有这个含义，我理解作书人避讳'西'字的用意了。提起这个字，作者就禁不住流泪，元春半夜里回西边确实很吓人，不让人流泪才怪。"

秦明道："别提了，还说宝钗的诗吧。她说：高柳喜迁莺出谷，修篁时待凤来仪。这句最妙。别人都是虚的，她这一联就落实了。她看到了园子里的两样实物，一个出谷之莺，一个凤凰来仪。两样禽鸟，是不是代表两个人哪？"

秋真道："一个莺，一个凤，是谁？"

秦明道："宝钗的丫鬟是莺儿，可暗指宝钗，黛玉是人中凤。意思是，元春西去后，园子就是这二人的天下了。"

山岚道："牵强附会。丫鬟是莺儿就成宝钗了？我倒觉得宝钗是最讨好元春的。'三春'的诗几乎没有讨好什么，都是勉强应制的。到了宝钗这里，颂圣的话最露骨。"

"尾联：睿藻仙才瞻仰处，自惭何敢再为辞？简直是仰视元春的才华，连诗都不敢做了呢。"

秦明道："那是，她关心元春的一举一动呢。她看出元春不喜欢'香玉'二字，她羡慕元春高高在上，还穿着黄袍，她时刻待选进宫。你不觉得，她才是元春的威胁吗？"

山岚还是不服，秦明道："不服气，再看黛玉的诗。她就说了，这是借来的山川之秀，且提到了金谷园，她还为金谷园的绿珠专门作过诗。金谷园的败亡背景，就是贾后乱政引起'八王之乱'造成的，接着就是'五胡乱华'。此贾妃与彼贾后，是否有所借鉴处？"

芸轩道："可以联系起来，提起金谷园，大多会想起那段历史，想起贾南风来。我也注意到，黛玉和李纨的诗，同时用了一个词：何幸。一个说，'何幸'下瑶台，另一个说'何幸'邀恩宠。这意思，虽说很幸运，但这种强烈的反问，还是让人疑惑，到底有何'幸运'可言呢？"

秦明道："我也正想说呢，她二人口气相似得很，都说这座花园是借来旧山水，添了点新气象，就像香销云散的金谷园。里面的花也是假花，无非是用假象献媚与你，这样一个虚空之处，何幸向你邀恩宠？何幸让你的宫车频繁往来？"

秋真道："你是说她二人有提醒之意，为什么提醒她？"

秦明道："这个我还不知道，或许机关藏在后面，但你也不能算我输。"

山岚道："怎么不算输，你这两首解得最不服人，看我的《凤凰来仪》。这不是颂凤凰，而是做了一篇竹颂。凤食竹实，有竹子才能招来凤凰。可偌大个园子，竹径通幽处，遥遥的就只有这里有竹子。秀玉成实，凤凰可以来了，你再看这片竹林，青翠欲滴，绿浓生凉。来这里会让燥热的心绪宁静下来。

"关键是颈联：进砌妨阶水，穿帘碍鼎香。一妨一碍，来得最好。这片竹林，能妨住绕阶的祸水迸溅到石阶上；还可阻碍室内鼎香穿帘散去。总之，竹子不光是凤凰的食物，还能保护主人。

"所以呀，宝玉说，莫摇分碎影，好梦正初长。一摇一分，说得更妙。是谁要摇碎竹林，分离竹影？碎影散乱，自然扰了主人的好梦，有一种风雨欲来的感觉。"

秦明道："那我问你，黛玉偏喜欢那几竿绿竹，黛玉是竹子，还是凤凰？如果黛玉是凤凰，那元春呢？"

山岚道："黛玉是草，自然是竹子，竹子高洁，高节之人，又称'人中凤'。都是，不矛盾的。"

秦明道："先放过你，再说《蘅芷清芬》。"

山岚道："说就说。贾政说这是个'无味'的院子，实际却是个最'有味'的去处。不是一般的'有味'，且还是芳香四溢，就因有萝薛相助。"

秦明道："虽然满园奇香，但此院静冷，完全不同于那一处的绿凉。"

山岚道："两个词最神奇，软衬和柔拖。软柔是藤蔓的真本事，衬拖在'迷曲径'与'垂回廊'，更是藤蔓的真目的。有人想用这萝薛之芳香，藤蔓之柔拖，让人迷失了回家的路径。

"尾联最是关键：谁谓池塘曲，谢家幽梦长。

"所谓'池塘曲'有一句诗：池塘生春草，园柳变鸣禽。相传为谢灵运神来之句，我倒觉得平平。可细想曹公此用，定有深意，是否与'高柳喜迁莺出谷'有同工之妙？此处，新来的禽鸟，是不是莺儿呢？"

秦明道："自己打嘴了，我说的时候，怎么就牵强，你这不也是附会吗？"

山岚道："就算你说的对，也不是我关注的重点。我在想，即便是莺儿来，和谢家幽梦有关吗？"

秦明道："前面是好梦初长，这里是幽梦难醒，不记得吗？才华横溢的谢灵运，最后竟然是以造反罪名被杀，这才是谢家噩梦呢。"

山岚道："我不信是这个意思。"

芸轩笑道："看吧，咱们山岚也似有神助，谁要说她宝姐姐不好，她就和谁恼。你不信也不行，咱们可都是顺着你的思路走的。我这可省事多了，宝玉为自己的院子写诗，正是为表达自己的心声，他不仅不颂圣，甚至还抱怨姐姐呢。"

秋真道："是吗？他敢？"

芸轩道："所谓一字师，都是小聪明，他也许懂得姐姐去掉了'香玉'二字的用意。"

山岚道："这可是猜测了。"

芸轩道："不信是吧，听我分析。所谓'香融金谷酒，花媚玉堂人'。黛玉的诗里，有香也有玉，宝玉的前两首诗里也有，都没避讳吧。怎么到了写自己院子时，宝钗就偏提醒他，不让有了呢。"

秋真道："对呀，为什么？"

芸轩道："因姐姐的用意是有特指的，别的地方可以有，唯独你怡红院里不能有。你这里一红一绿、婵娟成双可以，唯独不可以和'香玉'成双。"

秦明道："不同意，海棠弱如扶风，艳若红脂，应暗指黛玉，芭蕉才是宝玉。将绿玉换成绿蜡，明明是换去了宝玉之玉，怎么是反感黛玉之玉呢？"

芸轩道："只恐夜深花睡去，故烧高烛照红妆。《海棠春睡》的妙境，让多少人想入非非，与海棠相关的人和事太多，我也不以为是黛玉。反而那句'冷烛无烟绿蜡干'提醒得好。虽说蜡烛生辉，但绿蜡却是'冷'的，元春许是想去掉'香玉'，可宝钗偷梁换柱，未必真按元春的思路走。咱们别争是哪个'玉'了，我以为，宝钗倒不为去掉'玉'字，却为推荐一个'冷'字给宝玉。"

秋真点头道："芳心犹卷怯春寒。春寒带来的就是个'冷'字！这个'冷'

字，也推荐给了咱们。"

秦明道："一缄书札藏何事？宝钗也不禁问，卷曲收起的春心，有无法言说的心事，正如大家所说的，这部造化而成的书中，深藏不露的是什么大事。"

芸轩道："会被东风暗拆看。藏的是冷人的心事，这冷人暗蓄心事，用心良苦。可那位东风玉堂人，能拆开看清真相吗？只是那春海棠，纵然红妆无眠，绛袖垂栏，能否护得了如烟青蕉？"

海棠花解语　春尽玉生香

山岚道："姐姐就是那股东风势力，也是此时的主人，宝玉是向姐姐祈求怜悯吗？"

芸轩道："宝玉是提醒姐姐，要爱惜这段红绿之盟，别把绿玉轻易地换成'冷'蜡。你能说宝玉不知姐姐和宝钗的用意？"

山岚道："那怎么办？已经让宝钗给换了，不是吗？"

芸轩道："咱再看黛玉的，她可是冰雪聪明的，不是白传个纸条这么简单，她真率性到没有任何感觉吗？她可是心思缜密之人。"

秋真道："《杏帘在望》，乍看是黛玉胡乱作的，但她大胆地告诉元春，这个地方才是希望的田野，所谓：在望有山庄。她根本不在意什么绿呀玉的，也不担心穿黄袍的姐姐喜不喜欢，她率性得可爱，本想在这个姐姐面前大展宏图，但这个姐姐不给机会。当发现不给机会时，她只想帮宝玉顺利过关。"

芸轩道："宝钗的一个字，就改变格局，我想，黛玉的一首诗，也许会改变别的。"

秦明笑道："对呀，元春就因黛玉这首诗，将'浣葛山庄'改为'稻香村'。兹事体大！"

芸轩道："这里该是农人们辛勤劳作的地方，就像桃花源里的人们，过着丰衣足食、自给自足的日子。"

秦明道:"没多深奥。"

芸轩道:"错了,这是为她建的园子,可元春给每个地方都赐了名,却都和自己的归宁无关,倒都合着是给姊妹们住似得。唯《杏帘在望》赐名'浣葛山庄',才是唯一留有后妃归省痕迹的地方。"

山岚道:"什么意思?"

秦明道:"意取《诗经·葛覃》,元春愿意自己是妇德、妇言、妇容、妇功俱佳的后妃。"

芸轩道:"可看了黛玉的诗后,元春为之动情,她改主意了,赐名'稻香村'。这个地方咱们前面是有争议的,宝玉不喜欢,嫌这个地方是被人强扭而成,无依无靠,是讽刺李自成建立的小农场国家,但却是元春最喜欢的四处之一。黛玉虽无展才机会,但代替宝玉做的'杏帘',被元春封为'三首之冠',可见对黛玉之才也是肯定的。只是改名后,纯粹变成一个村居,让人不理解。至此,所有的轩馆被赐名后,抹掉了一切和她有关的痕迹。"

秋真道:"你的意思,元春是想把属于农民的居所,还给农民?"

芸轩道:"不是吗?不是李纨住在这里吗?'浣葛'二字,同样可以赞美李纨的妇德。"

秦明道:"新绿涨添浣葛处,好云香护采芹人。被香护的采芹人,就是爱读书的贾兰也未可知。"

芸轩道:"怎么样?这一变比起宝钗的绿蜡高明吧?黛玉传纸条争取到的东西果然与众不同,她为玉但不争玉。"

正说着,陆风、梅子喊她们,都一点多了,快来吃饭。

山岚道:"这个我倒承认,宝钗对宝玉是有点冷嘲热讽的味道,还悄悄地咂嘴点头。笑:亏你今夜不过如此,将来金殿对策,你大约连'赵钱孙李'都忘了呢!对宝玉执政,宝钗一派瞧不上的感觉,黛玉就不会这样。"

秋真道:"你也终于承认了,这个一字师的姐姐,不怀好意;那个做启蒙师的姐姐也暗藏用意。唯一的区别,一个穿着黄袍,另一个也很羡慕,用意多明显。"

秦明看一眼表，边走边道："都一点多了？这个时候，人家元春都吃晚饭了，咱们连午饭还没吃呢。"

秋真道："贾府的用餐方式和宫里一致，看来都是两餐了，是这样吗？"

芸轩道："是的，吃了饭，你和梅子给我们唱两出，就那段'相约相骂'。龄官执意给元春唱这两出戏，一定是有想法的，不单单因是她的本角戏。"

她们胡乱地吃了点，秋真又说动梅子，演一下老安人，现成地装扮起来，又分派了些锣鼓家伙式给他们。

秦明收拾着鼓槌，笑道："秦可卿一死，动用了最宏大的丧礼程序。咱们元春只出了一次场，就动用了《石头记》里最繁华的宫廷礼仪，他们家这个元宵节可真够热闹。"

芸轩道："有什么好奇怪的，元春大年初一生日，不是白给的。元月元日，正是政权改元的日子。怕是在这一年的正月，有个政权要改元呢，不热闹行吗？"

秦明道："也是，但看她的仪仗，是贵妃的卤薄不错，但细看却发现有'龙旌'仪仗，沾染些帝王仪仗的影子。"

芸轩道："游幸大观园行宫时，但见庭燎烧空，诸位可知何为庭燎？"

秦明道："夜如何其？夜未央，庭燎之光。君子至止，鸾声将将。本是《诗经·庭燎》里的，有深意？"

芸轩笑说："没有么，宣王勤于政事，夜半时还不安于寝，急于视朝，看到庭外已有亮光，知已燃起庭燎，是诸侯要入朝觐见了。"

秋真道："照这么说，燃起庭燎的好几处呢，等不到天亮就想早朝的帝王也有几个。元春这是半夜来视朝的不是？梅子，咱们上场吧。"于是，梅子演了老旦，秋真演了贴旦，一阵锣鼓之声。

【老旦唱】：景凄凄，触目伤心处，枫叶飘飘坠。箧无资，旅食无鱼，埋没了冯驩志。金风透玉肌。

【贴上】：我是史门侍女来传语的。

看秋真的台风，就让人忍俊不禁，滑稽中充满风趣，贴旦的动静，让她演活了，只听道：

【老旦】：莫非史亲家那边来的？

【贴】：我是小姐的丫鬟云香。

【老旦】：呀呀呀！我有失迎趋。

【贴】施礼：老安人。

【老旦】：请坐，请坐。

【贴】：老安人在上，怎敢坐？

【老旦】：亲家那里来的，哪有不坐之理？

【贴】：如此没，告坐了。

【老旦】：岂敢。把椅儿上些，上些，再上些。

【贴】：够了，够了。

【老旦】：请坐。

【贴】：有坐。

【老旦】：小娘子，何事劳卿顾草庐？

看到这里，山岚悄悄对芸轩道，这个丫鬟名字叫史云香吗？一个座位，都这么客气地让半天，演得好俏皮。

锣鼓一通，铿锵有力，有的还敲着茶缸子打点。不多工夫《相约》一段唱完，众人不解瘾，催着马上再唱《相骂》。锣鼓响起。

【老旦】道：遭逢时不利，被人谈笑耻。良药苦口利于病，忠言逆耳利于行。那晚若是我孩儿去赴约，必遭其害；虽然安妥，终须不了。天吓！有这等异变之事！

【贴上】道：才郎共淑女，月下已相叙。

山岚咕哝道："热闹是热闹，刚才还好好的，二人说不清皂白就打起来了，这也没看出什么来。"唱到热闹处，只听见：

【贴】：倒说我造言生事！你看上面是什么东西呵？

【老旦】：是天。

【贴】：呀啐！却我只道是地！不道湛湛青天不可欺！好吓！你奸骗我家钱财，叫你须臾受祸灾！

【老旦】：老天应鉴察，不受这飞灾。

【贴】：叫你偏受这飞灾！

【老旦】：我偏不受这飞灾！

【贴】：还了我的东西便罢；若不还我，死也死在这里！（哭介）

【老旦】：哪里说起！什么钗钏，又是什么银子！吓，吓，吓，你看他公然上坐。啐！这个所在是你坐的！

【贴】：难道是龙位皇位，坐不得的？

【老旦】：虽不是龙位皇位，你却坐不得！

【贴】：我倒偏要坐！

【老旦】：偏不容你坐！小贱人！

她二人对着座位，你争我抢，好不热闹，个个幽默打趣，声口毕现，众人齐声地叫："好！好！"

《相骂》一段刚唱完，山岚突然看出端倪来，拉了芸轩一把，道："该死的龄官，胆子够大的，你看她执意唱给元春的这出戏，敢是暗示有人要争夺上面的皇位。"

芸轩道："好在元春看懂了，刚才就说：龄官很好，所以才让再唱两出的，赏赐了，还嘱咐好生教养。你知道吗，贾蔷去苏州采买戏子一事，脂砚公然用一篇《哀江南赋》，来抒发担忧之思，可谓用心良苦。"

秦明道："是有一段引用，这段很关键。说：孙策以天下为三分，众才一旅；项籍用江东之子弟，人惟八千；遂乃分裂山河，宰割天下。岂有百万义师，一朝卷甲；芟夷斩伐，如草木焉！江淮无涯岸之阻，亭壁无籓篱之固。头会箕敛者，合从缔交；锄耰棘矜者，因利乘便。将非江表王气，终于三百年乎！

"此赋不无危苦之辞，惟以悲哀为主。正是大盗篡国时，金陵沦陷际。可这亡国之叹，至于和买戏子勾连？"

芸轩道："怎么不至于，目前的状况恐怕也是三分天下的样子。贾蔷一组，妙玉一组，宝玉一组。当然不是这么个分法，应该是组中分组，他们就是来分割天下的。"

秋真道："不可小觑这些戏官们。"

芸轩道:"你们是真没听明白还是装的?抢龙位不要紧吗?她二人抢来夺去的,那可是龙位。"

山岚道:"也是。"

芸轩道:"且龄官演的这小女子,名字很特别——史家云香,是不是我喜欢附会先不说,见到她,我老是忘不了史湘云,可她明明还没现身呢。"

秋真道:"我看你也病得不轻,要梦游?要不我们再来一段《游园·惊梦》吧。"

芸轩道:"算了,元春一晚上游园三回,午夜回宫,不用演我也知道,回宫之时,就是她惊梦之际,这也不用龄官演来启发,倒是惊的什么梦,值得思索。"

秋真道:"游园后的最后一站,就是一处尼姑庵,这才是梦醒处,醒来后发现,此行乃苦海慈航。"

芸轩道:"提醒了我,是那句'山高路远'让我疑惑。宫城离家这么近,怎么说她会山高路远?可见她没有死在宫里,应该死在很远的地方,她能死在哪里呢?"

秦明道:"她不是还点了《乞巧》吗,我想到了杨玉环,杨玉环的死法就是她的。马嵬坡,就是马嵬坡。"

山岚笑道:"真会说笑话,元春死在马嵬坡?"

秦明道:"不是马嵬坡,比方是在避难时的路过之地,一定是像这么个地方。避难,避什么难?异族人入侵之难吗?"

秋真道:"什么时间呢?"

秦明道:"明年,明年就是她的死期,毫无疑问,她死在避难路上。"

芸轩道:"这咱得好好验证一番。"

秋真道:"需要唱《离魂》吗?"

秦明道:"离魂还不是为了还魂,只是离魂而已,又不是真死。黛玉是仙子,她是不会死的,也不用演示给元春看。"

芸轩道:"《豪宴》啥背景?"

秋真道:"是嘉靖年间严嵩的故事。有一家人家因一件稀世珍宝被严世蕃盯上，所以这家人为了护宝，到底家破人亡。"

秦明道："宝贝一捧雪，不过是传家宝，与贾家的宝贝有所不同的是，贾家的是传国玉玺。这要是被人盯上，不单是家破人亡。"

芸轩道："有人盯上宝贝并不可怕，可怕的是，有恩将仇报的贼奸人作祟。"

秋真道："好在那家还有个忠心耿耿的丫头雪艳呢，巧的是，黛玉也有这么个丫头。看来败亡之时能辨忠奸的。"

芸轩突然道："辨忠奸？我知道了。元春要找的采莲人有了，四只采莲船，总有一只适合她，只是她不辨忠奸呢。"大家听见她这样说，不明就里。

见大家笑着看她，芸轩摆摆手，道："没什么，没什么，我恍惚了，感觉元春误判了形势。她怎能改成'花溆港'呢？咱倒要看看曹公的打算。"

众人莫名其妙，秋真道："你还担心元春呢，要不我和梅子再来一段《长生殿》的'密誓'给你看看。"

山岚道："什么'密誓'，是'乞巧'好不啦。"

秋真道："从来没有这一出，乞巧只是'密誓'里的一段内容而已。七月初七夜，杨玉环在长生殿乞巧，引出了她和皇帝的海誓山盟，因为不想让别人知道，才叫'密誓'，咱不唱了。这么着，我们来一段《梧桐雨》里的乞巧词，或许能看出藏掖来。"芸轩点头。

梅子遂念道："今日是七月七夕，牛女相会，人间乞巧令节。已曾吩咐宫娥，排设乞巧筵在长生殿，妾身乞巧一番。"

秋真念白："寡人今日朝回无事，一心只想着贵妃。已令在长生殿设宴，庆赏七夕。咱日日醉霞觞，夜夜宿银屏；他一年一日，见把佳期等。若论着多多为胜，咱也合赢。我为君王犹妄想，你做皇后尚嫌轻。可知道斗牛星畔客，回首问前程。"

梅子念道："妾蒙主上恩宠无比，但恐春老花残，主上恩移宠衰，使妾有龙阳泣鱼之悲，班姬题扇之怨，奈何！"

秋真念："妃子，你说哪里话！"

梅子念："陛下，请示私约，以坚终始。"

秋真念："咱和你去那处说话去。靠着这招彩凤、舞青鸾、金井梧桐树影，虽无人窃听，也索悄声儿海誓山盟。妃子，朕与卿，尽今生偕老；百年以后，世世永为夫妇。神明鉴护者！"

梅子念："谁是盟证？"

秋真清唱："长如一双钿盒盛，休似两股金钗另，愿世世姻缘注定。在天呵做鸳鸯比并；在地呵做连理枝生。月澄澄银汉无声，说尽千秋万古情。咱各办着志诚，你道谁为显证，有今夜度天河，相见女牛星。"

秦明道："好唱功，这可过了瘾。"

芸轩指着梅子笑道："争如我解语花，妙在一个海棠春睡。都是杨玉环，成就了海棠花解语的美妙。所谓：娇羞花解语，温柔玉生香。"

秦明笑道："花解语，玉生香。可都是形容杨贵妃的专语，咱这里是：良宵花解语，静日玉生香。这词儿怎么用在袭人和黛玉身上了？"

芸轩道："你问得好？我也想问呢，等我问完了，看你怎么联想。"遂问道："袭人姓什么？她母亲接她回家吃年茶，可不可以也叫归宁？宝玉见袭人脸上滑过眼泪，归宁时落泪哭泣，像谁？宝玉和茗烟去看她，是不是偷偷地来也偷偷地回，是不是有些秘密来往的味道？回到宝玉房内，瞅着没人时，二人谈话，听说袭人明年要走，便向袭人赌咒发誓，为了留住袭人，发誓一切都要改，算不算密誓？宝玉给袭人留的酥酪，正是元春的赏赐。如果二人演绎的正是《长生殿》之'密誓'，是不是里面有元春之死？"

秦明道："慢着，慢着。你这接二连三地像抛珠子，俺们还没回过味来呢。听起来，花袭人姓花，她竟成了解语'花'了？二人发誓不分离，像！极像密誓！原来这就是'情切切良宵花解语'呀，那'意绵绵静日玉生香'呢？"

芸轩道："既然这样就是说的杨玉环长生殿之密誓，就好办了。再听我絮叨另一番景象。今日似乎很奇特，黛玉自在床上歇午，丫鬟们皆出去自便，满屋内静悄悄的。宝玉揭起绣线软帘，进入里间。屋内无别人，故事就发生了。先是为黛玉讲笑话解困，然后要一同卧着，要枕一个枕头，最后只能用一个词形容他们。"

山岚笑道："同床共枕！"

芸轩道："对了，他二人的密切程度，不亚于长生殿里唐明皇、杨玉环二人。此时黛玉突生体香，黛玉自称是奇香，是突然的吧？"

秋真道："许是宝玉很特别呢，要么黛玉原来就有香味，只是宝玉没注意；要么今天俩人离得特别近，才闻见？或者宝玉找理由套近乎，故意黏人。"

秦明道："都有可能。"

芸轩道："这些还是其次，曹公想的是，让咱们将这一段和宝玉去梨香院闻宝钗的冷香一段对着看。梨香院闻冷香一节，你们都知道底细。宝玉也是趁没人，想方设法躲开众人，悄悄去会宝钗，才闻到了奇香。比完金锁和美玉，差点送了命，咱就不说了，那是迷香，是差点让宝玉丢了性命的'冷'香。

"显然，这次一样，他趁静悄悄没人时，也来黛玉屋里，只闻得一股幽香，却是从黛玉袖中发出，闻之令人醉魂酥骨。黛玉这时便问着宝玉，你们是金配玉，人家有冷香，你有没有暖香来配？

"我的理解，黛玉此问别有用心。黛玉声称自己有'奇香'，这也同样是要宝玉拿'暖香'来配的。可见，她二人玩的也是蜜意缠绵的长生殿故事。"

秋真道："这个，没有直接证据，他们之间并没有偷偷向天赌咒发誓的一节，怎么附会是杨玉环的故事？"

秦明道："有个地方可以借鉴，他去袭人家，袭人的唬慌劲，好像宝玉从没出过门一样，有些表演过度的感觉。宝玉常出门，至于这样吗？

"这还了得！倘或碰见了人，或是遇见了老爷，街上人挤车碰，马轿纷纷的，若有个闪失，也是玩得的！你们的胆子比斗还大。"

山岚道："不过是强调一下氛围。你看，这和去宝钗那里如出一辙，同样是躲着老爷。"

秦明道："哎！这样看来，偷偷地去那里闻冷香，和偷偷来这里闻奇香，怕是说的一件事呢。巧的是，那次是黛玉摇摇摆摆地来了，这一回呢，正闹着，宝钗就一下子进来了。还是这三个人，颠倒着又演绎了一回，是吧。"

芸轩点头道："如果是一件事就好了，就快接近元春寻找采莲人的事实了。咱们继续深挖一下，看到底是不是一回事。"

山岚道："从哪里看？"

芸轩道："就从耗子精变香玉的故事里看。表面看，宝玉讲耗子精的故事，就是明白告诉咱，黛玉就是香玉。人人都知道元春不喜香玉，这件事放在了芭蕉诗里就不提了。可那耗子精说了，香玉要变成果子，且使用分身术，混在果子堆里，不直接偷，暗暗地偷，巧偷。

"怎么样？这里接二连三来几个'偷'字，和前面袭人让宝玉的偷着来，偷着回，偷着发誓，一不一样效果？再看看偷的日子，初八过节，一定要初七日偷果子。偷的果品也有玄机呢，不是做腊八粥吗，你们数数是几样米果？"

山岚掰着指头数道："豆米两样，果品五样，一红枣，二栗子，三落花生，四菱角，五香芋，共七样。"

芸轩道："这不结了。初七日偷了七样果品，还巧偷。这个'七七'出现得巧不巧？是不是也叫偷七。巧偷，颠倒过来就是偷巧，偷巧也藏着乞巧对不对吧？"

山岚立马竖起大拇指，道："乖乖，这么个乞巧法，宝黛也在演绎《长生殿》里的'乞巧'哪，曹公英明。"

秋真道："而且，还有一样果子出现在宝玉房里。袭人从家里回来，怕因酥酪的事无故闹事端，要搪塞过去，便说想吃栗子，让宝玉剥给她吃。栗子，就是七宝粥里的果品之一，要给袭人吃，这不是耗子精用分身来巧偷栗子？"

芸轩得意道："又一个佐证。袭人和宝玉偷偷发誓，那一段就叫'密誓'；而宝玉编排黛玉关于耗子精变香玉的典故，演绎的才是真正的'乞巧'，敢说都和《长生殿》中元春之死没关？"

秋真道："服了！服了！既然花解语和玉生香都是元春的《长生殿》，可她怎么死的？"

芸轩道："这个值得推敲，只要路子对了头，不怕找不到死因，恐怕线索离不开宝玉周围。你们想啊，今日过元宵节，宝玉来宁府看戏，都看了些什么鬼戏，大正月节下的，怎么会演《黄柏央大摆阴魂阵》呢。"

秦明道："原名不是《阴魂阵》，本是《迷魂阵》，不过改这一个字，还真让人觉得阴魂不散，怪瘆得慌。怕是元春之死背后，有很多人都得死呢。"

芸轩道："恐怕是这样。为何是《姜子牙斩将封神》？因神都是死后封的，那封神榜上可都是死人。"

秋真道："《石头记》不也有个情榜吗？和《水浒》一样，一百零八位，大约都死得其所。"

芸轩道："所以，我推测，宁府上演的四出热闹戏，应该是战争场面，元春之死，一定和这些战争有关。"

山岚道："你刚才还说她找到采莲人了呢，这会子又说她死于战争，到底听你哪一句？"

秋真道："或许不矛盾。听芸轩的，黛玉既然用了分身术，应该是她和袭人分别演绎了一部分。可宝玉没有分身，咱先从宝玉身上下手看看。"

秦明道："和袭人密誓时，宝玉怕袭人离开自己变成孤鬼，其实不对，在宁府看戏时，他的身边就一个人也没了。他周围一向有成群的人围着，可这回巧了，宁府热闹，各处人都不在意他，结果只剩他自己乱逛荡，这不就是个孤鬼吗，像个孤魂飘荡呢，这可从来没发生过的情形。"

山岚学着鬼魂的样子，跳了两步，笑道："对，飘荡到小书房，要和画上的美人约会呢。这时候才出现了茗烟和万儿滑稽的一幕。"

芸轩道："真是见鬼，可见你们说错了。其实宝玉也分身了，这画上的美人，重演了他和可卿在太虚幻境之事，他自己也说了，见茗烟按着个一女孩子，也干那警幻所训之事。"

山岚窃笑道："敢情宝玉的魂，是来找美人做春梦的。"

芸轩道："岂不知，这茗烟就是代替他的魂，只是那个万儿来得太怪异，美人变成万儿，有些意思。"

山岚道："据她说，她母亲养她的时节做了一个梦，梦见得了一匹锦，上面是五色富贵不断头万字的花样，所以她的名字叫作万儿。宝玉还看好她，说想必她将来有些造化。我奇怪的不是万儿，是这匹万字不到头的锦。"

秦明道："万字不到头的五色富贵，就是万寿万福、绵长不断的意思，说白了不就是万岁吗！"

秋真道："哎！这个词只有皇帝才能当得起呢。宝玉是因听了她的名字叫万儿，才说她将来有造化，真有意思！"

秦明道："我想起来了，元春的赐物中，有富贵长春宫缎，福寿绵长宫绸。这些锦缎的图案，也就是富贵长春、福寿绵长、万福万寿的。这样推来，万儿就是元春送出来的一匹锦，让茗烟得了。"

秋真道："十六七岁，年纪也合适。我明白了，茗烟得了此锦，披在身上就是龙衣。是不是预示着一件事，他摇身一变，成皇帝了。"

山岚拍手称快道："就是，这件事哪能写在宝玉身上，只有茗烟合适，是宝玉的分身不假。要不怎会在事后，宝玉马上要去找'袭'人姐姐呢，'龙衣'就这样出现了，蒙太奇手法。"

秋真道："这就好说了，以后发生在宝玉身上的事，就是皇帝的事了，且这个皇帝不是别人，正是元春。正月改元的政权，元春就是帝王哎。宝玉在小书房披上万字之锦，是宝玉要代表姐姐，去演绎《长生殿》里的密誓了，这就顺溜多了。"

山岚沉思道："这样倒好了，故事藏得不算太深，可花解语里藏了啥？袭人想谏阻宝玉，除了要他假装读书，主要是要他改掉'爱红'的毛病，就只这件事也没别的了。"

秋真道："别的毛病都是一带而过，唯独爱红！这是宝玉改不掉的怪癖。他们还特别讨论袭人的表妹来着。我提醒你们，和宝玉的玉有一面之缘的人不多，袭人家里就出来一个，就是那个红衣女子，似乎宝玉还为她动心了。"

秦明道："这才是关键，袭人告诉宝玉，这个十七岁的妹妹，你稀罕不得，这才是'密誓'里最重要的内容。所谓的爱红就是爱人，她不允许宝玉爱穿红之人，这才是事件的关键。"

秋真道："差不多了。海棠才是解语花，西府海棠红若艳霞，就是黛玉的化身，若不让爱红，也是不能爱这红。"

山岚道："这就不对了，不光袭人劝，黛玉也劝来着。看他脸上有红印子就提醒他，爱红也罢了，非要带出幌子来。不让爱红，就是别爱她。难道是劝他不要爱自己？"

秋真道："说你糊涂，见宝玉脸上有红，她是这样说的：你又干这些事了。干也罢了，必定还要带出幌子来。便是舅舅看不见，别人看见了，又当奇事新鲜话儿去学舌讨好儿，吹到舅舅耳朵里，又该大家不干净惹气。你仔细听听味，这个劝和袭人的用意可完全不一样，不是不让爱，是让他偷偷地爱。"

秦明道："但袭人让他假读书，也是怕贾政伤心，这个倒和黛玉的用意相同，都想糊弄贾政。"

芸轩道："扯远了。在宝玉这里，密誓和乞巧虽然内容有差异，但都指向一件事：爱红是危险的。为此，各方都向他施压：袭人以离他而去为条件阻止他；元春以去掉香玉为暗语，警示他；宝钗以自荐冷烛为契机，靠近他；黛玉则以偷偷爱红当办法，妥协他。你们说宝玉何去何从？"

山岚道："看来是死路一条了，秦明断定，明年是他的死期，我也有发现，可以补充一点。"

秦明道："洗耳恭听。"

山岚道："袭人的表妹——红衣女子，既然和那玉有一面之缘，和二丫头一样，宝玉爱她，当然不是无缘无故的。

"宝玉见到妹妹穿红，袭人说，她哪里配红的，宝玉笑说，她那样的不配穿红的，谁还敢穿。因见她实在好的很，正配生在这深堂大院里，没的宝玉这种浊物，倒生在这里。看没，宝玉的牛性又来了。但再一看，你就明白宝玉的用意了。因这天宝玉去袭人家，穿的正是大红金蟒狐腋箭袖袄，和那女子一样，都是配穿红衣服的人，这才是红衣女出现的玄机。

"见黛玉时，脸上也挂了红。什么红？胭脂红。那么，这个女子和黛玉，就是宝玉脸上、身上的这些红，一样是红衣，一样是红胭脂。女子若是红衣，就有了袭人的身份，如今十七岁，年岁也正好，也说了她出嫁时间是明年，很准确；再说袭人的母亲也告诉袭人，再耐烦一年，明年就上来，赎你出去。

"是袭人要走了，红衣女子也要出嫁了，证明皇帝要换下红衣妆，要脱去大红金蟒狐腋箭袖袄，不再爱红穿红，这就是'明年'要发生的事。

"在这里，一再提起'明年'二字，对宝玉来说，很不舒服，难怪一提袭人明年被赎身，他就哭得泪流满面。这和元春的倘或明年归省的谶语一样，都是不详之谶。"

秋真道："不错。'苦海慈航'四字，足够形容此次省亲之举了。寓意有了，原因有了，时间有了，现场呢？山高路远地在什么地方？还有杀手呢，是谁害了她？"

山岚道："我知道谁害了她，李嬷嬷。他们正说耗子精的故事，黛玉说宝玉欺负自己，宝钗来给她解围，讽刺宝玉忘了绿蜡之典。黛玉听了笑道：阿弥陀佛！到底是我的好姐姐，你一般也遇见对子了。可知一还一报，不爽不错的。刚说到一还一报的因果关系，就听李嬷嬷在宝玉房中大吵起来，是不是因果报应马上出现了？李嬷嬷是谁你们又不是不知道。"

秦明道："不见得，她只不过喝了元春给的一碗牛奶，至于闹到杀人？"

山岚道："以奶换奶不奇怪。她的意思，她的血变成的奶，喂养宝玉长这么大，宝玉是该念恩的。如今不但不感恩，还被诱惑得不认她了，把她赶出了屋子。她的骂，她的发狠，意味着不仅要宝玉偿还一碗牛奶，还要血还呢。还记得吗？李嬷嬷上次就抢了枫露茶，这次又抢了元春给的奶酥酪，她能和元春之死脱了干系？"

秋真和芸轩齐笑道："先别瞎猜，怨不得她，那牛奶是赌气吃的。宝玉放纵下人，他的屋子里也太不像，也是宝玉屋子里的人猖狂，李嬷嬷才生气的，也该整治一下。提到骂人，倒是骂袭人一段，经典得很。"

秋真遂指着陆风学道："忘了本的小娼妇！我抬举起你来，这会子我来了，你大模大样的躺在炕上，见我来也不理一理。一心只想妆狐媚子哄宝玉，哄的宝玉不理我，听你们的话。

"你不过是几两臭银子买来的毛丫头，这屋里你就作耗，如何使得！好不好拉出去配一个小子，看你还妖精似的哄宝玉不哄！"

学得大家笑起来。

秦明道："这个老巫婆可笑，虽见屋里不像话，一群妖精在作怪，可她骂袭人的目的，不是为了管教这屋里丫头守规矩，而是骂宝玉忘本，她想独霸宝玉，才直问到宝玉脸上呢。"

遂也学着李嬷嬷的口声道："你只护着那起狐狸，哪里认得我了，叫我问谁去？谁不帮着你呢，谁不是袭人拿下马来的！我都知道那些事。我只和你在老太太、太太跟前去讲了。把你奶了这么大，到如今吃不着奶了，把我丢在一旁，逗着丫头们要我的强。"

山岚也笑道："刚才骂袭人是忘了本的小娼妇，还说得过去，毕竟是自己一手调教出来的阿物，却做大，眼中没自己，倒该骂。现骂宝玉就过分了，还要找到老太太、太太跟前，够大胆的。像不像焦大？假如宝玉是皇帝，她竟骂皇帝是个忘恩负义之人，这一招厉害。"

秦明道："这么辖制一个奶儿子，也是少见。宝玉毕竟是主子，让宝玉只听她的话，这也有问题，哪里像个奶妈！骂袭人是做耗的妖精，这不是直接说袭人也是耗子精吗，和黛玉一样。"

芸轩笑道："花解语和玉生香，只用一个耗子精就关联起来了，黛玉和袭人都成耗子精了，热闹。"

秋真道："李嬷嬷骂的还就是一回事。在你们眼里，那些卿卿我我的花解语呀玉生香的，在她老人家眼里，都是些不正经的耗子精闹怪呢。"

山岚道："这是怎么说，刚才讲笑话行，这里骂黛玉可不行，唐突了袭人不说，哪能把黛玉真比作耗子精的。"

秋真笑道："又护你的黛玉了，没用的。这个李嬷嬷可真是咱们宝玉的克星，宝玉谁也不怕，只怕她。也是，每次带来灾难的也只有她，说明李自成的孽债还没还完哪，他是凶手的可能性极大，或许是凶手之一。"

芸轩道："说是耗子精怎么了，《西游记》里就有一个美人耗子精，还是托塔天王的义女呢。曹公让宁府上演《孙行者大闹天宫》，就有可能借鉴耗子精的故事，这里放在黛玉身上，未必是唐突她。"

山岚道："那就看你怎么解释了。"

芸轩道："你们不是找地点吗？我告诉你们个地方，虽然不一定是元春出事的地方，但一定和元春出事有关。"

大家齐声问："哪里？"

芸轩慢条斯理道："林子洞。"

山岚小道："耗子精的家里呀！"

秦明道："且慢！我讲一下宝玉的典，山岚，咱俩学学如何？"二人遂学起来。

第十九回
海棠花解语　春尽玉生香

345

宝玉道:"嗳哟! 你们扬州衙门里有一件大故事,你可知道? "黛玉见他说得郑重,且又正言厉色,只当是真事,因问:"什么事? "

宝玉见问,便忍着笑顺口诌道:"扬州有一座黛山,山上有个林子洞。"

黛玉笑道:"这就扯谎,自来也没听见这山。"

宝玉道:"天下山水多着呢,你哪里知道这些不成。等我说完了,你再批评。"

芸轩忍住笑,道:"林子洞,怎么会在扬州衙门里,衙门是干什么地方? 升堂议事的地方。"

秋真笑道:"可不就是吗,林如海原来就在扬州任职的,说衙门是林子洞也无不可。看看林子洞里面的情形,还真是老耗子升座议事。来,我发个令大家配合一下哈。"

因说道:"明日腊八,世上人都熬腊八粥。如今我们洞中果品短少,须得趁此打劫些来方妙。乃拔令箭一枝,遣一能干小耗前去打听。

"小耗回报:'各处察访打听已毕,惟有山下庙里果米最多。老耗听了大喜,即时点耗前去。乃拔令箭问:'谁去偷米? '一耗便接令去偷米。又拔令箭问:'谁去偷豆? '又一耗接令去偷豆。然后一一的都各领令去了。"

秋真边学笑得喘不过气来,道:"真不是玩的,真有些遣兵派将的感觉。难道说扬州衙门,真是在布防作战? "

秦明道:"别笑了,看起来,还真是一场以弱对强的大战,看偷香芋的小耗子就行,怯懦无力,能取胜吗? "

山岚道:"小耗子不是说吗,自己虽然身弱,却是法术无边,口齿伶俐,机谋深远。用暗偷巧偷之法,说不定,就以弱胜强呢。"

芸轩道:"别管胜败,拿扬州衙门比作耗子洞,就是曹公的真意。说那些当官的是硕鼠,是误国误民的做耗者,就知道结局。"

秋真停了笑,说道:"轮廓清晰多了,杀人地点一定就是扬州了。时间、地点、凶手都有了,可过程不太清晰。"

芸轩对着山岚笑道:"过程好说,正在上演的《孙行者大闹天宫》里,谁是主角? "

山岚道："孙猴子呗。"

秦明笑道："猴子闹天宫，还不就是骂胡人造反。"

芸轩突然道："你们知道'密誓'一折后面是哪一出？"

秋真道："'陷关'哪。"

山岚道："啥意思？"

秋真道："我和梅子来一段安禄山的念白你就知道了。"

梅子道："这个难，我来不了，你自己来吧。"

秋真清一下嗓子扮作男声道："某，安禄山是也。自到渔阳，操练蕃汉人马，精兵见有四十万，战将千员。如今，明皇年已昏眊，杨国忠、李林甫，拨弄朝政。我今只以讨贼为名，起兵到长安，抢了贵妃，夺了唐朝天下，才是我平生愿足。左右，军马齐备了么？"

【众将】："都齐备了。"

【安禄山】："着军政司先发檄一道，说某奉密旨，讨杨国忠等。随后令史思明领兵三万，先取潼关，直抵京师，成大事如反掌耳！"

众人鼓掌叫："好！好！"

芸轩道："'陷关'陷的是潼关，潼关失陷，安禄山直逼长安，我才恍然大悟。对于元春，为何曹公反复交代，她是来自长安的大明宫，就因陕西的潼关失守，和元春之死有关。"

山岚道："你是说，有个地方像潼关一样重要？可不就是扬州吗？"

芸轩道："安禄山是胡人，胡人攻入长安，过的第一道关便是潼关。潼关对于长安正如扬州对于南京，南下的胡人，正是李自成部引来的。屏障洞开，意味着什么？在扬州大摆阴魂阵，扬州十日不见天。扬州衙门里的一群耗子精，无力支撑扬州局面，如果扬州失守，那么南京和长安一样，要马上沦陷。"

山岚道："所以，皇帝才要仓皇出逃。接下来，就是山高路远，杨玉环就死在逃亡路上。"

秦明道："既如此，《姜子牙斩将封神》得改个意思。"

芸轩道："好说啊，各路神仙显神通，该降的降，该叛的叛，该跑的跑，该死的死，该杀的杀。斩将封神，就是重排秩序，也意味着改朝换代。"

秦明道："不过，姜子牙没有封他自己上神榜。我想，曹公也不会把自己也算进金钗里去的。"大家一笑。

山岚道："别的也厘清了，一切元素都有了，可宁府还有一场戏，曹公安排一场《丁郎认父》，到底为哪般。"

秋真道："用的还是弋阳腔，这个腔调像挣扎着呐喊一样难听。据说这个弋阳腔是社会动荡不安的产物。这一出又是悲情戏，大正月里贾府为何唱它？"

山岚问："这又是什么背景？"

秋真道："说来话长了，我拣关键的说一下吧，也是嘉靖年间的事。嘉靖那一朝，也是北寇南倭，犯边不断。北方鞑靼甚至也兵临京城，中原也多次爆发战乱。这一社会背景，像极了崇祯朝，这两朝都与北方金人战事不断。这个故事的背景，就是山海关战役。

"当时，李成玉是守关元帅。这出戏里，杜文学的父亲杜鸾是粮草押运官。结果呢，严嵩用计，将金银掉包成砖瓦，杜鸾送到边关后事发获罪，杜鸾被斩，杜鸾之子杜文学，发配湖广，临行前，向友人托付怀有身孕的妻子。

"到了南方，杜文学改姓胡，在湖广之地，浪迹大街，与年老辞官之胡丞相相遇，遂被收留。胡丞相见胡文学仪表不凡，自己又无子，只有一女凤英，便将文学招赘为女婿。可文学身在胡府，心念家人，每日都郁郁寡欢。

"数年后，其子长大，名丁郎，特奉母命到湖广寻父。走前母亲将相认之证物——半片菱花交予丁郎。丁郎来至湖广，辗转见到父亲，文学问明丁郎家世，又见半片菱花，确系儿子无疑，但因没有对胡家据实相告，不敢相认。

"丁郎设法相认后，被胡家打伤，最后还是胡凤英用姜汤救了丁郎。丁郎出示菱花，说明原委，凤英以子相认，然后禀明父亲，责怪文学无情，文学向其认错，丁朗父子得以团聚。就这些情节，也没得多曲折，能看出什么来？"

芸轩冷笑道："这还用我给你们提示呀？咱们这里也是山海关最后一役，有没有？洪承畴被掠走后，都以为人家精忠报国牺牲了，实际上是干脆改姓'胡'了，对不对？再后来，和那个儿子一样，跑到南方的胡家认亲，结果皆大欢喜，胡家收留了他。这么符合现实逻辑，这出戏简直就是为他写的。"

秦明道："我明白你说的是谁了。可丁郎幸运还是不幸运？父亲是找到了，自己到底姓什么，大概只有姓胡。"

秋真道："这个和元春之死，没直接关系吧。"

芸轩道："这些戏，都是铺垫和背景，过程大约相似。元春离死期还有一年呢，期间发生的一切都和她有关，不信咱们走着瞧。"

正说着，陆风那边，叮叮当当刚响完，喊道："谁做的这些梅花，难看死了，这枝子也不像梅枝，干脆栊翠庵就先不做了，等有了梅花枝子再说。"

秦明道："听你的意思是想罢工，可要去采梅花和枝子，还早呢，不到时候。"

山岚向芸轩道："前两天，你不是给鲁尼师傅买了个玉翁仲吗？等到腊月，就去她那里看梅花，顺便采些回来。"说着，都凑过来，看大观园做到什么程度了。

芸轩想起来什么，道："不提翁仲我倒忘了，鲁尼前日来过，说今年法会，请的是了若法师讲《心经》，别等那时节了，我想过几天就去，把这个给大师先还了人情，或许还能谋面。"

雨过天晴后，别人都忙起来，只有山岚和小表妹与芸轩一起去鲁尼处。细细问过才知道，了若不来了。云游之人一向居无定所，去年并没有说好要来。今年的法会，请的是齐淑法师，她们只得将物件留给鲁尼，请她转赠了若。

棋枰污燕泥　陈兵猎三国

接下来的日子，又是忙碌不堪，正经进入紧张的拍摄状态，大家都是连轴转，紧张的状态下，日子过得特别快，转眼就已经过了腊月，她们竟也没得空去采梅花。建园子的事也只得搁置着。前些日子，红豆馆里却迎来自己又一位真主人。

为熟悉柳如是在虞山的生活环境，饰演柳如是的当红演员冰儿，连年假都放弃了，和芸轩她们一直住在这里。每天跟着芸轩背台词，学着山岚练茶道，习古琴。

眼看元宵将近，外面不时传来鞭炮声，年味依旧很浓，茶轩里却静悄悄的。临近午时，芸轩、山岚和小表妹、冰儿，才将早饭和午饭，合成一顿吃了。

冰儿看了会子剧本，见芸轩独自摆弄棋盘上的黑白子，道："早听见人说，你们做什么《石头记》游戏秀，年前还来些人打听呢。哎，我背词都快背吐了，拿你们的游戏出来，让我也解解闷。"芸轩放下棋子，回头道："可以呀，你有钱吗？"

冰儿笑道："干什么？抢劫呀。"

芸轩道："你不是解闷吗？咱也来两局赶围棋。俗话说，小赌怡情，看你能出多少了。"

冰儿站起来，笑道："你们谁比我钱多？就说出多少吧？"

芸轩道："十元一垒，怎么样？"说着，让小妹拿来围棋子和骰子。

小妹拿来犀牛角样的骰子杯，道："这么小的赌注，我也来得起，你们不许落下我。"

冰儿问道："用围棋什么玩法？我没玩过，不懂规则，更不会下围棋，可不许耍赖糊弄我。"

芸轩道："这不叫下围棋，叫赶围棋，可以四人一起玩。"小妹一听，立即兴高采烈起来。

山岚记起一句诗，道："不闻永昼敲棋声，燕泥点点污棋枰。咱就把宝玉的憾事拾起来，正经来两局，看是否污了她的棋枰。"

芸轩道："算了，《围棋赋》中有：三尺之局兮，为战斗场；陈聚士卒兮，两敌相当。可见小小棋坪，即为战场，下围棋与用兵作战可谓一理。你要收拾宝玉的残局，可不容易，咱就来点轻松的吧，学学宝钗赶围棋。虽有失棋艺之道，怡情小赌也好玩。要不要我说一下游戏规则？"

不一会，冰儿听完规则，笑道："这么简单的规则，哪里和围棋有关呀，不就是掷骰子数点数吗？《石头记》里的小姐丫鬟们，都是这么个玩法？"

芸轩道："是呀。"

冰儿笑道："照你说，红楼才女们，个个都是赌徒了？"

芸轩道："那倒不是，你哪里知道整个《石头记》之谋篇布局，可谓美轮美奂。其中'琴棋书画'莫不深含寓意。既然棋艺之道在于论战，断不会仅仅视为博彩游戏而已，你得慢慢体会。"

小妹见又让体会琴棋书画的韵味，咕哝道："实指望和才女们一起过年，很有乐子的，看你们个个把头埋到书堆里，也不嫌闷。咱们这个年过的，好无聊啊。"

山岚拿起《石头记》书本晃一晃，道："可我发现，这一年的正月非同一般。本来一场烈火烹油般热闹的元春省亲，让一个奶妈给打破了。更好了，还是这个李嬷嬷，在正月十七这日，又大闹绛云轩。连哭带骂地把个袭人骂得那叫一个惨，幸亏被凤姐一阵风撮走，才解了袭人之围。

"我就纳闷了，元春来省亲时，贾环和赵姨娘都没露面，赵姨娘没资格就不说了，说贾环从年内染病未痊愈，自在闲处调养。可刚过了十五日，才几天工夫，贾环和赵姨娘却马上露面了。首次露面，贾环就摆开阵势赶围棋。我看，就大有趣意。"

芸轩道："你的意图，咱们借就赶围棋，复原一下贾环赶围棋的氛围？"

山岚道："有这个想法。总觉得，宝钗家的那场赶围棋游戏怪怪的，咱们也照着玩一下。"

冰儿道："这就是你们的红楼游戏呀？有意思。我虽没看过原著，但看过电视剧，也隐约觉得里面有些悬念，可许多人各说各理，没个定论，你们做个游戏，就能说出一二三来？倒要领教领教。"说着，坐在山岚对面。

山岚道："我们可不做那些附会的戏说，讲的是一个理据，凡是能找到更好的依据，我们就服。"小妹又兴高采烈起来，四人依序，轮流掷起骰子来。

起先两局，都是小妹赢，把她高兴的，像中了头彩似的。芸轩寻找着和贾环相似的局势，嘟哝道："赶着这盘正该自己掷骰子，若掷个七点便赢，若掷个六点，下该莺儿掷三点就赢了。"

山岚道："这个也太简单了。双陆玩法，在清初还有，据说到乾隆时期因禁赌就废止，所以失传了。《石头记》里的赶围棋，是否玩的也是双陆呢？"

芸轩见问，沉思一会说："并不是，只有黑白子，如果走子，只能两两博弈，但这里是四人同时玩，棋子大约只能算是计数工具而已。再说，贾环还是个孩子，只有计算简单些，才合适小孩子博彩玩。"

说着，拿起骰子来狠命一掷，一个作定了五，那一个乱转。山岚拍着手只叫"幺"。

芸轩道："慢着，若掷个七点便赢，底下似乎省略了一句话。我把话接下去，看是不是这样：若掷个七点，贾环便赢了，莺儿就不必掷了。若贾环掷个六点，就给了莺儿掷点的机会，下该莺儿掷，她若掷个三点的话，她就赢，但是若掷个两点呢？"

冰儿道："你们这是算的什么账？"

山岚演示起来，拿骰子一掷，道："看到没，两个骰子同时掷出的话，最少也得两点吧，莺儿掷个三点很容易的。而贾环想赢她，需要七点，难度大了，他是输定了。”

冰儿道：“是啊，当然莺儿胜算大，三个点随便一掷就行，比起七点来可不就容易多了。”

山岚道：“好，那你可看清了。芸轩这一个作定了五，那一个乱转。最终还是个‘幺’，共六个点，怎么样？不认输吗？”

冰儿笑道：“傻呀？认什么输，这个是五，那一个是幺，加起来就是六个点。但也不一定输的，还有机会呢。下该你，如果掷不出三点，要是二点呢，你俩不还是平手。”

山岚拍手笑道：“妙啊，如此说来，贾环并没有理由急赖赖的，他还有机会的，莺儿掷个‘三’就赢，或许掷个‘二’呢？是不是？”

冰儿道：“我记得这个地方，贾环是急了，伸手便抓起骰子来，然后就拿钱，说是个六点。莺儿便说：分明是个幺！若照你说，贾环不用这样的。”

芸轩道：“可不么，从贾环‘六七八’的混叫来看，没有一个骰子能出现七、八点，就是出现‘幺’点，也并没输，有可能点数平了呢，为何贾环就急了？莫不是他不懂赶围棋的规则？”

冰儿道：“或许是莺儿和宝钗糊弄他不懂呢，就像你们糊弄我。”三人停止玩棋，拿眼睛瞅那骰子，小妹见停下来，只是催，山岚让她喋声。

芸轩断言道：“莺儿真赖他的钱了，欺负他了。他们的赌注是一垒十个钱，对不对？贾环先赢了一盘，后来接连输了几盘。‘几盘’不会超过十盘吧，两相抵消，也不会输一二百的。可见，贾环的直觉是对的，不是输不起，而是有人欺负他，所以才急。”

冰儿道：“如果真是这样，宝钗家的莺儿太不地道了，她们主仆合着伙欺负人呢。不至于吧，没有理由啊。”

芸轩道：“慢着，若是这样，赵姨娘替儿子出头骂得对呀。既然骂得对，就会争辩理由。问题就在赵姨娘骂的那些话里，肯定里面藏着理由。”

山岚道：“话里有话？”

芸轩道：“而且，莺儿还透露了另一件事，说前儿我和宝二爷玩，他输了那些也没着急。下剩的钱，还是几个小丫头子们一抢，他一笑就罢了。宝钗不等莺儿说完，连忙断喝她。"

山岚道："可见，她们也同样对待过宝玉，宝玉也输了钱，也被抢了钱。莺儿还说贾环：一个作爷的还赖我们这几个钱，连我也不放在眼里。意思是，宝玉都得让她三分，何况你贾环，够强势够霸道吧。于是，引出了贾环的话：我拿什么同他比，你们都欺负我不是太太养的。难道不是太太养的是理由？"

芸轩笑道："我还是觉得，理由藏在骂人的话里。这一天，骂的和被骂的，都成了家常便饭了，好几个人张口就骂呢，我得写一篇《骂人赋》了。

"开篇，便是李嬷嬷的名句，她骂袭人：忘了本的小娼妇，自此启动了《骂人赋》之先河。又是骂她像做耗的妖精，还是勾引人的狐狸精，直骂得袭人无言以对，暗自流泪。

"中间又接上赵姨娘的贾环之骂：哪里垫了踹窝来？下流没脸的东西！直把儿子打入最底层，做了垫脚的被人瞧不起的地位，怎是一个当娘的心肠。说儿子上不得高台盘，是下流没脸的东西！这么作践自己儿子的人，罕见。

"这也罢了，最好的责骂是凤姐，所谓：王熙凤正言弹妒意，以骂对骂，弹压人的才是骂人高手。正在窗外过，听在耳内后，便是说她狐媚子霸道，自己不尊重，要往下流走，安着坏心，还只管怨人家偏心，直骂了个狗血喷头。"

小妹也插不上话，见她们的兴趣不在棋子上，兴头立即败下来，听她们只说话，便自顾自地摆弄棋子。

芸轩问冰儿道："我们这样交流，有意思吗？"

冰儿道："完全听不懂，不过也比背台词舒服，将就着听呗。"

芸轩道："好！通过这几个人的破口大骂，我就发现，大正月里这一波骂人的和被骂的，都有一个共性，都是输钱的人。"

山岚道："还真是，算下来是这几个。第一个就是李嬷嬷，她不知在哪里输了钱要迁怒于人，所以来排揎宝玉的人。但我觉得，惹怒李嬷嬷的是晴雯而非袭人。宝玉说的对，不知哪位姑娘得罪了，却来拣软柿子捏。

"而且，从李嬷嬷吃酥酪时的对话语境看，有人说：快别动！那是说了给袭人留着的，回来又惹气了。你老人家自己承认，别带累我们受气。听口声，分明是晴雯，她才是挑起事端的人。"

芸轩道："不假，宝玉说昨儿又不知是哪个姑娘得罪了，上在他账上。晴雯在旁笑道：谁又不疯了，得罪他作什么。便得罪了他，就有本事承认，不犯带累别人！

"这实际是不打自招了，就是她得罪了李嬷嬷。后来，宝玉也直接说了：满屋里就只是他磨牙。你们听了什么感觉？"

山岚道："磨牙，耗子才喜欢磨牙。这个说法，怎么和说黛玉是耗子精一样，宝玉是说，她才是这屋子里的耗子精呢。"

冰儿道："这个我知道，宝玉编排过黛玉是耗子精，可你们说晴雯也是耗子精，我觉得新奇。可仔细一想，也有道理，本来晴雯就是黛玉的影子，这个似乎没错。"

山岚道："怪不得说袭人是耗子精时，我觉得别扭。她和黛玉根本不是一个阵营里的，晴雯这回真和黛玉连起来了，可让耗子精们保护宝玉，难。"

芸轩道："那就是了，你也不是头回知道，少见多怪的。提起晴雯，第二个输钱的人就是她，李奶奶来前是赢的，李奶奶来就混输了，这是一。看到宝玉为麝月篦头，她还酸溜溜地说：等我捞回本儿来再说话。可见，这回她是输了本钱的。第三个输钱的人，自然是贾环。他也是输没了本钱，凤姐才又给了他。"

山岚问："还有吗？"

芸轩道："有啊！这里暗藏着的第四个人，就是宝玉；似乎也有凤姐。宝玉连输带被人抢，最惨了。可谁能说清，大正月里输钱的这些人之间，有啥关系吗？"

冰儿摇摇头，道："谁知道他们啥关系，有输的就有赢的，赌博输钱，还不正常。"

山岚道："看不出他们有关系。"

芸轩道："他们是正月里的输家，可有一家人，是唯一的赢家。"

冰儿道："谁家？"

山岚道："我知道，是薛家。别人咱不知道，贾环和宝玉的钱可都是输给了薛家。所以，我也感觉，赵姨娘和凤姐的骂有问题。"

冰儿道："大年下的，怎么就骂起来了。我看过那一段的，回想起来，我

第二十回

棋枰污燕泥　陈兵猎三国

也觉得都有点指桑骂槐的味道。"

山岚道:"咱俩学学赵姨娘和凤姐怎样?你来凤姐。"

冰儿道:"我来不了,不知道凤姐是什么词呀。"正说着,芸轩递过一张纸来,冰儿看时,正是凤姐的那段话。

山岚则张口就来,指着芸轩骂道:"又是哪里垫了踹窝来了?"

芸轩便说:"同宝姐姐玩的,莺儿欺负我,赖我的钱,宝玉哥哥撺我来了。"

山岚啐道:"谁叫你上高台盘去了?下流没脸的东西!哪里玩不得?谁叫你跑了去讨没意思!"

冰儿道:"大正月又怎么了?环兄弟小孩子家,一半点儿错了,你只教导他,说这些淡话作什么!环兄弟,出来,跟我玩去。"

芸轩走过近前来,冰儿道:"你也是个没气性的!时常说给你:要吃,要喝,要玩,要笑,只爱同哪一个姐姐妹妹哥哥嫂子玩,就同那个玩。你总不听我的话,反叫这些人教得歪心邪意、狐媚子霸道的。自己不尊重,要往下流走,安着坏心,还只管怨人家偏心。输了几个钱?就这么个样儿!"

芸轩见问,只得喏喏地回说:"输了一二百。"

冰儿道:"亏你还是爷,输了一二百钱就这样!"

回头叫丰儿:"去取一吊钱来,姑娘们都在后头玩呢,把他送了玩去。哪里玩不得?谁叫你跑到那里去讨没意思了!你明儿再这么下流狐媚子,我先打了你,打发人告诉学里,皮不揭了你的!为你这个不尊重,往下流里走,恨得你哥哥牙根痒痒,不是我拦着,窝心脚把你的肠子窝出来了。"

冰儿说完,朝芸轩道:"这里面不是原词,有你加上的吧。本来我就不熟悉词,还念着这么别扭。"

芸轩道:"我加上的这几句,是想做个比较的。"

山岚道:"和谁比较?"

芸轩道:"和赵姨娘的骂呀,都是骂贾环,凤姐骂的话里也穿插着赵姨娘骂的意思。不信我提炼几个主题词:垫了踹窝来;窝心脚;下流没脸的东西;去哪里玩不得;去宝钗那里自讨没意思。

"这些话,分散在凤姐的话里,提炼出来,也是说:下流的东西,谁叫你跑到她那里去讨没意思了！连赵姨娘一块骂：你自己下流，还配教育别人，还骂别人下流。"

冰儿道："真是这么回事。哎！可听凤姐骂起来，比赵姨娘的好听，凤姐骂的真艺术，可除了骂的话一个意思，没别的呀。"

芸轩道："还没听出来吗？让山岚再学一下宝玉撺贾环说的话，就会有联想了。"

山岚随学起来。道："大正月里哭什么？这里不好，你别处玩去。你天天念书，倒念糊涂了。比如这件东西不好，横竖哪一件好，就弃了这件取那个。难道你守着这个东西哭一会子，就好了不成？你原是来取乐顽的，既不能取乐，就往别处去寻乐玩去。哭一会子，难道算取乐玩了不成？倒招自己烦恼，不如快去为是。"

一口气说完，问道："听出啥了？"

冰儿沉思半天，道："宝玉的话，像绕口令，这东西那东西的，没听明白用意。"

山岚道："宝玉说的这套话，是有些绕，什么这件不好，横竖那件好，就弃了这件取那个，难道守着这个东西哭会子就好了不成？守着什么东西哭？"

芸轩道："宝玉不会骂人，也不想教训贾环，可我听着最后这句咋真像骂人呢。你们想啊，贾环受了委屈，肯定是守着几个人正在哭呢，宝玉就来了，却说：难道守着这个东西，哭会子就好了不成？言外之意，守着的不是人，是东西？难道骂这些人不是东西？"

山岚道："我还觉得，说的不是赶围棋，这件那件的，倒像选东西选错了，是不是说贾环是犯了选择性错误？"

芸轩道："虽然宝玉不想教训人，可上来就说，大正月里哭什么，这一句倒和凤姐的'大正月里怎么了？'语气差不多，有些抱怨的意思。

"然后像绕口令，说：你原是来取乐玩的，既不能取乐，就往别处去寻乐玩去。哭一会子，难道算取乐玩了不成？倒招自己烦恼，不如快去为是。

"这段话，摘出中心句就是：这里没乐子，这里不是你该来的地方，哭有用吗？来这里是招惹是非，还不赶紧走，言外之意：我在这里输得已经很惨，我输了，我乐意，但你在这里是输不起，还不快走。"

冰儿道："这样说起来，这个地方是好可怕的，宝玉在这里是输过。我隐约觉得不是撵他，似乎有救贾环的意思。"

山岚道："我明白了，三个人都骂贾环，是一而再、再而三地提醒咱们，他们想表达一个意思，都骂贾环不该去宝钗那里玩赶围棋。只不过，赵姨娘说得更直接，说他去是给人做垫脚石去了，儿子下流不争气，不该去那个高台盘上讨人厌；凤姐的言外之意，那个地方也不是什么高台盘的好地方，一样是狐媚子霸道的下流处，咱家有比那里好的去处；宝玉就更委婉些，只是说那里是个没有乐趣的地方，不光没乐趣，说不定招惹得你伤心哭泣。"

芸轩道："凤姐的话里，似乎还有别个意思，除了骂赵姨娘不会教导儿子外，也骂贾环没志气，爱同哪个玩就同哪个玩，但是却让丰儿送到了迎春处。看来，迎春处才是贾环的去处，这个地方是伏线了。"

山岚道："嗯，贾环为此事，挨了三个人的教训，但都是一个意思，分明骂他去的不是地方；要说救他，似乎都有点，凤姐不也是又给他补了本钱吗。"

芸轩笑道："哎哟，如果咱们确定了这个立意，那对宝钗就太不利了，她们的骂，直指宝钗。"

冰儿跳起来反对道："停！宝钗多好的一个姑娘，你们怎么做个游戏，就把宝姑娘陷害了，这可不好，这让拥钗派的人，还不骂死你们。"

山岚忙也笑道："指向她也倒是，但不是这么简单的。以宝钗的身份和原则，她怎么就和丫鬟们玩赶围棋，还拿贾环同宝玉一样看待。

"贾环，是所有的人都瞧不上的一位，怎么在宝钗这里，就和宝玉一样了？咱呀，还是把宝玉和贾环的关系搞明白，再说宝钗的问题吧。"

芸轩道："二位又急了，宝钗是个有原则的人，她还以为宝玉作为哥哥，会狠狠地教训贾环呢。实际上呢，宝玉完全跳出了原则圈外，宝钗没想到，你们也没想到吧。"

山岚道："确实，宝玉就是个呆子，还存个歹意，竟是重女轻男，连自己都看轻了，哪有什么兄弟情分，所以懒得管贾环。再加上二人出身本就有差异，就更不想管了。"

芸轩道："我说你比他还呆呢。所谓：天生人为万物之灵，凡山川日月之精秀，只钟于女儿。可不是什么呆话，换句通俗说法，就是君王喻美人之说。天生万物，只钟情于天子一人吧。孔子的纲常伦理也是：君君臣臣、父父子子。在君权面前，兄弟间哪有情谊，除了帝王家这么不讲兄弟感情，还能是哪里？他的呆意，你还不懂？"

冰儿道："这个说法更新奇，头回听说。难道宝玉和贾环兄弟俩，分别代表一个皇权？所以谁也不能管谁。"

芸轩道："你看，还不如冰儿呢。只有都是皇权，宝钗才能像对待宝玉一样对待贾环，才能降下身段同他玩，你以为宝钗没原则？"

山岚冷笑道："说得这么轻松，那贾环是哪个政权哪？"

芸轩道："这个我不知道，但贾环说了，说自己不是太太养的，说明他不是王家政权。再说，这个政权下流猥琐，自己不安好心，往下流里走，上不了高台盘，还做了人家的垫脚石。你从当时的政权里面选一个吧。"

山岚莫名地坏笑，芸轩又道："不服是吧，我问你，凤姐'正言弹妒意'一节中，弹压了谁的嫉妒，弹压几人的妒意？"

冰儿道："只弹压了赵姨娘啊。"

山岚道："李嬷嬷和赵姨娘两个人。"

芸轩："不对，其实是李嬷嬷和贾环二人。对宝玉直接有妒意的人，除了李嬷嬷就是贾环了，不信听我分析。李嬷嬷因'枫露茶事件'，同茜雪一起被赶出怡红院。今天二次大闹绛云轩，绝不能等闲视之。所有人在骂别人之前，都做了铺垫，都具备一个共同的特点，就是指桑骂槐。赵姨娘是，凤姐是，连宝玉也是，她李嬷嬷更不例外。

"李嬷嬷骂过：忘了本的小娼妇。看前面，是铺垫了袭人拿大，拿大就是摆谱。可这里面袭人拿大吗？其实正在拿大的人是宝玉，她是骂宝玉拿大。说：如今吃不着奶了，把我丢在一旁，逗着丫头们要我的强。紧接着又说，我也不要这老命了，越性今儿没了规矩，闹一场子，讨个没脸，强如受那娼妇蹄子的气！

"这两句话连在一起，看似骂袭人，其实是骂宝玉忘了本，要丢弃她，让下人们把她踩在脚下当垫脚石，她是来跟宝玉拼命一搏的，不要命地来闹事且不要规矩，讨没脸。显然，她是要和宝玉拼命了。

"讨没脸，和自不尊重是一样的，是不是自己也往下流里走了？这是大家公认的凤姐骂贾环的话。这个下流之人，让凤姐一阵风撮走了，其实是连哄带拿老太太压着带走了，这是凤姐弹压的第一个人。

"再看贾环，他说我拿什么比宝玉呢？你们怕他，都和他好，欺负我不是太太养的。我也不管输赢，越性耍个赖了。也难怪，凤姐骂他，为这个不尊重的下流，气得他哥哥牙根痒。所以，我就发现，凤姐弹压的这两个人，惊人地相似，都是因输了钱而急了眼，一个为老不尊，一个不像主子，都是下流痞子做的事，关键是都因嫉妒宝玉。"

山岚道："那又能怎样？"

芸轩道："这么丑陋的李家政权，你还不承认吗？"

山岚道："他俩都代表这个吗？即使是，可大正月里他来闹什么？有这段下流史实吗？我说不过你，要秦明在就没这么费劲呢。"

冰儿糊里糊涂的，道："你俩争啥？越说越听不懂，能不能说些咱能插上话的桥段。"

芸轩道："好啊，山岚不是搞不懂吗，大正月里，这些人来干啥，咱就来一段黛玉的虐娇音。"

山岚恍然道："你是说湘云。上一回，还念念不忘史家云香来抢龙位的事，嫌史湘云没现身。这回倒好，毫无征兆地，她立马现身了，且一来就让二玉死呀活地闹起来。"

芸轩笑指山岚道："可是了，湘云和贾环，都是首次出场，且出场方式完全一样，不做任何铺垫，上场就直接引发事端。"

冰儿道："这一段好，我还研究过黛玉的角色呢，演得真有意味，让我来演一回黛玉吧。"

芸轩边找黛玉的台词，边问道："那我问你，如果你是黛玉，你为什么突然不高兴了？"

冰儿想了一会子，道："看见宝玉和宝钗成双成对地来了呀，能不吃味吗？"

芸轩问山岚道:"如果你是湘云,你看见他们俩成双成对地来,什么感觉?"

山岚道:"没感觉,只是好久没见二哥哥了,愿意多和他玩会儿。"

芸轩道:"好,找到感觉了吗?咱们就从黛玉哭的这个动作开始。"

冰儿将眼睛瞪了半天,无奈道:"上来就哭啊,前面的铺垫呢。"

芸轩道:"开始!听我念白。"

回到潇湘馆,黛玉越发气闷,只向窗前流泪。没两盏茶的工夫,宝玉仍来了。林黛玉见了,越发抽抽噎噎地哭个不住。

冰儿听见解说,做哭泣状,道:"你又来作什么?横竖如今有人和你玩,比我又会念,又会作,又会写,又会说笑,又怕你生气,拉了你去,你又作什么来?死活凭我去罢了!"

芸轩道:"错了,宝玉是被宝钗推走的好不好,如果拉他走,怎么拉,拉手还是拉衣服?黛玉说的;显得更不像话了,有点添油加醋了。"

山岚学着宝玉,忙上来悄悄地说道:"你这么个明白人,难道连'亲不间疏,先不僭后'也不知道?我虽糊涂,却明白这两句话。头一件,咱们是姑舅姊妹,宝姐姐是两姨姊妹,论亲戚,他比你疏。第二件,你先来,咱们两个一桌吃,一床睡,长得这么大了,他是才来的,岂有个为他疏你的?"

芸轩道:"一派胡言,论亲戚那是亲情,它和爱情可是两回事。你这是偷换概念,糊弄人呢,爱情有论先后亲疏的吗?这和赶围棋糊弄贾环一样用心。"

林黛玉啐道:"我难道为叫你疏她?我成了个什么人了呢!我为的是我的心。"

宝玉道:"我也为的是我的心。难道你就知你的心,不知我的心不成?"

芸轩道:"明白了吗?黛玉不想让宝玉疏远宝钗,这违背她的做事原则。只是她的心告诉她,宝玉亲近宝钗是有危险的,她不能明说而已。"

林黛玉听了,低头一语不发,半日说道:"你只怨人行动嗔怪了你,你再不知道你自己怄人难受。就拿今日天气比,分明今儿'冷'得这样,你怎么倒反把个青肷披风脱了呢?"

山岚笑道:"爱到深处说天气,好无聊。但我听出来了,黛玉的心,真不是为自己，是为宝玉。只要宝玉好，她便好，她关心的不是宝玉和谁亲近，而是宝玉的冷暖。"

芸轩冷笑道："黛玉是这个意思吗？你没见有一个'冷'字吗？宝玉因为'冷'才穿上了青披风。黛玉真会变脸，见他现在脱了，就突然转了态度，变得好了。原来是因这个，才放下了自己的心。可见黛玉着恼伤心，不是因宝玉和宝钗来时成双成对，是因宝玉因宝钗穿了件青披风。"

冰儿道："我糊涂了，你的意思，黛玉因一件青色衣服，就闹情绪？"

芸轩道："不信咱继续呀，山岚再来一段湘云的，给她听听。"二人正说着，只见湘云走来笑道："二哥哥，林姐姐，你们天天一处玩，我好容易来了，也不理我一理儿。"

芸轩道："这句话听上去，怎么耳熟呢，好像李嬷嬷也说过，见我来也不理一理，她俩有联系吗？"

冰儿笑道："偏是咬舌子爱说话，连个'二'哥哥也叫不出来，只是'爱'哥哥'爱'哥哥的。回来赶围棋儿，又该你闹'幺爱三四五'了。"

芸轩道："这一句更妙，一句爱哥哥还没引起我注意，倒是这句：回来赶围棋儿，又该你闹'幺爱三四五'了，提醒我了，她提到赶围棋，且提到了点数。"

山岚道："大惊小怪的，赶围棋怎么了？点数也没错呀，不就是幺二三四五吗？"

芸轩道："你没听懂我的意思。把二说成'爱'，直白地说，是'爱二'不分，可直觉告诉我，把'二'说成爱是别有用心的。"

冰儿道："什么用心？又卖关子。"

芸轩道："给你个机会而已，忘了？把'二'藏起来的人，还有一个呢？"

山岚道："谁藏起个'二'来？"

芸轩道："贾环哪，忘了？他只掷了个六点，如果莺儿掷的话，是不是也有可能掷出现'二'点？若出现'二'点的话，莺儿也是个输，可贾环没给她输的机会，直接耍赖了。"

冰儿问："什么意思？是莺儿不让'二'点出现吗？"

芸轩道："不是莺儿，是贾环不允许出现'二'点，因他也嫉妒这个'二哥哥'。和湘云一样，湘云把宝玉叫爱哥哥，贾环却叫宝玉哥哥，我想只有一个理由。"

山岚道："都不想承认这位二哥哥。"

冰儿道："一个赶围棋耍赖，一个咬舌音被虐，里面竟藏着一个'二哥哥'。这么大学问，这么深的线索，打死我，也不能把贾环、湘云和二哥哥扯一块。"

山岚道："你也别迷信她，这二人确实是一同出现在这个日子里，也许有关联，可也不对隼哪！贾环被宝钗糊弄，挨凤姐的数落，且输给了宝钗，贾环与宝钗是敌对的。

湘云叫爱哥哥，虽也挨了黛玉的笑谑，所不同的是，从某些方面讲，湘云是向着宝钗且与宝钗亲厚的。贾环和湘云，无论如何也算不到一个阵营里去。"

冰儿道："更糊涂了，我是分不清谁和谁了，还演吗？"

芸轩道："咱继续！"

史湘云道："他再不放人一点儿，专挑人的不好。你自己便比世人好，也不犯着见一个打趣一个。指出一个人来，你敢挑他，我就服你。"

黛玉忙问是谁。

湘云道："你敢挑宝姐姐的短处，就算你是好的。我算不如你，他怎么不及你呢。"

黛玉听了，冷笑道："我当是谁，原来是她！我哪里敢挑她呢。"

芸轩道："听见没？仔细听听，怎么就断定湘云和宝钗亲厚呢，她赞美宝姐姐了吗？"

山岚道："好像赞美了。"

芸轩道："她说的是敢不敢挑战她，意思是你敢挑她的毛病，就算你有种。连黛玉都承认，自己哪里敢挑她呢，所以，不是赞美，而是怕她。"

湘云笑道："这一辈子我自然比不上你。我只保佑着明儿得一个咬舌的林姐夫，时时刻刻你可听'爱'呀'厄'的去。阿弥陀佛，那才现在我眼里！"

芸轩也笑起来道："我说出来，再别不愿意，这和李嬷嬷骂袭人一个调子哩。"遂学李嬷嬷道："这屋里你就作耗，如何使得！好不好拉出去配一个小子，看你还妖精似地哄宝玉不哄！"

大家哄堂大笑，都道："这怎么像。不像，不像。"

芸轩道："别听语气，只看用词儿。李嬷嬷说把袭人拉出去配小子，和湘云要给黛玉找个林姐夫，有什么不同？李嬷嬷、湘云，是一个阵营里的，不假。"

山岚道："那湘云是谁？她出现的目的是什么？"

芸轩道："湘云是谁，得慢慢找线索，目前我也不知道。但我知道，袭人说她服侍过小时候的湘云，这件事是很关键的，你该明白，被袭人服侍意味着什么。所以，在没弄明白湘云的确切身份前，我暂且把她当成一股外来权势，其势力和实力不差宝玉。"

山岚道："咱假设一下，如果李嬷嬷是那个实体人物，贾环和宝玉担当一样的角色，就是那人之玉玺的话，湘云就是和贾环匹配的行权者。这三个人，是不是那下流政权的有机组合？"

芸轩道："差不多是这个样貌。"

回头对冰儿道："帮黛玉说完你最后的台词吧。"

冰儿听了，看看台词，忙说道："你们是一气的，都戏弄我不成，我若饶过云儿，再不活着。"

芸轩道："听见没，他们真是一气组团来戏弄黛玉的。"

冰儿道："你把她和贾环扯到一起，悖论，悖论。"

芸轩道："不是你说的意思，虽然结局一样，可这是两个阵营呢。我给你捋一下，可能明白些。大正月里，不光有输钱的，也有哭的。李嬷嬷被气哭了，袭人被骂哭了，贾环输哭了，黛玉伤心哭了，但只有宝钗和湘云是笑的。最后，大正月里还有要死要活的，就只有黛玉和宝玉。"

山岚吃惊道："难道她二人死了？"

芸轩道："别急，没死。我只想说这些人出现的目的，其中一部分人，是为夺宝玉而来，只不过这个宝玉，不是王家养的宝玉，而是赵姨娘养的贾环。"

冰儿道："这个事出现在哪里？"

芸轩道："不是有人把'二'藏起来吗？是因莺儿想掷个三，掷个三就赢了，赢的是环三爷。别看这么丑陋，对于宝钗来说，他和宝玉一样重要。"

冰儿道："那湘云藏'二'呢？"

芸轩道："湘云和李嬷嬷，却是真为宝玉来的，她虽然没有藏，却把'二'说成'爱'，她们是因'爱'宝玉才抢宝玉。"

冰儿道："你刚才还是说这些人是一伙的，怎么一个抢三爷，一个抢二爷呢，能一样吗？"

芸轩道："当然不一样，有人为了二爷，有人为了三爷，为了这二爷三爷，对弈的三方，正如这盘棋一样，在大正月里，战得正酣呢？"

山岚疑疑惑惑，道："三股势力大战？宝钗夺贾环，这是一条战线，而保贾环的人是宝玉和凤姐；第二条战线上，像是两股：宝钗来推走宝玉，湘云也要宝玉和她玩。从黛玉的表现看，她从宝钗那里保全了宝玉。"

冰儿道："这说法不对，我觉得湘云大大咧咧的，对宝玉没什么感觉，黛玉好像也没防备湘云，倒是防着宝钗了，她怎么保住宝玉了？"

芸轩道："这个问题好，你问宝玉的保护神是谁？"

冰儿道："不是正说黛玉吗？"

山岚道："其实是袭人。"

冰儿道："不懂，她怎么是宝玉的保护神了呢。"

芸轩道："对的，可袭人病了，还被李嬷嬷骂得抬不起头来，都自身难保呢。好在此时又及时出现一个人，就是麝月，一个关键时刻，能照料绛云轩的人。"

山岚道："想起来了，晴雯说他二人，没喝交杯酒就上头，说的不是玩话？"

芸轩道："吃了交杯酒上头，都是女子出嫁的程序，晴雯虽是闹话，实际是真的。麝月又公然是另一个袭人，不仅仅是指麝月的责任心像袭人，其实也是实指。宝玉和麝月的结合，说明宝玉这一刻转化了身份，换了护身符。"

冰儿道："宝玉还能转换身份？真奇妙，他转换成了谁？为什么换身份？"

山岚在纸上画着，敲着笔道："我终于看明白了，宝玉必须转换身份了。这里出现了三大战场，且交织出现这三个人的身影，正是那场战局的缩影，我分析给你们看看。"

第一战场：在宝玉家里。

出战双方：李嬷嬷和袭人，李嬷嬷和袭人夺宝玉之战。

战事过程：骂袭人是耗子精，其实磨牙的人是晴雯。晴雯原来是赢了钱的，李嬷嬷来就混输了。可见晴雯和李嬷嬷才是真对头，但李嬷嬷、晴雯都是输家。

放在战事中，李嬷嬷这是要攻击黛玉或者晴雯，夺取宝玉的话，是鹬蚌相争，两败俱伤。所以，宝玉在失败中不得已转换了身份。具体表现就是：保护宝玉的袭人病了，好歹又出现一个全心全意的麝月，这是战争的关键点，袭人变麝月是明写，就看宝玉转换成了谁？

第二战场：在宝钗家里。

阵线划分：贾环和宝玉是一方，宝钗和莺儿是一方。

战争目的：围剿环三爷。

战争结局：宝玉及时赶走贾环，由宝玉连输带被抢地输给薛家，代替了贾环，才保住了贾环。

出战双方：莺儿、宝钗，要强赢环三爷。

战事过程：贾环输急了，此时宝玉及时出现，将贾环赶走，贾环狼狈而去，但宝玉、贾环在这里都是输家。有失败，就有胜利，是渔翁得利的结局。所谓螳螂捕蝉黄雀在后，宝钗是乐意看到的。战争的最终结局，放在了第三战场。

第三战场：在黛玉家里。

这里才是主战场。宝钗夺玉，时时刻刻在进行中，却从不留痕迹，只在悄然中不放过任何机会。她不仅和黛玉夺，也和湘云夺。

湘云是来夺玉的，大大咧咧地看上去似无心之举，其实用湘云的话说，是因惧怕宝钗，不敢明夺而已，她怕螳螂扑蝉，黄雀在后。

因听说湘云来了，本来宝玉正在宝钗家里玩着，连告别的时间都没有，抬脚就走。宝钗呢，让他等等自己一起走。这成双成对地来，不光给黛玉看，也是给湘云看。

我却发现，黛玉阻止的人却不是湘云，她说那个人：横竖如今有人和你玩，比我又会念，又会作，又会写，又会说笑，又怕你生气拉了你去。她是宝钗无疑。可见，她并没把湘云当成敌人，虽然也是一股可怕的残余势力紧逼而来，但她并没把她当成敌人。在黛玉看来，也许这是保住宝玉最好的策略。

冰儿道："越说越悬了，输点钱，骂个人，玩个围棋，就是战争了？倒是哪三场战争这么好玩？"

芸轩道："她说的没错，前面还唱'陷关'呢。扬州的林子洞里，正在布防战事，发号施令。林黛玉家里，就是来了两股势力，这真是那几场战争的缩影。可以联系一下这个李氏政权，看看在这一年的大正月里，他输得很惨的战事是哪一场？"

冰儿看着山岚笑。

山岚沉思一会儿道："说的大约就是大顺败亡前的关键一战——潼关之战。真像，这年正月，李自成的部队连续苦战十三天后，潼关失守，大顺政权被迫放弃西安而南下。"

芸轩道："历史总是惊人地重现，西安可是他的发祥地，潼关陷落，败走西安，和那出以'安史之乱'为背景的《乞巧》之后的《陷关》何其相似。"

山岚道："算时间也差不多，贾环赶围棋的时间，是正月十五后，而李自成也是正月十七日败秦入楚，直接向南京紧逼而来，并扬言欲取南京。"

芸轩笑道："这个和李奶奶的作为有的一比呢。她输急了眼，跑来宝玉屋里，骂宝玉忘本，声言不要老命，也要和宝玉大闹一场，要来拼命呢。"

冰儿揉揉耳朵道："慢着！听起来，怎么李奶奶和李自成搅在一起了，难道《石头记》里有李自成？"

芸轩道："你先别奇怪，我只问你，李奶奶骂的话，符不符合李自成的心态？"

冰儿道："我不会比较，对李自成也不了解。"

芸轩笑道："作为一个农民，是觉得朝廷鱼肉百姓、侵吞民脂民膏吧？所以，李奶奶说宝玉，喝了自己血变的奶长大的，如今用不着自己了，被丢弃了。穷人为什么造反？觉得朝廷对不起自己，这才不要命、舍了规矩，也要和朝廷一拼。"

冰儿道："李奶奶骂宝玉屋里被糟蹋，养着一群磨牙作怪的耗子精，也好像骂朝廷里净是硕鼠呢，有点符合老百姓骂朝廷的心思。"

芸轩道："这样的农民政权，确实不具备王家身份，是不是？所以，贾环才说自己不是太太养的。李奶奶跑来大闹绛云轩，且是来拼老命的，是一说。当年李自成大闹京师，逼死了崇祯。好比袭人病了，龙衣没了，只剩下镜中人，就是麝月，宝玉能不转换身份吗？"

冰儿恍然道："这么改变身份哪。"

芸轩道："可笑的是，那人转手就把京城拱手又让给了金人。所以，赵姨娘和凤姐才骂他是'垫脚石'，专为他人做嫁衣裳的主。这就是第二战场，莺儿主仆围剿这个政权时，宝玉无意中做了贾环的替身，帮着贾环逃脱了。"

山岚道："金人进了京师，忙着收拾大明君臣，才给了李自成逃跑的机会。从理论上讲，就是宝玉无意中救了贾环，贾环就是凤姐唾骂的下流政权。"

冰儿道："贾环这么下流，宝钗拿他和宝玉一样对待，又是啥意思？"

芸轩道："对于宝钗而言，这个政权虽丑陋下流，但对她的威胁并不小，她必须拿下他，这才和莺儿一起围剿。"

冰儿道："第二战场又是谁和谁？"

芸轩道："这个战场没别人，就是宝钗和贾环。这股被金兵赶出北京的势力，逃回西安后就出现了'陷关'局面，潼关失守，于是李部又向南逼近，扬言要占领南京。再加上一直尾随其后的清军追来，黛玉才面对湘云、宝钗两股汹汹而来的势力夺宝玉，而他们最后的战场，很可能是扬州的林子洞。"

冰儿道："老天，你们这哪是研究《石头记》，说的是一段战争史吧。怎么像黛玉这样的一个弱女子，还成了军事家了。打死都不信，说出去，人家当你们是疯子呢。"

芸轩道："别大惊小怪，都是觉得好玩，你没相信前，就当啥事没有。"

冰儿摇头道："说服我不容易，一来，我不是什么'红迷'，没读过原文，年轻人谁还读这个，你们说的我通通听不懂。二来，我也不信有这么玄，它就只是一部比较好的小说而已，怎么就荒唐到和这些历史事件有关了。"

又看看芸轩给的台词，笑道："不过，闷了来点这个，也挺好玩的，往后可以带着我。我倒看看，谁能说出天大的谎来。"说得二人像泄了气的皮球，不作声了，小妹在一旁偷偷地笑。

封面插画：戴敦邦

子枫 著

残红旧梦 II

知识产权出版社

全国百佳图书出版单位

—北京—

目录
CONTENTS

第二十一回

花麝散不尽　好防窃珠人

　　假期很快结束，组员们纷纷返回了岗位，红豆馆登时热闹起来。大清早起，秋真和冰儿就大说大笑地从外面进来，秋真手里还拿着一个束发紫金冠，说是给弘光皇帝束发用的，找了几个剧组才借到。

　　山岚没见过这东西，先接过去看了半天，秋真也知道芸轩找这件东西好几天了，便炫耀道："东西好不好？你们打算怎样谢我？"

　　山岚高兴道："你们团里都说，你给演员的头饰扮得最好最专业，今日给我梳个头，把这件东西先给我戴戴。就照着宝玉的束发紫金冠样式给我扮一下，我拿好茶谢你。"

　　秋真道："这有什么，我给你的二龙抢珠金抹额呢？"

　　芸轩去里边找出来时，她二人已经将束发嵌宝紫金冠戴在头上了，然后又齐眉勒了金抹额。整理一下，山岚俨然是宝玉的样子。一时山岚又把小妹哄过来，说为她梳一个冰儿刚发明的发式，小妹自然高兴得手舞足蹈。

　　大家便齐动手，将她头上周围一转的短发都结成小辫，红丝结束，共攒至顶中，总编一根大辫，从顶至梢，一串四颗大珠，用金八宝坠角。

　　一边编辫子，小妹不停地喊"疼，疼"。好容易打扮完，大家一看，又纷纷笑倒了，样子古怪得很。

小妹本要美美地照照镜子，一看也笑得前仰后合，嚷嚷着："我喜欢，谢谢冰儿姐姐。"冰儿无奈地摇摇头，山岚又拿来另一只抹额给她系上，才稍微好看了点。

冰儿笑道："怎么设计这样一个发型，倒像是胡人的样子，怪里怪气的。"

山岚道："可不是怎的，我这样子倒是汉人的发式，可按年龄算，宝玉才至总角年龄，怎么就束发了，且带上了紫金冠？"

冰儿道："贾宝玉这个形象，真不像十三四岁的样子。"

芸轩道："可如果按青年公子的年龄算，他戴紫金冠就没错。"

冰儿问："这有什么说道？"

秋真接过话头道："这你得问我。紫金冠是明代一种太子冠，或者是王子们出游时的冠带。"

冰儿道："你是说，从这只金冠上，看出宝玉的身份特殊吗？"秋真点头。

芸轩道："为宝玉的发式，我头疼着呢。记得宝玉首次登场就是戴的紫金冠，那是黛玉初进贾府时，年龄更小，宝玉打外头进来的时候，就像山岚这样，头戴束发紫金冠，但他并没和黛玉说话，跟贾母请安后，出去到王夫人那里换了一身衣服，再进来时，就像小妹的样子了。当时我就有些异样的感觉，可说不上来为什么。

"第二次便是秦可卿的葬礼上，金冠换成银冠，就是那时，他见了北静王。那次不奇怪，汉人样式送葬秦可卿是应该的。

"第三次就是湘云来，似乎是湘云专门为他梳的头，就是这个样子了。从当时他们语言交流的情形看，湘云不止一次为他梳这样的发式。"

山岚围着小妹转了一圈，笑道："这个发式有看头，怎么梳的来？"说着，只得扶过小妹的头来，比画着：一一梳篦，只将四围短发编成小辫，往顶心发上归了总，编一根大辫，红绦结住。自发顶至辫梢，一路四颗珍珠，下面有金坠脚。

山岚一面比画，一面学着湘云，惊奇道："这珠子只三颗了，这一颗不是的。我记得是一样的，怎么少了一颗？"说完，问她们看出什么没有。

芸轩道："四围短发编成小辫，这个'四周短发'什么样子，四周的头发比顶心的头发短吗？怎么会是四周的比中间的短呢？将短发编成小辫子，再往顶心发上归总，看来顶心的头发是长的。"

山岚道："似乎是这样。"

冰儿道："那又怎么了？"

秋真道："难道宝玉的头发，四周是剔过短儿的。"

冰儿道："小孩子剃发也正常啊。"

芸轩道："只有女真人才留这种只有顶心发的习俗，这叫金钱鼠尾。"

冰儿看着小妹道："你们的意思，宝玉被湘云梳头后，变成金人了。"看来，芸轩是一心想说服冰儿，见她不信，拉着冰儿就走，秋真等也跟着进了书房。芸轩找到几个布偶，一面用杏子红绫布裹起来，一面往其中一个布偶胳膊上套金镯子，然后放在床上。

回头对冰儿道："我给你变个戏法，单看你的悟性了。这个布人是黛玉，严严密密裹着一幅杏子红绫被子，安稳合目而睡，你就把她当成没知觉的木偶。"

山岚偷偷笑道："杏子被，有人红杏出墙？"

芸轩道："去！这是湘云，一把青丝拖于枕畔，被只齐胸，一弯雪白的膀子撂于被外，又带着两个金镯子。"

说着，把两个布偶齐齐地放在枕头上，笑道："请你忽略二人的性别，这两个人是不是叫同床共枕？"

冰儿看一眼，道："你变态吧，就算是吧。"

芸轩道："你看着别扭是吧？"说着，把一个涂了红色的男布偶放在黛玉的红绫被边上，笑道："这个是爱吃胭脂红的宝玉，让他代替黛玉，或者干脆二玉合一，反正一个杏子红，一个胭脂红，都有红色做标志，他们躺在一起什么感觉？"

冰儿点头道："这倒像是同床共枕了，可你是硬换上宝玉的，本来明明是黛玉嘛。"

芸轩道："还没明白呢。宝玉没等人家起床就跑了来，衣衫不整地趿着鞋子，不知道的，以为刚从这里起床呢。山岚秋真你俩上，来一段宝玉洗漱的桥段给冰儿看。"山岚和秋真就学着湘云、宝玉的样子演起来。

湘云洗了面，翠缕便拿残水要泼。宝玉道："站着，我趁势洗了就完了，省得又过去费事。"说着便走过来，弯腰洗了两把。紫鹃递过香皂去，宝玉道："这盆里的就不少，不用搓了。"再洗了两把，便要手巾。

冰儿摇头："宝玉喜欢用湘云的剩水洗脸，没什么。"

芸轩道："那梳头呢？忘了那句'没吃交杯酒就上头了'？洗漱完，在宝玉的央告下，湘云为宝玉梳头，这么亲昵的行为，除了服侍的丫鬟，只有夫妻间才有的，你能否认他们二人在表演一对夫妇？"

冰儿道："说不定湘云就是愿意当丫鬟呢。"

芸轩道："这你还真说对了。袭人为这件事大动干戈，以至于到了罢工的地步。后来，真是只派两个小丫头服侍宝玉，记得吗？其中一个大些儿的，生得十分水秀的那位。你俩再演给她看。"

宝玉便问："你叫什么名字？"

那丫头便说："叫蕙香。"宝玉再问："是谁起的？"

蕙香道："我原叫芸香的，是花大姐姐改了蕙香。"

芸轩道："听见没？人家真名叫芸香，你们不记得《相骂》里，抢龙位的史家芸香了？所以这个芸香不一般呢。"

宝玉道："正经该叫'晦气'罢了，什么蕙香呢！"

又问："你姊妹几个？"

蕙香道："四个。"

宝玉道："你第几？"

蕙香道："第四。"

宝玉道："明儿就叫'四儿'，不必什么'蕙香''兰气'的。哪一个配比这些花，没的玷辱了好名好姓。"

芸轩道："你们知道为什么是'四儿'吗？因为宝玉头上有四颗珠子，其中第四颗是假的，真的已经丢了，就是湘云发现的。说必定是外头去掉下来，不防被人拣了去，倒便宜他。"

山岚点头道："说不定就是便宜了她自己。湘云是四儿？难道是个窃珠者？这我得好好琢磨一下。"

冰儿道："湘云若是他媳妇，怎么会是偷珠子的？"

芸轩道："都不是，你只明白一点就行，湘云就是第四颗假珠子。"

冰儿道："然后呢？就算他俩做了夫妻又能说明什么？"

芸轩道："你们不是天天找金玉缘吗，湘云戴着金镯子呢，还两只金镯子，一边一个，套住两个玉儿，一金一玉上头洗面，一金一玉同床共枕，是不是首次出现完美的金玉缘呢？"说着，拍手指着床上的三人，得意地笑。

冰儿道："这也叫金玉缘哪？还真是有那么点意思。可我以为只有宝钗和宝玉才是呢。这个发现了不得，完全颠覆了我对金玉缘的认识。可湘云是金子吗？"

芸轩道："我的戏法没完呢，等着瞧。"一把将布偶身上的红绫布扯掉，给每个人重新换了一套装束，重新将三个人摆在床上，笑道："你们认认这都是谁？"

山岚道："涂口红的妖精似的这位，大概是多姑娘。"

秋真道："我也看出来了，穿士子服的是贾琏，那位穿得有些破烂的男人是多浑虫吧。你把他们三人摆到一起啥意思？"

芸轩道："多姑娘生性轻浮，最喜拈花惹草，多浑虫又不理论，只要是有酒有肉有钱，便诸事不管了，所以荣宁二府之人都得入手。

"这一夜，二鼓人定，多浑虫醉昏在炕，贾琏便溜了来相会。进门一见其态，早已魄飞魂散，也不用情谈款叙，便宽衣动作起来。哎，这一幕就是三人同睡一个炕的状态，多浑虫睡得死猪一样。算我唐突了，想想咱林妹妹，裹着个被子严严密密的，像不像个木头。两个景象里，都多个木头式人物，此情此景你们没有任何联想？"

正说笑得起劲，楼下小妹喊，"赶紧下来"，楼下立时传来一阵笑声。原来是梁老师来了，正和方瑜说笑着进来，见她们都从楼上下来，道："都在啊，这么热闹。我路过这里，顺便来瞧瞧你们。"

秋真和冰儿高兴地迎了过来，挽着手让梁老师坐下，老梁看到小妹的发型，倒是笑了一会，猜出是山岚的杰作。秋真看到方瑜，也不管人家是不是刚到，忙叫调开桌椅，要他再说一遍《防盗告示》听听。

这是《秦淮烟云》里柳敬亭的一段鼓词，秋真改了几遍都不如意，方瑜也练了好久，趁着梁老师有空，想再让指导一下，这会儿就急着让说来听听。于是大家动手调开桌椅，准备鼓板，也是现成的，转眼就了位。

只听方瑜开嗓，打板，别人都站在边上，他朗声学着贾凫西的鼓词唱到：

> 小老儿江湖漫自嗟，贩古说今作生涯。
>
> 古来几百上万载，几句街谈要讲上来。
>
> 自古道，争名夺利的不干净，
>
> 教俺这江湖老子白眼瞪。
>
> 忠臣孝子是冤家，杀人放火的倒享荣华。
>
> 太仓里的老鼠吃得撑撑饱，
>
> 老牛耕地使死倒把皮来剥！
>
> 河里的游鱼犯下什么罪？刮净鲜鳞还嫌刺扎。
>
> 那老虎前生修下几般福？生嚼人肉它不怕塞牙。
>
> 野鸡兔子都不敢惹祸，剁成肉酱还加上葱花。
>
> 古剑杀人还称至宝，垫脚的草鞋丢在山洼。
>
> 杀妻的吴起倒挂了元帅印，顶灯的裴瑾挨些嘴巴。
>
> 活吃人的盗跖得了好死，颜渊短命是为的啥？
>
> 莫不是玉皇爷受了张三的哄！
>
> 黑洞洞的账簿哪里去查？
>
> 好兴致、时来顽铁黄金色，
>
> 气煞人、运去铜钟声也差。
>
> 我愿那来世的莺莺丑似鬼，石崇脱生没个板渣。
>
> 世间事、风里孤灯草头露，
>
> 纵有那几串铜钱你慢扎煞！
>
> 俺虽无潼关斗来无价宝，只这三声鼍鼓走遍天涯。

一通鼓板嘭嘭响起，铜板叮当悦耳。紧接着又听他念白道：

话说小老儿生在这平安州，可平安州里不安生。偏值近年水旱不收，鼠盗蜂起，到处的抢粮夺食，鼠窃狗偷民不聊生。因此上，官兵剿捕，却也难以安身。

这一日，夜黑风高，小民家突遭强抢，又叫我失了口粮，如何过活。没法子，一大早，匆匆来到县衙，请大老爷给主持个公道。

走近府堂向上看，堂堂衙门朝南开。这里好生安静，待我看来。大门紧闭，连值班门吏也不见一个，门旁着一张榜文，道是甚？待小老儿看来。原来是《防盗告示》，待我细看看写着甚。

防盗告示

近日来，流民乱窜，着各家严遵《防盗须知》。小偷惯术，无非撬箱子、掏口袋、开柜子，各家须收紧绳结、加固插闩、上紧锁钥。本衙已示告知。若有失窃，邻里相告，本衙概不负责。

我这里见了告示，却无可奈何。这可如何是好？昨天来的这些人，呼啦啦，明火执仗。提的提，担的担，抬的抬，抢的抢。钢刀架我脖子上，绳不紧的叫捆紧，锁没上的叫锁上。捆紧，锁上。哎！看看这《防盗告示》，岂不是给盗贼帮忙吗？

小老儿忧心忡忡回家转，一路走来一路骂，这世道哪让穷人活呀。正走着，迎面来了一位须发银白逍遥客，只见他手把酒葫芦儿，边走边饮，不想我二人差点撞上。

他见我愁眉不展，便问我有何苦恼，不妨说一说。我只说这些聪明的老爷们，写了这告示，不是为防盗，竟是为助盗，我等叫天天不应，哭地地不灵，奈何！

逍遥客微醉，笑道："为这点子小事，不必难过。虽这强盗可恶至极，可真正的大盗根本不去打家劫舍，幸好你没遇上大盗。"

我惊闻，不盗之盗，何来？

那逍遥客说："你听我道来。听说过古时齐国吗？国无荒地人口稠密，村庄连接炊烟相望，鸡犬相闻，政令统一，宗庙祭祀，社坛稷礼，民间勤谨而又活跃，人人听从圣人教导，既无小偷也无强盗。"

我问："哪有这等上上国？"

逍遥客道："然，此圣人之国，历数百年后致齐简公，便出了个野心家田成子。他杀简公盗齐国，你说田成子算啥？是大盗。他盗走江山，以圣人之法，再笼络百姓。虽人人心头明白他乃一盗贼，然圣人之法，保证他稳坐江山，而且名正言顺，等同尧舜。

"田成子盗了国政，盗了仁、义、礼、乐；盗了周公、大公、管仲、孔子这些圣人之名，盗用他们来保卫盗贼的身家性命！这才叫高明。"

我言道："我等小民如何管得这些，田成子最坏吗？据说，齐国的老太婆感他恩德，惦记他的健康，给他献礼品。且歌道：老太婆，采枸杞，送给敬爱的田成子。他假仁假义，至少不祸害百姓，也就不算坏了。"

逍遥客道："那是你没听说过暴虐之盗，对吗？历史上可多着呢。夏桀王砍谏臣关龙逢的头，商纣王剜谏臣比干的心，周王杀忠臣苌弘撕成肉块，吴王杀忠臣伍子胥煮成肉汤。四位贤臣死得那叫惨啊，要逃，要抗，都不行啊。

"因圣人定下法制，君是君，臣是臣，并教导他们，君要臣死臣不得不死。不把圣人抓去捍卫皇权，不盗圣法圣教，暴虐无道之人，王位坐得稳吗！杀得下吗！撕得成吗！煮得了吗！"

我苦笑道："如这般无道国君，我看还不如强盗。"

逍遥客马上道："错！错！错！强盗怎么？俗语说，盗亦有道。我举一人，盗跖，听说过吗？本是山东流寇，掠走齐国财货，办人肉宴席，够暴虐了。

"有喽啰问：大王，小的听圣人说，盗亦有道，那是啥玩物？干咱们这行的也有道吗？

"盗跖回答：蠢才，七十二行，行行有道。无道，闹得起势头吗？我问你：要偷要抢，先摸肥瘦，对不对？

"喽啰道：对。

"大王道：我，全凭直觉。可见咱灵视灵听，这就是圣；破门而入，冲在前头，不怕牺牲，这便是勇；撤退出来，争着断后，掩护弟兄，这才是义。见机行事，晓得适可而止，这是智；分赃公平，体现博爱精神，这是仁。

"此五德，皆是圣人教导，属极优之品质。品德败坏，无道，只配做小偷，休想当大盗！"

我听了这话，对逍遥客道："现在有些明白了，善人不依圣人之道，想善也善不起来；坏人不靠圣人之道，想坏也坏不下去；盗跖不用圣人之道，想横行山东，也不成。"

"这就是了，不是我逍遥客硬要骂圣人，明摆着，现如今善人少，不善之人多。这就注定圣人对世间贡献少，反而被坏人利用的多。听了圣人言，若有一人向善，便有三人作恶。圣人行仁义，才使得盗贼动干戈。"

我便问道："左右都不是，这可如何是好？"

逍遥客喝口酒，道："事情正是，唇先亡齿才寒。如此便要打击圣人从严，处理盗贼从宽，世间才可得治安。正如溪谷断源，河水自然流干；丘陵铲平，渊潭自然填满。哪一天圣人死绝，哪一天大盗全完，天下复归平静，了却世上麻烦。"

我就问："照你这么说，圣人不死，大盗不止？"

逍遥客道："然也！你等百姓老实，寄希望于圣人圣教，以为由此可得天下大治。岂知夏桀商纣样的暴君，却操纵了圣法圣教，田成子那种奸人，早就窃取了圣法圣教，盗跖这样的大盗，早就利用了圣法圣教。何如圣人之智慧、之创造，他们都能先抢到、偷到。

"再如：创造量粮的升与斗，本为标准量器，他们抢去，放大缩小，盘剥高利；发明称物之秤与天平，他们偷走，加重减轻，利己损人；创造对牌和印信，用以杜绝弄虚作假，他们抢去，用于瞒天过海，泯灭良知；仁义，本用来矫正世道人心，他们偷走，伪装门面，欺骗百姓。这个理儿百姓自然不知道。"

我不解地问："别的可偷，唯独仁义岂可偷走，又如何偷得走？"

逍遥客道："民间有句俗话，你该听过吧：偷了腰带环扣，十字街上砍头；偷了国之机构，金銮殿上封侯。诸侯住在深宅大院，他们高坐厅堂，满口仁义道德。普天下的仁义都在他们嘴上了，难道不是偷偷叼去的吗？圣法圣教，圣人圣智，古圣人所创制的都在他们手中，难道不是偷偷拿走的吗？"

我一下子明白了，道："怪不得现如今，就出了这样多贼盗，打着为君父报仇之名义，抢皇位，夺爵位，偷仁义，偷量器，偷衡器，偷对牌和印信，真是乱哄哄，你方唱罢我登场，这原都是圣人罪过呀。"

逍遥客把指头放在嘴上，做嘘声状，神秘地说道："别大声，悄悄说。你没听说过：大鱼深潜不上岸，利器秘藏不宣传。圣人之圣法，便是秘密圣器，宣传不得的。大鱼跳上岸去，会被人捉住，秘密圣器宣传出去，被人盗取利用是要危害人间的。"

我如找到告天之门，恍然道："如此便抛弃仁义，我等便能找到正德，同归妙境。可见聪明智慧无有何用了，不如都做大盗去。"

逍遥客呵呵大笑道："胡说。仁义若用来反省自己，世间就不会分崩离析了。用智慧来充实自己，世间就没有惶惑了。以道德来约束自己，世间就不邪恶了。怎么一个小老百姓，忽然生了做强盗之心。"

我不服气，道："这叫官逼民反。"

逍遥客道："我也最厌恶什么'文死谏，武死战'之流。瞧这世道，人人都在热闹中标榜自己，演戏罢了，演戏罢了，徒使人们利欲熏心，人间不安，哪有正道。"

听了这话我又糊涂了，道："依老先生，如何做来？"

逍遥客叹气道："哎，我就想缅怀一下至德之世，远古时之大酋长时代。容成、大庭、伯皇、中央、粟陆、骊畜、轩辕、赫胥、尊卢、祝融、伏牺、神农，这十二个氏族，才是我之向往。当其时，文字尚未发明，史官只知结绳记事，挂于公堂之上，一排排一串串，编成历史。

"无国无王，也无圣人，大家平等。吃生肉，嚼野蔬，均香甜。穿兽皮，披树叶，也温暖。简陋过活，享安乐。氏族间，虽是邻居，遥遥望见，鸡犬相闻，可以老死不相往来，因无须贸易，无须对战。人人享尽天年，终老故乡故园，不必防盗逃难，此为至德之世了。

"哎，哪如当今乱世，人人惶恐不安，东听西探，伸长颈项，望眼欲穿。忽一日听说：某公造反！大家怀揣干粮，奔去投靠之，所谓再起东山。

"家中丢弃亲人于不顾，地里抛开禾稼而不管，离乡出县，一去不还。这就叫乱政无道，欲爆世间大动乱！"

逍遥客说完，又唱到：

> 绝圣弃知，大盗乃止；

　　　　　摘玉毁珠，小盗不起；

　　　　　焚符破玺，而民朴鄙；

　　　　　掊斗折衡，而民不争；

　　　　　殚残圣法，而民始议；

　　　　　擢乱六律，天下始聪；

　　　　　散灭文采，天下始明；

　　　　　毁绝钩绳，天下始巧；

　　　　　大巧若拙，天下德始。

　　又一通鼓板嘭嘭响，铜板叮当。紧接着又听方瑜唱道：

　　　　　女娲氏炼石补天空费了手，

　　　　　到于今抬头不见那补丁天。

　　　　　老神农伸着个牛头尝百草，

　　　　　把一些旺相相的孩子提起病源。

　　　　　黄帝平了蚩尤的乱，

　　　　　平稳稳的乾坤又起了争端。

　　　　　造作了那枪刀和弓箭，

　　　　　这才是惯打仗的祖师不用空拳。

　　　　　嫌好那毛达撒的皮子不中看，

　　　　　弄斯文又制下衣和冠。

　　　　　常言道"明德之人当有后"，

　　　　　偏偏的正宫长子忒痴顽！

　　　　　放着个钦明圣父不学好，

　　　　　教了他一盘围棋也不会填。

　　　　　虽然是，祖辈的家业好过活，

　　　　　谁知道，保子孙的方法不如从前。

　　　　　说到此，一篇《告示》讲防盗，

　　　　　到头来，防来防去丢了江山。

　　一大串唱完，方瑜喘口气，梁老师说道："你这是《胠箧》篇的内容，其实就告了一件事，窃钩者诛，窃国者诸侯。意思还行，就是太长了，我掐了一下表，十几分钟呢，这哪行，放进戏里水分太大，太啰嗦了，再改改。"

秋真道："改多了又怕说不明白。倒也好办，加长难，压短容易，改就是了。对了，梁老师，既然这样，那贾宝玉的《续庄子》您肯定研究过，您的理解是什么？"

梁老师先是一愣，听明白秋真说的是宝玉的《续庄子》才回过神来，笑道："你们对《石头记》算是着魔了，啥时候都忘不了问些这个。不过这回算是问着了，《续庄子》一段我还真上心看过，也不妨胡乱诌一下，说给你们听听。"便侃侃而谈道："焚花散麝，闺阁含劝，则无参商之虞。戕钗毁黛，美恶始相类，则才情尽失。钗黛花麝，蹂穴张罗，则天下缠陷。闺阁之内，窃珠偷玉，则天翻地覆。"

芸轩听了，高兴道："梁老也觉出，宝玉是借庄子之言骂人了。他发现，闺阁之内也偷珠窃玉，要缠陷天下，难道'钗黛花麝'四个人，能使天下大乱吗？"

老梁说道："这个我说不清，但就贾宝玉的续作看，联系《胠箧》的上下文，可以有这个意思。钗、黛、玉、花、麝者，皆张其罗而穴其隧，所以迷眩缠陷天下者也。就这个论断，表面看是对袭人、麝月的抱怨话，但说得够重的，说她们挖好陷阱，张开大网，要让天下大乱呢。也许是宝玉的酒话气话，我就不知道了。"

芸轩对冰儿道："看到没？连梁老师都支持这个观点，你还不信。梁老师，我有个不情之请，能否再听听我们的讨论，如果能过您老的眼，说明我们的方向是对的，如果错了，您先骂我们，省得被别人骂。"梁老师满口答应，喝着山岚斟上的好茶，听着她们说话。

芸轩道："我注意到，除了袭人、麝月，所有小姐中，和宝玉有过分亲昵行为的人，好像只有湘云。"

山岚道："我怎么没看出来。"

芸轩道："就是从这两天的起居生活中露出马脚来。天二更多时宝玉还在黛玉这里不走，袭人来催了几次，他方回自己房中睡。说句不好听的，贾琏找多姑娘鬼混，就是二更天来的。"

山岚道："呸呸，这哪有可比性。"

芸轩道："先不比较。次日天刚明，宝玉便披衣靸鞋往黛玉房中来。一大早，人都没起床呢，宝玉就衣衫不整地跑到黛玉屋里。他并没穿戴好衣服，如果有个外人乍一看见，他好像刚在这屋里起床的样子；虽然这也不算什么证据，最关键的地方，他自己衣衫不整，还要给湘云掖被角，湘云可是膀子都露在被子外面的；这也罢了，等她二人起床后，他和湘云用同一个盆洗脸，湘云还给他梳头。这算不算是夫妻之间该做的事？

"从字面上看，袭人生气，是嫌宝玉在黛玉屋里待的时间太多，晚上走得晚，早晨来得早，和黛玉之间没了分寸，没黑家没白日的闹。实际上，袭人说得明明白白：横竖有人伏侍你，再别来支使我。是谁在服侍宝玉？"

山岚合手念道："阿弥陀佛！只有湘云，黛玉自始至终是站在旁边的，这就好了。"

芸轩道："袭人是发现了他们有了夫妻之实，这该是袭人生气的根本原因，还不是一般的生气，因为宝玉见到袭人生气的样子用了一个词：深为骇异，兹事体大。"

梁老师道："怎么着，听着好像说湘云和宝玉有了夫妻之实，这种安排，是什么动机？"

芸轩笑道："我们觉得，湘云和黛玉同榻而眠，似乎预示着'金玉缘'呢。只是这段姻缘由黛玉和湘云来完成，虽然二人并不太和睦。"梁老师摇着头，说没道理。

山岚急忙争辩道："我看说得过去，单看'湘云'二字，就是湘江云雨之意。既然她的判词是：云散高唐，水涸湘江，自然是'云散水涸'，根本就无云也无雨。"

秋真道："黛玉又是潇湘妃子，你是说，湘云和黛玉虽无云雨之实，但有云雨之缘？"

梁老师笑道："越说越离奇了。"

山岚道："湘云刚一来就打趣黛玉，说：我只保佑着明儿得个咬舌的林姐夫，时时刻刻地听爱呀呃的去。如果黛玉真找个咬舌的女婿，要是这个林姐夫就是现在只会说爱呀呃的湘云呢？这不是现成的自己说自己吗？"

秋真笑道："亏你想得出。"

梁老师站起来笑道："说得离谱，听着也乱。湘云的事以后再听你们说，现在我可没工夫跟你们打这些哑谜，还有事，得走了。不过，方瑜的鼓词越发流畅了，过几天再唱一段《钟无艳赴会，齐太子走国》，这可是那时最流行的木皮散人鼓词，现在恐怕没人会唱了。"回头又问方瑜，跟他走还是留下，方瑜说一起走。

芸轩道："梁老师，再坐一会吧，我还想请教您老痘疹娘娘的事呢，再耽误您一会工夫。"没法子，老梁只得又坐下来，听她们乱哄哄地争论。芸轩问梁老师，对天花了解多少，记得老人讲，好像金人怕天花的。

老梁道："天花在明代已经有很好的控制办法，对汉人来说，没有大的问题。可金人在关外，因缺少抗体，入关占领北京后的当年，便大面积爆发天花疫情，顺治曾一度出宫避痘。据记载，顺治也是死于天花。当时朝廷发布禁令，禁止民间炒豆，也有宫中供奉'痘疹娘娘'的习惯。

"据说，玄烨一出生就出宫避痘了，将近两岁时，才在奶妈的精心护理下，安然躲过天花，这成为他登上皇位的重要条件。可见，天花对清政权的影响是巨大的。"

芸轩问道："这么说金人怕痘，是当时人人知道的？"梁老师说，可以这么认为。

芸轩又道："那么，凤姐家的大姐儿生痘之事，一定是标志性事件，大姐儿的年龄很小，似乎只有一岁，也还没有名字。她生痘，她的父亲贾琏却正和一个被称作'娘娘'的多姑娘鬼混。"

老梁道："你想把这次大姐儿生痘疹，和清初刚入北京不到一年的金人得天花之事，联系起来吗？"

芸轩道："要不，怎么解释这个多官的妻子。所谓多官，应该是许多官吏的总称，皇帝才有这个身份，多姑娘说，你家女儿出花儿，供着娘娘，你也该忌两日，贾琏说：你就是娘娘！我哪里管什么娘娘！这段对话有两条信息，一是家里供痘疹娘娘，二是，她真的是一位娘娘。"

老梁笑道："即便是娘娘，也不一定是清宫娘娘。"

芸轩向小妹招手，喊她过来。小妹便满头小辫地跑过来，问什么事。

芸轩笑道："告诉梁老师，你是谁？"

小妹道："我是宝玉呀，这是她们给我设计的新发式。"

老梁看了，也发笑起来道："对，对。湘云是给宝玉梳了这样一个发式，看上去倒像金人的样子。你们是想说，清宫中得了天花，还是什么别的意思？我就听到这里吧，整明白再告诉我。不过，我支持你们的探索方向。咱走吧，方瑜。"

送走了梁老师和方瑜，山岚悄悄对芸轩说："贾琏家的事和宝玉家的事，没区别，可湘云的事我得再理一理。还有一事更奇怪呢。"芸轩问什么事。

山岚道："这里不光梳头，还提到多姑娘断发的事，给宝玉是梳的辫子头，可多姑娘给了贾琏一缕头发。"

秋真笑道："我也有个发现，这一大清早是怪怪的。宝玉跑到黛玉处，看她俩起床还说得过去，因为都是在贾母处住，离得近。可宝钗住得远着呢，怎么也这么一大早起来，颠颠跑来宝玉屋里，干什么呢？"

冰儿道："不懂了吧，这就叫凑场，知道吗？一种文学表达事件的方式，她们如果凑不到一处就没有故事发生。"

秋真忙道："是，是。"

芸轩笑道："问题是，宝钗来不是为宝玉，似乎是和袭人有了某种默契，也许这是钗、袭联盟的开始。"

山岚道："先不说这些，你倒是讲讲，多姑娘的青丝代表啥意思？"

秋真道："有人剪断头发，且因为这缕头发，还上演了一场生死较量，似乎贾琏差点因此出事呀。当王熙凤问着平儿，多没多出东西时，贾琏脸都黄了，杀鸡抹脖地给平儿使眼色，等过了凤姐这一关，又骗了平儿，将头发抢走才了事。这一缕头发，好生让人揪心哪。"

芸轩道："所以，当你们说到变发型时，我倒想起一件大事。"山岚问什么大事。

秋真道："剃发令。对！金人入关后，很快就发布了留发不留头的剃发令。"

冰儿道："够会联想的，一下子又跑的剃发令上去了。"

芸轩道："你又不信，这段历史应该让人知道。汉人也经历过几次异族统治，比如元朝，是受蒙古族统治，但蒙古人并未实行这种侮辱性的政策，而是积极学习汉人礼仪和习惯，到了清朝时期恰恰相反，为了彻底征服汉人，除了大量杀戮汉人，还强制剃发易服。"

冰儿道："别激动，我也演过的，可我哪知道这些。"

秋真岔开话头道："只说《石头记》，我问你们，北方的火炕，你们谁睡过？"大家都摇头。

芸轩道："我睡过，舒服得很。"

山岚道："我大体统计了一下，《石头记》里有人睡炕有人睡床，你们猜猜是什么情况？"

秋真道："凭感觉就知道谁睡床。"

芸轩道："说来听听。"

秋真道："黛玉肯定是床，探春也是，宝玉也是，其他的就说不准了。"

芸轩说："我猜猜，宁府是炕，因为贾蓉来借过玻璃炕屏；但秦可卿睡的是卧榻，她的外间屋里是床，因宝玉在上面睡过的；宝钗家肯定是炕，但蘅芜苑是床；宝玉是床但袭人睡的是炕，这就有些奇怪；袭人家是炕，凤姐家是炕，刘姥姥家是炕，王夫人处也是炕，邢夫人没明说，估计也会是炕；但贾母屋里，却是大床。所以，外间宝玉和黛玉用的都是床。

"大观园里，李纨是炕，黛玉、探春、宝玉是床。同一个王府，同一座花园，里面既有床，也有炕，真不知作书人怎么想出来。"

山岚说道："这炕和床，妙用多多，曹公因人而设，因时而用。你说黛玉住在贾母处，玉生香一节，二玉是躺在床上讲耗子精的典故，到了宝钗过生日时，宝玉过来找她，她又歪在炕上了。也难说曹公是怎么想的，我也是在多浑虫睡在炕上这一细节处，发现乖巧的。曹公只要明说床或者炕，一定是在变换时间和空间，不信你们每个地方找找看看。"

秋真看看时间，道："晚了，晚了。我可没那工夫找这个，得走了，来了快一上午了，送个紫金冠就绊住了，忘了那边还有事呢。"

冰儿也说听腻了，说什么一六四五年正是鼠年，所以才闹耗子精。鼠年多着呢，怎么偏是这一年了，可见你们净是胡诌八扯。

秋真边走边道："人家冰儿也插不上个话，才觉得腻歪。趁着有空，咱不是说好去玄武湖的吗？怎么不提这茬了呢？"说着，便和冰儿一起离开。不提。

二人走后，芸轩无精打采地去了书房。山岚坐下来，拿出纸，画着四颗珠子，自言自语道："四颗珠子啥意思？窃珠者帝王，谁想做帝王？谁偷走了宝玉的第四颗宝珠？

"湘云说：必定是外头丢了，不防被人拣了去，倒便宜他。今失一珠，真是宝玉无意间丢的吗？自己都不知道？

"黛玉在一旁说：也不知是真丢了，也不知是给了人镶什么戴去了！意指宝玉不是丢了，反而是主动送了人，大有指责之意。

"是丢了还是送人，二人闹不清，宝玉又不做辩解。若是被人抢了去呢？对了，宝玉此时正想吃胭脂，湘云从他手中将胭脂打落，说这不长进的毛病儿，多早晚才改过。

"她这么阻止宝玉'爱红'，再联系抢龙位的史家云香，是史湘云在抢龙位吗？难道她是窃珠者？"

又在纸上画了四个人名：钗、黛、花、麝，瞅着四个字，又自言自语道："宝玉的烦恼，怎会是来自她四个人，竟然要焚花散麝，戕钗毁黛，也没湘云什么事呀，怎么不毁了湘云呢？宝玉一时那样恨她们，还权当她们死了。他这是看透了人情？平日里恨不能为这些人去死，这可不是宝玉的性情。"

思来想去不得要领，便拿着纸跑来找芸轩，将纸往桌子上一拍，道："想不明白宝玉的《续庄子》，为什么要她们死？这不是疯了吗？"

芸轩看了她写的问题，笑道："说你不长记性，宝玉身上看不懂的事，去贾琏身上找啊。"

山岚道："找过了，那不是写着吗。"

芸轩道："对呀，贾琏的心态不是明摆着吗，说凤姐防他像防贼一样，只许自己同男人说话，不许贾琏和女人说话，他和女人略近些，凤姐就疑惑。这话多可笑，他和多姑娘那样鬼混，是叫和女人略近些吗？说以后他也不许凤姐见人！他和宝玉一样在发疯。

"你忘了平儿怎么说的来：她醋你使得，你醋她使不得。她原行得正，走得正，你行动便有个坏心，连我也不放心，别说她了。贾琏也啐道：你两个一口贼气。都是你们行的是，我凡行动都存坏心。多早晚都死在我手里！

"明白了吗，不光宝玉动杀心，贾琏也动了杀机，也要她们俩死呢。"

山岚道："这兄弟俩怎么了这是？为什么这么恨别人？"

芸轩道："我想，正是平儿这句'不放心'的话，才引出了贾琏动杀机的话。看吧，凤姐和平儿发现贾琏行动有坏心了，比如和多姑娘的事，不是单纯的鬼混，是存了坏心的，平儿一点透，贾琏就心虚了，他特别怕那缕头发事件被发现。虽说平儿刚刚救了他，贾琏还发誓要凤姐和平儿都死。刚才你不理解宝玉，我这样一说，你能理解贾琏要凤姐、平儿都死的动机吗？"

山岚道："究其原因，是怕凤平纠缠他和多姑娘的事吗？那么头发事件，大约是一件很坏的事，他怕被发现了，所以才让他动了杀机。有那么一点顺我者昌逆我者亡的味道。和多姑娘鬼混比，还是头发重要？"

芸轩道："头发事件还不重要？剃发令中满含杀机，这就叫'留发不留头'。贾琏和痘疹娘娘鬼混，代表着和平儿说话的这个人是金人，他的意思是说平儿，你留下头发可以，就不怕被我杀掉吗？再看宝玉屋里，你不是问宝钗为什么一大清早跑来吗？宝钗来宝玉屋里也有目的，就是为印证一件事。

"一大早，黛玉屋里正在结金玉缘，宝玉这屋里也应该有所动作，她就是来凑场子结缘的，本想和宝玉也凑个金玉场，可结果发现，袭人很不待见这件事，袭人和麝月正为宝玉没白没黑地和湘云胡闹，开始抱怨宝玉呢。

"和平儿发现贾琏跟多姑娘一样，袭人发现宝玉也不对头，和湘云做成了事实，就明白告诉宝钗，自己很生气。同时，展开了谏阻宝玉跟湘云继续来往的行动。

"宝钗这才发现，要完成金玉缘还有很大阻力，袭人非常不赞同，于是将凑的场子自己拆了，见宝玉回来，宝钗就乖乖走开了。但从此，她看到了袭人的不一般，心里悄悄开始关注这个人，打听她的出身年岁等，她开始在袭人身上下功夫。"

山岚道："那袭人谏阻的结局呢？"

芸轩道："就是宝玉的《续庄子》啊，和贾琏动杀机一样，宝玉不也是要焚花散麝，戕宝毁黛吗？换做贾琏的口气：等我性子上来，把这醋罐打个稀烂，多早晚都死在我手里！你不想想，宝玉希望死的人里，怎么偏偏没有湘云呢。都是三人同床，其结局同贾琏一样，在宝玉身边，也是两股力量在撕扯他，都在争夺他，他才是最难抉择的人。宝玉对于湘云这件事，和贾琏对多姑娘一样，要是选择湘云，就得让那些阻止自己的人都去死。"

山岚道："真是的，一个真情箴宝玉，一个软语救贾琏，劝他们救他们的人，肯定是希望他们好，反而宝玉贾琏都想让这些人死，都没得救了。"

芸轩道："贾琏和宝玉是一样心思，这件事劝不得的，你没看到结局吗？在袭人使尽浑身解数时，宝玉却把一根玉簪子一折两段，赌神发誓，要从此改了。可千万别被这个动作骗了，他折的可是玉簪，而不是金簪，木石盟怕是岌岌可危了。"

山岚道："倒还有一点相同，宝钗发现袭人有见识，留神窥察其言语志量，深可敬爱；贾琏呢，见平儿摔脸子给凤姐，也说'我竟不知平儿这么利害，从此倒伏他'。"

芸轩道："平儿的厉害远胜袭人。她敢在凤姐面前帮贾琏撒谎，有胆量。发现青丝后，又马上找到贾琏的软肋，拿这个要挟他，既敢骂他没良心，也能叫他赔笑央求。凤姐打趣她，说她也是见空偷腥的人，她才敢摔脸子给凤姐，用凤姐的话说，这蹄子认真要降伏我。

"从气势上来看，袭人、平儿二人，都有降服主子的能力，她们或许能让这件事有回转余地呢。脂砚也说，袭人劝谏宝玉有三大功。看效果，宝玉从此不大出房门了，在家里待住了；也不和姊妹们厮混了，开始弄笔墨看书了。但愿平袭二人真是防盗之人。"

山岚问道："我看未必，他不使唤别人，只叫四儿答应。这个原叫芸香的四儿来的蹊跷，也不是什么省油的灯。脂砚说她，又是一个有害无益者。作者一生为此所误，批者一生亦为此所误。可见是吃过这个人的亏了。见宝玉用她，她变尽方法笼络宝玉。四儿开始陪伴宝玉了，四儿是谁？是不是湘云来了？我是相信宝玉和湘云的金玉缘算是结定了，可就是不知道湘云是谁？"

芸轩道："我的理解，有四春就有四颗珠子，丢了的也许是第一春，《相骂》不是演给元春看抢龙位的吗？其中的史家云香来者不善。这里的排行老四的芸香，她是谁我也说不清了。但湘云有金镯子，同样不喜欢宝玉'爱红'的毛病。宝玉为她可谓放弃了一切，谁知道她是谁？"

山岚道："我看她贼喊捉贼，芸香蕙香，湘云老四。万一她就是老四呢，宝玉丢的又是第四颗珠子，她就是窃珠者呢，偷得巧妙而已，反正就是那个咬舌的林姐夫了。"

芸轩笑道："那林姐夫又是谁？湘云一来，闺阁内便妄动杀机，真是要：打破胭脂阵，坐透红粉关。怕是好戏开始了。"山岚笑着，无言以对。

第二十二回

宝钗及笄日　元宵烟灭时

近来，渐渐有人找到芸轩她们的红豆馆来，不是签名就是合影，只因她和秋真的《秦淮烟云》出了书，正悄悄地影响着一些年轻人。

昨日更巧，金陵女子学院偏发来邀请函。原来学院订于开学一个礼拜后，要为两个女生行及笄礼，芸轩和秋真被特邀做正宾。这天，两人聚在一起研究祝词内容，忙着为笄礼者取"字"。

小妹奇怪地问秋真，什么是及笄礼。秋真告诉她，这是汉族女孩的成人礼，俗称"上头"或"上头礼"，一般在十五岁举行，如果一直待嫁未许人，则年至二十也可再行笄礼，如同男子冠礼，是要遵《朱子家礼·笄礼》仪式的。

说到这里，秋真也纳闷起来，道："今年奇了，以往不都是三月初三吗，怎么是明天呢？"

芸轩道："大约明天是百花节的缘故，倒不如上巳节行礼暖和些。"但不管怎样，两人还是很高兴自己能做正宾，说明这些女孩子喜欢她们。

小妹见这样的新鲜事怎能放过，好说歹说地也跟来金陵女子文学院，非要观看这种神奇的及笄仪式。

下午二时许，远远听见礼堂里传来古琴音律，园内气氛略显得沉静。走进大礼堂，室内温暖如春，堂东边置了东房，见芸轩和秋真两个正宾进来，笄者的父亲母亲身着深衣迎上前来，与她们相互行过揖礼后入场。

只见簪、冠盛于盘中，上面蒙着帕子，由有司执着。许多同学和客人，立于场地外等候。笄者已沐浴，换好了彩衣彩履，安坐在东房内。此时音乐换成《高山流水》，客人们就座于观礼位。

笄者的父亲走到客人前，施礼朗声道："尊敬的朋友们：今天，小女童梅和同学清荷，行成人笄礼，感谢各位宾朋佳客的光临！下面成人笄礼正式开始！请小女童梅和清荷入场！"

只见两个清纯少女轻步走进礼堂，笄者就位，赞者走来。秋真、芸轩已盥净手，面东就位；笄者走至场中，面南向观礼宾客行揖礼，面西跪坐于笄者席上。赞者为其梳头。

芸轩秋真起身，笄者父亲随后起身相陪，亍东房前盥净双手，拭亍。相互揖让后，各自归位就座。有司奉上罗帕和发笄，芸轩和秋真走到笄者面前，高声吟诵祝辞。

芸轩曰："令月吉日，始加元服。"

秋真曰："弃尔幼志，顺尔德成。"

齐声道："寿考惟祺，介尔景福。"然后，膝盖着席，为笄者梳头加笄，起身回至原位。赞者为笄者象征性地正笄。笄者起身，二人向笄者作揖祝贺。

童梅和清荷回到东房，秋真、芸轩从有司手中取过衣服，去房内更换与发笄相配的素衣襦裙。换罢新妆走出来，素雅的襦裙换成曲裾深衣，看上去明丽清艳；而后是三加，正式的大袖长裙礼服，上衣下裳，钗冠，佩绶饰物，通身雍容大气，典雅端丽，汉女子古风十足。

童梅、清荷着大袖礼服钗冠出房后，向来宾展示，再面向国旗行三次拜礼，有司撤去笄礼陈设，在西面位置摆好醴酒席。

芸轩、秋真揖礼，请笄者入席，接着是醴酒，聆听祝词，跪酒祭酒，唇触酒杯，再次跪拜答拜，并为童梅取字"孟卿"，为清荷取字"香卿"。礼成后，秋真、芸轩拜别众人，童梅、清荷远远送出。

走出好远，小妹竟没醒过神来，还余意未尽，不时回头望望，回到家来，还魂不守舍的样子。山岚见小妹高兴，就问小妹见识了什么。

小妹奇怪地问："我怎么从来不知道，人长大了，还要行什么冠礼、笄礼的。我也想行这个礼，什么时候也为我做一个。哪朝哪代的事又翻出来，岚姐姐，你快讲给我听听吧。"

山岚也说不太明白，小妹又问芸轩，芸轩道："冠礼和笄礼自周朝兴起，到清军入关，冠礼便进入了自南北朝以来，第二次长时间的沉沦期。清初的剃发易服政策，直接摧毁了华夏衣冠礼仪的文化土壤，衣冠发式俱毁，成为至深的耻辱和伤痛。"

秋真道："当时，清廷颁布《十从十不从》，政策中不是有'老从少不从'之规吗。"

小妹道："什么老从少不从的？"

芸轩道："也就是说，幼儿仍可保留汉族发式，着童子服，至成年还可勉强行冠礼，但行礼之日即剃发之时，汉民族从此告别了延续几千年的加冠、及笄礼仪。

"后来，在整体全面满化的文化环境下，冠礼逐渐湮灭在历史长河中，汉文化遭受了空前严重的破坏。到了近代，又西风东渐，在西化思潮冲击之下，冠礼被国人彻底遗忘了。所以到今天，别说是你，就是整个中华民族知道冠礼、笄礼的又有几人？"

山岚听到这里，猛然想起一件事，贾母为宝钗做十五岁生日的事。她激动得语无伦次，道："谁说忘了及笄礼，贾母不是特特地为宝钗做十五岁生日礼了。"

芸轩冷笑道："别提这个，贾母是为她做生日了，可并没按照及笄礼的东阁盛设来做，我还觉得贾母和凤姐是在捉弄宝钗呢。"

秋真听她冒出这么一句，道："这丫头疯了，漫天说胡话，贾母拿二十两银子，专门为宝丫头过生日，怎么会是戏弄她呢？"

芸轩道："起先我也这么想来着，后来发现并不是的。"

山岚道："从哪里发现的？"

芸轩道："从凤姐那段关于二十两'烂'银子的话里，发现的。"

山岚道："你的意思，宝钗十五岁的生日是将笄之年。即如此，按汉人规制应是'东阁盛设'的，要请长辈和亲戚来，轰轰烈烈地过才行，可薛姨妈这些长辈，都一句话没说。"

芸轩道："不是没说，是贾母不给机会说。宝钗的生日，她用二十两银子就包圆了，买断了所有人的发言权。"

秋真说："芸轩说得对，凤姐这段趣谈，反复强调，贾母拿出的这二十两银子是有问题。不行咱就学学，你们听听里面藏了什么味道。"

遂凑趣笑道："一个老祖宗给孩子们作生日，不拘怎样，谁还敢争，又办什么酒戏。既高兴要热闹，就说不得自己花上几两。巴巴地找出这霉烂的二十两银子来，作东道，这意思还叫我赔上。"

芸轩道："像是包圆了，可为什么用'霉烂'了的银子，多长的年头能让银子霉烂？为何拿这样的银子呢？"

秋真道："果然拿不出来也罢了，金的、银的、圆的、扁的，压塌了箱子底，只是勒掯我们。"

芸轩道："不是嫌烂，明显地嫌少，不够用，还得凤姐贴补，就顺便抱怨一下，她好像贴补得很不情愿。"

秋真道："举眼看看，谁不是儿女？难道将来只有宝兄弟，顶了你老人家上五台山不成？那些梯己只留于他。"

芸轩道："怎么突然说到宝玉身上了，连宝玉也抱怨上了？不会有特别的用意吧，且还偏偏是去五台山，难道和《醉打山门》里的五台山有关？"

秋真继续："我们如今虽不配使，也别苦了我们。这个够酒的？够戏的？"

芸轩道："怎么凤姐说自己不配使？"

山岚学着贾母亦笑道："你们听听这嘴！我也算会说的，怎么说不过这猴儿。你婆婆也不敢犟嘴，你就和我嘹嘹的。"

芸轩道："我听出来了，贾母这是拿凤姐的婆婆说事呢。那意思，我就出这二十两烂银子了，你婆婆都不敢说什么，你嘹嘹啥，谁敢和我犟嘴，办也得办，不办也得办，就算不够用，也得用这些烂银子办完事。看来，贾母和这二十两烂银子杠上了。"

秋真笑道:"我婆婆也是一样地疼宝玉,我也没处去诉冤,倒说我犟嘴。"

芸轩道:"她也只好认了。可怎么又扯到宝玉身上了?花这二十两烂银子,难道真为宝玉?"

山岚说:"对啊,既然什么也不够用,还巴巴地拿这霉烂的二十两银子,看来不为办事,就为这二十两银子。"

秋真着急地道:"二十两银子,能有什么说法?"

芸轩道:"二十!贾母的坚持应该大有深意,我发现一个数字和二十有关。"

山岚一拍桌子道:"是生日吗?"

芸轩道:"对,宝钗的生日是多少?"

秋真道:"正月二十一。"

芸轩道:"对呀。元春呢?元春的生日是正月初一,对吧?二人的生日差几天?"

山岚道:"二人的生日差二十天,就是那些银子数。"

秋真道:"银子是银子,天数是天数,能一样吗?"

芸轩道:"银子是不是有些年头了,是霉烂了的吧。天数不算,可还有个年龄出现了,记得吗?唱戏的小旦和那个小丑,贾母说可怜见的那两个小孩,问他们的年龄,一个十一岁,一个九岁,加起来正好是二十岁。"

秋真道:"从二十天到有年头的银子二十两,再到俩孩子的年龄二十年,我终于知道元春的判词中:二十年来辨是非一句说的是什么了。"

芸轩道:"或者是从此时此刻,开始了二十年的倒计时呢?还是让咱们辨明此时此刻发生的,就是二十年前的是是非非?疑惑!"

秋真也道:"好防佳节元宵后,便是烟消火灭时。不是你们说的年限,而是时间节点,是灰飞烟灭的时间节点,元宵节后灰飞烟灭的时间,万一是正月二十一日这天呢?"

芸轩道:"没错,这一日正是宝钗的及笄日,也难怪贾母为宝钗做生日的古怪举动了。"

秋真道:"稍安勿躁!推论不能有误差,待推演一番。"

山岚道："有道理，不如咱们稍加演绎，就是这一段怎么样？"

秋真道："可以呀，我还真对贾母取乐一段有兴趣，我也最服她老人家了，演就演。"

三人开始各自忙着找词儿，山岚边抄写边道："贾母口口声声强调：今日我特带着你们'取笑'，咱们只管乐咱们的。脂砚也忙跟着强调，贾母取乐，非礼筵大典。这么再三强调贾母对生日的态度，好像这不是为过生日，只是成心'取乐'，她老人家到底要取谁作乐？"

秋真也写着，指着一段文字，道："更值得注意的是，贾母还特别强调点戏，说没有那几个长辈的份，彻底不按笄礼程序办。女儿成礼，至少薛姨妈得说几句吧？贾母出资，连一句感谢的客气话也不让人家说吗？贾母这不明摆着告诉薛姨妈，你也不用谢了，反正我是拿这个生日取笑的，简直誓将取乐进行到底了。"

山岚摇头问道："还是的，不知是要取谁的乐呢？"

芸轩道："我看出来了。贾母上来就骂凤姐了：你们听听这嘴！我也算会说的了，怎么说不过这'猴儿'。"

山岚拍手笑道："这也怪不得，宝钗点的戏，还是猴戏《西游记》呢。贾母出的灯谜也是，猴子身轻站树梢，连连出现好几个'猴'字，原来妙用在这里。"

芸轩说："更妙的是，贾政猜完谜语走后，宝玉如同开了笼的'猴子'一般，指手画脚，满口批评，这是一。其二，凤姐点的《刘二当衣》你们谁知道啥意思？贾母更喜欢，为什么？你们知道吗？"

山岚道："这个我知道。开当铺的刘二为富不仁，爱财如命，竟使计谋将穷亲戚家的当物扣下，以抵前账。咱这里边谁家开当铺？不就是宝钗家吗。所以，凤姐完全按贾母的意愿点了这出戏，是骂宝钗家为富不仁吧？"

芸轩道："你们看，贾母果真更喜欢，看到贾母想取乐谁了吗？"

秋真道："但这段贾母取乐，若不是认真看，还是不好体会到的。而黛玉被当作戏子取笑，可是公开写的，且是被湘云趣笑，这算不算是对贾母的一种回击。本来要取笑人家，不想反而被人家笑话了。"

山岚道："有点。湘云是首次来贾府，正巧就碰到宝钗生日。看情形，她似乎不愿意住下。或许是因没有给宝钗过生日的礼物。为此，还专门回家拿自己的两样旧时做的针线来。要么，就是预感到来自贾母的戏弄？"

芸轩道："感觉敏锐。说起湘云，不能不说龄官事件。她不经意间说破戏台上的龄官像黛玉，引发三人大战以及宝玉参禅。细琢磨发现，不是打趣黛玉这么简单，里面味道不少。"

山岚色眯眯笑道："我也觉得这一段最有意思，三个情人之间吵架，竟能吵出花来呢。要不，咱仨吵一下。"

秋真浑身起了鸡皮疙瘩，抖一下膀子道："哦哦。看你那样，你想当哪一个。"

山岚道："宝玉，我当然演宝玉。"

秋真道："那我来湘云。准备好，马上进入角色。"

芸轩无奈，只好来黛玉。

宝玉忙赶近前来，拉她说道："好妹妹，你错怪了我。林妹妹是个多心的人。别人分明知道，不肯说出来，也皆因怕她恼。谁知你不防头就说了出来，她岂不恼你。我是怕你得罪了她，所以才使眼色。你这会子恼我，不但辜负了我，而且反倒委曲了我。若是别人，哪怕他得罪了十个人，与我何干呢。"

芸轩冷笑道："宝玉误判了情形，他担心湘云得罪黛玉，二人会心生嫌隙，是不是这样咱们拭目以待。一个眼色，就惹出这么个大饥荒来，可见这个眼色好没眼色。背着林妹妹，竟说她小心眼。"

湘云甩手道："你那花言巧语别哄我。我也原不如你林妹妹，别人说她，拿她取笑都使得，只我说了就有不是。我原不配说她。她是小姐主子，我是奴才丫头，得罪了她，使不得！"

芸轩道："照黛玉的性情，谁这样取笑她都使不得。宝玉使眼色的意思，是说湘云不配说她吗？黛玉是小姐主子，她湘云是奴才丫头吗？湘云怎么扯到身份上了？"

宝玉急地说道："我倒是为你反为出不是来了。我要有外心，立刻就化成灰，叫万人践踏！"

芸轩道："宝玉确实没外心吗？"

湘云道："大正月里，少信嘴胡说。这些没要紧的恶誓，散话，歪话，说给那些小性儿，行动爱恼的人听去！别叫我啐你。"

秋真道："这才是关键，'化灰'这样的恶誓，对黛玉有用，她担心你化成灰，可湘云不吃你这一套，爱死不死，谁管你，我就说黛玉是戏子了，怎的？"

黛玉道："拿我比戏子取笑，这一节还恕得。再你为什么又和云儿使眼色？这安的是什么心？"

秋真道："听到么，出人意料啊，拿黛玉比戏子取笑，在黛玉这里是还可恕得，并不是宝玉想象的那样严重，她并没有怪罪湘云的意思，宝玉真是误判了。但从另一方面讲，她怎么就认了别人说她像戏子。而且黛玉讨厌的事情也和湘云一样，是那个没眼色的眼色。"

黛玉道："莫不是她和我玩，她就自轻自贱了？她原是公侯的小姐，我原是贫民的丫头，她和我玩，设若我回了口，岂不她自惹人轻贱呢。是这主意不是？"

秋真道："她也扯到身份上了。黛玉口中，湘云是小姐身份，自己成了丫鬟，她两人都对身份特别敏感。听明白了吗？二人小姐奴才的进行辩解，只是想证明，湘云的戏说和身份有关。湘云拿黛玉比戏子，竟然无意间降低了黛玉的身份，将她变成奴才了。黛玉认为，宝玉也是怕湘云看轻黛玉，才使个眼色。湘云和黛玉玩就自轻自贱了？都自降身份了？"

黛玉道："你又拿我作情，倒说我小性儿，行动肯恼。你又怕她得罪了我，我恼她。我恼她，与你何干？她得罪了我，又与你何干？"

秋真指着芸轩道："刚说什么来，黛玉这一句更狠，湘云降低我身份也罢了，我认了，但这是我们之间的事，和你有什么相干，你才是多余的人。"

山岚笑道："怪哉！怪哉！谁说黛玉小性，她竟认可自己被嬉笑，和湘云之间毫无嫌隙，倒是宝玉成了外人。"

秋真道："理解了，这真是湘云的一次反击。前者，黛玉嬉闹湘云爱咬舌，是笑话她不会说汉语，影射她有蛮夷血统。现在倒好，她反唇相讥，笑话黛玉沦为戏子，正如脂砚说的，黛玉之利口，莫过于优伶。也就是说，在蛮夷的统治下，汉人只能做戏子小丑。

"好啊！贾母满心满意地想借宝钗的生日，嘲笑这个尽是猴子的小朝廷，最后却让贾母领教了刻骨铭心的讽刺，她老人家最钟爱的黛玉，沦为奴仆如香菱般，倒成了众人取笑的戏子。"

芸轩道："也只有如此大的命题，才引发宝玉一段悟禅机。据我看，更大的阴谋不在这里，而在宝钗那里。"

山岚问："这就够使得了，还有什么大阴谋。"

芸轩道："表面上看，宝钗点了一出《山门》是热闹戏，谁知她是别有用心的。"

秋真道："真看不出，她还给宝玉细细讲完了那曲《寄生草》，不是很好么。"

芸轩道："她的目的，是让宝玉误入逃禅企图，差一点就让宝玉悬崖撒手呢。"

山岚道："耸人听闻，一段普通戏文，能有这样大的威力，起这么大的作用？"

芸轩道："怎么威力不大，是黛玉用诘问宝玉的方式：尔有何贵？尔有何坚？胆敢参禅，才恢复其才情心智，才将悟禅机后要出家逃禅的想法，及时丢开手。"

秋真道："你慢着说，你能告诉明白些吗？实在不行，咱们再来一段呀。"
正闹着，秦明和一个姑娘前后闯进来，听她们说得热闹，秦明嚷道："正好都在呀，听说你们去参加笄礼，为何不叫上我？"

小妹见是秦明，便亲热地迎上来，道："别提了，本来我沾光去来着，就是这场笄礼，让这几个人疯了，我都是多余的了，她们不带我。明姐姐，你带我玩吧。"

秦明拍拍小妹的肩膀道："那是自然，我还给你们带来个朋友呢，介绍一下，文亮女士。"

小妹睁大眼睛，打量一眼面前这个人，笑道："文亮姑娘？我还以为是个文静的哥哥哪。"说得大家也笑起来。

原来这位叫文亮的姑娘，带着无框眼镜，长着一副长方脸，蜂腰猿背，鹤势螂形，宽肩细腰，加之腿稍长点，又是一副中性装扮，也难怪大家认她不是姑娘。

文亮见了大家，抱拳行礼，说声幸会，朗朗地自我介绍，行动豁达明亮。

此时，倒让芸轩眼前一亮，笑道："早有耳闻，只是不能早见面。"说着，走近来相互斯认一番，大家有一种相见恨晚的感觉。

秋真道："我们正在商量宝钗的事，感兴趣吗？"

文亮道："那是自然，我就是为这个才来的。"

五个人的脑袋凑到一块，如此这般说了一大会子。就这样，秦明等调开桌椅，大家冠服加身，相互笑闹着，小妹看了，也乐得笑弯了腰。原来，她们又分派了角色。

先介绍一下文亮，她原是秦明的闺蜜，本来也是个《石头记》迷，早听秦明说起这些人，只是恨不能相见。虽然初次见面，却半点不陌生，芸轩一交代，就立刻明白了角色。她和山岚穿戴同样的衣服，是宝玉的打扮，只不过山岚是束冠发型，而文亮是一头小辫，总了一个角至头顶的那种发型；秋真这回饰演宝钗，秦明饰黛玉，芸轩做导演兼场外解说，以满足小妹能看懂细节的要求。

小妹围着文亮转了一圈，陶醉道："你们演给我一个人看哪？芸姐姐，她怎么也这个打扮，你说她是史湘云，可湘云长这个样子吗？岚姐姐扮的宝玉倒女里女气的，这个湘云咋像真宝玉一样。"

芸轩笑道："谁说咱们小妹不懂，一针见血。湘云喜欢穿宝玉的衣服，贾母也更喜欢湘云扮成宝玉的样子。此时的湘云，可不就是真宝玉吗。"

说着又拍手示意道："好，大家各就各位，准备开始。"

只听宝钗念道："漫揾英雄泪。"

【芸轩】这是一个令英雄流泪的时代。

"相离处士家。"

【芸轩】一个隐士不安的时代，也只得离开安身之地。

"谢慈悲，剃度在莲台下。"

【芸轩】只好剃度莲台，做个出家人。俗话说，英雄末路每逃禅。鲁达自从救了金氏女，打死镇关西，就开始了避祸逃亡之路。

"没缘法，转眼分离乍。"

【芸轩】佛法也难收束英雄豪壮之心，所谓：菩提树上把猛虎拴。没缘法，转眼又要避难去五台山了。

"赤条条来去无牵挂。"

【芸轩】想开吧，生不带来，死不带走。该撒手时便撒手。还是：一蓑烟雨任平生吧！

"那里讨，烟蓑雨笠卷单行？一任俺，芒鞋破钵随缘化！"

【芸轩】对鲁达来说，扶危济困、诛暴除强，才是他的缘法精髓。可如今，他只得任由命运的摆布，他斗不过世道，还是放手吧。

刚念完，文亮道："很难相信，这样一支充满孤愤、反叛色彩的《寄生草》，竟然是宝钗的最爱。"

秦明道："差矣！这支曲子的主题告诉人们，逃避和反抗是无用的，只有彻悟和放弃执着才是缘法，其现实意义比较消极。"

秋真道："是有些消极，让鲁智深悬崖撒手呢。宝钗既知此曲能移性，还郑重地推荐给宝玉，真是有意要引导宝玉悟禅出世吗？"

山岚道："说的也是，宝玉本是怕二人心生嫌隙，才使个眼色。却不曾想到，人家二人根本没有隔阂，反而他却落了两处的贬谤。特别是黛玉那句'与你何干'，伤透了他的心。能不让他心生消极吗？"

秋真道："不是这么个意思。你从宝玉的角度考虑一下，原来眼前这一切都与他无干，他成了个多余的了。其实金玉缘的主角，是黛玉和湘云，人家一个愿打一个愿挨，二人毫无嫌隙可言，他可不就真成了多余的。"

芸轩道："其实他不糊涂，他才明白着呢，他们的木石盟危险了。此时此刻，他想到了《南华经》中的山木自寇，源泉自盗。"

小妹忙问："什么自盗？又自寇的？"

秦明道："山木之精脉乃自出，人取之，非人所毁之，乃自相戕贼；源泉味甘，人取之，乃自寻干涸。就是自己的用处，害了自己。"

小妹点头道："意思是，宝玉做个无用的人，就没这些烦恼了。"

秋真笑道："哎！真蒙对了，不做宝玉做顽石就好了。"

芸轩道："所以，宝玉悟了。巧者劳而智者忧，无能者无所求。我引来的麻烦我自己了结。不做山木与甘泉，不做玉石做顽石。如果这样，怎么会招来这样的忧虑呢？既然她二人重修金玉缘，我们的木石盟就此结束了，也罢！"

于是，宝玉走到桌子旁，提笔立占一偈云：

你证我证，心证意证，

难证今世木石盟。

无我非你，本一体，

为何从他，始结金玉行？

是无有证才是证，

如何放弃今生盟？

放下执着，无亲疏，

才是当下立足境。

黛玉看罢，知道他要放弃木石盟证，说道："据我看，还未尽善。"接笔续道：

无立足境，万境归空，

重修你我来世盟。

宝钗看了，笑道："实在这方彻悟。"

芸轩笑道："宝钗最高兴了，她觉得宝黛二人都彻悟了，都在按照她的导引走，眼看大功告成。这个宝钗为了让宝玉做逃禅的鲁达，可谓煞费苦心，后面竟还要说一段语录，来点化他。"

宝钗道："当日南宗六祖惠能，初寻师至韶州，闻五祖弘忍在黄梅，他便充役火头僧。五祖欲求法嗣，令徒弟诸僧各出一偈。上座神秀说道：身是菩提树，心如明镜台，时时勤拂拭，莫使有尘埃。

"彼时惠能在厨房碓米，听了这偈，说道：美则美矣，了则未了。因自念一偈曰：菩提本非树，明镜亦非台，本来无一物，何处尘埃？五祖便将衣钵传他。"

【芸轩】依宝钗的点化，如今的正宗衣钵，已南传六祖了。你既悟了，何不做南传六祖呢，因为只有在六祖时才有了南北分离。她点化宝玉，放弃北方政权吧。

秋真道："关键时刻，还是黛玉出手了，她一大早就约着二人来问着宝玉，道：至贵者是宝，至坚者是玉。尔有何贵？尔有何坚？"

宝玉答道："佛心大慈，佛心当是世上至贵之物，慈情执着，堪如玉心之坚。这两点我皆不具备，当真不配叫宝玉，真真一块无用顽石而已。"

宝钗怕宝玉要清醒，还不罢手，道："这就是了，刚才的机锋尚未了结，这便丢开手不成？"

黛玉笑道："我有一典，管教你丢开手。"

宝钗道："我倒想听听，你就说出来。"

黛玉道："山脚之下，弟子见一株树，枝叶繁茂，特别显眼。其粗百尺，其高数千丈，直指云霄。弟子问伐木之人：如此大木材，为何一直无人砍伐，以至独长几千年。

"伐者似对此树不屑，道：这有何奇？此树乃无用之材，作舟船，则沉于水；做棺木，则易腐烂；作器具，则易毁坏；作门窗，则脂液不干。此乃不成材之木，因无所可用，故有此寿。

"庄子曰：此树不材，得以终其天年，岂不是无用之用，无为而于己有为也？树无用，不求有为，而免遭斤斧；人不成才，亦可保身也。弟子听后恍然大悟，点头不已。"

湘云道："庄子愈说愈兴，道：山木，自寇也；膏火，自煎也。桂可食，故伐之；漆可用，故割之。"

黛玉道："岂不知，无用乃大用。"宝玉听了连连点头。

黛玉道："如何？连我们两个所知所能的，你还不知不能呢，还去参禅呢。"

宝玉想了一想道："自己以为觉悟，原来他们比我的知觉在先，尚未解悟，我如今何必自寻苦恼。"

第二十二回
宝钗及笄日　元宵烟灭时

芸轩道："无用才是有用，黛玉提醒宝玉，没悟性就别参禅，也别逃禅。说你是多余之人，是警告你的关注点错了，好没眼色，你只知道我小性，却看不清金人的实际企图，是把我变成戏子。但是，也别担心现在的状况，别做无谓的牺牲，也别放弃，还是做你的无用玉石吧。如此这般，才阻止他放弃背盟的念头。这一局好悬哪。"

文亮第一次听这种高谈阔论，感到新奇的同时，却远离了自己的思路。走到芸轩前，边脱去衣装边整理，边诺诺道："我的思路却不似这样，我也找了好几年线索，很想从脂批中寻找作者的影子。"

秋真道："你找到了？"

文亮道："有些小成果，虽很艰难，我还是发现了蛛丝马迹。"

芸轩道："在哪里？"

文亮道："在灯谜里"

芸轩道："哦！我倒要听听。"

文亮道："贾府首次猜灯谜，是贾母主持，贾政参与。贾府最高级别的灯谜会，这是唯一的一次。像做大观园题诗一样，应该是政治任务。所以，制灯谜的参与者，都是贾家人，而且他们的座次也值得推敲。

"我先说一下过程是这样的：贾政下朝，见贾母高兴，就特地叫来贾兰。然后，贾母、贾政、宝玉、贾兰，四代同堂坐了一桌，似乎是贾家最正宗的一脉，集体亮相。虽说贾环也来了，但里面没有他的位置。

"王夫人、宝钗、黛玉、湘云又一席，迎、探、惜三个又一席。你们看，按说都是四人一席，可三春席上唯独缺了元春。更奇怪的是，元春让小太监拿了一盏四角平头白纱灯来，专为灯谜而制。

"四人一桌，就是四角平头，但这一桌少了一位，就不是四角平头了，而且送来了白纱灯。大正月里是不是不太吉利？难道元春出事了？"

芸轩站起来道："并没说白纱灯上的灯谜是什么。众人都争看乱猜。宝钗近前一看，是一首七言绝句，并无甚新奇，口中少不得称赞，只说难猜，故意寻思，其实一见就猜着了。宝玉、黛玉、湘云、探春四个人也都解了，各自暗暗地写了半日。所以，咱们只知道那是一首七言绝句。按照你的分析，如果元春是来报事的，那事肯定就藏在灯谜里。"

山岚道："千古奇事，分明就没说灯谜内容，怎么找？"

文亮道："别着急，贾环的位置还被藏起来了呢。在桌上我没找到他的位置，和少了元春一样。也许贾环的位置也在他自己的灯谜里呢。"

山岚忙道："对，对，对，赶紧找。"

秋真道："怪道整个灯谜现场，倒是贾环的最先出现，这就值得注意。"

芸轩笑道："是的，独他和元春相互没猜着对方的谜底，这也是暗示。"

秦明道："有意思。据说这白纱灯，好像是清宫皇帝奏事用的，没有你们说的这么玄乎。"说着，竟命山岚也从里间屋子里提出两架灯来。

大家看时都叫："样式区别忒大，里面说的是围屏灯，模样应该是中式灯的，你这个白纱灯样子怪怪的。"

芸轩说："这些事不打紧，贾环的谜语才是关键。都写在上面了，你们都看看。"

秋真围着看着道："这么粗俗的灯谜，有何妙处？大哥是谁？二哥又是谁？"

山岚道："宝玉是大哥，贾环是二哥喽。不对，宝玉是二哥，贾环是三哥，可大哥是谁？且一谜两底的灯谜，本就不好猜的。"

秋真道："大哥有角只八个，是只八角螃蟹吧，也像极了有八旗兵的金人。二哥有角只两根，倒没什么，应该是宝玉。可怎么大哥只在床上坐，二哥爱在房上蹲呢？"

文亮道："我是扬州人，知道一点淮扬风俗，兽头加枕头的寓意，是扬州一带的丧事风俗。若家中有人亡故，家人要将死者枕头放置到屋顶上，这就形成枕头与兽头同在房顶的状况。"

秋真睁大眼睛，道："贾环的谜底是：二哥'人亡'？"

文亮道："贾环的灯谜后，紧接着就是贾母的：猴子身轻站树梢。脂砚说了，所谓：树倒猢狲散是也。所以，我的结论就是'家破'，再联系上贾环的就是家破人亡。"

芸轩频频点头道："没错！且贾母的谜底是荔枝，是谁离开了枝头？难道是元春？元春真是丢了的那颗珠子吗？"

秋真道："还是那句：好防元宵佳节后，就是灰飞烟灭时。时间找到了，我还一直找那个'化灰'之人。你们再看看这上面，其他三春的命运写的明白着呢，而元春送来了自己的灯谜，那句：一声震得人方恐，回首相看已化灰。明白的说了，她确实已经灰飞烟灭了，大正月里'化灰'之人，原来真是她。"

秦明马上道："可有一首政老最后看到的七言律，是越烧越短的宫中更香，到底是谁的？"

山岚道："有人说，这首诗像崇祯一生的写照，我觉得有道理，黛玉有时骂宝玉是个短命的，会不会也是这意思。"大家不同意她的观点。

秦明道："这次灯谜，按说宝、黛、李纨等都没有参与，是贾家人自己命运的写照。但那首：朝罢谁携两袖烟，有人判给黛玉，也有人判给宝钗的。"

山岚道："这也难说，可曹公为何让这首诗的著作权产生分歧，到底属黛玉还是宝钗？"

文亮道："别争了。依我看，曹公似乎是有意为之。畸笏叟告诉咱们：此回未成而芹逝矣！故意留下一首未署名的诗，难道真是因曹公之死造成的吗？纯粹是阴谋。"

秋真道："可不么！依《石头记》的规律，谁的诗就一定符合谁的性格，再加上与谶语对应，就可以知道个大概，但这首诗给谁也不合适。"

芸轩笑道："这是第一次猜谜游戏，曹公已经将谜底直接告诉咱们了，意思很明确，不要关注谜底，费神费时没必要，但又把作者藏起来，是要咱们专注谜诗本身的意境，找到作者。"

山岚道："意境不难懂，正是琢磨不透这首诗是谁的，咱们才费脑筋。要我说，是她二人合写的也可以，正如那首《枉凝眉》一样。"

芸轩道："不对，或许这首诗本不该在这里出现，万一说的是另一个人呢？一个曹公笔端放不下的人。"

大家听她说的若有其实，都怔了一下，又听她说道："唐代的贾至，在任中书舍人时，曾作过《早朝大明宫》诗，有几句是这样的：

剑佩声随玉墀步，衣冠身惹御炉香。

共沐恩波凤池上，朝朝染翰侍君王。

贾至此诗推出之后，引来多位著名诗人唱和，杜甫、王维、岑参等人都有。"

山岚道："其中最著名的就是王维的，有：绛帻鸡人报晓筹，尚衣方进翠云裘。还有：香烟欲傍衮龙浮，朝罢须裁五色诏。也用了鸡人报晓和朝罢欲烟的皇宫境况。"

文亮也笑道："好像杜甫的诗中也有：朝罢香烟携满袖，诗成珠玉在挥毫。显然，朝罢谁携两袖烟，用典于此，而杜甫诗中：香烟携满袖，明显是源于'衣冠身惹御炉香'之句。"

秋真道："意思既是说，上罢早朝后，身上还带着大明宫里香炉的御香味。诗中的：香烟携满袖，所指人物应该是贾至。"

秦明道："曹公却问：朝罢谁携两袖烟？独用一个'谁'字，是问'谁人'才是携烟之人么？这里面只有贾政是唯一上朝之人，他刚也说了，才下了朝见贾母高兴，也来凑趣，难道是他？"

芸轩道："也许这个携来两袖烟之人，除了贾政，还会有其他人呢？"

秦明道："这是自然，香炉在大明宫里，所有上早朝之人，包括皇上在内，都会携满两袖烟。你没注意吗？王维的诗中说：香烟欲傍衮龙浮。衮龙为龙袍上的图案，我想这个携满两袖烟之人，也许是皇上。"

秋真道："也对，'琴边衾里'是典型的皇宫生活。'琴衾'更是帝妃生活的全部，谁能上完早朝就去琴边衾里？"

秦明笑道："自然不是贾至这样的大臣了，他们还要朝罢须裁五色诏呢，早朝后还要为皇帝起草诏书干活呢。"

山岚问："鸡人报晓，侍女添香，也确实是皇宫生活写照，可为何说'不用报''无烦添'了呢？"

芸轩道："我想，不用报，无烦添，无非两个原因。一是，他们不在宫中了，正如李商隐的《马嵬》诗中'无复鸡人报晓筹'一样，离宫到了马嵬坡的杨玉环，当然不需要鸡人报晓；第二个原因，这个人整夜无眠，才不用报晓。"

秋真道："所以才：焦首朝朝还暮暮，煎心日日复年年。这个人怕是得了焦虑症，也未可知。"

山岚也道："所以，他才和琴衾无缘，这个人的特点，还是蛮明显的。"

文亮道："就差一个字了。"众人问什么字。

文亮道："琴衾无缘的人，有个'琴'字啊！元春的丫头不是抱琴吗。很显然，这首诗就是曹公专门写在四角平头白纱灯上的元春之谜诗。"

山岚道："你是说，这就是元春送出宫来的七言绝句灯谜？是一支越烧越短的更香？"

芸轩大笑道："招啊！光阴荏苒须当惜，风雨阴晴任变迁。她告诉家里人，珍惜机会吧，要阴晴变天了。看来是元春在宫中出事了，是她与琴衾无缘，才无须报晓与添香的，这事藏得好严实呀！谁能想到没有著作权的诗，和元春那首没有内容、只让人乱猜的诗合二为一呢。我知道了，更香点燃了，这真是悲剧的倒计时开始而不是结束，这个政权燃尽的时间，只有二十年哪。"

秋真拍拍文亮肩膀，笑道："不能小瞧你的，不过是小意思。你这说来说去，还没到正题儿呢，刚才你不是说，发现曹子的蛛丝马迹了吗？"

文亮道："稍等，马上就说到。我说是大阴谋你们不信。他放一首有著作权争议的诗给咱，然后让畸笏叟透露说，曹公未成书就死了，可刚才咱们通过论证发现，这首诗有主人，是元妃的，可见曹公是故意的，既然这是故意的，那他的死亡之说，也定是假的。"

秋真问道："这又是什么目的？"

文亮道："他只想用一个死，证明一件事。就是说，元春出事这一天，灰飞烟灭的这一日，他也'死'了，也许是心死了，他想让咱们从死人堆里把他找出来，让咱们知道他是谁。"

秋真道："从死人堆里找可不易。"

文亮道："为此，他让脂砚斋跑到书里来了。脂砚，原来都是批书人的身份，但这回却告诉咱们：凤姐点戏，脂砚执笔事，知者寥寥。什么意思？若说脂砚是谁，知道的人太少了，他希望更多的人知道。"

秋真道："有提示暗语之类的吗？"

文亮道："我刚说了，就藏在灯谜里。你们仔细想想，贾政做过几首诗？

制过几个灯谜？是不是只有这一首。

"是：身自端方，体自坚硬。虽不能言，有言必应。

"此时，脂砚马上批：'好极！'的是贾老之谜，包藏贾府祖宗自身，'必'字隐'笔'字。妙极，妙极！"

秋真低头思索着，嘟哝道："口不能言，有言'笔'应。身自端方，体自坚硬。便是砚台！真的来，'脂砚执笔事'找到了！原来是他？天哪！也确实是他。凤为帝王，他为朝官，为凤姐执笔点戏，确实应当啊。"

芸轩笑道："文网恢恢，虽不能言，但有言笔应，脂砚还说了，曹子当日发愿不做此书，却立意要做传奇。可见，曹子善作传奇，那曹子又是书中的谁？"

文亮道："你这批语，来自宝玉填的那曲《寄生草》后面。意思是宝玉也会填曲子了，而这种曲子，就是来自传奇类作品，像《长生殿》之类。为何宝玉填个曲子，都要联系作者想写传奇的心愿呢？而且还说，作者不愿意写这部《石头记》，因为这是小话本，是小说。

"在当时，比起传奇作品，小说很难流行的。但是，这么多事件，这么复杂的结构，又很难用传奇作品来表现，没办法，才写成话本小说。我就想，宝玉写曲子，竟然能满足作者写传奇的心愿，似乎宝玉就是作者的一部分。

"再由鲁智深的那支《寄生草》，引我想起凤姐的玩笑，凤姐说：将来只有宝兄弟，顶了你老人家上五台山不成？所以，提到五台山，又让我想起《醉打山门》的鲁智深，而那支《寄生草》正是鲁智深悟禅的偈子。这样，便由鲁智深又联想到了宝玉。"

山岚道："鲁智深和宝玉怎么好联系？"

文亮道："黛玉提到了一出戏，是《装疯》，即北曲《诈疯》。里面讲的是唐大将尉迟敬德的事，他因功臣宴上打了李道宗而遭贬，却用装疯来拒绝出征。"

秦明道："这个我知道，当时西辽入侵，朝廷欲召其前往解围，尉迟恭得知此信，诈作疯癫，不愿出征。"

秋真道："西辽是契丹族。黛玉的意思，还没《醉打山门》呢就《装疯》了。

是说宝玉装疯，不想去抗击异族入侵，却像鲁智深一样，要去五台山逃禅。"

文亮点头道："宝玉悟了，和鲁智深一样彻悟，说自己赤条条来去无牵挂，成了多余的人，要放弃对抗。他还要将来顶着老祖宗上五台山。这样推演下来，我发现这个宝玉原来和鲁智深一样，是个逃禅避难的和尚。我想如果宝玉是作者，石头是作者，和尚也是作者，那他和脂砚的关系，也许就如宝玉和贾政一样，是两辈人。"

说完，看着大家都听的发愣，笑道："也只有这些了。"

见她说的热闹，又和她们不谋而合，芸轩和秋真相视而笑。二人拍手鼓掌道："说得好！英雄托身佛寺，并不是要潜心礼佛，而是末路之下，不得不行的一种策略。

"佛经，怎可扶危济困诛暴安良。在大观园，元春游园最后去的那个地方，叫苦海慈航，可见就是佛寺。或许作书人以为：扶危济困，诛暴除强，才是渡过慈悲苦海的航船，实在是对英雄的赞叹，也是对佛教思想精髓的把握，作者可能就是个出家人。"

秋真道："阿亮厉害，我终于看懂曹公死亡之谜了，他将自己逃禅做和尚之事，比喻成一场灵魂的死亡，他只是像鲁智深，在那个政权灰飞烟灭之时，逃禅出家而已，这就好解释那件事了。"

山岚问："什么事？"

芸轩道："一个死人，怎么还知道第四次南巡的经过了？怪不得不管怎么算，时间也对不上，只有他活着，才能解释清这一切。从宝钗及笄礼成后，这个成年的政权，已无可撼动了。元春之死，正如燃起的更香，从此时开始，进入倒计时。

"而曹子，原来那个王室子弟，权当已经死了，大正月里，就有人死呀活呀的正是宝黛二人，而走在逃亡路上的，正是一个孤独不安分的和尚。"

文亮道："是啊！曹公明明没死，却说自己死在大年除夕，这样不遗余力地诅咒自己，真是锥心之语。只是我还不知道这个和尚是谁？他是不是躺在死人堆里等我们去找？"大家听了，默默无语。

第二十三回

闸溪泻流红　香园建花冢

自从文亮来过红豆馆，见识了陆风做的大观园模型，简直就疯魔了，一有空就趴在上面看呀摆的。

这日，秋真见她又趴在那里，遂问道："你都找了两天了，到底找到葬花的地方没有？"

文亮头也不抬道："在闸口上游是没问题的，而且是在北岸山坡上，应该紧挨着梨香院。这里正有一片桃林，应该是正殿的东北角，就是后来娘娘叫多种松柏的地方。"

说完又摇摇头，很不确定的样子，叹声道："要是真有这么个园子就好了。"

芸轩从楼上下来，正听见这话，也沉思了半天，对秋真道："不是说去看梅花吗，再不看就没了。"

又看一眼文亮道："也许真有这么个地方呢，愿不愿一起去看看究竟？"文亮瞪大了眼睛，使劲点了一下头。

芸轩道："去拿上你的南京古城图，咱们一会儿就走。"

山岚高兴地笑道："终于可以去采梅花了，是去玄墓看梅，还去邓尉的蟠螭？"

秋真道:"要说去玄墓看梅,就不如去邓蔚,那里的梅才是真正的'香雪海'。所谓:邓蔚梅花甲天下。曾有诗赞:入山无处不花枝,远近高低路不知。贪爱下风香气息,离花三尺立多时。可见,看梅应去邓蔚山。"

山岚道:"去蟠螭山看梅,是因妙玉的'蟠香寺'也有一个蟠字呢。"

芸轩道:"玄墓从来就没有这么个'蟠香寺',但那一带植梅树倒有上千年的历史,自古也是寺庙林立,历代的隐士大都来这里隐世修行。"

秦明道:"刚才谁说邓蔚梅花甲天下来着,不就是看梅吗,我可记得龚自珍有说法:江宁之龙蟠,苏州之邓蔚,杭州之西溪,皆产梅。既然把江宁之龙蟠放在首位,在咱们金陵的清凉山看梅不也一样吗,这里才带个蟠字呢。"

一句话提醒了芸轩。对啊,梅花在蟠香寺有,那么江宁的龙蟠里不也有'天下第一梅园'吗?想到此处,便眼前一亮。道:"你们记得吗?妙玉有一句诗:钟鸣栊翠寺,鸡唱稻香村。栊翠庵是她想把颓势翻转过来的理想地,让栊翠庵钟鸣千里,让稻香村人丁兴旺,呈现一派繁华的人间盛景,我捕捉到了妙卿的真实用意。"

秦明道:"是吗?你的意思,妙玉用栊翠庵的钟鸣之声,让咱们特别在意一处,就是因钟鸣千里而得名的钟山。"

秋真道:"对啊,诸葛亮出使江东,路过秣陵,看到钟山紫气缭绕,山势如龙,遂作出了:钟山龙蟠,石头虎踞,此乃帝王之宅的风水评价,才使得金陵成为六朝之都,难道这里的'蟠香寺'是指龙蟠之钟山?可妙玉明明说在玄暮山,这又如何解释?"

芸轩道:"也好解释。只取一个'玄'字则妙。相传郁泰玄死时,有上千只燕子衔泥葬之,因燕子色黑为玄,所以其暮则称'玄墓',你想钟山下的湖叫什么?"

山岚答道:"玄武湖!"

芸轩道:"对呀,虽然是按北方为'玄'的方位取名,但也有个传说,说湖中有黑龙出现,才称'玄武',不管怎样,同一个'玄'字就很明显了。"

"这么说,玄、蟠、梅三者都具备的地方,就是'玄'武湖边,龙'蟠'之地的'梅'园了?"秦明道。

芸轩道："也许是，梅花山一带，本就是明朝时的皇家园林，乃明孝陵所在，挨着玄武湖。将其说成'玄墓'之地也有些道理，里面又有寺庙，就说这里是蟠香寺，也不牵强。"

秦明道："依你的意思，大观园的栊翠庵，竟是一所陵墓所在地了，它应该在园子北边，这才是'玄墓'的真正用意吧。"

山岚呲嘴咬舌道："栊为棚栏，翠为绿玉，妙玉住在栊翠庵，如同一枚关进笼子里的绿玉，再自恃清高又如何？"

芸轩道："我一向不喜这些猜字谜，妙卿的出身自是怪得很，单看后面了，也许会有破绽给咱们。今日咱就定下去钟山的梅园采梅花，好吗？"

见文亮也回来了，秋真道："好，顺便去游览玄武湖也有趣。"其实，为此次出行，她们早就有准备，只是大家时常聚不全，才拖到今日。

前些日子，秦明烦请在文物局工作的文亮，找到一张明代南京故宫的复原图纸，与芸轩手绘的大观园平面图，做了几番比对，心中存了许多疑点，这才想到，莫如收拾起平日徒步旅行用的装备，前去勘察一番。说好了先去钟山，再到梅花山。一路上，小妹最是兴高采烈，看着车窗外的风景，听她们讨论着关于"太虚幻境"的话题。

秋真总是大声争论："曹公的创作原则明确得很：至若离合悲欢，兴衰际遇，则又追踪蹑迹，不敢稍加穿凿，徒为供人之目，而反失其真传者。他坚持的修书原则，凡事都能寻到踪迹的，但愿咱们有所收获。"

秦明道："既如此，在大观园园址这样重大事件上，定会有真实痕迹的。倒是你两个，说大观园一个在南，一个在北，究竟怎样，也没个定论。"

芸轩先笑道："从文法布局、环境物种上看，大观园亦南亦北，真假交换。既然是宝玉的园子，有真假宝玉，就有真假园子，这本是曹公'不欲着迹于方向'的秘法，也是他惯用的镜像法。单从空间布局的构思上看，园子在哪里还真不好说，但一定不在北方。"

山岚问："什么根据？"

芸轩笑道："你也不嫌烦。我再说一遍贾雨村去神京赶考的路线你听听。他是从姑苏买舟西上，而非北上。可见神京的方位，绝不在北方，而是在苏州的西边。"

山岚道："还说长安呢，一直有个大明宫不是吗？"

秋真也笑道："我也这么想来，大观园里的'白雪红梅'之境，曹公大书特书，堪称一绝。潇湘馆里凤尾森森，更是神来之笔。可这些景致，哪是北方特有的时空景象。"

文亮道："我没去过北方，不知道是不是这样。但就大观园的规模而言，其半周就三里半大，足见其庞大到了没有哪个私家园林可比的程度，它是不是一座皇家园林呢？还有一处更特别，园中除了达摩庵和栊翠庵外，还有一座玉皇庙呢。"

山岚道："玉皇庙怎么了？不就是一座庙吗？"

文亮道："这不是和尚修行的庙宇，是座道观，供的是昊天金阙无上至尊自然妙有弥罗至真玉皇上帝，俗称玉皇大帝，所以才叫玉皇庙，是玉皇在人间的行宫。"

小妹道："哎呀妈呀，这么长的名号，庙里都有啥？"

芸轩道："一般正殿内，塑有玉皇大帝和普天星君；左右偏殿分别为三垣、四圣；东西廊房为九曜星、六太尉和十二辰、二十八宿。"

秋真道："这样分班排列起来，这庙里真就是一个浓缩了的人间皇宫。"

文亮道："说的是。玉皇庙里的星宿排列，就是按照天宫的四值功曹排列。据研究，紫禁城便是遵照此星宿方位建造的。"

秋真赞道："你这个点找得好。确实，一般的私家园林里，绝不会有道教寺观，更不会建一座玉皇庙。"

秦明道："大观园不是天上人间诸境备吗，论天上的景致，可不就是天宫星相，按尘寰布局之境吗？"

小妹道："我知道了，私家园林没见有南北两个的，可紫禁城就有两个，还说不准大观园就是紫禁城呢。"

山岚道："别胡说，我们找了好几个月呢，也没觉得是紫禁城。"

秦明道："再找找。我琢磨过一段话，曹公说，书中凡写长安，在文人笔墨之间则从古之称；凡愚夫妇儿女子家常口角则曰'中京'，是不欲着迹于方向也。盖天子之邦，亦当以中为尊，特避其'东南西北'四字样也。

"刚才山岚也提到长安，但人家说了，如果提到长安，其实是代称，非要着迹于方向的话，它应是东京、南京、西京或北京，只是特别需要规避这四个字而已。但是，明清两代，均没有以东京或西京作为首都的，所以，这个王朝只会是以南京或北京作为首都，而以两京均作为首都的只有明朝。"

文亮笑道："你这推来推去，只推出个朝代而已。我怎么觉得，里边描绘的是北边的风情更有说服力。"大家让她说来听听。

文亮道："朱棣北迁时，北故宫是以南故宫作为蓝图兴建的。当时想在元大都宫殿处重建来着，但是为了化解元代剩余王气，风水师便将宫殿中轴东移，使元大都宫殿的原中轴西落，处于风水上'白虎'的位置，以此克煞前朝残余王气。"

秦明接口道："后来，便凿掉原中轴线上的御道盘龙石，废掉周桥，修建了人工景山。实际上，景山是模仿了南故宫北面富贵山的样子。这样一来，景山、紫禁城、朝案山的风水格局，就又重新在北故宫形成了。其实文亮说的也对，南北故宫均按照天文星宿的布局，也就是按玉皇庙里的星辰布局的。"

芸轩点头赞许，道："古时，将天空划分为太微、紫微、天市三垣。紫微垣为中，乃是天帝居处。朱元璋便将皇宫定名为'紫微宫'。紫微星垣，就代表帝位永固，又因帝城严禁百姓靠近，所以又称紫禁城。"

说起这个，文亮严肃的脸上也露出微笑，道："紫禁城中最大的奉天殿、华盖殿、谨身殿，象征天阙三垣；后宫中央是乾清、坤宁、交泰三宫；左右是东西六宫，总计是十五宫，合于紫微恒十五星之数；而乾清门至丹阶之间，两侧盘龙六柱，象征天河神星至紫微宫之间的阁道六星。

"内城南墙属乾阳，设城门三个，取象于天；北门则设二个，属坤阴，取象于地。皇城中央，序列布置五个门，取象于天、地、人三才齐备，整个皇城宛如天文星象之缩影，形、数匹配，处处以风水布局，建筑形制，钩心斗角，以化解风水上的煞气。"大家见她说得眉飞色舞，也都佩服得五体投地。

文亮又道："大观园里有玉皇庙，这不明明是北京的紫禁城吗？且里面的人大多数睡炕，吃两顿餐。"

秦明拿出一张北京故宫图，指着说道："说了半天热闹的，两顿饭，睡炕，才是你'北方说'的依据呀。那你看看这里，北故宫在京城的中央位置，城西北和西边是著名的北海、中海和南海三海。海子里的水，从西北进入围绕宫城的御河，构成其水源。

"单这一处水源的入园方位就附不上，且北故宫内，地势平坦，而大观园，衔山环水，地势起伏，且正殿是建在一片湖中，北故宫是吗？"说话间，她们就到了钟山脚下。

秋真高兴道："钟山龙盘，石头虎踞，此乃帝王之宅也。这龙盘虎踞之说，才真正源于传统星象学，正所谓：东青龙，西白虎，南朱雀，北玄武。对，就是玄武湖！我看哪，妙玉出家的'玄墓山'，定是这个有玄武湖的钟山呢。"

文亮也点头道："龙盘东钟山，虎踞西石城，玄武蹲北湖，朱雀镇秦淮，真真是大人相符，诸葛亮也如是说。"边说着，众人依次向钟山顶部攀去。

一会儿的工夫，芸轩就气喘吁吁地说道："奇怪的是，宰相刘基为朱元璋所卜的新宫位置，竟真在一片低洼的湖中，这一点倒像极了大观园正殿的地势。"

遂指着钟山又道："咱们的所在，是城区东北面的钟山，延伸向西又有富贵山，于是，宫殿最终定位于钟山的西趾之阳。这也印证了大观园东北方的大主山，和延绵到蘅芜苑有小山脉的景致。"

山岚赶上来也喘着粗气道："但宫城偏于整个皇城的东部。这就不符合'芳园筑向帝城西'的说法，这又如何解释呢？"

向高处攀爬了一会，秦明扶着一棵树，歇下来招手，让大家休息会子，说道："黛玉初次进荣府，有两点重要信息，一是弃舟登岸，直接到达京城，这一点在北京做不到，二是黛玉自东向西而来，荣府确实在城西。"

山岚道："老调重弹，黛玉的入城方向即使是由东向西走，也解决不了皇宫就在城西的问题。"

秦明道："宝钗一句'芳园筑向帝城西'，难倒了所有人，也许大观园不是南故宫，我们白来了。"之后，没有人说话，可能是大家累了的缘故。

陆陆续续就到了山巅。站在这宏伟磅礴的主山之巅，大家的心情也慢慢舒畅起来，文亮拿出那地图，指点给大家看："我们在的这个位置，就是整个石头城的主山。南边的玩珠峰下是明孝陵，再向南就是梅花山，主山西面是富贵山，再向西下就是玄武湖了。"

看了会儿地图，见大家有些消沉，秋真道："要不，一会儿我们去湖中的各洲，特别去看一下米芾拜石吧。你们看，明皇城大体就在那位置上。"

文亮比画着图纸上的方位，对照下面辽阔的城区道："那活水就是从这山下的扬子江，引入环城御河内的，穿过城区，出东南来。"

芸轩看了半天，道："大观园的活水，如果从宁府的角度看，是来自其西北方，但如果从荣府角度看，在其东北方，就大观园本身看，也是东北方，这一点似乎不一致。"

小妹迷迷糊糊，看着前面遥遥的市区街道，道："什么皇城，我咋看不出皇城的样子。"

文亮道："是啊，南京皇宫建成后，先后有太祖朱元璋、惠帝朱允炆、成祖朱棣三代，合计五十四年都在这里主政，直到永乐十九年，朱棣迁都北京，这里才逐渐被荒废的。你们看这图上，南京宫城规模宏大，布局严谨，整个皇城是不规则的葫芦状。"

秦明道："传说，朱元璋是迁三山填燕雀湖才筑成的宫城，怕是真的。说是到了洪武中后期，由于填湖筑城的地基不稳，宫城出现了前高后洼的严重后果。有人说，这就种下了大明朝的气数。"

文亮道："迁都后，南京故宫渐趋冷落。此后数百年间，自然损坏严重而无修复。至崇祯十七年五月，福王朱由崧在此即位，一度建立南明政权。"

秦明道："当时的明故宫内，大多殿宇已经坍毁无存，太庙也早已被焚毁，朱由崧进行了简单修复，为举行登基仪式，又兴建了奉天门、慈禧殿等建筑。"

芸轩叹道："康熙首次南巡时，明故宫已是'宫阙无一存者'。至今，史学界甚至连一张明故宫的详细图纸都没有，也只有这复原的图样。像这样，也只能大概推测出其当时建筑分布状况。"说着，众人开始向下走。

小妹喊道："咱们从这条路下去，就到明孝陵，然后看梅花，再去玄武湖吧。"虽然累点，大家还是一路跟上。

说到玄武湖，芸轩心想：像玄武湖这样命运多舛的湖泊并不多见。历史上，其名称常换，湖面忽大忽小，甚至时有时无。史载，东汉建安末年，诸葛亮出使江东，路过秣陵时，作出此乃帝王之宅的风水评价。于是，吴王孙权便引水入宫苑后湖，兴建帝王游乐之地。

芸轩猛然想起后湖，道："我知道了，就是玄武湖。帝王们出于四神布局的需要，将后湖之名改为玄武湖，这里的水源若来自玄武湖的话，位置也合适。"

秦明道："当年，宋文帝对玄武湖进行了一次大规模的疏浚，挖出来的湖泥堆积在一起，成了露出水面的小岛，其中最大的为蓬莱、方丈、瀛洲三岛，合称'三神山'，或许这就是今天玄武湖中的梁洲、环洲和樱洲的前身。"

秋真道："哎！风流文采胜蓬莱。李纨的大观园题诗里，提到有蓬莱仙境，如果是实指，难道真是这里？"

秦明道："钟山和玄武湖的真正复兴，应该是在明代。朱元璋选中玄武湖，作为明朝中央政府黄册的存放地，并建后湖黄册库。从此，玄武湖作为一代禁地，才成为皇家园林，与外界隔绝了二百六十多年。时人乃有讽喻诗：瀛洲咫尺与去齐，岛屿凌空望欲迷。为贮版图人罕到，只余楼阁夕阳低。"正讨论着，就穿行到了植物园。

已经到了翁仲路的神道上，神道由东向西北延伸，两旁依次排列着狮子、骆驼、麒麟等石兽，每种两对，共十二对，两跪两立，夹道迎侍；右前方的梅山上，飘来阵阵幽香，那里有曹公的塑像和红楼苑。芸轩已不止一次去看过，深叹那里的景致布局的巧妙。

虽然小巧了些，但与她梦中的镜像别无二致。想是会芳园里的梅花，也不过如此，宝玉在这芳气袭人的梅香里，期会了他的梦中情人。南朝七十所寺院，当有一半被围入这禁苑之中。幽深肃穆的陵地，松涛林海，鹿鸣其间，享殿中烟雾缭绕。遥望那边红梅盛开，想必妙玉的栊翠庵也在其中。

正胡思乱想间，她们竟过了升仙桥，来到四方城。芸轩依稀记得会芳园里的停灵处，就是登仙阁的，不知与这里的升仙桥有无瓜葛。

转过壁影就看到了宝顶，她们登顶后，焚香祭拜。

回来的路上，芸轩他们进到了御碑亭。看到那块石龟驮负的康熙御碑，芸轩别有一番滋味在心头。

一个王朝颠覆另一个王朝，又来承认被颠覆者乃"治隆唐宋"，不知这逻辑如何说得清。只是看到那石龟驮碑的样子，突然想起宝玉哄黛玉时的玩笑，哄得世人真好！不禁也摇头一笑。恍惚间觉得，大观园既然是一座花冢，不也合了这个境地吗？

芸轩执意去一趟灵谷寺。秦明问她，是去无梁殿吗？秦明劝她，里面连三绝碑都失了真，不去也罢。

秦明道："当年，康熙南巡时，御赐'灵谷禅林'匾额，并书'天香飘广殿，山气宿空廊'的对联。当时的灵谷寺，钟阜晴云，浮图秋月，古殿钟声，苍池松影，银杏栖霞，清泉咽竹，如今就那样荒凉了。"

秋真道："天也不早了，咱们还是陪小妹进梅园，去看看那株'别角晚水'吧。"

芸轩只得作罢，转出享殿，走到一座神帛炉旁，拿出一张早就写好的祝文，秦明看时，只见写的是：

气序流迈，时维花朝节，追念故园，伏增哀感，谨用祭告。伏惟尚享！

文亮拿来一炷香，替她点燃祝文，投进炉内。火将灭时，芸轩向内看，突然发现一样东西，虽被烟色熏染，又有纸灰覆盖，但芸轩还是看到了那个玉件的模样。

芸轩伸手摸了出来，擦了上面的烟灰，发现还真是她送给大师的玉翁仲。她的心急速地跳动起来，芸轩默默地将玉件揣在兜里，心想：大师要告诉我什么？

赶到玄武湖时，已近黄昏，这样的季节，自然看不到玄武红莲，连荷塘画舫也没有了。几个人来到菱洲上，此时山顶竟有紫金色云霞，正应了"菱洲山岚"的美景，却独不见湖面的菱角。

环洲至北端，她们见到了米芾拜石。山岚围着三块巨石转了一遭，笑道："这米芾也怪得很，玩石如痴，见奇石便三拜九叩，不通得很。"

秦明笑道："米癫，迷石如痴，同咱们的曹子一样，天然生成的癖性，以致于荒废公务，常遭贬官。文亮，你是不是觉得，作书人也有这样经历，像米芾一样能写会画的不大喜欢做官。"

秋真道："既这样，这人写字作画的功夫了得呀。"

秦明笑道："我就讲他一个趣事大家听听。一次，他听说城外河边有一块奇丑的怪石，便命衙役们将它移进府衙，米芾见了石头的样子，大为惊奇，竟得意忘形，跪拜于地，口称：我欲见石兄二十年矣！另一次，他得到一块端石砚，爱不释手，竟连三天抱着它入睡，并请好友苏东坡为之作铭。看来，石头就是他的命。"

秋真道："等待石兄二十年，还有砚台的典故，听起来是让人想入非非。"

芸轩摸摸手里的翁仲，突然道："我也得了启示，南故宫也不是大观园。"大家听了也都吃惊，也就是说园子的踪迹找不到了。

芸轩道："贾雨村说过：去岁我到了金陵地界，因欲游览六朝遗迹，那日进了石头城，从他老宅门前经过。这说明，贾家老宅在南京的石头城，这个恐怕不用质疑。那么，石头城所在的宫城，就值得我们探究。"

山岚道："你刚不是说，不是南故宫吗？"

芸轩道："你们再看这张地图，石头城就是在皇城西边，但建在这里的话，园子就在宫城的西边了，那元春住的宫城位置就不对了。我想，咱们干脆抛开这些。如果将这一片连起来，像不像南京城的大后花园？"

文亮道："明宫城东北一带，钟山向西延绵到富贵山，再向西到玄武湖，加上这里的孝陵和梅花山，本就是皇家禁地，本来就是皇家园林。"

秦明道："这个思路可以探讨，那我们就扩大一下区域，扩到外城郭，你们看，如果宫城不变，北面一带，连上孝陵和梅花山一带，都是大观园的话，宫城的位置不就在园子的西面了吗。"

山岚等也凑过来仔细看，秋真道："元春来的方向可以搪塞了，可还是不符合'芳园筑向帝城西'的说法。"

芸轩道："问题就出现在这个'西'字上。为这个字，曹公已经警示过咱们多次。其实贾府也罢，宫城也好，包括帝城西的大观园，一个比一个往西。曹公将它们统统用一个'西'字联络起来，只能说，它们统统在西面，不分彼此，你中有我，我中有你，或者干脆，你就是我，我就是你。其实，都是大观园的一部分而已。它们都是西方之地，而曹公强调的这个西方，代表的就是幽冥界。"

芸轩又指着另一张图道："如果非要从空间位置上找，外城郭的范围，更符合大观园的结构。建在一片水洼中的明皇宫，就好比园子里的正殿。最好的证据，就是钟鸣虎踞的钟山和孝陵，原就是大明先人的葬地，也是最合适的黛玉葬花之地。"

文亮等怔怔地听了，再看着图，渐渐也觉得有些道理。整个皇城真是不规则的"葫芦状"，也切合贾雨村判案所在的葫芦庙，也许就是这里呢。

发现了这个，就是最大的收获。见天色已晚，她们蹒跚着走回车上。一路上，山岚念了李白的两句诗，道是：

亡国生春草，离宫没古丘。

空余后湖月，波上对江州。

听起来伤感得很。只有小妹嚷着饿了，秋真却来了兴致，问山岚："你的'北方说'还坚持吗？"

山岚摇头，"我服了还不行。但是你告诉我，为何元春热衷于在大观园勒石呢？"

秋真笑道："这还不懂吗。典出东汉的窦宪破北匈奴事。窦宪出战，彻底解决了两汉以来连绵不断的匈奴之患，于是登燕然山，勒石以记其功，也称燕然勒石。只可惜，此次勒石，讽刺意味太浓，是为蛮夷征服汉人而勒的吧？"

芸轩道："元春这是让姊妹们住进园子来陪葬呢。勒石，就是石头记事，记的什么事，还不明白吗？"

秦明笑道："看看贾珍派的监工之人就知道，蓉、萍、菖、菱四位，具是水草浮游植物，很有意味。"

山岚冷笑道："既如此，贾芹如何？芹也是水芹。他可是与曹公有一字相同的人，不可不小心。先前还说过，原就有：好云香护采芹人。可我看他做的事，却都是不肖之举，你也理一理吧？"

秋真道："好你个小蹄子，敢将我的军。不过，这丫头说的对，如果摸清贾芹的事，或可推断出曹公的立场。"

秦明问："为什么？什么立场？"

秋真道："《石头记》最大的特点，是写书人没立场。他一直站在旁观者的角度，看待发生的一切。其实，这才是真正客观的历史观。可直觉告诉我，贾芹是谁，这个曹雪芹代表的立场就是谁。"

秦明笑："连个话也不会说，我帮你分析一下如何？"

山岚道："可以啊。"

秦明道："与贾芸不同，贾芹的事，是凤姐从头到尾，花了若干心机才给他谋到的。本来贾政要打发这些和尚道士到各庙去分住，是凤姐打了娘娘的旗号，找理由留下了，目的就是给贾芹创造机会，找个事做。你们不觉得凤姐有点热情过度吗？

"包括凤姐作情央贾琏，先支三个月的银钱，又叫他写了领字，贾琏批票画了押，还登时发了对牌出去，银库上按数发出三个月的供给来，白花花二三百两就轻松到手。她这样帮贾芹，图什么呢？再看看人家贾芹，随手拈一块，撂予掌平的人，叫他们吃茶罢。

"出手大方得很。命小厮拿回家，与母亲商议。登时雇了大叫驴，自己骑上，又雇了几辆车。动作下来，派小厮，雇车马，简直就是爷的做派。

"至荣国府角门，唤出二十四个人来，坐上车，一径往城外铁槛寺去了。

"瞧瞧！宝玉的班底是十二钗，贾蔷的班底是十二官，唯独他的班底最厚实，凤姐给他留下的是二十四个人，可以成一个独立王国了。贾芹的运气好到家了，这才叫'好运香护采芹人'呢。"

秋真道："顺带说一下。这个地方，凤姐为娘娘干了两件事，一是在家庙里准备二十四个和尚道士；二是在园子的东北角，让多多种松柏树。你们也知道，家庙是为京中老了人口的停灵之所，准备这些和尚道士，让我想起了秦可卿的丧事。

"园子东北角子上，娘娘说了，还叫多多地种松柏树，楼底下还叫种些花草。

"这是正殿的后面，大约就是咱们刚找到的黛玉葬花的位置。如果种上松柏的话，气氛就更不对了。难不成，凤姐在为元春准备丧事不成？这是后话。"

秦明道："回来再说贾芹，他轻松谋到差事后，一派官样腐败的做派，及等到了家庙，正如贾珍骂的，他就是爷了，也没人敢管他。原话是：你就为王称霸起来，夜夜招聚匪类赌钱，养老婆小子。"

"问题出来了，什么是为王称霸？难道他当了王了？这里都是和尚道士，怎么会有老婆孩子了？什么叫养老婆、养小子？"

小妹嚷道："说这人就是个败类。"

秦明笑道："真聪明，脂砚也这么说来着，这就是败家的根本。"

山岚道："秦可卿多情是败家的根本，他养老婆孩子，也是败家的根本了，可见贾芹不是一般人哪。你别遮遮掩掩的了，先说凤姐的动机，再说贾芹的结局。"

秦明道："凤姐甘愿被贾芹驱使，首先说明贾芹的身份了得。看作派，手下二十四人，是十二的倍数，这个意味深长的数字，说明贾芹是草字辈中的出类拔萃者。"

秋真道："这么重要的一个人，在家庙里干的也一定是重要的事。"

秦明道："离真相越来越近了。"

秋真道："咱们一件一件说，先说养老婆是怎么回事。"

秦明道："太麻烦，不用一件一件说，我只提三个关键词，你们就会想到的。"

山岚道："快说。"

秦明道："和尚、妃子、太子。"

几个人同时道："南渡三大案！"

文亮高声道："你说的是弘光三大疑案，就是'大悲案''太子案'和'童妃案'。"

秦明翘起大拇指道："聪明！"

小妹道："明姐姐，我不知道三大案，讲给我听听。"

秦明道："好，这三大疑案，是发生在一六四五年三月左右。弘光刚当上皇帝不久，就有个和尚，说自己是大明逃禅来的王爷；还有一个人说自己是崇祯的太子；更可笑的是有个女人，说自己是弘光做王爷时的妃子。

"不用说，结果都是假的，统统被杀了。但也正是这三大案，牵扯了朝廷太多精力，也严重削弱了弘光朝的凝聚力，加快了南明灭亡的速度。"

秋真笑道："想不到贾芹是他！大悲是和尚，童妃是老婆，太子是小子。这就是贾芹领着和尚在家庙里，养老婆小子的故事。山岚，怎样？还满意吗？"

山岚也不示弱道："贾芹如果是他，那曹公呢，这个写书人的立场，又怎么分辨？"

芸轩道："曹公有意思的地方多着呢，但就说人物的排行，就不可思议。比如说宝玉，他是大房里的老二，贾环则是二房里的老三；另外，贾政还有一个周姨娘，这贾芹的母亲就是周氏，虽然没和贾政扯上关系，而贾芹确实是三房里的老四。可见，曹公把贾芹按照这个序列，排到了宝玉、贾环的序列里。这样，是否也说得过去？"

秦明道："雪芹，贾芹。曹子的勇气可嘉，把这些败家的事，写在自己身上，也是一种自我鞭答。自家这些不争气的人，做的才是败家的事。"

文亮道："曹公写此书，自然站在了明朝人的立场上，此芹即彼芹，只是满心的无奈和痛苦说不出而已。"听着几个人都同意这个说法，山岚也无话可说了。

小妹道："大观园真好，能住在里边一天也是好的。"

秋真开玩笑道："赶明儿也下道谕旨，让你也住进去。"

山岚道："想起来了，元妃的谕说：命宝钗等只管在园中居住，命宝玉仍随进去读书。看起来，元妃上来就想让人知道，她中意宝钗啊。"

秦明道："是这意思，还只是开始，慢慢你就知道了。"

秋真道："怎么就知道了，你倒是讲讲清楚。"

山岚看一眼秦明，秦明会意，道："首先，金钏献红，就是信号之一。宝玉爱红人人皆知。他呀，不仅爱玉之红，也爱金之红，金字辈献身第一人就是金钏，她说得多好：金簪子掉在井里，是你的只是你的。就是预言。"

秋真问："哪第二条呢？"

秦明道："二者，宝钗自己也努力了，且王夫人和袭人也一同协助她。"

秋真奇怪道："这是哪里的邪说，王夫人怎么会帮她的？我倒看不出来。"

山岚道："王夫人问：前日的丸药都吃完了吗？宝玉答：还有一丸。王夫人就让明日再取十丸，让袭人天天晚上临睡前打发宝玉吃。"

秋真道："这有什么，吃药而已。"

秦明道："宝玉很少吃药的，又没听见他有什么病，为何吃药？你不觉得这丸药吃得莫名其妙吗？而且，都是晚上临睡时吃，还天天吃。从对话中看出，似乎已经吃了快十丸，因王夫人一次就命取十丸的。"

文亮闭上眼睛屈指算来，"我算一下，如果还有一丸的话，直到对话的当天，已吃了九丸。后边贾政又说二月二十二是好日子，这几日已分派下去，让搬家进去。明天就是二十二日，大约往前推算九日的话，算到今天，宝玉吃丸药的日子，应该就是今天。"

小妹惊奇地问："怎么是今天。"

秦明笑道："是的，二月十二日，今天不是百花节吗，正是黛玉的生日，也是袭人的生日。大约宝玉从百花节起，就开始服用丸药了。"

秋真问道："好好的吃丸药，什么意思？"

秦明道："就因为花气袭人知昼暖呢。你们竟然没看出来？曹公两次故意将花气袭人知骤暖的'骤'字，改成昼夜的'昼'字，应该是有意为之。"

秋真道："怎么讲？"

秦明道："骤暖，是天气突然变暖，而昼暖，则是白天暖，夜晚还是冷的。"

芸轩插言道："嫩寒锁梦因春冷，芳气袭人是酒香。这可是'冷香丸'的真正出处。"

山岚恍然道："花气袭人知昼暖，梦中之人百花香。宝玉每晚服丸药，服的是'百花香丸'吧。难道他在服'暖香丸'？怪不得黛玉诘问他：人家有金，你有玉来配，人家有'冷香'，你有'暖香'吗？在黛玉和袭人的生日时，是用她们的灵魂做的丸药，他真的有暖香哎。"

秋真冷笑道："有就有罢，这是王夫人安排宝玉吃暖香，来配人家的冷香了，也犯不上这样激动。有本事，你立马给我揭开宝玉的'四时即事'诗，我就服了你。"

芸轩朝山岚笑笑，鼓励她。

秦明道："是预言诗无疑，二月底搬进去，接着是三月中旬的事。其实就是贾芹的'三大案'始发。中间好端端地插进'四时即事'的真情真景，就是给咱们提个醒呢。"

山岚没底气，嗫嚅道："刚进园子，还没一个月呢，怎么会经历四时季节了？要么是时间大挪移，一个月顶一年？要么是预言。反正是宝玉在园子里真实夜生活的全部了，让我解解看。"

遂胡乱诌起来："春夜轻雨起慵懒。春夜里，嫩寒锁梦，霞绡云幄话铺陈。看铺陈，云幄霞绡神仙所，此境堪忆梦中人，纵是她，正海棠春睡起。蟆更传，隔巷便是天香处，声声传晨醒。醒来不见梦中人，岂不见，烛泪长流，人泣花嗔。"

秦明补充道："你解的哪里是《春夜即事》，整个是'春夜之海棠睡'。这慵懒的丫鬟，这床上的铺陈，总让人想到春睡不醒的杨玉环，想到安史之乱前的唐明皇。"

芸轩道："又是《海棠春睡》。"

山岚接着说道："再听我说《夏夜即事》。"吟道：

"炎炎夏夜起萧蔷，麝檀琥珀纷纷动，齐纨频频不生凉，好生一个热得慌。闹哄哄，开宫镜，出槛外，品御香，荷露美酒柳风凉。只可惜，倦绣佳人已睡去，难道说，正如谢家幽梦不再醒？梦太长。"

秦明疑惑道："夏夜炎炎，自然很热闹，连金笼鹦鹉都要唤茶汤呢。宝玉房里的绣女只有晴雯，如谢家幽梦不醒的人是她吗？"

山岚不理，继续道："秋夜绝喧哗。秋夜里，纷乱世间归寂寞。青苔锁，化作秋纹深深锁，莫若秋苔覆顽石，如若换做秋衣着。井边秋桐，秋桐之上落栖鸦。为何秋纹秋桐现秋夜？异兆定是秋难过。青苔锁满石头傍，一只睡鹤入梦香。秋桐乌鸦鹤梦酣，倚槛人却秋无眠。"

秦明道："最后这句'倚槛人'用的恰当。宝玉从贾政处回来时，只见袭人倚门立在那里，一见宝玉平安回来，堆下笑来问道：叫你做什么？脂砚说这是绛云轩里的常景，这'倚槛人'必是袭人无疑。"

小妹问："什么叫倚槛人？"

秦明道："倚槛人归落翠花，是屋里人盼望主人归来的。宝玉临住进大观园前，曾被贾政叫去训话，宝玉怕父亲，袭人也担心得不得了。于是，才在穿堂门前倚门而立，等在那里。这个肢体语言说明，袭人就是倚槛人。"

秋真道："《石头记》里，倚门而立的地方多着呢，甄士隐倚门伫望看英莲，贾母倚门而立盼贾政，都有此含义。显然，袭人在这里倚着门槛等宝玉。"

秦明道："这里是王夫人到贾母后院的过道，也是凤姐的门前，脂砚说，这便是凤姐扫雪拾玉之处，一丝不乱。显然这个地方和宝玉丢玉、凤姐拾玉有关。重要的是，什么时候下雪了？因为宝玉的玉是被雪埋了。"

秋真道："当然是冬天下雪。"

山岚道："你们争吧，我不说了。"

秋真道："好好！继续说你的冬天。"

山岚道："冬夜冷无眠。梅魂竹梦已三更，再暖的被窝也睡不成。这边寒塘鹤影伴孤松，一切归于冰冻；而那一边，白雪茫茫不闻莺。面对寒冷，女儿们没了诗意，公子要靠热酒御冬，怎是一个'冷'字得了啊。雪是新雪，可要及时烹。"

没等说完，文亮道："没提雪埋了玉呀，我倒体会出了另一番意图来。书中说：当时有一等势利人，见是荣国府十二三岁公子作的，抄录出来各处称颂，再有一等轻浮子弟，爱上那风骚妖艳之句，也写在扇头壁上，不时吟哦赏赞。因此竟有人来寻诗觅字，倩画求题的。宝玉亦发得了意，镇日家作这些外务。

"这'四时即事'的夜生活倒虚，但忙着做外务的这个境况，似乎是作者写《石头记》时的真实境况。有人寻诗觅字，倩画求题，说明作者还真会写字画画呢。"

秦明道："脂砚也会，当说到：林黛玉来了，肩上担着花锄，锄上挂着花囊，手内拿着花帚时。脂砚就说：此图欲画之心久矣，誓不过仙笔不写，恐亵我颦卿，故也。所以，脂砚斋也会作画。"秋真见她们说完，摇摇头。说她们扯远了，山岚的解又跟哑谜差不多。

芸轩笑道："好个新雪及时烹。雪被烹化了，玉不就找到了吗？开个玩笑。

既然是预言，咱们也要体谅曹公和山岚，留下些念头也罢，待后面慢慢体会不是更有意思么。

　　"其实，刚到三月中浣，富贵闲人一样的宝玉，忽然有了心事，心内不自在起来，便懒在园内，只在外头鬼混，却又痴痴的。他怎么了？刚进园子不久，园内怎么了？"

　　山岚道："要发生大事了吧？除了三大疑案，肯定还有别的大事，要不茗烟怎么找些飞燕、合德、武则天、杨贵妃的外传引宝玉看，这可都是宫中人的外传，说明宫中要发生大事了。"

　　秋真道："也许，大事也许就藏在《会真记》里。"

　　芸轩道："宝黛共赏《会真记》，一同印证'落红成阵'，又一同'扫花归冢'，看上去那么诗情画意，脂砚都想画出来，还真有人当作美景画下来了呢。叫你们知道，黛玉独自参透的是：水流花落两无情之境，这是何意境，以至于黛玉动情地哭倒在山石上？"

　　秦明道："原来姹紫嫣红开遍，似这般，都付与断井颓垣。以为是什么美景吗？断井颓垣，整个就是战乱后的惨相。古人诗中：水流花谢两无情，流水落花春去也，天上人间。所描绘的，也都是天上人间两茫茫的离乱死亡之境，黛玉哭倒是因悲伤过度吧。"

　　山岚道："如此悲伤，定是发生了特大流血事件。"正要继续说，一时到了地方，大家忙着下车，回到茶轩歇息，这也不在话下。

第二十四回

红玉抛情思　贾芸得义助

众人吃过晚饭，休息的功夫，秋真告诉芸轩，最近两场戏安排在影视城拍摄，要她跟组去做专场辅导，须得早准备些。芸轩应着，又问起三月十九日安排在梅花山的《落梅》独舞，为借就那日的助演，问排好了档期没。

秋真道："你得容我些空，我才安排好去影视城的起居呢。我哪里不知道这对你们的重要，若安排不好，还不得吃了我。"

山岚递给她半块苹果，笑道："知道就好。难为了我一路，也问你个事儿。"

秋真边吃着边笑道："还怕你问不成。"

山岚清一下嗓子，唱一句：原来姹紫嫣红开遍，似这般都付与断井颓垣。又说道："戏文里描写的景致，对比这么强烈，一边嫣红灿烂，一边颓垣荒凉，黛玉的悲伤心境如何了结？"

秋真也唱道："则为你如花美眷，似水流年，你在幽闺自怜。"又念白道："无奈生命已逝，落红成阵时，一个天上，一个人间。"

山岚道："我且问你，《会真记》中可有'落红成阵'之句？"秋真乍一听没明白过来，问："落红成阵，自然是《西厢记》的唱词。怎么？"

秦明插言："秋真，你可是戏曲行家，可惜连这句都没听明白。"

秋真笑道："我逗她玩呢，谁听不懂。不信哪？我细细讲给你们听。《会真记》又名《莺莺传》，是唐人元稹所做传奇，全文不到四千字，讲述了贞元年间元稹自己的一段情事，传奇中，张生游蒲州借居普救寺，巧遇暂住于此的表亲崔家母女。当时，蒲州发生兵变，张生救助了崔氏母女，崔夫人设宴答谢，并令女儿出来拜谢。

"张生见到莺莺，便惊艳其美艳，托丫鬟红娘转赠给莺莺两首《春词》，以挑逗其心性，而莺莺作《明月三五夜》相酬，并暗约张生见面。之后在红娘相助下，张生抱得佳人归。后来，张生赴京赶考，滞留不归。于是莺莺给张生寄去长书和信物。

"其中有这样一段：玉环一枚，是婴年所弄，寄充君子下体所佩。玉取其坚润不渝，环取其终始不绝。兼乱丝一絇，文竹茶碾子一枚。

"此数物不足见珍，意者欲君子如玉之真，弊志如环不解，泪痕在竹，愁绪萦丝，因物达情，永以为好耳。心迩身遐，拜会无期，幽愤所钟，千里神合。千万珍重，春风多厉，强饭为嘉，慎言自保，无以鄙为深念。"

秦明道："可怜这莺莺小姐，无论赠玉环，送青丝，还是向爱人示以泪痕在竹，都仍没能挽留住张生，莺莺最终还是被抛弃了。"

秋真道："可恨的是，若干年后，张生与友人谈及此事，竟责莺莺为'妖于人'的'尤物'，自己是被情所惑，并自我开脱，说自己是'善补过者'。所以《会真记》的结局，是悲剧式的始乱终弃。"

秦明道："《西厢记》却被后人改编成了喜剧结局，竟是有情人终成眷属，但从未有十六出这样的版本。"

秋真道："《西厢记》共五本二十一折，即便像黛玉那样一目十行地阅读，不到顿饭功夫都看完是比较困难的。我验证过，宝玉拿来的就是《会真记》，他们看的也是，可说的戏词却是《西厢记》里的，黛玉想起的竟也是《西厢记》中'花落水流红，闲愁万种'之句。我就疑惑起来。还有，宝玉的一个举动，也有深意。"

山岚笑问什么举动。

秋真戳一下山岚的额头，道："少歪处想。二人花下共读西厢，相互嬉闹，远离众人，共享美妙时光啊。可这美妙时刻，短暂得很，宝玉很快被袭人找去了。宝玉匆忙离开，只留下黛玉一人孤孤单单的，是不是宝玉走得有些很突然，很无情的味道？有没有黛玉被遗弃的感觉？"

秦明道："你是说被抛弃的感觉吗？这个用意太明显了，宝黛二人相互嬉闹时，说出的唱词虽都是《西厢记》中的句子，是为了娱乐咱们的耳目，也是为了掩盖一件事实。实际上，曹公把《会真记》中莺莺被无情遗弃的结局藏起来了。基于此，就知黛玉遇到什么伤心大事了。"

秋真道："黛玉心里明白，当那一天落红成阵时，她心痛神痴，显然他们已经天上人间两无情了。所以，那个犄角上，她已为自己早做好花冢香丘。倒是宝玉哄她的话也很到位：等你病老归西的时候，我往你坟上替你驼一辈子的碑去。你们听听，一个建花冢，一个就来变成乌龟驼碑。他两人说的话，能是正常情人间说的情话吗？"

秦明道："倒不如说，两人为生离死别来举行仪式的。按照《会真记》的结局，黛玉是来埋葬爱情的。"

芸轩笑道："我说你们不过还是小女人的想头，除了爱情也没个别的。什么是花落水流红？如果沁芳溪里水流成红，黛玉焉能不悲伤？这竟是万艳同悲，临风有恨呢！"

山岚重复道："落红成阵，万艳同悲。比较像。"

芸轩嘟哝道："别忘了，曹公给了一个奇怪的日期，三月中浣。如果这一日在三月中浣，可不就让人想起一个特别日子吗。"秋真问："这能是什么日子？"

文亮道："这一日可能是三月十九日。否则，何以让颦儿种下病根呢。"

秋真道："吓！原来颦儿葬花，不光是因自己被抛弃悲伤，是为了纪念那个重大事件。"

芸轩道："说你什么好，你又忽略了。这一节叫：牡丹亭艳曲警芳心。你竟看不懂这个'警'字。娘娘要种松柏，她是要先营造坟墓；凤姐在家庙早留下和尚道士，也是预备后事用。更要命的是，贾芹作的孽，才让自己成了掘墓人，这才是敲响败亡警钟的开始。黛玉这是来演示给宝玉看的。"

秦明跳过来，拍手笑道："同意！同意！黛玉要在这个忌日里警示宝玉。可我这里还有一个重大发现，按曹公惯常手法，如果这个场景描绘的事件是谁的命运，此人马上就会出现。每每如此。"

山岚道："何以见得？"

秦明道："落红成阵也好，天上人间也罢。目睹过断井残垣之境，突遭离乱失却家园的人，非香菱莫属。所以，黛玉正伤心得无可奈何时，这个傻丫头马上出现了，而且只有她，在这特别的一天，才有资格陪伴黛玉。"

秋真动情道："是了。她来的时候，黛玉正心痛神痴，眼中落泪，哭得不可开交。她来了，就拉着黛玉的手说：走罢，回家去坐着。一面说，一面拉着黛玉的手，回潇湘馆来了。"

秋真说着，去拉山岚的手，演示一番道："这样手拉着手，是一种不用言语表达的亲切，多像姐姐牵着伤心哭鼻子的妹妹回家，我的心都软了。"

山岚也激动起来，道："脂砚也说，香菱是怕黛玉坐在山子石上冷。'石冷'，或许是嫌无情的宝玉太冷血，那么细心的一个人，这会子说走抬腿就走，完全不顾及黛玉此刻的心情。"

秋真继续道："潇湘馆里，林黛玉和香菱坐了。况她们有甚正事谈讲。不过说些这一个绣得好，那一个刺得精，又下一回棋，看两句书，香菱便走了。

"看出什么了？二人间的默契和亲厚！作为宝钗的丫头，出来找主子应该就是正事。可香菱哪里是来找宝钗的，说他们没甚正事。即便没正事，香菱也不走，她一直待在潇湘馆里，看黛玉绣的女红，又要下棋，还要看书。这要花费好大一阵工夫的，只有知己之间的交流，才有这样的感觉，这一天，香菱简直就是特别来陪伴悲伤中的黛玉。"

说到此处，秋真突然想起一事，道："我想起来了，《落梅》的领舞还没定好，还得排练呢，算来时间够紧的。我可不陪你们了，我也累了，明早还要早起呢。"

于是，大家分头休息。不提。

小妹将收拾来的"别角"梅花瓣，和几个小泥人，托付给芸轩，再三嘱咐，要替她保管好。芸轩回屋，将梅花瓣装瓶，小泥人也一一摆在架子上；拿出玉翁仲，擦拭干净，放在桌子上；又从奇石架上，拿下大师给的那枚红玛瑙石，坐下来，仔细端详起来。

打开花瓶，又将一瓶的梅花倒出来，撒的满桌子都是，又一瓣瓣摸挲着，口内不住地嘟哝："那里真是大观园吗？我也不是很确信，如果是，今天的大观园里，业已落红成阵。袭人、香菱、紫鹃三个丫鬟分别出动，在这么个特别的日子里，那么着急地寻找各自的主子，似乎有大事要发生，待我来看看。"

拿出纸笔，一边写，一边画的。

先是袭人寻到宝玉的情形。宝玉回去做了两件事，一是主动要吃金鸳鸯嘴上的胭脂，为什么？是了。此时的鸳鸯除了穿着水红凌子袄，脖子上还戴着花领子。花领子可是金人的装束。金鸳鸯代表金人的话，宝玉主动亲近她，是何用意？起初，金钏曾主动献红，他无动于衷的，这次他却主动索要，他想与金人主动亲近吗？想到这里，芸轩迷茫了。

再看宝玉回来做的第二件事，他以最高统治者贾母的身份，拜望了"黑油门"里的主人贾赦。奇怪的是，这里突然跑出一个活猴儿一样黑眉乌嘴的贾琮。对了，贾琮与贾环常常同时出现，这是什么意思？是不是说代表龙样兽头的环三爷与琮三爷，是一样的人物？

芸轩在纸上写一个"琮三爷，黑眉乌嘴的孩子"，想这一定是琏二爷的弟弟。宝玉、贾环哥俩，贾琏、贾琮哥俩，类似的排行有意思。

芸轩突然想起，"琮"好像是古代祭祀用的玉制礼器，不可小觑了他的出现。这贾赦又是整个荣府的正宗嫡长子，代表了实际正源，再琢磨一下宝玉与他们相见时的礼仪，还要那样正式严谨，像极了宫廷里的礼仪。

贾赦这里是旧园子，里面堆满了旧山石。这里的门，用了一个"黑"字，说不定这黑油门里代表的，才是掌握南明真正权力的宗源，但却陈旧、黑恶、腐败，难道左右国家命运的是这股势力吗？也说不定。

芸轩按这个思路，沉思一会，似乎有些对路子。怪不得这里的人，比如邢夫人，对宝玉的喜爱程度，不亚于王夫人，那亲近的样子，也到了让贾环不自在的程度。

邢夫人毫不客气地打发走贾环贾兰，还说：你们姑娘、姐姐妹妹都在这里呢，闹得我头晕，好像很不希望她们在。可是，却用"有话要说"类似简单的、直白的法子，独独留下宝玉。等贾环走了，又明白地告诉宝玉，也没别的话说，就是想留下宝玉。可见，她多想亲近宝玉，可独留下宝玉，只是想说个话这么简单吗？她想做什么呢？

想了半天，芸轩突然明白了。

如果真是这样的话，黑油门里的人留住宝玉的目的，关键是为了这一句：还有一个好玩的东西，给你带回去玩。可是大家吃完饭，到临走时，也没见邢夫人提玩的东西是啥。说明，根本没这件东西。

是了，玩！一切迎刃而解。男孩子玩的东西，必定男孩子之间会抢。邢夫人千方百计赶走贾环贾兰这俩男孩，那么玩的东西，可不就只有宝玉和贾琮分享了。

好么！说到底，她是为了让宝玉和那个黑眉乌嘴的"活猴儿"贾琮一起"玩"，真真用心良苦啊。想到这里，芸轩又眼前一亮，回想金鸳鸯戴着花领子，歪在床上一节，觉得怪怪的，很不对劲。

就是的，金鸳鸯看袭人的针线，为何不歪在袭人的炕上，而是歪在宝玉的床上呢？宝玉坐在自己床上，脱了鞋子等靴子的时节，本没什么，可一扭头见一个歪着身子的人在自己身旁，离得又那么近，焉能不动心？金鸳鸯的反应也不对，她大呼小叫地抱怨，总让人觉得，是宝玉主动地要侵犯她，仔细想想，宝玉冤枉！

第一次，金钏主动逗引，被彩云推开，她没成功；这次恰到好处。这才是金人逗引宝玉，让他吃金胭脂的地方。原来，鸳鸯是来逗引他的，比起金钏的勾引效果更好。似乎就是了，金人勾引他来吃嘴上的胭脂，就快成功了，这是加紧了行动步伐呢。而邢夫人这边强留下他，让他和一个"活猴儿"玩。这一切都是为了一个目的，让他和金人或者活猴玩到一起。

一个金人，一股老旧势力，都希望宝玉做同一件事：执行祸国殃民的"联金平贼"国策。

想到这些，芸轩开心地笑了，又思忖道："贾赦之病源，从此时便种下根了，就是因宝玉吃了金鸳鸯嘴上的胭脂，贾赦这个人就难说了，是要宝玉爱上鸳鸯呢，还是怕鸳鸯爱上宝玉呢？他可不就对鸳鸯上心起来，还强娶她。"芸轩摇头冷笑，捧起花瓣，让梅花一瓣瓣从指缝里流下来。

又想到，这还罢了，找宝钗的香菱，却从葬花的地方找回来黛玉，告诉她一个好消息，就是凤姐送给她茶了。自古至今，就有"婚茶"之说，其时凤姐也明白地告诉了：你即吃了我们家的茶，为何不做我们家媳妇。玩笑中可以得知，这茶就是"证盟"之茶，但愿他们能重归于好。"

想到这里，芸轩脑中灵光乍现。趁她们不掺和，还不如自己摆个阵势瞧瞧，遂定了一下神，从架子上取下小妹给她的四个小泥人，坐下来，满心欢喜的摸挲着，一一放在桌子上，又拿出几张卡片，写起来。第一张写上：

贾芸者，宝玉刚确认的儿子。

宝玉眼中看贾芸的长相：容长脸，长挑身材，年纪只好十八九岁，生得着实斯文清秀，倒也十分面善。后廊上五嫂子，其实是无名氏的儿子。十八岁。

贾芸的娘舅卜世仁：真不是人，意味着此人没人性且势利，不肯帮衬贾芸。他算是个富有者，却连顿饭也不舍得留。不帮衬的理由：一是店里有合同，不允许赊账；二是即使能赊也没有，还得出去倒辨去；三是贾芸要这东西也没正事用。总而言之，推辞人的理由很充足，一副瞧不起贾芸的样子。

这卜世仁怎么和封肃一样，甄士隐落魄时，老丈人封肃也是这样嘴脸。塑造一个见死不救的封肃还不够，又塑造如此势利的卜世仁。看起来，许多事情就坏在这种毫无亲情可言的势利中。最有说服力的，就是帝王家的无情，关键时刻，还不如一个街坊。

贾芸的街坊醉金刚倪二，虽是高利贷者，却肯帮衬贾芸，赊银子却分文不取利息，作为邻居当得起一个义字。

贾芸的家世贫穷，父亲并没留下一亩地、两间房子的财产，只守着母亲过活，这是天下所有穷人失去靠山的写照。虽住在后廊上，但贾芸不喜欢别人说这个住地的名字，道：什么是廊上廊下的，你只说是芸儿就是了。

其实，他不喜欢"廊下"二字。不用说，住在廊下，意味着他是个住在廊檐下不得不低头的人。从贾芸不喜欢这句话的心理看，他是不安于现状的，而贾芸的真实身份也好理解。芸者，芸芸众生也。贾芸之现状，就是众生之现状，失去父亲，就是没了所有依靠，包括国家；失了帮衬，要自己独创生活才行，贾芸之转机就是众生之转机。

且看贾芸的转机：

一、自从做了宝玉的儿子

宝玉见了，就要立刻认作儿子，父爱如山，何况国家，这是有了依靠的好兆头。宝玉打心里喜欢他，见他出息了，也是有缘分的。贾芸自是乖巧，道：摇车里的爷爷，拄拐的孙孙。虽然岁数大，山高高不过太阳。自从我父亲没了，这几年也无人照管教导。如若宝叔不嫌侄儿蠢笨，认作儿子，就是我的造化了。

这是老辈子的理儿，老百姓认的是尊卑和次序。他把比自己小的宝玉比作太阳，再确切不过，这是对王权的敬畏，也正是缺少父爱、无依无靠之人的心酸语，说出了芸芸众生此时的生存状况。

宝玉竟能以长辈人的身份，教导他别和他们鬼鬼祟祟的。这真是一个长辈人的好教诲。宝玉生病的日子里，贾芸亦能尽心尽力地陪护，后以儿子的身份，又送给宝玉白海棠，才有了"海棠诗社"，这是在尽芸芸百姓之心。

二、自从认识了林红玉

爱上一个聪明伶俐的红玉，二人竟成就《石头记》里最美好的一段姻缘，也是《石头记》里唯一一对好姻缘。作书者将世上最美的东西，给了两个最下层的人，可见曹公之伟大。

贾芸管的事：园丁，种花草和树木。他才是大观园真正的护花使者，但谋得此差事，比起贾芹来，不知费了多大挫折。其谋事过程很曲折，先是求助于贾琏，但贾琏的那段话，让他认清了形势。贾琏告诉他："前儿倒有一件事情出来，偏生你婶子再三求了我，给了贾芹了。"

听话听音儿，贾琏只能听凤姐的，贾芸也就明白了，她求你，你就给？还不是说了不算。

贾琏道："她许了我，说明儿园里还有几处要栽花木的地方，等这个工程出来，一定给你就是了。"

这就更好了，竟然是她许你，倒是你求她呢？贾芸立即明白自己求错了人，这就叫审时度势。贾芸深知，求人办事须得先下礼，千百年来，穷人求人办事，都是打这样过来的，他也不例外。

于是他求娘舅资助，不得。辛亏遇到了相与结交甚少的倪二。是的，纵观古今，但凡成事之人，必得有倪二这样侠义人相与才好。

再看凤姐的态度，对贾芹是那个样，为贾芹的事谋划得周周贴贴，只因贾芹是三房里的老四，有身份。对贾芸却是这样：贾芸见凤姐出来，忙把手逼着，恭恭敬敬抢上来请安。一副谦卑的模样。

凤姐连正眼也不看，仍往前走着，只问他母亲好，怎么不来我们这里逛逛？一副不屑相与的样子。

贾芸道："昨儿晚上还提起婶子来，说婶子身子生的单弱，事情又多，亏婶子好大精神，竟料理得周周全全，要是差一点儿的，早累的不知怎么样呢。"

喜欢听奉承的人，能不动心？

提到香料，贾芸又是一番话："谁家拿这些银子买这个作什么，便是很有钱的大家子，也不过使个几分几钱就挺折腰了，若说送人，也没个人配使这些，倒叫他一文不值半文转卖了。"好东西，得有人配使，把个凤姐抬高到这个程度，不是更喜欢了？

"因此我就想起婶子来。往年间我还见婶子大包的银子买这些东西呢，别说今年贵妃宫中，就是这个端阳节下，不用说这些香料自然是比往常加上十倍去的。因此想来想去，只孝顺婶子一个人才合适，方不算遭蹋这东西。"

又提到宫中的娘娘。此时的凤姐，怕也彻底服了贾芸的一张好嘴。又正是要办端阳的节礼，确实是采买香料药饵的时节。贾芸的东西送的太是时机了，正好用得上；又听这一篇暖心的奉承话，心下又是得意，又是欢喜，工程的事，自然也就成了。

恰恰是好个凤姐，还要最后难为他一次。说："那园子里还要种花，我只想不出一个人来，你早来不早完了。"

贾芸笑道："既这样，婶子明儿就派我罢。"

凤姐半晌道："这个我看着不大好。等明年正月里烟火灯烛那个大宗儿下来，再派你罢。"

贾芸道："好婶子，先把这个派了我罢。果然这个办得好，再派我那个。"

到此为止，终于看清了，围绕大观园工程，勒石刻字，蓉、萍、菖、菱，都有事做，贾蔷和贾芹就不提了。偏偏是贾芸，就这么波折、坎坷。

此举，多么符合一个真理，芸芸众生们，要成就一件事，其艰难程度，怕是加倍受些煎熬呢。难是难了些，有心者事竟成，贾芸即将成为大观园的新主人。

贾芸管理大观园的时间节点：贾芸到贾母那边等宝玉，是到仪门外的绮霰斋书房等，这本是宝玉的小书房，当年是特为秦钟和宝玉读夜书准备的。到了那里，只见焙茗、锄药两个小厮下象棋，为夺"车"正拌嘴。还有引泉、扫花、挑云、伴鹤四五个，又在房檐上掏小雀玩。贾芸进入院内，把脚一跺，说道："猴头们淘气，我来了。"

写到这里，芸轩狡黠一笑，自言自语道："他们夺车拌嘴，掏雀胡闹，都是一派没人管教的样子。"一句"猴头们淘气，我来了"，这话说的，有气势，像主人。我来上任了，就不许"猴头"们乱来了。

此时的茗烟，终于改名字了，成了"焙茗"，毕竟他要成为贾芸的小厮。这就是大明的悲哀，要靠一群小百姓支撑管理天下了，可不就让作书人"悲明"无限吗。

大观园换了护花使者，可怜的大明王朝，竟要靠没了依靠的贾芸这样的芸芸众生来打理了。这里要扫花、锄药、引泉，来的这些小厮，像是贾芸将来要做的几件事一样，可不都是一个护花人要干的活计吗，全都是劳动者，给贾芸配这样的小厮，正用得上。

只是两个小厮正在下棋夺"车"，倒是战场上常见的勾当。可见这位护花者一进大观园，面对的正是激烈的战事，若管不好，倒要看着满园的鲜花凋零了。

芸轩一边咕哝，写完卡片，放到一个穿青衣的、小生模样的泥人边上，然后拿出另一张卡片。写上：

林红玉者，林之孝之女，凤姐的干女儿，与宝玉之干儿子贾芸相爱。

十六岁。

刚写到这里，自己笑起来，宝玉和凤姐的一对干儿女成就姻缘，他和凤姐俩还是干亲家呢，曹子怎么想来着。

红玉的长相和贾芸一样，都是从宝玉眼中看的：穿着几件半新不旧的衣裳，倒是一头黑鬒鬒的头发，挽着个纂，容长脸面，细巧身材，却十分俏丽干净。在宝玉眼里，二人长相大差不差的，都是容长脸面细巧身材，有夫妻相。

红玉的出身：大管家的女儿。

虽然，父母都是贾府管事的人物，有头有脸的，但很多贾府的人，似乎不知她底细，包括凤姐，这就是怪事，连三等的丫鬟都要欺负她，被秋纹骂：没脸下流的东西，你也拿镜子照照，配递茶送水不配？在这个长满势利眼的地方，为什么放低身份？宝玉就疑惑地问她，为什么不作那眼见的事？红玉回答：这话我也难说。

确实难说，宝玉怎知下层人想出人头地，是何等艰难。秋纹等人并不认得她是林大管家的女儿，否则敢这样骂她？可见林红玉是个低调的人，她不会、也不想依仗父母辈的威势起家，而是想靠自己的努力让凤姐赏识，靠自己的聪明才智，让贾芸喜欢。

她内心痴想着向上高攀，不是为了争夺那个无事忙的"宝玉"，而是学些出入上下，看些眉眼高低的见识。她的榜样显然是王熙凤，她爱的也只是自强自立的芸二爷。

红芸相爱：

二人的缘分，来自奇怪的门前一声"哥哥"，娇声嫩语。贾芸往外瞧时，看是一个十六七岁的丫头，生的倒也细巧干净。这就是初次见面的二人，远远看见而已，却不明白，哪里来娇声嫩语的一声"哥哥"。

小红且下死眼把贾芸钉了两眼，大胆的一声哥哥，又下死眼地钉看，是多么有心有意的举动。小红绝不是偶然一回头的娇杏，像碰到了贾雨村，莫名其妙地就当了官夫人，而他们之间的相知相爱，曲折艰难。

红玉改名：为避讳宝玉和黛玉的"玉"字，她舍"玉"留"红"，可她的见识远在"二玉"之上。宝玉喜聚不喜散，以为天下有"永远不散的筵席"，做帝王的，哪个不愿意永享恒昌；黛玉则常因"求全"而落泪，谁不想永远被欣赏。倒是听听小红的见识：天下没有不散的宴席，不过三年五载，各人干各人的去，谁还守谁一辈子不成。

不过三年五载就散了，看清结局的人，只有她。整部《石头记》里唯一清醒的人，是这个低调的小红。

写完小红，芸轩将卡片放在一个眉清目秀，穿红衣的小丫鬟旁。伸手再取一张，想了会子，继续写道：

倪二者，醉金刚。即为老二，一定有个老大，自然为同类人。言：凭他是谁，有人得罪了我醉金刚倪二的街坊，管教他人离家散。这气势，与花和尚鲁智深一般豪爽，为救金女，醉打镇关西，多么豪迈。同是醉酒不醒之人，同样却将世道看得清醒；同做如此仗义之事，当推"花和尚"鲁智深样的人物为老大，他为老二。

倪二仗义之举：借给贾芸银子不要利银。他说："你要写什么文锲，趁早把银子还我，让我放给那些有指望的人使去。"言外之意，他根本没想收回银子。

放银子给贾芸，连本钱都没指望收回。与薛家和凤姐相比之下，作为一个高利贷者，如此看轻钱财，可见他"相与交结"的目的值得考究。和卜世仁的看法相左，他觉得贾芸是个能成就大事之人，也是个有身份的人。

道："也不知你厌恶我是个泼皮，怕低了你的身份，也不知是你怕我难缠，利钱重？若说怕利钱重，这银子我是不要利钱的，也不用写文约，若说怕低了你的身份，我就不敢借给你了，各自走开。"

正如芸儿的话："老二，你果然是个好汉，我何曾不想着你，和你张口。但只是我见你所相与交结的，都是些有胆量有作为的人，似我这等无能无为的你倒不理。"

可见贾芸的评价，倪二是鲁智深一样的英雄好汉。二人是一种"相与结交"的情怀。

佛问："何谓金刚。"答曰："无能截断者，名曰金刚。佛不可议，诸法亦不可议，以是为金刚。"

此处，醉中金刚却清醒地仗义护得芸芸正法，有金刚护佑的人间正法，也为将来留些希望；有金刚相护，冥冥中，只这芸、红两位最底层的人，才是《石头记》中唯一一对非薄命者。

写到此处，芸轩发现又扯到了贾芸、红玉身上，也就住了笔。把卡片放到一个长了胡须、粗壮的泥人身旁。最后一个泥人，长得黑脸长须，正合适贾赦的样貌。于是芸轩拿出另一张卡片，又写上：

贾赦，字恩侯，荣国公之孙，贾代善与贾母之长子，邢夫人之夫。承袭荣国公之爵位，却毫无作为，却生性好色，欲逼娶母亲的贴身丫鬟鸳鸯做妾，用贾母的话说："先打发走她，再摆布我。"可见其用心险恶，他的事才刚刚开始，待我等慢慢走近他。

写到这里，芸轩的眼睛涩涩的。

她揉一揉，看看满桌红梅，一时困意袭来。看看时钟，怪不得，不知不觉的已经夜里两点多。也不及脱衣服，芸轩倒头撞在床上，不禁一觉天亮。这一夜竟也没有做梦，醒来时，山岚正坐在那里看她写的纸片。

见她醒了，笑问道："你醒了，找完大观园，就有这么大想头？"边说，边帮着收拾桌子上的物件，将卡片一一的摁到墙板上，道："你这墙板上，快没有空地儿了。我看完你写东西，想起一件事来。"

芸轩半眯着眼睛，睡意尤浓迷迷糊糊道："什么事？"

"小红叫的那声哥哥突兀得很，虽然周围没人，当真是她叫的吗？还是有别人呢。她不认不识的就喊哥哥吗？"

芸轩道："有什么奇怪的，这就是小红的聪明处。你想啊，一个青年公子，在宝玉书房里看字画古玩，肯定和宝玉有瓜葛。宝玉这样招人喜欢，这人也错不了，以小红的聪明，有没有这个基本判断？虽说是唐突了些，但小红是有心的。"

山岚道："是这么个理儿，小红听说是本家爷们，便不似先前那等回避，还下死眼把贾芸钉了两眼，就是有意要认识贾芸了。"

说着坐在座位上，边想边说："再看小红为宝玉端茶事件，就知道这女子不一般。原是默默做些眼不见的事，这回要想法子做那眼见的事了，或者是为了贾芸，才安排这个巧宗吧。"

芸轩道："什么理由？"

山岚道："贾芸在书房等宝玉，到不耐烦的时节，出现了这个丫头，她像不像贾芸的救星？焙茗就说：等了这一日，也没个人儿过来。这就是宝二爷房里的。好姑娘，你进去带个信儿。这丫头说：今儿晚上得空儿回了他。并告诉晚上回话的理由：他今儿也没睡中觉，自然吃的晚饭早。晚上他又不下来。难道只是耍的二爷在这里等着挨饿不成！不如家去，明儿来是正经。

"丫头连用两个他，用得亲近吧，有意抬高自己的身份。还这么清楚宝玉的行踪，她对宝玉的情况熟悉得很哪。

"还说：便是回来有人带信，那都是不中用的。他不过口里应着，他倒给带呢！话中意思：你的事，也只有我放在心上，别人谁管这闲事。

"红玉这么满腔热情地帮贾芸，如果连宝玉的面也照不上，连个话也回不了，这不是白逞能了。所以她必须想方设法，带到贾芸的话给宝玉。这是乘空找巧宗见宝玉的动机，冥冥中，她要帮助贾芸的。

"所以，当宝玉问话时，就回道：昨儿有个什么芸儿来找二爷。我想二爷不得空儿，便叫焙茗回他，叫他今日早起来，不想二爷又往北府里去了。是不是很有主见？一出场，竟替爷们先做起主来了。"

芸轩道："这一点没错，书中怎么说她的心智来？说她：既有三分容貌，心内着实妄想往上攀高，每每的要在宝玉面前现弄。只是宝玉身边一干人，都是伶牙利爪的，那里插得下手去。不想今儿才有些消息，又遭秋纹等一场恶意，心内早灰了一半。"

坐起来又道："这和贾芸争取做事的曲折磨难差不多。二人都是对方的救星，遇见贾芸，她就有机会了，当听见老嬷嬷说贾芸要来时，她竟梦见贾芸来找她。贾芸也是，没人传话时正遇见她。可见是彼此的知遇之人，也是有心机的，将来不差凤姐啥。"

山岚道："还有一事，贾赦病了，贾琏去看他回来时，似乎是得了贾赦的密令，他忙忙地要到兴邑走一趟。这个'兴邑'是哪里？"

"这似乎是个真地名。古时称'邑'的地方多着呢，谁知是哪个兴邑？"

山岚道："能当天来回的话，应该是在南京附近，附近有吗？"

芸轩道："你得问文亮，说不好。"

山岚道："若是南京附近的倒好说，只是去那里做啥？"

芸轩一边起床，一边去洗漱道："我也想不通，等文亮她们来问问吧。"

山岚不服气道："咱们什么事也离不开她们了是吧？"

芸轩洗漱完，问她可做饭了不曾。山岚道："小妹在做呢，一会儿就好。"

芸轩坐在对面笑道："你说贾琏去干什么去了？"

山岚道："贾琏原话这样说的：明儿一个五更，还要到兴邑去走一趟，须得当日赶回来才好。你先去等着。后日起更以后你来讨信，来早了我不得闲。起更，大约是晚上八点吧，明天一个来回，当天就回来了。可为啥让他后天晚上来？如果断章取义的话，让贾芸来讨什么信儿？是兴邑的信，还是种树派差事的信？"

芸轩道："这话难说，贾琏一幅惧内的皮相，说不定是推诿贾芸呢，这个时间的说法也很正常。你没见贾芸走出荣国府后就想主意吗，他是看出贾琏这里没戏了，时间上又给了他一天的空。贾芸便嘱咐贾琏说：叔叔不必先在婶子跟前提我今儿来打听的话。说这话时，他应该是已得了主意了。听说贾琏外出，得了麝香冰片后，第二天就来打听贾琏，确实不在，他便直接来求凤姐。"

又听山岚道："还有这个倪二，出场的派头，醉眼朦胧地撞了贾芸，抢拳就打。脂砚竟说，权当看《水浒传》里的'杨志卖刀遇没毛大虫'之事。没毛大虫牛二，可真是个泼皮无赖，没一点仗义可言的，如果比他作倪二的话，你这'鲁智深英雄论'可就站不住脚了，是不是脂砚说的也不对。"

芸轩道："我以为，脂砚提牛二和杨志的意图，不是这个意思，是让咱们联想宋徽宗的事，是不是让联系南宋亡于金的背景，好说明这两件事背景相同，并不是要比较牛二和倪二。"

山岚点头："也许吧。对了，倪二要去一个马贩子家待一夜，好像是商量什么事情，是不是想说明点什么？可笑还叫什么'王短腿'，可是个身体有缺陷的马贩子吧，好特别的，有没有关于马贩子的典故？"

芸轩边换衣服，想了一会子道："刚才说宋亡于金时，里面还真有个说法，就是关于马贩子的。"

山岚道:"真的么? 那个马贩子也是个短腿的? "

芸轩道:"说来话长。听说过童贯吗,宋朝大宦官,历史上唯一一掌兵权的宦官,他结识了一位生活在辽国的汉人,就是个马贩子,叫马植。这个马植,身在辽国心在宋,为了帮助宋人夺回燕云十六州,便向童贯献'联金灭辽'之策。童贯便以贩马为名,与其往来商谈,与金国最终达成的,正是有名的'海上之盟'。"

山岚道:"后来呢? "

芸轩道:"联金灭辽的结局,我就不说了,辽国倒是被灭了,但女真人从此崛起,北宋迎来了靖康之耻,也正是没毛大虫牛二所经历的背景。"

山岚拿起芸轩写的卡片,摇一摇,道:"看你写的'活猴儿'一节,倒是符合脂砚刚才的提示。难道是想说,贾芸被资助的背景,也是王短腿这个马贩子要闹事的背景? 是'联金灭贼'吗? 或者正是'金人崛起'呢? "

芸轩道:"很有可能。对了,我让你打听那刘铉丹家的山楂丸,到底怎么回事,前日儿你说看到了,是什么? "

山岚道:"我并不知道,只听文亮说起过,她那里就有'劉铉丹'标示的'法製山楂萬應丸'的药票。"

"法制山楂万应丸,有什么妙用? "

山岚道:"说是亦补亦消的好东西,我想大概是败火消气用的丸药。"

芸轩笑道:"醉金刚的仗义之举,终是消了贾芸的火气吗。"正说着,小妹探头进来,要她们吃饭去。

山岚看一眼贾芸的纸片,笑道:"贾芸送礼,为何偏偏要送端午用的香料? 还提到:别说今年贵妃宫中,就是这个端阳节下,不用说,这些香料自然比往常加上十倍去的。这个端午很不一样吗? 价格又特别贵,这些东西为何涨价? 还提到宫中? "

芸轩道:"可能是过节涨价吧。古时五月端午又称'女儿节',家家妍饰小闺女,簪以榴花。已出嫁之女,也可回家归宁,宫中也是要放赏的。可五月初五也是犯禁忌的日子,所谓五毒尽出,人们便以菖蒲渍酒饮用避邪。"

"冰片、麝香的功效，是开窍醒神的。难道这个端午，有人要中邪？所以才预备下。"

二人边下楼，山岚顺手拿起一块帕子，笑道："我看小红的心机不亚于凤姐，第一次做个巧宗，竟被秋纹拿住，就另生一计，便是手帕传情，但这个可就是东施效颦了。"

芸轩道："啥意思？"

山岚道："学宝黛呀，人家是手帕传诗的老手，比她这个好多着呢。"

二人坐下吃着饭，山岚问："你说说，林黛玉，林红玉，二人名字，一字之差什么意思？也是分身法闹的？"

芸轩道："不太像分身法。"

山岚道："我看就是，看红玉见到贾芸后的表现，又是心神恍惚，又是情思缠绵的，还无精打采自向房内倒着。懒吃懒喝的。这二玉是有同样的心病吧，她一下子就坠入爱河了。"

芸轩笑道："隔花人远天涯近。你这么说，宝玉还对她特别上心了呢。"

山岚道："对呀，西府红海棠一直是黛玉的化身，看红玉时，却恨面前有一株海棠花遮着，看不真切。宝玉开始想办法隔着海棠花看红玉，而她又是一副慵懒的病态，意境多美，形象多像，还就是黛玉的分身了。"

芸轩道："要你这么说，袭人一大早就派她去潇湘馆要喷壶呢，红玉肯定就是黛玉的一部分了？"

山岚眼前一亮道："是这个意思。"

芸轩道："傻丫头，我还觉得要喷壶是关键呢。喷壶是为了浇花对吧？贾芸也是浇花人，这是为写红玉和贾芸一样的职业呢。"

山岚道："这样解释也对哈。"

芸轩放下筷子笑道："你就是找不到关键点，还不服。你没意识到这两处文字的细微处，里面分别出现了两个有意思的地名。"

山岚道："什么地名？我光看有意趣的地方了，没注意这些，让我想想。"遂嘟哝这段话：宝玉一抬头，只见西南角上游廊底下栏杆上，似有一个人倚在那里。

第二十四回
红玉抛情思　贾芸得义助

"你说的可是：西南角上，游廊底下，栏杆上。这段话里有'廊下'一词，和贾芸的住处可关联；还有就是：走出来往潇湘馆去。正走上翠烟桥，抬头一望，只见山坡上，到处都是拦着帏幔，别的没什么。不对，去潇湘馆不是经过沁芳桥吗？这地方怎么不是'沁芳桥'而变成了'翠烟桥'了，难道不是一座桥？"

芸轩道："算你还有救。第一段文字，摘出关键词来就是：西南、廊下、倚栏人。你细想想，这可是红玉全部身份了，用我再解释吗？"

山岚道："翠烟桥呢？写误了？"

芸轩道："沁芳桥，是专为宝黛而设，只有宝黛二人才可往来其上。今天红玉来了，沁芳桥就变了。对面是正在种花种树的贾芸，他们之间的纽带桥梁，是用绿色搭就，这是专为他二人设的，能一样吗？"

山岚道："呵！怪不得贾芸来了，茗烟变焙茗；红玉来了，沁芳变翠烟。他们能让流红成阵的血色红桥，变成翠绿含烟的绿色生命之桥，很有意境。这么复杂，我怎么能想到这些！"说着，饭也忘了吃。

又想了一会，道："他们都是手帕传情，没错吧？这怎么解释？这二玉真不是分身法？"

芸轩道："你又来了。黛玉者色青黛。红玉者色赤红。青不如赤，可色赤者又没了玉字，就失去了玉质。因不能冲犯二玉，红玉只留下红字，只能是个普通的小红而已。"

山岚道："我听了一头雾水，是不是说，贾芸代表芸芸众生里的救世主，小红和贾芸一样，也是大明朝忠诚仆人中的代表。"

芸轩道："比较恰当。可怜曹公，只能把希望放在了小红和贾芸这些普通人身上，但愿此二人乃希望之所在。"

第二十五回

五鬼魇姊弟　双真救通灵

　　得了山岚捎来的信，一大清早，鲁尼和师妹便出了山门，鲁尼行前又嘱咐师妹，别拉下购物单子，又亲自带好《金刚咒》的手势图。

　　师妹背起褡裢，笑道："都带好了，到了那里，你能让轩姐姐给我签个名吗？"

　　鲁尼爽快道："这有什么难。"二人一行说着话，一行看路边的野花又采些来扎成花束，迤逦向山下走来。

　　半日功夫，鲁尼二人穿过琳琅满目的市区，像两只新下山的燕子，飞到红豆馆近前。一进茶轩，见芸轩山岚和一个年岁稍长些的姐姐正在说话，鲁尼放下褡裢，欢快地摇着山岚的手，巡视一圈，问秋真姐姐在哪里。

　　山岚点着鲁尼的额头，笑道："光想你秋真姐，啥时才长大，哪里像出家人，倒是你师妹文文静静的。渴了吧？快坐下喝口水吧。"倒些水端给二人，说秋真一会就来。

　　芸轩将山岚拉到一旁，悄悄问："现来了几位客人呢，你得看好鲁尼二人。昨日我见万蝶尔来时，带的客人都神神秘秘的，今天不知还来不来？"

　　"一会儿就来。也是，昨天说了那些，什么预言、冥界的，听得我头皮发麻。她们走时还特别嘱咐，让今天准备一壶上好的暹罗茶，我才刚出去找了来。说好的，好像只来两个会友。"

芸轩指着鲁尼道："我怕她们说胡话，吓着这俩孩子。"

山岚道："不用担心，我倒要看看这些人的道行呢。"

回到座位上，鲁尼将手拉起芸轩的手，道："师傅嘱咐将《金刚咒》亲自念与你听，还要将手势告诉你。"说着，二人上楼去到芸轩的书房，将门掩了。

鲁尼净手，从褡裢中拿出香，焚上，虔诚地出示图谱，口中念道："啊-阿-夏-萨-嘛-哈。"声音清幽婉转，连念几遍，边念边做着六道金刚咒手印。

小妹从门缝里偷看，却是看得眼花缭乱，悄悄跟着比画着，样子滑稽可爱，自问："这有什么用？"

鲁尼念完咒语，对芸轩道："师傅听秋真姐说，你要这个咒语，特派我来念与你听，还望你多多持诵默念。"

芸轩纳闷道："秋真去告诉的吗？念这个咒语能达成什么心愿吗？"

鲁尼一脸天真，笑道："此咒语可是功德无边，凡耳闻咒声，目睹咒字，身手触咒符，均可灭三世业障，将来均得成佛的。"

芸轩道："持诵、目睹、手触《金刚咒》就能成佛？"

又自言自语道："好好的，王夫人让贾环抄写这个，是想让贾环成佛？还是提醒他，防备五鬼缠身？"

鲁尼没听清，又从褡裢中取出一部经书，递给芸轩，笑道："师傅听秋真姐说，你夜间常被噩梦镇魇，特别送这部《佛说阿难七梦经》，有空读一下，看是否有用。"

山岚推门进来，笑道："秋真多事，她还告诉大师什么了？夜里梦多睡不好，看这个能管用？那我也治一治。可我最头疼读这些东西。鲁尼，给讲一下，我现体会就行。"

鲁尼道："我讲不好，错了咋办？"

芸轩道："反正我们也不知对错，你就讲呗。"

鲁尼坐在床边，满脸慎重道："阿难有七梦，梦境噩而恐怖，就来问佛。佛说：你的梦，都是未来五浊恶世将要发生的事，不会损害你自己，不用担心。"

芸轩道："阿弥陀佛！这就好，我的噩梦，对我自己没妨碍就好。"

山岚问："什么是五浊恶世？"

鲁尼道："劫浊、众生浊、命浊、烦恼浊、见浊。泛指秽恶不净的世界。"

芸轩道："意思是，阿难做了七个噩梦，这些噩梦，是预言世间将来会污浊不堪吗？"

鲁尼道："就是这么回事。"

山岚问道："那七个噩梦是什么？"

鲁尼羞涩一笑，数着手指头笑道："我也记不很全，反正是：水面上火焰冲天；日月星辰都沉没；僧尼等出家之人皆堕落于肮脏中；大象厌弃小象；还有就是野猪挖掘树木等。"

山岚道："佛怎样说这些噩梦？"

鲁尼想了一下道："水中火焰冲天，预示着将来许多出家人会变得恶念增多，没有善心，互相杀害；僧尼堕落肮脏中，也是说的出家人将会心怀歹毒，互相嫉妒，残杀。"

芸轩点头，心内想起一句话：到头来，依旧是风尘肮脏违心愿。好一似，无瑕白玉遭泥陷。出家的妙玉，所谓堕落肮脏中的因果，原是这么回事。

山岚见芸轩恍惚，推她醒醒，继续问道："野猪挖树木呢？又是什么意境？"

鲁尼道："预言居士们，将毁僧谤道，喜欢数落僧道们的不是。"

山岚捂着嘴发笑道："宝玉就喜欢干这样事，袭人每每劝他别毁僧谤道的，可他不听。书里面更好，塑造的不是癞头和尚就是跛足道士，不是明摆着诋毁他们有缺陷吗？"

芸轩心里说，正因他自己也是这一行的，才看惯了僧道们的嘴脸，或许他们和世人没多少区别，也都是污浊不堪之人，遂问道："大象厌弃小象呢？"

鲁尼道："到那时，邪见盛行，佛法尽毁，有德之人隐而不现，一切进入污浊恶世。"

山岚道："我知道了，大象厌弃小象，挺像马道婆的。宝玉是她的寄名儿子吧，她也不放过不爱惜，不就是大象厌弃小象吗。可见，现在世间就到了五浊恶世地步了。"

芸轩看着摇摇升起的一缕香烟，道："亏了我做的不是这些噩梦。"鲁尼笑了，又教些静心打坐的法子，也就快一炷香的功夫，楼下人嚷声动的，只好停下来。

出来看时，见是万蝶尔的两个会友来了。寒暄后，正坐下来品那壶小妹新沏的清茶。见芸轩她们从楼上下来，一个会友拿出一枚桃木刻"龙头含剑"样式，精致的钥匙扣，递了过来道："放在枕头下吧，保证不再做噩梦，灵得很。"

山岚小心接过来握在手里，心里倒有一丝莫名的恐惧。坐下来道："你们倒给我解解这梦，烦死了。"

那人问："是什么梦？"

山岚道："近儿日，我老是做同样一个梦。"

万蝶尔道："说说吧。"

山岚一脸困惑道："梦中，一个看不清脸面的人，两手撑在床沿上，似乎要探过身子来瞅我的脸。我急得呀，使劲张开胳膊想挡开他，也想拼命喊，可都无济于事，浑身像压了块大石头，动弹不得，每次都是急醒的。万姐姐，这是个什么梦？"

万蝶尔满脸神秘道："你这叫梦魇，俗称鬼压床。我劝你，别一天到晚想那些事。"指一指木刻："把这个压在枕头底下，就好的。"

山岚再看一眼手中，是个面目狰狞的桃木刻，心想，放它在枕头下，我才更害怕呢。不过还是笑着说："谢谢姐姐。"说着，大家继续喝茶。

芸轩小心翼翼地问："对厌胜术，你们有研究吗？"

万蝶尔道："自然，这厌胜之术，本是辟邪祈吉的，就像这桃木兽头，后来成了巫术。用巫言做蛊道祝诅用的，传说厌胜之术，始于姜子牙，遂成为道教中的独门暗机。"

芸轩问："木工厌胜由来已久，可都是传说，真灵验？"

"祈吉的多，没见过诅咒的。"

芸轩又问："这有什么说法没有？"

万蝶尔道："这个好说，凡行诅咒之人，都担着性命危险，找到厌胜物后，油炸火烧都行，可只要破了法，那施法之人会死的，故而不轻易做的。"

山岚笑："幸好这样，如此恶毒，若人人兴起来还了得。可见马道婆为了五百两银子，竟然命都不要了。"

听这样说，芸轩忽然想到一个人，道："这还是其次。"

又向鲁尼问道："你们做寄名符吗？"

鲁尼笑道："没做过，听师叔说，这些符咒是道家们的看家本领。"

山岚道："什么叫寄名符"

鲁尼答："旧时人家，恐小儿夭折，常寄名于出家人为徒，所授之符记称寄名符，现在没人再信这些了。"

小妹走过来，拽一下鲁尼的衣袖，悄悄道："刚才，你打的手印真好看，交给我吧。"

鲁尼无法，只得到旁边去，只见她翻转双手，十指交叉，做出莲花状各种佛手印，流畅地翻转、搅动。说这是与愿印，这是降魔印等。

正闹着，秋真风风火火地进屋来，连连说耽误了，耽误大事了，本来约好鲁尼今天来，因事就绊住了。一进来就要了鲁尼的物品单子，也顾不上和万蝶尔她们说话，又急忙出去了。这边万蝶尔等又坐了会子，还是说些玄幻梦境的，就告辞走了。

送万蝶尔出门，芸轩回到桌子旁，道："我算看明白了，事情明摆着，这场魔魔的套路，就是五浊恶世的显形，像世界末日到了，你说呢？"

山岚道："什么？一部《阿难七梦》就找到了真像？"

芸轩道："没见刚才鲁尼说的《六道金刚咒》吗，那正是成佛用的，凡诵念、接触、佩戴者，皆可成佛。"

山岚道："贾环也要成正果？"

芸轩笑："虽然无奈，也许王夫人需要他成佛。赵姨娘是可怜的，用她自己的话说，他们赶上这屋里那一个，同样是孙子，贾母为宝玉供奉长明灯，外出时还让小厮散钱给僧道和穷人，以积阴德。再看赵姨娘，省吃俭用的才上五百钱的供，做鞋面子，用别人剩下的碎布头。她期望贾环修成正果的愿心，恐怕比谁都大。问题是，你知道赵姨娘托马道婆供奉的是谁吗？"

山岚道："还用问吗，药王啊。"

芸轩招手叫鲁尼过来，问她："有几个药王？"

鲁尼说道："药王也有区别，道教中的药王，是孙思邈孙真人，反正是些医家。佛家的药王，是指药王、药上两兄弟菩萨。"

山岚问："兄弟俩一起成菩萨吗？"

鲁尼道："就是。药王名星宿光，药上名电光明，一个号净眼如来，一个号净藏如来。可不知你说的是哪家药王。"

"这兄弟俩的名字，怎么都和光明有关？既这么说，就有大光明普照菩萨了？"山岚问。

鲁尼摇头道："这个名号的菩萨没有，是谁杜撰的吧。"

山岚问芸轩道："那你说马道婆供奉的是什么药王？"

鲁尼笑道："你自己糊涂了。道婆是道家人，自然是供奉真人药王，怎么会是药佛呢。"

芸轩道："这就是奇怪的地方，马道婆前边跟贾母说的，明明要供奉大光明菩萨，可见这里的药王是菩萨。"

鲁尼道："可见你们说的这个道婆，是个行骗的，世人怎么信她的。"

山岚道："世人都这样，没办法。既是菩萨，她供奉个药王做什么？积什么功德？"

鲁尼道："药王是救治众生身心两种病苦的菩萨，药王菩萨能燃身供佛呢。"

山岚吃惊道："燃身供佛？你不是想说，这个人为了成佛，要自焚罢？"

鲁尼道："不是如你想的，药王因乐修苦行，得现色身三昧。进入三昧中，便生各种妙华妙香。药王自念，不如以己身供养，于是服食妙香，又将自己身体涂上香油燃烧，布施供养于佛前。"

芸轩沉思：自身生香，再涂上香油，燃烧身体。曹公真会引用佛家理念，竟和玉生香一理，还服用冷香丸呢。真是，这和供奉西方大光明普照菩萨一样，除香烛供养之外，也是添香油，点上个大海灯。

明白了，原来马道婆让贾母和赵姨娘干同样的事，是启迪她们，要燃烧身体，才引来光明的。可引来光明菩萨做什么？这里就那么缺少光明吗？

山岚笑道："你提这个，我似乎有点感觉了。你看，贾环发狠，要烫瞎宝玉的眼睛，要他成一个盲者，看不清眼前道路，看不到光明，那他不就成昏君了吗。马道婆供奉的正是大光明菩萨，且给宝玉供的是佛前长明灯。这意味着，需要以智慧之光，照破暗冥愚痴，应该是想警示宝玉，需要心明眼亮地看清当前的形势。"

芸轩道："可此时的宝玉，已经眼瞎心盲了，许就是个昏庸的灵魂。"

山岚道："对呀，癞头和尚不也是这么说的：粉渍脂痕污宝光，绮栊昼夜困鸳鸯。此时的宝玉怕真是昏聩了呢。"

鲁尼见二人说得热闹，自己也听不懂，小妹又喊她，二人就过去吃点心，不提。

芸轩道："我看可以定方向了，咱就把事件分成两段，以宝玉凤姐被魔魇为节点，前后分开理头绪，一定没问题。"山岚摩拳擦掌地，一面收拾桌子上的剩茶一面道："我看可以，从哪里开始？"

芸轩一低头，正看见万蝶尔她们的残茶，指着说道："就从这暹罗茶说起。"

山岚看见茶叶，突然想起凤姐给大家分的暹罗国茶叶来，就笑道："买的时候，我还动过脑筋的，后来竟忘了，亏你提醒。"又道："买的时候，我琢磨了一路呢，凤姐谈论茶叶，又是几个意思？"

芸轩道："你学几句，我提醒，你就知道用意了。"

山岚想了想词儿，道："好！"

宝玉便说道："论理可倒罢了，只是我说不大甚好，也不知别人尝着怎么样。"

【芸轩】论理，这是元春送来的，应该不错，但宝玉直接说了，他觉得这茶不大好喝。

宝钗道："味倒轻，只是颜色不大好些。"

【芸轩】宝钗觉得味轻。轻者浮也，味道轻浮了，且不是她喜欢的颜色，难道暹罗茶是红茶吗？

凤姐道："那是暹罗进贡来的。我尝着也没什么趣儿，还不如我每日吃的呢。"

【芸轩】外国进贡的自是贡茶，可见是宫里送出来的，凤姐也说不好喝，和宝玉一个口吻。

林黛玉道："我吃着好，不知你们的脾胃是怎样？"

【芸轩】爱这个茶的就只有黛玉，无论味轻还是色差，她吃着好，只是觉得对脾胃就好。

宝玉道："你果然爱吃，把我这个也拿了去吃罢。"

凤姐笑道："你要爱吃，我那里还有呢。"

芸轩道："这个茶叶，似乎是黛玉的最爱。让给黛玉茶叶的是宝玉凤姐。虽然宝钗也有点嫌弃，但并没说不要了。如果是元春给的，怎么解读这几个人的行为？"

山岚道："我知道了，凤姐说过，你既吃了我们家的茶，怎么还不给我们家作媳妇？是把茶叶看作了婚约信物。宝玉凤姐说茶叶不好，是找个由头，把茶叶让给黛玉而已，说明他们愿意黛玉做宝玉的媳妇，要重新订盟呢。尽管宝钗不喜欢这茶，但她不会不要，宝钗也愿意。"

芸轩道："你只看正面，从不反过来想。宝玉和凤姐都说这茶不好喝，才都不要了，对元春来说，是不是有人要背弃她呢？"

山岚道："这么说，黛玉和宝钗二人倒都留下了茶叶。定谁的是？你说你的理，我说我的，咱需要新证据。"

芸轩道："凤姐的话可不是这么说，她又说：你别做梦！你给我们家做了媳妇，少什么？又指宝玉道：你瞧瞧，人物儿、门第配不上，根基配不上，家私配不上？哪一点还玷辱了谁呢？"

山岚道："这不就是狠个劲地撮合宝黛的姻缘吗，有什么可怀疑的。"

芸轩道："告诉过你吧，看《石头记》的秘诀，就是要听话听音儿，凤姐是这意思吗？头一句：你别做梦！什么意思？宝玉什么都配得上你，但是，你别做梦了，是你不配他的意思，你就是都吃了元春的茶，也没有用，她不会喜欢你的。凤姐这是明显在提醒黛玉呢，即使接受了所有茶叶，再想重修木石盟，你别做梦了。"

山岚重新放了新茶，洗过一遍，倒一杯给芸轩，道："这个真没想过。可如果这样的话，我倒觉得唯有黛玉最忠诚。她没任何挑剔，照单全收了，宝钗只不过是勉为其难地收下。这样说，似乎也对。只是三人的关系很微妙。"

芸轩道："也对！咱从头理一遍，看看到底怎么回事。得先从王子腾夫人的生日说起。"

山岚闻了一下茶香，道："扯得太远了，和她的生日有关吗？这个生日也有问题？"

芸轩道："你想啊，王子腾夫人很少出场的，你见过她直接出面的地方吗？这场闹剧里，她的出场率是很高的。故事既从她的生日展开，那这个生日里一定藏了秘密。"

山岚道："从哪里找线索呢。"

芸轩道："就从贾母不自在说起。"

山岚道："我想起来了，是这样说的，王子腾夫人的寿诞，那里原打发人来请贾母王夫人的，王夫人见贾母不自在，也便不去了。倒是薛姨妈，同凤姐儿并贾家几个姊妹、宝钗、宝玉一齐都去了，至晚方回。"

山岚说完，喝一口茶道："事情很简单的，贾母不自在，没去。能看出什么端倪来？"

芸轩道："我且问你，王子腾夫人是谁？"

山岚道："宝玉的舅母啊。"

芸轩道："记不记得宝玉对黛玉说过的，关于姑舅姊妹和两姨姊妹的亲疏关系。这个地方，就是宝玉说的'亲不间疏'关系了，但不是这两种关系比较，而是宝钗也叫王子腾夫人舅母，去参加舅母的寿诞，即便是姑舅姊妹关系近，也没有黛玉去的道理。你再看去的人，就只剩下黛玉没去。宝玉和宝钗一起待一整天，如果至晚方回，黛玉心里自在吗？"

山岚道："是哈。"

芸轩道："宝玉还喝醉了，你不能想象一下，他们这样和谐相处一天，意味着什么吗？"

山岚道："你的意思，宝玉吃金鸳鸯胭脂的事，要宝玉和'活猴儿'一起玩的事，舅母生日这一天终于达成了。"

芸轩一拍巴掌道："肯定是，生日期间宝玉被污染了。"

山岚道："什么叫被污染了？"

芸轩道："是的，宝玉被污染了，需要一个事件支撑，咱们就要找到那个事件才行。"

山岚道："被污染事件？"

芸轩道："对，因为接下来就是'蜡灯烫伤'事件，可能就是验证在这件事上。"

山岚咽了口唾沫道："这件事的起因，是宝玉喝醉后，母亲对他的亲热，和他对彩霞的挑逗，惹怒了贾环，还能和'活猴儿'有关了？"

芸轩道："推理一下看看。王夫人正让贾环抄《金刚咒》，这个举动，我起先也纳闷。后来才明白，从王夫人的角度，她对贾环还是寄予希望的，即便他再丑陋，也是贾政的儿子，不是吗？所以，王夫人和赵姨娘，对儿子的心是一样的。但在贾环的角度不是这样的，王夫人的抬举，反而让他得寸进尺了。"

山岚道："是说他对丫鬟的态度？"

芸轩道："看得准。四个丫鬟，金钏玉钏，彩云彩霞。丫鬟里边有金有玉，而金玉的设置思路，咱就不说了，我关注的是彩云彩霞二人。"

山岚道："彩云彩霞是有些故事。"

芸轩道："先不说故事，先说名字。彩云彩霞，是指彩色云霞，她们代表着灿烂、明媚、光辉。"

山岚道："那又怎样？"

芸轩道："王夫人和贾政身边，有这样一对灿烂明媚的云霞，在我看来，代表着政治清明。她们靠近谁，清明就属于谁。"山岚点头称是。

芸轩道："不信你看贾环抄经时，四个丫鬟什么表现。"

山岚想了一想，道："贾环一时又叫彩云倒杯茶来，一时又叫玉钏儿来剪剪烛花，一时又说金钏儿挡了灯影。众丫鬟们素日厌恶他，都不搭理。只有彩霞还和他合得来，倒了一盅茶来递与他。这段话很好玩，贾环一会工夫就使唤全了四个人，看能不能符合你的说法。

"让彩云倒茶，玉钏剪烛花。照你的分级原则，亲近彩云玉钏都是好的，剪烛花，是让环境更加明亮。可只有金钏挡了光亮，这挡着光的人不好。再看实际行动，只有彩霞还和他合得来，倒了一盅茶来递与他。是这意思吗？别看他丑陋，彩霞是有心向明月的，便悄悄地向贾环说：你安些分吧，何苦讨这个厌那个厌的。

"贾环却是无心照沟渠，道：我也知道了，你别哄我。如今你和宝玉好，把我不搭理，我也看出来了。结果，彩霞咬着嘴唇，向贾环头上戳了一指头，说道：没良心的！狗咬吕洞宾，不识好人心。这也正是我的心里话。

"王夫人抬举贾环，没错。但他总是个拿不到台面上的人。脂砚还笑话说：俏女慕村夫者尤多，所谓业障牵魔，不在才貌之论。"

芸轩道："这不就到了戏眼了。看着没，'清明'还是在贾环一方的。不知趣的宝玉已被污染，竟还向态度冷漠的彩霞示好。"

山岚道："和贾环抢清明，这才激起他的恨意，他试图让宝玉成为心盲眼瞎者。这么说来，宝玉烫了脸，真是自找的，他把这事揽到自己身上，却也是该的。"

芸轩道："贾环的意图，好像不是这个，这个蜡油烫伤事件，也有些让人看不透。"

山岚道："不是离真相越来越近了，怎么反而看不透？"

芸轩道："你拿个蜡烛来点上试试。就算烧的是一窝子蜡油，倒在脸上的话，只能吓一大跳，不会烫伤的。因为蜡油的温度不高，是不烫人的，怎么会起一溜燎泡？也不会有这么多，还满头满脸的都是蜡油了。"

山岚一面听着，一面去拿根蜡烛点上，等有了蜡油，就滴在手面上。果然不疼，蜡油倒是结成了蜡疖，很像燎泡的样子。"

山岚道："还真是，如果没烫的多大伤，这是干什么大惊小怪的。"

芸轩得意道："要的是一种声势，且制造了一种现场。"

山岚道："我知道了，是吓人一跳的黑暗现场。蜡烛突然倒了，自然满屋漆黑，屋里的人，连忙将地下的戳灯挪过来，又将里外间屋的灯，拿了三四盏来，满屋黑。

彩霞离了宝玉，只拿眼睛向着贾环，说明宝玉远离了云霞，他的世界进入了五浊恶黑的世间。可宝玉满头满脸的蜡油呢？又表示什么？"

芸轩笑着比画道："满头满脸蜡油，像不像一根蜡烛？"

山岚摇头，芸轩道："忘了黛玉的谑语了？说宝玉是中看不中用的银样镴枪头。"

山岚恍然大悟道："贾环这是让宝玉变成蜡烛，燃身供佛呢。"

芸轩道："你说的差一点，或许是让他凤凰涅槃呢。"

山岚闻听，一时没明白。

芸轩道："别急，一会儿你就知道了。先说这里的烫伤事件吧，按说是没烫得怎样。第二个理由，就是凤姐的表现。她骂贾环时，一面笑道，说贾环慌脚鸡似的，还是上不了高台盘，她是'笑'着骂的，她也知道，没什么大不了，造个声势而已，她这样做，只是为挑唆王夫人辱骂赵姨娘，为赵姨娘的报复行为伏线；等黛玉见到宝玉时，也是笑道：我瞧瞧烫了哪里了？也是'笑'着查看伤势，其他人，就根本没当回事。"

山岚道："那对这样小事，蝎蝎螫螫地干什么？宝玉还半个脸上糊满药膏子。"

芸轩道："宝玉也说有些疼，但不妨事。我想，要的就是糊药膏子的效果。还是我说那段吧：林黛玉只当烫得十分厉害，忙上来问怎么烫了，要瞧瞧。宝玉见她来了，忙把脸遮着，摇手叫她出去，不肯叫她看，知道她的癖性喜洁，见不得这些东西。林黛玉自己也知道自己也有这件癖性，知道宝玉的心内怕她嫌脏。"

山岚道："我也知道了，黛玉有洁癖的，这也正常。"

芸轩道："错了，黛玉不是嫌宝玉的脸脏，是嫌宝玉本身脏。所以才告诉你，什么叫'污宝光'了。"

山岚愣了半天道："慢着，我再理顺一下。宝玉从吃鸳鸯的胭脂膏子开始，先是被要求和黑油门里的活猴玩，于是和宝钗一起去赴生日宴，就被污了，回来还好意思和贾环夺彩霞，王夫人还那般稀罕他。所以，贾环一生气，就想用蜡灯油烫瞎了他，让他变成眼盲心瞎之人，正好借此也污染他，所以，黛玉也是嫌宝玉被污了。"

芸轩道："你总算明白了，从王子腾夫人生日开始，宝钗宝玉二人就独自相处，完成了真正的金玉缘，就是这个顺序。到此光明没了，五浊恶世来临，宝玉也被污了，不通灵了，马道婆才粉墨登场。"

山岚道："这老道婆纯是骗子，自上而下一个不放过。"

芸轩道："那也得有愿意被骗的，贾母跟道婆询问菩萨的事，到底是自己糊涂。"

山岚道："这个明白，除了请大光明菩萨，就是供长明灯的。可见，马道婆眼里，这里得多黑暗。"

芸轩道："没有内祟，引不来外鬼，都是赵姨娘的恶毒，马道婆才有了施展恶才的机会。"

山岚道："马道婆就没破绽吗？"

芸轩道："宝玉是她的寄名子。鲁尼说得清楚，这是大象厌弃小象了，是要发生相互残杀的流血事件。"

山岚道："这个很现成，被压胜后，凤姐不就是拿着明晃晃的大刀，杀进园子来的。"

芸轩道："看来，宝玉也有麻烦了。"

山岚疑惑地问："就是有麻烦了，还用怀疑吗？"

芸轩道："宝玉说：我要死！看起来他不是被一般魔魇，而是要死了。"

山岚道："没根据，那只是病中说胡话，他明明活着。"

芸轩道："我找给你证据看看。第四天，只见宝玉睁开眼说道：从今以后，我可不在你家了！快收拾了，打发我走罢。其实这一天就是他走的日子，不信你算算。

"再一个，他是癞头和尚带到凡间来的，可你听那和尚怎么说，宝玉入世前多逍遥：天不拘兮地不羁，心头无喜亦无悲；却因锻炼通灵后，便向人间觅是非。

"自被和尚带到人间后，可叹你今日这番经历：粉渍脂痕污宝光，绮栊昼夜困鸳鸯。沉酣一梦终须醒，冤孽偿清好散场！"

芸轩拿出一枚玛瑙，托在手中道："该散场了，你被鸳鸯昼夜所困，宝光被污，该散了罢。"

山岚道："宝玉死了？真是奇闻，我得好好消化一番。"

芸轩嘘声道："也别大惊小怪的。宝玉病倒后，看贾府人的表现就能看出端倪，这件事惊动了多少人？王子腾亲自看视，还有小史侯家，贾、史、薛、王四大家族的人全部出动，直闹了个天翻地覆。你只体会什么是'天翻地覆'就是了。"

山岚道："是说天翻地覆了，但我也有个漏洞问你。宝玉病重，最伤心的是贾母，没得说。可王夫人没怎么表现，贾政最奇怪，竟然说要放弃他，倒是贾赦最上心，百般忙乱着各处去寻僧觅道，一副绝不放弃的样子，这又是为什么？"

芸轩道："原来我写的你没看，上面都告诉你了还问。贾政对宝玉的厌恶是有道理的。按说皇家只有这么一个正根，他代表的就是贾赦这些旧势力的作为。邢夫人那样喜欢宝玉，你又不是不明白。"

山岚道："薛蟠呢？独薛蟠更比诸人忙到十分去。忽一眼瞥见了林黛玉风流婉转，已酥倒在那里。他忙什么？他还看上黛玉了，恶心人吗不是。"

芸轩道："我告诉了你别不高兴。宝钗为宝玉而来，今若宝玉死了，薛蟠一定会把目光瞄准黛玉的。"

山岚道："就算宝玉死了，那你如何解释他和凤姐三十三天后，再次醒来呢。"

芸轩道："好解释，和尚咋说来？"

山岚学着和尚道："此物已灵，不可亵渎，悬于卧室上槛，将他二人安在一室之内，除亲身妻母外，不可使阴人冲犯。三十三日之后，包管身安病退，复旧如初。"

芸轩拿起玛瑙石，念了一会咒语，打开手掌问道："此玉被持诵后，可不可以看作让和尚又施展了一次幻术？通灵玉重返人间。但此通灵玉，已非原通灵玉了。"

山岚道："倒可以这样理解。"

芸轩道："不用怀疑，就是这么回事。亲身妻母外，不可使阴人冲犯。'亲身'是指自己；'母'是指王夫人，'妻子'呢？唯独没有妻子。但你可别想到养小叔子这事上，说宝玉凤姐此时是叔嫂关系，可不行。

"我的解释，凤姐须得是王家人的身份，也就是王者的身份，但做王夫人的女儿不合适，做侄女最好。这样凤凰和龙在一起才完整。

"刚才你问我，说宝玉燃身供佛时，我说了个凤凰涅槃，你没明白，这会子能想象到吗？"

山岚道："凤凰和龙！这里还真设计了一个凤凰涅槃的情节，有道理，可不就是死了又重生了。"

芸轩道："知道为什么只让王夫人守着了？她在尽一个母亲的职责呢，是要用三十三天，来重新孕育他们二人。"

山岚道："前后明白了，找到打开五鬼缠身的密钥了。"

说着从书中抽出一张卡纸，展到芸轩面前。看时只见上面画了些符号，仔细看，原来是《大明帝王世系图》，又说道："这是你前两天让我做的，当时我还不明白，现在知道用处了。"

芸轩道："说说看，有没有意思。"

山岚道："大明虽然有十六帝，其中有三个世系是由兄终弟及而来的，且最后一个世系是兄弟三人连任，即朱由校、朱由检、朱由崧。如此算下来，大明帝系其实就是十三世。那和尚作为全局的掌控人，说青埂峰一别，展眼已过十三载矣！人世光阴，如此迅速，尘缘满日，若似弹指。大明最正宗的十三个世系，到今天就尘缘满了，该散场了。"

芸轩问："哪五鬼呢？"

山岚道："五浊恶世来临，暗指朱由崧的后时代，是吧！没有多少人知道朱由崧，这也是曹公写《石头记》的目的。他想让人知道这段历史，要多荒唐有多荒唐，宝玉眼盲，不如说，就是那个昏庸无为的时代。"

芸轩道："我说你稀松，你不觉得马道婆像一个人？"

山岚忙道："谁?"

芸轩道："巧得很,那人也姓马。就是明末名臣马士英,听说过吗?"

山岚吃惊地笑道："原来是他,真是他?"

芸轩道："马士英,字瑶草,凤阳总督,南明弘光朝的内阁首辅。"

山岚笑道："仔细想想,他真有马道婆的嘴脸呢。你的意思,五鬼也是有实指的?"

芸轩道："那当然。马士英内结宦官韩赞周和勋臣刘孔昭,外率四镇总兵黄得功、刘良佐、高杰、刘泽清,拥立福王朱由崧登基,在南京建立第一个南明政权。

"之后,马士英便联合四镇,胁迫小朝廷,对内向东林党展开清剿,朝廷内接连上演荒唐的'南渡三大案';对外则制定了错误的'联金抗贼'战略,使得整个朝廷内乌烟瘴气,连连战败。

"我问你,马士英和四镇总兵,像不像魔魇弘光小朝廷的'五鬼'?有讽刺意味的是,正是极力拥戴他的四镇之一的刘良佐,带领着清兵,一路追击,才俘虏了弘光。"

山岚道："宝玉寄名给马道婆做儿子,不想偏让干娘给害了。"又不住地点头咂嘴道:"我想起来了,有一种关于马士英的野史记载,说他在弘光死后,出家做了道士,人称马道士。"

芸轩道："咱不提马道士了。我忽然想起一个日子,就是那个'三十三天'。这个数字肯定和佛教有关。要不,再问一问鲁尼,看有什么特别讲究没有。"

山岚道："我倒问来着。佛教里的天,指有六重,是佛家欲界六欲天。什么夜叉天,忉利天,善时天的。越往上的天,其天人福报越大。其中忉利天,是欲界天第二层,帝释天,则是这里的天神。"

芸轩道："没明白什么意思。"

山岚道："帝释天,是功德最高的众生。帝释天为战神,居须弥山顶的中央,四方各有四城八天,称三十二天城,加中央的帝释天,合为三十三天。"

芸轩道："喻指帝王之境?让宝、凤居帝王之境,也合得来。宝玉涅槃重生后，是居三十三天之帝释天的位置没错，也就是说，他还会托生到最高的帝释天，转生来世，还是帝王。"

山岚道："还托生成个帝王呢。"

芸轩道："这个说法，我就放心了。不过，我得合算一下宝玉涅槃的日期，看是不是和弘光有关。如果这个符合不了，一切站不住脚的。"说着，让山岚拿过纸笔来，二人就想好好合计一下。

芸轩道："原也合计过，我有个时间表是这样算的：从二月二十二日，大家搬进大观园开始算起，下个时间节点就是'那一日正当三月中浣'。中浣，当是指三月十日到二十日之间。这一天，黛玉葬花，就接近是三月十九日，咱们就拿这个日期当坐标，推算一下。"

山岚道："怎么个推法？"芸轩拿张纸，写道：

假如三月十九日是起点。

这一天宝黛一同葬花，同时大老爷身上不好，惊动贾母派宝玉去探视。宝玉回来，就索要金鸳鸯的胭脂。之后宝玉在邢夫人处待了一整天。

同样是这一天，贾芸在卜世仁处受气，巧遇金刚倪二仗义借银，回到家已掌灯时分，第二天便是三月二十日。

次日一早，贾芸送冰片给凤姐，又来探视宝玉，巧遇林红玉。至次日是三月二十一日：又来至大门前，正遇到凤姐，答应给他种树的差事，接着又去拜会宝玉，因宝玉去了北静王府，便呆呆地坐到晌午，下午领银子回家。

这日晚上，宝玉从王府回来，因要茶喝，便认识了小红，老嬷嬷传话说，明日有人来种树，都收拾好晾晒的衣物，晚上，红玉梦中遇贾芸，因此翻来覆去一夜无眠。

三月二十二日：次日天明，方才起来。这一日，红玉隐在海棠花后，懒得梳妆，被宝玉关注；她从潇湘馆借来浇花的喷壶。

山岚插言道："贾芸种树，小红借喷壶，且是去潇湘馆借的，这是标准的蒙太奇手法。"

芸轩道："别打岔，小红回来后就病了，无精打采地回房内倒着。"

三月二十三日：展眼又过了一日，因次日是王子腾夫人的寿诞，打发人来下帖子，邀请贾母王夫人及钗玉等同去祝寿。

三月二十四日：这一天，是王子腾夫人寿诞，因贾母不自在，王夫人也没去。凤姐，宝钗，宝玉等至晚方回。晚间贾环失手推灯，企图烫瞎宝玉。宝玉怕黛玉嫌脏。

三月二十五日：次日，见了贾母，免不得骂了跟从的人一顿。

三月二十六日：又过了一日，马道婆进府，先为宝玉祈祷，请燃长明灯，后与赵姨娘一齐决计暗算宝、凤。

三月二十七日"暂定"：

"这日"二字，表明时间不太确定，凤姐正打趣黛玉喝婚茶，凤姐问大家，"前儿"送的茶，都喝着怎么样，也是口语化，其实送茶的那一天，黛玉正在葬花。离问话的档口，明明过了八九天了。

说这话时赵姨娘进来，大约是想看看宝玉的状态，是否招了魔法，刚离开，二人遂被五鬼缠身。登时园内乱麻一般，大家都进园内看视。此时，凤姐拿着明晃晃的钢刀，砍进园来。同时，薛蟠看到了风流婉转的黛玉。

三月二十八日"暂定"：

次日，王子腾亲自来瞧问。小史侯家、邢夫人弟兄辈并各亲戚眷属，都来瞧看，也有送符水的，也有荐僧道的，总不见效。

三月二十九日"暂定"：

夜间，派了贾芸带着小厮们挨次轮班看守。看看"三日"光阴，二人连气都将没了。赵姨娘、贾环自是称愿。这是被魇魔的第三天。

三月三十日"暂定"：

到了"第四日"早晨，宝玉说，从今往后，我可不在你们家了，快收拾了打发我走罢。两口棺椁也都做齐了。赵姨娘就劝贾母，别哭了，说这样舍不得他，到了那世里也不安生。

此时，癞头和尚和跛足道士出现，说他的宝玉被声色货利所迷，持诵了一番，告诉他：沉酣一梦终须醒，冤孽偿清好散场。三十三天后，便是五月初三日"暂定"，身安病退，宝玉好了。

芸轩写完，道："咱们算一下，有这么四个时间节点，值得注意。三月十九日宝黛葬花；三月二十七日或二十八日，宝、凤正被魇；三月三十日或四月初一日，宝玉说要走了；五月初三日或四日，二人恢复如初。"

山岚道："这些个日期，能对上号吗？"

芸轩道："我对照一下。据说，朱由崧是五月十日夜，出逃南京城，移驾芜湖；五月十五日，南京军民投降，清军入城；五月二十二日朱由崧被俘。这些日子都不合适。"

山岚道："那怎么办？这不是白推演了吗，又没个合适的定论，怎么服人呢？"

芸轩道："有一个时间可以服人。不管怎样，贾芸为这个五月端午节，准备了的麝香冰片等辟邪物，这是事实吧。还没到五月初五端午节呢，也许后面有玄机。"

山岚道："这个对头。"

芸轩道："有件蹊跷事，倒和这些日子有关。"

山岚道："啥事？"

芸轩道："宝玉痊愈后见到冯紫英时，二人有过几句对话。冯紫英说，三月二十八日去打猎，前儿也就回来了。宝玉说，怪到前儿初三四儿，在沈世兄家赴席不见你。

"这里就确切的提到了三月二十八日，他去打猎，而咱们的日子里面，也正好是这个日期不确定，也许这才是宝玉被魇魔的第一天。假如是同一个日子，发生的应该就是同一件事。这个不确定的日子，就应该是三月二十八日，暂定的日子就都加一天。"

山岚道："有道理。这一天，凤姐动刀动抢的要杀人，冯紫英偏去打猎，也是动武的，可以确定是同一个日子里发生了武事，那咱修订一下后面的时间：四月初一日，宝玉要走了，宝玉要走的日子，一定很重要。最后是宝玉好了的日子：五月初四日，这个日子也有意思，五月初三是薛蟠的生日，五月初五是端午，这个日子正好夹在这俩日子中间呢。"

芸轩道："我也糊涂了，宝玉说四月初三四，他去沈家赴过宴。可他还在病中呢，如何去赴宴？实在让人纳闷。"

山岚道:"我还顾不上这个呢。如果宝玉死过一回,那黛玉争取的木石盟是没戏了,宝钗想达成的金玉缘也会烟消云散。钗黛二人可要重新展开角逐了,你给提个醒啊。"

芸轩道:"宝玉醒后,黛玉一声阿弥陀佛,就泄露了心机。宝钗的反应是笑虐和讽刺的,怎么说来着:我笑如来佛比人还忙,又要讲经说法,又要普度众生;这如今宝玉、凤姐姐病了,又烧香还愿,赐福消灾;今才好些,又管林姑娘的姻缘了。你说忙的可笑不可笑。她用了一个"可笑不可笑",她是觉得他们的姻缘可笑。"

山岚笑道:"宝玉被魇魔,全家人慌乱,唯有宝钗不喜不慌,不表达任何感受,她是最淡定的一个,似乎也最有数。我的判断,黛玉定不是她的对手。"

芸轩道:"这事只有癞头和尚知道前因后果,得问他。"

山岚道:"你是说作者自己吗?"

芸轩道:"宝玉的口头禅:明儿我掉在池子里,叫个癞头鼋吃了去,变个大王八。他要让'癞头'鼋吃了,也许变个'赖头'和尚呢,自己做这样的标记,能瞒过谁去。

"他才是《石头记》里的双真人,是他布散相思,安排人生,也孕育了《石头记》。但我也不确定,他能怎样让这二人较量,咱们只能拭目以待。"

山岚道:"这还用怀疑?肯定宝钗战胜黛玉,不用猜!"

芸轩道:"未必。"

山岚道:"敢打个赌!"

芸轩道:"赌就赌,输什么?"

山岚道:"谁输了,给对方做一年的饭,怎样?"说着,二人竟然签下了赌约,诸位说好笑不好笑。

第二十六回

阻谏蜂腰桥　困厄怡红院

话说二人写完赌约，和鲁尼等刚吃过午饭，忽听外面热闹得很，山岚以为来了客人，忙忙地出来看时，原来秋真采买完鲁尼的佛寺物品，正巧遇到文亮，也帮着提回来大包小包的，往桌子上一放一大堆。

鲁尼从屋子里出来，见了就高兴地抱着秋真的胳膊，道："每次都烦姐姐，师傅嘱咐，让我们替寺里谢谢。"

秋真道："不用客气，又不值什么，有什么只管说，不过尽一点心意罢了。"

鲁尼道："这些都是急用物，倒比那些供物更有心，谢谢姐姐了。"

山岚道："咱们鲁尼越发会说了。"

大家又聊了半日，鲁尼二人要回寺院，秋真叫慢着，说道："我也有事麻烦你呢。"又从袋子里取出几样东西，叫鲁尼带上，原来是两样新鲜果蔬，有鲜藕和西瓜，还有一尾鲟鱼，一匹子熏猪肉。

"这是俺们团长夫人让带的，快到忌日了，托法师给团长做祭祀用，麻烦你俩给带去。"

临走，师妹拿出一本《秦淮烟云》怯怯地求鲁尼，芸轩看见，会意，取过书，在上面签了字，笑着递给师妹，二人高高兴兴地回去，不提。

山岚看着鲁尼拿走的祭品，心有所动，一时又没想起什么来，不好说。秋真笑道："这几日没去影城，你们倒清闲呢，我可忙死了。"

一面说着，又从那个袋子里往外掏东西，道："你们看看我拿来的东西，可不止鲁尼带走的那些，还有呢，过来帮我摆到桌子上。本来，今中午我特特地要请你两个吃呢，谁知你们吃完了。"原来还是些藕、瓜，还有一袋鱼食。

山岚领会了笑道："我说那么眼熟，还是这些东西，宝钗都说自己命小福薄，都不配吃的东西，一定是上好的。"

秋真道："上好的咱们才尝尝，我是因纳闷薛家兄妹的举动，才特意留了些。我俩光忙着买东西了，还没吃饭呢，谁给弄点吃的。"

一听说没吃饭，山岚小妹麻利地给二人端来些吃食，放在另一张桌子上摆了，看着二人吃起来。山岚又拿些鱼食投进鱼缸里。芸轩却站在这边，看一眼摆在桌子上的四样东西，道："我让你买，可没让你买这么多。"

秋真道："怕什么，等你用完了，我露一手，晚上可以做成好吃的。"

芸轩道："真有你的算盘，你可明白这些东西的用处？"有摇头的，有点头的，还有先点头后摇头的。再相互看一眼，几个人都笑了，说不知道。

芸轩道："还是我先开个头吧。那个年代，若在四月份，能有新鲜的藕和西瓜，确实难得，不光鲟鱼和猪这些东西都来自暹罗，奇怪的是，为何多次提到这个国家，包括凤姐的茶叶也是暹罗国的。"

文亮道："暹罗是泰国的古称，这个国家在明朝与中国关系特别好。就算明末时期，他们与南明各朝廷也联系很多，还试图挽救南明政权呢。为此，还激怒了清政府。到了清统治时期，迫于压力，不得已，与之表面修好，内里却不忘支持国内抗清活动。"

秋真道："这我就明白了，怪不得暹罗的茶，别人都说一般，唯独黛玉喜欢。"

芸轩指着桌子道："别说茶了，还说这些藕。薛文龙以宝玉父亲的名义骗出来宝玉，只因五月初三是他的生日。程日兴淘换了这些礼物，不过是新鲜的藕、瓜和鱼、猪，而薛蟠却拿他们宝贝一样，送的人也特别：自己的母亲，宝玉的父母，还有老太太。最后竟说：自己吃了恐怕折福，除了孝敬长辈，左思右想，只有宝玉还配吃。你们倒是好好想想，这些东西也不算什么，是些只有长辈能享用的东西吗？还只有宝玉配用，东西不怪，话头怪呀。"

山岚道："薛蟠骗宝玉出来的时候，用的是他父亲的名义。换个说法，吃这些东西的人不是宝玉，权当是他父亲，这些东西真就只有长辈能用。薛蟠也说了，让宝玉改日也哄他，说是他父亲。这一来二去的不就是说，非要以父亲的名义，才能享用这些东西吗。"

秋真拿起一节藕，也笑："就这几样吃食，竟也暗含玄机。怪不得宝玉刚刚回到怡红院，宝钗第一时间就跑来，还特别地说了那些话，说你偏了我家的东西了，昨日，哥哥倒特特请我吃，我不吃，叫他留着送人。我知道我命小福薄，不配吃那个。你们瞅瞅，这是什么好的，怎么就说到命小福薄上了，是不是吃了这些，命就大了？"

芸轩道："《石头记》中的餐食不光精致，且料理复杂，这样例子不胜枚举。可你们瞧瞧桌子上的这几样，也不是什么特别难得的吧，怎么就不配吃，吃了还折福呢？"

山岚道："薛蟠说的话也怪，什么：这么粗这么长，粉脆的鲜藕，这么大的大西瓜，这么长一尾新鲜的鲟鱼，这么大的'一个'暹罗国进贡的灵柏香薰的暹猪。

"我就纳闷，大小不说了，他说了确切的数量，一尾鱼，一个猪，还分给了三四个人，还能留下一部分给自己和宝玉吃，怎么个分法？如何做着吃？都没细讲，这里好像都囫囵着呢，我怎么觉得没法分哪。"

芸轩道："藕是莲根，分藕吃，就怎么让我想到黛玉呢，问题说得差不多了，都觉得这些东西奇奇怪怪，是吧？我告诉你们吧，要解开这一桌专门请宝玉吃的食物之谜，需要从一种仪式说起。"

山岚道："仪式？我猜到了，这些东西摆在这里，乍看好像一桌子供品。"又指画着说："一尾鱼，一头猪，没法分就囫囵着放在这里，是不是供品？这大西瓜和藕。"

芸轩道："靠谱，不知你们对古代祭祀活动有没研究。"

秋真道："我也是听鲁尼她们说起过，主要是祭祖先，祭神祇，还有祭社稷等。"

文亮道："从天子到庶民都祭祖。天子、诸侯祭祖在宗庙。宗庙，又叫太庙、祖庙。古人以为君权神授，是靠祖先护佑得来的。所以，古代天子、诸侯都立宗庙，以供祭祀，并求取庇佑；国家有了大事，也一定到宗庙祭告，以示对祖先的尊敬。所以，宗庙也是国家的象征，其数量和建制有严格规定，天子七庙，可供奉七代祖先。诸侯五庙，大夫三庙，士一庙。

"很多重大的国事活动，也要在宗庙进行。比如皇帝即位时，要到宗庙拜祖先，会群臣，受印玺，称之为庙见，表明天子正式掌握了国家政权。"

山岚道："你是说薛蟠和宝钗在举行庙见仪式。"

芸轩道："不像，如果宗庙被毁了，是不是表明国家亡了？《过秦论》云：一夫作难而七庙隳。是宝玉家的宗庙被人毁了吧。"

秋真走来看道："一桌子祭品？有这样的祭品吗？"

芸轩道："就是祭品，祭品名目繁多，可以是肉食和鲜果，也可以是金玉珠帛。这些旁人不配吃的普通东西，应该是祭品。不如说，宝玉在举行庙隳仪式，这一天离亡国之日不远了。可见，这的确是一桌子供品。"

听她说的肯定，大家看一眼桌上的食物，就有些灰心，别说做成好吃的了，竟再也没有去碰一下的想法了。秋真道："呸呸，我还想给你们做着吃了呢，赶紧扔了算了。"

二人也忙忙地吃完，收拾了桌子，秋真道："你们瞒着我，有了新发现是不是？我就不明白了，宝玉和宝钗之间好好的，薛家兄妹为什么给宝玉送祭品。宝玉出事了？"

芸轩道："很简单，想知道啊下午就别走了。若有时间咱们再做一场秀，把过程给你回放一遍，可以吧。"

秋真想一下道："可以，正好文亮在，这回什么规则？"

芸轩道："先说一个人名，再说这人在你心目中像谁，含一个典故，后说一个影射，再说一句古诗或成语做结语。人物故事么，就局限在'设言蜂腰桥'一回里。说对了景，才让吃晚饭，说不对景，只管去做，还不让吃，如何？"

秋真一听抢着说道:"这个简单我先来,我说程日兴。"

山岚道:"还没准备好,怎么现在就说起来了。"

秋真道:"我没闲工夫等,说干就干有什么可准备的。"

山岚道:"你就抢个程日兴说,说他干嘛,不就是和冷子兴一对吗,都是古董行的人。说白了,他们略知道这里面的玄机规律而已。冷子兴,是冷眼看一个末世的结束;程日兴是热眼看一个新时代的到来。他为薛家兄妹准备这些东西,很符合他的历史任务,谁不知道这些。还有那个胡斯来,光看名字就知道意思。这些太简单,拿他搪塞我们,你不用啰唆,趁早说点别的。"

秋真丢过来一个栗子,对她道:"不就是想抛砖引玉吗?太坏了你。"文亮只是看着笑,她没什么思路,不敢乱说。

山岚道:"别啰唆,要不还是我说?"

秋真问:"我看你能说谁。"

因上午和芸轩讨论过,山岚便胸有成竹道:"贾芸,芸二爷。借用凤姐的话说,这可真是讨人厌得很,得了二爷的益似的,你也二爷,我也二爷。可这个二爷,虽出身普通,却是宝玉的干儿子,虽说舅舅不疼,姥姥不爱,可这个二爷不一般。"

秋真道:"这些都知道,说别的。"

山岚道:"贾芸觐见宝玉一回,是这里的经典。"

秋真道:"不就是一次普通的见面吗?就成了经典?"

山岚道:"我给你形容一下,贾芸到怡红院时的心理活动是这样的。"又拿腔作势地说道:"只见院内略略有几点山石,种着芭蕉,那边有两只仙鹤在松树下剔翎。石景仙鹤,是不是仙境中的画面。芸二爷大概有一种似曾相识燕归来的感觉,像不像宝玉梦中又见到了太虚幻境?

"只见上面悬着一个匾额,四个大字,题道是'怡红快绿'。他寻思:怪道叫'怡红院'呢,原来是这四个字。他的意识中怎么关注这四个字,活像宝玉见到'太虚幻境'、刘姥姥见到'天仙宝镜'时的心思。芭蕉、山石、松柏、仙鹤,在贾芸心目中,这便是高高在上的怡红院。

"虽没看见女儿棠,但贾芸的爱人小红就在这里,隐在海棠花里,她也是怡红院里标准的林姐姐。怡红院，这么郑重其事地出现在贾芸的视线里，他得以细细观察这个金碧辉煌的所在。正寻思着，只听里面隔着纱窗子笑说道：快进来罢。我怎么就忘了你两三个月！

"贾芸听得是宝玉的声音，连忙进入房内。抬头一看，却看不见宝玉在那里。这一句好地道，一种'只缘身在此山中，不识庐山真面目'的意境马上出来。找不到宝玉好啊，不就是说他自己也是块宝玉么。

"果然一回头，只见左边立着一架大穿衣镜，从镜后转出'两个'一般大的十五六岁的丫头来。其实，出来的是一个丫头，外面一个，镜中一个，才是一对。看到这个画面，试想：贾芸看不见宝玉，如果从镜中看见自己呢？是不是也是一对？"

秋真道："你是想说，贾芸就是另一个宝玉？这是从什么地方说起的？"

山岚道："别混我，你再看宝玉的派头，第一次这么拿腔作势的，还真充当起父亲教导儿子的角色了，也是少有的一回。他趿着鞋，倚在床上拿着本书，装模作样的。见他进来，将书掷下，早堆着笑立起身来。是不是长辈人的款儿？贾芸忙上前请了安。其用意多明显，就是要一种仪式感，说明他们的见面是很正式的，有长幼次序的。"

秋真笑道："这么正式，没看宝玉教导贾芸的话吗？又说谁家的戏子好，谁家的花园好，又告诉他，谁家的丫头标致，谁家的酒席丰盛，又是谁家有奇货，又是谁家有异物。倒真像教育孩子呢。"

山岚道："别不服。这才像帝王之间的日常话题呢，平常人家，怎么能看到奇货、异物的。宝玉还拿袭人做法，示范给贾芸看呢。他什么时候在袭人面前这样拿腔作势过，不就是教着贾芸，学着会立规矩吗。"

秋真道："好，就算你说的都是道理，那又怎么了。"

山岚道："还是瞧不起贾芸，他可是唯一一个进入宝玉内室的男人，这也是整个《石头记》破天荒的一次。宝玉请一个外男仔细参观了他的住处，且是被宝玉特特请来的，当儿子一样正经八百地教导。你想啊，宝玉的儿子和凤姐的女儿相聚在怡红院，标志着什么？"

芸轩说："快说，到底觉得他像谁，有没有典故？"

山岚道："芸，典出《老子》，夫物芸芸，各复归其根。芸者，乃芸芸众生之意，《淮南子·王说》中有，芸草可以死而复生。说一句古诗就是：野火烧不尽，春风吹又生。宝二爷的希望要在芸二爷身上复活了。我说完了。"

芸轩道："听上去，宝玉的重生之魂是附在贾芸身上了？我可记着呢，要说错了，后面我要追究的。"

秋真疑惑道："我怎么不知道宝玉重生的事，什么时候宝玉要重生了？他死了吗？"

山岚得意地笑道："你不知道的多着呢，就是那病了三十三天后。你也别追究了，就当他已经死了且复活了，接下来该怎么办吧。"

秋真道："嘿，他又复活了？怎么复活的，为什么复活？谁让他复活？"

芸轩催道："你到底说不说了？"

秋真无奈道："我还没多少谱呢，先将就着听吧，倒比你的有意思。"

山岚道："你说哪位？"

秋真道："你说贾芸，我自然说林红玉啊。也借一句凤姐的话：讨厌得很，得了玉的益似的，你也玉，我也玉，大家都是玉。说起林红玉，更是父亲不疼，母亲不爱了。虽然是林大管家的女儿，所有人似乎不知道她的身份，在怡红院里，是个四等丫鬟，人人都可以支使她。

"奇怪的是，她是《石头记》里第二个林姐姐，她和黛玉最一样的地方，也是为情所困。曹公用佳惠这个人，把这二人串联起来，她去黛玉处送茶叶，正碰上那里分钱，黛玉就抓了两把给她，而她偏偏跑来给了红玉，让红玉帮她管理起来，这个联系怎样？

"佳惠还说小红，你这样懒懒的不是办法，建议她吃黛玉的药，又是一处勾联。连两个'玉儿'的口头语也一样，倒不如早死了干净。"

山岚道："可她们毕竟不是一个人，曹公虽给了二人许多共性，无非想让二人完成一段相同的经历而已。这段经历，一个林姐姐完不成，须得两个林姐姐才行。"

秋真道："这是其一，最主要是告诉咱们，林红玉明显得了病，是相思病。这事不好明写在黛玉身上，只好用这种镜像法，来演示黛玉的'每日家情思睡昏昏'样貌,黛玉也是得了相思病。咱再比较一下这二人,看她们为什么要经历一段相思之苦。

"相思是因无缘,黛玉的姻缘不知道在哪里,红玉的呢?她曾说过:天下没有不散的筵席,不过三年五载,个人干个人去,那时谁还管谁。这么准确地预见未来,说明红玉和贾芸的姻缘,也许只有三年五载或者更短。三年五载是很短的一个时间,其实就是时间短暂的代名词。"

芸轩道:"慢着,我记下了。这一对姻缘的特点是:很短暂,说明这段关于贾芸的历史很短暂,对吗?"

秋真道:"对,林红玉的这段姻缘,不同于林黛玉的,她和贾芸注定是短暂的。二人不同的地方还有,一个是大观园的人尖,上层社会的最宠,却心小如针;一个是大观园里丫头中的丫头,作为林大管家的女儿,是人人可以指使的最底层,却心胸如海。"

芸轩道:"她既不以权谋势,也不靠家庭背景;不自怨自艾,却总是不卑不亢。在这个既'难说话'又'难占地'等级森严的地方,却像一棵顽强的小草,积极努力地成长,壮大,真是难得!难得!"

"我插一句如何?"山岚刚吃完一块点心,说道:"小红的聪明,那才叫绝顶呢。别的不说,但就和李嬷嬷的一段对话,比起贾芸来简直更经典。她本想知道贾芸的行踪,可又不好直问。这么绕来绕去的,就把贾芸来的时间、路径问得明明白白,然后若无其事地等在那里。

"再通过向坠儿打听手帕子的下落,婉转地告诉贾芸,我知道丢的手帕在你那里,简直太绝了。"

芸轩道:"你呀,只知其一不知其二呢,学学看看。"

文亮拍手起哄,山岚站起来,走到秋真跟前儿,学着小红的口气道:"李奶奶,你老人家哪去了?怎打这里来?"

芸轩道:"提醒你们,问题先来了,好好的怎么李奶奶又来当差了,她不是被宝玉赶出去了吗?前些日子还气势汹汹地骂袭人,这会子怎么又来当差?她的事还没完吗?"

秋真道:"难不成是被宝玉偷着又叫回来的?宝玉见贾芸的举动,也有些蹊跷。"

芸轩道:"是逼她来的。是了,直觉告诉我,贾芸的到来,结束了'联房驱寇'策略,被赶走的李奶奶,这是又回到舞台上来了?"

秋真拿起一根棍子,学着李嬷嬷的样子,弯腰走两步,站住,将手一拍,道:"你说说,好好的,又看上了那个种树的什么云哥儿雨哥儿的,这会子逼着我叫了他来。明儿叫上房里听见,可又是不好。"

山岚问听出什么了。

芸轩道:"听出来了,宝玉会见贾芸,没按照法定程序走,且上面不知道这事,要是知道了,不会同意宝玉和贾芸掺和。"

秋真道:"这是啥意思,见个贾芸至于么,不是守着贾琏就说过,改天让贾芸找他说说话吗?这还用藏着掖着的了?不过我也觉得像暗语。"

芸轩道:"刚才山岚说得多明白,不是和贾芸见面不合适,是说将宝玉换成贾芸,不合乎法定程序,见贾芸只不过是宝玉的单方情愿而已。但李奶奶虽是被逼迫,还是同意帮忙的,要不她也不会来传话了不是。"

山岚笑道:"你老人家当真的就依了他去叫了?"

秋真无奈道:"可怎么样呢?"

山岚笑道:"那一个要是知道好歹,就回不进来才是。"

芸轩道:"从话中听出,此次贾芸进来,真的非同小可。他如果知道好歹是不该来的。这件事是宝玉逼着李奶奶偷偷做的,且有一定的危险。"

秋真道:"难道说,贾芸要是知道里面的危险程度,就不该答应来,还是别的用意?"

芸轩道:"也许不是贾芸危险,是这里有危险,如果贾芸知道就不该来。"

文亮道:"有那么点意思,小红走的这条路,是通向蘅芜苑去的,路过蜂腰桥。蜂子要蜇人,这个桥就暗含'危险'之意,小红专门等在这么个地方,和李奶奶说黑话,是不是向贾芸暗递消息?她根本不是发什么情思,得什么相思病,是向他传递危险信号的吧。"

山岚道:"得再看看情形。"

秋真学着李奶奶道:"他又不痴,为什么不进来?"

芸轩道:"贾芸不傻,知道里面的利害关系,尽管不合法,但衡量过后他有充分的理由进来。或者说,他就是知道里面有危险,他自己有数,为什么不来?"

山岚道:"既是进来,你老人家该同他一齐来,回来叫他一个人乱碰,可是不好呢。"

芸轩道:"就是说,既同意他进来,你就应帮人帮到底,同他作着伴,一同面对危险,而不是引他进来后,就弃他于不顾,让他自己乱碰。有抱怨李奶奶的意思。"

秋真道:"我有那么大工夫和他走?不过告诉了他,回来打发个小丫头子或是老婆子,带进他来就完了。"

芸轩道:"我说是吧,她还是瞧不上他的,肯定将来会舍弃他。派来接他的人是不是叫坠儿的?"

山岚道:"是。"

芸轩道:"坠儿,累赘的意思,李奶奶这是嫌弃贾芸,觉得他能成为自己的累赘呢。"

秋真道:"怎么?我继续说了?红玉的聪明没得说,就是宝玉病重时,也是贾芸和小红精心伺候的。可打赏时却没有她的份。可见,林红玉的心事大家都不懂,她和黛玉的不同处,她是怀才不遇,又身处不公,且她也面对来自宝钗的困扰。"

山岚道:"有些不公平我看出来了,倒没看出宝钗来。"

秋真道:"这么明显,没看出来?"

山岚道:"哪里有?"

秋真道:"怡红院里有个和晴雯级别一样的丫鬟,就是绮霰。名字中的霰,也叫霰雪,是一种小雪粒。她让一个未留头的小丫头,拿着些花样子并两张纸,跑来说:这是两个花样子,叫你描出来呢。这个多明显:未留头就是没有长头发;让她描花样子,你忘了?下雪的时候,是谁在屋子里描花样子?"

文亮拍手道:"雪粒子,未留头,描花样子。还正是影射宝钗那里呢。"

秋真道:"对吧。更麻烦的是,恰恰是莺儿把她的新笔拿走了,是不是莺儿就在家描花样子呢？"

芸轩道："一个让她描花样子，一个拿走她的笔，这不是给红玉找麻烦吗。"

秋真道："所以呀，她的忧郁和烦闷，一是因怡红院里不公；二是来自薛家的麻烦。所谓的为情所困，无非是为即将到来的危险而担心。这样看来，林红玉的蜂腰桥'设言传信'还正是想说，怡红院有来自蘅芜苑的危险了。"

山岚笑道："哎呀，说了一大堆我也听得差不多了，你的典故呢？"

秋真道："典故么，以卑贱戴罪之躯，而得慧眼识人之明，更纵横天下，争锋江淮。收豪杰，揽英雄，内平叛逆，外御强仇，挽狂澜于既倒，扶大厦于将倾，古今女子，唯此一人也。"

文亮听了半天，方捋出一点头绪来，才明白她们的意思，道："你说的可是南宋时期的抗金女英雄梁红玉？"

秋真道："怎么？不像吗？反正都是'红玉'就行，听我的古诗是：千年古玉留残红。"

文亮摇摇头道："你这哪里是古诗，骗咱们不成。"

芸轩重复道："千年古玉留残红。好！'残红'一词用得妙，我觉得好，虽不是古诗，可这样形容林红玉最恰当，但愿这个从底层做起来的美好政权，能扭转乾坤，咱们得好好找找，贾芸红玉到底是哪家。文亮，你的呢？"

文亮道："我就说少将军冯紫英，那个冯唐之子。说起冯唐，历史上真有这么个同名同姓的人，乃西汉大臣。文帝时期，为抵御匈奴犯边，文帝听从冯唐建议，赦免魏尚，使其复职云中郡守，冯唐为车骑都尉，辅佐战事，才守住了边关。汉武帝即位后，匈奴再次侵犯，武帝广征贤良，冯唐再次被举荐，可他已经九十多岁了，老了！只能任命其子冯遂为郎，所以后世文人常用'冯唐易老'，来形容老来难以得志的心情。

"我一直觉得，冯紫英父子的出现，和冯遂父子似乎有些相像，我算过，薛蟠和冯紫英骗宝玉出来吃供品的日子，应该是四月二十五日，这一天里一定发生了大事。

"冯紫英还说，他与父亲三月二十八日去铁网山打围，前儿回来的。这时宝玉却说，怪道前儿初三四，他在沈家赴宴时，没见到他。这个初三四指的是哪个月？我想，因还没到五月初三薛蟠的生日，就只能是四月初三四。这个日子宝玉应该还在病中，怎么出来赴宴？"山岚忙点头同意。

文亮又道："但冯紫英又约了个日子，说：多则十日，少则八天，他再请客。实际上，加上这几天，再请客的日子，就是薛蟠的生日五月初三，就是端午前夕。总之，这个端午节是个关口，这样神神秘秘地颠倒宝玉的赴宴时间，冯紫英又透露他和父亲的围猎活动，似乎有一场针对宝玉的围剿阴谋正在进行。"遂数着几个日子：

> 三月二十八日打围；
>
> 四月初三四日赴沈家宴；
>
> 四月二十二日冯紫英打猎归来；
>
> 五月初三日，薛蟠的生日，冯紫英约了请客。

山岚道："日子比较准确，也一定和冯紫英在铁网山打猎受伤有关。还说呢，上午我和芸轩算了半天，发现宝玉被魔魔的日子，和这里边的有几个是接近的，正是三月二十八日，宝玉见鬼了；四月初一日，宝玉就说不在他们家了，要贾母打发他上路。"

芸轩道："怪就怪在四月初一日，宝玉病的那样，怎么初三四就能去沈家赴宴了？"

秋真道："是不是和双真救了他有关？"

芸轩一拍桌子道："四月初一日紧接着就是初三四日，间隔只有两天，哪来的三十多天？问题就出在'三十三天'上。所谓的三十三天，不是实指天数。如果把它看作是佛界里的轮回过程，不算作实际天数，宝玉当然可以初二就好了，初三四日可不就能去赴宴了吗？"

秋真道："这样解释吗？可事实是算进去这些天了。"

芸轩还是不放弃道："或者曹公用的是时空颠倒法，他告诉咱们，正是宝玉养病的这三十三天里，发生了让他死而复生的大事，而这件大事，就发生在冯紫英身上。"

山岚道。"这个结论听上去有道理，跷蹊的地方就暗藏玄机，这是曹公一贯的手法。不用奇怪，时间上的交叉一定是故事上的交叉。"

文亮道："我倒是注意到冯紫英进来前，薛蟠和宝玉谈话的内容了。"

秋真道："他们正在说春宫画儿，和春宫美女有关吗？"

文亮道："不是的。薛蟠把'唐寅'说成'庚黄'，你们不奇怪吗？"

秋真道："不奇怪，薛大傻子不知道唐寅是谁很正常。"

文亮蘸着茶水写了两个字，道："不对，你们看看唐寅和庚黄俩字，看上去差得远呢，瞧瞧。"大家凑过来看着。

文亮继续道："字型差别很大，一般很难搞混。"

"那又怎样？"山岚问。

"不是三十三天有问题，就是三月二十八日有问题。"秋真道："这一天宝玉见鬼了，冯紫英正去打猎。是不是冯紫英才是让宝玉见鬼的人？"

文亮道："四月初三四去赴宴席，本是宝玉不可能出现的时间，而曹公为何把时间说得那样肯定？"

山岚道："那一年闰四月？他俩不是说的一个月份？"

文亮道："瞎猜，写书人之所以说的这样坚定，只有一个解释，就是时间回放。为何时间被回放，是因需要再现让宝玉窒息的可怕过程，这个过程就是宝玉死亡的真相。"

秋真见说的吓人，道："宝玉真死了？真相是什么？"

文亮道："历史上，有个事件非常接近这个时间段，且有的人名中，真带有'庚黄'二字，你们猜是什么事件。"

芸轩连连点头道："左良玉的'清君侧'！这可是继'南明三大疑案'后，又一个葬送南明的重大历史事件。"

文亮道："对，就是它。"

秋真道："能说得再明白点吗，看能不能靠得上啊。"

文亮慢条斯理道："刚才说到你也玉，我也玉，还有什么梁红玉，我就想到了左良玉。他坐镇武昌，位处南京上流，扼据战略要地，是实力较强的大军阀。

"可四镇拥立弘光登基时，左良玉并没有参与，他就算不上定策功臣，所以在朝中备受排斥。再加上他不愿意正面与李自成的军队交手，就利用三大案之一的'假太子案'，做了一份太子手谕，说马士英乱政，迷惑弘光帝，便以'清君侧'为借口，向南京发兵，这和安史之乱的借口一样。"

秋真道："时间对吗？"

芸轩道："左良玉起兵，有说是三月二十五日，有说二十三日的，是不太确定，但和三月二十八日差不多。"

秋真道："差着好几天呢。"

芸轩道："日期的微差，也许是曹公故意的，他的三月十九日肇祸，不也说成三月十五日葫芦庙炸供失火吗。"

文亮道："不是因这个，看看你们算的时间，从三月二十六日后，宝玉生病的时间都开始'暂定'，就是不太确定的意思，但通过冯紫英打猎，确定了二十八日这个日期，是要用这个日期，推断出另一个确切的时间节点，就是左良玉到达九江的时间，正是四月初一日。"

山岚道："这就是宝玉说要离开贾家的日子。这一天能怎样，竟可以当成宝玉'离魂'的日子。"

文亮道："冯紫英点明三月二十八日去打猎，无非是要我们推算他四月一日要出事。这一天，左良玉的部队一路烧杀抢掠，到达九江，便邀江督袁继咸到他舟中相见，取出'皇太子'密谕，逼袁继咸一同前往南京清君侧。

"这显然是谎言，他离开武昌时就大肆屠戮，对朝廷任命的巡抚、总督大员任意拘留，根本就是目无朝廷，也无百姓，为此袁继咸誓死不从。可笑的是，四月初四日，左良玉突然暴死，个中原因，俨然是一个谜。"

秋真道："嘿！这就是宝玉初三四赴席时，不见冯紫英的用意，原来是父亲死了。怪不得冯紫英说，他和父亲一起去打猎，出了大事呢，可他口口声声说的'不幸中之大幸'又是啥？"

文亮道："所谓不幸中之大幸，父亲死了，且死得蹊跷，可是作为儿子的左梦庚，并没有死，而是马上接替了父亲的职位。"

山岚道："当时宝玉就问：单你去了还是老世伯也去了？紫英道：可不是家父去，我没法儿去罢了。难道我闲疯了，咱们几个人吃酒听唱的不乐，寻那个苦恼去? 看起来, 这次打围是他父亲的主张, 他是被逼的。"

秋真道: "左梦庚, 薛蟠说的'庚'是他呀。可左梦庚和薛蟠又是什么关系?"

文亮道: "别小看此人, 正是这个左梦庚, 接任父亲的职务后, 和清军开始作战, 却一路连失建德、彭泽、东流、安庆, 手中握着最有实力的军队, 却让清军打得屁滚尿流, 最后竟然于五月十三日投降清军, 和薛蟠没关系吗?"

芸轩道: "他的投降, 是压垮南明的最后一棵稻草, 从战略上讲, 因'清君侧'事件, 使得弘光朝廷, 将防卫南下清军的部队回撤, 全部用来抵御左良玉部, 致使北面防御出现真空地带, 给了清军迅速突破防线的大好机会, 南京很快在五月十五日全面失守。"

秋真道: "事件这么严重啊, 庚有了, 那'黄'呢?"

文亮道: "其实, 同左梦庚一道降清的还有湖广巡按御史黄澍, 不知道是不是他?"

芸轩道: "倒还有一人也姓黄, 叫黄得功, 本是左良玉的老朋友, 也许是他。清君侧期间, 左梦庚与黄得功展开了殊死较量, 正是这场内耗, 使得整个南明防务出现了致命的问题, 朝廷几乎放弃了迫在眉睫的江北对清防线。"

秋真道: "真是内忧加外患, 倒是和林红玉面对的情形对上景儿了。"

山岚道: "这就是冯紫英说的从三月二十八, 到四月初四日, 在铁网山受伤的话了。父亲死了, 他活着, 为不幸中之大幸。说话的当天, 正是四月二十五日。当时他说, 有一件大大要紧的事等着他, 必须马上就走, 喝了一杯酒, 就匆忙离开, 我就知道什么要紧的事了。"

秋真道: "啥事这么急?"

山岚笑道: "保密。也许为薛蟠卖命去了。这个人比起吴三桂来, 对明朝的打击要大几倍, 同薛蟠再约见面的日期, 也许就是来投降呢。"

文亮笑道: "据说, 左梦庚五月十三日投降, 南京五月十五日沦陷, 截至此时, 三十三天的梦魇终于该醒了。"

秋真摇头道: "五月端午和五月十五, 时间差着十来天呢, 不够完美。道理倒听明白了, 说一句诗才算完。"

文亮沉思一会儿，道："我要破例了。我声明，宁可放弃一顿饭，也要向咱们年轻人说一句大白话，我不是清高，而是真清高，就是：卖国，乃中华不能承受之重；亡国，怎会是不幸之大幸。"

秋真道："这算什么诗？你真不吃饭了？"

芸轩不等说完，道："最后算我的。"

山岚可怜道："我看你没得说了，你那份也省了吧。"

芸轩想了会子笑道："我说个不起眼的小孩，贾兰。"

山岚道："他有什么好说的故事，我看你要输了。"

芸轩道："贾兰，牛心古怪的一个孩子，种种迹象表明，他懂事听话，文武兼修。在大观园里，以孩童玩耍的方式，展开'逐鹿'习射，不失为曹公表达战事的微妙方式。而逐鹿中原之典，出自《史记·淮阴侯列传》，秦失其鹿，天下共逐之。除此之外，还有'获鹿'之典。"

秋真道："没听说过。"

芸轩道："我就告诉你，唐天宝十四年，正是唐玄宗晚年，他不关心朝政，却权欲熏心，使盛唐迅速进入衰败时期。当时，身兼三省节度使手握重兵的安禄山，联合奚、契丹、室韦、突厥等异族，组成共十五万兵士，号称二十万，以忧国之危为名，借机'清君侧'，讨伐杨国忠，在范阳起兵，就是史上著名的安史之乱。

"安禄山，一朝揭竿而起，反叛朝廷，但可悲的是，在战争开始的第二年，也是一命归西。据说，为了抓住安禄山，朝廷还改了一个县名，将鹿泉县改名为'获鹿县'，获鹿即是抓获安禄山之意。"

秋真道："难怪芸轩说清君侧类同安史之乱。原来宝玉看见贾兰习射，是眼睁睁看着大观园里正在上演逐鹿大战，把左良玉出兵，定位成安史之乱，倒不是孤证。"

山岚道："见识独到，来句古诗。"

芸轩道："群胡归来血洗箭，仍唱胡歌饮都市。"

秋真道："好啊，你俩弄鬼瞒着我，总算弄出点眉目了，我看出来宝玉出状况了，等我说说看是不是。一是，南明政府朝政混乱，正被五鬼缠身，一鬼是马士英，四鬼就是四镇；当时政风黑暗，遇事不公，如林红玉在怡红院的遭遇，这才落了让左良玉'清君侧'起兵的口实。二是，北方大顺军撤出北京后，并没有效地抵御清军，从正月里就丢了长安，开始向南溃逃，也使得清军迅速尾随南下，并一路顺利地打到南京。三是，两下里夹击，致使明政权迅速瓦解，这才出现了薛蟠和冯紫英合伙给宝玉送祭品一幕，宝玉是死定了。"

芸轩道："基本正确。不光薛蟠和冯紫英请宝玉赴了鸿门宴，赴宴回到家里，宝钗来得更及时。"

山岚道："宝钗和黛玉也有了较量。"

秋真斜着眼看山岚道："前瞻性提高了，一日不见如隔三秋啊！你倒是说说，她们怎么较量了？"

山岚笑道："宝玉自从二月份入园，三月中浣葬花，然后就见了鬼，四月里有人就送来祭品，五月端午，就该是个关口，我断言，他活不过五月去。"

秋真道："别说没用的，还说说黛玉吧。宝玉都这样了，她情何以堪，不是也正在得相思病吗？"

山岚道："这不说着吗。黛玉的相思故事最凄美，就叫'鸟惊飞'吧。要不，等我改好词，咱们再演一下。"

秋真道："什么鸟惊飞，不如叫'鸟投林'，没工夫等你改词，你现在就说吧。"

山岚道："宝玉虽然好了病，却有很大的变化，像丢了魂一样无精打采。郑重其事地见过贾芸后，也是懒懒地有些葳蕤样，而且和黛玉一样状态，是睡昏昏的。从我的角度看，二人都是失魂落魄地丢了魂，得了病。"

秋真坏笑道："我看哪，一个想粘着袭人不出门，一个又每日家情思睡昏昏。这俩人真出状况了，看宝玉对紫鹃的玩笑：若共你多情小姐同鸳帐，怎舍得叠被铺床？这是赤裸裸的要把紫鹃当红娘呢。"

芸轩也坏笑道："宝玉真是有情况了，他见黛玉星眼微扬，香腮带赤，不觉神魂早荡，一歪身坐在椅子上，笑道：给你个枢子吃！给个'吃枢子'就是拿手指，弹人家额头，打个嚓儿的意思，有些轻佻意味。铺床叠被同鸳帐，一样都有邪味。宝玉怎么真是换了脾性了，怎么变得这样轻佻、唐突了呢？"

山岚道："你知道这是什么信号？"

秋真道："还能是什么信号？"

山岚道："他一进门就对紫鹃说，把你们的好茶倒碗我吃。让人想到宝玉向智能儿要茶喝来。说什么，秦钟要的茶是有情意的，他来黛玉这里要茶，不是更有情意吗？"

芸轩道："潇湘馆里凤尾森森，龙吟细细。凤龙和吟之所在，就有一缕幽香从碧纱窗中暗暗透出，又是'玉生香'再现，黛玉正在布散忧思，期盼合和。"

秋真道："怎么这样的思路了？外面贾兰正上演逐鹿大战，他二人在这里悠哉悠哉相互示爱，什么状况？"

山岚道："事情就坏在二人的矫情上，若即若离的还没怎样呢，那边就出事了。"说着，山岚挠头想词。

秋真道："清高文人不都这样吗，先顾忌自己的清誉和分寸，再考虑挽救对方，可等回过神来，黄花菜都凉了。"

山岚道："对对！这就叫有份无缘，二人刚想发幽情，进状态，可没等好上，宝玉就被薛蟠骗走了，赴那个祭品做的宴会去了。一切都晚了，黛玉都无能为力了。"

芸轩道："每每宝玉遇到危险时，黛玉都能及时赶来，即便宝玉成心躲开她，比如那次单独去会晤宝钗，黛玉都不放弃，可这一次黛玉真像是无能为力了。"

秋真道："怎么看出宝钗对宝玉有危险了，黛玉又如何无能为力了？"

文亮正好向鱼缸里投食，道："诸位，有个明显的线索，我提醒你们。"山岚问是什么。

文亮指着一条金鱼道："宝玉来赴鸿门宴，是薛蟠撒谎，打着贾政的旗号骗出来。黛玉和袭人一样，都为此牵肠挂肚，于是到了晚间，黛玉见宝玉回来了，想来探视宝玉，可巧的是，宝钗却抢先进了怡红院。

"黛玉因为叫不开门，闹了一场很大的误会，咱先不管误会，就是这次探视，黛玉在沁芳溪逗留过，而且看到了溪水里的东西。"

山岚看文亮指着金鱼，一下子明白了，记起宝玉来看黛玉时，顺着沁芳溪看了一回金鱼，又见那边山坡上，两只小鹿箭也似的跑来，正是贾兰射鹿时，便咕哝道："逐鹿的人是金鱼?"

　　文亮听了，禁不住哈哈大笑。

　　芸轩道："黛玉来看宝玉时，见到水里各色水禽都在池中浴水，也认不出名色来，但见一个个纹彩炫耀，好看异常。好看异常的水禽，能是什么? "

　　山岚道："好看的水禽，无外乎鸳鸯，再加上宝玉看到的金鱼，鸳鸯和金字组合起来，可不就是金鸳鸯么! "

　　秋真道："哎呀，满溪都是金鸳鸯。这么说，黛玉确实发现了宝玉所遇到的危险，来自金鸳鸯。无事不登三宝殿，宝钗这是代表金人打上门来了。"山岚在坏笑。

　　芸轩道："还真别笑，宝玉见到水里的金鱼时，正看到逐鹿之事，两件事叠加在一起，说明逐鹿之人就是金人。"

　　山岚笑道："同样道理，黛玉看完金鸳鸯在水里欢游时，一抬头，见宝钗正进入宝玉的院子，用重叠法合起两件事来，乖乖，这才是宝玉该死的时候。"

　　秋真道："什么! 什么! 宝钗进了怡红院，宝玉就该死呀? 人家二人聊得很开心呢，没听见欢声笑语的吗? "

　　芸轩道："什么聊得开心? 小红在蜂腰桥设法让李奶奶传信，说这里危险，也没阻止贾芸进来; 宝玉见到金鱼游动，且有人正在逐鹿中原，就是危险信号; 黛玉同样见到金鸳鸯游动后，宝钗正抢先进入怡红院，她更是来不及阻止，种种迹象都指向一件事，宝玉危险了，黛玉却被挡在门外，无能为力了。"

　　文亮道："到底黛玉是被金鸳鸯给绊住了，看了会子，才耽误了进怡红院的时机，命运使然。黛玉眼睁睁看着宝钗进了宝玉家，却被丫头拒之门外，真造化弄人。"

　　秋真道："眼看被人占了窝没得救，要哭死黛玉了。"

　　山岚叹息道："那一晚，黛玉喊不开宝玉的门是必然的，晴雯和碧痕拌嘴没好气，本想把气移在宝钗身上，其实，没怎么样宝钗，却把黛玉拯救宝玉的机会弄丢了，都是内耗惹的祸，一切真来不及了。"

秋真道:"不祥之兆,我服了。悲悲戚戚的黛玉心都碎了,真是:呜咽一声犹未了,落花满地鸟惊飞。柳枝花朵上,是宿鸟栖鸦。谁又能注意到,惊飞的鸟儿,是一只乌鸦。"又低声道:"对呀,怡红院门前,夜宿乌鸦,晦气!怎会是好兆头。哎!宝玉就真的死定了吗?"

文亮有些愤懑道:"幸得人语证盟誓,忽见他人夺门去。空悲泣,自古汉人出叛徒。叹悲哀,只怪这些个庚黄子!"

于是大家沉默。芸轩看几个有些情绪落落的,便道:"怎么都不说话了?这回我做个结子吧?"

见大家还是没反应,她就说了一段陈后主的《破阵子》,道:"凤阁龙楼连霄汉,玉树琼枝作烟萝,几曾识干戈?一旦归为臣虏,沈腰潘鬓消磨。最是仓皇辞庙日,教坊犹奏别离歌,垂泪对宫娥。"

双玉亡滴翠　芒种泣残红

倒是秋真打破沉默，命撤了东西，看时间还早，便说道："我也不说你们好歹了，算没分出高低来，也别想没用的了，费我半天工夫，我可是领了任务来的。"

原来，剧组受邀，参加五月八日"瘦西湖万花节"的闭幕式，有一档《群芳争艳》节目，导演组安排她二人加个剧目。芸轩道："这样的事怎么找到咱这里了？前几年也不见这些东西，今年新加的吗？"

秋真道："谁知道呢，主办方的意思，我也不了解情况。只听说新加了传统曲目，我大约看了一下单子，好像有《牡丹亭·游园》里的'却原来姹紫嫣红开遍'；《天女散花》里的'祥云冉冉波罗天'；还有《梁祝·十八相送》里的'书房门前一枝梅'等片段。给咱的任务，是编一段《黛玉泣红》里的'花谢欲飞'舞蹈，似乎是为了加重饯花节气氛，别的我也忘了。"

芸轩道："既有了剧目，团里现成的，咱们还编啥。"

山岚道："你还没听出她的用意，是让你编个纪念落花残局的舞。"

秋真道："就你瞎猜。我的意思，就拿出你新编的《残红旧梦》里的几个片段就行，我跟导演大体说了一下，可担心你不同意，也没十分答应，这不找你商量吗？"

芸轩进洗手间，秋真跟在后面，继续道："你不同意我也理解，只觉是个机会不是。"

芸轩道："你可是想多了，我就是觉得不成熟得很，怎么拿出去示人。我一向担心，你又不是不知道。"

秋真道："你是严谨惯了，大家听风是雨的都到处宣扬自己的观点，也犯不着什么。咱又不是做学术研究，只一首诗歌而已，怕什么？你要不放心，再论证一下，行不？"

听秋真这样劝说，芸轩只得答应。先前，山岚就提出一大堆问题，她也只能解释一部分，还有几个问题也想听听她们的看法。若结果好了，就拿个片段出来也没什么。

秋真高兴起来，忙招呼山岚。

山岚又拿来几张大卡片，花花绿绿的，标着符号和文字，大家看时一张上写着《赵姨娘之谜》，内容是这样的：

聪明的女人有心机，那是智慧，糊涂的女人有心机，那是愚蠢。愚蠢的表现：即便用心机做坏事，也是漏洞百出，致使自己的亲生女儿都说自己的母亲阴微卑贱。

赵姨娘成了女儿和丫鬟们口中的"笑话"；贾母口中"烂了舌头"的混账老婆；王夫人口中"养出黑心下流种子"的人。可就是这样一个人，如何过了贾母、王夫人这一关，又如何被一派正经的贾政看上，还成了贾政的姨娘？

秋真没看完就笑道："曹公塑造人物，都是三百六的丰满度，唯有赵姨娘是脸谱化的平面设计思路，更令人惊讶的是，他倒用三百六十度全景描摹她的愚蠢。在好人面前愚蠢，在蛇蝎一样的马道婆面前愚蠢，在女儿跟前更愚蠢。"

芸轩道："其实曹公不是写她有多恶毒和愚蠢，而是让人觉得她一定会在不合适的时间，不合适的地点，说不合适的话，做不合适的事。她的存在，就是整个大观园里的一个'笑柄'，一个不和谐的音符。"

山岚接着问："曹公既然如此厌恶此人，也不是无缘无故的，一定藏在她身上什么厌恶人的秘密？"

芸轩道："有这个可能，咱们得找个突破口才行。"

山岚道："我隐约觉得懂了探春自然懂了她。"

芸轩听了不禁点头。

秋真看第二张卡片写的是《滴翠亭之谜》。内容是滴翠亭原发事件有四疑：

一是以宝钗之庄重，怎会做扑蝴蝶行为？且扑得香汗淋漓，好不辛苦。

二是以宝钗之大方，又怎会做偷听别人谈话的举动？自己做听墙根小人的勾当，反说小红是奸淫狗盗、刁钻古怪的东西，有些贼喊捉贼的味道。

三是她去潇湘馆找黛玉，忽抬头见宝玉进去了，宝钗便站住，自己想：宝玉和林黛玉是从小儿一处长大，他兄妹间多有不避嫌疑之处，嘲笑喜怒无常；况林黛玉素习猜忌，好弄小性儿的。此刻自己也跟了进去，一则宝玉不便，二则黛玉嫌疑。

这可不是她的做派，每每宝黛在一起时，她都会不请自来，也没见她特别避过嫌，这一次偏这样做作，和刚才对小红的感觉一样，是贼喊捉贼，有假正经的嫌疑。

最后，偷听也就罢了，贼喊捉贼也没什么，为何使用金蝉脱壳之计，是逃避别人的嫌疑，还是想嫁祸黛玉？

秋真道："这个没意思，我就能解释得了。"边说边比画道："首先，曹公用的又是蒙太奇，不信看我的镜头。"说着拿起卡纸做成筒状，当个镜头演示。

边走边说道："镜头就当是宝钗的眼睛，这么推到底，见宝玉进到黛玉的屋子里。宝玉的身影消失了，马上转换镜头，从窗子里飞出两只'玉色'蝴蝶。

"这完全用的是'化蝶'套路，二玉化作一双玉色蝴蝶，大如团扇，一上一下，迎风翩跹，十分有趣。蝴蝶飞呀飞呀，就来到了宝钗眼前。她刚才心里还怀疑人家，管她庄重不庄重，掏出团扇，可不就跟头趔趄的扑了上来。"见秋真在动作，山岚憋不住想笑。

秋真道："别笑，我认为宝钗的扑蝶行为满含杀机。你想想，用扇子扑蝴蝶，如果真扑着了，恐怕蝴蝶也非死即伤。所以啊，蝴蝶害怕她，大约就是躲进了滴翠亭。

"请再看我的镜头切换，蝴蝶穿花度柳，将欲过河来了。想象一下啊，你们，是要过河的，然后翩翩进入滴翠亭，进亭子一看，果然，进来的是'二玉'一点没错。"

山岚看她样子滑稽，笑得不行，叉着腰问道："即使进了滴翠亭，里面可是小红和坠儿两个呢，哪有什么二玉。"

秋真道："小瞧我了，里面一个红玉，再飞进一个黛玉，这不是'二玉'吗？她们躲在四面环水的地方，正密谋大事呢。只不过一个是蝴蝶样子，你看不到而已。"

山岚道："还别说，滴翠亭里似乎真不平静。可不知红玉和坠儿干的事，是不是一场密谋。"

芸轩道："你和秋真学一下呗。"

山岚学坠儿道："你瞧瞧这手帕子，果然是你丢的那块，你就拿着；要不是，就还芸二爷去。"

芸轩道："坠儿哪里知道，根本不是小红那块了，是贾芸自己的。"

又有一人说话："可不是我那块！拿来给我罢。"

芸轩道："撒谎！她留下了贾芸的东西。"

又听说道："我寻了来给你，自然谢我；但只是拣的人，你就不拿什么谢他？"

又回道："你别胡说。他是个爷们家，拣了我的东西，自然该还的。我拿什么谢他呢？"

又听说道："你不谢他，我怎么回他呢？况且他再三再四地和我说了，若没谢的，不许我给你呢。"

半晌，又听答道："也罢，拿我这个给他，算谢他的罢。——你要告诉别人呢？须说个誓来。"

芸轩道："慢着，小红要转给贾芸的是什么东西？"

又听说道："我要告诉一个人，就长一个疔，日后不得好死！"

芸轩道："好毒的誓言，私赠信物，一定是件很重要的事，是关乎结盟还是传递重要消息？"

山岚道："结盟。"

秋真笑道："错了，黛玉一定在里面，宝钗还特特地加了一段动作。她故意放重了脚步，笑着叫道：颦儿，我看你往那里藏！一面说，一面故意往前赶。亭内的红玉坠儿刚一推窗，只听宝钗如此说着往前赶，两个人都唬怔了。宝钗反向他二人笑道：你们把林姑娘藏在那里了？

"藏哪里了？就在滴翠亭里没错，这才是曹公的用意，此'二玉'就是彼'二玉'，不是结盟，也不是传消息，是黛玉和红玉，正在躲避宝钗的追扑呢。"

山岚道："宝钗有这么坏吗？不过，这个地方确实有趣，小红要开窗子的瞬间，宝钗的反应真快。我在想，要是我遇到这情况，怎么办？"

秋真道："什么怎么办，肯定也是嫁祸于人呗。"

山岚道："你是说，她这里不该叫金蝉脱壳，先嫁祸成功，才能金蝉脱壳。因说完这句话，红玉就怀疑上了，道：若是宝姑娘听见，还倒罢了。林姑娘嘴里又爱刻薄人，心里又细，她一听见了，倘或走漏了风声，怎么样呢？"

芸轩道："慢着，怕走漏'风声'，就是要传递消息，没错。可什么样消息怕人知道？为什么怕黛玉走漏消息，反而一点不防备宝钗呢？"

山岚道："看来小红的消息很重要，就是，怎么单单防着黛玉呢？"

芸轩道："对呀，防黛玉却根本不防宝钗，奇怪了？"

文亮道："小红的战略部署显然有问题，哪一场战争防着自己人，却不防备宝钗来袭？防御失策才是最危险的。"

秋真道："对，你看人家宝钗，把宝玉身边的人看得透透的。自己的丫鬟宝玉都不认识，宝钗却了解得一清二楚，光听刚才说话的音儿，就知道她是宝玉房里的红玉，还知道她素昔眼空心大，是个头等刁钻古怪东西，厉害吧。"

山岚忽然道："宝钗来袭，我懂什么是'金蝉脱壳'了，金蝉有个'金'字，大概是金人脱壳吧。金人追到这里来了吗，来扑蝴蝶？可为什么要脱壳呢？"

秋真看着芸轩道："不知道，得问她。"

芸轩道："小红和贾芸初次生情，是在一座'翠烟桥'上，记得吗？我就觉得这名字意味好，满是绿意和希望。而这个'滴翠亭'，同样让我觉得，这里该是生机盎然的地方，似乎又是专为小红设计的。"

"可如今，这里竟成了'二玉'的避难所，又是四面环水的孤亭。宝钗说的对，一定是又钻在山子洞里去了。遇见蛇，咬一口也罢了。黛玉被蛇咬一口，怕是真的了。"

第二十七回

双玉亡滴翠　芒种泣残红

文亮道："这一节，可是有名的'杨妃戏彩蝶'，意境美妙，几百年来令人称赏不已。现如今你们几个，竟把宝钗说成美女蛇，怕伤很多人的心。"

芸轩道："这可没办法。宝钗脸似银盆，肌肤丰美，大约就是照杨玉环的容貌塑造的，说她是杨妃不为过。既说她是杨妃，就使人想到因杨妃造成的安史之乱，滴翠亭的危险可想而知。"

秋真道："四面是'水'，就是被清人包围了。"

芸轩道："小红被金人包围了，企图传递危险信号，不知有没有人回应她？她要坠儿帮她传递的重要东西是什么？得需要找到。"

山岚道："怎么找？没说什么物件。"

芸轩道："容我想想。"

秋真道："好，看我继续推理。宝钗说黛玉，山子洞里遇见蛇，咬一口也罢了。岂不知，咬她一口的不是别个，是宝钗自己。"

说着，又卷起纸筒放到眼睛上，向四周巡视着笑道："我的镜头继续推移，转到山坡上，找找山子洞在哪里。此时，小红正好从凤姐家出来，刚到山子洞前，发现从山子洞出来的人不是黛玉，而是司棋。"

拿下纸眼镜笑道："宝钗的金蝉脱壳，显然被小红识破了，里面没有黛玉，这又怎样解释？"

山岚笑起来道："里面根本没有黛玉，是黛玉金蝉脱壳了吧，看来黛玉逃过了这一劫。"

芸轩突然道："说山子洞，我想起来了。小红被凤姐喊走了，就是让她传话、取东西的。传话就是传消息，取东西，是不是也是传东西？秋真，干脆再用一下你的镜头，对着小红递给坠儿的物件来个特写，看看到底是什么，再跟着小红一路走走试试。"

秋真道："得嘞！小红到凤姐房间，记着凤姐说的：里头床头间，有一个小荷包，拿了来，一路回来找凤姐。怎么样，看得真切不？"

芸轩点头道："看得很真切了。原来小红给贾芸传递的东西，就是荷包，这可是个定情物件，不错，不错。"

山岚道："传个荷包也没什么吗？至于这么得意。"

芸轩道:"荷包不重要,重要的是小红带回平儿的消息呢,那几句话你要是说得干净,明日我请你。"

山岚清了一下嗓门道:"谁怕你,听好了都。我们奶奶问这里奶奶好。原是我们二爷不在家,虽然迟了两天,只管请奶奶放心。等五奶奶好些,我们奶奶还会了五奶奶来瞧奶奶呢。

"五奶奶前儿打发了人来说,舅奶奶带了信来了,问奶奶好,还要和这里的姑奶奶寻两丸延年神验万全丹。若有了,奶奶打发人来,只管送在我们奶奶这里。明儿有人去,就顺路给那边舅奶奶带去的。"说的山岚一时接不上气来,大家也跟着笑个不停。

山岚道:"真是理不清了。"又拿出一张卡片,上画着几个奇怪的圈圈。仔细看,原是大大小小的四个圈,里面分别写着:链二奶奶、五奶奶、舅奶奶、姑奶奶、这里奶奶。然后,扯扯连连的像作战图。并标着一个物品名字:延年神验万全丹。

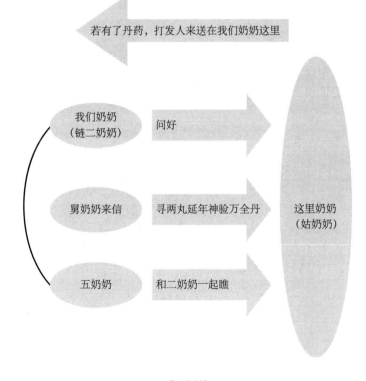

秋真道："这什么鬼画符，爷爷奶奶一大堆。"

文亮笑道："你到底有限，前日还议过这个呢。"然后指着图说："你看，这里只有'这里奶奶'有派谱。"

山岚道："看我解释的合不合意。"

拿笔指着几个圈圈道："凤姐说了，怨不得你不懂，这是四五门子的话呢。我数了数，是四家子奶奶的事。这个是我们琏二奶奶，最厉害的数'这里奶奶'，却最跷蹊。

"平儿说原是我们二爷不在家，就迟了两日。请问贾琏啥时候不在家了？显然是贾赦生病时，贾琏曾受贾赦之命，急忙赶到兴邑去了。这事似乎和贾赦生病有关，也和贾琏去兴邑有关。这个信息又一次露出头来，就是说贾琏去兴邑的这两天，耽误了凤姐向这位奶奶问安。再问你们，这个兴邑在哪里？"

义亮道："古时被称作邑的地方很多，当天就能来回的话，这个兴邑大约在南京附近，是不是扬州的兴化？是扬州出什么事了吧。"

芸轩道："这个线索原来藏到这里了。正好前面说过，扬州的林子洞里，正在排兵布阵，真是扬州出事了。难道贾琏是去救急，为了扬州的事？"

山岚道："地点算找到了，咱们先放一下，还是说那位'这里奶奶'。这三家奶奶都向她问好，可见她的地位最高，只是舅奶奶出事了，好像病了，要向'这里奶奶'寻两丸'延年神验万全丹'。乍听起来，虽是绕了些，仔细看看，却是清楚得很。"

秋真道："怎么个清楚法？"

山岚道："是这么着，舅奶奶托琏二奶奶，向'那家奶奶'要'万全丹'。意思是舅奶奶病了，要'延年益寿'的药，且应该是神验无比的'万全'之药。还不如说，她要救命的万全之策，她需要救急呢，舅奶奶肯定是遇到了生命危险。"

秋真笑道："若有了，奶奶打发人来，只管送在我们奶奶这里。明儿有人去，就顺路给那边舅奶奶带去的。我思量结局，赶到明儿若有了，怕是一切都来不及了呢。"

文亮提醒道："这里还有个五奶奶呢，似乎只是个有病的传信人，是不是那个缠宝玉的五鬼奶奶？"

山岚道："提示得对，因五奶奶有病，耽误了舅奶奶的事，可谁是舅奶奶？"

文亮道："舅奶奶带了信来，问奶奶好，还要和这里的姑奶奶，寻两丸延年神验万全丹。看到没，这个送求救信的人，就是舅奶奶。"

山岚道："你是说，实际遇到危险的人，就是这个舅奶奶，她正向外传送消息呢。"

文亮道："那就看看是谁正向外送信？"

山岚道："小红啊。"

文亮道："我也不知对不对，应该追溯到宝钗扑的蝴蝶上，小红送信时，正是'二玉'遇到危险之际。"

芸轩道："没错，这四五门子的奶奶们，包括'五奶奶'，大概都是些喜欢内讧的主，都各干各的营生，虽然一大堆，可谁也顾不上谁。特别是那位'这里奶奶'，数她最厉害，都得向她问好，可她也救不了舅奶奶的急。这就是宝钗扑蝶时，滴翠亭里发生的故事。"

大家听她这样说，都觉得有理，也大略看出了小红和舅奶奶的关系，正等着芸轩告诉是哪一场战役，才让小红没命地求救，山岚忙又制止道："还得保密。"

秋真道："好啊，冯紫英四月二十五日顾不得喝酒，有急事走了，问什么急事，你要保密；小红被围困在水中，为什么有人见死不救？你又保密，是不是同一场战役？快说出来，我就饶了你。"

山岚道："时机未到，时间是四月二十五日，地点是扬州城，故事情节是宝玉被堵在家里，小红被困水中，但还缺少动机，没找到幕后指使呢，不是证据越多越好吗？别急，你们再看看这些。"说着，一下子拿出好几张纸笺，说这是自己忙了一晚上，没睡觉才罗列出来的问题。几个人分别拿在手上看，芸轩手里一张，写的是：贾探春之谜。

宝玉刚病愈两天，探春为何说，整整三天没见到宝玉了？推算下来，五月初二宝玉才好利索回园里，说话的档口是四月二十六日，芒种节的上午，别

第二十七回

双玉亡滴翠　芒种泣残红

说是整三天没见面，宝玉根本还没好呢，怎么见面？只有两种解释：那时节，宝玉在王夫人的内室养病，癞和尚说的是：除亲身妻母外，不可使阴人冲犯。难道除了王夫人，探春也能见他，难道探春不是阴人？

第二个解释，那三十三天只是个轮回虚数，实际上宝玉在四月初二就好了，已回到园里来，因初三四还赴过沈家宴会。可为何强调三天没见面呢，到底什么意思？

当时，宝玉回答：我前儿还在大嫂子跟前问你呢。难道病中宝玉还和大嫂子见过面？大嫂子也不是阴人？否则，探春说的三天没见，真的没法解释。

探春特别喊宝玉过来说体己话，如此郑重其事，也是绝无仅有，背人的体己话中，有三个主题思想值得重视：

一是他们来到石榴树下交谈，必须注意这棵石榴树。二是交谈的话头，是探春特特向宝玉要些玩意：柳枝篮了，竹子香盒，胶泥风炉。这三样玩物代表什么？是些什么爱物也值当这样神秘兮兮地说。

三是做鞋子，兄妹二人论到了一双鞋子。在《石头记》中，这似乎是一件具有象征意义的物件。比如赵姨娘为贾环做鞋，用一些别人剩下的碎绸缎。所以，当她知道探春给宝玉做而不给贾环时，就抱怨得了不得。探春也说了，每个爷们都有针线上的人，根本不是她的分内。她做鞋子纯是看心情，赵姨娘抱怨得没道理。

而赵姨娘说：正经兄弟，鞋搭拉袜搭拉，没人看的见，且作这些东西！她的抱怨不是没道理，做针线倒有限，她是因探春偏心，自己亲兄弟不管，去讨好隔母兄弟，且作这些东西！她不理解，探春做这样东西的目的，或者嫌探春有攀高枝的企图。

探春这样做的理由，她自己也说了，为让宝玉给自己带回些爱物，作为报答，她不仅做鞋且做得出奇精致，其精致程度，不光宝玉不敢提鞋子是三妹妹做的，还对贾政撒谎说是舅母做的。贾政也说：何苦来！虚耗人力，作践绫罗，作这样的东西。

都提到"作这样东西"不合适，可见探春做的鞋子一定很特别，很精致。贾政为何讨厌这双精致的鞋子，肯定和赵姨娘一样，也是不理解探春做这样鞋子的动机。

可见，探春对鞋子下的功夫多大，对那三样东西的稀罕程度多大。所以，关注点应当放到三样物件和鞋子上。为此，探春说赵姨娘是个"笑话"，原话是：说我攒的钱为何给你使，倒不给环儿使，又好气又好笑。

好笑吗？其实，她可以向赵姨娘解释一番自己的目的，却为何不做辩解，为何赌气往太太跟前去了？难道真是宁愿得罪母亲，也要攀王夫人这高枝？

芸轩看了笑而不答，待山岚再问她，只说了一句，"这就是你说的动机吗？你都保密，我就更不能说了。可要想懂了探春的目的，必须搞明白赵姨娘。"

文亮手中举着一张《落花图》，画的是红艳艳的凤仙、石榴，单见落花满地，写的是：落花之谜。

"《石头记》诗云：三月香巢已垒成，梁间燕子太无情！明年花发虽可啄，却不道，人去梁空巢也倾。"文亮刚念完这一段，说道："什么事件导致人去梁空巢也倾？是燕子无情还是落花无情？你这画上落的为何是凤仙石榴？凤姐是凤仙吗？石榴是元春还是探春？凤姐元春要出事吗？"

再看另一页，写着：芒种节之谜。

四月二十六日未时交芒种。

年限上下扩展，经查有三个年份，都是四月二十六日交芒种节，分别是：

万历三十九年，即一六一一年 16 时 39 分；

崇祯三年，即一六三零年 6 时 47 分；

康熙四十五年，即一七零七年 15 时 43 分。

未时，应该是下午一点到三点之间，若准确到时辰时，前面便没有一个时间能对上号。难道还是像秦可卿病重时的十一月三十日冬至一样，曝出一个精确的错误时间，目的是让人们反复推究，看清隐藏于这个时间后的东西？这个芒种节里到底藏着什么？

听文亮念完，山岚道："我列出来的问题还有呢，不信再看看这几张。"

秋真道："别看了，我头都大了。正经问题没解决，又搞些你都弄不明白的。你查的时辰也许不对呢，范围也小，怎么不查康熙以后的呢？没什么参考价值。咱还是一个一个来吧，别的我说不上来，就古时的鞋子之类，我的戏装间就有几十种，感兴趣的话，我可以申请让你们开开眼。"

山岚赌气道："开眼就算了，你还是让我开开耳吧。"

秋真道："听好了，古人对鞋子可是有讲究的，可以说是身份的象征，有鞋靴屦之分。战国时期，为便于征战，赵武灵王引进了胡服骑射，成为中国服饰革新第一人，同时，鞋子也有了很大变化。

"古时称鞋子叫屦，秦汉时期已男女有别，按天方地圆的寓意，男屦方头，女屦圆头；隋唐则是衣履发展的巅峰期，靴履的形制多样化起来，质地多有彩皮、草编、木屐，富人家也装饰上珠宝；直到南唐后主李煜时期，一种极端的审美风行起来，就是女人的三寸金莲，出现了缠足履。"

山岚道："这个，我可听过几个版本，好像缠足起源于孔子还是什么人？"

秋真道："别混我，不想听我叫歇着了。"停了会子，继续道："明代以前，男子几乎穿靴，女子穿缠足履，明后期就恢复唐朝制度，特别是朝服，全部将靴子改为黑色，鞋底是白色，叫白底皂靴。按规定，朝堂之上必须着皂靴，但在家中可穿鞋子。清代延续明代制度，只是女鞋发生了变化，因满人的北方生活习惯，出现木质高跟鞋。"

山岚问："说这些不是远了吗。"

"别急呀，鞋音同'谐'，便有了和谐、成双的寓意，又音同'邪'。所以，送鞋就有了辟邪之意。"

山岚笑道："宝玉刚中邪，还真需要辟呢。"

秋真道："他才不避讳呢。说起宝玉穿鞋，没发现他有个习惯吗？在家就不大正经穿鞋子，爱趿鞋。"说着，秋真脱了鞋子，趿拉上给众人看，道："就是鞋跟踩在脚底，穿拖鞋的样子。好几回中都有宝玉趿鞋的情形，比如：大早晨去看黛玉房间；假装看花，找小红；还有，把贾芸叫来在卧房里会面。有一回里写得更清楚，宝玉趿着蝴蝶落花鞋，这双鞋跟蝴蝶有关呐，是不是可以联想到宝钗？"

文亮道："记得第三回，宝玉第一次出场，就蹬着青缎粉底小朝靴，去拜见贾赦时也是脱了鞋换上靴。可见那时上朝是穿靴子的。"

山岚又道："雨夜访潇湘，却在蝴蝶落花鞋外，又穿了棠木屐，雪中赏梅时，穿的又是沙棠木屐。木屐，是北方人的最爱。"

秋真道："这木屐，还是北静王给的呢，难免要中邪。"

文亮笑道："这似乎切题了。别人的鞋子没见提过，却不厌其烦地写宝玉的鞋子，鞋子一定代表着什么。我算过，给宝玉做过鞋的人，有限的几个。你们看，晴雯是宝玉屋里的专职绣娘，但好像内衣和鞋子只由袭人一个人做。"

山岚道："谁叫她是皇帝的贴身龙衣呢。可她又料不开这些，曾偷偷求湘云给做鞋子，看来湘云也做过。"

秋真道："第三个人就是探春了，她加工夫做一双豪华绣花鞋，用意明显。是说此三人皆有成就龙裔之举，从这一点上讲，她应该做给贾环，赵姨娘抱怨的一点没错，从鞋子的象征意义上讲，和她配班子的人该是环三哥。"

芸轩道："她的事可没这么简单，下这样结论为时尚早。我还知道，古时木屐乃隐隼之屐。隐隼，人们常附会为阴谋乱世之兆，虽然不能唐突咱们探春，现只说她跟宝玉要的那三样东西，又能理论出些什么来？"

不知什么时候，山岚去里间屋子，早拿了三样玩意来，在那里摆来摆去，又得意道："这是我做的，你们知道吗？探春要的东西，咱们这里没有市卖，我可花了功夫了。"

大家凑过来看，果然精巧。

文亮拿起一个风炉，把玩了一会："也就这个还可爱。"

秋真道："看来你懂这个。"

文亮道："据《茶经》上说，风炉是古鼎的样子，材质有用熟铁打的也有用泥巴垛的。探春要的这个是胶泥的。"

秋真道："怪道山岚能钻研出来，原来是个烧茶水用的炉子。要这么个东西干啥，探春也想烧茶水么？"

文亮道："不是要烧水，只是个玩意。"

秋真道："没什么好玩的，探春特特要这个吗？"

文亮道："你们看这小风炉的下方，有三只脚，脚上都铸上籀文，每脚七字共二十一个字。看这只脚上写着：坎上巽下离于中；再看另一只脚上写着："

体均五行去百疾；第三只脚上写着：圣唐灭胡明年铸。"

秋真道："这些字有意思。"

文亮道："最后一句才有意思，圣唐灭胡明年铸。"

秋真道："啥讲究这是？"

文亮道："做这个炉子的人说呀，安史之乱后，发誓明年要消灭胡人。这茶炉子和灭胡有关，宝玉大概也有，小红当班烧茶，也许就用这样的。"

秋真点头，然后又去观赏那个柳条篮子。

边摆弄，说道："一个茶炉子，竟也藏着'灭胡'的历史。这个柳枝篮子就更不用说了。"说着，提在手中转了一个圈子问："我像不像提篮观音？"

山岚笑道："不像，倒像个渔婆。"

文亮道："我想象到了，若是探春手里拿个柳枝，像救苦救难的观世音呢。柳枝赠人，有'留之'的意思。如果送鞋有'送行'的意思，是不是说，探春神神秘秘和宝玉说体己话，是和宝玉正依依不舍地惜别呢？"

山岚高兴得眼睛一亮道："我明白了探春要这些东西的用意了。不光是惜别，好像还是在表心迹。还有这个竹子根抠的香盒，竹子代表不屈不挠，意志坚贞。她用心加工夫做鞋，表示对宝玉的意志更上心，想用这三样东西的寓意，告诉宝玉自己的心志：你安心走吧，我对你留下的遗愿会更加上心，一定要完成明年灭胡的任务。"

芸轩道："有道理！探春的背景是一颗石榴树，石榴本是象征元春的，可元春走了，宝玉也要走了，石榴落花了，是不是元春的时代要终结了，要被探春代替了？"

文亮道："那凤仙花呢？"

几个人面面相觑，然后异口同声地说："自然是凤姐。"

芸轩笑道："不错，落英纷纷，却只说石榴和凤仙，真是元春和凤姐当政的时代行将结束了。所以，探春是代表元春来为宝玉送行的。"可山岚还是忘不掉探春说的那句话，为什么说自己和宝玉整整三天没见了，到底啥意思？芸轩笑而不答。

讨论正在兴头上，秋真的组里来人，要她晚上到团里开专题会，准备明天开机，拍摄"吴梅村避乱矾清湖"一场。来人说，还需要芸轩来，场景选在西溪湿地。秋真忽然想起要用吴梅村的《圆圆曲》，就让芸轩找出来给她，饭也来不及吃，匆匆地准备去了。

第二日一早，二人就投入到现场里。这一场戏，场面混乱嘈杂，又是风又是雨，残垣败壁，亡国前的景象可想而知。光准备现场就半个月，没拍到一半，芸轩就累病了，只得回到红豆馆养息。

山岚着急芸轩的身体，知道她吃不消，可也没法子，只好从生活上照顾些。好在秋真的体力还行，一路撑下来，好歹完成了任务。

一直拖到五月八日，也就是万花节的最后一天，芸轩的身体也没好利索。她面色憔悴，再加上这几日反复构思《残红旧梦》的编舞，又不断地和几个编舞老师交流细节，觉也不曾睡好一个晚上。

八日，天气暖暖的，一路上到处柳絮飘飞，枝条油绿。芸轩一行十几人，来到瘦西湖的万花园里。走过幽篁馆，穿过石壁流淙，来到琼花广场。这里简直就是花的海洋，也是人的海洋。看到满眼白雪琼花，芸轩不仅叹道："琼花芍药世无论，偶不题诗便怨人。"

秋真接道："曾向无双亭下醉，自知不负广陵春。看来，咱们是辜负了。"其他人也忘我地赏花流连，陶醉其中。

随后，她们来到水竹居。进到院前，秋真招呼几个人，又嘱咐一下昨天才定稿的编舞。唱诗班的演员，正小声合唱着。山岚和芸轩坐在亭子边栏上看花，几只蝴蝶，在花丛中翩翩飞舞。

山岚拉了一下芸轩的衣袖，指着一对母子笑道："你看那个小男孩，真可爱。"芸轩抬眼看去，发现小男孩要妈妈帮他扑蝴蝶。无奈，妈妈拿一个柳枝，在花丛中扑来扑去。男孩就跟在妈妈身后，娘儿两个忙着在花丛里穿梭。

男孩高兴地跳着笑着，妈妈开始是无奈，看到儿子高兴的样子，也开心地笑起来。此时，一只玉色蝴蝶，落在男孩子前边的花心上，那男孩双手扑去，蝴蝶飞了，花儿落了一地，小男孩黯然看着落花哭起来。而那只蝴蝶悠悠地向水竹居飞来，飞到芸轩的跟前，悄悄地落了下来。

芸轩先是有趣地看了一会，突然自语道："如果这里不是'滴翠亭'，而是

'瘦西湖'，又是在扬州，那宝钗的扑蝶行动，不就是扬州之战吗？"

想到这里，她激动地把秋真拽过来，不由分说道："如果说秦可卿之死，是'冬至'的到来，那这一次扑蝶事件，就是'亡种'末日。"

秋真奇怪地笑道："你是犯邪了还是魔怔了，怎么净说胡话，什么冬至、芒种的。"

山岚道："就是冬至来临，亡种日到。我知道四月二十六日芒种节的奥秘了。"

秋真道："不保密了？快说说看。"

山岚道："我须得把四五门子的事，嫁接到一起说，可能接出一个全貌来，别听糊涂了就行。镜头从两只'玉色'蝴蝶开始，宝钗一路追捕，过河，进了滴翠亭，蝴蝶被困孤亭；里面小红正在托坠儿，向外递送被困的消息，且通过凤姐的荷包，意欲向'这里奶奶'就是朝廷，寻求救命的万全之策，可四五门子的奶奶，没一个帮她，消息似乎耽搁了，等消息传出，一切都来不及了。

"而朝廷战略部署上的错误，正是防御自己人，任由金人一路杀来，于是宝玉被宝钗堵在家里，黛玉无奈地眼巴巴地看着一切不可挽回；于是一场灾难降临'瘦西湖'，想必凤仙花和蝴蝶都没有幸免于难；薛宝钗多么希望黛玉在林子洞里被蛇咬一口，而林红玉发现，从山子洞里出来的是司棋，黛玉此次幸免于难；而且探春时代来临了。

"这个日子正是四月二十六日，从这一天开始，扬州被屠城十日，几乎无人生还，扬州成为空城。这一日，自然成了汉人的'亡种'之日，就有了奇怪的四月二十六日未时交芒种之谜。"

秋真笑道："你这样夹枪夹棒地说，也就是我还听出点意思。就是著名的'扬州十日'吗？好像也说得过去。当时，史可法确实向朝廷连连报急，可就是四五门子奶奶的四镇总兵和马士英等，正忙着和左良玉内战，不是隔岸观火，就是忙着大肆抢掠自己人，没人出兵相救。"

山岚道："不是好像说得过去，是非常符合逻辑。四月二十五日，就是冯紫英说的'有一件大大要紧事'的那日，他连酒都没工夫喝好，匆匆走了。这回原因找到了，第二天扬州城破，史可法战死，可不就是大大要紧的事吗？"

芸轩道："清军占领扬州后，多铎以不听招降为由，下令屠杀扬州百姓连续十天，死亡逾几十万人，这才是弘光政权真正灭亡的时间，把这一日称作'亡种'日，一点不为过。"

山岚道："弘光政权上演的就是一场闹剧。"

秋真道："倒是黛玉逃过一劫还没着落。"

文亮道："说来好笑，李自成部一路南下，本想夺取南京，可惜选择了错误的时机，反而被尾随追来的金兵咬了一口，幸亏逃得及时，金兵才顺势包围了扬州。"

秋真道："把北京拱手送给金人还不算，又来重复这么一出，这个端午节真是中邪了，芒种节就是弘光朝的覆灭日。芸轩，有这个发现，你还用担心吗？依我看《残红旧梦》的主题，很经得住推敲的。"

芸轩道："我不是担心这些，我是担心那些花，咱们也学学黛玉，来收拾一下眼前这些落花吧。"说着，几个人拾掇一番，走出水竹居。

万花节接近尾声，有些花儿也到了落英时节。昨夜又下了新雨，只见花丛下，红艳艳一片片。芸轩蹲在花前捡起托在掌心，竟似还有生命的颜色，鲜艳如同活生生的，怎让人不揪心，不爱怜。

主题晚会，放在最后一个夜晚，芸轩她们的曲目，又放在节目最后。只听主持人道："下面是乐舞诗《残红旧梦》，是芸轩女士专为'黛玉葬花'而作。此时冷月渡疏影，只见清魂舞落花。请大家欣赏。"

只见，月色与落花在幕布上流动。此时音乐响起，十二个身着粉衣的女子，簇拥着一个白衣女子走上舞台。听时音乐怅怅，看时舞女翩翩，一个声音吟唱道：

> 残春三月花薄命，忍看夕阳落江中。
>
> 可怜五月乍初时，半江萧瑟半江红。
>
> 燕含香泥到江南，箫鼓征征过秦川。
>
> 愁语梁间知难栖，何事惊起梦不还。
>
>
> 当初相约榴花林，装成满园弄残春。

第二十七回
双玉亡滴翠　芒种泣残红

园中蝶舞纷飞落，错怨狂风夺柳魂。

去年香巢五月成，今年五月燕巢倾。

马上呼离南宫苑，亡命君王失后庭。

花谢柳飞事已空，江山零落败垣横。

曾是玉魂不堪辱，余恨空留泣残红。

风刀血雨花溅落，多少凄凉祭花冢。

收罢残红掩艳骨，净土重铸红楼梦。

　　唱罢，音乐似一声召唤，女儿们消失在夜幕中，一个男士舞者出现在舞台中央，只听一个男孩的声音唱到：

扬州四月杜宇归，又闻子规夜啼鸣。

宫廷杜陵争相艳，南内春深胭脂井。

乌鸦不离帝王侧，致使君侧染血红。

曼舞杨妃蝴蝶曲，血染青草十日中。

八旗十面困扬州，淮扬隔岸望京城。

随香飘到滴翠亭，花落蝶亡梦成空。

沧江离乱英魂散，可怜哀鸿遍野滩。

斯城斯人难再现，斯悲斯伤怎释还。

恸倒花前无是处，忍看花谢诉悲戚。

亡魂何处悲歌发，寂寞荒原空离离。

花痴梅痴人也痴，北邙山上埋忠骨。

一朝残红付寒梅，愿教梅红化玉壶。

　　曲舞未完，只听人群中有窃窃私语者，山岚正在近旁，侧耳听时，一个说："真新鲜，听上去，好像说到了八旗兵占领扬州城的事。"

　　另一个道："那是哪辈子的事，是说的'扬州十日'吗？怎么可能，还和黛玉葬花扯在一块了，黛玉葬花，倒葬出个亡国的故事来，头回听说。"

这一个又道："说不清对错，要说冰雪聪明的黛玉，单单因丫头们丧语歪气地说了几句话，就这么伤神，是有些过了。就是因为丫头不让她进宝玉的院子，就这么疑心宝玉不待见她，还就哭到鸟惊心的程度，也不至于，真有些夸张。也许人家黛玉真遇到了别的大伤心事呢。"

另一个又道："即便真是大事，得多大的事？至于就说一年三百六十日，风刀霜剑严相逼。这些言过其实的话，还真值得推敲。"

这个道："还别说人家没道理，况且《葬花吟》中，明显带有什么'燕去巢倾，人去梁空'的句子，似是家破人亡的词儿。三百六十天，正好又是一年。这与那个朱由崧政权只一年的时间，好像也一致。"

"哎！他可不就当了整一年皇帝吗，他那皇帝当得，可真是半点没安分，倒是说他的境况，风刀霜剑严相逼的。"另一个也就不作声，只点点头。

此时，曲终人散人们开始离场，熙熙攘攘的，明显听到人们热切地议论着什么。回到家时，山岚还兴奋得不得了，想到人们的热切反应，替芸轩享受着莫大的安慰，最让她高兴的是，总算没走错路子。

她躺在床上翻来覆去总也没法入睡，便悄悄来到芸轩屋里，见她还在写着什么，便躺进芸轩的被窝里。

芸轩停笔笑道："你也梦游吗？"

山岚道："求你告诉了吧，为啥探春整三天没见宝玉。"

芸轩道："还没忘这茬呢。"

山岚道："我琢磨半晚上了，也没个头绪，你准知道。"

芸轩道："那好，你得顺着我的思路走才能看到真相。"

山岚道："行。"

芸轩道："秋真的镜头里只看到那双玉色蝴蝶，就跟着蝴蝶走了。要我说，虽是一双蝴蝶，其实走的只有一只，你们还不信，如果把她的镜头留下，看看两个真'玉儿'在干什么，才是关键点。"

山岚道："二人闹了好几天别扭，在赌气，宝玉进黛玉的院子来先寒暄，可黛玉像没听见，根本没理睬他，回头和紫鹃交待了几句话，竟自己走了。"

芸轩道："她交待些什么话？"

山岚道:"把屋子收拾了,撂下一扇纱屉;看那大燕子回来,把帘子放下来,拿狮子倚住;烧了香就把炉罩上。"

山岚自己说完思忖了会子道:"是奇怪,她让紫鹃为一只回来的大燕子做这些事,准备得好精致。先把屋子收拾干净,再放下一扇纱窗来,是茜纱窗吗?好让燕子进来吗?真是精心又细心。等燕子回来,就把帘子放下来。显然是不想让他走了,还要上香,再用狮子依上门。用狮子,难道是为燕子看守门户?黛玉这样做,似乎不是为一只普通的燕子。"

芸轩道:"我提醒你,注意黛玉对宝玉的态度。"

山岚道:"她还为那事不自在呢。"

芸轩道:"再想想曹公怎么说的?"

山岚道:"宝玉和她说话,她却回头安排紫鹃事,一面说一面走,正眼也不看,各自出了院门,一直找别的姊妹去了。倒是没说态度的话,似乎对宝玉视而不见的样子。"

芸轩道:"好,视而不见好。咱们的镜头跟着黛玉走,看她的眼里都见了些啥?为什么对宝玉视而不见。"

山岚翻了个身,趴在被窝里道:"只见宝钗探春正在那边看仙鹤,黛玉来了,三个一同站着说话儿呢。又见宝玉来了,探春才说:宝哥哥身上好?我整整三天没见你了。"

芸轩道:"哎,这就是你关心的三天不见面的话。黛玉对宝玉的话和人视而不见,听而不闻,却精心等待一只要回来的大燕子。刚走到这里,又看见了仙鹤。记得那句:梁间燕子太无情了吗?还有这只怡红院的仙鹤,不都影射在宝玉身上吗?你能体会不出黛玉为何这样?"

山岚忽的一下坐了起来,道:"人去、梁空、巢也倾。这只燕子,原是一只失去巢穴的燕子;那只鹤也是宝玉驾鹤归来的灵魂。老天!怪不得黛玉视而不见,来她屋子的宝玉,就是那只大燕子;探春见到的宝哥哥,也是一只归来的仙鹤,而不是人,是宝玉的魂回来了。"

芸轩道:"如果把宝玉看成魂灵,就能明白探春对着宝玉说的话,和那些明年杀胡虏的表白,以及精心为他做鞋子的心情。也就明白,为什么黛玉自始至终竟没对宝玉发一言的原因，她根本没见到宝玉，她悄悄地去，就是为宝玉葬花送魂的。"

山岚道："她也不是一言不发的，葬完了花，抬头看见宝玉也在哭。便啐道：我道是谁，原来是这个狠心短命的。刚说到'短命'二字，忙又把口掩住。是了，宝玉真是个短命的，才知道黛玉葬花的心情呢。宝玉回不来了，她只盼着那只大燕子能回来。"说着，想着，竟暗自滴下泪来。

芸轩正抓着那些已枯萎的花瓣沉默，悠悠叹息道："这些女孩子们，或用花瓣柳枝编成轿马的，或用绫锦纱罗叠成干旄旌幢的。每一棵树上，每一枝花上，都系了这些物件。那轿马，那干旄旌幢，是祭奠花神也是祭奠死人用的旌旗儿。这一日，众花皆谢，花神退位，宝玉这个花洞之王，焉能不西归。

"闭上眼睛，体会一下宝玉此时的感受吧，正是：一朝春尽红颜老，花落人亡两不知。试想林黛玉的花颜月貌，亦到无可寻觅之时，宁不心碎肠断！推之于他人，如宝钗、香菱、袭人等，亦可到无可寻觅之时矣。则自己又安在哉？自身已不知何在何往，则斯处、斯园、斯花、斯柳，又不知当属谁姓矣。

"正是黛玉问的：天尽头，何处有香丘？未若锦囊收艳骨，一抔净土掩风流。他若伴着花瓣，将身子躺在香丘之中，就能感受到：花影不离身左右，鸟声只在耳东西。"说完，二人又叹息到大半夜，竟一宿无眠。

重裁嫁衣裳　再念万全经

回来好几天了，芸轩还没歇去疲惫。山岚和小妹却静不下来，看山岚的眼色，小妹麻利利准备些小点心，又泡一壶兰贵人，放到芸轩面前的桌子上。

这个时点，红豆馆里难得如此安静。窗外夜色阑珊，秦淮河上画舫悠悠。兴致正浓的人们，喝着薄薄的香槟，海阔天空地享受着自由的话题。此情此景，让芸轩思绪恍惚中，有一种似曾相识的感觉。

山岚搬张小兀子小心坐过来，给芸轩倒一杯，道："我做了几罐兰贵人，多加了人参，很合你的脾胃和口感，你尝尝。"芸轩端杯，嗅了茶香，喝了一口，淡淡的青涩和温润的清香，一下子暖遍她的心。

她细细地把飘在杯口的香雾吸进心扉，慢慢将自己的思绪拉回到现实，看一眼静静流淌的秦淮河，叹道："一把辛酸有谁知？莲子心苦强说甜。"

山岚接道："落花时节才逢君，莫负江南好景色。"

又道："你也别这么消沉，你的心思咱都知道，别听他们说的，事情不会是别的样子。但需时间验证，不信你看着点，明天就会有不一样的反应。"

芸轩道："倒不担心别的，见风是雨的人多得很。我担心哪怕一点小错，会让无稽之人曲解了曹公用十年心血缔造的这部血泪史。"

"不会的，别这么不声不响的，闷出病来还了得。对了，告诉你个好消息，托陆风找的那个古墓药方已有了，都是按你的要求配的，这两天就给送来。"

芸轩见说这个，稍微高兴了点，生怕有错处，细问了来龙去脉。山岚见她心情好些，乘机说道："可我有个条件，你告诉了我，才给你，怎么样？"

芸轩知道还是为探春的事，那脾气刨根问底儿的，只得说："好，好，真拿你没法子，你愿意刨我就陪你。可我得先问你，答上我的来再说别的。你说《石头记》中有四对姐弟，告诉我都有谁？"

山岚道："这个简单。第一对是秦可卿和秦钟；第二对是元春和宝玉；第三对是探春和贾环；第四对是薛蟠和宝钗。"边说，芸轩便用四个杯子，放成一行。

又摆成四组道："既看到了这四对姐弟，以你的理解，曹公为何让他们以兄妹或姐弟身份出现，象征意义呢？"

山岚道："我觉得吧，好像男孩子是权力的符号，而女子则是权力的行使者，也就是被比喻的皇权美人，是皇权的灵魂，不可唐突。而这几个行使权力的女子呢，却都有男子特征或者男子胸怀。比如：秦可卿和秦钟，前面咱们都知道了，秦可卿是男子。他姐弟二人的死去，象征已经消亡了的崇祯时代。元春和宝玉，我想也一定是这种关系。可我到现在也没发现，他们象征哪个时代，更何况探春和贾环呢。"

芸轩道："有一点你说对了，四个女人都有男子特征。秦可卿就不说了，只说探春，她有一句话，大意说，但凡自己是个男子就出去闯一番事业，她有崇尚男性的心理。"

山岚道："她是大观园中管理才能唯一与凤姐比肩的女子。另外我觉得，宝玉的代言人，其实是凤姐，和宝玉搭档的不是元春而是凤姐，而王熙凤又与男子重名。薛宝钗更明显，不饰女红，从小不喜花儿粉儿的，是没有感情的冷美人。"

芸轩道："对呀，那你还不明白探春的身份吗？"

山岚道："身份似乎明朗，可她和贾环象征谁搞不懂。"

芸轩道："大概是这么样分类更好些，'大'字号的姐弟有两对：秦可卿和秦钟，人们习惯称蓉大奶奶和秦相公，是逝去的崇祯时代；薛蟠和宝钗，不用说，人们习惯称薛大爷和宝姐姐，是渐渐崛起的清治时代。

"'二'字号的，只有宝玉和凤姐，宝玉被称为宝二爷，宝玉称王熙凤为二姐姐，还有二姐姐迎春，应该是崇祯后时代的代言人，象征崇祯后南明的这段时期的政权。这里所有关于二爷的事，都是行走在这个阶段的人物故事。

"'三'字号的就是三姐姐探春和环三爷，他们代表的是'二'时代结束后，第三春的来临。"

山岚道："奇怪的排行原是这样的，这个排序有意思。这么说，秦可卿消亡，开始了元春时代，行使权力的人，自然是凤宝二人。同时活跃在历史舞台的还有宝钗兄妹。可元春时代，正如她的名字，只有短暂的一个春天，三百六十日后，也同样走上消亡。所以探春要走上舞台中心。"

芸轩道："宝玉复活后，向黛玉表心迹时有一段话，记得吗？"

山岚道："哪一段话？"

芸轩道："他说：我又没个亲兄弟亲姊妹。虽然有两个，你难道不知道是和我隔母的？我也和你似的独出，只怕同我的心一样。"

山岚道："当时我也想不通，他怎么是独出了，明明有个亲姐姐，不认自己的姐姐了？"

芸轩道："宝玉这是告诉黛玉，元春姐姐已不在了，元春时代结束了，我和你一样，都是孤零零一个人。若有就只是庶出的探春姐弟了，是隔母的。"

山岚笑道："原来这样。探春和贾环真是有点可笑的搭配呢。难怪说到赵姨娘时，探春那么反感。"

芸轩道："领悟的不慢哪，说说是怎么理解的。"

山岚想了想道："弘光之后的隆武，这个政权的先天缺陷就是名分不正。正因此，才严重影响了朝廷的号召力，况且为挣个正统名分，不惜自己人相互残杀，探春才如此在乎自己的出身。"

芸轩笑道："你这不很明白吗。"

山岚道："我也是才明白，探春站在石榴花下的那段话，原来是这个意思，你听听看我说的对不对？石榴代表元春，凤仙代表凤姐。黛玉葬花时，恰恰是石榴、凤仙花落，她们自此后就不存在了。

"还有，探春说整三天没见宝玉了，那么其他时间是见到的，她可以看病重的宝玉，因为她不是阴人，就是说，她根本就不是女人。"

芸轩不置可否，笑道："芒种节这天，曹公是当成元春结束的日子了。从此，探春正式登上历史的舞台，即隆武时代的开始。她用竹子的坚贞，和香炉上的'圣唐灭胡明年铸'之意，来表达她明年灭胡的心志。这样说来，探春和贾环的使命你可懂了？"山岚和小妹，都使劲地点点头。

芸轩又道："你也可以仔细看看凤姐的变化。从此，凤姐不是原来的凤姐了，她可以蹲着门槛子，拿耳挖子剔牙；宝玉也不是原来的宝玉；元春更不再是之前的元春了。最可怜的是咱们的黛玉，一枚象征忠贞之臣佩的'玉带'，权当挂了一株即将枯死的孤木上。一个为忠贞可剖心如比干式的玉人，写一曲《葬花吟》之后，也一同埋葬了自己的心，从此她成了真正的'无心'之人。"

山岚道："黛玉变了吗？所以你才找那个神秘的'古墓药方'，可我老觉得这药方，真是撒谎哄人的。"

芸轩道："我坚信不是撒谎，我对药方充满信心。"

山岚跑去卧室里，拿出那张方子道："可陆风怎么看也不像一张方子，你看这上面。"

芸轩接过方子看了看，道："宝玉说这药方时，只说了四样群药，并没说君药是什么；而凤姐搭话时，恰恰接着说出了君药。如此，两个人不约而同说出一张完整的方子，想撒谎，也得需要提前商量不是吗？让人不得不信。"

山岚道："真是宝玉哄王夫人的。"

芸轩道："那凤姐圆谎的能力，也太专业了。"

山岚道："好！如果方子是真的，薛蟠拢共配了三年之久，花了上千银子，宝钗能不知道吗。"

芸轩道："三年时间，上千银子。还不如说三年时间，上千的日子呢，想必是炮制此药的时间吧。"

山岚道："可王夫人说，到底是宝丫头，好孩子，不撒谎。她坚信宝钗没撒谎。再者，如果是个好方子，如果黛玉一料就痊愈，以宝玉对黛玉的好，以及贾母对她的宠爱，别说上千两银子，再贵也不是问题。可为何不给黛玉配呢？只能说明一个问题，这个药方真是哄人的。"

芸轩赌气道："你和王夫人一样，都是糊涂人，一定是被宝钗骗了，等我解开这古药方之谜，一定让你没话说。"

山岚道："等有了药材咱再讨论这个。我还发现，撒谎哄人的事不光宝钗会，黛玉也会呢，就是她裁衣服的事，也透着一股蹊跷。"

芸轩道："我正想说呢，在药方风波里，我凭直觉，宝钗明明撒谎了，紧接着就是奇怪的'无头帐'事件。凤姐求宝玉写了个单子，记得吗，大红妆缎四十匹，蟒缎四十匹，各色纱一百匹，项圈四个。看到这里，我突然记起宝玉生病前，凤姐求过黛玉一件事，说给茶时一起给送过来，我一直想不通，凤姐能求她什么事？"

山岚道："难不成是裁剪？"

芸轩道："应该是，凤姐求黛玉做事，只这一次，黛玉裁剪也只一次。可贾母这里，并没说黛玉裁的是什么，只说一块绸子。可来之前，凤姐让宝玉刚记了一篇'无头帐'，里面正是布匹，且同时凤姐向宝玉要走了能干的小红。联系前后，我断定，黛玉原不会裁，难道是红玉裁剪，嫁接到黛玉身上了？裁的正是凤姐的这些'无头布'。"

小妹插话："裁这些布干什么用？"

山岚想了想道："我看是嫁衣。你看，大红妆缎，女子的红嫁衣；蟒缎，男子的婚礼服，都是四的倍数，包括金项圈也是四个。如果是嫁衣，就有一点不明白，难道黛玉或者红玉，是给四个人做嫁衣吗？"

芸轩道："这就是我想说的第二件事，关于裁剪之事，黛玉直接承认自己是撒谎哄人罢了。前后怪事连在一起就会得出这么个结论：先是凤姐求黛玉帮忙，又不说具体事宜；接着凤姐求宝玉写字，也不说是礼单还是账；最后黛玉突然会裁剪了，并不说给谁裁的，也不知道裁的是啥。

"但是，宝黛二人正在谈论裁剪时，紧接着就有冯紫英请宝玉赴宴，宝玉出来后，马上跟焙茗要衣裳。怎么样，几件事一联系，这还是蒙太奇手法。"

山岚道："真是的，为了强调衣裳的特别之处，还加上焙茗一段给宝玉要衣裳时，被一个老嬷嬷骂的情节，这是强调，宝玉的衣裳要的不是地方。"

芸轩道："黛玉裁剪和宝玉要衣裳，是有联系，黛玉曾说：凭他谁叫裁，也不管二爷的事！其实是反话。她知道宝玉要走了，当时还加了一句，赶你回来，我死了也罢了，恐怕这是她的实心话。她知道，叫宝玉去的人，正是冯紫英，宝玉这一去，怕就再也回不来了。"

山岚道："哦！我明白了，宝钗问黛玉，这么能干，连裁剪都会了。说明之前，黛玉并不会裁剪，而黛玉的回答更直接：这也不过是撒谎哄人罢了。"

山岚道："原来是这样，不管二爷的事，是不是给别人做了嫁衣裳？撒谎哄人，其实是双关语，之前的古墓药方，你撒谎哄人，现在我装作会裁剪，也是撒谎哄人。可二人为什么都撒谎，又都想哄谁？"

芸轩道："同意都是撒谎了？我看她们撒的谎是同一个。只是一个撒一个圆；一个矛，一个盾罢了。是哄咱们的。"

山岚道："哄咱们？"

芸轩道："用两件看似真实却是荒唐的事件，告诉咱们两种真实的存在。一是，有人需要一个药方救命；二是，宝玉这一次出走，就再也不来，只为诠释一句话：苦恨年年压金线，只为他人作嫁衣。换成曹公的话：乱哄哄，你方唱罢我登场，反认他乡是故乡；甚荒唐，到头来都是为他人作嫁衣裳。"

一直认真听话，默不作声的小妹，急切地看她二人，问道："宝玉不是回来了吗？怎么说再也回不来呢。还有，黛玉为啥做四套嫁衣？"

二人相视一笑，山岚道："小妹开始听明白咱的话了。"

芸轩笑道："不信你看宝玉出去干什么去了。还带着双瑞、双寿两个小厮去了，想想就明白了，也许是去举办喜宴了呢。"又说了些别话，芸轩的情绪就好点了。

一周后，报纸上争相转载芸轩的那首《残红旧梦》主题诗，且都加了副标题，各种评论都有，褒贬不一。亏她们跟从摄制组人马，进驻了横店影视城小镇里，各种消息都是秋真拿来的。她夸张说，她们的茶轩快被人挤倒了，小妹怕的不敢开门，还有人要来看屋里的大燕子呢，亏她怎么琢磨的。

秋真道："果然听见风就是雨的，这年头。"边说着从包里往外拾掇东西。山岚听说这里可以单独定做剧情，全套特效、服装、化妆，于是也想过过演戏的瘾，从外面闯进来，笑道："管他呢，忙完正事，咱们也去体验馆，排排咱们的戏，我可盼了多少天了。"

忙忙的又进去洗把脸道："明儿咱也当一回巨星，来一部爱情微电影，演绎两个人心心相印的故事，好浪漫呐！"

看她陶醉的样子，秋真拍拍她的脸颊，笑道："醒醒吧，小祖宗，还浪漫爱情，让你叫上陆风，你扭扭捏捏的，一个人跟谁浪漫去？"

山岚道："哎，还真有这么个人，刚才吃饭时，我看你跟那谁打了招呼。他可是当红不过时的小生，介绍我们认识一下吧。"

秋真道："这个地方，就不缺名人，随便一抓一把，他才算不得呢，明天我领你见识一位。"

芸轩道："倒是听说这里的秦淮景系妙，真是以明清时的十里秦淮为蓝本做的。咱们的夫子庙、江南贡院、八艳坊、桃叶渡，这里都有，据说陈设也是一流的，不去看看，就好辜负了。"

山岚转身拾掇行李，掏出一包东西道："我看这里啥都有，正好我带的这些也不全。"

原来，这些是陆风为她准备的古墓药方里的药材，因走得太急，并没找全。芸轩接在手中，打开布袋夹子道："这可是宝贝，忙了几日没得空，你给摆到桌上，我得好好研究一下。"

边说边将药方贴在墙上，秋真她们看过来，只看一眼就大惊小怪地喊："妈呀，你这是啥，怎么这么瘆人。这方子别说让黛玉吃，就是让她看一眼，定会晕倒，都是些啥，你们家陆风诚心吓咱们吧。"

山岚笑道："你好没意思，他又是翻古籍，什么《本草纲目》，又是找中医还问教授的。我还特意请人帮他画出来，这可花了半个月的工夫，才把方子解读到这份上，你倒好，埋怨我们。"

秋真笑道："对不起。只是乍一看吓我一跳。你们说这是药方吗？骷髅头上戴个珍珠花和红宝石，底下还挂个金项链；这个更好，皱皱巴巴的一个黑肉球，看了都恶心。还有这是啥？像个白胡子老妖精，头上顶着几根叶子。"

凑近前，看见写着人形带叶参。说道："这个我更看不懂了，你们倒是说说。"

山岚道："知道你也看不懂，这确实不是药方。陆风说了，吃了这药会成妖精。"说得大家笑起来。

又道："说正经的，《石头记》中有两张奇怪的药方，一张是宝钗的冷香丸方子，全是由些什么'花儿、朵儿、霜儿、雪儿、雨儿、露儿'组成的，其实不能算药，可人家宝钗真在吃，且听宝钗说很有效的。

这一张，便是宝玉要为黛玉配的，里面的组分确实都是药，但黛玉没吃，听宝玉的意思方子给了薛蟠。然而给没给薛蟠倒成个谜，至于给谁吃，吃没吃，就更不知道了。"

又指着桌子上的东西道："就这些，咱看看。这些药不是名字怪，而是样子怪，你们没见过吧？看这个长得太像人形了，且有雄雌之分的，瞧瞧，是不是一男一女。"

山岚又指着图片道："这就是何首乌，最后这张是两颗松根儿，加上这个茯苓，也似乎是人形，名曰：千年松根茯苓胆。"听山岚介绍了才知道用意，秋真又凑过来，看陆风画的几张图。

第一张：紫河车

药用说明：乃阴阳之祖，乾坤之始，胚胎将兆，九九数足；胎儿则乘而载之，遨游于西天佛国，南海仙山；飘荡于蓬莱仙境，万里天河，故称之为河车。因自母体娩出时为红色，稍置即转紫色，故称紫河车也。

第二张：人形带叶参

药用说明：芦、艼、体、纹、须，五形俱美者，乃山参之绝品，千年不遇，万代稀存。

第三张：何首乌

又名多花蓼、紫乌藤、夜交藤。服用后，可乌发还颜，生子嗣。

第四张：千年松根茯苓胆

寄生于松根部，乃抱根生长之茯苓。《淮南子·说山训》记载：千年之松下有茯苓。

秋真围着画转了两圈，惊奇道："难以想象，我大体知道了。紫河车就是胎盘，用了这张方子，一定能治好黛玉的病吗？"

芸轩道："恐怕是。"

秋真道："你这么确定？"

芸轩道："不是我确不确定，我已经快参透这个方子了，但不知对不对。"

秋真道："难怪，看这些药材，想凑全的话，还需掘几百年前古墓里的珍珠宝石才可，而凤姐满足了薛蟠，给他拆了两只珠花。不像哄人，倒是真的。"

芸轩道："我也这么想。它的君药是珍珠，我就记起了湘云为宝玉梳头的事，当时就说宝玉的四颗珠子丢了一颗，丢的这一颗，也许就可以做这药引子。"

人家一听来了兴致，撺掇芸轩非要看看这个'天王补心丹'到底能治啥病。芸轩道："虽不太准确，但可以一试，你们配合我，听听分析。"于是，山岚和秋真就自告奋勇地对上了各自的台词。

王夫人道："前儿大夫说了个丸药的名字，我也忘了。"

宝钗抿嘴笑道："想是天王补心丹。"

王夫人笑道："是这个名儿。如今我也糊涂了。既有这个名儿，明儿就叫人买些来吃。"

芸轩解释道："前面王夫人提了几个药名，没人说得清，可宝钗一说就准，宝钗似乎对这个药方很熟悉。"

宝玉笑道："这些都不中用的。太太给我三百六十两银子，我替妹妹配一料丸药，包管一料不完就好了。"

芸轩道："为什么是三百六十两，这个数字儿和一年的天数相吻合。意思是不是说，太太给我一年的时间，保管配一剂好药，这分明让我想到那个舅奶奶要的万全丹。"

王夫人道："放屁！什么药就这么贵？"

芸轩道："不是嫌贵是嫌时间长。这话差了，薛蟠用了上千两银子，怎么三百多两就骂贵，是嫌时间太长。"

宝玉笑道："当真的呢，我这个方子比别的不同。那个药名儿也古怪，一时也说不清。只讲那头胎紫河车，人形带叶参，三百六十两不足龟，大何首乌，千年松根茯苓胆，诸如此类的药，都不算为奇，只在群药里算。"

芸轩道："我看了几样，发现都是人形的东西，不像是配药，竟是配人。"

秋真道："配什么人？"

芸轩道："配帝王。宝玉这是告诉王夫人，选择皇帝的条件。所谓头胎紫河车，要求是头胎生的长子，才符合嫡长制立储原则；人形带叶参，是要这个人有很深的道业；三百六十两不足龟，明显指寿命或时间；何首乌，传说能使人延绵子嗣，还要这人能够传宗接代；千年松根茯苓胆，就是要他有做千年基业的胆识。"

宝玉道："那为君的药，说起来唬人一跳。前儿薛大哥哥求了我一二年，我才给了他这方子。他拿了方子去又寻了二三年，花了有上千的银子，才配成了。太太不信，只问宝姐姐。"

芸轩道："这话就奇怪了，先不说君药是什么，单说配药的年限，如果前面宝玉说的三百六十是天数，指一年。可薛蟠光求方子就一二年，配药需要二三年，说明方子可行，且薛蟠真用了，花费的时间总共是三四年。联系前后，我觉得，这个数字，是预测一个时间，具备这样条件的帝王，其稳固政权的时间，得是三四年。照宝玉的配置，换作是他，一年就能解决，薛蟠则用了三四年，这原因就是那个君药难找。"

凤姐因在里间屋里看着人放桌子，听如此说，便走来笑道："宝兄弟不是撒谎，这倒是有的。上日薛大哥亲自和我来寻珍珠，我问他作什么，他说配药。他还抱怨说，不配也罢了，如今哪里知道这么费事。我问他什么药，他说是宝兄弟的方子，说了多少药，我也没工夫听。他说不然我也买几颗珍珠了，只是定要头上带过的，所以来和我寻。"

芸轩道："听见没，君药是珍珠呢，联系湘云梳头的事，可为什么非要跟凤姐要，宝钗没戴过这样的东西吗？"

凤姐道："薛大哥说：妹妹就没散的，花儿上也得，掐下来，过后儿我拣好的再给妹妹穿了来。我没法儿，把两枝珠花儿现拆了给他。"

芸轩道:"还两枝?哪两枝?是秦可卿的宝珠,还是宝玉的袭人珍珠?光寻这两颗珠子,就得二年才得。"

凤姐道:"还要了一块三尺上用大红纱去,乳钵乳了隔面子呢。"

芸轩道:"还要去了上用的大红纱,这可是明显的红色标记,这些东西需要红色过滤。还有,怎么凤姐突然称呼薛蟠大哥了?"

宝玉又道:"太太想,这不过是将就呢。正经按那方子,这珍珠宝石定要在古坟里的。有那古时富贵人家装裹的头面,拿了来才好。如今那里为这个去刨坟掘墓,所以只是活人带过的,也可以使得。"

王夫人道:"阿弥陀佛,不当家花花的!就是坟里有这个人家死了几百年,这会子翻尸盗骨的,作了药也不灵!"

芸轩道:"这就是要害处,为了配药方,要掘人家几百年的祖坟,正经的君药,需要推翻一个王朝才能得,能不费事吗?"

山岚道:"说了这些我可明白了,我从头验证给你们看看啊。黛玉葬花,就是因没有及时得到'万全丹',致使花神退位,宝玉涉险,她就得了失心症。

"王夫人着急呀,见了黛玉就问她的病,就想给黛玉换药,淘换了个'天王补心丹'的方子,给黛玉补心。其实是要重新换个治国的方子。偏宝玉知道一个,就提出配伍条件。但王夫人糊涂啊,不相信这个有用,就求证于宝钗。结果呢,薛蟠倒千方百计拿走了方子,还花了那些时间,完成了。其实,宝钗已看到了成效,却装作不知道,哄过了糊涂的王夫人。"

芸轩道:"却没瞒过聪明的黛玉,当宝钗说:妹妹越发能干了,连裁剪都会了。黛玉才说,这也不过是撒谎哄人罢了。明显是讽刺宝钗,那句不知道药方的话纯属谎言。

"宝钗看出了她的多心,追着跑到贾母处告诉说,我告诉你个笑话儿,才刚为那个药,我说了个不知道,宝兄弟心里不受用了。林黛玉的回答是:理他呢,过会子就好了。"

山岚道:"前面那句是说给宝钗听,后一句就是说给宝玉听了。当时贾母来叫吃饭,林黛玉说:他不吃饭了,咱们走。我先走了。说着便出去了,可宝玉就找理由说今儿还跟着太太吃，跟着吃斋。宝钗这时笑道：你正经去罢。吃不吃，陪着林姑娘走一趟，她心里打紧的不自在呢。宝玉才说，理她呢，过一会子就好了。

"其实，宝玉对宝钗说这话时，黛玉虽和丫头走了，大概是等在窗外的，所以才听到这句话。她还是希望宝玉能跟她走的。"

芸轩道："结果呢，宝玉的态度是：理她呢，一会子就好啦，他选择留下来陪宝钗。黛玉就警觉了，一是觉得在药方子问题上，宝钗装糊涂，便又一次提醒宝玉，她撒谎哄人了；二是担心宝玉，他没意识到宝钗糊弄王夫人的可怕，才重复宝玉的：理他呢，一会子就好啦。我倒要说，不理会这件事，一会子才坏大事呢。"

山岚道："所以，黛玉紧接着说宝玉：赶你回来，我死了也罢了。就是不知宝玉去了能不能回来。"

大家听完，也觉得这方子不一般了，再对着各式药材比了又比。尤其山岚心满意足地收拾起来，准备炫耀给陆风听。第二天，山岚她们来到桃叶渡口，看到商铺林立，往来河船运输繁忙，灯船萧鼓，繁华无限，真比家乡的秦淮河有魅力多了。

她们惊叹明代秦淮的优雅，庆幸还能看到她的惊艳。正走着，前面一座精致的"眉楼"出现了，走近跟前，细细端详，发现比起秦淮河的媚香楼敞亮多了。

芸轩来得早，里面正在彩排顾眉生反串小生一节，正与董小宛合演《西楼记》。

顾眉生，个性豪爽不羁，有男儿风，在八艳中，与柳如是性格较像，时人尝以"眉兄"呼之。所以常反串小生角色，演顾眉生的，恰是性格豪爽的"冰爷"。

旁边是顾眉的忘年交余怀，还有顾眉的搭档，饰演龚鼎孳的冯玉。唱完最后一节《错梦》，大家收了场，重新布景的功夫，余怀悄问："需要再熟悉下你的词吗。"

冰儿接口道："放心吧忘不了。"说完就吟那段台词：

花飘零，帘前暮雨风声声；

风声声，不知侬恨，强要侬听。

妆台独坐伤离情，愁容夜夜羞银灯；

羞银灯，腰肢瘦损，影亦份仃。

见她们进来，冰儿住了口。刚打过招呼，山岚便顾不得许多，前后左右的相看这间媚香楼，看与她们茶轩旁边的媚香楼有啥不同，边看边感叹，真是以假乱真。

接下来的时间，档期安排得很紧，《秦淮烟云》大部分场景需要在这里补拍，今天这场戏就在江南贡院。

山岚无事可做，一个人则悄悄上了明远楼，第一次看到如此规模宏大的拍摄现场。只见清一色的青年学子，身着蓝布长衫，秩序井然地向贡院走来，奇怪的是有几个女子站在旁边，向他们指指点点。

原来贡院的对面，竟是另一个所在。一水相隔河两岸，那边是会试的江南贡院，这边却是十里秦淮，南部教坊的八艳聚集地，著名的秦淮旧院。会试期间，河对岸总是人流如梭，美女纷出，有些竟也来到这边。

"想必，那位顾眉生和柳如是，会女扮男装，翘首在列。"山岚边想，边拿个望远镜，仔细向那边看，一时也没找到芸轩和秋真的影子。

她二人没半点闲暇，早就去了秦淮河的画舫上。冰儿和冯玉过来招呼山岚，三人沿着南岸走着，山岚目不暇接地看着眼前的一切，仿佛置身梦中。与芸轩多年相处，她竟也能体会芸轩此时的心境，必定有回到故乡的感觉。"或许她的心该属于这里。"她边走边胡思乱想。

前面走过朱雀桥，往里便是乌衣巷，白墙青瓦的门楣，河中竟是画舫如流，河坊林立。山岚第一次领略到十里秦淮昔日的繁华昌盛，正所谓：金粉楼台，鳞次栉比。那边的夫子庙附近，灯船丝竹，弦馆潇湘。每间河房都是绮窗丝幛，十里珠帘。正看时，冰儿过来牵了她的手，下河来到一座画舫内，见里面花簇簇地坐了十几个人，除了芸轩和秋真外，她都不认识。

凭直觉，山岚猜到了，这些必定是有名的秦淮诸艳们，她们忙着占位走戏，没人顾得上她。

冰儿扮顾横波就不用说了；那一位眉眼清秀，幽默不俗的，或许是卞赛；浑身一袭白纱裙，特别显眼的，定是柳如是了。山岚一一看过去，差不多能猜个一二，她们个个美若天仙，如柳扶风。看着水光山色，靓女如云，徜徉其间，山岚真恍如身在仙境中。

忽听一个导演道："明天拍摄夏完淳的《大哀赋》，都早些做准备。"

山岚回头看见有个年轻人，坐在栏杆边，对着河水低声念道："嗟乎，扬州歌舞之场，雷塘罗衣之地，一旦烟空，千秋景异。秦淮一点青烟，桃叶三声渔市，蘼芜遍于故宫，莓苔碧于旧内，平康之巷绝鸡鸣，锺岭之山空鹤唳；风尘萧索兮十二楼，烟雨凄迷兮四百寺。若夫，龙种困而被奴，凤仪降而为婢，逐燕支而上驰，抱琵琶而北去。"

听到这词，山岚突然感觉，从云端摔到了地狱，刚才这里还美轮美奂，如仙境般。明天这里又突然上演《大哀赋》，演绎一片家破人亡的惨象。一夜之间，这些美若天仙之人，将不复存在。想到这天翻地覆的变故，心中好不凄凉。难怪宝玉看到黛玉葬花，就会觉得：斯处，斯园，斯花，斯柳，又不知当属谁姓矣！谁知大观园一夜之间就换了主人。正在出神，芸轩拍一下她肩头道："别坐在这里了，回家想去吧。"

山岚回过神来："你吓我一跳。今天结束了吗？"

芸轩道："怎么会，只是换了一拨人，咱们先休息。"于是一行人陆陆续续回到住处。

连日来，山岚跟着秋真要这要那，又央求她同到影视体验馆玩一次，秋真被缠得没法子，只好答应她。

明天，正好放大假，秋真就请了冰儿和冯玉，给她帮个人场。抱怨说："你真是嫌我忙不够，搭上功夫不算，我还得搭上一顿饭，我看你怎么谢我。"又是导演，又是摄影，都联系好了，好在剧本是山岚自己准备的，拿出一个小时，给大伙说了一下戏。

"给你个主角当当，就算谢你了。"山岚兴奋得不得了。

"我可没时间陪你玩，快饶了我吧。就这还天天累个半死，好不容易休息，再陪你折腾。"

芸轩在旁劝道："就满足她一回吧，她兴致头头地也难得来一回。"

秋真道："我没什么，还不是怕你吃不消，往后的活大部分是你的呢。"

芸轩道："没什么，岚子，你赶早告诉了，我们也得准备一下不是吗。"山岚不过意，看到芸轩鼓励她，就把各自的台词给了她们。一宿无话。

一大早，三人拿来吃食、道具，一一摆在桌子上。秋真端上来一盘梨子，玩笑道："这是宝玉的'雨打梨花深闭门'。"

芸轩一边往桌子上放，也道："愁聚眉峰尽日颦，千点啼痕，万点啼痕；晓看天色暮看云，行也思君！坐也思君。宝玉心中怎奈一个'离'字了得。"

山岚放上一盘整鸡，道："这是冯紫英的鸡，唯一实在的吃食，只是不知'鸡声茅店月'作何用意？"

秋真道："自然是温八叉的《商山早行》了，他是远游之人，离家在外的孤寂和浓浓的思乡意，许就是冯紫英那时的心迹。"

芸轩道："这盘桃子是给冯玉备的吧？亏你想得出，让他反串妓女云儿，好一个'桃之夭夭，之子于归'。她也盼着能嫁人的这一天。"大家一笑。

山岚拿出一束黄色木樨，插在瓶中，立时满屋幽香袅袅，花气袭人。秋真道："你让我想起小时候吃的桂花糖。山岚，该是菜上配一朵木樨，不是一瓶插花吧。"

山岚道："我也这么想来，是桂花糖藕，可上面也不会放朵桂花吧？就这样吧。"

其余的是秋真拿来的酒和各色小点心。山岚突然笑道："席上生风，薛蟠唱的可是苍蝇蚊子哼哼韵儿，难不成要摆上一盘苍蝇，一盘蚊子。"

笑着摆完，秋真道："他自己就是席上生风，那盘苍蝇就不用摆了。"又匆忙进了化妆间，前面的人已快化完妆。

一时大家换过服装，相互整理了一番，山岚偷偷地笑着，几个人走上桌边，分别落座。看时，原来是一场大反串，唯一的男性冯玉，偏偏打扮成云儿的样子。男孩性格的冰儿演了冯紫英，秋真这回演的是薛蟠，山岚自然还演宝玉，芸轩是蒋玉菡。大家就位，酒过三杯，薛蟠就有些醉意，拉着云儿的手道："你把那梯己新样儿的曲子，唱个我听，我吃一坛如何？"

云儿听说，只得拿起琵琶来，眼睛瞟着宝玉唱道："争宝夺玉的两个冤家，两个冤家，都难丢下，一个金玉缘，一个木石约。想着你来又记挂着她。却不想，昨晚幽期密约，金玉缘私订在荼蘼架。金玉情欢，木石寻拿，拿住了，除了伤情，你也无甚话。"

薛蟠道："不值一大海，再另唱。"

宝玉笑道："听我说来，如此滥饮，易醉而无味。我先喝一大海，发一新令，有不遵者，连罚十大海，逐出席外与人斟酒。"

大家都道："有理，有理。"又听说明了规则。

宝玉道："女儿悲，青春已大守空闺。宝簪髻玉画蛾眉，谁人不怀春？女儿愁，闺怨莫话封侯事。近来长共血争流，岂止意封侯。女儿喜，硝烟散尽颜色美。粉墨晨妆上红楼，玉色又重生。女儿乐，年少不识愁滋味。秋千架上春衫薄，独上青云揽铜雀。"

众人乱评一气，云儿只听说什么怀春、封侯之语，嚷嚷道："哪个女儿不怀春，谁不盼夫君封侯拜将的，你们男人，莫说做封侯春梦，简直人人都想做皇帝梦了。"

薛蟠不服气道："不好，该罚！这些我不懂，我可是堂堂正正的皇上，什么宝簪画眉、守空闺的，可不许说我妹妹守空房。"大家笑他，于是催宝玉唱曲子。

宝玉唱道："红豆本是相思子，漫天相思已入骨。落红成阵杜鹃泣，旧愁未断新愁续。冰消骨损菱花瘦，黛眉颦蹙捱更漏。呀！怎奈他青山隐隐在，绿水更悠悠。"

唱完，大家齐声喝彩，独薛蟠道："什么相思不相思的，费那点子事，旧的不去新的不来。何苦有那些新仇旧恨的不开心。"大家笑他胡说，宝玉饮了门杯，便拈起一片梨来说道："雨打梨花深闭门。"完了令。

云儿道："这一句怎么讲？"

蒋玉菡道："我有一曲，可解二爷这个'梨'字。"

云儿道："你唱来。"

蒋玉菡唱道："愁聚眉峰尽日颦，千点啼痕，万点啼痕；晓看天色暮看云，行也思君！坐也思君。愁些啥？离了那一个，也就得了这个人。"众人更不懂。

蒋玉菡道："薛兄说的对，旧的不离去，新的如何来。"

下该冯紫英，听他说道：

"女儿喜，头胎养了双生子。"

薛蟠道："这可不一定是喜事，一个皇帝若头胎生了双胞胎，传给嫡长子皇位的话，给谁？哥俩还不得打起来。"

大家道："净说些八百年不遇的事。"

冯紫英道："女儿乐，私向花园掏蟋蟀。"

薛蟠又道："咋跟我一个喜好，不光掏蟋蟀，说不定山子洞里还发现个绣春囊呢。"

云儿打他一下子，道："前儿你刚得了春宫画，这个'爱啊物'的毛病多早晚才改。"

冯紫英道："别混我，听我说完，女儿悲，儿夫染病在垂危。"

云儿嘟哝道："怎么？儿有病，夫也有病？也不知病到什么地步，可怜见的，刚嫁了人，儿夫都死了可怎么好。"

冯紫英道："女儿愁，大风吹倒梳妆楼。"

薛蟠又道："完了，完了。这风也忒大了，梳妆楼都倒了，人也端详不到哪里去。"

大家没理论他的话，冯紫英端起酒杯唱道："你是个'可人'，你是个多情，你是个刁钻古怪鬼精灵，住神仙屋子也不灵。我说的话儿你全不信，只叫你去背地里细打听，才知道我疼你不疼！"

宝玉道："说给谁听？你既这么疼他，他焉能不信你。"

冯紫英嘲笑道："俗话说：情天情海幻情身，情既相逢必主淫。多情的'可儿'们，自古多疑，让我等无奈呀。"

说完，饮了门杯，指着一只鸡，说道："鸡声茅店月，人迹板桥霜。'可儿'啊，都因你，才使我背井又离乡。"

令完，下该云儿。

云儿便说道："女儿悲，将来终身指靠谁？"

薛蟠叹道："我的儿，当了婊子还想嫁人，有你薛大爷在，我是皇上，你怕什么！靠我呀。"

众人都道："别混她，别混她！"

云儿又道："女儿愁，妈妈打骂何时休！"

薛蟠道："前儿我见了你妈，还吩咐他不叫打你呢。怎么？你和冯兄一样，婆婆妈妈的爱抱怨人，明儿你靠了我，看谁还敢说三道四的。"

众人都道："再多言者罚酒十杯。"

薛蟠连忙自己打了一个嘴巴子，说道："没耳性，再不许说了。"

云儿又道："女儿喜，情郎不舍还家里，嫁给薛蟠也可以。女儿乐，住了箫管弄弦索，另打锣鼓重开业。"

说完，便唱道："豆蔻开花三月三，一个虫儿往里钻。钻了半日不得进去，爬到花儿上打秋千。肉儿小心肝，我不开来你怎么钻？"唱毕，饮了门杯。

薛蟠淫笑道："还有别的情郎舍不得呢？吊我胃口了，你就改嫁了我吧。"

云儿说道："桃之夭夭。"令完了。

蒋玉菡道："桃之夭夭，之子于归。今日怕是有喜事，云姐姐真要改嫁？"

薛蟠道："不用啰嗦，另打锣鼓重开张，有什么不好。"

大家催他的令。

薛蟠道："我可要说了：女儿悲——。"说了半日，不见说底下的。冯紫英笑道："悲什么？快说来。"

薛蟠登时急得眼睛铃铛一般，瞪了半日才说道："女儿悲——"又咳嗽了两声道："女儿悲，嫁了个男人是乌龟。"

众人听了都大笑起来。薛蟠道："笑什么，难道我说的不是？一个女儿嫁了汉子，要当忘八，他怎么不伤心呢？"

众人笑得弯了腰道："刚娶进门就当王八。这个女儿像云儿，几个情郎？要嫁几个汉子才算完，快说底下的。"

冯紫英道："不通，不通得很。女儿找了乐子，她男人才当忘八，怎么女儿反倒悲伤起来？"

宝玉道："世兄不知了，此'忘八'非彼'王八'。忘八单指一种人，是忘记礼、义、廉、耻、孝、悌、忠、信'八德'之人。一个女孩要是嫁这么个男人，就如一个忠臣，遇到一个没品的昏君，焉能不伤悲。"

没等说完，都道："快说底下的。"

薛蟠瞪了一瞪眼，又说道："女儿愁——"说了这句，又不言语了。众人道："怎么愁？"薛蟠道："绣房里撺出个大马猴。"

众人呵呵笑道："果不其然，这人的品行不但是忘八，模样还可恶，怎么像只'猴子'了。罚酒！"说着便要筛酒。宝玉笑道："押韵就好，这'马猴'就形似得很。"

薛蟠道："令官都准了，你们闹什么？"众人听说，方才罢了。薛蟠笑道："女儿喜，洞房花烛朝慵起。"众人听了，都诧异道："这句何其太韵？"

薛蟠又道："女儿乐，一根鸡巴往里戳。"众人听了，都扭着脸说道："该死，该死！"

薛蟠搂着云儿："笑什么，这些人早晚还不都是我的。"

然后，都道："快算了吧，我们懒待听你满嘴脏话，连酒底都免了，就别唱了，倒别耽误了别人家。"

蒋玉菡道："女儿悲，丈夫一去不回归。女儿愁，无钱去打桂花油。"

薛蟠嘻嘻笑道："丈夫再也回不来了吧，没钱打桂花油，找个有钱人来打呀。"

蒋玉菡道："女儿喜，灯花并头结双蕊。女儿乐，夫唱妇随真和合。"

薛蟠道："我说是吧，男人没了就算了，改嫁再结缘，找个好的更和睦。"

蒋玉菡唱道："可喜你天生成百媚娇，恰便似活神仙离碧霄。"

冯紫英对宝玉道："说的像玉兄。"

蒋玉菡道："度青春，年正小，配鸾凤，真也着。呀！看天河正高，听谯楼鼓敲，剔银灯同入鸳帏悄。"唱毕，饮了门杯。

冯紫英朗声大笑道："好一个：配鸾凤，同入鸳帏悄。这就入洞房了。到了玉菡兄这里我才明白。今儿，从云儿思春，到女儿出嫁，到了薛世兄和玉菡兄这里，竟直入洞房了。正所谓：配鸾凤，真也着。原来薛大爷和宝二爷都寻着了新归宿。喜事，喜事，今日算是结喜缘了。"

蒋玉菡笑道:"昨日见了一副对子,可巧只记得这句,幸而席上还有这件东西。"说毕,便干了酒,拿起一朵木樨来,念道:"花气袭人知昼暖。"

薛蟠道:"好,好,我说什么了,兄弟说了个宝贝,二人竟是缘分。我这里也有个宝贝!"

说着,变戏法一样,从身后拿出一个紫檀木的玉玺匣子,让宝玉和蒋玉菡分别解下他们的红绿汗巾子,打个结,系在匣子上。道:"看懂了没,这就叫红绿牵巾,交换了就结成一家人。"

宝玉没好意思起来,道:"薛大哥,你该罚多少?"

薛蟠道:"该罚,该罚!"说着拿起酒来一饮而尽,酒令完结。

第二十八回
重栽嫁衣裳　再念万全经

戏演清虚观　智破金玉缘

等唱完令，冰儿道："你的本子改得怪怪的，我也没吃透，这哪是《红楼梦》？怎么这些人都胡言乱语的。看起来，咋像保媒拉纤呢，你可是在糟蹋咱的国宝呢。"

冯玉一口南京话道："我倒觉得改得有意思，我反串得也过瘾。我也看出来了，这场酒会像一场婚礼派对。可就是你们乱点鸳鸯谱，薛蟠怎么会娶个妓女呢。更可笑，宝玉还和个男人拜天地了？你们谁说说看，也让咱开开眼。"

山岚道："这一演才看出来，宝玉和蒋玉菡逃席出来，互换汗巾，方束好，只听一声大叫：我可拿住了！只见薛蟠跳了出来，拉着二人说：放着酒不吃，两个人逃席出来干什么？快拿出来我瞧瞧。这一幕熟不熟？多像学堂里秦钟和玉爱逃课出来，正说悄悄话的功夫，被金荣拿住的那一幕，他们就是来结盟的。"

秋真道："可不吗。黛玉还特特为他们四人，做了四套嫁衣，我这样说，你信吗？"

冯玉摇摇头道："黛玉啥时候会做衣服了，还做成嫁衣，书里哪有这事。"

山岚得意道："在我们的戏里就有。薛蟠是皇上，没品的忘八皇上。云儿是妓女，代表不忠的胡乱改嫁的叛臣。"

秋真道："反叛日的，这样的人就像妓女，时刻妄想要改嫁呢，嫁谁，谁就是王八不是。她自然找薛大爷这样的靠山，对吧？这只是婚缘里的一对。"

山岚道："冯紫英将军，因被上层怀疑和挤兑，才说：你是个'可人'，我说的话儿你全不信，只叫你去背地里细打听，才知道我疼你不疼！

"因'可儿'不信任他，也不去细打听一下他的为人，无奈之下，他就选择离心离德，投降金人，找的靠山自然也是薛蟠。你说他这样做，像谁？"

冯玉恍然大悟道："像我，这冯将军才是真云儿嘞。"说的众人都笑。

山岚道："关键人物是宝玉。他来赴这场宴会，是不得已的结盟。他的一曲红豆相思曲，是怀着对旧人的无比思念，怀着新仇加旧恨，脱去先时的龙袍汗巾，也就是袭人，又嫁给了蒋玉菡，这才完成红绿牵巾。你看这个玉函，宝玉被当做新玉玺，装进一个新的玉盒里。这一段姻缘，说的就是'袭人改嫁琪官'之事。"

冯玉道："这我就不信了，人人都说袭人改嫁，却是将来要发生的，这里哪有半点苗头。"

山岚道："不懂了吧。宝玉回家后，为汗巾子的事和袭人吵了半天。第二日，袭人见汗巾子系在自己腰里，便知是宝玉夜间换了，忙一顿解下来。说道：我不希罕这行子，趁早儿拿了去！宝玉见他如此，只得委婉解劝了一回。袭人无法，只得系在腰里。

"你看，她虽很无奈，却到底系在腰里了，不光接受了琪官的赠予且是合二为一了，这不是嫁人了吗？"

秋真道："错，袭人终究解下来掷在个空箱子里，自己又换了一条系着。能说是合二为一吗？"

芸轩拿出一条类似汗巾子的细绳，系向那块红玛瑙的纽子里，演示道："这条茜香女儿国的汗巾子，是北静王给蒋玉菡的。看好了，我把它系在这眼里，你们继续研究。"

又把那玉放进玉盒里面，道："看到没，这块宝玉从头到尾，让北静王武装了一个遍。那么这汗巾子和玉函一样，都是这枚宝玉的贴身物。所以，才被袭人扔到箱子里。"

第二十九回
戏演清虚观　智破金玉缘

159

说着又解下来，系到自己腰里道："如果把它再系到袭人身上，说明这个玉菡和袭人一样，不是什么袭人要嫁给他，而是宝玉身上又多了一层汗巾或者龙皮而已。"

冯玉道："哎！多出这一层龙皮是咋回事？听着好玩，却不大信。"说话间，摄像师傅很快收拾完毕，大家看了回放，还算满意，山岚心满意足地约了冰儿冯玉，要吃夜宵去。不在话下。

话说山岚和冯玉，自认识就话语投机，加之秋真和芸轩忙于剧务，没罅隙陪她，她稍感孤单些。好在冯玉竟也喜欢读读写写的，也常常把玩《石头记》，自此二人也就一见如故起来。因此上，一有空冯玉就来相约。

这日午后，山岚找到冯玉的剧组，也不管人家闲忙，求着冯玉带她去看大智禅寺。告诉说："知道吗，妈妈一向仰慕大智禅寺的悟道法师，千叮咛万嘱咐地要我替她参拜佛祖释迦，说这里的摩尼佛全国闻名。昨日你还说，与悟道法师有缘，今儿带我去吧。"冯玉无法，只得带她去。

走进大智禅寺，早见大雄宝殿巍峨壮观，金碧辉煌。院中翠枝如黛，殿内香烟氤氲，一派佛国清净气象。来瞻仰的人却不多，更显得这里幽深清雅，令人顿生安详之感。山岚登时明白，妈妈为何喜欢这种幽静祥和了。

正呆想着，冯玉从里面出来道："我问过那些弟子，不巧得很，法师出游去了，说是去了什么清风观，主持一场法会去了，来回要十几天，怕是见不上了，咱们只有自己瞻仰瞻仰释迦佛了。"

山岚有些失望，参拜过神佛，忽然想起冯玉刚说的什么清风观的事，就奇怪地问："和尚去道观做法事吗？是哪里的清风观？"

冯玉道："这个我不懂，你要实在想知道，咱再打听一下达明师傅，我和他还有些交情，想必会告诉你。"说着，两人逶迤来到后面的禅房。

果然，达明师傅在，将他们接进静室，听说来意后道："方丈去了清风观的玉虚显应坛，是个家宅道坛，主坛道官是司徒虚道长，方丈的友人。此番受聘，是主持一场平安清醮的。"

山岚听说是打平安醮，立即来了兴致。长这么大，既没听说，也没见过。就使个眼色，让冯玉请求达明师傅给说说。冯玉说了想法，达明倒难为情，说自己也没去过，法事程序复杂，只知道大概，具体的就说不上来了。

又想了一会道："方丈室里有醮单程序，倒可以看看。"说着，就去拿了来，看时是几页长长的程序单。

山岚拿过来，迅速看了一下，见写着：

建清醮坛，文书两百道，法事科目三天：

初日，八个；

二日，十七个；

三日，二十八个。

后面就是三日四宵的全部科目

一，建坛沽境，首日预备；

二，迎神接驾，二日过渡；

三，祈福赦罪，三日核心；

四，谢师送神，三日收尾。

初日：清水荡秽；

二日：命雷遣奏申奏状等文书；

三日：东斗妙经，行朝仪。

醮仪按时间区分为：早、午、晚朝和经忏。进表拜词，呈达醮意；

收尾仪式：普度孤魂野鬼，宁境安民；

内容：宣词、宣关、封词、封关、步罡、焚符。先向玉皇大帝呈奏青词进章；再向三清进平安章文书；后面附有"呈章飞行三界示意图"。

乍看这图，一点也不懂，仔细看，原来是呈章法师的精神之旅路径。法师存思，元神上天，呈奏词章。其过程中每经过一段路程，一个宫府，便将存思元神，到达身体某一个部位。程序里还有一幅罕见的"老君骷髅图"，上面密密麻麻地注明人身每个部位所代表的天、地、鬼神界。

山岚向达明师傅问："这有什么用？"

达明师傅道："法师们正是据此图亦步亦趋，让存思元神上天呈章，枉不可胡思乱想的。"

冯玉觉得无趣，便催她，说这个有啥好看的，鬼画符一样。山岚也看得头晕，还给师傅，乘便道了别。

出至外面，回到城里，已是灯火阑珊时。山岚低头不语的想心事，冯玉见状，以为她累了，道："送你回吧，看她们惦记。"

回到住处，秋真二人的脑袋聚在一块，坐在桌子旁，正改稿子，且争论得很激烈，并没听见她进来。一个说："顾横波生日时龚鼎孳点戏，就给她唱《十醋记》中的《醋锦》一出，热闹好看，要不就没意思了。"

另一个道："目的不在这里，只是想引出李渔阅定的《满床笏》，如果点《赐婚》不是更好吗？"

山岚听了问道："给谁赐婚？"

二人吓了一跳，抬头见是山岚，一齐骂她促狭鬼，又看后面跟着冯玉进来。秋真眼睛看着冯玉调侃道："怎么，是着急嫁人了？怎么关心起赐婚的事来。"

山岚不理这话头，神秘说道："我有重大发现，不信你问他。"指着冯玉。

秋真问："发现什么了？"

山岚道："清虚观打醮啊。你们不也说清虚观打醮这事疑点重重吗。我看到打醮程序了，就是平安醮，也是三天的流程，复杂得很呢。"二人听说，放下笔。

秋真道："这个新鲜，我得听听。"

山岚也不管是谁的水杯，端起来喝着，道："元妃是贾家靠山对吧？一场元宵省亲，那不是穷奢极欲，拼尽家产也在所不惜的架势。而端午节打醮，也是娘娘的旨意，还拨来专款，叫珍大爷领着众位爷们跪香拜佛呢，是专款专人专用。"

站起来，一面说着，拿手扶着冯玉的胳臂，学着贵妃的样子，道："小夏子，传旨，颁赐端午节礼，另外赐银一百二十两，从初一到初三，让珍大爷在清虚观打三天平安醮。"说得几个笑起来。

又道："可实际上呢，贾府里却完全敷衍了事，其间怪事咄咄。这场法事，不仅感受不到一丝一毫严肃的打醮气氛，倒像是看了一出插科打诨的闹剧。"

秋真道："你懂得打醮是怎么回事吗，就乱说。"

山岚看一眼冯玉道："那当然，我虽然没亲历，但打醮的程序我看了大概，非常复杂，需要若干道士，设坛、忏经、宣词、焚符的。"

秋真道："你的意思，咱们的平安醮没按照程序走，还是怎么的？"

山岚道："我也看了，咱们这场醮，起初还是按正常程序走的。里边说：将至观前，只听钟鸣鼓响，早有张法官执香披衣，带领众道士在路旁迎接。这些道士大约有三五十之众，因给宝玉的礼物有这么多。说明人数不少，他们的准备还是很充分的；再看贾珍，他本是这场活动的主持人，也肯定做了充足准备，因家里的男爷们都来了。"

秋真道："这不就结了，既然都按程序来，你大惊小怪的干吗。"

山岚道："但因一件突发事件，所有程序就改了样。"

秋真问："什么事？"

山岚道："凤姐打了小道士啊。"

秋真道："我当是什么大事，这么件小事能改变一切？"

山岚道："事虽小，可发生得突然，贾珍也就因这事，临时改变了策略。"

秋真道："怎么改的。"

山岚道："他说呀，虽说这里地方大，今儿不承望来这么些人。他是有所准备不假，却没想到突然来这么多人。又叫管家：你使的人，你就带了往你的那院里去；使不着的，打发到那院里去。把小幺儿们多挑几个在这二层门上同两边的角门上，伺候着要东西传话。你可知道不知道，今儿小姐奶奶们都出来了，一个闲人也到不了这里。"

秋真道："有这层意思吗？"

芸轩道："倒是有。连那个大法官张道士，都站在旁边赔笑，不敢进。"又学着道士的口吻道："论理我不比别人，应该里头伺候。只因天气炎热，众位千金都出来了，法官不敢擅入，请爷的示下。恐老太太问，或要随喜那里，我只在这里伺候罢了。"

秋真听了，笑道："学的好，嘴上说是因天气热，小姐们都来了，其实这些道士，都是被赶出来了吧。"

芸轩笑道："不仅连大法官都不让进，他这里是求贾珍个示下，到底还让不让做法事了？"

秋真笑起来道："还真是，更没想到来这么些女人。再看贾珍，明显有怨气了，大概是：你问我，我怎么知道。看他把火气撒到贾蓉身上，还吓得所有爷们都慌了，就是征兆。"

山岚道："贾珍让人啐贾蓉，让他：还不骑了马跑到家里，告诉你娘母子去！老太太同姑娘们都来了，叫他们快来伺候。很明显，他原来肯定不知道贾母她们来。要不贾蓉也不会抱怨：早都不知作什么的，这会子寻趁我。你们说，起先安排的打醮是不是这样的？告诉我这是为什么？"

秋真寻思了一下，道："似乎不该是这样，当时凤姐一扬手照脸一下，把那小孩子打了一个筋斗，且骂了句脏话：野牛日的，胡朝那里跑。我就觉得不妥，怎么来道观里，还骂上人家道士了。"

山岚道："可不是，那小道士也不顾拾烛剪，忙爬起来往外还要跑。止值宝钗等下车，众婆娘媳妇正围随的风雨不透，但见一个小道士滚了出来，都喝声叫：拿，拿，拿！打，打，打！这么声势浩大地打骂一个小道士，不是很奇怪吗。"

秋真道："还特别说，众人打那个小道士的时候，正值宝钗等刚下车，正好撞见。难道是打给宝钗看的？"

冯玉道："你说这个我猜不透，但没来之先，王熙凤说过这样的话：咱们要去，我头几天打发人去，把那些道士都赶出去，把楼打扫干净，挂起帘子来，一个闲人不许放进庙去，才是好呢。

"她既然说的大话是：把那些道士都赶出去，一个闲人不许来。现倒好，一进来便见到一个，王熙凤就自己打嘴了呗，这才打的。"

芸轩道："凤姐这话里可不止这一层意思。赶走道士不放一个人进来，倒是为了打醮吗？什么叫赶走道士才是好呢，明显的不让打成醮，还跟谁赌气发狠似的。"

秋真道："你也忒多心了，咋听出有这么个味来了？"

山岚道："疑心疑鬼怎么了？正是这一巴掌，才让贾珍明白这里就是不许有道士的。"

冯玉道："那又怎样？"

山岚道："刚才还明白，这又糊涂了。这里不让有道士，怎么走打醮的程序？没有道士能打醮吗？"

芸轩道："是啊。这样的话，势必影响到贾珍的计划，他才临时改了策略。所谓：享福人福深还祷福。贾母她们哪是来打醮的，说来祷福也是为好听，我看哪，纯是找乐子闹事来了。"

山岚道："外面小厮们见贾母等进入二层山门，忽见贾珍领了一个小道士出来。贾珍就知道势头不对，才立刻找来管家，吩咐一个闲人也不许到这里。"

芸轩笑道："事情不是这样的，我实话告诉了，凤姐这一巴掌和那句脏话，与探春那一巴掌异曲同工。"大家听了摇头，说根本不一样。凤姐是撒泼呢，怎么像探春了！

冯玉本来想早点回去，听这么一说，也吊起胃口来，要留下来听一听，秋真自然最着急，催着快说。

芸轩道："我也没太明白，只是昨晚我看了一遍李渔的《满床笏》，才想起里面所载《赐婚》一出，提到儿女婚姻大事。"

冯玉道："这出戏我知道点，说的是郭子仪之妻赵氏欲求皇帝赐婚的戏。皇后召见了赵氏，问儿女几人，亲子排行。赵氏说：七子八婿，亲子郭暧排行老三，年十三岁拜太常主簿。皇后就说了，夫人亲子年方一十三岁，我的升平公主今年也是十三岁，再等两年，正好成婚。今日便与夫人面定了罢。"

秋真对芸轩道："怪不得你刚才和我争，非要把《满床笏》里的《赐婚》加到顾眉和龚鼎孳的戏份里，你是感觉到了贾母的无奈吗？"

冯玉听不懂，问道："《赐婚》是皇帝家的事，和贾母有关吗？"

山岚却突然明白了，道："和贾母有关，因她在神前拈了戏，头一本《白蛇记》，第二本便是《满床笏》。原来这本里面有一出《赐婚》哪。"

芸轩道："对的，贾母来既不是为打醮，也不是为图热闹。说得很明白，贾母是来'拈香'的，是来神前占卜婚姻的。"

山岚道："当占出《满床笏》时，贾母笑道：这倒是第二本上？也罢了。神佛要这样，也只得罢了。"

第二十九回
戏演清虚观　智破金玉缘

165

秋真道："第二本上是有了，但是却是《赐婚》。"

山岚道："细想起来，一点不差。神前拈戏，无论拈到什么，都是神佛的意愿，贾母是认了的。第一出戏是高祖起义打天下，争王争霸；第二出《满床笏》，是演绎郭子仪权力巅峰的一生，皇帝将女儿'赐婚'给他儿子。

"当出现赐婚时，贾母很无奈，占卜的结局，一定是'赐婚'，她自言自语：神佛要这样，也只得罢了。当第三出占得《南柯梦》时，她更无语了。所有这一切，不过是南柯一梦，她还能说什么呢？"

芸轩向她竖起大拇指，点点头。冯玉却糊里糊涂地问给谁赐婚，非得要山岚说个明白，没法子，山岚便滔滔不绝地告诉了，道："要想明白给谁'赐婚'，必须先从宝钗的婚事说起。首先讲明白，她是进京待选的，要充作赞善、才人、王妃、贵妃等，将来是要像元春一样做皇家的人。

"这年正月，才过完了十五岁生日后，薛家人突然换了个说法。她母亲对王夫人等曾提过'金锁是个和尚给的，等日后有玉的，方可结为婚姻'等语。

"之前，只说金锁上的字，是和尚说给后刻上的，并没说见到有玉的人就嫁给人家。可眼下，金玉之说在姨妈、莺儿等种种舆论支持下，悄然在贾府里浮出水面。

"而恰恰是元妃赐的端午节礼，宝玉和宝钗的一样，都有两串红麝香串。红香麝串和北静王给宝玉的鹡鸰香串一样，都具有象征意义，明明告诉贾府众人，宫中的态度很明确，希望钗玉成就金玉之缘，这不就是为了配合元妃吗？"

秋真道："红色可是宝玉的最爱，拿这个东西给宝钗，宫中态度，意味着把一切拱手相让了吧。"

山岚道："就是，再看宝钗也是半推半就的，将香串羞拢袖内，心愿达成，她肯定喜欢得不得了。这个从来不爱涂脂抹粉，从来不喜装饰自己的人，这回却偷偷戴上这个，还故意露给宝玉看，就是表明心迹：我愿意。

"她表面上躲躲闪闪，骨子里却一个劲地往贾母、王夫人、宝玉处跑，也是很想成就金玉之缘。再看咱们的宝二爷又像呆雁发了呆性。再看看宝钗形容，只见脸若银盆，眼似水杏，唇不点而红，眉不画而翠。简直如太白所谓

'清水出芙蓉'。

"她便是'水中'芙蓉了，比林黛玉另具一种妩媚风流，不觉就呆了。竟也看上了宝钗雪白的臂膀，直到黛玉打了他的眼睛，才让他清醒点。"

秋真笑道："黛玉和环三爷一个举动，一个想烫瞎宝玉的眼睛，一个要打醒他的眼睛，这是骂他：别瞎了眼。"

山岚也不待她说完，继续讲。"释放完'金玉缘'舆论，宫里又赐了香珠，宝钗偏又偷偷戴上，表露给宝玉看，一切准备工作就绪，第二步，就是清虚观打醮，让张道士赐婚。刚才也说了，打醮不用道士，这是不合规矩的，把观里的道士都赶出去，谁来主持法事呢？"

芸轩道："元妃是有明旨的，叫珍大爷领着众位爷们跪香拜佛。这就是说，法事是不用女人的。"

秋真道："可旨意刚下，王熙凤就说她要去，似乎是知道打醮的用意了。看来凤姐的一个闲人不许放进庙去，真是发狠的话，确实是别有用心。"

山岚道："我觉得也是，听懂她用意的人，就属贾母了。这件事，她老人家要亲自出马。"

秋真道："对哈。凤姐说要去时宝钗是不想去的，但贾母却特别地请她去，不光要她去，还打发人去请薛姨妈。"

冯玉道："也请王夫人了不是？"

山岚道："只是顺路告诉王夫人，要带了他们姊妹去，王夫人早就说过不去的。"

芸轩道："王夫人虽然不去，但有一句话你们得注意，是说贾母的，她说贾母：还是这么高兴。你们不奇怪？"

山岚道："我知道了，王夫人也肯定知道打醮的目的，应该是让贾母很不开心的结局，所以才发这样感慨。"

秋真道："王夫人以身体不舒服为由，说不想去，是她不支持贾母去打醮吗？"

芸轩道："别误解了王夫人。她一听贾母要去，打发人去到园里告诉道：有要逛的，只管初一跟了老太太逛去。这个提议，有很深的用意，我认为是一种支持，她很支持贾母的行动。"

山岚道："这话对，此话一传开，别人尤可，只是那些丫头们，天天不得出门槛子，听了这话，谁不要去。便是各人的主子懒怠去，她也百般撺掇了去。贾府的女人，几乎倾巢出动，乌压压地停了一街车马；再看去的人里头除了丫头，就是婆子，几乎都是下人，正经主子没几个。

上车时你挤我，我怨你，那混乱场面，一下子就把打醮的庄重气氛，彻底冲没了，王夫人还真是帮贾母呢；再者，进了清虚观，正如凤姐说的，先赶净道士们，打醮的地方，成了她们瞻拜观玩的游乐场，连张道士都不敢擅入，还得请珍爷的示下。"

秋真道："贾母见了张道士，也没提打醮的事，其主要话题就是赞宝玉，还提到国公爷。总之，根本不关打醮的事，更不符合打醮气氛的是，他们在这里提亲说媒。"

芸轩道："至此，似乎彻底忽略了打醮这档子事，而是开始讨论宝玉的婚姻大事，可不就是赐婚吗？到这会子才写道：贾珍退了下来，至外边预备着申表、焚钱粮、开戏，不在话下。就此蜻蜓点水，一笔带过。"

冯玉点头道："我约略知道一二了，不是认真来打醮的，我也认了，你们倒是告诉完'赐婚'的事。"

山岚道："问题就从王熙凤指着小道士骂的那句'野牛日的'开始。"三个人听了发笑。

山岚道："别笑，你说凤姐那一巴掌好，要我说，这一句也骂够狠的。"

秋真道："阿弥陀佛，又是打又是骂的，小道士怎么这么倒霉。"

山岚道："俗语骂道士，都骂牛鼻子老道。可咱们这位张道士，是真牛！你道他是谁？"

冯玉道："都称他老神仙，最牛不过是神仙呗。"

山岚道："国公爷的替身；经先皇御口亲呼为大幻仙人，如今现掌道录司印；又是当今封为'终了真人'；现今王公藩镇都称他为'神仙'的人物。你知道吗？神仙在《石头记》中有所特指，咱们心里清楚，类似于当权者。"

秋真道："他既身份了得，凤姐借机打了小道士，还骂了他。所有的婆娘媳妇也都跟着起哄，没一个给他留情面的。这么不讲情面，给谁看呢？"

芸轩道："给宝钗看哪。"

山岚道："这还不算，待到后来，借着一只托盘，王熙凤干脆直指张道士：你只顾拿出盘子来，倒唬我一跳。我不说你是为送符，倒像是和我们化布施来了。连贾母也听不下去了，说'猴儿猴儿'，你不怕割舌头下地狱。听出什么来？"

秋真道："凤姐骂张道士：你虽然身份了得，也是来我们贾府要饭的，也许贾母再骂他是下地狱的'猴儿'呢。"

山岚道："凤姐说他到贾府，死皮赖脸地要东西，要的是鹅黄缎子，这样的鹅黄色，一般人怎么敢用。"

芸轩道："只说老神仙的身份就出来了，代表皇帝。所以那一骂，真是有意的。"

冯玉道："不是国公爷的替身吗？和贾母有渊源的。"

芸轩道："现在不同往日，已经不是了。听那道士怎么说的：当日国公爷的模样儿，爷们一辈的不用说，自然没赶上，大约连大老爷、二老爷也记不清楚了。听清楚没？国公爷已被遗忘了，张道士自然也要换身份，这里做了个'终了真人'，不知是要'终了'什么呢？"

秋真道："就是这个概念了，我看老神仙要'终了'某个人的姻缘了，贾母也说这是神佛的旨意呢。"

冯玉笑道："主持平安醮的人，倒成了终结者，我简直想象不到。可我看贾府的人并非不重视这件大事，预备的也很周到。那书中说，底下凡执事人等，闻得是贵妃作好事，贾母亲去拈香，正是初一日乃月之首日，况是端阳节间，因此凡动用的什物，一色都是齐全的，不同往日。

"后来听见贾府在庙里打醮，冯紫英家也连忙预备了猪羊、香烛、茶银之类的东西来送礼；接着赵侍郎也有礼来了，后面接二连三的，都听见贾府打醮，女眷都在庙里，凡一应远亲近友，世家相与都来送礼，这不是很隆重吗？"

山岚道："可对于人们来随礼，贾母的态度却反常啊。当尤氏婆媳两个赶来伺候时，贾母说：你们又来做什么，我不过没事来逛逛。听见人家送礼来，王熙凤拍手笑道：嗳呀！我就不防这个。只说咱们娘儿们来闲逛逛，人家只当咱们大摆斋坛的来送礼。都是老太太闹的，这又不得不预备赏封儿。

"贾母也便后悔起来，说：又不是什么正经斋事，我们不过闲逛逛，就想不到这礼上，没的惊动了人。你们看，她和贾母，打心里就不算这是正经斋事。"

秋真接着道："二则，虽看了一天戏，至下午回来，次日便懒怠去了。三天的日程呢，这是对待打醮的态度吗？还有哇，因宝玉一日心中不自在，回家来生气，嗔着张道士与他说了亲，便口口声声说，从今以后再也不见张道士了，黛玉又中了暑。因此二事，贾母便执意不去了。

"看看这几个人不去的理由，一个不自在，一个受了热，贾母就执意不去了，元妃的圣旨，还赶不上两个玉儿的心情重要，这不怪了。"

冯玉道："有意思，好好的一场法事，闹成这样，即便是这样溺爱'二玉'，就这么敢不尊重元春？她不是贾府靠山吗？"

一时秋真不知从哪里找来个盘子，托着一个金麒麟和一块玉，端到冯玉面前道："就为这个，如果不是打醮，怕是受宫中委托，接受了贵妃娘娘的旨意，在这里代表贵妃行事呢。"

冯玉道："行什么事？"

山岚道："刚才说了一大堆，怎么还没明白？他其实是皇命在身，你没听见凤姐说他要鹅黄缎子吗？这盘子上也是蟒缎袷子，他用的一切物件，皆与宫中有勾连。他嘴里提的亲事，明眼人一听就知道，就是比着宝钗来的。

"什么'前日在一个人家看见一位小姐，今年十五岁了，生的倒也好个模样儿。我想着哥儿也该寻亲事了。若论这个小姐模样儿，聪明智慧，根基家当，倒也配的过。'"

秋真道："论起来，其他条件说像宝钗也模糊得很，单只说小姐今年十五岁了，我就寻思，前面宝钗刚过十五岁生日，贾母还特为她过的，不是说她，还能是谁？"

山岚指着秋真的盘子道："盘子里端上来的随礼一大堆，但很明显，有金璜，也有玉玦，什么事事如意，岁岁平安的，皆是珠穿宝贯，玉琢金镂。总之，除了金就是玉，不就一盘子'金玉缘'吗？"

芸轩道："别忽视了一点，看清楚喽，里面有宝玉的玉呢。如果这样托着给你，别看成一盘子礼物，看成圣旨，像不像为'金玉缘赐婚'。"

冯玉道："这就是'赐婚'哪，我似乎懂点了，你是说张道士代表神仙皇帝在赐婚？"

山岚道："哎，这回子算开窍了。"

秋真道："可事情并没完呢。宝玉不喜欢张道士给他'赐婚'，却又拿了张道士给的赤金点翠金麒麟，又是一段说不清的公案呢。"

冯玉又有了新问题，道："赐婚不好吗？元妃是贾家人，她这样做，肯定有道理，至少不可能害贾家吧。可贾母和王熙凤怎么和她对着干呢。"

山岚道："你傻呀，要看赐婚给谁了。"

冯玉道："给谁的？"

山岚道："这简单。张道士提亲时贾母说：这孩子命中不该早娶，等再大一大儿再定罢。你可如今打听着，不管他根基富贵，只要模样配得上就好，来告诉我。便是那家子穷，不过给他几两银子罢了。只是模样性格儿难得好的。这多明显，宝钗不是大了着急嫁人吗？可宝玉命中不能早娶；你们家不是有钱很富贵吗？我们要穷的，不要富贵的。凡此等等，就是要把宝钗排除在外。"

冯玉继续道："到底给谁？"

秋真道："别跟他啰嗦了，贾母不是和元春不对付，是为了破坏赐婚计划。我还是那个问题，盘子托出赤金点翠的麒麟后，为何宝玉拿走了。因为这块金麒麟，宝黛二人大闹了一场。怎么收拾？"

山岚伸手拿了盘子里的麒麟，笑道："贾母说了：这件东西，好像我看见，谁家的孩子也带着这么一个的。宝钗笑道：史大妹妹有一个，比这个小些。贾母道：是云儿有这个。看见没，就这样，贾母轻轻地告诉人们，说到金玉缘，不光宝钗有金，我们家云儿也有。所以，即使有金玉之说，也不一定非得是你宝钗啊。聪明的老太太，几句话就把一场眼看成功的金玉缘危机化解了。"

秋真想了想道："是这个样子吗？"

芸轩笑道："若是这个样子，那你解释冯玉的疑问吧。"

冯玉道："对，怎么解释？"

芸轩道："还是我说吧，元春是贾府靠山不假。现在又以皇帝身份，给钗玉赐婚也不假。薛姨妈大造舆论，元妃也热衷于金玉缘，王夫人又暗尊其命。表面感觉，这是一场王夫人和薛姨妈的阴谋，而这一阴谋呢，又让贾母凤姐粉碎了。那为何贾母不以元春的意志为主，不以大局为重，不考虑贾府的前途命运，偏与元春对着干呢？"

冯玉道："对呀，我就是别不过这劲来。难道贾母私心，格外疼外孙女才不顾大局？二人为赐婚的事，好几天相互不理睬对方，老人家急的就抱怨说：

"我这老冤家是哪世里的孽障，偏生遇见了这么两个不省事的小冤家，没有一天不叫我操心。真是俗语说的，不是冤家不聚头。几时我闭了这眼，断了这口气，凭着这两个冤家闹上天去，我眼不见心不烦，也就罢了。偏又不咽这口气。抱怨着还哭了，宝黛的姻缘，在贾母心里就这么重要吗？"

山岚道："看来你没小觑这事，这二人两天没和好，贾母就急成这样，连抱怨带哭，肯定就是出大事了。"

芸轩笑道："意识到这些，就离真相近了。二玉不和，才是贾母最担心的事，才是关乎贾府前途命运的大事呢。"

冯玉道："又拐弯了，真相是啥？"

芸轩道："真相是两个特殊的日子，所有一切，都围绕两个日子展开。"

山岚道："哪两个日子？"

芸轩道："四月二十六日，大观园里的'芒种节'。在张道士那里，就成了'遮天大王'的圣诞。这一天，一个'遮天大王'诞生了；这一天黛玉葬花；这一天宝玉成婚；这一天张道士巴巴地专门请宝玉来。为什么？"

山岚道："不错。一个遮天大王的诞辰日，一个花神退位的亡种日；一个民族的消亡日，同时也是另一个民族的崛起日。"

冯玉问："这么夸张，另一个日子呢？"

芸轩道："五月初三。这一天是薛蟠的生日，为了迎接这一天到来，从薛蟠请宝玉吃特别的'供品'开始，到冯紫英再次请宴，把宝玉放到紫檀盒里，直到五月初一到初三的平安醮，在闹剧中完成赐婚，金玉结合已成定局。

记得贾母那句自言自语吗？说到《满床笏》时，贾母笑道：这倒是第二本上，也罢了。神佛要这样，也只得罢了。贾母深知天意如此，宫里的旨意如此，神佛的旨意也是如此，大势已去，金玉之缘难阻了。"

山岚道："在这样情况下，贾母看到宝黛二人失和，她能不心急如焚吗？能不伤心欲绝吗？却又无可奈何，真如贾母的话：不是冤家不聚头，二玉终究还是一对无缘的冤家。所有一切，都是为了配合薛蟠生日的到来。"

秋真道："说起来有意思，之前为烘托他的生日，出了许多花样，又是请酒，又是唱曲的，可真到了他的生日时，宝黛等又都找了些牵强的理由，不去了。"

山岚道："不光这样，这一天，二玉虽不曾会面，然一个在潇湘馆临风洒泪，一个在怡红院对月长吁。可见薛蟠的生日，竟是她二人的哭日了。"

芸轩道："但是，多亏贾母凤姐的参与周旋，事情似乎有了新转机。自从宝玉带回那个金麒麟，就对黛玉说：这个东西倒好顽，我替你留着，到了家穿上你带。似乎又同转赠北静王的香串珠一样，又想腐蚀黛玉了。"

山岚摇头道："呆子。难不成以为黛玉能戴上金麒麟，他们就能冲破金玉之缘的魔咒？自以为他二人成金玉缘。"

芸轩笑道："这是你的想头。宝玉本就是个呆子，竟然假意要把金麒麟留给黛玉，事实上他也是别有用心的。我敢断言，他会再次吃亏在这个金麒麟上。这姐弟俩，亲手缔造了金玉缘，也亲手毁灭了木石盟，这才是贾母痛心之所在。"

冯玉点头道："哦！原来不是不待见这个金玉缘，是木石盟更重要。有什么转机，老祖宗还是无力阻止了。"

秋真道："你这样说，我也找到金麒麟的渊源了。宝玉失策了，因这个东西，不断提醒'金玉'之说，黛玉自然反感。为此，二人就会越解释越生疑，原本是一个心的两个人，多生了枝叶，反弄成两个心了。"

芸轩道："两个人都将真心真意瞒了起来，只用假意，然后互相诅咒'天诛地灭'，如此互生疑心，砸玉、剪穗子，这就是木石盟的坍塌过程。"

第二十九回
戏演清虚观　智破金玉缘

冯玉道："二玉就是毁在相互不信任上，我现在才体会出冯紫英的心情：我说的话儿你全不信，只叫你去背地里细打听，才知道我疼你不疼！"

秋真道："就是，意思完全一样，这就是黛玉的心思：你心里自然有我，虽有'金玉相对'之说，你岂是重这邪说不重我的？可为何我只一提'金玉'的事，你就着急呢，可知你心里时时有'金玉'，见我一提你又怕我多心，故意着急，安心哄我。就是这些相互猜忌，才上演了自黛玉来后的第二场毁玉事件。"

冯玉道："你是说，宝玉被毁了！因为二玉不和，才引发毁玉事件，这倒是严重。我记得宝玉统共砸过两回玉，都是因黛玉，虽知里面肯定有大关节，可从没明白过。"

山岚道："这你得拜我做老师。"

冯玉拱手道："请不吝赐教。"

山岚道："第一次因黛玉没错。宝玉见自己有玉，黛玉这样神仙似的妹妹倒没有，就说这个劳什子，连人的高低都不分，应该属于黛玉的东西，却在自己这里，不如砸了它了事。"

冯玉道："黛玉应该有玉吗？"

山岚道："冥冥中，她该有吧。"

冯玉道："什么意思？"

山岚道："二人一见如故，似曾相识。是因上一辈子肯定就是冤家，两人争过玉的。所以一见面，宝玉就以砸玉为标志，来演示二玉之间的前世恩怨。"

冯玉似懂非懂，道："那这一次呢，贾母说，他们又是冤家聚了头，是故伎重演？"

山岚道："这一次可不是因黛玉了，是因宝钗。是元春主张的金玉缘，致使宝玉被毁。"

芸轩道："错了，这一次毁玉，不是毁宝玉之玉，是黛玉被毁。林黛玉见他砸玉，早已哭起来，说：何苦来，摔砸那哑吧物件。有砸他的，不如来砸我。"

冯玉道："黛玉被毁呀。事态严重了，怪不得贾母着急。阻止不了金玉缘不怕，要毁了黛玉还了得。可元春为什么还极力促成呢，她不知道事情严重吗？"

秋真冷笑道："她就是要这么个结局，终于要到了。谁叫人家有权呢，想和谁结缘就和谁结，想和谁毁约就和谁毁，哪里还顾得上祖宗了。"

山岚道："正是这个结局，才要了元春自己的命，也埋葬了祖宗基业，这就叫自掘坟墓。"

冯玉听了，还是一头雾水。

芸轩道："其实是这样的，你看到的贵妃娘娘，大约不是以前的元春了。现在的贵妃只代表皇宫，而宫里已换了主人。贾母明白，王夫人也明白，只是很无奈。"

冯玉疑惑："不是元春，换了谁？"

芸轩道："我的意思，这个'金玉'主张，不是元春主导的，始作俑者，是'金人'自己，他们才是主导者。"

山岚道："对，张道士代表着另一个娘娘赐婚呢。"

冯玉道："哪个娘娘？"

山岚道："忘了？一进清虚观，凤姐先给张神仙一个下马威，连打带骂，说道士是：野牛日的，胡朝哪里跑。里面有个'胡'字呢。而小道士撞上的，正是刚下车的宝钗，她可是待选进宫的，你自己想去吧。"

冯玉道："原来是为她自己赐婚？"

秋真道："别和他打哑谜了，我告诉你实情吧。后儿就是五月初三，这一天在历史上，可是很特别的。"

冯玉道："不就是薛蟠的生日么？还和历史有关了？"

秋真道："历史上，正是金人占领京师的日子，把这一天当做薛蟠这个呆霸王的生日，或者遮天大王的诞辰日，最确切不过了。这一天，他那边摆酒唱戏庆生日，而宝玉这边砸玉剪穗子，宝黛二人临风洒泪，贾母更是了无兴致，伤心不已。"冯玉似乎明白了点。

又听秋真道："可巧，我恍惚记得那年的五月初一，朱由崧拜谒孝陵，定南京内守备府为行宫；五月初二，群臣至行宫劝进；五月初三庚寅日，至武英殿行监国礼。就这么巧，他在南京登基时，金人正占领北京。"

冯玉听见里面又有个朱由崧，就又糊涂了。

芸轩沉默一会道："历史总是巧得很。"

冯玉道："我才明白了点，宝钗进宫待选，也许她已经是宫中人了，什么宫中赐礼，宫中赐婚的，都是自导自演罢了；戴个金锁来贾府，又大造舆论，弄出个金玉之说，看起来完全是借口，其实她就是为宝玉来的，她才是金玉缘的主导人。可她的金玉合缘招数，不是被凤姐贾母破了吗，她也不一定赢。"

芸轩看着山岚笑道："听见没？别忘了那份赌约，虽然二玉失和砸玉，连冯玉都说宝钗不一定赢呢。"

秋真道："什么赌约？"

山岚道："别兴头。宝钗可不是一般人，她定会反击的，还会一反常态，歇斯底里地发脾气，还不知风浪几何呢？"又说了会子别的，冯玉便恋恋不舍地告辞回驻地了。

三权赴国难　二玉遭负荆

五月时节，天气正舒爽，《秦淮烟云》的拍摄进入最紧张状态，连续几场下来，芸轩都快吃不消了。这一场正是"牧斋请降"。剧情大体是说，钱谦益亲率诸大臣，跪于滂沱大雨之中，洞开南京城门，向清军请降。

大家准备这场雨戏有好几天了，山岚也忙前忙后地跟着，秋真嘱咐她，别的还罢了，她的主要任务是照顾芸轩的饮食，别让她到处瞎转悠。

山岚唔嘟个嘴道："不就是和冯玉出去了一趟么，就这么不受用，冯玉可是我的'好姐妹'，闺蜜间的事你也管？"

秋真道："懒得操那份闲心，只别把我的戏装弄坏了就行。到人家片场转悠不打紧，还得我挨个托人告诉，你看我不忙是吧？"

山岚道："这回不怨我，是芸轩给安排的，又让我去'明清宫苑'那边，找个什么有绿头鸭的小湖。赶明日我给你个惊喜，你就不抱怨了。"正说的工夫，有人叫她，回头看，正是冯玉向她招手。

秋真问他："你们组不是在拍《秦淮八艳》吗？怎么你就有空了，还到处瞎跑。"

冯玉道："我哪有时间，还不是这位妹子老分派我麻烦事，我拿她没办法。不过可说好了，等拿到照片就告诉我'金簪画蔷'的真相，就为这个，我好期待的。"秋真笑着摇摇头，骂他们二人是两个活宝，就摇摇摆摆地走了。

二人来到乌衣巷边的朱雀桥上，冯玉就不走了。站在桥头，见人熙人攘，大多都是来乌衣巷的，山岚就说了那首旧诗：

朱雀桥边野草花，乌衣巷口夕阳斜。

旧时王谢堂前燕，飞入寻常百姓家。

又叹道："可这里既没有燕子，也没绿头鸭，更没有鸳鸯，哪里找去？"

冯玉道："愁这个干什么？你提起燕子，我倒想起昨晚你笑话凤姐的那句话了。"

山岚道："哪一句？"

冯玉道："黄鹰抓住了鹞子的脚，两个都扣了环了。"

说着就挽起山岚的胳膊。

山岚甩手道："少占我便宜，还不快领我找去。"

二人挽着胳臂走着，冯玉道："凤姐这话，是说二玉和好如初的，真个生动形象，两个都扣了环了。守着宝钗说的，你说宝钗听了这话，做何感想？"

山岚道："足以刺激宝钗的神经，你没听出来，凤姐是有意说给她听的吗？二玉失和，对贾母来说，是头等不放心的大事。内不和招外鬼，所以贾母要凤姐专门去说合。"

又学着凤姐口气道："老太太在那里抱怨天抱怨地，只叫我来瞧瞧你们好了没有。我说不用瞧，过不了三天，他们自己就好了。老太太骂我，说我懒。我来了，果然应了我的话了。"

冯玉笑道："不想，二人自动和好了，且好着呢，比先前更密切了，堪比亲密无间。贾母真是木石盟的坚强后盾哪。"

山岚道："哼，对宝钗来说，更是头等大事，如果二玉和好，她心里一定恼得很，这不是前功尽弃了吗。"

冯玉道："你是怕和芸轩赌输了吧。不过，二玉赌咒发誓时的一句话，我糊涂得很。"

山岚问："哪一句？"

冯玉学着黛玉的语气道："你也不用哄我。从今以后，我也不敢亲近二爷，二爷也全当我去了。"

山岚听了，就学着宝玉的口气，笑道："你往哪去呢？"

冯玉道："我家去。"

山岚笑道："我跟了你去。"

冯玉道："我死了呢。"

山岚道："你死了，我做和尚！"

冯玉一闻此言，登时将脸放下来，问道："想是你要死了，胡说的是什么！你家倒有几个亲姐姐亲妹妹呢，明儿都死了，你几个身子去作和尚？明儿我倒把这话，告诉别人去评评。"冯玉学的像极了，山岚笑个不停，最后捂着肚子，眼泪都出来了。

冯玉却不慌不忙地道："别笑了，我听了黛玉这些话，觉得问题很多呢。你想啊，二玉来自灵河岸边，一个说：我回家去，另一个道：我跟了你去。语境是对的。

"有了因果，还完眼泪，二人一同回灵河岸边，才是归宿。可下面这句，我就糊涂了，黛玉说：我死了呢。"

山岚道："你死了，我做和尚啊！"

冯玉道："就是这句。黛玉都觉得这样说不对，似乎这句是咒语，她马上回击：想是你要死了，胡说的是什么！她怎么了？突然这样态度？"

山岚寻思道："你死了，我做和尚。这句誓言发生在情人之间，没问题啊。"

冯玉道："我也觉得没问题，可黛玉却扯到了姐姐妹妹们身上，这就说不过去了。呵，两个情人在这里打情骂俏为爱盟誓的，竟扯到姐姐妹妹那里。假如姐姐妹妹死了，他能像对黛玉一样去当和尚？那不成笑话了。

"黛玉还说，明儿我倒把这话告诉别人去评评。你听听，两个情人吵架，男孩子发个誓言，说爱你，谁拿这个去告诉别人评评去。为这个，我想了一夜，也没个着落，就等你给个解释了。"

山岚道："你要挟我，出来陪我是为这个？怪不得你又不走了，不告诉你。"冯玉又学宝玉的样子，央求她，最后说道："那张花鹨鹈的画，你倒是要不要？你说了答案，我马上就交工，如何？"

山岚道："这还差不多。不过你说的，我也不知道，等晚上问芸轩吧，她什么都懂。"

冯玉失望道："你涮我。"

山岚调皮地笑道："倒是宝钗的心事，我知道些，可你又没问。"

冯玉道："真知道？不哄我？"便从包里掏出一把扇子，哗啦一下打开。扇面上是一幅鸳鸯戏水图，在山岚面前摇一摇，山岚眼尖，看到图，眼睛瞪得铃铛一样，只是笑。

冯玉也笑道："说的好了，这个就是你的了，怎么样？"

山岚眨眨眼，心里没多少底。想了想，觉得也许能糊弄一下。得了这件，他一准还有那两件，就说："你问来听听。"

冯玉道："好，那我问了。砸玉风波后，本以为二玉失和，金玉缘定，宝钗却眼睁睁地看到二玉和好如初了。贾母处，又听见凤姐如此形象地描绘一番，二玉不光和好如初，且更甚从前。满屋子的人包括贾母，都应该开心地笑。我想，宝钗肯定是冷笑的。

"这里，宝玉又专门提到了五月初三，为薛蟠的生日没去而道歉。对于这件事，从宝钗的角度看，一定是介意的。因为贾母没去，二玉也没去，事实上，他们肯定也不会去。单为这两件事，宝钗也在蓄势待发，准备还击。咱们昨晚说到这里就散了，我回去看了半夜书，也没看懂，现在也是一头雾水，往后呢？"

山岚道："你听着，果不其然，宝玉就先上钩了，没事找事的提薛蟠的生日。说他没去，没去的原因是身上不好，请多担待。其实，谁不知道，他是因和黛玉拌嘴。干脆说是因张道士提亲，提他和宝钗的亲，心里不自在。说到底，是因不想见到宝钗，才没去的。

"宝钗就在这里等着他呢。说道：这也多事。你便要去也不敢惊动，何况身上不好，弟兄们日日一处，要存这个心倒生分了。注意了，她这里说：弟兄们日日一处，要存这个心倒生分了。这话，分明是有含义的。听了这句，想宝玉定会心有所动的。"

冯玉道:"这句话多普通啊。"

山岚道:"你仔细想想。"

冯玉恍然道:"我想起来了,那一天,兄弟们是在一处来着,宝钗提醒他,他们在一起早就有勾当了,他们那时就缘定终生了。想必宝钗一提,宝玉就会更不自在。"

又拿着扇子,边走边摇头,还咂着嘴道:"曹公高明,这心理战打得这般巧妙。岚子啊,自从认识了你,听了你们的妙论,我亏得自己读过《石头记》,还津津有味的。其实,白看了,收我做徒弟吧。"

说着把扇子递给山岚,又掏出两把。打开看时,一把上画着两只绿头鸭,做高飞的样子;另一把上,是两只花鹨鹕。山岚从来没见过花鹨鹕,仔细看了看问:"你哪里弄得这么精致,原来花鹨鹕长的这个样子啊,也像两只大鸳鸯呢。"冯玉见她高兴,也欣慰地念扇子上的题诗道:

> 锦羽相呼暮沙曲,波上双声夏哀玉。
>
> 霞明川静极望中,一时飞灭青山绿。

又道:"这是唐时李群玉的《鹨鹕》诗。为这个劳什子,我也请教了我的导师。他告诉我,鹨鹕传下来,是因七品文官补子上的图案,真正的活物,古时就已成了传说。这个画儿,我给老师看过,他说差不多是这样。

"我看出来了,你要的这三样东西,有一个共同的特点,都是成双结对的,且专一忠诚。怎么样?我的任务完成得还满意吧。"山岚感激地看了他一眼,脸红了,把个扇子拿在手里,无措地把玩。

冯玉笑道:"真不用说谢,你告诉我,宝钗怎么了,我就心满意足了。"

山岚神秘一笑,道:"凤姐都知道怎么回事,你还看不懂?她见三人的形景,便知其意,也笑着问人:你们大暑天,谁还吃生姜呢?众人不解其意,便说道:没有吃生姜。凤姐故意用手摸着腮,诧异道:既没人吃生姜,怎么这么辣辣的?"

冯玉道:"什么意思?"

山岚道:"机关在三人的较量中,连凤姐都觉察到了。"

冯玉道:"宝玉说没去赴薛蟠生日宴那段吗?"

第三十回

三钗赴国难　二玉遭负荆

181

山岚道："就是那段，听听话音就知道怎么回事了，不信试试。"便装成宝玉，笑道："姐姐知道体谅我就好了。姐姐怎么不看戏去？"

冯玉听了，马上装成宝钗道："我怕热，看了两出，热的很。要走，客又不散。我少不得推身上不好，就来了。"

山岚听说，自己由不得脸上没意思，心想，原来宝姐姐并不盼望有客人去，她还嫌客人不散呢，我这里自作多情的道不是，可笑。其实，也有嫌弃我的意思，便自觉失望得很。只得又搭讪笑道："怪不得他们拿姐姐比杨妃，原来也体丰怯热。"似乎是讽刺她。

冯玉听说，不由得大怒，待要怎样，又不好怎样。回思了一回，脸红起来，便冷笑了两声，道："我倒像杨妃，只是没一个好哥哥好兄弟，可以作得杨国忠的！"

说到这里，冯玉道："停，停。听见宝玉说她像杨贵妃，动这样的大怒，怎么了这是？像杨贵妃不好吗？我琢磨宝钗的想法，说她像杨妃，可惜没有个哥哥弟弟像杨国忠的，这是贬低薛蟠了吗？还是怎么个意思？"

山岚道："差矣。自古以来，谁都知道杨国忠祸国，是安史之乱的缔造者，冰雪聪明的薛宝钗，怎么会把屎盆子往自己哥哥头上扣呢。语境是这样的：我倒像杨贵妃，可我没有一个哥哥弟弟像杨国忠。言外之意，有人倒不像杨贵妃，可她有个哥哥兄弟却像杨国忠。明白了？"

冯玉觉得这话太绕了，可想了想，又点点头，似乎明白了，笑道："是这回事。可是谁不像杨妃，谁又像杨国忠呢？"

山岚道："自然是说的元春，她倒不像杨贵妃，可她的弟弟像杨国忠啊。你没发现宝钗的话里多了'兄弟'二字？杨国忠是杨贵妃的哥哥，可宝钗为了让宝玉心惊，偏说：只是没一个好哥哥好兄弟，可以作得杨国忠的！好兄弟自然包括弟弟。"

冯玉道："弟弟像杨国忠祸国。我理一下头绪，这里宝玉因她身体丰满，怯热，就调笑她像杨贵妃。其实是说她像杨贵妃一样祸国殃民，造成了安史之乱。难怪她大怒，也难怪黛玉那样得意。"

说着一拍大腿，道："可不嘛，安史之乱的缘头，是杨国忠乱政，给了安禄山清君侧的口实。可宝钗的反驳才是一针见血。她说宝玉：你姐姐倒不像杨贵妃，你却像杨国忠一样，给了左良玉清君侧的口实。招呀！宝钗厉害！"

山岚道："所以，巧得很。正好一个小丫头子找不到扇子了，就问：必是宝姑娘藏了我的。好姑娘，赏我罢。她正找不到骂人的借口，于是便借机开骂道：你要仔细！我和你玩过你再疑我。和你素日嘻皮笑脸的那些姑娘们跟前，你该问他们去。"

冯玉摇着扇子道："'借扇双敲'可是关键之处，真是大关键所在。那他敲打谁呢？"冯玉说得热闹，山岚正听着见突然问她，便反问道："你觉得呢？"

冯玉抖开扇子道："我觉得，这里把丫头丢扇子看成一件大事，比如像丢了国家一样的大事。宝钗这是借机敲打宝玉。扇子没了，别怀疑是我拿了。你们都仔细着，宝玉才是丢了扇子的罪魁呢。是这个意思吗？"

山岚道："差不多，但我的理解，宝钗是敲打姑娘们。"

冯玉摸一把后脑勺道："从语境上听，是有牵扯姑娘们，可姑娘们，怎么是丢扇子的根源呢？"

遂学着宝钗的口气道："和你素日里嘻皮笑脸的那些姑娘们跟前，你该问她们去。她们难道是安史之乱的罪魁？"

山岚只是抿着嘴笑，又道："为了说得更明白些，他们又加一段戏。是黛玉引起的，她说：宝姐姐，你听了两出什么戏？宝钗因见黛玉面上有得意之态，一定是听了宝玉方才奚落之言，遂了她的心愿，忽又见问她这话，便笑说：我看的是李逵骂了宋江，后来又赔不是。

"宝玉傻乎乎地笑道：姐姐通今博古，色色都知道，怎么连这一出戏的名字也不知道，就说了这么一串子。这叫《负荆请罪》。岂不知，这就是宝钗的陷阱，她正布下话把，等着宝玉钻套。宝钗怎么说来？"

冯玉便冷笑道："原来这叫作'负荆请罪'！你们通今博古，才知道'负荆请罪'，我不知道什么是'负荆请罪'！"听得山岚忍不住要笑。

冯玉道："这么一连串的三个'负荆请罪'，能不把人说红脸吗。宝黛二人本来就心里有病。听了这话，可不把脸羞红了。厉害！厉害！"

山岚道："我看，你根本没理解宝钗所谓'负荆请罪'的真实用意。"

第三十回
三权赴国难　二玉遭负荆

冯玉道："怎么没理解，不就是讽刺二玉相互对着'负荆请罪'吗？"

山岚道："什么叫相互对着，是一起'负荆请罪'好吧。紫鹃说的对，宝玉砸玉三分不是，黛玉剪穗子就有七分错，责任三七开。毁了玉，都有不是。再者，宝钗问责时，提到了姑娘们，黛玉不就是那些姑娘中的一位吗？宝钗的意思，你二人相互对赔不是算什么？还不如一起'负荆请罪'呢。"

冯玉道："一起向谁负荆请罪？"

山岚道："向国人哪！既然黛玉是被问责的姑娘，她就是丢扇子的根源，得向她问责。"正说着，突然就起了一阵风，本来只是有些阴天，一阵风过后，就洒洒地滴下雨来，二人慌忙找地方躲，四周望了一眼，就只有乌衣巷里了。

站在巷口，看丝丝细雨，正是江南赏雨的好时节，朱雀桥的景色，在细雨滋润下更加鲜亮了。一阵踏踏的脚步声由远而近，有位年轻的红衣女子，撑一把黑黑的油纸伞，从乌衣巷深处踱来。听着雨点打在伞上，滴滴答答地走过二人眼前，看那身影慢慢上了朱雀桥。

飘飘摇摇的梅雨，顿时让屋顶、小路、秦淮河上，瞬间蒙上一层薄薄的雾气。行人渐少，乌衣巷也静了下来。远处寺庙的钟声，悠悠传来，真是如梦如幻般遥远。

看样子，这雨一时停不下来，冯玉无奈道："这场雨来得可真不是时候。"

山岚道："怎么不是时候，我觉得好惬意。虽是住在秦淮河边，可难得一见雨中明时的秦淮河。"

冯玉道："巧了，你不知道，秋真他们今天拍的正是雨戏。这场雨，恐怕要停工。"

山岚道："那不正好吗，省得再准备雨水。"

冯玉笑着摇头，道："这样的雨可用不了。咱俩老这样等也不是办法。"正不耐烦，冯玉回头看到那边一架蔷薇，便笑道："我想起来了，这么巧，今天正是五月初四，好像'龄官画蔷'就是今天。书中交待，那天也来了一场无名大雨，像今天一样。咱找个蔷薇架看看，底下是不是有人正在画蔷字？"

山岚笑道："你比她还痴呢，脑子受潮了吧。"

冯玉道："反正没什么事，我再给你学学龄官画蔷吧。"正闹着，来到蔷薇架下，雨却慢慢小了。路上的行人，一下子又多了起来，二人商量着，这蒙蒙细雨的，绿头鸭是不能去找了，须得回家换件衣服再说。

即到家里，还真是，那二人也刚进门，也是被雨打湿了衣裳，好在不严重。简单换了衣服，山岚便泡了一壶热热的茶来，芸轩有些疲劳，便去里间睡觉去啦，三人围坐茶桌，也难得休息半日。

秋真看了一眼他二人，笑道："你们的惊喜呢？别净想着糊弄我。"

冯玉刚要开口，山岚阻止他道："谁昨晚上夸海口，说自己眼力见儿好，看懂了王夫人就行。争了半天，除了贾母嫌她像木头，就是宝玉嫌她让菩萨支使糊涂了。到底哪里看准了是她，你说清楚了，我们就给你。"

秋真扔过毛巾来，道："小蹄子，反了你了，打量有人撑腰了，是不是。去，里间抽屉里取我的法宝来，老娘我给你们变个戏法，你才服了呢。"山岚进去找了半天，一会取来个包袱，打开一看，是五个古装小布人。

山岚笑道："大概是你道具仓库里找的吧，都旧成这样了。"不过，还都活灵活现的，眉眼传神呢。

冯玉看着可爱，想抓一个过来，秋真啪一巴掌打了他的手，笑道："别捣乱，你着什么急。先说说，这些人的样子像谁。"

山岚道："谁都不像。只是我猜着了，这两个年轻的女娃，一个金钏，一个玉钏；老的是王夫人；这个男娃是宝玉；还有这个画着脸谱的女娃，看不出是谁。"

秋真点一下山岚的额头，道："不懂了吧。我告诉你，这俩年轻的女娃，一个是薛宝钗，一个是白金钏；这个画脸谱的女娃，是龄官，没看见这是小旦的脸谱吗。"

说着，两手一抛，做了个空捞的姿势，变戏法样，两只手中，各变出一只白色簪子，往宝钗和金钏头上一插。

冯玉道："这又是什么讲究。"

秋真道："宝钗是钗，金钏也是钗，且都是白金钗。"

冯玉道："怎么都成了白金钗？"

秋真道："说你笨还真不动脑子。宝钗姓'薛'，雪是不是白色的？所谓

'金簪雪里埋'么，所以金钏就得姓'白'呀，和'雪'一样白。"

山岚道："干什么要每人一只簪子？"

秋真道："我这支金簪，一枚给薛氏宝钗，一枚当属白氏金钏。"

山岚指着五个小人道："可编排出这几个人来，想闹什么妖？"

秋真道："我跟芸轩学的，天机不可泄露。只提醒你，这一天是五月初四，宝玉在贾母处，挨了宝钗的奚落，正无精打采地来到王夫人上房内，结果就发生了不可思议的事情。"

山岚嗤嗤地笑道："这就天机不可泄露了？不就是王夫人在凉榻上睡着了吗，有什么不可思议的。"

秋真拿起像王夫人样的小人，躺放在沙发上道："我看，王夫人倒是一直昏睡。就是不昏睡，也是个浑浑噩噩的糊涂虫，和睡昏着也差不了多少事。"

山岚一下子参透了秋真的话，遂拿起金钏，放在王夫人身边，作个捶腿的样子道："这回，恐怕要醒了。王夫人要是醒了，就不得了。"

冯玉道："别欺负人，打这样哑谜给谁听。王夫人睡个午觉，也能睡出玄机来，我还不服呢。我看宝玉调戏金钏才是天机呢。"

山岚看冯玉急了，笑道："不信，咱演一下试试，看哪个层面是玄机。"

秋真道："好，我来演王夫人。冯玉过来，先赏你带个金耳坠儿。哎！这就像金钏了。来，再给我捶捶腿。"边说着，摘下自己的耳坠给冯玉戴上，又歪在沙发上，眯起眼睛假寐，冯玉坐就在旁边，给秋真捶着腿，乜斜着眼，困的乱恍，耳坠子也晃来晃去的。

山岚轻轻地走到跟前儿，把他耳上带的坠子一摘，冯玉睁开了眼，见是山岚，抿嘴一笑，摆手令他出去，仍合上眼。只见山岚向身边荷包里，将带的'香雪润津丹'掏了一粒出来便向冯玉口里一送，冯玉并不睁眼，只管嚼了。

山岚道："我这粒'香雪润津丹'好吃吗？凉不凉爽？给你个'香雪'丹含在嘴里，你就代表那只埋在雪下的金簪了，你知道吗？"说着，上来拉着冯玉的手，悄悄地笑道："我明日和太太讨你，咱们在一处罢。"冯玉不答。

山岚又道："不然，等太太醒了我就讨。"

冯玉睁开眼将山岚一推，笑道："你忙什么！金簪子掉在井里头，有你的只是有你的。连这个都不知道吗？我倒告诉你个巧宗儿，你往东小院子里拿环哥儿同彩云去。"

山岚笑道："凭他怎么去罢，我只守着你。他们怎么赶上咱们的'金玉缘'呢。"二人正说着，只见王夫人翻身起来，她终于睁开眼睛醒了。

登时，秋真演的"王夫人"怒从胆边生。啪！一个巴掌，朝薛宝钗那个小布人打过去。道："下作小娼妇，好好的爷们，都叫你教坏了。"

冯玉拿手捂起半边脸来，道："大家评评理，是我挑唆宝玉，还是宝玉调戏我，怎么我成了下作小娼妇了。"二人看了，忍不住想笑。

山岚道："这王夫人，可从来是个宽仁慈厚的人，不曾打骂过丫头们一下，今天怎么突然这样了？"

秋真坐直身子，道："起先我也纳闷，王夫人不是一向支持金玉缘吗？"

山岚道："对呀，连宝玉都说，她被菩萨支使糊涂了，怎么突然间就清醒了，不糊涂了？是发现什么了吗？"

秋真道："可金钏这句话，听上去也不是太无耻，王夫人怎么就认定那么无耻呢，还说此乃平生最恨者。为金钏这么几句话，就把跟了十来年的丫头撵走。过分了！"

山岚道："说的对。王夫人说的'平生最恨者'应该是一句话，而不是一个人。"

冯玉道："就是金钏说的那句：金钗是你的，就是你的。意思是金玉缘是天注定的，你急或不急她就在那里。"

山岚道："可乍听起来，这句话没问题呀，王夫人和元春不都是金玉缘的支持者吗，不会为这个翻脸了罢。"

秋真道："可能就是为这个呢。王夫人就怕有人勾引宝玉。原先，她非常防备黛玉的，今儿有人当面勾引，她终于看清了那人是谁。儿子眼看被人勾走了，那可是一条不归路。看清了真相后，才怕得出一身冷汗，不怒才怪。"

山岚道："也不对。想起来了，听文亮说过，金簪子掉井里，是有典故的。"

秋真道："这个我知道。"

冯玉道："我不知道，快给讲讲。"

山岚道："有个说法，古人认为井通黄泉，人死后的招魂仪式中，就有'窥井'之举。所以，如果你做梦，梦见水井的话，可要小心了。"

冯玉道："少吓唬我，我可胆小。"

秋真道："井通黄泉，如果你的贴身物品落入井中，那就更不吉利，比如发钗。"

山岚道："《异苑》中也记述：山上有井，鸟巢其中，金喙黑色而团翅，此鸟见，则大水。井又不可窥，窥者不盈一岁，辄死。"

冯玉道："真不吉祥。难怪王夫人警觉起来。金钏说：金簪子本来就是宝玉的，王夫人也是睁一只眼闭一只眼地默认了。可金钏却又说，金簪子掉井里了，还是你的，你还得来取，这不是让他找死么，那王夫人还不急眼。"

秋真道："终于明白了，金钏还启发宝玉，就像东院里的贾环和彩云，咱们早晚是一对，这才是被骂做小娼妇的关键。"

芸轩只小睡了一会，就被他们吵醒了，走出来正听说到金钏是小娼妇，就提醒道："金钏曾为宝玉献过嘴上的红胭脂，你当这个金钏，还是原来那个吗？"

冯玉兴奋地道："当然不是，这一个是宝钗了。"

山岚拍拍沙发，道："坐这里喝口茶吧。"

秋真道："别混说，就轮到你了，看你有什么花样。"

山岚回头从包里拿出三把折扇，向桌子上一放道："谁怕谁，看我的。"

芸轩先拿起一把，哗啦打开，看到那幅花鹨鹉图，不禁惊喜道："你们找到样子了？"然后，又打开那两副看了看道："这三对被缝了翅膀的鸟儿，才是关键。"

又朝山岚点头笑道："到底发现了什么，也说一下吧。"

山岚道："我不懂什么蒙太奇，我借你的小布人演示一下，接着说说宝玉的事。他见王夫人醒来，打了金钏，自己也没趣，忙拐进大观园来。"

说着，拿起一个布人，把一只金簪子塞在布人手中，道："你们看宝玉手里，是不是还拿着从金钏儿耳朵上摘下的金坠子？我认为应该换成个金簪子更合适。"

冯玉道："这个地方，我真没想到，他摘了金钏的耳坠，大约是没机会再给她戴回去了，应该一直拿在手上的。"

山岚道："就是在宝玉手上，后面的故事更精彩的。"

又声情并茂道："只见赤日当空，树阴合地，满耳蝉声，静无人语。刚到了蔷薇花架，只听有人哽噎之声。宝玉心中疑惑，便站住细听，果然架下那边有人。

"蔷薇正是花叶茂盛之际，宝玉便悄悄地隔着篱笆洞儿一看，只见一个女孩子蹲在花下，手里拿着根绾头的簪子在地下抠土，一面悄悄地流泪。

"看我的镜头啊，给这个人一个特写，照到这个人手里。原来她拿着根簪子在抠土。"又指着画着脸谱的小布人道："是龄官，在呜呜咽咽地悄悄流泪。"

冯玉道："我说演给你看，你还不屑。这也是个痴丫头，学黛玉葬花的。"

秋真学着宝玉叹道："她若真也葬花，可谓'东施效颦'，不但不为新特，且更可厌了。"

山岚道："收起你那样子来，谁不知道她真是在葬花。看我也变个戏法，给你们瞧瞧，"

说着，便将布人宝玉手中的金簪，塞到龄官手中，又从花囊里抓一把蔷薇花瓣，纷纷扬扬地洒在龄官面前，只见满地落英。山岚道："那龄官手里，拿着跟宝玉手中一样的'金簪'，挖土葬花呢。"

秋真道："慢着，哪里是葬花，她分明在地上画若干个'蔷'字，怎么说是葬花了？"

山岚道："笑话，就是葬花。连宝玉都看出来了：这女孩子一定有什么说不出来的大心事，才这样个形景。外面既是这个形景，心里不知怎么熬煎。看她的模样儿这般单薄，心里那里还搁的住熬煎。恨自己不能替她分些过来。"

冯玉道："还真是葬花，我是瞎猜的。我只是觉得'龄官画蔷'一幕，是《石头记》里的经典，情美，意境更美，却不知道，她真是在葬花。"

山岚道："你以为龄官是谁？从宝玉的心中眼中是这样描写她的：只见这女孩子，眉蹙春山，眼颦秋水，面薄腰纤，袅袅婷婷，大有林黛玉之态。宝玉早又不忍弃她而去，只管痴看。"

冯玉道："我也知道了，原先就说过，龄官打扮起来像黛玉。宝玉看了她这情形，和听了黛玉的《葬花吟》而恸倒山坡一样，也就痴住了。"

秋真道："就算是又一次葬花，葬的是谁，为谁葬？你们倒是给个说法呀。"

山岚道："这又是什么好问的，为贾蔷啊。没见那女孩子在那里画吗，一千个蔷字，都变成蔷薇花的话，多大一片，画来画去就是一地蔷薇。"

秋真道："不对，昨日我查了半晚，古时蔷字，正常的写法应是十七笔。《石头记》有两个版本里说是十七笔。可见，当时人们的习惯写法，该是十七笔的，怎么说她画了十八笔呢？"

芸轩道："十八笔的蔷字也有，我看的古本中，就有把回字写成异形'囬'字。正如你说，大概常人不大那样写。但是，我想龄官也不会去那样写。"

山岚也糊涂了，问道："那就是说龄官葬花，不是为贾蔷了。"

芸轩道："是为他，也只有为他。"

秋真也道："就更不懂了。"

芸轩道："《石头记》中，有三人是王者身份。一是宝玉，绛洞花王，领衔十二钗；一个是贾芹，宗教教主，领衔十二个和尚、二十四个道士；第三个人，就是戏子之王贾蔷，领衔十二戏官，是官主。

"四月二十六日，绛洞花王退位，黛玉为宝玉葬花，是因扬州屠城一哭。今天，黛玉的影子龄官，为宝玉的影子贾蔷葬花，是戏子之王要退位了，一点没错。"

冯玉疑惑地想了会儿，说道："贾蔷怎么了？为什么要退位？倒也是，这女孩子，一定有什么说不出来的大心事，才这样个形景。从这个意思上面看，她不会是因简单的和蔷二爷闹别扭，一定是为大事情。那到底因啥事？你们得告诉我啊！"三人抬头，向窗外望去，窗玻璃一片响动，原来雨下得更大了。

芸轩道："俗语谓：端午日雨，鬼旺人灾。宝玉这里雨中看葬花，家中怕是被鸠占巢穴了呢。"

山岚看她一眼，也听不太明白啥意思，疑惑道："真是，宝玉冒雨看龄官葬花，回家时，家中已有了个宝官和玉官，二人名字合起来，就是宝玉。我也纳闷，怎么会同时出现两个宝玉呢？"

秋真道："这个景象，不是什么好兆头。而且宝玉家里真是热闹喽！大家把沟堵了，水积在院内，怡红院不就成了水塘吗？再把些绿头鸭、花鸂鶒、彩鸳鸯，捉的捉，赶的赶，缝了翅膀，放在院内玩耍，还将院门关了。也不知道这些水禽代表些什么，这么美的鸳鸯和绿头鸭，都被缝了翅膀，更不是好事。"说着，拿过三把扇子，指着上面那些可爱的、成双成对的鸟儿问山岚："这三对被缝了翅膀的水鸟，谁晓得怎么回事？"

山岚道："雨中赏鸳鸯，我倒想起一句诗：尽日无人看微雨，鸳鸯相对浴红衣。"

秋真道："红衣？这个是彩鸳鸯有红衣，这个花鸂鶒与彩鸳鸯一样新，倒是红色多，可这绿头鸭呢，整个绿脑袋，浑身哪有点红色？"

山岚道："但却都是成双成对的，一定是三对人，要不就是三个政权，被水困住了。"

秋真道："提示得好，金钏挑唆过宝玉，让他去东小院拿贾环和彩云，这里面其中的一对，是不是他俩？"

山岚道："算是一对吧。彩云的名字里有个'彩'字，暂且算是这对彩鸳鸯？再一对花鸂鶒，常用作官服上的补子，他二人又有正宗身份，宝黛二人算这一对吧。"

"最后一对，自然是贾蔷和龄官，可剩下的只是绿头鸭，他俩是绿头鸭吗？"这个推理，说得大家莫名其妙的，她自己也不知这样分法合不合适。

芸轩拿过扇子，看了一下上面的画，点头道："这种分法也说得过去，在水里遭殃的，就是这三方面。那两个，你们自然没意见，肯定想问绿头鸭是怎么回事。"

冯玉道："我都有意见，一个也不清楚，它们到底都是哪三方面？"

山岚道："我告诉你，彩鸳鸯和花鸂鶒，几乎是一样的，就是刚刚被黛玉葬了的宝玉，还有贾环在内。"

冯玉道："那绿头鸭呢？"

芸轩道："是有一方大部队，正被清军困死山中，山岚想想这个下雨时节，又是这个时间节点，有谁这么倒霉？"

秋真突然一拍手笑道："哈！我想到了，就是那十八笔的蔷字。我就觉得这个蔷字怪，常人可能写成十七笔，特别还是个小戏子，更不可能写成十八笔的蔷字，太麻烦了，只有老学究，才写那个繁体的十八画蔷字呢。"

山岚道："可她就非要这样写呢。"

秋真道："那肯定是写给咱们看的，因这个十八笔也有一个典故。"

冯玉道："这有什么典？"

秋真道："十八子，主神器，你们说他是谁？"

山岚道："说的是李自成。对，李自成三字，加起来也是十八笔。这也许就是龄官写无数个十八笔的用意了。"

冯玉道："十八子，主神器，说的真是李自成，没错。我晓得了，我看过《李自成》这部剧的。好像是一六四五年的四五月间，那时节也是连降大雨，好像就是五月初四日这天，李自成在九宫山上被山民打死。"

山岚道："是不是身亡，还是一个谜。可有一点，龄官葬蔷，用的是金簪，李自成是被山民打死的，和金人没多少关系的。"

秋真道："要不是金人紧追不放，他怎么会这样，是间接害死了他。还不是金钏的簪子通过宝玉的手，把掉进井里的死亡魔咒，传给了龄官。宝玉的金麒麟，不就是丢在了蔷薇花架这里了？再有疑问，可以顺着麒麟的去向，继续求证啊。从此，这支抗清的主力军，迅速进入土崩瓦解的状态，倒是不争的事实。"

冯玉道："原来这个绿头鸭，还有什么贾环代表的彩鸳鸯，都是指他的大顺政权，龄官葬的是李自成。"山岚听了，备受鼓舞的样子，挑衅地看一眼秋真。

秋真道："得意什么，你既懂了，那我问你，冒雨回家的人是宝玉吗？"

冯玉道："肯定是，还有谁？"

秋真笑道："傻瓜，刚才没说嘛，他家已有了宝官玉官，就是说宝玉在家呢。刚不是说怡红院被鸠占鹊巢了吗。"

山岚道："别慌，我算算账。四月二十六日，黛玉葬了一个。五月初四日，这里又埋葬了一个，只不过葬花人换成龄官，宝玉应该又死了一次。"

冯玉道："宝玉死了？打了袭人的人不是宝玉啊。"

芸轩道："离真相越来越近了。宝玉冒雨回家，便以手扣门，里面诸人却估谅着宝玉这会子再不回来的。说他再不回来这句话，你们想去吧。"

秋真学着袭人笑道："谁这会子叫门，没人开去。"

山岚学着宝玉道："是我。"

芸轩学着麝月道："是宝姑娘的声音。"

冯玉学着晴雯道："胡说！宝姑娘这会子做什么来。"

秋真学着袭人道："让我隔着门缝儿瞧瞧，可开就开，要不可开，叫她淋着去。"

冯玉诧异道："什么耳朵？怎么听成宝钗的声音呢？叫门的人，难道真是宝钗？"

芸轩道："马上就见到真相了。记得吗？在蔷薇架外，龄官听到有人喊她，倒唬了一跳，抬头一看，只见花外一个人叫她不要写了，下大雨了。谁给回忆一下？"

山岚道："龄官看错了人，把宝玉看成女孩子了。一则因宝玉脸面俊秀，二则花叶繁茂，上下俱被枝叶隐住，刚露着半边脸，那女孩子只当是个丫头，再不想是宝玉。还笑说：多谢姐姐提醒了我。难道姐姐在外头，有什么遮雨的？这些都是宝玉在雨中的情形。如果把这两处情形连到一块看，来怡红院扣门的人，果然不是宝玉，也许就是个女孩子或者宝钗呢？"

冯玉浑身不自在地抖了一下，道："上下这么一联系，还真是，来的人是宝钗，太瘆人了吧。如果是她，我的妈呀，太凶了，照着袭人抬腿便踢在肋上。袭人疼得'嗳哟'了一声，可见踢得很重，真够狠的。"

山岚道："且还骂呢：下流东西们！我素日担待你们得了意，一点儿也不怕，越发拿我取笑儿了。"

秋真道："哎，这就叫以牙还牙。宝黛的木石盟不是和好了么，二人合伙奚落宝钗，她也没好气地批判宝玉，让他负荆请罪，一来一往打个平。可关键是，王夫人醒过来了，她看清楚有人眼睁睁地往井里勾引宝玉，原来这'金玉缘'就是一个送死的策略，就势反悔了，清醒了，才抬手打金钏一巴掌，还骂她下流小娼妇么。

"你这样对待宝钗的金钏，宝钗就赶到你家，给你的袭人一个窝心脚，也骂她是下流东西，这叫以牙还牙。这个女人真厉害，一脚下去，就让袭人吐了血。"

芸轩道："我想，也未必是以牙还牙那么简单。宝玉说他长了这么大，今日是头一遭儿生气打人，不想就偏遇见了袭人！为这个事，袭人有过一段话，值得推敲，原话怎么说的来？"

山岚道："她一面忍痛换衣裳，一面笑说：我是个起头儿的人，不论事大事小事歹，自然也该从我起。但只是别说打了我，明儿顺了手，也打起别人来。这话里显然有话，什么是起头的人？怎么又是好事歹事的。"

芸轩道："这是不吉利的开端。前儿晴雯不让给黛玉开门，惹得黛玉伤心一夜，结果第二天就是芒种节葬花；现如今，袭人又不叫给宝钗开门，却让人端了窝心脚。后面还不知要怎样呢。"

芸轩看着窗外，叹息道："她俩这是咋了，都是起头的人吗？连我也糊涂了。忠诚者被主子怀疑，背叛者也会挨主子窝心脚吗？"她似乎自言自语的，感觉一切又变得扑朔迷离起来。

几个人又喊喳了半日，外边的雨渐渐停了。芸轩把玩着扇子，看看一对绿头鸭，竟自笑起来，就问冯玉道："画的好精致，这三把扇子有我的吗？"

冯玉道："才想起来夸奖我，一人一把你们自己分，就算端午节礼了。"

芸轩道："怎么想起送扇子来？"

冯玉道："说来有个缘故。"止待说，外面有人喊秋真，她便忙忙地跟着来人去了。

第三十一回

晴雯戏烽火　湘云化麒麟

秋真走后，听冯玉说，送扇子是他老家的端午风俗，为了送她仨每人一把，又想到山岚到处找这三样爱物儿，他便心下得了主意，请教了好几个人，才画出来。但只有山岚那一把上，配了一句古诗，写道是：

似月旧临红粉面，有风休动麝香衣。

这原是《古扇》中的句子，仔细看还隐了"麝月"二字，山岚喜欢得不得了。

天气越来越热，芸轩便手中不离那把扇子。大家以为她是拿扇追风，后来发现，一有时间，芸轩就看着扇子发呆，还翻来覆去地看，有时点点头，有时又摇摇头，冰儿喊她呆子，她也不答话。

这日正是端午节，这里的风俗真不少，流行什么"端午节，天气热，五毒醒，不安宁"的古语。为避五毒，人们便插艾蒲，饮雄黄，挂香囊，簪榴花；更有红丝腕、五色印、送扇子等习俗，也热闹得很。冯玉因是当地人，这日上午，领着山岚转遍了桃花源，回来时已是中午。

吃饭时山岚问："那里有些人拿个网兜，在找什么呀？"

冯玉笑道："你不知道吧，我们这里有一句俗语叫癞蛤蟆躲端午，躲得过初一，躲不过十五，那些人扑蟾蜍呢？"

山岚又问:"我刚才听一个大嫂唱'石榴花'调。什么石榴花,头对头,阿爹送我一只牛,姆妈送我一匹绸,哥哥送我白纸扇,嫂嫂送我小丫头。骑了牛,着了绸,白纸扇,遮日头,笑坏了后面的小丫头。这是哪年月的讲究?"

冯玉道:"这是簪榴花的风俗。所谓榴花开处端午红,它可是辟邪的吉祥物。"二人正说着,忽听得秋真说笑着到了门外。抬头看,进来的却是秦明和文亮,后边才是芸轩和秋真,二人赶紧收拾一下饭碗,请她们坐下,又问吃了饭不曾。

原来秦明二人,也是乘着端午放假的空,特特来看望芸轩她们的。一个月不见,还真想得慌。大家坐定后,山岚见秦明脸上有汗,就拿过冯玉送她的扇子递过去,转身准备午饭去了。

秦明打开扇子,扇了几把,看上面画的"花鸂鶒图",赞许道:"这扇面,工笔不错,谁的功夫?"

冯玉摸着脑袋,不好意思地笑着。芸轩又递过去两把,也笑着道:"这里还有呢,都是冯玉的大作。"

冯玉端来茶水,二人边喝着,秦明一一看过道:"好是好,可为何都画成属性相同的水鸟?你擅长成双成对的水鸟题材吗?"说得冯玉脸更红了。

芸轩道:"这倒不是,原是我托他们去找这三种飞禽,他们没找到,就拿三幅画来糊弄我。"

文亮道:"这恐怕不好找,确实难为他们,先不说这早就绝迹的花鸂鶒,只这鸳鸯也少得可怜,找这些做啥用?"

芸轩拿着扇子把玩着,说道:"只想看看它们的颜色。对了,你准知道扇子代表什么?端午送扇子也有讲究吧。"

文亮合上扇子,想了一会道:"扇文化起源久远了。咱们的祖先,在烈日炎炎的夏季,摘取植物叶或禽羽,简单加工,用来挡住炎热的太阳,扇子就有障日功能,这便是扇子的初源。"

秦明道:"宫扇呢?"

文亮道:"是为皇帝彰显特权的。这种扇子多见于皇宫,所以才叫宫扇;西周后,羽扇出现,再后来的文人墨客,就像你一样,喜爱把玩扇子,视其为

'怀袖雅物'；大约到了清代，不光是文人墨客，就连踏入仕途的官员，或是处于社会底层的各色人，也喜欢摇扇扮雅了。"

山岚端上饭来问："古人把扇子也叫做五明扇，这有什么说头？"二人吃着，几个人围着看。

文亮道："相传，舜为广开视听，求贤自辅，曾制作五明扇，从秦至汉都在沿用。"

秋真问："五明扇什么用处？"

文亮道："张打此扇，是在向外界表明，吸纳贤才之主张。但到了魏晋之时，竟成为皇帝专用。再后来就成了统治者的礼仪之具，叫仪仗扇。"

芸轩道："我只记得，自唐朝始，唐太宗在端午节时送扇。后来，皇帝给大臣们赐扇子，成为惯例，也终于演变成了一个民间习俗呢。扇子，的确代表权势与身份。"

文亮道："看来，你们已经到了'晴雯撕扇子'一节了，要不怎的这样关心这几把扇子了。"

芸轩道："你呢，看出新鲜来了？"

文亮失望道："正是疑惑，才来找你们呢，我一路往后看，到了'享福人福深还祷福，痴情女情重愈斟情'一节，脂砚的批语，便戛然而止，可惜我想找的人，突然没了音讯，他不再透露自己的任何消息了，我还没找出他是谁呢。"

芸轩站起来，拍着文亮的肩膀道："想必他已经将自己的事交待完了，认真追究的话，就能找到踪迹。连宝玉都换了人，三十回后就不必再絮叨了呢。"

秦明道："或许和宝玉第二遭做和尚有关呢。做和尚就是逃禅，作者逃禅去了。再说，这句话是只有宝黛间明白的暗语。所谓做和尚，应该跟'死去'是等价关系。既然宝玉是第二遭做和尚，前一个宝玉已死了，后面这个，恐怕和作者的身世没多大关系了，所以他才住了笔，不再做评，也未可知。"

文亮还是无从考虑，把头摇得拨浪鼓似的，笑道："听你们这么说，越来越没希望了，还是说你们的扇子吧。"

芸轩道："说起扇子，我琢磨了好几天。宝钗扑蝶，用扇子，显然是个武器；元春端午赏扇子，且赏的是上用宫扇，表明是个身份；靛儿丢扇子，宝钗又'借扇双敲'，敲打的话题，却是丢扇子的罪责，需要负荆请罪。可见，扇子和战事、国家、政权都有关。

"我就想，这些扇子是代表权利呢？或者是什么兵权？假如是，晴雯毁扇子的用意，又是什么？是毁了兵权，还是政权？她还毁了好几把。"

山岚抢着说："撕了两把，宝玉的一把，麝月的一把。"说着，忙着收拾桌子，几个人移到沙发上坐了。

芸轩道："不对，晴雯一共毁坏了三把。跌破骨子的一把，又撕坏了两把。但问题就在于，这三把扇子，似乎有质的区别。"

秋真道："都是扇子，有啥区别？"

芸轩道："你们看啊，这是冯玉给的三把扇子，上面画了三对鸟儿。前面咱们也知道，这三对水鸟，代表三方政权，明、清、大顺。再说宝玉那三把扇子，也有区别。跌破骨子的一把，是宝玉自己的；撕坏的两把中，一把是宝玉的，另一把是麝月的。也就是说，毁坏的扇子中，有宝玉的两把，能不能就说这两把，就是宝玉端午节得的那两把宫扇？是来自宫中的两把。"

山岚道："可以这样说。宝玉手中的宫扇，算是仪仗扇，此时身兼两个王权。"

芸轩道："这不是关键。"

秋真道："什么是关键？"

芸轩道："关键是宝玉对三把扇子的态度，很可疑。"

山岚道："我知道了，晴雯失手跌坏扇子，宝玉的反应很强烈，为此三人大吵了一顿，这是有史以来怡红院唯一一场剧烈的内讧，一定暗藏危机。"

芸轩道："这场危机是有根源的，说来就话长。要不你二人先歇会，咱们准备一下，等晚间，看能不能一起揭露出扇子的内幕，好不好？"

文亮道："别等晚间了，又不累。我们来是有游览计划的，都放在明天呢。"

秋真道："只今日有空，我明天可陪不了你们。"

秦明道："指望你呢，你们只管忙你们的，有山岚领着我们就行。"

芸轩道："可准备得也不充分哪。"

文亮道："一起商量呗，我们也好熟悉一下，看你们都到什么程度了。"

芸轩道："本想晚上请你们吃个散伙宴，从那里开始咱们的探秘之旅的，如果这样，计划全被打乱了。"

秦明笑道："为啥还得用散伙饭做引子，咱们现在就刚吃完，权当散伙宴，你就开始得了。"

芸轩道："也好，也只得想哪儿说哪儿。这场散伙宴是王夫人请的，咱还是从王夫人开始。五月初五是端午节，这日午间，王夫人特置了酒席，宴请薛家母女赏端午。注意，这个宴会上，人很全，却唯独没有贾母。这就是引起我关注的开始。你想啊，没有道理呀。过节、热闹、人也齐全，凡这样的场合，都是老太太爱参与的，单单不让老太太来，为什么？"

山岚道："是王夫人置办的酒席，她是主场，专门请自己姊妹的缘故？"

秦明道："要背着老太太干坏事？"

芸轩道："你们猜的，还靠上那么一丁点边。里面的原因不复杂，只要仔细揣摩参加宴会那些人，明白各怀的心思，就一清二楚了。"

秦明道："是吗？那咱们就揣摩一下。先说宝玉，他见宝钗淡淡的，也不和他说话，自知是昨儿的原故。昨日怎么了？"

山岚道："昨日，宝钗'借扇双敲'地数落宝玉了，骂他是杨国忠，该负荆请罪。其实，宝钗的落寞和动怒，最根本处，是宝黛二人和好如初，金玉缘自行黯然消亡，所以宝钗才对宝玉淡淡的。"

芸轩道："宝钗冷淡宝玉，还有一个原因。既然骂宝玉是杨国忠，宝钗对宝玉也许很失望，才有意要放弃他呢。"

秋真道："不符合逻辑。既然宝钗专门为宝玉而来，怎么会轻易放弃他呢，你这感觉出岔子了。"

芸轩坚持道："别以为是宝玉推开宝钗的，这里说的多明白，是宝钗不搭理宝玉，好不好？"

秦明道："别争了，不管怎样，宝玉的情绪是低落的。再看王夫人的心思：她见宝玉没精打彩，也只当是金钏儿昨日之事，他没好意思的，越发不理他。"

山岚道："这个心思是错误的，王夫人误判了宝玉的心思，宝玉不是因金钏，是因宝钗。"

芸轩道："可白金钏和薛宝钗的关联，咱们之前有结论的。间接地说，王夫人也是因宝钗，这个结论该可以吧。"

秦明道："林黛玉呢，她见宝玉懒懒的，只当是他因为得罪了宝钗的原故，心中不自在，形容也就懒懒的。照你的间接法，她也是因宝钗。"

芸轩道："可以这样认为。"

秦明道："昨日晚间王夫人就告诉了凤姐宝玉金钏的事，她知道王夫人不自在，自己如何敢说笑，也就随着王夫人的气色行事，更觉淡淡的。这就不用说了，贾迎春姊妹，见众人无意思，也都无意思了。总之一句话：这场端午宴，只因为宝钗一个人，都淡淡的。"

芸轩道："何止是淡淡的，大家坐了一坐就散了，实在是不欢而散，简直就是一顿散伙饭。"

秋真道："哎，这就是你要准备的散伙饭哪，怎么见得就是散伙饭了？"

芸轩道："因为接下来，曹公长篇大论地说了宝玉和黛玉，分别对这次宴会的感受，去想想怎么说来着。"

文亮道："对，林黛玉天性喜散不喜聚。她说，人有聚就有散，聚时欢喜，到散时岂不清冷？所以倒是不如不聚的好。今日之筵，大家无兴散了，林黛玉倒不觉得。可见，她从内心喜欢这场散伙饭。"

秦明道："那宝玉的情性只愿常聚，生怕一时散了添悲，只到筵散花谢，虽有万种悲伤，也就无可如何了。对于这个结局，宝玉伤心无奈，似乎有被抛弃的感觉。芸轩说的对，即便是金玉解体，也是宝钗先舍弃宝玉。"

芸轩道："还有呢，宝玉因此没了情绪，伤心无奈之举，就表现在他和晴雯的激烈纷争上。而且这次纷争的主题，竟然也是散伙，那句：你不用忙，将来有散的日子，是宝玉彻底灰心的谶语。"

秋真道："还是不对劲，宝钗要散伙了，可这不是她的初衷啊，她是有追求的，她为什么要这样？"

芸轩道："就因金钏的事，这顿不欢而散的饭局，最根本的原因，是因金钏。既然王夫人是主陪，她为金钏的事不开心，也是为金钏的事摆的散伙饭，所以才不请贾母的。她打了金钏，就是告诉薛家母女，金玉缘就此结束了罢，宝钗能不知道这个用意？"

秋真道："还是的吗，还是王夫人先不愿意的么，宝钗不得不散。"

山岚道："他们散伙，黛玉肯定愿意呀，巴不得呢，可宝玉为什么又不愿意了呢？"

芸轩道："宝玉不愿意的原因，得从他和晴雯的争执里找。因这散伙饭，宝玉心中闷闷不乐，回至自己房中长吁短叹，正在气不顺的时候，晴雯失手跌坏了扇子，给了宝玉向她发泄愤懑的口实。"

秦明道："就是那句：蠢才，蠢才！将来怎么样？明日你自己当家立事，难道也是这么顾前不顾后的？"

芸轩道："宝玉分明是在抱怨晴雯，不会当家，顾前不过后的，才让毁了他的扇子。别忘了，骂晴雯相当于骂黛玉，这让我想起宝钗数落二人的话，都得'负荆请罪'。

"其实，宝玉已经被毁了，大罪铸成。面对黛玉，二人对赔不是，却被宝钗耻笑；可面对晴雯时，二人可以相互埋怨，这才是宝玉发自内心的抱怨。当家立事，顾前不顾后的，才跌烂了扇子，这样的人，罪责难逃，他不能抱怨黛玉，但可以抱怨晴雯。

"我还断定，撕毁扇子，才是晴雯获罪被撵的真实原因。正如麝月说晴雯，别造孽了。那么毁扇子，便是晴雯的原罪，这个自命清高之人，最大的罪过就是毁了三把扇子。"

秦明道："嗯，还真有可能嘞！为这事，宝玉非要赶走晴雯，且非要回太太去，你们听袭人的主意：真个的去回，你也不怕臊了？便是她认真的要去，也等把这气下去了，等无事中说话儿回了太太也不迟。这会子急急的当作一件正经事去回，岂不叫太太犯疑？"

文亮道："袭人就是这样做的，晴雯被撵是因这个了。"

芸轩道："你们理解的有偏差，宝玉说了，太太必不犯疑，我只明说是她闹着要去的。表面看，晴雯是被撵走的，实际上是她自己闹着去的，不信看后面。"

秋真拿过扇子道:"必须得有根有据的,怎么说晴雯就是黛玉了?撕个扇子就这么多事。"

芸轩道:"先说黛玉和晴雯的相似度,从晴雯和宝玉关于洗澡的对话中,可以看出端倪。宝玉要晴雯拿水来,两人一同洗,晴雯怎么说的?"

山岚学道:"罢,罢,我不敢惹爷。还记得碧痕打发你洗澡,足有两三个时辰,也不知道作什么呢。我们也不好进去的。后来洗完了,进去瞧瞧,地下的水淹着床腿,连席子上都汪着水,也不知是怎么洗了,笑了几天。"

秦明笑道:"这话再明白不过了,晴雯在努力标榜自己的清白。整个怡红院,袭人就不用说了,她口口声声道袭人:你们鬼鬼祟祟干的那事儿,也瞒不过我去,别教我替你们害臊。她调侃麝月,没喝交杯酒就上头;这里又笑话碧痕,洗澡洗出花来,满床都是水,言外之意,都是污浊不堪之人,唯有她保持着清白之躯,不沾染宝玉,就是为了标榜黛玉的清白。"

山岚道:"晴雯清白是清白,却忒矫情。"

芸轩没理她道:"有意思的是,毁第一把扇子时,宝玉那样雷霆大发地怪罪晴雯,而另两把,却是宝玉纵容晴雯毁的,能找出这里面的区别吗?"

文亮道:"我知道了,宝玉对待头把扇子,是保护的态度,对后两把,是毁了才高兴的心态,而纵容的由头,是'千金难买一笑',这正印证一个典故呢。"

山岚道:"快讲讲。"

文亮道:"这句话,来自烽火戏诸侯的故事,你们肯定听过,我只说结局。周幽王因拿着战事戏弄诸侯,导致西周灭亡。这里明显是说,为讨一个女人的欢心,竟葬送一个王朝。"

秋真道:"撕扇子,若真是隐藏着战事和灭国,那晴雯的罪过大了,还撕了三把,那她的罪过,怕是难以饶恕。"

芸轩道:"按照之前的推断,扇子代表兵权的话,晴雯是戏弄了三大兵权。"

秋真道:"咱就先这样,但我不明白,宝玉为何努力保护第一把扇子呢?"

芸轩道："那是因袭人。"

山岚道："跟袭人啥关系?"

芸轩道："那还得从头看,得先放下扇子,再说说三个人的吵架始末。三人吵架正不可开交时,黛玉突然进来了,晴雯就出去了,就是很好的镜头转换。不信,说到那一段时,你们咂摸一下味道。"

文亮道："起先是宝玉和晴雯吵,高潮处,就因袭人的两个字'我们',便惹恼了晴雯。"

秦明道："对呀,袭人和宝玉称'我们'是不合适的。贾府里主仆关系,那是等级森严的,一个奴才和主子再好,也不可这样称呼,袭人很清楚,她知道自己说错了。"

芸轩道："但奇怪的是,晴雯恼了,可黛玉却以调侃的方式,不光同意她称'我们',还戏称袭人为'嫂子',这事就有意思了。"

秋真道："可不吗,嫂子是哥哥的妻子,是正室夫人。这个黛玉有趣得很,似乎还不是玩笑呢:你说你是丫头,我只拿你当嫂子待。"

秦明道："在黛玉这里,承认他俩就是正式夫妻了,宝玉也用气话的方式说了,你们气不忿,我明儿偏抬举她。"

山岚道："听袭人的话,虽没正面接茬,一句:林姑娘,你不知道我的心事,除非一口气不来死了倒也罢了。似乎也是默认了这个称呼。"

芸轩道："你说对了。正是这句话,确认了她的位置,且是黛玉给她确认的。袭人说:除非一口气不来死了倒也罢了。黛玉接口说:你死了,别人不知怎么样,我先就哭死了。黛玉袭人两个人都说了个'死',似乎正是引出宝玉那句话。"

山岚道："哪句话?你死了,我作和尚去?"

芸轩道："是的,'死了'和'做和尚',显然结成了对子,咱还为这句话争了半天。林黛玉将两个指头一伸,抿嘴笑道:作了两个和尚了。我从今以后都记着你作和尚的遭数儿。这个遭数,恐怕不是个吉利数字。"

秦明道："宝玉为她二人做和尚,一人一遭,袭人的面子够大的,也值得为一个大丫头这样。这里明显说,宝玉决定为袭人第二次做和尚了。"

秋真道："我也知道了，这次内讧的最根本原因，是有人散伙，有人上位。宝玉不光和宝钗散伙，还准备和晴雯散伙，是和第一个政权散伙了。但袭人身份变了，要么她的身份升了，要么宝玉身份降了，若和袭人这样一个丫头身份的人结合，第二个政权就出现了。"

山岚道："袭人高攀了，可也看不出宝玉要保护的是哪一方兵权，晴雯毁的又是哪一方。"

芸轩道："还没到时候。咱们放下袭人，再从湘云的戒指里找，也能找出秘密来。"回头便让冯玉去里面拿来四个戒指，两个麒麟，摆到桌子上。

冯玉拿起戒指，戴在手指上，道："真被你们绕晕了，我读《石头记》十几遍，也分不清谁是谁，还没弄懂袭人是谁，怎么又说到湘云身上了？"

芸轩笑道："再耐点心，马上出真相。我还要问呢，你们说湘云送的戒指什么材质，送了几个？都给了谁？"

山岚看看颜色道："降纹石的，似乎是红色，和宝玉的玉有些相似。几枚？我得数数，给几位小姐们的不是重点，重点是送给四个丫鬟的，都是她亲自带来的。"

芸轩道："黛玉说的有理，湘云巴巴地拐上十个弯子，只为一个目的，就是要告诉咱们，送给戒指的四个丫鬟的名字。湘云说了，她们分别是：袭人姐姐一个，鸳鸯姐姐一个，金钏儿姐姐一个，平儿姐姐一个：倒是这四个人，你们是不是感觉出什么？"

秋真道："这四个丫鬟，论地位，都是贾府四大主子的首席丫鬟。也不能小觑这戒指儿，既然给小姐们也是这样的，又是玉质的，看起来和宝玉的玉有的一拼。难道湘云给四个人这玩意，是要提升这四个丫鬟的地位？"

秦明道："和宝玉抬举袭人一样的用意，你抬举袭人成了你妻子，我抬举四大丫鬟成了小姐，这两个人有意思。"

芸轩道："这个地方我也琢磨过。有个细节，她送戒指时，金钏已经出事了，看来是没人告诉她，所以她带了四个来。而离开贾母房间时，说的又清清楚楚，将三个戒指儿包上，是留给鸳鸯一个，拿着三个走的。咱们看一下她的行走路线。按贾母的吩咐，先看二嫂子，看二嫂子就会给平儿一个。

"咱们知道，出贾母后院，过了凤姐的院落，进角门，就是王夫人的上房后面。按理，该去找到金钏的，把给她的那个留下才行，可这里没提，她直接到了凤姐那里，说笑了一会子，往大观园来。

"来到园子里，先是看大嫂子，少坐片刻，便往怡红院来找袭人。打开手帕子，将戒指递与袭人时，袭人感谢不尽，因笑道：你前儿送你姐姐们的，我已得了，今儿你亲自又送来，可见是没忘了，是宝姑娘给我的。你看，不光宝玉抬举袭人，宝钗也抬举她。

"问题就来了，袭人得了两枚戒指，但金钏的戒指去哪里了？或者说，四枚戒指中其他三枚交代得很清楚，但有一枚像谜一样，就是金钏的那枚，是给了，还是没给？"

秋真道："肯定没给，她被赶走了，没见上面怎么给。"

芸轩道："给了，一定给了。"

秋真道："这个不好找，这枚戒指的事后面再没提过。"

芸轩沉思不语。

冯玉道："先别说这个了，我就奇怪，这些主子级别的大人物，都抬举起自己的丫鬟来，到底唱的哪一出？"

秦明道："主子们要退到后台吗？让各自的丫鬟出来唱主角？"

芸轩双手一拍道："就快接近真相了，是有这么点意思。咱先看宝玉抬举的这人，这人身负内伤，且是被主子踢伤的。关于这个伤，是这样说的：少年吐血，年月不保，纵然命长，终是废人了。什么意思呢？黛玉找到了自己的嫂子，宝玉有了自己的妻子，这就是马上诞生的第二政权，而这个政权，应该有几个显著特点。

"一是宝玉找了个身份是丫鬟的妻子，来承袭这个政权；二是，这个妻子受到过主子严重的伤害，有内伤；第三个特点，也不是个长命的政权。皇权的身份不正宗是最明显的特点，还不知道这个人是谁吗？"

秋真道："你不说我也懒怠问，联系不到撕扇子上来。"

文亮道："是不是隆武？"

芸轩道："还是文亮聪明，这些特点像不像他？"

秦明道："像极了。出身不正，且受过朝廷的迫害。"

文亮道："你说是他，我就知道撕扇子是怎么回事了。"

冯玉道："赶紧说，都急死人啦。"

文亮道："隆武的出现，金玉缘可不就得结束吗。他清醒地意识到，弘光时期的'联虏平贼'是糊涂政策，所以王夫人惊醒了，就反毁了和宝钗的联姻。可是，只要是新旧皇权交替，政权出现真空时，就会乱象丛生。

"伴随隆武上台而来的，也是军阀混战，特别是皇权身份不正宗时，他们就会迷失方向，不知自己该属于哪个政权。其中，最有名的一位，就是李成栋。

"他先是大顺军，后归大明，但又随着左梦庚一起投降清军，还制造了骇人听闻的嘉定三屠。更令人意想不到的是，这个沾满汉人鲜血的人，最后却成了反清复明的英雄，成了大明最忠贞的人。

"这像不像晴雯撕扇子？就连最忠贞的她也糊涂了，似乎是拿着兵权当儿戏，愿怎么玩就怎么玩，将三把扇子玩于股掌，说撕就撕，开心就好。"

山岚拿起隐含麝月二字的那一把，道："晴雯先跌坏宝玉的，是指大明，有人先叛了大明，所以宝玉光火；而宝玉纵容晴雯撕毁的另两把，一把大顺；还撕了麝月的，许是指清军呢，所以宝玉高兴。"

秋真道："有点意思了。说了宝玉抬举的人，再说说湘云抬举的人呗。"

芸轩道："不如先说湘云，你们不觉得，湘云这次来的有些古怪吗？"

山岚点头道："不是一般的古怪。"

秋真道："她有什么可说的，又不是不知道她是哪个行子的人，做了宝钗的帮凶，缔造了金玉缘，这个'爱'呀'呃'的林姐夫，可不是白当得。"说着，都笑起来。

冯玉道："什么林姐夫，不分男女了都，逼着我画她。这回我倒看看，你们有啥办法搞懂她，能不能变回女的。"

芸轩说："这个简单，有湘云和翠缕的对话呢。除了《正邪两赋论》，她的《阴阳论》勘称《石头记》第二大论断了，也经典得很哪。咱们试着分解一下这个论断，定有收获。你们对话，我给注解，试试。"亏了读的遍数多，台词也不用准备，山岚和秦明便自告奋勇地说上来。

翠缕道："这荷花怎么还不开？"

【芸轩】翠缕好像没话找话，听这意思，似乎她家的荷花已经开了。实际上，是把话题引到荷花上，为何关注起荷花来呢？可以想一想清水芙蓉和木芙蓉对应的人。

史湘云道："时候没到。"

【芸轩】什么时候没到？等时机吗？这里的荷花为什么等时机？

翠缕道："这也和咱们家池子里的一样，也是楼子花？"

冯玉看山岚的眼色，正回房间，拿出山岚托他画的一张画，正是重台莲，举给大家看。

【芸轩】所谓的楼子荷花，就是花上花的重台莲。

湘云道："他们这个，还不如咱们的。"

【芸轩】弦外之意，他们这个尽管不如咱们的，确也是楼子花。

翠缕道："他们那边有棵石榴，接连四五枝，真是楼子上起楼子，这也难为他长。"

【芸轩】他们的荷花尽管不如咱们的，可石榴花却出奇地好，且是接连四五枝的重台榴。你们都知道，榴花代表宫中，联想一下元春、探春。说着，山岚也举起一张画着重台石榴的图片，示意给大家。

史湘云道："花草也是同人一样，气脉充足长得就好。"

【芸轩】他们家重台榴长得好，说明宫中气脉充足。二人终于联系到人了。

翠缕把脸一扭，说道："我不信这话。若说同人一样，我怎么不见头上又长出一个头来的人？"

【芸轩】必须从花草转折到人身上，重台要转换成重头，头上长头，真巧妙，人不知鬼不觉的，又长出一个头来，翠缕没见，咱们见了。

山岚一下子拿来四张画道："于是，就出现这四张画。"

说着，让冯玉一字摆开，大家看时不由得大笑。原来，图上画的是：黛玉的身子和头，头上还有一个头，你道是谁，细看是晴雯，图下面三个字：重台莲。

秋真笑道:"《石头记》里出污泥而不染者,唯黛、晴二人莫属。"

第二幅图上画的是元春,头上又有一个是探春的,底下也有三个字:重台榴。

文亮道:"元春之后,非探春莫属。"

第三幅画是宝钗头上有金钏,也是重台莲。

秦明道:"说她二人是重台莲,不牵强吗?"

芸轩道:"你没体会到好处,自然这样说。既然这里只说了这两种花,他四人也一定是都有这样属性的。以金钏之烈,为证明自己的清白,跳井而亡,也当得起莲之高洁。况且曹公借李太白之口,说宝钗是清水芙蓉,给她们以莲花高洁之誉,当得起的。"

第四幅画,是宝玉头上有湘云的头,底下写着:

因麒麟伏白首双星。

秋真笑道:"别人都是那样,除了莲花就是榴花,你这怎么是白首双星了?两个脑袋摞起来,就是白头到老了?这得好好解释一番。"

大家看了,指指点点地笑一阵,秦明笑得眼泪也出来了,指着山岚道:"想象力不错。不过前几幅还说得过去,怎么想到宝玉头上长着湘云的头,太离奇了。"

山岚道:"你们别大惊小怪,马上就解释。湘云的理论,就是为解释这个的。她说:或正或邪,或奇或怪,千变万化,乃因天地间都赋阴阳二气所生,都是阴阳顺逆。多少一生出来,人罕见的就奇,究竟理还是一样。

"这就是《正邪论》加《阴阳论》的合成版,她说自己也是正邪两赋之人。咱们继续听听就行。"

翠缕道:"这么说起来,从古至今,开天辟地,都是阴阳了?"湘云笑道:"糊涂东西,越说越放屁。什么'都是些阴阳',难道还有个阴阳不成!'阴''阳'两个字还只是一字,阳尽了就成阴,阴尽了就成阳,不是阴尽了又有个阳生出来,阳尽了又有个阴生出来。"

【芸轩】这一段,就是解释的麒麟的特性。麒麟者,仁兽也。牡曰麒,牝曰麟，却是不分雄雌，合而一体，才称之为麒麟。怎么样，不是阴尽了又有个阳生出来，阳尽了又有个阴生出来，而是阴阳不分。

翠缕道："这糊涂死了我！什么是个阴阳，没影没形的。我只问姑娘，这阴阳是怎么个样儿？"

湘云道："阴阳可有什么样儿，不过是个气，器物赋了成形。比如天是阳，地就是阴，水是阴，火是阳，日是阳，月就是阴。"

【芸轩】大家听到了吗，这里又有新观点诞生。阴阳理论，博大精深。但湘云只概括了一个字，阴阳可有什么样儿呢，不过是个"气"。

秋真道："这个理论不对吗？"

芸轩道："先不管她说的对不对，当提到麒麟的时候，脂砚告诉咱们一条线索，说：后数十回，卫若兰在射圃所佩之麒麟，正此麒麟也。我就到处找卫若兰的踪迹。结果，不用去后十回找，这回就找到了。"

大家期待地看她，怀疑她是不是真找到了，特别是文亮，瞪起眼睛看着她，诧异道："开什么玩笑，我找了好几年呢，哪有这么容易的。"

芸轩道："湘云刚说了吗。"

秋真道："另一只麒麟是卫若兰？"

芸轩道："又胡说。湘云的理论，最终落在一个'气'字上。湘云找到另一只麒麟之时，就是嫁给卫若兰之日。"

山岚急忙道："这好找，那个麒麟就躺在蔷薇架下。"说着，拿起一只稍大些的，放在手掌上。笑道："湘云把捡到的这只文采飞扬的大麒麟，被丫鬟称作公的，刚放到手掌上瞧时，真巧，那边就走来了宝玉。将这个镜头做叠加处理，好看极了。那个麒麟不请自来，照你们的理论，宝玉就是卫若兰。"

芸轩道："更不对，湘云都说了，阴阳合一，就只剩下一个'气'了，是'气味'好不好。"又摘一朵兰花闻一闻，笑道："阴阳合一，若释放出兰香之'气味'呢？将'气'字和'卫若兰'三个字连起来读，可不就是这么个'气味若兰'吗。"大家先是不明白，继而一琢磨，都点头称是，文亮也不得不佩服这个奇特的想法。

山岚道："乖乖！这样就嫁给了卫若兰？我也明白了，湘云嫁给卫若兰的时候，就要释放兰香。也就是说，湘云这回找了婆家，是来出嫁的，是要为婆家释放兰香之正气了。正邪而来的湘云，要从邪处改到正处了？改邪归正吗？我不太相信，咱们得继续看看。"

秦明道："继续听。"

翠缕道："这些大东西有阴阳也罢了，难道那些蚊子虼蚤蠓虫儿，花儿，草儿，瓦片儿，砖头儿也有阴阳不成？"

【芸轩】二人开始射物，由大到小，再到具体物件。所谓瓦片、砖头，还不如说是石头。

湘云道："怎么有没阴阳的？比如那一个树叶儿还分阴阳呢，那边向上朝阳的便是阳，这边背阴覆下的便是阴。"

【芸轩】还是阴阳总一物。

翠缕听了，点头笑道："原来这样，我可明白了。只是咱们这手里的扇子，怎么是阳，怎么是阴呢？"

湘云道："这边正面就是阳，那边反面就为阴。"

【芸轩】说到了扇子吧。扇子乃兵器，兵者，双刃剑也。正面是杀敌人，反面也可用来杀自己人，在战乱时期，兵家常常把握不住"正反"两面的。

翠缕又点头笑了，猛低头就看见湘云宫绦上系的金麒麟，便提起来问道："姑娘，这个难道也有阴阳？"

【芸轩】终于把话题引到麒麟身上。麒麟寓意：含仁怀义。在古文化中，帝国之兴衰，常与麒麟传说息息相关。

文亮道："这话对，麒麟被赋予非常优秀的品质，当年汉武帝因匈奴归降大汉，在未央宫的麒麟阁内，绘十一功臣图像，向天下昭示其爱才之心。难不成，湘云戴着麒麟来，真是来抗击匈奴，挽救危局的？难以置信！"

芸轩道："有这么一说的话，宝玉头上这颗双星，还真是有麒麟之才。"

翠缕道："这是公的到底是母的？"

湘云道："这连我也不知道。"

【芸轩】其实马上就能知道了，当遇到另一只麒麟时就分出公母了，一会就见到麒麟。巧的是宝玉也及时出现。

翠缕道："这也罢了，怎么东西都有阴阳，咱们人倒没有阴阳呢？"

【芸轩】关键时刻，终究要把麒麟和人扯到一起的。

湘云照脸啐了一口道："下流东西，好生走罢！越问越问出好的来了！"

翠缕笑道："这有什么不告诉我的呢？我也知道了，不用难我。"

湘云笑道："你知道什么？"

翠缕道："姑娘是阳，我就是阴。"

【芸轩】听这句话怪异吧，前面理论了一大堆，什么雄为阳雌为阴的，照这个逻辑推下来，应该是男为是阳，女为是阴，可到末了，翠缕来了一句：姑娘是阳，我就是阴。奴才主子论阴阳，得了这么个结论，咱们要的结果终于有了。

秦明道："再延伸一下，丫头这里就开始男女不分，不如说：女人是阳，女人也是阴。哈！一部经典的《阴阳合一论》，最终竟是：湘云也是阳，湘云也是阴。自然两个麒麟也不分公母了。"

秋真道："还差一句便见真相，湘云说宝玉：明儿倘或把印也丢了，难道也就罢了不成？宝玉笑道：倒是丢了印平常，若丢了这个，我就该死了。可见，这个麒麟比玉印都重要的。"

秦明道："我也服了，前面说她曾经是林姐夫的结论，没有问题。可这里怎么又天翻地覆了，湘云这回演了个掌玉印的角色？还改邪归正，挥泻兰香之气了。"

冯玉道："你们凭这些，就说湘云是个男人？"

秦明道："你还不服，那我再给你几条线索，听好了。第一，湘云这回刚来贾府，宝钗和黛玉就来了段莫名其妙关于湘云穿衣服的对话。

"贾母因说天热，让把外头的衣服脱脱。史湘云忙起身宽衣，王夫人就笑她穿上这多衣服作什么，就此引发一段'衣服论'，你们回想一下。"

芸轩道："不用回想了，湘云身上多了一层皮是龙衣，只要咱们看懂这是什么衣服，不就知湘云改什么身份了。"

"听好了，我说了，啊！"山岚学着宝钗笑道："姨娘不知道，她穿衣裳还更爱穿别人的衣裳。可记得旧年三四月里，她在这里住着，把宝兄弟的袍子穿上，靴子也穿上，额子也勒上，猛一瞧倒象是宝兄弟，就是多两个坠子。她站在那椅子后边，哄的老太太只是叫'宝玉，你过来，仔细那上头挂的灯穗子，招下灰来迷了眼'。

"说湘云像宝玉呢，其实就是宝玉的部分身份吧。从我这里理解，湘云曾经有过宝玉的影子，只不过那是很早以前的事，似乎中间发生过她失去身份的变故。"

山岚道："穿过宝玉的衣服好理解，小时做过'宝玉'，可为何那时候，被灰尘眯了眼睛呢？"

文亮道："提示得好，朱聿键做唐王时，真有一段让灰尘迷了眼睛的瞎事，就是起兵勤王。当时清兵入塞，直逼京师，朱聿键竟上疏请求勤王，崇祯不允。可他倒好，竟不顾'藩王不得掌兵'的国规，亲自率千人，从南阳北上勤王。"

冯玉道："真是隆武的事，后来呢？"

文亮道："可想而知，崇祯大怒，准部议，废为庶人，把这位唐王关进凤阳皇室监狱里了。"

冯玉道："从此没了王的身份，还有别的证据吗？"

芸轩道："还不够啊，再听黛玉的，说：这算什么。惟有前年正月里接了她来，住了没两日就下起雪来。老太太和舅母那日想是才拜了影回来，老太太的一个新新的大红猩猩毡斗蓬放在那里，谁知眼错不见她就披了，又大又长，她就拿了个汗巾子拦腰系上，和丫头们在后院子扑雪人儿去，一跤栽到沟跟前，弄了一身泥水。

"这里有明确的时间点是前年；有场景，就是下雪；有故事情节，就是她穿上大红斗篷扑雪；有结局，她栽了跟头。这些跟他的经历多么合拍。"

文亮想了会子道："黛玉说，前年正月下雪，因扑雪载过跟头，他在前年应该和金人遭遇过，且栽了跟头；宝钗说，他旧年曾经有过身份，有过宝玉一样的身份，比如唐王，可惜后来因犯错被剥夺了。看来，黛玉和宝钗都想证明这个人的身份和经历，没错。"

秋真道："怪不得，她见袭人后，二人回忆起十年前的一段'害羞事'。袭人问她，还记得十年前，咱们在西边暖阁住着，晚上你同我说的话儿？那会子不害臊，这会子怎么又害臊了？说十年前，湘云有个让自己害臊的事，是什么事？"

芸轩道："湘云已经告诉了，说：你还说呢。那会子咱们那么好。后来我们太太没了，我家去住了一程子，怎么就把你派了跟二哥哥。

"话中有几个信息：先是她失去了母亲，又被送出了贾府；之后袭人开始侍奉宝玉，她就失去了身份，隐约告诉咱们，湘云曾经有过皇家子弟身份；二人还提到，小时候悄悄议论'婆家事'，是让湘云脸红之事，大约就是这个变故，似乎这次有了婆家，和十年前谈论的婆家，是一回事，湘云这回是重回婆家了。"

文亮掐指算道："这次来贾府是住婆家吗？十年前，我算一算，这是要告诉咱们时间点呢。湘云这次来，是刚过完年，应该是一六四六年后，减去十年，正是一六三六年的事。可不嘛，正是那一年，朱聿键因违规被投进监狱，坐了将近八年牢狱，还差点被狱卒整死，时间很对。"

秋真道："也和袭人遭宝玉踢伤相吻合。"

冯玉道："果然是他，我也没话说了。"

说着，摆弄那几个物件，道："湘云有自己的麒麟，加上宝玉给她的，有两个；袭人也是，湘云给她一个戒指，加上宝钗给的一个，也有两个。这又是怎么说？"

秦明道："这两个人身上，分别赋予了两个角色呗。隆武具备麒麟之才，接下来，权柄由宝玉转向湘云，这才是白首双星的出处，意味着宝湘二人，有白头偕老的缘分。"

秋真道："还真是，《石头记》三大奇缘，木石缘，黛玉是缔造者；金玉缘，宝钗是缔造者，湘云也曾经是；这里又来个双星缘，却还是湘云，就是不知道长不长久。"

芸轩道："愿得一心人，白首不相离。白首偕老，便可仙寿恒昌，更可芳龄永继，这也是曹公赋予麒麟的特质。可双星呢？特指牛女星，长久分离竟是他们的常态。一边白首偕老，一边双星分离，不知这矛盾的两面，曹公怎么合到一个人身上。"

冯玉道:"袭人呢?"

秦明道:"身份等级是袭人上位,隆武的出身,总是不正宗的,宝玉抬举她了。两枚戒指儿说明,袭人行权时,会有两个身份,也是二合一,只是不知道是哪两对缘分。"

秋真道:"热闹喽!王夫人说湘云有了婆家,袭人便向她道喜,我看湘云的婆家就是贾府。此次湘云来贾府,和黛玉来贾府一样,不知肩负什么使命。她发出的那些戒指儿,就是邀请函。这些首席大丫头们,将在她搭起的舞台上,重打敲锣另开张啦。"

木石重证盟　金玉再续缘

芸轩道："这不假，可湘云有个最大的麻烦，好像贾母有些不太待见她。"

山岚道："谁说的，贾母挺稀罕她的。"

芸轩道："你不用争，贾母有几句话不对头。刚说完湘云的衣服，贾母就来一句：如今你们大了，别提小名儿了。那语境，绝对有问题。"

秦明道："对呀，在贾府，宝玉的小名，丫鬟们都可以提的，其他人的小名怎么样咱们不知道，像称呼珍大哥哥，凤姐姐的算不算提小名，可就是贾母吩咐后，也没人遵守啊，怎么突然说了这么句话呢？"

山岚道："还得看看那句话的前后，看能关联出啥来。"

芸轩道："要看，必须从迎春的话开始，才能看出苗头来。"于是，秦明和山岚就说起台词来。

迎春笑道："淘气也罢了，我就嫌她爱说话。也没见睡在那里还是咭咭呱呱，笑一阵，说一阵，也不知那里来的那些话。"

秋真笑道："迎春嫌她爱说呢，听意思，睡在那里还说话，睡觉说话，不就是说她爱说梦话吗？"

芸轩点头道："迎春的感受，也许代表贾母的感受。用了一个'嫌'字，是有一点'嫌'的意思。也不是梦话，是说她爱做白日梦，说大话不切合实际的意思。"

秋真道："呕？想起来了，从宝钗嘴里听见，贾母曾提醒过湘云，让她小心被穗子上的灰迷了眼。"

秦明道："湘云穿了宝玉的衣服，站在高处，这感觉有点高高在上的。所以贾母提醒她，别被感觉蒙了眼睛。"

秋真道："宝钗的意思，她做事有些眼盲，顾前不顾后的；从黛玉嘴里听得出，她扑过雪也栽过跟头；从迎春嘴里听得出，嫌她不务实。"

王夫人道："只怕如今好了。前日有人家来相看，眼见有婆婆家了，还是那么着。"

秋真道："王夫人倒赏识她，说她已经有了婆家，就好了，或许能自我约束，变得老成稳重的了。说白了，眼看着来到贾府上任，不能再那样不成熟了，我倒觉得贾母的第二句有问题。因问：今儿还是住着，还是家去呢？"

冯玉道："就是，怎么这么问，是不愿意她住下吗？"

芸轩道："贾母该是满怀疑虑的一问，你要趟这浑水吗？确信你要住下来？还是知难而退回家去？听起来，贾母有些不愿意让她留下来的意思呢。"

周奶娘笑道："老太太没有看见衣服都带了来，可不住两天？"

秋真道："回答是肯定的，且史湘云马上问道：宝玉哥哥不在家么？来了这么大工夫，光听别人说她的糗事，才开口，就马上问宝玉在哪里，找玉印，要立刻挂马上任。

"宝钗就笑她：他再不想着别人，只想宝兄弟，两个人好憨的。听见湘云的回答，还有宝钗对湘云的评价，贾母才马上回应了第三句话道：如今你们大了，别提小名儿了。"

芸轩道："这话说得就有些不耐烦了。可我听出来，贾母不耐烦了两个人，一个说湘云，称宝哥哥；一个说宝钗，称宝兄弟，都遭到了老太太的警告。"

秦明道："有意思的是，宝玉来了，笑称云妹妹。因他们一直这样称呼，可怎么贾母突然就不让了。王夫人还马上打圆场：这里老太太才说这一个，他又来提名道姓的了。也就是说，称呼小名被禁止的人是三个。"

文亮道："没错，此处黛玉很乖巧，她向湘云道：你哥哥得了好东西等着你呢。只有她，很及时地遵照了贾母的吩咐，她为什么这么乖了？"

冯玉道："我看贾母和黛玉是一伙的。这祖孙俩又是唱的哪一出？叫小名怎么了？吩咐完了，后面并没有人改规矩，还不是一直这样称呼着。"

芸轩道："我体会到了，好像贾母敏感了一件事。因宝钗那句说湘云和宝玉，二人'好憨'的戏语。"

山岚道："说他二人'憨'怎么了，又没有恶意。"

芸轩道："不对，贾母感觉到，在宝钗眼里，根本没瞧得上这'双星'二人，觉得他二人是两个不成熟的孩子，好'憨'的意思，不就是说他俩傻吗？"

秦明道："也难怪，宝湘二人的语言交流，就是孩子气十足的。应该不是不耐烦，而是让贾母不放心了。"

秋真道："黛玉反应真快。好在黛玉很理解贾母的不放心，立马就用大人的口吻，改称'你哥哥'。"

山岚道："我原觉得黛玉不喜湘云的，从这个地方看，我错了。"

秋真道："宝玉揣起麒麟时，黛玉是点头赞许的，她怎么会反对呢。"

冯玉道："原来贾母是担心湘云，并不是不待见她。"

芸轩道："什么呀？其实是不信任她。记得初次见到麒麟，贾母就问：是云儿有这个？宝玉也说：她这么往我们家去住着，我也没见过。知道什么意思吗？"

文亮道："表面上看，是贾母和宝玉都没注意到湘云有个麒麟。实际是说，根本没发现湘云有麒麟之才。弦外之音，老祖宗担心隆武的能力，他能行吗？还让灰迷过眼睛，干了那些不靠谱的事，像孩子一样幼稚。光监狱就蹲了八年，没有一点朝廷人脉，只靠一点才学和勇气，就能力挽狂澜？说梦话，纯是个空想主义者。让他管理江山，老祖宗怎么放心得下呀。"

秋真道："探春说：宝姐姐有心，不管什么她都记得。黛玉就冷笑说：她在别的上还有限，唯有这些人带的东西上，越发留心。从反向看，贾母虽不待见，宝钗可盯得紧紧的，她早知道湘云的能力，不管是关注小红，还是琢磨袭人，对湘云更是如此。她看得准，明明白白认定，湘云有麒麟之才。"

秦明道："你先别得意，似乎大方向上有点问题。"

山岚道："什么问题？"

秦明指着"双星图"道："湘云既然成为有麒麟之才的帝王，应该爱才如命才是。黛玉呢，又是非梧桐不栖的凤凰，是大观园最名符其实的才女，她二人最该关系融洽，可我发现不是这样的。"

秋真道："我也有疑问，既然湘云是这样身份，她和黛玉应该是亲厚的。"

秦明道："记得第一次来贾府，湘云就掀起波澜，因她的到来，引起黛玉不快。虽然最终二人同吃同住，就像宝黛一样亲厚，可她俩是为了完成金玉缘。当时，湘云倒是对宝姐姐不冷不热的，正赶上宝钗生日，贾母留她，史湘云的反应是：只得住下。略有一丝勉强的意味。"

秋真道："你是说这次来，既然换了头脑人物，也换了'联寇抗清'国策，应该对宝钗更冷淡才行，可出乎意料，反而那么讨厌黛玉了。"

秦明道："是的。"

山岚道："真是这么个现象。她怎么就一下子不喜欢黛玉了？咱们从送戒这段话，就能看出来了。"

湘云笑道："我只当是林姐姐给你的，原来是宝钗姐姐给了你。我天天在家里想着，这些姐姐们再没一个比宝姐姐好的。可惜我们不是一个娘养的。我但凡有这么个亲姐姐，就是没了父母也是没妨碍的。"说着眼睛圈儿就红了。

山岚回头问秦明，道："你能说清这段话的含意吗？"

秦明道："依湘云的性格，豪爽阔达坚韧，但很少在外人面前露出这样伤情的样子，可这一次怎么这么动情。"

秋真道："什么呀，第一句说得多明白。在湘云的心目中，她以为黛玉应该送给袭人戒指儿才对，因为黛玉直呼袭人为嫂子，黛玉是看中袭人的，也是支持袭人的。但是，为什么反而是宝钗呢？湘云也许琢磨宝钗的一行一动，她就做了一下对比。对比之下发现，这些姐姐们，再没一个比宝姐姐好的。都不如宝钗为人处世圆滑。"

山岚笑道："宝钗也是天天琢磨别人。所以，湘云就看中她，要和她好？"

秋真道："你还是没听懂。她说'可惜'了，可惜我们不是一个娘养的，是羡慕的意思，羡慕宝钗对人的亲厚劲，对谁都像一个娘养的似的。"

秦明道："'可惜'二字，说她很遗憾，多好理解。"

秋真道："下面一句便是'但凡'句，但凡有这么个亲姐姐，就是没了父母，也是没妨碍的。但凡也是'假设'的意思，假如有这么个亲姐姐，我就有依靠了。"

见山岚没反应，又道："没听出来呀。为什么单单指责黛玉，说她该给袭人一枚戒指，而不拿别人和宝钗比。颂扬宝钗的反面，是不满黛玉呢。哪怕有一点做的像宝钗就好了，自己就有依靠了。宝钗虽然好，可不是亲姐姐，黛玉虽然像亲姐姐，可惜和宝钗比，差远了。"

秦明道："所以，宝玉听了这话，才道：罢，罢，罢！不用提这个话，明显是替黛玉开脱嘛。"

山岚想了想道："看起来，贾母不是不待见，是嘱咐她俩，别像两个孩子一样幼稚就好。其实，是同意她来园里了，让她进园来就是让她来上任的。她呢，没说几句话就直奔园里，一上任就来抱怨，羡慕宝钗的能力，抱怨黛玉无能。针对宝玉为黛玉的开脱，史湘云就说：提这个便怎么？我知道你的心病，恐怕你的林妹妹听见，又怪嗔我赞了宝姐姐。可是为这个不是？"

秦明偷偷笑道："一针见血，是得好好总结一下失败的原因了，黛玉连袭人这样的人，都笼不住，枉谈别的。"

冯玉审视那幅画着两个脑袋的《双星图》，笑道："你们说宝玉和湘云是双星，那他俩谁管着谁？湘云有权力谴责宝玉吗？"

秋真道："这是个好问题，二人的关系很微妙，倒像兄弟。我呢，从深层次给你们分析一下。宝玉是一个出世者的人生态度，混世无为，喜聚不喜散，崇尚有生命者皆平等的信条，且不惯俗务，不懂人情世故。他的人生价值观是：男人肮脏恶俗，女人清爽美好。

"认真分析起来，这个特性不符合任何常人，只符合一样东西，乃是'玉玺'的特性所决定的。男人征服玉玺的心是贪婪肮脏的，作为一块玉玺，谁拥有它，它就拥有谁，只有聚没有散，散的时候，就会惊天动地。对一切事务，勿喜也勿恶。

"可作为普通玉石，当它脱除了恶俗的外衣后，它的心质洁如女子。所以，宝玉的心结就在于他宁愿做个普通玉石，就是人们常说的，满心悲哀无处诉，奈何生在帝王家。可以说，这也是作者要表达的心声。

"湘云不同，她是以入世者的姿态呈现给世人。豪放大气，啖腥吃肉，谈讲世俗经济；善于俗务，且亲力亲为。她的那套理论是万物不分彼此，阴阳合一，我的也是你的，你的就是我的。其实，这也是王权的质本。所以呢，她由衷地佩服宝钗，但仅仅是佩服而已。她深知宝钗的好处，也懂得另一番道理：得人心者得天下。她讨厌黛玉，是因她的清高，这不务实的清高也是要命的，不得人心的。是不是这个理儿？"

芸轩道："只能说此一时彼一时。咱先不计较湘云的身份了，单说宝钗将戒指转送袭人这一点，湘云赞了宝钗，这只是明写处，暗处有没有其他施与呢？宝钗对袭人的关注早就开始了，记得吗？宝钗曾闲言中，套问她年纪家乡等语，留神窥察，暗中赞许。

"别小看这些，这可是宝钗笼络人心最有效的手段，善施小恩小惠。从送戒指一事看出，为人大气的宝姐姐，已经拿下了袭人，这是肯定的。"

秋真道："哪里来的这么肯定？"

山岚道："就是从'铰扇子套'事件看出来的。湘云听说宝玉把她做的扇套子拿着和人家比，被人赌气铰了。

"宝玉忙笑道：不知是你做的。倒是袭人，她忙笑道：他本不知是你做的。不知怎么又惹恼了林姑娘，铰了两段。"

秦明道："我也听出来了，这里面意思大了。一层，宝玉并不知道是湘云做的，袭人能帮着宝玉推脱解释，当然也能帮着黛玉解释。因黛玉和宝玉一样，应该也不知道是湘云做的，如果知道的话，她肯定也不会这样做。

"二层，既然湘云不知道是谁铰的，完全不用告诉是黛玉铰的，最起码，没必要带来故意制造误会的嫌疑。可她没有，没有半点帮黛玉的意思，反而强调了黛玉的行为。史湘云这才生了气道：越发奇了。林姑娘她也犯不上生气，她既会剪，就叫她做。"

山岚道："结果，湘云的矛头直指黛玉。更奇怪的是，袭人却火上浇油道：她可不做呢。饶这么着，老太太还怕她劳碌着了。大夫又说好生静养才好，谁还烦她做？旧年好一年的工夫，做了个香袋儿，今年半年，还没拿针线呢。这不明显挑拨吗？前天黛玉还在贾母处裁剪来着，什么叫半年没拿针线。"

秋真道："听起来，袭人完全是有意识地挑拨湘黛关系。"

山岚道："还有，咱们从做鞋子这件事上分析，宝钗拉拢湘云的手段更高明，宝钗非常善于察言观色。她说，我近来看着云丫头神情，再风里言风里语的听起来，那云丫头在家里，竟一点儿作不得主。他们家嫌费用大，竟不用那些针线上的人，差不多的东西多是她们娘儿们动手。

"为什么这几次她来了，她和我说话儿，见没人在跟前，她就说家里累的很。我再问她两句家常过日子的话，她就连眼圈儿都红了，口里含含糊糊待说不说的。想其形景来，自然从小儿没爹娘的苦。我看着她，也不觉的伤起心来。"

秦明道："真有心。你们想想，湘云的这些家庭状况，绝不会是自己'见没人在跟前'，主动说出来，应该是宝钗套问出来的，像套问袭人的家乡情况一样。如此三番，湘云的情感倒向宝钗是必然的。再加上袭人的挑拨，林姐夫湘云对黛玉的感情出现裂痕，也是必然的。"

秋真道："湘黛反目，湘宝和好吗？不对，不对，这和初衷又反了。"

山岚道："也是感觉越说越糊涂，情况反了。"

芸轩一直听着，冷眼看他们越说越走到邪路上，无奈道："哎，既这么朦胧，他们之间的莫测之变，和现实又出现差异。看来，这样是解释不清了，得另辟小径。"

山岚道："你有什么好主意？"

芸轩道："有个法子。我分一下工，你们都得听。"

秋真道："又要编排人了你。"

芸轩道："编排人怎么了，先听我一回。岚子和冯玉准备晚饭；文亮跟我做编剧；秦明和你去准备服装道具，晚饭后，咱们上演一场经典大剧，名字就叫'木石重盟，金玉再缘'之连环案，破了这场连环案，就找到一个人。"

大家听得莫名其妙，纷纷说里面哪有"木石盟"的事，分明是"活宝玉死金钏"的生死较量，但也都期待着结局，便各自准备去了。

第三十二回
木石重证盟　金玉再续缘

吃过晚饭，山岚先就装扮起来。一看，原来还是她穿过的贾雨村的行头。秦明指着笑道："兴隆街的大爷又来了，生意做得怎样？赔了吧？"说着，自己也笑起来。

冯玉打扮成宝玉的样子，头上勒着金抹额，胸前挂着玉玦，手里拿一把扇子，清爽干净。他正看着文亮上装，是湘云的装束，几乎和他的一样，只是腰间配着麒麟，耳朵上多了一对耳坠，也拿着一把扇子。

那边，秋真喊秦明，"别光顾着闹了，快过来，眉毛还没修呢。"秦明走来，秋真便忙着给她画眉，道："黛玉的眉形最难画了，你们看这样好不好？"

芸轩忙着摆置现场，好在这里本来就是古色古香的老式配置，简单挪动就归置完了；秋真装扮的是宝钗。看大家准备齐全了，芸轩拍着手，招呼都过来。

安排道："这一组戏，分三场进行。第一场，宝玉和湘云结缘后初次交锋，就叫'双星智斗'；第二场是二玉的高潮戏，叫'木石重证盟'；第三场是宝钗的重头戏，叫'金玉再续缘'；最后一场，便是连环案之结局，没有题目。'双星智斗'是连环案的铺垫，由我客串一下袭人。好！湘云宝玉，双星上场。开始！"

只见湘云像宝玉的影子一样，跟在宝玉后面，走着一样的步子，脸上一样表情，就活像同一个人，走上场来。

宝玉一面蹬着靴子，一面抱怨道："有老爷和他坐着就罢了，回回定要见我。"

史湘云一边摇着扇子，学着宝玉的样子笑道："自然你能会宾接客，老爷才叫你出去呢。"

宝玉道："那里是老爷，都是他自己要请我去见的。"

湘云笑道："他说见你，自然不好回绝，只是我奇怪，为什么回回要见你？俗话说，主雅客来勤，自然你有些惊动他的好处，他才只要会你。"

宝玉道："罢，罢，我也不敢称雅，俗中又俗的一个俗人，并不愿同这些人往来。"

湘云笑道："还是这个情性不改。我知道你的想头，说自己俗，实是看那个人恶俗，不愿意俯就他而已。"叹口气，自言自语："谁又愿意同他往来，不是没法子吗。哎！看如今这情形，若再不和他结交，哪里还有别人帮衬你。"

又对宝玉道："刚老太太还嘱咐，别提小名，那是担心咱们年轻不懂事。如今大了，也该常常的会会这些为官做宰的人们，谈谈讲讲些仕途经济的学问，也好将来应酬世务，日后也有个朋友，相互有个帮备。"

宝玉听了道："姑娘请别的姊妹屋里坐坐，谁同他们是朋友？道不同不相为谋，我这里仔细污了你经济学问的。"

袭人笑道："云姑娘快别说这话。他才因宝姑娘说这个，已同她生分了。'金玉缘'刚散了，要换做林姑娘，还不知怎样呢。我也不看好木石盟。"

宝玉道："林姑娘从来说过这些混账话不曾？若她也说过这些混账话，我早和她生分了。我坚信木石盟牢不可摧。"

湘云点头道："原来她才是雅人，你就和她好。我和宝姐姐说的话，原来是混账话。看看人家宝姐姐，会做针线，会为人，那才是一把持家好手。俗话说，先持家，后治国，才能平天下呢。不懂经济学问，怎么治理国家，要是宝姐姐治国，管比你强。"

芸轩转身走下来，道："停，停。看出来什么没？湘宝实是一体的阴阳两面，但却是一个矛盾体。"

山岚道："为什么设计成矛盾体呢？"

芸轩道："还不是因贾雨村。在贾雨村身上，宝玉的心理反应一定是矛盾的，他和贾雨村的会面以及结盟，应该是一个相当痛苦的过程。"

秋真道："对的，一方面，宝玉从心底恨透了这个人，非常不喜欢和他来往，而另一方面，他又不得不像湘云说的那样，劝自己做个世俗之人，采取委曲保全之策。"

芸轩道："从现在开始，将有三段缘分，逐一进入咱们的视线，这三段姻缘中的第一段'麒麟缘'，是个矛盾的缘分，就演绎完毕，下面开始上演第二场。"

宝玉忙忙地穿了衣裳出来，忽见林黛玉在前面慢慢地走着，似有拭泪之状，便忙赶上来，笑道："妹妹往那里去？怎么又哭了？又是谁得罪了你？"

【芸轩】宝玉穿戴整齐了，走来是去见贾雨村的，却偏偏遇见了黛玉这个贾雨村的学生，他和黛玉说的情话，该不该看做他和贾雨村的盟誓，咱们拭目以待。

黛玉回头见是宝玉，勉强笑道："好好的我何曾哭了。"

宝玉笑道："你瞧瞧，眼睛上的泪珠儿未干，还撒谎呢。"一面说，一面禁不住抬起手来替她拭泪，做夸张动手的样子。

林黛玉忙向后退了几步，说道："你又要作死了！作什么这么动手动脚的！"黛玉说的也夸张。

宝玉笑道："说话忘了情不觉动了手，就顾不得死活。"

黛玉道："你死了倒不值什么，只是丢下了什么金，又是什么麒麟，可怎么样呢？"

【芸轩】黛玉讽刺宝玉，丢不下"金玉缘"和"麒麟缘"，怎么重拾"木石盟"？

一句话又把宝玉说急了，赶上来问道："你还说这话，到底是咒我还是气我呢？"

林黛玉见问，方想起前日的事来，遂自悔自己又说造次了，忙笑道："你别着急，我原说错了。这有什么的，筋都暴起来，急的一脸汗。"一面说，一面禁不住近前伸手替他拭面上的汗。刚才黛玉不许宝玉动手，自己却忘情了。

袭人在远处站着，看着他们这样动作，惊奇道：一会子他给她拭泪，一会子她又给他拭汗，二人这是怎么了，像两个雀儿打架呢，相互动手动脚的样子，够亲厚的了，真要再结木石盟？

宝玉瞅了半天，方说道："你放心。"

林黛玉听了，怔了半天，方说道："我有什么不放心的？我不明白这话。你倒说说，怎么放心不放心？"

袭人向前凑了凑，听见二人的话，想道：问得好，既再次缔结盟誓，必得彼此打消怀疑，须得相互再次"证盟"，二人"你怔我怔"的样子，显见是在"证盟"了，且听他们如何表心迹。

听宝玉点头叹道："好妹妹，你别哄我。你皆因总是不放心的原故，才弄了一身病。但凡宽慰些，这病也不得一日重似一日。"

林黛玉听了这话，如轰雷掣电，细细思之，竟比自己肺腑中掏出来的还觉恳切，竟有万句言语，满心要说，只是半个字也不能吐，却"怔怔"的望着他。

心下道：果然自己眼力不错，素日认他是个知己，果然是个知己。他竟不避嫌疑的亲热厚密与我。所叹者，既你我为知己，结下"木石盟"，则又何必还有金玉之论，又何必来一宝钗，以致毁我身心；所悲者，虽有铭心刻骨之盟，可又难于主张，无人证盟。况近日每觉神思恍惚，病已渐成，医者更云气弱血亏，恐致劳怯之症。

你我虽为知己，但恐自不能久待；你纵为我知己，奈我薄命何！我已病入膏肓，"木石盟"焉能持久。想到此间，不禁滚下泪来。此时宝玉心中，也有万句言语，不知从哪一句上说起，却也"怔怔"的望着黛玉。两个人"怔"了半天，林黛玉只咳了一声，两眼不觉滚下泪来，回身便要走。宝玉忙上前拉住。

说道："好妹妹，且略站住，我说一句话再走。"

林黛玉一面拭泪，一面将手推开，说道："有什么可说的。你的话我早知道了！"口里说着，却头也不回竟去了。

袭人想道：宝玉想说什么，她其实早知道了，是心领了，再也不疑他了，二人才算心有灵犀，真是"怔怔"之间，盟就结了，可叹！可惊！可畏！

正胡思乱想，只见另一个宝玉，也就是湘云从那边走来，对面来了个穿官服的人，二人相见，相互抱拳作揖，打过招呼，袭人听湘云称他雨村兄，才知他原是那个什么贾雨村了。

远远地听湘云道："我告诉你，我的这心事，从来也不敢说，今儿我大胆说出来，死也甘心！因你，我的国，我的家，弄了一身的病在这里，又不敢告诉人，只好掩着。"

贾雨村道："竟别抱怨。可悲者，你竟糊涂的和金人结缘。可叹你们这些人，如此不惯经济事务，如何管好这些大事，怎让我等百姓放下心来。"

宝玉道："皆因不放心的原故，你才弄了一身的病。只等你的病好了，只怕我的病才得好呢。这回，休要相互猜忌，重修盟约不好吗？"

袭人听了，吓得魄消魂散，只叫："神天菩萨，坑死我了！他这是要和曾经坑死过他的'贼人'结盟，也不怕祖宗唾骂，我可怎么阻止这件丑事呢。"

芸轩叹道："此盟到底无人给予见证，即便对宝玉掏心掏肺地好，也抵不了前世对他的伤害，第二场结束。我再次提醒大家，要从俗务身上找共性，把做俗务看成治理国家，你就发现很有意思。比如'木石缘'中的二玉，都不善于俗务，本来宝玉倚重的袭人，也是黛玉看中的人，更没能力，给宝玉做针线，都撂不开手。

"'麒麟缘'中的湘宝，一个善于俗务，一个不善于俗务。可善于的那个人，还说了不算，在家做针线很累不说，还被家人牵制着不自由。"

文亮道："正是隆武被人掣肘的实情。"

芸轩道："不多说了，第三场开始！"

正疑惑间，忽有宝钗从那边走来，她也和黛玉一样心思，担心金麒麟和宝玉有点什么，大热天的，也跑到这里来看究竟。

黛玉担心宝湘，也做出那些风流佳事来。宝丫头更担心，上回云丫头给宝玉梳头的事，就是异情。这回，看看湘云又在宝玉家做什么呢？

便问袭人道："云丫头在你们家做什么呢？"

袭人笑道："才说了一会子闲话。你瞧，我前儿粘的那双鞋，明儿叫她做去。"

果然，湘云这回被袭人邀请，要给宝玉做鞋子呢。参照探春为宝玉做鞋子的例子，这是一个多么重大的举动。袭人还是相信湘云的能力，要委以重任的。这件事非同小可，对于宝钗来说，是阻止她呢，还是用什么法子夺过这个活计来？

宝钗听见这话，便两边回头，看无人来往，样子有些鬼鬼祟祟的，便笑道："你这么个明白人，怎么一时半刻的就不会体谅人情。我近来看着云丫头神情，再风里言风里语的听起来，那云丫头在家里竟一点儿作不得主。

"他们家嫌费用大，竟不用那些针线上的人，差不多的东西多是她们娘儿们动手。她就说家里累的很。我看着她也不觉的伤起心来。"

【芸轩】史家竟衰败到小姐亲自做活计，做到三更天的地步！虽然薛家也是宝钗亲自打理，但湘云在家中明显说了不算，你袭人还托付她？

袭人见说这话，将手一拍说："是了，可是我也糊涂了，早知是这样，我也不烦她了。"袭人突然明白了，把活计托付湘云，她未必能完成。

宝钗道："上次她就告诉我，在家里做活做到三更天，若是替别人做一点半点，她家的那些奶奶太太们还不受用呢。"果然湘云做不了主，当不了家。

袭人道："偏生我们那个牛心左性的小爷，凭着小的大的活计，一概不要家里这些活计上的人做。我又弄不开这些。"袭人果然能力有限。

宝钗笑道："你理他呢！只管叫人做去，只说是你做的就是了。"

宝钗善于糊弄人。

袭人笑道："那里哄的信他，他才是认得出来呢。说不得我只好慢慢的累去罢了。"而宝玉只相信袭人做的好。

宝钗笑道："你不必忙，我替你做些如何？"她自信比袭人做的好，定会让宝玉满意，目的终于说出来了。

袭人笑道："当真的这样，就是我的福了。晚上我亲自送过来。"

秋真道："袭人彻底被说服了。真没想到，袭人竟毫不犹豫倒向宝钗的怀抱。"

芸轩道："这么受宝玉抬举的人，让黛玉器重的人，让湘云时刻想念的人，专门给她送戒指儿的人，瞬间和宝钗结了缘子，又是一对'金玉缘'冲出江湖。"

秦明道："这一对好，宝钗和袭人，倒是一种实实在在的缘分。一个需要，一个被需要，没有哪一个缘分，这么健康和谐了。"

冯玉道："结了三段缘，各人寻到了各人的。可我觉得宝钗这一段，和他们那两段有差别，怎么好好的金钏死了，金玉缘是不是出了什么岔子？"

山岚道："王夫人打了金钏，只是想警告一下，让她离宝玉远点，至于跳井吗？"

文亮道："跳井！跳井！关于跳井，我想着好像有首诗来着，叫什么《井底引银瓶》，是白居易的'止淫奔'。"

于是吟了几句：

井底引银瓶，银瓶欲上丝绳绝。

石上磨玉簪，玉簪欲成中央折。

瓶沉簪折知奈何？似妾今朝与君别。

忆昔在家为女时，人言举动有殊姿。

……

为君一日恩，误妾百年身。

寄言痴小人家女，慎勿将身轻许人！

山岚问："这是说的啥？"

文亮道："无非是说，古时女子，正聘为妻，淫奔为妾，痴情而年少的女子们，莫淫奔。"

秋真问："什么是淫奔？"

文亮道："淫奔就是指私奔，虽是两情缠绵，难分难舍。但男女私奔，是礼法所不容的行为。正式行聘的才是正妻，私奔的是妾室，没有资格参与家族祭祀。私奔女子最终会明白，夫君的家是不能够住下去的，即便回到娘家，也会被自己的父母弟妹所鄙弃，被看成败坏门风的不祥之物。"

秦明道："瓶沉簪折，是指私奔女子终将遭际被抛弃的命运吗？"

文亮道："所以，告诫那些小人家儿的痴情的女儿，千万要慎重，不要将终身轻易许人。"

山岚笑道："跳井是淫奔？所以金钏感到羞耻难当？"

秦明道："这还不懂，好比那些投清的人，就是淫奔者，终将被世人唾弃的。"

芸轩道："你俩别讨论了，淫奔者另有其人，正是咱们的最后一场要寻找的人。湘云和宝玉演绎双星缘；黛玉和宝玉演绎木石盟；袭人和宝钗演绎金玉缘；而袭人偷听才是最终的戏眼。所以连环案要找的人，正是袭人，题目就叫'绛纹戒指去哪儿了'，怎么样？"

秋真道："你找到戒指儿下落了？"

芸轩道："找到了就接近真相了。你想啊，如果把袭人的两枚戒指儿分开看，有一枚就该是金钏的，只不过是通过宝钗的手转给了她。如果宝钗和金钏可以化作一人，没给吗？她代表金钏把戒指转给了袭人。宝钗对袭人的抬举比黛玉更有力。正如湘云说的'我当是林姐姐给你的戒指儿'，她多么希望林姐姐能及时出手笼住袭人，可惜出手的人是宝钗。"

山岚一听，来了兴致，道："怎么演？"

芸轩向她们耳朵边嘀咕了会子，她们各自站到位置上，芸轩又客串一个老婆子，袭人转眼成了金钏。

袭人笑道："当真的这样，就是我的福了。晚上我亲自送过来。"一句话未了，忽见一个老婆子忙忙走来，说道："这是哪里说起！怎么就说金钏投井死了！"

袭人唬了一跳，忙问："哪个金钏儿？"

那老婆子道："哪里还有两个金钏儿呢！就是太太屋里的。是我眼花了？你说说，真有两个金钏？"

袭人知道老婆子认错了人，把自己当成金钏了。听她如此说，点头赞叹金钏的勇气，想素日同气之情，不觉流下泪来。

芸轩道："我说是吧，金玉缘结合得天衣无缝，金钏的戒指儿，早早就到了袭人手上，来到这里才算结局呢。"

山岚道："照这个概念，金钏投井，就是袭人淫奔了。这个结论，休说别人，叫我也不好接受的。"

芸轩道："有什么不接受的。我只问你，金钏死了，是谁葬了她？"

山岚道："王夫人葬的呀，又是给银子又是给衣服的。"

芸轩道："又错了。要不，咱们来一场'宝钗葬金钏'，演给你看看。"遂学着王夫人坐在这里垂泪。

见宝钗走进来，王夫人便问："你从哪里来？"她的意思，你怎么来的这么及时？一定是得到了什么消息。

宝钗道："从园里来。"

王夫人道："你从园里来，可见你宝兄弟？"

原来是从园里得了消息，谁告诉你的，难道是宝玉？所以才问宝钗，见到宝玉了没。

宝钗道:"才倒看见了。他穿了衣服出去了,不知哪里去。"王夫人听了方放了心,想必宝钗只是远远看见了宝玉,并没和宝玉交流,宝玉没透露实情给宝钗。

哭道:"你可知道一桩奇事?金钏儿忽然投井死了!"

王夫人明白,宝钗肯定知道了金钏死亡这件事,要不她也不会来得这么快。但宝钗应该不知道金钏投井的原因,王夫人想掩盖什么吗?

宝钗见说,道:"怎么好好的投井?这也奇了。"

她果然不知道。

王夫人道:"原是前儿她把我一件东西弄坏了,我一时生气,打了她几下,撵了她下去。我只说气她两天,还叫她上来,谁知她这么气性大,就投井死了。岂不是我的罪过。"

宝钗其实很明白,王夫人隐瞒了事实,她还为王夫人的过错开脱,遂叹道:"姨娘是慈善人,固然这么想。据我看来,她并不是赌气投井。多半她下去住着,或是在井跟前憨顽,失了脚掉下去的。"

【芸轩】意思是,金钏不是赌气死了,多半因没看清自己脚下的路,不小心失足坠落井里,这就叫一失足成千古恨。怨她选错了路,站错了队。

还说她在上头拘束惯了,这一出去,自然要到各处去顽顽逛逛。什么意思?王夫人赶走她,倒给她松了管束?没人管束,她可就是自由身了,爱干啥干啥,任意玩逛,不小心就投了井。什么逻辑?

还有,她岂有这样大气的理!纵然有这样大气,也不过是个"糊涂人"。最后这个假设有意思,即便投井,也不过做了一件糊涂事,对这样的"糊涂人",也不必可惜。

王夫人心想,说的是,我王家并没有对不住她的地方,背叛王家投清,是她自己犯糊涂选错了路。

宝钗呀宝钗,我那样辱骂她,你竟把金钏含辱情烈而死,说成是憨玩失足而亡,算你是明白人。

点头叹道:"这话虽然如此说,到底我心不安。"

宝钗叹道:"姨娘也不必念念于兹,十分过不去,不过多赏她几两银子发送她,也就尽主仆之情了。"

王夫人道:"刚才我赏了她娘五十两银子,原要还把你妹妹们的新衣服拿两套给她妆裹。谁知凤丫头说,可巧都没什么新做的衣服,只有你林妹妹作生日的两套。我想你林妹妹那个孩子素日是个有心的,况且她也三灾八难的,既说了给她过生日,这会子又给人妆裹去,岂不忌讳。"

口里说着,不觉泪下。暗想,我们家黛玉本就够苦的了,两次葬亡,已经大伤元气,目今也已病入膏肓,还要她收拾这些烂事吗?

宝钗忙道:"姨娘这会子又何用叫裁缝赶去,我前儿倒做了两套,拿来给她岂不省事。况且她活着的时候也穿过我的旧衣服,身量又相对。"宝钗也觉得,金钏是因忠于自己而亡,不如亲自葬了她,也算尽一点心意。

王夫人道:"虽然这样,难道你不忌讳?"

宝钗笑道:"姨娘放心,我从来不计较这些。"一面说,一面起身就走。王夫人也巴不得如此,忙叫了两个人来,跟宝姑娘去取衣服。

山岚道:"这么说,真是宝钗葬的。"

芸轩点头道:"一切明了,到此结束。"

秋真道:"赶紧的吧,衣服这么沉,热死我了。"大家七手八脚地拾掇着。

山岚一面脱衣服一面笑道:"无论怎样,每每关键环节,木石盟,老被别的姻缘打断,好遗憾。这回可是定了真正的'木石盟'了,即便二玉都身患重症,也是值得的,真过瘾! 白日消磨肠断句,世间只有情难诉。真如汤公说的,宝黛二人真到了'解道多情情尽处'了。"

秦明叹道:"过瘾是过瘾,正是'情多'到了无可收拾的地步,则也接近'情尽'之日了。黛玉自知渐已成疾,奈其薄命何? 可不是一般的病入膏肓。"

芸轩道:"就你俩说情道爱的,我看宝钗这一次,才最是有情人呢。"

秋真道:"笑话,一个冷人,她究竟心中哪有情,接近冷酷差不多。你看她对金钏之死,态度漠然,哪有感情可言,安慰王夫人的话也一直被诟病,怎反说她最有情了。"

芸轩道:"咱们刚才白演了? 宝钗之劝说,放到真实的历史环境下,才有人情味呢。"

秋真道："你看吧，我把这茬给忘了。"

芸轩道："我突然明白那句话：为情者，生者可以死，死者可以生。金钏之死，视为殉情，究竟为谁呢？"

山岚道："当然为宝玉啊。"

芸轩道："既然因宝玉，那金钏殉情，可不可视作宝钗殉情。同不同意？"

山岚举手道："先同意。"

芸轩道："纵然掉在井里淹死，你的也只是你的。相反，纵然掉在井里淫奔，你的也永远是我的。"

秦明笑道："这样说我明白了。为了得到宝玉，她竟然向王夫人以死表心迹，你不是主张散伙吗？我可没承认放弃。如此说来，宝钗的漠然就好解释了，她毫不忌讳拿自己的衣服给金钏装裹，是证明自己的决心，为了得到宝玉，她视死如归。"

芸轩道："在这场战争中，她的王朝也死了很多人，她是踩着死人的身躯走来的。所以，她才接近冷酷。她混迹于贾府各色人等中，连纵抗衡于各势力之间，她牺牲了自己，埋葬了青春，但也绝不放弃宝玉。这当是'含耻辱情烈死金钏'的要义，也是宝钗追求宝玉最为情烈之处。我深深觉得，她强烈的情怀，一直深埋在心底。"

文亮道："更何况死者可以生，金钏的降纹石戒指，已被宝钗悄悄转给了袭人，她相信袭人会完成金钏的使命。"

秋真道："有意思，这一节虽然叫宝玉诉肺腑，以为是宝玉为黛玉情到极致处。其实莫如：宝钗埋痴情，她为宝玉含辱忍垢。"明白了这个结局，大家高兴地相视一笑。

芸轩道："这个殉情烈女，与其说是为得到宝玉，倒不如说完全是为了宝钗的事业，她不惜违背王家对她的器重，其投清行为就如吴三桂、左梦庚，以及将来的李成栋和金生恒，这些背叛大明的重量级人物，都对明清易代这段历史起到过举足轻重的作用。"

文亮道："最后几句才是关键呢。此时此刻，三对结缘人相互交织着，冲击着，争夺着，联合着。而这个档口上，以袭人和金钏的身份投向金人怀抱的，一定是个大人物。"

芸轩道："明知故问，你知道是谁。"

秋真在当地上逛来逛去，摇头晃脑地道："问世间，情为何物？直教人生死相许。我知道是谁，还不如说，他是飞蛾扑火呢。"

文亮道："你这一说，我忽然记起汤公还有一句：情不知所起，一往而深。生者可以死，死可以生。生而不可与死，死而不可复生者，皆非情之至也。"

芸轩道："你这话甚合曹公心思呢。好端端的，大家都无缘无故发出这些莫名的直教生死相许的情愫来，只好用杜丽娘的生死轮回做解。"

文亮道："似乎是这样。汤公说，天下女子有情者，宁有如杜丽娘者乎！梦其人即病，病即弥连，至手画形容传于世，而后死。死三年矣，复能冥冥中，求得其所梦者而生。如丽娘者，可谓有情人。"

芸轩感叹道："是了，脂砚不厌其烦地告诉咱们，杜丽娘情之所至，三年后死而复生。我就有个预感，那刚刚死了的金钏，三年后也要复活。"众人摇头，都说这是胡话。

第三十三回

不肖孽重重　兄弟何眈眈

　　第二天，山岚兴冲冲带二人游览区内景致。芸轩秋真早早地来到片场，因今日有一场重头戏，需大量的群众演员，可这场戏的主角却迟迟未到。芸轩配合导演，忙着指导大家站位说戏，秋真忙着在包袱里找道具，拿出一方缡素帕，一把油纸扇，还有一身蓝布袍和一条红绳子，又回身问助手，准备的砖头、瓦块之类投掷物好了没。

　　此时秦明文亮二人，执意让山岚带她们到这边来，见人们都忙乱着打扮诸人，秦明文亮意欲混进去看热闹，就去找芸轩了。山岚却发现，从对面走来一个高高大大的胖子，东张西望，嚷嚷着找导演。

　　山岚过去拽拽秋真："有个大胖子在那瞎嚷嚷呢。"

　　秋真一回头道："阿弥陀佛，再不来就急死人啦。"

　　山岚问："他是谁？长这么胖，需要这么胖的演员吗？"

　　秋真道："朱由崧啊，找这个人可费了老大劲了。"

　　山岚笑道："外面的群众演员多得是，大胖子也有，怎么会费劲呢？"

　　秋真道："说得轻巧，胖子有，可有这么胖的吗？好找？一说演皇帝，没个不高兴的，还抢着来呢。再告诉他演的是朱由崧，就更高兴了，都以为这个皇帝昏庸，尽是演吃喝玩乐的事，还搜掠梨园弟子，谁不愿意来。"

山岚道："那怎么还说难找。"

秋真道："我告诉他，这是一场打戏，出镜不多，却让人投掷石头瓦块地挨打，就都不来了，还说不费劲？"

山岚笑："这个人就不怕挨打？"

秋真道："托人在镇上找的，还没告诉呢，等告诉了，大约一样。不过，我这次有把握留住他。"

山岚道："我倒看看你的本事。"

秋真神秘一笑："你看那边，我请梁老师来了，他答应帮我，没有不成的道理。"果然，梁老师从外边进来，径直来到秋真这边，笑问道："你们这边还没开始吗？"

又看见胖子站在旁边，笑道："嗯，有气度，很有帝王风范。"说得那胖子眉开眼笑。老梁单刀直入，拉着那胖子进了影棚化妆间，秋真和山岚也一起跟进来。四人落坐。

老梁说道："来，咱们相互认识一下，我姓梁，叫我老梁就行。"

山岚插嘴道："就是大名鼎鼎的老梁呢，你在电视上没见过？"那胖子看看梁老师，惊喜地喊道："哎哟！真是梁老师，久仰久仰，幸会幸会。"然后局促地前来握手。

老梁笑道："请你来有重要的事托付你，可愿意帮忙？"

那胖子脸颊红了一下，笑道："您还有事托我，我能干啥，您说，您说。"

老梁道："先不急，倒是先告诉你一段历史，关于一皇帝的历史，而这个人的经历，又关乎国家命运。所以，我必须向你说明白些。"胖子听了，立即安静下来，心想：什么人这么重要，敢情要让我演主角？

这时，屋外的人嚷声也显得那样遥远，只听老梁道："历史上有这样一位皇帝，是明朝皇帝叫朱由崧，你可知道？"

胖子道："听说他荒淫无耻，是个什么蛤蟆天子。"

老梁道："那都是金人诬陷他，没有根据没有记载的事，怎么让人相信。他其实是一位流亡中继位的皇帝，是在国难当头时继的位。我问你，亡国时节，如果你当皇帝，你该怎样做？"

那胖子道:"那还用说,匡扶国难,恢复中原,把蛮夷赶出中国去啊。"

山岚道:"这叫驱逐鞑虏。"

胖子马上笑道:"是是。就是孙中山先生的驱逐鞑虏。"

秋真见他这样谦虚,捂着嘴笑个不停,又听老梁道:"可这位皇帝,不是这样做的,你知道吗?因明朝的王爷都是寓公。"

胖子道:"什么是寓公?"

老梁道:"就是不用干活,光会玩乐享受就行。朝廷不允许他们过问政事,不得干涉地方有司。"

那胖子笑道:"这多享福啊,怪不得人人都想穿越回明朝当王爷,原来他们这么享福啊。"

老梁笑道:"所以啊,明朝的王爷都讨厌政治,都过着无忧无虑的羲皇上人般的日子。朱由崧也一样,根本没有一点仕途经济的思维,除了寻花问柳,游荡优伶,他哪里做过什么政事。"

胖子道:"怎么能让这样一个人来当皇帝呢,能行吗?"

老梁道:"不是他愿意做皇上,是有些别有用心的人,想做一手遮天的人臣,便找了这样一个傀儡,满足自己一人之下万人之上的私欲。"

胖子似懂非懂道:"呕,这个皇帝是被利用了,可怜。"

老梁道:"所以,朱由崧执政期间,由于不懂政治,即便懂,也左右不了朝政,看自己反正说了不算,遂沉湎于酒色,招优戏伶,有时竟还串演角色,杂演其间。直到有一天,当宫外传来金人进攻南京的消息时,他还演剧到深夜。但是,等天亮百官入朝时,却发现宫女、内臣、优伶杂沓相间,纷纷逃往宫外,这才知道,弘光帝早已连夜逃出南京了。"

胖子道:"太没主见了,孬好是个皇帝,说逃就逃呢。"

老梁道:"别光怪他,他的那些大臣,也没几个好东西。像什么保国公朱国弼,尚书钱谦益,都商量着如何献城降清呢。"

胖子问:"逃跑的皇帝呢?"

老梁道:"说出来你不信。他呀,竟然让拥立自己当皇帝的大臣,劫持着献给了清军,当了俘虏。"

胖子道："太可恨了，大臣当了汉奸，皇帝当了俘虏？这是个什么朝廷啊。"

老梁指着门外的人群道："你演的就是这段历史。这一天，皇帝被俘，可怜的朱由崧，头蒙缁素帕，身衣蓝布袍，以油扇掩面，乘着一顶无幔小轿，回到南京城。进入聚宝门，夹路的百姓，便愤怒地向他投瓦砾，掷石头，发狠唾骂这个亡国的皇帝。"

说到这里，老梁看一眼胖子问道："这皇帝该不该打？"

胖子道："该打也该骂，可那些投降的大臣更该打。"

老梁道："一针见血。这个皇帝蛮可怜的，他本是个寓公，当他的寓公多好，是那些让他当皇上的人鬼迷心窍了，最后还把他献给了金人。"

胖子道："国亡了不能赖他，纯赖那些人。您让我干啥？是去打那些人吗？"

老梁他们都笑起来，秋真道："你当那个可怜的皇帝，替那人挨打，怎么样？"

胖子吃惊道："这样啊，真打啊？"

山岚道："你看外边那些人了吗？都是来看你的，看看这个亡国皇帝长什么样。"

胖子道："别以为我不懂，单这点毛病亡不了国。自古哪个皇帝不好色，哪个皇帝不养梨园。单挑这个毛病就和亡国连到一起，言重了。依我说别打我，拉出那些个大臣来千刀万剐是真的。"

老梁笑着点头，赞他有见地，又道："这一交谈，发现你很有正义感，如果为官的话，也是个栋梁之才。不过，这弘光帝还得有人演，你干不干吧？"

胖子一脸英雄气，拍着胸脯道："行，为了唤起人们对那段历史的耻辱感，我愿意演。"秋真听他答应了，长舒一口气，领着胖子来到化妆台，边讲戏，边化妆，胖子高兴地点着头。

一天拍摄下来，两个人拖着疲惫的身子回到住处。山岚忙要收拾出饭菜来，秋真说慢着吃饭，先解解乏吧，遂开了红酒，几个人慢斟对饮起来。边喝着酒，秦明拿出些买来的小玩意，分给大家看。

文亮就提到上午的戏，道："对弘光的昏庸，钱海岳的《南明史》有评价，说：弘光性素宽厚，马、阮欲以《三朝要典》起大狱，屡请不允。只是少读书，章奏未能亲裁，政事一出士英，如有不从其制，士英咆哮恣睢，所以，纪纲倒持，以至于阮大铖得志，众正去朝，党祸益烈。遂日饮火酒，亲伶官优人为乐。"

秦明和她碰了一下杯子道："从这一点上看，对弘光的评论并不像其他风传，还客观一些。"

芸轩道："弘光亡朝的根本，就不在这里，在于他们推行的'联虏平寇'基本国策。这一政策，关乎当时防御计划的制定。这相当于当年蒋介石推行的'攘外必先安内'政策，联合敌人打击盟友，可见是多么错误和荒谬。"

秦明道："这也事出有因，当时的消息太闭塞。弘光立朝之时，正值吴三桂与清军联合击败大顺军占领北京之际。弘光君臣，由于情报不明，对吴三桂同清朝到底什么关系并不清楚。在他们看来，吴三桂借清兵之力，击败'闯贼'收复神京，是为崇祯帝报了仇，君臣皆称吴三桂之举乃是功在社稷的义举。"

文亮道："所以，马士英竟然还上疏说，吴三桂宜速行接济，应该给予表彰。朝廷决定封其为'平西伯'，给诰券、禄米，发银五万两、漕米十万石。"

山岚笑道："直到那时，弘光君臣还蒙在鼓里呢，人家吴三桂早已投降清朝了，你这边还封什么平西伯，人家被那边封为平西王了呢。"

文亮道："这边还派左懋第和两位副使，随从百余人，到北京加封吴三桂，还要和清军商议联合抗贼之事。可笑不可笑？"

秋真道："不说这些了，今天那个胖子配合得不错，这一场弘光挨打算是拍完了，亏了梁老师帮忙，连激将带说服的。不过，我当时有些恍惚来着。"

山岚道："你恍惚什么？"

秋真道："我突然想到了宝玉挨打的场面，你们说怪不怪。朱由崧没有一点仕途经济的思维，除了寻花问柳游荡优伶，他哪里做过政事，混世魔王的样子，倒像宝玉。"

芸轩道："奸淫母婢游荡优伶，是挨打的缘故吗？"

秦明道："倒想听听你的内里缘故。"

芸轩道："我哪有时间琢磨这些，你们明天回去吗？"

文亮道："只请了一天假期，可不就得回去吗。"

芸轩道："可惜没时间聊宝玉挨打的事了。你昨日还说，宝玉挨打是个要紧事，我还等着听你说呢，反问我了。"

秦明道："我的思路好好的，可被你们打乱了。一来就发现你们的进度太快，这里突然来了个隆武帝。既然他出现了，后面的故事就应该是他的，怎么能折回来呢，我和文亮一下子就蒙了。"

文亮道："可不，从种种迹象看，迷了眼睛、扑雪人栽跟头这些事，就是影射隆武的，可挨打的事，说的绝不会是他。秋真觉得是弘光。也就是说，湘云已经来大观园上任了，宝玉才因金钏的事挨打，不太对头。隆武都出现了，弘光的事情还没完吗，可两位皇帝没什么交集，又一时找不到旁的线索。"

山岚道："宝玉挨打有什么可探究的，纯是被冤枉的，也许不是弘光的事呢，什么奸淫母婢，本就是贾环造的谣，是兄弟之间的事是定了的，弘光和隆武又不是兄弟关系，差着辈呢。"

秋真道："说得简单。纯是贾环和宝玉兄弟间的事吗？"

山岚道："你看啊，袭人是贾母的丫鬟，彩云、彩霞都是王夫人的丫鬟，这都叫母婢。袭人和宝玉好，贾环和彩霞、彩云好，都不是秘密。宝玉和金钏调情那天，真正和母婢做勾当的人，其实是东小院的贾环，可也没见王夫人有任何反应。

"宝玉和金钏说的那些话，王夫人以为大逆不道，咱们也都分析过了，确实有点。可贾环说是强奸不遂，有些牵强，夸大其词了吧。即便是事实，也不至于像贾政说的，到了要酿成弑君杀父的地步。"

秋真道："强奸不遂，不是多大点事，关键是金钏含羞而死，这就关乎人命了。"

芸轩道："都不是，你看啊，手足眈眈是什么意思？是贾环虎视眈眈盯着宝玉的一举一动，自己奸淫母婢，却反咬别人。"

山岚道："是觊觎宝玉的位置吧？从动机上分析，宝玉被打死，最受益的人，应该就是贾环，他魇魔过宝玉，要害死他，这次必定有一样的动机。"

芸轩道："这一提法，我突然想起来了，记得第二回中说甄宝玉挨打那段话吗？"

秦明想了想说道："甄宝玉暴虐浮躁，顽劣憨痴，种种异常，只一放了学，进去见了那些女儿们，其温厚和平，聪敏文雅，竟又变了一个。因此，他父亲也曾下死笞楚过几次，无奈竟不能改。每打的吃疼不过时，他便'姐姐妹妹'乱叫起来。"

山岚笑道："真是，他也挨过父亲打的，我倒忘了。"

芸轩道："忘了这些倒有限，你还自称是脂砚呢，连这段话后边那段脂批，怕是也忘了吧？"

秋真问："脂批怎么说？"

山岚马上说道："此是一部书中大调侃寓意处，盖作者实因鹡鸰之悲、棠棣之威，故撰此闺阁庭帏之传。"

文亮道："甄宝玉挨打，作者就联想到鹡鸰之悲。而且，这才是作者撰写这部书的动机。那贾宝玉挨打事件，应该隐藏着不为人知的大动机。"

秦明吟道："脊令在原，兄弟急难，每有良朋，况也永叹。死丧之威，兄弟孔怀。"

芸轩道："死丧之威是什么？就是遭遇死亡威胁时，兄弟最为关心，丧命埋葬荒野时兄弟也会相寻。如果作者有鹡鸰之悲，说明在他的心目中，有一种苦难令他悲哀，困在原野的兄弟，没人援救，丧命埋葬荒野的兄弟，没人找寻。这种发自灵魂深处的悲哀，是作者著书的直接动力。"

山岚道："你是说宝玉挨打急难之时，有鹡鸰之悲，不但无兄弟相助，且还有兄弟落井下石。"

秋真道："你们发现没，《石头记》对许多人物的死丧细节，写得过于繁琐，可从来没写过结婚的场面。说明作者对死丧之事，真有一种欲罢不能的悲壮，和诉说不完的凄凉。"

芸轩道："应该是。"

秋真道："可我还是那句话，可悲之人必有可恨之处，毕竟宝玉真的和琪官有些把柄，他的可悲怨不得别人。"

芸轩笑道："我觉得贾环说的没错，他说宝玉哥哥前日在太太屋里，拉着太太的丫头金钏儿强奸不遂，这事没冤枉宝玉，他是有这些轻浮表现。又说：打了一顿，那金钏儿便赌气投井死了。这一句更没问题，确实被王夫人打了，也骂了，所以金钏含羞赌气投井而死。"

山岚道："你是说宝玉应该挨打，是吧？"

芸轩道："是的，一点不冤枉，就像弘光挨打一样。"

山岚道："你就这么认准了？他们挨打是一回事吗？就这样肯定，贾环掺和进来，到底是什么动机？"

文亮道："不好说，金钏投降金人，是王夫人的原因，就算宝玉有责任，怎么成了宝玉的直接责任了？至于挨这样重的笞挞。金钏之事，只是挨打的因素之一，贴身人投清了，肯定有制定国策失败的责任，但应该有更大的缘故。线索该向哪个地方引导，秋真的直觉有道理。"

芸轩道："有个人一定是潜在的缘故。如果看清了他，也许就看到了作者的心，就看是不是写的那件事了。"

秋真睁大眼睛问："谁？谁这么重要？"

芸轩道："我只问你，你怎样看待琪官？"

秋真挠一挠头，笑道："演小旦的著名优伶，也应该算是贾雨村《正邪两赋论》里富有正邪两气的人物。和宝玉交好，还和袭人分不清。对呀，说到蒋玉菡和袭人的缘分，我想起一出戏，叫什么《蒋兴哥重会珍珠衫》。我认为，不是袭人背叛了宝玉嫁给了琪官，而是宝玉出卖了琪官。"

山岚道："就你懂两出戏就显摆，明明是《蒋玉菡重会花珍珠》，怎么又出现了珍珠衫。"

秦明道："看来你也不懂，快说说这是部什么戏。"

秋真一拍桌子，道："话说蒋兴哥外出经商，妻子常年独守空房，寂寞时便去偷情。她不光偷情，还把蒋家的祖传宝贝，一件珍珠衫送给了情人，你说她的丈夫会怎样？"

山岚道："那还了得，回来打一顿，再休了她。"

秋真举着杯子笑道:"想不到了吧。忽见陌关杨柳色,悔教夫婿觅封侯。人家蒋兴哥忽然明白一个道理,先是忏悔,说妻子出轨,是自己重利轻别离造成的,不怨妻子。倒先是休了她,但一段波折后,竟原谅了妻子,破镜重圆。别说那个时代,就是现代人,也很难做到。"

秦明道:"说这个,和琪官啥关系。"

秋真道:"有个地方,我就觉得似曾相识。蒋兴哥在返乡途中,见那件珍珠衫穿在奸夫身上,才知道妻子出轨了。你们想想,忠顺王府的长史官,来向宝玉要人时怎么说的,宝玉又说的啥?"

秦明道:"宝玉说,实在不知此事。究竟连'琪官'两个字不知为何物,岂更又加'引逗'二字!瞧这位仁兄,还学会撒谎了,推得倒干净。"

秋真笑道:"你看没,没抓着把柄,他自然不承认。那长史官说宝玉:现有据证,何必诉赖?必定当着老大人说了出来,公子岂不吃亏?既云不知此人,那红汗巾子怎么到了公子腰里?"

秦明道:"蒋玉菡的红汗巾子,和蒋兴哥的珍珠衫一样,穿在情人身上,就成了偷情的物证。"

山岚笑道:"蒋兴哥那里偷情,知道是谁和谁偷,蒋玉菡这里又是谁和谁呢?"

秋真道:"如果能和蒋兴哥配套,妻子偷情的话,蒋玉菡的妻子是袭人哪,她和宝玉偷情啊。"

大家听了哈哈大笑道:"亏你想得出,袭人还是宝玉的'妻子'呢,和袭人还用着'偷'情吗?"

秋真道:"不对罢,袭人早已不是宝玉的人了,改嫁蒋玉菡了吗不是,又不是今天才说开这事。"

芸轩道:"在黛玉眼里,那样看待袭人,只是抬举她而已,对于宝玉来说算不得妻子,也仅仅是个大丫头。先照这个逻辑推断,真是袭人偷情了,偷的就是宝玉,她就是个不忠的妻子。"

秋真道:"就是嘛,袭人偷宝玉,宝玉倒好,顺手连盛玉的盒子,那个玉菡也一块给了人家,就这么个理儿。"

秦明道："可宝玉说，究竟连'琪官'两个字不知为何物，就是和咱们打马虎眼呢。单从名字上看，琪，就是一种美玉；琪官是掌管美玉的长官；紫檀玉菡，是紫檀制的玉匣。琪官才是宝玉的妻子呢。"秋真和芸轩听了她的话，相视一笑。

芸轩道："对吧，偷情者琪官也，可琪官原是谁的人？"

山岚道："那还用说，忠顺府的长史官和贾政说的明白，琪官是忠顺府的人，无故被宝玉引逗了来。"

芸轩问："琪官是被宝玉引来的？"

山岚道："可不就是吗？"

芸轩道："如果这样倒好了，宝玉倒是个有作为的人了。你什么时候见过宝玉拿别人的东西了？真真笑话，从来就不可能，这不符合宝玉的信条。再从现实来看，宝玉只有失去的份，比如政权，比如地位，如果他能努力争取什么，就不是只落得白茫茫大地真干净了。二人之间说不上是引逗，似乎和北静王见面时的一见钟情，那才符合事实情况。"

山岚道："是说琪官本属于宝玉，后被忠顺府要走了？"

芸轩道："也不是这么个先后顺序。他和宝玉曾经红绿牵巾，换汗巾子之举，只有薛蟠见证过。这件事发生时，是在琪官已经属于忠顺王府之前还是之后，就说不准了，但有一样东西能说明问题，就是那条红汗巾子来自哪里。"

秋真道："皇上给了北静王，北静王给了琪官，琪官给了宝玉，宝玉给了袭人，袭人收起来了。"

芸轩道："不用说这么多，咱们只知道，在宝玉和琪官交换信物时，琪官明显是北静王府的人。要说宝玉逗引他，也是逗引北静王的人，和忠顺府没关系。还有一件东西就是鹡鸰串，也是这样的过程：皇上给了北静王，北静王给了宝玉，宝玉给了黛玉，黛玉没要，应该还在宝玉手上。

"你们不觉得这两样东西很怪吗？鹡鸰串出现在甄宝玉挨打时，红汗巾子出现在贾宝玉挨打时。而这两样东西的发出者，都是从皇上到北静王。那么这个北静王府倒成了焦点，不知他们和忠顺府什么关系？"

山岚道："对啊，前面分析过了，都知道北静王是谁，鹡鸰串的寓意也明白。这红汗巾子，最终也追到了金人这里。首先确定，宝玉挨打就是和金人有关了。"

芸轩道："汗巾子是贴身之物，就像袭人是龙衣一个道理。原以为，这条汗巾子本属于北静王，也就是说，琪官本该是北静王的人。但我断定，属于北静王府前，他应该是忠顺府的人。

"如果这样的话，咱推理一下：琪官最早该属于忠顺王府，是忠顺王须臾离不开的人。第一次和宝玉见面，就是薛蟠带来的，而那次又是一场喜宴，咱也知道，喜事的主人公，就是琪官、宝玉、薛蟠和冯紫英。能不能看做薛蟠和宝玉，同时勾引了琪官，或者说，琪官是宝玉和薛蟠'金玉缘'结合形成的产物，是一个从忠顺府那里一起得来的政权。"

山岚道："是他们一起从忠顺王那里抢来的？"

芸轩道："也可以这样说。从贾政口中得知，贾府素与忠顺府没来往，争夺琪官的主要双方，还是忠顺王府和北静王府之间，琪官实际常和薛蟠、冯紫英在一起的。"

秋真道："琪官是被北静王藏起来了。"

芸轩道："茗烟说的没错，袭人问宝玉为何挨打时，他说：那琪官的事，多半是薛大爷素日吃醋，没法儿出气，不知在外头唆挑了谁来，在老爷跟前下的火。因这件事，确实只有薛蟠知道，按照茗烟的说法，这个长史官是让谁挑唆来的，可想而知。"

文亮道："这样看来，那场宴会，薛蟠和冯紫英为宝玉特别准备的那场宴会，宝玉是代表弘光赴的鸿门宴。"

秦明也恍然大悟道："怪不得说完琪官的事，有个聋婆子出现。她在宝玉挨打的关键时刻，啰嗦出一句话：跳井，让他跳去，二爷怕什么？这是借机告诉咱们，忠顺府来索要琪官的档口，有人突然装聋子拐到'跳井'上。"

文亮一拍手道："他先是忠顺府的人，那场宴会，冯紫英就是一个投清者，琪官也是个淫奔人，说明琪官是个背叛者，他背叛了忠顺府，是个不忠不顺之人，那么忠顺府又是什么角色？"

芸轩道："一个'忠'字，以那时的政治环境，忠于谁才担当起这个忠字，从作者写书的立场，应是忠于大明。而'顺'字却有特指，也许指的大顺政权。如果这样，琪官属于谁的先后顺序，倒好解释了，琪官其实就是宝玉，被大顺抢走后，又被金人夺去。为了表达对大明的忠诚，如今刚刚重发盟誓，就是重证之'木石盟'，大顺又要帮大明夺回政权了。

"我想起来了，忠顺府的长史官来之前，贾政刚刚教训了宝玉，说好端端的，你垂头丧气嗐些什么？方才雨村来了要见你，叫你那半天你才出来；既出来了，全无一点慷慨挥洒谈吐，仍是葳葳蕤蕤。

"那长史官和贾雨村前后脚，长史官特别为宝玉而来，贾雨村此来，何尝不是专门找宝玉呢。宝玉见到这两个人的状态，也惊人地相似，难不成都是为琪官而来？如果这样，忠顺府就有所指，是琪官被金人勾引了去藏起来，他们来寻找讨要，很合理。"

秋真道："忠顺府的人能找到他吗？"

芸轩道："肯定能，我想起来了，为了说得更清楚，宝玉还说了一个地方：听得说他如今在东郊离城二十里有个什么紫檀堡，他在那里置了几亩田地几间房舍。想是在那里也未可知。

"长史官说：一定是在那里。我且去找一回，若有了便罢，若没有，还要来请教。只要解释清紫檀堡，就能印证你的推断。"

山岚道："不就是木质的紫檀玉盒吗。"

芸轩道："不是。既然是个地址，就一定是个可查的地址，而不会是个物件。而且这个地方，一定在历史上发生过什么，是个人人都有所了解的地方，你们都赶紧想想。"

文亮一拍桌子道："我想到一个地方，倒不叫什么紫檀堡，叫土木堡。"

秦明道："对！那个地方附近还有个榆林堡呢，是不是和紫檀一样，都含着木头，也说得过去。"

山岚道："土木堡之变吗？"

芸轩道："对，就是指土木堡之祸，这场战事的最终结局就是明军全军覆灭，明英宗朱祁镇被异族瓦剌人俘虏。"

山岚道："这个和弘光有关吗？"

芸轩道："忘了？弘光继位所依照的先例，就是效法英宗的弟弟，按'兄终弟及'之宗法登基的。这里再次提到土木堡英宗被俘事件，肯定是说这个叫紫檀堡的地方，发生了同样的事情。"

秋真一口喝干杯中酒道："如此说来，为了琪官，紫檀堡将有一场混战。弘光这个兄终弟及的王朝要结束了，他就要被异族人俘虏了。可问题是，若忠顺府抢到琪官的话，就被忠顺之人保护起来了，金人怎么俘虏他？这可不符合史实啊。"

芸轩道："如果忠顺府没争过北静王府呢？"

秋真瞪着眼睛道："怎么证明？"

芸轩道："宝玉挨打后，昏昏默默沉睡中，只见蒋玉菡走了进来，诉说忠顺府拿他之事；又见金钏儿进来，哭说为他投井之情。你想想，梦中将两件事放在一起说，但是有先后顺序，先说忠顺府捉拿琪官，但没说捉拿结果；后面接着就说金钏投井。如果把投井看成结果的话，因果关系不就理顺了？"

山岚拍手道："忠顺府不堪一击吧，大顺已经名存实亡了，都自身难保，病入膏肓了，帮不了什么忙。捉拿的结果肯定是北静王府胜利了，琪官被金人捉住了。"

秋真乜斜着眼道："我说嘛，讨论来讨论去，还不如我的直觉，琪官被金人所俘，就是影射弘光被俘无疑；宝玉挨父亲鞭笞，更像弘光朝廷让老百姓唾骂一个道理。怪不得上午拍摄时，看到弘光被俘，我的心情也复杂，想到你说的那些投清事件，看到那个胖子，既可恨也可怜。"

山岚道："偌大个王朝，所有的罪责，让这么一个软弱无能的人背负，朝臣们在哪里？叛的叛，降的降，兄弟情又在哪里？真真是鹡鸰之悲。"

芸轩道："似乎想错了，虽说鹡鸰之悲，是宝玉的痛，但我也才明白'手足眈眈'的真实意思呢。"

秦明道："他连个消息都送不出去，即使送出去，也找不到兄弟相帮，反而是落井下石，不就是鹡鸰之悲，还能有什么？"

芸轩道："好吧，对于宝玉挨打，看成弘光被俘虏，也说得过去，但我还是没能释怀贾环的动机。"

秋真道："还有什么可疑问的。"

芸轩道："用贾政的话说，宝玉已经酿到弒君杀父的地步了，这不肖孽障如此不孝，贾政恨不能先打死他，再拿绳勒死他，以绝将来之患，何等雷霆万丈，可结果呢？"

山岚道："对啊，王夫人一来，先是拿老太太压他，再拿贾珠警他，贾政便败下阵来，只有唉声叹气了。"

秋真道："老太太一来更好了，先拿他父亲压他，再拿回南京吓唬他，贾政便只有苦苦叩求认罪了。先是那样事态严重，雷鸣闪电的，后又彻底放弃了管教儿子和光宗耀祖的念头，一下子就泄了气，确实匪夷所思。"

文亮道："论到现实中，如果弘光被俘虏了，贾政夫妇和贾母痛哭伤心不很正常吗？却也无奈，怎么不好理解。"

芸轩道："但这里出现了两个人很奇怪。"

山岚想了会子道："是贾珠，还有就是贾政的父亲。"

芸轩道："是的。我觉得并不是王夫人和贾母的哭闹让贾政放弃了，而是在哭闹的过程中，提到了他们二人。比如王夫人哭的时候，两次提到珠儿，还说：若有你活着，便死一百个我也不管了。你替珠儿早死了，留着珠儿，免你父亲生气，我也不白操这半世的心了。又哭不争气的儿。"

秦明道："说明'珠儿'是个争气孝顺的孩子，比宝玉强一百倍，贾政的希望应该都在他身上，只可惜早死了。可宝玉虽然顽劣，但又很无奈，王夫人哭：只有这个孽障，必定苦苦地以他为法，我也不敢深劝。今日越发要他死，岂不是有意绝我。意思是，宝玉确实不争气，但宝玉若死了，王家就绝后了。不争气又怎样？真是满心的无奈在里面的。"

秋真道："那贾珠是谁？贾政为何特别喜欢他？"

芸轩道："珠儿，让人想到珍珠或珠宝，十四岁进学，不到二十岁娶妻生子，一病就死了，这就是他的简历。"

山岚道："十四岁进学，说明和宝玉差不多，宝玉今年十三岁，虽然没进学，可涉猎的学问也不少，不到二十岁娶亲，属于晚娶，也没什么。"

芸轩道："可他娶的媳妇，你们注意了吗？李纨。"

文亮道："纨，生绢薄绸，'纨绔'者，是指富家子弟华丽的衣服，而她的字又叫宫裁。宫裁之纨，就是宫中华丽的衣服，或许这又是一个袭人呢？"

山岚道："又是一个龙衣吗？李姓，是李自成和'珠儿'结合的产物。这么说，这个死去的珠儿，就是死去的王朝，难道是指死去的崇祯朝？"

芸轩道："所以啊，王夫人提到珠儿时，贾政听了，那泪珠更似滚瓜一般滚了下来。应该就是他。想到那个人，夫妻二人此时的无奈和伤痛，谁人体会得了。"

秋真道："那为何听了贾母提他父亲，又是那番模样呢？你说教训儿子是光宗耀祖，当初你父亲怎么教训你来！说着，贾母不觉就滚下泪来。"

芸轩道："我也咂摸出味道来了。这一通打板子，表面上好像贾政打宝玉，是为了管教儿子，只不过打得重了点，让贾母王夫人心疼了。但从他们哭哭啼啼说的话中，好像只有一个主题，贾母认为，她和王夫人都养了个不孝顺的儿子。"

山岚道："他们哪有不孝顺？"

芸轩道："你又不懂了，表面看，人人感觉宝玉是贾母的心尖，所有的人包括你们，一定感觉到贾母的爱，是一种没有原则的溺爱。但是，她说了这样两句话，你们也咂摸一下味道，第一句，你原来是和我说话！我倒有话吩咐，只是可怜我一生没养个好儿子，却教我和谁说去！

"第二句，贾母又叫王夫人道：你也不必哭了。如今宝玉年纪小，你疼他，他将来长大成人，为官作宰的，也未必想着你是他母亲了。你如今倒不要疼他，只怕将来还少生一口气呢。

"想想，是不是说，贾母的儿子和王夫人的儿子都不是好儿子。她是伤心这些'儿子'都是不肖之子。"

山岚点头："说到底，除了心痛之外，她老人家也是在痛哭抱怨，宝玉做了不肖子孙了。"

秋真道："不肖子孙，就是败坏祖业的子孙，贾母是暗里骂宝玉败了祖业，有这么点意思。可抱怨自己也没生个好儿子，啥意思？贾政挺好的。"

芸轩点头："可以下结论，用张道士的话做最后验证。"

秦明道："怎么验证？"

芸轩道："张道士有句话：我看见哥儿的这个形容身段，言谈举动，怎么就同当日国公爷一个稿子！贾母听说也由不得满脸泪痕，说道：正是呢，我养这些儿子孙子，也没一个像他爷爷的，就只这玉儿像他爷爷。听明白没？包括贾政也不像国公爷。"

山岚道："孙子像爷爷有什么问题可说？能验证什么？"

芸轩道："看你说的，孙子像爷爷没问题，问题是她养这些儿子孙子，没一个像他爷爷的，就只这玉儿像他爷爷。贾母的意思是这样的：只有玉儿是爷爷的正宗嫡嫡的孙子，跟前面王夫人的意思一致得很，尽管宝玉不争气，可只有他，根正苗红。"

山岚道："还真的，贾府里有两个孩子，都有孙子身份，且都是嫡出的。一个是宝玉，另一个是贾兰。"

秦明道："有差别，贾兰是虚赔的一个，贾母爱孙子像命根子，可王夫人对孙子却从来不管不问。很多家宴场合，倒是贾政记得这个孙子，王夫人没有一点亲近之意，这就说明问题。"

秋真问："说明什么问题？反正都是孙子，没假吧。"

芸轩道："有假，只有一个孙子是真实里有的。我的意思曹公想要告诉的，就是这个孙子的真实身份。"

山岚道："这个不肖孙子是弘光。"

芸轩道："对！就是这个意思。"

秋真着急道："快下结论吧。"

芸轩道："咱们推论一下，从孙子到爷爷，这里说了共三代人。你们就放到历史中，上数三代人看看。"

文亮道："先从孙子这一代数：朱由校、朱由检、朱由崧，兄弟仨一代；上一代：朱由校朱由检的父亲朱常洛，朱由崧的父亲朱常洵，这二人是父代，兄弟俩；再往上，爷爷一代就是万历皇帝。三个孙子，一个爷爷。也就是说，上数三代，朱由校、朱由检、朱由崧，是一个皇爷爷。"

秦明道："谁是这个皇爷爷的亲孙子，答案就有了。如今，朱由校、朱由检兄弟二人已经死了，就只剩下了这个朱由崧了。"

山岚道："这样看来，倒是站到贾母的位置，儿子一辈的哥俩，是不怎么样，她抱怨自己没养个好儿子，很有道理。孙子一辈的，崇祯已经死了，不管朱由崧多么令人失望，万历老祖宗也只有这一个嫡嫡的亲孙子了。"

秋真道："原来如此，怪不得贾母无原则地喜欢。"

芸轩道："所以，当贾母提到贾政的父亲时，明白地告诉贾政，现在的状况很残酷，只有这一个亲孙子是万历的嫡根，他就是再不争气，你也敢下死手打死他？"

秦明道："我猜着你也厌烦我们娘儿们。不如我们赶早儿离了你，大家干净！我和你太太宝玉立刻回南京去！听到没？虽然阻止贾政打死宝玉，结果还是不乐观。贾母特别提到，赶早离了你，大家干净。似乎还是逃不了一个死，且是回南京死。为何偏要回南京？我看就是你们上午演的那场，朱由崧回南京的了。"

秋真又喝了半杯笑道："宝玉挨打，贾母连着两次提到回南京的话，还真是说的朱由崧在南京挨打。也别太啰嗦了，这个推论就很过瘾。"

芸轩叹息："想到万历对朱由崧父子的感情，明白了。"

秋真道："明白什么了，是郑贵妃吗？"

芸轩道："可不吗。贾母作为万历一代的老祖宗，她对宝玉的溺爱，应该是最真实的。"

山岚问："别说这个了，还有个问题就是贾环的动机。"

芸轩道："贾环说话的样子，虽说诡异，给人一种小人说坏话的感觉，但他说的都是实话。对宝玉被鞭笞，虽然起到了推波助澜的作用，可他的真正目的是想告诉贾政，对宝玉哥哥这种做法，他很不满意，应该遭到惩罚。"

秦明道："你这不跟没说一样吗？"

芸轩道："怎么一样？你的意思是，他没有半点手足情分，还落井下石。我的意思，他是对宝玉这种行为很不齿，就该落井下石。怎么样？就看你放到什么环境里说了。"

文亮道："好了，刚才还奇怪，先出现隆武后又说弘光。虎视眈眈的兄弟，原是这么个意思，二人是在这个地方有交集呢。"

秦明道："你倒是说清楚点呀。"

文亮道："完全是因对清政策造成的，弘光是亲房的。说宝玉强奸母婢金钏，意味着他一厢情愿地要和清廷结好。所以，他的大臣、军队，都倒向了清廷，这才导致了所谓的跳井淫奔行为，也直接导致弘光朝的覆灭。

"贾环恰恰像隆武政权，虽说出身底微，不是嫡系后代，但他在东小院还是和彩云彩霞好，说明他的政权环境还算清明。隆武的对清政策正好相反，他是'联贼抗房'的，才重新拾起了木石盟。放在贾环身上，正如他向贾政的告白，对金钏投井之事，是宝玉强迫朝廷亲近金人造成的，他认为这是宝玉的错。"

秋真道："怎么和曹公的结论一样，就是宝玉的不肖行为，该当受到鞭笞。"大家点头称是，山岚拿起酒瓶来，再倒的工夫发现酒没了。

几个人推杯换盏，高谈阔论一番，几瓶红酒见了底，只是还未尽兴。秋真坏点子多，笑道："昨天，芸轩让我为《题帕三绝》做注，真真难为我。为我说了一句：宝玉被父亲打了几板子屁股，黛玉就自比湘妃，泪干而亡，她有些太夸张了吧。为这，就半天不理我。明天你们走前，看看我做的诗注。今日姑奶奶累了，就不陪你们了。"她竟真有了些醉意，饭也不吃，进她的屋子里睡去了，不在话下。

第三十四回

潇湘染斑竹　杨妃泣蟠龙

回去时赶早车，二人匆匆离开基地，临走也没惊动谁。

因是梅雨时节，拍摄越到关键时刻，接连地又下起雨来，平日里，芸轩本就少言寡语，可越是阴天下雨时节，她反而情绪不那么忧郁，话也多起来。认识她的人都开玩笑，说她是阴天乐，连她自己也不明白，为什么这么喜欢阴天，且更喜欢雨天。

看到淅淅沥沥的梅雨，走进飘飘漫漫的雨雾，她内心就升起莫名的伤感，而这伤感似乎本该属于她一样。每到雨雾蒙蒙时，这伤感才久违了似的，又回到她的血液中，她很踏实地享受这种忧伤，体验着忧伤带给她的敏感思绪。

由于工作突然放松，《石头记》的情节，又忽然涌进脑海，夜间，芸轩又像原先一样失眠了。又加上这几天她老想宝玉挨打后的事，一直想不通黛玉调侃宝钗的那句话：姐姐也自保重些儿，就是哭出两缸眼泪来，也医不好棒疮。眼泪能医治棒疮吗？可宝钗的泪为何就医不好，难道你黛玉的眼泪就能医得好？

看来，"眼泪"成了此时的主题，她二人，一个把眼睛哭得桃似的，另一个哭了整一夜，想必眼睛比桃还红，都怎么了这是？黛玉是来"还泪"的，只是这次流泪，像是最厉害的一次，可见"还泪"到了顶峰状态。而宝钗本不是爱哭之人，她可不是来还泪的，却也哭得离奇。两人流泪都达到巅峰状态，是二人的感情泄露，到了无以复加的地步吗？

看起来，宝玉挨打，对二人的命运转折至关重要。好笑就在，黛玉哭红了眼，怕凤姐取笑躲起来，却还顾得上打趣宝钗，咄咄怪事。

芸轩一时又想起那三首诗，为什么会是：窗前亦有千竿竹，不识香痕渍也无？此次宝玉被打，黛玉无声哭泣，竟和湘妃血染斑竹相类比。可为何又说"不识香痕"呢？谁不识香痕？黛玉为何有此诘问？既然有竹也有泪，如何不成泪斑竹？为何无渍无痕不留痕迹？她到底有哪些遗憾，至于眼"空"蓄泪，泪"空"垂；泪若"空"垂为哪般，若此竹不识香痕渍，是否会"湘妃泣落君山无"呢？潇湘馆里，既无湘妃，则舜帝焉在？君山若无，是谁死无葬身之地？想不通！想不通！就这样胡思乱想地翻腾了一夜，直到天快亮时，才迷迷糊糊地睡去。

忽然间，门外走进一个人来。身着灰色长衫，脸色苍白。仔细看时，见来人是个尼姑，进得门来也不打招呼。

芸轩忙问："你是谁？"

那人道："阿弥陀佛！贫尼法名妙真。"

芸轩又问："你从哪里来？"

妙真道："兴隆寺。"

芸轩听她说话的声音有些熟悉，仔细认一认也似曾相识，又试探问她："找我吗？"

妙真道："如有不解惑事请随我来。"说着，转身就走。

边走边吟道："我曾是一朵柳絮，不要问我家在哪里，一支丁香，是今夏唯一的美丽。再不要以为，我只是一朵柳絮。"

芸轩忙忙追出来，喊一声妙真师父，倒把自己惊醒了，原来是个梦。翻身醒来，芸轩忽然想起那朵花。穿衣起来，走至院外，转过墙角，雨雾中飘来一阵幽香。芸轩嗅嗅芳香飘来的地方，看到墙角有一棵丁香树，花开得正艳。

走过去，审视了半日，抚摸之下，摘下一朵闻了闻，诡异地说了一句："天要下雨，花要芳香，谁能碍着谁呢。"

第三十四回
潇湘染斑竹　杨妃泣蟠龙

253

刚欲转身回屋，突然见秋真和山岚二人站在身后，不禁吓了一跳。秋真摸摸她的额头，又摸摸自己的道："你没事吧？这个地方不好玩，站了这半日，衣服都潮了，赶紧回屋吧。"不由分说，二人拉她回屋。

秋真和山岚忙忙地去换衣服，出来一看，见芸轩手里拿着一枝丁香，看一会想一会，嘴里嘟哝一会。二人不解，又怕她着凉，赶紧拿来她的衣服，替她换上，又拿过她手里的花，笑她最近又犯呆病了，琢磨起一件事来，饭也顾不得吃，觉也顾不得睡，啥也不放在心上。

空闲时节，原为解个闷，有时还能懵懵懂懂地说出些意思来。所以也都愿意遂了她的意，一起陪她谈论谈论，可现在忙得都没多少心思，她还是这个样，现在看来，芸轩像是有了心病。

见二人晃着她问话，才说晚上做的那梦，不知妙真是谁。秋真突然问："她说自己是一朵柳絮，是吗？"芸轩说是。

秋真诧异道："是陈晓旭吧。"说完，三人相互看了一下，又都看芸轩，二人担心起来，心想她别是走火入魔了吧？没法子，为这个二人又陪她动起了心思。看这情形，不帮她做出《题帕三绝》注解来，她不会散伙。

秋真便笑道："得，我去做饭，山岚，你陪芸轩吧。"

山岚道："太阳打西边出来了，知道做饭了。正好，我去收些雨水给你们来壶好茶。你等着，我另外还有惊喜呢。"说着，也走开了。芸轩这里，还是独自沉思一阵子，又走到桌子旁坐下来，在纸上记一阵子。赶山岚的茶端上来，芸轩已经写下了满满两页纸。山岚拿来看，写的是：

贾环说：此事除太太房里的人，别人一点也不知道。我听见我母亲说……。关于宝玉调戏金钏的事，贾环说是母亲告诉的，可赵姨娘又是如何得知的？她听谁说的呢？

当时情形是这样的：宝玉来到王夫人上房，外间屋里，只见几个丫头子，手里拿着针线，却打盹儿呢。他悄悄地进来时，并没人看到他，理会他。

然后，他直接进入里间屋，趁着王夫人打盹，就和金钏说了那几句话。于是王夫人发了雷霆之怒。可打骂金钏时，并没人进来。而宝玉见王夫人醒了，早一溜烟去了。这里金钏儿半边脸火热，一声不敢言语。

登时众丫头听见王夫人醒了，都忙进来。王夫人便叫玉钏儿：把你妈叫来，带出你姐。来的这些人，只看到了结果，并不知原因和经过，自此以后，就再也没有金钏的消息。这中间，湘云送戒指时曾提到金钏，但她并没有出现，直到她投井两天后，人们才发现她。

此时，有两个人及时得到消息，就是袭人和宝钗，且宝钗又第一时间出现在王夫人处。恐怕这是第一个也是唯一一个因为这件事，赶到王夫人处的人，整个事件一目了然。通过上面的情形看，事发现场只有三人：王夫人、宝玉、金钏。

这样丑闻，王夫人不会提，虽告诉了凤姐，但只说金钏跳井之事，肯定不说原委；宝玉有错，更不会乱说；金钏除了哭，也没敢言语；丫鬟们又不在现场，虽知道金钏被赶走了，但并不知缘故，这事被瞒得很死。

有个老婆子就说："前儿不知为什么撵她出去，在家里哭天哭地的，也都不理会她。"可见，下人们都不知撵走金钏的原因，可赵姨娘是怎么知道的？

贾环还说："父亲不用生气。此事除太太房里的人，别人一点也不知道。"难道是太太房里人说的吗？显然不是，是放的烟幕弹。那么为什么赵姨娘知道呢？推测发现，有人看出了端倪。

为了给金钏装裹的衣服，一时宝钗取了衣服回来，只见宝玉在王夫人旁边坐着垂泪。王夫人正才说他，因宝钗来了，却掩了口不说了。宝钗见此光景，察言观色，早知觉了八分，于是将衣服交割明白，就走了。

山岚看完，倒了一杯茶，笑道："贾环的话很明白。除了太太房里的人，别人都不知道。至于他母亲是怎么知道的，肯定是太太的丫鬟告诉的。"

芸轩见说，也停下思索，道："还有一件事，也透着蹊跷。宝钗去看宝玉，临走时对袭人说了几句话：

"你只劝他好生静养，别胡思乱想的就好了。要什么吃的玩的，去我那里取去，不必惊动老太太，太太众人，倘或吹到老爷耳朵里，虽然彼时不怎么样，将来对景，终是要吃亏的。这话听上去，好没道理。"

秋真走出来，边擦桌子边说："宝玉是贾府的活龙，他要天上的星星也会摘给他，想要小莲蓬汤喝，贾母马上就：做去，做去。可什么时候，指望要宝钗的东西了？显然话里有话。"

山岚道："什么事不必惊动老太太和太太，怎么就怕吹到老爷耳朵里？怕吃什么亏？谁吃亏？是刚送来药丸子治棒疮的事不让说呢，还是要吃的东西不让说？"

芸轩道："可袭人去见王夫人时，头一件告诉王夫人的事，就是这个。袭人道：宝姑娘送去的药，我给二爷敷上了，比先好些了。先疼的躺不稳，这会子都睡沉了，可见好些了。若不是为这事，就是因要吃的东西了。宝玉倒也真的要吃的了。"说着，端起茶来看看。

秋真示意个眼色，山岚进去，端个盘子出来，上面有三杯茶红色的饮品，还有两个玻璃小瓶。随着山岚的走近，一阵浓浓的幽香袭来。

山岚放下托盘道："哎，这是我熬了一天才做出来的酸梅汤，你们尝尝地个地道。这两小瓶，就是传说中的'木樨清露'和'玫瑰清露'，闻闻香不香。"

秋真端起来喝了一口酸梅汤，一股清凉直透心脾，笑道："暑热天来一杯这个，真爽！你快尝尝，好喝着呢。"

山岚也喝了一口道："挨了打的宝玉，要这个吃呢，口干舌燥的正好喝这个，降温解渴呢。"

芸轩尝了一小口："冰箱里的有些凉，我可不敢多喝。"

山岚道："袁人说，酸梅是个收敛的东西，才刚捱了打，又不许叫喊，自然急的那热毒热血未免不存在心里，倘或吃下这个去激在心里，再弄出大病来。也不知她这话对不对。"

秋真道："可惜陆风不在，看不懂袭人说的有没道理。"

芸轩拿着杯子晃了晃，看着那琥珀色的乌梅汤，道："也许有些道理。我想，宝玉要汤是有想法的，因汤里有个'梅'字。"

山岚道："梅，能有什么用意？"

秋真道："袭人说宝玉干'喝'，要吃酸梅汤，不定就是'望梅止渴'的法子呢，他只想解渴吧。"

芸轩道："宝钗对宝玉要吃的东西这么关心，喝酸梅汤这个举动，肯定有含义，还不如说是'求贤若渴'。宝玉不仅是要吃的，这是要有'梅'骨的贤臣们来帮他，总是吃了亏才知道，身边已没人可求了，只剩下干喝，这竟是'渴不择喝'了。可袭人不让他喝，就怕他饥不择食地选错了人，恐怕也是为了阻止那'梅'字，钻到宝玉心里。"

山岚道："她给的是糖腌的'玫瑰'卤子，够腻的，这个肯定解不了渴吧。"

芸轩拿起小玻璃瓶道："知子莫若母，王夫人一听，就明白宝玉的用心，她给的定是最用心的。木樨既是桂花，是不是代指袭人哪？还有这个玫瑰，好像三小姐就是刺玫瑰，真不知宝玉想要怎样的抉择。"

秋真也拿起小瓶，闻了一闻道："给宝玉的这些东西，除了花就是香，莫不是万艳同杯的再现罢。"

芸轩道："不是。宝玉挨打受伤，似乎伤得不是太重，只不过闹的阵仗大。宝钗送药是治疗外伤的，说敷上一晚就好。临走时告诉袭人，宝玉要什么吃的尽管找她要去。我猜着，吃的东西定是治疗内伤的，嘱咐袭人跟她要，她是想给宝玉医治内伤呢。"

山岚道："为这个，需要瞒着太太、老太太和贾政吗？"

芸轩道："还没完呢，宝钗嘱咐完，袭人来见王夫人时，还真是刻意隐瞒了些事。"

秋真道："什么事？薛蟠的事还是琪官的事？瞒着王夫人也没什么，我就说冤枉了薛蟠，曹公也明白地告诉了这一点。"

芸轩道："为琪官的事，看似冤枉了薛蟠，其实最后又告诉咱们事实了，是他自己说漏了嘴。他争辩时说：只拿前儿琪官的事比给你们听：那琪官，我们见过十来次的，我并未和他说一句亲热话；怎么前儿他见了，连姓名还不知道，就把汗巾子给他了？难道这也是我说的不成？薛姨妈和宝钗就急的说：还提这个！可不是为这个打他呢。可见是你说的了。

"知道这叫什么吗？就叫无心之过，不妨头就漏了消息。没听见忠顺府的长史官说吗，十停人倒有八停人都说，他近日和衔玉的那位令郎相与甚厚。这个传言和薛蟠的不满很符合，是薛蟠不设防说出来的。正如宝钗说的，当日

第三十四回
潇湘染斑竹　杨妃泣蟠龙

257

为一个秦钟都闹得那样，今日为琪官同样沸沸扬扬，传言的渊源肯定就是薛蟠了。"

山岚道："薛蟠当日为秦钟，现在又为琪官，过程还一模一样，都是因宝玉躲到没人的地方，和人家说悄悄话，被薛蟠拿住，又不是不知道琪官是哪一方的人。"

芸轩道："知道就好，这明显就是第二次证盟，肯定还是那些人，而作孽之人还是薛蟠。"

秋真道："意思琪官与秦钟是一类吗？"

芸轩道："应该是同一类人，这就要看宝钗'以错劝错'的真实目的，搞懂宝钗让袭人瞒着王夫人的动机，才能知道是不是相似的事儿。"

秋真道："什么目的？什么动机？"

芸轩道："宝钗哭，完全不是因宝玉，是因自己的呆霸王哥哥，对不对？"

山岚道："所以，当黛玉笑话她，哭两缸泪也医不好宝玉的棒疮时，宝钗根本没理会，是黛玉错会了意。"

芸轩道："不光是这个，我看那意思说黛玉在这个早上，突然有了与宝钗一决高低的信念，她是在发出挑战呢。"

秋真道："什么？黛玉哪来这么大信心，敢挑战宝钗？"

芸轩道："一说就远了，我还得从头说，且还要从湘云说起。自从湘云来到怡红院，谈讲仕途经济开始，宝玉虽烦她，但在去会贾雨村的路上，就向黛玉表白了三个字。"

山岚道："哪三个字？"

芸轩道："'你放心'。我数了数，这之后，只要牵扯宝玉和黛玉说事，宝玉都要先说'你放心'。高潮部分，就是他向黛玉私相授受帕子，黛玉用了'五可'来评价宝玉的行为。

"宝玉这番苦心，能领会我这番苦意，又令我'可喜'；我这番苦意，不知将来如何，又令我'可悲'；忽然好好的送两块旧帕子来，若不是领我深意，单看了这帕子，又令我'可笑'；再想令人私相传递与我，又'可惧'；我自己每每好哭，想来也无味，又令我'可愧'。"

山岚道:"你这'五可',怎么似曾相识的,还有黛玉写完《题帕三绝》,镜中一看,见自己面若桃花。"

秋真一跺脚道:"想起来了,宝玉的那什么'女儿喜,对镜晨妆颜色美',不正是说的此时的黛玉么,面若桃花。我可晓得了,原来黛玉就是在这种'女儿喜''女儿悲''女儿乐''女儿愧'中,让自己'桃之夭夭'了。"

山岚欢呼道:"黛玉终于决定嫁人了!"

芸轩道:"少胡说,是二玉终于结盟了好不好。黛玉的病,皆是因不放心的缘故造成的。他们原来的盟约根本不堪一击,被金玉缘打得粉碎,可从此后,她可以完全放心了,木石盟从此牢不可破了。所以,才理直气壮地开始笑话宝钗:你别自作多情了,还哭呢,你在宝玉心中没地位,金玉缘结束了,你就是为他哭死,他也不会回心转意。"

山岚道:"对着呢,宝钗之哭,也是因薛蟠戳着了她的伤心处了。"遂学着薛蟠的口气道:"我早知道你的心了。从先妈和我说,你这金要拣有玉的才可正配,你留了心,见宝玉有那劳什骨子,你自然如今行动护着他。"

芸轩道:"薛蟠说的不对吗?"

山岚道:"说的对呀。"

芸轩道:"如果说的对,宝钗就不会这么伤心,她另有隐情。"

秋真道:"宝钗是怨薛蟠,不理解自己的真实用意。"

芸轩道:"是这个意思。这一对兄妹,在对待宝玉的态度上,区别很大。薛蟠这样说:赖我说的我不恼,我只为一个宝玉闹的这么天翻地覆的。将来宝玉活一日,我担一日的口舌,越性进去把宝玉打死了,我替他偿了命,大家干净。一面嚷,一面抓起一根门闩来就跑。

"你看没,在这件事上,薛蟠自知已然脱不了干系,他的处理方式,简单且粗暴。他抱怨妹妹,玩什么金玉缘,多麻烦!越性打死宝玉,干净了事。"

秋真道:"其实,对于金人来说,并没有马上杀掉弘光,而是把他软禁在北京了。"

芸轩道:"这就是了,他们没有赶尽杀绝,应该是有所顾忌的,肯定也左右掂量过。杀或留,对将来的局势,是有极大影响的,而宝钗的思路更明确。"

第三十四回
潇湘染斑竹　杨妃泣蟠龙

259

山岚道："宝钗什么思路？"

芸轩道："她劝薛蟠说：从此以后在外头少去胡闹，少管别人的事。天天一处大家胡逛，你是个不防头的人，过后儿没事就罢了，倘或有事，不是你干的，人人都也疑惑是你干的。"

山岚道："自己屁股不干净，还怕别人怀疑他干坏事。"

芸轩道："做这样不地道的杀戮之事，会给后人留下把柄的，别人干的坏事也都赖给你，到时说不清的。而宝钗的策略还是继续她的金玉缘，兵不血刃地征服这个国家，才是上上策。"

秋真道："这个策略对头，薛蟠才不傻呢，过了一夜，酒一醒就改了主意，马上就支持宝钗了，你看他嘴还很甜的，对宝钗说：妹妹的项圈我瞧瞧，只怕该炸一炸去了。又说：妹妹如今也该添补些衣裳了。要什么颜色花样，告诉我。你看，又是翻新项圈，又是做新衣服的，是个帮着妹妹做嫁妆的感觉？"

山岚道："我知道她的动机了，她不想让王夫人等知道薛蟠这么坏，企图存个好印象，更想继续她的金玉缘，有全家人的支持，她也有信心迎接黛玉的挑战了，单看她们以后的行动。"

芸轩道："这还不算，她最想保住的消息，其实是关于贾环的事。王夫人是这样问的：我恍惚听见宝玉今儿捱打，是环儿在老爷跟前说了什么话。袭人的回答很巧妙：我倒没听见这话，为二爷霸占着戏子，人家来和老爷要，为这个打的。

"王夫人摇头说：也为这个，还有别的原故。

"袭人说：别的原故实在不知道了。

"看看这对话就会发现，袭人对王夫人精心隐瞒的，就是贾环的事，只是我还没想明白，这是为什么？她是为贾环好？还是为赵姨娘好？还是别的。"

秋真道："贾环那样对待宝玉，袭人没道理护他们。"

山岚道："以袭人对王夫人的忠诚而言，要从她这里打听事情，她应该知无不言。隐瞒这事，袭人是冒了不忠的风险。"

秋真道："为贾环，袭人没有隐瞒的道理。难道宝钗嘱咐袭人的暗语，就是这个事？袭人是为宝钗吗？宝钗的意思，贾环诋毁宝玉之事，将来对景，有人是要吃亏的，可也不明白对谁的景，谁吃亏？"

芸轩道："那就看谁知道金钏的事了。"

山岚道："听出来了。除了太太房里的人受到怀疑，实际看出门道来的人就是宝钗，贾环的消息来自宝钗呢？"

秋真道："贾环要是被人挑唆了呢？是不是就怀疑到她这里来了？对呀，这才是宝玉挨打的关键事件呢。如果王夫人认真追查起来，说不定真会查到宝钗身上。所以，宝钗要袭人秘而不宣，别不小心在太太跟前漏了风声。"

山岚道："巧了！巧了！这两件大事，都和薛家兄妹有关，无论如何，会引起人们的怀疑。"

秋真道："老天，让贾环说出那样的话，制造他们兄弟相残的假象，始作俑者宝钗也；而薛蟠呢，当做不妨头的顺嘴说出那些话来，似乎是无意中暴露了琪官，辗转求证下来，总让人觉得他永远摘不清自己，此地无银三百两的感觉，用意藏得太深了。"

芸轩摘下一瓣丁香花，说道："做了事，让人觉察不到其用意，是宝钗的手段；做了坏事还要人人说她好，是宝钗的才能。宝玉挨打之后，按正常情况该是凤姐最忙，传太医看病治疗，可她一概退后，倒是咱们两位女主人公，前后上阵。"

山岚道："两人是在较劲呢，比赛流泪，看谁对宝玉真心好。其实宝钗也不错，来实在的，光明正大地拿来了棒疮药，懂药理，像个医者，真心实意要保金玉缘。黛玉虽有了信心，我看悬。"

芸轩道："好啥好。我觉得二人都对宝玉不是很好呢。"

秋真道："说胡话了，刚才还说宝黛的感情表露，达到巅峰状态，怎么又不好了。"

芸轩道："你仔细看看二人对宝玉的劝诫。先说宝钗，她先是表示心疼，然后说了同袭人一样的话：但凡听一句话，也不得到这步地位；而黛玉这句：你从此可都改了罢！更是发自肺腑地怕宝玉吃亏。但不管怎么变着意思说，都有抱怨之意。换做薛蟠的话更直白，说宝玉在外面招花惹草，遭毒打，是罪有

第三十四回
潇湘染斑竹　杨妃泣蟠龙

261

应得。"

秋真道："还别说，人家宝玉正得意呢。说自己：不过挨了几下打，他们一个个就有这些怜惜悲感之态露出，令人可玩可观，可怜可敬。假若我一时竟遭殃横死，他们还不知是何等悲感呢！既是他们这样，我便一时死了，得他们如此，一生事业纵然尽付东流，亦无足叹惜，冥冥之中若不怡然自得，亦可谓糊涂鬼祟矣。这是什么混蛋逻辑，他想证明什么？"

芸轩道："是可笑。他能证明什么，他在嘲笑这些人。"

山岚道："没看出来呀，倒是有些偷着乐的意思。"

芸轩道："他一生事业，就是让所有人爱他，个个因爱他而爱，因爱他而死；他所谓的事业，就是让那些爱他之人，为他着迷，人人为他赴汤蹈火的去死。"

芸轩站起来，呵呵大笑道："作为一块冷冰冰的石头，能让所有人围绕他的心情，像糊涂鬼祟般，鬼迷心窍样，以死来表达爱。你们就细细体会那句：冥冥之中若不怡然自得，亦可谓糊涂鬼祟矣。呵呵！这块顽石，下界来的目的，终于得偿心愿了。"

秋真道："不知死活的东西，挨了打还得意，权当拿着国家命运当儿戏，糊涂虫！怪不得黛玉、宝钗都抱怨他。"

山岚道："他糊涂，人家宝钗可不糊涂，她的信念是：我有本事打伤你，就有能力再来医好你。只有薛家的棒疮药好使，送药来的目的，就是要弥补她和哥哥挑起的战争创伤。"

秋真道："主动权在人家手里，人家说停创伤马上好。"

山岚道："我也有信心了，金玉缘才是牢不可破呢。"

芸轩道："既知金玉缘不可破，可当她哥哥说：见宝玉有那劳什骨子，你自然如今行动护着他，她的反应怎的那么激烈，至于哭一夜吗，还是没信心。"

秋真道："宝钗哭泣是因满心委屈。"

山岚道："她委屈啥？"

秋真道："你难道看不出来，宝钗才是薛家的顶梁柱。那薛蟠终日斗鸡走狗，一应经济事务全然不知。他做的事，全是具有破坏性的武力征服，用这些行为治理国家，对政权名誉是有所损毁的。宝钗见哥哥不能依贴母怀，她只好留心针黹家计等事，好为母亲分忧解劳。说白了，她不愿意动刀动枪地干仗，宝钗是想用另一种情怀，来征服和医治这个民族。"

山岚道："我也感觉到了，她的成熟稳重，周旋得当，足智多谋，老少通吃，足可担当振兴薛家的重任。"

芸轩道："薛家上下是要倚重她的，所以面对不争气的哥哥，和这种大大咧咧不妨头的行事方式，与她的在贾环这件事上的心思缜密，形成强烈的反差，她能不生气吗？"

秋真道："对呀，一下子就比出来了。琪官的事，薛蟠不知不觉中就让人赖上了；你看宝钗干的贾环的事，神不知鬼不觉，跑来嘱咐袭人别说出去，看起来是为袭人好，袭人还发自肺腑地感激她，结果瞒住了所有人。兄妹一对比，看出差距了吧，我真真服了宝卿。"

山岚学着宝钗的口气道："哥哥你真没用，要收服他们，光靠武力就行了？动不动就杀了宝玉，难不成你要杀光所有人？看看我的离间计，多拉拢些汉人投靠自己，兵不血刃就征服了他们，你把它打烂了，还不是我再来给你收拾烂摊子。"

芸轩冷笑道："你也别得意太早，宝玉心里没有你，也是白搭。她抱怨哥哥的心情，你们才都不懂呢。"

山岚道："你倒是说说，她到底什么心情。"

芸轩道："照薛蟠的做事风格，一杀百了。令宝钗痛心的是，就算得到了人，也得不到心。得了国家却失了民心，这才是她最致命的痛，也是她和哥哥最不协调的地方。"

秋真道："你说到这里，我一下子明白一件事，人家宝钗母女穿梭于贾母、王夫人和宝玉处，又是送药，又是和袭人说暗语，还让袭人主动出击，且来去光明正大的，做得天衣无缝，也不背人。拿这些能耐和黛玉对抗，不出几个回合，木石盟一定输给金玉缘。"

芸轩笑道："你又来了，虽说宝玉是个无事忙的大闲人，这回又犯了糊涂事，可他还是求贤若渴的。别忘了，他母亲王夫人也不是白给的，她警觉地意识到，宝玉挨打和贾环的挑唆脱不了关系，才向袭人问了又问。

"王夫人深知，这话肯定不是正道上来的，所以才偷偷问袭人。咱们知道了前面的缘故，再来看袭人和王夫人这几个回合的问与答，就有些惊心动魄的味道了。儿子挨了打，王夫人肯定会揪着不放，要不是宝钗提前嘱咐过袭人，你能想象出后果吗？"

山岚道："那又怎样？"

芸轩道："金钏宝钗本就一回事，宝钗肯定露馅。"

秋真道："王夫人厉害。当袭人告诉她，宝玉想喝酸梅汤时，王夫人立即明白儿子的需求，是要'梅'骨之人，宝玉需要有人辅佐。于是，她帮儿子选定了人选，就是'木樨''玫瑰'。"

山岚道："怪道吃了王夫人拿来的香露后，立刻心智就清醒了。并马上开始行动，打发晴雯去向黛玉传话，说自己好了。"

芸轩笑道："黛玉不是说宝玉'你就都改了吧'。宝玉就让晴雯去传话：你到林姑娘那里看看她做什么呢。她要问我，只说我好了。宝玉这是告诉黛玉，我真改了，改好了，不再受金玉缘的诱惑了，你放心吧。而且宝玉还向袭人发出了'招贤令'，要喝酸梅汤。"

山岚道："宝玉动心思了，把袭人支使到宝钗那里，把晴雯指派到黛玉那里。宝玉这么做，什么意思？"

芸轩道："我估摸着，宝玉支着袭人去宝钗那里，是为派晴雯去见黛玉创造机会。开始招贤也对，木樨清露中的木樨，大约就是袭人，但她只是王夫人招贤选定的人，和晴雯的对决也早就存在。记得宝玉非要赶走晴雯那回吗？恐怕这次向王夫人说事，是那次事件的延续。"

山岚道："上回袭人就说：好没意思！真个的去回，你也不怕臊了？便是他认真的要去，也等把这气下去了，等无事中说话儿回了太太也不迟。这会子急急的当作一件正经事去回，岂不叫太太犯疑？

"而这回她也首先说了这句：今儿太太提起这话来，我还记挂着一件事，每要来回太太，讨太太个主意。只是我怕太太疑心，不但我的话白说了，且连葬身之地都没了。

"这两段话虽隔了好几回，但连在一起就发现，袭人提的就是那件事。怕太太疑心，她就有了主意，先去太太的疑心，再告诉这件事，可她为什么怕疑心呢。"

芸轩道："怕引火烧身哪，离间计不得讲究策略吗？想离间别人，须先取得别人的信任才行。你看袭人的手段，在对待宝玉问题上，先和王夫人达成高度一致，立即就赢得王夫人一声'我的儿'。可见她做事，首先要去人疑心，即使做了坏事，谁也疑不到她身上，这和宝钗的处事方式一模一样。"

秋真道："见火候到了，便乘机给黛玉下了套儿。可那次是针对晴雯的，不一定是一回事呢。"

山岚道："事情发展到这里，清楚着呢，回到怡红院，袭人去了宝钗处，晴雯去了黛玉处，两条路线的斗争就此展开。那一次，还不是黛玉帮晴雯解了围。这次晴雯怕是难了，你还装不懂？"

秋真道："听我讲个故事，《十美词纪》里有个典故，说有个叫邹枢的孩子，他外祖母也像贾母一样，买了个晴雯一样的丫鬟，叫如意，服侍孙子夜读。这如意呢，不仅能干，还颇通诗词，便对《花间集》等做了评点，晚上还和邹枢联诗颂词。邹母发现后，竟勃然大怒，斥责道：我望汝读书，汝但为诗词，狎昵奴婢！遂将如意撵出邹府。和王夫人一样，在她心目中，觉得儿子不争气，全是丫鬟教唆坏的。"

山岚道："你扯远了，别说晴雯了，回到黛玉身上找原因吧。种种迹象表明，虽说王夫人并不喜欢黛玉，但她从没明确表示二玉往来是不妥的。对于宝玉来说，黛玉是没有危险的，这一点王夫人清楚得很，但王夫人觉察到了金钏的心思。正是袭人的提醒，让王夫人觉察到金钏对宝玉的威胁。"

芸轩道："不是的，王夫人也是忌讳黛玉的，因袭人口口声声用一样东西来刺痛王夫人的心。"

一样东西！山岚问是哪一样东西。

芸轩道："名声！"

山岚道："名声？"

秋真道："对！袭人长篇大论地说了一段关于防患于未然的话。说他又偏好在我们队里闹，倘或不防，前后错了一点半点，不论真假，人多口杂，那起小人的嘴有什么避讳，心顺了说得比菩萨还好，心不顺就贬得连畜牲不如。

"二爷将来倘或有人说好，不过大家直过没事；若叫人说出一个不好字来，我们不用说，粉身碎骨，罪有万重，都是平常小事，便后来二爷一生的声名品行岂不完了。"

山岚笑道："说的这么可怕，什么意思？怪不得王夫人说：保全了名声就是保全了我。和黛玉好，品行就有问题了？名声就不好了？"

芸轩道："当然是。我说这话你可别恼，和黛玉交好，相当于和贾雨村来往，和贼头子、野杂种来往，这对于王夫人之皇家身份来说，万万使不得，不是名声问题是啥？这就是袭人那天在园子里发现二玉证盟时的丑事。"

山岚点头同意这个说法，道："也难怪，黛玉看到宝玉给自己送来两块旧手帕，一下子就体会到了宝玉的心。原来他们旧情复燃了。对此，黛玉发自内心佩服宝玉的决定，想想王夫人就知道宝玉面对的压力，就替他恐惧；再想想自己原来的作为，应该很惭愧。"

秋真道："她惭愧什么？"

芸轩道："惭愧自己对这个民族制造的灾难。薛蟠做的孽宝钗还；贾雨村做的孽，可不得黛玉还吗。"

秋真笑道："还债呢，还是继续作孽呢。"

芸轩道："哎，你们也得还债，说好的。宝玉赠帕诉情思，才全部打消了黛玉的担心，才让黛玉彻底'放了心'。你们的帕子呢？也得给我注解了，全部打消我的疑惑才行，不许抵赖。"

秋真挠挠头皮，想了一下道："解出来不容易，但我想'湘江旧迹'一定说的是湘妃的事。舜帝逝于君山，娥皇女英寻至湘江，血泪染竹，恸哭殉情。这里宝玉挨打遭难，怎么也比不上舜帝南巡，曹公为何要用泪染斑竹的典故呢？有些不合体制。"

山岚道："虽然用了泪染斑竹的典，但黛玉的诗中，用了几个字，难于理解。一个是'空'字，眼空蓄泪泪空垂。黛玉流泪和湘妃流泪，不太一样的感觉，黛玉之泪是'空'蓄'空'流。

"另一个是'闲'字，暗洒'闲'抛却为谁？镇日无心镇日'闲'。似乎这次是为'闲'人流'闲'泪呢？不仅眼泪'空垂'且还'闲抛'，还是镇日'闲'。不单'空垂闲抛'，而且'暗洒偷潸'，我不明白，黛玉哭得最难受的这次，是偷着的，很不同往日的。"

秋真问："又是'闲'又是'空'的，说清楚些。"

芸轩道："说到宝玉这个富贵闲人，倒有一首《闲说》，是这样写的。"遂吟道：

> 桃花百叶不成春，鹤寿千年也未神。
>
> 秦陇州缘鹦鹉贵，王侯家为牡丹贫。

山岚道："王侯家为牡丹贫，啥讲究？"

芸轩道："自然说豪门贵族生活之奢靡，颠覆了的社会风气。也因这种'闲'风盛行，而颠覆了这个国家的命运。所以，这种'镇日无心镇日闲'的朝廷风气，怎不让人担心，让眼泪空流闲抛呢？"

秋真从口袋里掏出一块手帕子，笑着对芸轩道："是时候了。昨日我和山岚各自题了一首，就在帕子上，你哪一块呢？不如拿出来，看谁解得切。"

山岚道："好呀，谁怕谁，先看我的。"说着，回屋去拿，二人展开，放到桌子上，看山岚写的是：

> 既无情词也无诗，两方旧帕去猜疑。
>
> 着意体贴心魂意，横是思来竖也思。
>
> 神魂驰荡为那番？苦心苦意有人怜。
>
> 自此断无嫌隙生，木石重结前世缘。

秋真道："你这是取自那首《素帕》吧，怎见得就是传递相思了，你真以为木石结盟了？"

山岚道："对呀，我看宝玉送手帕子，和宝钗给他送药丸子，一样意思呢。"

秋真道："胡说罢了，自古都是用手帕子做定情物，谁见用药丸子当定情物了。"

芸轩笑道："就是，晴雯来到潇湘馆，只见春纤正在栏杆上晾手帕子，知道她为什么晾手帕子吗？"

山岚道："黛玉刚哭过，用完的手帕子，眼泪打得太湿，所以就洗了晾起来。"

芸轩笑道："黛玉正在哭泣，手帕子又湿透了，那你说宝玉的手帕子，送得及时不及时？这就叫'正好时'。"

山岚笑道："媳妇子们去看宝玉的人里，就有个'郑好时'媳妇，都是些赶时候讨好宝玉的人，宝玉也不例外，赶时候来讨好黛玉了。"

秋真道："不和你们胡诌了。"接着就让看自己写的：

> 泪即空蓄又空垂，难拂难拭难收回。
>
> 为何暗洒又闲抛，珠玉偷潸又为谁？
>
> 湘妃旧迹浑模糊，斑斑点点竹无痕。
>
> 任是无心任是闲，何堪让人不伤魂。

山岚也笑道："你这更没意思，黛玉伤心哭泣，不是心疼宝玉，却是因宝玉镇日无心镇日闲了。她不是一直喜欢宝玉无所事事，不问经济的样子吗？怎么突然就又伤心起来了。"

秋真道："喜欢归喜欢，可宝玉必定为这个吃了亏，不是吗？再这样像个富贵闲人一样胡逛荡下去，连命都保不住了呢，黛玉能不伤心吗。"

芸轩道："算你有点良心。黛玉之哭和宝钗流泪一样，都有别样滋味在心头。"

秋真道："你的呢？"

芸轩道："我没有。"

秋真道："那不行，好歹说说你对黛玉的理解，现写。"

芸轩无法，取来纸笔写道：

> 空蓄空垂空伤悲，绞绡洗罢难寄痕。
>
> 闲抛偷洒潸然泪，只因无心大闲人。
>
> 抛珠滚玉谁拂拭？不见帝舜苍梧归。
>
> 斑斑点点洒上竹，皇英泪尽湘江恨。

秋真看了点头笑道："还是咱们俩看法一致，窗前虽有千竿竹，不识香痕渍也无？宝玉被打，黛玉虽泣血洒泪，却无法与湘妃血染斑竹相类比。弘光之死，实在给历史留不下任何痕迹，才致使黛玉反问，为何竹上'渍也无'？山岚输了。"

山岚不服气，收起帕子道："我看符合那个故事，怎么就输了？"

秋真道："硬说符合典故，你倒说说看。"

山岚道："杨慎接到妻子托人捎来的旧丝绢，心中感慨。可打开一看，一个字影儿也没有，就翻来覆去地看了许久，终于猜出妻子的意思，才写下'横也丝来竖也丝'的句子。这里，宝玉送来个无字手帕，黛玉不也是体会了半日，才知道宝玉的心思，怎么不是'横也思来竖也思'？"

芸轩又拿起那枝丁香闻了闻，要山岚找个花瓶插起来。道："体会是体会了，黛玉自此再也不见任何人了。"

二人听了这话，摸不着头脑，又面面相觑。

芸轩道："面对宝玉的真情告白，黛玉心领了却徘徊了，没看出来？"二人摇摇头。

芸轩又道："在向宝钗发出挑战后，她却退缩了。"

山岚道："那个花阴下的久久站立吗？"

秋真道："久久到底是多久？"

山岚道："算算哪。一大早起来，就独立在花阴之下，似乎是专门等宝钗的。说完那话，宝钗家去，是不是得走一会子？这边黛玉远远的，却向怡红院内望着，只见李宫裁、迎春、探春、惜春并各项人等都向怡红院内去过之后，又一起一起的散尽了，只不见凤姐儿来，她心里自己盘算道：如何她不来瞧宝玉？便是有事缠住了，她必定也是要来打个花胡哨，讨老太太和太太的好儿才是。果然，只见贾母搭着凤姐儿的手，后头邢夫人王夫人跟着周姨娘并丫鬟媳妇等人都进院去了。黛玉看了不觉点头，想起有父母的人的好处来，早又泪珠满面。

"那边，宝钗回到家，和她哥哥母亲又说了一大堆话，薛蟠同意了宝钗的策略后，和薛姨妈再一起进园来瞧宝玉。这几群人出出进进的，来了又散，宝钗去了又回，这时间能短吗？"

秋真道:"昨天晚上才和宝玉好了,今天一早,这是怎么了?别人都去看,她为什么要远远地眺望呢?"

山岚道:"眼睛哭肿了怕人笑话她呗。"

芸轩道:"我说你俩也太不敏感了。宝玉挨打后,宝钗第一时间手里就这样托个药丸子,大大方方地来疗伤;第二天,紧急和哥哥争论后,马不停蹄,就和妈妈一起来看宝玉。见了宝玉,薛姨妈也是说想吃什么跟她要,这是公开示好。

"再看看黛玉什么情形,单等宝玉睡着了,也就是没人在时,才偷偷地来看,还不敢见凤姐,虽说理由是眼睛肿了,没法见人,可总是有一种偷偷摸摸的感觉在;宝玉也是,他也背着袭人,让晴雯偷偷发出信号,要和她结盟。黛玉也明白,这样做的后果是'可惧'的。感觉多明显,他们是在暗中结盟。

"所以,金玉缘是公开的,人家本来好好的,却因薛蟠没心没肺地乱来,差点给坏了大事,多亏宝钗和袭人周旋。现如今,宝玉虽是明显发出了示好的信号,可这没用的,她还要看宝钗的动静,毕竟宝玉原就属于她。黛玉向宝钗发出警示和挑战后,发现并没阻止宝钗的行动,她照样打扮得光鲜亮丽,由母亲陪着来接近宝玉,你们说黛玉能怎么样?"

山岚道:"生气了呗,紫鹃来找她时,她就很不耐烦。"

芸轩道:"是伤心,且有大事发生。"

山岚道:"什么大事?"

芸轩笑道:"明日告诉你。"

第三十五回

玉钏分残羹　莺络玉人行

屋子里香气消尽，丁香花已奄奄一息，山岚趁芸轩不注意，悄悄收拾了出去。芸轩在剧组的工作差不多完成了，只是秋真的大部分才刚开始，虽然组里再三留她，芸轩还是决意明天就回家去。

知道大家都忙，芸轩想谁也不告诉。晚间秋真回来，只带冯玉来看她俩。山岚更是恋恋不舍地和冯玉说些道别的话，相互嘱咐着，约下有时间再碰面。

吃过晚饭，山岚收拾东西，芸轩要秋真陪她去明清城，看秦淮八艳的歌舞秀。等四人入座时，正演李香君的"人面桃花"舞，后面是顾眉生的"游龙戏凤"。

只见俊朗飘逸有男儿风度的顾横波，舞蹈在巨型酒杯里，惊艳而妩媚，与众多才子们推杯换盏后，演绎着众人皆醉我独醒的豪放境界；直到寇白门的"灯火阑珊"后，四人才意犹未尽地走出剧场。

一路上，混在熙熙攘攘的人群里，想到明日就要回家，芸轩心情很好。他们就势拐到路边公园长凳上，坐下来乘会子凉。

芸轩向秋真道："天还早着呢，你和冯玉再给我们来一段《西厢记》吧？"

秋真道："还没看够啊，想听哪一段？"

芸轩道："《崔莺莺夜听琴》第三折，就那段'脱布衫'，怎样？"

秋真清一下嗓子，唱到："幽僻处可有人行，点苍苔白露泠泠。隔窗儿咳嗽了一声。"

芸轩拍着节奏，说道："正是东阁玩筵开，西厢和月等。东阁正如宝玉处，何等热闹；西厢正如潇湘馆，何等冷清。"

冯玉对《西厢记》比秋真还来的，听了她唱，不禁技痒，也来一段莺莺的"油葫芦"，遂唱到："翠被生寒压绣褥，休将兰麝熏；便将兰麝熏尽，则索自温存。昨宵个锦囊佳制明勾引，今日玉堂人物难亲近。这些时坐又不安，睡又不稳，我欲待登临又不快，闲行又闷。每日价情思睡昏昏。"

唱完，大家齐声叫好，引得周围的人向他们这边张望。

山岚将手掌鼓得起劲，说道："好一个'昨宵个锦囊佳制明勾引，今日玉堂人物难亲近'。这说的不就是黛玉久站花阴下的情形吗，你前儿还不告诉我。"

秋真道："又扯到黛玉那里了。"

山岚道："她们一样的情形，我能不联想吗。昨夜刚接了旧手帕传情愫，晨早起发现，宝玉这里实难接近了。

"远看怡红院，人流穿梭。如刚才芸轩所说，怡红院如什么东阁般热闹着呢。可黛玉被紫鹃叫回家，但见满地下竹影参差，苔痕浓淡，好不清冷啊。你们这里唱的不正是这一冷一热的对比吗？"

秋真道："你倒是说得对，一起一起的人，来到怡红院，探望养伤的宝玉，正如'郑好时'们来凑热闹一样，怡红院真真热闹如东阁了。"

芸轩道："所谓炎热如火，所以才招来一个意外之人。"

山岚歪头问道："谁呀？"

芸轩道："趋炎附势之'傅试'啊。"

山岚道："原来是他，还是个暴发户。这人出现得奇怪，前前后后都没有他这个人，只提过这一回，还是贾政的门生，是个赖贾家势力得意之人。"

秋真道："好有一比，元春封妃时，就是贾家烈火烹油之得势日，可惜好景不长久。现在宝玉挨了一顿打，倒打出功劳来了，人人来凑热闹，也是这么个景象了。人在烈火烹油的势头上，才容易招来恶鬼呢。那傅试的心思，是安心仗着傅秋芳的姿容，要与贾家豪门贵族结姻攀附。"

芸轩道："都耽误到二十三了，还未许人。为什么？怎奈那些豪门贵族嫌他穷酸，根基浅薄，不肯求配。这个人物，一定是现成的历史上有的。他现在呀，想与贾家亲密，自有其一段心事。肯定也是来打宝玉的主意。"

山岚道："宝玉还愿意了呢，虽未亲睹其样貌，然遐思遥爱之心十分诚敬，不命他们进来，恐薄了傅秋芳。这宝玉真是要招魔了，宝玉处的热闹，也不会是长久之事，黛玉竟预见到了。"

芸轩道："别说招魔，人家傅试家的老婆子还看不上他呢。一离开怡红院，就开始说，宝玉是外相好里头糊涂，中看不中吃的呆子。这话若回去告诉了傅秋芳，你觉得人家还愿意吗？"

秋真道："这个趋炎附势的小人是谁？"

芸轩道："你自己从那个人的身边找吧，不难找到那个暴发户，前面你不是还找到一个这样的人吗？"

秋真道："忘了，不说算了。说完热闹的怡红院，再说冷落如西厢的潇湘馆。黛玉独自在家，暗自伤怀，怎会想起双文来呢？"

芸轩道："正是这个意外的联想，才让我发现了问题。"

秋真问："按说黛玉的感受也正常。看到别人有父母，被宠爱，即使是来打个花胡哨，为了讨好贾母，也比被冷落了好。"

芸轩道："你根本就没看清她羡慕谁。最起码有母亲有兄弟，这人明显是宝钗。还有，就是有人来看宝玉，仅仅是因面子玩个花胡哨而已，不是出于对宝玉的真关爱，这人明显说的凤姐。"

山岚道："黛玉看出事来了？凤姐变了？她也成了趋炎附势之人？"

芸轩道："宝玉不是发了招贤令吗？也许他渴不择食地招揽人才，身边便开始聚集些趋炎附势之人呢。好有一比，宝玉挨完父亲的打，一夜就好了，莫不是换了个人？这里如烈火烹油的，是又一位政治新人出现了。这个人的特点是有伤，是被自己人打的。你们猜猜。"

秋真道："隆武！"

芸轩道："他带伤接待各色人等，且有傅试这样的趋炎附势者，若是隆武当政时的境况再现，好好想想，当此时节，谁来附势与他？有没有这样的人？"

秋真道："这么一说，想起是谁了。"

冯玉没听懂她们说什么，道："你们真多心，黛玉自比双文怎么了，也值得这样。"

山岚道："你又不懂了，还得我告诉。你的唱词在《西厢记》里是有的，可崔莺莺的命并不薄，黛玉自比之人，可是双文。"

冯玉道："崔莺莺可不就是双文。"

山岚道："糊涂！《西厢记》里的崔莺莺，那是有情人终成眷属的大团圆结局。可双文你知道什么结局吗？"

冯玉道："真不知道呢。"

秋真道："双文只在《会真记》中才出现，是始乱终弃的结局，真是薄命之人。"冯玉不再争执，不住地点头。

芸轩道："如果黛玉说自己薄命如双文，恐怕不是单单和宝钗比较，因自己没有孀母弱弟而伤心，她担心自己同双文一样，眼看得一个始乱终弃的结局。"

秋真道："你的意思，宝玉这里热闹，她那里冷清，用这种强烈的冷热对比，来告诉咱们，虽然他们结合了，但她终会命薄如双文，会被抛弃了的。"

山岚摇着头道："可怜，可怜，应当是真的，宝姐姐又要胜她一筹了。"

冯玉道："你怎么见得是真的？"

山岚道："不信哪，从鹦鹉嘴里听出来的。"遂学着鹦鹉的声音长叹一声，吟道：

> 侬今葬花人笑痴，他年葬侬知是谁？
>
> 试看春尽花渐落，便是红颜老死时。
>
> 一朝春尽红颜老，花落人亡两不知！

芸轩也叹道："果真这是第三次葬花。"

冯玉觉得新鲜，道："让个鹦鹉说几句就是黛玉葬花？"

山岚道："我看就是。头次，是和宝玉一起葬桃花；二次，借龄官之手葬了蔷薇；这次是让鹦鹉葬的，只是不知葬的什么花？"

芸轩往前一指道："前面就看到了。"说得大家往前看。

芸轩道："我是说，前面就看到要葬的花了。贾母带领众人从宝玉那里出来，往前正走着，忽见史湘云、平儿、香菱等在山石边掐凤仙花呢。你们说黛玉要葬什么花？"

秋真吃惊道："凤仙花不是凤姐吗，还要葬她？"

芸轩道："是她，就是这个和宝玉虚情假意的人。且这次葬花是自己人亲手掐下来的，没见里面有平儿吗？"山岚听了，表示不同意。

秋真想了半日道："我想起来了，还真是这样。今天一天，黛玉除了在花阴下呆了半天，远远地向怡红院张望之外，就再也没出现在大家的视线里，就连贾母叫吃饭，她也没去。"

芸轩道："更怪的是迎春也没去，我的直觉告诉我，迎春——这第二个春天，短暂的几乎没有人注意到，就被埋葬了。"冯玉听了没头绪，又听什么葬花之类的，也不舒服，看看公园里人渐稀少，就喊着赶紧往回走。

芸轩却道："有意思，我饿了，不如咱们去吃些夜宵。"

冯玉道："好啊，我请客。"

说着，四人逶迤来到热闹的大街上，只见路边艺术小店的橱窗里，灯火闪烁，琳琅满目，挂着各式璎珞及钥匙串，有红色的中国结，和各种花式的蝴蝶结。

芸轩从橱窗外，远远见一串金线编的翡翠璎珞项圈，就进来，几个人讨价还价地帮她买了下来。三个人轮换着戴戴，一路说笑着来到一处小面馆里。冯玉问掌柜的，有什么可吃的，又让大家各自点些东西。

芸轩道："我来碗高汤面叶。"

老版笑道："高汤倒有，面叶没做过。"

秋真道："这又不麻烦，不就是做个豆萁儿汤吗，做吧，做吧。"老版听了，笑着走开。不一会儿，上来一碗热气腾腾的高汤面叶。那三位，因天热，都要的冷饮和小点心。

山岚看着热腾腾的汤，笑道："大热天喝热汤，你也不嫌热得慌。难道你和宝玉一样呆，不怕烫着。"

芸轩道："你知道啥，宝玉病中特别点这个荷叶羹，才真有意思呢，这就叫火中送炭。不这么热，玉钏还不来送呢，不喝热汤，又怎么吸引趋炎附势之人。"

秋真喝口冷饮，也笑道："你这汤打算怎么喝，是不是要我们帮你尝尝味道？"

芸轩道："明知故问，这汤可不是一般人能喝得上的。单说那汤模子，其贵重程度你难于想象。它既不属于厨房，也不属于茶房，属于金银器皿，连薛姨妈这样的大皇商，都没见过。再说银模子样式，有菊花的，也有梅花的，也有莲蓬的，也有菱角的，都是清高物之样貌。

"主要看是谁用过。凤姐告诉，是旧年备膳用过，弄些什么面印出来，借点新荷叶的清香，仗着好汤，呈样地做了一回。

"怎么样，是给皇上备饭用的，别看是普通的面汤，就这做法，拿几只鸡，另外添了东西，才做出十来碗来。这是普通人吃的吗？"

冯玉听说，拿起勺子，想分些汤出来尝尝，山岚打了他的手，笑道："别先尝，你告诉我，凤姐的十碗汤都有谁的？说准了才许尝。"

冯玉道："我怎么知道。"

山岚道："你猜一下也行。"

冯玉无奈，只得掰着手指头数道："贾母、王夫人、薛姨妈、宝玉、凤姐、李纨、薛宝钗、史湘云、探春、惜春。是不是正好十碗？"

秋真道："我说呢，原来根本没有准备迎春和黛玉的，要不怎么黛玉觉得冷清呢，这盘棋，根本没有她俩的份。"

芸轩道："可是有个不该喝的人却喝了，又怎么解释？"

山岚道："你是说玉钏。"

芸轩道："就是她，你们不觉得该好好审视一下她吗？"

山岚道："她不就是为姐姐的事耿耿于怀吗，没什么。"

芸轩道："这不对，我说她的两个行为，你们再判别。"

说着，摸一下热汤，把手缩回去，道："先说给宝玉送汤这事。莺儿说：

这么远，怪热的，怎么端了去？玉钏就笑道：你放心，我自有道理。说着，便令一个婆子来，将汤饭等物放在一个捧盒里，令她端了跟着，她两个却空着手走。一直到了怡红院门内，玉钏儿方接了过来，同莺儿进入宝玉房中。

"玉钏的心机如何？在宝玉看来，这么热吃食，像不像她自己亲自端来的？

"第二个行为：袭人等接过盘子，玉钏便向一张杌子上坐了，莺儿却不敢坐下。袭人便忙端了个脚踏来，莺儿还不敢坐。

"看看，莺儿是被邀请来帮忙的，贾母都发话了：好孩子，叫她来替你兄弟作几根。你要无人使唤，我那里闲着的丫头多呢，你喜欢谁，只管叫了来使唤。贾母还为此指个大人情的，可这玉钏的做法，和莺儿形成鲜明对比。"

山岚道："说明贾府或者宝玉太放纵下人了。莺儿被宝钗调教得懂事呗。"

芸轩道："你也觉得不合适对吗？她敢喝宝玉的荷叶汤，这么重要的东西，且还给碰翻了，宝玉根本没喝上。"

秋真道："可不是这样，贾府的规矩严着呢。众人探视完病中的宝玉，为了喝凤姐准备的荷叶汤，贾母特特来王夫人上房坐了等，并且要求把饭摆在了这里吃，这也就马上看出规矩来了。

"见贾母来，周姨娘与众婆娘丫头们忙着打帘子，立靠背，铺褥子。贾母扶着凤姐儿进来，与薛姨妈分宾主坐了。王夫人亲捧了茶奉与贾母，李宫裁奉与薛姨妈。贾母向王夫人才说：让他们小妯娌伏侍，你在那里坐了，好说话儿。王夫人方向一张小杌子上坐下。

"守着贾母，她也只能坐小杌子，这是等级森严的标志。怎么玉钏没等宝玉让，自己就坐了，且人前就敢摔脸子给宝玉。虽说因金钏的缘故，到底是太明显了。"

冯玉道："宝玉一向宠丫鬟，又不是一天了，正常。"

芸轩拿过冯玉的小碗，舀些汤给他，自己也尝了尝道："正常吗？允许你喝汤了。"说着，端给冯玉。

又笑道："你知道我这是什么举动？这叫分一杯羹给你。比如：我的江山，要分给你半碗儿，汤还被你给碰翻了，这还不算反天了？这个逗着丫头们要自己的强的宝玉，是要付出代价的。没听傅试家的老婆子说吗，傅试想趋炎也得找个精明的主子靠，不可能找个呆子做主子的。"

秋真道："这就是问题了。如果趋炎附势的人瞧不起宝玉，会怎么样？"

芸轩道："不就还是个始乱终弃吗。"

秋真道："老天！黛玉的担心实际在这里呢，是担心宝玉要被始乱终弃呢。"

冯玉道："嗨呿，怎么又成宝玉被抛弃，我可不信。"

芸轩道："那我就再给你个理由。刚才秋真说，贾母在王夫人那里吃饭，其实就是为这碗荷叶汤，在凤姐和贾母之间也有一段过往的话。

"凤姐说：这一宗东西家常不大做，今儿宝兄弟提起来了，单做给他吃，老太太、姑妈、太太都不吃，似乎不大好。不如借势儿弄些大家吃，托赖连我也上个俊儿。这话什么意思，你给延伸一下。"

冯玉道："听意思，凤姐想沾个光呗。"

秋真道："可不是只有凤姐沾光，薛家母女都沾光呢。"

芸轩道："同这一样，也叫分羹，拿着本属于宝玉的东西或江山，自己就做主送了人，你说这是什么性质？"

冯玉听了恍然大悟，学着贾母的口声，笑道："猴儿，把你乖的！拿着官中的钱你做人情。"

山岚道："这是把凤姐比喻成猴呢，说她的做法和金人没什么区别，是借势要这些人，都来分宝玉的羹汤呢。"

芸轩道："对了，贾母还问，想什么吃，只管告诉我，我有本事叫凤丫头弄来咱们吃。

"薛姨妈笑道：老太太也会恺她的。时常她弄了东西孝敬，究竟又吃不了多少。连薛姨妈都听出来，贾母说这话，有恺凤姐气的意思。于是，凤姐儿笑道：姑妈倒别这样说。我们老祖宗只是嫌人肉酸，若不嫌人肉酸，早已把我还吃了呢。

"这可不是笑话，贾母这是明明白白地警告凤姐及薛家母女，想分宝玉的羹，小心被我吃了。"

山岚道："怪不得袭人说呢，真真的二奶奶的这张嘴怕死人！其实是赞贾母的嘴才吓死人，急了眼真吃人的。"

冯玉道："这汤我可不敢喝了，喝个汤成了夺人江山，还不得吃了我。"说得几个人笑起来。

汤也冷了，芸轩喝完拍拍手道："玉钏的荷叶汤，我可是喝完了，可以告一段落。咱们回吧，到家再看看莺儿到底干什么来了。"说着，拿起璎珞戴上，几个人离开面馆，往回走。

边走着，秋真笑道："这一节都是怎么了？金莺儿编络子络'玉'更像络人，不就是笼络人的意思吗，我倒猜着八九了。老天！怪不得宝钗派莺儿和玉钏来时，有个丫鬟叫'喜儿'的及时出现了。原来薛蟠嘱咐宝钗，又是炸项圈，又是做新衣的，是赶来办喜事的吧。'桃之夭夭'的黛玉，所担心的金玉缘，还会再次出现的。"

山岚高兴道："我说芸轩会输。明白了，宝钗回到家，看望母亲，同时和哥哥和好。看来薛蟠是大彻大悟了，总算明白一个道理，不能再拖妹妹的后腿了。他有几句话说得特别好：从今以后我再不同他们一处吃酒闲逛。

"宝钗笑说：这不明白过来了！

"薛姨妈也说：你要有这个横劲，那龙也下蛋了。可见，他要下龙蛋了。好预言，一定有个美满的结果出来。"

秋真道："还别说，薛蟠虽是出名的呆霸王，可比宝玉这个呆子强多啦，转变得够快的。和他吃酒闲逛的人，就是冯紫英之流，这些人可不怎么样，和他们说断就断，说改就改。可你再听人家宝玉怎么说的。"

山岚学着黛玉的口声，方抽抽噎噎地说道："你从此可都改了罢！"

秋真学着宝玉，便长叹一声道："哎，你放心，别说这样话。就便为这些人死了，也是情愿的！"

芸轩道："宝玉竟是痴心不改的。那些人，其实都是些摇摆不定的军阀，有奶便是娘的，依靠他们打江山可以，可这些人是靠不住的，薛家兄妹看的透，所以薛蟠及时改了脾性，而宝玉却有些执迷不悟的。"

冯玉道："说得热闹，我也猜出结果来了。莺儿是来打络子的，宝钗让把玉络起来，肯定是把宝玉笼络住了呗。"

山岚接着道："猜的对，薛蟠完全支持宝钗的金玉缘，宝钗也马上展开行动。"

芸轩道："也别想得那么简单，宝玉可是心心念念木石盟的，让打的络子是梅花式的，'梅'也是宝玉所求的，别忘了，他曾要过酸梅汤，他能轻易就范俯就宝钗？"

山岚疑惑道："对呀，宝玉招贤，却念念不忘一个梅字，却是为何？谁是梅人，倒是莺儿给他打了个梅花络。"

芸轩道："正打着络子，宝钗及时赶来，说打这个有什么趣，还是打个'金'络子，把玉络上吧，宝玉就一叠声地要金线，也不知给没给宝玉那个'梅花络'呢。"

冯玉笑道："这两边都加紧了笼络，让宝玉怎么取舍。"

山岚道："有一段回后批语，说：宝玉泛爱者不专，新旧叠增，岂能尽了？其多情之心，不能不流于无情之地。

"怎么取舍？宝玉是喜新不厌旧的主儿，新旧叠加，喜怒无常。其实黛玉也会反复的，恐怕再一次出现的黛玉，也不会是原来的她。"

秋真道："我也是猜的，金钏如果是宝钗之副，这玉钏是不是也是黛玉之副。白金钏没了，来了一个黄金莺；黛玉被冷落，就来个会讨好的白玉钏，就看她俩怎么较量。"

山岚叹气道："可惜了，你的黛玉就这样败下阵来不成？从端午节赐礼开始露端倪，到贾母清虚观祈福的对抗，有贾母帮忙，黛玉还是占着上风的。宝玉挨打后，送手帕子，只短暂地高兴了一夜，就突然失利了，真是不甘心。"

秋真道："有什么不甘心，听听老太太的话：提起姐妹，不是我当着姨太太的面奉承，千真万真，从我们家四个女孩儿算起，全不如宝丫头。这不是甘拜下风是什么？"

芸轩道："笑话，黛玉怎么败了？贾母也不见得甘拜下风。上面那话可不是就范的意思啊。什么叫：从我们家四个女孩儿算起，全不如宝丫头。"

山岚道："对呀，这不是俏皮薛家母女吗，我们家四个姐妹中，可是有个皇妃的，她不如宝钗吗？"

芸轩道："你幼稚，宝玉在这之前，还说过一段关于'谁是最可爱的人'的论述呢，忘了？"

秋真道："可是呢，是宝钗引起的，她见贾母骂凤姐是'猴'，就针锋相对。笑道：我来了这么几年，留神看起来，凤丫头凭她怎么巧，再巧不过老太太去。"

山岚道："你的意思，宝钗不是说贾母巧，是骂贾母精，比凤姐还精。"

芸轩道："有这么点点，贾母听她说，便答道：我如今老了，哪里还巧什么。精不过你们'猴'似的。

"当日我像凤哥儿这么大年纪，比她还来得呢。她如今虽说不如我们，也就算好了，比你姨娘强远了。你姨娘可怜见的，不大说话，和木头似的，在公婆跟前就不大显好。

"贾母的意思，事情都坏在这个木头似的糊涂的王夫人手里。宝玉就赶着给母亲争辩，笑道：若这么说，不大说话的就不疼了？贾母道：不大说话的又有不大说话的可疼之处，嘴乖的也有一宗可嫌的，倒不如不说话的好。

"这又是什么意思？嘴乖的可嫌处在哪里？是不是说凤姐爱打花胡哨呢？怎么又不如不说话的了？贾母心里有了谁？"

山岚道："宝玉说了：这就是了，我说大嫂子倒不大说话呢，老太太也是和凤姐姐一样的看待。宝玉懂贾母，他知道贾母说的是李纨。又说：若是单是会说话的可疼，这些姊妹里头，也只是凤姐姐和林妹妹可疼了。

"这话，宝玉也是替老太太说的，那一句：凤儿嘴乖，怎么怨得人疼她，就暴露了贾母的心声。这又挑了个会说话的林黛玉，加那个不会说话的李纨。难道，这俩人才是贾母的心上人。"

冯玉道："这算是暗着赞了，贾母还明着赞宝钗呢。"

芸轩道："话外之音，我们家四个姊妹，并不包括黛玉。贾母是说，我们家四个姊妹全不如宝钗，可我还有黛玉李纨呢，她们肯定比你强。"

秋真道："是这个意思吗？我怎么觉得，她们有点惺惺相惜的感觉。宝钗由衷地佩服老太太的睿智，这才引出老太太对宝钗的由衷赞服。而后王夫人也加以附和：老太太时常背地里和我说宝丫头好，这倒不是假话。我想，老太太和宝钗也算高手过招，相互佩服了。"

山岚却反过来不服气了，道："我觉得老太太说四个女孩都不如宝钗，是满含讽刺。说贾家四个女孩中的元春不如宝钗，那不是讽刺她吗？"

芸轩道："未必，元春已经成为过去，宝钗就要登上舞台，这个待选宫中之人，已经接近目标了，她怎么不如元春了？贾母是无奈了。"

山岚道："也是。贾母在王夫人处举办'荷叶宴'，身边即没有宝玉也没有黛玉，却是少有的现象。宝玉病着，黛玉不来。当时凤姐放筷子时，就这样安排：上面两双是贾母薛姨妈，两边是薛宝钗史湘云。王夫人李宫裁等都站在地下看着放菜。这个饭局座次，就是以后的定局，薛姨妈成了贾母一样的人上人。"

秋真道："这只是待客之道，薛姨妈做了上宾也是应该的，犯不上大惊小怪的。倒是那句：我们老祖宗只是嫌人肉酸，若不嫌人肉酸，早已把我还吃了呢。这饭局竟不是为吃饭，是为吃凤姐呢。"

冯玉听了笑道："你们越说越难听，好好的一顿饭，还是什么皇帝享用的荷叶羹，反让你们这些人说成人肉餐，真恶心人。"

山岚道："一部《石头记》，就是一部血泪史。招待宝钗娘俩吃顿人肉餐，也是正常事，你才大惊小怪呢。"

芸轩道："别争了，这些都有限，反倒是那个不争气的宝玉，一边哄着玉钏吃荷叶羹，一边哄着莺儿给她打梅花络，一心二用，啥都不耽误。"说着已经到了住处。进到屋里，都觉得走的两腿酸疼，纷纷坐进沙发里。

冯玉没坐，茶水也不让煮，从口袋里掏出两个物件。一个是攒心梅花络子，里面络的是一枚五彩石。那石头五彩斑斓，金莹剔透，芸轩一见就爱上了；一个是绦子打的同心结的手串，可谁也没留神他什么时候买的。

秋真笑道："好小子，啥时买的，挺在行啊。"

冯玉道："你们都在为芸轩买璎珞，我就悄悄挑了两件，明儿她们走，先只送她俩，赶明儿你走，再送你。"

秋真酸溜溜地笑道："谁稀罕。"

梅花络子给了芸轩，同心手串给了山岚。山岚接过来，在手腕子上比了一比，样式还满意，就戴上了。芸轩接过来，表达了谢意，拿在手上审视了半天，道："这络子必然是装东西的吗？"

冯玉原以为会夸他两句，不想她问这个，甜甜地说道："那是，我小时候还编过鸭蛋络子呢。到了端午这天，都比谁打的络子漂亮，络子可不就是装东西用吗。"

芸轩道："刚才我说到哪里？"

冯玉又赶紧道："宝玉一边哄玉钏尝荷叶羹，一边哄莺儿打梅花络。"

山岚道："都是你打岔，还甜嘴蜜舌的。不过看你倒像宝玉的脾气儿。"

冯玉高兴地围着山岚转了一圈，道："我哪赶上他，人家宝玉为了哄玉钏高兴，低声下气，任人丧谤，最后一招更绝，使了苦肉计，忍着痛自己去取汤，玉钏拿他没法，就好了。"

秋真道："这个场面，活像那个受了重挫的隆武，被人要挟着受气不说，还要亲自动手。用一个词形容，就是被自己人逼出了御驾亲征的架势。"

冯玉又道："我也听不懂谁是隆武，自己取个荷叶汤，就是御驾亲征了？服了你们的想象力还不行。我走了，千万别想我，得了相思病不好治，反正过不了多少时日就来，见面的日子尽有呢。"说着，恋恋不舍地要走，三人又忙忙的送至屋外，冯玉告辞去了，不提。

芸轩回屋坐下叹息道："傅秋芳，春花付与秋色，及笄已过，青春将逝，老大未嫁的，有人和宝钗同病相怜了。"

山岚洗了手，煮些乌龙茶来，给二人倒上，道："明儿我们走了，没人管你，你可自己保重。"

秋真道："别这么婆婆妈妈的，我是谁，不像你们，摔打惯了，放心吧。"

芸轩道："那就再聊十块钱的天吧？"

秋真道："求之不得，还说说你的傅秋芳吧。"

芸轩道："还是说宝钗吧。"

山岚道："刚才说傅秋芳的哥哥，派人来贾家求嫁。这么说来，哥哥为妹妹嫁入豪门而上蹿下跳的人，不光薛蟠自己。"

秋真道："快说说看。"

一句话提醒了芸轩，她摸着那串梅花络，看了又看，问道："络子装的东西，无非是石头、鸭蛋、扇子、香坠儿，可如何装汗巾子了？"

山岚道："就是的，打个络子把汗巾子装起来像啥？"说着，拿过芸轩手中的络子，掏出五彩石，换上一条松花色的手帕子，放进络子里。提在手上，晃来晃去，也没看出究竟。

芸轩恍然道："我明白了，奇怪的地方不是装汗巾子，也肯定不是这个装法，是让咱们注意，装哪一条汗巾子。"

秋真问："哪一条？难道你知道？"

山岚道："对呀，从她们讨论的配色中就知道，咱俩学一学，让芸轩解一解，就得。"

山岚学宝玉道："汗巾子就好。"

秋真学莺儿道："汗巾子是什么颜色的？"

宝玉道："大红的。"

【芸轩】先提到大红，注意这颜色，是宝玉的最爱。

莺儿道："大红的须是黑络子才好看的，或是石青的才压得住颜色。"

【芸轩】怎么大红上面罩上一层黑色？这个颜色好压抑，好看吗？

宝玉道："松花色配什色？"

【芸轩】又提到绿色，这是"怡红快绿"里第二个宝玉喜爱的颜色。

莺儿道："松花配桃红。"

【芸轩】懂事的丫鬟，知道绿配红的道理。

宝玉笑道："这才娇艳。再要雅淡之中带些娇艳。"

【芸轩】红绿都有了，宝玉称心极了。

莺儿道："葱绿柳黄是我最爱的。"

【芸轩】葱绿柳黄，应该也是宝钗的最爱，有点鹅黄色，她的衣服离不了这两个颜色的。

宝玉道："也罢了，也打一条桃红，再打一条葱绿。"

【芸轩】宝玉妥协了，没有打黑色络子，是放弃了大红色汗巾子。松花配桃红，选择桃红，是为配那条松花绿汗巾子，还选择了宝钗最爱的葱绿色。

山岚笑道："看出来没，宝玉让打了两条络子，一条桃红，一条葱绿。"

秋真道："桃红当然是为络松花汗巾子，也就是他送琪官的汗巾子，他是念念不忘琪官吗？"

芸轩道："不是琪官而是袭人。记得当初，宝玉将自己一条松花汗巾送与琪官了，那条汗巾子原是袭人的，不该给人才是，心里后悔，口里说不出来，只得笑道：我赔你一条罢。怎么样？这里打络子，实际是为了络袭人的汗巾子呢。"

秋真提着络手帕的那东西说："说来说去为她，宝玉还用得着笼络袭人？不管为谁，我看用来络汗巾子就怪怪的，说是将绦子打在汗巾子上还行，要说是络它，像什么？"

说着取出来，装上那块五色石，道："袭人和琪官不可分，络袭人还不如说络琪官。这块石头是琪官算了。看没，不是络汗巾子，要用络子把琪官络起来。"

芸轩点头称赞。

山岚道："就算这样，葱绿是莺儿最爱，宝玉为何打葱绿的呢？一条红的，一条绿的，还不又是红绿牵巾的再现，金玉缘再定了？"

芸轩道："红绿再牵巾没错，不如叫金玉牵手呢。莺儿是和喜儿一起来的，很像宝玉带着双喜去赴薛蟠之宴，确实是来行喜事儿。她还第一次说出自己的真名，叫金莺儿，带个'金'字吧。"

山岚道："两个黄鹂鸣翠柳，黄鹂欢唱，她所到之处，都会是一派愉悦景象，这可是个机灵鬼。莺儿的特点，惯会见机行事，见缝插针地为自己的主子宝钗做宣传，还会见人下菜碟。和贾环玩时敢抢白贾环，来见宝玉时，她都不敢坐下，你说她是有教养，还是会看人行事。

"还有那次'比通灵金莺微露意'中，就是这个小女仆，那么不经意间，将宝姑娘想说的一切，恰到好处地说出来，还帮自己的姑娘，透露了'金玉缘'的惊天秘密。

"这一次，还是这个丫头，道出自己的最爱，是葱绿柳黄，岂不知这就是宝钗的，且还想告诉宝玉，自己家的姑娘还有几件世人不知的好处。你们见过哪个姑娘的丫鬟，像莺儿这样，随时随地在宝玉面前推销主子了？"

芸轩道："这不叫推销，古人对这样事有个专用名词。"

山岚奇怪道："什么词儿？"

芸轩道："和宝玉的对话中就更明显了，这叫做：荐席之嫌，不信你们学些来。"

山岚和秋真马上学着二人对起话来。

宝玉因问她："十几岁了？"

莺儿手里打着，一面答话说："十五岁了。"

【芸轩】正是宝钗的年龄。

宝玉道："你本姓什么？"

莺儿道："姓黄。"

【芸轩】不如就姓"皇"。

宝玉笑道："这个名姓倒对了，果然是个黄莺儿。"

莺儿笑道："我的名字本来是两个字，叫作金莺。姑娘嫌拗口，就单叫莺儿，如今就叫开了。"

【芸轩】金莺，为何藏起那个"金"字来。

宝玉道："宝姐姐也算疼你了。明儿宝姐姐出阁，少不得是你跟去了。"

【芸轩】终于提到了女儿出阁。

莺儿抿嘴一笑。

【芸轩】很欣然地同意了。

宝玉笑道："我常常和袭人说，明儿不知哪一个有福的消受你们主子奴才两个呢。"

【芸轩】试问宝玉，人家就是来向你推荐自己的，你可有没有这么大福气？

莺儿笑道："你还不知道我们姑娘有几样世人都没有的好处呢，模样儿还在次。"

【芸轩】荐席之嫌暴露无遗，意思你放心，我们主子好着呢。宝玉见莺儿娇憨婉转，语笑如痴，早不胜其情了，哪更提起宝钗来！

【芸轩】这呆子，立即就被征服了。

山岚道："还不认输，到底金玉缘技高一筹。"

秋真拍手道："傻子，别小瞧宝玉，能和黛玉二次证盟，也和宝钗二次牵巾。我看，倒是宝玉聪明主动了，他企图笼络过北静王拿走的琪官来，包括笼络袭人和莺儿。"

一句话提醒了山岚，她笑道："对着呢，是宝玉主动要求打络子的。意思是，他还想笼络宝钗的人呢。"

芸轩笑道："想要她的人？可惜，宝玉的诡计还没行开呢，正在打着络子，还没到一半宝钗就来了，笑道：这有什么趣儿，倒不如打个络子把玉络上呢。一句话提醒了宝玉，便拍手笑道：倒是姐姐说得是，我就忘了。只是配个什么颜色才好？"

山岚道："宝钗厉害，莺儿正要说她的好处，真是说曹操，曹操到，她出现得太及时。遂学着宝钗道：若用杂色断然使不得，大红又犯了色，黄的又不起眼，黑的又过暗，等我想个法儿：把那金线拿来，配着黑珠儿线，一根一根的拈上，打成络子，这才好看。"

山岚道："怎么样？她想了个法，特别用了'金'线。宝玉来个红绿牵巾试图络上袭人，笼住莺儿，可人家宝钗一下子变成金玉牵手，不用说别的了。"

芸轩道："又得意忘形。我问你，宝玉红绿牵巾是为笼络住袭人。那宝钗的金玉牵手，是想笼络住谁呢？"

山岚道："金玉缘的当事人，就是宝钗宝玉这对金玉呀，还能有别人不成。"

芸轩道："说了半天，你还是处于断线状态，你根本没把这些点串起来，怎么能得出准确的结论呢。"

山岚道："我以为很准确了呢。"

芸轩点一下山岚的额头道："听着点，这一节的主题，曹公说的明白着呢。一边是玉钏，这么个偷奸耍滑的仆人，名字中带个'玉'字的女仆，得到了宝玉特别关爱，还大胆地分给她荷叶羹。这个人，首先是'玉'字阵营里的，但却虚伪刁钻，能逗宝玉的强。而宝玉这里，却及时出现了一个遥遥呼应的傅秋芳，也是个让宝玉牵肠挂肚之人，却是个趋炎附势之辈。也就是说，宝玉招贤后，身边聚集了这样一种人：打花胡哨的、虚伪刁钻的、趋炎附势的。在黛玉看来，这些人对宝玉会始乱终弃，他们早晚要背叛宝玉。

"另一边就是黄金莺，她打梅花络，目的就是笼络'玉人'。那你说，这里本就有个现成的玉钏之'玉人'，她们俩本就成双结对地带着喜儿来的。这个金莺儿之'金'，和这个玉钏之'玉'结合在一起，是不是又一个金玉缘？"

山岚一拍脑门道："整个就是黄金莺儿笼络白玉钏呢，好嘛！这个玉钏早晚得是宝钗的人。"

秋真道："要不，曹公也不会安排她姓'白'了，这个玉儿早晚是雪字行里的人。"

山岚道："我看明白了，宝玉的心没变，是他手下的玉钏变心了。哎！玉钏式的傅秋芳人物，宝玉身边一定有。"

秋真得意道："我早就知道是谁了。"

山岚道："我也猜着八九份了。要不咱们写到纸上，看谁说的对。"

秋真道："好啊！"二人拿过纸筏来，写完了递给芸轩。拿过来看时，见秋真写着：龙蛋；山岚写的是：袭人。

芸轩道："你二人打什么哑谜？"

秋真道："那宝钗说哥哥，一下子幡然醒悟！薛蟠一定是突然明白了一件大事，兄妹二人才有了默契。"

山岚道："什么默契？"

秋真道："这种默契，其实就从薛姨妈嘴里说出来了，她说呀：你要有这个横劲，那龙也下蛋了。薛姨妈说的这个'龙蛋'，就是此次薛蟠出手要的东西，她们是来争取一枚'龙蛋'的。"

山岚笑道："什么叫龙蛋？"

秋真道："就是沾些龙子龙孙的意思，那个人的名字里，要有个'龙'字呢。"

山岚道："殊途同归了。我仔细想了想，宝玉打络子，也是为笼络袭人的松花汗巾子，宝钗是让莺儿来笼络的'玉人'的，可对莺儿真好的人也只有袭人。

"袭人见把莺儿不理，恐莺儿没好意思的，又见莺儿不肯坐，便拉了莺儿出来，到那边房里去吃茶说话儿去了。婆子传饭时，袭人又说：'有客在这里，我们怎好去的！'可见袭人对莺儿很客气，宝钗实际上真想笼络的人也是袭人。

"我想，'袭'字，也是'龙衣'的合写。我猜那个人的名字中，应该有个'龙'字。"

芸轩道："算你们都说对了。黄金莺想笼络的人，就是那个附炎趋势的暴发户。"

秋真道："可更深层的问题在王夫人那里呢。她特特地送给袭人两碗菜，就是有提携之意，王夫人更想成心笼络袭人呢。"

芸轩道："真不知是福是祸，反而宝钗对此心知肚明的。她见袭人不好意思，就说：这就不好意思了，明儿比这个更叫你不好意思的还有呢。宝钗可不是轻嘴薄舌的人，肯定知道内幕，袭人也想起昨日王夫人的意思来。王夫人要笼络她，又糊涂了不是？宝钗还这样起劲。想到这些我反而没底了。"说着话头，就走进了死胡同，一时三人沉默了。

第三十五回
玉钏分残羹　莺络玉人行

289

第三十六回

金钗镇芸轩　忙玉悟情缘

出去月余，红豆馆发生了大变，最明显的是客人明显多了。她们不在的这些日子，文亮和陆风只要有空，就来帮小妹照看。如今见她们回来了，小妹像个话痨，叽叽喳喳说个不停，无非告诉她们，人们怎么来打听芸轩和秋真的行踪，怎么又坐在茶轩等上半天，问着各式各样的问题。

这会儿，她们刚进门，因正是晚饭时节，没人在意，只有门前廊上的凤头鹦鹉见她们进门，学着文亮的口气说道："轩中事，不敢言。强言语，乞归天。"引得二人笑起来。

山岚看着好玩，顾不得疲劳，只站在跟前逗弄，因问小妹道："哪来的鹦鹉，除了咱们的银雀，还有那只，这么让人爱，谁给的？买的吗？"

小妹笑道："我哪有闲钱，临走时你卡的那么严，不叫乱买东西，我哪敢。"

山岚笑道："这还差不多，那这鹦鹉是谁给的？"

小妹神秘笑道："你们刚走没几天，好家伙，突然来了好多女学生，要找轩姐姐。我看她们不像坏人就告诉了，说轩姐姐不在。再后来人越发多了，我看什么人都有，就说不知道。有人还专门来看鹦鹉，咱们这里哪有这个。说来也怪，那天来了个小伙子，送来这个和那只雀儿，也不多说话。平日里时常过来看看，我问他叫啥，他只是笑笑也不答。"

山岚道："可鹦鹉的口气，怎么像文亮的。"

小妹笑道："就是文亮姐看着鹦鹉可爱，就教它些话。"

山岚问："刚才鹦鹉说的啥？"

小妹道："我听不懂，文亮姐解释过，说是这可怜的鹦鹉，希望飞翔蓝天什么的。"

芸轩听了小妹说那小伙子，大约明白了他的用意。笑道："休拿鹦鹉说事儿，别借鹦鹉的嘴说些无聊的话。我得了几句小诗，你们可听听。"遂吟道：

> 寒雀梅梢话晚晴，低声婉转唤晨醒。
>
> 问何巢筑柳梢上，好哺幼雀近天穹。

山岚也接口来一句：

> 凤头鹦鹉喜金笼，偷解人语说伤情。
>
> 雀儿锁笼才惆怅，鹦鹉犹唱后庭红。

小妹听了半天，只是摇头道："比鹦鹉的话还难听，更不懂了。"

山岚叹息："鹦鹉焉知雀儿之志？"大家笑了会子，进屋歇息下来，不在话下。

接下来的两天，芸轩也没出门，文亮和陆风得了信儿，知道她两个回来了，兴冲冲地跑来看她们，也着实想念，彼此寒暄打闹了半天才罢。况且日久天长，来这里帮忙已成了习惯。工作之余，第一件事就是赶到红豆馆来。所以自从回来，山岚的时间越发充足了。

回来的那天，因悄悄处理了芸轩的丁香花，心里还是老惦记着这事，知道芸轩喜欢，今日一早，就出去买来一束，重新插了瓶，放到了芸轩的卧室里。

下午，万蝶尔约着一个四十岁左右的女人来，让小妹喊她黄老师。二人要了一壶龙井，边喝着边拿出一个星宿命盘，问过黄老师的生辰后，查看一番。

遂口中念念有词道："五月之夜，天空可见双子。巨蟹、狮子、处女座，由右向左一字排开。"

万蝶尔用手蘸着茶水，在桌子上画了几个符号，顺着手势滑动，指在了南方朱雀头部眼睛处，道："星宿为日为马，乃朱雀第四宿，居朱雀之目，此星明亮，揉不得沙子，该星宿多主凶位，有谶为证：

星宿日好造新房，进职加官近帝王。

不可埋葬并放水，凶星临位女人亡。

黄老师切记，此流年不利，须祭星躲星，方可化解。"

山岚悄悄问："万姐姐，普通人也祭星吗？古代可是只有帝王才可以祭星的，咱们老百姓也能吗？"

万蝶尔瞪了她一眼，没接山岚的话茬，继续对黄老师咕哝道："明儿须备下燃灯九盏，待天上星斗出齐后，给你接星，待到八月末，方可见生人。"再问别的，万姐姐就不肯回答了，那位黄老师虔诚地点头，连称几个是。

正说着，文亮进来了，见万蝶尔正给人看星盘，因同山岚道："刚才一个和尚化缘，我给了他一百块，他就给了一个拂尘，说：此物宜去平安处。问别的就再也不说了，我就带来了，也不知放在哪里合适。"

万蝶尔看了一眼，声音缓慢地说道："这是紫檀拂尘，正是：三千烦恼丝丝络，除却尘埃心自净。该是你们这个红豆馆的用物呢，就给芸轩吧。"说完，自顾自地喝着茶，文亮见这样，拿着拂尘便来找芸轩。

山岚跟着上来，正想给那丁香洒水，见文亮的拂尘，笑道："我看，拿这个打苍蝇正好，这里怎么用？"

文亮笑道："真不知干什么用，又怕乱放破忌讳，听蝶尔姐的吧，就送给芸轩。"

山岚道："好好的，她要这个干吗？什么坏不坏忌讳，你还是拿走得了，放在这屋里不伦不类的，我看着就不是什么好意思。"

文亮道："叫你说的，白白花我一百块钱。本想做点善事，要是这物件不好，那和尚岂不害我。他送的，何苦来害一个做善事的，肯定你说的不对。"

山岚道："反正我们茶轩不要，赶苍蝇有拍子呢，见谁用这个，不要，不要。"

文亮冷笑道："好心没好报，拿工资买个不自在。"

芸轩听见，走过来接在手里，转身挂在本已琳琅满目的墙板上，板着文亮的膀子笑道："谁说不要了，赶明儿我成了仙，可不就用得着了。我收起来了，还要谢谢你呢。对了，刚才你提到工资，让我想起一件事。"

文亮问："什么事？"

芸轩拉着文亮坐下，道："贾母的丫鬟和宝玉的丫鬟，还有赵姨娘的丫鬟们，她们的月例银子和级别问题，我算计了半天，不得法儿。这个问题，王夫人问得一清二楚，连二百年里克扣待遇的事，都问了个遍，我也想知道，在这个事上凤姐想干啥？"

山岚也笑道："看你是专家，不是还当过会计吗，帮着看看问题出在哪儿了？"

文亮道："你们倒是讲清楚呀。"

山岚道："我先说，一两银子和一吊钱怎么换算？"

文亮道："这事说来复杂了，我只能告诉你们，古时候黄金、白银、铜板统称为制钱，是古代常用的货币计量单位，但是它们之间的比例是浮动的。"

山岚问："你就说一吊钱是啥意思吧。"

文亮道："首先是制钱，也就是说，一文制钱即一枚标准的方孔铜钱，是一文钱，一千枚就是一吊。"

山岚道："一吊钱不等于一两银子吗？"

文亮道："有时候等，有时候不等。"

山岚道："什么意思？"

文亮道："银价贵的时候，一两银子换的制钱就多，否则就少。"

芸轩道："算了，根本不是什么贵贱的问题。凤姐和王夫人，进行了一长篇关于丫鬟们月钱的讨论，我大约明白曹公的用意了。"

文亮道："这个容易，从各人的工资组成看，不就是想说明贾府等级森严吗。贾母共十六个丫鬟，八个大的，推算王夫人的话，应该是四个大的，四个小的，也得八个才行；姨娘们只有两个，这还让凤姐骂了：也不想一想是奴几，也配使两三个丫头！"

芸轩笑道："是等级森严，可为何宝玉也是十六个丫鬟呢，跟老太太的一样多，却不见贾环有一个丫鬟，这如何解释？"

文亮道："老太太偏爱宝玉呗，凤姐也说了：宝玉的丫鬟多月钱还高。还是老太太的话，别人如何恼得气得呢。"

芸轩问："还有别的吗？"

文亮道："还有就是，凤姐克扣下人工钱的事，开始暴露首尾。看来此事由来已久，正如凤姐所说：王夫人问了二百年的事，说明二百多年来，当权的人都善于克扣下人的工钱。换言之，哪个朝代没有苛捐杂税，哪个朝廷不搜刮平民百姓，都是一个理儿。"

芸轩道："不像你说的这些。咱们必须算清丫鬟们的月例制度，看里面到底藏了什么机关。"

山岚道："先说太太房里的，本来有四个大的，一月一两银子的分例，剩下的都是一个月几百钱的。后来金钏死了，就出了一个一两的缺儿，伺候王夫人是三个大丫鬟。为此好几家人都来走凤姐的门子，要这一两的巧宗。凤姐和平儿到底老辣贪心，等收足了礼才拿这事询问王夫人。

"我的疑问是，王夫人对这件事的答复很出乎意料，她想了半天，终于做出决定：这个分例只管关了来，不用补人，就把这一两银子给她妹妹玉钏儿罢。她姐姐伏侍了我一场，没个好结果，剩下她妹妹跟着我，吃个双分子也不为过逾了。吃双份子月例，是没有旧例的，王夫人为一个丫头破祖宗的例，用意到底是什么？"

文亮道："没什么可疑惑的，王夫人说的入情入理。"

芸轩道："只为一件事做铺垫。湘云送戒指，袭人也不是领了双份么，这里玉钏领月钱又是双份，这还不是为了引到袭人身上，才开了大丫头领双份月钱的先河。袭人有两个戒指，像是个双面人，今后再有两份月钱，她成了不是姨娘的姨娘，或者正好配合双面身份呢？"

山岚道："我不这么看，在贾府，能享受二两月例的人，只有姨娘级别的方可，袭人就算是准姨娘也很正常。我反而觉得，玉钏的二两月钱绝不这样简单。"

芸轩道："山岚说得对，王夫人对于金钏之死一直歉疚，正因这个，才让玉钏享双份子。咱们何不这样考虑，王夫人其实只要三个大丫头，即使凤姐一再相劝，她也坚持不再增补丫鬟，说明她想始终保留金钏的位置。"

文亮也眼前一亮道："有道理，白家金玉一对姐妹，既然给了双份子，其中有一份就是金钏的。就像湘云独独送来给金钏的那枚戒指，见头不见尾的，虽然推测是给了袭人，但毕竟是推测，它也是若隐若现的。"

芸轩道："这就实现了一个事实：金钏虽然死了，可享受了该享受的一切，包括大丫头的位置。虽然很多人企图占这个位置，但没有人可以顶替，王夫人执意给她留下位置的潜台词告诉咱们：金钏似乎没死。"

山岚道："对呀，宝玉同样表达了对金钏的歉疚，他委屈求全地引着玉钏亲尝荷叶羹时，也是看在金钏的份上。谁这么说的来？杜丽娘情之所至，死而复活来。万一金钏被唤醒了呢？"

文亮道："说的怪吓人，她怎么复活？"

芸轩道："是不是这样，还不敢定论，但我却得出了另一个确切的答案。"

文亮道："还有别的意思吗？"

芸轩道："借讨论贾府的月钱制度，我发现，凤姐表达了一种强烈的不公平存在。

"第一，被克扣月钱的人，似乎只有姨娘的丫鬟。确切说，不是她这里扣的，是外头官中扣的，不公平来自外围。

"第二，宝玉的丫鬟数量和老太太的一样多，且还有一个一月一两银子的大丫鬟，虽然是贾母给的，但贾环连一个也没有。凤姐不说，咱都不注意这事。凤姐也说了，如今说，因为袭人是宝玉的人，裁了这一两银子，断然使不得。若说再添一个人给老太太，这个还可以裁他的。若不裁他的，须得环兄弟屋里也添上一个，才公道均匀了。听见没？都是主子爷，宝玉和贾环之间严重不公道，连凤姐都这样说。

"第三，越级提拔。连王夫人都说，袭人有三条理由不该做姨娘，但还是用混着不明的方式，给了她实际上的名分，这样不遗余力地提拔袭人，让我不可思议。

"以上三点显失公允的做法，完全发生在宝玉和贾环之间，这也让我看懂了贾环和赵姨娘的处境，似乎找到了他行为怪异的原因。"

文亮道："那又怎么了？"

芸轩道："还有关键的第四点，就是凤姐的骂街。我的意思，赵姨娘母子的不幸，看似来自凤姐，但仔细想想完全不是的，是来自最高层。这在现实情况下，是应了什么景儿？"

文亮想了想，犹犹豫豫道："这应的景，是隆武朝的现实？正是他的出身有问题，让亲嫡的最高层们，诟病到没有生存空间的地步。"

芸轩道："而且宝玉被父亲鞭打后，完全处于禁足的状态，是不是？贾母通知了所有人，贾政、李嬷嬷、袭人等人，拘的他是大门不能出，二门不能迈的，名义上是为了养伤，实际上完全与世隔绝了。"

文亮点头道："这也符合隆武帝的处境，他完全自己做不了主，处于被人架空的状态，真是个傀儡皇帝。还有就是同样的事发生在湘云身上，湘云这次来，本说要住上一阵子的，但实际上没两天工夫，就被家里叫回去了。守着家里来的人，她眼里含着泪，却连情绪都不敢流露的。"

山岚道："贾府的月钱里，藏了这些秘密呢。你们说袭人身份这么特殊，我也看出来了，原以为贾母把她和晴雯给了宝玉，都是要作姨娘的，可通过贾府丫头的配备和月例的多少看，袭人的身份可不一般，贾母把她给宝玉时，和晴雯根本不一样的。"

文亮道："我看都一样，只不过袭人捷足先登，生米煮成熟饭而已。"

山岚道："你错了，他们偷试云雨时，袭人心里很明白，自己是贾母予了宝玉的。曾经我老以为，袭人是假正经，自己偷腥还老怕别人也这样，现在我不这样认为了，宝玉并没有一两银子的大丫鬟，只有袭人，而晴雯只是一吊钱的大丫鬟，这就是质的区别。在等级森严的贾府，她的身份确实比晴雯高很多。"

芸轩道："虽这样说，可我老觉得王夫人的决定有问题，袭人有实无名的。俗话说，在其位谋其职，王夫人只给实权，不给名分，是不是有些违背常理了。"

山岚道："还是有些糊涂。"

芸轩道："虽有些糊涂，但造成的事实是，袭人其实不属于宝玉。原先她是贾母的人，是借给宝玉使唤，现在她既不是宝玉的人，也不是贾母的人，属于王夫人了。"

山岚道："这一点可以肯定，袭人来谢恩时，王夫人并不让去告诉贾母，这可是大事，袭人向宝玉也是表达了这个意思，说：从此以后我是太太的人了，我要走连你也不必告诉，只回了太太就走。你们看她腰子有多壮。"

芸轩道："所以，凤姐才有些急眼了。"

山岚道："我倒没试出来。"

芸轩道："薛姨妈试出来了。刚听完凤姐说宝玉贾环间的不公道，薛姨妈就说凤姐：只听凤丫头的嘴，倒像倒了核桃车子的，只听她的帐也清楚，理也公道。大概薛姨妈听出了凤姐话里，暗示对赵姨娘母子的不公道了。

"凤姐才笑问：姑妈，难道我说错了不成？话外含义是：老太太把袭人给了宝玉，那一两银子不能免，对吧？宝玉贾环两兄弟，贾环是不是也该配个一两银子的丫鬟？她是反问薛姨妈，我说的不对吗？

"可能听凤姐说话，连珠炮似的，像倒了核桃车子的，显然她是有了情绪才这样，所以薛姨妈才打圆场地笑道：你慢些说，岂不省力。意思是你费这么大力气说这个干吗？还急眼了。而凤姐呢，却想笑而没笑，大概是冷笑吧？意味深长啊。"

文亮道："你的意思，凤姐对这种瞒着贾母对袭人的安排，是很气愤的，却也没办法，只能听王夫人的。"

芸轩道："对啦。王夫人此举有几个含义呢。

"一是，她对亲侄女凤姐有了戒备之心。

"二是，改变了袭人的隶属关系，袭人从老太太的人，变成了王夫人的人。说白了，她是帮着薛姨妈招降了袭人，她用自己的月钱来纳叛，更重要的是，她也背叛了老祖宗。"

山岚道："哪有这么严重？她敢帮着薛姨妈招降纳叛？"

芸轩道："这个事，王夫人早就打算好了，自从袭人来拿'玫瑰露'那天，从私密谈话起，到打发人专门给袭人送了两碗菜，且被宝钗点明，直到今日，这个计划便尘埃落定，王夫人的使命完成。"

秦明道："何况每次动作前，宝钗都了如指掌。可见王夫人就是薛家母女的傀儡。"

山岚道："不对呀，对于这个决定，凤姐还拍马屁呢，她说：姑妈听见了，我素日说的话如何？今儿果然应了我的话。说明这个事凤姐也早同意的。"

文亮道："是啊，这又怎么解释？"

芸轩道："好解释，今天这场安排，是瞒着贾母的，但凤姐和黛玉都在现场。"

山岚道："这事和黛玉可没半点关系。"

芸轩道："我再给你分析一下，你就不这样认为了。你俩学学王夫人和薛姨妈夸奖袭人那段，咱们一起听听。"

山岚学着薛姨妈道："早就该如此。模样儿自然不用说的，她的那一种行事大方，说话见人和气里头，带着刚硬要强，这个实在难得。"

芸轩道："你们听着像夸袭人吗？"

文亮笑道："模样儿自然不用说的，这话倒很像莺儿夸宝钗那句，我们小姐还有说不出的好处呢，还有什么说不出的好处？这句话，你不是也天天纳闷吗？"

山岚道："典型的老王卖瓜，自卖自夸，薛家人都擅长这个，薛姨妈也夸起自己女儿来了。"

芸轩道："说话见人和气里头带着刚硬要强，这可不是袭人的特点，但恰恰是宝钗的好处。这当然不用说，再看王夫人的表现。"

文亮学王夫人，却是声泪俱下道："你们哪里知道袭人那孩子的好处？比我的宝玉强十倍！宝玉果然是有造化的，能够得她长长远远的伏侍他一辈子，也就罢了。"

芸轩道："太夸张了吧？说一个丫头比自己儿子强十倍，一个说：模样好，行事庄重，和气中刚硬要强；另一个说：比宝玉强十倍，宝玉果然是有造化的，能够得她长长远远的伏侍一辈子，就好啦。我再问一句：这是说的袭人吗？"

山岚道："不像！确实不像。说来说去，再不提拔袭人就是罪过了，袭人怎么就那么得王夫人、薛姨妈姊妹俩的意儿呢。宝玉若离了她，就万事不中用了？"

芸轩道："问题就出在这里，凤姐的两个姑妈在一起，一唱一合，自从向凤姐问月钱开始，就有阴谋。"

山岚道："你的话有道理。王夫人又是留住金钏的位置，又是让袭人上位，明显是和薛姨妈在共同推动一件事。"

文亮道："什么事？"

秦明道："她老姐俩儿一唱一和，就是金玉缘的推手。"

芸轩道："那么，凤姐和黛玉能听不懂？难怪凤姐情绪不对，说话像倒了核桃的车子，今天怕又是一关。其实我的怀疑，是从凤姐的那段骂开始的。"

山岚道："我来学一下。"

遂学凤姐的样子："我从今以后，倒要干几样刻薄事了。抱怨给太太听，我也不怕。"

文亮插言道："她哪来这么大胆子，都不怕王夫人了？这是骂谁呢？"

凤姐继续道："糊涂油蒙了心，烂了舌头不得好死的下作东西，别作娘的春梦！明儿一裹脑子扣的日子还有呢。"

文亮道："好像骂的是赵姨娘。"

芸轩道："不见得。"

凤姐道："如今裁了丫头的钱，就抱怨了咱们。也不想一想是奴几，也配使两三个丫头！"

文亮点头道："确定骂的是赵姨娘。"

芸轩摇摇头笑道："许是我想多了，抱怨给太太听，我也不怕，糊涂油蒙了心。这几句话我老觉着是说王夫人。"

文亮道："怎么可能？"

芸轩道："也配使两三个丫头！这句话一箭双雕。你算算，赵姨娘使两个丫头，那么谁又坚持用三个的？"

秦明道："王夫人确实坚持使三个丫头的。"

第三十六回
金钗镇芸轩　忙玉悟情缘

299

山岚道："糊涂油蒙了心。'糊涂'二字，倒是王夫人的特点，宝玉就说她，容易让神佛支使糊涂了，她的确糊涂。凤姐的意思，即使抱怨给这个糊涂人听也不怕。她知道王夫人很容易被人糊弄，当然也会被她糊弄，以后克扣的日子多着呢，谁怕你。"说着一笑。

秦明道："大约是这个意思。凤姐说她糊涂，归根结底，还是因她对金玉缘的安排，真是一件最糊涂的事。"

芸轩道："这事已经坐定了，骂她糊涂也枉然。"

山岚道："真是的，金钏和袭人勾连的就像是一个人，王夫人努力推动袭人上位，袭人骨子里却是宝钗的人，金玉缘毫无悬念了。"

文亮道："出乎意料，不是说隆武朝推行的是木石盟政策吗？怎么王家还是做金玉缘的勾当，这违背真相了。"

芸轩拿过那个佛尘向空中一甩，道："不信是吧。晚上叫上他们，咱们就从你拿来的蝇刷子上，演一场金玉缘大戏，愿不愿意？"

文亮拿过蝇刷子，翻来覆去地看了几遍，笑道："为宝玉赶苍蝇就是缘定金玉？真可笑。也好，咱们晚上试试。"

说毕，三人开始嘀嘀咕咕做着晚上的准备。芸轩让山岚拿着丁香花，上外面找些朱虮，放在花心儿里，又让文亮写些词。

问道："你俩谁记得云儿的酒令曲子？"

文亮道："是和薛蟠喝酒时唱的那支曲吗？都记得哪。"

又笑道："豆蔻开花三月三，一个虫儿往里钻。钻了半日不得进去，爬到花儿上打秋千。肉儿小心肝，我不开了你怎么钻？"

芸轩笑道："送这东西来赶苍蝇蚊子，其实是让你唱：一个苍蝇哼哼哼，两只蚊子嗡嗡嗡。"

文亮呵呵笑道："晚上是要上演薛蟠的《哼哼韵》吗。"

芸轩道："什么哼哼韵。可惜秋真不在，要不那个红肚兜就不费事了，找个带鸳鸯和花瓣的手帕子代替也行。"

一时山岚回来了，二人向花蕊上看时，果真放了几只朱虮。都问，"这是袭人说的小虫子吗？"

山岚道："很难确定，袭人说：这种小虫子，从这纱眼里钻进来，人也看不见，只睡着了咬一口，就象蚂蚁夹的。宝钗就说：怨不得。这屋子后头又近水，又都是香花儿，这屋子里头又香。这种虫子都是花心里长的，闻香就扑。"

山岚又拿起拂尘道："这个拂尘打苍蝇蚊子尚可，如果像宝钗和袭人描述的，这个东西也驱不走这些小虫子啊。"

文亮芸轩二人对视一笑。

芸轩道："你也不想想，一个拂尘，一个肚兜，其实都没有实际用途的，这个自然驱不了虫子，也不能驱走；更别看袭人费心巴力绣的肚兜，宝玉也并不很愿意戴。可这两样东西，却都有特殊用途的，你就不懂了。"

吃过晚饭，大家都陆陆续续来到红豆馆。特别是陆风，最近几乎天天晚上来，这次还悄悄给山岚带来一瓶香水。

秦明笑道："她们这里已经够香了，你还洒香水呢，小心那些闻香就扑的小虫子，爬到你身上咬你一口，让你酸不酸。"

陆风道："这回派我个什么角色？"

芸轩道："这回你美了，让你演宝玉。"

陆风立即高兴地摩拳擦掌，急着要换装束。秦明指几件衣服道："呶，一个红肚兜，银红纱衫子睡衣，去换上吧。"

陆风提溜起来道："这哪是衣服呀，我的台词呢。"

秦明看了一眼山岚道："你没有台词，躺下睡觉就行。不过山岚可是要坐在你床边的，别高兴得笑出声来就好。"

然后，文亮一一给大家分派了角色和台词，又各自装扮了一番，这回选在山岚的卧室里闹腾。

开始了，只见宝钗独自行来，顺路拐进了怡红院，意欲寻宝玉谈讲谈讲，以解午倦。不想一入院来，鸦雀无闻，一并连两只仙鹤在芭蕉下都睡着了。宝钗便顺着游廊来至房中，只见外间床上横三竖四，都是丫头们睡了，来至宝玉的房内。宝玉在床上睡着了，袭人坐在身旁，手里做针线，旁边放着一柄白犀麈。

【芸轩】怡红院的人都睡了，就连仙鹤也进入了梦乡。宝钗本是个庄重的人，她不觉得此情此景，不合适一个姑娘来这里走动吗？

宝钗呀宝钗，这个中午你怎么了？王夫人提携完袭人，你就有些急不可耐吗？这么热天，大晌午的，你独自来这里干什么？

山岚穿着宝钗的衣服，坐在床边笑道："可不是只宝钗这么不正常啊。从王夫人那里出来，宝钗就约着黛玉往藕香榭去，黛玉回说立刻要洗澡，便各自散了。我看黛玉才是找理由呢，没过多久，她也来怡红院了；更巧的是，正遇见史湘云约她来与袭人道喜。三个女人，对袭人上位都十分上心的。"

芸轩道："别打岔，怎么还辩解上了。你去外面，陆风快躺下，继续演下去。就看宝钗转过十锦槅子，来至宝玉的房内。"

宝钗走近前来道："嗳哟，好鲜亮活计！这是谁的，也值的费这么大工夫？"袭人向床上努嘴儿。

宝钗笑道："这么大了，还带这个？"

袭人笑道："他原是不带，所以特特地做的好了，叫他看见由不得不带。如今天气热，睡觉都不留神，哄他带上了，便是夜里纵盖不严些儿，也就不怕了。"

又笑道："好姑娘，你略坐一坐，我出去走走就来。"说着便走了。

【芸轩】袭人啊袭人，好样的，真赶眼色，趁怡红院都沉入梦乡之际，无缘头就给宝钗倒了个空。

宝钗只顾看着活计，便不留心，一蹲身，刚刚的也坐在袭人方才坐的所在，因又见那活计实在可爱，不由的拿起针来，替她代刺。

【芸轩】只见她稳稳坐上了袭人的位置，这个有权无名的位置，不就是宝钗期待已久的待选之位么，她终于等到了这一天！再看手里拿的是什么？"白"绫"红"里的兜肚，上面扎着鸳鸯戏莲的花样，"红"莲"绿"叶，五色"鸳鸯"，红绿牵手，鸳鸯成对。

袭人换成宝钗，这件贴身的龙衣就该宝钗来做。面子是白绫，里子是红绸。终于，宝玉最爱的红色，被白色掩盖在里面了，再看宝钗绣的是什么？

宝钗只刚做了两三个花瓣。

【芸轩】她并不是绣什么"鸳鸯"，宝钗绣的原来是花瓣儿。宝玉睡在床上，她坐在床边绣花瓣。此时，若一阵幽香袭来，正是宝钗身上发出的冷香，只见从床帐的纱眼儿里，钻进一只只小虫子，钻到宝钗绣的花瓣心里，转眼不见了。

听芸轩说这句话时，坐在陆风身边的山岚却脸红起来，她想到云儿唱的小曲：豆蔻开花三月三，一个虫儿往里钻。是那二人即刻入洞房的事，就差点笑了场。

忽见宝玉在梦中喊骂说："和尚道士的话如何信得？什么是金玉姻缘，我偏说是木石姻缘！"

文亮忙喊停！停！

做了一个镜头移动的样子，道："我也晓得了，被蒙太奇了。袭人上位成了准姨娘，然后换位给了宝钗，这个准姨娘就是宝钗了。原来王夫人和薛姨妈推动的大事，是宝钗上位。刚定下袭人的身份，宝钗就大中午跑来坐实了，一时半刻也等不得了。"

陆风嘟哝道："刚想入洞房就喊停，你又不是宝玉。这么好的事，宝玉怎么极力不愿意，这一对搞得多没意思。"

文亮道："这里宝钗上位，就这么简单？顺利完成了事实上的金玉缘！"

山岚站起来拍手笑道："至此，宝钗待选宫中之谜，终于有了眉目，她成功了！才知道王夫人留下金钏位置的用意，是告诉薛姨妈，虽说前面一生气赶走了金钏，现在后悔了，她想办法为金钏留了位置。"

芸轩道："是表明一种态度，留下你的宝钗在我身边吧，那孩子比宝玉强十倍。"

秦明道："呵！原来老姊妹二人称赞的另一个人，确实是宝钗呀！这就是黄金莺说的，自家小姐那些世人不知的好处，这回，从王夫人和薛姨妈嘴里说出来，才明白呢。"

芸轩道："对是对，但还有一个事你们没料到。"

山岚问："还有什么没料到的？"

芸轩道："你还记得那首《终身误》曲子吗？"

山岚吟道："都道是金玉良姻，俺只念木石前盟。空对着，山中高士晶莹雪，终不忘，世外仙姝寂寞林。叹人间，美中不足今方信。纵然是齐眉举案，到底意难平。"

芸轩道："单说'俺只念木石前盟'这句，这个'俺'字，完全是宝玉的口声。王夫人、薛姨妈，虽为他做了周密安排，可他自己是何等心情呢？"

陆风道："刚才从他的梦话中，就知道了，他是不甘于这种安排的，他日思夜想的还是木石盟。"

文亮道："好说，那咱们就从宝玉的行为入手看看。"

芸轩道："自从挨打后，贾政不来拘管他读书上进，使得宝玉的日子懒散得很，更是大闲人一个了。但宝钗却加紧了对宝玉的规劝，如果他们已结为夫妇的话，这种规劝，是必然存在的。"

文亮道："可不吗，为此，引发宝玉的强烈不满，他生气说：好好的一个清净洁白女儿，也学的钓名沽誉，入了国贼禄鬼之流。这总是前人无故生事，立言竖辞，原为导后世的须眉浊物。不想我生不幸，亦且琼闺绣阁中亦染此风，真真有负天地钟灵毓秀之德！"

芸轩道："他说：不想我生不幸。显然是被劝烦了而发出的牢骚话。不光如此，他还因此祸延古人，要除四书外竟将别的书焚了，这个焚书的举动，可是有点严重的。"

文亮道："焚书坑儒！只有秦始皇为了让皇权永固，才这样做过。而秦始皇也因此毁了江山，宝玉却为哪般？"

秦明道："别把事看大了，宝玉焚书，有赌气的成分。意思是，让你劝，我把书都烧了，看你还劝不劝。"

文亮道："可为何单留下《四书》呢？"

秦明道："宝玉强调：除《四书》外杜撰的太多，起码他对《四书》不反感，我猜测，可能《四书》里有秘密。"

文亮道："难道是《大学》之道？大学之道，在明明德，在亲民，在止于至善。其本意是想推行德治，先修身，再治国，实现德化天下。但多数读书人却把《四书》当成谋取官位的敲门砖，所谓治国平天下，其实是慷国家之慨，甚至不惜发国难财。

"在国家易权之际，所谓栋梁也好，军阀也罢，捞取更多的政治资本，才是最根本的动机，宝玉看得明明白白，才称他们为国贼禄蠹。"

芸轩道："他大骂宝钗，一个闺阁女儿也沦为国贼行列，尤其让他难以忍受，才用焚书的过激举动，表达对宝钗等当权者的极端不合作。"

山岚道："没明白过来。还是想搞懂那个曲子的意思。"

芸轩道："那支曲子不难懂，你和陆风就能演出来。"

陆风坐在床上，一直听她们说话，芸轩递过一段台词，道："看看，你和山岚躺在床上聊天，会不会？"

陆风脸红道："这行吗？"

芸轩道："开始吧！袭人从王夫人处谢恩回来，深夜和宝玉躺在床上，有一番深刻的交流，从说'死'字开始。"

袭人笑道："有什么没意思，难道作了强盗贼，我也跟着罢。再不然，还有一个死呢。人活百岁，横竖要死，这一口气不在，听不见看不见就罢了。"

宝玉听见这话，便忙捂她的嘴，说道："罢，罢，罢，不用说这些话了。你的意思我也知道，只要我做的不好，你要么就离了我去，要不然你就以死相谏，可你们劝谏的也够多了。"

袭人深知宝玉性情古怪，听见奉承吉利话，又厌虚而不实，听了这些尽情实话又生悲感，便悔自己说冒撞了，就只拣那宝玉素喜谈者。先问他春风秋月，再谈及粉淡脂莹，然后谈到女儿如何好，又谈到女儿死。

芸轩道："以袭人的文化素养，断不会论及春风秋月这些文文绉绉的话题，她大字不识一个，哪里谈得来。后来更离谱，和宝玉谈到浓烈之处，还大谈生死之道，试看他们是如何谈论这深奥难悟的话题。"

宝玉笑说："人谁不死，只要死的好。那些个须眉浊物，只知道文死谏，武死战，这二死，是大丈夫死名死节。竟何如不死的好！"

芸轩道："站在帝王的位置，他竟反对文死谏，武死战，他为何不喜欢以死名节之人！这都是忠臣所为。"

宝玉道："必定有昏君他方谏，他只顾邀名，猛拼一死，将来弃君于何地！必定有刀兵他方战，猛拼一死，他只顾图汗马之名，将来弃国于何地！所以这皆非正死。"

芸轩道："原来如此。文死谏，武死战。是因有了昏君，或因天下大乱才特有的现象，他是厌恶这种战乱时代。"

袭人道："忠臣良将，出于不得已他才死。"

芸轩冷笑："背叛主人的，也好意思谈论忠臣良将了。"

宝玉道："那武将不过仗血气之勇，疏谋少略，他自己无能，送了性命，这难道也是不得已！"

芸轩道："说得好。放眼看去，所谓忠臣良将，不过是些军阀莽夫而已，其死无益于国家。"

宝玉道："那文官更不可比武官了，他念两句书记在心里，若朝廷稍有疵瑕，他就胡谈乱劝，只顾他邀忠烈之名，浊气一涌，即时拼死，这难道也是不得已！"

芸轩道："明亡，实亡于党争，所谓清流者，谈论朝廷瑕疵，皆出于沽名钓誉目的，哪一个又真是为了国家呢。"

宝玉道："还要知道，那朝廷是受命于天，他不圣不仁，那天地断不把这万几重任与他了。可知那些死的都是沽名，并不知大义。"

芸轩道："宝玉这是为自己发出的唯一辩解。不如说一句名言：君非亡国之君，臣乃亡国之臣。"

秦明道："瞧瞧这些话，这哪里是和一个丫鬟谈心哪，净是些君君臣臣，文武死节的大道理。"

文亮道："全是军国大事，生死名节之类，活脱脱是一个帝王的心声。哎，宝玉说的话，全是埋怨天下臣子，为图名节，置国家利益于不顾的牢骚话。"

芸轩道："我再提醒一下，袭人能听懂这些道理吗？如果说这是和宝钗谈心，合不合适？"

山岚道："对呀，这也应了脂砚的透露，说宝玉和宝钗结婚后，举案齐眉，整夜促膝交谈，但却互不相扰的一段事实。"

芸轩道："这和你那首诗符不符？中午金玉缘定，深夜促膝谈心。空对着，山中高士晶莹薛。终不忘，国破源自寂寞林。不对吗？"

文亮道："对是对，最后那句关于流泪的话，啥意思？宝玉说：比如我此时，若果有造化，该死于此时的，趁你们在我就死了，再能够你们哭我的眼泪流成大河，把我的尸首漂起来，送到那鸦雀不到的幽僻之处，随风化了，自此再不要托生为人，就是我死的得时了。"

芸轩道："一种无以言表的绝望。此刻，若国家亡了，他也就灰飞烟灭不复存在，但若能得到所有人的眼泪，成了宝玉最后的奢望。"

文亮不服道："怎就绝望了，怎么说这样丧气话，木石盟刚开始呢？至少不会现在就结束。后面宝黛的故事还多着呢，别说丧气话。"

芸轩道："你只嚷嚷，只看黛玉的反应就行。原先，为宝玉不给她开门哭一夜；为湘云的金麒麟闹别扭；可这次不同，她亲自听了王夫人薛姨妈对袭人的安排，又通过窗纱向宝玉屋里看，见宝钗坐在床边为宝玉绣花朵，她竟躲在那里，手握着嘴偷着笑，还招手儿叫湘云来看热闹，这不是怪现象吗？还有啊，自此后，黛玉性情大变，对宝玉不再那么使性子，也不再流眼泪了。"

山岚道："人家流泪，你们就说人小家子气，不流泪了多好啊，说明两个人不再怀疑对方，好了呀。"

芸轩道："这可不是什么好现象。"

秦明道："别争了，怎么证明木石盟结束了？拿证据！"

芸轩道："去梨香院看看就知道了。"

山岚道："是这意思，宝玉去了一趟梨香院，回来就和袭人长叹说：我昨晚上的话竟说错了，怪道老爷说我是'管窥蠡测'。昨夜说你们的眼泪单葬我，这就错了。我竟不能全得了，从此后只是各人各得眼泪罢了。"

芸轩道："关于眼泪的问题，你们还不明白吗？"

文亮道："没大明白。"

芸轩道："只有黛玉是来还泪的对吧？可宝玉想要所有人的眼泪呢，现实吗？所以，关于眼泪的问题就是关于黛玉的问题，能不牵扯木石盟吗？"

文亮道："哎，还是老法子，来一段梨香院的'袅晴丝'，肯定能探出究竟。"

芸轩道："可惜秋真不在，她准能告诉咱十二官的事。"

秦明道："你先来说说呗。"

芸轩倒背着手，边走边道："从哪里说起呢？咱只说宝官、玉官、龄官。到目前为止，十二官出现名字的，就只有她仨人儿，且龄官还出现在回目中。三人的名字合在一起，就是宝、玉、龄。我一直感觉她们就是宝玉、林。

"可自从宝玉情悟梨香园后，这三个人就突然人间蒸发了。对此，我百思不得其解，她们的使命完成了？金玉缘完成后，宝玉来梨香园，悟到了什么情？我一直思考。"

山岚道："贾蔷是十二官之首，宝玉是十二钗之首，蔷龄恋就是宝黛恋，看到他们就想到自己呗，这也不奇怪。"

芸轩道："'袅晴丝'是《游园惊梦》里的一段，虽不是龄官的本角戏，可她执意不想唱，是为什么？究其原因，不仅仅因她的角色是小旦，可如果连娘娘传进去还硬不唱，可见不是角色和行当的问题，是因她的风骨和清高。"

山岚道："她的倔强比起林黛玉来，有过之而无不及。她也喜欢流泪，也画蔷而葬花，也正如杜鹃般啼血，这和黛玉一样，眼看是病入膏肓了。"

秦明道："算了，还是陆风和山岚来一段蔷龄恋吧。"说着，就给陆风找贾蔷的衣服，文亮又把廊上的雀儿笼子提过来，芸轩又给陆风递过一段台词来。

贾蔷从外头来了，手里提着个雀儿笼子，上面扎着个小戏台，并一个雀儿，兴兴头头地往里走着找龄官。

见了宝玉，只得站住。

宝玉问他："是个什么雀儿，会衔旗串戏台？"贾蔷笑道："是个玉顶金豆。"

【芸轩】雀儿的名字说不得，偏叫个"玉顶金豆"，哪里也少不了"金玉"，只是这里"玉"在"金"顶之上。

宝玉道："多少钱买的？"

贾蔷道："一两八钱银子。"

【芸轩】笑，一十八，又是十八子吗？

贾蔷进去笑道："你起来，瞧这个玩意儿。"

龄官起身问是什么。

贾蔷道："买了雀儿你玩，省得天天闷闷的没个开心。我先玩个你看。"说着，便拿些谷子哄得那个雀儿在戏台上乱串，衔鬼脸旗帜。众女孩子都笑道'有趣'，独龄官冷笑了两声，赌气仍睡去了。

龄官道："那雀儿虽不如人，他也有个老雀儿在窝里，你拿了他来弄这个劳什子也忍得！"

【芸轩】原来龄官的身份是个失了窝的雀儿，她是个国亡家破之人。

龄官道："今儿我咳嗽出两口血来，太太叫大夫来瞧，不说替我细问问，你且弄这个来取笑。偏生我这没人管没人理的，又偏病。"

【芸轩】偏病！黛玉也是近日咳嗽的厉害，龄官咳嗽出血来，是影射黛玉病的程度吗？为什么王夫人叫大夫来瞧，却抱怨又不替自己细问问病情？是说王家要弃她于不顾了。仔细想来，她二人一样的境遇，没人管没人理的偏又病着，看到失去老雀的小雀，她想到了自己的孤单。

文亮道："原来，龄官此时此刻的感觉只有孤单，那个大雨天，贾蔷已经被她埋葬。联系历史，他们这支失去了'王'的无头部队，确实势单力薄，成了没有首脑、没人'管理'的部队，可不就是没人'管'没人'理'的了。

"本想重拾木石盟，偏又病入膏肓。贾蔷还抱怨一两八的银子白白费了，'十八'这个数字再次出现，还是印证那件事，十八子的死亡，让木石结盟成为不可能？如今看来，没了朝廷做依靠，他们只能孤军奋战了。"

龄官道："你们家把好好的人弄了来，关在这牢坑里学这个劳什子还不算，你这会子又弄个雀儿来，也偏生干这个。"

芸轩道："以黛玉在贾府的感觉，就像待在牢坑一样令人窒息。"

贾蔷听了不觉慌起来，连忙赌身立誓。又道："今儿我哪里的香脂油蒙了心！费一二两银子买它来，原说解闷，就没有想到这上头。罢，罢，放了生，免免你的灾病。"说着，果然将雀儿放了，一顿把将笼子也拆了。

芸轩道："雀儿原是这样得了自由。"

说着，便要去请大夫。龄官又叫："站住，这会子大毒日头底下，你赌气子去请了来我也不瞧。"贾蔷听如此说，只得又站住。宝玉见了这般景况，不觉痴了。

秦明看了也痴痴的，笑道："此情此景，不光宝玉痴了，我也一样，这才叫真心相爱。在这样情况下，龄官还是一如既往爱这个人。"

　　文亮道："为了龄官，贾蔷立马拆了笼子，放走雀儿，何等的爽快利索。"

　　芸轩道："牢笼打烂了，雀儿自然远走高飞了。象征的意义，也许龄官从此自由了。所以，我推测，宝、玉、龄的使命，也就此完成了，三人从此人间消失了，因此龄官的眼泪，独为贾蔷流，这就是事实。"

　　文亮道："你再说得细详点。"

　　芸轩道："拿你没办法，我再重复一下，龄官的眼泪独为贾蔷流。贾蔷去了，她的泪已经还完了，宝、玉、龄三官便消失了，这就是事实，木石盟彻底结束了。"

　　文亮道："那宝玉和黛玉呢，他们的故事，远远没结束呢。《石头记》主旨，乃黛玉为宝玉还泪，不是龄官为贾蔷还泪。"

　　芸轩道："你跟宝玉一样傻，人家宝玉一心裁夺，还盘算明白了呢。我竟不能全得了，从此后只是各人各得眼泪罢了。自此深悟人生情缘，各有分定，只是每每暗伤，不知将来葬我洒泪者为谁？

　　"他说这话时，可是正值林黛玉也在怡红院，她正和袭人坐着说话儿呢。宝玉提到没人为他还泪，你们猜，黛玉应该什么反应？"

　　山岚道："林黛玉见宝玉这样伤心，便知是又从那里着了魔来，以为宝玉魔怔了，也没多问，却向他提议，一起去给薛姨妈过生日。缠绵的宝黛是这样吗？这可不是他们往常的行事方式。"

　　文亮道："还别说，宝玉这最后的疑惑发人深省。谁不知道黛玉是来为他还泪的，什么叫：不知将来葬我洒泪者为谁？之前他和黛玉好成一个人，还因黛玉对他的不放心而身心俱损。为此还劝解黛玉放心，黛玉每每为他流泪，他不知道吗？那时他疑惑过吗？"

　　芸轩道："不说黛玉还说龄官。宝玉来是为听她唱那出戏，她见宝玉坐在自己身旁，忙抬身起来躲避，正色道：嗓子哑了。前儿娘娘传进我们去，我还没有唱呢。宝玉见她坐正了，又见如此景况，从来未经过这番被人弃厌，自己便讪讪的红了脸，只得出来了。这个情形里面，有个词说得最恰当。"

山岚道:"厌弃,龄官厌弃宝玉。"

芸轩道:"不是吗?恐怕黛玉从窗外看到宝玉躺在床上,宝钗坐在床边的境况,心生厌弃也未可知。从今后,黛玉真的很少流泪,不信你们注意一下。"

山岚想了半日道:"好像是这样,黛玉还拿宝钗赶蚊子的事当成笑话说,可见多么释怀。从此是不大流泪了,二人也基本不吵闹了。确实,宝玉该有此问,但如果不是黛玉还泪,会是别人吗?还有谁为他还泪?"

文亮道:"那得往后看。可惜了得,黛玉空流一夜泪,眼睛哭得像桃子,还是最严重的一次,竟也是最后的了。果真这样,我也想知道,将来谁还为宝玉流泪。"三人唏嘘了一阵子,可惜谁也说不清楚。

第三十七回

探春结棠社　宝钗邀菊赏

却说秋真那边，忙了近两个多月的光景，从五月中旬以来，连续完成几场大戏。雨季时节，突击赶拍了南京沦陷，钱谦益雨中降清一场，最是辛苦。芸轩在时，完成弘光帝押抵南京一场；六月中旬，又是潞王朱常涝降清，这场戏还轻松些；月底是朱聿键登基，又是赶档期。

另一边，什么抵制剃发令的江阴九九之祸，嘉定三屠之战，都是惨不忍睹的血腥戏。几场下来，秋真看到红色东西就恶心，那些断胳膊断腿摆在场地上，接连几天都让她噩梦连连。这些就不消说，直忙到八月中旬，快到中秋节时才告一段落。

这日，因剧组缺一套朱聿键的服装，临时想用朱常涝做监国时穿过的，秋真找梁老师和几位专家考证，都觉得不太合适。等花样、质地确定下来后，欲回南京定制一套。八月十四这日，秋真便悄然进了家门。

芸轩一见，高兴地跑过来拥抱着笑道："怎么悄没声地就回来了，不是说要到十月份才回吗，还是有什么事？"

秋真拉着山岚的手，笑道："想你们了呀，自你们走了我就魂不守舍的。"

小妹也跑来道："真姐姐，你还想我们？走时带上我吧。多好啊，你日日和大明星们在一起。"

秋真双手合十道："阿弥陀佛，千万别提拍戏的事。自从你们离开，就天天拍那些血腥戏，不是投河就是上吊，真是作孽。亏这一部分是我写的，这种场面我还有意识地少写些，要是再多拍一回呀，我非崩溃了不可。"

山岚道："饿了吧，我给你弄吃的去，你先歇一歇，小妹快泡茶来。"

秋真去芸轩屋里洗漱了半日，边拿着毛巾出来道："我可真想他们了，晚上约来聚聚吧。"

山岚道："我早下通知了，还等你说。"

小妹撒娇道："姐姐真带我去呗。"

秋真道："我们拍的不是卿卿我我的情感戏，是惊悚片，带你去干吗，除了流血就是死人的。"

芸轩道："下一次我带你，还埋怨我做《崇祯殉国录》呢，那里面死亡的官员更多，更血腥。你听着：祁彪佳赴池水死，高宏图不食死，刘宗周绝粒死；潘集袖石沉河死，周卜年入海死，张国维赴园池死，王之仁、张鹏翼见杀死；邹钦尧赴江死，叶尚高饮药痛骂死；隆武遇难后，蒋德璟绝食死，曹学佺、马思理自缢死；黄道周不屈死，李长倩因军饷不继忧愤死。"

不等芸轩说完，小妹捂着耳朵道："算了，算了，别吓唬我，不去了还不行。"

秋真道："我真服了你，脑袋里咋愿意记这些血腥事。虽说是演戏，可那灾难也太可怕，亏得咱们生在和平年代，战争，简直就是恶魔。"

山岚道："打住你的话头，进门先说些不吉利的事，都是小妹的明星梦引的。"说着，又是拾掇桌子又是泡茶，忙不迭地招待秋真。

秋真道："不过刚好些，唐王登基一场就好玩。我也巴不得有个差事回来呢。赶上明日中秋，你们不想好好地招待我？"

芸轩笑道："山岚大概真想你了，天天念叨，怎么也不抽空回来一趟。"

山岚道："我才不是想她呢，盼她回来，是帮我看裁的旗袍哪里错了，穿起来老是怪怪的。哎，我最近写了两首诗想发出去，芸轩又不得空给我看，就盼着你给瞧瞧呢。"

秋真道："你听听，我的心凉不凉，你就说个想我又能怎样。既如此，你的旗袍我才不看呢。"

见秋真吃完饭，小妹也过来，又拉着她看廊下的鹦鹉，逗它说一会："我想你。"又和那雀儿玩一会。

芸轩笑道："小妹才是天天念叨你的人，自从这里有人来访，她都第一个热心接待。她的心可活泛得很，羡慕那些一夜成名的演艺人士，天天缠得我也头疼，说你们快成名人了，也要携带携带我，你还是带她走吧。"

秋真道："你们几个没一个省心的，想求我办事也简单。不过，可得先答应我的条件。"

小妹问："什么条件？"

秋真笑道："明儿是中秋，但跟往年不一样，我不得闲儿和你们去夫子庙闹。今年，我要你们统统在这里陪我，这可是赏桂花的好时节，去给我弄两枝桂枝来，一枝金桂，一枝朱砂丹桂就好。再给我备一壶上好的碧螺春，晚间陪我赏桂品茗。正所谓：桂子月中落，天香云外飘。想想都陶醉，咱们对月成影，一醉方休，如何？"

芸轩道："正有此意。大家好一段日子不聚了，让秦明、文亮和陆风都来。"

山岚高兴道："早该这样，多长日子咱们的诗社没活动了。别人还好，都是你俩忙，你这次回来待几天？"

秋真道："只给一礼拜时间。来回路上就两天，忙衣服又去了三天。"

山岚道："时间这么短，你的服装能做出来吗？"

秋真道："大约正在做着。我求的裁缝师傅可是大名鼎鼎的东方师傅。他老人家对汉服和各代皇帝服饰，潜心研究三十几年，我一说做朱聿键登基穿的帝服，人家立马答应，比我和梁老考究得还细。答应三天时间准做完，我明天再去盯一盯，估计就会完成。"

山岚道："那他一定会做旗袍，改天你领我去吧。"

秋真道："好像东方师傅只研究汉服，旗袍是清时期的满服，有没有研究我也不确定，见了问问再说。"

第二天一早，小妹就去采买了各式菜品，有大家爱吃的桂花鸭，桂花糖，栗粉糕等。秋真又特别嘱咐她，一定买些新鲜红菱和鸡头果。山岚专门回家取来妈妈自家酿的桂花酒。一早又和芸轩去了明孝陵景区裁桂枝。

走在梅花谷公园的玉兰路上，巨大的石象，隐藏在花海中。玉兰路两边，桂花、玉兰相间而种。她们寻寻觅觅，闻香而至，终于找到那颗神秘的中华九龙桂。

看到她新梢紫红，清香淡雅的银白色花冠，奇特优美的龙型枝桠，紧凑丰满；雍容华贵的姿态，不仅让人流连叫绝，不愧是独占三秋压群芳。在园艺师的帮助下，二人得了一株，又从边上收了一囊九龙桂的花瓣，兴兴头头地回家来，将新枝插瓶。

山岚见芸轩拿出一个古陶样瓶子，见这瓶上图案也古怪，就问："这是什么玩意，难看死了。"

芸轩道："我好不容易得的，样子虽难看，可你看那花纹最难得，这种纹饰很古老，现在都找不到的。"

山岚道："什么纹饰，不就是一串圆圈吗，像是玛雅人的符号，有什么意义吗？"

芸轩道："你插上花就是了，别问那么多，先干活。"

小妹拿在手上，反复看了几遍，眨了几下眼睛，说道："这个图案我好像见过。"

山岚道："怎么？比我的见识还见长，你竟然见过这个，哪里见的？"

"好像五月间，就是鲁尼师傅来的那会儿，万姐姐和鲁尼师傅在这里坐着，万姐姐拿出一张图，就是这个样子。记得她还说什么，五星连珠是百年一遇的奇事，让鲁尼师傅转告大师，当晚可一观天象。如果看到奇观，定要将天象预示告诉她。说了好多，我也不懂，但图案我记得，就是这样子。"

山岚道："她知道五星连珠？万姐姐迷信，别理她。"

小妹道："好姐姐，你好像知道，讲给我听听吧！"

山岚无奈道："太阳系几大行星，比如：水星、金星、地球、火星、木星、土星、冥王星，其中若有五颗星，能排列在一条线上，就叫五星连珠。"

午间，山岚又忙着写了三个帖子，让小妹分别送到秦明、文亮和陆风的住处。三个帖子都一样，其实是抄录的《石头记》里，探春给宝玉写的《招宝玉结诗社贴》。

山岚用小毛笔，正楷抄写，一面抄一面琢磨：给他们这个，名义上是来会诗社，实际上是想看谁能解帖子的寓意吗？这事难。又写到：犹徘徊于桐槛之下，未防风露所欺，致获采薪之患。口中嘟哝："'桐槛'下徘徊得病，怨不得贾母说探春院子里的'梧桐'虽好，只是太细了，原来这么不禁风露侵扰，说病就病了。"

帖子刚写完，秋真就来了，手中拿个包袱，没等进门就嚷嚷，赶快支起来个木架子来，好把衣服平放上，省得搭上皱褶子。另外，秋真也想欣赏一下这件富丽堂皇的明代帝王加冕服，到底有多华丽。

天色已近黄昏，外面赏月的人同往年一样，纷纷去夫子庙逛街，去媚香楼喝酒，去文德桥对月寓怀。几个人陆续来到，每个人都不空手，带来各式小礼品，小妹嘻嘻闹闹地接着他们。

只见陆风带的是妃子笑荔枝，还用冰块敷着。芸轩让小妹忙拿来一个白玉玛瑙碟子，盛好放在桌子上；文亮拿了一卷书法文稿，展开看时，是自己临摹颜真卿的《祭侄季明文》稿。

秦明最后一个来，见大家都在，笑道："你们准是想模仿海棠诗社，但我看今晚不像要作诗，是要翻开海棠社的底细吧。看到山岚的请帖，我就想到了，是不是？"

小妹笑道："别管是不是，请帖里要每人拿件物品，就看谁的物品像样，人家都有，你的呢？"

秦明问道："他们给的什么？我先看看。"

小妹指着桌子上的东西，道："陆哥哥的荔枝；文姐姐的书法字帖；轩姐姐的古瓶；岚姐姐的九龙桂枝；我的还没上来；你的呢？"

秦明道："秋真的是啥？她为什么没有？"

小妹看了一眼秋真，刚想张嘴，山岚道："怎么没有，她的是红菱、鸡头果，还有这件黄袍。对了，你们快来看看吧，这衣服简直太华贵了。陆风，你穿起来给咱看看，真皇帝是啥样子。"

陆风听了这话，还真的就去穿，秋真连忙喊他小心，别弄坏了。陆风穿上，围着桌子转了一圈，走着方步，找一下感觉。

秦明从包里拿出来一张图，道："我带了淝水之战的战事地图，礼轻情意重，别闲哦。"

秋真道："你就糊弄吧，没礼物也就罢了，又不打仗，拿个战事地图给谁看。"边说，小妹帮秦明将地图钉在墙上，大家一一的落座。

山岚道："今晚我的东道，我自然是社长。本来想为秋真接风，出去疯一场，可她事儿多，也矫情，非让咱们都陪她在这里过中秋。闷坐喝酒不如赏花品茗。今晚，咱们就势也起个社。"

文亮问："那得有个社名才行。"

山岚道："不用太麻烦，就叫'闻香诗社'。"

秦明问："这么古怪，为什么叫闻香诗社？"

山岚嗅了一下鼻子，道："所谓：闻香识木樨。你们没闻见？眼前这枝九龙桂，暗香浮动，这让我想起了宝钗的蘅芜苑，她那里肯定也是幽香暗动之所在。既然海棠诗社由宝钗夺得头魁，咱们这场以海棠诗社为蓝本的作诗会，何不借宝钗的'冷香'为由头。"

秋真道："你倒不谦虚，即便闻香，也该是海棠之香，怎么没弄几棵海棠来？"

芸轩道："咱们不需要海棠，她们是为凑场。宝玉不光收了探春的结社贴，还同时收到了贾芸的两盆白海棠，还正巧被李纨遇见，只有这三个人一凑，才有海棠社，缺一不可的。"

秦明道："这场凑的，如果是一场战争，就应该是探春发起，李纨主持，芸芸众生参与，特色鲜明。"

山岚道："还没开始就知道是战争了，还提前泄密。"

文亮道："有什么规矩？"

山岚道："咱们和《咏白海棠》同韵，也限十三元的。只有一个要求，对他们各人的诗谜解出来才行，这就叫以诗解诗，谁解得意思贴切，文笔又好，谁得第一。"

秋真问："谁评判？"

山岚答道："自然是社长啊。"

秋真道："谁评判你？你不作吗？我看还是芸轩吧。"

陆风举手道："我毛遂自荐，我和小妹不会，反正都是外行。但是，看热闹的人，更能看出门道，不如我俩评。"

山岚问："你们靠什么标准评。"

陆风道："靠感觉啊。"大家都说，如此甚好。

山岚道："那就先说说，各人接到请帖后，为什么带来这些物品，说对了景才好做引子。"

陆风先拿出山岚给的那张贴子，道："我看到你的请帖里提到鲜荔枝。我想啊，这一定是个特别之物，鲜荔枝每年五月开始上市，探春写帖子时，该是在八月二十日后，七至八月就是吃荔枝最好的季节。怎么说来着？一骑红尘妃子笑，无人知是荔枝来。当年，唐明皇为博得杨贵妃一笑，千里送荔枝。可宝玉给探春送荔枝，还每天派人问安，我就不懂了。大家看啊，这妃子笑荔枝，我是拿来了，芸轩还给个缠丝玛瑙碟子盛上，至于有什么诡秘含义，我就不知道了。"

文亮道："说起鲜荔枝，确实会让人想起杨玉环。可宝玉给探春送荔枝，和唐明皇送荔枝，似乎不太合适，一个兄妹关系，一个夫妻关系。"

芸轩道："你就没想到贾母的谜语，猴子身轻站树梢，是有人'离枝'了吧。"

秦明道："你先别争论，往下听文亮的。"

文亮念道："贼臣不救，孤城围逼，父陷子死，巢倾卵覆。探春的招贴里，提到了'真卿墨迹'四个字。史上有名的真卿墨迹，就是这《祭侄文稿》。

"诸位都知道，《祭侄文稿》的书写背景，仍然是安史之乱。当时，颜真卿之堂兄颜杲卿，正好是常山郡太守，颜季明就是颜杲卿的第三子，是颜真卿的堂侄。他与颜真卿共同讨伐安禄山叛乱时，由侄子往返于常山、平原之间传递消息，正好两郡联结，形成犄角之势。

"但太原节度使拥兵不动，以至城破，颜杲卿与儿子颜季明先后罹难。听此噩耗，颜真卿悲愤之下，写下《祭侄文稿》之作，遂成为天下第二大行书。宝玉在探春病中，送这篇《祭侄文稿》，其用心是什么，我只是恍惚知道，但需要验证。"

秦明道："我的这幅战事图更有意思，得从探春招贴里的'莲社雄才'和'东山雅会'说起。

"所谓'莲社'，是东晋名僧慧远在庐山的东林寺，集结的念佛组织，起社的宗旨，是让那些超凡出世的僧人，在功名利敌场之外，寻找一方净土。然，孰谓莲社之雄才，独许须眉。探春以为，这些须眉男人能做到的，女子也能做。探春的宏图抱负，直指'东山雅会'。

"这让我想了又想，探春的气魄来自哪里？她是谁？因'东山雅会'之典，涉及到一场战争，那就是历史上有名的以少胜多的淝水之战。"

小妹听得入了迷，道："快讲一讲。"

秦明道："东山再起、风声鹤唳、草木皆兵，这些词都是那次战役里出现的。东山在哪儿呢？《晋书》上说是杭州的西径山，因山之东有山，才叫东山。谢安四十一岁前，即隐居在那里，与王羲之、许询、支道林等名士名僧，频繁会集、交游、吟咏、著文，干尽了天下雅士之幸事。

"直到四十一岁，才出山济世，从此便一发不可收拾，官越做越大，名望越来越高。尤其成功指挥了享誉千古的'淝水之战'，更是奠定了他千古名相的不世功业，成为历史上著名的政治家、军事家，这就是东山再起的源头。"

文亮道："难道探春结社的目的，是要东山再起？"

秋真道："探春的身份，我也探到一二。宝玉被父亲鞭笞后，她就再没出现，也跟着染病在身。病愈后，便发起倡议：东山再起。看起来，第三个春天开始了，可第二春怎么结束的，还没交代呢。"

芸轩笑道："你们不细心，这些问题用一个字就解得。"

山岚问："哪个字？"

芸轩道："'娣'字。字帖里都以'娣探'自称。"

山岚道："这个字有什么特别吗？"

芸轩道："听我说，娣字主要有以下几个意思，古代姐妹共嫁一夫，幼为娣，则长为姒；或者是妯娌之间，称弟妻为娣，则兄妻为姒，

"这里不管是共侍一夫，还是妯娌，都能说明探春与宝玉的关系是同性。如果二人都是杨玉环，或都是唐明皇，宝玉送荔枝，也就说得过去了。"

秋真道："是这个理儿吗？我怀疑。"

芸轩道："送鲜荔枝，证明探春的身份和宝玉一样。"

小妹笑道："唐明皇要东山再起吗？"大家听了一笑。

陆风问："若蒙棹雪而来，娣则扫花以待。这又怎么讲，又不是冬天，为何让宝玉棹雪而来？"

文亮道："单说'雪'字，就很明显了，'棹雪而来'还有个出处呢，有一副宋徽宗赵佶的长卷，表现雪后郊野的江山景色。打开画卷看去，便见雪后江景平远空旷，江面平静，白雪封山；中段景物，渐趋繁密，层峦叠嶂，可见江中鼓棹片片，归帆点点；行人前后交错，栈道及人物隐现其间。这就是赵佶的《雪江归棹图》。这个赵佶，可是北宋的亡国之君，如果宝玉棹雪而来，可不就是重蹈他的覆辙吗？"

秋真问："太牵强了，那探春扫花而待呢？"

芸轩道："宝玉的小厮里，是不是有个叫扫花还是扫红的？实际上，宝玉就是个扫花人，黛玉葬花，他扫花。若探春自喻是扫花之人，他们身份一样。重要的是，秋真你该最清楚，就是《邯郸记》中《扫花》里的一段'赏花时'，怎么唱的？"

秋真听说这个，觉得有点道理，便站起来清唱道："翠凤毛翎扎帚叉，闲踏天门扫落花，您看那风起玉尘砂，猛可的那一层云下，抵多少门外即天涯，再休要剑斩黄龙一线儿差，再休向东老贫穷卖酒家。您与俺眼向云霞。洞宾呵，您得了人可，便早些儿回话，若迟呵，错教人留恨碧桃花。"

秦明道："明白了，棹雪而来的宝玉，梦醒黄粱后，这是要来寻找扫花人的。"大家没太听懂，正欲说话时，小妹端来个大盘子，放到桌子中间。大家看了，眼前一亮，你道是什么？

只听小妹笑道："我看这桌上没一样东西能吃，都是些道具。看姐姐们辛

苦，自打俺来，就被姐姐哥哥们照顾，过节了，我也没什么好招待，就买了几个大闸蟹，让姐姐哥哥尝个鲜儿。"

秋真她们围过来，早已馋得不行，还管那些，倒醋的倒醋，温酒的温酒，大家举杯相祝，对月畅饮，又细细地撬开蟹爪，品尝起来。

大家连连赞小妹的螃蟹最香。吃了一会子，山岚道："来一杯，尝尝妈妈做的桂花酒。"大家端杯，一饮而尽。

秦明嚷嚷道："只管问我们。秋真，你这果子也不让吃，又是搞什么名堂？红菱鸡头底下的碟子倒漂亮，配上荔枝也好看。红菱和鸡头也行，既然是秋真的，也给讲讲啊。"

秋真自己倒了酒，道："我先问你，海棠社的美女们起号时，有两个特别之处，谁能告诉我？"

山岚道："我看李纨这次就很怪，自己定了'稻香老农'的号。前面咱们也讨论过她稻香村的寓意。她如此积极地招揽诗社的事，与她往常的低调比起来就反常，她怎么极力要做个社长，难道她的势力这次要起大作用了？"

芸轩道："探春也许要靠她东山再起呢。"

文亮撕个蟹腿子，边剥开道："你们说的我不懂，我只能想到探春自取'蕉下客'名号时，黛玉用了'蕉叶覆鹿'之典，这个典用得恰当。"

小妹又给每人盘子里添一只，问："什么是蕉叶覆鹿？"

文亮道："春秋时，郑国樵夫打死一只鹿，怕被别人看见，就把它藏在土坑中，再盖上蕉叶。后来，他回去取鹿时，忘了藏鹿的地方，于是就以为是一场梦。'蕉叶覆鹿'比喻为：得失荣辱如梦幻。这与刚才说的黄粱梦一样，可见是预言探春的。"

山岚道："还有，潇湘妃子泪染斑竹，没有悬疑，自是林黛玉莫属，但李纨在给薛宝钗起号时，原话这样说：我替薛大妹妹也早已想了个好的，也只三个字，我是封她'蘅芜君'了。"

文亮道："这没什么奇怪的。"

山岚道："怎么不奇怪。这些号中，有两个字值得注意，一个是'君'，一个是'妃子'，而且'君'是由李纨'封'的，宝钗的号要多注意。"

秋真道："只说对了一点，怎么不关注惜春和迎春的。"

山岚道："菱洲，藕榭，平常得很呢。"

秋真问："我问你，红菱何时上市？"

山岚拿起红菱闻了闻道："咱们这里的人，素来喜食红菱，每年八月就零星上市，中秋前后是吃菱角的时节。"

秋真道："鸡头果呢？单想想它的名字就特别。"

文亮道："鸡头果的名字多了，也叫芡实，因和莲子功能相似，所以也叫刺莲、卵菱。"

秋真道："这就对了，鸡头米也叫假莲藕，这盘子里装的东西，一样荔枝，是宝玉送给探春的；一样红菱和鸡头，是宝玉院子里新结的果子，我怎么看着也和菱洲、藕榭的名字有瓜葛呢。"

山岚端起盘子，端详了一会道："荔枝代表探春，难不成这两样果子，一个代表迎春一个惜春？这两盘水果是指三春？可为什么把这两样果子，送给湘云呢？"

芸轩道："这件事是袭人的主意，当然要问问她。"

陆风听着像天书，又有些无聊，就去摸那衣服："这套衣服给谁做的。"

秋真道："给隆武帝的，别摸它，不洗手别给弄脏了。"

芸轩道："隆武的戏到什么地步了，怎么才做衣服。"

秋真道："刚开始呢。不过也快，这年八月二十一日他逃亡延平，第二天就被俘虏了。短暂着呢，很快就结束。"

文亮道："这么巧，贾政被派学差的日期，也是这年八月二十日启程，还是在洒泪亭作别，他走的也有深意。"

芸轩笑道："可不是巧合。打此，宝玉每日在园中任意纵性逛荡，真把光阴虚度，岁月空添。贾政不在，就像朝廷没了政治头脑，'无政'的贾府，就是'无政'的朝廷，宝玉可不就乱碰吗。"

文亮叹道："失政！海棠社就是在这个背景下成立的，动机和目的我也明白大半了。失政之时，探春要东山再起，谈何容易。"

陆风闻闻桂花又问道："这九龙桂你们怎么得的，走的时候送给我吧。"山岚瞅他一眼问："为什么？说个理由。"

陆风指着隆武的衣服道："我穿上这衣服，抱上这花瓶，就有一说，叫蟾宫折桂，多好的彩头。"

文亮道："还真是，花好看，只是这个瓶子太土了。哎，芸轩，你这花瓶上是什么图案，拙古拙古的，什么讲头？"

芸轩道："陆风还真蒙对了，这桂花就是表示蟾宫折桂的。知道宝玉给老太太和太太送桂花时，她们为什么高兴得无可不可的了吗，连带送花的丫鬟也得了彩头。"

文亮又问："刚稍微有点思路，这又出现桂花，越说越糊涂了。什么荔枝、文稿、淝水之战的，还有宋徽宗和扫花人，都捏不到探春身上来呀。"

芸轩道："还不懂，探春集会的目的，是要东山再起。"

文亮道："她要东山再起？"

芸轩道："不信一捋就知道了，就从宝玉的玛瑙碟子开始，但先声明，装荔枝的碟子和装红菱、鸡头果的碟子，咱这里虽然是俩，其实是同一个碟子。

"放荔枝的这个，是宝玉让晴雯给探春送荔枝时带着的，可袭人让晴雯去取回的时候，晴雯不去，却执意去取花瓶。她不愿意取碟子，我理解有两个意思：宝玉说，鲜荔枝配那碟子很好看，探春也觉得好看，就不让拿回来了，且碟子放在探春那里，似乎时间不短了，否则袭人问起时，大家就不会忘了，说明宝玉打心里就没想取回来，探春也愿意留下赏玩。

"这正如宝玉让晴雯给黛玉送手帕是一个道理，宝玉的真意是不用要回来，晴雯就不会取回来。然而，袭人却执意要取回，应该是袭人自己的主意。这点很好证明，如果去的人不是晴雯，就说明一定不是宝玉的真意。"

文亮道："听明白了，那袭人为什么这么做。"

山岚道："她侍奉过湘云，咱们又知道，宝玉和湘云的关系，说明这个碟子在袭人看来应该属于湘云。"

文亮道："探春的身份虽模糊，但也像元春一样。你的意思，这个玉碟在宝玉、探春、湘云之间传递，应该起一个串联的作用。"

芸轩道："推得没错。所以，碟子被袭人取回后，就盛上怡红院自产的鸡头果和红菱，送给了湘云，且嘱咐送的人：前日姑娘说这玛瑙碟子好，姑娘就留下顽罢。

"什么意思？晴雯送荔枝时，三姑娘见了也说好看，叫连碟子放着。袭人怎么不说姑娘就留下玩罢。

"所以，这个碟子，定不是个一般的碟子，应该是个符号，或者就如你才刚说的，这是玉碟，其实是'玉牒'，且被放在玉牒上的，有好几个人。"

小妹问："什么是玉碟？"

山岚指着桌子上两个玛瑙碟子道："我明白了。其实就是玉牒，是皇家族谱，被放在玉碟上的荔枝，代表探春；另两个，红菱和鸡头，就是迎春和惜春，对不对？"

秋真道："三春都是玉牒上的人，也讲得过去。宝玉送玉牒，湘云、探春接玉牒，原是这个意思。迎春、惜春同时出现在玉牒上，说明她们都是皇家人。"

文亮忙道："取个碟子，就引出这些皇家人，那送桂枝呢？一定更有意思。我想起几个细节来，秋纹送桂花，得了巧宗，却被晴雯耻笑，连带袭人一起被骂成哈巴狗。可让晴雯去取碟子时，她偏去取瓶子，说也要得个巧宗，她怎么就不怕被人说成哈巴狗了？这是晴雯言行上的矛盾。"

文亮又指着眼前的瓶子道："另外，这个联珠瓶，让我闻到珠联璧合的味道，不知是不是有这意思？"

芸轩道："这就是我想说的关于碟子的第二个意思。说到这里就得提一个人，小丫鬟秋纹，你们谁对她有印象？"

秦明笑道："这个丫头出场不多，但特色鲜明，给我的感觉，她对地位低下的丫鬟刻薄强势，对主子却献媚得很。袭人和晴雯是对头戏，但袭人的奴颜色彩不如秋纹鲜明，倒是她和晴雯，个性对比更强烈些。特别是她此次送桂花得了彩头，就是二人性格对比的一场重头戏。

"她极力宣扬平时不入老太太眼的自己，如何幸运地得了这么大彩头。任凭晴雯几次三番贬低她，瞧不起她，都消磨不掉她的幸福感，就像得了天大的幸运。"

芸轩道："让你突然间蟾宫折桂，你不也洋洋自得吗？"

山岚道："你的想法是，宝玉送的这两瓶桂花，寓意他要蟾宫折桂吗？"

秦明道："我就说嘛，宝玉平时那么不爱读书，如果突然送信去告诉老太太，自己要发奋努力，争取蟾宫折桂了，她们能不高兴吗，重赏下人也是有的。"

芸轩道："是已经蟾宫折桂了，且是两个人都中头彩。"

秋真问："谁和谁？"

芸轩问："送花时王夫人在干什么？"

秋真道："正在找年轻时的颜色衣服。"

芸轩道："为什么找衣服，给谁找？"

秋真道："对，记得晴雯和秋纹有一段对话，秋纹问：给这屋里谁的？我因为前儿病了几天，家去了，不知是给谁的。好姐姐，你告诉我知道知道。

"晴雯道：我告诉了你，难道你这会子退还太太去不成？

"秋纹笑道：胡说，我听了喜欢喜欢。哪怕给这屋里的狗剩下的，我只领太太的恩典，也不犯管别的事。

"众人听了都笑道：骂得巧，可不是给了那西洋花点子哈巴儿了。

"袭人笑道：你们这起烂了嘴的！得了空就拿我取笑打牙儿。一个个不知怎么死呢。

"这才知道，原来袭人得了。说明太太正给袭人找自己年轻时的衣服，要赏袭人呢，赶巧秋纹送花，就现成的也给了她两套。"

芸轩道："袭人得了赏银，得了衣服；同时，秋纹也得了赏银，也得了衣服。用晴雯的话说，虽是巧宗，毕竟袭人、秋纹二人同时得了彩头。"

文亮道："得了彩头，就是蟾宫折桂吗？"

陆风道："平日里，听你们说《石头记》里，每个钗都象征一种花，这桂花是谁？"

山岚笑道："你还挺有心，桂花是袭人哪。哦对了，这里真是要说袭人呢，可秋纹怎么和袭人牵连在一起了？"

芸轩道："这不奇怪，你们说'纹'是什么？"

文亮道："织品上的花纹，有时指绫或者绫纹。"

芸轩道："那袭人呢，咱们知道是龙衣。既都是衣或绫，王夫人赏的也是衣，她二人就都是寓意衣钵，只不过秋纹是秋天的衣服。袭人上位，秋纹当然也要上位，二人蟾宫折桂是必然的。"

秦明道："两个西洋哈巴狗上位，怪道晴雯又抱怨：一样这屋里的人，难道谁又比谁高贵些？说明上位的二人，身份不够高贵。袭人和秋纹他们一定有所指，是谁？芸轩一定有答案了，你的第二个意思还没说呢。"

芸轩笑道："真聪明，那就要说到这只瓶子了。文亮看到瓶子，就想到珠联璧合。没错，你们瞅瞅上面的图案，像什么？"

文亮道："像是联珠纹，几个珍珠串在一起的样子，很古老的一种饰纹。"

芸轩道："你只告诉我珠联璧合的出处就行。"

文亮想了一想，道："好像《汉书·律历志上》说，日月如合璧，五星如连珠。有些解释说日月如合璧就是太阳和月亮同时出现在天空上，日月同辉的意思。而五星如连珠，是指金、木、水、火、土五大行星，同时并现于一方，古代以为祥瑞。"

小妹插言道："我记得说是五星连珠的。"

芸轩道："很对，五珠相连，二玉相合，大概是曹公的用意所在。"

山岚道："玉牒上的人不是三个，而是五个吗？"

芸轩道："我想是这样，除了三春，应该还有两个身份更低微的人上位。虽然不在玉牒上，但至少是折桂之人。"

文亮在屋子中走来走去，秋真怪她晃得她眼晕。

突然，文亮道："有了，弘光被俘，自六月起，明朝又历经一场血腥荼毒。君臣和百姓，死的死，伤的伤。可接下来，南方各地的大明宗亲藩王，不论身份合不合适，纷纷先监国后登基。你看秋真做的这件帝服，谁的？唐王朱聿键的，一年的时间里，先后五人要么监国，要么登基。"

秋真道："这和五珠相连有啥关系？"

秦明道："怎么没关系，此'五珠'乃彼'五朱'。我也记得，这段时间上位的朱姓藩王，正是五个。"

文亮道："没错，先是朱常淓，监国的第三天，就投降清军；然后是朱聿键，他还算是个有作为的人，算是南明的第二任皇帝；和他同时监国的还有朱以海，与朱聿键窝里斗，为争夺帝统而互相残杀。

"另两个身份尴尬的人，就是广西的朱亨嘉和朱慈炤，但他们的政权，都似昙花一现。真像晴雯说的，不是靠了丰功伟业而称霸，都是得了巧宗，是因'朱姓'而讨巧，做了皇帝而已。他们不管身份高低贵贱，纷纷登上历史舞台。此时，天空就是五珠相连的景象。"

芸轩道："文亮的分析合理，还有一点你们得注意，朱亨嘉的儿子叫朱若极，就是明末有名的书画家石涛和尚。"

文亮警觉道："是他！怪不得从第三十七回开始，脂砚的批语又突然多起来，而这场海棠社，似乎也是新的开端。是不是他又要现身了？"大家听了摇摇头。

芸轩道："且不说他。只是有'二玉相合'的意思，不知你们感觉出来没？"

小妹道："这个我知道。"

大家奇怪地看她，她笑道："我虽比不上你们，可我电视看得多。二玉就是说的宝玉和黛玉。二玉相合，不就是宝黛相合吗。"

大家一阵哄笑，可芸轩止住笑道："小妹说的对。二玉相合，就是宝黛相合，没错。"边笑着，大家举杯，又喝了一巡桂花酒，蟹子也吃光了。

因还想后面作诗，山岚命小妹将杯盏和残席收拾了，都洗了手，又拿来纸笔。除了小妹和陆风，她五人默默地考虑了一刻钟的功夫，分别在纸上写了，陆风用图钉钉在墙上，大家轮流看时，见文亮写的是：

《咏白海棠》之探春咏

意冷心灰带重门，阴霾满园苔满盆。

清高玉洁难自弃，雪做肌骨钗做魂。

游丝断无回天力，桂花落影月落痕。

羽化魂消成缟仙，只是良宵近黄昏。

文亮解释道："据我的体会，面对白海棠，探春是个观花者，她看到白海棠影中，宝钗冷如月色。月光之下，黛玉洁而无力，化魂而去。探春是希望，能将自己的忧伤向羽化成仙的黛玉于黄昏中诉说一番。"

山岚道："玉是精神难比洁，此'玉'可是海棠之魂哪，怎么见得就是黛玉了？要是宝玉呢？"

文亮道："芳心一点娇无力，还能是谁，还不是羽化为仙的黛玉。"不听二人争论，大家继续往下看秦明的：

《咏白海棠》之宝钗咏

心愧情疚昼掩门，亲拿泥瓮灌苔盆。

红色洗罢白色冷，冷香招出冷酷魂。

愈冷愈淡愈明艳，忧愁竟使玉留痕。

高洁偿罢白帝归，玉树风立过晨昏。

秦明笑着解释道："薛宝钗非常自重，大白天，她羞涩地掩门种花，辛苦耐劳，任劳任怨。为了使得白海棠更加高洁，又是洗颜色，又是用冰雪招魂灌露，只想让自己亲手种的白海棠亭亭玉立地开在这冷清的秋季里，而她的高洁，却得到了白帝的赏识；同时，她嘲笑黛玉，你的忧愁太多，白海棠里才留下了你的玉痕。我以为，她种的这棵海棠，是她自己。"

山岚道："你才作怪呢，似乎宝钗心中有愧了，人家掩上门是暗自珍重呢。且白海棠从来不在秋天开花，也就是你的宝钗有这份能量。"大家接着看下一篇，是山岚的：

《咏白海棠》之宝玉咏

秋色愈愁照重门，楼子花开薛满盆。

钗幻玉影妃子来，玉化冰心花为魂。

那堪西子愁不断，一哭经宿雨样痕。

两两婵娟谁有意？战火连天送黄昏。

山岚道："据我看，宝玉和探春一样，也都是观花人，他看到白海棠影中，宝钗丰满鲜亮，如出浴太真般精神饱满，而黛玉却满面愁容，泪流不断，那忧伤与无助，在秋天的黄昏中，延绵不休。和探春一样的心事，面对纷纷扰扰的战事，宝玉的忧伤也无可排解。"

文亮道："宝玉将白海棠比作杨玉环，这又是和宝钗勾连。"边说着，再看秋真写的是：

《咏白海棠》之黛玉咏

潇湘妃子半掩门，碾雪化冰种玉盆。

偷来梨蕊七分红，借来红梅一缕魂。

嫦娥舞来长空素，葬花西子泪满痕。

娇羞默默无人听，心力交瘁夜已昏。

山岚道："你错了，什么叫梨蕊七分红，你见过红梨花吗？怎么还是偷来的呢？"

秋真道："梨花只在黛玉的潇湘馆里有，倒也不算偷，我只是想让那个颜色突出一下而已。"

秦明道："偷来梨蕊三分白，借得梅花一缕魂。怎么见得借来的是'红'梅的一缕魂呢。谁知黛玉借的是什么颜色的梅花？"大家都道秦明说的对，秋真该罚。

秋真又道："你们这些家伙别得势，我没你们那工夫来准备，意思不错也就罢了，白梅换成红梅多恰当，我就要那个'红'字了。"

芸轩道："秋真说的也有理，她的意思也容易明白，就不用解释了。"

秋真道："你是说我写的没味道了是吧，我偏说。黛玉和宝钗一样，都是种花人，但因她种的花，颜色是偷来的，魂儿也是借来的，所以才羞答答地半掩着房门亲自种。显然，她失去了种花的能力或地方，且有一种忧伤没处诉说，这意境中，她种的也是自己。"

秦明道："怎么没人诉说？月窟仙人缝缟袂，秋闺怨女拭啼痕。她碰到了月洞仙子了呢，是不是嫦娥？黛玉正哭着，向嫦娥诉说自己的愁怨呢。"大家都说有理。

最后是芸轩的，只听她道："想不到，秦明的意思，说黛玉正向宝钗诉说心事呢。看我的，本来湘云的和韵有两首，我仔细想了一番，发现湘云的本意可以用一首表达，不知合不合适，你们给评一评。"单看写的是：

《咏白海棠》之湘云和韵咏

神都阶通衡芫门，蓝田玉种萝薛盆。

霜娥爱冷喜高洁，西子悲秋确离魂。

雪做晶帘看如无，玉烛无泪月有痕。

欲向嫦娥诉幽情，空立虚廊月已昏。

山岚道："你这过渡得也太大了，你还是解释一下吧。"

芸轩道："湘云诗的意境，是先种花后赏花。倒没说谁种谁赏，我想无非那两位种，这两位赏。

"第一首便是种花，说的也直白，神仙降临在都门，种得蓝田玉一盆。种花之人是神仙，而且下凡种在都门内，种的又是蓝田玉。这盆玉，一面白似冰雪，一面洒满泪痕。

"她不像前面那两个种花人，宝钗和黛玉都种的是自己，湘云却说，这花是神仙种的，但种的不是神仙自己，种的海棠花里，一个是爱冷的宝钗，一个是离魂的黛玉。

"第二首更有意思，便是赏花。说明湘云的站位和宝玉探春一样，都是赏花之人。她从白海棠中看出了什么呢？首先，她说这花直接种在了蘅芜苑的萝薛门内，且很适宜在那里生长，宜室宜盆。

"但是，萝薛门内的高洁，却难寻赏花者，就连流干眼泪的黛玉，也被隔在月洞帘外了。黛玉似乎很想对里面的嫦娥羞怯怯诉说一番幽情，却只得站在空空的廊檐下，站在风中，等待夜幕降临。"

文亮道："呕！黛玉欲向嫦娥诉？你们都这样认为，她自己的诗里也是这样，她竟有这份心思，什么意思呀？再说宝钗，谁说她过于清洁难寻赏识之人？正所谓：欲偿白帝凭清洁。真真她有冰雪奇缘，连白帝都打偿她了。"

小妹问："白帝是谁？"

文亮道："是上古时五帝之一，他的父亲是太白金星，司秋之神，金姓，始祖是少昊金天氏。"

秋真道："这一说清楚了，三个赏花人身份明了。白海棠花里，都有宝钗和黛玉的影子。两个种花人，种的又都是自己。湘云更好，神仙种的这盆花，直接就是蓝田玉，是不是'玉儿'有可能复活？"

山岚道："有可能，又不是第一次倩女离魂又还魂，也无不可。真好，被黛玉埋葬的花，借种花人的手要复活了。不过宝钗又是这一社的冠军，花还种在她的院子里，到底她是白海棠的主人了。"

芸轩沉思一会道："秦可卿那幅《海棠春睡》，你们可还记得？这里竟是《海棠秋赏》。李纨评的对极了，到底是蘅芜君，要推宝钗这诗有身份。对，就是身份！宝钗全诗只突出一个特点，自重身份，就是说她有身份了。"

秦明道："是啊，宝玉也将她和杨贵妃的海棠勾连，她终于也有了海棠花的身份了，可以和秦可卿一样了。"

秋真笑道："呵呵！谁说袭人有实权无名分，这不就是名分吗？宝钗坐到袭人的位置上，也不是白坐的。"

芸轩道："可这白海棠不单纯是海棠，且还是蓝田玉，里面还有黛玉的影子。这个结构好怪，看来咱还得好好研究一番宝钗的菊花诗，看她到底玩什么把戏。"

小妹跳起来叫道："我说没错吧。"

山岚道："你个小孩子瞎起什么哄，我倒想起来了，有钗黛合一之说，不知是不是说的这个？"

秋真道："有意思，珠联璧合，有这么多讲究。真没想到三春加二婢是'五朱'，白海棠里还有钗黛合影。后面的事怕是更热闹了。"

山岚道："既然秋纹是湘云的衣钵，又把红菱、鸡头果给了湘云，自然湘云就是迎、惜二春时代的代言人，可探春时代谁管？"

秦明道："二春、三春本来就混着，单看湘云的表现了。怪道在螃蟹宴上，凤姐要替张罗，她执意不肯，张罗得比凤姐还周到，连赵姨娘周姨娘都照顾到了，几乎做到了人人有螃蟹吃，凤姐倒成了丫鬟，替鸳鸯袭人为贾母和宝玉服侍。如此说来，菊花会和螃蟹宴，倒是有热闹看了。"

陆风坐在一边有些犯困，道："你们且热闹吧，我可困了，也听不出所以然来，这个社，一点不热闹。"

山岚哄他道："好了，你和小妹那边去写评语，给咱们评个名次出来。我这边正式开席上酒，今夜来个一醉方休。"于是，大家七手八脚地撤去道具，摆上桂花鸭等各色吃食来，重新划拳行令地闹起来。

芙蓉破霞影　菱藕泻深香

第二日快中午时，秋真带来一行三个人，小妹忙收拾了桌子让他们坐，原来是冰儿和天骄，小妹惊得合不拢嘴，忙忙地找个本子要签名。

冰儿逗她道："你先给上一壶好茶，我们解解渴，才能给你签。"小妹拍一下脑门，忙忙地去了，秋真笑她就这么点出息。

一时，芸轩也回来了，进门时正听见一个年轻人，站在当地，面向天骄，朗声道："若夫龙种困而被奴，凤仪降而为婢，逐燕支而上驰，抱琵琶而北去，黑山之月年年，青冢之花岁岁，室处有荼毒之淫，髭发有髡髯之累。"

年轻人见天骄站起来，又听见身后有动静，回头见有人进来，忙住了声。芸轩一面打量年轻人，一面奇怪问："你们的《小红楼》不是拍完了吗？怎么你两个还有一起的戏？这位是？"芸轩指着旁边英气勃勃的小伙子问道。

秋真介绍："没呢，前面柳如是的几个镜头，导演看了嫌少，再让他两个回来补一些，让你帮着补完。这位介绍给你，是子龙的学生夏完淳的演员，你叫什么自己介绍给芸轩吧。"

小伙子双手抱拳施礼，笑道："学生范长歌，是南大学生，久慕芸轩老师才华，恨不能相见。今日得见，望前辈悉心教诲，学生三生有幸。"

冰儿笑道："就叫他长歌，已经给我做了弟弟。"

芸轩笑道："嘴倒很会说，刚才的《大哀赋》还行，有点夏完淳的风骨，调教得不错呀。"

秋真道："我的功劳啊。正所谓：礼魂兮春兰秋菊，吊古兮山高水长。我可没少花工夫教他，我还淘腾了一段视频给他了呢。"

冰儿问："什么视频。"

秋真道："我们剧团在一九五六年进京演出的《南冠草》，当年周总理看后，都给予赞扬呢。"

芸轩道："《大哀赋》如泣如诉，长歌当哭。既然你叫长歌，说明你和这个角色有缘，他十七岁的少年如此才华，你得好好把握，不可掉以轻心。"长歌连说了几个是。

芸轩道："正好，过两天我参加'二赋'研究论坛，你也跟着吧。"

冰儿问："什么'二赋'？"

秋真道："想必是《大哀赋》和《哀江南赋》。"

芸轩道："没错，你的行程怎么定？不回去了？"

秋真道："服装明天就捎走了，要留下我补镜头，只给了一个月的时间，让我趁着过重阳时节，拍菊花零落的秋景。对了，山岚那妮子呢？她听了准高兴，冰儿正想着她呢，我留下，不正好也称了你的意？"

正说着，山岚回来了，只见她怀里抱着两盆菊花，一盆水晶球儿的白菊，一盆几种颜色都有的小红菊和甘菊。瞧这些花，朵儿虽小，却精致可人。

冰儿看到，走向前接过来，欢喜地闻了又闻，笑道："没见过这么小巧的花儿，别看花型小，还这么香，什么花？"

山岚见他们来了，高兴地抱着冰儿又跳又笑，也不顾有陌生人，告诉她道："这是野菊，好不容易得的。朋友在植物园布展，从花匠那里要的，要是喜欢送给你。"

秋真道："谁稀罕，你就疯吧。要我说，你给弄几张菊花展的门票是真的。这么一盆小花，就打发了我们冰儿？给弄点吃的，下午我们还有事呢。"

山岚和小妹又叫上长歌，进小厨房做饭去了。冰儿把菊花抱到芸轩房内，看到两瓶九龙桂，更是爱不释手，和天骄一起啧啧称赞，又浏览一番昨日各人写的《咏白海棠》，边看边摇头，说她们写的，简直是打油诗。

冰儿道："谁说都是有些功底的女诗人，看这几首，才情和我不相上下。本想我也起个号进你们诗社，怕你们才情高雅，嫌弃我，就没敢，这下我有数了。听说，过两天你们要组织菊花诗会，秋真还邀请我呢，怕出丑没敢答应，这回我可放心了。"

秋真笑而不答，天骄看了那幅《祭侄文稿》，又看一幅《枕霞阁烟雨图》，问秋真："这是谁的手法？青山远黛，波光粼粼，好一幅江南烟雨图。只这亭阁水榭，古韵中有一段凝重，这个竹桥有些跳脱，看来画主人意在小桥上。"

芸轩笑道："我只是学着涂鸦，听说陈老师对国画有研究，但不知你有这般眼力，连作画人的意图竟能窥破。"

天骄笑道："你画的？虽然拙古却有些意境。我看笔意不在画法，是心有所指才画它。其实你可能不知道，就如这篇《祭侄文稿》，在心不在法，才成就了他的艺术成就，此画正得此道。当然，功底不可能与颜真卿同日而语。"

芸轩抱拳道："惭愧，点拨的是。"

天骄看着没来得及收拾的菱角和鸡头果，笑道："今天来着了，看得出你们动真格了。我满脑子的问题，也天天被搅扰得不得安宁，可想要理个头绪出来，难煞人了。"

又双手搓了搓道："若能窥出点破绽，也不负我的心，可从哪里开始好？"

秋真在旁边笑他："瞧你激动的那样，先坐下来再说话吧。从哪里开始，从这《枕霞阁烟雨图》开始呗。"

芸轩高兴道："陈老师原来也这么喜欢《石头记》，看来我又遇到知己了。"

冰儿道："他简直是骨灰级红迷呢，听我说你们研究这个，老早催我领他来。"

天骄再仔细审视那幅图，道："我看明白了，上面这个钓鱼的是黛玉；俯在窗槛子上的是宝钗；探春和李纨惜春站在岸上，在垂柳阴中看鸥鹭；迎春也在岸上，独在花阴下，拿着花针穿茉莉花；那边山坡桂树底下，有两堆人，都在吃螃蟹吧？你这攒三聚五，疏密有秩，简直就是一幅《百美图》嘛。不对，还有宝玉呢。我记得宝玉在上面的，怎么不见呢？"

第三十八回
芙蓉破霞影　菱藕泻深香

335

秋真道："宝玉在上面呢，只不过在亭子里面，看袭人等吃螃蟹喝酒呢，怎么看得见。"

天骄道："原来只有宝黛钗在藕香榭上，别人都在岸上，我也记得上面有一联：芙蓉影破归兰桨，菱藕香深写竹桥。由贾母让湘云读出来一定含有深意。别忘了，菊花会是湘云的主场，是继探春海棠社后的又一次盛会，也是湘云戏份中最出彩的一场。我总想知道这里为何'芙蓉影破'，又为何'菱藕香深'，要知道菱藕哪有什么香啊。"

芸轩道："你一下提了这么多，我真不知从哪里说起好，可不是一句半句就说完的。"

天骄道："先说你是怎么发现问题的。"

芸轩道："贾母来亭子里赴宴，不走两边的曲廊，而是选择咯吱咯吱响的独木竹桥，　下就提醒了我，我想了几天，终于才想明白。"

天骄正端详那幅画中的亭子，笑道："你画的亭子左右曲廊不是接岸的，贾母不得已才走后面暗接的竹木桥吧。"

芸轩道："有眼力，再仔细瞅瞅还发现了什么？"

天骄又端详了一会，笑道："如果两边不接岸，独木桥当做登船用的跳板，你这幅画上的藕香榭，看起来像条船，对还是不对？"

芸轩拍手称快，笑道："知己！果然知己！一眼堪破天机呀。"拉着天骄回到座位上，抱怨道："我这幅画，昨天就挂上了。你看瓶子里，我还特地备了两棵桂花枝，对比一看就能发现，这就是我画上的那两棵；还有湘云玛瑙盘子里的菱角和鸡头米，竟然没人看出其中的奥妙，太让我伤心，不想你竟堪破了些。"

天骄道："菱角和鸡头果没看透。"

秋真道："宝玉给湘云自己院里的鲜果，鸡头果又是假藕。说白了，这个盘子里是两个人的名字。"

天骄道："是了，菱角是不是香菱？"

秋真道："不是，是住在紫菱洲的迎春，和那个艺名是'藕榭'的惜春。"

天骄大笑："你是说，湘云的盘中餐，是'二春'，亏你们想得出。"

山岚煮好茶，端上来，笑道："她这两棵桂树，代表蟾宫折桂，是袭人和秋纹呢，说两位身份不算高贵的王爷，得了巧宗上了位，是不是更可笑。"

看到天骄一脸的不相信，芸轩道："别的先不说，先说藕香榭为什么是条船，看你认不认可我的说法。贾母走上亭子的样子，如果看成登舟，跳板吱嘎作响，是不是很合适？有船才有桨，对不对？芙蓉影破归兰桨，其中'芙蓉影破'就是告诉我们，此处是黛玉之梦破碎的地方。"

"黛玉是芙蓉也对，可为何由兰桨打破呢？"

秋真道："桂棹兮兰桨，斫冰兮积雪。采薜荔兮水中，搴芙蓉兮木末。'兰桨'之说，可能取自《湘君》呢。"

芸轩道："对，娥皇女英，湘水寻君，乃是乘舟而来，如果梦破而归，也须得兰桨破影，乘舟归去，这怎么不是一条船呢。还有你瞧黛玉，她恰恰正在钓鱼，这个更能说明问题。"

小妹悄悄道："是不是说姜太公钓鱼愿者上钩啊。"

秋真笑道："你见过美女钓鱼的吗？"

芸轩道："黛玉也可以是鱼婆的，知道那句：孤舟蓑笠翁，独钓寒江雪。就能明白黛玉垂钓时的心情。"

天骄道："黛玉垂钓，是在船上，也说的过去。可宝钗却用桂花蕊把鱼引到她那边，这二人有些较劲呢。"

秋真道："还真是条船呢，跳板咯吱咯吱地响，就是条破船。贾母亲自登船，干什么来了。"

山岚道："吃螃蟹呀。"

芸轩道："还不如说是御驾亲征呢。"

天骄道："我有点信了，你们的法子可取。菱藕香深写竹桥，又是什么写意呢？"

芸轩道："芙蓉与莲藕本是一体。既然芙蓉梦已破，只好寄希望在'菱藕'那点微弱的香气上，来捍卫这摇摇欲坠、吱嘎作响的破船。"

天骄道："那该是'泻'竹桥才对，为何是'写'字。"

山岚道："这竹桥，怕是用黛玉的斑竹编的吧。"

芸轩道:"潇湘神,斑竹枝。既然是泪竹,也是记载历史的竹简。此处用'写',我想曹公准是想'写'一段惊心动魄的战争场面。"

天骄道:"你是说这是个战地。"

秋真点头道:"且还是个水上战地。"

山岚道:"我也知道了,脂砚特别交代过,问作者犹记矮舫前以合欢花酿酒乎?屈指二十年矣。如果把它看成船,脂砚说的这个'矮舫'就找到了出处。可是,他说的合欢花酒呢?"

芸轩道:"虞舜南巡去不归,二妃相誓死江湄。空留万古香魂在,结作双葩合一枝。传说,娥皇女英遍寻湘君未见,泪尽滴血,血尽而亡,二女之灵与舜合二为一,遂成合欢树。可是钗黛二人,同饮合欢酒,到底是较劲呢,还是想合一呢,不好说。"

秋真道:"脂砚为何说这是二十年前的事呢。"

芸轩道:"因为贾母回忆了一段陈年旧事,并且是一件差点没命的往事,或许就发生在这条船上。假设一下,如果战争前后持续的时间有二十年之久呢。"

天骄道:"这个就不科学了,什么战争能持续这么久。"

冰儿道:"我虽不懂,可她们推断的东西,好像都能找到证据,也许有一段战争,就有这么久呢。"

天骄道:"暂且这样,那你们再说说眼前的螃蟹宴。"

芸轩道:"这是菊花会的开场戏。老太太过竹桥,鉴赏一番门上的对联,还讲了一段她年轻时的惊险小故事。

"先小时,家里也有这么一个亭子,叫做什么'枕霞阁'。那时,也只象他们这么大年纪,同姐妹们天天顽去。谁知失了脚掉下去,几乎没淹死,好容易救了上来。到底被那木钉把头碰破了,如今这鬓角上,那指头顶大一块窝儿就是那时留下的残破。

"发现没,这个故事的主要背景就是'落水'?掉到水里和掉到井中是不是一个意思?都和水属的清廷有关,贾母小时候曾经落水,是不是说湘云也落过水?"

天骄道："贾母说的可是'枕霞阁'，而不是藕香榭。"

山岚道："红印枕霞，如梦如幻。枕着云霞入梦之人，就是湘君的身份，正是'湘云'二字的含义。枕霞旧友，是年轻的史太君，也正是湘云的号。贾母的故事，无非想重现一个没落家族所经历的战争旧事，故事以'落水'为战况要素，来描绘湘云在这场战争中的一些遭遇。"

秋真道："湘云的事要浮出水面？有了，天骄，快来穿上这件帝服，演一场隆武登基如何？"天骄疑疑惑惑地进去，换上那件华贵的加冕朝服。

秋真道："自然是隆武要上阵了，湘云瞻前不顾后地承诺做东，特别像这个人，不顾实际情况要御驾亲征，结果呢，你听听宝钗说的话。"

遂学着宝钗的样子道："既要开社，便要做东。虽然是玩意儿，也要瞻前顾后。又要自己便宜，又要不得罪了人，然后大家方有趣。"

山岚道："可不让宝钗说着她的痛处了，开诗社虽不是正经事，可湘云囊中羞涩，啥也做不得主，怎么做东道？"

冰儿道："我一向喜欢宝钗为人，她帮湘云解了围，还不让湘云多心，怕她感到不自在，不好吗？"

芸轩道："只看湘云的变化。湘云来贾府是有规律的，三大节后必来。元宵节，湘云来是跟黛玉住一起；端午节，湘云来住在老太太这里；中秋节后，湘云却被宝钗邀住蘅芜苑了。而且，宝钗利用湘云承诺东道的失误，主动讨好给予帮助，这才有了别开生面的螃蟹宴。"

冰儿道："让你们一说咋变了味，宝钗帮忙还帮错了？"

秋真道："不是帮忙，是帮着害人，没听贾母说吗，那东西虽好吃，不是什么好的，吃多了肚子疼。果然，黛玉吃了，就开始心口作痛。"

芸轩道："确切地说，是湘云的不自量力，造成自己的被动，被动之后，宝钗兄妹才有机会提供螃蟹，被湘云带进了大观园，这叫引狼入室。是隆武的不自量力，打开了螃蟹之门。"

山岚道："螃蟹来了，真形象。说正经话，那人在拥戴隆武期间，并未与清军有过真正较量，也不曾损过一兵一卒，倒是对当地百姓横征暴敛，致使民不堪其苦，老百姓皆歌谣唱：清兵如蟹，曷迟其来。"

冰儿问："什么意思？"

山岚道："把金人比作螃蟹呗。自己人把自己人糟践够了，就像鸳鸯说的，凤姐和平儿，主子奴才打架呢。所以，老百姓倒都伸长脖子，盼清兵来解救他们，还嫌清军来得太慢，像螃蟹。"

秋真道："这里的意思，不是你说的道理吧。清军是螃蟹，横冲直闯的李成栋，何尝不是螃蟹，"

天骄迈着方步，一板一眼地走出来道："什么清兵如蟹？听起来，吃螃蟹是打清兵了。好吗！贾府从老祖宗开始，到家下丫头婆子，特别是两棵桂树下，吃螃蟹的人，都是在与清军作战吗？"

秋真道："你说对了，天空中五朱相连，全国各地的老百姓，都纷纷竖起了反清大旗，这也是历史上最高涨的一次反清运动。"

天骄一听兴奋道："原来是明末清初的事，对不对呀？能不能再具体点？"

秋真道："郑芝龙这个人听说过吗，大明招降的一个海盗集团头子，就是个趋炎附势的暴发户，逃亡中的朱聿键，饥不择食地选择他兄弟二人，做了定策之臣，由他们兄弟拥戴其登基成为隆武。

"桂櫂兮兰枻，斲冰兮积雪，出自《湘君》，这就是探春在招贴中邀请宝玉棹雪而来的用意。玉桂做桨，木兰作楫，划开水波似凿冰堆雪，隆武想在水中把薜荔摘取。芙蓉兰桨，枕霞旧友，他开始以湘云的身份，来演绎湘君失恋的悲伤故事。

"要我说，他们是一同登上了一艘摇摇欲坠的海盗船，自从郑氏集团拥戴隆武称帝，就架空了朝廷，看到湘云在家中的境况了吗，捉襟见肘的日子，被控制得淌眼抹泪的。

"他调动不得郑氏的任何部队，无奈之下，隆武发狠御驾亲征。就类似湘云，没钱还承诺做东道。结果呢，八月二十一日，隆武兵败逃亡延平。"

天骄道："哎！看我的样子，像不像可怜的湘君？"

遂念道："襁褓中，父母叹双亡。纵居那绮罗丛，谁知娇养？幸生来，英豪阔大宽宏量，从未将儿女私情，略萦心上。好一似，霁月光风耀玉堂。厮配得才貌仙郎，博得个地久天长，准折得幼年时坎坷形状。

"我朱聿键一生坎坷，自小便备受磨难，因嫡庶之争，我父子常年被囚禁府内，还差点被兄弟害死在牢中，这与无父母的孤儿有何区别。长大后因做事鲁莽，又被投进监狱达八年之久。甲申之祸前虽然被释放，可甲申之难后我开始到处逃亡。可叹我一生，纵居那绮罗丛，谁知娇养？不是吗？这经历哪里像王家子弟的生活境遇。不料刚继位一年的弘光帝也出事，一时国中无主，宗室们皆跃跃欲试。"

【芸轩】而你朱聿键并无监国野心，正如湘云对宝玉的态度，一向毫无暧昧，毫不掺杂半点儿女私情，豁达坦荡。只不过时势使然，不得已，你被人拥戴做了麒麟之才。

天骄合手望天道："老天啊！感谢对我的眷顾，也是对我坎坷经历的一点补偿。我一定做一个霁月光风的明君，来博得那眷顾地久天长！"

【芸轩】只可惜，终久是云散高唐，水涸湘江，这是尘寰中消长数应当，何必枉悲伤？你终究只有一腔热情，没有半点从政经验，就如爱做白日梦夸夸其谈的'憨'湘云，行事幼稚，瞻前不顾后，这也是贾母不放心的原因。

天骄道："一个憨字，概括得很形象，还真是隆武的事？这段历史我一点不了解。"

秋真道："所以，曹公才写给咱们看。郑芝龙名字中有个'龙'字，他就是薛蟠下到隆武朝的一枚'龙'蛋，也是宝钗暗中笼络过来的'袭'人，他早就被金人收买，暗中与清廷通款，以钱粮不足为由，一兵不发，逼得隆武御驾亲征。

"这就是所谓的金莺儿和白玉钏，在宝玉眼皮子底下结的'金玉缘'，他就是被宝钗络住的那位玉人。这个以下犯上不懂规矩的玉钏，分喝了宝玉的荷叶羹不说，逼得宝玉自己动手，还打翻了宝玉的饭碗。

"正因郑芝龙叛变，导致仙霞关门户大开，清军迅速南下，并制造一系列骇人听闻的大屠杀，这才激起了汉人百姓的全面反击，这场反清运动，不光朝廷，下层老百姓都参与了，这才有了家下婆子们，一起吃螃蟹的壮观景象。"

芸轩道："凤姐和鸳鸯的玩笑开得好：你知道你琏二爷爱上了你，要和老太太讨了你做小老婆呢。凤姐的意思，贾琏想娶了你姓金的呢。"

天骄换回服饰道:"金鸳鸯代表金人吗?谁娶她谁就要金人的命?那这个鸳鸯可是个要命鸳鸯,我又长见识了。"

秋真道:"只不过中间有些插曲。"

山岚道:"什么插曲?"

秋真道:"忘了凤姐和平儿那一段了,被鸳鸯说成是:为抢螃蟹,主子奴才打架呢,可见'五朱'之间,定少不了内讧自残的。"

天骄道:"这场战事,胜负如何?"

芸轩指着边上三首诗道:"宝黛钗三人,船中灭蟹争锋,战果如何,看三人的螃蟹咏就知道。"

山岚道:"对,横行公子本无肠,惯耐江湖十月霜。这螃蟹是薛蟠提供的,骂他是横行公子无疑。"

秦明指着宝玉的诗笑道:"看宝玉的这首,左手持蟹,右手执壶,说自己能享受这样的饕餮盛宴,便足了一生,他对消灭蟹子的战果非常满意。"

秋真道:"有人戏说,螃蟹内则黄中通理,外则戈甲森然,此卿可出将入相。黛玉却说,螯封嫩玉双双满,壳凸红脂块块香。说的当然是宝钗丰满白腻的膀子,宝玉多次羡慕得不得了,想摸一摸。"

文亮笑道:"又说,多肉更怜卿八足,助情谁劝我千觞。不光丰满,八只爪子还是八旗军的编制。黛玉只吃夹子肉,可见是灭蟹主力,这却让黛玉受了内伤。"

秦明道:"这样说,黛玉胸口作痛,事情严重了,因最后一句:桂拂清风菊带霜。菊带霜,霜打菊,真受伤了。"

冰儿道:"听起来,唯独黛玉吃蟹子受伤了,怪不得贾母一再嘱咐湘云呢。"

芸轩道:"长安涎口盼重阳,这句最有意思。秋天的重阳节,似乎是国之最危时,可他们正盼着发国难财呢。宝钗笑骂,你们养了一批馋嘴的官员,和这螃蟹没多少区别,每当遇到大难,眼前无路可走时,空是一副皮里黑黄的诡诈像,只会自己作践自己人。"

文亮道:"还有一说,宝钗竟然嘲笑起来:酒未敌腥还用菊,性防积冷定须姜。说你们为防螃蟹之'冷'，又是喝烧酒，又是喝醋、还吃姜的。没听丫头说平儿么，若贾琏娶了金鸳鸯，她非得喝两碟子醋才行。为了除去因吃蟹子沾染的腥味，还要用桂花蕊、菊花叶等香薰的绿豆面子洗手。即便这样，恐怕也洗不掉自己手上沾染的血腥味。"

秋真道："她倒洋洋得意了。于今落釜成何益？月浦空余禾黍香。反正都是螃蟹，你也罢，我也罢，煮着吃了都消灭了也好，只留下禾黍香。一片丰收景象，多美。"

芸轩道："月照江浦，她得意，是因收获只属于月光。"

天骄拍手赞成道："有点意思。我从来就没这样联想过，这个我得再考考你们。"说着，走到芸轩的画前，指着李纨、探春、惜春，问道："别人我都稍微明白点了，船上是宝黛湘云，可这三个人站在岸上，是在坐山观虎斗吗？"

芸轩道："你是说李纨探春惜春哪，她们在看殴鹭呢。"

天骄道："殴鹭有什么好看的？"

秋真道："她说的看'殴鹭'，应该是指殴鹭之盟，或者是殴鹭忘机，殴鹭里面可能有问题。"

芸轩道："二者兼有，这二春和李纨都在安详地看殴鹭，寓意是好的，如果站在岸边，共同缔结'殴约鹭盟'，既有木石心，也具云水趣，她们可以相结'木石盟'的。"

天骄道："这个意境我喜欢，只要不是站岸上看热闹就行。可是这迎春呢，她拿着花针穿茉莉花，又怎么说。"

芸轩道："穿花也好，拾花、扫花也罢，离着葬花不远了。她串起茉莉花来，是不是预示着葬了谁，也不好说。"

天骄回到座位上，一阵大笑道："迎春葬花？亏你想得出，她要学黛玉葬花？从来没人臆造这么个说法。我一时还真回不过味来。不过你的这画，咋看怪怪的，如你说的要是明白了点，就看着有意思了。但不是开玩笑的，掀开这一角不打紧，我更好奇了，能不能再把菊花诗里的秘密，也解给我看看。"

冰儿道："要求不算高，那句：芙蓉影破归兰桨，莫若说是：老太太头破归木钉。这种打油诗我也来的，这次我定要参加，可不能落下我。"

芸轩笑着只是摇头道:"参加也行,那得等我们的命令,等人都全了,游戏才有意思。"

冰儿道:"老陈,咱们下午反正没要紧事,这个游戏好玩得很。前些日子我已经跟过他们一次,没过瘾,不如留下咱们再玩一次,好不好?"

天骄道:"不行啊,我和长歌下午还去看场子呢。"

长歌却再三央告留下来,天骄只得答应。吃过饭,小妹又端来一壶老眉君。陈天骄端杯看看茶色,笑道:"窗下品茶聊天,读书作画,真是神仙般的日子。你们这帮妮子真是惬意得很,什么时候我也邀一社,也沾沾你们的雅气。"

秋真也过来道:"等她们都来了才热闹呢。看到没,那些菊花诗,不是都关在墙上了吗。还有那些道具,都是为菊花诗解密准备的呢。"天骄问什么道具。

芸轩指着一把古色古香的银壶道:"乌银梅花自斟壶,装烧酒用的;海棠冻石蕉叶杯,共两盏,钗黛饮酒用的。"

天骄走过去,拿起来左右看看道:"还真是梅花壶呢,烧酒也是真的,好香。"

芸轩学着黛玉的样子,拿起那乌银梅花自斟壶来,拣了一个小小的海棠冻石蕉叶杯。只吃了一口便放下了。

山岚学着宝钗的样子,也走过来,另拿了一只杯来,也饮了一口,便蘸笔至墙上把头一个《忆菊》勾了。

天骄道:"有意思,《石头记》里唯一喝烧酒的人,不是醉金刚倪二,也不是呆霸王薛蟠,竟是两个大美女。只是这酒壶和酒杯很特别,梅花壶、海棠芭蕉杯,不错。"

芸轩道:"你说得对。海棠、芭蕉,本是怡红院中的红绿二植,怡红公子应该是这个杯子的主人。而酒壶为乌银梅花,有'梅'者,又是宝玉招来的贤士,而这梅花,当是指黛玉的风骨。但奇怪的是,宝钗黛玉二人,同时喝了合欢花烧酒,合欢酒可是表示忠贞不渝的爱情酒。"

天骄道:"笑话,她俩怎么会喝爱情酒。"

芸轩道："哎，是不是笑话，就要看宝钗那首提笔勾下的《忆菊》了。这里面，真有宝黛较量的味道呢。"

冰儿奇怪地睁大眼睛，问道："越来越离谱了吧，合欢酒！难道宝钗想得到黛玉吗？怎么有这么奇怪的安排。"

秋真邪味十足地笑着，解释道："你想想，看到黛玉学姜太公干勾钓鱼，她就向水中抛出桂花蕊，可不就把水里的鱼，都吸引到她那边唼喋。这明明告诉黛玉，你看吧，来我这里的游鱼这么多，你那样白浪费工夫不是。

"游鱼唼喋争食，就如唼喋者争时取妍。人人都在我这边争时取妍，你那边就别那么强撑着了，识时务者为俊杰，跟了我算了。"

芸轩道："然而黛玉呢，拿起梅花壶和海棠杯，喝一口合欢花烧酒，这个举动是明示于人：我心依然属于怡红公子，风骨不变。"

山岚也端起杯子，解释刚才自己的动作，道："宝钗也喝一口烧酒，同样以此明志，意思是：你们这对'玉人'我志在必得，不信看看我写的《忆菊》，便心志自明。"说着，山岚去拿起笔来，勾选的题目正是《忆菊》。

天骄问："原来她俩喝了酒，又去选题目作诗，是给对方看的呀，这回去我得好好研究一下那首《忆菊》和黛玉的菊花诗，看是否像你们说的。不行，天不早了，咱们该走了，去拙政园看看场子。等把咱们的戏份补完，我一定再来叨扰，一并研究那首《忆菊》，看你们能不能说出另一朵花来。"说着，带着长歌走出了红豆馆。

半月多的工夫很快过去，先是补拍了柳如是和陈子龙南楼相聚的温情戏。两人吟诗赋词，相互唱和，在小红楼缠绵数日，亲亲爱爱。真个是：

> 独起凭栏对晓风，满溪春水小桥东。
>
> 始知昨夜红楼梦，身在桃花万树中。

一晃二十多天，大家都有些劳乏。这日，秋真拿一堆好吃的来到片场，鼓励大家忍一忍，加把劲，最后一场戏，希望三天完成，可不能掉链子。又看看长歌满脸乌青，嘴角上挂着血丝。

笑道："你和老奸巨猾的洪承畴对戏，怯场吗？"

长歌笑道："放心吧。"

转眼重阳节到了，那个多事之秋下，只见狼烟四起，满目疮痍，落英纷纷，秋凉飒飒。秋真带着几个摄制组成员，借着拍摄菊花飘零的镜头，一边选拍镜头，一边游赏今年的《阆苑秋韵菊花会》。

菊苑里人山人海，简直就是菊的海洋，秦明和文亮也赶来赏菊，竟有些目不暇接地混在人群里。见不远处有一群围观者，秋真等也好奇地围过近前看，原来是几位穿唐装的学生，官帽上簪着菊花，嘴里还念念有词，说什么：

春色何须羯鼓催，君王元日领春回。

牡丹芍药蔷薇朵，都向千官帽上开。

走出人群，冰儿奇怪这些学生的举动，问："什么意思啊？男人带花，要做新郎官吗？"

文亮笑道："不是新郎官。据《武林旧事》记载，在庆贺太上皇宋高宗八十华诞御宴上，皇上要求前来贺喜者，自皇帝以至群臣、禁卫、吏卒，皆帽上簪花。所以，诗人杨万里，就用诗歌记录下这场'簪花宴会'的热闹景况。"

芸轩道："好像唐代的皇室有习俗，不仅男子簪花，皇帝也对自己喜爱的大臣赐花，这与唐明皇为宁王簪花之事，有极深的关联。"

山岚道："杜牧就有一句：尘世难逢开口笑，菊花须插满头归。似乎男子簪花的风俗叫茱萸会。重阳节时，人们把菊花插在头上，代替茱萸吧。"

文亮道："后来这种饮酒簪花之风，逐渐演变为及第后的簪花赐宴。郑谷就有诗说：女郎折得殷勤看，道是春风及第花。"

秋真道："回头我可要仔细看看探春的《簪菊》，看是不是你们的这个意思。"

山岚道："想起来了，刘姥姥来大观园游玩，就让凤姐插了满头菊花，会不会也与簪花有关？"

秦明道："难说。不过有个传说很有意思：汝南的桓景，跟随费长房游学累年，这一天长房告诉他：九月九日你家中当有灾难，赶紧回去，令你家人各作绛囊，盛茱萸，用以系臂，然后登高，饮菊花酒，此祸可除。

"桓景就按照他说的，当日便举家登上高山。晚上回来时，见鸡犬牛羊一时暴死。长房说：此可代也。所以，世人便延续九日登高饮酒的风俗，遍插茱萸簪菊花，以避灾难。"

芸轩沉吟道："簪花避难，也许是。那年头，忠骨凋零，菊花衰败，黛玉她们为此忆之、簪之、咏之、供之，都不为过，菊花咏里面的文章，的确耐人寻味。"

芸轩走神的功夫，忽有一群孩子，一边拉着风筝线从她身边跑过，口中唱到：菊花黄，黄种强；菊花香，黄种康；九月九，饮菊酒，人共菊花醉重阳。

临出园门时，看到一个黄色的风棚下，有两个晋人样打扮的学生，一人自称彭泽先生，酒幌写的是'彭泽醉酒处'，原来是卖菊花酒的。秋真生气道："素闻陶渊明爱菊如命，也有葛巾滤酒的美谈，你们竟利用他的'大济苍生'之志，来卖酒赚钱。"

学生们并不服她，向她骂道："什么大济苍生，狗屁。这是和平年代，国泰民安，风调雨顺。如果我们生在东晋，才不会像那陶渊明，只知喝酒种菊，有本事上阵杀敌，你们要买就买，不买一边去。我们还得赚钱吃饭交学费，别误了我们的生意。"秋真气得脸黄，叉着腰，要踢他们的桌子，众人嬉笑着拉她走开。

山岚道："别跟这小兔崽子们生气。"

明日便是重阳，本来约好一起去篁岭晒秋登高的，去看晒架上圆圆的晒匾里五彩缤纷的黄菊、红艳艳的辣椒以及各色果脯，可天骄不同意，因他一直惦记着那首《忆菊》就放弃了。于是，小妹和山岚还是准备了重阳糕、菊花酒，预备晚上相聚，来一场别开生面的菊花诗会。

已经事事准备妥帖。

直忙到下班，放下手头的工作，天骄才匆匆赶来，但还是最后一个到。一进门，只见烛光闪耀，高朋满座，他们早都到齐了。茶轩内则焕然一新，桌椅布置得错落有致，两人一张桌，对面席地而坐；每张桌面上都是糕、蟹、菊、酒、烛五样；墙边一张长条桌上，还有两瓶桂花；墙上挂着山岚蝇头毛笔抄写的十二首菊花诗，用黄色花笺，显得墨香清润。

没等天骄看完，冰儿嚷着要罚他一盅酒，秋真忙道："今日我做东，借了山岚的茶轩来，兴点雅事，只要大家畅所欲言，来的都是客，他来的也还不误时辰，就饶他这一遭，咱们先议一下规则。"

冰儿道："别太强调诗会，算是个普通聚会，白日里菊也赏了，重阳么无非赏菊、饮酒、佩茱萸，对了还有吃糕，若是正经写诗就算了，不过打油诗，我可以来一首。"

天骄道："说的是。我听说你们天天在一处叽叽呱呱，说些《石头记》中的诗呀词的。前两天，梁老师还向我夸你们，个个能诌几句。如果有趣，我也天天来，但可别难为我，看在第一次的面上，让我赏可以，写就饶了吧。"

长歌笑道："这么有趣，怎么样都行，让我给各位姐姐斟酒也行。"小妹也笑道："你可不能抢我的差事。"

秋真道："都这么有主意，那我也打定了，不做诗就都不做。那今天的任务，不是写诗赋词，而是要那十二首菊花诗现出原形。做任务的人，自然还是我们原'芸轩诗社'的四个人，外加文亮。其实文亮也是第一次参加，就自行取个号，我们自然原都有现成的。"

文亮道："我的也简单，听说你们痴梦、钟情、引愁、度恨的都有了，就叫我'不了'吧。"

秋真道："你的号倒怪，先这样。说的好不好就那么个意思，大家别见笑。咱们不拘站与坐，一切随意，自斟自饮，自吃自喝。规则就是：观诗必语，说东道西。待我们选好题目，演绎起来，得出的最终结局，则由你们给出评判，就依你们的标准来分胜负。"如此一来，大家无不认可。

天骄饿着肚子，说一声不客气，于是先赏糕后饮酒，独她四个人，只吃了一点就走下桌子，看一会诗，赏一会桂，芸轩还翻着一本《明季南略》看一会儿。秦明走到条桌旁，提笔将《忆菊》勾了，后边赘了'引愁'二字，大家依次选了题目，标上各自的名号。

文亮道："探春可嘱咐过宝玉：总不许带出闺阁字样来，你可留神。"

芸轩道："菊花为四君子之一，以不畏霜寒为风骨，古来多是男子以诗赞之。探春向来以男子自喻，所以才有这个规矩。从另一方面讲，此次菊花诗会，也确实是一场男人们的聚会与较量，你应该懂的。"文亮一笑。紧接着各人都勾了属于自己的那首诗，别人看不懂，唯文亮看得明白。

冰儿悄悄问文亮："她们按什么规律，选择自己的诗，你看出来了吗？"

文亮笑道："这是常规，听说在你们剧组，你不也配合她们玩过这种游戏秀吗，她们谁是谁，你大约也能看出来吧？"冰儿先是摇头，看看诗后面的名字，继而点点头。天骄端着一杯酒，也凑过来，特别看那首《忆菊》，念道：

> 怅望西风抱闷思，蓼红苇白断肠时。
>
> 空篱旧圃秋无迹，瘦月清霜梦有知。

又说："这首《忆菊》是宝钗写的，是谁告诉说，钗黛同饮合欢花酒，才成就这首《忆菊》，今日要不说得明白，怎么服人？"

秦明道："《忆菊》整首诗，意境愁苦，心情郁闷。宝钗说：即使在蓼红苇白的金秋时节，也难以掩饰她的断肠之苦，她竟因此而染病。"

天骄道："哪里有染病的迹象？怎么认为会这样？"

秦明道："《忆菊》之'诗眼'，恰在最后一句，谁怜我为黄花病，慰语重阳会有期。她的相思之病，终究是忆之不得引起的。"

冰儿笑道："基本上没听懂，她为黛玉得了相思病吗？"

秦明道："老杜有诗《归雁》，其中这样说：

> 东来万里客，乱定几年归？
>
> 肠断江城雁，高高向北飞。

"此处之'乱定'，当特指安史之乱，因战乱动荡而远离家乡的诗人，望着北归的大雁，肝肠寸断。宝钗的归雁远和晚砧迟，分明也是描述了一场国家战乱的景象。"

长歌道："蓼红苇白是一种什么样子？我想象不出，红蓼花开鲜红一片，我没见过。苇白时节，也是苇子刚开花的，这两种景色出现时，是芦苇青葱，狗尾巴花火红，应该很美的，怎会让人断肠呢？"

秦明道："还记得大观园里'蓼汀花溆'那个港湾吗？有人用了一句：红蓼花开水国愁。红蓼花开之季，正是水国愁肠之时。"

长歌问："秋天该是收获成果时，愁什么呢？"

山岚道："依我看，他们以武力征服了这个国家，但并没有得到士子和百姓们的心。所以，才愁肠百结。"

秦明道："再给你们解读一下宝钗的心思。"遂吟道：

> 我的思绪，变得惆怅而沉闷。
>
> 就在金秋红蓼花开时，我想念你。
>
> 忆起你的花容月貌，却肝肠寸断。
>
> 因我的篱圃中，不见一枝盛开的菊。
>
> 我只好，在八月的清梦里，怅然想你。
>
> 南来的雁哪，你何时北归？
>
> 待战火熄灭后，能随你归去。
>
> 又谁知，我为你瘦病成黄花。
>
> 但我欣慰，等重阳时节，与你再约佳期。

天骄连连点头，再看一遍《忆菊》，又想起她们说的宝钗与黛玉对饮烧酒，志在得到黛玉的笑话，不禁拍手赞赏，连称妙！妙！

又道："意思有那么一点，宝钗思念菊花，或者是想得到菊样品质的人物，这个没错。可如何证明，黛玉便是菊样人物呢？要证明了这个，宝钗的《忆菊》自然不牵强。"

芸轩道："会明示给你看。"

山岚道："宝钗说的明白，先是《忆菊》，忆之不得而要访之。要我说，还得加一句，忆之不得而病。所以，怡红公子宝玉才病中帮着宝钗《访菊》。"

天骄道："对呀，宝玉也确实是在养病期间出门的。"

山岚道："只是他的造访，有点异样，竟不是'访'而是充满'寻'的意味。这菊花到底是'谁家种'？种在哪里？而且寻访时不远千里，却兴致悠然。"

冰儿道："怎么个翻译法？"山岚也吟道：

> 菊花啊，我放下酒杯和药碗儿，
>
> 拄着拐杖，找你到远方。
>
> 你到底在哪家的哪里？
>
> 我一直在寻觅啊，我为你病着。

残红旧梦
CANHONGJIUMENG

350

可怜见，我的黄花，你莫要辜负我。

冰儿道："这么可怜，找着了？"

山岚道："肯定找到了，访之既得才《种菊》。寻到后就赶忙移栽到自己的花圃中，可能不能栽活还两说着。"

秋真道："这就好有一比：权当是看到栋梁之才，都挖到自己手下，可能不能留住，得看宝玉的本事了。"

山岚道："所以，宝玉说：我辛辛苦苦，将寻找到的菊花，自别圃移来，没想到，他们竟然得了点雨水活了，而且带霜开花。于是乎，我为黄花酹酒赋诗，灌溉封泥，勤加护惜，为的是让她一尘不染，让她与世隔绝。"

秋真道："这个爱护法，菊花还不成了温室幼苗，这样种菊的方式也只有宝玉，就怕他种的菊，有一种病态美。"

天骄道："说这个我明白了。这让我想起了那个时期的士子们，这些清流之辈，清高但迂腐，一群热衷于党争的空谈家，才真误了国家。陈子龙看清这一切后，才专注于讲求经世实用之学，不再空谈什么治国理论，还潜心整理了徐光启的农学巨著《农政全书》。"

文亮道："下面是我的。说到湘云的经济学问，她的《对菊》简直就是她的心声，面对从别圃移来的菊花，她感到万分的珍惜，简直视若金子。

"菊花不畏寒冷，含霜怒放，而湘云的作为，更令人钦佩：与菊为伴，科头抱膝，同菊花一起坐在寒风里，傲视群雄。此举堪配菊之知音。但她同时发出另一种感叹：秋光荏苒，我们的时间不多了，要万分珍惜。"

天骄道："科头就是不戴帽子，因为她也喜欢女扮男装。我一直以为，这是表露湘云男子装束的写照。你却说她坐在菊花旁，光着头，抱着膝，一副不怕寒冷，有难同当的姿态，我没想到。"

文亮问："李纨说，湘云面对菊花：科头坐，抱膝吟，竟一时也不能别开，菊花有知，也必腻烦了。她说湘云的举动竟然感动了菊花，是你那种意思吗？"

秦明道："数去更无君傲世，看来唯有我知音。数来数去，没人与菊花的傲世品格相比，只有我是你的知音。湘云和菊花一样，不怕严寒，不畏萧条。"

文亮席地而坐，对面却放着一盆菊花，她一派学子模样，道："因我爱菊，折来供之，待看我如何《供菊》。"

说着，拿起一本书翻看，又抬头与对面菊花深情交流，那眼神不是面对菊花，似乎是有情人。

听她说道："菊并不在几案上相供，她与菊花隔座对视，堪如知音般相对而坐。面对着一枝秋水般的眼神，弹琴赋诗，酌酒弄令，皆是惬意之事。一边是菊，一边是手倦抛书之人。暗香袭来，她与我竟是同气同味的友人，正所谓：三经就荒，松菊犹存。新梦入帐，旧游难忘。"

芸轩笑道："好一个'三经就荒，松菊犹存'，此为陶渊明志向，也正是潇湘妃子推崇的'千古高风'。此次盛会，既然黛玉的《咏菊》被李纨评为第一，一定是写书人的心声在里面。写书人，笔端蕴秀，在寒霜中书写的正是菊之魂；写书人口齿噙香，对明月唱出的也是菊之歌。《咏菊》里面有曹公的真意，其实就是他写《石头记》的主旨，黛玉的《咏菊》应该是曹公的《菊魂赞》。"

山岚问，是哪里看出来的。

芸轩道："因他用了开篇时那句无奈之叹：满纸荒唐言，谁解其中味？一样充满辛酸的另一句诗，就是黛玉《咏菊》里的这句：

满纸自怜题素怨，片言谁解诉秋心？

"句式相同，意境相似。请问谁解秋心？既然无人能解，她只好《问菊》，而询问的结果，果然是众人莫知焉。于是，她喃喃叩问那位一世孤傲的陶公：菊啊，你既是花中隐士，又这般孤高傲世，却有谁能够陪你一同隐去？同是秋花，你却为何能在寒风中怒放？而落满霜露的园圃里却如此寂寞。当鸿雁南归，秋虫低吟时，是否牵动你的相思？且不要说，整个世间没有谁能够与你畅谈。或许我可作你的解语花，不妨与我做片刻小叙。"

山岚笑道："陈老师的答案有了，不是担心宝钗思念的黛玉是不是菊花吗，谁解诉秋心？唯有她解语，方能千古高风说到今。解语花者，她可不就是菊花么。"

马棚再失火　庙堂复遭殃

　　天骄笑起来:"不用担心了，宝钗所忆念之人果然是黛玉，你们还真能自圆其说了。问得好!《问菊》也是自问。看来，潇湘妃子非菊花知音莫属了，黛玉的性情与秋菊的性情，倒也一模一样，她说的'圃露庭霜'，又何尝不是'风刀霜剑'的另一种意境呢。"

　　芸轩道:"你果然能理解? 黛玉的疑惑和找不到知音的苦闷，不也正是你陈子龙和夏完淳的苦闷吗? "

　　天骄道:"这说到点子上了，黛玉还真是这样，所谓她的小性子，既有清流雅士的高古，也具备那些酸腐文人的小肚鸡肠。"

　　秦明咕哝道:"找不到知音，我看活该。"

　　秋真反问道:"你这是说谁呢? "

　　秦明道:"还能有谁，宝钗呀。她对菊花那是何等忆念，因相思而病，可偏偏忆之不得。没办法，只好画饼充饥，她竟来一首《画菊》，且以为画的生动逼真，说简直像从陶渊明的东篱处採来的一样，足能以假乱真，贴在窗户上天天看，聊以慰藉重阳无菊之憾。"

　　山岚道:"也只有她，忆之不得再画之，都空如无物一般，最终也没摸到菊花的影子。倒是探春最实际，她还是簪菊到头上的，她是切实感受到菊的存在了。"

天骄递给秋真一杯，又相互一碰道："总之，没让宝钗得到菊花，这种结局很独到。"

芸轩回到座位上笑道："更独到之处还在后边呢。"

文亮拿笔圈了后面的，笑道："后边无非是这两首。只是奇怪，十二首诗中，都按宝钗的主意：以菊为宾，以人为主，都是两个字，一个虚字，一个实字。可后两首却是虚实颠倒，菊为主，人为宾。既然又是咏菊，又是赋事的，那这两首《菊影》《菊梦》，一定别有用意。"

芸轩道："是这么个意思，前面是人对菊有所感发，后面则是菊对人有所表达，自然要菊为主，人为辅。菊之事即人之事，重要的是要搞懂，以菊自比的人是谁。"

文亮道："明白了，自以为与菊同味的一个是湘云，解菊花语的一个是黛玉。这么说，整篇菊花诗都是围绕这两个人写的。"

芸轩笑道："《菊影》不是你的任务吗？怎么问别人？"

文亮端过一盏烛灯，放到菊花旁。

只见烛光摇曳，灯影里鞠影也便朦胧摇曳，遂笑道："说得是。"指着桌上的那盆菊花道："你们看，这灯影里的菊花就是湘云的自喻。"

山岚道："她怎么自喻是灯影里的？你倒是说出来。"

说着，大家围拢来，文亮想了一下，遂吟道：

> 秋光下的菊影，重重复重重。
>
> 暗投在夕阳的余晖里，渐渐看不清。
>
> 微弱的烛光，借着窗笼透出。
>
> 月光下的描画，如竹篱稀疏里，破碎了你的影。
>
> 空影独留，你的魂儿去了哪里？
>
> 只怕是菊影神驻，梦却空。

芸轩道："好一个'菊影神驻梦却空'。就是她面对菊花时发出的感叹，要珍惜光阴。时光荏苒，就连这淡淡的余晖，也很快消退。菊花清影，只能留在疏离的灯下和支离破碎的月下。"

"这影是什么？这影中留住的是菊之魂、花之神。请你们珍惜吧，莫要在醉眼朦胧中，再踏碎这菊之心。"

冰儿问："什么口口声声要求珍惜菊花的心，是不是有谁伤害她的心了？为什么老是强调珍惜时间呢？"

芸轩道："《菊影》萧疏，摇曳不定，不知道灯下菊影多脆弱吗？试想，灯光明灭之间，菊影便瞬间消失，而羁留在菊影里的魂魄，就会立即烟消云散，怕是再没有机会留住她。潇湘妃子的《菊梦》才更让人伤心，怕也是曹公的伤心处。"

冰儿道："你不说我也意识到了。黛玉的《菊梦》似乎就是曹公的《红楼梦》。"

芸轩道："正是此意。秋酣一梦，仿若一世。在梦中，莫不是我要随鸿雁南归，重温旧盟？这情形好似那蝶化人间的梦，就是我要寻找的'陶令盟'。"

"可到头来，却是悲音惊回，一梦惊醒，原都是一场空。秋蛩哀鸣如同我的幽怨，都赋予这哀草寒烟，我既有无限悲哀，能有谁人共与听？"

文亮道："真有一典，原是说的：蝶化人间梦，鸥寻海上盟。你为何篡改了它？"

芸轩道："说到海上之盟，就让我想到澶渊之盟。为收回燕云十六州，辽宋之战历时二十五年之久。正是由于澶渊郡结盟，才湮灭战火，取得北宋一百多年的安定。

"但一百一十三年后，北宋竟打破平静，决定'联金攻辽'，于是定下'海上之盟'，以图收复失去已达二百年之久的燕云十六州。

"过程我且不细说，历史对此评价为：兼弱攻昧，与强金结盟，与以身饲虎无异，此盟简直就是引狼入室。其结果，就是历史上有名的靖康之耻。自此，金人作为虎狼之国，开启了外族统治汉中国的先河。"

天骄道："黛玉梦中寻盟，原来是要告诉咱们，历史在重演。此次金兵入关，不就是再次上演中原被异族统治的悲剧吗？"

秋真道："老陈明白得这么快，悟性够高的。最后我收场。要我说，你们有些跑偏了，最爱菊花之人，算是蕉下客了。从她的《簪菊》就看得出，忆也好、供也好，种也罢，赞也罢，还不都是为折来簪在头上。

"男子簪花，用时人的眼光看，肯定是很滑稽的。因此她才说：高情不入时人眼，拍手凭他笑路旁。说你们觉得滑稽，我才不在乎。因男子簪花是古礼，虽说这个习俗后来慢慢消失了，但探春以簪花之礼告诉咱们，她在用古礼恢复天子簪花之事，她要以天子身份出世。"

冰儿道："这么说探春是天子喽？"

秋真道："本来就是，且往后看她的《残菊》，这是本场菊花会的压轴之作，由探春作再合适不过，而《残菊》莫如'残局'，就看她如何收拾。

"如今是：露凝霜重，再坚强的菊也不能支撑。宴赏才过就雪打枝头，这雪来得好快啊。花瓣凋落颜色失，枝无全叶生凋敝。哀蛩声声，归雁不见，那残菊之境，不忍相看，只是莫灰心，我们还有明年。"

冰儿问："探春真的还有明年？"

秋真道："蒂有余香金淡泊。即便是凋敝得只剩下一个花把子，也独有淡泊之心，骨气在，一切都在。"

天骄道："好！好一个金淡泊。"

正说着，小妹又端上来重新热好的螃蟹，众人停了谈论，长歌抢着给大家斟酒，吃了一会。

秋真和天骄碰了一杯，道："螃蟹也吃了，菊花也赏了，我们的画你也看了，菊花诗也论完了，你不能白吃白看的，也得做首诗才能过我这关，否则以后不带你玩了。"

冰儿道："一场螃蟹宴，会演绎成一场百姓大战清军的歼灭战，任谁也想象不到，好玩。"

天骄道："我做不了菊花诗，太高雅。要不咱们每人作首《螃蟹咏》吧，本身就是讽刺诗，应该不太注重技法。"

冰儿道："好啊。反正是讽刺诗，打油的也行。"

秋真道："小妹，上纸笔。"

天骄道："自然我先来，大家看了别笑活。"想了想，拿起笔一挥而就，写道是：

> 桂下持螯薛蟠赏，众人灭蟹食欲强。
>
> 脐间阴冷何可怕，酒醋姜热去冷香。
>
> 无肠公子怕酒力，横行介士畏菊狂。
>
> 笑你平生忙碌碌，得罢功业也荒唐。

秋真一笑，道："你这是骂送螃蟹的薛蟠。"

山岚道："横行霸道的无肠公子，符合薛蟠的形象。且螃蟹确实也是他提供的。"

秋真道："冰儿也拿出点墨迹来，我们赏赏，你的文笔应该是好的，别告诉也是打油诗啊。"

说完，见冰儿在屋子里，来回走一遭，道："也罢，看我的。"大家凑过来看时，写的是：

> 红脂块块白臂膀，当年宝玉馋的慌。
>
> 如今变成盘中餐，色香肉美助酒畅。
>
> 你有八旗又如何？重阳佳节见阎王。
>
> 只是我因桂风冷，战不从力菊带霜。

又自己笑道："打油诗也是诗啊，我也曾想过写得雅一些，可过于雅了，有人就加以揣测和演绎，倒不如这大白话，一看就懂，省得别人像揣测《石头记》一样，说的各是各理难分真伪。"众人都笑她歪理邪说的。

秋真道："写这样文字还有理了。宝玉面对宝钗丰满的膀子，很想摸一摸，连这你都写上来。哈哈，把这一盘螃蟹大甲子，说成宝钗的嫩玉般的膀子，亏黛玉想的出。"

冰儿道："我这句'菊带霜'最恰当，黛玉绕骂了别人，自己还愁苦，是被霜雪打蔫了。"

芸轩道："这一战，菊花也飘零。她虽只吃了一点夹子肉，但心口里已很不舒服，怕是元气大伤。看看长歌的。"

长歌红了脸，说自己准备得不好，刚写出来，想到哪写到哪，大家看时道：

第三十九回

马棚再失火　庙堂复遭殃

357

桂下举杯盼重阳，重阳到了又咋样？

他们走投也无路，算计别人也自伤。

即用酒来也用菊，为防冷香还用姜。

蟹子没了有何用？水边黍禾月下香。

大家看了先是笑他，芸轩道："不错呀，千载吴宫皆禾黍。所谓空留黍禾香，是哀叹黛玉故国无望了。你还知道这个典故了。"

长歌道："我不知道什么典，怎么？'空留黍禾'是故国无望呢？那我再说一遍最后一句的意思。那些横行霸道的人，都被消灭了才好，但最好的结局，螃蟹没了，水边干净了，只留水稻香了。这么好的家园，就是我们的了。"

芸轩道："月浦空余水稻香。提起'稻香'二字来，我想到了稻香老农，难道水边只留下稻香老农？还真说不准，这个李纨在菊花诗会后，确实有些异样的。"

秋真道："先别说异样，回到李纨的诗评上吧。你们三人的打油诗，因都是第一次，虽说一首不如一首，但意思倒是明白。就只评我们五个的：秦明的《忆菊》蛮有味道，山岚的《访菊》就算了，文亮提到《供菊》之含义为：三经就荒，松菊犹存，就贴切得很。

"不过，芸轩把《咏菊》说成'菊魂颂'，那句'满纸自怜'和'片言谁解'的高古，让人想到陶渊明和曹公。但黛玉同时又问，像孤标傲世的陶渊明又如何？哪里去找知音呢？直把个菊问得哑口无言。所以呢，我的评价和李纨的顺序一样，就不多说了。"

秦明道："这回，芸轩第一我没意见，但不是我们解的不怎么样，是黛玉表达的好。她既是菊之知音，那句：孤标傲世偕谁隐，一样花开为底迟？多明显，能与陶公同隐者，一样花开共语人，非黛玉为谁？非曹公莫属。"

天骄端起梅花壶，倒了一杯烧酒，笑道："宝钗忆之不得，画之，求之不得，思之，也可怜见的。其实从另一面说明，黛玉有风骨，我也服了。就此作别，容我回去慢慢消化，也许将来我也能悟出些别的来。"

夜已深，天骄他们走后，山岚秋真收拾残局，芸轩看着画上的李纨、探春、惜春，出了半天神，自言自语道："怕不是殴鹭忘机，是新的结盟吧，这个李纨是怎么了？"

山岚突然捂着肚子喊："哎呀，我肚子疼，可不是吃螃蟹害的吧。"

芸轩吃了一惊，忙过来看，山岚又噗嗤一下笑了，道："都是螃蟹惹的祸，骗你们的。"

秋真道："你少作怪。依我看，吃螃蟹的这些人里，没有薛姨妈的人，且她本人也不愿意凤姐让她，说自己拨着吃香甜，这可以理解。可李纨的下人，一个也没来，从她抱怨的情况看，她也没个得力的下人。"

山岚道："参与最多的是贾母的鸳鸯琥珀、王夫人的彩霞彩云、探春的侍书翠墨。她们都是来了俩丫鬟，其他人都是来一个，这说明什么？"

秋真停下来，道："且从湘云张罗的情况看，她特别照顾到了赵、周两个姨娘，和众婆子丫鬟。"

山岚道："另外，从张材家的和周瑞家与平儿的对话看，大观园之外的人，连她俩这么有头面的人，也还没吃上。可见，这次吃螃蟹只限园中人。"

秋真道："还有一点就是，宝钗的三首诗中，都重复提到了重阳节，她喜欢九九节？还是害怕这个节日？"

芸轩道："她盼望着呢。"

山岚道："站的角度不同而已。本来是一场人民战争，底层劳动人民参与的灭蟹战，在王家人眼里，灭蟹子，是对清廷的反抗，可从宝钗的立场看，皮里黑黄的蟹子，特指发国难财的叛国者们呢。"

秋真道："难能可贵，此役，曹公是站在下层人民的角度看的，包括赵姨娘、周姨娘这样身份的，肯定痛骂包括贾府里的统治阶层，都是横行霸道的螃蟹，和对金人一样深恶痛绝，恨不能食其肉，喝其血。"

芸轩道："要想合理解释，只能看历史。这场战争主要发生在江南地区，所以只在大观园里了。重阳节是避瘟疫的，也是消灭螃蟹的节日，你说她怎么想？起于三春，亡于三秋，宝钗肯定是盼着呢。"议论着，很快收拾完了，秋真住在芸轩屋子里，二人洗漱毕，躺在床上，继续刚才的话题。

秋真道："李纨没有得力的仆人，这事曹公说得明白着呢，在她强留平儿时，表现得够淋漓尽致了。说起贾府五个主子，贾母、王夫人、凤姐、宝玉，四个都有得力的左右臂膀，唯独李纨，在贾珠死后，那些人都守不住走了。"

芸轩道："王朝已去，飞鸟各投林。也许贾雨村代表的操莽时代，随着李自成的死亡，或者在龄官葬蔷后，都各自散去。如今各地重燃战火，老百姓积极抗清，李纨似乎燃起了重整王朝的希望，她代表那个王朝里的梅者再生。"

秋真道："怪不得见贾芸送来海棠，探春要组织海棠会，李纨竟毫不留情就把社长的位子抢过来，她确实想有动作了，是她想东山再起？"

芸轩道："挖凤姐的墙角，想强抢凤姐的人，我知道李纨想干什么了。"

秋真说："她能干啥？"

芸轩道："她提到刘智远打天下。还有，凤丫头就是楚霸王，也得有个平儿在手下。她这么稀罕平儿，就是想打天下，做楚霸王。"

秋真打个哈欠道："打天下，需要栋梁呢，人才流失严重的李纨偏没有。所以非常眼热凤姐的平儿。这场歼灭螃蟹战，李纨没手下，也在意料之中。"

芸轩笑道："李纨挖墙脚的手段却高明，她竟动手摸平儿，你想想，她摸平儿哪儿了。"

秋真又睁开眼问："摸到她腰里去了，是有点让人痒痒的。怎么了？"

芸轩道："李纨不光让平儿身上痒，还让她心里痒呢，说呀：可惜这么个好体面模样儿，命却平常，只落得屋里使唤。不知道的人，谁不拿你当作奶奶太太看。

"能拿平儿当奶奶太太看，是不是说的过分了，可平儿听了不置可否，她会怎么想？心里痒不痒？"

秋真道："一句：'我偏要你坐'，又一句'偏不许你走'。连用了两个'偏'字，这不是强留平儿的意思吗，她有意惹凤姐吗。"

芸轩道："不是这个，关键是李纨摸到了平儿腰里的重要东西，你不知道？"

秋真道："不就是一串钥匙吗。"

芸轩道："李纨说了，你就是你奶奶的一把总钥匙，还要这钥匙作什么。"

秋真道："你是说，李纨只要拿到平儿，相当于拿到了贾府的总钥匙？哎！还别说，平儿的内心，确实悄悄起了变化，有两句话很是说明问题：凤姐派人传话来：说使你来你就贪住玩不去了。劝你少喝一杯儿罢。平儿就笑道：多喝了又把我怎么样？一面说，一面只管喝，又吃螃蟹。这简直不像平时的她，这不是有意和凤姐赌气吗。"

芸轩道："我敢断定，从现在开始，平儿就是李纨的人了，平儿也许就要上位了，将来一定盖过凤姐的势头。"

秋真道："想起来了，有人引导平儿了。就是宝钗起的头，她和李纨谈论这些大丫鬟们的能处时，专门说老太太屋里的鸳鸯。

"李纨说，要没那个鸳鸯如何使得。从太太起，哪一个敢驳老太太的回，现在她敢驳回。惜春笑道，老太太昨儿还说呢，她比我们还强呢。

"别的就不多说了，说她们的能处，甚至超越了主子。这是表扬她们还是有意挑唆平儿心痒？提醒她，别那么听凤姐的话。你看人家鸳鸯，都敢驳老太太的回，你还不敢驳凤姐的回？"

芸轩道："就是，管用了。反正丫鬟来找她时，她说了一句：有什么事，这么要紧？我叫大奶奶拉扯住说话儿，我又没逃了，这么连三接四的叫人来找！

"那丫头就说：这又不是我的主意，姑娘这话自己和奶奶说去！平儿啐道：好了，你们越发上脸了！效果如何。"

秋真道："'平儿'的名字就好，其实是不平的意思，她心里不平委屈着呢。你想啊，那凤姐可不是什么容人的人，脸酸心黑，待下人刻薄。她原先陪了四个丫鬟，死的死，走的走，如今只剩平儿一个孤鬼，她心里也委屈得很，经李纨这样一挑拨，这平丫头怕是要反了天呢。"

芸轩道："最可怕的不是这态度，她开始按自己的心思做事了，开始瞒着凤姐送人情，善待下人，替下人们挡事。还有一件重要事，她竟向袭人透露凤姐放钱取利之事，这事原来就有，发月银拖延时间，也曾闹到王夫人处，但平儿都替凤姐掩饰得很好。这次却一反常态，明明白白告诉袭人，连得利多少都说得清清楚楚。袭人可是王夫人的人，平儿这么做出于什么目的？这不是害凤姐吗？

"还有，回到家里，正碰上刘姥姥来，几个人正讨论了一番螃蟹的事。先是张材家、周瑞家说没吃上，引出三篓七八十斤的数量，又引出刘姥姥的一片糊涂账。"

秋真问："你不说我还忘了，这刘姥姥的账真糊涂死了，我就没算清楚。什么五五二两五，三五一十五，是十七两五，加上酒菜，说是二十多两银子，没错呀。

"可这样的话，五分一斤，十七两五，该是三百五十斤左右，若一斤秤两个三个，怎么也得八百多只，只在大观园里吃，就算上上下下每人三只，也足够。可平儿怎么说，也有摸不着的，这是咋说？"

芸轩道："周瑞家的应该是亲眼所见，看到三篓子，大约七八十斤，约莫二百来只，这是对的。"

秋真问："这么说，刘姥姥的账是错的呗，可老百姓算经济账，清楚着呢，怎么会错呢？"

芸轩道："我知道了，她不可能错，或者说，账没错，只是她没见过，是听人说的，才算错的。"

秋真道："这话有理，刚开始准备螃蟹宴时，宝钗就说过：从老太太起，连上园里的人，有多一半都是爱吃螃蟹的。我和我哥哥说，要几篓极肥极大的螃蟹来，再往铺子里取上几坛好酒，再备上四五桌果碟。

"她的主意，为老太太和园里的人，只准备四五桌，湘云的安排也是如此。实际算下来，贾母领头五人一桌，湘云领头五人一桌，凤姐李纨一桌，廊下鸳鸯五人一桌，袭人七人一桌。这样算来就是四桌大的一桌小的，符合四五桌的设想。

"给周、赵都是一盘子，加上凤姐拿走十来只，桂树下两堆人，也按每堆十来人算，拢共六七十人，若每人按三只左右准备螃蟹数量，照周瑞家说的没错，该二百来只。"

芸轩问："可两人数量对不上号，差很多呢，一定有一个说谎了。如果是刘姥姥，我认为她一个农妇，不会的。"

又笑道："那只有一个解释，就是平儿心里明镜似的，她知道错在哪里？"

秋真道："错在平儿吗？"

芸轩笑道："可见你也糊涂，平儿说了一句话，道破天机：平儿因问道：想是见过奶奶了？"

秋真道："这句话平常，前次来，是先见平儿后见奶奶，这次是先见奶奶，后见平儿，这没什么吧。"

芸轩道："怎么没差别，说明刘姥姥已经见过凤姐，她的那套账是凤姐告诉的，是凤姐把数量吹得没了边，平儿机灵着呢，马上就明白了，听见刘姥姥算的账出了问题，所以才问想是见过奶奶了。我感觉，这话里，她也把心里的不满带出来了。"

秋真道："我怎么没试出来。"

芸轩道："当周瑞家的领刘姥姥见贾母时，有这样一段对话。刘姥姥说：我这生像儿怎好见的。好嫂子，你就说我去了罢。平儿忙道：你快去罢，不相干的。我们老太太最是惜老怜贫的，比不得那个狂三诈四的那些人。想是你怯上，我和周大娘送你去。

"周瑞家的说，刘姥姥投了两个人的缘，明显就是指贾母和凤姐，平儿的评价，也是针对这两个人，一个惜老爱贫，一个狂三诈四。

"平儿通过刘姥姥的螃蟹账看出来，凤姐在螃蟹歼灭战中，夸大战功，就是个狂三诈四的人，对于她的贪财之事，也心生不满。"

秋真道："凤姐胆子也忒大的，克扣下人的也就罢了，连老太太、王夫人的月例也敢拖延，她管家，权当是蛀虫，也怪不得平儿要反她。这有一点体会，前些日子，拍《秦淮烟云》就发现，那时的百姓真是不堪重负。战事突起，民不聊生，当时的明军比起清军来，更贪婪。

"小朝廷天天换，更是你方唱罢我登场，走马灯似的换皇帝。唯一不变的每个朝廷上台，第一件事就是增加税负，官兵到处抢掠。"

芸轩道："好了，不说他们了，这里来个李纨，是个稻香老农，假农民，已经让我摸不着头脑；明日又来个刘姥姥，地道的真农民。也不知两个农人到一起，能干出什么事来。"

沉思了一会，见秋真困了，芸轩道："明天你还上班呢，不像我，差不多完成了，有时间再算刘姥姥的账吧。"

秋真翻个身嘟哝道："你就琢磨刘姥姥到天亮吧，别走火入魔就行。天天嘟嘟哝哝的，说刘姥姥是个母蝗虫之类的话，我可睡了。"不一会儿的工夫，就听到秋真微微的鼾声，直到后半夜，芸轩才慢慢入睡。

秋真忙完这边的事，匆匆赶回影城去了，如果十月份不忙，就打算回来一趟。

天气渐渐变得冷起来，芸轩和山岚也几天没出门，窝在家里写东西。这一日，小妹早起出门买早点，敞开大门看到一个老婆婆蹲在大门口，见小妹出来，就走向前，颤颤巍巍道："有个叫岚子的，可是住在这里？"

小妹上下打量一番，看这老婆婆穿戴的像清朝人的衣服，样子说不出的古怪，就惊奇地问："你是岚子什么人？从哪里来的？这么一大早就来了，还是就在门口过的夜？"

老婆婆道："我是岚子的姥姥，姓刘，刚从老家来。又冻又饿地一夜了，快让岚子来接我进去。"小妹一听慌了神，急急忙忙地喊岚子，"快出来看看，你姥姥来了。"边喊边往里让婆婆。

山岚听见屋外喊她姥姥来了，奇怪地趿拉着鞋子就往外跑，嘴里嘀咕着："也不打个招呼，姥姥怎么会来这里。"出来看时吓了一大跳。

喊道："你是谁，我可没有这样的姥姥。"

那婆婆笑道："傻孩子，几个月不见，就忘了我？"

山岚走向前，仔细端详了会子，芸轩也站在门口看，没等那婆婆再开口，便大笑起来。笑得满眼含泪道："冯玉，你就作怪吧，谁教你这样糊弄人。"

山岚也看出来，是冯玉易容化了妆，只不过像极了刘姥姥，向前拍打着冯玉的肩膀，也笑得岔了气。三人笑着进了屋子。小妹诧异着，山岚怎么对自己的姥姥这么个样，满脸不理解地买饭去了。

山岚道："谁的主意？"

冯玉道："秋真回去给我安排了好多活，还让我淘腾红棉袄和白绫裙子，我哪里找去。昨天正好有事回来一趟，问她有什么带的，她就安排了我半天，让办完正事，非治着我装扮成这样，还不让暴露，说是来个刘姥姥二进宫。

"今天一大早就等你们开门，瞧你们懒的，半天没人出来，差点冷着我，待会儿把秦明文亮请来，替我打好掩护，帮着你们把'雪下吟诗'一社开完，就算完成任务，我就回去交差。"

山岚道："她让你带的袄和裙子呢？"

冯玉从兜里掏出一块青竹板，笑道："我只带了这件东西，秋真说，这就权当带着我的外孙板儿来的。"

山岚围着冯玉周身转一遭，道："你这身衣服做工不错呀，真像清代的呢，秋真有本事找出这个来，就找不到那两件？"

冯玉低头自己审视一下，道："我当时还问秋真呢，刘姥姥应该穿着一身青布短夹袄，最好带补丁的那种百姓的破棉袄，怎么会是这么好的锦服呢。"

芸轩道："谁说刘姥姥穿得破，你这身衣服应该是鸳鸯的，你是穿着金鸳鸯的衣服，拿着个竹笋板来见贾母的，已经不是第一次来的那个穷酸样子了。"

山岚听了没明白，问道："你是说，这次来的刘姥姥，不是第一次来的那个？"

芸轩道："不确定，看看再说。"

冯玉道："我说呢。至于红袄和裙子，那么平常的两件衣服，还用精心找？我上哪里找去，你们自己做一件不就得了。不过，遵照秋真的命令，我画了一幅图，也许你们喜欢。"说着，又从兜里掏出一张叠好的纸来，展开看时，原是一幅《村庄雪景图》，再仔细看图上一角，还画了一个梳着溜油光的头，穿着大红袄儿的小姑娘，正在雪地里站着抽柴草。

山岚拿过来，边看边找个钉子，钉在墙板上，笑道："拿这个就挡差事了。"再仔细瞅半天那张画，笑道："闻所未闻的画，比芸轩的那张还怪呢。"

冯玉道："秋真嘱咐说了，贾母显摆自家的园子好，让惜春给刘姥姥画一张带家去。说实话，人家刘姥姥也不示弱，礼尚往来么，非让我代表她也画一幅自家庄子的画，给贾府的人带回来。我今天就带来了，看你们谁能看懂。赶紧的，把秦明文亮都叫来。"

山岚道："她俩白天哪有空到这里，只能等下班后，你快消停消停吧。"正说着，小妹回来了，和山岚一起去厨房准备早餐去了。

芸轩审视那幅冯玉的画，冯玉悄悄说道："据我观察，刘姥姥是个打劫的。"芸轩笑问，怎么看出来的。

冯玉道："本来么，'打抽风'的实质，相当于是要饭。可你见过哪个要饭的，来的时候弄点瓜菜儿，走的时候金银满车，不就是标准的打劫吗。"

芸轩指着他的画道："怎么构思的这个雪下抽柴的图。"

冯玉道："这个故事，横云断岭，云山雾罩，但我可以给你还原一下刘姥姥的思路。是这样子的：时间是去年冬天，接连下了几天雪，地下压了三四尺深。"

说着比画着，又道："你拿一把尺子量量看，如果用现代的尺度测量的话，雪下得有一米多深吧。柴草被三四尺厚的雪压住了，要是你想把柴草抽出来，你说好抽吗？"

山岚正从厨房出来，道："费劲！得扒开厚厚的积雪。"

冯玉道："所以呀，肯定就弄出了动静，刘姥姥没出房门，只听外头柴草响。必定是有人偷柴草来了。"

山岚道："刘姥姥给茗玉的行为，定义的是偷盗行为。可一个小姑娘家，费力地偷这个干吗？"

冯玉道："冷啊，她肯定被冻坏了，宝玉不就担心吗？一个女孩子，大雪地作什么抽柴草？倘或冻出病来呢？"

芸轩又道："好矛盾，如果因冻坏了才来偷柴草，宝玉的意思，没等抽出柴草来，就已经冻病了怎么办？不管怎么样，宝玉问的对，这个姑娘柴草是抽出来了，对不对？然后呢？作什么用呢？"

冯玉道："被雪冻坏了，拿回庙里取暖去呗。"

山岚道："不对，是放火去了，因为刚讲到这个地方，荣国府南院里的马棚着火了，似乎就是回答宝玉的疑问。"

冯玉道："这个女子要惹祸吗，抽柴点起一场大火，多像甄士隐家的那场大火。不对，比那场火小点，一会的工夫就被灭了。"

山岚道："我看不是那女孩点的火，我还觉得是刘姥姥来才引起的火灾呢，她不讲抽柴的故事，也引不出火来，贾母都这样抱怨她了。"

芸轩笑道："你俩又争，贾母就说过，宝钗住的屋子像雪洞，老家伙们就该住马棚了，失火的何止是南边的马棚，就是荣府呢。不过，雪下抽的柴草湿乎哒哒的，即使点着也烧不大，别担心，还是先说说这个抽柴的女子是谁吧。"

小妹给每人端一杯牛奶，又端上些油条和煎蛋来，冯玉坐下来，大口地吃着，催着芸轩继续说。

芸轩道："刘姥姥讲的第一个故事，刚说到半截，被大火吓回去了，宝玉因担心偷柴的女孩，一直追问个没完，刘姥姥就又给宝玉编完了，我把这两段故事连起来，给你们捋一捋看。

"她的名字叫茗玉，和宝玉、黛玉、红玉等一样，是'玉'字辈的人，其出身和黛玉很相似，独生女，父母溺爱，就是十七岁上生病死了。

"死后，父母为她在庄北沿的地埝子上做了一个小祠堂，塑了像供着，虽不是神佛，据刘姥姥说是成了精，天天在各村庄店道上闲逛，那天下了大雪，她就出来作怪了。"

山岚道："作怪的意思，可不可这样理解：前面刚刚打一场螃蟹歼灭战，她在东南上的马棚里放了一把火，应该是战火，是在大雪压迫下，取暖式的民间反抗，是不是也指螃蟹大战？"

冯玉道："你们已经过了螃蟹宴了吗？这样看来，和葫芦庙里炸供失火性质不一样啊。"

山岚道："哪能一样，一个是'葫芦庙'炸供，这个是'茗玉庙'取暖。"

芸轩道："炸供也好，取暖也罢，那个关系利害人是贾雨村，这个关系利害人是茗玉，刘姥姥还牵连在内，招来祸端的，离不开这几个人。"

山岚道："不怨他们，罪魁祸首肯定是千里冰封、压地三四尺深的大雪。说到雪，宝玉说：老太太又喜欢下雨下雪的。不如咱们等下头场雪，请老太太赏雪岂不好？咱们雪下吟诗，也更有趣了。林黛玉忙笑道：咱们雪下吟诗？依我说，还不如弄一捆柴火，雪下抽柴，还更有趣儿呢。

"这话这听上去像是调侃宝玉，但黛玉说的是现实。雪既薛，柴为木，双木为林。大雪埋了柴草，就是宝钗埋葬了黛玉，这个精灵般的女孩，多想把柴草从大'薛'的压迫之下抽出来。"

冯玉吃完饭，回到沙发上，道："玉带林中挂，金簪雪里埋。一木一雪算较上劲了，让你说得这么丑陋，我一直以为那幅画很美的。"

芸轩叹息道："中华古国，文化之林，被蹂躏殆尽，文林变成腐朽枯木了，文人气节已被荼毒，徒有煌煌玉带披挂其身，却名存实亡了，哪还能美得起来。"

冯玉道："算了，不说这些，就让她们来吧，我还有事着急回去呢。"

山岚道："好吧，现在就去帮你叫。"因隔着不是太远，一会的工夫，二人都来了。

一进门，看着一个老婆婆坐在沙发中央，山岚和芸轩，一个捧茶，一个执壶，站在两边，见她们进来，山岚道："快来见过刘姥姥。"

文亮摘下眼镜来，揉揉眼睛，走近来细看，惊奇道："天上掉下个刘姥姥。"

秦明道："刘姥姥穿得这么气派吗？"

刘姥姥马上站起来，走向前作揖，福了几福，口里说："请老寿星安。"一举一动甚是传神。

山岚忙又把秦明让到沙发上坐了，道："你就演个贾母，她来一下宝玉，刘姥姥就来对了。"

贾母和刘姥姥换位，坐在沙发里，又命人端过椅子来，给刘姥姥坐着。

贾母道："老亲家，你今年多大年纪了？"

刘姥姥忙立身答道："我今年七十五了。"

贾母向众人道："这么大年纪了，还这么健朗。比我大好几岁呢。我要到你这么大年纪，还不知怎么动不得呢。"

【芸轩】二位这样一比，是让咱们算贾母的年龄，大好几岁的话，贾母七十多一点。为什么要告诉咱们贾母的年龄？山岚给记下来，此时贾母七十岁左右。

刘姥姥道："我们庄子东边庄上，有个老奶奶子，今年九十多岁了。他天天吃斋念佛，谁知就感动了观音菩萨夜里来托梦说：你这样虔心，原来你该绝后的，如今奏了玉皇，给你个孙子。

"原来这老奶奶只有一个儿子，这儿子也只一个儿子，好容易养到十七八岁上死了，哭得什么似的。后果然又养了一个，今年才十三四岁，生得雪团儿一般，聪明伶俐非常。可见这些神佛是有的。"

贾母道："老奶奶倒比我大二十岁呢，第一个孙子十七岁死了，第二个孙子十三四了，倒和我的玉儿一般大。"

芸轩道："这话实合了贾母的心意，这才七十岁，若像这个老奶奶，也吃斋念佛地保佑子孙们，还有二十年的时光，也是好的。原来如此，曹公屈指算来，二十年前的回忆，原来在这里。"

山岚道："这个账算得真准，贾母和老奶奶差二十年，这场战争难道真持续了二十年之久？"

刘姥姥站起来，把画拿给她们看，道："我家里穷，来府上，也没啥可给带的，除了带些新鲜瓜菜儿来，还着人画了这个，给老太太小姐们看看，原是我们村庄的样子。"

文亮拿给秦明看了会子，道："我还当是青山绿水的农庄呢。你这是什么庄子，都被埋在雪地里，一片白茫茫的，瞅不出庄子有什么好看来。"

刘姥姥道："我一说你老就知道了，我们庄儿就叫薛家庄，因那里每每冬天，雪特别大。别的不说，先说我们庄上两户人家，庄东头就是那户爱念佛的老奶奶家，再看这庄子北沿地埂子上有个小祠堂，但里面供的可不是神佛。"

宝玉问："老奶奶念佛却不供佛，那她供的谁？"

刘姥姥道："原是另一户人家，是一位老爷家，他没有儿子，只有一位小姐，名叫茗玉。小姐知书识字，老爷太太爱如珍宝。可惜这茗玉小姐生到十七岁，一病死了。"

山岚嘴快，不等别人反应过来，笑道："茗玉，就是林如海爱如珍宝的'明'朝之玉，也是十七岁时死的。"

刘姥姥道："因老爷太太思念不尽，便盖了这祠堂，塑了这茗玉小姐的像，派了人烧香拨火。如今日久年深的，人也没了，庙也烂了，那个像就成了精。"

宝玉道："不是成精，规矩这样人是虽死不死的。"

山岚道："还不如说，和杜丽娘一样，经常借尸还魂。这一次更好，直接成了精灵，以后竟是长生不老了。"

刘姥姥道:"阿弥陀佛!原来如此。不是哥儿说,我们都当她成精。她时常变了人出来各村庄店道上闲逛。我才说这抽柴火的就是她了。我们村庄上的人还商议着要打了这塑像,平了庙呢。"

山岚道:"怎么着,薛家庄的人怎么这么坏呢,让茗玉成孤魂野鬼不说,还想平了庙,冻死她,这才逼得她出来偷柴取暖。"

宝玉忙道:"快别如此。若平了庙,罪过不小。"

抽身走到外面喊:"茗烟过来。"给了茗烟几百钱,按着刘姥姥说的方向地名,着茗烟先踏看明白,回来再做主意。那茗烟去后,左等也不来,右等也不来,急的热锅上的蚂蚁一般。好容易等到日落,方见茗烟兴兴头头地回来。

宝玉忙问:"可有庙了?"

茗烟笑道:"爷听得不明白,叫我好找。那地名坐落不似爷说的一样,所以找了一日,找到东北上,田埂子上才有一个破庙。"

宝玉听说,喜得眉开眼笑,忙说道:"东北方向上吗?离咱们这里远吗?刘姥姥有年纪的人,一时错记了也是有的。你且说你见的。"

茗烟道:"那庙门却倒是朝南开,也是稀破的。我找得正没好气,一见这个,我说'可好了',连忙进去。一看泥胎,唬得我跑出来了,活似真的一般。"

宝玉喜地笑道:"她能变化人了,自然有些生气。"

茗烟拍手道:"哪里有什么女孩儿,竟是一位青脸红发的瘟神爷。"

宝玉气愤地回到屋里,又看看那幅画,指着一个往庙里走着的人,对刘姥姥道:"姥姥告诉我,这个来占了庙的青脸红发的人是谁?"

刘姥姥道:"他这长相不和咱们一样的,不是妖怪就是别类人。"

宝玉自言自语道:"青脸瘟神!让人占了庙可不行,我得想办法给这茗玉找个安身地。"

又指着画上老奶奶的院子道:"这里还堆个雪人呢。"

刘姥姥道:"阿弥陀佛,这哪里是雪人儿,是老奶奶家的孙儿呢,长得雪团儿一般,聪明伶俐非常。"

宝玉笑道:"他和我一样大呢,这么雪白的,我还当是雪人呢。"

山岚笑道："我算弄明白了，薛家庄下大雪，你要披上一身雪，可不就像雪团一样白吗。这个孙子，怕也被雪埋成雪人儿了。"

宝玉又问："这个梳着溜油光的头，穿着大红袄儿的人更奇怪，怎么看不到下半截身子。"

山岚道："你傻呀，一米多深的雪，她站在那里，下半截还不被雪埋没了。我猜着刘姥姥大概眼花了，才说那姑娘穿的是白绫子裙，白雪白裙怎么分清？应该是白雪。"

宝玉道："乍看，就像一件红袄扔在雪地里。我想起来了，下第一场雪时，我就去看宝钗来着。"

山岚道："那又怎样？"

宝玉道："黛玉进来，外面罩着大红羽缎对襟褂子，便说外面下雪了。可见下雪时，黛玉一定穿大红上衣，这里尤其只看到大红袄。"

山岚肯定地说道："这个抽柴草的人是黛玉。"

芸轩笑道："黛玉说：咱们雪下吟诗？依我说，还不如弄一捆柴火，雪下抽柴，还更有趣儿呢。知道这话的深意吗？一个雪埋半截的人，她若抽柴就是自救；双木为林，她若纵火也是自焚。这意思，她是想燃烧自己，来挽救贾府颓败的命运。"

山岚道："茗玉，宝玉让茗烟去寻找的，当然是大明之玉。此时，茗烟的名字被改回来了，又不叫焙茗了，而茗烟去寻找的这个精灵，其实就是崇祯十七年消亡的大明国魂。"

芸轩道："庙堂破烂，还被瘟神占了，可见庙堂之上，已经没有她的容身之地，鸠占巢穴，她只好在农民的村庄里转悠，她倒成了普通老百姓反清复明的精神寄托。"

宝玉道："规矩这样人，是虽死不死的，换句话说，这样的人，永垂不朽。"

贾母道："说了半天老亲家的画，越发严峻了。老亲家，为何讲这些故事？你到底是谁？真是来送瓜菜儿的？"

刘姥姥道："这我可不能瞎说，说多了可了不得。"

山岚围着姥姥转一圈，道："我倒要看看，你刘姥姥是谁，我有预感，你老一来，就祸及大观园，也会给黛玉带来灾难，虽说不准为什么。"

芸轩道："那日，我翻看古本《石头记》，发现刘姥姥的'劉'字，是老写的金刀刘，当时我就心里一动，这个刘姥姥难道是个持刀打劫之人，且持的是'金刀'。可又一想，觉着有些牵强，就把这个想法放过去了。"

山岚道："你才说，鸳鸯给刘姥姥换了自己的衣服，我也觉得肯定有问题。但凡给别人衣服，都有含义。宝钗给金钏，王夫人给袭人和秋纹，这里金鸳鸯给刘姥姥，也象征此时刘姥姥的身份，有了'金'色?"

刘姥姥笑道："说这样话我听着怪吓人，我可家去了。"

贾母笑道："老亲家别怕，再住一日，明日跟我逛一天的园子去。"又对众人道："她是屯里人，老实，哪里搁的住你们吓唬。"

第四十回

野石出烟云　游园惊梦魇

　　芸轩道："到了第二天，为准备贾母逛园子，李纨负责去大观楼上往下搬东西，布置宴会现场，还专门带刘姥姥登上大观楼的缀锦阁里面。这个举动，让人百思不得其解，李纨为什么要带姥姥上去参观那些东西呢？

　　"里面乌压压地堆着些围屏、桌椅、大小花灯之类，这有什么好看的？刘姥姥看了满屋子的东西，顿时念几声：'阿弥陀佛。'虽不大认得，却五彩炫耀，刘姥姥从来不曾见识过这些，她算是开眼了。"

　　山岚道："李纨这是讨好刘姥姥，还是为显摆东西？"

　　芸轩道："显然都不是。"

　　山岚道："这有什么好显摆的，无非是些不常用的东西，大多数还不大认识，没见过，看了不也白看吗？"

　　刘姥姥道："我虽不认得，可你们认得。"

　　山岚笑道："我们认得有啥用？"

　　姥姥提醒道："围屏，桌椅，大小花灯，船上划子，篙桨，遮阳幔子，驾娘们还到船坞里撑出两只船来，小姐们不觉得这东西眼熟吗？用来忙哪些事来？"

　　山岚道："给老太太游园子备用的东西，有什么好奇怪的？这不应该的吗？"

芸轩道："我知道让刘姥姥上去瞧的用意了。这些东西看来平常根本不用，虽然这次启用，是为老太太逛园子准备的，实际上让刘姥姥上去看看的目的，李纨想让人觉得，完全是因刘姥姥的缘故，才这么费事地拿出来用，我奇怪这个。"

山岚一跺脚，笑道："我可想到了，这些东西是元妃省亲时用的，不是因贾母游园，这次竟是为一个刘姥姥巴巴地用起来，确实很有意思。"

芸轩道："不光如此，曹公所写游幸大观园只三次，第一次宝玉陪贾政，为各处题匾命名；第二次便是元妃省亲；第三次就是刘姥姥来。这么大费周章地接待刘姥姥游园，咱们须着重看她的游览路线，不得不注意这个人物了。"

文亮道："说到这里我还想起一事，关于古代簪花之俗，探春的《簪菊》说得明白：长安公子因花癖。告诉咱们，男子簪花之风，源自唐明皇为王子簪花之事。你们可还记得，一大清早，李纨让刚入园的贾母簪花，贾母便拣了一朵大红的簪于鬓上，因回头看见刘姥姥，忙笑着让过来带花儿。贾母为她簪花怎么解释？"

山岚道："于是，凤姐拉过刘姥姥，将一盘子菊花横三竖四地插了一头。就这样，她竟也一直簪着菊花游园。穿着鸳鸯的衣服，簪着一头菊花，凭这两件事，是不是说明刘姥姥是个有特殊身份的人？"

芸轩道："可以确定。而且当贾母问她这园子好不好时，她提了一个要求，更符合她的身份。"

刘姥姥说："我们乡下人到了年下，都上城来买画儿贴。大家都说，怎么得也到画儿上去逛逛。谁知我今儿进这园一瞧，竟比那画儿还强十倍。怎么得有人也照着这个园子画一张，我带了家去，给他们见见，死了也得好处。"

芸轩道："这是一个多么热切的愿望，是把园子画带了家去，还是把园子带了家去，也许她自己也说不清。"

山岚道："春秋笔法，真假难辨，她是真想要这个园子呢。从此，惜春怎会一门心思做起画来，还为此事向诗社请了长假，难道就为贾母答应了刘姥姥的一句话，大家费心巴力，为一个穷婆子作画？有些说不过去。"

刘姥姥道："说不得了，老寿星答应给画，得算数。"

山岚道："怎么着？宴请你老，是要给你摆鸿门宴，你老倒不怕了？咱就为你来个'两宴大观园，三宣牙牌令'。你就真不怕？"

芸轩道："来吧，探春处，算第一宴，就叫探春宴。"

没办法，大家又七手八脚地准备了些吃食摆上来。芸轩笑道："刘姥姥这次来，最大特点就是展现她的食欲，没有饭吃，确实表现不出感觉来。"

山岚道："权当咱们提前吃午饭了。"

大家又按照特定的位置坐定。

刚坐好，只听刘姥姥道："老刘，老刘，食量大如牛，吃个老母猪不抬头。"说完左右看看，并没人发笑，姥姥看看她们，只得无奈地坐下。

芸轩道："食量大的人，想必格局也大，刘姥姥有并吞八荒的气势，才配使那双老年四楞子的象牙镶金的筷子，"

刘姥姥道："我可不懂这些，是鸳鸯姑娘教我说的。"

山岚道："这句话确实是鸳鸯教她的，应该代表金鸳鸯的野心，并吞八荒啊，她不是要画，是真要吞了这园子。"

小妹又端上一碗鸽子蛋来，刘姥姥瞅着，拿起镶金筷子，满碗里闹了一阵好的，好容易撮起一个来，没等送到嘴边，还是掉在地上。

咧嘴笑道："只可惜，这双'金'筷子不扶手，竟没能撵过这小鸽子蛋。"

山岚疑惑道："并吞八荒的姥姥，单单拿个小弹丸的鸽子蛋没法子，终究还是没吃得了它。"又回头问芸轩："什么地方像鸽子蛋那样小，姥姥为什么吞不了它？"

芸轩道："我倒泄露你个天机，但每个人须得模仿湘云等大笑不止的样子，谁可学学她们发笑的各自状态。"

山岚道："这有什么难，学学就是了。"

说着，一个像史湘云，撑不住，一口饭喷了出来；另一个像林黛玉笑岔了气，伏着桌子嗳哟；还有人像宝玉，早滚到贾母怀里，贾母笑得搂着宝玉叫心肝；王夫人笑得用手指着凤姐儿，只说不出话来；薛姨妈也撑不住，口里茶喷了探春一裙子；探春手里的饭碗，都合在迎春身上；惜春离了座位，拉着她

第四十回

野石出烟云　游园惊梦魇

375

奶母叫揉一揉肠子。

芸轩喊："停！看到问题没？"

山岚指着二人道："凤姐和鸳鸯强撑着没笑出声。"

芸轩道："她俩没笑出声，是硬撑着，可有两个人真没笑，你没发现是谁吗？"

山岚想了一会，掰着手指头数了数，再看看底下人的表现，恍然道："是了，没告诉咱宝钗和李纨的样子，直接就没提到她俩。为什么没提？她两个为什么不笑呢？"

芸轩道："这要从刘姥姥的饭量说起。"

山岚道："从整个饭局看，只突出一个特点，刘姥姥能吃，而且见吃的几乎不要命。她说哪怕毒死了也要吃尽了，说明她见饭不要命。贾母见她如此有趣，吃得又香甜，就把自己的也都端过来与她吃。刘姥姥看她们吃得少又说：我看你们这些人，都只吃这一点儿就完了，亏你们也不饿。怪只道风儿都吹得倒。"

芸轩道："说明她的饭量比年轻人的还大。"

山岚道："可饭量大怎么了，至于李纨、宝钗为什么不笑？刘姥姥说自己饭量大，又不是说她们，或者因刘姥姥说自己是头牛，宝钗不笑？"

芸轩道："听我说。鸳鸯分剩下的菜时有一句话，怪怪的。鸳鸯道：挑两碗给二奶奶屋里平丫头送去。凤姐儿说：她早吃了饭了，不用给她。鸳鸯说：她不吃了，喂你们的猫。婆子听了，忙拣了两样拿盒子送去。我奇怪的是，什么时候凤姐养猫了？"

山岚道："越说越没边了。"

芸轩道："我看，倒是离真相近了。"

冯玉坐不住了，笑道："各位姑娘，别打哑谜了，就快说说吧。"

文亮道："自打吃饭开始，围绕刘姥姥的吃相，说出了几个动物，你们数数。"

冯玉掰着手指头道："食量大如'牛'，吃个老母'猪'不抬头，茄子要十来只'鸡'来配，给的是'鸽子'蛋，喂凤姐家的'猫'。后来，在妙玉处喝茶时，被妙玉嫌弃说成是饮'牛'饮'骡'，这样算来，共有七种家畜。"

芸轩道："你家的女婿叫什么来着？"

冯玉道："狗儿呀。"

山岚道："是不是八个畜生？我知道了，刘姥姥进大观园，带进来八种一大群畜生。她家也有畜生，说来说去，凤姐捉弄她的意图，骂她全家是畜生呗。"

冯玉急道："大小姐，就是骂本姥姥是畜生，也不管宝钗小姐和李纨的事，她们犯不上笑不出声来，是不是？"

芸轩道："其实，曹公也没说她们具体什么表现，是我猜测的，鸳鸯今天特别出彩，同螃蟹宴上湘云张罗事情一样道理，今天这场姥姥宴，也必定是鸳鸯的主场，她分配残汤剩饭时，只给平儿、素云、袭人三个实际当权者的仆人，甚至是给凤姐的猫，也不给其他的下人。

"湘云不一样，她照顾了赵姨娘、周姨娘和几乎所有的下人，而且不是别人吃剩下的，倒是开玩笑说，给凤姐吃剩下的小腿子脐子。可见二人之区别，一个没落家族的小姐和一个嚣张跋扈的仆人。

"正是这样一个鸳鸯，招待这样一个穿着金鸳鸯的衣服、拿着金筷子，姓金刀的人，来大观园大吃大喝，由鸳鸯全力招待，也无不可。但被众人取笑，辱骂是猪狗不如的畜生，一向做金人代表的宝钗，难免尴尬。所以她该笑还是该恼，曹公只凭咱们猜测了。"

山岚问："那李纨呢，为什么没说她？"

芸轩道："凤姐和鸳鸯，刚开始商议捉弄刘姥姥时，李纨是不同意开这种玩笑的，可既然是骂金人，李纨怎么笑不出来？鸳鸯和李纨的身份，区别就大了。那么，一定有一个身份过渡。仔细找找这种变化，发现就在筷子上。当拿走不服手的'金'筷子，换上来'银'筷子时，刘姥姥的身份就换了另一个。

"那种高级筷子，不是农人习惯用的，换上服手好用的筷子，就显出了农民本色，就该是真农民，也许就关联了'稻香老农'李纨。

"她既有稻香老农的身份，其实从骨子里，和刘姥姥属于同一类人，都是日子紧巴巴，老想'打秋风'的人，她心里自然不喜欢捉弄老实巴交的农民。"

冯玉听了，觉得很有道理，总算搞懂了姥姥的部分身份，可鸽子蛋的事没等再说，就去换装了。

大家聊着，又吃了饭，一直嘀咕到晚上，也没弄明白"牙牌令"里的秘密，只好各自散了。冯玉说，刘姥姥好不容易来一趟，弄不明白怪郁闷，回去没法交代。他提议，明天组织一次特别的游玩，来破解牙牌令的秘密。

文亮她们走后，芸轩回到书房，拿出去年冬天画的那张牙牌图，贴在一张小白板上，对着呆看。想起那会子，了若大师的一番话，口里嘟哝道："花儿落了结个大倭瓜。谁又和谁结成一枝花，大师的话，难为死人。"

山岚看她痴痴的样子，只得自己悄悄收拾了雀儿，由着她直到夜里两点钟，才听她没了动静。

清早天气，秋高气爽。

一大早起来，山岚催着快吃饭，说约好了人，要赶时间。秦明和文亮也都来了，等吃过饭，一起来到玄武湖东岸码头。这里早已人流如织，等待上船的人，熙来攘去。众人正等得不耐烦，从南岸过来一条棠木画舫，遥遥地有人向这边招手。

山岚眼尖，仿佛看到秋真的身影，便高声问道："看那儿，我眼花了还是咋的，是不是秋真哪？"

又高兴道："她怎么来了，冯玉小子还瞒着咱们，看我不骂他才怪。"说着，船靠了码头，几个人搀扶着弃岸登舟。站稳船头，秋真和大家相互寒暄致意，不提。

举目相看，但见船上珠帘绣幕，桂楫兰桡，自不必说画舫布置的精致，舫上一面匾上明现着"苦海慈航"四个字。秦明先叹道："这个惊喜也着实大，咱们这里的河舫，大小几百只，从没见过这等精致豪华的，秋真使的啥法子，弄这样好的，又是哪里弄来的。"

说话间，忽又见执拂的两个小太监，扶着一个人，从船舱内走出来，大家定睛一看，原来是冰儿。看浑身的装束活像一个皇妃，珠光宝气，凤冠霞帔。

秦明笑道："我猜着了，是元妃下凡了，谁的主意？"

山岚道："还能是别人的，这么好的河舫，这么好的装束，谁能拿来给咱用？"

芸轩看着秋真，只是傻笑。

只听元春开口道："姐妹们多日不见，可还好？我一个人，在那不得见人的地方，好不凄冷，你们也不来瞧瞧我。今日相会，是我等姊妹们前生缘分未了，我应了一个故人的邀请，一会见了，姐妹们莫奇怪。"

文亮笑道："不妨请出来一见。"

元春向舫内喊道："请出来吧，姥姥。"话音未落，只见一个小丫头子，扶着一个弯腰弓背的老婆婆走出来。你道是谁？原来还是冯玉打扮的刘姥姥，看到她口里的牙齿掉了一颗了，走路怪模怪样的，大家笑得眼泪都出来了。

秦明止住笑，问道："这哪里是刘姥姥，活像个老妖婆。再说，你两个在一条船上，这是哪一出，一起游大观园？还是一起游玄武湖？"

秋真道："你傻呢，我费这么大工夫，向剧组借来这劳什子，让元春和刘姥姥一起游玄武湖？你们的想象力也太差了吧，别让我小瞧你们。"

山岚道："她二人怎么能一起，有什么理由这样安排。"

秋真道："她二人游览大观园的顺序，本来不大一样，但路线几乎一样，隐约有些关联的。"

冰儿道："只不过元春是晚上来的，游览过程是虚的，姥姥是白天来的，实实在在游了一天，权当让姥姥陪元春，再体验一把游园的兴致。"说着摘下行头。

刘姥姥道："没错，老寿星答应陪俺热闹一天，游园过程细致得很，也都是赋诗听戏，观花坐船，一样不少。"

秋真道："你不知道了吧，很大不同。元妃临走前，给贾府上下人等赏了很多东西，什么金玉如意，沉香拐拄，伽楠念珠，富贵长春宫缎，紫金笔锭如意，御制新书，宝墨，宝砚，金银爵，金银锞，金银项圈，清钱。

你老呢，临走带走了很多东西，权当来打劫的，我就不说了，这都是次要的。这次游园的主要目的，为还原几个细节，特别是坐船经过蓼汀花溆时，里面暗含玄机。我来指导，你们得听我的，你们只管演，演好了记一功。"

冰儿和冯玉乐得答应，她们也都很愿意试一试。一时，她们的河舫绕翠洲，过梁州，远远看到了米芾拜石。

秋真道："每次我看到那个米芾石，就想起一个人来，你们猜是谁？"

山岚道："和《石头记》有关的人吗？"

秋真道："算你小蹄子精，你说是谁？"

山岚道："石呆子贾宝玉？"

文亮道："这个人，痴迷石头，见石就拜。但宝玉不爱石头，应该说宝玉就是石头，是别人喜欢他、痴迷他，怎么会是他呢。"

山岚道："可《石头记》中，没有几个人不喜欢宝玉的，宝钗和黛玉都喜欢得快疯了，不是她们吧？"

秋真道："再喜欢，也没到米芾痴迷石头的地步，就差搂着石头睡觉了。"

芸轩道："我说个人，你们定没想到。"

冰儿问："谁？别卖关子了。"

芸轩道："探春，不信一会到她的房间就知道了。"冰儿直摇头。说话的工夫，船就进到了樱洲外环。

洲中，游人都在看樱花树，文亮道："樱桃九熟，如今又樱花满园，在老南京人的记忆里，是抹不掉的美。"

秦明道："樱桃落尽春归去，蝶翻金粉双飞。子规啼月小楼西，玉钩罗幕，惆怅暮烟垂。说起樱洲，自然想起李煜和他的《临江仙》。"

文亮道："别巷寂寥人散后，望残烟草低迷。炉香闲袅凤凰儿，空持罗带，回首恨依依。相传，南唐亡国初期，后主李煜被囚禁于此，他看到九熟的樱桃，痛惜宗庙难献，不禁心如杜鹃滴血。"

山岚问："樱洲的樱桃，还有这典故？我头回听说。"

文亮道："古时，皇家禁苑内多种植樱桃，果熟时，皇帝都要亲自采摘新鲜的几十串，送到宗庙里供养祖先，没听过王维的《敕赐百官樱桃》吗。"听她吟道：

芙蓉阙下会千官，紫禁朱樱出上阑。

才是寝园春荐后，非关御苑鸟衔残。

归鞍竞带青丝笼，中使频倾赤玉盘。

饱食不须愁内热，大官还有蔗浆寒。

秦明道："皇帝用玉盘盛满樱桃，祭祖后赏赐百官，此诗化用汉明帝夜宴群臣，赐樱桃之'盛以赤瑛盘'之典。"

秋真道："听起来，好像牙牌令中湘云有一句'御园却被鸟衔出'，是一样的典故吗？"

芸轩道："非关御苑鸟衔残。不仅同典，用意也一样。"

接着，来到菱洲旁，穿行在一片枯萎凋落的荷叶里，芸轩道："看到这些败落的荷叶，想起黛玉的那句：留得残荷听雨声。把大观园即将荒芜的情景，说得惟妙惟肖，荷叶凋零，怕是她自叹自身了。"

弃舟登岸，她们来到钟山下的梅园里，这里的游人少得可怜，前面一条砖铺的小路，尽头却豁然开朗，只见一个石雕的牌楼出现在眼前，上面写着"天仙宝镜"四字，原来这里是红楼艺苑。

冰儿以元春的口吻道："即刻换成'省亲别墅'。"

冯玉装扮的刘姥姥道："嗳呀！这里还有个大庙呢。"说着，便爬下磕头，众人笑弯了腰。

刘姥姥道："这牌楼上字我都认得。我们那里这样的庙宇最多，都是这样的牌坊，那字就是庙的名字。"

众人笑道："听姥姥刚才的意思，你们那里这样的庙宇最多，还都是这样的牌坊，你们家不是村庄吗？怎么有这样的东西？莫不是太虚幻境吧？要不怎么到处是这样的牌坊，你知道牌坊上的字？"

刘姥姥便抬头指那字道："这不是'玉皇宝殿'四字？"

众人都道："好么，刘姥姥家住在'玉皇宝殿'里呢，这可真不是个普通的姥姥。"

这个意思好，秋真安排得活灵活现，他二人游园时，都见过这个牌坊。只不过元春一进园先见了，传人改了名字，而刘姥姥却是最后见着的。妙的是，她也给改了名字，且改的名字比元春的更有气势，直接叫玉皇宝殿。可见，不光元妃有改名字的权力，她刘姥姥也有。

元春看了大观楼，赐名"大观园"，好就好在"大观"二字；人家刘姥姥也在李纨盛情邀请下，登上了大观楼，也来一下"大观"，谁也不输谁。

众人议到这里，芸轩提醒道："若没有'李氏'给机会，刘姥姥能见到这些皇家仪仗吗？这就好有一比：若是没有农民军领他们进京，那些金人怎会轻而易举窥窃皇家宝座。"众人都说有道理，也只有刘姥姥有这魄力，能把大观园改成玉皇宝殿。

穿过牌楼，走在一条羊肠石子漫的路上，刘姥姥让出路来让众人走，自己却走泥地上，山岚拉着她说道："姥姥，你上来走，仔细苍苔滑了。"

刘姥姥道："不相干的，我们走熟了的，姑娘们只管走罢。可惜你们的那绣鞋，别沾脏了。"

她只顾上头和人说话，不防底下脚踩滑了，咕咚一声，一跤跌倒。众人扶她起来，都笑她演得像。

只听芸轩道："这一跤摔出一句成语。"

刘姥姥道："怎么讲？"

芸轩道："道不同，不相为谋。"

刘姥姥道："不大像。"说着走到室内，看到满屋书架，和琳琅满目的书籍，刘姥姥留神打量了一番。

方笑道："这哪像个小姐的绣房，竟比那上等的书房还好。越看越舍不得离了这里。"

秋真笑道："这些东西再好，你肯定也看不懂，你老反正不认字。看来芸轩说的没错，这就是两种文明的碰撞，中华文化和蛮夷习俗难以融合。"

秦明道："难怪刘姥姥越要接近潇湘馆时，会栽个大跟头，她看着再好，也很难走进黛玉的世界。"

芸轩道："不光刘姥姥走不近潇湘馆，当凤姐撑着棠木船，靠近蘅芜苑时，整个船也是摇晃不止，凤姐也只得赶紧蹲下才行，恐怕是告诉贾母等，她们一行人也很难靠近蘅芜苑呢。"

秦明道："刘姥姥栽跟头，贾母的船就摇晃，有来有往的。贾母这次替湘云还宝钗的螃蟹宴席，也是有来有还，就看贾母如何还击法。"

山岚道："她那个蘅芜苑，就没几个人进去过，贾母这也是唯一一次，待会儿咱们也去逛逛。"说着，来到了潇湘馆内。

芸轩指着窗屉上的红纱道："人们仿制的这也叫霞影纱？不好看，颜色也不是银红的。"

秋真道："这就不错了，说到软烟罗，我查了众多资料，发现丝绸面料名目繁多。仅罗纱织物，就分生罗、熟罗、横罗、直罗、七彩罗、九丝罗。可贾母说的这种软烟罗，是根据颜色分的，就很怪了，说只有四样颜色，一样雨过天晴，一样秋香色，一样松绿的，一样就是银红的。我都找了这些颜色来对比过，其他颜色好理解，也常见，单单这雨过天晴，是什么颜色？"

文亮道："雨过天晴云破处，这般颜色做将来。亏你还研究面料颜色搭配，连这个颜色都不知道吗？传说，这是宋徽宗梦中的汝窑釉色，也就是'天青色'。"

秋真道："天青色！贾母说：再找一找，只怕还有青的。若有时都拿出来，送这刘亲家两匹，做一个帐子我挂。这个'青'色，是宋徽宗钦定的颜色吗？贾母单要这个颜色做帐子，不吉利吧。"

山岚道："凤姐告诉，昨儿开库房，看见大板箱里还有好些匹银红蝉翼纱，什么折枝花样，也有流云万福花样的，也有百蝶穿花花样的，你们说，给黛玉糊窗子，该用什么花样？"

秋真道："肯定是百蝶穿花。"

芸轩道："这些没什么，贾母叫换银红色才是关键，那个色也叫'霞影纱'，才是关键点。正如贾母说她年轻时，家里有个亭子，叫枕霞阁一样，都带个'霞'字。

"流光溢彩之'霞'，成了贾母忘不掉的颜色景致。对湘云的主政，她期盼着清明政治的到来。去藕香榭，把枕霞阁给了湘云，来潇湘馆，把霞影纱给了黛玉，这个窗纱不同一般意义呢。"

秋真道："贾母说：这纱比凤姐的年龄还大，该是二十年前的东西，是该拿出来发挥作用了，添上里子，做些夹背心子给丫头们穿。先武装好丫头们。

第四十回
野石出烟云　游园惊梦魇

383

"照凤姐的说法，她的袄是大红纱的，虽是内造'上用'的，却不如这个'官用'的质量好。这纱是官用的，她是真心觉得，黛玉很配这个官用的、质量却比上用的还好的窗纱，可见凤姐对黛玉的定位很准。"

芸轩道："还是我说的，霞影纱有了，也许真是百蝶穿花样式的，应该蝴蝶成双才对，就像她的窗子里，就曾经飞出过两只玉色蝴蝶来，被宝钗追过的那两只，不知还在不在？巧的是，贾母为黛玉换纱窗时，宝玉不在跟前儿。贾母特别关心此时宝玉在哪里，贾母因问：宝玉怎么不见？众丫头们答说：在池子里船上呢。

"这就叫无缘，只有宝玉不知'茜纱窗'的来由，他便不知老祖宗的用心，他偏偏在水里弄船。你们还记得黛玉那句'纱窗也没有红娘报'吗？难怪黛玉抱怨，竟没人告诉宝玉，茜纱窗是老祖宗为她和宝玉准备的。"

山岚道："茜纱窗下，公子多情，黄土垄中，女儿薄命。这一联意思却好，只是宝玉不知出处。原来此处糊窗纱，伏线却在万里之外。"

冰儿道："一层窗纱也搞得这么神秘，说得这么热闹，倒是说藏着什么秘密呀。"

芸轩道："这个急不得，也不过一层窗户纸的厚度，一戳即破，不过要等到讲谜文时才明白。"

冰儿道："不说算了，咱们也该走了，下面去哪里？"

秋真道："自然是秋爽斋了。"

一边走，冰儿道："我回来省亲时，没来过秋爽斋，但去过稻香村，这可是我和姥姥不同的地方。"

芸轩笑道："稻香村对于姥姥来说，有什么新鲜的。皇妃没见过村庄，才觉得好玩。一个农民不会对稻香村感到稀奇，秋爽斋才是刘姥姥的第一战场，不去那里怎么行。"

说着，大家走进秋爽斋。

只见三间大房没有隔断，当地放着一张花梨大理石大案，案上摞着各种名人法帖，并数十方宝砚，各色笔筒，笔海内插的笔如树林一般。

那一边，设着斗大的一个汝窑花囊，插着满满的一囊水晶球儿的白菊。

西墙上当中挂着一大幅米襄阳《烟雨图》，左右挂着一副对联，乃是颜鲁公墨迹，其词云：

烟霞闲骨格，泉石野生涯。

案上设着大鼎。左边紫檀架上放着一个大观窑的大盘，盘内盛着数十个娇黄玲珑大佛手。右边洋漆架上悬着一个白玉比目磬，旁边挂着小锤。东边便设着卧榻，拔步床上悬着葱绿双绣卉草虫的纱帐。

文亮浏览一遍，拿手摸一摸花瓶和佛手，羡慕道："这里的东西算是上好的了，有名人法帖，大约也有宝玉给她的《祭侄文稿》，有汝窑花囊和大官窑的瓷器盘子，大鼎和白玉磬，还有这张东阁床。"

又指着那幅画道："米芾的《烟雨图》，让我想起秦可卿的卧室，也是一架神秘的盘子，和一幅《海棠春睡图》。探春这里，不比秦可卿卧室里的东西差半点呀。"

冰儿道："满眼里看着好，只是不懂，我才是刘姥姥呢。不过说到大佛手我想起来了，有人告诉我，说佛手就是香橼，是元春的标志呢，是又一个元春吗？"

文亮道："兼而有之。大鼎和磬，都是一种帝王专用的礼器。只这汝窑是咱们传统制瓷著名工艺之一，北宋时期的主要代表瓷，居于五大名窑之首，在陶瓷史上素有'汝窑为魁'之称。"

山岚用手摸摸，小心翼翼道："好东西呀，兴盛前后不过二十余年，所以弥足珍贵。"

文亮道："的确是。北宋末年，金兵入侵，宋室南迁，由于长期兵灾战祸，汝窑被毁，技艺失传。虽有元明清历代民窑不断烧制，但因种种原因均未成功，所以有人说，汝窑釉色最难仿，因此传世制品，根本无乱真之作。"

山岚问："这么说，王夫人处曾有过汝窑美人觚，探春这里又有汝窑花囊，真难得了。那大观窑呢？"

文亮道："大观窑就难说了，我也不懂，从来没听说过大观窑，只知道是宋徽宗的一个年号是大观。你不是熟读《大观茶论》吗，历代茶艺家，谁不推崇。"

山岚问："倒是，可大观窑是这个意思吗？米芾的《烟雨图》呢？"

文亮道："米芾就生活在宋徽宗时期，他不光爱石如痴，且更爱砚台，曾有装癫索砚之典。"

冰儿道："讲讲呗。"

文亮道："宋徽宗让米芾草书御屏，实际上也想见识一下米芾的书法。这一天，米芾笔走龙蛇，从上而下运笔如流云，其直如线，宋徽宗看后，觉得果然名不虚传，大加赞赏。米芾看到皇上高兴，随即将皇上心爱的砚台装入怀中，弄得墨汁四处飞溅。他对皇帝说，此砚臣已用过，皇上不能再用，请您就赐予我吧。他对各种砚台的产地、色泽、细润、工艺都作了论述，著有《砚史》一书。"

山岚道："这跟图没关系吧。"

文亮道："不能只看图不看联。上下联的意思是：闲静自得的风骨格调，好似烟云舒卷自如；生活在山水之间，便得田野之趣。这是'米点山水'的特点，古人也称这样的喜好为'烟霞癖'。"

秋真道："让我说说，探春有元春的身份不难理解，而颜真卿的东西，让人想到安史之乱，宋徽宗的东西又让人想到靖康之难。总之探春屋里，集几个亡国皇帝于一身哪。只是这幅《烟雨图》还是不明了。"

芸轩道："米芾酷爱奇石，而探春爱米芾，更爱石头，否则就没法解释，一个姑娘家爱用大理石案子。你们看，这幅《烟雨图》边上的联更有意思。

"烟霞闲骨格，泉石野生涯。彩霞风骨，泉石野趣。原来她崇赏米芾的'泉石野生崖'之趣，难道你们不会想到，这'野'生之泉'石'，就出在大荒山无稽崖下吗？我还提醒诸位，米芾字'元章'。"

大家一听恍然大悟，探春竟和宝玉一样，也是顽石的化身，"元章"二字又和朱元璋名字重音，不是巧合，若是他的血脉，将来也是个亡国皇帝，只不过出身有点不硬。

秦明看到纱窗外的梧桐树，学着贾母道："后廊檐下的梧桐也好了，就只细些。"

芸轩道："听到没，这是一种发自内心的担忧。家有凤凰，只是承载凤凰的梧桐根基不够壮。"

山岚道:"不光有这种的担忧,板儿跑过来,指着探春的床幔子,说:这是蝈蝈,这是蚂蚱。"

刘姥姥忙过来,打了他一巴掌,骂道:"下作黄子,没干没净的乱闹。倒叫你进来瞧瞧,就上脸了。"打的板儿哭起来。

秦明道:"姥姥,你老此处动怒打人,没道理呀,板儿又没说什么不干净的话,你怎么就骂他下作呢。"

文亮道:"对呀,蝈蝈寓意很好的,此意名为'官居一品',这里是说探春是大官呢,怎么挨打了。"

冰儿道:"蝈蝈就是官官的意思吗?"

文亮道:"把一只蝈蝈儿画在菊花之上,因'蝈'与'官'同音,即祝愿其长久占据官位。"

芸轩道:"恐怕不是,还有蚂蚱呢。"

刘姥姥嘿嘿笑道:"俗话说,秋天的蚂蚱,蹦跶不了几天了。姑娘这里又叫个秋爽斋,小兔崽子指个蚂蚱,我怕姑娘多心,才打的。"大家听了才明白。

芸轩笑道:"你骂这里秋后的蚂蚱,是其一,骂你刘姥姥这一来,这里遭了蝗灾,才是其二呢。这是曹公惯用的一石二鸟法。"正说着,来了两个丫鬟,给大家端来茶水,秦明问丫鬟叫什么,一个说叫侍书,另一个叫翠墨。

秦明道:"你们是探春的丫鬟哪? 这俩人名字有意思。"

文亮道:"爱之欲取恨无力,旋揉翠墨濡黄缯。你不说我倒忘了,'翠墨'这个名字好理解,取自苏辙的诗,而'侍书'一词,古时曾是官名,特指侍奉帝王掌管文书的官员。这两人合在一处,就是侍奉一个爱书法的皇帝,自然让咱们联想那位爱写字的宋徽宗,可预知探春的未来。"

出至外面,天突然阴起来,但还不至于扫了大家的雅兴,因蘅芜苑在湖对岸,她们便弃岸登船,逶迤行来。沿着岸边行船时,撑篙人一个不小心,画舫左右摇晃起来,她们登时慌乱起来,扶着栏杆才稳下来。

山岚道:"怎么这样怕人。"

秋真站稳,笑道:"哎,这才是凤姐要的气氛,要先烘托一下。没发现前面就是'花溆萝港'吗，到那里，你会感觉里面阴森透骨，两滩上衰草残菱，水中残荷遍布，更助秋情，这便是自水上去蘅芜苑的必经之路。

"因舡小人多，凤姐也只觉乱晃，忙把篙子递与驾娘，方蹲下了才好，刚才咱们也体会到这感觉了。总之，若水路来蘅芜苑，总有一股荒凉恐怖的气氛朝你袭来。就是提前让你感知，越走近这个地方，就要心悸胆颤，比起刘姥姥走近潇湘馆时的摔跤如何？"

说着，就登岸进来，冰儿先嚷嚷道："宝钗那么美的一个人，我倒要瞧瞧她的屋子。"大家进屋看时，很是扫兴。

所谓雪洞一般的屋子，听起来挺美的，可看上去荒凉极了，一色玩器全无，案上一个土定瓶中，供着数枝菊花，而这几枝菊花，显得格外突兀。

山岚道："实地看上去确实不美，怪不得贾母连连说了几个：使不得，看着不像，年轻姑娘这样素净，也忌讳。如果这样，我们这老婆子，越发该住马圈去了。要我也是这种感觉，也会这么说。"

芸轩道："这个我同意，贾母是真不高兴了，从进大观园起，贾母先是向刘姥姥显摆她的小孙女惜春会画画，刘姥姥赞她好模样，又这么大本事，是个神仙托生的；三姑娘处的摆设，更不用说；潇湘馆里，黛玉先是毕恭毕敬地端茶，后给王夫人让座，一副知书达礼的作派，很是让贾母长脸，刘姥姥直夸黛玉处是上好的书房，都不想离开了，贾母的喜欢可想而知。"

山岚道："现在到了蘅芜苑，看到这境况，听她老人家的口声，确实是不满意了。"

芸轩看山岚一眼道："贾母为何不满意，你倒说清楚。"

山岚道："嫌她做作，装样？"

芸轩道："果真是装样倒好了，只怕贾母看出了宝钗的真心，她的确没把心思用在那些花儿粉儿、古玩器皿上。"

秋真道："用在经济学问上了。"

芸轩道："你们都精不过老太太的，她才心明眼亮的呢，想看破这件事，只从老太太给的玩器上找，就是了。"

冰儿学着贾母的口气道："我的梯己两件，收到如今，没给宝玉看见过，若经了他的眼，也没了。"

文亮道："宝玉稀罕的东西，还了得。"

贾母又吩咐道："把那石头盆景儿和那架纱桌屏，还有个墨烟冻石鼎，这三样摆在这案上就够了。再把那水墨字画白绫帐子拿来，把这帐子也换了。"

秋真道："这是什么了不得的东西，依我看，就是摆上这三件，换了帐子，这屋子也好看不到哪里去，不信咱们摆摆看。"果然，从隔壁拿来这几样东西摆上，大家站远了瞅瞅，屋子里，确实也没见好到哪里去。

文亮道："慢着，让我想想，既然不管用，老太太又推荐这些东西，问题一定出在这些东西上。你们看，石头盆景，更像一幅山水画，是不是代表江山？再看冻石鼎，也是国之重器；桌屏就更好说了，也叫砚屏，据说和炕屏等屏风一样，源自帝仪。

"是的，记得鸳鸯站在贾母身后，手中拿的那个叫麈尾的东西，就是权力的象征，《麈尾铭》曰：勿谓质卑，御于君子。所以，我以为桌屏代表皇权。"

山岚道："江山、国之重器、皇权。我也想起来了，刘姥姥一进荣府那会儿，贾蓉借的可不就是玻璃炕屏。"

文亮道："这样说就对了，那时她来，只为解决温饱，此时来，就是觊觎皇权了。"

山岚道："为何要给换了帐子呢？"

文亮道："贾母是在骂宝钗，功名心这么重，你住的地方这样清苦，我们该住马圈了。一个小女孩这样耐得住清苦，不就是要我们的江山社稷吗，这些我都给你，可是你不懂中华文化，把你的青纱帐，换成我们的水墨字画白绫帐，装点一下也好啊。"

芸轩拿起土定瓶道："大约是这个意思。不过这瓶菊花很是显眼。我看得出，只有她和探春在'供菊'，探春的是白色水晶菊，用汝窑花囊盛着。宝钗的菊花，没说是什么品种，用土定瓶供着。可见，虽说她爱菊，也因爱菊发疯而病，可她也吸引不到高洁如黛玉般的人才。"

冯玉道："我不信我心爱的宝姐姐这样不入老太太的眼，是你们瞎编的吧。"大家突然听他为宝钗说话，还以为是刘姥姥，吓了一大跳，看他是认真地说，又都笑他。

秋真道："你不用急，看看人家鸳鸯，光答应着，说这些东西，都搁在东楼上的不知哪个箱子里，还得慢慢找去，明儿再拿去，也罢了。"

山岚道："贾母说给黛玉换窗纱，凤姐忙不迭地去库房找出来，巴巴地拿到潇湘馆来。鸳鸯可是个精明的小蹄子，就推说明儿再找，她知道贾母这梯己，是真心不能给的。"

芸轩道："她不傻，最理解贾母的人是鸳鸯。这东西，代表江山社稷呢，说送人，鸳鸯就像凤姐一样巴巴地送来，贾母不骂死她才怪。"大家点头。

冰儿道："时辰到了，游园结束，再来惊梦才好。"喊来外边玩的两个小太监，告诉他们，预备吃饭的地方去。

芸轩道："游园结束后自是'惊梦'，惊梦后，有人借尸还魂。但此时，有块'泉石'降临大观园，单看此石将来有何作为了。"

秋真道："别啊，游园还没结束呢，叫回你的助手来，我出分子，让他们去买些吃的。不拘什么，这么宽敞的地方，中午又没人，你不是也同管园子的人说好了吗，咱还要上演金鸳鸯三宣牙牌令呢。"芸轩高兴地和山岚击掌。

又拉着冰儿道："下面好玩得很，再陪陪我们吧。"

冰儿道："我也没说不同意，只是累人。有人出钱，我当然愿意。"助手们去采买食物，其他人准备吃饭的座位和桌子，芸轩拿出自己去年绘制的那六副牙牌图来看。

山岚凑过来，芸轩道："你还记得去年冬天，了若大师给咱们解的这张图吗？他的'天地人和'之说，不无道理。可我还是不明白，这场由金鸳鸯指挥的大战，应该能分出结果和胜负的，如今还是含混得很，是哪一场战役都没法落实，说明咱的方向一定错了。"山岚问错在哪里。

芸轩道："我琢磨，应该不在牌面的点数和颜色上，大师也说过，他随师父玩过牙牌，一般是两扇一套的规则玩法。可贾母宴上的牌令，由三张牌凑成一副，与牙牌的天、地、人、和、梅，五种牌的'两扇'规则不同，是'三扇'一副，却可按'两扇'的规则论。"

山岚道："贾母修改规则的玄机是什么？"

芸轩道："有两个原因，一是，她们要据参与者的喜好，或写书人的需要，另行规则。受令者，是根据贾母的喜好而定，又因有刘姥姥参与，才说：无论诗词歌赋，成语俗话，比一句，且都要叶韵的才可。如果只许诗词歌赋的填起来，让这位只会村话俗话的村姥姥，如何参与。

"二是，两张牌改成三张牌，就有了左中右之分，所以才叫三宣。为什么要三宣？这是不是说，牌令和座次有关？比方说，一个人坐在这里，左右邻居加上自己，可不就有'左中右'的次序吗？"

山岚道："有道理。虽这样说，可不知对不对。"

芸轩道："等会儿，拿些纸来，待我画张座次图出来。"

说着，拿出纸笔画了起来，边画边嘟哝道："座次确实奇怪。最上面是贾母、薛姨妈两个，坐的是正位；东面是刘姥姥、王夫人两个；西面湘云领头一溜七个人，一直排到屋门口；最下面是凤姐和李纨两个，只好把座位按在三层槛内、二层纱厨之外。一边短，一边长，这么奇怪的排次，还是第一次见。而且黛玉罕见地排在宝钗后面。"

一边嘟嘟哝哝，就把湘云、宝钗、黛玉、迎春、探春、惜春，挨次画上去，宝玉在末。为什么贾母薛姨妈上面的四张几子，还要各式各样的？分别有海棠式的，梅花式的，荷叶式的，也有葵花式的。

芸轩又拿不准，到底谁的面前该是什么样式的，贾母面前肯定是梅花和海棠样的，而薛姨妈面前是荷叶、葵花样的吗？想了半天，只得作罢，便画了普通的方几。

刚画完，她们搬来的桌椅也都齐了，芸轩便招呼山岚，叫按她画的图样摆好。大家手忙脚乱了一阵子，刚摆好饭食也都来了，又七手八脚地分开，还算丰盛。

芸轩问："没有准备炉瓶三事吗？"

秋真道："我的姑奶奶，你就烦我吧，其中有一道菜还是按你的嘱咐，特做的，快端来，专门放到贾母席上。

"这就够忙的了，炉瓶三事儿摆起来更麻烦，且没地方放。按说贾母、薛姨妈、王夫人三个人边上，都是两张几子的，一张几上专门放这个，可我哪有工夫准备得这么齐整，将就些吧啊。实在不行，咱们放到栊翠庵也行。"

芸轩听了没法，口内嘟哝道："也不过就三个人有，也怕麻烦。"却也只得如此。

冰儿悄悄问文亮："什么是炉瓶三事？"

文亮答道："一个香炉，一个香盒，一个铲瓶。焚香用的家伙式儿，古代人家，放在桌子上的饰品。"

芸轩道："可不是普通装饰物，这里是身份的象征。王夫人正房的几案上，设的可是文王鼎、匙箸、香盒三事儿，你敢说这个文王鼎不奇怪。"

文亮道："这三事儿是有个讲头，最有名的是明正德的宣德炉，特别是阿拉伯铭文铜香炉，属于宫廷用器。"

冰儿道："三事儿就没什么寓意吗？"

文亮道："好像是指倡德、和乱、终齐。其他不懂了。"

秋真道："别说这些没用的，现听我的。今天我来鸳鸯的角色，冯玉还是刘姥姥，谁是贾母？"

芸轩道："秦明吧，文亮说薛姨妈的词，我是湘云，冰儿是宝钗，山岚是黛玉，这样分派就好，节省时间。"

听说自己是宝钗的词儿，冰儿道："别作弄人，我可不像你们，她的词我可记不住。"

山岚道："她的词很少，怕什么。"说着，大家依图选位。

封面插画：戴敦邦

子枫 著

知识产权出版社

全国百佳图书出版单位

—北京—

目录
CONTENTS

第四十一回

鸳鸯宣战令　姥姥结倭瓜

秋真道："我就在凤二奶奶席上，大约是这里，离贾母和刘姥姥远些。"说完走到门外，坐在椅子上，先喝了一杯茶，又走到屋当中，学起来。

鸳鸯笑道："酒令大如军令，不论尊卑，惟我是主。违了我的话，是要受罚的。

"如今我说骨牌副儿，从老太太起，顺领说下去，至姥姥止。比如我说一副儿，将这三张牌拆开，先说头一张，次说第二张，再说第三张，说完了，合成这一副儿的名字。无论诗词歌赋，成语俗话，比上一句，都要叶韵，错了的罚一杯。"

又道："有了一副了。左边是张'天'。"

贾母指着左边的刘姥姥道："头上有青天。"

有人悄悄道："刘姥姥就是清人的天，这回身份有了。"

鸳鸯道："当中是个五与六。"

贾母指着自己道："六桥梅花香彻骨。"

有人道："中间她老人家自喻老梅了，也有身份了。"

鸳鸯道："剩得一张'六与幺'。"

贾母指着右边的薛姨妈道："一轮红日出云霄。"

有人道："红日东升，她才是真正的天呢。"

鸳鸯指着左边的刘姥姥和右边的薛姨妈道："凑成便是个'蓬头鬼'。"

贾母道："这鬼抱住钟馗腿。"

有人道："这'蓬头鬼'没被捉走，反而抱住了钟馗的腿，是个厉害鬼。"说完，大家都笑说："极妙。"贾母饮了一杯。

鸳鸯又道："有了一副。左边是个'大长五'。"

薛姨妈指着左边的贾母道："梅花朵朵风前舞。"

有人道："劲风吹起，老梅之花要被吹落了。"

鸳鸯道："右边还是'大五长'。"

薛姨妈指着右边的湘云道："十月梅花岭上香。"

有人道："老梅飘落，少梅重开，湘云单等十月飘香。"

鸳鸯道："当中'二五'是杂七。"

薛姨妈指着自己道："织女牛郎会七夕。"

有人道："七夕相会，宝钗终于喜结'金玉缘'了。"

鸳鸯指着左边的贾母和右边的湘云道："凑成'二郎游五岳'。"有人笑："大好河山，得了势的这一老一小，怎么不想去游历一番呢。"

薛姨妈道："世人不及神仙乐。"

有人道："下句该是：唯有儿孙忘不了。"

大家称赏。薛姨妈饮了酒。

鸳鸯又道："有了一副。左边'长幺'两点明。"

湘云指着左边的薛姨妈和贾母道："双悬日月照乾坤。"大家道："湘云的左边上首，并排着两个老太君，可不就是双悬日月吗。"

鸳鸯道："右边'长幺'两点明。"

湘云指着右边的宝钗道："闲花落地听无声。"

众人道："细雨湿衣浑不觉。落地无声中，她竟是悄无声息地就夺走了黛玉的最爱。"

鸳鸯道："中间还得'幺四'来。"

湘云拍着自己的胸脯道："日边红杏倚云栽。"

众人又叹道:"天上碧桃和露种,特承祖恩,留得半壁而已,你也不用得意。"

鸳鸯指着薛姨妈和宝钗道:"凑成'樱桃九熟'。"

湘云道:"御园却被鸟衔出。"

文亮道:"才是寝园春荐后,非关御苑鸟衔残。每年重此先偏待,愿得千春奉至尊。别人樱桃九熟时,湘云竟想御园鸟衔,她的愿望怕是落空了呢。"说完饮了一杯。

鸳鸯道:"有了一副。左边是'长三'。"

宝钗指着左边的湘云道:"双双燕子语梁间。"

山岚却道:"先巢旧居何尚在?双双语梁间,燕去巢空时,又如何?"

鸳鸯道:"右边是'三长'。"

宝钗指着右边的黛玉道:"水荇牵风翠带长。"

山岚道:"林花著雨胭脂湿,此处是飞红万点,恰如落红离枝,飘零曲江,随波逐流。面对此景,谁人不存惆怅与凄苦,只长叹盛世气象,已渐行渐远了。"

鸳鸯道:"当中'三六'九点在。"

宝钗指着自己道:"三山半落青天外。"

山岚道:"这话宝钗最清楚,三山已半落。"

鸳鸯指着湘云和黛玉道:"凑成'铁锁练孤舟'。"

文亮道:"宜州有民谣:铁锁练孤舟,千年永不休。天下大乱,此处无忧。天下大旱,此处半收。可见,必定有个弹丸之地还是安全的。是不是刘姥姥没吃掉的鸽子蛋哪?"大家都笑有道理。

宝钗道:"处处风波处处愁。"说完饮毕。

山岚道:"五岳已经落三山,风雨飘摇哪有安全之地。"

鸳鸯又道:"左边一个'天'。"

黛玉指着左边的宝钗道:"良辰美景奈何天。"

宝钗听了,回头看着她。黛玉只顾怕罚,也不理论。

有人道:"赏心乐事衡芜院。既已会七夕,黛玉也不用看她,说的就是她宝钗呢。"

鸳鸯道："中间'锦屏'颜色俏。"

黛玉指着自己道："纱窗也没有红娘报。"

有人道："茜纱公子叹无缘吧。"

鸳鸯道："剩了'二六'八点齐。"

黛玉指着右边的迎春道："双瞻玉座引朝仪。"

文亮道："难道又迎来一位贵人？"

鸳鸯指着宝钗和迎春道："凑成'篮子'好采花。"

黛玉道："仙杖香挑芍药花。"

文亮道："救世玉女下凡来。看来，黛玉香肩挑两花，宝钗和迎春并驾齐驱了，还都是芍药花，迎春要出山吗？"

山岚饮了一口完令，下该刘姥姥。

鸳鸯笑道："左边'四四'是个人。"

刘姥姥听了，想了半日，指着左边的王夫人说道："是个庄稼人罢。"众人哄堂笑了。

贾母笑道："说的好，就是这样说。"

刘姥姥也笑道："我们庄稼人，不过是现成的本色。"

有人道："意思是，王室的人也原都是庄稼人出身。"

鸳鸯道："中间'三四'绿配红。"

刘姥姥拍着自己道："大火烧了毛毛虫。"

众人笑道："这是有的，一来就引起火来，烧毛毛虫也是你的本事。"

鸳鸯道："右边'幺四'真好看。"

刘姥姥指着右边的薛姨妈和贾母道："一个萝卜一头蒜。"众人听了又笑起来。

文亮道："村姥姥也真会骂人了，胡萝卜又叫葫芦菔金，大蒜也叫胡蒜。她说上面二位，一个是胡虏，一个也是胡人之蒜。"

鸳鸯指着贾母、王夫人笑道："凑成便是一枝花。"

刘姥姥两只手比着，说道："花儿落了结个大倭瓜。"

文亮道："这二位吃斋念佛的，按说该结出个好缘来，可王夫人和自己的薛家姊妹，不过是结个倭瓜缘而已。"

有人问："谁是倭瓜？"

文亮指着姥姥道："她就是倭瓜。她还指望拿个大倭瓜来打秋风呢。"众人又笑起来。

都道："倭瓜，依你的解释，倭瓜自然也是葫芦瓜了。"

文亮笑道："还真猜对了，就是葫芦南瓜。"

大家笑着说完令，秦明看到面前一盘黑乎乎的菜，好像是宫保鸡丁，偷着尝了一口，立马皱了一下眉，让放到冯玉面前。

道："芸轩，你专门做的是道啥菜？"

芸轩道："这就是传说中的茄鲞，专门给姥姥吃的，把你的台词续上，姥姥才能吃呢。"

秦明笑指山岚，学贾母道："你把茄鲞揀些喂她。"

凤姐过来，依言揀些茄鲞，送入姥姥口中，笑道："你们天天吃茄子，也尝尝我们的茄子弄得可口不可口。"

姥姥咂摸着嘴，笑道："别哄我了，茄子跑出这个味儿来了，我们也不用种粮食，只种茄子了。"

众人笑道："真是茄子，我们再不哄你。"

姥姥诧异道："真是茄子？我白吃了半日。姑奶奶再喂我些，这一口细嚼嚼。"

边吃着咋咋嘴道："怎么像宫保鸡丁，一点茄子味没有，怎么做的？"

凤姐走来说道："你把才下来的茄子把皮籤了，只要净肉，切成碎丁子，用鸡油炸了，再用鸡脯子肉并香菌、新笋、蘑菇、五香豆腐干、各色干果子，都切成丁子，拿鸡汤煨干，将香油一收，外加糟油一拌，盛在瓷罐子里封严，要吃时拿出来，用炒的鸡瓜子一拌就是。"

众人都道："文亮好利索的嘴皮子。"

秋真道："我也是按这个菜谱给的厨师，可人家说倒有点像鲞菜的做法，是腌制的法子，但大多是做鱼鲞，没做过茄鲞。厨师又说咱们这个菜谱，辅料太多，太杂。比如，用干果做辅料，还要用鸡汤煨、香油收、糟油拌的，油太大了。这样配出来的菜，主料少得可怜，倒是辅料一大堆。这还好，本来鲞菜是凉菜，可最后吃的时候，要用炒的鸡瓜子一拌，你们说是凉菜还是热菜，厨师就说没法做，只好做了这个。"

冰儿道："你是说，凤姐在用那个菜谱糊弄刘姥姥吗？"

山岚道："贾府这种地方，把好端端的茄子做没了味道，是过度了，违背自然了。贾母就说：她才听见凤哥儿说，刘姥姥带了好些瓜菜来，叫她快收拾去，正想个地里现撷的瓜儿菜儿吃。外头买的，不像田地里的好吃。

"那刘姥姥笑说，这是野意儿，不过吃个新鲜。依他们倒想鱼肉吃，只是吃不起。而这里的普通蔬菜，倒成了野意儿，这种强烈的反差，就好比'十指不沾泥，鳞鳞居大厦'一样道理。"

芸轩道："这种饮食文化，汉人独有，千百年如此。政治无非也如此，过度政治要不得。就好比，药有君臣之分，菜有主辅之别，可一旦君臣不分，主辅相左，怕是天下大乱了。"

大家边吃着，说笑着。

文亮悄悄对芸轩道："一个是'双悬日月照乾坤'，另一个'双瞻玉座引昭仪'，按湘云和黛玉的说法，现今正是安史之乱后的情形啊。"

芸轩笑道："你有什么依据？"

文亮道："少帝长安开紫极，双悬日月照乾坤。不就是嘲讽李隆基的吗？'安史之乱'后，李隆基避难蜀中，马嵬兵变后，太子李亨自行登基，遂成日月双悬之境。湘云拿来用到这里，说的是哪一番景象，你不知道？要么是朱聿键和朱以海的日月双悬，要么是北清和南明的双悬日月。"

芸轩指着上面道："上座并排贾母和薛姨妈呢，应该是指北清和南明的日月双悬。"

文亮道："据我了解，南明的许多仁人志士，倒盼望南北日月双悬呢。如果能像淝水之战后的东晋，或者像靖康之难后的南宋那样，做到划江而治，保住南京也好。

"但对南明来说，自己内部的日月双悬就更要命，比如同时存在的朱聿键和朱以海，自己的两大政权相互残杀。"

山岚道："这个景象，用'双瞻玉座引昭仪'最确切，但黛玉说的是颂诗不是？她是接受迎春主政的。"

文亮道："黛玉引用此句，想必另有深意的。记得元春省亲时，是昭容，彩嫔引领元春下舆，昭容又是唐宋时'八嫔'之一。如果选昭容作元妃的贴身礼仪官，完全是仿效唐朝的'御座曾瞻'，而这昭仪之礼，的确被黛玉给了迎春。显然，这里又有了一位元春一样的贵人，可不就是出现了南明自己的日月双悬吗。"

山岚道："迎春和朱以海之间有影射吗？"

秋真凑过来道："说什么体己话呢？迎春怎么了？"

芸轩道："菱藕香深写竹桥。藕香榭大摆螃蟹宴，迎春与藕香榭隔水相望，她住在缀锦楼，又与缀锦阁一字之差。这次，贾母在缀锦阁下摆龙门宴，在藕香榭听戏，后面又事事与迎春有勾连，看来迎春是被推上历史舞台了。

"但说迎春代表的是朱以海时代，不太合适，她只是这些政权的第二春而已。曹公用她来演绎的，无非是第二代南明小朝廷里发生的事。"

冰儿在那边喊道："秋真，咱们吃完饭干吗？下面还有趣事吗？"

秋真道："大人物享受完豪宴，一般干吗？来一班歌姬乐舞，咱们也学一下皇家规矩，喝着杏花酒，听一曲《赏花时》，再去栊翠庵品茶，看她们的茶道，比起咱岚小姐的来怎样。"

有人放一段《西厢记》里的"赏花时"曲调，只听得箫管悠扬，笙笛并发。秋真高声问芸轩："宝玉献酒，王夫人执壶，你们演还是不演？"

芸轩道："演一下才好。还原现场，大家好有灵感，火花崩现。刚才文亮向我打保票，大约有了答案。咱就不重复那些词儿，也少些啰嗦，省些时间。文亮，你就给大家讲吧。"

文亮清一下嗓子，正色道："其实，金鸳鸯宣完牙牌令后，战事进入白热化程度，那边藕香榭上演的无非也是人间悲剧，这边听乐的人更是如坐针毡。

"第一个就是宝玉，最先禁不住，拿起壶来斟了一杯，一口饮尽。复又斟上，才要饮，只见王夫人也要饮，正命人换暖酒，宝玉连忙将自己的杯捧了过来，送到王夫人口边，王夫人便就他手内吃了两口。

"按说，这是一个多温馨的举动，但我对王夫人喝酒的动作觉得很奇怪，这举动不能做平常所为，这是一。

"暖酒来了，王夫人便提了暖壶，下席来，众人皆都出了席，薛姨妈也立起来，贾母忙命李、凤二人接过壶来，说道：让你姨妈坐了，大家才便。王夫人见如此说，方将壶递与凤姐，自己归坐。

"这次摆宴，最大特点，每人一把乌银洋錾自斟壶，用意本是自斟自饮，不用别人斟酒，为何王夫人突然下座来给别人斟酒，逼得薛姨妈也站起来？这是第二个很突然的动作，王夫人亲自出座执壶倒酒，让人猝不及防。"

秦明笑道："贾母也没闲着，连忙挚杯向薛姨妈劝酒，并让湘云、宝钗挎上黛玉，一起陪着薛姨妈。这是第三个动作。"

冰儿道："劝客人喝酒，给客人倒酒，是正常不过的待客之道，这有什么？"

秋真道："冯玉，你听到音乐响起，也不来一段古舞，让我们赏赏。"冯玉听罢，借着酒劲，竟越发喜地手舞足蹈起来，样子滑稽得很。

文亮笑道："当日圣乐一奏，百兽率舞，如今才一牛耳。这便是第四个动作。"

芸轩道："别的我没看明白，最后这个动作，我倒想起《尚书正义》中说的：九奏之下，凤凰来仪，堂下之乐，百兽率舞。如今只有一牛起舞，刘姥姥不配庙堂圣乐。"

冰儿因问："这又怎么讲？不是说百兽率舞，寓意歌舞升平、国泰民安吗，怎么，刘姥姥手舞足蹈还不行了？"

文亮道："芸轩说的对，凤凰至贵，九成才舞。百兽为贱，堂下之乐即可舞。听到藕香榭普通的乐曲，刘姥姥就作一牛舞，竟被黛玉笑骂，其宗庙不配享圣乐。细细想来是这样，芸轩说的对，三宣牙牌后，好像是分出胜负了。"

冰儿道："谁胜谁负？"

文亮道："刘姥姥为迎接胜利，载歌载舞，迎接凤凰来临。只不过这凤凰是长了凤头的黑老鸹子。"

刘姥姥道："谁知城里不但人尊贵，连雀儿也是尊贵的。偏这雀儿到了你们这里，他也变俊了，也会说话了。"众人不解，问，什么雀儿变俊了，会讲话。

刘姥姥道："那廊下金架子上站的绿毛红嘴是鹦哥儿，我是认得的。那笼子里的黑老鸹子怎么又长出凤头来，也会说话呢。"

文亮道："这个黑老鸹子，虽长了凤头，我看是乌鸦，我们那里人，都叫乌鸦是黑老鸹呢。"

芸轩道："刘姥姥说的许是鹦哥。凤凰来仪，这个黑凤鸟就是乌鸦，是迎接刘姥姥来贾府呢，姥姥就是黑凤来仪。有句老话说来着，乌鸦叫，灾事到。这只凤头乌鸦一来，怕是贾府在劫难逃了。"

冰儿道："你说严重了，现在还不至于贾府就败亡了？"

芸轩道："你别不信，问文亮，四件事我只说了最后一件，那三件问她。"

文亮又高声道："我也是瞎猜，前几日跟我弟弟下棋，他教了我一招路数，叫双杯献酒，也叫一杯不醉二杯醉。"

山岚道："也教教我们哪，什么路数？"

文亮道："对垒双方，攻击方以牺牲一炮为代价，打破对方防御，再用另一炮，闷杀主帅的一招杀法，也称'双杯醉'。

"借用'一杯不醉二杯醉'之意，也叫'焖宫杀'，实际是利用献酒、执壶等手段，引开对方的防御势力，企图形成夺宫之势。"

文亮举杯，围着桌子转一圈，胸有成竹地笑道："藕香榭音乐响起，第一个军事行动便是宝玉殷勤献酒，也叫'双杯献'，他把注意力引到王夫人身上。之后，紧跟第二个军事行动，王夫人'御驾亲征'，提壶注酒，逼得众人和薛姨妈连忙离座，这也叫重炮迫宫。

"最后是第三局，贾母一马当先，谋算精细，连捎带打地'劝君再饮'，连黛玉这不会喝酒的都捎带上，可见贾母是孤注一掷了。可惜最后的结果便是第四件事：刘姥姥载歌载舞，庆祝胜利。"说完一仰脖喝下。

秦明道："起先，这几个动作我也觉得怪怪的，用下棋的招数来化解，也有些像，平常贾母很疼黛玉的，这次既然先说：你妹妹虽不大会吃，以我的理解，就不该让她吃，到底陪酒的人好几位呢，可贾母又说：也别饶了她，黛玉也乖，就喝干了。依你说，是贾母没办法，才捎带上了林黛玉，这事让我想起一个人，就是明朝名臣黄道周。"

文亮道："当时，清军威逼福建，眼见朝廷军队怯懦观望，已过花甲之年的黄道周对隆武帝表示：与其坐而待亡，不如君臣共出一拼。我为大臣，当先于皇帝而行，以为人臣表率。于是，黄道周凭一腔忠义，组织了一只'扁担军'，迎战清军，却一战全军覆没。一代名臣，就这样毫无价值地殉国了。"

山岚道："隆武帝再也坐不住了，不顾郑氏阻拦，仅仅携数千明军'御驾亲征'，结果也搭上了性命。"

文亮道："看看，孰胜孰负，真就出结果了，一切结束了，圣乐也该止了吧。"

秋真忙叫停了乐声，道："我也不用你们啰嗦，藕粉桂花糕，被薛姨妈吃了；牡丹花面果子，被刘姥姥吃了；贾母只吃了个松穰卷子；螃蟹馅的饺子，竟没人愿意动。"

山岚道："牡丹花面果子，刘姥姥还想当花样子带回家呢。战事结束，各得其所，只有螃蟹饺子没人消灭。刘姥姥家的板儿和凤姐家的大姐儿，及时交换了证物，大姐儿手里玩的，本来是代表元春的香柚子，换给她的成了探春的佛手。"

冰儿道："柚子换佛手，啥意思？"

山岚道："元春时代结束，不光短暂的迎春时代要开始，也是探春时代同时到来。"

冰儿道："板儿呢，他还拿走了大姐儿香橼呢，大姐儿和板儿有缘分吗？"

山岚道："当然有缘。正是刘姥姥结束了元春时代，这就是缘分。别说吃的了，说好去梅花山喝茶的。"

芸轩道："一会咱去花兮翠栊吧。"

秋真道："说好了，那里没人招待咱们的，还是山岚的手艺，就给咱烹些普洱吧。"

山岚道："我没带茶具，怎么干活？"

秋真道："你就擎好吧。"

说完，拾掇清楚，移步来到另一处院落。只见白墙青瓦，绿树翠栊，好一个幽静所在。进到园内正房三间，里面供着佛像。几案上铜炉内燃着百合香，云烟袅袅清香沁人。

大家正在逡巡观赏，东面厢房内走出一个人，秋真喊大家道："过来认识一下。这位是本寺的妙玉师傅，她烹茶的手艺可是远近闻名的。"

那个称"妙玉"的小师傅，把她们让到东厢房来，回头跟师傅说了声，给一个小时的时间。冰儿忙让自己的助理把秋真拿来的茶杯都带进来。

东厢房是妙玉的住处，室内朴素清幽，也拢着香，芸轩看到几上摆着一套炉瓶三事儿，向秋真看了一眼，明白了秋真的用意。这个曼妙漂亮的小道姑，定是秋真找来的托儿，芸轩一笑。

芸轩细细打量这个姑娘，见她眉目清秀，气质冷凝，眼神清幽。身着月白素绸褂儿，外罩水田长背心，穿着白绫子裙，腰间系着秋香色丝绦。

这么看着，芸轩心中道：这个爱美爱到入佛门却不肯剃度的女孩，多像水墨画就的一尊观音，清高避世，却喜爱收藏奇珍异玩；细烹新茶，更能享受诗情画意般的寂寞。

她像黛玉吗？仔细想想，这二人的小性孤僻，的确如出一辙。但黛玉冷中有热，爱憎分明，真情外露；妙玉除了对宝玉外，却很偏激地一冷到底，这又是为何？

芸轩正想得出神，秋真拽她的衣袖。看时，发现所有茶具变戏法一样，已经摆在几上，大家各就各位，坐在床上和蒲团上。只见妙玉向炉上煽了火，冰儿的旁边就是一套三事儿，她正瞧着，问身边的文亮，这是什么劳什子。

文亮道："这就是炉瓶三事儿，据载：敬惟三事，永有休哉。三事便是倡德、和乱、终齐。"

冰儿似懂非懂，笑道："是治国三大策略吗？"

文亮道："古时三种官职，中央三种最高官衔的合称。"

旁边的山岚道："宣牙牌令的时候，座位上放这三样东西的只有薛姨妈、贾母、王夫人三人，其他人没有。"

冰儿道："这小东西，还有这讲究，是三个最大的官呀，那放到这里给谁？"

秋真看了一遍众人，道："我记得探春要过这东西，她攒钱给宝玉，并告诉他：像你上回买的那柳枝儿编的小篮子儿，竹子根儿挖的香盒，胶泥垛的风炉子儿，就好了！

"仔细想想这些小玩意的样式，其实就是这个，虽说材质不值钱，但样子极像炉瓶三事儿。"

山岚道："她要这个物件，是要权力的意思。这次我做主，给探春吧，放到她的茶几上。"

大家忙乱地收拾过去，秋真又叫把五件稀奇古怪的古玩，放到当中的高几上，大家看时，上面都撰刻着字。

一样，十件套在一起的黄杨根雕套杯；一样，九曲十环一百二十节蟠虬竹根整雕杯；还有一样，上面刻着"放飚斝"三个隶字的斝；最后一样，刻着三个垂珠篆字"点犀盉"的小钵；再一件就是成窑小盖钟了。

大家第一次见这样宝器，看了无不称奇。

秋真道："我费了多大劲儿才搞到，真正的古玩哪，好好赏赏吧。咱们这里没别的杯子，要喝水，就各人拿各人的杯。"

山岚刚想伸手，秋真啪地打了一下道："得先说下，要想拿走属于自己的杯子喝水，须得说出这件器物的来龙去脉。咱一件一件说，谁先来？"

刘姥姥道："我渴得不行了，我先来，实告诉说罢，我的手脚子粗笨，又喝了酒，仔细失手打了这瓷杯。有木头的杯取个子来，我便失了手，掉了地下也无碍。"他倒没忘自己的本色是刘姥姥。

山岚道："可以啊，不过你懂黄杨木吗？"

冯玉换了一副男人腔调，道："说来巧了，我父亲酷爱收藏木雕。有一次，给我讲了关于黄杨木的传说，很有意思的故事。

"你们知道李渔吗？他说呀，黄杨每岁一寸，不溢分毫，至闰年反缩一寸，是天限之命也。所以，称其有君子之风，喻其为木中君子。"

文亮也道："园中草木春无数，只有黄杨厄闰年。说的对，也有人做过测试，称闰年黄杨并非缩减，只是不长而已。且黄杨木被采伐时，凡取此木，必寻隐晦无星之夜，伐之则不裂。黄杨木让人感觉很神秘的。"

冯玉又道："古人对黄杨木有两个说法，一是'黄杨无火'；二是'黄杨厄闰'。所谓'无火'，是指不容易起火。凡木之性，皆怕火焚，但黄杨木比重大，结构密，故遇火难燃。

"所谓黄杨'厄闰'，岁闰而我不闰，人闰而己不闰，已见天地之私。是天地之待黄杨，可谓不仁之至，不义之甚者矣！乃黄杨不憾天地。天不使高，强争无益，故以守困厄视为当然。"

文亮道："莲为花之君子，黛玉当之；此树当为木之君子，姥姥把玩木杯，和黄杨木的好处有关吧。"

秋真道："这不算，光知道好处不知道用处，不过关。"

冯玉又变成刘姥姥，道："怨不得姑娘不认得，你们在这金门绣户的，如何认得木头！我们成日家和树林子作街坊，困了枕着它睡，乏了靠着它坐，荒年间饿了还吃它。

"你们这样人家断没有那贱东西，那容易得的木头，你们也不收着了。我掂着这杯体重，断乎不是杨木，这一定是黄松做的。"

秋真道："说得热闹，你这么熟悉木头，能不认识黄杨？再说了，黄松是珍贵木材吗，明显话里矛盾。"

芸轩道："正如米芾崇拜石，那是一种无法释怀的喜欢。刘姥姥也一样，眼睛里天天见它，耳朵里天天听它，口儿里天天讲它，对于生活中须臾离不开的木头，也是如此，她自认为，很识得木头真假好歹，是木头的真知己。

"其实不然，她错认了木头，或者说，虽然不认得黄杨，但她认为黄松对于她来说才是珍贵的。她也错认了人，虽然她不认得字，但她一度那么喜欢黛玉的书房，喜欢得不想离开。"

山岚道："金木缘！刘姥姥专门要木头，还这么喜欢木头，竟然想和黛玉结缘，还真和黛玉有关来。老天，能得这样结论，也算不错了。"

文亮道："园中草木春无数，只有黄杨厄闰年。黄杨厄闰，也许真指一个年份呢？一六四五年就闰六月，朱聿键就是在闰六月称帝，这个有关吗？"

秦明调侃道："这一年不光闰月，还是鸡年呢。就这种附会多的是，贾府的一个茄子，倒有十来只鸡陪葬，是不是也有这意思？"

秋真道："刘姥姥要个黄杨杯喝酒，吃个茄鲞下菜，就让你们说出一大篇鬼话来，什么鸡年当皇帝的，我看这个和迎春有关。"

第四十一回
鸳鸯宣战令　姥姥结倭瓜

13

山岚道："更离谱。"

秋真道："怎么离谱，你们不记得迎春的外号叫'二木头'了，这个黄杨木是一木头，不是吗？"

冰儿问："那二木头呢？"

秋真道："这个九曲十环一百二十节，蟠虬竹根整雕杯呀，不也是一个木头杯吗。"

冯玉插言："这就齐了，让不让我用这个黄杨杯了？"不待搭话，冯玉拿了一个大杯向妙玉要茶，众人笑他。

山岚走向前，拿起那个竹根杯道："这个竹根杯自然是我的，可妙玉的体己茶可不是那么好喝的，刘姥姥要木杯喝酒，宝玉专门就要竹杯喝茶，眼见是想和妙玉结'竹石缘'，二人都和木头较上劲了，还真是你说的，要落在二木头身上了。"

冰儿道："他两个都要木头杯，就是金木缘和竹石缘，反正都稀罕木头，木头成了香饽饽了。"

芸轩道："二木头马上就是香饽饽，说完这个，就说妙玉的六安瓜片。"

秋真喊妙玉道："我教你的话还记着么？请贾母过来，让妙玉给你端茶来。"

秦明高兴道："我这么好的待遇，直接能喝到茶了，不用演绎出一番道理来吗？"

秋真道："少废话，你把贾母和妙玉的对话说出来，再做道理。"只见妙玉，亲自捧了一个海棠花式雕漆填金云龙献寿的小茶盘，里面放一个成窑五彩小盖钟，捧与贾母。

贾母道："我知道你有六安茶。我来，你肯定得给我这个，可我不吃六安茶。"

妙玉笑说："知道，虽说我有六安茶，但您老人家不喜欢，这是老君眉。"

贾母接了，又问是什么水。

妙玉笑回："是旧年蠲的雨水。"

贾母便吃了半盏，笑着递与姥姥说："你尝尝这个茶。"

姥姥便一口吃尽，笑道："好是好，就是淡些，再熬浓些更好了。"众人都笑起来。

秋真道："老祖宗，妙玉端上茶来，你老没看一眼，就说不喝六安茶。论理，你老这句话，要么在泡茶前说，直接就告诉妙玉，我要哪样茶；要么，看一眼泡好的茶，发现不是了，再说。妙玉刚端到跟前儿，你老人家就说不喝这茶，也不管是不是，也不看一眼，有一点子难为人家。"

妙玉道："不为难，知道老祖宗不喝六安茶。"

山岚道："你怎么知道，这么心有灵犀的？听你的答复干脆得很，正合老祖宗的心哪。我听出来了，你老少二人敢情知己得很，心灵相通的感觉。什么叫来吃'体己茶'，这一老一小喝的，才是体己茶呢。"

秋真道："说到点上了。但有一点，贾母把剩茶给了刘姥姥，污了成窑杯子，倒是妙玉一点怨言没有。要知道这堆奇珍异玩中，唯有这个成窑杯，在世人眼里才是价值连城的真宝物，可在妙玉的价值观里，是可丢弃的俗物。"

芸轩道："这就是妙玉怪诞之处了。"

冰儿道："这么说，那个六安瓜片和老君眉不一般哪。"

秋真道："这不是有个茶道专家吗？"

山岚客气道："说不上专家，只略知一二。有诗曰：七碗清风自六安，每随佳兴入诗坛。可见六安茶出处很早，陆羽《茶经》有记载。此茶，明时就是贡茶，但老君眉茶，恕我无知，不知出处，有人说是白毫。"

秋真道："就这些？等于白说。书里有脂砚一条丁丑仲春的批语：尚记丁巳春日谢园送茶乎？展眼二十年矣。或许提醒咱们六安茶的出处。"

文亮神秘兮兮，对芸轩耳语道："老东西又出现了，凤姐给黛玉送茶，就说是婚茶，这里妙玉给老祖宗献茶，她又提醒了。什么意思？就加这么个批语，混咱们呢，还不是告诉说，妙玉献的也是婚茶。"

秋真道："嘀咕什么呢，那茶怎么了？"

芸轩道："她说畸笏老东西，忽隐忽现，见首不见尾的，一下子告诉了三个时间，连下一条批语的'丁亥夏'，共是三个时间节点。她的意思，这是告诉咱们妙玉献茶的真实时间呢。"

秋真道："我数学不好，你倒是算哪。"

芸轩道："我算了一下，畸笏在丁丑年的这条批语：尚记'丁巳'春日谢园送茶乎？展眼二十年矣。'丁巳'往后二十年，正是'丁丑'，非常符合'二十年'这个时间顺序，可紧接着后面又出现一条批语，是宝玉要茶喝时的，标注时间是'丁亥'年。送茶和要茶的两条批语，跨度十年呢，什么意思就不知道了。"

文亮道："不光献茶，还主动丢弃了成窑杯子呢，这一年至关重要。"

冰儿道："这不是大海捞针吗？还是想别的法子吧。"

山岚道："我觉得，从六安之地入手，也许是个法子。因为六安之地有个典故，'六地平安，永不反叛'之说。"

秋真打断她道："看我的，把那个盘子递给我，看上面画的什么？"妙玉拿来。

秋真边看边道："海棠花式雕漆填金，'云龙献寿'小茶盘，端上来的是明朝成化年间的瓷杯，看这个云龙献寿图案，也不是一般人能用的。文亮，你说这种图案，是不是宫廷专用？妙玉端出这盘子，不光是献个茶这么简单吧，是要给贾母献寿吗？"

芸轩道："妙玉献茶，本身很有意义，一老一小还出奇地默契。六安是贡品，妙玉本该用贡茶，加上这样寓意的盘子，本该有'纳贡称臣'之意，但献给贾母的却是老眉君。既然没有老眉君这种茶，这三个字就别有深意了。

"或许是指贾母是太上老君，长福长寿之意？这些东西凑到一起，是不是有认祖归宗的意思，是尊贾母为祖宗吗？"

山岚道："我有感觉，妙玉和贾母确实心灵相通，相互知道内心的想法。妙玉态度恭敬，是向贾母这个老太君来表态的，意思是：我这个拥有六安之人，永不反叛。而贾母的态度呢，却把茶给了刘姥姥，这又什么意思？"

秋真道："污了杯子呀！世难容，屈原之'自古圣贤尽贫贱，何况我辈孤且直'。他自沉于江，就是难容于世的最终结局。贾母这是告诫妙玉，虽然认我归宗，我的身边却多了这么个老太太，你会被她污染的，将来你能否洁身自好，也未可知。但不知妙玉是什么结局。"

文亮道："还是老话题，如果你们谁能找出'玉'在污泥中的出处，我就服了。"

芸轩道："这个不难，等妙玉和钗黛三人喝过体己茶后，便了然。"

文亮道："有这么神奇？我等着。"

便命冰儿拿起那个放觚斝。

冰儿拿起来看了一眼道："看我的，你们难不住我，别人我不知道，晋朝王恺我是知道的。鼎鼎大名的西晋大富豪，晋武帝司马炎的舅舅，贾皇后的弟弟，曾与石崇斗富来着。王恺助贾皇后败坏朝纲，使晋朝败亡。

"可是，把王恺的遗物给宝钗用，她家也是大富豪没得说，是比喻宝钗也要让妙玉亡国吗？"又瞅瞅上面的小字，问山岚写的什么。

山岚道："宋元丰五年四月眉山苏轼见于秘府。"

冰儿道："这我就搞不懂了，山岚你帮我分析一下吧。"

山岚道："我只知道，宋丰五年四月，苏轼好像是因'乌台诗案'被降职，贬谪为黄州团练副使，在黄州受难呢。那一年，他贫困潦倒，在大雪中建起居所。建成后，于四壁绘雪，命名'雪堂'，以表明个人志趣高洁。"

冰儿问道："什么是乌台诗案？"

山岚道："乌台诗案，是宋朝一场著名的文字狱案，因苏轼的几句诗引起。这事差点要了他的命，他心有余悸。"

冰儿道："这东西，一个晋朝大富豪玩过，一个宋朝大文人用过，这杯子真奇妙。"

芸轩道："不只这个，妙玉的这个所谓分瓜觚斝，其实是个假的。"

冰儿道："假的！"

芸轩道："你们想想，斝和盉，在古时候一个是温酒的，一个是调酒的，是酒器、礼器，为青铜质。她这两个珍玩，是礼器形状，可材质和用途都变了。先说这个分瓜觚，形似半个葫芦，是葫芦器模具做出来的。"

冰儿道："这个怎么做？"

芸轩道："这个做法，据说起源于明代，到了清代，制匏工艺颇受皇家重视，康熙就曾在丰泽园内种葫芦，模制过匏器。"

冰儿问："怎么叫模制？"

文亮道："就是把小葫芦装在刻制好的斝形模具里，葫芦长大了，去掉模具，上色打磨，自然成了这个看似贵重的东西，其实材质是葫芦的。这个点犀盉，形似盉，实际是犀牛角的，这种工艺，恐怕晋朝没有。"

芸轩道："要我说，莫说晋朝没有，就是有，王恺那势利眼也看不上这种东西，也就是像妙玉这样古怪的人，才视真玩如粪土，视假玩如珍宝呢。"

秋真道："妙玉之爱，因它形似国之重器，不在于它材质价值几何。"

山岚道："可她给宝玉的绿玉斗就难说。宝玉说那是俗器，她反而抢白宝玉：这是俗器？不是我说狂话，只怕你家里未必找得出这么一个俗器来呢。和你刚才说的妙玉个性，又不符了吧，怎么解释？"

秋真笑道："她对所有人都冷如冰山，唯独对宝玉一片热情，独这件俗器，是妙玉平常吃茶用的，也是她日日放不下的，你们说怎么让人明白。"

冰儿道："说来说去，她给宝钗这个是啥意思，又说到黛玉身上，绕来绕去的，也不得明白呀。"

芸轩笑道："你别急，我只问你，宝钗什么禀性？"

冰儿道："生活低调，冷若冰霜。"

山岚道："不爱奢华，她们薛家富比王恺，可她深知，晋朝亡，亡于世家奢靡成风，所以宝钗刻意苦着自己，住在自己精心打造的雪洞里。贾母看得清楚，她心中有更大的梦想。"

秋真道："妙玉和贾母一样聪明，也看得明白。所以，给她一个王恺珍玩过的国之礼器。"

芸轩道："这个分析靠谱，不过更大的秘密在于，她住的'雪洞'和苏轼住的'雪堂'，一字之差却意义相通。"

冰儿道："难道宝钗和苏轼有关？"

芸轩道："怕是宝钗精心制造的雪洞，将来也是中华文明徒遭荼毒的写照。乌台诗案，本是文字狱，使得苏轼这样一代文豪以雪明志，看到宝钗的雪洞，在曹公内心，同样心生颤栗。"

冰儿道："我明白了，宝钗以王恺为鉴，自作雪洞，励志征服这个国家。可这雪洞同时也窒息了中华文明，就是清朝后来大规模的文字狱。看来《石头记》的作者也和苏轼一样，写《石头记》时定是战战兢兢。

"贾母给她一个山水字画的帐子，是提醒她，在这雪堂里，给中华文化留一席之地吧。怎么样？如果说的对，可让喝了吧？"大家笑她的样子，芸轩遂向她竖起大拇指。

秋真道："山岚你该说你的点犀盉了。"

山岚道："这个简单，此物定有'心有灵犀一点通'的味道在。在妙玉心里，自然把黛玉视为知音，所谓体己茶，应该属于黛玉，才给她这杯子用。可黛玉的一句：这也是旧年的雨水。惹恼了妙玉，正是知己难求。"

冰儿道："黛玉就怪，妙玉更怪，这妙黛二玉，比宝黛二玉更像。"

芸轩笑道："冰儿的见解透彻，妙玉恼她，是因黛玉尝不出她的出身之地。她说：你这么个人，竟是大俗人，连水也尝不出来。这是五年前我在玄墓蟠香寺住着，收的梅花上的雪，共得了那一鬼脸青的花瓮一瓮，总舍不得吃，埋在地下，你怎么尝不出来？隔年蠲的雨水哪有这样轻浮，如何吃得。换句话说，她怨黛玉不知她的身份和使命，难于做体己朋友，和湘云对她的抱怨一样。"

秦明道："好你个妙玉，什么：隔年蠲的雨水哪有这样轻浮，如何吃得。吃不得，你怎么给贾母旧年的雨水呢？刚才还说是体己茶，你给的竟不是体己水，怎么给他们的是雪水？这样好吗？"

山岚道："贾母问的有道理，《茶经》中把烹茶之水分为：山水上、江水中、井水下，再就是雪水。《大观茶论》中水以清、轻、甘、洁为美。轻、甘乃水之自然，独为难得。既然雪水轻浮，她又那样敬重老祖宗，为什么不给老祖宗喝雪水？"

秦明道："所以，贾母吃了半盏，便笑着递与刘姥姥。我猜测，她尝出水的味道了，或许就是因不是雪水。"

文亮道："雪水，玄墓蟠香寺吗？五年前是哪一年？那时她还没出山呢，雪水也是好的。"

秦明指着外面道："山势识龙蟠，香台拥翠峦。里面有就'蟠香'二字，钟山脚下的龙蟠也产梅，又与玄墓齐名。玄墓蟠香寺，大概就是咱们待的这梅花山。她在这里，收拾梅花之雪也有道理。妙玉拐弯抹角地是想告诉黛玉，她来自一个地方。"

芸轩道："梅花朵朵风前舞，是老太太的身份，妙玉却特地叫上宝钗，来品体己茶，且是'茶品梅花雪'，又有梅，又有雪。我明白了，贾母的体己茶，只品了'梅'，叫过宝钗来，纯粹为了品尝藏了五年的'雪'，也不知和薛宝钗什么关隘，真不知妙玉心里藏着什么呢。"

秋真拿起那个大竹根雕杯，送到芸轩面前道："别说那个了，还是来这个吧。"

芸轩拿过来细细端详一番，道："九曲、十环、一百二十节、竹根雕盏，看其九折十曲的样子，可见此竹受尽磨难。其根，扎于乱石中备受压抑，扭曲挣扎，苍劲而成蟠虬，才至于节短紧密，志成珍品，所以才得妙玉深爱。

"宝玉此竹杯，和刘姥姥之黄杨木杯，物同一理，确实属二木头之说。具有火德拒水的黄杨根，让刘姥姥糟蹋了，而这一百二十节的竹子根，用妙玉的话，怕也让宝玉糟蹋了。可悲，可叹呐。"说完自斟一杯水，喝下去。

秦明道："我看哪，妙玉和她三人哪里是喝的体己茶，是暗讽宝钗，明贬二玉。倒是宝玉临走，说给栊翠庵洗地，妙玉欣然接受的，至于吗。"

芸轩道："所以我说，找到了，这里就是妙玉被玷污之处，所谓过洁世同嫌了。"

文亮道："怎么玷污她了？谁玷污的？"

芸轩道："有三处，是妙玉先嫌别人脏。有明显倾向的，她叫钗、黛、玉来喝茶，坐她的蒲团，甚至用她日常喝茶的杯子，她都没表现出嫌弃。

"但有三件是最让妙玉恶心的事：刘姥姥用的成窑杯；刘姥姥站过的地面；刘姥姥睡过的床帐。"

山岚道："我想起来了，贾母领着众人吃早饭，是在探春处，临走说过一句关于嫌人腌臜的话。她说：咱们走罢。她们姊妹们都不大喜欢人来坐着，怕脏了屋子。咱们别没眼色，正经坐一回子船喝酒去。

"探春笑说：这是哪里的话，求着老太太、姨太太来坐坐还不能呢。

"贾母笑：我的这三丫头却好，只有两个玉儿可恶。回来吃醉了，咱们偏往他们屋里闹去。

"说明，二玉特别怕别人脏了他们的屋子是真。结果，真就有人确实去宝玉那里闹去了，弄脏了宝玉的屋子。"

文亮道："两处可以有，但怡红院是宝玉的，怎么和污染妙玉有关呢？"

芸轩举起绿玉斗道："一样关键东西就让一切讲得通。"

文亮道："这个绿玉斗？"

芸轩道："绿玉斗能说明一切。妙玉讨厌一切俗器，但唯有这个绿玉斗她日常使用。而怡红院叫什么？红香绿玉，绿玉在哪里？就在妙玉处，为什么她非给宝玉用这个杯子喝茶，明白了？"

秋真道："让我猜猜。如果是同一个人的不同时期，就不觉奇怪了。妙玉拥有竹根杯、绿玉斗。竹根可看成是黛玉，绿玉斗也可以是宝玉的化身，二人都拿竹根杯说事，此二玉和彼二玉就没区别。"

芸轩道："所以，当刘姥姥醉卧怡红院时，表面是污了宝玉的床帐，酒屁熏天的情形，如果让妙玉知道了，她会怎么样？"

文亮道："这么说，怡红院劫遇母蝗虫，还有这个用意？我得琢磨琢磨。"

秋真笑道："成窑杯脏了可以不要，在常人眼里，鼎鼎有名的成化官窑，皇宫内用，把祖宗的东西说扔就扔，不要祖宗了这是，妙玉有个性。可怡红院被污了，以妙玉的为人，肯定也不要了吧。"

芸轩道："妙玉的心性，常人难于理解，所谓男不男，女不女，僧不僧，俗不俗。要是帝王化身，恐怕也君不君，臣不臣。丢了祖宗这样的事，也很有可能做得出，这个妙玉，还真是难以琢磨。"

山岚道："有一条脂批说，他日瓜州渡口劝惩不哀哉，肯定暗藏玄机，我也找了好几个月，都不得真意。"

芸轩道："所谓劝惩，为惩恶而劝善，是指惩罚坏人，勉励好人，在瓜州渡口做惩恶扬善的事，历来不少，比如宋代的李好古，就有词为证：恰恰城如斗。乱絮飞钱迎马首。也学玉关榆柳。面前直控金山。极知形胜东南。更愿诸公著意，休教忘了中原。"

文亮道："南宋时的瓜州渡，是金兵南侵的冲要之地，瓜州虽弹丸，然瞰京口，接建康，际沧海，襟大江，实七省咽喉，全扬保障也。这个南方小镇，被比喻成从前的边塞玉门关，形势十分重要。"

芸轩道："我断言，瓜州渡将是看清妙玉的地方，咱们拭目以待。"

秋真道："差不多了，喝茶，喝茶。尽管还没大看清妙玉，倒看清刘姥姥了。逛完大观园，午休时间到了，贾母被赶去了稻香村；王夫人坐镇缀锦阁，她倒代替了贾母睡在了贾母的位置上，奇怪吧？

"薛姨妈回了家，刘姥姥鬼使神差来到大牌坊下，给元春的省亲别墅改了名，然后肚子一阵乱响，当着众人的面做了个解衣要大便的动作，恶不恶心人？

"最后，一屁股睡在怡红院宝玉的床上，龙床上还是换人物了，刘姥姥此举，是必然完成了某种使命吧？正是宝玉惊叹的斯园当属谁亦？大观园易主了，谁睡过宝玉的床？除了袭人，大约只有这个母蝗虫了。

"我也知道，为何黛玉不喜欢刘姥姥了，妙玉那样嫌弃她，而宝钗、李纨却不笑话她。这和看不起穷人一点关系没有，和阶级仇、民族恨倒息息相关。我才知道，金鸳鸯宣战，刘姥姥结瓜，且结出一枚硕大的倭瓜，这到底是哪一场战役了。"

大家并不听她啰嗦，喝完了茶，告辞妙玉和她师傅，收拾起东西，回河舫上去了。

第四十二回

蘅芜兴文狱　潇湘掩锋芒

看到地下有垃圾，秋真笑道："别说刘姥姥是母蝗虫，咱们才是呢，走到哪里祸害到哪里，咱们打些水来，给这里擦擦地吧。"

山岚道："你还真把自己当成宝二爷了。"一面说笑着，也样样收拾干净了。

山岚发现，妙玉也跟着一起到了河舫上，起先认为是帮着搬东西，后来没有下船，而是跟冰儿坐在一处，才一下子明白过来，走过来热情地问她几岁了、那老君眉是哪里得的，等话。

站在宽敞的木舫中，秋真见人齐全，向他们招手道："都过来，听我说。咱们这一趟走下来，还真累，贾母累病了不说，就那看病的架势，很不一般，大家别嫌累，我受人之托，要你们摆摆阵势，能不能看出个啥。"

一面指挥大家，秦明还装成贾母，穿了件奇怪的羊皮褂子，端坐在椅子上，两边四个未留头的小丫鬟，都拿着蝇帚漱盂等物；又有五六个老嬷嬷雁翅摆在两旁。

秋真道："你们站好，我瞧瞧，这阵仗够大的。"

老妈妈请贾母进幔子去坐。

贾母道："我也老了，那里养不出那阿物儿来，还怕他不成！不要放幔子，就这样瞧罢。"

山岚笑道："这话听不懂，养不出什么'阿物儿'来怎么讲？"

没等说阿物儿是什么，冯玉打扮成王太医走来，并不敢走甬路，只走旁阶，来到门口，早有两个婆子打起帘子，他头也不敢抬，忙上来请安。

见太医请安，贾母道："当日太医院正堂王君效，好脉息。"王太医忙躬身低头，含笑回说："那是晚生家叔祖。"

文亮道："太医说自己的叔祖是王君效，这三个字排一下，我看是'效君王'吧？他是专门侍奉皇上的。很明显，这个病人就是个君王。"

秋真道："我感兴趣的是贾母穿的那件皮褂子，好生难得。我也略知些衣料的，怎么这件青皱绸一斗珠羊皮褂子眼生得很。"

文亮想了一会，疑惑道："一斗珠，是用未出生的胎羊皮制的皮衣。贾母穿这样一件褂子，难道和未出生的胎儿有关？"

芸轩道："阿物儿，是虐称不喜欢的人和物件，《石头记》中袭人和凤姐都曾经被骂过是'阿物儿'，她俩的身份咱们也知道，代表帝王和权力。难不成，养不出的'阿物儿'特指难产的政权？"大家听了，都呵呵大笑。

秋真忍俊不住道："你也忒能胡诌了，养不出阿物儿来，是生病的意思吧，你说贾母摆这阵势，是要生产？你可笑死我了。"

芸轩道："不放帐子看病，除了秦可卿那一次，这是第二次。还有一件怪事，不知你们注意到没？巧姐作为十二钗之末，本是非常重要的人物，可时隐时现的。"

山岚道："怎么没注意到。"

芸轩道："从第六回开始，就出现贾琏的女儿'大姐儿'；第七回送宫花时，周瑞家的只见奶子正拍着'大姐儿'睡觉；第二十一回，谁知凤姐之女'大姐儿'病了，正乱着请大夫来诊脉；可到了第二十七和二十九回，去玄真观打醮时，'巧姐儿、大姐儿'就都出现了。"

山岚道："我还问过你呢，第二十七回，芒种节时说，宝钗、迎春、探春、惜春、李纨、凤姐等并巧姐、大姐、香菱与众丫鬟们在园内玩耍，独不见林黛玉。"

"第二十九回，去张道士那里，奶子抱着'大姐儿'带着'巧姐儿'另在一车；直到第四十二回，大姐儿进了一趟园子，吃了一块糕就生了病，刘姥姥帮他改名了，叫'巧哥儿'。此后再没出现过'大姐儿'这个人，大姐儿和巧姐合二为一，成'巧哥儿'了吧。"

芸轩道："当时咱们以为曹公糊涂了，让个小孩子做正十二钗，却出现两个名，一会儿大姐儿，一会儿巧姐儿的，最后又合成一个'巧哥儿'，俩女孩变成一个男孩了？

"这会子，巧哥儿和老祖宗都病了，还是刘姥姥给这祖孙二人看的病，说是遇见花神了。凤姐说：果然不错，园子里头可不是花神！只怕老太太也是遇见了。一面命人请两分纸钱来，着两个人来，一个与贾母送祟，一个与大姐儿送祟。果见大姐儿安稳睡了。"

秋真道："并没什么大病，应该已经差不多好了，现在又抱过来和贾母一起看病，有点多此一举。冰儿你扮个奶子抱着巧姐儿，就让御医看看吧。"

大家又按秋真的调度演示起来。一个老人、一个小孩同时看病。芸轩围着转了一圈，大家屏住呼吸静下来。

秦明忍俊不住，放下贾母的架子，自己笑道："太医看完并说没大毛病，连药都不用吃，又抱个孩子来，也说没病，只是饿两顿就好了。这其中影影绰绰的，一老一小的都被太医围在这里转，有些瓜葛，难道我真是难产？"

山岚诧异道："养不出阿物儿是难产？贾母产谁？难产的'阿物儿'是个孩子，难产的孩子是个政权？乖乖！"

芸轩道："我有个提议，仅做参考。首先，巧姐儿改成贾母难产的孩子，在辈分上很可笑。但如果放到历史上看就可以理解。比如朱聿键，他是朱元璋九世孙，而朱由检是朱元璋十二世孙，差着四辈。而巧姐儿和贾母之间，就差四辈。

"所以，巧姐不是贾母难产的孩子，贾母本身就是那个披着未出世羊皮的孩子，贾母就是改名的'巧哥儿'。这老小二人同出同入，同生病，同送祟，同时又让御医瞧病，同时也没啥大病。"

秦明道："我明白了，不是大姐儿、巧姐儿合二为一了，是祖孙二人合二为一了。"

芸轩道："是为了解决朱聿键的辈分问题，同时，也是三个人合二为一了。"

秋真道："还有三个人？哪三个人？"

芸轩道："朱聿键的弟弟朱聿鐭，被史学家称之为绍武政权。这个政权寿命很短，哥哥死后的腊月十五，朱聿鐭也自缢而死，结束了他为期一个月的皇帝生涯。其实，眼前这个场景，是流产，这是正在流产的政权。"

文亮道："隆武政权存在一年多，绍武政权更短命。大姐儿、巧姐儿，真是有两个人，年龄也感觉一岁多不大，还真是三人合一了。"

芸轩道："巧姐儿饿两顿，也是有讲究的，据说朱聿键是绝食而亡。不过，这只是其中的一个推断。"大家听了这番道理，也有不同意的，讨论得很是热闹。

河舫慢慢地从菱洲旁绕过，向东驶来，众人见水上一对鸳鸯悠然嬉戏，都纷纷附在栏杆上看。正穿过一片红莲时，芸轩看到已经残败的莲花，想起黛玉的命运，转身向冰儿和冯玉问道："你二位一起游园，什么感觉？"

冰儿想了一下道："元春游园以哭为主，临走还放下一大堆礼品，什么宫绸、宫缎、笔锭如意、金银锞子；彩缎百端，金银千两，御酒华筵，人人有份。可元春很不如意，最后还是哭着走的。"

冯玉掰着指头数道："刘姥姥游园，笑声满天。临走时可是带了一车的好东西，质量比'上用'的还好的，青纱一匹，月白纱一匹，两个茧绸，两匹绸子，内造点心，御田粳米；银子一百零八两。贾母、鸳鸯、平儿的衣服、包头，也有笔锭如意锞子。笔锭如意，我看她的如意算盘，才真是打到家了，这一趟来得太值了。"

秋真道："其他的倒还罢了，刘姥姥一下子得了三个人的衣服，收获太大了。贾母、平儿、鸳鸯的，这可不得了，就像秋纹、袭人得了王夫人的衣服一个道理，她刘姥姥竟得了贾母的。平儿、鸳鸯可是贾府两个实权人物的膀臂，也给了，这个事了不得。"

刘姥姥道："阿弥陀佛，府里老少，都是怜贫惜弱的，送这些好东西，家去念佛去。"

山岚道："你忘了，关键是鸳鸯给了她四种药，梅花点舌丹，是消无名恶毒的；紫金锭是败火的；活络丹治中风湿痰死血的；催生保命丹，才是治难产的呢。刘姥姥既需要败毒败火，也需要度过'难产'关。"

芸轩道："这话我爱听。不光难产，要知道，这个刘姥姥拿走了一件明代茶盅子，问题就更大了。"

秋真道："五彩茶盅真的很值钱吗？文亮呢，你懂吗？"

文亮道："我只知道唐三彩、成五彩，都被历代古玩家推崇。五彩虽然始于宣窑，却在成化年的成窑上达到顶峰，这个成窑五彩小盖盅，该是成窑的典型作品，五彩中的极品。听说明神宗时，成杯一双值钱十万呢，那时就值这么高的价，说明成窑五彩杯价值绝非一般。"

山岚道："这么说，妙玉拿出五彩成窑茶杯，用去年收集的雨水，泡上极品茶叶老君眉，又亲自用'云龙献寿'的托盘，亲自捧给贾母，在世人眼里，妙玉对贾母的礼遇，该是最高的了。"

文亮道："可一件旷世难求的成窑五彩杯被刘姥姥捧回了家，难以置信。"

芸轩道："这不奇怪，我给你们提个醒，刘姥姥游园听的是曲子，而元春游园时却看的戏，且点了四出戏，冰儿可还记得什么戏？"

冰儿悄悄问山岚，两人嘀咕一阵，冰儿道："第一出《豪宴》，脂批说是《一捧雪》中，伏贾家之败。"

芸轩道："这就对了，一捧雪，作为莫家败亡的见证，在这个成窑杯身上重现。"

冰儿又道："第二出《乞巧》，脂批说是《长生殿》中伏元妃之死。"

芸轩道："凤姐让刘姥姥给自己的女儿起名字叫巧哥儿，原因是什么？"

秋真道："大姐去了一趟园子，病了发烧啊。"

芸轩道："当时刘姥姥怎么说来着？她说：小姐儿只怕不大进园子，生地方儿，小人儿家原不该去。比不得我们的孩子，会走了，哪个坟圈子里不跑去。仔细撞客着了。你们听听，这孩子是去了趟坟圈子，大观园就是坟圈子。"

山岚道："说的是，大观园就是坟圈子，查《玉匣记》上说：八月二十五日，病者在东南方得遇花神。用五色纸钱四十张，向东南方四十步送之，大

第四十二回
蘅芜君兰言解疑癖　潇湘子雅谑补余香

27

吉。这不就是给死人烧纸钱吗？"

文亮道："不对，我们馆里有《玉匣记》，我查看过。其中，吉凶日篇的贵人月份方位歌上这样说的：甲日或己日，五鬼在东南方，当避之。或者小儿煞说：倘不知而误犯，宜用五色连丝纸，剪天宝带，彩色灿烂，令小儿欢悦，自不为祸，等等。但没有凤姐表述的那样，什么得遇花神之类，倒是《真本玉匣记》上，有按三十一日表述的，我看看笔记。"

说着，拿出个本子翻看起来。众人都笑她，随身带个黄历出来。她却说，古人起坐随行，都会翻黄历的。

遂翻了翻，念道："二十五日，病者正南得之，白虎使劳病鬼作祟。全身沉重，不思饮食，恍惚不宁，四肢无力，时发呕吐，寒热沉重，饮食无味。鬼在梁上坐，用白钱七张，向东南五十步送之，大吉。"

秦明道："是不同啊，凤姐特别说明是花神，这个好理解。用四十张纸，走四十步就怪了，连用两个'四十'有什么用意？"

芸轩道："我们算一下刘姥姥进大观园的日子，也许能找到秘密。八月二十日，贾政点了学政，起身上任，探春就成立海棠诗社。

"八月二十一日午后，宝玉着人叫湘云来，晚间与宝钗拟菊花诗题目；八月二十二日，湘云做东，请贾母赏桂花吃螃蟹。散了席，平儿出了园子，回到家里，就见刘姥姥来了。接着，见了贾母，晚上讲茗玉抽柴火的故事，同时贾家马棚失火。

"八月二十三日，宝玉派茗烟去找茗玉的塑像，找了一天没找到，东北方向上找到了一个瘟神爷庙；八月二十四日，宝玉与贾母商议进园子游玩的事项；八月二十五日，贾母领着刘姥姥游览大观园，大姐儿也进了园子，吃了块糕就病了。"

秋真道："这几个日子还有那两个'四十'的数字有玄机？"

芸轩道："不清楚，我只告诉一段历史，看时间上有没关联。我记着《东南纪事》这样说：一六四六年，八月廿一日，王离延平，御营皆散。也就是说，八月廿一日，隆武帝的御林军被打散，隆武帝逃离延平。"

文亮道："按史实所述，八月廿一日，应该为隆武王朝的亡朝之日，而贾府正是二十二日马棚失火。"

芸轩道："虽然历史上对隆武帝的下落说法不一，有说死于乱箭；也有说在汀州被捕；还有说逃到广东削发为僧。但无论哪种说法，都改变不了八月廿一日，隆武朝覆亡之事实。这一年，朱聿键享年四十四岁。是不是年龄里含两个'四'。"大家听了面面相觑。

秋真道："这跟《乞巧》有关吗？"

芸轩道："当然，刘姥姥为大姐儿起名字的依据，是她生的日子不好，七月初七。这日子有什么不好？我看没有不好，只是很特别而已。

"按年龄看，巧姐是一岁多一点的样子。七月初七生的，第二年的八月二十五才取名字，这本身就不合理。可为了让刘姥姥这个既带了毒来，又引了火来的老家伙取名字，也只好如此。这就叫以毒攻毒，以火攻火的法子。"

文亮道："隆武朝还有一段故事，也是起名字的事，就是隆武帝喜欢郑森，赐他国姓朱，名叫朱成功，就是后来的郑成功。正是隆武不得已的这一举动，为南明国祚的延续，留下了一线希望，算不算巧合？"

山岚道："原来这样啊，怪不得这个刘姥姥让板儿从探春处拿来了佛手，就在大姐儿进园子后，换过了大姐儿的香橼。其实，这个一岁多一点的大姐儿，就是隆武帝从七月一日改元，到第二年的八月二十一日灭亡的政权。

"七月一日改元，可不就是日子不好吗，帝位更迭，很少这样改元的，一般是'元春'月的元月初一改元，这里成了七月一日，这个改元日，真是日子不好呢。"

秋真道："巧哥儿的香橼，再一次出现在探春那里，却被板儿带走了，刘姥姥预言，秋爽斋里有秋后的蚂蚱，活不了几天，这个秋天的八月二十五，就好比是探春又死了一次，或许就如同伏了元春之死一样。《乞巧》中伏元妃之死，原来放在这里。"

冰儿道："越来越有意思了，那第三出《仙缘》呢？脂批说《邯郸梦》中伏甄宝玉送玉，这个你就难解释了。"

芸轩道："这个最容易，谁还能告诉我元春省亲时，不喜欢宝玉的哪一句诗？"

山岚道:"绿玉春犹卷一句。宝钗趁众人不注意,悄悄告诉宝玉:她因不喜'红香绿玉'四字,改了'怡红快绿',你这会子偏用'绿玉'二字,岂不有意和她争驰?"

芸轩道:"正是。"

然后转身,指着身后的妙玉,笑道:"她的绿玉斗还不是专门给宝玉准备的吗?"说完,得意地笑起来。

冰儿道:"最后一出,我看你还能说好吗,第四出《离魂》,脂批说《牡丹亭》中伏黛玉之死。"

芸轩道:"这一出就不说了吧。有个茗玉,十七岁得病死了,如今成了精,天天各村庄道上转悠。去年冬天,大雪天里又出来抽柴火,还为贾家引来火,你说黛玉是死了还是没死?"

冰儿伤心地摇摇头,道:"刚才你们说什么钗黛合一,我还纳闷呢,黛玉还是虽死不死的好。"

山岚道:"反正,从此黛玉变了,变得活泼开朗、爱说爱笑的,眼泪也少了。"

秋真道:"有点。我还真没想到元春游园、点戏所伏线索,都让刘姥姥游园给一一印证了。伏线千里,岂止千里,简直是万里,曹公真乃奇才。"

芸轩道:"曹公奇才处,就是合了咱们冰儿的心思,终于还是钗黛合一了啊。"

秋真道:"听你的口气,你很无奈呀。"

芸轩道:"宝钗的雪洞,终于要见证苏轼雪堂的,或者反过来说也一样。"

秋真道:"干脆说,有人要经历宝钗的文字狱了吧。随他们玩去,咱们进来发挥一下,看宝钗在自己的雪洞里干了些啥。"几个人进到船屋里。

芸轩笑道:"蘅芜君兰言解疑癖,其实就是一段'文字狱'公案。你没见宝钗送走刘姥姥后,回到园子的第一件事,就是向黛玉发难吗?"

山岚道:"谁让她用西厢记里的词编排宝钗呢,这还了得。谁和我学学?"冰儿举手抢个宝钗的角色。

宝钗叫住黛玉道:"颦儿跟我来,有一句话问你。"

黛玉便同了宝钗,来至蘅芜院中。进了房,宝钗便坐了笑道:"你跪下,我要审你。"

秋真笑道："宝钗让黛玉进了蘅芜苑吗？来到雪洞里，白色恐怖啊，她说：你跪下，我要审你，这架势很严厉的。这么严肃，还真有些兴师问罪的意味呢。"

黛玉不解，心里也疑惑，口里只说："我何曾说什么？你不过要捏我的错儿罢了。"

芸轩道："着啊！一语道破天机，这正是兴起文字狱后，苏轼这种人的唯一反应。不就写了首诗么，你不过欲加之罪罢了。"

山岚道："嗯，这话对，宝钗鬼道啊，她先拿自己开刀了，标榜自家也是读书人家，姊妹弟兄都在一处，也都怕看正经书。"

宝钗道："你当我是谁，我也是个淘气的，从小七八岁上也够个人缠的。我们家也算是个读书人家，祖父手里也爱藏书。有爱诗的，也有爱词的，诸如这些《西厢》《琵琶》以及《元人百种》，无所不有。"

文亮道："她提《琵琶》以及《元人百种》，都是关于北方少数民族的曲目，自己爱看这些，是表身份了。"

宝钗道："他们偷背着我们看，我们却也偷背着他们看。后来大人知道了，打的打，骂的骂，烧的烧。才丢开了。"

芸轩道："听见没？她们起先也是喜欢这些书的，像《元人百种》，只不过大家都是偷偷喜欢。可后来发现味儿不对了，人们开始用这样书编排起她们来。

"比如黛玉，就敢用'良辰美景奈何天'，这样表面是打情骂俏的情话来骂她宝钗的金玉缘。这可怎么办呢？于是打的打，骂的骂，烧的烧，就差杀的杀了。这就是宝钗兴起文字狱的'雪堂'故事。"

秋真道："不过，宝钗的那段关于'作诗写字'的宏论，我倒觉得很有道理。"

宝钗道："读书原不是你我分内之事，究竟也不是男人分内之事。男人们读书为明理，为辅国治民。只是如今并不听见有这样的人，读了书倒更坏了。"

文亮道："她主张经济仕途，学以致用，不喜欢酸腐文人的读死书理念，更讨厌有人满腹经纶，却用这学问不务正业，非议朝廷。"

秋真笑道："这话有道理。"

宝钗道："我们呢，只该做些针黹纺织的事才是，偏又认得了字，既认得了字，不过拣那正经的看也罢了，最怕见了些杂书，移了性情，就不可救了。"一席话，说得黛玉垂头吃茶，心下暗伏，只有答应'是'的一字。

冰儿疑惑道："这个观点就说服黛玉了？黛玉从此被收了心？这就是钗黛合一的序幕吗？"

文亮笑道："就是。宝钗发动文字狱的理由很充分。男人们读书为明事理，读书为辅国治民，只是如今并不见有这样的人。这就是当时的政治现状，文人没有一个治国之才，都是些误国之人，读了书倒更坏了，还不如不识字的刘姥姥呢。

"这是书误了她，可惜她也把书糟蹋了，所以竟不如耕种买卖，倒没有什么大害处。她主张，别读书也别写书，像她家一样，做买卖，更不能像咱们这样，来读《石头记》或者写《石头记》了。"

芸轩道："她大约最不同意作书人写《石头记》了，但据我看，咱们的黛玉不光没被吓着，反而更加才思敏捷反应迅速，她可能是不得已，才对宝钗表面臣服。下面的'潇湘子雅虐补余香'，补出来的余香，就是她反抗文字狱的有力之举，冰儿给咱来一段。"

宝钗赞道："世上的话，到了凤丫头嘴里也就尽了。幸而凤丫头不认得字，不大通，不过一概是市俗取笑。"

芸轩道："你们听见没？凤丫头不认字，说出的话已经够辛辣了，幸亏不认字，还不够那么厉害，要想更厉害，还是读书认字的好。"

宝钗道："颦儿这促狭嘴，用'春秋'的法子，将市俗的粗话，撮其要，删其繁，再加润色，比方出来，一句是一句，句句像刀子。这'母蝗虫'三字，把昨儿那些形景，都现出来了，亏她想的倒也快。"

众人听了都笑道："你这一注解也就不在她两个以下。"

芸轩道："越说越明白，不光认字好，黛玉还能用'春秋'笔法写书，这真是宝钗最害怕的地方。"

山岚笑道："春秋笔法写完书，怕人看不懂，再加上她这一注解，就更好了，这不是脂砚正在做的事吗。"

文亮道："真是奇妙。宝钗有一句千古定论的话，就是黛玉描绘惜春画园子的话，她这样说的：又要研墨，又要蘸笔，又要铺纸，又要着颜色，又要……又要照着这样儿慢慢的画，可不得二年的工夫！"

宝钗说："'又要照着这个慢慢的画'，这落后一句最妙。所以，昨儿那些笑话儿虽然可笑，回想是没味的。你们细想颦儿这几句话，虽是淡的，回想却有滋味。我倒笑的动不得了。"

山岚道："好笑吗？我不觉得有什么好笑的，记得拿刘姥姥开玩笑时，唯独她没笑，这回偏说自己笑得动不得了。啥意思？不过，脂砚倒提醒说，这句话能千古定论。"

文亮道："我明白了，刚才说话的主题，是讨论给惜春放假的事，大家讨论后，从一个月到一年不等。这里黛玉用肢体语言，形象地告诉众人，惜春需要两年画完。黛玉将建园子的时间都告诉了，画园子，其实就是占园子，这是预言某些人占园子的时间呢。"

芸轩道："宝钗还顺便提到了昨天的笑话，夸黛玉思维敏捷，当然就是'母蝗虫'之说。蝗虫之蝗，可以是皇帝之皇，就是母皇虫了，可不很形象么。宝钗被骂成母皇虫，她能不恼？便将黛玉摁倒炕上，拧她的心都有，可又不得不佩服黛玉的才思。

"宝钗爱才，宝玉见她细心亲昵地给黛玉理鬓，就明白了一切。细想她对黛玉的心思，爱也不是，恨也不是吧。"

黛玉道："别的草虫不画罢了，昨儿'母蝗虫'不画上，岂不缺了典！"一面又说："你快画罢，我连题跋都有了，起个名字，就叫作《携蝗大嚼图》。"

芸轩道："好！这一句才是宝钗说的千古定论。前面说，宝钗所谓的笑得动不得了，我觉得差点火候，哪里好笑了？现在听了黛玉这句，众人越发哄然大笑起来，都笑得前仰后合的。告诉你们，真正笑倒了的人，在这里呢。是湘云，她伏在椅子背儿上，大约笑得前仰后合，听'咕咚'一声山响，真笑倒了。"

文亮道："她这一倒，才更招人笑呢。不管是笑倒了还是真倒了，这个行动不自由的可怜人，让贾母担心的幼稚的执政者，终于在螃蟹宴结束后，自己笑倒了自己。

"她才是宝钗说的那幅缺腿少胳膊的'笑画'。而这个《携蝗大嚼图》，就是大观园的命运图，也是《石头记》又一场战争惨状的写真。"

山岚悄悄问，这到底是哪一场？秋真答，南京沦陷。

秋真道："快到岸边了，咱们只顾聊天，忘了看景致。这么美的景，要画下来就好啦，确实是好主意。我也正在学国画呢，可惜没人指点。"

山岚道："找冯玉，他指点你绰绰有余，来茶轩吧。"

冯玉道："我专学的可是工笔，对国画理论一知半解，相互切磋还行，指导不敢。"

山岚道："别说画了，咱们的主题是钗黛合一，你们还没有结论呢。"

芸轩道："就你急，此话是彼画，画画就是说话，借惜春的画，说钗黛的话，是不是？你想想，这幅《携蝗大嚼图》是专门给刘姥姥画的，由宝钗架构、润色、做注；由黛玉立意、题跋、倡导。这幅画，是不是她二人的天合之作？这不就是钗黛合一了？"

冰儿道："是话还是画你说的糊涂，咱听的也不明白。"

山岚道："我有点明白啦。宝钗对画画确实专业，她说：如今画这园子，非离了肚子里头有几幅丘壑的，才能成画，和建园子一个道理。"

冯玉道："大观园，确实像画儿一般，山石树木，楼阁房屋，远近疏密，既不多，也不少，恰恰的是这样。但你就照样儿往纸上一画，是必不能讨好的。

"画画先要布局，这要看纸的地步远近，该多该少，分主分宾，该添的要添，该减的要减，该藏的要藏，该露的要露。这一起了稿子，再端详斟酌，方成一幅图样。"

文亮笑道："听起来，这不仅是作画的原则，也是这部书的立意要求。咱们读《石头记》也觉一种：主宾分明，添减合适，藏深露少的感觉。

"就是该藏的藏，该露的露，该多该少，仔细描摹。黛玉用春秋的法子，一句是一句，句句是刀子，宝钗再一注解，就更好了。也正是脂批提点注解之要义，没有她，咱们如何能进得《石头记》中来。"

冯玉道:"再者,这些楼台房舍,是必要用界划的,一点不留神,栏杆也歪了,柱子也塌了,门窗也倒竖过来,阶矶也离了缝,甚至于桌子挤到墙里去,花盆放在帘子上来,岂不倒成了一张笑'话'儿了。"

芸轩道:"说得好,此画如果画不好,就成'笑话',布局谋篇不到位,也成不了鸿篇巨著《石头记》。关键是宝钗的第三条:要安插人物,也要有疏密,有高低。衣折裙带,手指足步,最是要紧;一笔不细,不是肿了手就是跛了腿。

"这些画中人,要画好了很难,不小心就缺胳膊断腿,房舍也会破烂不堪。细琢磨,宝钗描绘的,不是画不成画,成了笑话,简直是一幅惨不忍睹的蝗虫大灾后的《国破家亡图》。

"房屋歪斜,断胳膊断腿,这是一种什么惨状?最直观的战争场面。所以,起稿要小心谨慎,每一笔都至关重要,一不小心,就把这园子画成坟圈子。"

山岚道:"天哪!钗黛合一,原来是这个意思,是她们一起绘制一幅这么惨烈的景象啊!"

芸轩道:"是啊,假如没有宝钗提供的惨景,如果没有黛玉呕心沥血的'春秋'史笔,是画不出这样一幅壮烈画卷的,也写不出这么一部充满血泪的诗篇。"

文亮道:"这说的有理,而且为了逃避文字狱,宝玉就给出了一个曲笔之法,就是詹子亮的工细楼台,程日兴的美人绝技。"

冰儿问道:"詹子亮不就是沾光吗?为啥用他的技法就是曲笔了?"

文亮道:"詹别人的光,是小人所为,而《庄子·齐物论》说:大言炎炎,小言詹詹。小言、微词,应该是小说家们的常用之法,寓大言之道于儿女之情,亦可谓之词费。

"建园子时,程日兴是大观园的设计者之一,正是这股新生势力,缔造了坟圈子一般但呈现的假象却是美轮美奂的大观园。"

秋真道:"到了,到了,咱们也该上岸了。冰儿,喊你的助手来,把河舫还给人家,改天我好好谢谢你。"说着大家上岸回家,不在话下。

过了几日，听说秋真她们要回基地，芸轩便特地邀冯玉来茶轩，帮她构思一幅图。

冯玉道："你这里哪像个作画的地方，干干净净的，就这点颜料。别把作画看得那么简单，想看明白就得往我家里去。"原来，冯玉是虞山人，家离这里并不远。

芸轩听了高兴道："十里青山半入城。你们家那地方美得很，你真带我们去吗？"

山岚道："前两天，陆风还约我，要去虞山给我老爸淘一块赭砚呢，要不咱们一起去？"冯玉诡异地一笑，道："单带上他，不行。"秋真、秦明和文亮也知道了这想法，一股脑地央告冯玉，都要来。

没法子，冯玉还是答应了。

于是，说走就走，一行七个人，打点行装，很快来到了常州虞山。冯玉家就在虞山西麓一个小山村里，沿着崎岖山路，欣赏着满山葱绿，芸轩的心情豁朗起来。

冯玉指着山那边告诉他们，有大画家黄公望墓，明天要带他们瞻仰一番。到家时已是傍晚时分。冯玉的父母和妹妹都是热情好客的。原来，冯玉家往常要接待一些来游玩的客人，一应食宿都完备，几个人便各自安排下住处。

歇了一会，冯玉邀他们来到他的画室。

走进一个宽敞的大房间，打开灯，只见满墙上都是山水人物画。白色桌布下，盖着许多物件，冯玉一一地打开，逐渐露出画架、画具和一张五彩斑点的大几案。

案上面琳琅满目，放满各色颜料和工具，大家看了，也叫不出名堂，只觉得乱得很，但却韵味十足。众人看看这个，摸摸那个，好大工夫才回到大案子跟前。

芸轩道："画家们很少让人参观他的画室，也不能触摸正在创作中的作品，你不嫌弃我们这样东摸西瞧的，已很感激了。"

冯玉看了一眼陆风道："要是别人来，我是不会答应的，你们就将就点了，谁让咱们是闺蜜呢。"

残红旧梦
CANHONGJIUMENG

36

陆风也不言语，四处看那些红黄绿兰的颜料，拿起来放到鼻子下闻闻，也只是摇头。

芸轩端详墙上的几幅山水画，问道："这副《山居秋暝》诗意图是你做的？"

冯玉羞涩一笑道："参照浅绛山水的画法不值得入眼。"

山岚走来问道："王维可不就是南宗山水的代表吗？我就喜欢他的这首诗。"遂念道：

> 空山新雨后，天气晚来秋。
>
> 明月松间照，清泉石上流。
>
> 竹喧归浣女，莲动下渔舟。
>
> 随意春芳歇，王孙自可留。

芸轩道："他的诗写景入画，是诗中有画的始祖，难怪董其昌尊他为南宗第一人。"

秋真道："什么南宗北宗的，这作画还有南北之分吗？"

冯玉道："这种分法，就从董其昌开始。南宗技法为渲淡出韵，讲究作画要以诗为魂。诗中有画，画中有诗，书画笔笔出神，方成气象。传承者如黄公望等，比如他的存世作品有《富春山居图》《九峰雪霁图》等。

"北宗为钩斫之法，画山石先钩出轮廓，再用头重尾轻、形如斧斫的皴笔，画其纹路，以表现明暗凹凸。此法特点，重形写实。

"北宗推崇的代表人物是皇族画家李思训，他生长在皇宫，多取材实景，描绘富丽辉煌的宫殿楼阁和奇异秀丽的自然山川，善画工整富丽的金碧山水。比如仇英的《清明上河图手卷》画法。"

山岚指着一幅宫殿楼阁图道："就像这副，不就是宝钗架构的《大观园》吗？"

文亮笑道："说起这个，我倒要问，宝钗说又大又托墨的雪浪纸，为何不能用？"

冯玉道："这大约是生宣，如果按南宗山水的写意画法，倒可以，不过是几笔写意而已，但画园子中的亭台楼阁恐怕不行，宝钗的主意是对的，必得选用熟宣或者绢来画。"

山岚道："宝钗的建议是：这些楼台房舍，是必要用'界划'画法，接着还出了个主意，说原先盖这园子就有一张细致图样，虽是画工描的，那地步方向是不错的，叫惜春照着这图样删补着立一稿子，添了人物就是了。这界画是个啥做法？"

冯玉道："其实就是界画。是国画技法中很有特色的一个门类。所谓'画家十三科'中，就有'界画楼台'一科。专以宫室、楼台、屋宇等建筑物为题材，用界笔直尺绘画，也叫'宫室'或'屋木'；也有画游鱼、草虫、翎毛。界画的创作宗旨就是工整写实、造型准确。

"我讲个例子，五代时期，画院画家赵忠义受皇帝命令，画《关将军起玉泉寺图》。画完后，皇帝责成工匠校验画中建筑结构是否准确，经过反复检验，工匠复命说：画中的建筑如同真的一样，毫厘不差。你看，传统界画的要求多严格。"

山岚道："我突然想起一个词，就是染脸撕发，这是一个画法，还是说画坏了的意思？"

冯玉道："染脸，我想大约是指为人物面部染色的方法，比如幹染，就是让一块色彩向四周晕染开来。通常画仕女脸颊的红晕采用此法，工笔牡丹的绘制中也会用到。至于撕发，大约是指丝毛吧，也是国画的一种技法，就是运用毛笔单线或多线，来画动物或人物毛发。"

山岚道："我还以为人被打坏了的样子，长见识了。由此看来，宝钗专业得很，大观园像皇宫，自然要用界画的方法。我原以为，《石头记》里懂画的人只有惜春，可比她更专业的人竟是宝钗。"

冯玉道："她不仅懂，而且家里还有比惜春多得多的画具颜料，从她的描述看，还是北宗派工笔画用的。惜春只有南宗画写意的几种工具和颜料，很少的。"

秋真道："这明显的，惜春是南宗，宝钗是北宗啊。"

山岚道："可不嘛，有了南北两派的代表人物了。"

芸轩道："她是最积极的，懂得刘姥姥要的这幅《携蝗大嚼图》，需要丝毫不差地反映现实。所以，要惜春直接按施工图纸起稿子。若是惜春只懂南宗画法，你们觉得她能画好吗？"

山岚道："难！为了配合惜春画好这幅画，黛玉的玩笑说出了实情，说宝丫头连嫁妆都搭上了，宝钗算是不惜血本了，也不知道她咋这么起劲。"

文亮悄悄对芸轩道："我怎么隐约觉得《石头记》的作者也该是个大画家，且南北宗通吃。"

芸轩悄悄点头同意。

秋真道："就是，若惜春画不好，宝钗画呀，谁让她是北宗派呢。说起嫁妆，我想起你要的三张单子，都是宝钗罗列的画具，你看看冯玉那堆画具里有没有，咱也叫不上名儿来。"

又从包里取出两份单子道："这是我抄的，给你吧。"

芸轩道："也别仔细看了，天也不早了，明天还要去虞山，让冯玉早点休息，咱们回吧。"说完，大家各自休息。

第二天一早，几个人就上了山，冯玉告诉山岚，要刻好砚台，须得有好料。现如今，虞山上依然有赭石，不过稀少难觅，若上山寻宝，只能得些杂块形小的。

山岚道："听说浅绛山水画，只能用虞山的赭石砚磨出赭色墨才行。"

冯玉道："也不全是，浅绛山水亦称'吴装'山水，是在水墨皴染墨色足后略施淡彩，就是以赭石为主色的淡彩山水画。"

她们沿山路走来，过维摩寺，往西行，逾岭北上，忽见前面云海豁朗，杳若天外，北览江流似带。远处的狼山，焉然在目。再西行，是三峰寺，眼看已近中午，寺内吃了点东西，稍作休息后，循山向北，再转西。

冯玉道："再去西门，那里有言子、仲雍墓，元代大画家黄公望墓，还有明代民族英雄瞿式耜墓，抗倭名臣王扶墓。对了，想不想去看钱谦益和柳如是的墓？"

山岚道："当然想，不是说虞山十八景吗，咱才看了这么点，一天能看完吗？"

冯玉道："只能是走马观花了，什么三峰、石洞、宝岩还有姜太公的石屋涧，他钓鱼的尚湖，好看得很。去体验一下黛玉学太公钓鱼的感觉吗？"

秋真道："这里还能寻到好的赭石吗？"

芸轩道："咱们还是先看吧，否则，手里拿些石头走路多不方便。"唯陆风与别人不同，他边走边看，边找些石头收到背包里。

过山溪，穿水洞，每到一处红色的石头前，他拿着手电和矿锤，敲敲打打的，一会子用指头捻捻，一会子拿手电照照。找的赭石样子也怪，他不看颜色，只看形状，每每小心翼翼地放进包里。冯玉看见，总是笑着摇头。

远远看去，前面是一片金黄的油菜花，罗城内三起封土，牧斋墓踞东，钱泳题写的'东涧老人之墓'石碑，立于封土的后面；柳如是墓踞西，周围松柏苍翠，封土竟比钱墓还要高一些。有几人还在打理罗城内的绿植，维护甚为精心。看得出，柳如是很受人尊崇的。

芸轩站定墓前，静默了一会，拿出三支线香，冯玉帮着要了一个香炉，点起来。大家默默看着，只见芸轩又拿出一张诗笺，慢慢地念道：

是日也，致祭于蘼芜君：

呜呼，君在章台，名为柳隐。生在乱世，往来尘嚣。流落松江，只单影怜。沉浮浊世，清谈如男。

梦渡红楼，心种红豆。儒士谦谦，词歌婉婉。更那堪，国破家亡，大节难当。名姝成侠，国士无双。

君之诗风，凌清涧远。君之宏达，傲世标榜。淡墨淋漓，不减子固。守节如一，可如陶靖。

曾言张溥：中原鼎沸，正需英雄。戡乱御侮，应如谢氏。大羽插腰箭在手，功高跃马称精奇。

嗟呼！沾沾乱世，晴云顿失。潜踪地觞目凄凉，寒烟处涕零吊鹤。江湖之色血染，戎服控马遇难。

哀哉！文综早逝，顿失梅兰。我闻如是，遽梦黄粱。悲风烈烈，霜逼柳杨。惟祈昭格，敬奠此章。

尚飨。

念完，将悼文燃尽在香炉内。

百鸟朝金凤　洛神通玉灵

芸轩等向墓上撒了些黄土，又默默站了会子，走出罗城，到了黄公望纪念馆内。石砚室里，一位叫宏师傅的赭石砚专家正在雕刻。山岚挑了几块让宏师傅帮着看看，说了图文，给父亲做了一件虞山砚。回到冯玉家时，已是晚饭时间，饭后又聚到冯玉的画室，交流着感觉。

山岚拿出她的砚台，非得让冯玉试着用它画几笔浅绛色，冯玉没法子，只得拿出宣纸、铺纸、磨墨、勾线、着色，果见晕色自然好看。

秋真还是拿出来那几张单子来，等冯玉画完，递给他，道："这几张是宝钗开的画具颜料单子，你给看看，是不是有问题。"看时，第一张单子，写着各色笔：

头号排笔，二号排笔，三号排笔，各四支。共十二支；

大染四支，中染四支，小染四支。共十二支；

大南蟹爪十支，小蟹爪十支，须眉十支。共三十支；

大着色二十支，小着色二十支。共四十支；

开面十支，柳条二十支。共三十支；

合计：一百二十四支笔。

第二张单子：

粉油大案子一张，顶细绢笋四个，粗笋四个，掸笔四枝，大小乳钵四个，大粗碗二十个，五寸粗碟十个，三寸粗白碟二十个，风炉两个，砂锅大小两个，新瓷缸二口，新水桶四只，一尺长白布口袋四条，柽炭二十斤，柳木炭一斤，三屉木箱一个，实地纱一丈，生姜二两，酱半斤。

冯玉看了半天，道："这些工具全是做工笔画用的，没什么大问题。"

文亮问："排笔、染笔都是干啥的？"

冯玉道："排笔，一般用于矾纸和绢时，刷胶矾用的，小的排笔，也用于大面积烘色；大小染又叫染笔，宜用羊毫，着色烘染所用；蟹爪用兔毫制，笔头短而尖，形似蟹爪，一般有大、中、小三种规格，用以勾勒较细的线条，如衣褶、头发、须眉等。"

山岚道："可有南蟹爪之称？"

冯玉道："或指江浙一带所产，故称'南蟹爪'，好像北方制法，是将毫染成红色，称做'红描'或'红豆'，我也说不清，反正我们不大这样说。"

文亮道："既然蟹爪有大中小，有大南蟹爪，可为何不称小南蟹爪，也没有中南蟹爪。可见曹公称其'大南蟹爪'是别有意思的。"

秦明问："须眉呢？还有开面、著色。"

冯玉道："这还不懂，看字面就知道，勾眉、叶筋、衣服褶子、山石轮廓；开面是给人物面部上色的；著色就不用说了。"

山岚问柳条笔呢。

冯玉道："柳条笔有个说法，传说是秦代蒙恬发明的，也叫李渡毛笔，因王羲之而闻名天下。"

芸轩道："这些笔的数量有要求吗，如果你画这张画，也要准备这么些笔吗？"

冯玉道："也没什么特别讲究，当然越多越好，可买这么多很费钱哪，你的这些都是四份，四个人同时画也够使的了。"

山岚道："对呀，买这么多工具，是要众人作画吗？我怎么没想到呢。十二支上背景，十二支上色，这正好对上十二钗的人数。"

文亮道："是四人同时参与画园子，那么是不是写《石头记》也需要四个人集体创作，可以这么推断吗？"

芸轩道："可以的。"大家也觉得有道理。

山岚问做熟宣和绢一样吗？

冯玉道："一样的。"

山岚道："那颜料呢，你再看这张单子有没有问题。"

看时，单子上面写着：

箭头朱四两，南赭四两，石黄四两，石青四两，石绿四两，管黄四两，广花八两，蛤粉四匣，胭脂十片，大赤飞金二百帖，青金二百帖，广勾胶四两，净矾四两。

冯玉道："我也看过书中这张单子，开得够专业的，还都是四两或八两，正如你们说的，可同时淘澄出四份来。我记得宝钗连'淘澄飞跌'的工艺都知道。"

山岚问啥是"淘澄飞跌"。

冯玉道："单子上那些工具，比如细绢箩、乳钵、粗碟子、粗碗等工具，还有打稿用的柳木炭等物，就连粗色碟子拿姜汁和酱，涂抹了底部，才能够保证经火不炸，这样细节都是'淘澄飞跌'该有的。但六项工艺中，选、研两项除外了，她大约采买的是半成品，所以需要亲自加工后面的四项。"

又想了一会道："但要是买箭头朱的话，好像是选原石，得需要研磨的。"

山岚问："何为箭头朱？"

冯玉道："是朱砂的结晶状，箭头样的辰砂是上等朱砂。这单子上的颜料都标明产地，很奇特。比如广花就是特指广东花青，唯独它是八两，多一倍；还有广勾胶其实就是黄明胶，咱们这里的赭石，也可以称南赭。"

秋真道："广东明胶，广东花青，南赭，南蟹爪。我看她这幅画，需要用北宗画法，倒是非得用广东颜料和南方的画具不可呢。"

芸轩自言自语道："广东怎么了？"

文亮道："她叫广勾胶而不叫明胶，是避讳这个'明'字吗？又说那朱砂是箭头朱，也无非引咱们注意这个'朱'字。她一再说到'南'字，这是要告诉咱们，朱家的大明没了，最后一片领地就只剩下南方的广东了吗？"

山岚疑惑道："是你说的这个意思吗？冯玉还有别的问题吗？你再仔细看看单子。"

冯玉又细细看了一遍，道："看出来了，这个管黄似乎不算是颜料。还有，青金也不能论'贴'买，是青金石或青金粉，按'两'计算才行。"

秦明道："我还以为青金是金子呢，大赤飞金呢？"

冯玉道："大赤金是金箔中的一种，叫紫赤金，主要用来敷贴寺庙中的佛像，库金也叫足金箔，绘画中常用到的，是由百分之九十八的纯金和百分之二的纯银合成；再一个就是大赤金略带黄色，又称冷金，是百分之七十的纯金，一般十张为一帖，千帖为一箱。"

秦明道："都说咱南京是金箔的发源地，我却没见过。"

文亮道："冷金！大赤金也叫冷金吗？那青金呢？"

冯玉道："青金也叫天青石，传说青金石的颜色是藏传佛教中药师佛的身色，其实就是铅的别名，常用做国画颜料。正因青金石颜色端庄，至今保持着一级玉料的声望。"

文亮道："古人还用此石作催生药，也以其色青如天，可达升天之路，故用于入葬，被用来制作皇帝的葬器。"

山岚道："说这些青金什么用？"

芸轩道："青金也称蓝宝石，古称'点黛'或璧琉璃。"

秋真道："点黛？这么说，颜料单子最后的大赤金和青金有说头，不就是'冷金'和'点黛'吗？"

山岚拍手道："冷金是宝钗，点黛是黛玉。这张颜料方子里，有她二人，这算什么？她俩是颜料还是一起画画？"

此时，陆风一脸坏笑道："你们一天都不待见我，可有一个地方你们得求着我。"

山岚笑道："你一路也没少偷偷地说，我也没觉得有多少用处，你不说我说。"

文亮道："什么？是你收集的赭石派上用场了？"

陆风道："知我者文亮也。你们才刚说颜料里面有一样东西，是不是颜料不确定，就是管黄。但我确定，管黄是一味药材，如果不做颜料的话，不觉出现得奇怪吗？"

秋真道："别发骚了，吊老娘胃口，快说清楚吧。"

陆风道："牛黄，牛胆结石，在胆囊中产生的称胆黄，在胆管中产生的就叫管黄，在肝管中产生的称肝黄。"

秋真道："好好的，加上一味药材干啥，莫非这些都是药，这是张药方子不成？"

陆风道："知我者秋真也！这些还真是药。先说朱砂，可治癫狂失心症。其实呀，古人秘制长生不老的丹药，主要是丹砂。皇帝御批也用朱砂。管黄就别说了，能清热解毒。古人们还相信，青金石可以治疗间歇性发烧症。石黄也叫雌黄，就是可以信口雌黄的，可用作杀虫、解毒、消肿等。

"至于金箔本来就是药用的，李时珍的《本草纲目》记载：食金，镇精神、坚骨髓、通利五脏邪气，服之如神仙，以箔入丸散服，可破冷气，除风。同仁堂的'安宫牛黄丸'等，均采用了金陵牌金箔入药的配方。

"藤黄，消肿化毒。花青或者叫青黛，在药店就叫它'建青黛'，指福建的青黛，清热解毒、凉血消斑、泻火定惊，也可画眉。"

芸轩又咕哝道："福建的青黛。黛玉从苏州要到福建吗，这是什么安排？"

陆风拿起一块赭石，掂量一下笑道："《本草经疏》上记载，赭石主五脏血脉中热者，甘寒又能解毒，可治难产；石青、石绿也有解毒功能，它们相互配伍可治疗小儿急惊风。"

山岚道："蛤粉呢，它也是药？"

陆风道："文蛤、青蛤等的贝壳，煅制粉碎后为蛤粉，性味咸、寒，清热利湿。"

山岚道："照你这么说，这些东西除了解毒败火，就是治小儿难产惊风。对了，朱砂还能做长寿仙丹，真的都是药吗？"

芸轩道："治热毒还是治难产？这像是药方吗？难道宝钗为惜春开了一服药？"

秋真道："倒可解释管黄出现的疑惑了。"

芸轩道："他这么说，似乎做药方也对。黛玉给方子最后加了两件东西，是什么来？"

山岚道:"铁锅一口,锅铲一个。宝钗不解,还问这作什么。黛玉笑说:你要生姜和酱这些作料,我替你要铁锅来,好炒颜色吃呀。"

陆凤道:"这就对了么。炒着吃可不就是吃的东西,当然是药材了。"

秋真问:"可这药方是开给谁的呢?"

芸轩道:"应该是开给刘姥姥的吧,她从平儿那里带回去的药里,也有这样的功效,她需要这些药。这也许就是以毒攻毒的法子。为了给刘姥姥画好这幅画,宝钗真是煞费苦心了。"

秋真道:"广花之青黛可解毒,青金石之玉是'点黛'。意思是只有黛玉能解刘姥姥之毒,黛玉倒像是药引子。"

秦明道:"最毒莫过宝钗,竟开出这样的方子。"

山岚双手合十,沉醉道:"我不觉得。这三人有的看了,宝玉一个眼神,黛玉就意会了,悄悄自己理了鬓发,何等默契。后来宝钗说:怪不得老人太疼你,众人爱你伶俐,今儿我也怪疼你的了。过来,我替你把头发拢一拢。

"这爱抚,让宝玉看在眼里,喜在心里。这'金玉缘'要起变化了,原来只有一个'玉儿',难道又要再赔上一个'玉儿'不成?"

秋真拍拍她肩膀,笑道:"醒醒,别又做梦了。药方也好颜料也罢,反正这幅画够难画的,得需要四个人同时开工。我原以为芸轩不得法,常常怀疑她。现在我想好了,这画非得四个人来。有架构的,有注释的,有润色素材的,有倒腾工具的,也得这样慢慢地画。"说着,边比画着,大家笑起来。

芸轩叹道:"南蟹爪,广青花。怕是战事很快就打到药方里出现的地方了。"

他们很高兴,终于看出了点眉目。

最后这日,他们相约来到拂水山庄。拂水晴岩,有巨石数丈高,层积骈叠,巨盘为台,丹赭溢目。二石对立如剑门,形状诡异奇绝,旁边便是拂水山庄旧址,也是钱牧斋的旧居故址。坐画舫,过尚湖,一路徜徉而来。

冯玉道:"前面就是明发堂和花信楼了。"

明发堂内悬挂着《秋居拂水山庄图》,图上画的正是崇祯十四年,钱谦益和柳如是在一间画舫上举行婚礼的境况。碧绿的尚湖,翠绿的山水,木栈子连着蘼芜桥,让人流连。站在桥庭下,看森林淼淼,荷塘中,两只黑天鹅在荷下嬉戏。芸轩一直不语，她的思绪还在那张图上。

山岚看她心不在焉，悄悄问："前日，你让我备了几支沉香，原是给柳如是上的，可昨天你上香时，人家给你黄纸钱，你为何不用呢？"

芸轩道："祭奠死者才用纸马，我又不是来祭奠她的。"

秋真听见凑过来问道："这倒新鲜了，上坟不祭奠死者，难道是拜访活人哪？"

文亮道："我也看了，你那三炷香上得不讲究，当时的情景，我又不好纠正的。"

秦明道："你又懂了，上个香还能多么讲究？"

文亮道："讲究多着呢，只说这三支香的上法：左手上香，先上中间、再左、再右，三柱香要插直、插平，间隔不过一寸宽，以表'寸心'之意。上香讫，即施礼。"

秋真问："听说施礼还有半礼、全礼之分呢。"

文亮道："说到礼拜，更是复杂，大约一天也讲不完，如果单说'半礼'也简单。若是上位给下位者施礼，比如宝玉祭奠金钏时，施的就是半礼，而茗烟趴下叩头，施的就是全礼了。"

秋真又问："这你也懂？那香呢，为什么宝玉说：别的香不好，须得檀、芸、降三样。"

文亮笑道："你问的我也不能答。正好，咱们可请教这里的师傅。"说话的工夫，他们走过荷香洲，逶迤又来到了兴福寺前，寺门前有三株枫香树，高大威武。寺内，黄墙黑瓦，一片宁静。

走入园内，芸轩叹道："这是不是常建诗中提到的破山寺？能否找到他的题壁诗？"

冯玉道："题壁诗？找找试试啊。"说着，便分头找来。

过竹林，渡小桥，看到米芾手书的题诗，秋真招手喊道："快看这里。"大家围拢来看。

秋真道："据说这句诗好几个版本，这里写的是：竹径通幽处，禅房花木深。定是真的啦。"

芸轩道："凭直觉，是'曲径通幽处'没错。冯玉，烦你领我们去找个师傅吧。"

冯玉道："这里的祖师是应慈大师，现今的主持是妙生法师，咱去拜访他试试。"辗转来到禅房，只见室内信众往来，凡来礼佛者都受赠三支清香、一对蜡烛。

冯玉走向前，给一个法师施礼后，交流了一会儿，那法师前面带路，领他们去了方丈室。

进入室内，只见妙生法师端坐榻上，须眉飘逸，仙风道骨。大家深深施礼，文亮向前说明来意，欲询拈香事。法师让弟子倒茶让座。

只听妙生法师道："拈香最为隆重，只在诸神圣诞或供斋设醮时，凡有方丈、主持方行之。"

文亮道："请问，香有几种？"

妙生道："名贵五香者，檀香、沉香、云香、紫降香和茄兰香。因常用檀香，故拈香亦称烧檀香。"

文亮道："请问烧法。"

妙生道："香要劈成一分粗细，一寸长短，须用檀香炉，另备一些线香，碾成香面。拈香前，须用香匕将香面埋入香灰。点燃檀香，将燃着端插入香面内。左手拈三枚香，先后三次投炉，即可上下植献，也可东西卧献。"

妙生捻一下胡须继续说道："拈香时，须默念《祝香咒》：'道由心学，心借香传。香焚玉炉，心寸帝前。真灵下盼，仙旆临轩。令臣关告，径达九天。'拈香讫，跪垫，行三拜九叩大礼。"

芸轩站起来，施礼问道："何为沉速？"

妙生笑道："看来施主对沉速偏爱，乃沉香与速香。沉香是唯一可通三界之香，也是'浴佛'主香之一。"

芸轩道："沉香为何可通三界？"

妙生道："沉香树能自我抵御外界伤害，所产'香脂'即为沉香。可谓一两沉一两金，一寸沉一寸金。若寻找埋入土内之沉香，只有气味有所感应者，方可寻到。故此，才有沉香通三界之说。"

芸轩问:"怪不得宝玉荷包里,只有两星沉香,好金贵的,那速香呢?"

妙生道:"速香也称黄熟香,为蜜香树之根。"

陆风悄悄道:"我记得《本草纲目》中提到过,木之心节置水则沉,故名沉水,亦曰水沉。半沉者为栈香,不沉者为黄熟香。"

妙生笑道:"这位小师傅说的对,香之等品凡三,曰沉,曰栈,曰黄熟。黄熟香即香之轻虚者,俗讹为速香,那也是上好的了。"

山岚嘟哝道:"宝玉专门要沉香,为和金钏通灵啊。"

文亮道:"大师,庵名称'水月'的有何出处?"

妙生大师想了一会,笑道:"自南而北,称作'水月庵'的也多,只因观音有多种变相,如'柳枝观音''鱼篮观音',而'水月观音'也是其一相,想那水月庵便是观音的道场。"

文亮又问:"大师可听说过'水仙庵'?"

大师道:"汕头倒有一处,供奉诸佛菩萨。听说道场严整,香火旺盛的。"众人默然。

喝完杯中半盏茶,告辞出来,一边走着,山岚道:"道婆、姑子、小尼、老道行走在贾府内外。大观园里既有玉皇庙,也有栊翠庵,这里就僧道不分。"

芸轩道:"《石头记》开篇,用一僧一道入世,不仅布散相思,度化痴男信女,也挥洒战乱,洗礼忠诚。用阴阳宝鉴,分辨忠奸。这段历史,可悲也可叹。"

走在山路上,山岚发现,水洼旁一片小兰花,在草丛里摇摇曳曳地可爱极了,走过去采了一朵,闻一闻有些微的香气,大家都说别糟蹋了花,采不得。山岚自顾自地采了一束,用草叶扎起来,插在背包上。

文亮道:"又不是水仙花。我还是对那'水仙庵'没闹明白。至于水仙花,倒有个传说呢。"

山岚道:"水仙花有什么传说?"

文亮道:"娥皇女英双双殉情于湘江后,上天怜悯二人的至情至爱,便将二人的魂魄化为江边的水仙,她们就成了腊月水仙的花神了。"

第四十三回
百鸟朝金凤　洛神通玉灵

49

山岚道："又是娥皇女英水神娘娘的。这样一来，'水月庵'里供着洛神就没问题了啊。"

秋真道："洛神怎么成了水仙呢？她们一点关系没有。"

山岚道："我分析给你听，洛神是谁？宓妃啊，她溺死洛河，才被封做洛神。她和皇英一样，都是投水死的，又都是水神，也可称水仙哪，所以庵名称'水仙庵'，这样解释不行吗？"

文亮道："对了，曹氏的《洛神赋》中有这样一句：洛神身旁'从南湘之二妃，携汉滨之游女'。跟随她身边的，就有皇英二妃，还有汉滨游女呢。"

芸轩吟了一句："南有乔木，不可休息；汉有游女，不可求思。"

山岚道："你是想到了曹植的《感甄赋》，正是游女之思，才百结惆怅呢。"

芸轩略有所思，心下疑惑道：宝玉跑去找金钏，和水神宓妃有关吗？

秦明道："宝玉原是最厌这水仙庵的，如何今儿又这样喜欢了呢？"

山岚道："他说：因恨俗人不知原故，混供神混盖庙，比如这水仙庵里面，供的是洛神，故名水仙庵，殊不知古来并没有个洛神，那原是曹子建的谎话，谁知这起愚人就塑了像供着。"

秦明道："怎么和刘姥姥编的故事情节相似？茗玉的庙，不也是那位老爷为自己女儿修的吗，这也可以叫混供神混盖庙吧。"

山岚道："可今儿却合宝玉的心事。原来嫌人家乱供神，今天怎么不嫌了？合了宝玉什么心事。"

秦明道："供的女神正合宝玉的心呗，宝玉来水仙庵，是瞻仰洛神，是体会曹植的心境吗？也太巧了，九月初二也是金钏的生日，怎么和凤姐的日子是一天？"

文亮向众姊妹道："这日是正经社日，起社作诗对于宝玉来说才是正经事，可我看瞻仰洛神却更重要。"

秦明道："探春李纨就不相信宝玉出走的理由，说断然没有的事。凭他什么，再没今日出门之理。头一件，凤姐儿生日，老太太都这等高兴，两府上下众人来凑热闹，他倒走了；第二件，又是头一社的正日子，他也不告假，就私自去了！"

山岚道："可一大早起来，穿着素衣裳就走了，凤姐过生日，他穿素衣，也不怕凤姐难过，真说不过去。"

秋真道："表面看，是去祭奠金钏，可为一个丫头，宝玉值得这样吗？"

芸轩道："袭人说，想必是北静王府里要紧姬妾没了。别看做是一般谎言，这件事一定和北静王有关。洛神、金钏、北静王的姬妾，他们之间到底什么关系？"

秋真道："出城向北，一气跑了七八里路出来，到了人烟稀少的地方，才勒马停下，回头问茗烟这样一句：这里可有卖香的？这幽默也开大了，用宝玉自己的话说，这样没命地跑，是为啥？还跑到荒郊野外来找香？"

山岚道："穿着一身白色衣服，又没命地向北跑，跑到人烟稀少的地方，像逃命。对了，袭人不是说去探丧吗？"

芸轩道："宝玉怪异的举动，最明显的地方，是瞒着众人偷偷出来的，这件事是见不得人的。"他们这样一路说说走走，至晚才回到家中。

冯玉妈妈已准备好了一桌子特色菜肴，还有一瓶自酿的米酒。妈妈告诉他们，今天是冯玉的生日。秋真听了，埋怨冯玉不早说，大家好给他送点礼物，这都来不及了。

冯玉妈妈笑道："他可好几年没过生日了，今天是找个由头，让你们尝尝我的手艺，回去别忘了这里，往后有时间再来。"

"巧了。"秋真一听，突然有了想法，和芸轩她们嘀咕了一会，回头跟冯玉妈妈道："阿姨，我们有个游戏，想给冯玉凑份子过生日。您别多想啊，不过是游戏，也没多少钱。阿姨，您只说一句话：为儿子过生日，我出二十万。这一句就行。"

冯玉妈妈吃惊地笑："我哪有这么多钱？"

秋真道："游戏，游戏，别认真，我们也出钱，出完钱后，还要说个理由，谁说的理由不足，罚谁喝酒。"

阿姨笑着说，行，行。招呼大家先坐下尝尝她的手艺。

陆风站起来先说道："冯玉过生日，我随阿姨也出二十万。这是我自己的一份，再替山岚出一份，共二十二万。"

山岚道："哎！你占我便宜也罢了，也不论辈分，直接和阿姨平辈，好没脸色。"

陆凤道："我这不是学薛姨妈那一套吗，她自己提了一辈，和贾母平起平坐，加上宝钗那份，共二十二两银子，也是里面最多的了。我的理由是：靠感觉，这个生日将要发生的怪事，或许和宝钗有关，权当是为我们家宝钗过生日了，所以想多出点钱。"

秋真道："除了前面给宝钗过生日外，这是《石头记》里第二个隆重的生日。脂砚也提示了：生日之事，起用宝钗，盛用阿凤，终用贾母，各有妙文。薛姨妈这么做，有一定道理，虽然是猜测，算他说的可以吧。"

文亮道："我代表邢、王二夫人，各出十六万，再替黛玉、宝玉二人出一份，各人十八万。"

秋真道："埋由呢？"

文亮道："不这样出，凤姐不干哪。她说了一大堆理由，还帮贾母算了笔账。贾母先是要替李纨出，凤姐忙笑说，老太太别高兴，且算一算账再揽事。老太太身上已有两份呢，这就二十四两了，这会子又替大嫂子出十二两，共三十六两了，现在说着高兴，一会子想起来又心疼。过后儿又说'都是为凤丫头花了钱'。使个巧法子，哄着我拿出三四份子来暗里补上，我还做梦呢。"

冯玉妈妈问："这可怎么办？"

文亮道："凤姐的意思，她一个钱饶不出，惊动这些人实在不安，不如大嫂子这一份，她替她出了罢了。贾母方允了。还有一句话呢，凤姐儿又笑说：老祖宗自己二十两，又有林妹妹宝兄弟的两份子。姨妈自己二十两，又有宝妹妹的一份子，这倒也公道。只是二位太太每位十六两，自己又少，又不替人出，这有些不公道。老祖宗吃了亏了！"

冯玉妈妈听了，也忙笑道："说的有道理。那凤姐又是什么法儿，才公道？"

文亮笑道："她劝老祖宗，只把她姐儿两个交给两位太太，一位占一个，派多派少，每位替出一份就是了。"

冯玉妈妈道："这个很公道。"

芸轩道："没天理，宝玉黛玉的份子，都安排给王夫人、邢夫人替他们出，迎春、探春的呢，怎么就没人帮着出呢？凤姐显然是另有账算。"

文亮道："我也想，这个账算得有些蹊跷，后来发现，凤姐算来算去，说贾母这样多了，那样不公平了，其实就是比薛姨妈多二两。总之，唯一目的，就是不想让贾母的份子钱多出。等她一系列安排完成后，你们再算一算，贾母出的钱就只有二十两。咋就感觉，为凤姐和宝钗过生日，贾母出银子的数目一样多，而且，这次一定得低于薛姨妈才行。陆风说得对，薛姨妈加上宝钗的份子，成了这次生日宴上出钱最多的人，不知这里面藏了什么玄机。"

山岚道："这里有玄机是定了，我看贾母突发奇想，坚持给凤姐凑份子过生日，就透着古怪。"

秦明道："我也没想通，不是为了给凤姐长脸撑腰？"

芸轩道："凤姐还需要有人撑腰吗？莫非贾母有了危机感？是不是她已经左右不了'木石盟'的走向。王夫人已慢慢地代替了她的位置，这一次大动干戈，发动这些人拿钱，是要把凤姐推到权力最巅峰，有些孤注一掷的感觉。"

秋真道："这话极是。贾母这招一出，凤姐立即向王夫人发难，不惜站到了邢夫人、王二夫人的对立面，赖嬷嬷都说：这儿媳妇成了陌路人，内侄女儿竟成了个外侄女儿了。凤姐成了'木石盟'唯一的支持者，就是大寓意了。"

冯玉妈妈端上一盆热腾腾的汤来道："别光顾了说话，耽误吃饭尝尝俺们山里的野味，每人来一碗。"

冯玉给各位盛上些野味汤，道："妈妈做的特色野鸡崽子汤，保你们吃了解馋。"

秦明尝了半碗，学着贾母的口声道："我尝尝，倒有味儿，再吃两块肉，心里很受用。"

山岚笑道："这是凤丫头孝敬老太太的。算她的孝心虔，不枉了素日老太太疼她。"

秋真笑道："你们倒别这样说。我们老祖宗只是嫌人肉酸，若不嫌人肉酸，早已把我还吃了呢。凤姐不惜许身立志，为了老祖宗的'木石盟'，她可以牺牲一切了。"

冯玉妈妈也不禁笑起来："这些孩子们真能乱说话，野鸡肉怎么成了人肉，那是些什么人呢，能开这样玩笑。"

芸轩道："阿姨，他们那些人还真是凑份子吃人肉呢。"

秋真道："别吓唬阿姨，咱们快吃。"

秦明和芸轩对饮一杯酒，耳语一番，秦明道："此次出资猫腻颇多，李纨是个领头的，凤姐也为这个公开奚落过她，是她开了一毛不拔的先河，后面才那样。"

秋真道："有理，不出资的人也许就是不该出呢。"

山岚道："三个嬷嬷虽然该少出，因贾母不同意，说她们这几个都是财主，位分虽低，钱却比主子们多，这是事实。我的理由：这三个嬷嬷的势力，不可小觑，和薛家一样都是财主。这次出资，打破常规，该矮一等的也不矮了，土财主们占了风头。所以，凑份子的背后有一个现象，土财主们都从矮一等变得越位了，世道变了，薛家和嬷嬷们这样的土阀要越位了。"

芸轩笑道："我就代表三个姑娘，按一个月的月例出，每人二万，共计六万。我们命苦啊，不像宝黛钗三人，有人替出，我们只能自己出了，一句话形容：我们是孤家寡人，就是些没人疼的。"

文亮道："对啊，周赵二位，每人二万，四个有能力丫鬟平儿、鸳鸯、彩霞、袭人各二万。但有三个人的被尤氏还了，只有袭人的没还，丫鬟中只有袭人出钱了。

"我仔细想过了，她们不出钱的理由很简单，包括李纨在内，大家都是'苦瓠子'，你不出，我也不出，且不出钱的人里，好几个有些能力的呢。"

芸轩道："你说不出钱的人是'苦瓠子'？好，咱就从'苦瓠子'说起。是谁说的《洛神赋》有：从南湘之二妃，携汉滨之游女。叹匏瓜之无匹，咏牵牛之独处？这里的'匏瓜'就是苦瓠子吧。"

文亮道："叹匏瓜之无匹。'匏瓜星'真有说法，据说匏瓜又称'天鸡'，古代把祭祀用的礼器做成瓠子形，就象征匏瓜星。"

秋真道："你刚才提到天鸡，贾母早起吃的野鸡崽子汤是凤姐孝顺的，我看她们家来了一只会说话的、出了风头的黑老鸹子，就已经征兆不好，这回又把天鸡给吃了，征兆更不好。"

文亮道："相传，鸟形装饰与秦的鸟崇拜有关，鸟盖瓠形壶的凤头，实为凤凰头。另外《论语》说：吾岂匏瓜也哉！焉能系而不食？"

冯玉问道："什么叫系而不食？"

文亮道："光看不能吃，比喻未得仕用或无所作为的人。《登楼赋》中就有'惧匏瓜之徒悬兮，畏井渫之莫食'。是怕自己成为无用之人。"

陆风道："苦匏是孤独的无用的。李纨极力夸奖的人，她羡慕的这些左膀右臂们，包括她自己，这会子只有站干岸儿的份儿，都成了无用之人，只看主子们的热闹吗？"

山岚道："李纨，周、赵姨娘，平儿，鸳鸯，彩霞，都是些'苦匏子'，都是些无所作为的人，这是让自己的主子独自上阵了？这又是哪一场战争？"

秋真道："好有一比，想当年，郑氏家族为保存集团实力，只顾横行沿海，兼商兼盗，却对出征御敌推三阻四，反而趁天下大乱之际，忙于扩大地盘，充实自己的私人力量，大发国难财。因此，黄道周这种没实力的苦匏子才赌气北伐，命赴黄泉。此种情况下，朱聿键已成孤家寡人，这才御驾亲征，被俘殉国。

"我想，这些没钱的苦匏子就只能站干岸，无能为力的。倒是要看看那几个财主嬷嬷们和薛姨妈如何动作。"

冯玉笑道："不出钱的就算了，剩下的明天都得给。"

陆风道："别高兴得太早，后面还有呢，这些份子钱说不定是我的呢。"

冯玉妈妈数着手指头，算了一会道："我的天，你的再加上她们的要一百五十几万呢，要都给了我，够我几辈子花的呢，谁家过个生日凑这么多钱。"笑着，劝大家别光说话，菜都凉了。

山岚道："我倒有个账，宝钗过生日时贾母单出二十两，凤姐过生日了，贾母也是二十两。先别管旁人，就贾母出的钱数是一样多的，这个数额里面肯定有问题。"

芸轩举着杯子，对着冯玉笑道："帝子降兮北渚，目眇眇兮愁予。沅有芷兮澧有兰，思公子兮未敢言。"

文亮对着陆风也道："吾令丰隆乘云兮，求宓妃之所在。解佩纕以结言兮，吾令謇修以为理。"

秦明道："我劝你们别这么酸，不就是一个宓么，看把你们迷惑的。在屈子眼里的宓妃，毫无贞洁可言，说她晚上到穷石那里去会后羿，清晨却在洧河把头发盘。她自矜貌美，高傲无比，整天在外纵情放荡。长得很美，可太没修养，屈子只好放弃她，另求新爱了。

"而在曹植眼里的宓妃就是甄妃，这个甄妃先嫁南方的吴王袁熙，国亡后又嫁北方的曹丕，继而成为曹植生命中的洛神。甄妃，这么一个服侍过两个王的人，有什么好让你俩向往的？还拿来比湘夫人和湘君。"

冯玉妈妈听不懂，可也体会出四人的话中有话。

文亮道："秦明这个点踩对了，九月初二是起第一社的正日子，在宝玉看来，起诗社可是正经大事，又是凤姐几年来头次过生日。凤姐和宝玉的关系大家也懂得，可这么重要的日子，宝玉穿着一身素服，偷偷没命地跑到宓妃家里去，想干什么？"

秦明道："什么叫去宓妃家里？怎么说话呢，明明是'水仙庵'好不啦。"

文亮道："明面叫'水仙庵'，你们看里面的塑像：翩若惊鸿，婉若游龙，荷出绿波，日映朝霞，宓妃像活的一般。宝玉见了，虽然不拜，只瞻仰，却掉泪了。

"怎么会无缘无故地掉泪呢？是久别重逢的喜悦，还是想到了一个人？再看接待他的是个老姑子，可帮他接马的人又是个老道。想想明白好不好，庵里有姑子，有老道，岂不怪哉，加上那个活灵活现的女神，这不是一家三口在过日子吗？"

芸轩道："他不是逃命，也不是来探丧，是偷着来和死人约会的。奇怪的是，那老姑子见宝玉来了，事出意外，竟像天上掉下个'活龙'来的一般。见到活龙就对了，里面供着宓妃，外面来个活龙，她能不意外吗？"

秦明道："一点不意外，宝玉让茗烟来城北找了一天茗玉的塑像，像不像刘姥姥形容的这个？倒是他没命地往北跑，就找到了。

"袭人为宝玉撒的谎话也有寓意，说他来悼念北静王的一个爱妃。这是个真由头。我也觉得，宝玉跑得又急又快，是不是为了赶时辰呐？看他不要纸马只要沉香就明白，他不是来祭奠死人，而是和宓妃通灵的。"

芸轩道："哎，意外的事在《荆钗记》里露出了端倪。秋真，你给咱来一段《男祭》如何？"

秋真站起来，清了一下嗓子道："为你，我才不唱，为冯妈妈和玉儿过生日，我可以来一段。"

说完，念道："吓！啊呀，妻吓！我与你好似巫山一片云，秦岭一堆雪，阆苑一枝花，瑶台一轮月。到如今，云散雪消，花残月缺，好不伤感人也！"

便唱到："一从科第凤鸾飞，被奸谋有书空寄，幸萱堂无祸危。痛兰房受岑寂，捱不过凌逼。啊呀，妻呀，恁身沉在浪涛里。"

山岚道："妻子投江了。"

冯玉妈妈道："啥《男祭》，这多不吉利，大生日里的不好，不好。"

秋真笑道："阿姨，吉利着呢。人家王十朋，江边祭奠完自己的妻子，就又见到活的了，有情人终成眷属呢。"

冯玉妈妈高兴地道："这个好，这个好。"

山岚道："被黛玉这么一说才明白，原来宝玉是来和死人终成眷属的。"

冯玉道："和谁？说了半天这个死人是谁呀？"

芸轩道："黛玉心里明白着呢，对宝玉偷偷去'水仙庵'的事，很不以为然。她的意思，既然要与祭奠之人做通灵感应，不必跑那么远的路。怎么像王十朋那样笨，必定跑到江边子上来祭奠，王十朋没有通灵的本事只好这样，你宝玉有啊。

"俗语说'睹物思人'，天下的水总归一源，在家里或者不拘哪里的水，舀一碗，对着水焚香通灵不就行了，何必去那么远，还非得到井边子上。"

秋真笑道："不去井边，你们能知道是为金钏儿吗？为表心诚，怎么也得有个仪式。"

冯玉道："和金钏儿呀，金钏是宝钗的人，称她是北静王的爱妾一点没错，这又是金玉缘反复了吗？"

秋真道："所以么，既然又是结金玉缘，宝玉回来，就不是一个人了，用玉钏的话说：凤凰回来了。"

冯玉问怎么讲，难道宝玉带着金钏本人回来了？这让玉钏能不高兴吗。

秋真道："可不是吗，谁说的王夫人为金钏留了位置和月例说不通，就是等她复活的。问世间情为何物？精诚所至，这不就还魂了吗，宝玉是亲自来迎她的。

第四十三回

百鸟朝金凤　洛神通玉灵

57

"雄为凤，雌为凰，有凤有凰，才叫凤凰。箫韶九成，凤皇来仪。宝玉是两个人匆匆赶回来，因家里有戏乐，倒真符合有凤来仪的礼制。"

陆风道："我听说，佛教中的印度有一种神鸟，据说它每三百年，会衔木自焚而死，然后在火焰中获得新生，并在这种磨难中升华。这种死亡方式被称为'凤凰涅槃'，中国历史上说仁政之治，就用'百鸟朝凤'体现，一句凤凰来了，意义非凡呢。"

山岚道："为了配合她的到来，贾母这里突然有个新建的大花厅，突出一个'新'字，是迎接新人的意思吧。宝玉忙换上华服，径直朝新盖的大花庭这里来，耳内早已隐隐闻得歌管之声。新人新花厅，才有操办新事的意味。

"宝玉忙进厅里，见了贾母、王夫人等，众人真如得了凤凰一般，宝玉忙赶着与凤姐儿行礼，于是礼成。"

秋真牵着陆风的手，走过来指着冯玉笑道："我把这只凤凰领回家，你这只凤凰，该何去何从啊？"

冯玉笑道："我哪里是凤凰，只能算一只天鸡，已经把我当做野鸡崽子煮着吃了，也权当孝敬老祖宗了。"

秋真笑道："金钏儿重生，就是宝钗重生。我才知道，为何薛姨妈这么出头，且拿的份子钱最多了。而贾母出一样的份子钱，原是过同样的生日。这次，才是为宝钗过真正的及笄生日呢。

"阿姨，您还没听明白吧，您给儿子的钱白出了，我们家小陆今天也过生日，所以他才出份子最多，原来是为他自己呢，您亏了。"

冯妈妈笑道："亏不亏的又没真出，给谁过生日不是过。都行，只要高兴就好。"

芸轩道："世道变了，自从贾府有了黑凤头的老鸹子，贾母又吃了野鸡崽子后，用李纨说凤姐的话：你瞧她兴的这样儿！我劝你收着些儿好。太满了就泼出来了。

"是呀，月满则亏，凤姐的好日子到头了。连生日这样的好日子里，宝玉都穿素服，总是不吉利，何况他又带回一只金凤，不知凤姐的命运将来如何？还有贾母，自从王夫人坐在她的位置上，婆媳二人说话的口吻也变了。"

平儿簪兰蕙　金钏化凤凰

冯妈妈笑说道："这孩子说傻话呢，什么世道变了，不就是过个生日吗，谁的生日都好。"

陆风站在窗边，正在向水仙花盆里浇水，回头笑道："阿姨，她开玩笑呢。"

冯妈妈道："这些孩子们哄我高兴。还需要加些菜吗？我再给你们做些去。"

秋真拉住冯妈妈道："不用，这么多，我们还吃不了呢，再加更浪费了。"

冯妈妈道："那你们好好玩，我要回屋了，需要什么只管找冯玉要，千万别客气。"说着和冯梅回屋歇息去了。

送走她娘儿两个，秋真笑道："好了，冯妈妈走了。冯玉，你是寿星老，也享享凤姐的待遇，坐首席吧。"说着，就把冯玉按在席面的上首坐了，大家要轮流给他敬酒。

冯玉道："先别急，听我说，让我喝酒可以，你们都要依我的主意来，我要试试你们的功夫。"

山岚道："怎么试，快说。"

冯玉道："既然是为凤姐做生日，又说凤姐好日子到头了，还危在旦夕，就说一个典故，这典故和凤姐的危险对了景，我就喝，说不对，就罚你自己一大杯，谁说？"

秋真道："这有何难，我来第一个。'胜地不常，盛筵难再'，就是说凤姐的好日子没了。这话出自《滕王阁序》，典故么当然是《檄英王鸡》。"大家让说得详细些。

秋真道："是这样的，在唐朝，有个小神童叫王勃，是唐沛王李贤的侍读，那时候流行斗鸡。因沛王李贤与英王李显斗鸡，小王勃就写了一篇檄文，叫《檄英王鸡》，讨伐英王的鸡呢，以此为自己的主子李贤加油助兴。谁知，皇帝李治看了这篇檄文，里面竟有'雌霸雄王，二宝呈祥于嬴氏'等语。"

冯玉道："什么叫雌霸雄王？"

秋真道："说秦国的嬴氏，是因得到一只雌鸡，才称霸诸雄。就这，敏感的李治一下子想到了李世民，以及后来的诸王之间的皇位之争，血淋淋的兄弟相残哪，想起来就心有余悸。于是发怒说，二王斗鸡，王勃身为博士，不行谏诤，反作檄文，是交构之渐。容易让人产生争皇位的联想。便下诏将王勃斥出沛王府。为这个，王勃的父亲也受到牵连。

"这一日，他去看望任上的父亲，路过新建落成的滕王阁，见正在征集序文，也不怕自己年幼，勇于和老夫子们比高低，便一气呵成写下有名的《滕王阁序》，抒发'无路请缨'之感慨。悲叹时运不齐，命途多舛。

"这才留下名句：冯唐易老，李广难封。胜地不常，盛筵难再。喟然叹曰：阁中帝子今何在？槛外长江空自流。"

冯玉道："哦！冯唐易老，李广难封。是这么来的呀，这和凤姐能对上景吗？"

秋真道："我还没说完呢。贾母为凤姐凑份子，办了一个盛大的生日宴，本来是专门让凤姐痛乐一日的，从席面的安排上就看得出来。"

山岚道："席面上有什么情况？"

秋真道："贾母和薛姨妈没上席呀，她二位只在里间屋里榻上歪着，一起看戏，随心吃点东西说说话儿，是不是很特别？贾母是爱被奉承、爱热闹的人。她俩的席面赏了那些大小丫头们，并那应差的妇人等，命她们在廊檐下，也随意吃喝。

"尤氏还特地告诉贾母，说凤姐坐不惯首席，坐在上头横不是竖不是的，酒也不肯吃。贾母听了笑说：你不会，等我亲自让她去。还让拉她出去，按在椅子上，都轮流敬她。若再不吃，贾母就亲自去劝。

"这是明示诸人，她把首席让给了凤姐，且这样宠着她。看得出，今天最风光的人是凤姐。"

山岚道："我替你说罢，这也太出格了。也就老话说的，乐极生悲。自打凑份子钱开始，尤氏就接二连三地说些不好听的话，说什么'你瞧她兴的这样儿！我劝你收着些儿好。太满了就泼出来了；说的你不知是谁！我告诉你说，好容易今儿这一遭，过了后儿，知道还得像今儿这样不得了？'"

文亮道："还有一句话更不吉利，说：我看着你主子这么细致，弄这些钱那里使去！使不了，明儿带了棺材里使去。诅咒凤姐明日就死？"

山岚道："就连贾琏也说她，太要足了强也不好。种种迹象提示，凤姐今天高兴过了头，贾母太给足了权威，马上就会出事的。"

秦明道："所以，这叫盛宴不再，你还不趁着我们敬你，快灌丧两盅子呢。"说着都笑起来，一起举杯祝贺他一下。

秋真道："尤氏用了'灌丧'一词。这是骂人的，喝完了去死的意思，真坏透了。"

冯玉道："盛宴不再，喝了就死，太悲催。可你扯上英王鸡，我觉得不搭噶。"

山岚道："怎么不搭噶？这场生日宴，贾母虽极力让办得红火，却暗藏杀机。先是宝玉闹妖，一大早就偷着跑出去祭奠死人，就不很吉利。然后，又把金钏带回来，成就了'凤凰缘'，迎来了一只新凤凰。一山不容二虎，新旧交替，她这凤凰，就怕危在旦夕了。"

秋真道："俗话说的好，这就叫落地的凤凰不如鸡。从刘姥姥来到大观园那一刻起，一个普通的茄子要用十来只鸡配，茄子若是刘姥姥，鸡就是凤姐。一只茄子倒得十只鸡来配，配得起吗？到贾母喝的野鸡崽子汤，凤姐就被煮着吃了，再到苦瓠子般没用的天鸡星们站干岸儿，最终可不就像《檄英王鸡》？"

冯玉笑道："左一只鸡，右一只鸡的，凤凰可不就真成了落汤鸡么。"

秋真道："其实是颂扬这只能干的鸡呢，这说的都和凤姐有关。配茄子也好，做汤也罢，她从凤凰变成落难的鸡，就要天下大乱了。用尤氏的话说，从今天开始，顶多过了后儿，她竟一天不如一天了；贾琏的眼中，说她脸黄黄的更可怜见的，实是落了病根的症状。根本原因倒不如说，又来了一只比她还要好、得人心、顺民意的凤呢。"

冯玉道："凤姐危矣！就算这么回事吧。我喝。"

芸轩道："山岚，你既开了头，你也说一个吧。"

山岚手一拍桌子道："我是阎罗，我怕谁。"说得大家一愣，后笑问她着了魔还是咋的。

山岚问道："如果有人叫你阎王，然后问你：阎王，你多早晚才死？你怎么答他？"

秋真道："你这不是典故，整个胡说八道，该罚一杯。"说着，端杯走过去，硬要灌山岚，山岚没法只得喝了。

冯玉笑道："也有点道理，我是阎王我怕谁。我死不死，谁能管得了我。"说得都笑起来。

山岚道："对呀，所有人都灌凤姐酒，就有些不正常，似乎是出事前都疯了的征兆，这一天她痛乐了，喝高了，果不然回家就出大事了。贾琏在家偷情，凤姐泼醋，表面看起来是二人闹情绪，其主要意旨，不是凤姐吃鲍二媳妇或者平儿的醋，而是严重的合谋杀人事件。"

冯玉道："耸人听闻，小两口打个架怎么成谋杀了？"

山岚道："不信是吧？凤姐儿向贾母说得多明了。贾琏是和鲍二家的媳妇偷情不要紧，关键是二人商议过什么事了？秋真你学鲍二家的来一段。"

鲍二家的道："多早晚，你那阎王老婆死了就好了。"

贾琏道："他死了再娶一个，也是这样，又怎么样呢？"

那妇人道："他死了你倒是把平儿扶了正只怕还好些。"

山岚道："凤姐儿说的更具体，说贾琏嫌自己厉害，要拿毒药给她吃了，治死她，把平儿扶了正，连具体谋杀方案都有了。你们说，两人偷情不打紧，顶多是馋嘴的猫，偷一次情，不说些卿卿我我情话，怎么就商量着害死自己的老婆呢？谋杀的动机和目的，还交代得一清二楚，扶正平儿。这事玄不玄？"

秋真指着冯玉道："这个凤不死，那只凤怎么落窝呢？"

冯玉道："太可怕了，真要死人了。"

山岚道："你急什么，死不了的。鲍二家的对链二爷说得明白：多早晚你那'阎王老婆'死了就好了。

"这里出现一个专用名词，凤姐独享，她被称做'阎王老婆'，这不明显说胡话吗，刚才不是说了吗？若他老婆是阎王，能治死得了吗？"

文亮道："你也不必抠字眼。这就是你说的'我是阎王，我怕谁了'？凤姐死不了？看来你真是不知道啊。别把阎王说得那样，那可是一位好神仙呢。"

秋真道："说得我怪怕的，他怎么个好法，难道他不叫人来勾你的魂，还能让咱长命百岁的？"

文亮道："古时候根本没有阎王，佛教从印度传入后，阎王作为地狱之神才开始在中国流行开来。他是毗沙国王，穷兵黩武，却连连战败，为了复仇，他们就在毗沙王的带领下，采取鱼死网破战术，义无反顾地同归于尽。"

山岚笑道："和敌人同归于尽？"

文亮道："于是，毗沙王便成了威名赫赫的阎罗王，阎王的做事风格就是一个字'狠'！在他那里，为了惩治生前的敌人，设置数不清炼狱，什么八寒、八热，孤独、泥犁，刀山、火海，铁床、剥皮，畜生、蛆虫，等等，在十八层地狱里，每一层都摆着血淋淋的刑具。"

没等说完，秋真喊道："停停停，别说得我恶心头晕的。外国的阎王也太坏了，咱们中国有自己的阎王吗？"

文亮道："我们的生死之神来自道教，叫太乙救苦天尊，圣号全称为'幽冥教主冥司面然鬼王由子大帝'，他是地狱的最高统治者。

"太乙救苦天尊可以将业果与地狱业力的象征之物血池化为莲池，让座下九头狮子吼声震天，就能够打开九幽地狱之门，能使灵魂得以轮回。最经典的案例，就是他用莲藕做身子，让哪吒重生。对了，这还是宝玉的名言，有些人规矩是虽死不死的。"

第四十四回

平儿簪兰蕙　金钏化凤凰

秋真道:"新鲜,不是你杜撰的吧?"

山岚道:"你别管,咱们的阎王爷既然是位神仙,我祝贺冯玉继阎王位,做了阎王就什么也不怕了,从此长生不老。"说着举杯。

冯玉听了高兴道:"这个我愿意,死了也不怕,可以做阎王爷了,干杯。"

秋真道:"你个小蹄子,我不惹你。"

秦明道:"听着啊,轮到我来。山岚都说那样的,我也说一句:阎王不嫌夜叉瘦。不光有阎王,我这里还有个夜叉,还是个母夜叉,美丽又迷人的夜叉。"

秋真道:"有人愿意受罚没办法,不用我劝,自己乖乖喝了。"秦明只得喝了一杯笑道:"喝就喝,说正事。你们见过飞天或者罗刹美女吗?虽都是鬼,但属天龙八部众之一,说的就是咱们凤姐了。"

陆风笑道:"秦明,你是《天龙八部》看多了吧。夜叉凶恶而不详,我可不愿意找个这样的做媳妇。你说的这个也不是典故,再罚一杯,我陪着你吧。"二人不多言,自然又喝了一杯。

文亮道:"陆风,你想得美,不说是没本事罢了。不是你不愿意找个夜叉媳妇,而是你找不上,你没这个命。"

冯玉道:"没听懂,什么意思?"

文亮道:"你命里就不该犯夜叉星,你看人家牛魔王的妻子铁扇公主啦,那可是个美丽的罗刹女,牛魔王命里就犯夜叉星。凤姐是谁,自己说的也清楚:我怎么像个阎王,又像夜叉?她自己都知道别人怎么称呼她。"

秦明道:"你《西游记》看多了,都没理解我的用意。夜叉是什么?是北方毗沙门天王的眷属,他的夜叉八大将,能护众生界。虽然不是典故,你们倒猜猜,这个被夜叉守护的天神是什么神?"

文亮道:"不用说的那么玄,毗沙门为北方的多闻天王,又被称为财宝天王,相当于财神爷呗。样貌吗,通常都是披甲胄着冠相,右手持宝棒,左手仰擎宝塔。所以,世俗称他为托塔天王。"笑着举一盏灯过头顶,学天王的样子。

秦明道:"夜叉守护北方的财神爷,并具威势,咱们凤姐是个聚财高手,且威势赫赫,不像夜叉吗?"

芸轩笑道:"这个有理,没听贾琏说嘛:她死了,再娶一个也是这样,又怎么样呢?我命里怎么就该犯了夜叉星。明白他这段话里,有什么意思了吗?"

秋真道:"凤姐是他命中注定的,他是要夜叉星陪伴的,死一个,再换一个,也无非还是个夜叉星。如此说来,问题就不在凤姐这里了,他不管换上谁也都是夜叉的身份。

"凤姐是夜叉,换上一个还是夜叉,比方说,换上平儿,换上鲍二家的,都是夜叉,那说明他是夜叉要守护的神哪。我的那个天,这么推断下来,贾琏是财神爷呐。"

大家听了都点头,都道:"好像是这样。鲍二媳妇死了,他花了二百两银子,叫放在流年账上,可不就是贾府管账的财神吗。"

山岚道:"这让我想起宝玉的梦来,他到太虚幻境,回来路过迷津时,掉入水中,只见津内许多海鬼、夜叉将他拖将下去,吓得他大叫一声:可卿救我!这会子,琏二爷才厉害,宝剑一挥,让夜叉毙命,倒成了夜叉大喊:老祖宗救我!

"两个场景对比,细想一下,开始是夜叉缠宝二爷,今天是琏二爷杀夜叉,真真时过境迁,令人心酸,夜叉还真遇到危险了。"

秦明道:"你掉下一个'琏'字,就有意思了,此二爷为彼二爷,这个琏二爷忙着杀夜叉,那个宝二爷忙着娶夜叉呐。到这里,我就不说了?怎么样?冯玉既然成了财神的守护神,你就做一回夜叉吧,刚才的酒,该不该你喝?"

冯玉道:"如此说,阎王、夜叉的好处不少,我做,我做。"笑着又喝了一口。

文亮道:"真乃生我者父母,知我者鲍子也。我的典故叫'管鲍之交'。"

芸轩笑道:"怎么一下子跑到了齐国称霸去了?"

文亮道:"管仲和鲍叔牙的故事不新鲜,春秋五霸的故事更陈旧。我只问大家,齐桓公最先当上了霸主,功劳是谁的?你们说说。"

秋真道:"那还用说,自然是管仲的啊。"

文亮道:"妇人之见,刚才还告诉你管鲍之交,管仲和鲍叔牙的交情,相当于马克思和恩格斯的友谊。齐国称霸,功在管仲,可如果没有鲍叔牙的推荐，管仲和齐国能行？我说你妇人之见，连那个鲍二媳妇都不如了。"

秋真听了哈哈大笑："亏你想得出，竟然把那个淫荡的鲍二媳妇比喻成鲍叔牙，笑死人了你。"嘴里喝进一口酒，突然笑起来，把酒也洒了，人也笑歪了。

秦明正色，学着鲍二媳妇的口气道："她死了，你倒是把平儿扶了正，只怕还好些。我问你们，谁见过偷男人还惦记着人家侍妾地位的人吗？把平儿扶了正，只怕还好些，怎么好些？难道换上平儿去，她就偷着更便当了？还是贾琏就不犯夜叉星了？"秋真听了，就立即不笑了。

秦明继续道："偷个情，怎么就关心扶正的事了，这不是明显地给贾琏推荐人才吗，看来她是知道平儿的才能了，知人善任，是不是'管鲍之交'？"

陆风一旁学着贾琏口声道："如今连平儿她也不叫我沾一沾了。平儿也是一肚子委曲不敢说。"学得大家更笑个不住了。

芸轩止住笑，说道："鲍叔有伯乐识马才能，识人善任。管仲有济世之才，鲍叔深知的，管仲之贤，鲁国国君也看得到。回到齐国，齐桓公拜管仲为相，鲍叔以身下之，可见鲍叔之胸怀。

"这鲍二媳妇也有此等才能。她看得明白，平儿治家有方，能力不在凤姐之下，且深得下人爱戴，用李纨的一段话说：昨儿还打平儿呢，亏你伸的出手来！那黄汤难道灌丧了狗肚子里去了？气的我只要给平儿打报不平。

"好容易'狗长尾巴尖儿'的好日子，又怕老太太心里不受用，因此没来，究竟气还未平。你今儿又招我来了。给平儿拾鞋也不要，你们两个只该换一个过子才是。

"最后一句一针见血。李纨和鲍二媳妇的眼光出奇地一致，一样高明，都觉得平儿是个人才。"

秋真道："瞧瞧，这狗尾巴尖儿长的好日子，你们说有多长？眼看马上到头，就差立刻要结束了。这不，马上就要把两个人换个过了了。"

秦明道："现在？此时就换？还真别说，以后倒真是，平儿在前面配合探春理家，凤姐倒是因病退到了幕后。"

冯玉道："你们越说，我的酒喝着越没意思了，一个说我是阎王，一个又说我像夜叉，我都认了；鲍二媳妇害我，你们却为她又平了反。"

陆风笑道："可惜，鲍二媳妇日子更短，只和贾琏恩爱了一小会儿，就送了小命，且马上就得死，还是吊死的。"

冯玉道："陆风，不带这样吓人的，我过生日呢。"

山岚安慰道："里面的人虽死不死的，没看人家金钏吗，龙凤呈祥地又回家了。就因今天金钏也过生日，宝玉一天闷闷不乐的。可见，在宝玉心里，金钏比凤姐更重要，比诗社也重要。

"但这会子，他在怡红院为平儿理妆，就高兴起来了。难道为平儿尽点心，就能代替所有不快乐？金钏和平儿都这样影响宝玉的心情？差文亮你说完了。"

芸轩道："先慢着，我还有个解不开的疑点。鲍二家的好好的怎么就吊死呢？不就是凤姐和平儿生气，打了她几下子吗，又没怎么样，至于就上吊自杀？"

山岚道："嫌害羞丢人呗。"

秦明道："那也罢了，既然偷人，肯定就做了不光彩的事，死了是咎由自取，自找的。再说又不是别人害死的，怎么娘家人还告状呢？告状的理由呢？"

秋真道："可听凤姐辩解的口气，有些怯怯的，似乎凤姐理亏似的，倒好像她心里有鬼似的。贾琏也分辩说：你细想想，昨儿谁的不是多？话里的意思，他偷人，怎么凤姐的错比他的还多？整个事件，凤姐有错吗？"

山岚道："我看凤姐没错，平儿都说凤姐没错，是被气着了才出手打人，男人出轨不要急，还想害自己，换做谁也是那个反应，怎么会错呢。"

芸轩道："我看凤姐真有问题。你们想想，鲍二家的和贾琏商量，说凤姐死了把平儿扶正。如果这些话不看成浪人之语，看成是商议大事，凤姐的第一反应就是：便疑平儿素日背地里自然也有愤怨语了。平儿有怨言吗？有的！那么，可以推断，平儿本身就有想被扶正的想法了。

"她的这个念头虽没有明说，但凤姐既然怀疑平儿要扶正，有人就会真谋害她，她才立刻想到有人要毒死她。这不是幻想，也不是添油加醋地乱说，是直觉和判断，是有根据的。如果这件事成立，她是不是要阻止平儿扶正的计划？”

冯玉道：“怎么阻止？”

芸轩道：“凤姐说了这样的话：好淫妇！你偷主子汉子，还要治死主子老婆！平儿过来！你们淫妇王八一条藤儿，多嫌着我，外面儿你哄我！说着又把平儿打几下。

“淫妇王八一条藤儿。凤姐估计得没错，按照这个推理，平儿扶正计划是有组织的，自然有扶持她的人。那么，鲍二家的就是被贾琏请来的，她不是来偷情幽会，而是来商量谋害凤姐扶正平儿的，贾琏就是要杀凤姐。”

秋真道：“所以，鲍二家的死后，正如林之孝家的说的，和众人劝了他们，又威吓了一阵，又许了他几个钱，也就依了。凤姐还用了一个法律术语，说鲍二家是‘以尸讹诈’，可见鲍二娘家得多有势力，需要多大的胆子，才敢‘讹诈’凤姐。

“怎么一个下人自愧而死，还能做这些阵仗？贾琏生恐有变，又命人去和王子腾说，将番役仵作人等叫了几名来，帮着办丧事，才将事态压下去。他为此动用了王子腾的势力，还动用了官府的番役仵作，还花了许多银两，可见鲍二家的死可不简单，凤姐一定是做了过分的事，才造成这种局面。”

冯玉道：“你的意思，凤姐做手脚了？鲍二家的也不是正常死亡，凤姐真是这目的？”

秋真道：“是了！鲍二家的和平儿是一条藤上的蚂蚱，让鲍二家的死了，就能阻止平儿上位。反过来也可以说，鲍二家的是为保平儿上位死的。”

山岚道：“凤姐不让和平儿换过子，可到底换了，这就叫：鲍叔牙舍身保主，可歌可泣。你不也得一个‘鲍叔牙举荐管仲’的美名吗？就喝了这杯吧。”笑着，把酒送到冯玉嘴边，冯玉只好喝一口。

芸轩道：“长借墨花寄幽兴，至今叶叶向南吹。这是八大山人朱耷《题兰石》上的一句诗。说起八大山人，我就心酸，他的画和这《石头记》一样，充满悬疑。他也是个‘墨点不多泪点多’的人。因他的画，我想起宝玉为平儿簪的蕙兰来。”

秋真道：“停，提到蕙兰，我有个提议。冯玉过生日，没人送束花吗？冥冥之中，咱们岚子可是采了一束兰花的，给谁准备的不成，这就叫缘分。"

山岚指着她们道："敢欺负我，看我回去饶你们哪个。"

秦明也起哄道："单送花也不行，得像宝玉给平儿理妆一样，簪上才好呢。"

秋真道："平儿理妆一节最是温馨的，哪一辈子里，我也得这福分就无憾了。"

文亮道："饱饱眼福也好。要不去画室演演这一段吧。"

芸轩道："为何去画室，这里就好，拿花来吧。"

秋真道："画室里有冯玉淘腾的胭脂膏子，正好给平儿化妆用。"说着，笑着，都拥到画室来。

文亮取来山岚的兰花，左右瞅了半天道："孔子曾说：芷兰生幽谷，不以无人而不芳，君子修道立德，不为穷困而改节。他还将蕙芷之香称做王者之香。可见，兰蕙历来受文人推崇。你这是什么兰？宝玉为平儿簪的可是并蒂秋蕙。"

秦明道："曹公杜撰，并蒂秋蕙的提法并不多。"

芸轩道："我也听说过并蒂莲是莲中珍品，它一茎两花，花各有蒂，蒂在花茎处相连而分，人称它并头莲或同心芙蓉。"

秋真道："人们视并蒂莲为吉祥、喜庆的征兆，寓意夫妻恩爱，象征爱情缠绵，可并蒂秋蕙是怎么杜撰来的？"

陆凤酸酸地道："你们也就只懂兰蕙缠绵，屈子的'余既滋兰之九畹兮，又树蕙之百亩'，他将香草誉为君子。我知道蕙兰常与白芷合名为蕙芷，这种兰花享誉海内，也是咱们南岭独有的，具君子风范，没你们想的下流。"

秋真笑道："有人多心了。快拿过胭脂盒子来，还有其他的道具，都准备好。"

文亮道："一花称兰，多花称蕙。或者一茎九花为蕙，也称蕙花而不称蕙兰。秋天开花的建兰，也有人称之为'秋蕙'的，怎么是杜撰呢？此蕙花期比兰迟些，也称夏兰，只是秋蕙这种称呼，知道的人不多而已。不管怎么说，并蒂秋蕙，大约就是这种九花蕙吧。"说着，抽出一支。

山岚拿过花来，道："你这见解还不如香菱呢，她的夫妻蕙之说就经典得很，一箭一花为兰，一箭数花为蕙。凡蕙有两枝，上下结蕙者为兄弟蕙，并头结花者为夫妻蕙。依你说，冯玉给我要簪在头上的是什么蕙？"

秋真道："演一演看看不就知道了。这场戏就叫做'平儿理妆'，说不定与张敞画眉、韩寿偷香、相如窃玉、沈约瘦腰，合成五大风流韵事呢。"

冯玉学着宝玉道："可惜这新衣裳也沾了，这里有你花妹妹的衣裳，何不换了下来，拿些烧酒喷了熨一熨。"

陆风道："有换衣服的情节吗？"

秋真道："有啊。宝玉让平儿换袭人的衣服，平儿的身份这是要发生变化了。"

宝玉道："把头也另梳一梳，洗洗脸。"一面说，一面便吩咐了小丫头子们舀洗脸水，烧熨斗来。

秋真道："宝玉素日因平儿是贾琏的爱妾，又是凤姐儿的心腹，故不肯和她厮近，因不能尽心，也常为恨事，今天真真机会难得。"

芸轩道："这二人暗生心意了。平儿今见他这般，心中也暗暗地戳戳：果然话不虚传，色色想得周到。"

又见袭人特特的开了箱子，拿出两件不大穿的衣裳来与她换，便赶忙的脱下自己的衣服，忙去洗了脸。

宝玉一旁笑劝道："姐姐还该擦上些脂粉，不然倒像是和凤姐姐赌气了似的。况且又是她的好日子，而且老太太又打发了人来安慰你。"

秋真道："想想就可怜，凤姐独自在贾母房里，想是没人理会的，贾琏看到她时也不盛妆，哭得眼睛肿着，也不施脂粉，黄黄脸儿，没人疼的样子，与此时的平儿成了鲜明对比，平儿确实有人疼了，要放光彩了。"

平儿听了有理，便去找粉，只不见粉。宝玉忙走至妆台前，将一个宣窑瓷盒揭开，里面盛着一排十根玉簪花棒，拈了一根递与平儿。

秋真道："好精致的东西，这恐怕是宝玉最拿得出手的爱物了，和妙玉的体己茶一样珍重。"

又笑向她道："这不是铅粉，这是紫茉莉花种，研碎了兑上香料制的。"

秋真道："茉莉花，让我想到了迎春在花阴下的举动，那个串茉莉花的动作，竟然是为平儿。茉莉花！平儿的身份，要落在迎春身上吗？"

平儿倒在掌上看时，果见轻白红香，四样俱美，摊在面上也容易匀净，且能润泽肌肤，不似别的粉青重涩滞。

然后看见胭脂也不是成张的，却是一个小小的白玉盒子，里面盛着一盒，如膏子一样。

秋真道："白玉盒、胭脂膏、茉莉粉，总让人联想宝玉往口里吃胭脂呢。这会子再敷到平儿脸上，想想吧。"

宝玉笑道："那市卖的胭脂都不干净，颜色也薄。这是上好的胭脂拧出汁子来，淘澄净了渣子，配了花露蒸叠成的。只用细簪子挑一点儿抹在手心里，用一点水化开抹在唇上；手心里就够打颊腮了。"

陆风悄悄笑道："比你们女孩们还来得呢，怪胎！"

平儿依言妆饰，果见鲜艳异常且又甜香满颊。宝玉又将盆内的一枝并蒂秋蕙，用竹剪刀撷了下来与她簪在鬓上。

秋真道："并蒂秋蕙！有人给平儿簪花了，这个举动至关重要，记着平儿的身份是'兰蕙'而不是茉莉。"

秦明道："忽见李纨打发丫头来唤她，方忙忙地去了。簪完了花忙忙地去见李纨，平儿将是李纨的人么？没错。李纨还有个叫'贾兰'的儿子呢，也巧。"

芸轩道："宝玉为平儿理妆，印证最经典的一段关系，《石头记》中钗环缤纷，美女如云，宝玉与她们耳鬓厮磨，调脂弄粉，竟没有一人一处得过这么细腻、温婉的理妆艳福，唯有平儿一人独得。可不只是喜出望外那么简单了，大有深意在里面的。"

冯玉意犹未尽，对陆风笑道："我喜欢这一段，什么玉簪花、紫茉莉、并蒂蕙、胭脂红、白玉盒、宣窑瓷。又是甜香满颊，又是润泽肌肤，说出来都余香满口。宝玉很懂女人心呢，这值得我两个好好学学。"

秋真道："你的还没完呢。宝玉的心思才释怀，今日是金钏儿的生日，他跑去私祭，又见玉钏潜哀，都是他不开怀的原因。结果，最后闹出这事来，谁承望能为平儿尽了片心，心内那个美呀，情不自禁就怡然自得开了，这可得表现一下。"

芸轩向冯玉道："悲喜交加的情感怎么演。来一个吧！"

冯玉道："这个不难，看我的。"

忽又思及贾琏惟知以淫乐悦己，并不知作养脂粉。又思平儿并无父母兄弟姊妹，独自一人供应贾琏夫妇二人。贾琏之俗，凤姐之威，她竟能周全妥帖，今儿还遭荼毒，想来此人薄命，比黛玉犹甚。

想到此间，便又伤感起来，不觉潸然泪下。因见袭人等不在房内，尽力落了几点痛泪。复起身，又见方才的衣裳上喷的酒已半干，便拿熨斗熨了叠好；见她的手帕子忘去，上面犹有泪渍，又拿至脸盆中洗了晾上。又喜又悲，闷了一回，也往稻香村来。

秋真道："大家快看，宝玉倒成了丫鬟，演技一般。"

芸轩道："洗手帕子，由'平儿'想到'颦儿'再合适不过，名字都谐音，都是孤苦无依的人。还有那块有泪的手帕子，像不像黛玉的？手帕传情可是老手法，可见平儿此时在宝玉心里的地位。"

冯玉道："听你们这么一说，宝玉和平儿的关系，怎么和黛玉一样了，很不一般呐。为这个，我得回去喝一杯，这个说法才好，我喜欢。"回到席间，又和芸轩她们碰了杯，一饮而尽。

放下杯子，芸轩道："的确如此，这一段描写不光脂粉浓艳，也是宝玉最温情的一段，让你演绎了去，你也是幸运的。"

山岚照照镜子，又闭上眼睛，道："想想这一串动作，多温馨，好让人陶醉的。浓妆淡抹总相宜。哎呀，簪花和洗手帕子就不用联想了，还有关于穿别人衣服的事，已经很明白了。"

秋真也笑道："瞧你那出息劲，也不脸红。温馨没得说，你要也容易，得有人愿意给呀。这二人演绎的，确实像夫妻新婚的景象呢。"

山岚道："还有脸说别人，你也不脸红，你倒直接说了。今日是金钏儿的生日，可大家都在按凤姐的生日过，故宝玉一日不乐。然后，贾琏闹出这件事来，却不想竟得在平儿前稍尽片心，打扮好平儿后，似乎就把她扶正了。"

"金钏儿的生日这才算有了满意的结局，才歪在床上心内怡然自得呢。这个宝玉又想到平儿薄命，比黛玉犹甚，便又伤感起来，才不觉潸然泪下。这和他刚到水仙庵，看到宓妃塑像时也落下泪来，大约是一种心镜。"

秦明道:"去时独龙,回时凤凰成双,却没有人为他迎回的这只凤尽心安排一场重生的礼仪,他当然不乐。

"现在好了,贾琏歪打正着地帮了他,把原来那只和他相扶相持的凤'杀'了,扶正了平儿这只空谷幽兰般的另一只凤。正好需要在他的怡红院里完成他一直想做的大事:为平儿理妆,换袭人的衣服,正式完成金钏儿重生、平儿扶正的大结局。"

芸轩拍手笑道:"我最佩服那句话:

富贵少年多好色,哪如宝玉会风流。

阎王夜叉谁曾说,死到临头身不由。

"死到临头的凤姐,可怜不说,宝玉今后的路,就由那二位相扶相持了,却不知如何艰难呢。"

秋真道:"好了,平儿和凤姐真就这样让宝玉换了过子,凤姐的生日倒成了忌日。不过咱们也别伤心,她是阎王,反正也死不了。来,咱们为金钏儿重生、平儿扶正,干一杯。"大家举杯,一饮而尽。

秋真又道:"平儿倒是走上了前台了,这会子,又早被李纨拉到稻香村去,李纨还真是稀罕平儿呢。今后,李纨辅佐探春治理大观园,确实是和平儿合作的多了。"

芸轩道:"含香体素欲倾城,山矾是弟梅是兄。金钏儿归位水仙花无疑了,和老梅共事,平儿这个山矾要与梅花结为兄弟了。"

山岚道:"听不懂。"

芸轩道:"连水仙是谁也看不懂?水仙花也叫凌波仙子,你看宓妃的塑像,就是荷出绿波、日映朝霞的仙子神态。所以才叫洛神香妃,关键她还有一个名字,金盏银台。"

山岚道:"金盏银台,有金也有银?"

芸轩道:"金钏儿,本是宝钗的衣钵附体之人,前面为宝钗投井,属于'金'质人物,这次为宝玉复活,又有了'银'质衣钵,难道她不是个混合体吗?"

文亮道:"从金变回银?你是说她虽然回来了,却不是原来的金钏了,发生了质变?"

秋真道:"难道说,从前投降金人的人又回来了,回到大明的怀抱了,这个结论站得住脚,一定是。"

文亮道:"不假,有这样一股势力,就是李成栋和金声桓等。忘了?金钏投井不就是说他们投清之事吗?现在金钏又回来了。当时的政局极度不稳,他们这些人反叛后,并没得到清人的重视,反而备受排挤,许多人在走投无路的情况下,又走上了反清归明之路。"

秋真道:"天哪!金钏儿对宝玉说下的名言,这回听上去更完美了,她对宝玉说:你忙什么!金簪子掉在井里头,有你的只是有你的,连这句话语难道也不明白?

"这句话你们还不明白?我是彻底明白了。她预言,金钏儿虽然掉进了井里,可早晚还不都是你宝玉的?"

芸轩笑道:"自然明白。但时间上有点问题,还是看看再说。还有一点蹊跷,我这里提个醒儿,就是湘云的事。

"上次,贾母为宝钗过十五岁生日,特别留下她看戏、吃酒,热闹了一天。这次,贾母为凤姐做寿,大家都凑热闹,可她既没凑份子,也没出现。贾母怎么没留下她呢?前几日为赶诗社,宝玉特地请她来,这可是头一次正式的社日,竟然不见她的踪影了。"

秦明道:"湘云不是为画的事,黛玉说刘姥姥是母蝗虫时,把她从椅子背上笑倒了吗。她已经倒了,就是已经死去了的,怎么能再出现?"

芸轩道:"还有一个可疑的就是袭人,四个凑份子的丫鬟中,就只有袭人出的银子被留下,尤氏独没还给她。"

秋真道:"这个我倒是有个解释。袭人在丫鬟们当中,是唯一出钱的那一个,说明她和薛姨妈最应该拿钱,是一个理儿。薛姨妈出钱是为宝钗,袭人是王夫人的人,她的银子是为金钏出的。金钏和宝钗才是这次真正享受生日祝福的人。至于没凑钱的人,也不止湘云,她们肯定没有参与这次行动。

"最后,倒是有个年份问题需要解决。顺着时间线看,八月底到九月初这段日子,从发生的事件看,都在四六年。可前两天在大观园吃螃蟹,似乎影射的是'嘉定三屠'这样的民间反清事件，这些事大都发生在四五年。而朱聿键在位只一年，我想，曹公是不是把这两个年份里的'八月'合在一起写了？"

山岚道："明年的事放到今年写，是要把将来要发生的事提前告诉咱，有这可能。湘云又没参加，其他两个人也都没参加，说明时间没到。"

秋真问："还有哪两个？"

山岚道："袭人送给湘云的玛瑙盘子里盛着的不是红菱、鸡头藕吗，湘云就是迎春、惜春的代言人。湘云没来，自然是这二人也没参与。"

文亮道："还是我说的，她们代表朝廷势力。可金钏儿回归，不是朝廷多么有作为，去策反他们归大明，像李成栋等，纯是自发的无组织的军事行动，和她们没关系的。"

秦明道："年份的问题也一定能够解决，《石头记》的纪年向来是清晰的，不会有半点差错。这次也一定有个去处，让我们找找看。"

芸轩嘟哝道："两年合为一年。对了，合二为一的还有两个人呢，不是安排钗黛合一嘛。"她高兴地看着众人，问有没有道理。

秋真道："有道理，人合在一起写，事件当然也可以合在一起写，这倒是个线索。"

山岚道："不用费事了，我记起一件事来。前段日子，我详细地算了一下《石头记》里的时间和事件，还列了一张单子。当时，算到凤姐过生日时，后面有一段关于黛玉每至春分秋分时节常犯咳嗽的文字，并一再强调，此春秋为春秋笔法之'春秋'。

"因此，时间也是按照'春秋'法子处理了。当时，宝钗和黛玉有一段对话，我还特别地标注出来，黛玉说：细细算来，我母亲去世得早，又无姊妹兄弟，我长了今年十五岁，竟没有一个人像你前日的话教导我。

"看到没，我按黛玉的提示又细细算了一遍，从她母亲去世开始，到跟着贾雨村二进贾府，再到宝钗过十五岁生日，最后到凤姐过生日的今天，怎么算她也不是十五岁。

"从正月十五元春省亲，到现在的九月份，大观园里所发生的事件，似乎是只放在这不到一年里写的，包括宝钗的十五岁及笄之年的生日，并没有跨年度。而黛玉的年龄也一直比宝钗小三岁，可那天，她突然对宝钗说，自己十五岁了，你们不觉奇怪吗？"

芸轩道："既然钗黛合为一个人，宝钗十五岁，当然她也该十五岁了，这倒是能解释的。或者说，黛玉用多出来的这三年来告诉咱们，这一年里实际发生了三年的事呢。弘光一个春秋，隆武和绍武一个春秋，当中还交叉着朱以海的鲁监国时代，而且还有一个春秋马上要来。"

秋真道："平儿簪花，鲍二家的这个'鲍叔牙'以死支撑，其实就是为金钏儿回归相护，一股新势力要诞生了。"

山岚咕哝着，难道平儿扶正后，就开始一个新时代了？

秋真又自己喝一个，笑道："我看没问题，可我发现个秘密，不过是我的小想头。"要知端的，下回分解。

重建金兰契　复拾风雨情

　　临走时，冯玉留在家里没跟了来，就在她们返回的路上，大家问秋真到底发现了什么秘密和想头，不妨说来听听。

　　秋真笑道："颦儿、平儿的字音儿差不多。宝钗和黛玉之间多数是针锋相对，谈知心话的地方更不多，可自从钗黛合一后，就出现了一种称'金兰契互剖金兰语'的现象，我就发现，又有一段新缘分产生了，但我没起好名字，该怎么描述这段缘分。"

　　山岚道："什么新缘分？除了'双星缘'、'凤凰缘'还能有什么新缘分？"

　　秋真道："金是指宝钗，兰自然是黛玉，可平儿也簪了兰蕙。从这一点上说，'颦平'还真算是一对儿。平儿走到前台来，颦儿是不是也要来前台？"

　　山岚笑道："哦，你是想搞懂'金兰语'代表什么吧？里面有个'契'字，倒是有点'定盟'的意思。钗黛合一，不至于她俩之间也结成'金玉姻缘'了吧。"

　　秋真道："胡说，两个女人能结什么金玉姻缘，所谓金兰契，该是'金兰盟'的意思。我发现，宝黛的'木石盟'，被钗黛的'金兰盟'代替了。"

　　山岚道："一个'木石盟'还闹不清楚，钗黛合一，又出来个'金兰盟'，更瞎说了。"

秋真道:"不信,咱往后看呐。"

文亮道:"后面我仔细看过,曹公安排的时间节奏出现了明显变化,且也不太对隼。"

芸轩道:"我也发现了。"

文亮道:"凤姐的生日是九月初二,从那天开始,到赖嬷嬷为他的孙子赖尚荣请客,再到钗黛互倾金兰语,曾出现三个奇怪的日期,都对不上隼。昨晚上我琢磨了一夜,想得我脑仁疼,也不得其解。"

芸轩道:"说出来,咱们都琢磨琢磨。"

文亮道:"凤姐初二过生日,她差点送了命,初三刚被老太太把她和贾琏平儿劝和,接着就被探春等邀来做监社御史。这样做的主要原因,是宝玉在正经社日,不请假擅自出走,李纨脸软不好意思罚他。同时,探春替惜春来要画画的原料,需要花钱。

"就在这时,赖嬷嬷来下请帖了,定的日子,从九月十四到十六,为赖尚荣请三天客。接下来,真是一段春秋笔法,说赖尚荣二十岁捐了前程,乐了十年,三十岁上成了州官。她说的这么具体,应该是一个真实人物的年龄和事件,我也曾试图在真实中找出这段赖家事,后来却搞得我云里雾里的。"

芸轩道:"本来,时间顺序很明确的,线索也很好捋,《石头记》对时间的把控也有规律可循。出现三月十五这个日子时,坐标事件,就该是一六四四年的甲申之难,从这一年开始,到一六四五年底,都是按月叙述情节。

"但从二月份宝玉等搬入大观园后,又开始按天叙述;直到出现四月二十六日芒种节这个关键的时间点,再向后又是按月叙述。

"可到了刘姥姥游园的八月二十五日之后,出现了钗黛合一,时间和事件开始跳跃式呈现,不按月和日,按年,且年份也是跳跃不定的。"

秋真道:"可不是嘛!黛玉的年龄一下子成了十五岁,从十二岁涨了三岁。按照这个波动法,如果从一六四五年跳跃三年,该是一六四八年,好在李成栋反正还真是这一年。"

文亮道:"不对,八月份的事情,明显是一六四五的八月,刘姥姥蝗灾荼毒大观园,是金人占了南京,可为巧哥儿取名字,说她进了坟圈,明显是朱聿键遇难，都隔了一年了，时间上怎么出现交叉呢？"

秋真道："春秋笔法，还有黛玉十五岁之说，典型的'春秋'笔法。按她的年龄推断，还是四八年呢。李成栋，这个发动'嘉定三屠'的刽子手，这一年却反了金人的水，正是这年八月里，他接永历入广州，要重整河山了，隆武时代也结束了。"

芸轩道："先别争。要我说，春秋笔法什么概念？《春秋》之称，微而显，志而晦，婉而成章，尽而不污，惩恶而劝善，非贤人谁能修之？

"孔子认为，在记述历史时，行文中不直接阐述对人对事的看法，却通过细节描写、修辞手法、材料筛选等，委婉而微妙地表达作者的主观看法。这种方法的特点就是，把尽人皆知的重要事件、素材、时间节点和重要人物嫁接到一起，表明大义，暗含褒贬。所以，不光你们说的时间要跳跃三年，我看跨越五十四年都不是问题。"

秋真道："看来，你想到了贾母说的话，说她来到贾家，连头带尾已经五十四年了吧。"

芸轩笑道："明白就好。"

山岚道："若果真是四八年发生的事，这跳跃性也太大了，一下子进到永历时代，那一年正是永历二年，不过这一年还真很奇特。"

秋真道："就是，平儿上位，可平儿是谁？宝玉带回金钏儿，变成凤凰，和李成栋反正有得一比；宝玉扶正平儿，和李成栋迎回永历也有得一比，先说这样安排恰当不恰当吧？"

山岚道："你们的《秦淮烟云》里，不是也有这段故事吗？比较一下不就知道了。"

秋真道："好说。李成栋是什么人，你们也知道，他回归大明，得先从金声桓说起。金是一六四八年正月在江西反清归明，消息传到李成栋这里，李成栋认为时机成熟，也决定反正易帜。

"四月十五日，他在广州发动兵变，剪辫改装，用永历年号发布告示，宣布反清归明。可笑吧，谁知这样一个杀人恶魔能改邪归正？有人说其中有一个原因，是因他的爱妾赵氏自刎激发而成。

第四十五回
重建金兰契　复拾风雨情

79

"不管怎么说，李成栋邀请永历帝来广州驻跸，最终群臣商议定都肇庆。八月初一日，李成栋郊迎朝见，永历朝廷开始有了自己的驻地和章纪。"

芸轩道："更可笑的是，威震江南的李成栋投靠金人时，驰骋疆场无人能敌，可回到明朝后，没立半点军功却战战皆败，最后竟糊里糊涂地淹死了，这样窝囊的死法，真真令人嘘唏感慨。"

文亮道："那段时期，不光李成栋，加上金声桓和何腾蛟，都是赫赫有名的谜一样的人物。这三个人，几乎奇迹般地恢复了明朝整个南方势力，可在一六四九年春，一个月的时间内，戏剧般地，这几位都从历史的舞台上消失了，是南明必定消亡的宿命吧。"

山岚道："八月入肇庆，九月拜坛封将，时间说得对。"

芸轩道："这一年还有一场戏呢，你说的是西南永历部。在东南沿海还有一个政权，就是朱以海政权，也在上演着同室操戈的大戏。"

文亮道："你是说郑彩架空朱以海事件？倒确实也是一六四八年的事。朱以海部的郑彩同郑成功之间发生火并，被郑成功击败，朱以海深感大明中兴的大好机会被这二人断送了，极为痛心，但却无能为力。"

芸轩道："就是，你提到了郑氏集团，这个郑成功就是个有故事的人。对了秋真，你刚才说，剧组着急要我们回，我有篇论文还没完事，后面就是郑成功的戏了。他和钱谦益、柳如是夫妇谋划构筑长江防线一章，出场人物顺序还要调整一下，你就帮我做吧。"

秋真为难道："我可没时间，要不山岚帮你找论文的素材也行，她反正没事，闲得慌。"

山岚道："你才闲得慌，要帮忙也可以，那得看素材。"

芸轩回身从包里拿出一张单子，道："回去把这些素材找齐，就算一项任务。"

山岚看了看，叹口气道，"你俩也只有欺负我的份儿"。说着，要把单子叠起来放进包里，秦明一把夺在手里，看一眼什么任务，原来写着：准备好宝钗、黛玉和众小姐们的嫁妆。遂笑道："什么神秘的事，不就是几套嫁妆吗，我现在就帮你找齐。"

山岚道："能的你，我都没思路，怎么找？"

秦明道："好找！先找宝钗的。黛玉笑话她，开的那个画画用的物品单子，就是宝钗的嫁妆。"

山岚道："是吗？那你告诉我画单子的落实情况。"

秦明道："起先，宝钗说她那里有些，但数量没这么多，可以先拿给惜春用，但是越往后你会发现，一直没见她履行诺言。再后来，探春就向凤姐催，传贾母的旨意，先开了库房找，不够的照单子买全了。"

文亮也附和道："结果，开仓库找了一半，就是宝钗验收的，又让外头人买了一半，结果宝钗的嫁妆就齐全了。凤姐又是着人矾绢，又是向贾珍要图样的，画画的事情一切按宝钗的计划进行着。你看，她的嫁妆多好找。"

芸轩道："嫁妆是好找，没想到别的？"

秦明道："什么别的？没想到。再找到众小姐们的，也许能类比出些别的来。"

山岚道："你找啊。"

文亮沉思了一会道："也不难，我感觉就在探春向凤姐要的东西里藏着，咱们对演一番试试。"

探春笑道："我们起了个诗社，头一社就不齐全，众人脸软，所以就乱了。我想必得你去做个监社御史，铁面无私才好。"

凤姐笑道："我又不会做什么湿的干的，要我吃东西去不成？"

探春道："你虽不会做，也不要你做。你只监察着我们里头有偷安怠惰的，该怎么样罚他就是了。"

凤姐儿笑道："你们别哄我，我猜着了，哪里是请我作监社御史？分明是叫我作个进钱的铜商。你们弄什么社，必是要轮流作东道的。你们的月钱不够花了，想出这个法子来拗了我去，好和我要钱。可是这个主意？"

芸轩道："凤姐真是玻璃心，什么看不透，一下子就看出探春的用意了。我还是怀疑，探春是诗社的发起人，可李纨比谁都起劲。

"她说：要起诗社，我自荐我掌坛。我那里地方大，竟在我那里作社。我虽不能作诗，这些诗人竟不厌俗客，我作个东道主人，自然也清雅起来了。

"要我说，既做掌坛的东道社长，怎么一毛不拔的，她缺钱吗？怎么和刘姥姥一样，还要来凤姐这里打秋风？"

秦明道："一语道破天机，她真是缺钱。和画画一样，也是为缺钱买画具，才来找凤姐。这就要论一下了，从探春发函邀社，要兴东山诗会，竟一下子被李纨抢走掌坛、东道、社长三个位置，今天又陪着大家来向凤姐打秋风，李纨的动机，值得推敲。

"既然在稻香村做场，她又是掌坛者，没有理由不出钱，且从李纨的年收入情况看，拿这点钱还是可以的，可她为何挑唆宝玉跟凤姐要钱，自己一点不出呢？"

凤姐道："他们各人出了阁，难道还要你赔不成？这会子你怕花钱，调唆他们来闹我，我乐得去吃一个河涸海干，我还通不知道呢！"

文亮道："慢着，找到了，就是这句话有玄机，提到了赔嫁妆。小姐们出阁的嫁妆不用你李纨出，出点钱怎么了？但这样挑唆着花钱，不是我凤姐乐得吃光家底，而是怨你李纨带坏了头。我还通不知道呢！这句真难捉摸，是告诉咱们，别被李纨蒙得啥也不知道了。"

凤姐道："况且误了别人的年下衣裳无碍，他姊妹们的若误了，却是你的责任，老太太岂不怪你不管闲事，这一句现成的话也不说？我宁可自己落不是，岂敢带累你呢。"

芸轩道："她直接提到了小姐们的衣裳，若被耽误了，却是你李纨的责任呢。吃光嫁妆是一件现成的错，我可以不说，不带累你，但你是有责任的。你这样不管不顾的，我也豁上了，不就是花钱吗，大不了花掉她们的嫁妆，花他个河涸海干算了。"

李纨道："这些事情我都不管，这诗社你到底管不管？"

凤姐儿笑道："这是什么话，我不入社花几个钱，不成了大观园的反叛了，还想在这里吃饭不成？明儿一早就到任，下马拜了印，先放下五十两银子，给你们慢慢作会社东道。"

秦明道："真有她的，五十两银子到手，可后面会诗社还要人凑银子，这个五十两要的像抢劫。从凤姐的角度看，这里就牵扯了小姐们的嫁妆，原来是被李纨花光了。"

芸轩道:"还没看出什么来吗?"

秦明道:"我突然想到一个词。探春起社,惜春画画,似乎都有些替别人做嫁衣的感觉,这就叫'专为他人做嫁衣裳'。"

秋真道:"对!探春来找凤姐,就是为这两件事,为她的诗社和惜春的画,才来向凤姐要钱的。最终结果,却成全了宝钗的嫁妆,完成了李纨的东道夙愿,不是凤姐'还通不知道呢',是小姐们没了嫁妆,通被蒙在鼓里了呢。"

芸轩笑道:"李纨的目的还有呢,再往下说说。"

李纨道:"昨儿还打平儿呢,亏你伸的出手来!那黄汤难道灌丧了狗肚子里去了?气的我,只要给平儿打报不平。"

凤姐笑道:"竟不是为诗为画来找我,这脸子竟是为平儿来报仇的。竟不承望平儿有你这一位仗腰子的人。"

芸轩道:"这才是此行的最终目的,她笑问平儿道:如何?我说必定要给你争争气才罢。平儿笑道:虽如此,奶奶们取笑,我禁不起。

"李纨道:什么禁不起,有我呢。快拿了钥匙叫你主子开了楼房,找东西去。

"李纨深知,平儿是凤姐的总钥匙,这个地方,她已经向平儿要钥匙,主动发号施令了。探春、惜春的嫁妆,恐怕不是李纨关心的,抢平儿才是李纨的目的。今儿为平儿,简直有些逼凤姐命的意味了。"

秋真道:"我算看透了,李纨一不出钱,二要权力,三还揽才。替平儿撑腰报仇,向平儿发号施令了,要钥匙开仓库、拿东西。手段也真高明!

"刘志远打江山,需要瓜精送盔甲,权当是瓜精送给嫁妆吧。想当楚霸王,就得有个平儿才是,这才是李纨的计划,为了楚霸王计划,要嫁妆,要平儿,真的来逼命了。"

山岚道:"原来都为他人做嫁衣。既然找到了这些,黛玉的嫁妆呢,你也一并找找呗。"

秦明笑道:"这个还是留给你找吧,若帮你找着了,可不是白干,得请客。"一路笑着、闹着,半天工夫就回到了家。自从回到茶轩,各人忙得更是不亦乐乎。

其间，冰儿常来，和芸轩每次聊到很晚，山岚倒比她二人还忙，也不知从哪里弄来一盏玻璃风灯，挂在芸轩的书房里。这天，冰儿看到芸轩的玻璃风灯下又多了一幅漫画，是山岚粘上去的。

冰儿看上面写着：剖腹藏珠。破开自己的肚子，把珍珠藏进去。比喻为物伤身，轻重颠倒。相传，唐太宗和侍臣们闲谈时说：吾闻西域贾胡得美珠，剖身以藏之，有诸？侍臣们说：恐怕有。危害是：官员因贪赃而丧命，皇帝因爱财而亡国。

冰儿笑道："一盏玻璃风灯，有这么多道道了。"

芸轩道："这样的人不在少数呢，连宝玉这个视金钱如粪土的人，都生出剖腹藏珠的毛病来，是离亡国不远了。"

冰儿问："这是讽刺的谁呀？"

芸轩道："当权的实力派人物，如李纨，就只知道捞钱，保存自己的实力，不顾大局，正在犯这样的错呢。"

冰儿道："好像世人都这样。"

芸轩道："若联系当时的真实境况，最像这个德行的，就数郑芝龙集团。"

冰儿道："说的是他们。"

芸轩道："还不确定。看这边，还有个司马牛之叹呢。"

冰儿过来看时，写着：《司马牛之叹》辨析。

宋国望族，桓氏，有兄弟五人，即向巢、桓魋、子牛（司马牛），子顽、子车。老大向巢任宋国左师，是名义上的军队统帅；老二桓魋为司马，握有兵马实权；老三司马牛，身为贵族，是孔子的学生，也有自己的封邑。

桓魋恃宠骄横，因自己的封地鞍不如薄地好，便要求宋景公给他调换，宋景公不同意，但为了安抚他，把七个城邑并入鞍地，都给了他，桓魋还是不满意。从此二人有了嫌隙。桓魋心生歹意，便以答谢宋景公赐地的名义请宴，准备在宴席上杀宋景公，被宋景公识破阴谋。

景公便向皇野说："是我把桓魋宠坏了，现在他要加祸于我，我该怎么办？"

皇野说："向巢是左师，如他和桓魋合成一气，局面就无法收拾了，但若说动向巢就好办了。"

宋景公设计招来向巢，取得向巢的同意后，由皇野拿着兵符，去讨伐桓魋。桓魋被皇野追杀，逃往曹国。宋景公派向巢继续攻打曹国，讨伐桓魋。后来，向巢怕宋景公的誓言靠不住，便逃到了鲁国。司马牛见哥哥们这样做，也不敢在宋国待了。子颀、子车也马上逃离。就这样，桓氏集团，很快从宋国消亡了。司马牛于是喟叹：人皆有兄弟，我独亡。

冰儿道："这样的情况少见，也是咎由自取，谁让他们这样狂妄贪婪的。"

芸轩道："你没明白，司马牛之叹是叹兄弟之悲，是哀叹有些人有兄弟如同没有，而且由于兄弟对国家的背叛，致使别的兄弟也不能报效国家。我只是奇怪，宝钗安慰黛玉说：我虽有个哥哥，你也是知道的，只有个母亲比你略强些。咱们也算同病相怜。你也是个明白人，何必作'司马牛之叹'？黛玉又没有兄弟，宝钗有一个，可与这个也不符合，她怎么就断定黛玉是悲兄弟之叹呢？"

冰儿道："郑氏集团不也是兄弟很多吗？他们有没有'司马牛之叹'？"芸轩点点头。

心下道：黛玉没有兄弟，哪来的司马牛之叹，司马牛兄弟五人呢。黛玉在悲叹兄弟五个人相继背叛国家的事吗？南明史上，最像这个故事的人、能发出这个悲叹的人，应该就是郑氏家族的郑成功。

半个月里，秋真都不在，她们也很少相聚。冰儿的任务快接近尾声时，秋真也回来了。可巧这日黄昏，天就突然变了，淅淅沥沥下起雨来。芸轩坐在书房里，看着一件裘衣出了会子神。室内阴冷昏黑，外面秋霖脉脉，兼着那雨滴竹梢，打着芭蕉叶子，更觉凉意袭来。

秋真进门，见屋里黑黢黢的，看芸轩站在窗前一动不动，忙打开灯笑道："又黑又冷的也不开灯，站在那里也不多穿件子，小心感冒了。"

又探头向楼下喊："岚子，她们什么时候来，赶紧吃点饭，没告诉她们我回来了吗？"

山岚道："就你事多，下这么大雨，谁还来？"

芸轩道："没人来正好，趁着下雨，咱俩正好看看什么样的金兰语，能达成那样的金兰契。"

秋真擦着脸上的雨水，道："发现什么新鲜事了。"

芸轩道："我只发现，宝钗的生活忙碌得很，日间不得闲儿，夜里做女红到三更才睡。她既要对贾母、王夫人等长辈承色陪坐，不是走过场，也要看人脸色，听话听音，还要在园中姊妹处度时闲话，上下周旋应承。

"而黛玉的生活却陷入困境，身体每况愈下。本来每岁至春分、秋分之后必犯咳疾，今秋又遇贾母高兴，多游玩了两次，未免过劳了神，近日又复咳起来，觉得比往常又重，是病入深沉了。

"又盼个姊妹来说些闲话排遣；及至宝钗等来望候她，说不得三五句话又厌烦了。众人都体谅她病中，且素日形体娇弱，禁不得一些委屈，所以她接待不周，礼数粗忽，也都不苛责。

"一个应付自如，周到体贴；一个病体恹恹，疲于应付。两下里对比之下，黛玉自知无力回天，便妥协了，才有了这段'金兰契'。"

秋真道："黛玉有些迫不得已吗？"

芸轩道："以黛玉的性格，她不会这样的，我还是怀疑那个十五岁的年龄出现得太突兀，绝不是加上三年这么简单，一定还有别的用处。"

秋真道："这个不是很清楚了吗？一六四八年，就势解开了关于平儿也送给刘姥姥衣服之谜。"

芸轩道："平儿在螃蟹宴后，一度有不满凤姐的情绪，特别是被李纨笼络加挑拨一番后更是明显。所以，在刘姥姥走时，她自作主张，给了刘姥姥自己的衣服，就算归顺了刘姥姥，这好解释。因为自从崇祯死后，直到一六四八年，都是一个个汉人叛投清廷，从吴三桂到洪承畴，从左梦庚到李成栋，想看名单的话，查一下清朝政府编的《贰臣传》就行。

"汉人变节最严重的时期，就是南明弘光朝灭亡后，即一六四五年开始。唯有一六四八年，有两个曾经叛投的汉人却又反清归明，就是李成栋和金生恒，这简直是爆炸性事件。

"所以，宝玉把嫁过两次人行为不检点的甄妃领回家，应该就是预示这件事的。这时候，平儿又穿回了袭人的衣服，相当于又回到了汉人的怀抱，宝玉能不流泪吗。"

秋真道："这不就是了，还怀疑什么？"

芸轩道："说这些的目的，我还是认为不对头。赖嬷嬷曾经说过的，她一连说了三个时间节点，很是奇怪。"

秋真坐在芸轩身旁，道："你怎么想的？"

芸轩道："赖尚荣，问题就出在赖尚荣身上。年三十岁，二十岁时蒙主子的恩典，捐个前程在身上。如今乐了十年，不知怎么弄神弄鬼地求了主子，又选了出来，做了州县的官儿。文亮说得对，这个'弄神弄鬼'的人，官位来得不太正路，他应该是个实实在在的历史人物。"

秋真道："谁？他是谁？"

芸轩道："黛玉的司马牛之叹就是给他的。平儿二字有个'平'，是不是延平王？还有妙玉，这个来自长安西门牟尼院的尼姑。我仔细查了，那里真有个西门，就叫延平门，一切似乎都指向他。"

秋真道："是不是巧合？一六四八年发生的大事里面没有他，赖嬷嬷说的时间节点，也和他不符呀！"

芸轩道："赖嬷嬷说：虽然是人家的奴才，一落娘胎胞，主子恩典，放你出来，上托着主子的洪福，下托着你老子娘，也是公子哥儿似的读书认字，也是丫头老婆，奶子捧凤凰似的长了这么大。"

秋真笑道："和平儿的出身一样，从奴才秧子，和凤姐换了过儿；和宝玉一样，也是凤凰苗子。花的银子也照样打出你这么个银人儿来了。赖嬷嬷这个比喻形象，不是金人儿，也不是玉人儿，他是银人儿，这倒符合了水仙花的'金盏银台'之典。"

芸轩道："一个奴才秧子，哪里知道'奴才'两字是怎么写的，仔细折了富。你不安分守己，尽忠报国，孝敬主子，只怕天也不容你。

"赖嬷嬷这里提到了'尽忠报国'，可见赖嬷嬷的政治觉悟，她是关心国家命运的，其治家严厉程度堪比宁府和荣府的国公爷们。这和郑芝龙对待郑森是一样的，你又不是不知道，想想他的出身。"

秋真道："这个我知道，郑森生于一六二四年，到一六四四年，正二十岁时被送入南京国子监深造，郑芝龙为儿子请的老师，就是江浙名儒钱谦益，还替他起'大木'做表字。

　　"后来，郑芝龙将儿子引荐给隆武帝，隆武帝赞赏其才华，曾说：惜无一女配卿，卿当忠吾家，勿相忘也！并将原名森改为成功，赐国姓朱，名字就成了朱成功。自此，朝廷内外，都称他为国姓爷。

　　"一六四六年，隆武朝灭亡，郑芝龙携其他儿子们降清。郑成功避走金门，然后开始在沿海各地招兵买马、收编郑芝龙的旧部。后在小金门，以'忠孝伯招讨大将军罪臣国姓'之名，誓师反清。一六四八年，金声桓、李成栋投向永历政权时，郑成功也改奉永历年号为正朔，且拒绝接受朱以海的监国政权。"

　　又沉吟道："至于乐了十年，这个跨度有些大。十年后，他倒是三十岁了，怎么一下子到了一六五五年了，时间跨度也太大了。"

　　芸轩道："我也发现年代的跳跃性了。先说这些父兄叛国的经历，是不是符合黛玉的司马牛之叹吧！"

　　秋真道："太像了。对了，这一年对郑成功来说还有件大事。因永历帝和郑成功势力相隔遥远，朝廷特准郑成功设置六官及察言、承宣、审理等司，方便施政，同时允许他委任官职，武官可达一品，文职可达六部主事，相当于自己就是个独立小朝廷了。"

　　芸轩道："这就是赖嬷嬷来请宴的目的。虽然郑成功每次拜封官员时，都请宁靖王朱术桂等明朝宗室，在旁观礼以示尊重体制，但毕竟自己可以称霸一方，值得庆贺。"

　　秋真道："可是，由黛玉的十五岁推断的四八年，和这个五五年更不符合了。"

　　芸轩道："就是这个事让我头疼，一面说，黛玉有司马牛之悲，说的应该是一个人，可时间跨度又不对，怎么算的呢？要么换个思路。黛玉几岁进贾府？"

　　秋真道："六岁。"

　　芸轩道："对应的是哪一年？"

秋真道："贾雨村二度进京，应该是一六四五年。"

芸轩一拍脑门道："照红楼纪年算就对了。六岁到十五岁，相差九年。从黛玉进贾府的实际年限算，她来贾府不也是接近十年了吗？这和赖嬷嬷口中'乐了十年'不就符合了吗？"

秋真道："这样算也有些道理。"

芸轩道："看来，藏在黛玉年龄里的是两个时间呢，一石二鸟法。若按照三年，可以算金钏儿复活的日期；若按照接近十年，可以算郑成功独立的日期。"

秋真道："就算这个法对，可他独立的这一年，郑成功政权和黛玉一样，疲于应付、病入膏肓了吗？至于被迫向宝钗抛橄榄枝吗？"

芸轩道："这就是我想找的'金兰契'出现的源头，咱俩推一推背。"

秋真学着宝钗对黛玉道："昨儿我看你那药方上，人参肉桂觉得太多了。虽说益气补神，也不宜太热。依我说，先以平肝健胃为要，肝火一平，不能克土，胃气无病，饮食就可以养人了。"

芸轩道："食谷者生。黛玉素日吃的，竟不能添养些精神气血，是断了谷物营养的缘故。我听懂了，宝钗说她这病，是因饭食供应不足，吃了这顿没下顿的意思。

"这是说黛玉跟错了人了。肉桂太多，更不适宜身体康复，意思：'桂王'永历朝廷，给不了你谷物给养，你才病体恹恹的，光吃'肉桂'哪能行？"

秋真又学宝钗道："每日早起拿上等燕窝一两，冰糖五钱，用银铫子熬出粥来，若吃惯了，比药还强，最是滋阴补气的。"

芸轩道："给燕窝什么意思，是给个'窝'吗？你不仅需要粮食军需，还需要一个休养生息的地方。这句话很合黛玉此时的心思。"

学着黛玉道："你方才说，叫我吃燕窝粥的话，虽然燕窝易得，但只我因身上不好了，每年犯这个病，也没什么要紧的去处。请大夫，熬药，人参肉桂，已经闹了个天翻地覆，这会子我又兴出新文来熬什么燕窝粥。

"老太太、太太、凤姐姐这三个人便没话说，那些底下的婆子丫头们，未

第四十五回

重建金兰契　复拾风雨情

89

免不嫌我太多事了。"

秋真道:"听着口声,她好像愿意用燕窝,只怕底下人说三道四的,嫌弃她太多事。"

黛玉道:"况我又不是他们这里正经主子,原是无依无靠投奔了来的,他们已经多嫌着我了。如今我还不知进退,何苦叫他们咒我?"

秋真道:"这就说到要害处了,她不是正经主子,符合郑氏身份;如果再多事,会招来猜忌的,有人会怀疑,是不是他和父兄们一样,真叛国呀。"

芸轩笑道:"将来也不过多费得一副嫁妆罢了,如今也愁不到这里。原来,黛玉的嫁妆在这里等着呢。黛玉玩笑说宝钗为惜春买画具,是为自己做嫁衣,这里宝钗却为黛玉正准备嫁衣呢。"

秋真道:"宝钗的意思,给的燕窝就是嫁衣吗?"正说着,秦明和文亮来了,在楼下脱着雨衣鞋子,湿得透透的,要山岚找干净的换来。

二人因已吃过饭了,也来芸轩屋里,山岚也嫌底下冷,要把饭端上来,三人遂胡乱地吃着。

秦明看见一件蓑衣挂在那里,笑道:"谁穿的蓑衣,下雨天,怎么不出门试试?"

山岚道:"谁也不能用,我好容易找的,这可不是下雨用的,是我给黛玉准备的嫁衣呢。"

秦明拿过来穿上道:"哦!找到了?这就是嫁衣?"

山岚道:"不信你们试试。"

秦明道:"怎么试?"

山岚道:"宝钗送燕窝前,宝玉下着雨来过,你俩演演那段,给我看看就明白了。"

秦明道:"两个人说渔翁渔婆的那段吗?没问题,来吧文亮,你来渔翁我来鱼婆。"说得大家都笑。

文亮穿上蓑衣,戴上斗笠,从外面进来。忙问:"今儿好些?吃了药没有?今儿一日吃了多少饭?"

秋真道:"他和宝钗关心一样的事,不光问药,还特地问吃了多少饭,是担心黛玉连正常吃的饭，还没一顿有一顿的呢。”

一面说，一面摘了笠，脱了蓑衣，忙一手举起灯来，一手遮住灯光，向黛玉脸上照了一照，觑着眼细瞧了一瞧。

秋真道："我先解说一下的好。宝玉脱了蓑衣，里面只穿半旧红绫短袄，系着绿汗巾子，膝下露出油绿绸撒花裤子，底下是掐金满绣的绵纱袜子，靸着蝴蝶落花鞋。"

芸轩围着他转一圈，道："红绫袄，绿汗巾，又是红绿配，掐金满绣袜子，蝴蝶落花鞋。又是金又是蝴蝶的，怎么看起来宝玉穿的好花哨，还有蝴蝶，怎么浑身都是宝钗的影子。"

秋真道："本来黛玉和宝钗就约下了，说晚上再来和她说句话儿。我想，黛玉轻易不愿主动和人说话，宝钗更不可能轻易食言。再加上，宝玉前脚走，宝钗就差人来送燕窝。这个晚上来的人，其实是为了一回事，都是来兑现承诺的，这才是'金兰契'的节奏呢。"

黛玉问道："上头怕雨，底下这鞋袜子是不怕雨的？也倒干净。"

秋真发笑道："掐金满绣袜子，蝴蝶落花鞋。不看是什么材质吗，金袜子，蝴蝶鞋，当然不怕雨水。"

宝玉笑道："我这一套是全的。有一双棠木屐，才穿了来，脱在廊檐上了。"黛玉又看那蓑衣斗笠不是寻常市卖的，十分细致轻巧。因说道："是什么草编的？怪道穿上不像那刺猬似的。"

秋真道："问什么'草'编制的，不是普通的蓑衣呢，恐怕是'绛珠草'编的，这才适合当嫁妆用。"说着一笑。

宝玉道："这三样都是北静王送的。他闲了下雨时在家里也是这样。你喜欢这个我也弄一套来送你。别的都罢了，惟有这斗笠有趣，竟是活的。上头的这顶儿是活的，冬天下雪，带上帽子，就把竹信子抽了，去下顶子来，只剩了这圈子。下雪时男女都戴得，我送你一顶，冬天下雪戴。"

芸轩道："这回听清了，一衣两用，关键是最后这句，男女都戴得，下雨时在家里穿，冬天下雪穿防雪，是雪人们冬天的常服。"

秋真道："又是北静王给的，和鹡鸰香珠出自一人之手，宝玉还真是代替宝钗送衣钵的，来人果然是宝钗。"

黛玉笑道："我不要他。戴上那个，成个画儿上画的和戏上扮的渔婆了。"

秋真道："黛玉说了出来，方想起话未忖夺，与方才说宝玉的话相连，后悔不及，羞得脸飞红，便伏在桌上咳个不住。她也许是觉察到宝钗的用意，让宝玉做渔翁，来勾引黛玉这个鱼婆呢。"

山岚道："探春、惜春为别人备嫁衣，宝钗、李纨都乐得要，可宝钗为黛玉准备的嫁衣，她为何不要呢？"

芸轩道："你瞧文亮穿的，这样的嫁衣，算不算奇装异服，让你'剃发易服'地打扮成金人模样，你接受吗？"

秋真道："但是，她接受了宝钗给的燕窝不是吗？说明接受了地盘和封号，但不接受剃发易服。对，这就是他们谈判的主要条款。"

文亮脱下蓑衣，道："你们什么时候一下子跨越了十年？听上去，像到了郑成功与清人和谈那个年代了。"

秦明道："大约是一六五三年到一六五四年九月间的事。郑成功因部队军需匮乏，曾经与清廷斡旋，采取了假意和谈的策略，可这也引起外界不明真相人的诟病。"

芸轩道："不是引起诟病，是留下了很大的祸患，误了东山再起的大好时机。黛玉对这个行动定义为：惜财如命的'剖腹藏珠'行为。

"所谓金兰语，无非是钗黛二人之间说些生活窘况和烦难而已。同病相怜，都不容易，才有暂时的金兰契，其实是一种迫不得已的行为。"

秦明道："表了金兰契，又给了燕窝，钗黛之间是这样情形了，倒还是欠点火候。"

芸轩看看窗外，已经漆黑一片，听听雨声正紧，道："不理解是吧，黛玉怎么突然和宝钗结盟了呢，真是一场秋雨一场寒。黛玉的《秋窗风雨夕》里充满离人之苦，我也不理解。"

文亮道："连宵脉脉复飕飕，灯前似伴离人泣。我查遍了图书室，自来也没个什么《乐府杂稿》的《秋闺怨》，单看诗名，我想到了黛玉《咏白海棠》里的句子：月窟仙人缝缟袂，秋闺怨女拭啼痕。如果真有秋闺怨，黛玉就是那个秋闺怨女了。"

秦明道："我原说过，黛玉碰到了月洞仙子薛宝钗，她正哭着向宝钗诉说自己的愁怨呢。此时说：金兰语抛金兰契，才真合适呢。"

文亮道："倒是《别离怨》有一句：

荡子戍辽东，连年信不通。

尘生锦步障，花送玉屏风。

"是诉说戍边亲人的离别之苦，可她有北方守边的亲人吗，还这般离情愁苦？"

芸轩道："灯前似伴离人泣，牵愁照恨动离情。哪有个《代别离》曲牌？一个无父无母、无兄弟姊妹的人，寄人篱下若干年，可以理解她的委屈，可突然间，哪来的别离之苦，且这种离人之苦，如此痛彻心扉，说明离情突至，让她痛不欲生。"

山岚道："《春江花月夜》词，相传为南朝陈后主所作，原词已失，后来隋炀帝也曾做过此曲，这可是两位亡国之君。黛玉模仿他们作诗，啥意思？"

秋真道："先不说亡国君，郑成功的父兄都被北方清廷软禁，他是否投清，此决定关乎一家人的性命，一旦和谈破裂，父亲和兄弟们就会被清廷杀掉，他可不就受'离人'之苦煎熬吗。"

芸轩道："忠孝不能两全。一边是金兰之约，一边是风雨离情，郑成功在决议与清廷和谈破裂时的心境，就是黛玉写《秋窗风雨夕》的心情，才有了奇怪的司马牛之叹。

"不知风雨几时休，已教泪洒纱窗湿。站在窗前洒泪，茜纱湿透，宝玉何缘何德？可知黛玉在坚持什么，在窗前守望什么。"

文亮道："这样说，都理解了，但恐还有其他苗头，也对应着这件事呢。"

山岚吃完了饭，一抹嘴，摘下那盏玻璃风灯道："先说我这些日子的新发现。我注意到这里有两个玻璃美人，一个是凤姐，李纨封的，说她是水晶心肝玻璃人儿，什么事瞒不过她的算计去。"

秦明问："算计出什么了？"

山岚道："她算计出目前掌握大局的三大老封君，正是历史上的三大政权。"

秋真道："这么神，你倒是说说。"

山岚就学凤姐道："老太太、太太罢了，原是老封君。"

秋真道："听见没，一个老封君了。"

山岚继续道："你一个月十两银子的月钱，比我们多两倍银子。老太太、太太还说你寡妇失业的可怜，不够用，又有个小子，足的又添了十两，和老太太、太太平等。"

秋真道："不算不知道，原来李纨和贾母、王夫人的月例同样高。"

山岚道："又给你园子地，各人取租子。年终分年例，你又是上上分儿。你娘儿们主子奴才共总没十个人，吃的穿的仍旧是官中的。一年通共算起来，也有四五百银子。"

秋真道："真真是土财主呢。"

山岚道："再听听凤姐说赖嬷嬷。他这一得了官，正该你乐呢，反倒愁起这些来！他不好，还有他父亲呢，你只受用你的就完了。闲了坐个轿子进来，和老太太斗一日牌，说一天话儿，谁好意思的委屈了你。家去一般也是楼房厦厅，谁不敬你，自然也是老封君似的了。"

秋真笑道："有地，有房，有园子。说她土财主也是货真价实的了，三个老封君还真都在。"

山岚道："怎么样，是不是三大势力范围，都在老封君名下，正是当时的势力格局。"

秦明道："那第二个玻璃美人呢？"

山岚拿过那盏灯道："蜡烛心肝玻璃美人之林黛玉。画中情意，梦中木石。雨夜路滑，黛玉送一盏玻璃绣球灯给宝玉，是照亮宝玉脚下的指明灯，也是一颗易碎的玻璃心，她也想让宝玉把事情照看得更明白。

"她自知不是正经主子，原是无依无靠投奔了来的，没有任何出身，人们已经多嫌着了，还不知进退。

"宝钗却说：我也是和你一样，也是投靠来沾光的。此时黛玉找到了最大的区别，道：你如何比我？你又有母亲，又有哥哥，这里又有买卖土地，家里又仍旧有房有地。最后才是那句实话。

"她和凤姐一样聪明，都知道有地产的才是'老封君'，有自己的根基地盘，有自己的势力范围，宝钗有，李纨有，但黛玉一无所有。

　　"兄弟急难，鹡鸰在原。虽然什么都没有，但黛玉像拒绝鹡鸰串珠一样，危难中拒绝了原可戴上它就可成就渔婆的蓑衣，她又一次拒绝了北静王的东西。

　　"可是，玻璃灯是贵重的，和她的心一样，也是易碎的。宝玉都舍不得用，她同时体会到了宝玉的心。从来不知道财宝为何物的他，用这种剖腹藏珠的'惜才'举动，表明自己对待这盏玻璃灯比他的命都贵重。"

　　秋真等听了，都鼓起掌来。

　　山岚倒红了脸，笑道："最后我要说的是，宝玉说那句雪中穿蓑衣的话，我脑海里就老出现一幅画面。"

　　秦明道："什么画面？"

　　山岚道："孤舟蓑笠翁，独钓寒江雪。画面清冷，意境孤独。"

　　秦明道："与谁同坐？蓑衣、渔翁和雪。可那人坐的那条小舟，他这里没有说。"

　　秋真道："怎么没说？宝玉脚下的棠木屐，不就相当于棠木舟吗？"

　　山岚道："对呀。舟，一座孤舟，这让我想到一个地方，如果把它看成'舟山'，你们定会想到一个人，就是朱以海，和他暂时栖身的舟山。"

　　秦明道："会不会扯远了？"

　　山岚道："他在舟山最难的时候，有人拒绝承认他的监国身份，拒绝援救他，拒绝接纳他，这个人是郑成功。"

　　文亮道："不接受朱以海，事出有因，我觉得朱以海有错，不能怪郑成功。"

　　山岚道："有人和你一样认为，我正想说这个呢。记得九月初二凤姐的生日那天，有个人误了事，被凤姐打了一顿，要赶出贾府，你还记得是谁吗？"

　　文亮道："周瑞的儿子呀，因喝酒误了事，还不听话，惹凤姐生气。另外，他撒了一地的馒头。"

　　山岚道："馒头是什么？《石头记》里有'人生自古谁无死，终须一个土馒头'的说法。一院子的馒头，让我想到一院子死人。撒了一地土馒头，大概就是死了很多人，或者丢了阵地之类的，比如九月初二的舟山战役。"

秦明道："你的'孤舟蓑笠翁'，就是独守舟山的朱以海？'独钓寒江雪'就是无情无义的郑成功？"

秋真道："对呀，凤姐要罚他，将他赶出贾府时，是赖嬷嬷面子大，她能当了凤姐的家，才给周瑞家的说了情，凤姐就给她这面子，饶过了她儿子。"

文亮想了想道："还真是，舟山失陷后，郑成功确实收留了朱以海。"

秋真道："周瑞家的是王夫人的陪房，尽管犯了大错，也得给面子不是吗？朱以海再有错，毕竟是王家人。"

秦明道："连九月初二撒馒头，你都找到事件了，那九月十四日呢，又是怎样的日子？"

山岚道："暂时没找到。"

芸轩道："那晚风雨夜，宝钗让个蘅芜苑的婆子来送燕窝，却透露了蘅芜苑内每个夜晚的景象。

"收下燕窝，黛玉笑道：我也知道你们忙。如今天又凉，夜又长，越发该会个夜局，痛赌两场了。

"婆子笑道：不瞒姑娘说，今年我大沾光了。横竖每夜各处有几个上夜的人，误了更也不好，不如会个夜局，又坐了更，又解闷儿。今儿又是我的头家，如今园门关了，就该上场了。

"似乎感觉，宝钗那里的下人们开赌成了气候，轮流做头家。薛宝钗每晚做针线也到三更天，她能不知道这些事？还是不管这些事？

"黛玉这个玻璃人看得明白着呢，也很识相的，笑道：难为你。误了你发财，冒雨送来。命人给她几百钱，打些酒吃，避避雨气。后面，抄检大观园时，禁赌查淫之事，凤姐留了面子，没有查宝钗处，但她却搬出了大观园。"

山岚道："对头，脂砚也说，虽诺大一园，且值秋冬之夜，岂不寥落哉？今用老妪数语，更写得每每夜深人定之后，各处灯光灿烂、人烟簇集。柳陌之上、花巷之中，或提灯同酒，或寒月烹茶者，竟仍有络绎人迹不绝，不但不见寥落，且觉更胜于日间繁华矣。

"此是大宅妙景。我看宝钗的屋内是雪洞，屋外却是最繁华的。可赌博总不是国家之福，黛玉的玻璃心和凤姐的一样，看得透透亮亮的。"

秋真拍手称赞道："功课做得可以呀。"

秦明道："我还以为让咱们来帮着找黛玉的嫁妆呢，她自己找到了。"

山岚得意道："这些日子累死我了，我弄这些可不容易，怎么奖我？"

秋真道："我们天天垒格子也没喊累，只得这两样东西，你也值得请功？还是给我们来壶好茶吧。"笑着，收拾饭碗，一起下楼来。

第四十六回

鹌鹑落釜喋　鸳鸯绝处生

剧组完成了在基地的拍摄，全部撤回了南京。这日一早，芸轩便赶到摄制组小会议室，王导演已经布置完任务，秋真才匆匆赶来。

王导又重新强调一番，道："拍完这一场，拍摄任务接近完成三分之二。为了让这场戏更接近历史真实，除了芸轩的故事情节外，我们还特别请来研究南明史的费教授。

"编剧们都在吧？那好，由芸轩先说一下南京大合流计划的情节，再听听教授的意见。希望大家认真听，也都认真发言。"

芸轩站在会议桌前，打开演示稿，说道："感谢费教授的话我就不多说了。《秦淮烟云》虽是小说，但我们的写作原则是一定要符合历史事实，而我们剧组的拍摄原则也很让我感动。不像其他历史剧的制作理念，为图故事情节的离奇好看，编造一些偏离实际、扭曲历史的情节。

"年轻人看了这样的片子，会整个改变他们的历史观。作为文化传播者，这是不负责的。自开机以来，剧组遍请各路专家，验证事实真相，这种负责的态度和为追求符合历史真相所做的努力让我感动。所以，我对整个剧组同仁表示感谢。"芸轩有些激动地向同仁们鞠了一躬。

又道："这是我画的三张图，是当时张名振指挥水师三入长江口的情形。

这之前先说这个计划的来龙去脉。"

芸轩说得很详细，恐各位看官听她翻腾这些军事事件，一会就不耐烦了，咱又不是剧组的人，没必要听她唠叨，这里就简述一下。

自一六五三年后，几近十年的时间内，南明各方抗清势力大部分被镇压，但清廷也认识到，光靠武力解决问题总不是办法，于是便改变策略，减少武力对峙，委任洪承畴为五省经略大学士驻防南京。

一六五四年夏季来临，也因清军不惯南方暑热，大部分北撤回京避暑去了，留给洪承畴能调集的兵力，全部加起来不过一万余，且需从直隶、陕西、河南等北地，长途跋涉而来，即便这样，来到南京后还水土不服，疾病大作，官兵十病六七。所以，南京的防御兵力非常薄弱。

这一点，费教授也进行了详实证实，当时的江宁府也只有南京的演武场那点水师，兵丁不过二百余人，更是老弱不堪，形同儿戏，且战舰狭小，仅容数人，视大艘船舰，如望高山。诸位看明白没有？清廷在南京的江防出现了严重空虚。

正是在这种情形下，已经投降清廷的钱谦益和姚志卓等人掌握了南京当局的防务情况，发现这真是天赐良机，于是提出了长江战役计划。真是令人激动啊，大明绝好的翻盘机会就在眼前。

当中，有个助手插言道："南明翻盘的机会好几次呢，到最后还不都一样？再好的时机也没用。我看那，南明就像中了魔咒一样，关键时刻就掉链子，真是奇了怪了。"

芸轩继续讲。

当时明军的情形又是什么样子呢？三大主力部队都虎视眈眈。一是东南沿海郑成功的水师，包括他收编的鲁监国的张名振部，计十万人；一是西南的大西军孙可望部，有二十万人；还有广西的战神李定国部，也有四万人。这三大主力，是当时南明最有生命力和战斗力的全部兵力，且分布在长江沿线的上下游。

于是，有战略眼光的人就会发现，趁着清军在江南的兵力空虚，南明沿江部队挥师东西合流，水路、陆路齐头并进，可一举占领南京，夺取半壁江山，而后再图北上。

这真是千载难逢的时机，历史证明，这也是南明翻盘的最后一次机会。钱谦益和柳如是夫妇积极联络东西两方面的南明军队和内地反清义士；他们还散尽家资，组织义师，亲自参与制定了这一重大的军事行动计划。

对于这个宏大计划，原鲁王的张名振水师，全力以赴。他们认为这个方案非常可行；西南的孙可望部，也作出了相应的回应，支持这个战略部署。

有人问："可为什么又失败了呢？"

费教授不禁激动地站起来，道："清廷的一些官员，同样看到了潜在的危机，如刑科右给事中张王治，就在一件奏疏中大声疾呼：江南为皇上财赋之区，江南安，天下皆安；江南危，天下皆危。有人不禁问，如此关乎全局的重大军事行动，为何最终流产了呢？我告诉诸位，问题就出在这三大势力身上：郑成功、李定国、孙可望。

"若单看他们每个人的抗清作为，都可圈可点，可把他们放到一盘大棋局中就发现，他们都是下臭棋的高手。

"当时李定国在干什么呢？他致力于邀请郑成功一起占领广东的计划。而郑成功呢，为了扩张自己的军事实力，能够到清军占领区征粮补充军需，便制造与清廷假和谈现象，忙着和金人蜜月和谈，要地盘。等九月下旬和谈破裂时，再派兵出击，却一切都晚了。

"李定国的新会战役也早已结束，且以失败告终，李定国部损失惨重，从此一蹶不振。

"再说孙可望更可笑，忙着要取代永历帝，欲自行登基当皇上呢。被他派出的刘文秀部，怕永历帝出事，滞留天柱，观望半年之久，等永历帝这边解除警报，整整耽误了一年之久。

"倒是张名振部的水师，从一月到十二月，三入长江，最后一次入江，是十二月份。最后这一次，虽然郑成功和谈已破裂，也参加了行动，但终因不见孙可望部队有任何动静，皆劳而无功地返回西南。

"至此，三入长江的大动作，清军已经察觉出意图，且拖拖拉拉地有一年之久，给了人家充分的准备时间。于是清军急调兵力加紧防务，等刘文秀部到达指定位置时，一切战局形势已时过境迁了。清廷加紧防卫部署，刘文秀部在没有水师的配合下，大败而归，大合流计划宣告流产。"

费教授又恐怕细节有差异，又喊其他人讨论了半天，重点把郑成功与清廷和谈的情况做了更细致的交流。费教授告诉大家，和谈期间，郑成功父子多有书信往来，且来往的使臣中也有郑成功的弟弟。

其中，他给郑芝龙的一封回信中说：违侍膝下，八年于兹矣。但吾父既不以儿为子，儿亦不敢以子自居。盖自古大义灭亲，从治命不从乱命，儿初识字，辄佩服《春秋》之义。自丙戌冬父驾入京时，儿既筹之熟，而行之决矣。

弟弟来见他，跪下涕泣泪涟称：父在京许多斡旋，此番不就，全家难保，乞勉强受诏！

秋真向芸轩窃窃私语："怪不得黛玉的《秋窗风雨夕》里离别情绪那般凄惨。此番不就，全家难保，真是很难抉择的。"

芸轩朝她做噤声状。

费教授道："郑成功曾对其弟说：尔凡子未知世事！从古易代，待降人者多无结局，惟汉光武不数见。父既误于前，我岂蹈其后？我一日未受诏，父一日在朝荣耀。我若苟且受诏削发，则父子俱难料也！尔勿多言，我岂非人类而忘父耶？个中事，未易未易。"

秋真道："亡国之人，都有光武刘秀情结，现实是，历史上只有一个光武帝。"

芸轩忙又制止她，继续听教授道："九月份和谈期间，其弟来往于他和使者之间，约定见面日期。不料清使于十七日到了安平，却不敢住在郑成功为他们准备的报恩寺内，哨马四出，布防山坡，举动十分疑忌，让郑成功很是反感。其弟苦求多次，继以痛哭，可谓无所不至，却也没能让郑成功回心转意。

"最后，郑成功说：兄弟隔别数载，聚首几日，忽然被挟而去，天也！命也！夫虎豹生于深山，百物惧焉，一入槛阱之中，摇尾而乞怜者，自知其不足以制之也。

"夫凤凰翱翔于千仞之上，悠悠乎宇宙之间，任其纵横而所之者，超超然脱乎世俗之外者也。兄名闻华夷久矣，用兵老矣，岂有舍凤凰而就虎豹者哉？

"惟吾弟善事父母，厥尽孝道，从此之后，勿以兄为念。万一吾父不幸，天也！命也！儿只有缟素复仇，以结忠孝之局耳。"

秋真悄悄道："不愧为历史教授，我几乎听不懂，可郑成功说父兄投清，是舍凤凰而就虎豹，和黛玉一样看得透彻，宝钗那里就是个赌徒窝子，有什么好？"

结束座谈会，跟秋真回到化妆间，里面熙熙攘攘的一群人。冰儿正在试妆，见她二人进来，笑着问："岚子呢，怎么没跟了来？"

秋真笑道："你有口福了，捎信来，中午让你回去，说要给你做好吃的。"

冰儿一听高兴道："好呀，好呀，几点走开，我早饭还没吃，正饿着呢。"果然，回到茶轩，山岚和小妹做了一桌子好吃的。

冰儿也没等别人让，手还没洗一下，就拿手捏着吃，等大家坐定，山岚端来一盘奇怪的菜，放到桌子当中，几个人细细地看了会，只见样子像是鸽子，但个头小些。

冰儿忙问："你这是什么，黑乎乎的样子，好吃吗？"

山岚道："这个菜，是有人替你准备的，叫我找遍整个南京才买到，稀奇着呢。名字叫炸鹌鹑，吃没吃过？"

冰儿道："没吃过，什么人替我做这么一道菜，我欠你们炸鹌鹑吗？"

芸轩道："你不欠，但钱谦益和柳如是夫妇欠，你不是柳如是吗？我就自作多情地替你做了。"

冰儿道："芸轩，你的剧本中可没有这个节目，是新加的吗？"

芸轩道："哪里是我，她这几天帮我搜集素材，就疯了，比我还上瘾，谁知道她葫芦里卖什么药，咱们边吃边聊。"

山岚道："你们是不是马上要拍长江大合流计划？我就是配合一下，让冰儿多了解些剧情而已。"

冰儿道："这样了解剧情敢自好，比光拿历史素材讲大道理有意思。大合流计划和你这盘炸鹌鹑有关吗？"

山岚道："怎的没关呢，钱谦益等发起的长江大合流计划，就是《石头记》里的炸鹌鹑计划。"大家听了，哈哈大笑起来。

秋真骂道："痰迷心窍的岚子，真是失心疯了，这么乱联系，好没道理。"

山岚道："吃着，吃着，先堵着你那嘴，再听我说思路。"遂说道："这事说来话长，不过可以长话短说，先从尴尬人说起。话说《石头记》里出现了一位特殊人物，就是尴尬之人邢夫人，为啥叫她尴尬人呢？因她做了一件尴尬事。"

芸轩道："好吗，亘古少有。能亲自出马为丈夫找小老婆，就算是不违背三从四德的伦理，也够使得了。"

秋真道："这样的事，还找儿媳妇凤姐商量，情何以堪？丈夫相中的人，又是自己婆婆的丫鬟，弄个下人来，与己同侍一夫，自己还想办法跑上跑下地张罗，凤姐怎么想？公公讨小妾，婆婆当媒人，是挺尴尬的。"

山岚道："没让你们说这些，我只问你们，尴尬人身上啥特点，我好和真人对比起来。"

芸轩道："啥特点？邢夫人无儿无女，是个填房，虽然是荣府长房，却没多少地位可言，在婆婆身上只应个景，对孩子更不放在心上。儿女奴仆，一人不靠，一言不听的，俗话说的，就是个老绝户的身份，为人行事可不就不着标调。"

山岚道："这还不够，还得看看贾赦是个什么样人。"

芸轩道："这么胡子苍白了，又作了官的一个大儿子，兄弟、侄儿、儿子、孙子一大群，还这么闹起来。

"左一个小老婆、右一个小老婆放在屋里，没的耽误了人家。放着身子不保养，官儿也不好生做去，成日家和小老婆喝酒。"

秋真道："这个人更不靠谱，整个一个老不正经。"

山岚道："虽说不靠谱，白描的也形象，就有这么个人呢，我只问冰儿，他像谁？"

冰儿听了，想了想，便猜着了三分，笑道："虽说得有几分像，可那人怎么看上鸳鸯呢？"

山岚道："怎么看不上，我一说你就明白。从邢夫人眼里打量鸳鸯，连人家脸上微微的雀斑，都看得清清楚楚。"

冰儿笑道:"你见过哪个美女脸上长雀斑了?好看吗,不过是平头正脸些而已,这个老爷审美有问题。"

山岚道:"鸳鸯鸟,有雀斑的鸳鸯鸟,是不是就是个雀儿呀。穿着半新的藕合色的绫袄,青缎掐牙背心,下面水绿裙子。通身黄绿色,还水绿裙子,像不像一只水鸟。怎么看也不像是五彩鸳鸯,她倒像水滩上的鹌鹑。"

冰儿道:"大老爷看上一只鹌鹑,你的逻辑更好笑。"

芸轩道:"说正经的,邢夫人有句话暴露了秘密。"

冰儿道:"哪一句?"

芸轩道:"邢夫人告诉鸳鸯:你又是个要强的人,俗语说的,'金子终得金子换',谁知竟被老爷看重了你。

"被贾赦老爷看上,就叫'金子换'?什么叫金子终得金子换?金鸳鸯是金子这个毫无疑问,可大老爷是金子吗?"

秋真道:"荣府的大老爷,怎么就成了'金子'呢?说不通啊。"

芸轩道:"也许此时就是金子呢。"

山岚道:"在强娶鸳鸯事件中,他就是金子。就有这么个人呢,你们猜去。"

冰儿道:"不用猜,有个人很符合。"

众人问是谁,冰儿道:"钱谦益。他就属于尴尬人的处境,有娶鸳鸯的贼心,投怀送抱地降也降了,可最后呢?还不是被人家抛弃拒绝了。"

山岚道:"这不就结了,如今又看到时机来临,又撺掇着炸鸳鸯呢。"

秋真道:"《石头记》写王家血史,他又不是王家人,怎么会为钱谦益写一笔呢,有些牵强吧。"

芸轩道:"别急,咱换个角度看看。我先问一个问题,鸳鸯的特点是什么?"

秋真问:"你指人,还是指鸟?"

山岚道:"先说鸟。"

冰儿道:"鸳鸯是成双的忠贞之鸟。"

芸轩道:"鸳鸯于飞,毕之罗之。君子万年,福禄宜之。鸳鸯在梁,戢其左翼。君子万年,宜其遐福。这是用鸳鸯赞美婚姻美满的。

"鸳鸯者,五彩缤纷,翙翙其翔,雌雄相伴,两情相向。可在遭遇危难时刻，它们之间并不是忠贞不渝的，有可能大难临头各自飞呢。鸳鸯是对鸟中相互间最不忠贞的一对，恐怕连绿头鸭都不如，要不哪里来的野鸳鸯一说。"

秋真笑道："其实，古人最早是把鸳鸯比作兄弟的。"

山岚道："快说说鸳鸯这个人吧。"

芸轩道："金鸳鸯的父亲是金彩，哥哥是金文翔，很符合'五彩鸳鸯，翙翙其翔'的特征。咱们这位鸳鸯丫头，这里表现出来的倒是忠贞之举，只不过你们能看出，她对谁忠贞吗？"

冰儿道："我知道，对贾母啊。那是没的说，贾母如果归了西，她都快要殉葬的架势了，还不忠贞？"

芸轩道："这里我就插个曲子，秋真不是一直问，贾母和鸳鸯为何都给刘姥姥衣服吗，在这里等着呢。"

秋真道："我忘了这茬了。贾母给刘姥姥衣服咋了？"

芸轩道："就为了配合鸳鸯的忠贞有所依托。对吧？忠贞之人得有表忠贞的对象啊。贾母就客串了一把金鸳鸯的老祖宗，反正不吃亏，当谁的祖宗都是当。所以呢，贾母反串一把金人的老祖宗，大老爷暂时是金子，也顺理成章，你们说呢？"

秋真道："这个完全同意。鸳鸯的忠贞其实是对国家的忠贞，这个用贾母来作象征很恰当。往上数两代，贾母的位份也该是他们的祖宗。"

山岚道："第二个问题，鹌鹑的特点。"

冰儿道："鹌鹑是成双成对的，只不过喜欢在湖泊边的野草丛中，不像鸳鸯是在水里嬉戏。鹌鹑大约也比较忠于对方，也算是忠贞之鸟吧。"

山岚道："你说的一点没错。这里把炸鹌鹑看成是围剿鸳鸯也合适。"

大家都摇头，说难以想象。

山岚道："那我再问第三个问题，贾府的男人除了贾赦，谁还喜欢鸳鸯？"

秋真道："鸳鸯并不是美人，邢夫人的眼中，给了我们一个特写：蜂腰削背，鹅蛋脸面，乌油头发，高高的鼻子，两边腮上微微的几点雀斑。刚才也说了，算不上秀色可餐的美人儿，而贾赦为何大费周章，发狠劲地强娶鸳鸯呢？是不是因为她掌管贾母的财富？"

芸轩道："原因不会这么简单，娶了鸳鸯去，鸳鸯又不能带走贾母的财富。鸳鸯走了再来一个掌管财富的人，难道贾赦再强娶？说不通的。

"记得早些时候，贾赦病了，贾母让宝玉代表她去看望贾赦，鸳鸯去怡红院叫宝玉那一节。袭人去里屋给宝玉找衣服的空当，宝玉扭股糖一样猴上身，要吃鸳鸯嘴上的胭脂，就是这时候结的梁子。这可以看作宝玉喜欢鸳鸯。"

山岚道："当然，那次贾赦之所以病了，就是因宝玉主动亲近鸳鸯。事实来讲，是当政者达成了联虏抗寇的策略，弘光朝引清人入室，一心想消灭李自成部，让清廷钻了糊涂朝廷的空子，以至于自取灭亡。"

芸轩道："好，再说贾琏，他也爱鸳鸯，你们不记得了？螃蟹宴上凤姐玩笑道：你琏二爷爱上了你。因这句玩笑，凤姐和鸳鸯展开了螃蟹战。最终结局是凤姐被平儿摸了一脸螃蟹黄子，主仆相残，倒成了鹬蚌相争鸳鸯得利。"

秋真道："什么意思？"

芸轩道："还用说吗？贾琏爱鸳鸯一段，影射的是隆武和鲁监国时期的事。由于两派当政者的内讧，才造成了相互内耗的情形。结果刘姥姥睡了宝玉的床，拿走了妙玉的宝贝。也就是说，清军顺利占领江南地区。"

秋真道："正如黛玉说的，母蝗虫荼毒大观园事件才是江南沦陷的大事件。"

冰儿道："我听出来了，依你们说，贾府的男人每次喜欢鸳鸯，都会带来一场灾难，宝玉和贾琏不过就是那么表白了一下，都这么惨。这次贾赦要强娶她，结果不得更严重吗？"

山岚道："哎呀，总算开窍了。就是这个意思，要不怎么叫炸鹌鹑呢。邢夫人一提出贾赦要娶鸳鸯，凤姐马上就说舅母送来两笼子鹌鹑，麻利利就吩咐他们炸去了。

"等邢夫人来到鸳鸯的住处，亲自来求鸳鸯时，凤姐又吩咐平儿去看着人炸鹌鹑去吧。你们都是电影人，都懂蒙太奇，这些算不算？"

冰儿道："曹公才是蒙太奇大家。"

山岚道："要不我再说两幅画面，看谁用这个蒙太奇的法子道出真相。"

冰儿道："你说。"

山岚道："第一幅画：平儿和鸳鸯站在一棵枫树下，坐在一块石头上说话；

第二幅画：宝玉一来，鸳鸯马上趴在石头上装睡。你们展开想象，看想到了什么，我把这情形画了一下，你们看看。"说着，拿给大家画夹子，打开画夹子看时，真是两幅画，虽然画功一般，但意思倒不错。

芸轩端详了一下道："枫树象征鸿运当头，因'枫'与'封'同音，故有'受封'之意；枫叶象征高洁友谊。古时，有猴子爬枫树之说，因枫同封、猴同侯，寓为封侯。

"从这幅画面看，或许是这样的：枫树下的平儿，身份被扶正了，代表一方政权了。鸳鸯和平儿，一块儿站在枫树下，表示二人都受封了，身份一样，都是代表一方诸侯。"

秋真道："说得过去。我还想到一件事，鸳鸯和平儿数算了十二个人，应该是按副十二钗的人名说的。她说：这是咱们好，比如袭人，琥珀，素云，紫鹃，彩霞，玉钏儿，麝月，翠墨，跟了史姑娘去的翠缕，死了的可人和金钏，去了的茜雪，连上你我，这十来个人。实际上，咱们数数，加上她俩是十四个人。"

山岚道："脂砚就着急地提醒咱们呢，这个十二钗有问题，他说呀：余按此一算，亦是十二钗。不是不识数吧？

"可后面，又说了些云里雾里的话，什么：真镜中花、水中月、云中豹、林中之鸟、穴中之鼠、无数可考、无人可指、有迹可追、有形可据、九曲八折、远响近影、迷离烟灼、纵横隐现、千奇百怪、眩目移神、现千手千眼大游戏法也。这么一长串子，什么叫：无数可考、无人可指、有迹可追、有形可据呢，刚才还说数好了，是十二人，马上又说无数可考，这不是自相矛盾吗？"

芸轩道："要的就是这自作矛又自持盾的感觉。无数可考、无人可指，就是说人数不对，是胡乱凑的人数。你们仔细看看这几个人，最可疑的就是这死了的'可人'，什么时候有过这样一个丫头？"

秋真道："倒是秦可卿的小名叫'可儿'。难道鸳鸯把正钗里的人物秦可卿，混算到副钗里了？"

芸轩道："这就叫有迹可追、有形可据嘛，是让咱们追踪到正钗里去。"

秋真道："纵横隐现、千奇百怪、眩目移神、现千手千眼大游戏法，这才是曹公惯用的障眼法。按照每册十二人的说法，多着她二人，这说明她俩不在副册内，都被放到了扶正的位置上。"

山岚笑道："用鸳鸯的话说：就是太太这会子死了，他三媒六聘地娶我去做大老婆，我也不能去。可见她志向远大，我看哪，连正册里的位置，她都看不上。"

芸轩道："如果放到正册里，我倒是觉得，平儿是颦儿，金鸳鸯此时就该是宝钗了。"

大家笑道："炸鸳鸯成了炸宝钗吗？说得更玄了。"

边吃着那炸鹌鹑，冰儿道："是炸鹌鹑好不好。好吃是好吃，就是糊了点。"

山岚道："别光贪吃，说完我的第二幅画吧。"

秋真道："那得联系前后看。既说是围剿鸳鸯，鸳鸯的第一反应好快的。她立刻跑进园子里躲起来，但跟脚进来的正是看炸鹌鹑的平儿，说明她是第一个上阵来对付鸳鸯的人。看她给鸳鸯出的主意，你只和老太太说，就说已经给了琏二爷了，大老爷就不好要了。虽是玩笑，平儿分析得有理，你不去未必得干休。大老爷的性子你是知道的。虽然你是老太太房里的人，此刻不敢把你怎么样，将来难道你跟老太太一辈子不成？也要出去的。那时落了他的手，倒不好了。总之，还是劝她俯就的意思。

"第二位上场的是袭人，她也听了来龙去脉，出的主意，仍是让鸳鸯嫁给宝玉，玩笑中，也是劝她就范的。

"再听鸳鸯的，她说：你们不信，慢慢地看着就是了。太太才说了，找我老子娘去。我看他南京找去！这似乎是担心，担心贾赦去南京找老子娘。

"怎么样？她提到了对南京的担心。再听平儿的分析：你的父母都在南京看房子，没上来，终究也寻得着。现在还有你哥哥嫂子在这里。可惜，你是这里的家生女儿，不如我们两个人是单在这里。

"平儿的分析才是关键，南京是你的家，你是有根的人，早晚会找到那里去。于是鸳鸯又更大地担心起来，说：家生女儿怎么样？牛不吃水强按头？我不愿意，难道杀我的老子娘不成？

"你们看，难道去南京杀老子娘吗？平儿、袭人，到底也没帮她找到保护南京老子娘的办法。所以贾府的三个男人一起上阵，都想娶鸳鸯，不是吗？"

山岚道："三个男人一起上阵，不过是派屋里人来做说客。其实只有宝玉是亲自来了的。他一来，鸳鸯就趴在石头上装睡，这个画面美不美？宝玉就是块石头呢，鸳鸯趴在石头上，想象成趴在宝玉身上，未尝不可。

"然后，宝玉说：这石头上冷，咱们回房里去睡，岂不好？说着拉起鸳鸯来，又忙让平儿来家坐吃茶。石头冷，拉她回家睡觉，这举动可是让我目瞪口呆呢。怎么样？这次围剿鸳鸯，最出力的三个男人中，只有宝玉有实际行动，这样说，对不对？"

秋真玩笑道："说这样的话，你怎么不脸红了，不过好像是这样。可鸳鸯的态度是决绝的，且对自己的嫂子，痛骂是个'九国贩骆驼的娼妇'，可见她对这种倒卖国家利益的人，是多么厌恶。"

冰儿道："那她说的：宋徽宗的鹰，赵子昂的马，都是好画儿。又怎么说？"

芸轩道："这说起来远了，谁都知道，宋徽宗是南宋的亡国皇帝，善画鹰；赵子昂是宋皇帝的宗亲，在南宋灭亡后，出仕元朝，被人看不惯，这人善画马。咱们知道，元朝是第一个异族统治汉人的朝代，南宋的灭亡，比南明的灭亡还惨烈。"

秋真道："历史总是惊人的相似。崖山海战，地点也是新会，同李定国的新会之战一样惨烈，就不提了。"

冰儿道："讲讲吧，咱也了解一下新会之战不是。"

芸轩道："人生自古谁无死，说的是文天祥，他在海丰兵败被俘后，张世杰带着大军，继续作战，直到战船皆沉，走投无路的南宋残部，最终决定在崖山决战。

"此战，以失败告终，陆秀夫背负刚满八岁的小皇帝赵昺，跳海而死，随着赵昺和陆秀夫殉国的，有赵宋皇族八百余人，相传，有十万军民跳海殉国，至此南宋彻底灭亡。"

秋真道："赵子昂虽是赫赫有名的大文豪，可有些文人对其投靠元朝的行径表示不齿，认为是叛徒所为。鸳鸯这话也表明了她的立场，说画虽好人不怎么样，如同人们把长水痘说成是状元豆一样，虽然叫喜豆，但得了这喜豆，会有生命危险。"

冰儿道："奥，她是骂那些投降清朝的汉人，就算是给人当了小老婆，别高兴得太早，还不知道是不是喜事呢。"

秋真道："好个鸳鸯，平儿和袭人开玩笑劝她，她也借着开玩笑骂这二人：别自为都有了结果了，将来都是做姨娘的。据我看，天下的事未必都遂心如意。"

冰儿道："我记得她还有几句专门骂小老婆下场的，更厉害：怪道成日家羡慕人家女儿做了小老婆了，一家子都仗着她横行霸道的，一家子都成了小老婆了！看的眼热了，也把我送在火坑里去。我若得脸呢，你们外头横行霸道，自己就封自己是舅爷了。我若不得脸败了时，你们把王八脖子一缩，生死由我。"

秋真道："人家横下心就算一死，也不会做小老婆，好有志气的忠贞鸳鸯。难怪她嫂子说，别牵三挂四的。俗语说，'当着矮人，别说矮话'。姑奶奶骂我，我不敢还言；这二位姑娘并没惹着你，小老婆长小老婆短，大家脸上怎么过得去。

"虽然鸳鸯解释自己说话造次，平儿、袭人也自我开脱不心惊，但鸳鸯骂的确实对。真是，投降了她，帮她打了天下，她还瞧不起你，骂你。哎呀，这就是叛徒的下场，可怜的小老婆们。"

冰儿道："如果真是在围剿鸳鸯，为什么他们不一起上阵，还一个一个地来？更有意思的是，大家跟躲猫猫一样，看上去像是螳螂捕蝉黄雀在后的味道。说什么宝玉后面还能找出两个来，这能叫围剿吗？也没消灭了她呀，最后她还不是好好的？"

山岚道："不像是螳螂捕蝉的味道，像是偷偷摸摸的味道。平儿的口气：咱们再往后找找去，只怕还找出两个人来也未可知。好像宝玉后面，应该还有两个的。"

芸轩道："说明连上宝玉，该有三个人或者有三次攻击行动才对。只可惜，宝玉说，后面再没有什么人了，有一种不见后来人的感觉。"

秋真自言自语道："偷偷摸摸，像是哪场围剿行动？"

芸轩马上说道："多明显，不就是那场军事行动，张名振三入长江战役吗？"

冰儿道："咱们刚排练的那场？"

秋真道："可不是吗。就是由南明遗臣钱谦益等人策划的长江大合流计划。偷偷摸摸干事的，就有两个人呢。郑成功和清廷偷着和谈，孙可望偷着准备当皇帝。实际执行者，只有鲁监国的水师张名振部，他等来等去，可不就是后面再没有别人参战，没人支援他的。整个过程下来，不就是平儿亲自看人炸鹌鹑，又是第一个上阵的吗？"

冰儿道："如果是长江会师计划，不光有钱谦益的份，还有我柳如是参与来着。这么说，我们真被写进《石头记》里了？刚才有这个念头一闪，我还不信呢。怪不得曹公这里，老讲邢夫人身份尴尬呢。起先我还闹不懂，觉得似是而非的，这可找到落脚处了。"

山岚道："这位老明臣还是东林党魁、江南文人领袖、江左三大家之一、郑成功的老师，却投敌仕清，成了鼎鼎有名的贰臣，标准的金子。这么胡子苍白了，又当了官的一个人，做什么左一个小老婆、右一个小老婆放在屋里，没的耽误了人家柳如是。放着身子不保养，官儿也不好生做去，成日家和小老婆喝酒。是你吧？说你老公呢。"

冰儿见笑她，就拿个鹌鹑朝山岚扔过来。山岚笑着，站起来躲开道："我看，你们的《秦淮烟云》从这里起，也和《石头记》会合了吧。"

秋真道："想一出是一出，是不是的你就乱说，万一不对头呢？"

芸轩道："钱谦益的身份的确尴尬，是金子，却又想反清复明。倒是降清再复明的人，也不止他一个。那个年代这种事也多了去，咱就先按这个思路走，不对了再回来。"

秋真道："我倒有个法子能自圆其说。说这人有钱谦益的影子，虽也有些道理，但贾琏说，郑彩在南京看房子，痰迷心窍，那边连棺材银子都赏了，不知如今是死是活。

"鸳鸯也有话说：牛不吃水强按头？我不愿意，难道杀我的老子娘不成？

她的老子娘在南京很危险，大家也一直隐隐约约地说到南京，我就想到了另一个人。"

山岚问是谁。

秋真道："洪承畴啊，他驻扎南京，不就是在那里看房子吗？正是防务空虚，给人可乘之机，才被人围剿，现在正不知死活呢。"

山岚道："金子换金子在这里呐！洪承畴是金子，钱谦益也是金子，又都是枫树下刚封的一方诸侯，也是被捧上位的小老婆，原来炸的鹌鹑，是他呀！"

秋真道："对头，他是金鸳鸯领导下的金鹌鹑。能为洪承畴写一笔，就有钱谦益的一笔，这也可以的。凤姐这样的正经主子，式微如永历帝，才有了钱谦益这些像平儿身份一样的人，显山显水起来，'鸳鸯偶'里，藏着鹌鹑们的事呢，可笑这里来了个'双金缘'。"

山岚道："还不是绝处逢生，这么多人围追堵截，想剿了鸳鸯。结果呢，鸳鸯拒婚，胜利突围。你们听那段台词：我是横了心的，当着众人在这里，我这一辈子，莫说是'宝玉'，便是'宝金''宝银''宝天王''宝皇帝'，横竖不嫁人就完了！"

秋真道："金、银、玉、天王、皇帝，鸳鸯说了一个全。自己是金，怎么还不嫁金呢，想证明什么？"

芸轩笑道："她就是金，怎么嫁金？她就是天王皇帝，怎么嫁皇帝？银人儿和玉人儿就算了吧，她确实不想嫁给他们。"

山岚道："强娶鸳鸯不成，就是强取南京失败，鸳鸯断发，她也为此掉下一缕头发来，并不是毫发无损的。只可惜，虽是天赐良机，怎奈明军内部各怀鬼胎。

"孙可望想称帝，郑成功想捞钱保存实力，李定国想占领广东。只有张名振部三次进入战场，早晚也没等来后援。记得第一次入江时，登上金山寺，他还遥拜明孝陵，并赋诗一首，怎么说来？"

芸轩吟道："十年横海一孤臣，佳气钟山望里真。发如此感慨，等待十年的机会，他以为取了南京，指日可待，成竹在胸了，可惜，可惜。"

山岚道："有一事不明白，果真剿鸳鸯的话，贾母的反应怎么是那样呢，气得浑身乱颤。口内只说：我通共剩了这么一个可靠的人，他们还要来算计！你们原来都是哄我的！外头孝敬，暗地里盘算我。有好东西也来要，有好人也要，剩了这么个毛丫头，见我待她好了，你们自然气不过，弄开了她，好摆弄我！这个意思，又怎么解释呢？取南京，她老人家不该高兴吗？"

秋真竖起大拇指，笑道："好问题，但这个好理解，问题就是最后这句话：弄开了她，好摆弄我，意思是收复了南京，再图北京，然后恢复大明王朝，再来找到我这个老祖宗。不对吗？"

芸轩道："别胡说，其实贾母真很生气，气得浑身乱颤，也是实情。她老人家真正气的人，应该是王夫人，暗地里抢贾母的人，也只有她，想摆弄开她的人，也是她。贾母说的这些事，她心知肚明，她一言不发，是因被贾母说中了错处。虽说事后，贾母一再强调是老糊涂了，但确有指桑骂槐的嫌疑。"

秋真道："还不是该骂，王夫人是贾府的真正掌门人，从制定联房抗贼的策略开始，她就是金玉缘的策划和执行人。她不遗余力和贾母支持的木石盟展开无休止的较量。南明数次翻盘的时机，都是在她一次次战略决策失误中错失，包括这次，这么好的时机，连个小小的鸳鸯都收拾不来，这种孝顺有什么用。"

冰儿道："哎呀，这次机会有多好，你们是知道。三大主力加上各地义师，少说也有三四十万的兵力，清廷却只有万把人在江南防卫。南明最后一次翻盘的机会，永历朝就这么白白错失了，老祖宗真该伤心欲绝了。"

山岚道："就是，邢夫人也是愚蠢的，叫凤姐过去，就是为商量这件事。可凤姐不想配合，邢夫人也不等意见统一，就私自开始行动。"

秋真道："凤姐更好了，为了洗脱嫌疑，竟然让平儿躲开，邢夫人单独行动的结果，肯定是打草惊蛇，让鸳鸯有了思想准备，并有了应对方案。

"用探春的话说，大伯子娶小媳妇，哪有告诉弟媳妇的理。实际情况，这么大的事，没人和朝廷商量，没人告诉王夫人，王家人简直就是摆设，贾母能不生气吗？"

芸轩道："表面看起来，是被贾母误会冤枉了，如果放到历史层面看，这么大的军事行动，三入江口，多大的动静？永历朝廷干什么去了？怎么不统一指挥，抓住机会呢？但反过来想想，当时的朝廷像个木头傀儡般无力作为。所以贾母才觉得，那样抱怨王夫人，也有些错怪了她。"

秋真道："怨也怨了，骂也骂了，不用说了。我看哪，这场围剿鸳鸯的战役，失败的罪魁只有一个就是宝玉。"

山岚道："你就信了？"

秋真道："怎么不信，只是有些怪，贾母骂完王夫人，没有人敢上前去应承。李纨一听见鸳鸯的话，早带了姐妹们出去；薛家母女不方便争辩；凤姐，宝玉一概不敢辩。探春是个明白人，为王夫人做了开脱。可最后，还不是宝玉磕头认了不是吗？"

山岚道："宝玉是替贾母磕头认错，这事，我看着也别扭。王夫人怎能让宝玉替贾母磕头呢，简直是过分。"

芸轩道："贾母装糊涂，借题发挥骂她，她也装糊涂，认了贾母的不是，还接受了宝玉的磕头，这其中有奥妙。"

秋真道："这个奥妙处，我也看不懂了。当时只有宝玉亲自出马，还把鸳鸯拉到了他屋里，只他还有些作为的。"

山岚道："像你说的，鸳鸯并不是毫发无损。可为何他反而有了不是呢？三入长江战役，我不知道详情，这怎么解释？"

秋真道："情况确实如此。张名振三入江口，均无功而返，浙系和郑成功系都对他表示不满。郑成功为了达到收编张名振部的目的，打算用这件事做借口，就降罪与他，借机收复了舟山。为此，张名振郁郁寡欢，再加上一六四八年舟山战役中失去了亲人，国恨家仇一齐袭来，他于三入长江战役后不久，就病逝军中了。"

山岚道："原来这样啊，这么大的失误，一定有个顶缸的人，竟落到他头上。明白宝玉的举动了。"

芸轩道："可不是，单看贾母对邢夫人的态度就知道了。看上去，贾母对求娶鸳鸯一事那样的雷霆之怒，借机大骂邢夫人，及至见了邢夫人，却变得和风细雨。

"她老人家这样说邢夫人：他要什么人，我这里有钱，叫他只管一万八千的买，就只这个丫头不能。留下她服侍我几年，就比他日夜服侍我尽了孝的一般。言外之意，老祖宗支持他收小老婆的行动。"

秋真道："支持他收小老婆，但不支持他娶鸳鸯。"

山岚道："你还想犟，只有最后一招了，我且问你，大合流之战发生在哪一年？"

秋真道："一六五四年一月到十二月间。"

山岚道："赖嬷嬷为赖尚荣过生日，说出了一个时间段，就是二十岁、三十岁和十年间。比较郑成功的生日，算出十年后，他三十岁时，正是一六五五年左右。时间细节和事实，不是严丝合缝的吗？"秋真听了摇摇头。

冰儿道："鹌鹑也吃完了，饭也吃饱了，不管是不是胡说，你的炸鹌鹑味道不错。但你不是替我请的，是替柳如是，我代表钱谦益夫妇谢你了。

"虽说大合流计划失败，可她们散尽家资，支援抗清，也问心无愧了。我都亲自到前线慰问军士们了，以后再有这等的好事，允许你再叫我来。"秋真笑说，头回听冰儿这样说话，酸得让人掉了牙。

山岚笑道："冰儿，你既饰演了柳如是，我也敬服你，我替你炸鸳鸯，也替曹公送你一段话。"遂吟道：

> 裹脚与缠头，欲觅终身伴。
>
> 顾影自为怜，静住深深院。
>
> 好事不称心，恶语将人慢。
>
> 誓死守香闺，远却扬花片。

秋真笑道："真能胡诌。顾影自怜，远却杨花。这诗是曹公给柳如是的吗？"

芸轩道："我以为是，我也送几句。"也对冰儿吟道：

> 蘼芜清芬新初叶，彩凤秋深舞飞蝶。
>
> 柳絮陌陌春白头，东风已取残红落。

第四十七回

白雪阳和曲　心事与谁诉

大家正闹着，听外面有人喊，原来文亮他们来了。文亮进门就抱怨，有了好东西吃，单不叫她，叫先别收拾了，她还没吃饭呢。一面说，跟个饿鬼似的找吃的，幸亏还有些，只是炸鹌鹑还剩下一只。

山岚道："能赶上残局就不错了，难舍最后一只，能尝到就有幸。"

文亮拿起来看了看，笑道："这是什么东西，能吃吗？谁家喜欢吃这个。"

秋真道："是鹌鹑，好吃着呢。"

文亮道："怎么想起吃这个东西来，谁的手艺？"

秋真笑道："她们正在商量着围剿鸳鸯，你吃着，也听听有没道理。"话音刚落，前后又进来两个人，一个是冯玉，另一个人中等身材，体态匀称，面貌英俊。一进门就问道："冰儿在哪里？"

既看到冰儿，又指着她道："你太不像话了，找我来对戏，一回头偏不见了踪影，让我在那里傻等半天，你倒好在这里好吃好喝的，白耽误我工夫，怎么补偿我？"

冰儿见了，马上赔笑道："该死，该死，一坐下就忘了时间。原来没想要出来，是她们用炸鹌鹑哄我来着。来来来，你也坐下尝尝。"

山岚才反应过来，你道是谁，原来是曾饰演过柳湘莲的杨枫林。山岚是他的铁杆粉丝，见了他，便悄问秋真，才知道导演组刚请来的，这次来饰演郑成功。文亮也羞怯地蹭过来，要让枫林签个名，合个影。

冰儿道："别大惊小怪的，先让他吃点东西，省得又骂我。对了，你俩怎么撞到一块了，怎么知道我在这里？"

枫林笑道："你的行踪能瞒住谁？再说，这红豆馆如今可是赫赫有名的所在，你们个个大名鼎鼎的呢。冯玉说到这里来准找到你。"

山岚忙让二人吃东西，又要去准备些。冯玉道："你还真关心我呀，不过可惜了，我们吃过了。"

山岚、文亮就忙着和枫林合影，冯玉坐在冰儿边上，看着文亮继续吃饭。

冰儿道："老杨，先别对戏了，我这里刚听出些意思来，再坐一会吧。"

枫林道："什么话题能吸引你？"

芸轩笑道："乍听上去很无聊的。"

山岚赶忙收拾了茶具，煮了一壶小青柑普茶，配上自己亲取的泉水，又给他和冯玉每人一个自斟壶。枫林嗅了一下茶香，沉醉道："从没体验过的清香，评价不得。"

秋真道："这是什么待遇，重色轻友。他们又不是品茶雅客，没得糟蹋了好茶好水的。"

枫林道："你这是嫌弃我不会品。听说红豆馆的茶是自己手艺做的，光水就有几十种，喝法更是千奇百怪的。今日一见，果然名不虚传。还听冰儿说，你们这营生挺有意思的，我是第一次听，无聊也罢，你们尽管说，权当没有我，好不好？"

冰儿道："那我们可说了，你老老实实听着就行。"

芸轩道："刚才说到哪里了？"

山岚道："关于贾母派不是，那个奥妙谁能说清？贾赦让邢夫人帮着娶鸳鸯做小妾，贾母听了生气，合家都有了不是。从头看，贾母先派给了王夫人，骂王夫人糊弄她，先弄走她的人。探春帮着解释，说朝廷不知道这事。

"贾母觉得抱怨错了，之后又怨宝玉和凤姐，不提醒着点自己，以至于冤枉了王夫人，让宝玉代表自己给王夫人赔不是。这里面奇怪的是，众人都有不是，唯独当事人大太太没有不是，不知贾母这是想要个什么效果。"

芸轩道："是个蹊跷事。其实都有不是的，并不是宝玉说的统共一个不是，我娘不认却推谁去？最高超的是，所有不是却让凤姐反派给了贾母，这才出乎意料。"

文亮吃着，道："我觉得吧，'不是'该派给王夫人。"

山岚道："怎么说？"

文亮道："贾母刚才抱怨，我通共剩了这么一个可靠的人，他们还要来算计！这话对了。"

山岚道："对吗？贾母近前有八个大丫头呢，怎么只有鸳鸯可靠了？"

文亮道："按贾府规矩，贾母该有八个大丫头，但最主要的丫头只有袭人和鸳鸯。王夫人把袭人收在自己名下了，说给贾母再补一个的，可一直没再说补人的事。还有，鸳鸯数了十几个大丫头的名字，应是副十二钗名单。仔细看看名单你会发现，明的暗的，反而王夫人的人最多。

"我数数你听听，贾母的八个大丫头，翠缕给了湘云，紫鹃给了黛玉，袭人给了宝玉后，又成了王夫人的，可人是谁的人不知道；

"按规矩王夫人该四个的，但从实际情况看，加上袭人，去掉死了的金钏就是四个。可怜的贾母，真就是只剩下鸳鸯、琥珀两个了，如果鸳鸯走了，就只有一个了。

"所以，贾母借着贾赦要人这事，一定想起了王夫人拉走袭人一事。你的人已经够多的了，还来弄我的人。这才借题发挥，向王夫人发难。

"说：你们原来都是哄我的！外头孝敬，暗地里盘算我。有好东西也来要，有好人也要，剩了这么个毛丫头，见我待她好了，你们自然气不过，弄开了她，好摆弄我。这才是事实，王夫人这样做了，没冤枉她。"

山岚道："又重提这个事，我们刚才已经议到这里了。"

芸轩道："等等，既然文亮说的对，王夫人是真有错，她竟敢接受贾母的道歉？我觉得王夫人接受道歉才是机关。你们看她，还装模作样地收了宝玉替贾母的磕头。这个王夫人不简单，不显山不露水的，竟凌驾于贾母之上，难道她想翻天了不成？"

又沉思了一会，自语道："对呀，她想干什么？"

文亮道："她想干啥，我还看不出来。前面我也不知道你们说了啥。但每次看到贾母骂人这段，我就搞不懂。她老人家怎么想的，雷霆震怒后，发生了奇怪的一幕。"

秋真道："有什么奇怪，一起说出来。"

文亮道："王夫人挨了骂，宝玉替贾母向她认了错，事情似乎就该结束了，可事件的始作俑者邢夫人才姗姗来迟，竟像没事人儿一样，还来贾母处打探消息。众人都躲出去了，怕邢夫人脸上过不去，就都找理由走开了。按常规，趁着没人，贾母一定对着她连说带骂。

"可奇怪的一幕就发生了，贾母见到邢夫人，竟是和风细雨地谈心。唠唠叨叨一大堆，说的都是大实话。客观公正，让人叹服，却没有发半点光火。最后，竟让贾赦花八百两银子，搜求个十七岁的嫣红收在屋内。你们不奇怪吗？"

芸轩道："都清楚了，这事没什么奇怪的。单从邢夫人为贾赦求娶鸳鸯一事看，贾母的确该骂她，可从历史角度看，邢夫人一点没错，错在凤姐和王夫人，甚至贾母也有责任，谁让她把鸳鸯养得那么好呢。"

文亮道："你这不是帮凤姐说话吗，把不是派给贾母，有道理吗？我不懂，你说的我通不懂。"

芸轩道："是吧！你来晚了，没听到。这才是贾母派'不是'一节的绝妙之处！从曹公的字里行间看，即便觉得怪事连连，你也找不到机关。但只要放到真实世界里，就觉可以解释了。我解释给你听听。

"长江战役失败，当论起失败的原因时，咱们发现，这个身份尴尬的人，也就是这个计划的发起者和热心组织者，根本没错。但永历朝廷作为执行者，却有所不为，既不参战，也不发号施令，像根本不知道这事一样，朝廷有不可推卸的责任。

"再深究起来才发现，如果不是自万历四十六年起，努尔哈赤的后金崛起，哪有今天的亡国之难。所以，凤姐说是贾母的'不是'，我认为有道理。就是她老人家把金鸳鸯调理得太好了，正是万历时期放纵了后金，以至于酿成今天的祸患，这样说能懂吗？"

山岚道："难怪贾母这么诚恳地向王夫人认错，还让宝玉磕头！刚才还说王夫人过分，竟受了这个头。贾母的用意原在这里了。她以向王夫人赔罪的方式主动接受惩罚，这的确是历史遗留问题，真了不起的老太太。"说着，不禁伸出了大拇指。

文亮道："那买来的嫣红是谁？"

山岚道："贾母的意思，王夫人多病多痛，凤姐丢下笆儿弄扫帚，显得手忙脚乱的。从某些方面说，就是都不如鸳鸯，鸳鸯的好处一大堆，贾母已经说了，咱就不啰嗦了。说白了，鸳鸯走了，换上'真珠'那样的人也不行，你们都不是鸳鸯的对手。"

文亮笑道："这更糊涂了。"

山岚道："不说你笨，我再翻译给你听。就是说，咱们这个朝廷多灾多病，内部混乱不堪，想征服金国没机会了。就算有机会，像这次的围剿机会，咱们王夫人掌管下的朝廷，连句命令都发不出来，就是那句：你们就弄他那么一个真珠的人来，'不会说话也无用'。"

文亮道："不会说话，就是发不出号令，有意思。朝廷式微，谁听他的号令。是这么个意思，珍珠、袭人，不就是让王夫人弄成她的人了吗？即便她有这么个'珍珠'在手，我睁一只眼闭一只眼，让她掌握着国家大印，她不会说话，有什么用？

"看起来，自珍珠成了王夫人的人那天起，王夫人就超越了贾母，开始左右历史进程了。只可惜王夫人像个没嘴的葫芦，整个朝廷发不出声来，驾驭不了国事，和袭人一个样，老实，木讷，才造成今天这样局面。"

山岚学着贾母对邢夫人讲道理，道："你兄弟媳妇本来老实，又生得多病多痛，上上下下哪不是她操心？你一个媳妇虽然帮着，也是天天丢下笆儿弄扫帚。"

芸轩道："是不是？她有孝心，却没能力，指望不上。"

文亮道："我再请问，嫣红呢，贾母同意贾赦收了十七岁的嫣红，想干啥。"

山岚道:"还不明白?贾母告诉贾赦,你如果还有报国之心,还想征服鸳鸯,还是立足当下吧,你办不了鸳鸯。"

文亮道:"当下有啥可立足的地步?"

芸轩道:"好好经营现今的小朝廷吧,因为她还有十七年的历史寿命呢。"

秋真道:"往前数十七年,还是往后数十七年?"

芸轩道:"你又糊涂,茗玉长到十七岁就死了,这是往前数,是崇祯逝去的十七年。十年后,这里出现十七岁的嫣红,我认为是往后数。"

冰儿怕枫林不耐烦,扭头问他能听懂吗,枫林只管吃茶,静静地听,又摇摇头。

秋真道:"讲完这一堆道理,都听不懂是吧。不如干脆给你们演示一下。"于是,也不管别人同不同意,便学着贾母的口声,命令道:"叫薛姨妈来,我亲自和她斗。加上鸳鸯一起,又能怎样?都一起来吧,看我的。"

文亮已经吃完了饭,收拾了。

又铺下红毡,洗牌告幺,拉上冰儿,五个人要斗起牌来。走过来,看看她们的麻将纸牌,枫林笑道:"你是说,贾母斗牌是在演示一场战役?"

芸轩道:"那当然,不然呢,五个人打牌,牌局就怪。我又想到了鸳鸯三宣牙牌令。虽不确定,只是推测,先坐下再说。"山岚选了位置,先坐下来。

芸轩道:"别先乱坐,你们五个来,我和秋真就不参加了,我俩观战,做场外解说。你们看贾母坐上首,鸳鸯在贾母下手,紧挨着的是凤姐,从凤姐出牌时先问着薛姨妈来看,凤姐后面定是薛姨妈了,对面是王夫人。这种坐法本身就暗藏玄机。"大家都同意,挨次坐下。

冯玉学贾母,道:"叫鸳鸯来,叫她在这下手里坐着。姨太太眼花了,咱们两个的牌,都叫她瞧着些儿。"

秋真道:"如果都让鸳鸯照顾看牌的话,薛姨妈一定坐在鸳鸯下面,鸳鸯的左右一定是贾母和薛姨妈,只有这样,她才能看清两方的牌。

"可实际情况,鸳鸯来了,便坐在贾母下手,鸳鸯之下便是凤姐儿。这样的坐法,鸳鸯看不到薛姨妈牌,有可能看到凤姐的牌,为何说的和坐的不一样?"

凤姐道:"我正要算算命,今儿该输多少呢,我还想赢呢!你瞧瞧,场子没上,左右都埋伏下了。"

秋真道:"凤姐的左右都是谁?上首是鸳鸯,下面是薛姨妈,真是左右埋伏下了,她们各怀心事地开始了,奇怪的是,五个人斗牌,四个人都有语言交流,唯独王夫人一言不发,就像没有这个人一样,气氛好怪的。"

芸轩道:"凤姐的左右,一个是金鸳鸯,一个是薛姨妈,她们都是清方代表,左右埋伏下的是金人。围剿鸳鸯的战役,终于演变成围剿凤姐的战役。这个指挥平儿炸鹌鹑的人,是不是反被鹌鹑炸了呢?咱们拭目以待。"

山岚道:"鸳鸯见贾母的牌已十严,只等一张二饼,便递了暗号与凤姐儿。"

秋真道:"贾母让鸳鸯上场的目的,是想帮着看清薛姨妈的底牌。但事实正相反,贾母的底牌被鸳鸯看得一清二楚。知道了别人的底牌,就有了防备,也可以递出暗号。这暗号似乎是给凤姐的,但心神领会的人其实是薛姨妈。"

凤姐儿正该发牌,便故意踌躇了半晌,笑道:"我这一张牌,定在姨妈手里扣着呢。我若不发这一张,再顶不下来的。"

秋真道:"亦真亦假,凤姐要的牌,可能真在薛姨妈哪里,也未可知。"

薛姨妈道:"我手里并没有你的牌。"

凤姐儿道:"我回来是要查的。"

薛姨妈道:"你只管查。你且发下来我瞧瞧是张什么。"

秋真道:"凤姐也想知道薛姨妈的底牌。贾母要和牌,缺的那张偏在凤姐这里,可假如在薛姨妈那里呢?想必鸳鸯不会发暗号,薛姨妈也不一定给。"

凤姐儿便送在薛姨妈跟前。薛姨妈一看是个二饼,便笑道:"我倒不稀罕他,只怕老太太满了。"

秋真道:"假装也好,真实也罢,凤姐输在自己人手上。"

凤姐儿听了,忙笑道:"我发错了。"

贾母笑得已掷下牌来,说:"你敢拿回去!谁叫你错的不成?"

芸轩道:"打牌过程中,王夫人一言不发,正好应了贾母那句:你们就弄他那么一个真珠的人来,不会说话也无用。这是个不会说话的'真主'。"

凤姐儿道:"可是我要算一算命呢。这是自己发的,也怨埋伏!"

贾母笑道："可是呢，你自己该打着你那嘴，问着你自己才是。"

秋真道："战役的结局有了，凤姐才是最终的输家，也是错误的制造者。自己输了不能怨左右有埋伏，贾母又把'不是'派给了她。说：问着你自己才是。"

贾母规矩是鸳鸯代洗牌，因和薛姨妈说笑，不见鸳鸯动手，贾母道："你怎么恼了，连牌也不替我洗。"

鸳鸯拿起牌来，笑道："二奶奶不给钱。"

贾母道："她不给钱，那是她交运了。"便命小丫头子："把她那一吊钱都拿过来。"

秋真道："凤姐不认输，不给钱，就是交了运。交了什么运呢？是交了厄运，损失将会更大，老本全损失掉再说，这就是教训。从邢夫人计划娶鸳鸯开始，凤姐就动用了浑身解数，躲躲闪闪地防备有朝一日，怕自己吃亏，结果吃亏的人还是她。"

偏有平儿怕钱不够，又送了一吊来。

凤姐儿道："不用放在我跟前，也放在老太太的那一处罢。一齐叫进去倒省事，不用做两次叫箱子里的钱费事。"

秋真道："有自知之明，第二轮失利的人肯定还是她。"

枫林站起来笑道："越说越糊涂，这算什么战役，哪场战役是这样打的？"

文亮也笑道："你俩观战，也得分个角色吧。当时观战的人有两个，一个是邢夫人，另一个是探春。这两个观战的人，又是怎么回事？"

芸轩道："有了，你一提醒就全了，刚才我还不确定。现在看来，这个牌局，确实是那场战役后半部的实施过程和结局。贾母拉来这一局，一定是试图翻转过来的。"

秋真道："对吧，可怎么把这些动作连起来？"

芸轩道："首先，邢夫人发起这个计划，但她不是具体的实施者，贾母亲自斗牌，她只能静观其变，所以站在边上观战。"冯玉问，站在这边的探春呢，又是怎么回事？

芸轩道："探春对凤姐说过一句话：这会子，你倒不打点精神赢老太太几个钱，又想算命。算命，就是测算，就是凤姐和探春的预测和算计。凤姐想让探春预测一下结局，而探春估计的结果，不看好这场战役。所以，她提醒凤姐，别输在老太太手里。"

秋真道："是的。参战的双方，实际就是凤姐和鸳鸯，薛姨妈是请来助阵的。最后的结果凤姐输了，鸳鸯以凤姐不拿钱她就不洗牌为由，要挟凤姐拿钱，并且连上平儿刚给的，一并输了两轮。"

文亮道："那场战役，初入长江的机会最好，等到二次、三次入长江时，清军已经有了充分的准备，才有了左右埋伏一说，不用探春测算，这仗哪能赢？"

芸轩道："凤姐输了，她倒知道为什么输的，可是要算一算命呢，是自己发的，也怨埋伏！这话意味着，是自己的预测出了问题。

"据说，当时清廷的确加强了防备，但兵力也有限，如果不是躲躲闪闪，而是真刀真枪地硬打一仗，清军未必不败，这才是症结所在。"

文亮道："不能怨左右有埋伏，怨清军有防备，不敢打就不敢打。输了，只能怨自己对形势估计不足。"

山岚道："经你这么一说，贾母派了半天不是，这场战役失败的责任，最终归凤姐的估计不足。"

秋真道："是探春估计不足。"

山岚道："最不可信了，她是唯一给王夫人开脱的人，怎么是她？"

芸轩道："别不信，凤姐是参考了她的意见。这还不算，还有另一个人，正往网里碰呢，你们猜是谁？"

冯玉道："还有别人为这事负责吗？这怎么猜出来？"

见众人不说话，芸轩道："不是猜的，是自己碰上来的。平儿放下钱，出去碰上谁了？"

山岚道："贾琏哪，和贾琏有瓜葛吗？别是冤枉了他。"

芸轩道："平儿说他，合家子连太太、宝玉都有了不是，这会子你又填限去？什么是填限去？是替别人担不是。"

秋真道："贾琏不是说了吗：已经完了，难道还找补不成？况且与他又无干，怎么是他呢。"

芸轩道："怎么与他无干，有一段对话泄露了天机。"

秋真道："我知道了，就是那段贾母骂他的话：什么好下流种子！你媳妇和我顽牌呢，还有半日的空儿，你家去再和那赵二家的商量治你媳妇去罢。"说着众人都笑了。

文亮笑道："鲍二家的，老祖宗又拉上赵二家的。"

芸轩道："你说对了，贾母说的就不是鲍二家的，说贾琏和'赵二家'的害凤姐，是另有其事。"

秋真也笑道："可是，我哪里记得什么抱着背着的，提起这些事来，不由我不生气！我进了这门子作重孙子媳妇起，到如今我也有了重孙子媳妇了，连头带尾五十四年，凭着大惊大险千奇百怪的事也经了些，从没经过这些事。"

芸轩道："就是这话里面有个密码呢。贾母这才是把罪魁找着了呢。"

枫林道："你是说贾琏和赵二家的要治死凤姐，和长江战役失败有关吗？你们的想象力太丰富了，想都不敢想。"

芸轩道："你不信哪，我只问两个问题。一个是：提起'这些事'来，让贾母很生气，且这些让她生气的事，从她进贾府到现在从没经过，谁能说清是些什么事。"

文亮道："我分析一下。既然是'这些事'，就不能是一件，先是邢夫人为贾赦说媒，算一件；再就是刚贾母说的，贾琏要治死凤姐。就这两件了，别的没说。"

芸轩道："好。贾琏也说了，第一件事，都是老爷闹的，如今都搬在我和太太身上。是被填限了吧，贾赦没事，反而他和邢夫人有了不是。"

山岚道："那第二件肯定是他。"

芸轩道："贾母还说：大惊大险千奇百怪的事，也经了些，从没经过'这些事'，说明'这些事'比大惊大险还恐怖，即便不是惊天动地的大事，也是让她最生气的。

"第二就是'这些事'发生的时间。贾母说了，自从进了这门子，作重孙子媳妇起，到如今她也有了重孙子媳妇了，连头带尾五十四年。这么多年中，唯有这件事很让她生气，仔细找找。"

山岚道："单看时间没头绪，可这话前面有个词，就是那里记得'背着抱着'的。"

文亮道："我也觉这个词用得很怪，背着是后面，抱着就是前面的意思。"

山岚比画着："如果后面背着一个重孙子，前面抱着一个重孙子，中间那个人可不可以是贾母？"

芸轩道："有理，该这样算这段时间：以贾母为坐标，往前，进贾府做重孙子媳妇开始，往后，现在她又有了重孙子媳妇结束，这两个重孙媳妇在位的时间，应该就是五十四年。赶紧找找，这两个重孙媳妇到底是谁。"

文亮道："我都被你绕晕了。"

芸轩道："我提示了，贾母最得意的重孙子媳妇是谁？"

秋真道："死了的可儿啊。"

芸轩道："你直说朱由检就行，这个重孙媳妇就是他无疑。如果把贾母嫁进贾府的时间看成崇祯登基的时间，就是一六二八年，到崇祯十七年，这个重孙媳妇的时代结束了。又熬了十年，这期间，有非嫡裔的，甚至还有和她同辈的宗亲登上过皇位，到现在说话的节骨眼点上，她的另一个亲重孙媳妇应该在位，大明的血脉才重归了贾母这条正源上，就是朱由榔。"

文亮道："朱由榔的年号直到一六八三年才结束。我算算，从一六二八年到一六八三年，连头带尾是不是五十四年啊。"

山岚掰着手指头算了半天，道："连头带尾，应该是五十五年，怎么多一年呢？"

文亮道："我知道了，不是亲重孙媳妇的有一位，他在位的时间是整一年，扣掉的话，就是五十四年。这同辈同宗的叔辈兄弟俩，正是贾母抱着背着的重孙子媳妇呢。"

芸轩道："换了几茬皇帝，从朱由崧亡，众大臣就开始要迎立桂王，种种原因，根源最正宗的被舍弃，绕了一圈，几个宗源不正的皇帝都亡了，这才又回到了正脉上。所以这个抱着背着的重孙子媳妇，算是找对了。"

秋真道："全了，这两件事连在一起，就能还原当时的历史真相。第一件大事，邢夫人的炸鸳鸯计划失败，错在探春和凤姐错误地估计了形势。站干岸，看热闹，是郑成功之错。后来的北伐，损失最严重的人，还是他。

"第二件大事，贾母的这个重孙媳妇，这一年也出大事了。换句话说，长江战役失败的同时，西南的孙可望正忙着一件不可告人的大事，就是谋朝篡位，欲废除永历自行登基。这也就是贾母口中说的，贾琏要和'赵二家'的又要商量着治死凤姐事件。

"正是这件事让执行长江战役的刘文秀不敢出战，为防止孙可望篡位，在天柱观望半年，致使战机贻误，这才是此次战役失败最根本的原因。"

文亮道："这件事确实惊天动地。自崇祯殉国，虽然世道艰难，国将不国，皇帝换得频繁，甚至还有几个政权同时存在。可不管怎么样，都是朱明宗亲继承大统，没有哪个臣子有篡位的野心。

"只这孙可望，在这种时候，做此不忠之事。所以贾母感慨，什么大惊大险、千奇百怪的事都经历了，唯独没经历过这种事，所以，提起来很生气。"

芸轩道："长江会师计划失败的根本原因确实有两个，西南的孙可望忙着篡位，没心思打仗；东南的郑成功忙着和清廷调情，没兴趣打仗。两大主力部队，都各自忙各自的私事，长江会师就是一个笑话。"

枫林道："哎呦，我才听出点子眉目来，怎么和咱们拍的《秦淮烟云》有换镜头的地方，你们说的这些，到底是《石头记》，还是咱们的戏？"

秋真道："再听听就更奇怪了，一会子只怕还有你呢。"

枫林兴奋起来，道："我演过柳湘莲，当然有我。"

秋真道："哎！也是郑成功。"

枫林道："这两个人风马牛不相及。"

芸轩道："呆霸王调情遭苦打，冷郎君惧祸走他乡。就是你的戏呢，有没有兴趣再演一下冷郎君？"

冰儿道："主意不错，就让他和冯玉来这一段。"

秋真道："对呀，都是现成的，让我来捯饬你俩一下，看看我的功底。"不由分说，拉他俩进屋装扮去了。芸轩又和文亮等商量台词，忙忙地交待了他俩一回。

芸轩道："放鹰这个事怎么表现？前几日，柳湘莲在秦钟坟边上放鹰来着。"

山岚道："放鹰不过是个狩猎活动，用鹰抓猎物，没什么特别吧？"

文亮道："慢着，白居易有一首《放鹰》诗说：十月鹰出笼，草枯雉兔肥。又说：

所以爪翅功，而人坐收之。

圣明驭英雄，其术亦如斯。

"皇帝驾驭臣子，要像放鹰一样，说难听一点，大臣就是做皇帝的鹰犬呢。他在秦钟坟边放鹰，是有寓意的罢，但没法演，咱们明白就行。"

芸轩道："秦可卿姐弟已是逝去的王朝了，可见这柳湘莲崇尚的还是那个正朔。尽管朱由榔和逝去的朱由检同宗同源，但这个人念念不忘的还是秦钟时代，他很愿意做秦钟的鹰人呢。"

枫林化完妆出来，活像英姿飒爽的柳湘莲，笑道："别的我不敢乱说，可说到柳湘莲，我就有发言权了。就说放鹰，俗话说不见兔子不撒鹰。"

秋真道："你就没发现，郑成功也有这特点吗？他和清廷调情的目的，是将计就计，为扩充军备实力，借和谈的机会，在清朝统治区大量征收军粮。如此一来，清军拿他没办法，打不得，和不得。好，咱们开始！"

宝玉便拉了柳湘莲坐下，问："这几日可到秦钟的坟上去了？"

文亮道："注意，是十月一上坟的风俗。"

湘莲道："怎么不去，前日我们几个人放鹰去，离他坟上还有二里，我想今年夏天的雨水勤，恐怕他的坟站不住。我背着众人，走去瞧了一瞧果然又动了一点子。回家来就便弄了几百钱，第三日一早出去，雇了两个人收拾好了。"

文亮道："秦钟的坟被雨水冲了，柳湘莲为何背着人去打理，怕谁看到吗？还是他只能心里挂着这个人，面上不能表现出来？再穷也忘不了秦钟，不明白这是什么情感。"

宝玉道："怪道呢，上月我们大观园的池子里头，结了莲蓬，我摘了十个，叫茗烟出去，到坟上供他去，回来我也问他可被雨冲坏了没有。他说不但不冲，且比上回又新了些。"

文亮道："用莲蓬祭奠友人，还是很有心的。莲蓬和莲花一样，出淤泥而不染。如果这个莲蓬是'湘莲'，就更用心了。宝玉难道是提醒湘莲别忘了旧主，做忠贞之臣吗？"

宝玉道："我想着，不过是这几个朋友新筑了。我只恨我天天圈在家里，一点儿做不得主，行动就有人知道，不是这个拦就是那个劝的，能说不能行。虽然有钱，又不由我使。"

文亮道："真像永历的处境了，原来他不光担心湘莲，也担心自己的处境危险，很不自由，这是向湘莲诉苦求救？"

湘莲道："这个事也用不着你操心，外头有我，你只心里有了就是。眼前十月初一，我已经打点下上坟的花消。"

文亮道："你放心，你心里有就好，我也记着秦钟呢。"

湘莲道："你知道我一贫如洗，家里是没的积聚，纵有几个钱来，随手就光的，不如趁空儿留下这一分，省得到了跟前扎煞手。"

文亮道："柳湘莲说自己很穷，正如郑成功的处境。他的十万兵力，驻守一个金门小岛，粮食极度匮乏，随手就光，真是困难至极。正如宝钗说黛玉的饮食，素日吃的竟不能添养精神气血。黛玉的病，也是因食物匮乏引起的。"

宝玉道："我也正为这个要打发茗烟找你，你又不大在家，知道你天天萍踪浪迹，没个一定的去处。"

文亮道："行踪飘忽不定，更符合郑成功部队漂荡海上的特点。"

湘莲道："这也不用找我。这个事不过各尽其道。眼前我还要出门去走走，外头逛个三年五载再回来。"

文亮道："他说各尽其道而已，难道他和宝玉不能志同道合吗？为什么要离开宝玉？这三年五载的，他想去哪里？"

宝玉听了，忙问道："这是为何？"

柳湘莲冷笑道："你不知道我的心事，等到跟前你自然知道。我如今要别过了。"

文亮道："什么心事不能告诉知心朋友？可见，他自有说不出口的心事。

'如今要别过了'便是'要离'。他想去做'要离'吗？做刺杀庆忌的'要离'那庆忌又是谁？"

宝玉道："好容易会着，晚上同散岂不好？"

湘莲道："你那令姨表兄还是那样，再坐着未免有事，不如我回避了倒好。"

文亮道："原来是他，薛蟠是庆忌？"

宝玉想了一想，道："既是这样，倒是回避他为是。只是你要果真远行，必须先告诉我一声，千万别悄悄的去了。"说着便滴下泪来。

文亮道："此一去，生离死别。他要弃宝玉而不顾。"

柳湘莲道："自然要辞的。你只别和别人说就是。"说着便站起来要走，又道："你们进去，不必送我。"

义亮道："二人见面是偷偷的，离别也是偷偷的，给秦钟上坟也是偷偷的。为何表面上要远着宝玉？因为薛蟠吗？"

二人演完了，坐在一边笑，秋真道："不好，你俩演得太生硬了，没有一点生离死别的柔情。记得闹学堂吗，宝玉和秦钟，人家可是四目勾连，到处放电的，你俩倒好，没演出相好的样子来。"

芸轩笑道："一会儿和薛蟠演出来就行，那二人好的，才让你无法忍受呢。"

枫林道："饶了我吧，我可不演那一出，怪难为情的。"

秋真道："假情假意的算了。芸轩不是有首诗吗，我看就说明一切。"大家听了，都想看看，就催芸轩念出来。

芸轩道："我这是和了曹公的回前诗韵脚做的，别见笑。山岚先说曹公的，再听我的，才比出味道来？"

山岚吟道："不是同人，且莫浪作知心语。似假如真，事事应难许。着紧温存，白雪阳和曲。谁堪比？船上要离，未解奸侠起。"

芸轩接着吟道："阳春白雪，并头莲子奉青冢。同人与共，一曲高古几断魂。放浪俗情，竟作和寡调。与谁和？庆忌之悔，终解奸侠谜。"

众人听了都摇头，根本没听懂。

文亮道："芸轩和的曲子对，这是说的柳湘莲与宝玉之间的感情，是阳春白雪，曲高和寡，天下没人能懂他们之间的语言交流，也不会明白他们和秦钟的心。宝玉将莲子奉到秦钟的坟上，是提醒他要心向正源，人可以行踪浪迹，但心莫飘忽不定。

"薛蟠呢，直接把他看成奸侠浪人、风月不忠者，一心要勾引他。但最终，湘莲做了刺客，行'要离杀庆忌'之举。先假意与之和好，取得薛蟠信任，而后痛打落水猪。"

秋真道："《好了歌注》说：训有方，保不定日后作强梁。自然指柳湘莲做出的前途决择。郑成功先是假和谈，与之调情，是因父兄都在人家手里，他不敢轻动，宝玉当然不明白其心事，担心他会离自己远去，正是柳湘莲说的宝玉哪里知道他的心事；后与清廷反目，选择了忠义，可同时就置父兄于死地而不孝。这些事，世人哪里看得懂。

"他在东南一隅苦苦挣扎，虽然遥俸永历帝，可所作所为总和朝廷之间若即若离。他行的事和父亲一样，是海盗的营生，这两点总让人诟病，也是他最不被世人理解的地方。"

枫林道："越来越有意思了。我知道薛蟠喜欢湘莲是真，他起咒发誓：我要是假心，立刻死在眼前！有你这个哥，你要做官发财都容易。活活就是清廷的嘴脸，对郑成功百依百顺，封官许愿。"

秋真笑道："柳湘莲为表明自己的清白，把薛蟠引到'北门外'的泥塘里，来一个痛打落水猪。这大约就是和谈失败后，围剿南京和北伐之事。"

枫林道："这一段好玩，谁配合一下。"

冰儿道："我来。"

枫林笑问："你可认得我了？"

冰儿先是不应，只伏着哼哼。枫林又掷下鞭子，用拳头向他身上擂了几下。

冰儿便乱叫说："我知道你是正经人，因为我错听了旁人的话了。"

秋真道："他这是为湘莲正名声呢，旁人有些传言，说郑成功不忠不孝的。"

枫林道："不用拉别人，你只说现在。"

冰儿道："现在没什么说的。你是个正经人，我错了。"

芸轩道："我思忖，郑成功对于和谈这段历史，怕是跳进黄河也说不清的。所以他要借薛蟠之口，一再强调，他是清白的。"

文亮笑道："就一再问薛蟠，莫要把他看作优伶一般，看作不正经的浪人，才来勾引。也是说给咱们听的。直到叫好老爷，饶了我这没眼睛的瞎子罢！从今以后，我敬你怕你了。"

枫林道："薛大叔天天调情，今儿调到茅子坑里来了。弄了半天，原来是金人和郑成功的事。可巧，这两个角色我都演过。可让你们这样一弄，我找不到方向了，简直是毁三观哪。"说着站起来，转了一圈，有些无奈地又坐下。

秋真道："我也落伍了，昨天我还列了几个问题，想难为你们一下，这一来不能了。"

山岚道："什么问题让你发现了？"

秋真道："不服是吧。比如这次赖嬷嬷请客，贾母热情高涨，通常这种情况下，凤姐和姐妹们一定会跟着来。可那天，贾母带了王夫人、薛姨妈及宝玉姐妹等。外面有薛蟠、贾珍、贾琏、贾蓉并几个近族，远的也没来，贾赦也没来。从这些来人发现没？薛姨妈、薛蟠、宝钗，薛家人来得最全，且像是他们家的主场，你说为什么？"

山岚道："贾赦是这场鸳鸯戏的始作俑者，强娶鸳鸯没成功，原因之一，就是郑成功在家请客调情，他肯定来不了。且调情的对象是薛蟠，可不就是薛家主场。"

秋真道："没难住你哈！赖大家有个花园，那花园虽不及大观园，却也十分齐整宽阔，泉石林木，楼阁亭轩，也有好几处惊人骇目的。一个奴才家，竟然家里也有惊人骇目的景观，你告诉我说，什么叫惊人骇目处？"

文亮道："这更容易。赖嬷嬷是老封君，家里有花园子，和大观园有得一比。虽然小点，也有泉石林木，也会惊人骇目，应该是大观园之第二个独立王国。赖尚荣家就是国中国的待遇，赖嬷嬷享受贾母的待遇，也是老封君。可见赖尚荣的地位很特殊。"

文亮道："当然是国中国的待遇。永历帝特准郑成功设置六官及察言、承宣、审理等官职，方便施政。郑成功还把厦门当时称中左所，改名叫'思明州'，这大概就是赖家花园子，也有泉石木林，也有惊世骇目处了。"

冰儿对枫林道："真不错，可过瘾了。可时间到了，咱们也该走了吧。"

秋真道："别走啊，听我提最后一个问题，柳湘莲说：眼前我还要出门去走走，外头逛个三年五载再回来。他干什么去呢？为什么要去三五年？"

山岚想了会子道："这个真不知道了。"

秋真笑道："怎样？总被我难住了吧，还是好好琢磨吧，别跟我眼前吹牛了。"

枫林道："我演过这个角色，倒是有些了解他。这个冷二郎和薛蟠打架，让我想到和冯渊的那一架。两场架打得惊人地相似。冯渊好男风，却因一个女人和薛蟠争得不要命；这会子，薛蟠又好男风，可柳湘莲的小厮叫杏奴，我总感觉怪怪的。"

文亮悄悄和山岚耳语："杏奴不就是性奴吗？柳湘莲就是奴才出身，正符合赖嬷嬷说赖尚荣的奴才出身，再放到郑成功身上，更合适。"

芸轩道："《石头记》中有二冷，冷男柳湘莲，冷女薛宝钗。这'二冷'暗藏秘密，这里先不好透露。我只说柳湘莲的名，湘莲者相怜也，和应怜的名字同义，都是惺惺相惜之意。与谁相怜？我只问冰儿和枫林。"

冰儿和枫林对视一下，笑道："关我们啥事？"

芸轩道："柳湘莲三字，怎么看也不像真名姓。冷二郎，二郎神是谁？杨戬，说明柳湘莲姓杨，正如柳如是也不姓柳，也是姓杨一样。

"柳如是，本是性奴，是不是喜欢着男装反串角色？是不是无父无母？是不是文采豪放？是不是眠花卧柳？是不是痛恨清人？柳湘莲身上，或许有一点她的影子呢。"

枫林道："你这么一说，还有些让我信服了。冰儿和我的戏，正是这一段呢。"

冰儿道："郑森是钱谦益的得意弟子，柳如是作为师母，认识郑森公子时，他英俊潇洒，深得夫妇二人喜爱。可钱谦益投清，让柳如是伤心欲绝；郑成功坚持抗清，又让她敬佩至极，且积极参与其中。郑成功和自己的师母，是不是叫二柳相怜，惺惺相惜呀？"

山岚道："二柳相怜，就是柳湘莲，形象得很。"

冰儿道："当时，他们会于崇明岛附近海船上，分析形势，密商计划。"

枫林笑道："《石头记》里，还藏着这样的事。"

冰儿道："我也是半信半疑的，咱们回去碰碰戏，也消化一下吧。"说完，二人告辞出来。

走到门口，枫林回身向秋真道："我已帮你约了松九先生。何时动身，还得另约。别看在你这里是个小角色，他答应了不容易，平日里，他可忙着呢。"秋真应着，送他们出门。

第四十八回

衣冠思南渡　菱香恋华园

　　枫林约了松九老师，接下来十多天，秋真和芸轩陪同松九教授去了一趟南安，去游历郑成功和洪承畴的故乡，借用秋真的感慨：那里真是人文荟萃的诗礼之邦。

　　松九先生本是秋真的大学老师，枫林比秋真高两级，是先生爱徒。因先生从事戏曲研究多年，对洪承畴的一些影视作品也有独到的看法。经秋真几次邀请，才同意出演洪承畴这个角色，二人这才陪老师来南安采风。

　　回到家来，不知为什么，芸轩的心情一下子轻松了许多。也许是十月天气正舒爽的缘故，也许是《秦淮烟云》的拍摄很顺利。傍晚，茶轩只有一两个客人，山岚也不忙，芸轩也来了兴致，与她二人在小厨房一起动手做饭。

　　山岚看她心情好，便不住地问东问西。当听她二人说，有人要在洪承畴故居上建一座纪念园后，惊得直吐舌头，连说道："是拿洪承畴赚钱吗？"

　　秋真道："这也没啥奇怪头，我算看透了，他还真是个人物，历经两个朝代，熬过八位君王。崇祯帝为他罢朝哭祭；南明三帝对他恨之入骨；皇太极为他亲披貂裘；顺治帝对他信之独久；康熙帝对他大功不赏；乾隆帝却钦定他为贰臣。如今，他又登堂入室了，成了家乡人民的爱物儿，咱们这些小小草民，哪能看明白这些事！"

芸轩嘲笑道："他的头衔也多，什么镇压农民起义的刽子手；明朝最倚重的镇国之器；大明王朝的掘墓人；开清第一功勋，正的反的都有，这要看站在谁的立场了。

"谁心里都有自己的那杆秤，谁人不在利用谁，谁人不被谁利用。本就都是些趋利之人，帝王也不例外，哪有什么持公之论。公道自在人心，也值得你奇怪。"

山岚听了不再言语，秋真道："我说松九老师见解不凡吧。虽然从没有演过戏，但这次让他老人家出演洪承畴，我却不担心。这一路走来，我也见识了不少他的真功夫。"

山岚道："你说他是你们学院表演系的教授，他没演过戏吗？"

秋真道："演过戏，但没拍过电影。不过，我一说这个角色，他倒有兴趣尝试，说他正在整理多年研究洪承畴的资料，也许正好发挥得上。教授很是欣赏你呢，说你的见识更独特，回来还问我，何时去他那里做客。若有兴趣，可带你们听听他的课去。"

她二人自然求之不得，秋真辗转和松九教授另约了时间。正巧，学院有一场小型诗歌会，在松九教授的邀请下，芸轩和秋真应邀参加，二人只得做些准备。用山岚的话说，你们俩如今可是小名人了呢。

一切吃食准备就绪，山岚道："你们倒逍遥，临走又是布置一大堆任务给我。不过我也有新发现，你们来之前，我就激动了好几天，什么时间听我告诉你们？"

芸轩拿起筷子道："现在说啊，还等什么？"

山岚边吃着边道："先说薛蟠这次出行，有两个目的，一是因和柳湘莲打架输了，出去躲羞；二是学做正经生意，曹公美其名曰游艺。说起游艺，孔子有一番说辞。

"子曰：志于道，据于德，依于仁，游于艺。老夫子这里的艺，应该是礼、乐、射、御、书、数六艺。难不成这个呆子挨了一顿揍改性了，一个野蛮人竟要崇孔孟之道。

"其次，看看薛蟠带着出游的这些人，里面有个名叫张德辉的人，年过六十。还有薛蟠之乳父老苍头，没说年龄。还有当年谙事旧仆二名。所谓谙事旧仆人，必定也是薛家很懂规矩的老仆人。外有薛蟠随身常使的小厮二人。真是老的老，小的小啊。

"家里更是奇怪，薛蟠一走，薛姨妈身边只有两三个老嬷嬷、小丫头。外头只一两个男子。她把书房里的一应陈设收了，叫那两个旧仆的媳妇进来睡觉。香菱则进了蘅芜苑，整个薛宅有点闭门锁户的感觉了。

"吃饭穿衣亮家当，一向是丰年好大雪，珍珠如土金如铁的薛家，怎么让人觉得不是那么回事呢。宝钗每夜里做针线，丫鬟少得可怜，仆人老得可怜。这感觉，薛家的家底并不富裕。重要的是，老说他们主仆一共六人出行，我怎么数也是七个人哪，你说怪不怪。"

于是掰着指头再算一遍："张德辉、薛蟠、老苍头、老仆人二个，贴身小厮二个，是不是共七个人。奇怪的是，他们出行的坐骑也是六个，其中三辆大车，单拉行李使物。说明这车上不坐人，因有四个长行骡子，薛蟠骑的是铁青大走骡，外备坐马一匹。这样算来，坐骑确实也是六个。没看出来这是为啥？"

秋真先说道："这个好理解，去南安的路上我们也讨论了。先说薛蟠的两次打架，第一次打赢了，得了香菱；这第二次打输了，于是改邪归正。确实是去游于艺，才让香菱得以摆脱魔掌。"

山岚道："他如何游于艺了呢？"

秋真道："去了一趟南安，我就一切明白了，有两个关键人物，你没弄明白。"

山岚道："谁和谁？"

芸轩道："张德辉和丫鬟文杏。"

山岚道："两个仆人有什么特别吗？"

芸轩道："历史上真有这么一个人物叫张德辉的，本是金朝大臣。大金亡国后，他投到元朝，得到元世祖忽必烈的赏识，忽必烈登基后，张德辉官授河南北路宣抚使。新官上任，惩办豪强，深得民心，史学家评价张德辉，天资刚直，博学有经济器，被称为当时的治世栋梁。"

山岚道："他和薛蟠什么关系？"

芸轩道："他对金朝亡国有不同的见解。说到金朝亡国的原因，普遍有'金以儒亡'之说。"

山岚道："什么叫金以儒亡？"

芸轩道："人们将金朝亡国的原因，大都归结为女真人的全盘汉化。因女真人汉化，彻底改变了其传统的生活方式，养成他们懒惰奢靡、耽于逸乐的生活作风，从而使这个一度生气勃勃的马上民族最终走向衰落。"

秋真道："忽必烈的担心有道理，这才和张德辉讨论一番'金以儒亡'之说。"

芸轩道："但张德辉的建议'崇尚儒家文化，才是治国之道'，最终得到元世祖认可，才有了张德辉的一番作为。"

秋真道："没有金朝的汉化，哪有金章宗时期董解元的《西厢记诸宫调》，这可是中国古典戏剧中一部划时代杰作。"

山岚道："别说你那《西厢记》，和张德辉什么关系？"

芸轩道："薛蟠和张德辉南下游艺，主要是什么意图？你可体会到了？"

山岚道："这个我关注了，张德辉因说起：今年纸札香料短少，明年必是贵的。明年先打发大小儿上来当铺内照管，赶端阳前，我顺路贩些纸札香扇来卖。

"怪就怪在，店里缺的是纸札香料，他要采买的却是纸札香扇，这里就提到了一件敏感的东西，就是'香扇'。这时出现了两个事件，都和扇子有关。一个贾赦到处买扇子；一个薛蟠和张德辉南下买扇子。我寻思，这两件事之间，必定有关联。"

芸轩道："对，这里的扇子一定大有问题。再者，我注意到丫头文杏。文杏即银杏，本为栋梁之才。薛姨妈说：我前日还同你哥哥说，文杏又小，道三不着两，莺儿一个人不够服侍的，还要买一个丫头来你使。

"你的感觉对，薛家老弱病残的没几个人，文杏又小的意思是栋梁之才还没长成，说明薛家缺少栋梁之才，虽然有，但也道三不着两，不够老练成熟。所以，张德辉主动请缨，南下去采买些。"

山岚学着宝钗道："买的不知底里，倘或走了眼，花了钱小事，没的淘气。倒是慢慢地打听着，有知道来历的，买个还罢了。"

二人听她学的地道，一笑。

秋真道："这就又说到了宝钗的用人原则，她是要用知道来历的。"

山岚道："你的意思，薛蟠游艺是南下搜罗人才去了。"

芸轩道："意图差不多。薛蟠第一次打架，相当于清军占领北京。崇祯亡了，他当然赢了，大摇大摆地就进了北京。十年下来，战争不断，南边李成栋也降而复叛，北方山西姜襄投降清军后，也是降而复叛。孙可望、李定国、郑成功在东南沿海和西南云贵又掀起抗清高潮，使得清廷南北受敌，疲于应付。

"清廷和郑成功的较量，相当于薛蟠的第二场架。先是相互暧昧调情，最后调情调到水沟子里去。这期间，清廷一贯使用血腥的屠城行径，加重了汉人对他们的仇恨。"

秋真道："实际上，用痛打落水狗来形容薛蟠的遭际，是咱们求个心理安慰罢了。其实郑成功等人的行动，并没重创清军。"

芸轩道："不过，十年消耗下来，清廷的人力物力财力也是捉襟见肘了，就好比薛家的家底，只剩下老弱病残一个道理。于是顺治听取了洪承畴的建议，改变对敌策略，减少杀戮，变剿为抚。已是翰林大学士的洪承畴于一六五三年被派往南京，经略江南五省。这一年洪承畴六十一岁，和张德辉年龄相仿。"

山岚道："你的意思，洪承畴到江南，用招安的办法，既笼络了人心，也恢复了社会秩序，让汉人喘了口气。"

秋真道："这正是郑成功与清廷和谈的大背景。"

山岚道："原来张德辉和洪承畴是一种人。我晓得了，可南下的明明是七个人，为什么说是六个人呢？"

秋真道："洪承畴奉顺治之命南下，总督军务兼理粮饷，吏、兵部不得掣肘，户部不得稽迟，可以事后报闻，相当于给了他先斩后奏之权，这可不是代天子行事嘛。

第四十八回
衣冠思南渡　菱香恋华园

139

"张德辉，代表薛蟠行事，在文中也说得很明了，所以把他俩视同一人，可不就是六人吗？同时，为稳固清廷统治，洪承畴也建议，满人习汉文，晓汉语，了解汉人习俗，淡化满汉差异。

"由金投元的张德辉，元世祖不呼其名，而呼其字，赏赐优厚，还让他教育蒙古贵族子弟，这也同顺治对待洪承畴的态度一样。"

山岚道："好，好。薛家到处买扇子，是为了巩固江山，搜罗人才。可石呆子护扇子又咋讲？"问着，看大家吃完了，便往厨房拾掇碗筷，一行拾掇，一行说。

秋真道："这件事，得益于松九老师的提示，平儿骂的那句饿不死的野杂种，意味深长。"

山岚道："奥，你是说贾雨村，我倒忘了他。断了个葫芦案，就把香菱葬送给了胡房薛蟠。有些眉目了，薛蟠前脚走，香菱后脚就进了园子。潜伏了十年的香菱，终于伺机而动了。这两人的姻缘，就是拜贾雨村所赐。贾赦的扇子，又搬扯上贾雨村，他的确可恨。没想到十年后，他又要跳出来兴风作浪。"

芸轩道："贾琏因扇子挨打，导致平儿痛骂：都是那贾雨村什么风村，半路途中那里来的饿不死的野杂种！认了不到十年，生了多少事出来！

"听平儿一说，雨村带黛玉进京，真有十年了，他又要生事。但这话里，我觉得贾雨村又有了新名字，就是风村。贾雨村什么风村，合起来就是风雨村。"

山岚道："不知风雨几时休，已教泪洒窗纱湿。黛玉诗的名字就是《秋窗风雨夕》，难道兴起腥风血雨的人，是这个风雨村？"

芸轩道："可见，每每她的老师兴风作浪，便既有风也有雨。我推断这个风村，并非那个雨村，一定另有其人。"

收拾好桌子，山岚站在当地，沉思了会子道："半路途中出现这么个人，特点鲜明。首先是饿不死，然后是野杂种，这两点都具备的人是谁？"

秋真道："野杂种的特点，说不清到底是谁的儿子，说明他给好几个主子当过奴才。洪承畴只投降过一次，这点不符。饿不死的特点，是在饥寒交迫中起义的人，才饿不死，说明他是农民军出身，半路才归降的明朝，这一点也不符合。"

山岚道："他身上更大的特点，抄没了石呆子的二十把古扇，而这个想要古扇的人是贾赦。咱用排除法算一笔账：如果贾赦是南明旧势力，扇子就是南明急需的栋梁之才。你们说的，在洪承畴经略江南期间，一定是展开争夺各方势力和人才的暗战，这是敌我双方的事。

"我方，为贾赦找扇子是贾琏的任务，这说得过去，贾琏找不来，贾赦生气，怨他无用，可贾风村找到了。贾风村代表谁呢？他为贾赦找着了石呆子，想方设法地帮他弄到手二十把，他是南明的人吗？

"更想不通的是，扇子弄到手是好事，反而让贾琏遭了毒打，且伤得很重，到了要服棒疮药的地步，我也一直转不过弯来。"

芸轩道："转不过弯就对了。贾风村不是贾雨村，自然另有其人。书中找不到，就到历史中寻。郑成功与清廷和谈期间，不是还有一件震动朝野的大事吗，你忘了。"

山岚想了一会，恍然道："孙可望谋逆！对，对，我怎么把这茬给忘了。真的嘞，他很符合三大特点呢，半路途来的、饿不死的，也是个野杂种，是他为贾赦抄没了二十把古扇吗？"

秋真道："都说到这里了，还不明白吗？平儿也说过，抄石呆子的古扇是那年春天的事。这和明末有名的十八先生狱息息相关。"

山岚道："什么十八先生狱，你们怎么知道这些事？"

秋真道："是松九老师提示给的。"

山岚一下子明白了，笑道："原来有高参呢，讲讲这个案子吧。"

秋真道："一六五四年四月间，正是春天，孙可望为了达到谋逆的目的，防止李定国救驾，逮捕了二十多位朱由榔的高官大学士，几乎是整个南明的全部文臣。"

山岚道："后来呢？"

秋真道："最后以'盗宝矫诏，欺群害良'为罪名，用最残忍的刑法，除了凌迟就是剥皮，全部处死了十八人。这一历史事件，给朱由榔朝廷以沉重打击。二十把潇湘、麋鹿、玉竹的珍贵古扇让孙可望抄没了，可不就要了石呆子朱由榔的命吗。"

芸轩道："这里的贾风村，大约指的就是孙可望。丢了这二十把古扇后，朱由榔的朝廷元气大伤，同贾琏的伤势一样重，也就可想而知。"

山岚连连点头，说自己再补补课，查查这个十八先生案的始末。三人收拾完，各自忙去了，不提。

这一天午后，三人应松九先生之约，来到秋真的学院。也是好久没回来的缘故，一进院门，秋真有一种久违的亲切感。滔滔不绝地解说各个院系位置，观赏学院风景，遇见熟悉的老师，就问候一番，她二人只得跟在旁边听着。

好容易来到演练厅外，松九老师已站在门外，见她们来到，远远迎上前，热情地和她们一一握手。

看到山岚有些拘谨，笑道："怎么，秋真没把我介绍给你们？我和芸轩可已经是老朋友了。"说得山岚脸更红了。

芸轩忙道："老师笑话我，我怎敢，您可是秋真最崇拜的老师呢。"

松九老师又呵呵笑道："只有秋真崇拜我，你们就无动于衷？我的学生听说你们来，都怪我呢，怪我没早告诉他们，来不及准备准备。现里面忙着呢，派我先出来候着你们，委屈你们到我办公室稍等片刻。"

说着，就让到自己的办公室里。

一边给三人倒茶的工夫，松九老师悄悄道："不瞒你说，他们偷偷给咱们芸轩起个外号，叫什么火星石，也不知谁起的，等一会别介意。"刚喝了一杯，跑来个女学生，说里面准备好了，请他们过去呢。

真不愧是做艺术的，布置个现场还真奇特。不等他们进门，同学们就迎了出来，兴高采烈地簇拥他们来到大厅。

放眼看时，里面竟有香菱学诗的照片，还有些诗词名句做的漫画，什么李白、王维、杜甫的都有。看来他们下了不少功夫，写意倒在其次，底下都附上各人自己发挥的诗句，尽是奇奇怪怪的论调。

上面一幅，画了一枝梅，写着：无主花开风雨中。

那张上面画着一盆菊，写的是：六经诗书在田园。

有一张画的是残败的荷叶，那诗云：枯荷凄雨听无声。

芸轩等一一看过，又评价一会，笑一会，然后落座。

再看诗歌会的名字，叫《香菱咏月小议诗歌会》，一块白板上，写了这样一句话：他山之石，可以为借；火星之石，可以攻玉。芸轩看罢，不禁感到惭愧。

松九老师笑道："这三位，可是大名鼎鼎的红豆轩主，《秦淮烟云》的作者，本教授有幸被学生发现，可以饰演洪承畴一角，深感欣慰。

"但今天，咱们不谈拍电影，因为是诗歌会么，以诗会友，乃高古清雅之举，古风不存久矣。

"咱们这些象牙塔内的清净之人，当有机会做这些雅事。你们看她们三人，隐于市间，消磨于生活，尚能喜欢一二，因爱《石头记》而成了石呆子。

"别说你们喊芸轩叫火星石，可背地里没少传她的呆事。我们一路走了十多天，我就被折服了，说给你们不信。

"芸轩哪，这次是他们提议的，非要见识一下你们的见解，怎么样，给我争一回脸，有没有信心？"

芸轩她们听了，面面相觑。秋真埋怨道："松教授，不带这样的，你早这样说，我们就不来了，这不是让我对不起她俩吗？况且我们也没准备什么，万一搞砸了怎么办？且别说不能给你争脸，连我们也砸了招牌呢。"

松教授呵呵笑道："我心里有数，同学们，有什么问题你们尽管问，这可是难得的切磋机会。这样吧，为了公平起见，辛琪，你不是喜欢李义山的作品吗？哎，就是那幅画着枯荷的。对黛玉不喜欢他的诗耿耿于怀，说什么：枯荷凄雨听无声。你就先来。"

辛琪是个弱弱的男生，声音却富有磁性，站起来道："这个不急，我倒是对黛玉教香菱学诗，为何只推荐唐代诗人的作品，有些不理解。反而我认为，宋诗空灵幽韵，而黛玉的诗韵，像是宗源宋诗，她又为何偏不喜李义山的呢？"

芸轩笑道："我对诗歌发展没有研究，但有人说：诗者必曰唐诗，苟称其人之诗为宋诗，无异于唾骂。这话虽有些谬论，但总是一些人的看法。他们觉得，宋初的昆体诗，依传李义山的近体律诗风格，诗意幽韵冷香，但却太过雕琢，堆典砌故，而少趣味。

"北宋后期，又有江西诗派，作为学者派系，其盛衰皆与政治息息相关，是所谓政治诗的源头。至南宋初期，陆游时代才有所突破，而陆游诗的特点更明显，就是爱国诗的代表。

"纵观南北两宋，其诗歌创作主要特点乃是频繁引经据典，简直到了无一字无来处的地步。在故典中注入新意，试图达到依旧翻新、暗讽隐喻的效果。

"我想，黛玉喜不喜欢李义山的诗我不好说，但如你所说，她确是师法李义山最地道的一个。

"就如那句'留的残荷听雨声'，由'枯'字变'残'字，虽一字之差，其意却大变。枯者，自然节气使然；残者，定是外力使然，或风雨摧残，或人力打击。这一字之改，我怦然动心于黛玉那时的处境，风刀剑雨。所以，你的'枯荷凄雨听无声'，我也想请教，为何这样？"

辛琪不好意思笑道："我为自己不能读懂这一句，而改为听无声，是待觅知音者，也为黛玉不喜李义山之诗而伤心。看来，黛玉的知音，非芸轩莫属。佩服！佩服！"

大家听得入迷，便一起鼓起掌来。这回，不等松教授引导，一个高大俊朗的男同学问道："香菱为何喜欢陆游的那句：重帘不卷留香久，古砚微凹聚墨多。你又怎么理解这首诗？"

芸轩道："这一句出自《书室明暖，终日婆娑其间，倦则扶杖至小园，戏作长句》中，其中还有一句：江南十月气犹和。书室明暖，重帘不卷，自然香留室内。

"可留香久，聚墨多，是说陆游此时悠然于明暖书房内，无所事事吗？后面一联道：月上忽看梅影出，风高时送雁声过。谁都知道，陆游一生酷爱梅，冰清玉洁，气傲霜雪的梅花，成为陆游的精神寄托。

"室内安详，是留香，是聚墨，亦或是诗人在积攒力量。面对外界，忽然月上风高，可见世间并不太平。此时出现的梅影与雁声，还是让人感到诗人内心的不安静。

"直到最后一联:一杯太淡君休笑,牛背吾方扣角歌。意思更明朗,一杯淡茶如何能平复此时的心境,牛背扣角而歌,才是诗人真正的情怀。

"这里引用了宁戚的牛背扣角而歌,向齐桓公求仕的典故。陆游清楚地告诉咱们,一切安逸宁静,都丝毫掩饰不了他杀胡救国、为国效力的信念。"

俊朗的男生问:"既然意境这样好,黛玉为何不喜欢?"

秋真插言道:"我首先纠正你,黛玉并没说不喜欢,而是提醒香菱,断不可学这样的诗,只因他的诗意浅近,格局明显。"

男生又道:"浅近不是更容易学吗?不是更好入门吗?"

芸轩道:"我猜,那枝梅花一定是你的杰作,下面一句是:无主花开风雨中。

"这一句,化用陆游《咏梅》中的'寂寞开无主'之句,你既知他志向高洁,哪怕零落成泥,仍然留香如故。凭你对黛玉的判断,以黛玉的高洁,她能不喜欢陆游的诗吗?"

男生道:"既然喜欢为何不让学,这正是我的疑惑处。"

山岚道:"把你的疑问留在后面,可慢慢看。但咱们可以探讨一下,香菱为何独喜欢这一句。香菱喜欢那句:留香久、聚墨多,也许有两层用意。

"其一,香菱期盼一种力量,会在沉默中集聚爆发,正如她在薛家隐忍十年;其二,或者敬佩陆游,能明目张胆地宣扬自己的灭虏之举,因她才是'胡虏'案中最大的受害者,也是整部《石头记》中最悲惨的一个。"

她说得有些激动,芸轩看她一眼,也笑问道:"你们对香菱学诗一节,是怎么理解的,咱们可以切磋一下。"

一个戴眼镜的小个子女孩,站起来说道:"三位师姐,我叫胡歌,正如宝钗说的,诗从胡说来,我看说的就是我。"同学们哄然一笑。

胡歌道:"我就不客气了,我的学诗过程,还真是遵循了香菱学诗的法门。我认为,诗歌最辉煌时期,当属唐朝,若论成就,王维诗长五言,杜甫诗长七律,自然李白长于绝句。

"至于黛玉又推荐什么陶渊明、应玚、谢灵运、阮籍、庾信、鲍照等,无非是让她博采众长。在唐诗的基础上，结合田园诗、山水诗等幽深的风格特点，增加诗歌的情趣内涵而已。

"而我们缺少的，正是香菱的对诗歌的痴劲、呆劲、疯劲、魔劲！所以，我自认为我成不了诗翁。对于这段学诗法门，不知师姐们可有新的见识没有？"

山岚道："你说的没错，先说唐朝这三位诗人，你只说了他们不同处。但他们有个共同之处，你应该没注意到。"

有人问："他们能有什么共同处？都是男人罢了。"同学们又一笑。

山岚道："三人同时经历过唐末的安史之乱，且王维在战乱期间被俘，做过伪政府的官吏。叛乱平息后，王维因此被下狱，交付有司审讯。按理说，投效叛军当斩，但因他被俘时曾作《凝碧池》一诗，抒发亡国之痛和思念朝廷之情。又因其弟是刑部侍郎王缙，平安禄山反叛有功，以削籍为请求，为兄赎罪，王维才得宽宥。

"再说李白，叛乱爆发，适逢永王李璘大军东下，邀李白下山入幕府，反叛肃宗。后李璘被灭，肃宗登基。李白为此受牵连，被判流放夜郎，中途遇赦放还。

"只有杜甫，与王维同时被俘，但因官职小，被释放。流离失所的杜甫，无时无刻不在关注时局动向，且为剿灭安史叛军献计献策。这段时期，也是他写爱国诗篇最多的时期。

"最后说一下陆游的生活背景，他也出生于两宋政权交替的动荡时期，成长于偏安一隅的南宋。这期间，北方胡人和南方汉人之间有着不可调和的民族矛盾。国之不幸，家之颠沛，给这位诗人的心灵带来无法释怀的印记，他便自幼立志杀胡救国。

"坚持抗金，是他一生不渝的志向。气吞残虏之势充斥在他绝大部分诗篇中。所以，香菱喜欢他的诗，莫若说是喜欢他诗篇中毫不掩饰对胡虏的仇恨。"

胡歌又问："唐朝的安史之乱，和清朝的胡虏有关吗？黛玉推荐三位诗人，让她揣摩诗篇，又不是揣摩三位诗人的生活背景。"

秋真道:"安史之乱和北宋灭亡,都与胡人叛乱有关,特别是南北朝时期,就是'五胡乱华'的鼎盛时期。此时的汉人,不是面临亡国之难,而是面临民族消亡的灭顶之灾。

"正如明朝灭亡一样,香菱的时代,或许就是金人入侵的亡国时代。香菱的内心也许同陆游一样,有着一种强烈情感。所以,才毫不隐晦表达对陆游诗歌的喜爱。除此之外,还有什么缘故能解释,一个小姑娘,平白无故地这么喜欢爱国诗呢?"

芸轩道:"我认为,黛玉教导香菱学诗的背后,不是要教给她简单的起承转合手法,而是还有另一个目的,就是学诗先学做人。

"为了让香菱明白这个道理,黛玉推荐了另六位重要诗人。同那三位一样,他们的共同点也很明显,皆是战乱频繁时期的诗人。

"他们就是建安七子中的应场,竹林七贤中的阮籍,东晋末年的陶渊明,元嘉三家中的鲍照、谢灵运,以及南北朝时期的庾信。"

胡歌道:"这些人,有什么值得香菱学习的去处?"

芸轩道:"不仅看诗,还要看这六位诗人的结局,特别要看他们在动荡时局下的处世准则。"

有人道:"这些人,都是高古文人,这些特点,黛玉也没告诉香菱啊,她能悟出什么来?"

芸轩笑道:"我只是抛砖引玉,不妨咱们看看这些人的底细,也许帮香菱悟出来呢。"

教授道:"有鸟孤栖,哀鸣北林。嗟我怀矣,感物伤心。我对七子的了解也不多。谁知道应场?"

胡歌道:"东汉末年,群雄割据,曹魏政权建立后,建安七子中唯有孔融被曹操所杀。其余六家,包括应场,都降了曹操,生活还算安定。"

芸轩道:"到了竹林七贤时期,社会背景发生了大变。渐成气候的司马势力,欲取代曹魏政权,阮籍等人多持不合作态度,其生存状态堪忧。

"由于对现实的失望,诗人们由愤世嫉俗转而崇尚老庄,言诗必是'言在耳目之内,情寄八荒之表'。但在嵇康被害后,有人被迫逢迎司马氏,此事就发生在阮籍晚年，他为臭名昭著的司马昭写了一篇《劝进文》。

"虽是他的不得已之作，却极大损害了他的声誉，为他招来了悔恨终身的骂名。但不知为什么，曹雪芹对阮籍则是青眼有加的。也许是他'礼俗之士，白眼对之'的青白眼，和醉态示人的自我保护，最让曹公感悟到其生存之不易。"

秋真道："阮籍的时代真是恐怖的时代，许多士大夫，因不与司马合作，遭遇生命之危，阮籍的处境很不好呢。曹公或许感同身受，才赋予宝玉老庄思维。黛玉向香菱暗示此人，大约也有此意。"

有人问："那陶渊明呢？"

山岚道："嬴氏乱天纪，贤者避其世。大观园有一处景观，虽不合适称'武陵源'，但被贾政的清客看成避乱之'秦人旧舍'，又被宝玉命名为'蓼汀花溆'的，越是欲盖弥彰，越是让人疑惑，大观园里有个地方，就是避乱桃花源。

"这不能不让人联想到陶渊明，他生活在晋宋易主时代，那时的东晋王朝不也是一味投降，偏安于江左一隅，这和明末清初一样情形，朝廷溃烂，国之将崩。陶渊明壮志难酬，才以归隐田园之举，梦中寻找那个可以逃避乱世的桃花源。"

秋真道："谁谓池塘曲，谢家幽梦长。这是宝玉专门写蘅芜苑的句子。试问，何为谢家幽梦？东晋被刘宋取代，谢灵运易主而侍，而才华横溢的谢灵运，最后竟是以造反的罪名被后主所杀，这才是谢家噩梦。

"同为元嘉三大家之鲍照，与陶渊明不同，身处乱世，却以积极心态参与变革。所谓：燕然未勒胡雏在，不信我无万古名。大丈夫岂可遂蕴智能。但他的噩梦与谢灵运一样，也是在战乱中丧命。"

有同学道："曹雪芹对魏晋时期的诗人这样感兴趣吗？"

芸轩道："最后这位，却是乱象丛生的南北朝时的庾信，这位诗人值得一说。

"南朝是中国诗史上诗运攸关的重要时期。就说梁朝，一个崇尚佛教的国度，所谓：南朝四百八十寺，多少楼台烟雨中？这个庾信，自幼随父出入于萧纲的宫廷，萧纲又是昭明太子的弟弟。

"提到昭明太子，当知传说中的梁园和梁园里的竹子，还把这竹子种在了潇湘馆里。可见当时文风极盛，庾信的文学修养便在这样环境中成就起来。侯景之乱后，庾信开始辅佐梁元帝，但很快大梁为西魏所灭。此后，庾信便奉命出使北朝西魏。

"说完南朝，就要说北朝。

"北朝，作为五胡乱华、衣冠南渡的爆发时代，也是少数民族统治汉人的开端。那时北朝君臣非常倾慕南朝汉人文化，而庾信又久负盛名，因而被留在了北朝。

"庾信在北方，身居显贵，被尊为文坛宗师，深受皇帝礼遇至终老，却无时不思念故国乡土，也常因身仕敌国而惭愧不已。

"作为由南入北最著名的诗人，他的时代虽朝代频换，动荡不安，也饱尝国家分裂时特有的人生辛酸，但他却结出'穷南北之胜'的文学成就。看看这个人的经历，香菱也许有些同样的感慨。请问胡歌同学，你写的'六经诗书在田园'和那盆菊花，不就是这个意思吗？"

胡歌笑道："饱读诗书，却纵情山水，沉溺田园。我倒喜欢宝钗的论断，这些读书的男人没一个是有用的，所以才说六经诗书在田园。

"我似乎明白了黛玉的这番苦心，她推荐的这些诗人，无论纵情山水的，还是隐逸田园的，他们都是划时代的文学大家。但都有一个共同之处，他们无一不历经末世亡国之痛或朝代更迭之乱。积极参与者丢失性命，隐匿田园或者委曲求全者可得善终。或许也是一种不得已的悲哀。"

有人问道："从陆游到庾信，黛玉只推荐了这些人，并没有推荐具体作品。香菱能像你们这样，细细捋过一遍后，发现这些人的共同之处吗？"

另一人笑道："想来可以。黛玉告诉香菱，不能像陆游一样，浅近地直抒胸臆，让人一看就懂，这样会丢了性命。而应像李义山或者那些七子们一样，隐晦地表达出来。"

一个又说："香菱聪明，可以的。"

那个又道："这么说来，香菱那三首诗，一定不是表面的样子。"

松九老师站起来喊道:"停停,咱就看看香菱的三首诗,是不是领悟了黛玉的教诲,也好让各位放心。休息一会儿,去个厕所,回来接着说,好不好?"

一时大家散去,松九老师招呼同学为她们倒茶水。叫胡歌的女孩悄悄过来,凑到芸轩这边,问道:"轩姐姐,告诉我,香菱是谁?她为何来大观园学诗?"

芸轩笑道:"你只看她领略王维的诗后得了三昧,就知道她是谁,也能明白她为何学诗了。"

胡歌道:"有这么神奇,你说说,我也领略一番。"

芸轩道:"你看《塞上》那联:大漠孤烟直,长河落日圆。香菱就说:直无理,圆太俗。你知道什么意思?咱们刚说过的那些诗人,谁的秉性,像战时的狼烟,孤直而上;谁的品格,又像帝国没落如日落时,变得俗圆?"

胡歌恍然道:"是这么个理儿,可'日落江湖白,潮来天地青'。为何像几千斤重的橄榄呢?"

山岚道:"你怎么不想想,陨落如同日落后的帝国,不就白茫茫落了大地一片真干净吗?潮者,水朝为清朝,清朝的天地不是青的,难道还是红的不成。

"这个白字和青字,对香菱来说,是江山社稷。一个亡,一个兴。说出来又苦涩无比,心情沉重,可不就像几千斤重的橄榄吗?"

秋真道:"说到橄榄,传说这是一种谏果,也名忠果,因为它青涩,表示良药苦口之意呢?"

胡歌听了不住点头,又道:"有见地,可我还是不知道香菱是谁?"

芸轩道:"香菱被薛蟠抢来,带进京城的那个晚上,香菱说过一番景象。她说:我们那年上京来,那日下晚便湾住船,岸上又没有人,只有几棵树,远远的几家人家做晚饭,那个烟竟是碧青,连云直上。谁知我昨日晚上读了这两句,倒像我又到了那个地方去了。你知道她说的这个景象,是哪两句诗?"

胡歌道:"渡头余落日,墟里上孤烟。"

芸轩道:"她说:里面有两个字,难为他怎么想出来的,这两个字,就是

'馀'落日、'上'孤烟里的'馀和上'。香菱说，诗里这个景象，好像是她当年上京时的景象。上京的那一年，对她来说恐怕终身难忘。岸上没人，只有几棵树，是一片荒凉的晚景。

"这个'馀'字，虽然当做'我'时，和'余'字不通用，此时，香菱的话很明确，原文是：倒像'我'又回到那个地方去了，这句诗描写景象，就是写我的晚景。

"宝玉此时称赞香菱，说：听你说了这两句，可知'三昧'你已得了。而黛玉接着就说，这个'上孤烟'，是从'依依墟里烟'来的。香菱马上明白：这个'上'字是从'依依'两个字上化出来的。

"宝玉大笑：你已得了，不用再讲了。他知道香菱是悟性高的了。她已得了，得了什么？三人这么一唱一和的，说出这个'三昧'之谜，无非告诉咱们，这两句诗里，出现的这几个字，就是写香菱出身的。"

胡歌疑疑惑惑地道："余、上、依依。"

芸轩道："对，就是'余、上、依'。'上'在《石头记》里，常指皇帝；依依，就是人衣之合写，《石头记》里，常把衣服比作衣钵传承，比如袭人就是龙衣。所以，这几个字隐藏的意思，大约就是：余乃帝王之衣钵传人。"

胡歌吃惊非小，道："余上依，是这个意思呀，那几棵树加上孤烟呢？"

芸轩道："你难以理解，香菱见到几棵树，和直入夜空的孤烟，会是什么心境。那个凄凉的夜晚，'上'如孤烟升天而去，也许只有这几棵树能见证这段凄苦。"胡歌听了，直摇头。

秋真道："你想不到吧，香菱额头的红胭脂，多明显的印记。无论她沦落何处，都带着历史赋予她的泯灭不掉的烙印。"

胡歌吃惊道："乖乖，香菱是帝王化身？哪个帝王？怎么证明你的这个话？"

秋真道："确切说，她只是一种精神，是一个帝国印在人们心目中忠于民族气节的精神。"

山岚神秘道："具体是哪个帝王，天机不可泄露。看完香菱的三首诗，你自会找到答案。其实，我们也不知道她是谁。"

第四十八回
衣冠思南渡　菱香恋华园

胡歌道:"我说嘛,你们也是瞎猜。香菱、帝王、落日、树和孤烟,怎么好联系在一起呢。"边说,边犹豫着走开。三人也离了座,走到室外透透气。

山岚道:"多明显,香菱有小蓉大奶奶的品格,光这一点,像足了秦可卿;还有,脂砚不厌其烦地说香菱,其根基不让迎、探;容貌不让凤、秦;端雅不让纨、钗;风流不让湘、黛;贤惠不让袭、平。这评价,要多高有多高。"

芸轩也说:"探春说过一句话,当香菱见惜春的画上有几个美人时,指着笑道:这一个是我们姑娘,那一个是林姑娘。探春笑道:凡会作诗的,都画在上头,快学罢。

"可见,她要做入画之人。还有,和刘姥姥一样,她也很羡慕这个园子呢。香菱虽为副册之首,但通过上面的评价,听探春的话音,香菱实为十二钗之首。"

山岚道:"你们说怪不怪,我怎么感觉《石头记》是女子手笔呢?"

芸轩道:"不奇怪,我有时恍惚也有此感觉,宝玉的话也透露出这个意思,说古来闺阁中的笔墨,要不传出去,如今也没有人知道了。"

第四十九回

冰雪欺红梅　金玉逐鹿原

大家陆续回到大厅，刚坐定，一个带宽边眼镜的女生，递过来一张纸条，松九老师看了，说道："青灵可是我们这里的才女，她这首诗有意思，大家听听：

> 长大才识月，弯似云间眉。
>
> 频顰入梦里，阑夜祭月魂。
>
> 英莲见月时，十五亮无痕。
>
> 如今再吟月，还似云间眉。

"要我说，你这个承转不讲究，意思却朦胧。青灵就给咱说说意境。"

青灵道："我只是想问三位师姐，香菱咏月，是残月，还是圆月？我也不会写诗，连起承转合都差，胡乱诌的，承蒙给我指导一下。"

芸轩道："指导不敢，看你的诗，算是知音了。我只知道香菱和月亮，有无法言说的渊源。你想想，元宵节，正月十五日，乃月圆之夜，英莲失踪；三月十五，也是月圆之夜，甄家失火；香菱入大观园，选的却是十四这日。

"只学了两天，黛玉出题说：昨夜的月最好，你就诌一首，偏用十四寒的韵，为何不选十五删韵？是否黛玉也避讳十五这个日子？所以，香菱咏月，应是十四日的月，可偏偏在十五这日让她写。"

山岚道："可见，十五这个日子在《石头记》中是个被香菱避讳的日子。这个日子常常被抹去，比如说：海棠诗社的社日是初二、十六；薛蟠十四日出门南行，香菱十四日入园；赖尚荣家十四日请客；都躲开十五这个日子。但元春省亲，却偏偏是正月十五日夜里回的家。种种迹象证明，十五日月圆夜，才是个不一般的日子。"

秋真道："我再给你提示一下。你们没觉得，十五的圆月不光不一般，且和贾雨村关系也特别吗？贾雨村吟过一联，来表达自己的抱负，说：'玉在椟中求善价，钗于奁内待时飞。'做过吟月诗的人，除了香菱就是他了。他以两首对月咏怀诗，来表达志向。自顾风前影，谁堪月下俦？对月求姻，乃其三生心愿；蟾光如有意，先上玉人楼。盼望有朝一日，蟾宫折桂。

"接着又说：时逢三五便团圆，满把晴光护玉栏。对他来说，三五月圆，才是他飞黄腾达的先兆。看得出，他的'三生缘'之人生梦想，就是需要在月圆之夜实现。"

青灵道："不愧有师传，黛玉教香菱咏月，再合适不过。我也相信师姐们说的对，我仔细想过，雨村、黛玉、香菱三人一脉相承，都对圆月充满幻想。黛玉师从雨村，香菱师从黛玉，都是咏月高手。因此，香菱的三首诗，肯定有很深的含义，对不对？"

山岚道："很少有人想到，香菱入大观园，还不如说，入了蘅芜苑的雪洞。宝钗不光不教她学诗，还不露声色地阻挡她，打击她，说她写得不好，诗不是这样写。难怪黛玉教给她，用李义山隐晦的法子写诗，她的诗中，肯定藏着机关。"

这时，底下有人争论。

一个男生道："可黛玉明明说不喜李义山的诗。"

秋真道："说到李义山，就必须面对一件事，党争。据历史学家评，党争成患，有几个朝代，是因党争走上没落。比如北宋、晚唐、明末。更有人说，明朝实亡于党争。而李义山作为一代才子，也是党争的受害者，可能黛玉对此心有余悸吧。所以说，她不喜李义山的诗，也许有这个原因。"

一个女孩道："我发现，黛玉和宝钗对香菱写的诗评判态度很是不同。只说黛玉评她的第一首，说只是措词不雅，鼓励说，香菱的诗意思却有。黛玉主张：词句是末事，立意要紧，意思有了，当然就好，可她要的到底是什么意思呢？"

青灵沉吟道："月挂中天夜色寒，清光皎皎影团团。意思多明显，月挂中天，寒如冰盘，冷得让人不忍观之；明如玉镜，清光皎皎，光辉夺目，亮得连蜡烛都不用烧。

"这哪是月亮，只有白昼，才不用点蜡烛。什么月挂中天，简直是如日中天吗。'晴彩辉煌'四字哪里是形容月亮的，而是形容太阳的。"

那个女孩道："对，对，不是月光如昼，而是月光超越日光。我记得宝玉早起，看到雪光映着窗户，他以为是白昼的日光照得耀眼，其实雪光也一样耀眼。"

秋真问他们："这首的意思，突出一个'寒'字，为什么把月亮写得这么冷，这么寒，这么亮？且是连那个野客，都不忍观了呢？"

山岚悄悄笑道："未卜三生愿，罅添一段愁。添愁之野客，还不是贾雨村这个野客。盼望三五月圆一步登天的他，都不忍相观，可见月色多冷酷，连自己人都觉得可怕。"

青灵道："倒是第二首里这句：非银非水映窗寒。我想了许多日子，这是种什么意境？这里也有一个'寒'字，这种景象什么情况下才有？后来我明白了，多亏宝钗提示，说香菱写的不是月，而是月色。"

大家不约而同道："色白如雪，寒亮如冰。色白如'薛'的月色，写的可是薛宝钗？"

青灵道："这就对了，香雪如梅，残粉涂阶。柳带挂露，玉栏抹霜。每一句都是写'下雪'的样子，可不就是写雪景的吗。只可惜'梦醒西楼人迹绝，余容犹可隔帘看'。我不大懂写的谁。"

有人问："什么是西楼？"

芸轩道："西楼代表月亮，这首诗宝钗是评判者，说香菱写的是月色，很合意境。月色如雪色，白而冷，如她雪洞般的蘅芜苑一样冷。香菱搬来大观园，住在这个冷美人住的雪洞中，一定有'人绝迹'般的冷酷感，面对宝钗的

第四十九回
冰雪欺红梅　金玉逐鹿原

155

冷和亮，她肯定会有不忍对面直观、只能隔帘偷看余容的怕拒。"

又有人道："听上去，似乎是写白色恐怖的薛宝钗。香菱住在她那里，噤若寒蝉了。怪不得大家看了这首诗，要她去暖香坞呢，是想让她暖一下心，这真有些意思。"

又有人问："青灵，那第三首呢？"

青灵道："多亏三位师姐提示。香菱说，此时野客舔愁，似乎和那时频舔惆怅的贾雨村相关。他从月下之俦，到满意地如了三生愿，直到被帘内的美人收入囊中。也是这么个月圆之夜，那时的贾雨村，对月吟诗，两诗一联，直抒胸怀，诗中直露飞黄腾达之意。

"到如今，这个野客反而面对耀眼的月光，不忍观、隔帘看了。足见美人之恐怖，连当时那么向往她、要投入她怀抱的贾雨村，都怕了。香菱一人连做三首，只最后一首诗好理解，应该写的是香菱自己。"

胡歌道："怎么这么确定？"

青灵动情道："精华欲掩料应难，影自娟娟魄自寒。月色如太阳般的华彩，谁也遮挡不了，她耀眼的光芒照向大地，但她的寒冷却令人恐怖。月光下，一片砧声，半轮鸡唱。战火纷飞，哀鸿遍野。离乱和哀怨充斥这个世界，请问十五的月亮啊，在你盈圆的照护下，为何不是家家团圆？"大家边听，芸轩带头为她鼓起掌来。

有人道："十五日，还真是一个象征性的日子，该团圆的日子，却是香菱和她的家人遭难分离的日子。那么她家遭祸的三月十五日，一定是个重要的日子，三位师姐，你们有答案了吗？"

不等她们搭话，松九老师站起道："这个日子自然重要。但说来话长，今天咱就到这里，早就超了两节课时间了。以后有的是机会，就到这里吧。来，我代表她们，谢谢三位的指教。"

秋真赶忙道："松老师，这么说，我们以后不敢来了，你这里也藏龙卧虎呢。"一片掌声中，同学们跟着往外送她们，还依依不舍地问些别的。

回家的路上，芸轩一下子想到了"得陇望蜀"这个词，不禁笑了一下。道："宝钗说香菱，想进园子不是一天了，如今还想着学诗，真是得陇望蜀，这些同学们也有这个热情呢。"

山岚道："还别说，香菱真有得陇望蜀之志。探春说了，凡会作诗的都画在上头。学诗的目的，她有入画之志呢。"

秋真问："怎么说？"

山岚道："这个典故出自东汉光武帝刘秀，给大将岑彭的信中说：人苦不知足，既平陇，复望蜀。每一发兵，头鬓为白。

"所以每个亡国的朝代，其失败中的统治者，都怀有光武刘秀一样的复国梦想。南明朝廷中的有志之士也不例外，自崇祯后，汉族人无时无刻都期待光武式人物出现。"

秋真道："顾炎武就是一位，他原名顾绛，因期盼光武复国才改名炎武，与刘秀好服绛衣擅武略，复炎统有关。"

山岚道："我也发现很多这类线索，可不知从何说起，都急死我了，你两个人老忙些没用的。要我说，从现在情形看，《石头记》里的事件被我们推演到现在，不光芸轩有信心，我也有把握了，早晚会看到全貌，赶紧忙完手头的事。"

秋真道："你说的好，什么叫没正事，你才叫没正事。刚帮芸轩整理了几天资料，就这样耐不住了？咱们研究着玩可以，要是当正经事公布出去，还不得让红学专家们笑咱们无知。"

芸轩道："你什么时候婆婆妈妈的了，无论是谁，总要尊重事实吧。山岚，你说的没错，咱们前两天没说痛快，我心里也不舒服。秋真，今晚你别回去了，回头再叫上文亮和秦明，我有个计划，咱们合计合计。"

南京的十月有些凉爽，月亮冉冉升起，秦淮河上柳绿灯红，可依然没有湮灭那轮金黄色的圆月。茶轩里客人不少，山岚和小妹一直在忙，直到十一点钟人才少了些。

一壶茶，几个果碟子，她四个人坐在一张刚空出来的茶桌旁。芸轩摊开一张地图，在上面画着。本想求着秋真，再把去年冬天她们去栖霞寺时穿过的那些斗篷拿来，秋真说这样不解决问题。那些衣服质地差，和湘云她们身上穿的基本不符。

第四十九回
冰雪欺红梅　金玉逐鹿原

秋真又道："知道我多喜欢那些皮饰吗，可寻了个遍，没件像样的。求了冯玉，按我找到的资料画了那些貂皮样式，连人物都画了呢。现在急着要，怎么可能有。

"再说，去年我那些，一是还给了人家，二是和书上说的衣服料子不大对，还是咱们看画吧。"说着，拿出一沓子画册，大家以为她不尽心，不想找衣服，倒拿几张画糊弄人。可打开一看，不禁眼前一亮。不光衣服质地像真的，人物形态和模样也逼真得很，就连眉毛和衣服上的貂毛都看得清楚，大家连连称奇。

山岚坐过来，看了会子，道："画得再好，也找不到现场还原的感觉，你就照画上的样式做些也好，赶什么时候下雪，咱们都到现场，想那阵势，保证能赢。"

秋真道："说得容易，大观园十月中旬下大雪，也许是北方，你看咱们这里，十月天，怎么能下大雪？"

山岚道："也快了。雪花飘进白色的芦苇，真是除了白，还是白。可从雪景看，竟有青松翠竹，这标准是咱们南方气候。咱们这里来一场就好了。"

芸轩边摆弄图纸，边说："净说没用的。你以为那个琉璃世界美呀，不如说白色恐怖弥漫大观园呢。还齐刷刷地来了四根水葱，接着带来了漫天大雪。更奇怪的是，又要酝酿一场诗会。

"按说，这场诗会不得不组织了。可从十月十四日开始，先不提诗会的事，而是插入了香菱学诗一节。学诗的节奏也怪，十四日晚上，连夜开始苦读；十五日开始写诗，连写两首；十六日夜里，梦中得了首好的。照黛玉的学习计划，得学一年的功夫，或者可能成诗翁，人家香菱仅用了三天。香菱学诗的过程，只延续到开社的正日子。"

秋真道："我觉得这次诗会就是为香菱准备的，所以才这样安排。日子写得也有些含混，感觉香菱学了一个月，像是第二个月的十六日得了好诗。

"偏偏来了许多人，宝玉又来一句，明日是正日子，可以起社。就把香菱学诗的日期生生压缩到当月的十六日前。这是啥用意呢？众人是专为她一个人准备了专场诗会吗？曹公偏心。"

芸轩道："也有这个意思。更奇怪的是，探春作为发起者，说到推迟诗会的理由时，这样表述：咱们越性等几天，他们新来的混熟了，咱们邀上他们岂不好？这会子，大嫂子、宝姐姐心里自然没有诗兴的，况且湘云没来，颦儿刚好了，人人不合适。

"不如等着云丫头来了，这几个新的也熟了，颦儿也大好了，大嫂子和宝姐姐心也闲了，香菱诗也长进了，如此邀一满社岂不好？"

文亮道："她说的没错，想的很周到。"

芸轩道："哪里是周到，你没发现里面少了迎春吗？原本探春说，黛玉刚起来了，迎春又病了，终是七上八下的。宝玉却说：二姐姐又不大作诗，没有她又何妨。

"于是探春就说了上面一段话。惜春请假不来，其他人都不合适，可都合适了后，却不提迎春。看来，探春也觉得这次诗会，迎春来不来没关系。你们别忘了，这次来这些人，齐聚大观园，可是有目的的。"

山岚问："什么目的？"

芸轩道："大换血。以元春为首的旧十二钗已去，以李纨为首的新十二钗诞生啊。新十二钗中来了四个，首次相聚，四春就少了三春，特别是迎春少得奇怪。"

秦明道："迎春不出现。嗯，按以往的经验，元春的消失是光复大明的第一春已没了。难道光复南明的第二春也没了？"

山岚道："可以先按这个思路走。"大家点头。

芸轩道："既然四根水葱齐聚大观园，那么这些人是谁？她们来有什么目的？曹公往这些人身上藏了些什么秘密？你们有什么看法？"

文亮道："我先说，我对邢岫烟感兴趣，她由父母陪着，和王仁搭帮进京，还是水路而来。半路撞上李纹、李绮，这三家搭伙的奇怪之处有两点，邢岫烟和王仁为何搭帮？李纹、李绮半路杀出，又是为何？"

秦明道："对呀，薛蝌不光是来发嫁妹妹，也是听说王仁进京，才随后赶来的。这个王仁，不光和邢岫烟搭帮，和薛蝌也有关系，半路偶遇李绮、李纹也有点怪。

"王仁和薛蝌啥关系？薛蝌是谁？他住在薛蟠的书房里，能否说，他就是游艺回来、有了长进的薛蟠？"

山岚道："你们俩越来越出息了，知道仔细看文本了。可以断定，薛蝌就是改造好了的、换了对付南明方式的薛蟠。薛蟠代表清廷原来的统治策略，是以武力屠杀为主的霸王方式。现在发现，各地抗清运动如火如荼，抗清的人越杀越多，就改成薛蝌的方式了。"

文亮道："也是，清廷内部元老级别的人物，在十年之内死的死、退的退。且金人入京后水土不服，爆发痘疫。加上连续十年战争，渐渐的人才、物力都严重匮乏。有些人又喜安逸的汉人生活，懒于鞍马劳顿，势力大减。

"早在一六五二年，一个叫严我公的人投清，在他的策动下，几十个文人大臣集体叛国。他们掌握浙东抗清势力的虚实，给金人做向导，对动摇人心起了不小的作用。金人尝到甜头，五三年正式改变国策，启用洪承畴经略江南，以招抚为主，这才频繁和郑成功和谈。"

山岚道："所以，我认为薛蟠变成薛蝌回来，还是说得过去的。"

文亮道："其实，说到王仁，我想起一个真人，就是王莽，他有个堂兄弟就叫王仁，王仁正直，想阻挠王莽篡位，被王莽杀害。提到王莽都知道，是外戚夺权谋逆的典型代表。他从姑姑王太后手中，夺走秦始皇时期的传国玉玺。那么，这些人和王仁搭伴进京，曹公是想提醒咱们，来大观园的四个人中，有人是来篡位谋逆的。"

秋真道："四拨人中，李纹、李绮似乎可以排除，因她们是半路来的，那么肯定和邢岫烟、薛蝌有关。"

芸轩在一张纸上画着，像鬼符，谁也看不懂，只听她道："我知道是谁，但现在不是太确定，再往后看看。你们可别忘了，还有一个人，也跟脚进了大观园，她也不是没有嫌疑的。"

山岚道："你说湘云呢，谁有嫌疑也不会疑到她身上，别怀疑一切是吧？"

芸轩道："不能这么绝对，不可思议的事情多着呢。和你们一样，对这几位新来的客人，大观园里每个人的态度都不可思议。

"比如：听大家一致夸宝琴，袭人似乎不相信，问了这个问那个，怀疑还有比宝钗更好的人物，直到亲见了才信；一直钟爱黛玉的贾母更是一反常态，立逼着王夫人收了宝琴做干女儿，还亲自养活，简直当亲孙子宝玉一样待了；

"嫌贫爱富的凤姐，似乎特别可怜邢岫烟，想多照顾她；湘云那么喜欢宝钗，可明显的，在宝钗相求的情况下，湘云答非所问，并不愿意和宝琴做姊妹；

"一向尖酸的黛玉，看到贾母对宝琴的宠爱，很是认可。所有人都认为，她该不高兴的，她不但不吃醋，还和宝琴特别好，且认作亲妹妹；宝玉还为之魔怔了，慨叹：老天，老天，你有多少精华灵秀，生出这些人上之人来！

"直觉告诉我，老天又给贾母、宝玉、黛玉送来了天之骄子，送来了精华人物。贾母又看到了贾府中兴的希望。那么这些人，应该就是历史舞台上的新贵。"

文亮道："然后，再看看这些人的住处安排，更是玄机重重。薛蝌住了薛蟠的书房；湘云住进了蘅芜苑；反而宝钗的妹妹宝琴，住到了贾母处；李氏三人住进稻香村。这是在选边站位吗？"

山岚道："王仁住哪里知道吗？还有，湘云为何嘱咐宝琴，若太太不在屋里，你别进去，那屋里人多心坏，都是要害咱们的，她俩是一伙吗？谁要害她们？"

秦明道："谁要害宝琴，我明白着呢。王夫人是被贾母逼着认了女儿的，她内心并不接受宝琴。排除王夫人的话，她的屋里人，就属周瑞家的有权势。

"你看她：女婿，是贩卖国宝文物的冷子兴，因不明来历，差点被逐出境；她儿子，在凤姐生日宴会上，撒了一地馒头，是个以下犯上的主；周瑞家的自己，又和刘姥姥有交情，是亲自把刘姥姥引进贾府的人。我想，下一步，这个周瑞家的，一定有阴谋。"

秋真道："你们提这么多'为什么'，啥意思么？比谁提问题多是吗？去年咱们已有一个结论了。你们瞅瞅，去年雪天，咱们穿着斗篷照的这些照片，还亏天天挂在墙上。不说别人，芸轩大约每天都看着出一回神。"

芸轩摊开那一叠画册，一一看着。揣摩道："倒也没改主意，你的这些画，更像曹公描述的装束。我的想法有些小改变。宝琴这件衣服，金翠辉煌，像孔雀毛一样闪着缎色光泽。可穿着它站在雪地里并不好看。贾母为何就那样珍贵，那样喜欢，那样嘱咐惜春，一定要把她留在画中呢？衣服也要入画？宝琴要发嫁给梅家，可又说自己不在梅边在柳边，这个柳边是柳梦梅还是柳湘莲？"

说到这里，自己也眼前一亮。又道："我终于知道了，贾母特别珍贵这件凫靥裘的原因是她终于找到了一位可以传承的人，她就是宝琴。咱们原来的感觉没错，宝琴确实是像秦可卿一样，是贾母最为得意之人。

"元、迎、探、惜的丫鬟分别是琴、棋、书、画。那么这个'宝琴'，不就是元春之'抱琴'再续吗？不在梅边在柳边，她嫁给梅翰林之子是虚的，她来等柳湘莲是实的。如果宝琴和柳湘莲有勾联的话，依据咱们前些日子推断的，我知道她是谁了。"

秋真道："不可思议。如果是他，应该最讨厌宝钗，为何把他安排成薛蟠和宝钗的妹妹？"

山岚道："王夫人认了干女儿，可不就是她了，可她为何和湘云犯相呢。"说到这里，山岚和秦明不约而同地也去找那张画。拿出来，看着湘云的打扮。

秋真道："要不这么着，说不得麻烦我自己了，我就照册子上的准备着，赶什么时候下雪，咱们痛痛快快来一场，也有意思，省得你们抱怨我懒。"主意一定，秋真也饶不了她们，各自安排了任务，抽空准备那些皮毛衣物，单等一场鹅毛大雪来临。

将近年关，才等来一场铺天盖地的大雪，只见红豆馆外，银装素裹，只有墙角的一棵红梅，迎风怒放。山岚早早下了通知，这回来的人比任何时候都全，红豆馆里立刻热闹起来。秋真忙活着，正在穿那件貂鼠脑袋面子、大毛黑灰鼠里子、里外发烧大褂子。头上戴个挖云鹅黄片金里子、大红猩猩毡昭君套，又围着大貂鼠风领。

秋真道："你们不用傻看，赶紧自己动手。这貂鼠就贵得吓人，如果是貂鼠脑袋面子的褂子，老天！老天！我要有她身上的一件，这一辈子也就知足了。她穿的可是里外发烧皮里皮面的雪褂子。"

山岚咂着嘴道："瞧你那点出息，这些毛皮很贵吗？"

秋真道："貂鼠皮，怎么不珍贵？《天工开物》里介绍说，貂产辽东或朝鲜，其鼠好食松子，夷人夜伺树下，屏息悄而射取之。一貂之皮，方不盈尺，积六十余貂皮，仅成一裘。服貂裘者，立风雪中，更暖于宇下。眯入目中，试之即出，所以贵也。"

芸轩道："集腋成裘，原是这么来的。湘云这衣服，也是贾母给的。记得她定亲那次，大家讨论过，她爱穿宝玉的衣服。大家说她和丫头们在后院子扑雪人儿时，还穿过贾母的大红猩猩毡斗篷。王夫人有一句话更有意思，说她穿了太多的衣服，让她脱下几件。我就有个预感，好像湘云身上的衣服越多，代表的角色也多，脱了一层又一层，像个演员，老是客串不同的角色。

"雪天，穿大红衣服，有宝玉的，也有贾母的。定了的婆家，肯定是大明。同样是雪天，竟穿成这样，穿着兽皮衣服，也是贾母给的，还带着昭君套。"

文亮道："你说昭君套，我想起来了，《石头记》中提到昭君套有两次。一次是凤姐，接待来打秋风的刘姥姥时，就是秋板貂鼠昭君套，石青刻丝灰鼠披风，大红洋绉银鼠皮裙，粉光脂艳，端端正正坐在那里。

"要按秋真的说法，秋板貂可是更贵重的，又是灰鼠披风，又是银鼠皮裙的，她的这身打扮，完全是胡服装束。且昭君套的用意更明显，意味着昭君出塞和亲的。"

山岚道："刘姥姥第一次来打秋风，预示胡人首次入关，用凤姐的胡服表明来访者的身份。湘云这个打扮为哪般？"

芸轩笑道："这打扮完全是胡人的，用黛玉的话说：孙行者来了。她一般的也拿着雪褂子，故意装出个小骚鞑子来。还不明了吗？"

秋真拿个棒子，挥动一下，做个悟空哨望的姿势，道："我像孙行者吗？"大家看了不伦不类的，大笑不止。

芸轩又道："这还用问？看湘云里面穿的衣服颜色和样式：靠色三镶领袖、秋香色盘金五色绣龙、窄裉小袖掩衿、银鼠短袄，里面短短一件水红装缎狐肷褶子，腰里紧紧束着一条蝴蝶结子，长穗五色宫绦，脚下也穿着鹿皮小靴，越显的蜂腰猿背，鹤势螂形。"

秦明笑道："又是男人打扮，蜂腰猿背，鹤势螂形，再拿上金箍棒，还真像猴子。"

芸轩道："窄裉小袖掩衿短袄、鹿皮靴子，这是胡服，靠色三镶和五色绣龙，加起来是'八色'，是八旗的标志；蝴蝶结子代表永结同心。这骚鞑子又姓孙，同着穿'八色'胡服的人永结同盟，只是里面有短短一件水红坎肩，稍沾点红色，敢穿绣龙的衣服，你别说想不起来是谁。"

秋真吃惊道："可别说，是孙可望吧？"

芸轩道："怎么不是他！五色绣龙，鹅黄色帽子。谁敢穿鹅黄、绣龙衣服。鹿皮靴子，是逐鹿中原用的，只有想登帝位的人才敢。他手里拿的胡服'雪'褂子，表明他承袭了胡人'薛'家衣钵。

"你们联系一下王仁、王莽的事，再看看这个孙可望的行径。他先是由大西军投大明，后由大明又降大清，降清之前，还想篡朱由榔的位，可不就是里外发烧吗？"大家一致同意，都说有理。

山岚穿的是宝玉的装扮，一件茄色哆罗呢狐皮袄子，罩一件海龙皮小小鹰膀褂，束了腰，披了玉针蓑，戴上金藤笠，登上沙棠屐。秋真看了这身打扮，便笑个不住，道："这就是黛玉说的渔翁？下雪天穿这个？北静王给的，这时候用上了。"

秦明道："别有用心，待会再论。还等你俩分鹿肉呢。"

山岚催道："带玉的哥儿，带金麒麟的姐儿，咱俩还得分吃鹿肉呢，你快点吧。"

秋真道："鹿肉烤好了吗？"

秦明道："还没买来呢，你俩别抢。"

秋真道："这衣服，确实复杂了些，不伦不类的。特别还戴着个金里子、猩红面子的昭君套，穿着一点不舒服，怎么吃东西？"

文亮道："你问没问过专家，这样穿戴，是哪个朝代的服饰特点？"

秋真道："怎么没问，都说不明显。"

山岚道："湘云是他的话，不喜宝琴就对了。贾母的睡榻旁容过四位，先是宝玉，也有湘云，后来黛玉，她的眼泪快还完了，最后是宝琴。怪不得，这次宝琴不住蘅芜苑，反而是湘云非去不可呢，原来她要叛变哪。"

芸轩穿了黛玉的衣服，脚下是掐金挖云红香羊皮小靴，罩一件大红羽纱面，白狐皮里的鹤氅，束一条青金闪绿双环四合如意绦，头上罩了雪帽。

文亮指着她道："只有她戴雪帽，看来最数她怕冷。青金石绦子，这种不透明或半透明的蓝色，还真是宝石色。能把宫绦做成这样，青金闪绿的，这种闪色的面料，再配上双环四合扣，倒像一根玉带。"说得大家心里一惊。

秦明道："玉带雪中挂，怪不得她最冷。金丝缠绕的小羊皮靴子，面子虽然是大红纱，可里子却是白狐狸皮的鹤氅。羊皮小靴子上，也缠了金丝，仔细看，也有一点点胡服的味道呢，且透露出几点信息：自从钗黛合一，黛玉的变化越来越大，像羊一样温顺了，且学会了狐狸般的狡猾。怎么唱来着？秋真来一段《闹简》的桥段，我们听听。"

文亮道："有个人落了单了，是宝玉。宝玉素习深知黛玉有些小性儿，正恐贾母疼宝琴她心中不自在，可审度黛玉声色不似往时，果然拿宝琴当妹妹，心中闷闷不乐。

"因想：她两个素日不是这样的好，今看来竟更比他人好十倍。先时不放心我的缘故，天天流泪，这会子，她们倒好上了。

"宝玉便找了黛玉来，笑问：我虽看了《西厢记》，也曾有明白的几句，说了取笑，你曾恼过。如今想来，竟有一句不解，我念出来，你讲讲我听。"

山岚笑道："你念出来我听听。"

文亮笑道："那《闹简》上有一句说得最好，'是几时孟光接了梁鸿案？'这句最妙。'孟光接了梁鸿案'这五个字，不过是现成的典，难为他这'是几时'三个虚字，问的有趣。是几时接了？你说说我听。"

秋真念道："待月西厢下，迎风户半开，隔墙花影动，疑是玉人来。嗳，小生乃是猜诗谜的社家，难道这四句诗会猜错么？"自己又换个腔调，学红娘道："噢，好一个小姐，原来你连我红娘都瞒过了。又唱道：

"几曾见寄书的瞒过鱼雁？好小姐心眼儿这样刁钻。看几时接了这齐眉鸿案。是几时？你说说我听。"

秦明道："从宝钗第一次在雪洞向黛玉发难时，以黛玉清高的风骨，也不得不求饶，求宝姐姐饶了我吧。

"三月香巢已垒成，却不道，人去梁空巢也倾。正是黛玉泪干血枯时，谁知这宝姐姐，雨夜送了燕窝来，宝姐姐的策略变了，她也开始稀罕黛玉了。聪明的黛玉也变了，变了对付白色恐怖的策略。这结果，从黛玉教导香菱学诗中就找出端倪。"

文亮道："你是说，黛玉看到香菱喜欢陆游的诗，马上制止她，因陆游是一个抗金复国的爱国诗人，诗中充满对金人的仇恨，差一点就要饥餐胡虏肉了。

"这样露骨大胆，在清文字狱恐怖时代，哪能这么露骨地说这个，还不赶紧学学那些改朝换代时、家国遭难中的那些个诗人们，看他们是如何度过这种难关的。"

芸轩道："有殉节的，也有变节的。特别是南北朝时期，五胡乱华，汉人几乎被杀光，那才叫真正的亡种呢。所以，黛玉告诉香菱，学学前人吧，比如前后七子，比如李义山。要隐晦地表达自己的思想感情，像羊一样温顺，像狐狸一样善于伪装自己。"

秋真道："你倒会说，清高的黛玉，被逼到这个份上，那时就接了梁鸿案了，可怜见的。你还没见湘云怎么吓唬香菱呢，用宝钗的话说：怎么是杜工部之沉郁，韦苏州之淡雅，又怎么是温八叉之绮靡，李义山之隐僻。这些人，还不都是安史之乱后，唐末那些不得意的正直诗人？

"他们的遭际表现在诗词中，什么沉郁、淡雅、绮靡、隐僻的，这还不是被逼的，《石头记》的手法不也得这样，把事件线索藏了又藏的。"

秦明穿了宝钗的，是一件莲青斗纹、锦上添花洋线番羓丝的鹤氅，又舒服又暖和。

秦明笑道："这鹤氅穿的，我自觉有闲云野鹤之味呢。"

山岚道："秋专家，倒是说说，宝钗的莲青斗纹'锦上添花'洋线番羓丝的鹤氅，是不是也很珍贵。"

秋真道："洋线番羓丝，大概是西域产的一种珍贵的羊毛线，肯定不如貂毛值钱。不过看颜色，莲青色是冷色，雪地里穿着也不显暖和。锦上添花的斗纹，没见过。"

山岚道："你也说不出二和三来，还老骂我。我的见识，这次诗会，独她和黛玉穿鹤氅，她又是锦上添花。看来这二位有一种'不在事中，逍遥于外'的意思。"

秦明道："对，看他们吃鹿肉就有这个意思。这一次吃肉，说的热闹，就只有探、凤、平、湘、琴和宝玉六个人吃了，其他的人并没有，特别是黛玉和宝钗，要不是宝钗劝宝琴吃，说黛玉不敢吃，我还注意不到这里。

"她没吃，黛玉也没吃，是没参与分鹿之战。黛玉是局外之人，宝钗不过是锦上添花之人。"

秋真道："湘云穿着鹿皮靴子，吃着鹿肉，曹公就怕人不知道是她的主战场。用你说，你既知道，告诉我，为何邢岫烟穿家常旧衣，无避雪之衣呢？"

指着冯玉笑道："你看他耸肩缩脖的。"

文亮道："我对邢岫烟感兴趣，她比湘云还传奇。《石头记》中，起先我最可怜的人是香菱。现在，最可怜的是邢岫烟。不光凤姐可怜她，大观园里有良心的人都可怜她。你们说，皇帝做到这个份上，能不让人可怜吗？"

冯玉也觉得自己的衣服单薄，有些冷，搓着手道："是呀，哪个皇帝这么可怜？你们怎么让皇帝挨冻呢？"

文亮道："她和谁一起搭帮进京？半路上又是谁加入进来？你们细细推推。"

秋真道："一路上，有个谋朝篡位的王莽陪着，半路上加进了李氏母女，那李氏母女是谁？"

芸轩道："直接说吧，我只问你，孙可望夺谁的位？"

冯玉道："朱由榔啊！孙可望一直挟持朱由榔。他想仿效曹操，挟天子以令诸侯。后来又打如意算盘，自己当皇帝。正要篡位时，半路杀出个李定国来，救走了永历帝。

"啊哦，这就是邢岫烟一路和王仁走，半路驳船时，碰上李氏母女的玄机。佩服！佩服！"

芸轩道："迎春的住处是紫菱洲的缀锦楼。这是个四面环水的地方，邢岫烟住进了这里，她和迎春被水孤立了。永历帝不被军阀大臣们待见，受尽武将欺凌，更没有御敌自卫的能力，可不就是没有避寒的衣服嘛。"

文亮道："他这身旧服虽不避寒，却是祖宗衣钵呢。"

山岚道："这么说，李氏母女住进稻香村，倒是符合咱们的设想。本来稻香村就是农民军的大本营，来这里的人，身份无非就是农民军中的忠贞者，像李定国这样的人，确实像岳飞，值得尊敬。"

文亮道："所以，贾母、王夫人因素喜李纨贤惠，且年轻守节，令人敬服，今见她寡婶来了，便不肯令她外头去住。这就是曹公敬佩李纨的地方。"

秦明问："咱去什么地方？人家是在芦雪广，四周不透风，咱们呢？"

文亮道："剖竹走泉源，开廊架崖广。那个地方和藕香榭的竹桥相连，茅檐土壁，槿篱竹牖，怎么不透风？比藕香榭还简陋呢。其实就是同一个地方，只不过水里的残荷被芦苇代替了，再加上雪，四周是白茫茫一片。"

山岚道："怪不得要大家穿这么多衣服，他们怎么选那么个破地方。咱们的亭子是听雨轩，虽说四周通透，不是也拢了火炉子吗，好在外面也不是太冷，还是去那里吧。"

芸轩道："鹅雪漫飞扬，琉璃扮银装。这个冬天的情势已严酷成令人窒息的玻璃世界了，自己人还在破烂不堪的屋子里争鹿肉，还美其名曰：踏雪赏红梅。曹公真幽默。"

说话的工夫，都穿戴齐整了，山岚吵着饿了，小妹忙忙地去院里的听雨轩，准备下铁炉、铁叉、铁丝蒙，将割好的鹿肉片一一摆在火炉上，烤起来。

秦明道："你们都出来，我好好瞧瞧。想当年，《红楼梦》里的踏雪赏梅剧照，里面人穿得红艳艳，个个光彩照人，让我梦牵魂绕这么多年。来，你们都站在雪地里，让我瞧瞧，也陶醉一会。"依照她的要求，都出至外面，先都亮个相，站成一堆，结果发现，一点不美。

大多人的衣服颜色属冷色，特别是宝玉的氅衣，雪下最难看。众人一笑了之。山岚和秋真闻见烤肉香，去亭子里吃起来。芸轩已议定了台词分与众人，各自熟悉了，开始对台词。

探春笑道:"你们闻闻,香气这里都闻见了,我也吃去。"说着,也来到院子里。

李纨也随来,说:"客已齐了,你们还吃不够?"

湘云一面吃,一面说道:"我吃这个,方爱吃酒,吃了酒才有诗。若不是这鹿肉,今儿断不能作诗。"说着,只见宝琴披着凫靥裘站在那里笑。

湘云笑道:"傻子,过来尝尝。"

秦明道:"你叫宝琴傻子?怪不得宝钗让湘云认她做妹妹,她不认,是看宝琴不参与争权夺利,嫌她傻。"

宝琴笑说:"怪脏的。"

秦明道:"她以为,和宝玉争权利,是肮脏行为。"

湘云道:"假清高,早晚得参与了。"

宝钗道:"你尝尝去,好吃的。你林姐姐弱,吃了不消化,不然她也爱吃。"宝琴听了,便过去吃了一块,果然好吃,便也吃起来。

秦明道:"到头来,依旧是风尘肮脏违心愿。听人劝,吃饱饭。宝钗虽自己没吃,此时却完成了锦上添花的任务,极力拉宝琴坠入肮脏中。"

一时,只见凤姐也披了斗篷走来,笑道:"吃这样好东西,也不告诉我!"说着也凑着一处吃起来。

秦明道:"宝玉这边加入人手了,凤姐出马,事情就好多了。"

黛玉笑道:"哪里找这一群花子去!罢了,罢了,今日芦雪广遭劫,生生被云丫头作践了,我为芦雪广一大哭!"

秦明道:"这话不假,骂湘云是饿不死的叫花子呢。"

湘云冷笑道:"你知道什么!'是真名士自风流',你们都是假清高,最可厌的。我们这会子腥膻大吃大嚼,回来却是锦心绣口。"

秦明道:"湘云颇具晋士风范,如元嘉之鲍照一样,虽身处乱世,却积极参与变革,强烈显示自己的政治野心。现今又腥膻食肉,学起胡人习俗来。她是铁了心了,金麒麟的姐儿和玉哥儿,不再是金玉'双星缘',而是展开了争鹿大战,这个金麒麟要和穿蓑衣的玉儿逐鹿中原了。"

文亮道:"不是逐鹿中原,是要把玉儿掀翻在地。忘了,平儿丢了金镯子了，就是征兆。"

宝钗笑道："你回来若做的不好了，把那肉掏了出来，就把这雪压的芦苇子捂上些，以完此劫。"

秦明道："宝钗说的话，怪瘆人的，让湘云把那肉掏出来，再把这雪压的芦苇子捂进去，这不是拿草填肚子吗？这是什么惩罚措施？"

芸轩道："这可是孙可望最擅长的杀人刑法，刑名叫做剥皮填草！被他杀害的十八先生，就是用的这法子。宝钗这是触摸湘云的恶毒呢。"说着，吃毕，洗漱了一回。

山岚道："鹿肉吃完了，还有牛乳羊羔没上呢，怎么不端上来？"

秦明道："提那东西做什么，不见天日的东西，那是一味药呢。我看，就是胎死腹中的阴谋。还是贾母心中有数，一大早就端上来给人看，预示着孙可望篡位终不得成。"

秦明道："秦失其鹿，天下共逐之。张晏也说，鹿喻帝位。逐鹿，寓意于政权之争，还真是湘云干的。她的叔叔也不知道有几个，一个忠靖侯史鼎，现在又是保龄侯史鼐，一门两侯，可是很少见的。"

文亮道："我以为是一侯再变。忠靖侯变成了保龄侯。从字面意思看，忠靖变保龄，普通鼎变成大鼎。是不是由忠诚变成保命，还有要问鼎中原之意？"

秋真道："是这么个事，可这逐鹿之战具体是哪一战？"

文亮道："不太具体，还是孙可望受封秦王之后，刁难永历，害死十八先生期间的事吧。"

芸轩回头看到山岚的打扮，提醒道："我想起来了，宝玉穿着北静王给的蓑笠和棠木屐。丫鬟们说，这里就缺个渔翁，是不是还提醒那句'孤舟蓑笠翁，独钓寒江雪'的意境，这个芦雪广也是个舟？"

秦明问道："还和舟山有关吗？"

第五十回

芳园失冷翠　寒江雪梦还

文亮道："舟山收复战的年份有待商榷，有说是一六五四年，也有说是一六五五年。还得提醒你们，关键点别忘了，平儿丢了金镯子，这征兆多明显。"

山岚道："是呀，平儿吃了口鹿肉，丢了一只虾须镯，怎么办？"

芸轩道："平儿的金镯子丢了，三天后就找到，是一则预言罢了。"

山岚道："预言什么？"

芸轩道："有人只得偷'投'金了事。"

山岚道："怎见得是有人投金呢？"

芸轩道："平儿说，前几年有个良儿偷玉。我捉摸着这意思好，不同于今天的偷金子。良禽择木而栖，贤臣择主而事。良儿偷玉，意味着偷玉的良儿，是投对了主子。至于偷金子的人是否也找到了可心的主子，我就不知道了。"

山岚道："这样说来，偷镯子和投井的意义一样了，稀罕镯子，就是投靠金主子了。"说完，便得意地笑起来。

正说着，冰儿打着稠油伞，摇摇摆摆地进来，山岚眼尖，不等冰儿开口道："我下了帖子，就数你姗姗来迟，一会咱们喝酒，定要罚你。"

冰儿道:"我院外就闻见烤肉香,不说给我留点,还罚我。"冯玉赶忙接过伞,帮她抖抖雪,又拿过些烤肉给她。

冰儿看了看道:"我开玩笑呢,才不吃这个。这么冷的天,你们也豁得上,待在这里怎么行?她们穿得暖和,冯玉穿这么点衣服,仔细冻病了。我也不行,赶紧进屋子吧。"说着,众人收拾了一番,回到屋子里。

只见杯盘果菜俱已摆齐,墙上也贴出题目来了。

秋真道:"我们还是脱了这些劳什子吧,穿着怪累。还有,要重新分角色。"

山岚道:"就依你。"说着,大家巴不得脱去这些衣服,换上自己的。正忙乱着,陆风也来了。

山岚道:"好歹都全了,可是最隆重的一次,有的看。"

秦明道:"这次诗社,李纨怎么还凑钱?凤姐没给她五十两银子吗?凑钱也就罢了,香菱、宝琴、李纹、李绮、岫烟,说她们五个不算,二丫头病了不算,四丫头告了假也不算,宝钗她们四份子送了来,每人一两,她总包五六两银子就够了,这情形,闹不清。"

山岚道:"就是,四份子里面都有谁?宝钗、黛玉、宝玉、探春,还有湘云呢,她拿还是没拿?如果拿上,就是五份子了,连上李纨就是六份子了。"

芸轩道:"这是又要把咱们的目光引到凑钱上。这四份钱其实含糊着,无非是让咱猜测到底谁没拿。这个不好猜,但她肯定拿了,书中说:宝钗等答应了。可见一定是她拿了。"

山岚道:"上一次给凤姐凑份子,我们看出了毛病,这次也不例外。"

文亮道:"还别说,想到凑份子,我又想起凤姐攒金过生日的事来,忘了最后的结论了?"

山岚道:"哪能忘了,谁出的钱多,谁就是最后的赢家。这么说,没出钱的人咱先不说,出钱的人一定有宝钗。"

秋真道:"没出钱的人也说得明白,她们都是这场战役中的失败者,这就好比鹬蚌相争、渔翁得利一个道理,内耗的结果,谁是最终得利者?还不是宝钗么。"

芸轩道:"所以嘛,薛姨妈马上来到贾母处,要出五十两银子请客呢。这和上一次她出钱最多一样道理。话怎么说来着?"

贾母笑道:"这才是十月里头场雪,往后下雪的日子多呢,再破费不迟。"

薛姨妈笑道:"果然如此,算我的孝心虔了。"

凤姐儿笑道:"姨妈仔细忘了,如今先秤五十两银子来,交给我收着,一下雪,我就预备下酒,姨妈也不用操心,也不得忘了。"

贾母笑道:"既这么说,姨太太给她五十两银子收着,我和她每人分二十五两,到下雪的日子,我装心里不快,混过去了,姨太太更不用操心,我和凤丫头倒得了实惠。"

凤姐儿将手一拍,笑道:"妙极了,这和我的主意一样。"

山岚道:"玩笑了一场,凤姐儿反而这样了:如今也不和姨妈要银子,竟替姨妈出银子治了酒,请老祖宗吃了,我另外再封五十两银子孝敬老祖宗。"

芸轩一拍手道:"好,可以推断,这场雪战薛姨妈若是东家,凤姐儿倒是输家,但贾母成了最终的赢家。"

秋真道:"那有的好看了。五十回这场戏贾母亲自参与,这么热闹。我算明白了,曹公的书到四十九回,所有该上场的历史人物,都一股脑地聚齐了。

"单从联句这一桥段看,《石头记》有了新的十二钗,且香菱也一跃成为正钗之三,仅排在凤李之后,大有新意。咱们趁今日,先来个联句,和这十二钗比试一番,怎么样?"

冰儿道:"反正也不是丢了一回人了,权当闲凑个趣儿,会不会的,都包涵些。"加之雪天,客人少,她们决定闭轩一日,不再对外营业。

秋真道:"论年龄我最大,这次联句盛会,由我主持。"

冰儿道:"你先说一下联句的意义。"

秋真道:"自古最有名的联句,恐怕就数汉武帝的'柏梁台诗'。"

冰儿问:"汉武帝也做这种雅事,有特别的用意吗?"

秋真道:"听我说。当年,汉武帝宫中设宴,君臣作诗,能作者方得上座。据传,那一次参加者共二十六人,做的是七言律,每人一句,单句押韵,没有主题,而是各人歌咏自己的职务。

"武帝就说了：日月星辰和四时。

"丞相接一句：总领天下诚难治。

"大将军接的是：和抚回夷不易哉。

"后面两个人很特别，一个是武帝宠幸的倡优郭舍人，说一句：啮妃女唇甘如饴。最后是最有学问的东方朔，说的是：迫窘诘屈几穷哉。"

冰儿道："这么说，《石头记》里的联句，也都是说自己的事了。"

秋真道："这个还不好说，因这次联句有主题，是即景联，当时的景致，就是大雪纷飞，这就有共同的主题，便是《咏雪》。

"但为了切合自身的特点，用的不是一人一句一韵，而是一人出上句，继者须对成一联，再出上句，轮流相续，最后结篇。虽说增加了难度，但肯定上下联之间有很深的关联，让咱们更能理解，她们之间到底要发生些什么。

"至于到后面，又改成一人一句，我度量着，曹公以为，咱们已然明白他们之间的关联。最后面，开始三人酣战，这三人的身份就特别了，也许是历史舞台上坚持到最后的、最活跃的三位。他们如何表现自己，就看咱们今天能不能还原了。也许，能还原出一场惊心动魄的著名战争。"

冯玉插言道："咏雪，咏哪个雪，是不是薛宝钗的薛？"

山岚道："这不用问。说不好句子，有你难看的呢。"

秦明笑道："我有意见。按说，联句比的是思维敏捷，谁反应快谁联。如果排序，则存在接不上的空当和尴尬。"

文亮道："但为了让咱们明白十二钗的顺序，曹公还是不顾这种别扭的安排，排了序的。"

秋真道："没错，鬼使神差地让凤姐儿开了头，这可是整个《石头记》凤姐唯一一句诗。看'柏梁台诗'的第一句，就是汉武帝起首。

"凤姐儿自然是一只凤凰，这说明十二钗的联句也遵循这个原则。凤字开头，依次是李纨和香菱、探春等。最后竟是宝钗。这样的次序安排也很怪。"

冰儿道："香菱成了正册里的，还这么靠前，排第三。"

秋真道："香菱，作为薛家地位最可怜的人，崇尚陆游的诗篇。因当时不管朝廷还是民间，全面反清的势头很高涨。所以，这次香菱的作用和身份发生变化是对的。学诗的那三天，香菱就是大观园的主人。"

冰儿道："还不如说，他们身在曹营心在汉。那些被奴役的汉人，终于有了反抗的机会。"

秋真道："可以这样讲。这次反清复明的气势，实际上是民间最先发动的。这次香菱积极参与战斗，也是基于这样的背景，虽然是薛家人，但作为白色统治下的人，抗清势力却是排在第三位的，仅次于李纨代表的农民军西南势力了。明白了这些，咱们也按次序来。

"下面轮到谁，谁就按这个次序，把你对应人物的动机身份说明白即可。如果三十秒之内说不上来，就罚他到那边为咱们执壶端菜。"大家听后吁了一声，认为太难了。

冯玉道："也用五言律吗？"

秋真道："咱们用七言律，就用一人二句的，不选险韵，选个宽些的，也用十三元吧，冰儿，你先来吧。"

冰儿大吃一惊，说自己还没弄懂呢。

山岚道："怕什么，学一下凤姐，我帮你。想想，刮北风是什么样子？"

冰儿道："北风呼啸呀。"

山岚道："什么北风呼啸，就说哪里的雪最大。"

冰儿道："燕山雪花大如席，当然是燕山的雪最大。"

山岚道："这不就有了。"

冰儿道："北风呼啸……"

山岚道："北风呼啸乱长安。"

冰儿道："燕山大雪……"

山岚道："燕山大雪摧轩辕。"

冰儿道："这样算吗？你也最好给咱们来个画外音，我可是诗盲，不像你们一说就懂。"

山岚道："我给你配解说。凤姐这句：一夜北风紧，出自李白的《北风行》，原句是：北风雨雪恨难裁。安禄山制造安史之乱，在北方的燕地，挑起民族战乱，致使百姓离乱，大唐萧条。你想想？"

冰儿道："这雪就是来得早些。"

山岚道："北风卷地白草折，胡天八月即飞雪。不早，不早，诗人说下雪和天气无关，是指的严酷现实。"

冰儿想了一会，道："凤姐说：一夜北风紧，刮了一夜北风后，到底出现什么情况？那我就诌一句：风卷胡雪摧轩辕。"

山岚道："意思很贴切么。"

下该秦明，听她吟道："风卷胡雪摧轩辕，匝地匿瑕锁平川，川泽纳污蔽旷野。"

芸轩笑道："她是取了'隐匿瑕疵尽，包罗委琐该'之句，真是典中用典了。"

冰儿道："别呀，一个典我都搞不懂，再引另一个典就更听不懂了，山岚你快给解释一下。"

山岚道："我也得听一下再说。"

芸轩道："自古咏雪诗句，大都与描绘战事、抒发边塞苦寒之情有关，也大都与梅花一起吟咏。梅雪相映，才得意趣。正如：梅须逊雪三分白，雪却输梅一段香一样。诗人往往把雪、梅并写。雪因梅透露春的气息，梅因雪更显品格高尚。还是卢梅坡说得好：有梅无雪不精神，有雪无诗俗了人。且咏雪的诗人名句，不胜枚举。

"李白、鲍照、欧阳修等名家都有关于咏雪的句子，他们的诗句中对雪有种种表述，不知你们做过鉴赏没有？"

山岚道："我只知大多数人借雪咏物。比如：忽如一夜春风来，千树万树梨花开。韩愈的：白雪却嫌春色晚，故穿庭树作飞花。雪喻花，色取白。"

秋真道："还有取冷香之味的呢。李白的：瑶台雪花数千点，片片吹落春风香。毛滂的：素色可能妆粉并，真香直到齿牙知。都是写雪香的呢。"

山岚道："我想起来了，还有温庭筠的：小山重叠金明灭，鬓云欲度香腮雪。可是以雪喻美人的，咱们的薛宝钗就符合冷香美人的特点呢。"

芸轩道："可李纨的词句中，表达了一种可惜的情思。她说，可惜这样的冷香之美，匝地入泥，被污了。所以你还不知道，有一类咏雪的诗句是满含讽喻的。"

山岚道："有这样的诗？哪一首？"

芸轩笑道："张衡的《四愁诗》中说：我所思兮在雁门，欲往从之雪纷纷。这里的纷纷雪是什么？成了小人权奸的代名词。刚才秦明所说：隐匿瑕疵尽，包罗委琐该。正有此意。

"雪下藏污纳垢，典中用典不重要，咱们只知道，李纨作为一株老梅，崇尚忠贞，她只可惜，这场开门尚飘的大雪，其晶莹雪白之下，恐怕藏污纳垢了。因为，凡投到薛家怀抱的人，莫不是小人。"

文亮咳了一声道："该轮到我来，我看香菱的意思，对薛家看法还不错，她倒是看中薛蟠的，也许还寄予希望。

"所以就是：川泽纳污蔽旷野，枯草新荣胡庭喧，芦亭孤钓寒江冷。"

山岚道："她也取义于韩愈的《咏雪赠张籍》之：压野荣芝菌。这和香菱的'有意荣枯草'一样意境。韩愈的意思，纷纷的大雪，是来荣养枯草的，香菱也这样认为。她认为下雪犹如芦花漫天，待枯草返青时，便胡庭喧嚣了。"

冰儿问："其实不就是这样吗？不是说瑞雪兆丰年吗？下雪不是好事吗？"

芸轩道："问得好，探春就是这意思。我替她说一句：芦亭孤钓寒江冷，尽道丰年瑞兆显，谁见贫者言何苦。"

山岚道："瑞雪不是来装饰苇花的。探春的'价高村酿熟'，分明就是期盼瑞雪兆丰年的。可罗隐有诗道：

尽道丰年瑞，丰年事若何？

长安有贫者，为瑞不宜多。

"瑞雪兆丰年，不过是辛勤劳者对丰年的期望而已。安居华屋，身袭皮裘的达官显宦们，在酒醋饭饱后，观赏漫天飞雪时，定会大发瑞雪兆丰年之感慨。可对于百姓来说，即使真的遇到丰年，情况又如何？"

冰儿道："言外之意，什么村酿价高，府粮丰饶，对百姓没有实际意义。"

山岚接着道："我一人代李纹、李绮两个人的，道：谁见贫者言何苦，冬至阳回赋芳园，葭动灰飞待翠山。"

秋真道："这个你就自己解释了吧？"

山岚道："她二人无非想说：葭管灰飞时，气候要动了。过了冬至，白日渐长，冬天慢慢熬过去，天气也日渐回暖，春天即将来临。可春天来临之前，是难耐的寒冬，数九始，要面临最寒冷的天气。所以，才有寒山失翠、冻浦不潮的死寂。"

秦明道："冬天到了，春天还会远吗？死寂之后，有人默默等待翠山复旧。"

秋真拍手道："嗨，我最不像邢岫烟，缩肩弓背的一副穷酸样。虽也清高自傲，可怜见的。这么极冷的风雪中，芭蕉叶已支离破碎的更难堆住雪。你瞧那边，最易挂雪的物件是柳枝。所以，寒冷中没有御寒之衣的她，最关心自己的御寒问题。我只好替她说一句了，就是：葭动灰飞待翠山，池寒柳冻枝条乱，竹琼蕉裂暗伤魂。"

冰儿问："柳枝芭蕉被冻坏了，和邢岫烟没有衣服御寒有关吗？"

山岚道："里面有个缘故，不知邢岫烟是谁，就不理解她为何特别寒酸，连一件御寒的棉衣都没有。就是因柳枝挂雪，芭蕉叶破。这是她的两方护身势力，如今都出了问题，她可不就成了没人管的寡人，干等着挨冻。"

秦明道："她最关心的两个物件，疏枝柳、破叶蕉。残破的残破，被雪缠上后冰封不自由，都自身不保了，还管得了她。"

冯玉和陆风光听几位说，几乎插不上话，这回轮到冯玉，他搓着手道："我刚才被冻了半天，知道那滋味，湘云是最舒服的，穿得最暖和，里外发烧的大褂子，连里面也是一身皮毛，她的联句里主题词最好。什么麝煤、宝鼎，还有宝琴、绮袖、金貂，这和刚才的邢岫烟可是天地之别。

"别人挨冻伤了魂魄，可这位拥有最多衣服的人，还有炉火正旺，她是雪天最会取暖的，该最开心舒服。我说：竹琼蕉裂暗伤魂，哗众取宠类胡猿，宝鼎取暖燃麝煤。"

大家笑他说得太通俗，成打油的了。

山岚道："意思有了就行，就这样吧。"

秋真道："那不行，只要有人给差评，就得淘汰。要不，你去亮亮炒菜的手艺，加几个菜去。"冯玉笑着，挽挽袖子去了厨房。

下该陆风，他满不在乎，道："你们天天不带我，这会子我也想不出新鲜事来，反正山岚告诉我了，我知道宝琴是谁，就混说了。用火炉取暖，也很奢侈了，刚才咱们外面烤肉，满院飘香，我的就是：宝鼎取暖燃麝煤，冷香粘满椒香院，雪色强取宝鉴光。"

说完，不等别人评论，就直接去给她们倒酒，大家笑着，说他犯了规矩，说了"雪"字，该罚下去。

秋真道："咱们的水平也就算啦，不敢用白战体，也没说不让带雪字，怨我没说清楚。"

冰儿道："还有这么多讲究，咏雪，不让带雪字怎么玩，白战体又是什么玩意？"

山岚道："比如咏雪，禁用梨、梅、鹅雪等字。'咏雪联句'里，句句说雪，但就没出现一个'雪'字，她们也是遵循白战体原则的，这就增加词赋难度。这些你也不用深究。我只是问陆风，你怎么想到风月宝鉴上了呢？"

陆风道："她说窗前镜，突出一个'镜'字，可不就是能照出真伪的宝鉴吗？就是宝玉屋里的麝月之鉴，如今被雪光一照，就失去了光彩，不辨真伪了；椒房之内，沾染了冷香，其他香就被掩盖了。

"她见湘云的'麝煤融宝鼎'，是得了势力又暖和，宝琴跟着湘云吃了鹿肉，当然也就学会'绮袖笼金貂'了。"

山岚道："虽然犯了例，意思不错。"

芸轩道："我还是帮黛玉、宝玉一起说罢：一句'斜风仍故故'，引发宝玉许多感慨和疑问。所以，宝黛才有'风冷梦寒'之感，我的是：雪色强取宝鉴光，梅笛长叹不周陷，斜风漫飘清梦寒。"

文亮道："咏雪之中咏梅才刚出现，只是笛声中带着叹息。这'梅花笛'句，典于鲍照的《梅花落》：中庭多杂树，偏为梅咨嗟。问君何独然？念其霜中能作花。诗中充满托讽之味。"

秦明道："鲍照以庭中杂树，象征一般无节操的士大夫们。而通过对耐寒梅花的赞美，表达诗人坚韧不拔的意志。斜风仍故故。这里黛玉有感叹，'邪风'阵阵吹来，世风日下。宝玉也就跟着感叹，大势已去。他再次寻找，何处还有像梅花一样品格的人。"

冰儿道："我知道了，底下有他雪中乞红梅一段，就是影射到这个想法里来了。"

山岚道："能想到这些，还行。你连宝玉的都说了，就没我的事了，秋真接着说宝钗吧。"

秋真白了她一眼道："说就说。不过我说完，就满了十二钗身份了。后面一轮，如果再按次序联，就该李纨，可李纨借着去热酒的由头走了，于是大家乱了次序。而首先打乱次序的人，也是起先要求排序的人，就是宝钗，这就有意思了。"

山岚道："次序乱了，就是身份乱了。皇帝不是皇帝，臣子不是臣子，大家一哄而上，抢呗。"

秋真道："最先卜手的第一人倒是宝钗，她想让宝琴抢着说，没想到，湘云抢了先。这个抢序问题，意味深长。待会咱们再盘算。下面，咱也乱个次序。要么也换个韵，依咱们的水平，来二萧韵，行不行？"秦明道："好啊，我先来一个再说。"只听秦明吟道："斜风漫飘清梦寒，败鳞残甲几百万，玉成非是汉家箫。"

山岚拍手道："好！结的这句比李纹、李绮的强。宝钗问：谁家碧玉箫？你就答：竹成玉箫非汉家。改朝换代了，此箫自然不是汉家所有，同时也回答了宝玉的'何处梅花笛'之问。"

文亮道："坤轴陷落，典出《咏雪赠张籍》的坤轴压将颓，日轮埋欲侧。可见大厦将倾，坤轴已陷。哪里去找舜尧去！"说得都点头。

秋真道："我来湘云的比较妥当：竹成玉箫非汉家，乘舟访戴野岸棹，云集龙斗三百回。"

冰儿问："这个地方我知道点，是雪夜访戴的典故。可用在湘云身上，我就不理解了。"

山岚道："王子猷性情豪放，这一点，很符合湘云的晋士风采。湘云也是乘雪兴，靠近了雪岸，找到了自己的最终归宿。所以，不惜像张元《咏雪》诗中说：战罢玉龙三百回，败鳞残甲满天飞。可想而知，湘云参与的是一场多么残酷的战争。"

芸轩道："《光武帝纪》说：刘秀发兵捕不道，四夷云集龙斗野。这种末世之战，向来残酷。"

秦明道："我喜宝琴的直率，大战三百回如何，有贾母赐的凫靥裘，她怕谁，听我的：云集龙斗三百回，帝王赐裘征戍瑶，情断灞桥吟诗寂。"

冯玉道："还有情断灞桥一说？是长安的灞桥吗？"

文亮道："就是。灞桥又称断魂桥，一向以折柳惜别闻名海内，走向沙场的战士，在此道惜别之情。这里既提到灞桥，又说加絮念征，都知道它的含义，我就不多说了。

"宝琴独得贾母赐予的凫靥裘，也该是这个意思，难道不是承担了一份特别的希望吗？希望她割舍亲情，体谅皇家的苦心，努力参与战斗，保家卫国。"

秋真又道："我又想到一句：情断灞桥吟诗寂，度势险夷家国摇，垤处成堆坳中陷。"

文亮连声赞好，又道："又是韩愈《咏雪赠张籍》的：坳中初盖底，垤处遂成堆。看来韩愈的这首讽刺诗，你和曹公都不厌其烦地引用。看上去，雪面上很平坦，可雪下面高低不平，寓意国运之不平与艰险。

"湘云靠近雪岸这一举动，可真是关乎国运呢。如果真是像稀罕金镯子的坠儿，投了金人，大明最后的希望，就彻底烟消云散了。"

山岚道："所以，宝钗才有'枝柯怕动摇'之担心，怕已经挂在柳枝上的雪花不牢固，稍微有点风吹草动就掉下来呢。于是，她每走一步，都要'皑皑轻趁步'的。"

芸轩道："黛玉的意思很明白，我的是：情断灞桥吟诗寂，香似龙涎芋色昭，舞逢井陷随腰处。"

山岚马上道："我知道了，雪花片片匀如剪，舞到深处纷纷乱。黛玉只好在乱雪狂舞中，轻抬腰肢，躲避苦寒，将白色恐怖当成香甜的酽白香芋来吞噬。"

文亮道："就像苏轼一样，在艰苦的岁月里学会享用儿子给他做的芋头，苦中取乐，感受其白、其香、其冷、其寒。这里依然用了韩愈的典：舞深逢坎

第五十回

芳园失冷翠　寒江雪梦还

181

井，片片匀如剪。"

一面说，一面推冯玉，命他联。

冯玉正看三人说得十分有趣，哪里还顾得联诗。今见文亮推他，冯玉道："好不容易插一句，我说两句：舞逢井陷随腰处，休说盐梅强作效，苇蓑泊钓在孤舟。"

秋真道："这句还行，你自己说说。"

冯玉道："这个我知道了，黛玉都学会：舞逢井陷随腰处，宝玉如今的处境是孤独无助的了。那些口口声声以盐梅自喻的勋臣们，不再坚守忠贞，却叛离的叛离，逃跑的逃跑，咱们的宝玉好孤单呢。"

冰儿道："这就叫撒盐是旧瑶吗？宝玉的好时候一去不复返了。谁还坚守盟约？"

芸轩道："你们只知其 ，不知其二。这里湘云叫宝玉：你快下去，你不中用，倒耽搁了。可别当成玩话，这句话大有意趣，宝玉怎么耽误了她，竟然说宝玉不中用。"

冰儿问："深意在哪里？"

芸轩道："有人嫌皇帝碍事了呗，宝钗就说过这句话，湘云这里又说他，你不中用，两人都嫌他碍事。"

冰儿道："湘云说宝玉耽误了她，就是这个意思，要他下去呢。"大家听了点头称是。

秦明道："我先说下，这句只能带雪字，因咱们前面有雪中抽柴一说。所以，我替宝琴说：苇蓑泊钓在孤舟，巨象相争千峰凹，雪中抽柴冻林斧。"

文亮道："你犯规倒有理了。我也不敢惹你，还是替你圆吧。你也引用韩愈的：陵犹巨象豗，岸类长蛇搅。雪中抽柴，本是黛玉的心愿，这里交给了宝琴。所以才有'林斧不闻樵'之惑。对于宝琴来说，此战犹如两个'巨无霸'相争，如长蛇搅动雪岸，难度之大，可想而知。"

秋真道："林斧被冻，可还是湘云厉害。"吟道："雪中抽柴冻林斧，六出梅香下云霄，蛇盘一径长无岸。"

山岚道："好！我替宝钗叫好，靠近无边雪岸，就是靠近我。湘云的选择我喜欢，与我结下六出梅花之缘，说明咱们真有缘分呢。"

文亮道："探春也是好样的，有她就好了：蛇盘一径长无岸，岂畏霜凋恋旧朝，惊雀误鸡连天白。"

山岚道："这有意思，还是咱们的探春厉害，不愧贾母之爱，当真是一副'惊雀暗裴回，误鸡宵呃喔'的末世乱象。但探春之志，不畏寒冷与凋敝，谁人不敬佩。"

陆风虽坐在下首，一副受气的样子，趁着秋真喝茶的功夫，也道："这回思量过了，保证不犯例。替邢岫烟说一句：惊雀误鸡连天白，阶墀覆罢陛基调，雀鸮饥鸣龙蛰苦。"

芸轩道："这说的切题。当时的情形不光雀鸮饥鸣，更是：虎豹饿号哀，龙鱼冷蛰苦。"

秦明道："邢岫烟的处境确实如此，还面临宝座阶墀被覆盖的危险。"

文亮道："这里的阶墀、陛级都是天子之位的象征。如今被大雪掩盖没了，怎生是好？"

秦明道："好在她利用湘云喝茶的一点点空，告诉出来，好让大家知道她这处境，算她还有些机会逃脱。"

秋真道："明白了，湘云正渴了，忙忙吃茶的工夫，便被岫烟瞅着了空，抢了个小机会。这个桥段，原来隐藏着这个缘故。"

冰儿道："什么事故，你们告诉明白些不行吗？"

山岚道："朱由榔被软禁，趁着孙可望不注意，传消息给李定国，告诉他，孙可望有弑君篡位之意图，赶紧前来救驾。这才在李定国帮助下逃脱危险。所以，邢岫烟说阶墀随上下。是说他的阶墀已经被控制了，上下无序，是人家孙可望说了算。"

陆风道："老鸮是什么？"

山岚道："猫头鹰。空山泣老鸮，意思即：猫头鹰叫声凄厉，无疑是说，她发出了凄厉的求救之声。这声音，是趁着湘云喝茶的工夫说出来的。可见，邢岫烟发个声有多难。"

陆风附和道："就是！"

第五十回
芳园失冷翠　寒江雪梦还

183

冰儿道："原来邢岫烟是朱由榔的化身，仔细琢磨一下，像！真像！两人的处境更像！"

秋真道："你们别说远了。湘云丢了茶杯，接了邢岫烟的'阶墀随上下'，说的是'池水任浮漂'。我思量了半日，这么冷的天，池水会结成冰的。否则，上面怎会浮住雪花。可湘云偏偏说，池水浮漂是动感的。我想，湘云的意思，说邢岫烟乃池中之物，已经到了任人宰割的地步，才有这句'池水任浮漂'的意境？所以我说：雀鹦饥鸣龙蛰苦，池浅游龙怎逍遥，冷照晨纱耀白昼。"

山岚道："哪里还能逍遥起来，邢岫烟的处境到了以下犯上、层级不分、任人宰割的地步了。就像这次联句，开始还有次序，李纨一走就乱了套，是不是说李定国一走，整个永历朝就乱了分寸，各势力为政，都想说了算。"

芸轩道："也许是这个用意，有人成了池中物。湘云赞美白雪之亮，照得窗外如白昼；黛玉却埋怨，漫天雪纷乱，长夜难捱，且给沙场将士带来无限苦寒。

"她的意思是：冷照晨纱耀白昼，寒侵深夜落永宵，提剑三尺斩飞雪。"

秋真道："是啊，将士在战场提剑杀敌，做皇帝的才无忧无虑。就算你们像袁安一样清高，有用吗？所以我说：提剑三尺斩飞雪，降瑞九重释心焦，袁安困雪诚可叹。"

文亮道："你这里用了袁安困雪之典。"

冰儿道："什么典？"

文亮道："大雪积地丈余，洛阳令出外视察百姓困难，见百姓都除雪开路方能出门，可到了袁安家门口，见无路可通，就令人除雪入户，见袁安僵卧床上，就问他：为何不出门哪？袁安说：大雪天，人都饿难，不宜求人。所以，'袁安僵卧'的意思，虽是被大雪困住了，可也成了有骨气的代名词。

"湘云说黛玉：僵卧谁相问？是讽刺黛玉了，袁安困雪是被人佩服，可有人理解你吗？"

秦明道："说到袁安，宝琴就提到王元宝的暖寒会。大雪天寒，和袁安不同，他要为天下寒士提供资助，却是偏要：袁安困雪诚可叹，暖寒笙歌渡纷扰。"

秋真道："宝琴的想法和湘云相反，也与黛玉有所不同，于是三人开始展示各人的政治思想。所以，后面的联句开始变换方式，进入三人对决的高潮。"

文亮道："咱们的水平能行吗？还是以看到结局为目的，从各自的角度发挥吧，也许能碰出结果呢。"

秋真道："只有你用这么笨的法子，不过倒直接。只好我说完最后一联，我这句才叫绝，连用两典，将来说不定我靠这句成名呢。"

秦明道："就容你说最后一句。"

秋真道："听好了，就是：缟带机断翻银车，海上鲛人泣冰绡。"

冰儿道："我可听不懂，又是翻车，又是哭泣的，到底啥意思？"

文亮大笑道："不是车祸。宝琴的天机断缟带，湘云的海市失鲛绡。主题词是缟带和鲛绡。缟带白色如雪，就是指雪；鲛绡则是黛玉专用的物件，收拾眼泪的。关于缟带还有一典。就是：随车翻缟带，逐马散银杯。

"可是要想弄明白这句，还得再联想到另一句成语，叫随车致雨。这说的是那些为民办事的清官，车到哪里，及时雨下到哪里。所以，随车致雨，也叫随车甘雨。

"可韩愈的随车翻缟带，意思正相反。说的是有些为政者，所到之处，一片寒冷。缟带、银杯都是雪的代名词，这些人给民众带来的不是福祉，而是灾难。

"这样一来，擦眼泪的鲛绡可就派上用场了。当宝琴说，天机断缟带，到处是寒冷和灾难时，湘云才讽刺说，黛玉不是好用鲛绡吗？在海市蜃楼上丢了，是你们拿去擦眼泪了吧？这样一来，三人才开始相互讽刺起对方来，不信你们往下看就行。"

秋真摇头道："琴瑟无端五十弦，一弦一柱思华年。沧海月明珠有泪，蓝田日暖玉生烟。海上有鲛人，湘云说的是宝琴。"

文亮道："既然是三人对决，要么，咱一人一句解下去，单看谁解释的原意到位。"

芸轩道："寂寞对台榭。当然是黛玉的自画像，她以后的处境就是如此。从这句开始，雪不是主语，而成了宾语，而联句的人，自己倒成了主语。

第五十回
芳园失冷翠　寒江雪梦还

185

"黛玉说自己，正如：屈平辞赋悬日月，楚王台榭空山丘。面对章台楼榭，黛玉的心是寂寞的。"

秋真道："清贫怀箪瓢。也一定是湘云未来的处境，清贫到一箪一瓢的地步。俗话说：神龙失势，与蚯蚓同。那个人从一人之下万人之上，到最后神秘死亡，家族迅速败落，败落到清贫怀箪瓢的地步，也是咎由自取。"

秦明道："烹茶冰渐沸，倒让我想起一个人。"

山岚问："谁呀，爱喝茶的人吧？"

秦明道："爱用雪水烹茶的人，是古怪的妙玉。宝琴却要用冰烹茶，都是对冷东西独有兴致，二人一样脾性。"

秋真道："煮酒叶难烧。湘云对烹茶不感冒，而是要煮酒论英雄。你烧冰，我烧叶，赌着烧，看谁成为最后的英雄。"

芸轩道："黛玉的这句'没帚山僧扫'，我一直琢磨不透，山僧独在山中老。这个扫雪的山僧是谁？脂砚提示过，凤姐扫过雪，可这里黛玉显然说的是自己，这么直面大雪、采取主动的人，也只有黛玉了，可她是僧人吗？"

文亮道："这不是作者自喻吧？"

山岚道："是在透漏黛玉身份吗？"

芸轩道："我隐约感觉是，凤姐扫雪不奇怪，那个山僧也一定参与了扫雪之事，咱们继续说。"

秦明道："你说得对，黛玉是主动的，埋琴稚子挑，就显得被动些。雪下埋金钗和雪中埋宝琴是一个意境，看来元春的宝琴，最终也许就是被雪掩埋了，宝琴的预言。"

山岚问："稚子挑，又是怎么个意思呢？"

文亮道："宝琴之'烹茶冰渐沸'，有一个'冰'字，是否指稚子弄冰？

稚子金盆脱晓冰，彩丝穿取当银铮。

敲成玉磬穿林响，忽作玻璃碎地声。

"稚子挑冰而破，被埋的薛宝琴，因稚子的嬉戏，也有破冰之举，这个事和'这个人'的遭际也相符。"

冰儿道："哎呀，怎么一边说，一边打哑谜。先起秋真就说那个人，你这里又说这个人。都是谁，你们说个名字不行吗，还保密不成？"

山岚道："想把事情理清楚，最后是不是这两个人，心里没底呢，会告诉的，别着急。"

秋真道："待会儿我告诉你。说'石楼闲睡鹤'一句时，湘云笑弯了腰。大约很是得意，可据我看，这只睡进石楼里的闲鹤好可怜的。"

冰儿道："这又怎么说？"

秋真道："湘云长得鹤势螂形，喜欢睡在石头凳子上。宝玉在四时即事诗的《秋夜即事》中说：苔锁石纹容睡鹤；《冬夜记事》中又说：松影一庭唯见鹤。

"秋冬之夜，这只出现在宝玉生活中的鹤，如今又在这个大雪的冬天出现在湘云的联句中，后面又有寒塘渡鹤影，是不是说，湘云就是那只鹤？"

芸轩道："就是这么个意思。"

冰儿道："松鹤是长寿或者高洁的象征，说湘云是鹤不好吗？"

文亮道："出现在宝玉诗中的松鹤或睡鹤还是好的。可到了湘云这里，睡在石楼里的闲鹤就问题大了。她成了不舞之鹤，这就与鹤的品行名不副实了。"

秦明道："你们听听，我朗诵一首白居易的《感鹤》，一定能引发你们的想象力。"大家听她念道：

> 鹤有不群者，飞飞在野田。
>
> 饥不啄腐鼠，渴不饮盗泉。
>
> 贞姿自耿介，杂鸟何翩翩。
>
> 同游不同志，如此十余年。
>
> 一兴嗜欲念，遂为矰缴牵。
>
> 委质小池内，争食群鸡前。
>
> 不惟怀稻粱，兼亦竟腥膻；
>
> 不惟恋主人，兼亦狎乌鸢。
>
> 物心不可知，天性有时迁。
>
> 一饱尚如此，况乘大夫轩。

大家听了，都说意思太确切，只有冰儿问道："我朦胧听见说，这只鹤食腥膻了，变节了。说的是湘云吗？"

第五十回
芳园失冷翠　寒江雪梦还

芸轩道："是这样的。湘云标榜自己是只闲鹤，是自嘲变节了。黛玉却说自己是一只猫呢，这就更有意思了。"

文亮道："宝玉的《冬夜即事》说：锦罽霜砭睡未成，黛玉又说：锦罽暖亲猫。大雪天里，鹤儿在石楼里睡觉，应该感觉到冰冷。猫咪在锦毡里睡着，却很暖和。想象一下，很有意境，但黛玉怎么做猫了？"

芸轩道："你们就从宝玉的耗子精偷香芋想起，准没错。在宝玉的故事里，黛玉是香芋，她的命运是被法术无边的耗子精慢慢用分身术偷走了。

"刚讲完耗子精，耗子精竟来了，这一向是曹公的'说曹操，曹操到'之手法。当时，是谁一步闯进来了？"

冰儿道："宝钗！"

芸轩道："是啊，黛玉在这个故事里将自己定义成一只猫，专捉老鼠的猫。"

秦明道："可现在，月窟里向外涌着大雪，天下大寒。"

秋真道："是的，没听湘云说吗：霞城隐赤标。北方的赤霞城，已被大雪淹没。整个北方，没有了半点红色标记，整个北方沦陷，江南也正大雪弥漫。"

芸轩道："沁梅香可嚼。黛玉的意思，即使如此，哪怕和雪吞梅，也要度过这场苦寒。"

山岚道："宝钗连称好，可也不给任何机会。听吧，被狂雪压碎的竹子，啪啪响的断节之声，是多么醉人的音乐。她却正在：淋竹醉堪调。很开心地听着。"

秦明道："结果是，湿了鸳鸯带。"

秋真道："凝了翡翠翘。"

山岚道："大雪纷飞，正是一场血雨腥风，三人就这样打完了这场战争。人家偏偏用颂圣的法子收了尾，掩人耳目，还不知是哪场战争呢。"

芸轩道："别急，关键处必有逗漏。这是围绕湘云的战争，我就注意到湘云夸张的动作，三人混战完，又是这样描述的：黛玉还推她往下联，又道：你也有才尽之时。我听听还有什么舌根嚼了！说明湘云到了穷途末路。

"湘云只伏在宝钗怀里，笑个不住。

"湘云这个笑好瘆人，是承认自己穷途末路了？只能用这种笑来做掩饰？

可为什么要伏在宝钗怀里笑个不住？"

秋真道："那就看宝钗是怎么待她的，宝钗推她起来道：你有本事，把'二萧'的韵全用完了，我才服你。果然，湘云有个投怀送抱的动作，笑个不住的同时，伏在宝钗怀里，是想向宝钗求救呢。宝钗却推开她，也说她是才力用尽了。"

山岚道："湘云自己都承认了，说她不是抢诗，竟是抢命呢。我也觉她们三人唇枪舌战的各论本事，都是抢命。"

文亮道："抢命！原来湘云抢命的故事，就是那场逃命的战争。那人带领二十万大军，被几方原来的老同事围追堵截，最后逼得他向金人狂奔而去，人家最后就是投降清军了。"芸轩倒也猜到了。

说到这里，都松了一口气。秋真要冯玉一一记下来，标注了名字。逐句评去，都还一气，只是山岚的最少。

山岚笑道："我不会联句，担待些吧。"

秋真笑道："也没有社社担待你的。又说韵险了，又整误了，又不会联句了，今日必罚你。我才看栊翠庵的红梅有趣，我要折一枝来插瓶。只是厌妙玉为人，你就去取一枝来。"不等山岚去，冯玉忙去里面，准备折枝插瓶的红梅去了。

秋真道："宝玉一败再败，已经没多少退路了，只好向性情古怪的妙玉求救。差在李纨和妙玉还不对付。既不对付，就会内耗，也不知宝玉此举，能否为自己解围。接下来的事会更奇怪。"

东君留照地　谜诗警长天

　　众人围拢来观看，只见冯玉端来的一枝红梅足有半人高，插在一个美女耸肩瓶里。但形状很是奇特，有一种说不出的感觉。

　　秦明拍手道："好香的梅花，哪里找的？我还以为假的呢，咱们这院里可没这样的。"又笑问秋真："你去哪里弄的，又是作怪偷别人的吧？"

　　秋真道："去你的，当然是从妙玉那里求来的，费了我好大工夫。先说造型如何？我让园艺师傅专门按我的图样修的。"

　　芸轩道："十月不下雪，少见梅花开，大观园的红梅，却迎雪怒放，赵必成的《十月梅花》诗道：

　　　　初冬未见一片雪，先见梅开傍花庵。

　　　　可是东君留厚间，早传消息到江南。

　　"这要是妙玉栊翠庵内的梅花，应该有专用名，就该称作'槛内梅'才是。"

　　秦明道："长的这样式，我看倒像槛外梅呢。好比是一支红梅出墙来，栊翠庵的梅花是探出头来报消息了吧？"

　　文亮道："才刚芸轩说东君留照，东君为太阳，被太阳照耀的地方是什么地方？"

芸轩道:"贾母三入园,前两次都是簇拥游览,唯有这次来去匆匆,且是偷着来的,一共就一小会,脚不沾地地又被凤姐撮走了。你们说贾母是赏雪?寻梅?还是躲债?"

文亮道:"不像赏雪,我看贾母来的主要目的,也是来惜春的暖香坞取暖的。"

秋真道:"对,芦雪广是大观园里最寒冷的地方,见贾母来了,李纨早命拿了一个大狼皮褥子来,又捧过手炉来,探春亲自斟了暖酒,这些都是御寒之物。"

文亮道:"或者贾母来是参战的呢?因为她要李纨给她撕糟鹌鹑腿子吃呢。但贾母老道啊,见好就收,便说:这里潮湿,你们别久坐,仔细受了潮湿。又说:你四妹妹那里暖和,我们到那里瞧瞧她的画儿。"

"实际是提醒大家,保护好自己,要大家向自己的小孙女那里靠拢呢。最温暖的地方,也是邢岫烟最愿意待的去处,就是惜春的卧房——暖香坞。"

秋真道:"这名字好,温香拂脸。暖香,也是宝玉最喜欢的香。坞,不如说是船坞呢,惜春住在有暖香的船上。"

说着,从书里取出一张手绘彩画,指着上面一片屋宇的布置图道:"你们看,贾母坐了竹轿,从芦雪广出来,过藕香榭,进入这条夹道。两边皆有过街门,贾母进的是西门,门外匾上凿着'穿云',里面匾上凿着'度月',她们穿云度月的,就来至惜春的院子。"

秦明道:"贾母也得了我们秦家的祖传秘方了,是不是要游太虚了?宝玉的丫鬟有檀云、麝月,也是用了穿云度月法。暖香丸,也是宝玉吃过的。让惜春的驻地也带上这些成分,莫不是这里成仙境了?难道她和宝玉一样身份?"

秋真道:"这里是大观园东南方,就是最暖和的地方。刚才文亮说了,问题就出在这东边。为了让咱马上见到东边的景致,贾母在暖香坞待了大约没几分钟,说笑着出了夹道东门。别忘了,是西门进,东门出,呈现在眼前的,必定是暖香坞东边的情况。"

冰儿问:"我还以为你这是惜春画的园子图呢,说了半天是惜春的暖香坞。对了,贾母怎的这么着急,要惜春赶那幅画呢?还一个劲儿地催。"

秦明道:"能不急吗? 这个小孙女叫啥? 惜春是吧? 珍惜时日吧,最后一个春天,再不着急着点,一切机会都没了,能不催吗? 但从惜春绘画的功夫看,还不如你冯兄呢,从构思到画法,都不是惜春的能力所能完成的。惜春还找了个现实的理由告诉老祖宗,她说呀: 天气太冷,根本没法画,这大约是个不可能完成的任务。"

秋真道:"贾母也担心了,这还了得! 他竟比盖这园子还费工夫了。画园子,还不如说是让惜春重建家园呢,白色恐怖下,你说难不难。"

山岚拿过秋真的画来,看了半天道:"不难! 贾母为了让惜春画好这幅画,马上做了个决定,领着众人看东面的雪景,咦,就是这片东君留照地。

"很明显,园子东南上的这片雪景,其实就是惜春的真园子图。远远看的这一幕,就应该是惜春画里的景色,她老人家这是帮惜春打画图的样板稿子呢,要她一笔不错地画上去,贾母才是这幅画的架构者。"

又沉醉道:"向东看,果然景色壮观。远远望去,到处粉妆银砌,忽见宝琴披着凫靥裘,站在山坡上遥等,身后一个丫鬟抱着一瓶红梅走出来。这个画面要多美有多美。"

秋真手搭凉棚,做遥望状,笑道:"行啊,还能看懂我的画了? 原来东君留照之地竟是栊翠庵! "

芸轩笑道:"大观园十月飞雪,栊翠庵十月梅开,倒都是怪事。有人说,花开乱了节气,是因气象特异,不假。"

冰儿一直围着那支梅花转圈,道:"那个丫头抱的红梅就是这支吗? 秋真,你说的这么热闹,审美却不怎么样,看这只梅,怎么造个这样形状,你想说明什么问题吧?"

秋真道:"哎,你说对了。宝玉捧来的梅花就这样。"说着,边比画着高矮尺寸道:"这梅花二尺高,旁边横出来的这枝,纵横突兀,且得有五六尺长呢,比主枝要长一倍呢。其间这些小枝分歧,或如蟠螭或如僵蚓、或孤削如笔或密聚如林,花吐胭脂,香欺兰蕙,你们不觉它有奇特之美?"

冯玉摇头道:"旁枝斜出,形如蟠螭。旁枝比主枝长这么多,构图不讲究,显得有失平衡,喧宾夺主的感觉。不美,但怪异! "

芸轩道："不错，宝玉向妙玉求来的这支梅，冷艳中含着邪气，即便是傲雪之梅，香骨铮铮，可毕竟旁枝儿抢了主枝儿的风头。"

冰儿道："我就说吗，秋真造的梅型果然有问题。可是，这有问题的红梅，有讲究吗？"

冯玉道："我不知道是否真有仇英的《双艳图》，但这种横斜状梅花技法，倒让我想起马一角的《梅石溪凫图》。这支梅花的造型有他奇特的构图意味，这种构图法被后人牵强为残山剩水的'边角之景'。"

冰儿道："什么是残山剩水？"

冯玉道："诠释这种造境艺术，纯是因南宋'江山半壁'的写意而来。"

文亮道："中原殷富百不写，良工岂是无心者，恐将长物触君怀，恰宜剩水残山也。江山没了半壁，只剩残山一角，梅花没地方长，可不就长成这种怪状了。"

秦明道："我觉没这么复杂，造型是其次。《双艳图》问题更大些。贾母说：你们瞧，这山坡上配上她的这个人品，又是这件衣裳，后头又是这梅花，像个什么？"

山岚道："大家都说像贾母屋里的《双艳图》，我看有些不恰当。想想看，情景里面至少有两个人，才可称'双艳'，或两枝花也行，不可能是一个人和一株梅花，或者一件衣服组成'双艳'。"

冰儿道："宝琴和丫鬟，不是两个人么？"

山岚道："把她和丫头说成是双艳，肯定不是贾母的用意。再仔细从画面中想想看，红梅花！瓶子！衣服！丫鬟！宝琴！都是单数，哪有成双的东西？"

芸轩道："贾母特别讲了宝琴的衣服，还有那花儿，似乎那件凫靥裘才是贾母最关注的物件。是不是衣服和花才是双艳。她是盼望传承她的衣钵之人，像这梅花一样，能在风雪中争奇斗艳吧。"

秋真道："什么仇十洲的《双艳图》，原来贾母要惜春画的就是一幅《双艳图》。双艳之一莫不是宝玉？宝琴背后转出一个披大红猩毡的人来。他这件衣服更配红梅了。

"贾母还问：那又是哪个女孩儿？

"众人笑道：我们都在这里，那是宝玉。

"贾母道：我的眼越发花了。

"贾母还命令惜春画画时：琴儿和丫头梅花，照模照样，一笔别错，快快添上。

"琴儿和捧梅花的'丫头'，才是《双艳图》里的一对人物。刚才不是眼花，问那是哪个女孩，是强调'丫头'就是宝玉。在贾母眼里，宝玉、宝琴才是'双艳'。"

但山岚以为，宝玉出现的时间和贾母说这番话的时间不对，是贾母说完双艳宝玉才转出来，说的时候宝玉并没出现。

文亮道："就算这个有差异，可贾母回到自己屋子还念念不忘。因又说及宝琴雪下折梅，比画儿上还好，因又细问她的年庚八字并家内景况。薛姨妈度其意思，大约是要与宝玉求配。凤姐就干脆告诉答案了，说：我心里看准了他们两个是一对儿。明显要撮合他俩，没错吧？"

山岚奇怪道："他俩能结出什么果子来？"

文亮道："结的又是一大奇缘，就命名为《双艳缘》！"

秦明道："有了，有了。宝琴做梅花诗时，她得了一个字，确实是'花'字，你这幅图叫《斗梅图》才好。如果这样，《赋得红梅花》三首诗中，一定各吐芬芳。"

冰儿道："对呀！李纨就是一枝老梅，里面有她吗？"

秦明道："有，应该照应在李纨身上了。邢岫烟偏得了'红'字，赋予自己梅之色，应该是'朱红'之色。她那句'缟仙扶醉跨残红'，就引自《赤虹赋》，寂火灭而山红，余形可览，残色未去，好恰当。"

芸轩忧郁道："宝钗千方百计让惜春按照她的构思来画，黛玉告诉咱们，宝钗要的是《大嚼图》。此时，老太太冒着大雪亲自出马，要惜春别忘了，她是老祖宗引以为豪的神仙孙女，应该有些才能和手段，千万别误了战机，她要的是《双艳图》。可我的感觉很不好，老太太要她不管冷暖，只画去，且快快添上，年下就要。怎么这么着急？看来没有多少时间了。残色未去，也恐怕只留残红之梦了。"一时大家不言语。

文亮道:"李纹得'梅'字,赋予自己梅之神骨。她说:冻脸有痕皆是血,酸心无恨亦成灰。冻脸、酸心,染血、化灰。莫不是经历了炼狱般的痛苦,哪有这般感受。"

山岚道:"可怎么还说:江北江南春灿烂,寄言蜂蝶漫疑猜。蜂蝶狂舞?有人对她的不屈傲骨,产生怀疑吗?"

秦明道:"谁刚才说梅型有问题的,受怀疑的人可不止她一个,还有赋予自己梅之形的宝琴,她得这个'花'字才最妙。"

秋真道:"贾母偷偷进大观园来,就是踏雪寻梅来的,看到宝琴得了梅花,那样赞赏不已,应该宝琴得'花'字才是最好的。"

秦明道:"那倒是:艳是花、竞奢华,她可不就成了最美的;无余雪、有落霞,她也是最能干、最清明的。"

文亮道:"前身既是瑶台种,无复相疑色相差。瑶台种又如何?不见得最好,要不如何解释她的'色相差'?"

山岚笑道:"造型奇特呗。色相差,还到处送人。李纨不愿意去求,说不喜欢她的为人;宝玉求时,黛玉不让人跟着,怕人多了更难求,都以为是难得的东西。可事情恰恰相反,妙玉偏偏很大方,送每人一枝。我觉得,恰恰不该给的是宝钗,偏她给了。"

冯玉道:"这有什么,不就是一枝梅花吗,给谁不行。"

山岚道:"她向宝钗示好,这就是脚踏两只船。你们看,大雪天,贾母老人家怕冻坏了别人,亲自来栊翠庵这个东照留君之地,巴巴地寻找红梅。原以为,一老一小的本来就是体己人,妙玉还献过茶、表过心迹,结果千辛万苦地寻到一枝没有梅骨、形状怪异的'梅花'。"

秋真拍着手道:"可不是有照应么。凤姐打趣贾母说:我连忙把年例给了他们去了。如今来回老祖宗,债主已去,不用躲着了。插上一段'姑子讨债'的桥段,真应了一件事。谁是姑子?妙玉也算吧。贾母到她这里寻梅,姑子却跑到贾母处讨债,别看贾母这样喜欢她,她才是贾母的债星呢,要不怎么把她献的茶水给了刘姥姥?"

第五十一回
东君留照地　谜诗警长天

195

文亮道:"宝琴说自己:游仙香泛绛河槎,《拾遗记》里说:绛河去日南十万里,波如绛色。乘槎而来者,住在海上。向贾母讨债的这人,难道来自海上?"

芸轩自言自语道:"眼看对上号了。香泛绛河,得东君留照,其形虽差,旁枝压过主枝也罢了,可毕竟是迎雪而开的红梅花。是有那么一个人,真是他无疑了。"

秋真道:"红梅出墙,槛内梅伸到槛外来,这个槛外人也是假清高。"

芸轩道:"所以,宝琴许了梅翰林的儿子,原是有了人家的,凤姐和贾母那一唱一和的谁听不出来,就是梅家,可只是许了梅家,并没嫁过去。

"从她只得'花'字上看,其他两样并不属于她,她根本没得到梅郎,判词说宝琴:不在梅边在柳边,原来她是柳家人。所谓:易挂疏枝柳。雪花最容易挂在柳枝上的,柳家才是她婆家。所以,她是薛家小妹,就讲得通了。"

秋真点头道:"刚才说完湘云的角色,这回我知道宝琴是谁了,贾母这里突然来了个《双艳缘》,立逼着王夫人认了干女儿,好意思!"

山岚问:"她是谁呀?"

秋真道:"宝琴的出身经历一点不像女孩子的。她从小儿见的世面倒多,跟她父母三山五岳都走遍了。她父亲是好乐的,各处因有买卖,带着家眷,这一省逛一年,明年又往那一省逛半年,所以天下十停走了有五六停了。这么浪迹天涯的一个人,是不是他呀?"

正说着,陆风端来一盘大芋头,和一盘朱橘。

笑道:"宝琴和妙玉的事,暂且搁一搁。这些芋头、朱橘色相不差,是冯玉买的,算他请大家的,品尝一下。"

果然,他一端上来大家一抢而空,竟没给他剩一个,秋真见状笑道:"谁吃芋头,谁是耗子精。"

陆风扎煞手笑道:"没见这么样的,吃朱橘又是什么?"

文亮道:"橘生淮北而为枳,橘喻受命不迁之志。南国之橘,蕴含了志士仁人独立不迁的爱国情怀。"

山岚笑问:"众人正在鉴赏宝玉求来的红梅,李纨命人将那蒸的大芋头盛了一盘，又将朱橘、黄橙、橄榄等物盛了两盘，命人带与袭人去。一盘芋头是耗子精，一盘朱橘是爱国者，都专门送给了袭人，那袭人到底是耗子精，还是爱国者？"

秋真笑道："不知道，也许兼而有之。香芋已经快被耗子精们偷光了，这些都没什么神秘可言了，倒是那清幽的佛家之地栊翠庵里隐藏着惊人的秘密，我不想放过。先把梅花搬到那边。"又命冯玉挂上四幅画，又叫陆风帮忙。

秋真指挥着挂完画，道："咏雪联句也解了，解出一场战争来。还真是贾母险胜，暂时打跑了孙可望；梅花也赏了，但还是没定论。我看贾母说的灯谜才是真正的谜，也许红梅花的故事藏在灯谜里，咱们赶紧找找看。"

芸轩道："这不正在找吗。先不说灯谜，李氏三姐妹的名字就很有趣，李纨的身份咱不奇怪，可李纹、李绮是谁？没弄懂的话，那些谜都解不彻底。"

山岚道："住在稻香村，一定也是农民军出身，不是张家人就是李家人。"

秋真笑道："我还不信了，先解开谜语试试。我这里挂了四幅图，就是那四个没人猜透的谜语。按我和芸轩的推断，这四个谜语和四首谜诗，以及十首怀古诗，将和红楼十二曲一样，会是这新十二钗的命运预言。解得这些谜题，咱们又是做了功德一件，也为曹公一抒心中块垒。"大家都鼓起掌来。

秋真道："那就从李纨的谜语开始。"

李纨道："观音未有世家传。"

湘云接着就说："在止于至善。"

宝钗提醒："想一想'世家传'三个字的意思再猜。"

黛玉道："虽善无征。"

又解释道："上焉者，虽善无征。夏、商之礼虽善，而皆不可考。观音虽善，但没有'世家'与'传'，更无从考征。无征不信，自然无人相信。"

秦明道："我的理解，李纨在说她自己。她虽高洁如老梅，可赴汤蹈火、视死如归，但并没有被历史记录，也就没有后人相信她。也正是李纹担心的：寄言蜂蝶漫疑猜。"

冰儿道："为什么会有这样的遗憾？"

秦明道："易朝换代，统治者将历史改头换面是有的。"

李纨道："一池青草，草何名？"

湘云道："这一定是蒲芦也。"

秋真解释："哀公问政，子曰：文武之政，布在方策，其人存，则其政举；其人亡，则其政息。人道敏政，地道敏树，夫政也者，蒲芦也。"

文亮道："孔子以'蒲芦'喻为政之道。故为政在人，取人以身，修身以道，修道以仁。"

山岚道："怎么个蒲芦为政法？"

文亮道："朱熹认为，蒲卢即蒲苇，立政就如在地里种蒲苇一样。"

山岚道："我还以为是'葫芦'呢。"

芸轩道："别费那些事，有争议的东西，凭咱们哪能说清楚。要我说，曹公不可能给个有争议的命题当谜面，除非他诚心不让咱解开，不如简单地一问一答更好。

"我问：一池青草，草何名？

"你答：蒲芦也！

"我问：何为蒲芦？

"你答：夫政也者。

"还不如直接问答：一池青草草何名？夫政也者。"

秦明道："你是说为政在人。这一池子的芦苇，都是当政者吗？"

芸轩道："李纨的这两条谜语，是有关联的。第一条谜语是充满遗憾地问：为何虽善无征？第二条谜语，则是她给的答案：因当政者不让做世家传。"

秋真问道："当政者为谁？"

山岚道："这个谜底，恐怕真是胡虏。"

李纹道："水向石边流出冷。"

探春道："可是山涛。"

芸轩自己解释道："苏洵有'冷香'联句曰：水向石边流出冷，风从花里过来香。所以我也猜是山涛。提起山涛，最有名的事件莫过于嵇康向山巨源发的《绝交书》。嵇康大骂山涛，羞庖人之独割，引尸祝以自助，手荐鸾刀，漫之膻腥。"

冰儿问："什么意思？"

文亮道："嵇康说山涛脚踏两只船，也是割腥啖膻的货。妄为名仕，徒有晋风，所以非要发誓和他绝交。"

冰儿道："这怎么和说史湘云一样。"

文亮道："是探春说自己吧。可我老以为'石涛'做谜底更恰当，水向'石'边流出，而不是水向'山'边流出。难道这里面有清初四大名僧石涛的事？"

秋真道："你又走火入魔，动不动就跑到作者身上了，倒有可能呢，他和八大可是一家子。快继续猜谜吧。"

李绮道："是个'萤'字，打一个字。"

宝琴道："这个意思却深，不知可是花草的'花'字？"

山岚自己解释道："萤火虫就水草产卵，化蛹成萤，古人以为腐草为萤。萤可不就是'草化'的吗？"

文亮道："从字面看，草化上下合为'花'字，是没问题的，上下结构的字，就是花字。宝琴得'花'字，绛珠草乃黛玉仙体，而化草为花，乃宝琴也。"

秋真道："黛玉是仙草，这里可是腐草，说宝琴的出身是草寇吧。海盗世家，化腐草为花，才归附了朝廷。"

冯玉道："山涛和花什么相干？"

山岚道："水向石边流出冷，风从花里过来香。冷石香花之冷石，才是山涛，香花自然是宝琴。是不是说'山涛'就是宝琴？是说她和山涛一样，脚踏两只船。"

众人都道："有理！有理！想不到这四个谜语，还很是相关的。"

秋真道："说到这里，我就有数了，求人家画了四张画，是芸轩构思的。起先我也没看懂，现在瞧瞧，看是怎么样。"说着，去看那墙上刚挂的四幅画。

大家看头一幅，一个玩把戏没尾巴的猴儿，穿的却是貂皮的坎肩，打扮的活像孙行者的样子。谜底：耍的猴儿。

秦明道："这是湘云的结局，好理解。"

秋真道："有谜底自然好理解，小骚鞑子样的孙行者，还没了尾巴，是后继无人的湘云自己。"

秦明道："可不么，她还特别注明，自己是被'耍'了的一只猴。投怀送抱的伏在宝钗怀里笑半天，宝钗愣是推开了她，投降后的下场，就像这只没尾巴的猴子。"

第二幅画，一个和尚手里捧着浮屠，穿的衣服也很奇特，有点像黄袍，看上去像个帝王和尚，写着宝钗的那首诗：

镂檀锲梓一层层，岂系良工堆砌成？

虽是半天风雨过，何曾闻得梵铃声！

谜底：浮屠塔。

山岚道："你这个不僧不俗的托塔人是谁？谜底对吗？我没看懂。"

芸轩提醒她："造浮屠佛塔，被视为建功德，是用于珍藏佛家舍利、供奉佛像或佛经用的法器。佛塔一般有木塔或琉璃塔，层数一般为单数，如三、五、七等。

"七级浮屠，当是最高等级的佛塔，这个和尚手持佛塔，故而称浮屠观音，她立于莲花之上，右手持浮屠，左手作施无畏印。"

山岚道："难道这是宝钗的结局？"

秦明道："宝钗走到今天，已经就要到达宝塔的顶峰，她快要成功了，不是吗？"

芸轩道："'锲梓'多义，或为帝王雕刻宫棺或是雕刻成七级浮屠，也可理解成一部作品，刻版付梓。可诗中说，此塔不是良工所做，若是由宝钗制作，是件历史作品的话，那么用'堆砌'一词就是劣作；若是件雕刻品，非良工堆砌之举，必然是粗制滥造。所以，这件旷世之作，这件浮屠法宝，最后竟是毫无声息地听不到梵铃响，是人死了？还是了无结果？"

山岚道："对呀！既然是浮屠，却无声无息地发不出梵音，可见结局不妙。"

秋真道："《西厢记》中，张生唱过一曲：法鼓金铎，二月春雷响殿角；钟声佛号，半天风雨洒松梢。侯门不许老僧敲，纱窗外定有红娘报。和宝钗的谜诗一样，又是半天风雨，又是钟声佛号。门外却有个老僧，想必咱们应该注意这个托塔之人，就是个和尚。"

大家又看第三幅，是个美女风筝，飘在半空中，看上去像邢岫烟。底下是宝玉的那首诗，谜底：纸鸢。

山岚道："天上人间两渺茫，琅玕节过谨隄防。鸾音鹤信须凝睇，好把唏嘘答上苍。宝玉的诗中，尽是死亡的味道，天上人间，鸾音鹤信，唏嘘而哭，纸鸢飞去，有离魂的味道，是生离死别之境。"

芸轩道："这个没错，那句：琅玕节过谨提防。倒像：好防佳节元宵后，便是烟消火灭时。元宵节后的灾难，咱们已然知道，难道琅玕节后，灾难再次重演在宝玉身上？"

文亮道："琅玕节是哪一天？"

冰儿道："什么是琅玕？"

文亮道："琅玕大意指翠竹。"

冰儿问："有琅玕节吗？"

文亮道："五月十三谓之龙生日，可种竹。或许是这一天有事要发生。"

冰儿道："既然有这个节日，咱们看看那时发生了什么不就知道了？"

文亮道："不用查那个日子。竹做风筝，放飞在天，发出的是鸾音鹤信，当凝视天空时，风筝断线飞走，是离开了根，还是死去？才有天上人间两茫茫的唏嘘而哭，似乎比探春远嫁还凄惨。"

于是，再看最后一幅，画的是：龟驮功德碑。碑上却画着一匹奋力腾空的汗血宝马。下面写了黛玉的诗：

騄駬何劳缚紫绳？驰城逐堑势狰狞。

主人指示风雷动，鳌背三山独立名。

谜底是：功德碑。

芸轩道："周穆王之八骏绿耳，天子之骏，战场上风雷而动，气势狰狞，但连缰绳都不用缚，非常听从主人的召唤。我看她写的不是宝马，应该是骑着宝马的忠勇之人，他有鳌背三山之功，如果为他立名的话，这就是个独占鳌头的战神英雄。可惜如李纨所说，虽善无征。黛玉之谜，欲为他们建碑立名。"

大家点头。

秋真道："缺了探春的谜，很遗憾。但她欲说时，宝琴就来了十首怀古诗。探春的结局也就不言自明了，曹公故意不让她流露什么。她的心事，要么藏在前面，要么藏在宝琴的诗里。"

秦明道："好把唏嘘答上苍，也有探春的影子在呢。"

冰儿等不得了，说表面的谜瞎猜没劲，快看背后的。

秋真道："我没有谜底，得问她。"

芸轩笑道："你们一一翻过来，后面也有四幅，是我在冯玉画的后面也描了一幅。"反过来看时，见是简单的素描，分别画的是：

湘云那幅，一个满靴子藩王，通身打扮成胡人的穿戴，底下的名字是：后事无继之孙可望；

宝钗那幅，一个满洲皇帝，穿着黄袍，却是个光头和尚，底下的名字是：出家未遂之顺治；

宝玉那幅，一个明朝皇帝，穿着汉人帝服，底下的名字是：逃亡海外之朱由榔；

黛玉那幅，一个骑着战马的将军，威风凛凛。底下的名字是：忠贞战神之李定国。

冰儿道："这四个人就是真谜底？我只知道顺治这个人，其他就不认识了。"

芸轩道："这四位，可是当年决定时局走向最关键的四位。可就在两三年之内，他们都消失在历史舞台上了。"

冰儿道："这李定国是干什么的？"

芸轩道："你这一问，就是李纨和黛玉的心病，更是曹公的心病。什么叫虽善无征？这些战功赫赫的英雄，已被淹没在浩瀚的历史风沙中，没人知道他们是谁。"

冰儿笑道："那你怎知道的？"

芸轩道："咱就先说这个姓李的。住在稻香村的李纨，确实有李自成的身影，可好好的来了李纹、李绮，我就纳闷，她们是谁，为何也住进了稻香村。仔细琢磨发现，这二人和张献忠有关。

"张献忠有四个义子王，分别是：孙可望、李定国、刘文秀、艾能奇。张献忠在世时，四王平起平坐，可张献忠死后，孙可望自居首位，由于嫉妒战功赫赫的李定国，逼他出走单干，自己却干起了弑君篡位的营生，就是湘云和宝玉争鹿肉一节。

"阴谋不成，便又多次谋害李定国。最后一战就是'咏雪联句'中，三人大战湘云那场。他被李定国、艾能奇联合起来，打得走投无路，转而投到了清廷怀抱。这就是湘云理屈词穷后，笑着投怀宝钗之举。

"由于他掌握着大部分南明兵力部署详情，又自认向导，使得南明在拥有优势兵力的情况下，迅速瓦解，因他的叛变，给南明造成毁灭性打击。

"而他被利用完后，于一六六〇年十一月被清廷暗杀，下场就是剁了尾巴的、被耍了的一只猴儿。湘云都感叹：红尘游戏，真何趣？名利犹虚，后事终难继。"

冰儿道："剩下那两个叫什么来着？"

芸轩道："李定国、刘文秀、艾能奇。我就发现，李纹、李绮的名字，其实是三人名字中各取一字组成的。

"李定国，取其第一字，'李'做了姓；

"刘文秀，取其第二字，演化成'纹'；

"艾能奇，取其第三字，演化成'绮'。

"这样就有了李纹、李绮二人。"

冰儿道："好有道理哎，亏你怎么想到的，厉害！"

芸轩笑道："谬赞，谬赞。所以，把梅之骨给李氏三姐妹，真是当之无愧。李定国于一六六二年六月，在听到永历身亡的消息后，悲愤而亡。黛玉的那首歌颂骐骥宝马的诗，就是为他们而写。"

秦明道："我来说宝钗。当时整个中华大地，已全部被大雪掩埋，都被她征服了，她用尽玲珑心机，实现了'好风凭借力，送我上青云'的宏伟抱负，黛玉也任她摆布，无论如何，也算功成名就了。此时，正是顺治时期，但顺治从政十多年，却心力交瘁，且萌发了出家的念头，这件事不多说了，自然是出家未遂。"

山岚道："还真是，从一六六〇年底到一六六二年六月，短短的三春之后，叱咤风云的帝王和名臣们就都死了。"

冰儿道："两个帝王。顺治由宝钗出谜提示，朱由榔由宝玉出谜。有意思。"

秋真道："我说是吧，怪不得贾母让出灯谜，原来这四个谜是四个历史人物的预言。这样，贾母偷偷来大观园赏梅就有了结果。可后面的十首怀古诗，据宝琴自己说，她三山五岳的见识多，这些诗都怀往事，看来都是宝琴的亲身经历，只好下回再说。"

冰儿道："别呀，快一鼓作气吧，外面雪又大，好不容易没别的事。先吃点东西。我最期待了。都说这十首诗是三百年之谜，如果让你们几个妮子给解开的话，我不能想象，对红迷们是多大的福音呢。"

秋真道："不嫌烦咱就试试。冯玉上画。"说着，陆风和冯玉又挂出一幅。大家看时，那画上一片火光，映红江面，波涛中的战船上也是火光冲天，帆船倾覆，江水中人头攒动，战士们在水中痛苦挣扎。

山岚道："我见过这画，什么意思？"

秋真道："我知道谜底，这就是宝琴的第一首《赤壁怀古》诗，还原的是赤壁之战的现场，影射的却是南京之战的惨状。"

冯玉道："让我画的时候，你怎么没说，也没说是给宝琴用。南京之战和赤壁之战一样吗？"

秋真道："人家不让说，怕判断失误。"

文亮道："倒有的可比。南京之战，又称郑成功北伐金陵。三入长江失败后，从一六五八年四月到一六五九年六月间，东南沿海的郑成功联合西南的永历及东部的张煌言，举行北伐。"

冯玉道；"打赢了吗？"

文亮道："与赤壁之战相同之处：均属于长江流域大规模作战，都是最惨烈的、关乎政权存亡的战争，也都是以优势兵力而败、以少败多的典型案例。所不同的是，赤壁之战败者是曹操，南京之战的败者是郑成功。"

大家问："然后呢？十首怀古诗，为何只这一幅画，那几首的谜底呢？"

秋真看着芸轩道："这个呀，人家没告诉，只说天机不可泄露，剩下的我就不知道了。反正都是宝琴亲身经历的事，即便现在不知道，也别瞎猜，或许会慢慢说给咱们听，只好等等。"

芸轩道："那几首不是我不说，有心人也能找出答案来，左右不过是他做的那些事。有被人称颂的，说他知恩图报；有被人误解的，是那些说不清的诟病。史上历历有痕，而我最感兴趣的是最后两首。"

山岚听了高兴道："你现就告诉了吧。"

芸轩道："这个不重要，重要的是黛玉、宝钗、李纨和探春对那两首诗的态度。"

秋真道："宝钗先提出疑问，说：前八首都是史鉴上有据的，后二首却无考，我们也不大懂得，不如另作两首为是。你说宝钗是真不懂吗？"

芸轩道："确实是，前八首历史上都有记载，不信你们顺着我说的那场战役往后看。而争议最多的就是后两首，经宝钗这么一说，反应最强烈的是黛玉。

"她忙拦道：这宝姐姐也忒'胶柱鼓瑟'，矫揉造作了。这两首虽于史鉴上无考，咱们虽不曾看这些外传，不知底里，难道咱们连两本戏也没有见过不成？那三岁孩子也知道，何况咱们？"

秦明道："这话有些急了眼的感觉，语气用词都很不客气，半点没有服软的意思。怎么不像在蘅芜苑里，为说这两出戏里的词儿，被宝钗吓唬而求饶的时候了？"

文亮道："想不到的是，探春附和黛玉道：这话正是了，竟和黛玉的意见完全一致。"

秋真道："李纨也同意，但说：况且她原是到过这个地方的。这说明，后面两件事，虽然在历史上查不到，但像那两出戏一样，口口相传得人人都知道，咱们单从传说中也能找到痕迹。只是纳闷，说宝琴去过蒲东寺和梅花观，有这地方吗？"

文亮道："应该没有。李纨强调，这两件事虽无考，古往今来，以讹传讹，好事者竟故意地弄出这古迹来以愚人。但这两本书上的故事，说书唱戏，甚至于求的签上皆有注批，老小男女，俗语口头，人人皆知皆说的。

"这是要拿这两本戏里的事件做标志呢，比那些有考较的历史记载还靠谱。况且又并不是看了《西厢》《牡丹》的词曲，怕看了邪书。这竟无妨，只管留着。"

秦明道："李纨可是有名的老夫子，她对《西厢》《牡丹》的词曲，竟是这么个态度，说这不是邪书歪话，看了无妨。这和宝钗审黛玉时的说法正好相反。我不禁要问了，黛玉前面服了软，现在是怎么了？还是有别的企图？"

芸轩道："几个人一起反驳宝钗，不是为黛玉，似乎是为宝琴争辩什么。"

秋真道："李纨也说了理由，她崇敬关夫子的为人，说自己那年上京时节，单是关夫子的坟，倒见了三四处。关夫子一生事业，皆是有据的，如何又有许多的坟？自然是后来人敬爱他生前为人，只怕从这敬爱上穿凿出来也是有的。及至看《广舆记》上，不止关夫子的坟多，自古来有些名望的人坟就不少，无考的古迹更多。

"言外之意，这两出戏里有文章，不要担心有人穿凿，因为他一生的事业，可以和关大了相媲美。进京的路上，不光有他好几处坟，其他古迹也很多，受人尊敬的。说明这个人，一定在历史上留下了明显痕迹。"

文亮道："既然这么提示咱们，我也有了：

小红骨贱最身轻，私掖偷携强撮成。

虽被夫人时吊起，已经勾引彼同行。

"我知道这是他的哪个环节了，小红做媒人，是要撮合一对缘分，却不敢正大光明，而是私掖偷携，这不就是他和金人之间，偷偷的假意和谈吗？两家正谈得火热时，却被王家人阻止了，只可惜最终还是被人家勾引走了。从这件事上看，他若能和关夫子媲美，怕是需要别的佐证。"

芸轩摇头，大家又议论了一回其余几首谜诗，皆没有定论，也就作罢。天渐渐黑下来，吃过晚饭，方纷纷回家，不提。

秋真单留下，山岚帮着收拾了借来的各式衣服，小心翼翼地打叠好，有些还要挂起来。芸轩坐在旁边，看着山岚正用熨斗拾掇那件发烧大毛褂子。

就笑道："你这大毛褂子给袭人吧，她母亲病了，要回家奔丧。这回，她穿的衣服和湘云一样，又多又怪。不知她又要被凤姐打扮成谁，演绎谁的故事？她走后，怡红院的夜晚，也怪事频现。我想，肯定是一场变故，但不知是哪一场？"

山岚道："袭人咋不像回家奔丧，倒像省亲呢。上次回家可简单，这次是什么讲究，不仅盛装，还要单独住，也不能用娘家梳头的家伙什儿了。"

秋真一面叠衣服，一面笑说道："这是准姨娘的待遇。元妃是封妃后回家省亲，袭人被暗封姨娘，也得省一回亲呢。袭人被凤姐一打扮，肯定又是影射了一个人。这个人一定是暗中被册封的，或者说不是官方认可的，没有名份却有'实份'的一个人。"

芸轩道："头一回听说有实份。我想想，若想知道有实份的人是谁，还得看袭人的装扮。先看头饰，袭人头上戴着几枝金钗珠钏，倒华丽；头上可总出两个字：金钏。"

山岚道："金钏? 真是要去做投井的金钏吗？"秋真忙'嘘'她别出声。

芸轩继续道："上身穿着'桃红'百子刻丝银鼠袄子，下身穿'葱绿'盘金彩绣绵裙，外面穿着青缎灰鼠褂。也能总出四个字：桃红葱绿。是莺儿的最爱，这是又去红绿牵巾了。"

山岚道："凤姐儿说，这三件衣裳都是太太的，太太又是金玉缘的倡导者。可见，袭人就是回家结金玉缘的，难道她病了的母亲是金人？"

芸轩道："凤姐特地叫袭人过来，不可能打发她去投降，许是想拉拢她成为自己人呢。凤姐关心道：只这褂子太素了些，如今穿着也冷，你该穿一件大毛的。

"袭人就笑说：太太就只给了这灰鼠的，还有一件银鼠的。说赶年下再给大毛的，还没有得呢。

"凤姐儿笑道：我倒有一件大毛的，我嫌风毛儿出不好了，先给你穿去罢。

"咱们看凤姐给的啥：只见凤姐儿命平儿将昨日那件石青刻丝八团天马皮褂子拿出来，与了袭人。

"不得了，这件'八团天马'衣服可是她日常穿的，'天马'又是官府铺子的图案，说明什么？凤姐给了袭人自己拥有的权利。这还不算，又看包袱，只得一个弹墨花绫水红绸里的夹包袱，里面只包着两件半旧棉袄与皮褂。

"凤姐儿又命平儿把一个玉色绸里的哆罗呢的包袱拿出来，又命包上一件雪褂子。雪褂子是御寒防雪的，凤姐的意思出来了，给你袭人这么大的权利，让你干吗？"

山岚道："那就看她给的是什么雪褂子：平儿走去拿了出来，一件是半旧大红猩猩毡的，一件是大红羽纱的。大红猩猩毡雪褂子，怎么样？不错吧？"

秋真点头道："还真是这意思，平儿咋给出两件来。"

山岚道："那一件是给邢岫烟的，她拱肩缩背的被雪冻得不轻，也需要预防金人不是吗？"

芸轩道："不对。凤姐用了一句自己专用的口头语，说她们：别一个一个像'烧糊了的卷子'似的。"

山岚道："自己客气的话，有什么？"

芸轩道："别忘了，这话她说过两遍。第一次是说自己和平儿，那次的大背景是贾赦要娶鸳鸯。当时的语境，因贾母开玩笑说要把鸳鸯给贾琏。她就说，贾琏只配她和平儿这对烧糊了的卷子帮着打理政务，让金鸳鸯来就算了。看来，这是拒绝金鸳鸯的专用语。

"这次的语境，一定要延续那一次的才可解释。凤姐又说，你俩别像烧糊了的卷子，不是用名字说，而是用大红衣服说的。"

秋真道："哦，她是要让袭人和邢岫烟，做一对拒绝金人的'烧糊了的卷子'。"

山岚道："这是要把袭人拉回来呢，是王夫人的意思，还是凤姐自作主张拉王夫人的人？袭人能被拉回来吗？"

芸轩道："凤姐是把袭人安排给邢岫烟了，不知道这一对烧糊的卷子是什么缘分，袭人到底对邢岫烟怎么了，这个还得往后看，也许怡红院里闹的怪事中藏着答案。"

山岚道："老虎不在家，猴子称大王。袭人一走，晴雯马上装出小姐的款来了。"

芸轩道："这是误解，看晴雯第一次亲自伺候宝玉的情况就知道。她说：又想起来汤婆子，还没拿来呢。麝月才说：这难为你想着！他素日又不要汤婆子，咱们那熏笼上暖和，比不得那屋里炕冷，今儿可以不用。

"听话音儿，似乎晴雯不知道宝玉屋里是不用这些御寒东西的，晴雯应该是在外面睡冷炕的缘故，才这样说。再说，她太喜欢暖和的地方了，刚享受了一小会，就被支使开，还有些舍不得。

"宝玉还说，你两个都在那上头睡了，我这外边没个人，我怪怕的，一夜也睡不着。晴雯的回答是：我是在这里。麝月往他外边睡去。这个很关键，袭人不在，按说她可以代替袭人的位置，却是麝月。"

山岚嘿嘿笑道："这就是她的高洁之处吗。她不想占宝玉的便宜，那她不想自己的将来吗？"

秋真已经收拾完，坐在床沿上，笑道："你就歪着想吧。袭人和晴雯对于宝玉，我有一比：和宝玉无云雨情的人，即使有了特权，也是尽臣子本分，黛玉、晴雯便是；

"袭人则不同，她靠近宝玉，就要反着想，宝玉倒成个物件，就是一块玉玺，谁想做皇帝，谁就有了野心。占有过宝玉的人，是有权力欲的，这两种人，虽然都想靠近宝玉，但动机完全不同呢。"

山岚道："今天晚上就是这样吗？"

芸轩道："看看晴雯想干啥。说话间，天已二更，麝月放下帘幔，移灯炷香，服侍宝玉卧下，二人方睡。

"睡觉的位置，果然晴雯自在熏笼上，麝月便在暖阁外边宝玉屋里。别忘了，麝月是袭人第二，宝玉屋里人其实还是袭人，后面开始出状况。

"三更后，宝玉睡梦之中便叫袭人。晴雯醒了，因笑唤麝月道：连我都醒了，她守在旁边还不知道，真个是挺死尸。说到这里，山岚别害怕，我每每看到这个地方，老是觉得，宝玉身边就是死尸，宝玉梦中呼唤的袭人死了，而且这个时间段，也符合四更天的安排。"

山岚真吓了一跳，看看外面黑黢黢的天，吃惊道："你别吓唬我，怎么见得她是死了。三个人这不都起来吃茶说话的吗，怎么会有死尸呢？"

芸轩道："你别不信，袭人权当麝月的话，她开始生事了。她要出去一趟，至于出去是解手还是去赏月亮，我就不知道了，睡一觉醒来，反正是半夜三更的出去了。"

山岚又看看窗外，坐到秋真旁边，抱怨道："别吓唬我，待会儿不敢回屋睡，就赖你们。"

秋真做了个吓唬山岚的手势道："我知道她干什么了，晴雯说：外头有个鬼等着你呢。为了强调鬼的可怕，还亲自要装鬼，去吓唬她。"

芸轩道："到底没装成。要我说，麝月是扑进月光里了。宝玉说：外头自然有大月亮的。麝月便开了后门，揭起毡帘一看，果然好月色。"

山岚笑道："原来她真出去赏月了。"

芸轩突然吓唬道："只听咯噔的一声门响，麝月慌慌张张地进来，说道：吓了我一跳好的。黑影子里，山子石后头，只见一个人蹲着。我才要叫喊，原来是那个大锦鸡，见了人一飞，飞到亮处来，我才看真了。真是锦鸡吗？"

山岚又被吓得躲到秋真旁边道："不带这样吓人的，不就是一只鸡吗，还能假？"

芸轩道："月光下，山子石后面，躲着一只锦鸡，锦鸡才是物证。比如袭人穿着凤姐的衣服走的，不就变成一只锦鸡了。真是鬼，是鬼魂，是袭人的魂。

"麝月出去莫不是和她告别吧？你想想，锦鸡落在石头后面，宝玉又是石头，锦鸡或许是来和石头道别。宝玉睡梦中那几声对袭人的呼唤，难道不是因袭人的魂要飞走吗？"

秋真想了一会，笑道："宝玉呼唤袭人，怪道麝月不答应，叫袭人的魂儿，她能答应吗？也是，袭人的母亲业已停床，还不如说是袭人停床了，怪不得宝玉坐在床边走神呢，他一向对死人有感应的。"

山岚神色更紧张了，道："她死了？晴雯空跑出去一趟装鬼干什么，还被冻得不轻，这又何苦呢。"

芸轩道："她出至外面时，有一句心理描写：'只见月光如水，忽一阵微风，只觉侵肌透骨，不禁毛骨森然。心下自思道：怪道人说热身子不可被风吹，这一冷果然利害'。月光如'水'，这'冷'果然厉害，到底她是怎么病的吧。"

山岚道："吓唬麝月没成，自己被'冷月'倒冻病了，还把袭人搭进去了，这就叫偷鸡不成蚀把米，谁这么失策折本的。"

秋真道："干这样买卖的人可不少，比如李定国，他吓唬孙可望没成，逼得他末了投了清，李定国自己却损兵折将的，也差点完蛋。"

芸轩道："给晴雯看病一节叫'胡庸医乱用虎狼药'，明明知道自己看的病人是位小姐，还给她开爷们用的方子，这人又姓'胡'，不光'月冷'风寒，还有'胡人'加害，这就确信无疑了。"

山岚道："原来袭人才是'偷金'者，不是坠儿吗？"

秋真道："是坠儿不假，可平儿对麝月说这事时，有一句：怕袭人和你们也不好看。单单指出袭人不好看来。就自己撒谎说，是往大奶奶那里去时，丢在草根底下了，雪深了没看见。今儿雪化尽了，就露出来了。"

芸轩道："平儿这是为袭人开脱，往李纨和'草根'身上推呢，其实主要是被'雪'埋了。"

秋真露出手腕上戴的镯子，道："这就对了。你们瞧，所谓虾须镯，它的金圈细如虾须，很轻所以不值什么钱，倒是上面的那颗珠子还罢了。坠儿偷的到底是那'珠子'，袭人可不就是'珍珠'吗？这个意思，坠儿不光偷金，主要还想偷'珠子'？"

山岚道："窃珠不就是想当皇帝吗？你又回到孙可望身上了，他投清的原因，就是因想当皇帝才引火烧身。我想起来了，这个坠儿是晴雯打发走的，宋嬷嬷说，等花姑娘回来知道了再打发她。晴雯就说，什么'花姑娘，草姑娘'，我们自然有道理。她很不买袭人的账，还称她'草姑娘'，由花姑娘变草姑娘了。"

芸轩道："可袭人身上至少还有凤姐给的红褂子挡雪御寒，至少她不同于孙可望完全投清，她身上还留着部分红色标记，如果由花变草的话，就是腐草为萤的反向，是不是落草为寇呢？"

山岚道："这么一说，袭人身份比湘云还复杂。"

秋真道："那段时期，身份这样复杂的人有，又投金，又复明，还做了草寇。可自孙可望投清后，就不好找了。"

芸轩道："不是又投金，又复明，又做草寇，也许是三者同时存在一个人身上，这个人是个混合体，或者他做些说不清的混合事。"

山岚笑道："三料间谍！"

秋真道："这行，袭人身上确实同时穿那么多衣服的，找找他是谁？"

芸轩道："晴雯冻病，还差点被虎狼药害死，宝玉此时突然打个奇怪的比喻。他说：我就如那野坟圈子里长的几十年的一棵老杨树，你们就如秋天芸儿进我的那才开的白海棠，连我禁不起的药，你们如何禁得起？

"这意思，老杨树经不起虎狼害，白海棠就更经不起。难道晴雯是白海棠？白海棠不是宝钗种的花吗？晴雯的身份也和我的判断有出入。"

秋真道："俗话说，前不栽桑，后不栽柳，门前不栽鬼拍手。麝月也说，宝玉的比喻不好，比什么不行，单比野坟地里的杨树。比也就罢了，野坟地里难道只有杨树不成？就没有松柏？她大约不喜欢杨树叫鬼拍手。"

芸轩道："白杨村里人呜咽，青枫林下鬼吟哦。鬼拍手！宝玉这个比喻，说的应该是这番景象。天哪，咱们摸到白杨村里来了，这是惜春的'虚花悟'里的景象，难道是惜春的事开始了？其实从贾母让她画画就开始了。"

山岚刚好了些，又被芸轩吓唬。

秋真道："不能比作松柏的原因，宝玉也说了孔子的话，岁寒，然后知松柏之后凋也。此处之'寒'特指雪'寒'。说他自己都耐不住奇寒，像杨树一样变节，不怕羞臊的人，才拿松柏混比呢。

"他倒是为这个变节之人找借口了。休怨有人不忠诚，应该怨朝廷不争气，不能像松柏那样抗拒严寒，花儿般的白海棠更熬不过去了。"

山岚问："越说越吓人，就因为这个人，怡红院都成白杨村了？谁人不害臊自比松柏？变节的白海棠又是谁？和晴雯有关系吗？"芸轩听了只是冷笑。

第五十二回

虾须镯失珠　乌云豹拾残

　　因近日芸轩失眠得厉害，山岚求妈妈特制一种助眠红茶，一回来，就赶着给芸轩泡一壶端到她书房，悄悄告诉，妈妈要带她去台湾过年。原来，妈妈和失散多年的五叔叔联系上了，可五叔叔年事已高，行动不便，希望她母女去台湾看望他。

　　芸轩道："怎么没听你提起过？"

　　山岚道："老黄历的事了，说是杨得志南下时被俘虏去的。后来姥爷也向回来探亲的人打听过，一直没消息，都以为牺牲了。姥爷在时还享受他的烈士津贴呢，这回是侨办给联系上的。"

　　"啥时启程？"

　　"春节前吧。不过我有个不情之请，你们也陪我去呗。"

　　芸轩笑道："我们去干啥，没得妨碍你们团聚多尴尬。"

　　山岚道："我请示过妈妈，她很同意咱们一起的，反正你又不回家过年，在哪里都一样。我还没去过台湾呢，据说大陆只有几个城市才可去探亲，机会难得，再问问那几个，咱们一起吧。"

　　芸轩道："我是没什么，你和妈妈不嫌碍事就行，就看他们的了。"

　　山岚道："我邀了陆风，他同意了。"

芸轩道："鬼丫头，都这样了还和我商量。"

山岚高兴了，好歹又拉上秋真，她只得把行程排得满满的，硬挤了几天出来。最操心的当然还是山岚，临走前考虑得色色周到，收拾了大包小包的，一大堆行李。

候机室里人来人往，一派春节返家的匆忙景象。芸轩突然想到，此次台湾之旅，如果是坐船跨海，当是另一种景象。她想象着海上的狂风大浪，突然就记起了曹公告诉的"木居士"和"灰侍者"两个撑船人。如果他们遇有缘人，肯定会渡其而过，可谁是有缘人？

想到这里，不禁摇头自嘲地一笑，心里道：曹公谋篇布局至此，好像谋局士和会诗者的形象，渐渐地有了轮廓。可谁是会诗者？是"诗疯子"湘云，还是"诗呆子"香菱？在芸轩看来，会诗者当属宝琴、黛玉、湘云三人。

而谋局士怎么像薛宝钗呢？从惜春画画的谋篇布局上看，她确实起到这作用。嘴里却嘟哝着，此人老成谋国。

行程不到两小时就到了，山岚和妈妈被接去了五爷爷家。芸轩一行下榻到一家大陆人开的小旅馆。来台湾过年的人还真不少，这家旅馆已经住满了，虽小点，可风味浓郁也温馨。

看大家风尘仆仆地进来，男女主人热情地帮他们搬运行李，楼上楼下地跑，女店主尤为爽朗，边忙边笑道："你们来到这里，就权当回家，叫我佩萱，叫他宗豪。"

安顿下来，秋真和芸轩挤在一间里。佩萱又端两碗热腾腾的红枣儿紫姜汤来，说是她家祖传的，驱寒热饮，快喝了去去体内的寒气。

秋真笑道："这里比咱那里暖得很，还喝这个？"

芸轩喝了一口，立即心扉具热，看到汤里飘着两枚红枣，突然心中一亮，想起了秦可卿的药引子：建莲子七粒去心，红枣二枚。

就连宝玉驱寒，喝的也是这些，只多含了一块紫姜在嘴里，有意思。芸轩心想：这里也有福建的无心莲子和紫姜？秋真看她出神，便知她想到了什么。

走进房间，往沙发上一坐，遂道："出来散心你也不能放下，硬拉着我来，耽误我档期，还不好好玩玩，真拿你没法。这夫妇是福建人，有喝这个的习惯。看到莲子汤就想多了吧？二人都饮用此汤，秦可卿不治而亡，你是担心宝玉此去赴宴，也凶多吉少？”

芸轩笑道：“不瞒你说，来台湾更让我浮想联翩了。虽说宝玉穿了雀金泥，喝了红枣汤，含了紫姜片，一切驱寒保暖的措施都用上了，怕也于事无补。”

秋真道：“你又发现什么了？宝玉又赴鸿门宴了？”

芸轩点头道：“告诉你，我好容易摸到了那人的脉搏，一刻也不敢放松呢。他的信息量大得惊人，又要环环相扣。差一点，都会偏了方向，我须得用三维立体方式，来恢复每个事件的原貌。”

秋真起来，掏些零食出来，抛给芸轩一包，笑道：“老听山岚说，你好说梦话，果然是做白日梦，别让自己走火入魔就行。”

芸轩道：“没有，怕是我思想太集中的缘故，倒是有了点小规律。若持续去考虑一个情节，晚上想着就睡着了，自然分不清是想事儿还是做梦，有意思的是，我的灵感大多是梦中得的，你说怪不怪？下午在机场，我就突然想到了‘谋局士’和‘会诗者’，瞬间有了身在其中的感觉，也恍惚梦中一般。

“细细想来，一切事件的走向似乎都照宝钗的布局走，她就是那个谋局士，每件事情或明或暗地隐着她的影子。怂恿宝琴吃鹿肉，催着宝琴抢咏雪联句，都达到了目的。我发现，下一步她又开始行动了。”

秋真道：“下一步什么行动？”

芸轩道：“这一步她把主战场放在了潇湘馆，她又安排小螺去叫来‘诗疯子’湘云和‘诗呆子’香菱，让两个‘会诗者’一起欣赏宝琴带来的一首外国诗。”

秋真道：“外国诗怎么了，很普通的。”

芸轩道：“这首外国美人的诗，一定又是一把《石头记》以后走向的总钥匙。”

秋真高兴道：“你有解了？”

芸轩搓一下手道：“晚上请我去啤酒屋，我可以试着解一下。”说着，坐在桌旁，将那首诗写在纸上：

> 昨夜朱楼梦，今宵水国吟。
>
> 岛云蒸大海，岚气接丛林。

第五十二回
虾须镯失珠　乌云豹拾残

215

> *月本无今古，情缘自浅深。*
>
> *汉南春历历，焉得不关心。*

秋真道："外国人写中国诗，糊弄鬼呢，就是个中国人写的。把红楼梦写成朱楼梦，当自己就是曹雪芹吧。"

芸轩推开窗子，屋后便是海岸，只见屋宇下，海涛澎湃，一阵阵涛声闯进室内。

芸轩道："你倒会联想，宝琴就是朱楼梦中人。咱们去海边走走。"

二人出院，来到海边一片山石上，捡拾几个贝壳丢在水里，芸轩道："你听这涛声，难道没有感触？诗里写的多像这里。"

秋真惊奇道："水国？台湾？快说给我听听。"

芸轩吟道：

> *昨夜，我还梦想恢复朱楼国度，*
>
> *今天，我却站在水国之上沉吟。*
>
> *水岛四周，是一望无际的大海，*
>
> *云雾缭绕，朝夕突变，岚气丛生。*
>
> *天地轮回，让我梦想破灭，*
>
> *情有两样，却月无古今。*
>
> *我对故国之一往情深，日月可鉴。*
>
> *昔年移柳，依依汉南。*
>
> *我失去了故国啊，情何以堪！*

秋真听了笑道："这么说，你是来这里找水国的。"

芸轩道："你没觉得，宝琴说的这外国美人，既缥缈又实在吗？似乎一切是宝琴编造的，可给了个国家的名字，偏偏是'真真国'。什么外国人写中国诗，分明是中国人写外国事，事实上就是真实存在的'真真事'罢了。"

秋真道："嗨，这个宝钗说得可明白，她告诉湘云，说我们这里有一个外国美人来了，作的好诗。湘云也问：哪一个外国美人来了？显然，对话中，就是把宝琴当成外国美人的。"

芸轩道："所以就厘清了，这位十五岁作诗的'外国美人'，就是宝琴自己。告诉年龄的目的，是说这一年正是永历十五年，作为明季正宗，可贵的是，只有她能用这个纪年。"

秋真道："游仙香泛绛河槎。她的仙居之地，确实是个水地。你认为这个真实存在的水国，真是台湾吗？所以，你才鼓动大家跟你来这里。"

秋真从石缝里捡起一个海螺，道："还别说，宝琴的丫鬟叫小螺，就是'海螺'的意思。宝琴也确实像外国人，八岁就和父亲在西海沿子买洋货，且《石头记》里也充满了洋货。"

芸轩道："所以，晴雯治病用了外国药，就好解释了。汪恰洋烟，西洋贴头疼的膏药，叫做依弗哪的。晴雯的病不见好，求助于西洋药，金星玻璃瓶子上是西洋珐琅的黄发赤身女子，算是外国美人吧。我在想，晴雯病了，不说如何熬药治疗，却倒腾些西药，这是向外国美人求助，啥意思？"

秋真道："还有，贾母送宝玉的那件金雀裘也是外国的。当时情景是这样的，宝玉要出门，喝了莲子红枣汤，噙了一块紫姜后，来到贾母处。

"贾母问：下雪呢么？

"宝玉道：天阴着，还没下呢。

"就是说，又要下雪了，白色恐怖又要开始了。贾母便命鸳鸯，把昨儿那件'乌云豹'的氅衣给他。这就是金翠辉煌、碧彩闪灼的雀金呢。乌云豹，好比贾母给了宝玉一头乌云中的豹子，是让宝玉好好驾驭。

"贾母还说：前儿把那一件野鸭子的给了你小妹妹，这件给你罢。一句小妹妹，摆明一切。脂砚直接告诉咱们，宝琴盖王夫人之末女也，这是对宝琴身份的认可，她身上寄托了贾母的一切期望。说贾母要宝玉和宝琴做亲，简直笑话，但从贾母给的衣服上看，这两件金碧辉煌的衣服堪称'双艳'，这才是'双艳缘'的出处。"

芸轩道："这说得对。是做给薛姨妈看的。联系一下真实情况，问题就解决了，首先，建莲也是湘莲，湘莲子便是郑成功，这就不用多说了；紫姜是嫩姜，虽不如老姜厉害，但也足够御寒了。

"野鸭子，又是水中游禽，宝琴的凫靥裘多合适；雀金呢用的是孔雀丝，孔雀又形似凤凰，给宝玉也更合身份。贾母说了，这是最后一件。惜春吧，也是最后的机会和希望了。而且贾母给这件御寒之衣时，身边正好睡着这个外国美人宝琴。

"我却看做：宝玉在大雪来临前，通过贾母向宝琴求助。所以，贾母给了这件和宝琴的一样的衣服，有些相似的御寒之物。"

秋真道："明白了，不光晴雯病时要向西洋美人求助，宝玉也向宝琴求助。台湾那时节，又确实属于海外。真是宝琴的大戏开始了，咱们来对了。"说着，二人往回走。

芸轩道："天气阴阴的，但毕竟没下雪，贾母让宝玉脱下荔色哆罗呢，换上这件和宝琴一样的俄罗斯的双艳服，这一仗，怕是没有薛家的事，是宝琴、宝玉面对外国人的作战。我若再告诉宝琴第二首怀古诗的谜底，你就不抱怨硬拉你来了。"

秋真兴奋地笑道："那自然，快说！如果说的好，晚上真请你。"

芸轩道："所谓交趾怀古，便是郑成功收复台湾之战。"

说着，从包里拿出一幅画，看时：画着一个外国美人，只见她披着黄头发，打着联垂，满头带的是珊瑚、猫儿眼、祖母绿这些宝石，身上穿着金丝织的锁子甲洋锦袄袖，带着倭刀，也是镶金嵌宝的。

谜底是：真真女儿国王。

秋真笑起来，道："交趾之战，我可听说过马革裹尸的马援，是光武复国的战神，你这怎么会是美人呢？"

芸轩道："一管洞箫散楚兵。马援征战交趾，声传海外，比起子房的四面楚歌，有名多了吧。"

秋真道："马援和张良都是汉的开国功臣，特别是马援，在光武复汉战争中起了最大作用。如果每个亡国朝廷，都像刘秀一样幸运，得马援这样既忠诚又善战的柱石，何止这样悲惨呢。"

芸轩道："所以呀，曹公把收复台湾之战，喻为马援的交趾之战，可见对郑成功赞赏极高。"

秋真道："只是，这两战可比吗？"

芸轩道："我就给你比较一下。两场战役的最大特点，都是海外战役，是不是？”

秋真点头道：“古交趾在越南北部，是标准的海外蛮夷之地；被荷兰人占据的台湾，也算是孤悬海外，郑成功驱逐的是荷兰人，算海外吧。”

芸轩道：“铜铸金镛振纪纲，声传海外播戎羌。第二个特点都很成功，两场战役，都对占领区产生‘振纪纲’之势，且声震海外，是不是？”

秋真突然笑道：“台湾，小小的弹丸之地，金人拿他没办法呢。想想刘姥姥，拿个沉甸甸的金筷子，满碗里撮不起个小小的鸽子蛋，就是它了。”一面说，一面笑。

芸轩道：“可惜，琅玕节过谨提防。郑成功是五月初八死的，和琅玕节差不多几日，虽成功了，可他像断线风筝，孤悬海外。”

秋真道：“这画不错，就是她了。宝琴说，自己八岁时节，跟父亲到西海沿子上买洋货。身上穿着金丝织的锁子甲洋锦袄袖；带着倭刀，通中国的诗书，会讲五经，能作诗填词。美人穿锁子甲衣服，配倭刀，兵器装备成这样，到底是女人还是男人？还‘倭刀’！这外国人敢情是个日本人。”又一拍手笑道：“对呀，他怎么是日本人呢？”

芸轩道：“这么奇怪的穿戴和配备，只能联系他本人了。哦！想起来了，郑成功的母亲，敢情真是日本人。他从小和父亲在海上做海盗生意，可不是天下十停走了五六停的样子。他父亲的军队被明军收编后，送他进国子监读书，后被隆武帝赐予国姓，就算是做了王夫人的干女儿了。贾母给的那件和宝玉一样金碧辉煌的凫魇裘，就不说了，你说这美人不是女王是什么？”二人都笑起来。

芸轩兴奋地站起来，转一圈道：“是开始了，惜春！该珍惜的最后一春开始了，宝琴的诗领着咱们找到了白杨村，当年这里就是坟圈子，我闻到了死亡的味道。”

秋真吓了一跳道：“呸！大过年的说点吉利话好不好？”

芸轩道：“怎么不是吉利话，大观园要独立开小灶了，我不知道是不是好事。”

秋真道：“从贾母到王夫人加上凤姐，都早就想这样了，能不是好事？”

第五十二回
虾须镯失珠　乌云豹拾残

219

芸轩道："不见得，所谓'王家血史'就快到了最后一节了，这就是开端。"

山岚在门外道："跑到台湾来说什么王贾薛史，还是王家血史？"

芸轩道："当然是王家血史，整部《石头记》就是一部王家血史，是明末皇家灭亡的血泪史，从贾母着急的形态上看，眼看要到最后关头了。"

山岚提着一袋水果进来，道："是这样啊，我咋没想到，四个姓是这么回事呀。"

秋真道："你又跑来做什么，也不去找你的陆风，这里也没你的晚饭。"

山岚道："在五爷爷家怪拘束得慌，还是这里好。你们来了不出去看风景，躲在这里咕哝啥？"

一边挤到秋真床上躺下。

秋真道："歇一会再说，明天逛也不晚，先听听芸轩的血泪史吧。她还说宝琴是红楼梦的作者呢。"

芸轩道："来到台湾就说台湾，先说有人要台独。"

山岚噤声道："这个玩笑开不得，谁要台独？搞国家分裂吗？"

芸轩道："贾母和凤姐呀。"

秋真哈哈笑道："她俩商量着让大观园开小灶，成了搞台独？笑话！"

山岚道："一会马上吃饭了，快说说，这是什么笑话。"

芸轩道："就这句话。凤姐说：天又短又冷，不如以后，大嫂子带着姑娘们，在园子里吃饭一样。凤姐是开小灶的提议人。王夫人的理由更充分，说这主意好，刮风下雪倒便宜。吃些东西受了冷气也不好；空心走来，一肚子冷风，压上些东西也不好。王夫人是这个主意的拥护人，主要是因刮风'下雪'太冷，不方便。"

山岚道："贾母更是拥护者，还特别赞扬了凤姐呢。她说的清楚着呢，本来也要说这话的，但怕他们事多，如今又添出这些事来，固然不敢抱怨，未免想着我只顾疼这些小孙子孙女儿们，就不体贴你们这当家人了。既这么说出来，就更好了。"

芸轩道："我说你俩被贾母糊弄了，贾母是这个意思吗？她对这个主意是有质疑的。为什么贾母说：上次也要说这话，但终究没说呢？她有两个担心："

一是见你们的大事多。言外之意，这显然是小事。拿到国家层面看，那么多大事不去做，跑到台湾开小灶，是个小计谋。"

秋真道："二是，只顾疼这些小孙子孙女儿们，就不体贴你们这当家人了。还是拿到国家层面上，只顾自己家的那点事，就不顾朝廷死活了，担心他们顾了小事舍了大事的意思。"

山岚道："贾母是这意思吗？她不是赞扬凤姐说：今日你们都在这里，都是经过妯娌姑嫂的，还有她这样想的到的没有？大家都说：真个少有。别人不过是礼上面子情儿，实在她是真疼小叔子小姑子。就是老太太跟前，也是真孝顺。这又怎么解释？"

芸轩道："这没得说，贾母也会一分为二看问题。凤姐为他们开小灶，确实没私心，她不是为自己。贾母是个明白人，但她老人家毕竟担心，她和凤姐又说了一句话，特别有意思。

"见都夸凤姐，就说凤姐太聪明了，我虽疼她，我又怕她太伶俐也不是好事。从哪里出来的这种逻辑，太伶俐不好，怕活不长。怕凤姐开小灶的提议，对自己不利。就这句，你能悟出话里的玄机吗？"

山岚道："聪明反被聪明误，太伶俐聪明就活不长。凤姐提议开个小灶，就威胁到自己的生命了，言重了吧？"

秋真道："不对。凤姐反驳说：世人都说得，人人都信，独老祖宗不当说，不当信。老祖宗只有伶俐聪明过我十倍的，怎么如今这样福寿双全的？只怕我明儿还胜老祖宗一倍呢！我活一千岁后，等老祖宗归了西，我才死呢。意思是，别担心，我不会因这事早死的。"

芸轩道："可不就是这意思吗。贾母说：众人都死了，单剩下咱们两个老妖精，有什么意思。听见了没？老祖宗不过是个牌位，凤姐也不过是个皇权。收复台湾，虽说是个聪明的计谋，但就怕这一仗打下来，人都死光了，光剩下她俩有啥用？"

秋真道："你说的是，对于收复台湾这一军事行动，当时是有不同意见的，功过也被后人评说完了。"

芸轩道："我说是吧，这就是贾母的预言。她说，死的最早的，怕是最聪明伶俐的那个。"

山岚笑道："诅咒凤姐？"

芸轩道："台湾刚收复，他就死了，也怨贾母诅咒？且伶俐的另有其人。"

山岚道："真是的，台湾刚独立，他就死了。宝玉听说坠儿窃金，叹坠儿那样一个伶俐人，做出这等丑事来。所以，坠儿算是个伶俐人。"

芸轩笑道："亏你想得出，若这样算下来，还有俩呢，晴雯'伶伶俐俐'的跑解马式，去吓唬麝月，算不算伶俐的？宝钗曾说过黛玉：偏这个颦儿，惯说这些白话，把你就'伶俐'的。"

山岚道："所以，这三个伶俐人儿就是标准的薄命人。"

秋真道："你是说坠儿、晴雯、黛玉这几个，都要先死？"

山岚道："不信吗？"

秋真道："当然不信，晴雯、黛玉和台湾有关系吗？你们先说坠儿怎么死的。"

芸轩道："坠儿的结局不是有了吗？"

山岚摆手道："那天谁说袭人的一部分是坠儿？我有些不服，我想从另一面证明坠儿的身份呢。"

秋真道："把你能的，咋证明？"

山岚道："还不让百家争鸣了！我也有一家之言的。"

芸轩道："好啊，从哪里说起？"

山岚道："咱就从野人说起。当时坠儿妈来领坠儿，听晴雯撵坠儿的话中，提了宝玉的名字，便自认为抓到了把柄。就冷笑道：我有胆子问他去！他哪一件事不是听姑娘们的调停？他纵依了，姑娘们不依也未必中用。比如方才说话，虽是背地里，姑娘就直叫他的名字。在姑娘们就使得，在我们就成了野人了。

"怎么样，开始抱怨晴雯了。在坠儿妈看来，直呼宝玉的名字就是野人行为。赶走坠儿是晴雯的主意，在坠儿妈看来，也是野人所为。如果把坠儿投金放在袭人身上衡量，相当于晴雯驱逐了袭人，她有些粗野了，听坠儿妈的抱怨，难道晴雯这个举动是失措的？"

秋真道："野人一词，我理解为士人自谦之称，借指隐逸者，也泛指村野之人，缺乏教养、没有礼貌、蛮不讲理。还有，或指灵长类动物呢。传说中猩猩之类或是未开化的民族，被称野人，难道不是指胡人？"

芸轩道："记得贾母特地说过，不能叫小名来着，如果喊宝玉的名字就是野人，没几人不是的。只能说这个举动像胡人一样粗野。"秋真点头。

山岚道："晴雯倒是一发急红了脸说：我叫了他的名字了，你在老太太跟前告我去，说我撒野，也撵出我去。这是怎么说的？为什么承认自己像胡人一样粗野呢？还强词夺理的口气。

"那人偷金也好，窃珠也罢，好在镯子找到了，对失主来说，并没造成大的损失，本可以惩前毖后既往不咎，给她继续做人的机会，但晴雯做得太绝了，又是打，又是骂，最后竟粗暴地赶走了她，这可能是个很大的失误。"

秋真道："好比，本来有个立场不坚定的潜在叛徒，脚踏两只船，你不说像宝钗那样，小恩小惠地拉过来，反而粗暴地把一个有生力量推到敌方怀抱去了。

"坠儿妈说得好：你侄女儿不好，你们教导她，怎么撵出去？也到底给我们留个脸儿。镯子毕竟没丢，所以撵走坠儿有失气度。

"既然窃珠未遂，可以教育一下，却是不被待见而排挤走了，晴雯终究要为这个粗野的行为付出代价。假如袭人反扑回来，晴雯不就死定了吗？"

山岚叹声道："哎，还真有这事。"

秋真笑话道："这就是你的百家争鸣？还是孙可望，这不白耽误工夫么？就算伶俐的坠儿死了，能说明凤姐也活不长？快继续说你的另一位伶俐人儿吧。"

山岚道："伶俐的晴雯有几个举动，觉着她像一个人。"

秋真问："像谁？"

山岚道："晴雯喜欢留红指甲，说是用'金凤花'染的，我见过这花，宛如飞凤，头尾翅足活灵活现的，真像一只小凤凰。再如：贴在两太阳穴上膏药后，麝月笑她：病得蓬头鬼一样，如今贴了这个，倒俏皮了。二奶奶贴惯了，倒不大显。

"她不光和二奶奶贴一样膏药，且用一丈青扎坠儿时的动作，特别像凤姐惩罚她身边小丫头的行为，就连骂人的语气都一样。

"看吧，晴雯生病期间，此夕宝玉便不命晴雯挪出暖阁来，自己便在晴雯外边。又命将熏笼抬至暖阁前，麝月便在薰笼上。躺在宝玉床上，实在是像凤姐一样，可以行使当政权力，处理坠儿的事就理所当然。她是不是有了凤姐的身份？"

秋真道："那又怎样？"

芸轩道："我提醒一点，凤姐的衣服给了袭人，忘了？那天晚上，大锦鸡飞走了，三人是和袭人的魂告别呢，怎么不是凤姐走了呢。闹到半夜时，脂砚就提醒，避讳的'寅'字又出现了。"

山岚道："说自鸣钟敲了四下，为避讳'寅'字吗？"

芸轩道："开始我也没感觉，可来来回回看了十多遍才发现，曹公从晴雯吓唬麝月开始，就安排了一个奇怪的时间进来。"

山岚道："我想想，二更后，麝月服侍宝玉卧下。三更后宝玉睡梦中喊袭人。自那后，三人闹腾了好一阵，直到十锦格上的自鸣钟当当两声，婆子们喊时，才睡下，这时晴雯咳嗽了两声。三更后，再敲两声钟，是什么时间？"

秋真道："估计是三更半左右。"

山岚道："怎么估计的？"

芸轩道："因第二天，宝玉去看黛玉，二人有过一段欲说还罢的交流，二人都欲言又止的，宝玉走到阶矶上，低头正欲迈步，复又忙回身问：如今的夜越发长了，你一夜咳嗽几遍？醒几次？黛玉说：昨儿夜里好了，只嗽两遍，却只睡了四更一个更次，就再不能睡了。这个时间，正是怡红院闹鬼，晴雯冻咳嗽的时间，和黛玉晚上睡着的时间，惊人地相反。"

山岚道："什么意思？"

芸轩道："宝玉、晴雯等睡不着，是四更左右，黛玉反而睡着了，难怪宝玉又悄悄说，有句要紧的话，这会子才想起来。他想起了宝姐姐送的燕窝。"

山岚道："看来，黛玉睡眠好，是因宝姐姐燕窝的功劳，宝玉这么关心黛玉的睡眠，是为了求证什么吗？"

芸轩道："求证燕窝的功劳，和黛玉在四更天的情况。"

秋真道："四更天不睡觉，还有晴雯补裘那次呢。"

山岚道："对啊，第二天，宝玉赴宴，烧坏了雀金呢，晴雯说的，为补裘说不得她挣命罢了，这个时候真是性命攸关哪！"

芸轩道："补雀裘的这一夜，脂砚也提醒过，宝玉胡乱睡下，仍睡不着。一时只听自鸣钟已敲了四下。只说四下，也是避讳那个'寅'字。可我思来想去，不是为避讳寅字，是避讳一个数字，都是五更天。"

山岚道："五更有何可怕，避讳什么？"

秋真道："秦可卿死时，云板敲四下，是报丧的，自鸣钟响四下，也是吗？"

芸轩道："鬼判叱咤秦钟时说：亏你还是读过书的人，岂不知俗语说的阎王叫你三更死，谁敢留人到五更。"

山岚道："奥！对了！好容易补完了，晴雯已嗽了几阵，说了一声：补虽补了，到底不像，我也再不能了！嗳哟了一声，便身不由主倒下。这个倒下的样子，活脱脱累死的感觉，晴雯难道是这样死的！"说着，吃惊地睁大眼睛。

芸轩道："怎么样？晴雯之死才是凤姐之死。"

秋真道："还有大锦鸡呢，袭人离魂也是凤姐吗？"

芸轩道："怡红院闹鬼那一夜，是袭人和邢岫烟这一对人的结局，是迎春时代的结束，飞走的大锦鸡是朱由榔的凤凰要离开了。"

秋真道："袭人和凤姐的瓜葛，原来是为邢岫烟，停床、离魂。贾母的担心是对的，伶俐了不好，哪是长命百岁了，晴雯就是为补雀裘劳累而死，且黛玉也一起有反应。"

山岚道："袭人离魂，凤姐去了，算有了眉目。可晴雯死了，凤姐没了，又是哪一出？"

芸轩道："为补一个金雀裘，晴雯送了命，黛玉和宝玉则愁绪满腔，欲言又止的对话中，也是满含深意。"

山岚道："死的如果是郑成功，我就不理解了，是宝玉的雀金呢被烧破了，而宝琴的凫靥裘完好无损哪。"

芸轩道："你还是没悟透。贾母担心大观园独立开小灶，也许会误了大事。天意如此，你也别感叹了，有些秘密，就藏在那幅《冬闺集艳图》里，你自己参悟吧。"

山岚道："让我猜猜，冬闺集艳图里有宝钗姐妹、黛玉和邢岫烟四人，她们一起坐在药香满屋的潇湘馆，真是少见，黛玉本来就病了，何况战场又开到了潇湘馆。"

芸轩道："但我发现，有个地方和潇湘馆两两相对，就是怡红院。潇湘馆有药香，黛玉病着，有宝琴送来的水仙花，坐在熏笼上的是四个主子，丫鬟紫鹃偏在黛玉的暖阁里做针线；

"怡红院有药香，也有病人晴雯，在宝玉的暖阁里补雀金呢。也有两盆水仙，虽不及潇湘馆的好。这一比较发现，主人都在外间，丫鬟倒进了里间，晴雯和黛玉都病着。"

秋真笑道："晴雯病的这几天，睡了宝玉的床，你也比比刘姥姥，还说除了袭人，别人没睡过。"

山岚笑道："晴雯这才是找死呢。"

芸轩道："不是这么简单，冬天坐在熏笼上聊天很正常。晴雯和紫鹃做针线，看起来似乎很温馨的画面，可如果晴雯因此而死去，就隐藏大义，这让我联想到一首白居易的《寒闺怨》：

寒月沉沉洞房静，真珠帘外梧桐影。

秋霜欲下手先知，灯底裁缝剪刀冷。

"征戍日久，兵士衣服破损，就要由家中寄去补充更换。这是一幅秋闺捣练、为征夫寄制寒衣的场景。正如宝琴的加絮念征徭一样，这幅《冬闺集艳图》，并不是乐融融地聊天，而是双方在做战前准备。"

山岚道："这么说，为何参与的人就四个，其他人呢？"

芸轩道："这很明显，曹公使用的是兵分两路、各表一枝法，你没发现宝琴送的花吗？"

山岚道："赖大婶子送薛二姑娘两盆腊梅、两盆水仙。宝琴偏送了黛玉一盆水仙，送了蕉丫头一盆腊梅。"

秋真道："赖大婶子自然是赖尚荣的母亲，赖尚荣就是和柳湘莲交好的新官，他们就和宝琴一样的身份。先是柳湘莲，再是赖尚荣，又是宝琴的，这个分身法用的真够立体的，这就是你说的三维结构吗？”

芸轩道："三维？也许还缺两维呢，惜春也是一个元素，后面还有呢。曹公塑造人物，都能到五维不止，你就慢慢体会吧。"

山岚道："可他为何送来两种花？"

芸轩道："你忘了，宝琴得了'花'字，自然就送花，李纹得了梅，却把腊梅给了探春，探春就替了李纹的角色，这是为探春治理园子伏笔了。"

山岚道："含香体素欲倾城，山矾是弟梅是兄。赖婶子将山矾给宝琴，可见探春、宝琴应是兄弟，这就要真的各表一枝了。先看潇湘馆里这一路水仙人马要干啥。"

秋真道："有点意思了，老祖宗同意收复台湾后，又在潇湘馆做了充足的出征准备，那就要看战况如何了。"

芸轩道："可不嘛，宝钗首先发难，因笑道：下次我邀一社，四个诗题，四个词题。每人四首诗，四阕词。头一个诗题，《咏太极图》，限一先的韵，五言律，要把一先的韵都用尽了，一个不许剩。

"宝琴就说：可知是姐姐不是真心起社了，这分明难人。若论起来，也强扭的出来，不过颠来倒去弄些《易经》上的话生填，究竟有何趣味。我八岁时节……"

山岚道："怎么不说了？"

芸轩道："慢着！你回味一下。八岁，八岁。这里宝钗说了四首诗，四首词，每人'八'首。还要咏太极图，咏这个干吗？太极图不就是八卦图么，又是一个'八'字。

"宝琴又提到《易经》，什么是《易经》？是经伏羲八卦，周公做经，孔子序《十翼》完成的典籍，又是一个'八'字。你们可好好算算，前前后后加起来是几个八字？"

山岚道："四个！八字怎么了？"

芸轩道："两仪生四象，四象生八卦。里面蕴含玄妙之原理，难道不是告诉咱们，清朝的八旗制度的由来？"

山岚道："有道理。满洲人建立的清帝国，通常被认为是一个奇迹。一个只有几十万人口的民族，竟然征服并牢牢统治了人口将近一亿的汉族地区，还有蒙藏回疆广袤的面积，如果没有一个科学的建军制度怕是不行。"

芸轩道："当年，努尔哈赤创建了耕战合一的组织架构，是军政合一的最高统治单位。入关前，八旗兵丁闲时从事捕猎，战时从征，军械粮草自备；入关后建立了八旗常备兵制，以八种颜色以示区别，这与西周时期十分相似。"

秋真道："每个新兴民族都靠这样的模式将自身组织起来，才在战争中征服其他民族。八旗军是清廷的王牌，宝钗在这里是向宝琴等示威呢，我有强大的八旗军队，你就只能往台湾跑了。"

山岚道："可不是。南京之战，让八旗军打得落花流水，宝琴还说：东西都在南京收着呢，此时那里去取来？

"东西还在南京吗？黛玉说了：你别哄我们。我知道你这一来，你的这些东西未必放在家里，自然都是要带了来的，这会子又扯谎说没带来。他们虽信，我是不信的。宝琴便红了脸，低头微笑不语。

"南京哪里还有她的东西，家当几乎损失在那一战中，能不脸红吗？就是那句'赤壁沉埋水不流，无限英魂在内游'的下场。"

秋真道："还说水仙吧，不光投井的金钏是水仙，这里共有四盆呢，难道说四个人都要化成水仙，远赴台湾？宝琴自己留一盆是计划内的。宝玉屋里两盆是谁？黛玉的呢怎么说？"

山岚道："黛玉和宝琴亲如姊妹，宝琴又特地送来水仙，而凤姐开小灶，首先考虑的是怕黛玉被雪冷着，然后才是宝玉，她肯定愿意配合。"

芸轩道："错了，黛玉不愿意做水仙。"

山岚道："谁说的？"

芸轩道："黛玉的意思，屋子里一股药香，反把这花香搅坏了。不如你抬了去，这花也清净了，没杂味来搅它。她要转送给宝玉。仔细体会，你就发现黛玉的话是这个味：我一日药吊子不离火，我竟是药陪着呢，哪里还搁得住花香来熏？越发弱了。水仙的花香，会让她本来的病体更弱，她是真想把水仙转给宝玉。"

山岚道："她不支持宝琴、宝玉？"

芸轩道:"历史上有个叫张煌言的,是郑成功的同僚,他看得透彻。他说,窃闻举大事者,先在人和;立大业者,尤在地利。即如殿下攻台之战,岂诚谓外岛足以创业开基? 不过欲安插文武将吏家室,使之无内顾之忧,庶得专意恢复。自古未闻以辎重眷属置之外夷,而后经营中原者。故当兴师之始,兵情将意先多畏疑。"

山岚道:"什么意思?"

秋真道:"同僚的观点,说占领台湾不过是找个安家之地,是解南京失败之困,逃跑而已,说是为了谋划复国,谁相信呢。郑成功去台湾,对大明朝整个局势来说很不利。贾母担心的,和黛玉不要水仙,是一样理由。"

芸轩又翻出一张图,画的是宝玉带领众人骑马的样子,写着一段文字:宝玉的奶兄李贵和王荣,张若锦,赵亦华,钱启,周瑞六个人,带着茗烟,伴鹤,锄药,扫红四个小厮,背着衣包抱着坐褥,笼着一匹雕鞍彩辔的白马。

画的下面写出六个人名,又单独摘出来六个字:荣、华、锦、贵、启、瑞。还写了句话:宝玉由荣华富贵簇拥着,启瑞牵引着,出征台湾。

山岚念出画的名字,道:"亲征台湾图。"

芸轩道:"已经决定的事,说干就干。你看他们站的位置,宝玉在马上,'贵和荣'笼着嚼环,'启和瑞'在前引导,'锦和华'各在两边,紧贴宝玉身后。"

山岚道:"宝琴能睡在贾母身边,受贾母多大的信任,宝玉从贾母和宝琴那里离开时,肚子里喝了建莲汤,嘴里含了御寒的紫姜,外穿乌云豹,再由这六个人簇拥着,可谓里外武装到家了,此次赴宴能不安全吗? 放在战场上,预示此役肯定成功,他就是来台湾享受荣华富贵的。"

芸轩道:"南明史上,每一个关键节点上都透着一些古怪。事情总是朝着意想不到的方向发展,但这回还不错,宝玉安全回来了,只是乌云豹被烧了个窟窿。"

山岚道:"台独的愿望终于达成,但他还算懂事的。"

芸轩道:"长进了,说说看。"

山岚道:"宝玉最怕谁? 怕老爷。为了不在老爷书房门口下马,他正准备打角门走，周瑞就说：老爷不在家，书房天天锁着的，爷可以不用下来罢了。

宝玉说：虽锁着，也要下来的。

"说白了，宝玉这一去，不管成功与否，都要讲礼数的，如果台湾真独立了，还是尊老爷的天下为上，不能改姓。即使'政'不在，也要遵守大明制度，不能乱了礼体。"

芸轩道："这也是贾母高度评价凤姐的地方，她不是里子面子的表面文章，她是真孝顺。"

山岚道："果然成功了。"

秋真道："倒是成功了，可赖大后面有一群小子。宝玉见了，一个小厮带着二三十个拿扫帚簸箕的人进来，见了宝玉，都顺墙垂手立住。这些人，可不是来祝贺成功的。"

芸轩道："说到他们，可见你也想到了宝玉的小厮们。他这次赴宴，带着茗烟、伴鹤、锄药、扫红四个小厮。其中锄药、扫红和送行的这些人拿扫帚簸箕，是一回事。"

山岚笑道："扫帚簸箕，来台湾准备干农活吗？"

秋真道："整个是在告诉宝玉，你走吧，我家里给你备了二三十个扫红者。"

山岚一伸舌头，道："乖乖，回来等着葬花吧？"

芸轩道："是这么个理儿。宝玉临走，怕遇到赖大爷，钱启、李贵等都笑道：爷说的是。便托懒不下来，倘或遇见赖大爷、林二爷，虽不好说爷，也劝两句。有的不是，都派在我们身上，又说我们不教爷礼了。这里就提到一个林二爷。我就纳闷，林之孝夫妇，都被称作林大爷和林大娘，哪里又有一个林二爷。"

秋真道："什么林二爷！怕遇上林姑娘吧。莫不是说，这次带人扫红的还是林黛玉？她不做水仙花，但却是扫红人，黛玉又要葬花？如果这样，二三十个扫红葬花者，是要葬谁呢？"

芸轩道："葬晴雯，葬晴雯这枝'金凤花'，虽然宝琴的凫靥裘保住了，但孔雀裘是晴雯拿命换来的。"

秋真道："台湾是独立了，逃到台湾的人也安全了，但大陆却塌了天。左右无援的李部孤掌难鸣，病上加病，只能拿命一博。"

山岚嘟哝道："林二爷葬的金凤花吗？"

芸轩道："可以再看看宝玉、黛玉关于袭人的对话。"

秋真道："此处二人欲言又止，语重心长的，分明是充满了担心与害怕。黛玉问：袭人到底多早晚回来？似乎担心，这个投金者还能争取回来吗？晴雯病了，你身边没了人怎么办？"

山岚道："她还是盼望那人快回来，黛玉问完，宝玉回答：自然等送了殡才来呢。袭人那里送葬，黛玉这里葬的偏是金凤花，不是葬别人，葬的正是各人自己，把自己埋葬了，还怎么回来？"

秋真道："照你这么说，黛玉葬了晴雯，袭人葬了自己。除晴雯外，还有黛玉避讳的五更天呢。"

芸轩道："当然只是预言，明线上，不光袭人的母亲死了，鸳鸯的娘也死了，要不我说闻到了死亡的味道呢。"

山岚道："大年下，别葬啊死的，还是说燕窝的事吧。"

秋真道："宝玉问黛玉燕窝，话说到一半停了，你猜，没问完的话是什么？"

山岚挨身过来，悄悄道："我想宝姐姐送你的燕窝，后面半句定是：还是多吃些的好，因为睡眠好了呀。"

芸轩道："不用瞎猜，其实后面有答案。宝姐姐家的燕窝不能吃了。我奇怪的是，宝玉正问话，为何偏偏被赵姨娘进来打断了？"

山岚道："三月香巢被无情打碎，一句《牡丹》唱词，就让清高的黛玉告饶，在宝姐姐雪洞般的蘅芜苑里服了软。从此，宝钗给黛玉筑了一个燕窝。这燕窝事件，应该是钗黛合一的标志，可怎么说到宝琴的怀古诗时，黛玉又是那样表现，又不像二合一了呢。"

芸轩道："问题就出在《牡丹亭》和《西厢记》里。宝琴的十首怀古诗，我唯独没告诉最末两首的谜底，原因也是如此。"

山岚听了高兴道："你今日就告诉罢！"

第五十二回
虾须镯失珠　乌云豹拾残

秋真道："燕窝事件早有结果了，钗黛合一是对的。宝钗打烂一个，再给一个呀。确切地说，有人在忍受屈辱中，和清廷斡旋，用假和谈方式苟且偷生，只好在厦门垒了一个燕窝。"

芸轩道："这个燕窝，苦心经营十年左右，赖嬷嬷说的，乐了十年，黛玉说她今年十五岁，入府也快十年了。可现在郑成功要走了，要弃了这燕窝。你说，她还能吃吗？"

秋真道："如果这样，'我想宝姐姐的燕窝'怎样呢？"

山岚接话道："不是黛玉不吃了，是宝钗断不会再给了。李纨、探春二人态度那么坚决地反驳宝钗对那两出戏的歪曲，为黛玉争取话语权，黛玉的口声也变了，怕是再也不会和宝钗妥协，燕窝自然不会再给了，钗黛合一也从此结束了，燕窝只好由贾母这位自家老祖宗开始供给了。"

芸轩道："宝玉劝黛玉，别吃宝钗家的燕窝了，换贾母的吧，此时赵姨娘闯了进来。看来贾母给燕窝也是不容易得的，也不知道给个哪里的窝？若黛玉得不到，恐怕和赵姨娘脱不了干系。"

秋真道："燕窝在台湾哪，黛玉终于拒绝了宝钗提供的燕窝，有了贾母给的属于自己的领地，台湾也就独立了。这样一来，宝琴的水仙话题说完了没？

"花开两朵，各表一枝，前边是水仙们的结局，后边一枝，就是腊梅们的了，这枝偏偏给了探春。所以，出现赵姨娘就不足为怪了。"

山岚道："水中仙子，海上仙山。没想到，云蒸大海之岛就是这宝岛台湾。咱们的人终于也打了一回胜仗，怪不得贾母嘱咐惜春，好好画宝琴和她的衣服，宝琴不负贾母厚爱，倒也葬一回别人。"

秋真道："宝玉此番赴宴，不是鸿门宴，准备二三十个锄药扫红人，不光葬晴雯，也为了埋葬别人。这个'双艳缘'我喜欢，虽然衣服有损，毕竟人很安全。"

芸轩道："我还是保留关于燕窝的意见。"

山岚笑道："别老不相信自己，这个结局已经不错了，既来之则安之，如果真是台湾的事，咱们来了就好好印证一番。难为曹公的神来之笔，不逊吴道子画佛光。"

芸轩问:"怎么讲?"

山岚道:"脂砚评曹公此法,如吴道子画佛一绝。"

又比画道:"壁上画完佛像,只留佛光不画。等众人来观,对万众举手一挥,圆中运规,一气呵成。观者莫不惊呼,此一举,要的就是惊世骇俗之叹。"

芸轩叹道:"曹公的佛光如果让咱们给画圆了,也是惊俗之举。"正说着,佩萱在楼下已经喊了几遍吃饭。三人边说,边磨磨唧唧地一起下楼来。只见陆风早已坐在那里,正和另外两对大陆夫妇聊天。

陆风问宗豪道:"这天阴阴的,台湾新年期间下雨吗?"

宗豪一边给客人盛汤,一边说道:"别看阴天,不下雨的。我看过预报,你们放心去逛,不用担心天气。"说着,大家一起吃饭。

谁人祭宗祠　何与开夜宴

　　吃过晚饭，四人步出旅馆，来到鹿港小镇上。小镇里宫寺林立，店铺繁华，街道两旁显得有些拥挤。听说台湾小镇的年味，比内地农村的年节气息还浓，山岚将信将疑，及至来到，一下子相信了。

　　来到鹿港的天后宫，只见庙殿宏伟，富丽堂皇。夜幕下到处灯火阑珊，人头攒动；庙前各种小吃和老街的别样风情，还是让他们目不暇接。

　　山岚远远见一家主题餐厅，满墙壁是老电影海报、旧广告招牌，听着留声机里的怀旧音乐，仿佛坐着时光机回归到那个陈旧的年代。穿过古市街和半边井，来到美食街，每人一杯冰镇柳橙汁，悠悠地看着街景。

　　前面出现一条窄窄的巷子，陆风叹了一句："这么窄，怎么过去！"

　　秋真笑道："没看见这巷子的名字吗？摸乳巷，知道怎么过了吧？"说得大家笑起来，山岚登时红了脸。果然，巷子的墙壁上写着呢。

　　秋真道："据说这个狭窄的巷子，已有两百年历史了，本是一道防火巷，最窄处还不到七十公分，只能容许一人通过。如果男女正巧面对面走来，擦身而过时，是你让还是我让，就会出现尴尬的场面，只能挤身而过。所以，这条巷子被称为'君子巷''护胸巷'。你犯不上脸红，没人和你挤。"

　　陆风道："这我没兴趣，来的时候冯子嘱咐我，一定去九份。他是个漫画谜，据说宫崎骏的《千与千寻》中的场景，很多灵感都来自于九份，那活色生香的老街景，最为古老和经典，谁想来这里。"

山岚道："我听冯玉说九份的傍晚最迷人，虽然建筑凌乱拥挤，却最具童话特色的。还有最地道的当地美食，什么香甜可口的芋粿巧，咸甜适中的草仔粿，内含饱满萝卜丝与虾的草仔粿，此外还有黑糖麻糬、豆腐乳、土皮蛋等，改天一定去。"

秋真道："明天年三十，你俩怕是哪里也不能去吧？"

山岚道："怎么不能？明天五爷爷派小表妹给做向导，领咱们逛一上午呢，你们说去哪里？"

芸轩道："去赤嵌楼和延平郡王祠吧。"

秋真道："就知道去这些老古董的地方，我可不去，我宁愿去桃园大溪。据说那里是偶像剧拍摄圣地，不可不看呕，我也不用妹子带路。"

第二天，秋真果然自己去了。没法子，山岚也就放弃了和陆风去九份，一行四人来到赤嵌楼。山岚的小表妹，对赤嵌楼的历史也没多少研究，还不如山岚知道得详细。只是看到楼内陈列着荷兰人投降的条约书，以及郑成功与荷军的作战海图等珍贵资料，让芸轩大开眼界。

赤嵌楼上，尚有巨炮及瞭望台的遗迹，楼前广场中心，建有郑成功接受荷军献降书的雕塑群像。

小妹笑道："这受降雕像有个笑话，雕像中的荷兰人原本是跪着的，由于台湾想和荷兰人合作，他们看到自己的祖先跪着很不高兴，于是，台湾人一夜之间让荷兰人站起来了。"说得陆风笑起来，惊奇道："真有这种事？"

一面说着，一路看了两个多小时。靖海门、铳城、清水岩等处一一浏览。歇了会子，他们就来到延平郡王祠。小妹说这里原是郑氏宗祠，祠庙经多次改建，包括日治时期和清治时期，现在的样子是近代修整的。

走进院落，山门前有一座牌坊，原是日本时期的鸟居，但在战后重修时，拿掉了最上方的横梁，就成了这个样子。祠庙的主体是三进院落，坐西朝东，由山门、正殿、后殿与两侧厢房组成。

一一看过后来到正殿供奉郑成功之处，最外围有回廊，里头正中央为洗石子神龛，后殿中央则为太妃祠，供奉着郑成功之母翁太妃田川氏。

在太妃祠之左，是供奉明宁靖王与其五妃的宁靖王祠，右边则为供奉郑成功长孙郑克塽及其夫人陈氏的监国祠。

来到太妃祠前的庭院里，只见院中有古梅一株，苍老古朴。小妹告诉他们，传说这株梅花是郑成功亲自种植，该梅原本长于台湾府署的鸿指园中，后来才移植过来。

芸轩问道："台湾地区，郑成功的纪念祠堂多吗？"

小妹道："他的古迹儿多得很，上百处吧。"说着，走出庙堂。天色近晌午，小妹要领他们回家，说下午要回去布置厅头。三人不肯回去，小妹只得独自返回了家。

芸轩三人乐得再次光顾小吃摊，要了些清酒和鱼丸、黄金水虾卷和棺材板等。芸轩喝了一口清酒道："今晚除夕，不知道这里的除夕夜如何过？"

山岚道："听表妹讲，今下午先辞年，然后拜祖先，这些寺庙也有祭拜活动呢。不过妈妈说不用我参加。"

陆风问："女孩子不让进祠堂的。"

山岚道："真封建，在外面看看也不行吗？"

芸轩道："那也要五爷爷同意才行。"

山岚道："当然愿意，我出来时五爷爷嘱咐了，让我带你们回家过年呢。"果然，没等他们吃完东西，那些寺庙里，就有人已经开始搬东西、上供品。直到三点钟，秋真才匆匆赶来，随着山岚一起回五爷爷家。

五爷爷家是一个精致的小院子，是四合院的结构。走进北屋，看到五爷爷精神矍铄，带着一副金丝老花镜坐在沙发上。看到陆风他们进来，招手叫到跟前，一一地抚握他们的手，他们也行了礼。家人们纷纷来相见，相互介绍寒暄后，围坐在五爷爷旁边。

正热闹间，山岚妈妈进来，说供桌已摆好祭品，但等初一日，由五爷爷领着孩子们行礼。山岚等站在外面向里看，只见神桌上摆着各色果品、橘子及一些红枣，其他的大多不认识。还有三小碗饭上插着红花。小妹悄悄告诉，这叫春饭，这些花又叫"春仔花"。

山岚道："这个饭就是年夜饭。"

只见五爷爷安好神位，子侄们跟着，行三跪九叩之礼，奠酒、献果品，最后烧金纸，退出到院子里，几个男孩争着放礼花，闹了一阵，才算结束祭神辞年仪式。

渐渐地，小镇上鞭炮声此起彼伏，想是辞年仪式后，都放鞭炮。夜幕慢慢降临，到处是花灯火树，天空中各色礼花争奇斗艳，更让人眼花缭乱，这里的除夕之夜，年味真地道。五爷爷招呼全家，一起围着桌子吃一年之中最丰盛的菜肴，桌下置一盆火光熊熊的烘炉，炉边置一些铜钱，以示温暖如春、财气旺盛。

小妹及时翻译给他们，说这叫围炉，家家年夜饭都讲究。芥菜做的，叫长年菜，萝卜做的菜头，表示好彩头；吃全鸡，表示全家福；鱼丸、虾丸、肉丸做的，叫三元及第汤。尽兴处，芸轩等给五爷爷端一杯酒，看着喝完。

芸轩问道："五爷爷，赤嵌楼是什么时候重修的？我以为是一座西式城堡呢，炮台也少。"

五爷爷笑道："这个我不记得，据说是光绪年间重修的，日本人在的时候，那里也荒得很。"

芸轩道："郑成功的开台经历，您给我们讲一讲吧。"

五爷爷捻着胡须道："说起国姓爷，老一辈的人更是敬重。咱老家不是也有延平郡王祠吗？听说，当年康熙帝诏赐国姓爷父子迁葬回原籍，还送了一副对子。好像是：

> 诸王无寸土，两岛屯师，敢向东南争半壁；
>
> 四镇多贰心，一隅抗志，方知海外有孤忠。

"那是多大荣耀。"

秋真问道："咱们台湾当地人，称他是开山王，是吗？"

五爷爷道："那可不么！自永历十五年三月二十三日，酝酿开台，到四月初一驶进鹿耳门，就算登上了台湾岛。

"赤嵌城倒很快被占领了，就是台湾城难占，城池也坚固，为了减少伤亡，国姓爷用了围点打援的办法，围困荷军，台湾城一围就是七个多月。

"八月里，还有一场和清军的海战，双方军队都伤亡惨重啊。当时荷兰人得不到补给，士气也很低落，直到十月，揆一眼看就招架不住了，还企图与清军勾结，夹击国姓爷的军队，便派雅科布·考乌，率领漂泊在海上的三艘战舰、两只小艇，前去攻袭国姓爷在厦门的驻地。

"只可惜，那个考乌心存畏惧，中途转舵，驶往暹罗逃跑了，揆一与清朝的合谋也就破裂。台湾城被围八个多月后，荷军大部分死伤，揆一走投无路，只得同意和国姓爷谈判，愿意罢兵约降，请乞归国。"

五爷爷说完，高兴地大笑起来。

芸轩不禁问道："揆一约降签字是哪一天？"

秋真笑："怎么关心荷兰人的事。"

五爷爷道："记得好像是永历十五年的腊月，是腊月十三。你们见的那些雕像，可不就是签字仪式吗。"

外面的鞭炮声更浓烈，两个小弟听得不耐烦，嚷着给太爷爷磕头，要压岁钱。小妹的朋友来约她，出去看花灯；山岚妈妈又要给爷爷和哥嫂敬酒。芸轩她们也吃完了，告辞五爷爷，要到镇上看风景。

五爷爷道："你们难得头次来，千万吃好，吃好了就出去逛逛，小心烟火，玩一会儿早回来。"

芸轩等告辞出来，小镇上热闹得一塌糊涂，他们就在一个靠海的茶楼上坐下来，欣赏这里浓重的年味。

秋真道："你们尝完风味，就不请我，说什么棺材板好吃，得有人请客才行。"

山岚笑道："你没吃饱吗？还是害羞？"

秋真道："姑奶奶啥时候害过羞？这里过年也不过如此，看别人热闹也无聊，咱们自己取个乐子。我出个题目，谁找到答案谁是赢家，大家凑份子请他如何？"

山岚道："过年也不消停，说来听听。"

秋真道："过年么，就说贾府过年那些事。贾蓉去光禄寺领赏，拿回一个小黄布口袋，上面有年月日，还有朱红画押。你们谁能告诉我，这个年月日到底是哪年哪月哪日，说出这个来，真就是《石头记》前无古人的知音，我给他记一功。"

陆风道："你们纯是排斥我，这事哪有我的份，我还是给你们买棺材板去吧。"

见陆风走了，山岚不服气道："未必就输，那组奇怪的数字，芸轩又不是研究一天了，我就不信你们能比我悟出来得快。"

秋真道："你急什么！"

芸轩道："不虚此行，那组奇怪的数字，确实困扰了我一个多月，可今天我突然明白了。"

山岚道："你明白了？"

芸轩道："咱们就从过年开始找答案，《石头记》里有过一次隆重的元宵节，元春便是在元宵节现身的。但写过大年还是第一次，我认为也是过最后一个年。"

山岚道："凤姐说的：聋子放炮仗——散了吧。是这个话给到的启示吗？"

芸轩道："正是。五十二和五十三两回是整个故事的分水岭，也是由盛转衰的节点。"

秋真道："这个，我也感觉出来了。"

芸轩道："不能光凭感觉，这里有一个明显的特征，就是《石头记》的主体人物换了。"

山岚道："你是说，宝玉换成了宝琴？"

芸轩道："没错。前五十二回，摄像机的机位都是从'石头'的眼光看过去。直到这回贾府祭宗祠，却换成了宝琴眼睛里的世界。

"按习俗，祭宗祠仪式本不该女孩参加，你没看贾府的整个仪式吗，男子主祭，媳妇传蔬，女孩不得入内。所以宝琴才远远地看。"

山岚道："可宝琴并不是贾家女孩，是亲戚家的，祭的又不是她家祖宗，却要特别从她的眼里写，她姓薛，怎么不在宝钗家看祭祖，跑来贾府看什么？"

秋真道："后面的事就出自她的眼光。"

芸轩道:"倒也不全是。我的意思,曹公特费笔墨地祭宗祠一回,一定是写宝琴的事,说不定祭的就是她的祖先,否则,不会从她眼里看这些事。"

山岚道:"对的,我也发现了,整个祭宗祠过程,除了宝琴,没有提任何其他女孩在现场,好像只有她一个外人当看客。"

陆风两手满满地端来些花花绿绿的吃食,听见说这个,道:"开什么玩笑,贾府祭祖,凭什么祭宝琴的祖宗,她算哪根葱。"大家知他没听前面的讨论,都笑他。

秋真拿起一块冰心绿豆黄吃着,道:"还强调了,宝琴是初次,一面细细留神打量这宗祠,闹龙填青匾和对联都是御笔。虽列着神主,却看不真切。是看不清,还是看清了却不好说神主是谁?"

山岚道:"既然宝琴能出现在现场,就能找到她参与祭祀的理由。"

秋真道:"长本事了? 说说看。"

山岚道:"这次参加祭祀的人,多了贾芹、贾芷。秦可卿葬礼上,贾族男丁几乎全部露面,我仔细数了,里面有个贾蔷,却没有这两个人。我看,这三个名字大有讲究。"

秋真想了想道:"蘅芷清芬,特指香草美人。《蘅芷清芬》有一句:衡芜满净苑,萝薜助芬芳。又有:蘅芷阶通萝薜门。看来蘅和芷作为香草,是与萝薜不可分的。衡芷皆通萝薜门的话,'蘅芜君'乃薛家宝钗,'芷'就该是特指薛家宝琴。"

山岚道:"芹呢? 什么意思?"

芸轩道:"林花著雨燕脂落,水荇牵风翠带长。花蕊夫人也用过'荇草牵风'之句。荇乃水草,风吹水荇,随波逐流。这次参与祭祀的人里,还出现了两位带有这种水植特征的人,就是贾菖、贾菱。"

秋真道:"可不吗,虽说贾敬、贾珍和贾蓉是长房大宗嫡系,有族长身份应该主祭,可贾家主事的贾政、贾环、贾兰这一支,没一个人参加。他们也是贾家的正支,明显参与的倒是贾赦、贾琏、贾琮这支不主事的一族,且里面有你说的几个远宗。即使没有了嫡宗参与,用贾蔷、贾芸传菜也比贾菖、贾菱说得过去,出现这两人真是有些奇怪。"

芸轩道："我说是吧，贾菖、贾菱的名字里，有'菖菱'，贾芹的名字中有'芹'字，菖、菱、芹三个字，共同点都是水生植物。再者，说到菖蒲，我就联想到芷蒲，这也是生在水边的植物。说明此次祭祖，不是由正支参与，而是由旁支参与，和水族植物有关的旁支参与了。"

山岚道："说到水，我想起一个来送礼的人，就是北府'水王爷'，这个称呼好怪，从来没有人把北静王称作水王爷的，此人肯定不是北静王，但这水王爷，是不是也和水有关？"

秋真道："贾蔷、贾芷是宝钗和宝琴，贾芹、贾菖、贾菱，就联系到水王爷。连到一起，说明宝琴是水王爷，然后就推出一个结论：是水王爷参与祭祖吗？"

山岚道："就是宝琴参加祭祖呢，她不是看着别人祭祖，而是亲自参与，她看不清的神主，应该是她的祖先吧。"

陆风还是不服，道："宝琴有什么资格祭祖？"

芸轩道："我还有一条线索，能说明些问题。"

山岚道："我知道，是乌进孝的礼单。说到礼单，就不得不提这个年关。今年可是特别的一年，先是王子腾升了九省都检点，贾雨村补授了大司马。这两个职位不一般呢，这两个人事变动，非同小可。"

芸轩道："'检点'之职，让我想到了赵匡胤。他身为点检，以陈桥兵变得天下，兵变前即谣传'点检作天子'。现在倒好，王子腾做了这个职位，预示王家有个点检要做天子了。"

秋真道："大司马也是古代官名，多与大将军、骠骑将军、车骑将军等联称，为三公之一，位高权重。据说王莽是以三公之大司马身份篡夺了汉家天下。饿不死的野杂种贾雨村，竟然补授大司马，他也得了天下吗？"

芸轩道："看吧，曹公用这两个职位的变动，来预示今年的政治舞台上，有两大惊心动魄的变化。"

山岚道："检点做天子还不至于，我看曹公对这件事有偏见。"

秋真道："这一点倒合了我的看法，否则怎么会有个'乌进孝'的名字。"

山岚道："乌进孝就是'不尽孝'，尽管他送来的礼单那么丰盛，可贾珍还是一叠声地说他打擂台，说他没尽到对主子的孝。"

秋真道："对头，说到礼单，就想到乌进孝和黑山村。这张礼单和秦可卿的药方一样古怪。鹿、獐、狍子这些野味，是贾府的常用野味，分灶时，大观园的小灶上也有，其他的就更有意思了。"

陆风笑道："你们那个药方子，还不是多亏了我。这个礼单子，我也认真研究过。我的结论是，黑山村代表黑山恶水，象征东北地区最合适。可单子上的东西，可不单单出自那里，獐子、狍子这些倒是东北地区的动物，可其他的就难说。

"就说猪，光猪就五种，暹猪是泰国的，薛蟠给贾府送过；各色干菜，刘姥姥也给过；龙猪，传说是广东特产。再说，猪、羊的做法也有南北之别。什么腊制、风干、汤制的，都具有浓厚的地方特色；还有，大量活的鸡鸭鹅，一定是淡水养殖；而海参、对虾和蛏干却是海生物品；熊掌、榛子、松仁，地道的北方山林里有；可桃杏呢？又不是。

"特别是里面引用了《在园杂志》里的御田胭脂米，更是不对头。这种稻米产自御田，那就是说，这个黑山村里有御田了；还有最后一点，孝敬哥儿姐儿的活物里，还有两对西洋鸭子，竟也是来自国外。

"所以，这张单子里有各式野味、家畜、家禽、河鱼、海鲜、粮食、干货、杂粮、干果、肉类、内脏；有吃的、烧的、用的、玩的；有国内的、国外的；有实物，有现款，甚至有供小主人玩耍的活物。"

山岚道："打住，啰里吧嗦的什么嘛。"

陆风笑道："不让说算了，想听谜底，还懒得说了呢。"

山岚道："别卖关子，我只知道西洋鸭特别符合宝琴的身份；贾珍说他们是山坳海沿子上的人，也符合宝琴在西海沿子上卖洋货的经历。"

陆风得意道："你错了，我的结论是：这张礼单，要么是皇家给贾府的单子，否则不会有御田米；要么是一张子虚乌有的单子，要不怎么叫乌进孝呢，可不就是子虚乌有的尽孝。"

秋真拍他的肩膀，送一颗蓝莓给他，笑道："赏你了，分析得有道理。你们没听乌进孝说吗，这个年景，那叫一个不容易。从三月份下雨起，接接连连直到八月，竟没有一连晴过五日。这样的天气，如何能长庄稼？

"九月里一场碗大的雹子，方圆近一千三百里地，连人带房并牲口粮食，打伤了上千上万的。你们算算，这是多大的天灾。其实后面还有一句，我替他说，到了十月份，又是一场罕见的大雪，用他的话说，今年雪大，外头都是四五尺深的雪。你们听听，这样算下来，今年应该有收成吗？

"按时间算，他十一月份就向贾府赶来，路上整整走了三十二天，腊月里才来到宁国府。从三月到腊月，在这种情形下，应该颗粒无收。可这乌庄头还能贡献这么多东西和银两，可见对主人的心孝敬到了极点，更可见，这孝心很难实现。"

山岚道："慢着，你刚说什么？你说的这串日期，我怎么好像刚听一个人说起过，让我想想。"

陆风道："是你五爷爷说的。"

山岚道："对，对，是国姓爷攻台湾的日期，好像有些吻合，也是从三月开始，围困七个多月。九月里一场恶战，十月份，荷兰人又勾结清廷这个薛家，打击郑成功的老巢，可不就是开始下大雪了吗。"

芸轩高兴道："时间这么卡准，肯定能算出来，大观园这次赏雪吟诗，就是十月里的事。可乌庄头路上走了三十二天，这个日期如此准确，一定是一个时间坐标，算算到宁国府的日期，具体是哪一天。"

秋真道："这一天好巧，有三份礼同时进了宁府，先是皇上秋祭的恩赏，然后是乌进孝的贡品，紧接着，就是水王爷的礼品。假如三份礼品是一回事，只要咱们算准乌进孝来到贾府的日期，就能得出贾蓉在小黄布口袋上的朱笔画押日期。"

山岚摩拳擦掌地道："这个不难，乌进孝是腊月进京，咱们只算天数就行。"

秋真道："也只能如此。可除了一月零两天，哪里还有天数可以算？"

山岚道："这一节里倒有几个数字。前些日子，芸轩颠来倒去地算了几天，你倒是算出些什么了没有？"

芸轩道："有几个数字可以拿来算，看我算的可有道理没。说到礼品，不是只有那三人的，为预备过年，还有一个人准备了礼品，就是尤氏，她让兴儿也备了押岁锞子。

"丫头说：兴儿回奶奶，前儿那一包碎金子，共是一百五十三两六钱七分，里头成色不等，共总倾了二百二十个锞子。说着递上去。尤氏看了看，只见也有梅花式的，也有海棠式的，也有笔锭如意的，也有八宝联春的。尤氏就说：收起这个来，叫他把银锞子快快交了进来。里面不仅有数字，还有品种，除了金的，还有银的。

"可不可这样理解：将尤氏话里的数字，换算成一个比喻，比喻把一大堆鎏金镀银的岁月里要完成的事业，倾铸在二百二十天里成形。"

陆风问："一大堆岁月，是多少天？"

芸轩道："一百五，再加三两，算成十五年三个月呢。"

秋真道："是永历十五年三月，压缩成二百二十天的话，是七个月零十天。这是不是围困台湾城的天数？再加上乌进孝路上的一个月零两天，打台湾一共耗费了八个月零十二天。如果从登陆那一天开始算，加上围困的时间，若得出来的就是揆一签字投降的时间，那咱们的推断就没错。"

山岚道："五爷爷说，登陆时间是四月初一，加上八个月十二天，正好是十二月十三日。果然这一天就是荷兰人的投降日，难道真是黄布口袋上签字画押的日子？

"哈哈！咱们好厉害。原来把乌进孝进贡这件子虚乌有的事，说成郑成功在千辛万苦中，在这个荒凉的年份里，向明朝交了一份厚重的礼单呢。"

边说着，众人兴奋地欢呼跳跃，举杯一碰，在礼花的劈啪声中，喝茶相祝，大家公议，功劳偏给了陆风。

芸轩道："我说的不错吧，这一年好难过。就这个样，贾珍还嫌这够作什么的！你们又打擂台，真真是又教别过年了。"

秋真道："乌进孝说：爷的这地方还算好呢！我兄弟离我那里只一百多里，谁知竟大差了。也是有饥荒打呢。这是说的荣府呢，这是迅速走上败落的开始。"

山岚不服道："你们别得意，推断能不能站住脚，还得从贾府的宗祠祭奠仪式中找复证。"

秋真道："亏你还知道来龙去脉，答案就摆在那里，明眼人谁还看不懂，你就笨得这样！"

山岚道："就知道抬杠，有本事说清。"

秋真道："有四点，指向同一件事。第一，贾珍有句话说：除咱们这样一二家之外，那些世袭穷官儿家，若不仗着这银子，拿什么上供过年？他说的，可是只有一两家能上得起供，分明指的荣宁二府。那其他世家呢？是说今年年景特别不好，还是说世袭的穷官儿家失去了世袭官位，连祭个祖都难了？答案只能解释，除了郑氏占领了台湾，还能有个祭祖之地，其他的人家，这个年没得过，别说祭祖了。"

山岚道："第二件呢？"

秋真道："这个年的除夕和初一，贾母两次按品大妆进宫朝贺，这我就不明白。宫中元日朝贺，与古礼相符，可除夕这日，皇帝要袷祭，连老百姓家都是请神祭祖，贾母却先进宫，下午回来再祭祖。除夕进宫，不管合不合古礼，但她这一天去，肯定也参与祭祖了，因为皇家肯定也是这天祭祖，这和宝琴参与贾府祭祖一样怪。可以断定，她的参与也一定和宝琴一样合理。这说明贾母是可以参与宫中祭祖的，正如宝琴可以参与贾府祭祖一个道理。"

山岚道："这一点我同意，宁府请神入户，从大门到正堂门，总共是九道门，这明显是皇宫规制，宁府确实有皇宫影子。"

秋真从包里抽出一张皱巴巴的纸，展开道："这是我好不容易找到的。第三点，我这里有一张《南京太常寺条》中祭祀的记录，你们看。"大家看时，上面写着：

牛犊，和州江浦县解；

北羊，陕西西安府解；

山羊，湖州府解，宁国府解；

猪，宣课司抽分；

鹿，宁国府解；

兔，应天府属县猎户纳；

香帛诸物：降香、速香、马牙香、浇烛、黄蜡，以上俱太常寺关领；

浇烛、香油，上元、江宁县纳；

各色制帛，南京司礼监领；

时果、椒、笋、粉、糖等，上元、江宁县买办；

面、酱、醋等，籍田祠祭署支；

酒，南京光禄寺支。

大家看完，问是什么意思。秋真道："正如陆风刚才说的，乌进孝的贡品应该不是产自一个地方，而是各地进贡的。关键是这个单子的最后一项是酒，是南京光禄寺支的。"

山岚道："我也明白了，贾蓉说这次领恩赏，不是在礼部，而是在光禄寺。光禄寺负责宫中祭祀，自己有良酝署，他们怎么会缺酒呢？贾珍却说，光禄寺的官们，是想他的戏酒了，现在看起来，有些自说自话。其实是想告诉咱们，今年贾府祭祀是直接从光禄寺领用物品，应该想到，贾府的祭祀规格等同于皇宫。"

秋真道："第四，就是男女合祭时，男子槛外，女子槛内。槛内、槛外这个提法，发明人是妙玉，但却在这次祭祖中大量地应用。这种实实在在的占位，脂砚语重心长地告诉：槛以外，槛以内，是男女分界处；仪门以外，仪门以内，是主仆分界处。献帛献爵择其人，应昭应穆从其讳，是一篇绝大典制。

"文字最高妙是，神主看不真切。最苦用心的是，用贾蓉做槛边传蔬人，用贾芷等为仪门传蔬人，体贴入微。噫！文心至此，脉绝血枯矣。

"谁是知音者？谁能一眼看出，曹公在乞求一个真正懂他的智者吗？贾氏的传蔬人已经不是贾氏子孙了，已经到了'脉绝血枯'的地步，那这个贾芷是谁呢？"

山岚道："让我算算账。妙玉自称槛外人，她深知，纵有千年铁门槛，终须一个土馒头。因此她自始至终不入槛内，这也印证了郑成功的反清复明准则，虽行天子事，但始终不会称帝。宝玉自称槛内人，其实他生下来就是帝王之身，没得选择，他也只能是槛内人。

"这次祭祖仪式里，女子在槛内，隐约告诉里面有宝琴。还有，贾芷若是传疏人，他的身份其实就是宝琴。那么，槛内人是宝琴，传疏人是宝琴，贾府可不就是'脉绝血枯'了？"

芸轩咕哝：五维结构里，又多了妙玉吗？没人理会。

秋真道："说到'脉绝血枯'，我可以再帮你印证一点，就是贾珍赶走贾芹一事很说明问题。"

山岚道："你的意思，宁府收到的供品没有贾芹的一份，说明贾府不供自己的祖先了？"

秋真道："有这么点意思。当时贾珍的打扮和史湘云一样，披着猞猁狲大裘，厅柱下石矶上，太阳中铺了一个大狼皮褥子，贾珍换这身打扮代表谁呢？而贾芹是谁，咱都心里清楚，为什么偏偏赶他走，不给他供物呢？"

山岚道："古时，许多宗祠有规定，叫做：生不得与祭，死不得入庙。无德或者过失严重的族人，生时分享不到祭品，死后不准入祠受祭。这个养老婆小子的贾芹，自然会被族长惩罚。"

芸轩道："贾珍的身份，这里怕不是族长呢，他穿戴的是猞猁狲皮。没听他说吗：等过了年，我必和你琏二叔说，换回你来。这是要把贾芹，从家庙里赶出来。

"贾珍的话：你自己瞧瞧，你穿的像个手里使钱办事的？先前说你没进益，如今又怎么了？比先倒不像了。总想着'招匪类赌钱'，日子越过越差。

"所谓：香云好护采芹人，曹公雪芹也是自责，没人再护佑'采芹'人了。所以，赶走贾芹的用意，也有毁其宗庙之意。这么看来，贾氏宗祠里供的神主，是越来越看不真切呢。还有我补充一点，就是贾氏宗祠的匾额和对联，也透着诡异。

"用了'已后''至今'等词，有些告别从前的意味。宗祠的题匾和题联，竟是杜撰了一位孔子的后人，叫什么衍圣公孔继宗的。用意是说，虽看不清神主，但至少说明，这家宗祠崇尚的是儒家之道，祖先的遗真影像皆披蟒腰玉，这又分明是明臣形象。所以，贾府祭奠的起码是华裔人物，而那句：已后儿孙承福德，至今黎庶念荣宁。却让我想起汉武帝来。他在黄帝的'扫地坛'遗址得了一尊大鼎，之后修建了后土祠，首次祭祀时，作一首《宝鼎之歌》，其中就有：

穰穰复正直往宁，穰穰丰年四时荣。

"'荣宁'二字，寄托了汉武帝得鼎改元的兴奋之情，讲述他开疆拓土的丰功伟业。这是不是和'至今黎庶念荣宁'一样的想法？"

秋真道："郑成功在万般困苦中打了一年仗，开疆拓土得到台湾。如果这一年，他首次在新疆土祭奠自己的祖先，一定也是感慨万千。"

芸轩道："我不知道他如何请神主，除了郑氏，还有没有朱氏，是不是要赶走贾芹象征的人。"

秋真道："他认的嫡宗肯定是唐王一支，这也就是为什么这次参与祭祀的族人是贾赦一支，反而贾政一支不参与的原因。除此之外，我觉得祠堂的门联有些别扭：

肝脑涂地，兆姓赖保育之恩。

功名贯天，百代仰蒸赏之盛。

"本来这一联就有批语说：此联宜掉转。楹联一般上句以仄声字作结，下句以平声字作结，这里用反了。曹公不可能犯这种错误，他既然知错就错，是否想提醒咱们，这个地方隐含其他意义？"

芸轩道："其实'肝脑涂地'四字，用作宗祠的门联就有些刺眼，再想表达对君主的忠心，也没必要这么露骨，正是露骨，倒让我想起这个成语的出处了。"

山岚道："有典故吗？"

芸轩道："好像《史记·刘敬叔孙通列传》里提到过。为了迁都，刘邦询问一个叫娄敬的大臣，给自己一个建议。娄敬说，与周武王不同，陛下起自丰沛，收卒三千，大战七十，小战四十，使天下之民肝脑涂地，父子暴骨中野，不可胜数，哭泣之声未绝，创伤未复，所以不宜迁都，于是刘邦采纳了娄敬的建议。为表彰他的建设性意见，赐他国姓刘，从此娄敬改名刘敬。"

山岚听见说娄敬改国姓称刘敬，眼前一亮，问："你确切有个娄敬改了国姓吗？"

芸轩道："怎么不确切，怎么了？"

山岚道："我想起这里也有个姓娄的，是贾菌的寡母，就是参加元宵夜宴时唯一请来的远族人，你们忘了？"

秋真道："这也联系起郑国姓了。"

芸轩道："我看她联想的没错，脂砚为他专门做过批语，为仅仅出现过一次的小孩子做批少见，说：浩荡洪恩，亘古所无。母孀，兄先死，无依。变故屡遭，生不逢辰，回首令人断肠心摧。

"针对此批，我还仔细数过《石头记》里的孀母，除了邢、王和蓉、琏夫妇，寡妇居多。但是兄先死，无依，变故屡遭的人没有一个，至少咱们熟悉的人都不符合。这是谁？"

山岚道："是不是只能在现实里寻找？"

芸轩道："按以往的经验，曹公是会在文本中露一点给咱们的。我有一个推断，这个人是咱们不熟悉的，也可以说是曹公有意没有让熟悉他。曹公会在关键时候提一下，让咱们往那人身上靠。"

山岚道："这么说，还是靠到娄氏和贾菌身上喽？"

芸轩道："这也罢了，不妨咱们靠靠试试。宝琴的第三首怀古诗，所谓：

名利何曾伴汝身，无端被诏出凡尘。

牵连大抵难休绝，莫怨他人嘲笑频。

"这个无端被诏出凡尘的人，也许就是他呢。"

秋真道："吊足了胃口，又出在这里了，倒想听听。"

芸轩道："文帝曾筑室钟山，谓之招隐馆。后周颙亦于钟山西立隐舍，有修隐之意，却被孔稚珪嘲笑，说他打着隐士的幌子，行贪图官禄之实。

"正如咱们要找的这个人，本不是为追求名利而奋斗，却被改朝换代的大潮推到了风口浪尖上，还无端落了后人的褒贬，说他郑家人身在江海，心居魏阙。宝琴都用诗证明给咱了，还怀疑什么？"此时，远处传来一阵锣鼓声，茶馆里的人渐渐少了。

陆风道："你们真啰嗦，来台湾也没完没了的，连景都不看了。那边的宫灯那么好，没时间看了都，只顾说自己，看在我唯一男士的份儿上，也不陪我。山岚，咱们走，让她两个嘀咕去。"说着，拉起山岚就走。

第五十三回
谁人祭宗祠　何与开夜宴

249

秋真笑道:"你们走吧,这是有人嫌咱当灯泡了,咱回去和宗豪他们开个夜宴吧。"说着,也拉起芸轩就走。

除夕之夜,真是不眠之夜。回到住处,又和老乡一起喝年夜酒。秋真又爱热闹,直闹到天快亮才罢,却不知什么时候,芸轩已经离开了。

回到房间,见芸轩已经睡沉了,秋真正想蹑手蹑脚地去床上眯一会儿,放衣服的空儿,见桌上有一张纸,上面画着一张图,仔细看时原来是《元宵夜宴座次图》。下面又罗列了几个新发现,是一篇小品文,题目是:《姑苏慧娘璎珞纹》之辩。

一、慧娘之绣璎珞,皆是唐、宋、元、明之名家折枝花卉,却独不绣"清"代的。每一枝花侧,皆用古人题此花之旧句,或诗词歌赋不一,皆用黑绒绣出草字来,且字迹勾提、转折、轻重、连断皆与笔草无异。嘲笑清代无名花名卉,无诗词歌赋吗?(一笑)

如此贵重之物,"当今"称她为慧绣,可惜慧娘十八岁死了。"当今"若指帝王,只活十八年的绣娘和她的慧绣与当今,是何朝何代之人?(一问)

二、慧娘死,如今竟不能再得一件的了。凡所有之家,纵有一两件,皆珍藏不用。此作品,竟然惊动了一干翰林学士们,因深惜"慧绣"之佳,便说这"绣"字不能尽其妙,反似乎唐突了,便大家商议了,将"绣"字隐去,换一个"纹"字。所以如今都称为"慧纹"。十八年之历史沧桑,被沉甸甸封存隐藏后,变成慧娘的璎珞字画,还美其名曰"慧文"。(一叹)

三、慧纹与慧绣做何区别?贾母上年,将两件进上了。独留了一件璎珞桌屏,是十六扇。进"上"的那两件或许是"慧绣",独独留下的十六扇,可能是"慧纹"。

窃以为"十六扇"璎珞之数,可否是贾母背着抱着的两个重孙子,在位的十六年之数?(一惑)

四、谁是慧娘?此人必是善绣的,《石头记》之最善绣者莫过晴雯,能补好俄罗斯雀裘的独有她。她之绣物,可不可以叫慧绣?另有能绣者非黛玉莫属。她虽不常绣东西但她绣的香囊能让宝玉珍藏,除了爱屋及乌的情感因素,恐怕功夫也了得。且这个慧娘精于诗书,有极高之艺术修养,她的绣品可否称

慧纹？（一说）

五、只贾母背后独立屏风，为何是夔龙图案？夔龙，据说是古汉族传说的一种奇异动物，似龙而仅有一足；也有记载说，是舜的两个臣子之名，喻指辅弼良臣，贾母这是自降为臣吗？（一怕）

六、贾母为何坐东向西，反而薛姨妈和李婶娘坐北面南，似乎不合规矩。贾母坐的是臣位吗？此时的政治舞台上只有薛、李两家在对峙吗？（二怕）

七、此次夜宴，每张高几上均设炉瓶三事，焚御赐百合宫香，又有点着山石布满青苔的小盆景；小洋漆茶盘内，放着旧窑茶杯并十锦小茶吊，里面泡着上等名茶，再加上慧纹桌屏。每席前，竖一柄漆干倒垂荷叶，叶上有烛信插着彩烛。这荷叶乃是錾珐琅的，活信可以扭转，如今皆将荷叶扭转向外，将灯影逼住全向外照。

戳纱、料丝、或绣、或画、或堆、或抠、或绢、或纸，诸灯挂满大厅廊道。这是汉文化蕴藏的总展览呢？还是对清人不知文化为何物的笑谑？（一疑）

贾母要送给宝钗装饰室内，却又不了了之的最珍贵宝物，桌屏、山石盆景、古鼎、有字画的帐子，不知给了没，这里却都一一呈现出来。（一谑）

八、贾母也曾差人去请众族中男女来团聚，族人却找种种借口不来，甚至于有一等憎畏凤姐之为人而赌气不来的。独这个理由，怎么说出口来？因此，族众虽多，女客来者，只不过贾菌之母娄氏带了贾菌来。男子也只有贾芹、贾芸、贾菖、贾菱四个现是在凤姐麾下办事的来了。似乎这个夜宴，只为给凤姐撑面子了，可族人都开始远着老祖宗和凤姐儿了。（一惊）

九、此娄氏真的是被赐了国姓之郑氏吗？"芝菌"乃灵华之秀，此贾菌与彼贾芝有无干系？是否都和灵芝有关？娄氏贾菌是否母孀、兄先死的那一家人？芝龙死，算不算母孀？大木死，算不算兄先死？如果二人同时死，算不算家族无依，变故屡遭，生不逢辰呢？（一着）

秋真看了，偷着笑，因下面写着：明日请秋真唱《西楼·楼会》一段，不知谁能和她配戏。

情节：于叔夜和穆素徽相会于西楼，并私定终身。最有意思的几句台词如下：

穆素徽道：我有玉簪一枝赠君。【落地介】呀！玉簪折断，一发不是好兆！

【小生】：可惜！我有旧玉一块，不曾带得，改日取来赠卿佩之，日后可以为记。

此时，于叔夜的书童文豹，因奉老爷之命，催促于叔夜前去会文，冲散了二人的"钗玉之盟"，于叔夜赌气去了，文豹却趁机向贾母讨赏道：你赌气去了，恰好今日正月十五，荣国府中老祖宗家宴，待我骑了这马，赶进去讨些果子吃，是要紧的。

贾母高兴之余打赏了文豹，是因九岁的文豹，破坏了"钗玉之姻"。可见贾母内心深处对金玉之缘多么反感。

秋真看完，拿起笔，在十八岁和十六副璎珞下面，重重地画了两道线，才悄悄关灯睡下。

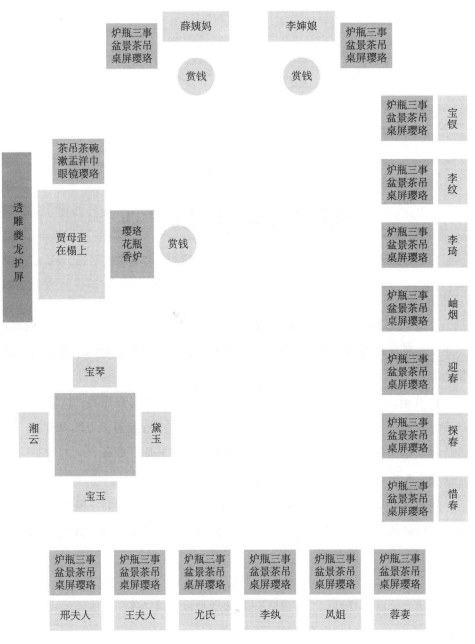

元宵节夜宴座次图

第五十四回

掰谎辩忠孝　斑衣戏亡曲

转眼到了初六日，他们的行程明天下午就结束，山岚念叨着催促秋真，一定要她带自己去看布袋戏，而小妹明天开学，又邀请他们看同学排演的一场舞台剧。

秋真道："好说，九尾堂是我师姐吴魅儿和几个好友合开的，这家布偶设计室在台南可是赫赫有名的。听宗豪说今日疯街有个戏偶展，去那里看看，也能让你一饱眼福。师姐说了，他们刚刚排演了一部新剧，叫什么《五毒全传》，还想把它拍成偶剧电影呢，一会咱们就去。"

来到老街，有些建筑已保留了两百多年，虽说街面不大，但狭窄的二手书店，精致的展览馆，都被小心保留着。创意十足的艺术街区，到处能够看出台湾人对古老文化的尊重和热爱。

只听前面锣鼓喧嚣，原是一场街头民乐演奏会，各式民族乐器，二胡、笛子、笙、中阮、琵琶、大提琴，还有铃鼓却也敲得和谐，听起来有一些江南曲调的味道，但又独具台南腔调。

围观的人并不多，芸轩走近，听到暗流涌动的古琴声，突然有一种莫名的感动，似乎回到了梦中古老的江南。但见五位老者，素布青衣，白发苍眉，银髯飘飘，仙风道骨，手执月琴、秦琴、二胡，弹奏的正是《潇湘水云》。

一曲弹完，围观者啧啧称道，秋真也凑了过来，向芸轩道："真难得，这里的古琴都能走上街头了，咱们那里可是少见。"向操琴的老者鞠了一躬，恭敬问道："老先生，请问您的曲谱出自哪里？"

老者捋着胡须笑道："出自《神奇秘谱》，听出咱们的与别家不同了，看来你是行家啊。"

秋真道："不敢，您见笑。"

山岚问道："这么讲究，《潇湘水云》是谁的曲子？"

老者道："此曲为宋代琴家创始人郭沔所作，当时元兵南侵入浙，文人相率南迁，郭沔移居湖南衡山，常在潇、湘二水合流处游历。每望九嶷山间，云水奔腾之象，便发出山河残缺、时势飘零的无限感慨。他便借水光云影，写下《潇湘水云》，此曲遂成为抒发家破国亡之情的心曲。"

秋真道："《神奇秘谱》中的记录为十段的，《五知斋琴谱》里已扩展到十八段了。所以一般都演奏《五知斋琴谱》里打的谱。"山岚听了，才明白，一行人走出人群。

艺术疯街的西头才是布偶展，展览不能算是火热，但处处体现着新意。那边的表演区围了许多人，远远听见几句出场台词，道：将相本无种，男儿当自强。坐台白道是：自度年少武艺高，学成拳棒与枪刀，他年若遂凌云志，镇国安邦显英豪。

一个俏丽知性的女子迎面走来，老远向秋真张开双臂，秋真也热情地迎上前。二人先是拥抱，接着又介绍了大家，她就是秋真的大学同学吴魅儿。

吴魅儿含笑道："你就这么匆忙地来告别？来了匆匆一见，连饭也不给机会招待，啥意思么？"

芸轩听她说话，看她神情，也只是笑，发现她二人这么像，天然就是老朋友。山岚笑道："我们有一天时间呢，她不给机会，我们给。"

吴魅儿拉了大家的手，让进一间小接待室，桌子上是各式各样的小布偶，山岚见了一一地摩挲，一副爱不释手的样子。

秋真笑道："你快收起那贪婪样吧。"

山岚悄悄问："让师姐送我两件，求你了！"

秋真道："那得看你的表现。"然后转身问吴魅儿道："把你们的《五毒全传》演一段，让这几位开开脑洞如何？"

山岚道："什么《五毒全传》？我怎么没听说过有这么个本子。"吴魅儿边招呼助手拿道具，边说道："其实是《混元盒》的别名。"

山岚道："混元盒讲的是什么故事？"

吴魅儿道："我们进行了改编，但基本情节没变。这是明末清初的一部神魔剧本，说的是嘉靖皇帝迷恋长生之术，招术士陶谦来，以童女烧炼丹药，却触犯天谴，玉帝怒命凶神降罚人间，派大孤山的水神金花圣母，灭法兴妖，祸乱人间。而金花娘娘的仇人张真人，以混元盒为法宝，助嘉靖收复群妖，平定祸乱。"

山岚道："这也应了那句古话：明实亡于嘉靖，是他隐下了大明败亡的祸端。所以，上天才派来瘟神'金氏'，亡明兴清。"

秋真笑道："你脑洞开得够快的，虽不知作者是谁，但此剧发生在明末，还真有你说的这个意思。你们再看看他们排演的第六场，就更有意思了。"说着，吴魅儿和几个助手，前台后场地表演起来。

但见一会儿工夫，一个孙悟空打扮的人上场，和金花圣母叮叮当当地，打斗在一起。

山岚问："《混元盒》里有孙悟空吗？"

秋真道："张天师连收三妖，金花娘娘恼羞成怒，亲率爪牙，堵截张天师于鄱阳湖。张天师力单势薄，这才请已被封为斗战圣佛的孙悟空下界助战。"

只见这斗战圣佛，头戴王佛冠，身穿金黄伽蓝衣，斜披大红袈裟，闭目合掌，静坐如塑。金花娘娘打来，便捷巧躲闪，疾卸佛装，复现猴子本色，以棍领刀。天师战败金花娘娘，壁虎吞食童子，并幻化其形，准备盗取混元盒，其心机却被天师一眼识破，以掌心雷击之，收在混元盒内。

山岚道："嗨！原来《混元盒》里有孙悟空这个角色。我明白宝玉和湘云说了一番敬酒的话后，回怡红院是怎么回事了。"没等说完，又赶紧捂了嘴，好在别人忙着收拾东西，不大在意。她也拿起旁边的几个布偶把玩。

吴魅儿一一介绍说：这一个是燃灯古佛，那个是太上老君，还有通天教主、蛤蟆精、红莽精。个个服装美艳，栩栩如生。吴魅儿遂拿起斗战圣佛和金花娘娘，送给山岚和陆风，又把通天教主送给芸轩。三人连忙感谢，又在吴魅儿带引下观看了其他小舞台，直到午后三点才罢。

一行四人依依不舍地回到住处，打点返回南京的事宜不提。晚间，山岚执意住到旅馆，大约有许多话要说，非要和她二人拼床挤在一处。正好，宗豪也想给他们送行，和妻子一起为他们准备了丰盛的台湾风味餐。

大家坐定，宗豪先举杯向各位致意，表达送别之情。

道："元宵节才是我们这里最热闹的，只可惜你们不能等节后走。我的祖上也是南京人，父亲在的时节，天天叨念要回去看看，最终也没回得去。我想，我若在有生之年完成这个心愿就好了，到时大家别忘了我。"

陆风道："来找我，找到我就找到她们，到时我做向导，领着你转遍秦淮河的大小河舫。"

秋真道："就你没正事。宗大哥，你的台啤今晚管够吗，以这里的风俗，是猜拳行令，还是轮流做庄？"

山岚道："要不咱也来点老套的，击鼓传梅吧。"

宗豪笑道："要的，要的，我去找梅枝。"说着，起身就走。秋真道："不用麻烦宗大哥。要不这样，让宗大哥看看咱老家的风俗。岚子，要想行令，你先把《凤求凰》的第一段曲辞说完，我就喝一瓶，说不齐全你就喝一瓶，干不干吧？"

山岚看了一眼陆风道："怕你不成？"

秋真道："先说下，不能找人帮忙。"

山岚道："别以为《西厢记》是你的拿手戏，只你会《凤求凰》曲辞，你听好了。"山岚清一声嗓子说道：

> 有一美人兮，见之不忘。
>
> 一日不见兮，思之如狂。
>
> 凤飞翱翔兮，四海求凰。
>
> 无奈佳人兮，不在东墙。
>
> 将琴代语兮，聊写衷肠。

何时见许兮，慰我彷徨。

愿言配德兮，携手相将。

不得於飞兮，使我沦亡。

一气儿说完，声情并茂，大家为她鼓了掌，秋真向她竖起大拇指，一口气儿干了一瓶，宗豪夫妇看得眼花缭乱，气氛也一下子活跃起来，直喝到十点多钟才罢。

回到房内，秋真业已有了酒意，胡乱地洗漱了，躺下睡了。山岚坐在桌子边，看桌子上芸轩列的一堆问题，想了片刻，自言自语道："我听五爷爷说，莲花落，也称落离莲或摇钱树，源起于乞讨要饭时所唱的曲子。果真这样，贾府最后撒钱放赏时，怎么用这个曲子，不就变味了吗？"

只听秋真嘴里嘟哝道："没变味，都是清兵南下惹的祸。元宵节后就散了吧！"二人听了笑她。

芸轩道："她说的倒没错，贾家这个元宵节过的是严格按照二更、三更、四更的顺序来的，到最后也没说五更这个词，还是避讳了。"

山岚道："这里也是五更归天吗？"

芸轩道："你想，二更天演《八义》；三更天打《将军令》；塞上长风，笛声清冷，大漠落日，残月当空，这是一套出征的号令；

"接着，贾母就感到天寒浸浸的，读到这里时，我浑身都起鸡皮疙瘩，说明出征失利。然后就是《寻梦》《下书》《听琴》《琴挑》还有《胡笳十八拍》，一直折腾到四更天；更为明显的是，凤姐接着讲了两个冷笑话，一个：节也完了，年也完了，吃了一夜的酒，都散了；

"第二个更好：聋子放炮仗，还是散了。为了配合这俩笑话，大家又一色一色地放了会子炮仗，然后打了一套要饭用的《莲花落》，撒了满台的钱，命孩子们抢钱取乐；

"最后是上汤上粥，撤残席，上小菜。大家随意吃了，漱过口，方散了。你掐算一下时间，这一套一套地下来，也就真是五更天了，又是曹公极力避讳的五更天。"

山岚道："这个时间我也注意到了，只是贾母的两个笑活难捉摸。一个是讽刺编排才子佳人的，一个是讽刺嘴巧的媳妇，可我怎么老觉得，都是对着黛玉和凤姐来的呢？我得细想想。"

芸轩道："这才是贾母和凤姐的高明处，一个破旧套，一个斑衣戏彩，这祖孙两个，骂死人不偿命呢。"

山岚道："怎么说？"

芸轩道："她二人说的故事、讲的笑话离不了两个字：忠、孝！《八义》是什么？是忠义思想的代表作，《观灯》八出戏里，有两个关键点你没注意到。

"其一，赵朔陪公主过元宵节，观灯时遇到了一个和自己长得一模一样的人叫周坚。那人因欠酒钱，被王婆追索，赵朔给他解了围，便收在门下了。

"当屠岸贾追杀赵朔时，周坚因相貌相同，替赵朔自刎而死。记得《一捧雪》里的莫成吗？他也因与莫怀古长得相似，代莫怀古顶罪，使得莫怀古躲过抓捕。这异曲同工的情节，反复被用在《石头记》里，可以说，也是甄贾宝玉的结局再现。

"其二，《宴赏元宵》中来了一群乐人，讲了一个二十五孝的故事。赵朔说，只知有二十四孝，怎么有二十五孝呢？乐人就说了：有一个老妈妈，生下十个儿子，讨下十个媳妇，这才是孝顺。赵朔不明白，问他，怎见得。

"乐人说，我是一哥哥，一嫂嫂，头顶爹爹妈妈，到泰安神州庙烧香，才一个儿子孝顺。说到这里，那个乐人还开了个玩笑，把这句话一气念了七遍，倒在地上装不行了的样子。赵朔向前搀起他来，乐人拿他开玩笑说，这个搀我的儿子才是孝顺。并说，知音说与知音听，不是知音不与谈。这个事件，体现的是孝。"

山岚道："体现忠与孝。知音说与知音听，不是知音不与谈。我解解。二十四孝里有斑衣戏彩一节。这个第二十五孝，明明是警告赵朔，不孝之最，无后为大。你若生十个儿子，说上十房媳妇，才是孝顺，只有一个儿子，一个媳妇，就是说的《赵氏孤儿》。

"一个孤儿，就有血枯脉绝的危险，所以，才有知音说与知音听的警醒之语。可见贾母的笑话，也是说凤姐，斑衣戏彩又怎么了，没有十房媳妇来得好。"

芸轩道:"所以,凤姐才说了一个:合家赏灯吃酒,真真的热闹非常。祖婆婆、太婆婆、婆婆、媳妇、孙子媳妇、重孙子媳妇、亲孙子、侄孙子、重孙子、灰孙子、滴滴答答的孙子、孙女儿、外孙女儿、姨表孙女儿、姑表孙女儿,……嗳哟哟,真好热闹!这样一个数贫嘴的笑话,是为了满足贾母恐怕子孙少的心愿。"

山岚道:"怪不得一上来,贾母就袭人和鸳鸯的热孝问题做了比较。袭人母亲没了,身上有热孝,不便来主子跟前伺候,贾母就说这不合适,跟主子讲不得孝与不孝。

"鸳鸯的母亲也在南边没了,她就没去守孝,话外之意,伺候主子是尽忠,在忠孝对立时,要忠义在前,贾母说袭人是个不忠之人。

"还有一个问题,袭人的母亲在去年十一月就死了,到今年正月,已经有一段日子了,王夫人怎么还强调她有热孝在身呢?好没征兆的,就说鸳鸯的娘也死了,且鸳鸯说的袭人奔丧那段话也怪怪的。

"什么:天下事难定。论理你单身在这里,父母在外头,每年他们东去西来,没个定准,想来你是不能送终的了,偏生今年就死在这里,你倒出去送了终。

"谁不知道袭人的家离贾府不远,她的母亲怎么就'东去西来,没个定准'了?为什么她不能送终?为什么就偏偏死在'这里'?要不应该死在哪里?"

芸轩道:"这还不明白吗,你又不是第一次碰到曹公这种古怪的表达方式,他的合理解释只能到真实事件里找。"

山岚道:"我猜她两个的娘,原型是一个人对不对?"

芸轩道:"可不对,虽然金花娘娘是一个人,可《混元盒》里和金花娘娘斗法的,还有个斗战圣佛。一定得找到这个孙悟空。"

山岚道:"先找她们的娘是谁吧。"

芸轩道:"你还没听懂,你不记得秋纹、麝月看见糕点盒子的情形吗?"

山岚道:"秋纹开玩笑说:外头唱的是《八义》,没唱《混元盒》,哪里又跑出'金花娘娘'来了。这盒子糕点就是《混元盒》，开盒看了一眼，胡乱掷了盒盖，匆忙跟宝玉走开，好像盒子里有妖怪，动作明显有些不尊重。

"按说她和袭人、鸳鸯可都是铁杆，给袭人的东西，怎么就这么不礼貌呢？只有一个解释，怡红院里的'金花'二位姑娘，就是《混元盒》里玉帝降下来惩罚民间的恶魔，是真的金花娘娘。"

芸轩道："《混元盒》里的金花被称呼水神圣母，还是水属的呢。"

山岚道："这样分析起来，偏偏死在这里的'这里'二字，该对应的是鸳鸯说的话，她的娘死在'南边'了，这里指的一定是'北边'。难道袭人的母亲也该死在南边，偏偏却死在北边？我知道是谁了。"

芸轩道："对，只要找出这个人来，这些奇怪的地方就合理起来。"

山岚道："《混元盒》里，除了金花娘娘被降罚人间，孙悟空也一样。就又回到了孙可望这里。"

芸轩道："倒是孙可望比较合理。首先，他是一个不忠之人，正如贾母说袭人之不忠。再者，他东征西战的，就该死在战场上，却偏偏死在家里；他是个南方人，投清后却很快死在北方。

"他的死亡时间也和袭人奔丧回来的时间吻合，他是一六六〇年十一月二十日死亡的，正是说的袭人送殡回来不长时间就进了腊月。"

山岚点头道："而另一个关键人物的死亡也蹊跷，就是鸳鸯的娘。鸳鸯的母亲死在南京，可见南京已是金人的天下，这人是刚死亡不久。现是正月十五，按时间算，应该是顺治，他就是一六六一年正月初七死的，离正月十五就几天，他和孙可望年前年后。"

芸轩道："这就对了，那个和金花娘娘斗法的孙悟空，还和湘云勾连起来。贾珍进来敬酒，宝玉忙跟着跪下，史湘云悄推他：你这会又帮着跪下做什么？有这样，你也去斟一巡酒岂不好？意思是，你也去尽孝才好。

"宝玉悄笑道：等一会子再斟去。

"我猜，他打算回怡红院看'金花'二人，路上还要和金花斗法，这才是真尽孝。所以，宝玉暗示湘云，他要去做孙悟空，大战金花圣母，再回来敬酒也不迟。"

山岚脸先红了，道："我早想到了，宝玉这次出去，不是看金花二人，而是到山石后面小解，然后到花厅洗手。"

芸轩看着她笑道："想到了？湘云建议宝玉为贾母斟酒尽孝，我感觉，湘云能安排宝玉，宝玉此时就肩负了湘云的使命，如果宝玉肩负着湘云的使命，出来解手的宝玉就是湘云的原型，小骚鞑子孙行者。"

山岚笑道："这个结论好没情调，宝玉变成孙悟空了？"

芸轩道："他若是孙悟空，吃猴儿尿的人就好找了么。"

山岚道："那么说吃了猴儿尿的不是凤姐，另有其人。"

芸轩道："我看是，贾母说完笑话，凤姐的态度很耐人寻味，不温不火地推了一句。

"笑道：好的呀，幸而我们都笨嘴笨腮的，不然也就吃了猴儿尿了。尤氏、娄氏都笑向李纨：咱们这里谁是吃过猴儿尿的，别装没事人儿。薛姨妈也笑：笑话儿不在好歹，只要对景就发笑。"

山岚道："这不是明明和凤姐儿对景吗？"

芸轩道："哼！这些话里，推脱的和玩笑的人都有些不温不火，只有薛姨妈的那句才是关键。按薛姨妈的逻辑，咱应该找对景的人和事才行。"

山岚道："怎么对景儿，难道有人正在吃猴儿尿不成？"

芸轩道："未必没有，谁正在撒尿？"

山岚又脸红道："宝玉小解时，最兴头的人是秋纹，话最多，事儿也多。特别是说小丫头倒冷水一段，明显有漏洞。按时间推算，她们是前后脚，不至于倒的滚水，就很快变成了冷水。再者，秋纹向老婆子要滚水的强势，就很扎眼。曹公难道不是强调这一盆洗手水很特别？"

芸轩道："是一盆加了茶水的洗手水。宝玉小解完洗了手，打了沤子，据说沤子里有蜜糖的成分。此时，秋纹麝月也用宝玉的剩水洗了手，也打了沤子。"

山岚道："就是，她敢动老太太的茶吊子，确是添了老太太泡茶的水。这两件事加在一起就是：宝玉小解后的洗手水、泡茶喝的水，二水合一，加上有蜜的沤子，秋纹马上就着也洗了手，算不算是秋纹吃了猴儿尿，或者蜜蜂儿屎呢？"

芸轩想了想道："说得过去。这一段，确实是秋纹的重头戏。如果袭人不在现场，应该轮到麝月出头，可元宵节这场，麝月倒退了后，反而是秋纹很出彩。

"她那一句：凭你是谁的，你不给？我管把老太太茶吊子倒了洗手。多大的气势。那婆子回头见是秋纹，忙提起壶来就倒。

"秋纹道：够了。你这么大年纪也没个见识，谁不知是老太太的水！要不着的人就敢要了。

"秋纹这么大的派头，敢对给老太太指使的婆子大呼小叫，真是闻所未闻，袭人也没有这作派，凤姐也未必能做得出来，真有点狗仗人势的味道。"

山岚疑惑道："贾母讽刺的人果真是她，凤姐的历史使命大约也完成了，是秋纹的时代来了呢。"

芸轩道："秋纹，莫若宝玉秋天的衣服，与袭人的龙衣身份同样妙，自然是皇帝新换了贴身人，袭人已被送葬无疑。这个不提了，倒是宝玉真是代表湘云来走这一遭，正听见袭人说为母亲送葬一节。说曹操，曹操到，袭人送葬的这人，莫若说是湘云代表的小鞑靼子，这才对景儿。"

山岚自言自语道："没想到，死去的金、花二位娘娘，原来是这二位。金代表顺治，花代表孙可望。除了孙可望，还有谁敢做娘娘呢？"

芸轩道："不说这个了，那一段讽刺才子佳人的指桑骂槐，你不是嫌贾母糊涂了吗？她怎么会讽刺最心爱的凤姐和黛玉呢。"

山岚道："对呀，贾母说：编这样书的有一等妒人家富贵，或有求不遂心，所以编出来污秽人家，这是《石头记》的诉求吗？还有一等人，他自己看了这些书，看魔了，他也想一个佳人，所以编了出来取乐。依你看，曹公编《石头记》属于哪种情形？"

芸轩沉思道："都不是，又都是，我也说不清。"

山岚问道："哎，你们白天谈了那些曲子，也说给我听听，我也想听明白些。比如：《西楼记》里，于叔夜为穆素徽唱的那支，用箫伴和的《楚江情》；《西厢记》里，崔莺莺听张君瑞弹琴，知音会意的是《听琴》一段；《玉簪记》里的潘必正和陈妙常，各自弹唱的借琴曲以诉心曲的是《潇湘水云》；而《续琵琶》，则是蔡文姬在《制拍》一折中，自弹自唱的《胡笳十八拍》，抒述自己颠沛的胡人生活遭际。曹公这些以琴达意的思路是什么？应该不会单单标榜贾母对琴曲的鉴赏水平吧？"

芸轩道："当然不是。所谓琴曲觅知音，琴是谁？宝琴！她老人家一直对宝琴寄予厚望。在所有宴会上，宝琴的座次都在宝玉和黛玉之前，最靠近自己。

"你也知道《寻梦》的含义，杜丽娘寻梦牡丹亭，寻到的是一株老梅，她想死后葬在梅树下，贾母这里，就出现了击鼓传花的梅枝。

"再看看杜丽娘的父亲，他是南安太守，巧的是，郑成功也是南安人，而《牡丹亭》的历史背景，又是金兵南下的南宋时期。南安人和梅树以及金兵南下，这都是宝琴所代表的郑成功的时代背景。"

山岚道："《惠明下书》的背景，是叛将孙飞虎围困普救寺，强娶崔莺莺，惠明和尚下书搬救兵。这个姓'孙'的叛徒，是不是也有那个孙可望的影子？"

芸轩道："有这么点味道，这样就懂了贾母先是《寻梦》后《下书》的用意。三更天唱这两支曲子，意在说明：叛臣孙可望围困李定国时，李定国连连向郑成功求救解围，但结局就是你说的那三支曲子的结局，不尽如人意。"

秋真翻个身，喃喃说道："天多早晚了，怎么还不睡。我渴了，岚子倒些水给我。"说着，又眯眼问道："刚才谁说三支曲子的事，我还纳闷呢，贾母单单挑了这三首古琴曲，是大有讲究的。"

山岚端着水，边递给她，边问道："我白天听你的意思，《西厢记》的《听琴》弹的是《凤求凰》，这个和贾母对《凤求鸾》的批判有关吗？"

秋真喝完，放下杯道："可得说道说道，既然喝猴尿的不是凤姐，《凤求鸾》讽刺的也绝不是林妹妹。不说别的，从贾母的批谎中就听出一二。

"贾母说有一种佳人，只一见了一个清俊的男人，不管是亲是友，便想起终身大事来，父母也忘了，书礼也忘了，鬼不成鬼，贼不成贼，那一点儿是佳人？贾母认为'金玉缘'，不是佳人所为。"

山岚道："木石盟就是佳人所为了？"

秋真道："'盟约'是兄弟情，'缘份'才是爱情，一字之差。贾母还说了：便是告老还家，自然这样大家人口不少，奶母丫鬟服侍小姐的人也不少，怎么这些书上凡有这样的事，就只小姐和紧跟的一个丫鬟？这是说的谁，你知道吗？"

山岚笑道："她睡了一觉，又比谁也明白了，你能说黛玉不是佳人吗？大概有这种感觉的人不光我一个。"

秋真道："我知道你的理由，宝玉奉贾母之命给姐妹们敬酒，黛玉偏偏不喝，还在大庭广众下把自个的酒杯送到宝玉嘴唇边，宝玉一气饮干。

"这一切，正和老太太才刚才子佳人之说对景儿呢。更有意思的是，凤哥儿却瞧得一清二楚，提醒着说：宝玉别喝冷酒，仔细手颤，明儿写不得字，拉不得弓。"

芸轩道："我以为正相反，凤姐的提醒是说给咱们听的，正是给黛玉开脱呢。"

山岚道："我想不到。"

芸轩道："凤姐为黛玉避嫌，说了两段话，一段就是刚才提醒宝玉，别喝冷酒，仔细写不得字，拉不得弓。我想，宝玉当时喝的应是黛玉的暖酒，为了表示自己提醒的多余，凤姐自己来了一句：我知道你没喝冷酒，不过白嘱咐你。既知他喝的不是冷酒，为何白嘱咐这句呢？"

山岚道："就是啊。"

秋真道："你也回想一下，那次薛姨妈招待宝黛留饭梨香园时，也曾嘱咐过这句话，一模一样的。薛姨妈说：这可使不得，吃了冷酒，写字手打颤儿。怎么听凤姐这句提醒的话，倒把我的思路拉到了那次关于喝冷酒的场景里。

"宝玉爱喝冷酒，有人提醒过，说：宝兄弟，亏你每日家杂学旁收的，难道就不知道酒性最热，若热吃下去，发散得就快，若冷吃下去，便凝结在内，以五脏去暖它，岂不受害？从此还不快不要吃那冷的了。

"此时，脂砚连忙做批：知命知身，识理识性，博学不杂，庶可称为'佳人'。可笑别小说中一首歪诗，几句淫曲，便自佳人相许，岂不丑杀？

"你瞧吧，整篇《石头记》，只有这地方提到过'佳人'一词，说宝钗，通文知礼，无所不晓，满腹文章，你说谁是佳人呢？

"还有，身边天天只有一个丫鬟的人就是宝钗；见了清俊男子，就想起终身大事的人，也是她；贾母还说了个大道理：比如男人满腹文章去作贼，难道那王法就说他是才子，就不入贼情一案不成？这说的就是窃国者诸侯的行径，怎么会是林妹妹？"

山岚道："也是，黛玉给宝玉酒喝，从来没提过暖酒还是冷酒，宝钗母女倒很关注'冷'呀'暖'的。凤姐这是提醒咱，宝钗才是那个关注冷暖、博学多才的'佳人'哪。"

芸轩道："是了。说这个时，薛姨妈说凤姐：你少兴头些，外头有人，比不得往常。意思是，就不怕贾珍听见笑话你？这马上引出凤姐儿的第二段话，解释了一段她和贾珍的关系。说自己和贾珍，是从小一处淘气了这么大，现在又做了贾珍的弟妹，立了规矩。

"言外之意是，黛玉和宝玉也是从小一起长大的，虽很亲近，但也只是兄妹关系，不像你们家宝钗，刚进贾府就瞄上宝玉。这正是为了解读贾母那句：只见了一个俊俏男人，就想起终身大事来。这祖孙二人，说话给宝钗母女听呢。"

山岚道："有理，有理。当贾母说：我们从不许说这些书，丫头们也不懂这些话。这几年我老了，她们姊妹们住得远，我偶然闷了，说几句听听，她们一来，就忙歇了。

"此时，李、薛二人忙都笑说：这正是大家的规矩，连我们家也没这些杂话给孩子们听见。你看她二人，就忙不叠地辩解，自己家也是这样行事。"

芸轩道："老辣的凤姐，却一语道破天机，她笑道：罢，罢，酒冷了，老祖宗喝一口，润润嗓子掰谎吧。这一回就叫作《掰谎记》，就出在'本朝本地本年本月本日本时'。有时回味凤姐这句话，简直令人拍案叫绝，凤姐告诉老祖宗，此时此刻，此地此人，李薛二位，大言不惭在撒谎呢。她俩不承认自己家有这种事。老祖宗，您润润嗓子，再和这两个亲戚辩谎吧。"

山岚道："哎哟！太对头了，凤姐接着道：老祖宗一张口难说两家话，花开两朵，各表一枝，是真是谎且不表，再整那观灯看戏的人。再从昨朝谎言掰起如何？

"她要贾母从'昨朝'的谎言开始掰。花开两朵，各表一枝，一家一家地辩谎，两人中必有一个说谎的。"

秋真道："看谁心惊就是谁，见凤姐揭穿了自己，薛姨妈马上反击了，意思说，别那么兴头，这样说话口不择言，像个说书人、戏子，也不怕被人笑话。"

芸轩道："凤姐反击得更好，谁笑话她，她这是代表子孙行孝，就好比《二十四孝》的'斑衣戏彩'，为了老祖宗高兴，做一回戏子何妨。这一句，也是为湘云对黛玉的戏子之谑辩护。"

山岚道："这下我明白了，薛姨妈说谎了。但贾母不看好《凤求鸾》中的'王李缘'，说戏里的王熙凤不是真佳人，雏鸾之父又是李员外，是否证明李氏也在说谎？"

芸轩道："非也，王熙凤之父，名王忠，给他的名字里有'忠'字，且有两朝宰相的身份；此时尽孝之人，又明说是凤姐，她独占一个'孝'字。不是贾母不看好，贾母倒愿意王熙凤学学人家宝钗，看到清俊的男子，就该想到自己的终身大事呢。

"贾母破旧套，是要王家向李家求一个'忠义'；凤姐戏斑衣，是为老祖宗真正尽一回'孝义'。这一节讲的就是'忠义'和'孝义'的碰撞。忠不忠、孝不孝，全在嬉笑怒骂间辩分明。

"雏鸾的父亲是李员外，你们想不到吗？不就是李婶娘代表的李家吗。依我看，一个《凤求鸾》却是表达了两面理儿。薛家之求，是为了嫁男人得天下；而李家之求，是为了求'忠义'，是为了帮着大明保天下。贾母的忠义之说，标榜的应该是李家之忠义。"

秋真的酒清醒了些，道："明末的李定国，是农民出身的军事领袖，虽文化素养较低，但其周围主事的人，一直是些较正直的文史。

"这些人，常给李定国灌输忠君报国的道德观，每每褒扬关羽之忠，大加鞭挞董卓、曹操之流。久而久之，李定国便形成了根深蒂固的忠君观念。所以，李定国以匡扶明室为唯一夙愿，矢志不渝，战斗到最后一刻。"

芸轩道："郑成功和李定国不同，郑成功的成长历程很另类，他的童年在日本度过，很小就接受了日本的传统教育。回国后至南京，师从钱谦益门下，受中国传统儒家士大夫思想熏陶。

"由于常年跟从父亲做海上贸易，又与西番交往、对抗，不可避免地受西方价值观影响。他身上往往同时表现出多种文化元素混合的特征。他坚韧不屈、果敢刚毅，但绝不拘泥于传统教条，有时甚至不近人情。"

秋真道："但不管怎么说，郑成功几乎以独身之力，支撑东南沿海抗清战线几十年之久，并收复台湾。其事迹，功在千秋，利在万民，同样无人能出其右。"

山岚见秋真说得激动，给她杯水，喝完了水，还再要些，山岚道："你还不客气了，这回用着我了，白天还戏弄我不懂戏，你懂吗？我听说，当年梅大师把《琴挑》演绎得惟妙惟肖呢，你来一段陈妙常的'懒画眉'，就给你水喝。"

秋真道："说你不懂，还委屈你了？唱什么陈妙常的'懒画眉'，疯了吧，大半夜的唱戏，别人还以为闹鬼了。"

芸轩吟道："月明云淡露华浓，倚枕愁听四壁蛩。伤秋宋玉赋西风。落叶惊残梦，闲步芳尘数落红。

"贾母点的这一段很有韵味。妙、潘二人也是生逢乱世，金兵南侵时逃亡在外。一个与家人失散，背井离乡；一个为躲避灾难，遁入空门，做了女道士，二人喜欢的琴曲又都是《潇湘水云》。"

秋真道："怊怅悲愤，思怨昵昵，多少情，尽寄《胡笳十八拍》。南宋灭亡后，遗民诗人汪元亮为身在狱中的文天祥弹奏过《胡笳十八拍》，以抒亡国之哀。

"贾母这里一而再再而三地引用这些金人亡汉的大背景和曲子，正是告诉咱们，大明丧国的钟声响了。"

山岚道："有人说《续琵琶》是曹寅的作品，我也将信将疑的，也许是《后琵琶》吧，就算是，以他的身份能宣扬这个？"

芸轩道："也许是真的，关键是贾母把这个事，放到了史湘云爷爷身上，我觉得很符合呢。"

秋真道："这个我不信。"

芸轩道："蔡文姬被掳走后，成了胡人妻。贾母有一句话很有意思，她指着湘云说：我像她这么大的时节，她爷爷有一班小戏，偏有一个弹琴的凑了来，即如《西厢记》的《听琴》,《玉簪记》的《琴挑》。这是说湘云爷爷时节，已经是金人入侵的背景。

"接着又说，谁知《续琵琶》的《胡笳十八拍》竟成了真的。听出味了吗？蔡文姬的事在史湘云身上竟成了真的，她应该是被胡人掠走，也做了胡人妻。"

山岚道："真是哎！凤姐最后两个冷笑话，都是以'散了'为主题的，这才真是：好防元宵佳节后，便是烟消火灭时。真是要散了。"

秋真笑道："说你不懂，凤姐说的散了，可不是别人，说的她自己。"

山岚道："噢！我知道了，芸轩画的《元宵节夜宴座次图》上，贾母已经不在上位了，把上位让给了李氏、薛姨妈。我还注意到，她们嫌冷，挪到里面时，贾母便说：都不要拘礼，只听我分派你们就座才好。说着，还是让薛、李正面上坐，自己西向坐了，叫宝琴、黛玉、湘云三人皆紧依自己左右坐下。

"向宝玉说：你挨着你太太。于是邢夫人、王夫人之中夹着宝玉，宝钗等姐妹在西边，挨次下去，便是娄氏带着贾菌，尤氏李纨夹着贾兰，下面横头便是贾蓉之妻，还有贾蓉。你数数，贾母安排完了，和你原来画的这张图，最大的区别是什么？"

芸轩拿在手里，左右看了看道："座的方位和次序没大变化呀。"

山岚道："你没看出来，少了一个人不是吗？"

秋真问："少了谁？"

山岚指着图道："你看是不是凤姐，凤姐的位子没了，散了的人真是她。"

秋真道："我就说么，她的笑话里说，几个人抬着个房子大的炮仗，往城外放去，引了上万的人跟着瞧去。有一个性急的人等不得，便偷着拿香点着了。只听'噗哧'一声，众人哄然一笑都散了。这抬炮仗的人，抱怨卖炮仗的捆得不结实，没等放就散了。这时有人问话，你们记得是谁吗？"

山岚道："湘云问：难道他本人没听见响？凤姐儿说：这本人原是聋子。"

芸轩提醒道："这段对话的因果关系，你得往后找，一直找到凤姐和湘云的另一段故事儿就有了。"

山岚道："是放炮仗的那段故事儿，说放炮仗，自然就联系到放炮仗上。"

秋真道:"说说当时每人对炮仗的态度定能发现问题。"

山岚一一数算道:"黛玉禀气柔弱,不禁毕驳之声,贾母便搂她在怀中,薛姨妈搂着湘云。

"湘云笑说:我不怕。

"宝钗说她,专爱自己放大炮仗,还怕这个呢。

"王夫人便将宝玉搂入怀内。

"凤姐儿笑道:我们是没有人疼的了。

"尤氏调笑她:有我呢,我搂着你。也不怕臊,你这孩子又撒娇了,听见放炮仗,吃了蜜蜂儿屎的,今儿又轻狂起来;凤姐儿笑说:等散了,咱们园子里放去。我比小厮们还放得好呢。

"看来看去,就两个意思:一是,湘云专爱放大炮仗,凤姐的笑话里,抬的炮仗就是房子一样大的,这是说湘云的;二是,爱放炮仗的人还有凤姐,所以那两个抬着大炮仗去放的聋子,不是别人,就是凤姐和湘云。"

秋真道:"还有第三呢。尤氏道:有我呢,我搂着你。也不怕臊,你这孩子又撒娇了,听见放炮仗,吃了蜜蜂儿屎的,今儿又轻狂起来。这可和秋纹分不开了。"

芸轩笑道:"还不是曹公惯用的伎俩,说谁,谁就现身,影射谁,谁就搭话。底下不光凤姐病了,湘云也病了,病在蘅芜苑里,这二位才是聋子放炮仗,真散了。从此后,湘云代表的孙可望时代彻底结束了。"

秋真叹道:"说来说去,吃猴尿的还是凤姐儿,单有这么一个嘴乖的、又效戏彩斑衣的、真孝顺的'孤儿',又如何?也免不了血脉枯断的命运。要不,她先是小产,后是下红不止地病重。贾母内心,有十房媳妇才是真孝顺,至少后继有人。"

山岚打个哈欠,笑道:"我的疑惑没了,也困了,咱也散了罢?"

芸轩道:"想睡觉好说,先抢答我两个问题,输了的睡沙发。听好了:十八岁死去的慧娘和她留下的十六副璎珞,数字代表什么?慧绣和慧纹到底啥区别?"

秋真道:"慧绣听上去有些土,是'当今'喜欢的,慧纹听上去有些雅,是'今上'喜欢的。一样东西，两个皇帝起了两个名字而已。"

山岚道："作品被称为慧绣时，慧娘还在，皇帝喜欢这个心灵手巧的人，她死的时候十八岁，那就是说，'当今'和这个'十八'有关。"

秋真道："被称作慧纹时慧娘已死，纹字该和秋纹有关。这么说，'今上'喜欢的是慧纹，他和'十六'有关。"

山岚道："两个皇帝，和这两个数字有关，啥意思？"

秋真笑道："看来，你得睡沙发了，我想到答案了。顺治十八年，顺治死了，隐在了慧娘十八岁死了上面；永历十六年，永历死了，隐在慧娘留下十六副慧纹上面。两个皇帝，分别在自己的历史纪年里，走完了自己的人生。"

芸轩笑道："各说各的意思吧，我看还有一层，你俩忘了，那个'生不拜君'的牛石慧，把自己的名字藏在这个贾母宝爱的十六副璎珞里。"

秋真道："这个新鲜，快说说。"

芸轩道："说是璎珞，其实是十六副字画。贾母怎么说来着，姑苏的'慧'娘亦是书香宦门之家，她原精于书画，一个精于书画的绣娘，要偶然绣一两件针线作耍，并非市卖之物。慧娘突发奇想，要写一件作品留给后世。

"凡这屏上所绣之花卉，皆仿的是唐、宋、元、明各名家的折枝花卉，故其格式配色皆从雅。

"生不拜君之人，誓死不绣清代花卉。

"每一枝花侧，皆用古人题此花之旧句，或诗词歌赋不一，皆用黑绒绣出草字来，且字迹勾提、转折、轻重、连断皆与笔草无异，亦不比市绣字迹板强可恨。

"这样的绣画技法，难道不是《石头记》的写作要义吗？

"他不仗此技获利，所以天下虽知，得者甚少，凡世宦富贵之家，无此物者甚多。这便是《石头记》的创作初心，也是当时该作品存世的流传状况。竟有世俗射利者，近日仿其真迹，愚人获利。这是有人手抄贩卖此书的过程。

"凡所有之家，纵有一两件，皆珍藏不用。这是能读懂《石头记》知音者的态度。有那一干翰林文魔先生们，因深惜'慧绣'之佳，将'绣'字便隐去，换了一个'纹'字，所以如今都称为'慧纹'。

"《石头记》写作最妙处，是用翰林之笔墨，隐绣显纹，藏真现假。若得一件真'慧纹'，价则无限，这才是《石头记》的真正价值。

"贾母爱如珍宝，除了进'上'两件，只留一副，不入在请客各色陈设之内，只留在自己这边，高兴摆酒时赏玩。《石头记》除了留下作者自己赏玩，竟然以这样方式接近了'当今'，真是奇迹。

"和慧娘一样，那个人作画、绣文，不是为了市卖糊口，而是为了情志所在，他是谁，你们肯定想起来了吧。"

一顿话，说得二人记起了前些日子芸轩埋的玄机，虽然不能确定，感觉似乎有些道理，便点头同意。

夜已深了，好在明天的行程不需要早起。

第五十五回

纳土归宋位　清芬世守缘

看上午的时间还来得及，加之怕辜负小妹的一番盛情，山岚等答应去看他们的戏。去学院的路上，山岚向秋真道："你猜小妹他们排演的是什么戏？"

秋真道："很有名的吗？说是什么《一官风波》，没听有这么本戏。"

山岚道："如果不错，你们剧团也可以考虑排演。"

秋真道："什么好剧没见过，也值当得我们排，先告诉我大体剧情。"

山岚道："主角是尼古拉一官，传说他领导着'一官船国'，终年在海上漂荡，亦盗亦商。这些人无国界，族群混杂，商场官场纵横捭阖。直到有一天，金国和银国发生战争，此时他在日本平户长大的孩子莫利桑回到他身边，和他一起并肩作战。但这个孩子有很强烈的国家民族观念，在大是大非面前忠贞爱国，父亲却投敌叛国，最终父子反目。"

秋真道："我听出来这是谁了，你先别剧透，留些悬念给我，等我看时还有些意思。"说着，来到剧场。

见舞台不大，观众也不多。奇怪的是，他们这出舞台剧，为了表现'一官船国'那种自由、漂流、无所属的'海洋型'国度形态，特意把舞台设计成船形开放状。表演区看起来像船舰港口，观众席宛如层层波浪，观众席和表演区互相包围，演员从四面八方进出、上下，建构一种观众宛若身在'船'上的空间概念。两个小时很快过去，台上学生们演得淋漓尽致，台下观众们看得如醉如痴。

小妹饰演一个荷兰兵，只见她满头的卷发打着联垂，拿着一件兵器，没等卸妆就走来，炫耀地问秋真，这舞美设计得怎样，变幻莫测的灯光效果如何，前卫新奇的服装好不好，还有震撼人心的配乐是不是很棒。

秋真赞道："表现手法奇特，似乎在讲一个故事，却不告诉你故事主题反映了什么，体验感和空间感不错。"

山岚问："怎么样？你们剧团可有兴趣？"秋真道："我对《一官风波》没兴趣，倒是对一官这个美男子感兴趣。"

小妹道："你认识他吗？"

秋真笑道："笑话，谁不知道大海盗郑芝龙。"

这时，有同学在喊小妹，一时间，人走得也差不多。原来并不是开学时间，因他们接到了去北京中央戏剧学院交流演出的通知，才需要来彩排。

小妹又听说秋真是南京戏剧团的舞美编剧，正好想请教一下，就把她们请到了排练室，一一地介绍了同学们，又七嘴八舌地交流了一番。

正说话间，小妹神秘兮兮地问道："堂姐说，她这次来台湾，是为了寻找国姓爷郑成功的足迹，还说芸轩老师认为，郑成功会出现在《石头记》里。我有个铁杆红迷，自从听了这个说法就魔怔了，说我说胡话，非要我问问到底咋回事。哎，今天堂姐她们在这里呢，你自己问吧。"说着，推了一下旁边一个俊俏的姑娘。

那姑娘一下子红了脸，笑道："你说的有鼻子有眼的，说贾探春就是郑成功，赵姨娘的弟弟赵国基就是刚才台上演的郑一官，我才觉得难以理解的嘛。"

芸轩笑道："你好，我就是那个说胡话的人。"

那姑娘更难堪了，笑道："我可没说您，可也想见识一下，他们怎么风马牛相及的。"

芸轩道："我从哪里说起呢？就说探春吧。有诗云：

梅开催雪雪催梅，梅雪催人举酒杯。

折取琼枝插船上，满城知是探春回。

"唐宋风俗,都城仕女们,在正月十五日收灯后,争先至郊外宴游,这个风俗就叫探春。咱们的贾探春,也是在正月十五后正式登上政治舞台的。她协理荣国府的时间只有短短的半年,这也是她在《石头记》中最出彩的半年。那咱们就说说这位瑶池仙品、远嫁海外的王妃。

"探春有个号,称自己是蕉下客,典自蕉叶覆鹿的故事。我看到这个典故时,想起《列子·周穆王》里的一段话:郑人有薪於野者,遇骇鹿,御而击之,毙之。恐人见之也,遽而藏诸隍中,覆之以蕉,不胜其喜。俄而遗其所藏之处,遂以为梦焉。

"里面的列子就是郑国人,故事的主人公也是郑人。所以这个蕉下客,实际是一个郑氏之人,是不是和郑国姓有相同的郑字?"

俊俏的姑娘举手示意,问道:"可我发现,探春邀请宝玉起诗社的帖子中,有东山再起的意思,难道是郑成功东山再起吗?"

秋真正在一边摆弄一件荷兰人穿的铠甲,听到这里也笑道:"这位小妹妹也有两下子啊,能看出这意思,可见用心了。我问问你,大家商量起诗社时,是在谁的屋子里?"

姑娘道:"在探春屋里。"

秋真道:"你记得探春屋子的特点吗?"

姑娘道:"屋子空间阔达,还有就是纸墨笔砚,摆设的不像个女孩子的风格。"

其他人也七嘴八舌的,有说米芾画的,有说颜真卿字的,还有说蚊帐上蝈蝈的。

秋真笑道:"咱先说大屋子,也就是巨室,探春喜欢大屋子。记得《孟子·梁惠王下》里有一句:为巨室则必使师求'大木',王师得大木则王喜。

"什么意思呢,就是要想建大屋子,必须得到大木。大木是谁?记得郑成功的号吗?还是钱谦益给取的呢;再说颜鲁公的对联是:烟霞闲骨格,泉石野生涯。颜真卿是唐人封的鲁国公,而朱聿键正是唐王;再说探春蚊帐上的蝈蝈,隆武帝赐郑成功'国'姓,这也是'国'姓爷的由来。"

山岚道:"对联中也隐含'仙霞'与'泉州'二地名。这里便是隆武朝败亡的关键地,是郑成功的父亲郑一官暗自叛明,放弃仙霞关隘,致使南明门户大开迅速败亡的。

"故事说来很长,简单一句,就是探春的母亲赵姨娘,用镇魇法谋害宝玉和凤姐,演绎的就是郑芝龙投清,将朱聿键王朝送上绝路一段。"一句话太长,山岚绊绊磕磕的,说得大家笑起来。

芸轩道:"所以,东山再起,是唐王朱聿键的梦想,借探春的身份向宝玉表达出来是合理的。"

姑娘兴奋道:"这么说,探春远嫁是来到我们这里了?"

秋真伸出拇指,笑道:"孺子可教,探春的判词写得明白着呢:一帆风雨路三千,把骨肉家园齐来抛闪。明写水路三千里。清明涕泣江边送,她出发的地点是江边。

"册页上, 片大海,一只大船,船中有一女子掩面泣涕之状。既然说是一片大海,又是大船,又是三千里的水路,你们想想去,是从哪儿到哪儿?"

山岚道:"《石头记》里许多古怪的国名,其中有个真真国,其地理位置在西海沿子上。这个国家的女孩子,披着黄头发,打着联垂,且还会写中国诗;

"还有,第六十三回提到有个地名叫福朗思牙,这个福朗思牙倒像西班牙的音译。在明朝末年,你们这里正是被荷兰和西班牙人侵占的。所以,真真国也许是台湾。"

芸轩笑道:"找到了目的地,再找到出发地,看看这中间是不是三千里水路,也就落实了我们的推断。出发地就从那句'清明涕泣江边送'说起。在汉语系里,说到江一般指长江,探春为何对着长江哭泣,大约是那场令她悔恨终生的战役,就是南京之战。

"这次战役,由于郑成功过分迷信自己在军事上的威慑力,想不战而取南京,于是做出了一个致命的战略决定,'围城待降'。他的意图很明显,就是想保存自己的兵力。

"因郑成功很了解南京,城墙高大坚固,郑军以水战为长,又不善攻城。再者,他低估了清军驰援的能力,才妄想'围城待降',于是这场决定郑军前途，更是决定南明命运的大决战，就在郑成功的蹉跎中惨败，这怎能不叫他掩面涕泣、伤心欲绝？

"南京战役失败后，郑成功困居金门、厦门这两块弹丸之地。这么大的军需，领地已被清军挤压得无法呼吸了。为了图谋郑氏集团的发展，他把目光转向了台湾，又力排众议，决定收复台湾。从南京的江边到这里，是不是有这么远的水路，你们可以算算。"

姑娘和她的小伙伴们频频点头认同，演一官的小伙子道："一官的故事我熟悉。为了演好这个角色，我认真研究了他的经历。他先是被封为南安伯，镇守福建。弘光政权败灭后，郑芝龙的弟弟郑鸿逵拥舟师不战，却闻风而逃。在杭州，正遇见逃亡的唐王朱聿键，才决定拥戴唐王在福州登基，七月改元隆武。

"封郑芝龙为平夷侯，郑鸿逵为定虏侯，军国大权，实际掌握在他们兄弟手上。隆武帝希望北伐，但郑芝龙心中却另有打算，总是以缺饷为由，迟迟不肯发兵。

"这种行为，逼得文臣黄道周亲自出战，却兵败遇害，隆武帝一怒之下，便御驾亲征，郑芝龙却不愿随行，他也只好放弃。

"顺治三年，清廷派洪承畴来到南京，他密遣使者与郑芝龙取得联系，许给他王位，郑芝龙便暗中允应了，借口有海盗偷袭，放弃仙霞岭要隘，撤回安平州，致使清军长驱直入到了福建，隆武被害，福州很快也被占领。

"郑芝龙决定降清，郑成功以及一些部将却极力反对。郑成功曾以'虎不可以离山，鱼不可脱渊，离山不威，脱渊则困'的道理，规劝父亲，但终未能劝止。

"郑芝龙到福州见了博洛，仅有部众五百人相随，结果数日后，被博洛挟持北上进京，后被软禁，发配宁古塔，于郑成功收复台湾的那一年，全家被杀。"

秋真道："嘿！不愧演一官哪，那郑成功来到台湾都干了些啥，你也知道喽？"

小伙子道："收复台湾后，郑成功开始着手将台、澎经营为抗清基地。他见台湾地广人稀，土地开垦率低，就命令手下将士前往指定地点开荒屯种，还命令全军将士及官员把家属接来台湾。

"这本是一件好事，但由于郑成功性格急躁，不顾将士们的恋乡情绪，操之过急，颁布了强行迁家令。且立令过严，'犯者虽亲信亦无赦'，弄得人人自危。

"大将马信曾诚恳地向郑成功建议：立国之初，宜用宽典。可郑成功哪里听得进去，依旧一意孤行，一再滥用重刑。倏然间，谣言开始散布，有人传言，镇守南澳岛的陈豹将军，因为不愿送家眷入台，试图降清。

"郑成功未经核实，就遣大军前去平叛，陈豹无以自明，只好降清；紧接着又发生了金门守军联合抗拒'搬眷入台'事件，金门从此不发一船至台湾。

"郑成功接到塘报，气得吐血，此时又接到父亲被清廷斩杀的消息。几下里夹击，气怒之下就病倒下。一六六二年五月八日，众叛亲离的郑成功终于完全绝望，在他收复台湾五个多月后便怅然离世。"

芸轩道："说的真好。"

又抚摸小姑娘的肩膀，嘱咐道："仔细看看探春协理大观园一段，看她的执政时间，和这个故事是否吻合，底下的事，小师妹们就自己参悟了。"

山岚道："不早了，下午还要赶路呢。"

那姑娘拉了芸轩的手，恋恋不舍道："好姐姐，再给提醒一二，也省得我回去想得脑仁疼，也不得结果，你们一走问谁去？"

芸轩笑道："好，好，我只提醒你们，探春上任前有四件事，你们得找出缘故来：一是凤姐小月了，就是小产了。别忘了，之前从来没提过凤姐怀孕之事，且怀了六七个月的身孕。挺个大肚子，还在年节里忙上忙下，这不符合常理。贾母和王夫人让她这么个孕妇日夜操劳，更不符合常理。流产后还添了下红之症，也是半年多后才好些，这里面，藏着一件惊天大秘密；

"二是王夫人一下子很忙了，连日有王公侯伯世袭官员十几处，皆系荣宁非亲即友或世交之家，或有升迁，或有黜降，或有婚丧红白等事。王夫人开始贺吊迎送，应酬不暇。前边更无人，似乎贾府中的男人都不在了，一切事情都由王夫人亲自出马，事情一下子集中出来这么多。除了官职升降，就是红白丧喜，说明什么？是不是发生了天翻地覆的大事？整个朝廷都在变动当中，俗话说一朝天子一朝臣，难道不是要改朝换代了？

"三是宫中也出了大事，太妃欠安，后来这个太妃死了。奇怪的是，皇帝对一个太妃的病和死表现出特别的安排，虽说是以孝治天下，但一个太妃欠安，各嫔妃皆为之减膳谢妆，不独不能省亲，亦且将宴乐俱免。

"在这位太妃死后，凡诰命等皆入朝随班，按爵守制。敕谕天下：凡有爵之家，一年内不得筵宴音乐，庶民皆三月不得婚嫁。贾母、邢、王、尤等婆媳祖孙等皆每日入朝随祭，至未正以后方回。

"这样高规格对待一个太妃，历史上怕也找不出几个。另外，这里的太妃不光这一个，还有一个南安太妃，这个人和探春出嫁有着千丝万缕的关系，我就提醒到这里，你们想去。

"四是探春上任第一天，伺候王夫人出门，去拜访一个人，这个人的爵位是锦乡侯。这可是个大有来头的人，《石头记》里隐约出现过好几次这个人，他就是锦乡伯公子韩奇。

"弄清这四件事情的原委，再加上咱们刚才讨论的《一官风波》。探春的执政过程中，到底藏着怎样的秘密，还不好说清吗？"

那位细心的姑娘和小伙子真就把芸轩说的一五一十地记在了本子上，因时间关系，几个也就依依不舍地和她们告别。

话说一行人各有收获地回国。

芸轩回到茶轩，休息了数日，秋真忙忙地赶去了缅甸，这也是《秦淮烟云》的收官之地，但能不能取得真正的拍摄场景，还不知道。

芸轩由于长途颠簸，也没有休整好，又加上她正在赶一篇稿子，是关于《石头记》纪年的论文，也只好让秋真和另一个同事前往了。

山岚忙着茶轩的生意，有小妹帮着也不是太忙。闲暇时只得耐着性子，帮着芸轩整理材料，又拿出她做的《永历西狩》笔记向她炫耀。

芸轩看了，笑问："你这时间准不准？从哪里查到的？"

山岚道："你看我满墙贴的纸条，有些是《明季南略》里的，有些是《从征实录》里的，还有就是《海上见闻录》上的。这个时间大约是在《二十五史新编》里找的，也不知粗糙到什么程度。对了，你让我找的钱镠的情况，这不是吗!"说着,递过另一叠稿子。

看见山岚的卧室也到处是纸条,案头也堆满古书,就笑道:"别怨我不得闲,都是你招惹的。小堂妹在中央戏曲学院汇报演出呢,还是他们的《一官风波》吗?"

山岚道:"是,不说我忘了。她前日捎信,过几天要来南京看你。那几个小疯子天天烦她,问你留下那几件大事原委,她被烦得没法,总唠唠叨叨地问,我哪敢烦你呀,就瞎编了糊弄她们。"

芸轩笑道:"你怎么糊弄的,我倒想听听。"

山岚道:"还是听他们的吧,你先看看我整理的《钱武肃王遗训》吧。"说着,拿出稿子给了芸轩。芸轩看时,上写着《遗训要点》,内容是:

要尔等心存忠孝,爱兵恤民。

凡中国之君,虽易异姓、宜善事之。

要度德量力,而识时务,如遇真君主,宜速归附。

圣人云,顺天者存。又云,民为贵、社稷次之。免动干戈,即所以爱民。如违吾语,立见消亡。依我训言,世代可受光荣。

余理政钱唐,五十余年如一日,孜孜兀兀,视万姓三军并是一家之体。戒听妇言而伤骨肉,古云:妻妾如衣服,兄弟如手足,衣服破犹可新,手足断难再续。

婚姻须择阀阅之家,不可图色美而与下贱人结禧,以致污辱门风。多设养济院,收养无告四民,添设育婴堂,稽察乳媪,勿致阳奉阴违,凌虐幼孩。

吴越境内绸绵,皆余教人广种桑麻。斗米十人,亦余教人开辟荒田。凡此一丝一粒,皆民人汗积辛勤,才得岁岁丰盈。汝等莫爱财无厌征收,毋图安乐逸豫,毋恃势力而作威。毋得罪于群臣百姓。

吾家世代,居衣锦之城郭,守高祖之松楸,今日兴隆,化家为国,子孙后代莫轻弃吾祖先。吾立名之后,在子孙绍续家风,宣明礼教,此长享富贵之法也。倘有子孙不忠、不孝、不仁、不义,便是坏我家风,须当鸣鼓而攻。

芸轩看完,笑道:"不说我也知道,你准是告诉他们'衣锦还乡'的典故了。

山岚道："知道瞒不过你，凌烟阁上的钱镠，治国有略，被唐昭宗大加赞赏，改其乡里为：广义乡勋贵里衣锦城。

"就因他遗训中有'纳土归宋'的嘱托，才成就钱家一世英名，让吴越国百姓免遭战火，就连宋朝皇帝都赞称'忠孝盛大唯钱氏一族'。"

芸轩道："清乾隆帝也感佩其家族教子有道，在南巡时御赐'清芬世守'匾额。你再告诉几个小疯子，钱姓在中国的历史上，是很有渊源的一个姓氏，回去问问台湾的钱氏族人，是否大部分从东南沿海的闽南一带迁徙去的，且是郑成功收复台湾后迁入的。"

山岚道："我问过他们，打听了，台湾高山族土著七姓中，有一支是钱姓，也是赐姓，因当年施琅收复台湾时，这些土著人忠于朝廷，有功于国家，被乾隆帝赐姓为'钱'。"

芸轩笑道："钱家与赵宋结下不期之缘，才铸就'赵钱孙李'百家姓的第二位，也留下钱家'纳土归宋'的美谈。探春一上任，王夫人就去拜访锦乡侯，就是告诉刚刚立朝的探春，要记住入主台湾后将来要'纳土归明'，切不可搞分裂，自立为王。"

山岚道："我还告诉他们，红楼四公子之一就是锦乡伯公子韩奇。这'韩奇'二字读起来，像是'钱启'的发音。巧的是，宝玉六仆中，有李贵、王荣、张若锦、赵亦华、'钱启'、周瑞。

"钱启和韩奇读音相似，四个小厮名字合成'荣华锦贵'，可不就是'衣锦还乡'之意。所以，从这些小事上推断，钱氏的衣锦还乡之典，和纳土归宋之举，隐藏在宝玉那次穿着雀裘呢出门的行动中。"

芸轩心下道：却不想，金碧辉煌的衣服被烧个大洞回来，不但没能衣锦还乡，且也没能拿回版图。遂道："这个分析，虽巧取意会，不过也有些道理。其实我想嘱咐你，曹公告诉咱们的线索，有确凿证据的就不少，没必要附会一些字眼，倒显得咱们落了这个派那个派的褒贬，也容易让人不信服。"

山岚道："知道了，以后注意就是了。其实，探春对王夫人的忠诚，日月可鉴。"

芸轩笑道："谁让你为她辩解了，世人自然知道。"

第五十五回
纳土归宋位　清芬世守缘

281

山岚道："你错了，那几个小疯子就不服，说探春无视亲情，冷漠刻薄，看不起自己的亲生母亲，势力眼，攀王夫人的高枝。"

芸轩笑道："一派胡言。"

山岚道："我说不过她们，等她们来了，你说服吧。"

转眼过了十几天，小疯子们的演出非常成功。这日下午，山岚接来了堂妹白禾和那个名字叫婉儿的俊俏姑娘。堂妹吵着不住婶母家，吃罢晚饭，非要到茶轩来住。

山岚和芸轩领着二人，流连在灯红酒绿的秦淮岸边，看灯影里徘徊在河面上的河舫，也许是故乡分外亲的缘故，白禾和婉儿姑娘倒动情地哼起闽南小调。

二人不愧是戏曲科班出身，见到秦淮景致，大约有无以言说的复杂心情，唱出来就都有了。特别是婉儿，举手投足间一派温婉，腔调也磁性得很。连芸轩、山岚也来了兴致，要二人教一句给她们。于是，四人在茶轩下面的秦淮岸边，随性自由地哼着小曲儿。

不觉间，已围过来几个人给她们鼓掌，四人疯玩了好一会，才回到温暖如春的茶室里。走进芸轩的卧室，白禾还罢了，婉儿的眼睛似乎不够用了，如醉如痴地看那些石头，那些古怪的画，还有各种各样的小人、璎珞、纸条和古书。

回头向芸轩道："轩姐姐，你走后，我们立即成立了石头部落，我把我从小积攒的关于《石头记》的所有物件和笔记都拿给他们看。我猜想，《石头记》里一定有关于石头城南京的事，只可惜我没证据，他们又嘲笑我。可唯独没发现，《石头记》竟和我们台湾有关，我告诉他们后，就更嘲笑我了，这可怎么办？"

山岚道："你没按轩姐姐说的四件事做吗？"

婉儿道："好难啊！"

山岚道："不难。你听着，第一，凤姐儿小产有两层意思，先是看她怀了几个月小产的。"

白禾道："找到了，是平儿说的，是六七个月的孩子。"

山岚道:"小产了,就是胎死腹中。凤姐儿是皇权化身,胎死腹中的小皇权,只有六七个月的寿命,这和探春当政的时间也吻合。实际上,探春的权力也是在各方的监视之中行使的,只是代理权而已,且时间很有限的;

"第二层意思,搞没搞懂她是几月份小产的呢?"

婉儿道:"正月里。"

山岚道:"对呀,小产时不光孩子没了,凤姐儿本人也出现了大病症,下红不止。说明不光流产了一个小政权,王朝的皇权也岌岌可危了。"

白禾问道:"什么小皇权大皇权的?"

山岚道:"开动脑子想一想,郑成功开台第一年的正月,他开始在困难重重中改革台湾。用探春的话说,过年吃酒去赖大家时,看到他家的花园子管理得井井有条,于是有了灵感。你们知道赖尚荣吗?我们证明过,赖尚荣就是郑成功,他家的花园子,可不就是大观园的缩小版吗?这就是小皇权。"

芸轩道:"你们没发现探春理政期间,宝钗在干嘛吗?"

婉儿道:"让她帮着看护上房。"

芸轩道:"这就对了。她的能力远在探春之上,也被王夫人委以重任。李纨、探春、宝钗三人共同治理荣国府,用婆子们的话说,就是三个镇山太岁。这不是瞎说,照当时的管理情形看,她们是有明确分工的。

"荣府上房及整个大观园都由宝钗巡察看护,探春和李纨每日只在园里议事,她俩的活动范围只在园子南边的议事厅儿。很有意思,你们看看我画的这张图。"大家看时,见是一张她三人坐着吃饭的图。

白禾道:"也没别的。"

芸轩道:"探春有一阕词,写的是:空挂纤纤缕,徒垂络络丝,也难绾系也难羁,一任东西南北各分离。这里的东西南北各分离是有所指的,就在这张图中。"众人凑过去又仔细看了看,都摇摇头,什么也没看出来。

山岚道:"我看出来了,婆子说:刚刚倒了一个'巡海夜叉',又添了三个'镇山太岁'。夜叉正是凤姐,这是凤姐消失后三足鼎立的局面,是时局。"

芸轩点头道:"按说探春是主人,宝钗在客中,这个座次图和我前面画的《元宵节夜宴座次图》出现同样的问题,就是坐北面南的人都不再是主人。

"只看这张，宝钗面南，东南面西的是探春，西南面东的是李纨。宝钗面南，即坐北朝南；李纨面东，即为次席；探春面西，即为坐东。

"宝钗在客边，如果由探春主事，按权力就座，宝钗、探春座位当互换，或者干脆这里就不该有宝钗的座位。如果按封建常礼就座，李纨上坐，宝钗坐东，探春坐西才行。这些规矩，薛宝钗不可能不懂，但就这么坐了。

"再看议事厅的匾额是：辅仁谕德。

"辅仁，是谓培养仁德；谕德，却是一个官名。

"唐朝开始设置该职位，所谓教谕皇太子道德之职，所以这个叫议事厅的地方，有格局。正是图上的位次给我提示，改朝换代，悄然进行着。国家已经不复存在，他们分离在东西南北，就各自保平安吧。"

婉儿一派烂漫的样子道："我知道的历史有限，明末的事知道的就更少了。你走后，我们辛苦找了好些资料，可越看越糊涂。比如：你说的那个太妃病了，我们到底就搞不懂，只知道有太后这一说，太妃和太后什么关系？"

山岚道："没见这么缠人的，告诉你，太妃与太后可不同，新帝登基，按制就自然生成太后，或一个或两个并尊。可太妃的产生，就没有定制，一般有两种情形下被尊封太妃：一是先朝嫔御之子，以庶出身份继承帝位，且该先朝嫔御的地位和出身过低，就只能被尊为太妃、太嫔而非太后；第二种情形，这人本身就不是皇帝生母或养母。若所生的儿子封王，也会被称为太妃，但通常称王太妃。你们说说，这个欠安的太妃是哪一种？"

白禾道："显然是第一种。"

婉儿问道："为什么？"

白禾道："说'当今'以孝治天下，这个太妃和皇帝在一起的话，肯定不是王太妃，而是皇太妃。"

芸轩道："自古，太妃在宫中没有多少政治地位，都无从控制皇帝或亲王，但清末四大太妃却是个例外。不光婉儿糊涂，这里出现一位这么有地位的太妃，让我不得不认真考虑，我也糊涂着呢。"

山岚道："这样凸显一个太妃的规格，无非说明在南明那段历史时期，后宫也出现了和清末一样的怪情形，都是帝王庶出惹的祸。"

芸轩道:"倒是说到点子上了,探春的庶出身份一直以来是她自己的心病,而她为此做出的敏感举动也让世人所诟病。"

婉儿道:"我就不理解,探春怎么那么反感自己的母亲?别的都好,我们就天天骂她势利眼呢。"

芸轩道:"其实不然,你们错怪她了,探春对王夫人的忠诚有目共睹。尽管王夫人对探春的态度有些淡淡的,但按凤姐的说法,其实和对宝玉一样疼爱她,就是因赵姨娘做事着三不着两,才让王夫人对探春这样。"

白禾道:"探春为何老想取悦王夫人?迎春也是庶出,她为何就不为这样的事纠结痛苦呢?"

山岚道:"这不是关键,关键是赵姨娘的戏份很重,她在整个家族中,屡屡兴风作浪,干尽坏事,这是探春所不能容忍的。"

芸轩道:"探春和赵姨娘的冲突,集中在第五十五回探春理事一节。有兴趣的话,你们三个科班出身的行家对一下台词,我给你们配画外音,探春和赵姨娘的一番争斗,各自怀的心思一听就明白。"

婉儿、白禾高兴地道:"有这么神奇?好的呀,好的呀。"

山岚分了工,自告奋勇演赵姨娘,白禾说她来探春,婉儿就只好演李纨。芸轩笑道:"我先客串一把吴大娘。"大家笑了一会,站定位置,均抿着嘴,不能发笑。

芸轩进来,态度散漫地道:"赵姨娘的兄弟赵国基昨日死了。昨日回过太太,太太说知道了,叫回姑娘奶奶来。"然后,向旁边的小妹悄悄道:"看到没,我是来试探她有没有主见。看探春如何处理这件和自己有切身利益的事件。"

李纨道:"前儿袭人的妈死了,听见说赏银四十两,这也赏她四十两罢了。"

芸轩旁白道:"不光李纨让给她四十两,过一会儿,平儿传凤姐的话,也让探春裁夺着给加些呢。为什么吴大娘存这个心,都愿意多给赵姨娘抚恤金呢?是照顾探春的面子,还是别有用心?一定有猫腻。"

果然,探春道:"那几年,老太太屋里的几位老姨奶奶,也有家里的也有外头的这两个分别。家里的若死了人是赏多少，外头的死了人是赏多少，你且说两个，我们听听。"

芸轩道："探春回过味来了，针对姨娘家人的抚恤金，贾府有旧例。哦！你们是想看我笑话，看我在这件事上有没有遵守旧制！"芸轩又换做吴新登家的口气，忙赔笑道："既么说，我查旧账去，此时却记不得。"

芸轩赶忙下去，取了一本账来递给她。看时，账上明明写着：两个家里的赏过皆二十两，两个外头的皆赏过四十两。另外还有两个外头的，一个赏过一百两，一个赏过六十两。这两笔底下皆有原故：一个是隔省迁父母之柩，外赏六十两；一个是现买葬地，外赏二十两。

探春把账本递给李纨，骂道："你办事办老了的，还记不得，倒来难我们。以为我好糊弄呢，就给她二十两银子，把这账留下，我们细看看。"

芸轩哈一下腰，站到一边去了，然后旁白道："探春聪明，贾母屋里的六个老姨娘，两个家里的，四个外头的，明显有里外之别。袭人是外头的，照例当享受四十两，赵姨娘怎么特别和袭人做比较？很显然，赵姨娘是家里的，但她愿意享受外头人的抚恤金额。这就是矛盾点，问题就出在'里外'之别上。"

刚说完，赵姨娘一步闯进来道："这屋里的人都踹下我的头去，还罢了。姑娘你也想一想，该替我出气才是。"

芸轩道："被人踹下头去？做了多大的恶，要被人踹头？打量探春这回当家做主了，该帮她报仇才是。"

探春道："谁踹姨娘的头？说出来我替姨娘出气。"

赵姨娘哭道："姑娘现踹我，我告诉谁去！"

芸轩道："探春要害自己的娘吗？她做了什么事，能担赵姨娘被踹头的责任？这事严重了。"

赵姨娘哭道："我这屋里熬油似的熬了这么大年纪，又有你和你兄弟，这会子连袭人都不如了，我还有什么脸？连你也没脸面，别说我了！"

芸轩道："她真是攀比袭人了，抬出有权无份的准姨娘袭人来，是暗示探春，人家都有那样的政治野心，都想'窃珠'当老大呢，何况咱们。熬了这么多年，连这个追求都不敢有，亏活一世，有什么脸？"

探春笑道："原来为这个。我说我并不敢犯法违理。"

芸轩道："原来赵姨娘是挑唆探春，学学袭人'窃珠'自己当皇帝，搞'台独'吧。可探春不敢做违法背天理的事，说自己并不敢犯法。她给赵姨娘讲道理，说：这是祖宗手里旧规矩，人人都依着，偏我改了不成？也不但袭人，将来环儿收了外头的，自然也是同袭人一样。她也拿袭人做例子，如果将来贾环和袭人一样做叛徒，也会被当成不忠的外人。"

赵姨娘道："多给二十两银子怎么了，就和我们一是一，二是二的，你光知道讨太太喜欢，就不管我们死活了。"

芸轩旁白道："这是抱怨探春，你为了表忠贞，和清廷决裂，而置他们的死活于不顾了。糊涂呀，二十两和四十两之间只差这么点银子，可这两笔银子，代表了家里人和外头人之别。

"要不怎么说刁奴蓄险心，吴大娘那些人歹毒呀，他们不希望赵姨娘是家里人，包括凤姐儿，都愿意给她四十两，这是明着赶赵姨娘出局，正如晴雯赶走坠儿。

"探春如果糊里糊涂认了，表面看来，是大家照顾她面子，多给母亲娘家人银子，骨子里却表明：你的母亲是个外头人，也和袭人一样，是个不忠之人。"

小妹悄悄问："鸳鸯的娘死了，怎么没提得了多少银子？专门说姨娘们的抚恤金，还有这么多讲究。"

芸轩答道："可不。贾母屋里六位老姨娘，是有原型的，四位外头的，很明显，就是由大西军转投到明军的四大天王。其中一位，就是袭人隐射的孙可望。

"家里这位，应该就是郑芝龙。明白家里人和外头人的区别了吗？若拿了四十两银子，就是把自己放在叛徒队里了。赵姨娘着三不着两的糊涂，管他是叛徒还是忠臣，给钱就行。可探春明白，母亲的糊涂，会让她背负叛国骂名。"

探春生气道："太太满心疼我，因姨娘每每生事，几次寒心。我但凡是个男人，可以出得去，我必早走了，立一番事业，那时自有我一番道理。"

芸轩旁白道："赵姨娘原来做的那些事，已经让'王室'寒心了，如果能摆脱你们,探春早就为'王家'建功立业了,这会子不就来台湾了么,看你如何作为。"

赵姨娘道:"太太疼你,你越发拉扯拉扯我们。你只顾讨太太的疼,就把我们忘了。"

芸轩旁白道:"你只顾效忠大明,金人要拿家里人开刀了,你舅舅死了,你都不顾及,真是忘本的不孝子。"

回头问婉儿:"你们是不是也同意赵姨娘骂她势利眼。"

探春道:"我怎么忘了?叫我怎么拉扯?这也问你们各人,哪一个主子不疼出力得用的人?哪一个好人用人拉扯的?谁又是二十四个月养下来的?不然也是那出兵放马,背着主子逃出命来过的人不成?"

芸轩旁白道:"这话有分量,你是出兵放马,背着主子逃出命来过的人吗?你们为隆武出过多少力自己知道,值得主人拉扯你们吗?"

李纨道:"姨娘别生气。也怨不得姑娘,她满心里要拉扯,口里怎么说得出来。"

芸轩道:"李纨总觉得,人都该看中亲情的,探春怎么会绝情到这份上,她心里还是有家人的,只是表面上不能做而已。"

探春忙道:"这大嫂子也糊涂了。我拉扯谁?谁家姑娘们拉扯奴才了?他们的好歹,你们该知道,与我什么相干。"

芸轩道:"李纨错了,面对大是大非,探春毫不含糊,他们都干了些啥事,你们都该知道,如此大奸之事,做这样不忠之人,怎么原谅?还怎么拉扯他们?"

赵姨娘道:"谁叫你拉扯别人去了?你不当家我也不来问你。你如今现说一是一,说二是二。如今你舅舅死了,你多给了二三十两银子,难道太太就不依你?分明太太是好太太,都是你们尖酸刻薄,可惜太太有恩无处使。"

芸轩道:"糊涂的赵姨娘,还提赵国基的舅舅身份呢,她这是看郑成功独立了,想挑唆他,就该立自家的祖宗为大,'王室'无暇顾及,也乐得不管你,担心啥?"

赵姨娘道:"姑娘放心,这也使不着你的银子。明儿等出了阁,我还想你额外照看赵家呢。如今没有长羽毛，就忘了根本，只拣高枝儿飞去了！"

芸轩道："还是劝探春，放心大胆地干就行，都出阁自立门户了，还去攀什么高枝。别忘了祖宗才是根本，管那个明朝什么事，你的天下自然是赵家的。"

探春没听完，已经气白了脸，哭道："谁是我舅舅？我舅舅年下才升了九省检点，哪里又跑出一个舅舅来？既这么说，环儿出去为什么赵国基又站起来，又跟他上学？怎么不拿出舅舅的款来？"

芸轩道："赵国基没有舅舅的款儿，终究是奴才。在探春眼里，只承认王子腾这个都检点天子，承认赵国基是天子舅舅就是承认了自立门户。"

探春道："何苦来，谁不知我是姨娘养的，必要过两三个月寻出由头来，彻底来翻腾一阵，生怕人不知道，故意地表白表白。也不知谁给谁没脸？幸亏我还明白，但凡糊涂不知理的，早急了。"

芸轩道："知道探春为何对庶出身份这么耿耿于怀了？就是因郑氏乃异姓王，他一腔报国热情，深怕被误解有窃国心思，每每想表白自己对'王室'的忠心，可父兄不争气，动不动就来闹腾一阵劝降。"

婉儿笑道："不对，台湾人把郑芝龙当作台湾的开拓者，怎么会这样？倒是国基这个名字很配他。"

白禾道："这事放到郑成功身上，确实能解释一些怪现象。咱们真冤枉探春了，他既想忠于国家，保住名节和郑氏集团的利益，又想保住父兄们的生命，真是两难。"

芸轩道："探春之难，连脂砚都感叹不已：噫！事有难易哉？探春以姑娘之尊、贾母之爱、以王夫人之付托、以凤姐之未谢事，暂代数月。而奸奴蜂起，内外欺侮，珠玑小事，突动风波，不亦难乎？

"这一段，多么像郑成功初入台湾时的窘况。

"后又评道：以凤姐之聪明，以凤姐之才力，以凤姐之权术，以凤姐之贵宠，以凤姐之日夜焦劳，百般弥缝，犹不免骑虎难下，为移祸东吴之计，不亦难乎？况聪明才力不及凤姐，又无贾母之爱、姑娘之尊、太太之付托而欲左支右吾撑前达后，不更难乎？

第五十五回
纳土归宋位　清芬世守缘

289

"这段点评才切中要害，凤姐作为名正言顺的皇权代表，面对这个国家已无能为力。如今，留下一个烂摊子，给这个身份尴尬、能力有限的人，不就是祸水东移，把艰难困苦让他一人承担吗？"

婉儿道："还真误解了探春的苦心，可曹雪芹也忒有手段了，这么难让人看透，谁知他指东打西、正话反说的伎俩，我们这些凡人几时看得透。"大家都笑她说的可怜见的，好像被人欺负了一般。

芸轩道："探春受刁奴们的欺辱，和韩信有得一比，你们不细心而已。宝琴的《淮阴怀古》诗说得好：

　　　　壮士须防恶犬欺，三齐位定盖棺时。

　　　　寄言世俗休轻鄙，一饭之恩死也知。

"这可不就是拿韩信的事，说他自己的苦恼吗。那韩信虽曾受过恶人欺辱，却因受刘邦之封，不愿叛汉，竟是个知恩图报的人。谁知，封齐王之日，竟成他叛汉之始，结果还不是最终闹独立，搞分裂。"

山岚道："原来这样，这首怀古诗，预言探春掌权，治理大观园，独立开小灶，却受赵姨娘和奴才们的欺负，其实是郑成功初创台湾时的写照。"那二人并没听懂这些话。

山岚问她们，明天想去哪里看看，她全程服务。如果想热闹一些，就叫上文亮、秦明、冰儿她们。二人先是数算好吃的，再数算好玩的，反正还有好几天的工夫呢。

三春不自弃　盗跖治国难

　　话说白禾和婉儿来红豆馆已三天，除了冰儿在外景地，秋真去了缅甸的瓦城没回来，文亮和秦明都来过，和两个小疯子业已混熟。

　　文亮和秦明天天抱怨，去台湾时为何不带她俩，好在婉儿二人讲些台湾的风土人情，暂且安慰了她俩的不满情绪，两人也轮流带着二人，游历南京的好些景点。今日周五，一下了班，文亮和秦明各自买些小吃食，跑过来一起聚晚餐，正好商量明天去上海大观园的行程。

　　吃罢晚饭，芸轩道："我也没去过，可真没时间。我那篇稿子，出版社催得急，这两天我得赶出来。"

　　两个小疯子嘟起嘴，满脸不高兴，央求道："听说姐姐一向清高，还看他们脸色，就说写不完就完事了，他们还能怎样？"

　　芸轩道："少胡说，我一向守约，答应了人家的事，怎好拖延。不过也有法子，不知你们愿不愿意帮忙？"

　　大家都催她快说，她笑道："今晚你们别睡觉，我写，你们抄，包管明日完工。"

　　文亮笑道："这点小事，你也不看看我们是谁。不光能写诗，也能写论文，你说思路，我直接帮你写，如何？"

芸轩笑道:"更好了!"

说干就干,大家在芸轩的指挥下,查资料的,写草稿的,誊抄的,都在忙碌。她二人见插不上手,就满屋子浏览芸轩挂在墙上的纸条。白禾招招手,婉儿过来看,原来是钱镠的《巡衣锦军制还乡歌》,上面写道:

三节还乡兮挂锦衣,碧天朗朗兮爱日晖。

没等看完,白禾悄悄道:"这就是王夫人去拜访的那个'锦乡侯',他还写了《衣锦还乡》歌呢。王家是希望郑氏当个锦乡侯,遵循纳土归宋的家训,不要搞分裂。"

婉儿手里也拿了一张手稿,写的是:

月钱知多少

月钱,是贾府家人的零花钱,享受月钱的人,只在主子和丫鬟层面,他们属于不做事的人,按地位高低分配,这一部分由凤姐管理;俸银,是薪水,管事的人就应该享受俸银,如贾蔷、贾芸辈,是按管事大小和难易程度分配,这一部分由贾琏管理。

单说贾府月钱:黛玉进府的第一天,大家都沉浸在悲痛之中时,王夫人不合时宜地问凤姐:月钱放了没,似乎拖了时间;第二次,金钏死后,又问凤姐,月钱可都按数给了没,为什么短了一吊钱,似乎短了数;等到后来袭人问平儿月钱时才知道,凤姐拿着这一项银子放贷生息。

探春执政的第一天,秋纹就找了来,想问月钱多早晚才放,看来又是超期了。为了不让探春发现凤姐的勾当,平儿以"外围子防护"的身份,连哄带吓唬,说探春正在气头上,凤姐的事都敢驳,你们问这个,算什么?硬生生地压下了。

想想看,问月钱什么时候发放,不是很正常的问事吗?探春有什么好驳回的。所谓外围子防护,就是给凤姐打掩护的。在月钱面前,贾府的主子奴才,各自有了自己的体己小金库。这就好比皇宫,除了官中户部的财政支出,皇帝有自己的自由支配资金,像内帑一样。

种种迹象表明,贾母的体己最多,似乎黛玉的私产也在贾母这边,要不凤姐说,宝玉、黛玉的婚事用度,由贾母给,贾母相当于她的监护人,因为黛玉的零花钱，也是贾母单独给。

黛玉虽说寄人篱下，但从来没像迎春、探春一样，为额外支出点小钱，要诚心地攒，而黛玉总是出手阔绰地赏赐下人，比如给送燕窝的老婆子、顺手抓一把给小丫头。

第二个富有的人恐怕就是凤姐。放账收息，包揽诉讼，支配事物，收受贿赂。她的财富，大多是职务侵占所得，似乎来路不正。

从这小小的月钱中，发现一个惊人的规律：官中的公共财产日渐消失，已经入不敷出。凤姐和平儿算计过，再经历几件大事就赔光了，管理者和主子的体己却越来越多。要不，怎会引起赵姨娘的极大仇视，说一分家私，都让她搬到了娘家去，以至于要想方设法地害死她。

到这里，该有个结论，那就是：凤姐是皇权的化身，贾母是贾府的祖宗。好比宫中，皇帝的私欲加大了内帑的过度使用，皇权的滥用和盘剥，加剧了老百姓的负担，这是明末自嘉靖开始的真实情况。

明朝的王爷是世上最超然富有的群体，以至于有的地方，王府俸禄已超过财政收入的两倍。明朝的皇帝也是史上最爱敛财的皇帝，从万历开始，他们努力搜刮金银，充盈内帑。尤其令人称奇的是，边境四处发生战事，朝臣们苦苦相求，皇帝才拿出一点无济于事的小零头。试问，如果国家都亡了，你那些内帑还存在吗？

这个道理，皇帝显然没明白。国库空虚，至于出现兵变。清军都打到家门口了，皇帝也舍不得体己，官员和王爷们上行下效，大家捂着自己的体己钱，等着清军来抢，倒是清军抢了个满载而归。

但最后的结局，让李自成肥了腰包，进京一月余，开了皇宫内库，大肆拷掠官员，烹杀王爷，把所有的钱财洗劫一空，而后扬长而去。所以，贾府里的隐形富人，便是寡妇失业的李纨。

白禾看完，连连说好有道理，但又不明白，李自成和李纨怎么忽然有关系了。想问一句，又看她们忙着，只得再看别的。

婉儿招手叫她，过去看时，原来是一张毛笔小楷的笔录，写的字体隽秀，布排端庄，写着：

《三春过后诸芳尽　各自须寻各自门》暨贾府后事记

平儿道："将来还有三四位姑娘，还有两三个小爷，一位老太太，这几件大事未完呢。"

说起贾府将来的大事，凤姐、平儿将姑娘爷们的喜事和老太太的丧事放在一起说，有些异样。三春过后诸芳尽，这是什么预言？排行第三的探春已经在当政，她的当政时间满打满算也就半年多。

各自须寻各自门，这是预言的结局，难道诸芳都在这半年内消亡吗？三四位姑娘、两三个小爷，都和老太太一样，要出大事？到底是喜事还是丧事？

凤姐笑道："我也虑到这里，倒也够了：宝玉和林妹妹他两个一娶一嫁，可以使不着官中的钱，老太太自有体己拿出来。二姑娘是大老爷那边的，也不算。

"剩下三四个，满破着每人花上一万银子。环哥娶亲有限，花上三千两银子，不拘那里省一抿子也就够了。

"老太太事出来，一应都是全了的，不过零星杂项，便费也满破三五千两。如今再俭省些，陆续也就够了。只怕如今平空又生出一两件事来，可就了不得了。"

按凤姐说的顺序，第一件就是宝黛的婚事，可现在凤姐病了，吃燕窝粥，黛玉病着，也吃着燕窝粥，下面宝玉也病了。难道宝黛的事又有结局了？且结在老太太的身上。

第二件就是二姑娘迎春的事，她的使命也快完成了，接下来该是探春远嫁，最后是惜春。

不光迎春不是这屋里的人，惜春也不是，为什么直接说贾环而不提她的婚事呢？不知她的事了结在哪里？知道了！她没嫁人，而是出家了，所以她没有喜事，也没有丧事。

这几件事，既然都在预算内，凤姐却担心突发事件，只怕如今平空又生出一两件事来，可就了不得了。所谓担心什么来什么，贾府一定会发生突发事件，可拭目以待。

虽然探春极力想让大观园的一草一木鲜活起来，用她的话说，一个破败的荷叶和一根枯草根子都是值钱的，而这两样东西，无一不是说的黛玉。

但黛玉，似乎已经放弃了自己。

哀莫大于心死，那篇什么《不自弃文》是说给她听的吗？没有用，或许，接下来真是她和宝玉一娶一嫁，终于完成了他们今世的'木石之盟'。

结论是：黛玉若去，宝玉岂能苟活。

看到这里，婉儿叹息道："轩姐姐可不是疯了吗，说宝玉和黛玉要死了，怎么可能，我可要好好问问她。"

白禾手指放在嘴上，做了个噤声的动作，道："你急什么，再看看吧。"说着，又看了几幅彩笔素描。大部分看不懂，又从书里抽出一张纸，上面写的是：

《不自弃文》之译文

凡物，均有其性。其性若可取，世间则无可弃之。然，万物之灵者，不若物哉？人若有遗弃之感，乃自弃而已。

今者，高官名士之子孙，衣着华丽，饮食甘美，言语谄媚，只知游逛景物，恣乐于酒宴管弦之中。且不知，自身之所以如此显耀滋润，均自祖辈之不易。

渴饮甜泉，而不问其来源；餐用美食，而不知其来由。如唐宰房玄龄者，其平生之辛苦，仅能撑门户生计，竟遭不肖子弟挥霍，几近倾家，可做鉴例。

焉知河南马氏，仗其富贵，骄奢淫逸，子孙唯能酒宴寻欢而已。此外，人间事业一概无知，时称之"酒囊饭袋"者。世道变迁，运数衰落，饿死于沟者，不可盛计，此一重大鉴戒。

针对此文，宝钗探春，曾就当政治国之理念展开探讨，略见二人治国方略之本质区别：

探春说："年里往赖大家去，我因和他家女儿说闲话儿，谁知那么个园子，除他们带的花、吃的笋菜鱼虾之外，一年还有人包了去，年终足有二百两银子剩。从那日我才知道，一个破荷叶，一根枯草根子，都是值钱的。"

直到此时此刻，有了属于自己的花园子，探春才知道，过日子治家是怎么回事。所谓：不当家不知道柴米贵。

宝钗回复得很准确：这真真膏粱纨绔之人说出的话。哪像自己，帮着哥哥母亲打理家族生意，对这些生计之事已了然于心。但让宝钗疑惑的是，探春是千金小姐，原不知生活艰涩也说得过去。但她是念过书识过字的人，竟没看见朱夫子有一篇《不自弃文》不成？那里面，对创业之艰辛说得一清二楚。

探春的回答，着实让人看不懂。

朱子说，万物都有用，就算个顽石也有用，何况人呢，千万不能放弃自己，这叫失败了不气馁，但富贵了也不能淫，享受福贵时，要知道富贵来之不易。再对比贾府的主子奴才们，真是穷奢极欲，生活靡费到家了。贾府的男人们，多像河南马氏家的酒囊饭袋们。

既然说，一棵枯草根子都是值钱的，这和朱子的观点高度一致，可探春为何说这是一篇虚比浮词呢？探春心里到底有什么鬼？为何否认《不自弃文》里的理念，反而怀疑一切。难道探春治理的国度不是这样的？

宝钗倒看透了她，道："那句句都是有的。说探春在大观园才办了两天的事，就利欲熏心，把朱子都看虚浮了。若再出去见了那些利弊大事，越发把孔子也看虚了呢！"

这话说得一针见血。不当家不知当家难，做纨绔子弟时，国家亡了，还不知因何而亡。探春开始理政，可当家刚两天，又利欲熏心，刻薄搜剔，连礼法都看轻了，可不是又像明朝的皇帝一样，同样是利欲熏心误国吗？

探春听她说得有理，但又不甘心被说服，就杜撰个《姬子》书，来强词夺理了，便笑道："你这样一个通人，竟没看见姬子书？当日《姬子》有云：登利禄之场，处运筹之界者，穷尧舜之词，背孔孟之道。"

什么意思？

有没有《姬子》书暂且不说，这段话的意思简单说，就是登上高位的当权者，无不说着圣贤之词，打着孝悌治天下的旗号，满口孔孟之道，做的却是与仁义背道而驰的勾当。探春引用此话的真实意思是反击宝钗，说你已登上高位了，虽然讲的满嘴仁义，行的却是小恩小惠，其实才虚伪得很。宝钗听了，也不放过她，追问底下一句，探春笑道："如今只断章取义，念出底下一句，我自己骂我自己不成？"

这就是欺负咱们了，这么关键的底下一句话是什么，谁也不知道，只好猜去。

联系前面，发现宝钗是尊儒的，探春断章取义地骂了宝钗，就说她伪尊。如果说出底下一句，一定是骂自己了，也一定是骂自己有种大逆不道的行径。

那么探春骂自己什么呢？这也许就是探春治国的致命错误处，答案或许就在这个杜撰的《姬子》身上。

《庄子·盗跖》里讲了一个姬姓人，又名柳下跖，是柳下惠之弟。他也有一段和孔子论道的尖锐对决，堪称经典，可称他是"姬子"似乎有些不妥。先不管妥帖与否，经典之处，他和探春一样都骂孔子是浮词虚比。

例如：孔子听说，柳下跖横行天下，侵扰各国诸侯，穿室破门，掠夺牛马，抢劫妇女，全不顾及父母兄弟，也不祭祀祖先，就前去规劝他，要他建城立业，遵纪守礼。

他听说后，传话给孔子，说：你矫造语言，伪托文王主张，头戴树杈般的帽子，腰围宽宽牛皮带，满口仁义道德。你不种地，却吃得最好；不织布，却穿得最讲究；整天摇唇鼓舌，专门制造是非，迷惑天下诸侯，使天下读书人，全都不能返归自然本性。

你虚妄标榜尽孝尊长之主张，侥幸得到封侯赏赐，才成为富贵之人，要说大盗，再没有比你大的了。天下为何不叫你盗丘，反而称我是盗跖呢？这话诘问得好，宝钗说探春利欲熏心，是盗跖式的人物。探春却骂宝钗，是盗丘样的治国人物。

我觉得都骂得对，她二人代表的势力半斤八两，都和强盗有得可比。郑氏集团，原本就是海盗集团，他们的治国方略，无非就是海盗经济。

宝钗总结道："天下没有不可用的东西；既可用，便值钱。难为你是个聪敏人，这些正事大节目事竟没经历，也可惜迟了。"

是啊，不管什么人，什么物，只要有用就值钱，管是叛徒还是忠臣。清政府一直把脏的臭的都拉到自己怀里，为己所用，利用小恩小惠，拉拢明朝的那些不自弃之人，办法屡屡见效。只可惜，探春明白得太迟了些。

第五十六回
三春不自弃　盗跖治国难

297

二人正看得起劲，小妹敲门，领进一个人，原来是枫林，见他忙忙的样子，大家以为出了什么事，赶紧停下手里的活计。

枫林笑道："别紧张，你们这里有贵客，我来说几句话，明天我回去了，走得早，又忙，来不及明早过来辞行。"

芸轩道："赶场子吗，这么急？你的戏都完了？"

枫林道："都结束了，本来节后可以不来，没办法，又补了些镜头。"

婉儿悄悄向山岚说，她看过杨老师演的作品，介绍认识一下吧。山岚笑道："我倒忘了。杨老师，我们这里有两个台北艺术大学的小疯子，想认识你的。白禾、婉儿过来。杨老师这次出演的，就是你们的台湾之父郑成功，还不参拜一下。"二人听了，更是欢喜地跳过去，和枫林鞠躬握手，枫林更喜欢她们的活泼可爱。

枫林笑道："郑成功的任务完成了，可要离开你们红豆馆，还真舍不得走。果真还有好作品，别忘了喊我。秋真捎来信说明天到，好像有事要你帮她，让你明天等着，别忘了，我就此告辞。"说着，向大家抱拳致意，匆匆地就走了。

芸轩道："这不赖我，明日只好你们自己去了。"见两人有些失落，芸轩又道："不过，工作可以先停下，我明天自己完成，先陪小疯子们玩一会子。"

听见说，大家也松了一口气，婉儿一下子来了兴致，抓耳挠腮的，一肚子问题不知从何说起。一下子想到郑成功就问道："轩姐姐，听你的意思，探春身上有郑成功的影子，她正在治理大观园，说明大观园就是我们台湾。所以，明天去上海，都要好好看看呢！"

文亮道："她不去，咱们可要早去早回。今晚早休息，明天五点出发。有问题先忍着，就别玩了，天也不早了，我们就先回了吧。"说完，各自休息不提。

第二天的行程安排得很紧，走马观花地跟着导游看了一圈。人也不多，匆匆浏览一遍，可惜没多大趣味，赶傍晚时节就回来了。

吃过晚饭，茶轩里更热闹。看到秋真也在，小疯子们忘记了劳累，分享着在大观园拍的照片。

白禾边看边嘟哝道："导游说的我真不爱听，什么怡红院是'遗红怨'，潇湘馆是'消香馆'，蘅芜苑是'恨无缘'的。既然大观园是台湾的缩影，听了他们起的名字，真不吉利。"

芸轩笑道："谁跟你说大观园是台湾，还没断论呢。"

婉儿道："你在我们那里时说大观园是台湾，我们才将信将疑地来求证，现在又说不是，怎么翻云覆雨的，到底是不是？"

芸轩道："只说过真真国，啥时说大观园了？你也不想想，大观园的方位在荣宁的西南方，而台湾在版图的东南方，这是一；第二，真正治理大观园的人是宝钗，所以，我才说不是。"

婉儿道："这就蹊跷了，人人都知道探春治理大观园，怎么是宝钗呢？"

芸轩道："王夫人见探春与李纨暂难谢事，园中人多，又恐失于照管，因又特请了宝钗来，托她各处小心，照看上房，贾府眼见是没人了。"

山岚道："探春、李纨议事的地方，在园门口南边的小花庭里，其他大小门都已经关闭，大家出进的门只有西南的小角门。这一切说明，探春当政期间发生的事是西南方位的，而不是东南方向的台湾。"

秋真道："要说没有台湾的事也不对。探春上任伊始生的两场大气，是明点出来的，应该有出处，凤姐已经指明了，再不能依头顺尾的必有两场气生。什么叫欺幼主刁奴蓄险心？一个奴才也敢刁难主子？"

芸轩道："哪里是一个奴才，是一群奴才，没见平儿骂：你们只管撒野，等奶奶大安了，咱们再说。又说：她是个姑娘家，不肯发威动怒，这是她尊重，你们就藐视欺负她。果然招她动了大气，不过说她个粗糙就完了，你们就现吃不了的亏。

"门外的众媳妇都笑：姑娘，你是个最明白的人，俗语说，'一人作罪一人当'，我们并不敢欺蔽小姐。如今小姐是娇客，若认真惹恼了，死无葬身之地。也推脱说：都是赵姨奶奶闹的。这一段奴才刁难，活生生像那段手下抗命之事，还真气着探春了；还有因赵国基的死，赵姨娘来发疯，又是一场大气。"

秋真道："正是这两场变故，郑成功就是因气急愤懑而死，也正生的这两场气。"

山岚道："我知道了，探春治理园子的蓝本是赖家花园。所以，赖家花园子才是台湾的缩影呢。"

白禾道："原来这样。没什么区别，反正都是花园子。"

芸轩道："区别可大呢。"

婉儿笑道："你是说面积吗？"

山岚笑道："小傻瓜，可不是面积，一个是奴才家的花园子。那个花园子里面，可以关乎生计，可以承包经营。但这个花园子是皇家花园，关乎体统和脸面。"

婉儿道："全听不懂，你说探春理政，理的是皇家花园还是赖家花园？"

芸轩问道："这个先不说，你们觉得探春、李纨、宝钗谁的管理水平高？"

白禾道："当然是探春，这个创新革新的方式是她想出来的，她是最聪明的，要不怎么叫敏探春？"

芸轩道："她倒知道探春是'敏政'之人。依我看，你和她都不聪明。我只问两个问题，你们想去。一是探春割去两项重复的银子支出，就是去上学的费用，共计十六两；二是姑娘丫鬟的头油脂粉钱，若干两，都蠲了吗？"

婉儿道："当然了。"

芸轩道："错了，其实只蠲了环爷、兰哥的学费，头油脂粉费却没蠲，而是被婆子们承包了。"

婉儿道："还不是一样。"

芸轩道："这跟从买办那里领的结果恐怕没多少区别。到最后，婆子们给的东西能不能好用也难说，还是费两起钱。所以，探春这项改革，只是削减了教育经费。所谓'兴利剔弊'，倒剔了上学之弊，这和秦可卿临死前的嘱托相悖呢。她曾说，好歹保住子孙们上学的费用，可探春上来就给剔除了，是不是有问题？"

婉儿伸了下舌头道："姐姐看得好仔细，你那么说，探春的创新，还不定怎么样了。"

秦明道："也许失败了呢，且被别人窃取了果实，还被人利用了呢。"

婉儿更是吃惊了，道："这是从哪里说起，你们！"

芸轩道："这就是我问的第二件事，探春的改革到底是成功了还是失败了？"

山岚道："我认为，大观园最大的腐败，来自主子们的生活奢靡，损公肥私和日益膨胀的私产，其中的罪魁代表，便是象征权力的凤姐。而探春的改革，表面看是针对主子们下手，但实际上，宝玉根本不上学，袭人也不去领这个宗，仅仅触动了赵姨娘和李纨的利益，探春自己的没损失一点。

"凤姐说的冠冕堂皇，与公与私，都佩服探春，派平儿来帮忙，但其实上，平儿是暗中给凤姐当外围子防护的。当触动到凤姐利益时，用宝钗的话说，她都一套一套地应付自如，替她奶奶打掩护，特别凤姐放贷谋私之事，她处理得天衣无缝。所以，探春的改革注定是失败的。"

文亮道："这说的有道理，探春的革新成果，不仅被窃取，还真被人设计了。"

婉儿道："谁？谁设计她？"

文亮道："照探春的主意，承包的一干人得到了意料之外的便宜，老婆子们各得其所，正在兴头上，都欢声鼎沸说，姑娘说的很是。从此姑娘、奶奶只管放心，姑娘、奶奶这样疼顾我们，我们再要不体上情，天地也不容了。

"这时候，宝钗说话了，她掌握的时机恰到好处，若此时跟婆子们提要求，焉有不答应之理？只听宝钗长篇大论的，半是玩笑半是规劝，乘机教导起众婆子们来，说：我这样做，是受姨娘重托，你们要体谅维护我；二是，要切实担负起自己的责任来，齐心维护园子里的秩序，万不可出事，出了事，谁的脸面上都不好看。

"最后再三强调，我如今替你们想出这个额外的进益来，也为大家齐心把这园子里周全得谨谨慎慎，使那些有权执事的看见这般严肃谨慎，且不用他们操心，他们心里岂不敬伏。

"当宝钗说出最后那句话，我都感觉心里不是滋味，看看人家宝钗多会做人，说她替下人们想出这个额外的进益来。几句话就把对下人的好处都揽到自己身上了，又趁热打铁强调了自己与王夫人的亲戚关系，树立了自己的威信。"

婉儿道："那也不是宝钗设计了探春，只不过争功了。"

文亮道："我分析完，你就猜到了。探春提议起诗社，李纨做了社长。同样道理，此次改革政策，看起来完全由探春提出、实施，但真正看透了此项改革弊端的，却是平儿和宝钗。

"探春第一次处理家务，自然理想化，把家里这些管事的婆子们想得太好了，完全不知道她们为人有多险恶。但凤姐是领教过，平儿是深知的。在她提出改革时，平儿首先说凤姐不可能这么做，论说该为姑娘们多弄些玩物，而不能考虑生产经营的事。凤姐对大观园的定位是皇家园林，首先顾及主子们不能受委屈，因关乎体面。

"而宝钗呢，完全对家务管理驾轻就熟，她已经完全预见到结局，说平儿的话有道理。这会子又是因姑娘们住的园子，不好因省钱，令人去监管。

"她说：你们想想这话，要果真交给人弄钱去的，那人自然是一枝花也不许掐，一个果子也不许动了，姑娘们分中自然是不敢讲究，大天和小姑娘们就吵不清。

"这话正是，今后大观园里的实况就是这样，婆子们为享有既得权益，和小姑娘们发生了显而易见的冲突。毫无疑问，承包者视园中之物为自己的私产，再加上她们自负盈亏的性质，从经济学的角度看，她们脱离了园内真正管理者的掌控，这已是一座主人说了不算的花园子。

"致使后来，胆敢'四处作起反来'，连平儿的处理手段也只剩下了'撵出园去'这种单一极端、却不能常使用的方式，大观园渐渐出现了家乱宅反的势头。"

婉儿笑道："到底是宝钗的原因吗？"

秦明道："设计这场局的人就是宝钗，她埋下的定时炸弹就是莺儿她妈。"

白禾道："我怎么没看出来？"

芸轩道："宝钗做事一向巧妙，怎么会轻易让你体会到。当看到婆子们争先恐后抢生意时，她有一句用人名言：幸于始者怠于终，缮其辞者嗜其利。意思是，说的好听的人，是重利不重义的侥幸者，不会善始善终的。所以要谨慎安排自己取重的人。拐了几个弯后，她就安插了自己人，且做得毫无痕迹，连脂砚都说她随时俯仰，善于机变。"

秦明道："果真是，不仔细看，真让她蒙混过去了，谁知曹公在三个老妈妈的名字上大作文章。"

婉儿道："怎么见得？"

芸轩道："她们选人，是'祝'妈管'竹子'，'田'妈管'稻田'。看姓氏就知道是谐音，直接与所管的物事发生关联，人事相妥帖。但接下来说到管香草时，探春推荐的却是莺儿她妈。

婉儿笑道："莺儿姓黄，名字和花草没关，却和鸟有关，她妈就该是管鸟的才对。"

芸轩道："如此一来，咱们就有了规律陡变的顿挫感，难道曹公在这个人物身上有特别的隐意？接下来的安排，就又让咱眼前一亮，经宝钗梳理是这样的：先让老叶妈来管香草事！这回'叶'与'香草'终于有了联系，老叶妈的姓也与所管物事一脉相联了，规律倒也顺应上了。然后，由黄妈管叶妈，间接让一个姓'黄'的人管理两处最具价值和最具象征意义的地方，蘅芜苑和怡红院。"

秦明道："曹公对人物命名一向精彩，本就是横生波澜，喜欢节外生枝，才由此生发出许多情趣来，还能附会出这么多怪事来。"

芸轩道："怎么是附会？祝妈管竹子，是黛玉的地盘，田妈管稻田，是李纨的地盘，黄妈管皇帝的地盘，这就是宝钗的真正用意，怎么是附会呢？"

山岚道："还真是算计了探春。"

芸轩道："也别小瞧探春，她的聪敏之处在于，她也预见到宝钗的未来。当宝钗推荐莺儿妈时，探春道：虽如此，只怕她们见利忘义。人管人可不是难管，此处连脂砚都说，这是探春'敏智'过人处，此讽亦不可少。"

文亮道："宝钗自入大观园来，一切策略皆是以利诱人、小恩小惠，这次也不例外，借别人的地盘买自己的人心，这就是她的治国策略。"

秦明笑道："清军入关，后又征服江南，几乎都是利用了汉人中的唯利是图者。她身边聚集了太多这样的势利小人，那些忠贞大士，她一个也得不到，探春是以此来警示她呢。"

白禾道："那大观园是什么？"

芸轩道："大观园最重要的作用是政治象征，它象征着高高在上的皇权。探春的优点是，她把民生看得比皇权重，但她的缺点是，对皇权的不恭和不了解，也让她吃了大亏。"

秦明道："这话对，探春怎么能斗过宝钗，竟然说，可惜蘅芜院和怡红院这两处大地方，竟没有出息之物。单凭这一点就知道，她其实不懂经济，也不懂治国，要不怎么轻而易举地放弃经营这两处？"

文亮笑道："探春的改革，就叫丢了西瓜捡了芝麻，和丢了大陆、捡个台湾一个道理。我帮你们算算，大观园改革，其利有三：园子有专人收拾打扫；管地的婆子们得利补贴家用，不管地的婆子们也得些小利，是惠民了；园中姑娘丫鬟的头油脂粉、鸟雀的食粮、笤帚掸子等小宗花费，一年可省四百两银子。

"再说其弊：省四百两银子，对庞大的贾府来说，实在太微不足道。宝钗不愧是皇商出身，立刻替这些省下来的钱想出了最适宜的去处：置办可以持续生钱的不动产。然而，贾府的男人会这样做吗？假如经了他们的手，还不是随手花了？

"再说婆子们，孝敬完主子，剩下的全都归自己，其他众婆子无故得几吊钱，大家该欢欣鼓舞。可结局是这样吗？人心不足啊，自从承包了园子，园内便吵翻了天，园子外的人也蠢蠢欲动，想方设法地要偷点。我认为，这场改革笑话得很。

"大观园是一所花园，不是乌进孝的田庄，整天弄一堆乌眼鸡似的婆子们在那里监督着，一朵花也不许摘，一根柳条也不许折，成个什么体统？

"试问，如果这样，黛玉在哪里葬花？看着每天在院子里种竹挖笋的祝妈，她又怎能看着窗外的竹子发呆、叹气？荷叶变成了钱，又种上藕，又如何有'留得残荷听雨声'的凄美？还是宝钗看得明白，真要省钱，哪里不能省，弄得民怨沸腾，失了体统，就不值当了。"

山岚道："对呀，潇湘馆出产的竹笋、稻香村打下的谷子、怡红院掐的花，若真拿到集市卖去，还真是不成体统。"

芸轩道:"你们也不要一味贬责探春,四百两银子对于贾府来说确实太少,光凤姐修书一封便是三千两,放高利贷一年就是上千两,宫里的太监一张口就要走四百两。但这四百两银子,探春却看得非常重,但把事做得有失体面,恐怕不是探春看不透,也许有一种可能。"

婉儿道:"什么可能?"

芸轩道:"就是她们可能面临一种危机,探春不得已而为之。比如:社会动荡,大灾难,或物资严重匮乏。宝钗赞叹探春的改革,说:善哉!三年之内无饥馑矣。是不是有人要面临三年的饥馑日子?当此之际,保障生存才是第一要务,一切体统可以抛至一边。"

山岚道:"就是,一家人到处逃荒,饭都吃不上,谁还顾得上脸面体统。"

文亮道:"贾府可还没到这个地步,如果真穷下来,大家可以降低一下消费标准,也不能在皇宫里种庄稼,在大殿上叫卖吧,失了体统事大。"

山岚道:"脂砚透露过,宝玉有过一段'雪夜围破毡',吃糠咽菜的日子。难道影射的就是这三年的饥馑日子?"

芸轩道:"越来越像了。大观园确实是帝国的象征,但这一象征被探春的改革消灭得无影无踪。对婆子而言,大观园不再高贵,只不过是她们生产的庄园,所谓皇权威仪,怎比得了她们顾惜生计所带来的实惠?大观园已不是神话,如今更是失去了皇家权威,这个被脂砚称作营心孔方、书香混于铜臭的地方到底是哪里?"

婉儿急问:"什么是孔方?"

文亮笑道:"就是钱。"

秋真道:"我隐约知道这是哪里了,这地方真的具备急难之所的特征。所谓皇宫里生产,大殿上叫卖,真失体统了。"

芸轩忙用手指吁了一下,制止道:"时机未到。"急得两个小疯子围着秋真转,问到底是哪里,大家都笑起来。

山岚道:"等你下次来大陆再告诉。不过,我可以提醒你俩,大观园西南有个小角门,你们把那个门打开,就知道大观园是哪里了。"

白禾道:"我只知道那个门叫什么'聚锦门',也没特别之处。"

山岚道：“巧的是，甄家来贾府，带来了大批的妆莽锦缎，就是从那个门来的，怎是一个‘聚锦’了得。”

文亮道：“聚锦门还进来一个大夫，好生奇怪，这个大夫要去看谁没说，可园子里病了的姑娘好几个，黛玉、迎春、湘云。”

山岚道：“有版本说看湘云。”

文亮道：“平儿还特别问：单你们，有一百个也不成个体统，难道没有两个管事的头脑带进大夫来？回事的那人说：有，是吴大娘和单大娘两个在西南角上聚锦门等着呢。一个大夫，为何这么大派谱，有一百个也不成体统，要两个大管家娘子等着，这么大体统，似乎不是个大夫。

“从探春她们选承包人开始，大夫正好来，等宝钗她们选完人，有人来回，大夫又正好走。她们一门心思选人才，并不把这位病人放在心上还罢了，但大夫来得好生是时候，似乎和选人巧合。若说大夫是看湘云，我有个大胆判断。”

秦明道：“怎么判断是看她？”

文亮道：“虽然有三个病人，并没说宝玉看过别的，但去看她了，二人还说了一大段古怪的话，是关于孔子与阳货同貌不同名的话。假如大夫是来看湘云的，再把来看湘云的宝玉和那大夫一联系，看做是同貌不同名，可不可以？”

白禾道：“宝玉成大夫了？”

山岚道：“我看可以，他二人讨论孔子阳货同貌的事，就是二合一的意思，可见该是一人。”

秦明道：“你这样推导保管出错，我也能得个出来。迎春住的地方还叫缀锦楼呢，也有个‘锦’字，她又与甄家二姑娘不同，甄二姑娘出阁了，从贾母口中知道，这二姑娘更好，更不自尊自大，可见身份。这个大夫看的人，说不定还是她呢。”

婉儿道：“对了，我想起来了，甄家给的礼单上是这样说的：上用的妆缎蟒缎十二匹，上用杂色缎十二匹，上用各色纱十二匹，上用宫绸十二匹，官用各色缎纱绸绫二十四匹。这里面前四种‘上用’的，就是说皇上用的，最后一种是官用的，说明甄家的用度里面，既有皇上的，也有官员的，这又是啥意思？"

芸轩道："《石头记》开篇第一件事，就是说的这些尺寸数字。补天之石，高经十二丈，方经二十四丈，分别照应十二钗和副十二钗，甄家礼单里出现的数字，也应该是照应这个的。不是宝玉和那个大夫二合一，聚锦门进来的甄家一干人，才是济世补天的大夫，是甄宝玉和那大夫二合一。由两位大娘等着迎接的大夫，也许来看的是两位姑娘呢，看湘云，也来看迎春。

"只是不知道，再次复活的湘云又是谁？说完同貌不同名，同名不同姓后，湘云说反正和自己无干。未必无干，宝玉的三年饥馑，说不定就是湘云给造成的。"

秦明道："湘云是谁不知道，但甄府就是贾府，两个宝玉就是一个宝玉，只不过一南一北而已。只是告诉咱，这次出走的是南京的宝玉。"

芸轩道："你也这么没见识起来，大约没这么简单，甄家再现，大事发生，甄家来得很蹊跷。"

秦明道："这次来京的，就只太太带了三姑娘来了，老太太和哥儿、两位小姐并别位太太都没来。他们两家，家庭成员一样，也都有个大花园子，都有个宝玉。且宝玉们亲自梦中相互验证过，家中情形和贾家不相上下，怎么不一样了？"

文亮道："别让我小瞧你，看了这么久，你也变得浮躁，我只问你，甄宝玉几岁？"

秦明道："十三岁呀。"

文亮道："按黛玉说的自己的年龄算，贾宝玉此时该十六岁，哪一点一样了？三姑娘进京了才是问题。除了三姑娘还没有婆家这一点一样，其余的大不一样。"

秦明道："是的，我该把关注点放到不一样的地方，知错了。"大家听了一笑。

芸轩道："我是没时间，你们呢也这么粗心。比如：为什么贾家二姑娘没婆家，甄家二姑娘已嫁人；对于两个宝玉，正如湘云说的：你放心闹罢，先是

'单丝不成线，独树不成林'。如今有了个对子，闹急了，再打狠了，你逃走到南京找那一个去。从这句话里，我倒闻出一点信息，这个甄宝玉，就是被打急了逃到南京去的贾宝玉。"

文亮道："是啊！宝玉说，孔子、阳虎虽同貌，却不同名；蔺与司马虽同名，而又不同貌。这里提到的阳虎，是春秋鲁国人，季孙氏的家臣，貌似孔子，就因残害过匡人，当孔子路过匡地时，匡人就把孔子当阳虎追杀他。这倒符合湘云说宝玉的话，如果被打急了就跑，难不成宝玉被人追杀？最后宝玉偏怀疑说，偏我和他就两样俱同？啥意思？同貌能引出被追杀，那同名呢？"

秦明道："说到蔺相如，就不能不提'完璧归赵'的故事。我觉得，宝玉就是那块和氏璧，他不光被追杀，还要被带到别的国家才行，这样才有'完璧归赵'一说，才是'两样都俱同'了。"

芸轩道："那年龄不同呢，怎么解释？"

文亮道："有了，白禾、婉儿，问你们个技术问题，你俩若是同一个人，但在梦中，你们各自交换了生活空间和地点，连周围的人物都一样，但是你俩年龄不同，这叫什么手法？"

婉儿道："盗梦空间。"

白禾道："时空穿越。"

秋真道："认真点，动动脑子好好想想。花园还是一样的花园，也有老太太宠爱的宝玉，一样的也有个多愁善感的妹妹，一样的怡红院。只是灵魂出窍，彼此到了对方的面前，就像两个人看到了镜像一样。"

婉儿道："我知道了，十六岁的宝玉，梦中回到了十三岁那年。"

文亮笑道："行啊，反应不慢。只不过我提醒你们，不仅是十六岁的宝玉回到了十三岁那年，且宝玉的灵魂已经出窍，要不怎么自己喊自己：宝玉快回来。"

芸轩也重复喊道："宝玉快回来。必定是已经出去了，才三年后回来。要不怎么才是'完璧归赵'呢？这三年，也是甄迎春嫁出去的那三年，宝玉遭罪的三年。"

听了这句，别人倒不觉啥，她二位就吃惊起来，又絮絮叨叨地问个不停，可惜明天就要回去，二人都有些恋恋不舍，说有机会一定再回来。

西狩魂不归　镜里空憔悴

秋真去阿瓦找了四五天，也没找到合适的现场，只寻到一个果敢族的演出团，领着她看了几处，都不满意。那里也乱哄哄的，最终还是放弃了，只好再去影城找。

秋真又向她俩道："你俩留下来吧，我还有两个好角色呢。怎么样？不光过戏瘾，还知道答案了，有没有吸引力？"二人听了，自是欢喜地又蹦又跳，打算回京立即向领队请假。不提。

《永历西狩》是《秦淮烟云》最后一场戏，大约拍摄两个月时间，整部戏就会杀青。最起码，秋真天天盼着这一天到来。白禾、婉儿得了皇后和公主的角色，正好得机会，天天磨着芸轩给她二人说戏。

芸轩笑道："明日这场戏，阵仗可不小，你们先是被人打劫，后又被皇帝丢弃，个个都狼狈得很呢。"

小妹正走过来，笑问："皇帝是出去微服私访吗？要不，谁敢打劫皇帝。"

白禾笑道："打劫皇帝的是自己的护驾官兵你信不信？"

小妹央求道："这是哪个皇帝这么倒霉，你俩都上场吗？岚姐姐，明天你替我当值，让白禾带我去现场探班吧。"山岚知道小妹是恋着她两个玩，只得答应了。

现场有几百号演员，小妹也揽了个护兵的角色，跟着其他人跑位置。白禾和婉儿正在格栅后面，听皇帝和大臣们讨论逃跑方案呢。只听永历帝道："众位爱卿，休再争执，朕意已决，随驾官员，移跸永昌城。"众官员听罢，皆大惊失色。按原定计划，此次西撤应去川中，而不是去不毛之地的边境小城永昌。

在昆明，大臣们讨论过关于撤离路线问题，有人提议去东南沿海和郑成功会师，也有人提议去四川和十三家会师。可作为实权人物的李定国，在兵力不足以保卫昆明时，对朝廷的去向作了去永昌的错误选择。

和郑部汇合有困难，但取道建昌入据四川，即便形势危急，还可以顺长江而下，同据守夔东的抗清义师十三家会合是有把握的。可他为何没有坚持？还是皇帝另有隐情？

此时，新晋册封的粤国公，派使对皇帝道："启禀陛下，国公嘱咐臣下，有要皇帝迁滇西者，必是奸贼，陛下当令甲士诛杀此贼！"可皇帝什么也听不进去，执意撤向滇西。

众臣听罢，一齐跪倒，大声言道："去滇西，国必亡！此乃丧国之策！请陛下三思啊！"原来，永历听信马吉翔的谗言，要往滇西幸缅。

听到这个消息，悲愤欲绝的随驾官员和安宁的地方乡绅百姓哭成一片，他们无法接受圣驾逃亡边境甚至会弃国而逃的事实。在翰林讲官刘清、吏科给事中胡显的带领下，数百名随驾文武官员闯过马吉翔兄弟马雄飞所率锦衣卫阻拦，黑压压地跪在永历帝车驾前，哭求天子收回走滇西的诏命，改去川中。

刘清哭谏道："昆明不守，已是朝廷之大不幸。臣等从晋王议同，想圣驾移跸，乃盼圣驾幸蜀，而非途中改走永昌。陛下乃大明天子，当此国难之际，如何能轻走边境？

"百姓纷传，圣驾至滇西又要幸缅，请陛下深思。我君臣患难之余，狼狈到他国，叫他国民如何看我君臣？缅甸藩属，便是能够谨守藩属本分，忠顺来迎，可陛下焉能在他国号召中外？如若缅国称兵相阻，或叛服不常，陛下临危，如何是好？"

胡显磕头泣奏："云南之局虽无机绪。但云南之外尚有川中、广东、金厦。

我大明各地方兵，亦有数十万之众，忠臣勇将亦在千数，陛下岂能轻走滇西，弃此数十万忠勇之士？我等随驾众臣，早将生死抛之度外，誓死随陛下，完成中兴大明之志。

"臣等以为，陛下当去川中；实不成，便走安南去广东；便是陛下这两处都去不得，亦当坚持国内，尝胆卧薪，闭关休养，死守年余，以待天意转移！"胡显和刘清谏罢，数百官员也随之掉泪，嚎哭声回荡在小小安宁城上空。

见百官劝谏，永历帝低头无语，他要刘清替他起草《罪己诏》，表达他对大明军民的羞愧和自责之心。皇帝的举止，终是让百官寒心，看来是劝不住了。

哀莫大于心死，当知道朝廷去意已决后，接下来，便发生了史上最可悲的一幕，永历朝上百名官员集体弃官，就连兵部、礼部、吏部三个尚书大臣都跑了。

但也有留下的，留下的虽说对去滇西感到绝望，但尚能坚持不走，说明他们誓死追随圣上。刘清含着泪水，替天子起草了诏书。诏书中，他大骂马吉翔弄权祸国，更隐隐指责晋王李定国亲信小人，误于名利。看到此情此景，永历看了一眼诏书，什么也没说。

此举，让站在旁边的马吉翔感到恐惧。他悄悄地退出朝堂，找到马雄飞和女婿杨在，恶狠狠地对他们道："我等百千谋议，方得车驾幸缅。今从官相随又已至此。万一得有宁宇，上意必悔不早入蜀；在廷又欲持文墨，以议我弟兄之罪。我有一计，今护卫平阳侯右协孙崇雅，与我极为同心。莫若先示以意，使之妄传清军追逼，则乘舆今夜必兼程入关，伺夜半昏黑，车驾一过关，便将从官尽劫，则东奔西窜，流离万状，必无有随驾者矣。"

马雄飞也阴沉着脸道："圣驾离滇去他地，焉得有我等出头之日，到时众朝官还不得剐了我等。干脆一不做，二不休，抄了他们，圣上岂不成了我等掌中物。"三人凑到一处，嘀咕了会子，便分头行动。

马吉翔的计谋是谎报军情，称清兵追来，让这个怕死的逃跑帝在慌乱中逃入缅甸。再乘夜色打劫大臣，让该死的大臣们纷纷离去，只剩下他一个人和皇帝才好，这样不就没有人再秋后算账了吗？

第五十七回
西狩魂不归　镜里空憔悴

311

于是，他动员靳统武麾下的右协总兵孙崇雅，而打劫的对象，就是跟随圣驾至安宁的文武百官。然而，护驾士兵从变成强盗的那刻起，局面就已不在任何人的控制之下。可惜那些随驾官员，不但做好殉国准备，还得面对自己人的劫掠，却又是天大的悲哀。

杨在担心道："晋王尚在磨盘山阻击，清军最快也得有几天才能到昆明，此时谎报清军逼近，圣上能信吗？"

马吉翔示意杨在不必担心此事，圣上逃惯了，一有风吹草动，他什么也不管，一定相信。他又道："嘱咐孙崇雅，俟圣驾出城后，才让其兵士动手，切记！切记！"

这个孙崇雅本就对朝廷退往滇西感到前途黯淡，心中早有去意。又听了杨在一番怂恿，想到那些随驾官员身上有不少钱财，顿时便应了此事。他想在这艘风雨飘摇的破船上再大发一笔国难财。

永历十三年闰正月二十五日，乱兵一起，永历帝想也不想就信了，惊慌失措之下，竟叫内侍赶着他的车驾赶紧出城，竟把太后和皇后、太子都给扔下不管了！看到圣驾果真吓得出城，孙崇雅立时纵兵，大肆掳掠。

可时机没掌握好，他的士兵动手开抢时，圣驾还没出城呢！士兵抢疯了，眼也抢红了，还哪管皇帝不皇帝。若不是内监和几个侍卫拼死保护，永历帝怕是丧命在自己的乱兵手中了。

人虽没死，可所乘坐的马车叫乱兵抢去了，他下车逃跑时连鞋都丢了，就光着脚，不要命地往前跑，直到深夜才窜到铜铁关，最后被闻讯赶到的黔国公沐天波和天威营等兵所救。

太后、皇后和太子、公主还在城中，沐天波也急了，赶紧派兵入城救人，知道内情的平阳侯靳统武也被城中乱兵惊到，慌忙带兵前来镇压。可整座安宁城已是大乱，抢劫的那些兵士和他手下的兵士本是一体，若是将兵派进去，难保不跟着一起抢。

不得已，靳统武只能收拢没有入城的两千多士兵，和沐天波合兵一处，先确保圣驾安全。而在城中的士兵，却在混乱中不是一起做了乱兵，就是如鸟兽散了。让人啼笑皆非的是，始作俑者也倒了霉，不成想孙崇雅的兵下手太快，局面又脱了他的控制，那些乱兵连皇帝都不认了，哪里还会认他这首辅？

辛辛苦苦攒下十几车的财货，就在快出城门时，叫乱兵抢了个一干二净，他老人家在兄弟马雄飞和女婿杨在的搀扶下，好不容易找到了靳统武的兵，这才算是保住了性命。

城中大乱，刚刚进城的徐应元他们不知圣驾在哪儿，也不知皇后、公主在哪儿，只能一路找，一路抓人问。最终，从两个打劫的乱兵口中得知皇后和太子、公主的车驾被困在西城。

到了西城那边，果见十几辆马车被堵在路上，前后左右到处都是惊慌失措的百姓和官员，约有数百乱兵从四面八方逼近那些官员和百姓。然后，一个接一个地打劫他们，这些官员和百姓都是欲哭无泪。

好在那些乱兵只图财，倒也不害人命，但若是遇上不肯交出财货的，见血总是难免的。被困在街上的便是太后、皇后、太子的车驾。太后知道天子自己跑了，气得大骂天子不孝，竟是连母亲都不要了！

看到一队骑兵跑来，正在打劫的乱兵们却是都愣了，暂时停止了打劫，一个个警惕地望着那队骑兵，被打劫的官员和百姓，却如看到救星般纷纷哭喊起来，向他们求救。

那些骑兵却没有理会乱兵，也没有理会呼救的官员和百姓，而是从人群中硬冲开一条道，直冲向那些马车。为首的一个将领焦急地叫喊道："皇后、长乐公主何在？太子殿下何在？"

"殿下在这里！"

一个满是惊恐的声音从一辆马车上传来。护卫队接近马车，只把他们带出乱兵的包围，护卫而去，官员和百姓只得在乱军中挣扎求饶。

二十六日，到达曩本河，距缅关十里。黔国公沐天波派人去通知守关缅兵。守关缅兵纷纷下马以礼相待。当他们得知随永历帝避难缅甸的文武有近两千人马时，要求'必尽释甲仗，始许入关'。

永历帝竟然同意了，一时卫士、中官尽解弓刀盔甲，器械山积关前，皆赤手随驾而去。这一举动又遭到跟随官兵们的指责，认为自动解除武装是自陷危局之举，靳统武所辖兵员也只能到关为止，没有跟随永历进入缅甸。

李定国决策西撤，但并不等于同意流亡缅甸，由他指派的护驾队伍靳统武坚决不同意放下武器流亡他国。可一切就这样不可思议地发生了，永历帝就在这种狼狈不堪、无人护佑、手无寸铁的状态下，走出了国门，匆忙进入缅甸，他在阿瓦苟延残喘了三年之久。

李定国接到靳统武的报告，派高允臣连忙追赶，企图追回永历帝和随行人员，不料高允臣一入缅境，即遭到缅方杀害。在以后的三年时间里，李定国从没放弃迎驾回国，但均以失败告终，一切就这样结束了。

其实，一切早该结束了，在永历踏出国门的瞬间，就已经注定一切都结束了。这面国人心中唯一正统的明室旗帜，在一瞬间轰然倒地，历史已经为他画上了句号。这是后话。

一天闹哄哄的拍摄，二个人镜头虽不多，但回到家也是一身疲惫。山岚正忙着招呼客人，看到三人进来，知她们也没吃饭，就从小厨房端出来早准备好的吃食，嘱咐她们回屋洗漱一下，慢慢吃。等三人出来，见山岚正坐到一伙客人桌旁，听一个女人神神秘秘地说什么咒语。

婉儿问："岚姐姐和谁说话呢，那人怪怪的。"

小妹笑道："那是岚姐姐的朋友，叫万蝶尔。她知道好些天地鬼神的事，会解梦。这里的好些客人都让她解梦呢，可神了，你也去解一个。"

白禾道："把岚姐姐喊过来，问她说什么咒语，也教教我们吧。"

山岚见小妹做手势叫她，走过来问什么事，白禾告诉，她想知道万蝶尔的咒语。山岚笑道："小鬼头，什么咒语，那是圆光术，想学的话，我可以教你们。"

婉儿大笑道："姐姐也信圆光术，我也会。"说着，做出一副神秘巫师的表情，向空中画一个圆圈，口中念念有词。小妹看了笑道："婉儿姐姐中邪了吧。"

山岚道："人家是用吉普赛人的水晶球，还有藏地佛教秘传的圆光术。"

小妹问道："圆光有什么用？"

山岚道："看到你的前生今世，看到你想知道的一切。"

芸轩和秋真也回来了，听见她们说话，就笑问："谁这么厉害，能看见别人来世今生？"说着都进了芸轩的书房。

山岚答道："蝶尔姐的圆光术，一下子提醒我了。白禾、婉儿，你们说，十三岁的甄宝玉和十六岁的贾宝玉，梦中交换了灵魂，是什么手法来着？"

白禾道："盗梦空间。"

婉儿道："时光隧道。"

山岚道："还移形换影呢。脂砚曾提醒过说：'慧紫鹃情辞试莽玉'一节，作者发无量愿，欲演出真情种，性地圆光遍示三千，遂滴泪为墨。研血成字，画一幅大慈大悲图。曹公要演绎一段刻骨铭心的真事，他要用圆光术，向世人演示历史真相。圆光之术，遍示三千。十六岁的宝玉，演绎十三岁时候的事件，这就是圆光术的魅力。"

芸轩正下来，道："我们所在的时间坐标，是永历十六年正月，要演出的是永历十三年正月发生的真事。其实就是咱们今天在影城上演的那一幕。"

婉儿问道："有什么证据这样说？"

芸轩道："还是燕窝，最初的事件，源自燕窝事件。凤姐小产喝燕窝，黛玉停了宝钗的燕窝，用起了贾母给的。可两次提到燕窝都会避开一个人，就是那个若隐若现的赵姨娘。紫鹃和宝玉讨论燕窝时，就专门选择了赵姨娘出门送殡不在家的时间。燕窝和赵姨娘的关系肯定不一般。"

山岚道："不光躲着赵姨娘，紫鹃开始有意疏远宝玉了，她说：从此咱们只可说话，别动手动脚的。一年大二年小的，叫人看着不尊重。打紧的那起混账行子们背地里说你，你总不留心。

"这话耳熟，提到混账行子们，都是哪些人？'一年大二年小的'这句话，好像袭人也说过。她还因他们二人都长大了，建议把宝玉搬到园子外呢。"

芸轩道："紫鹃也是见赵姨娘不在，才敢挨着宝玉坐，宝玉说她：方才对面说话你尚走开，这会子如何又来挨我坐着？紫鹃才道：你都忘了？几日前你们姊妹两个正说话，赵姨娘一头走了进来，——我才听见她不在家，所以我来问你。

"包括赵姨娘这个混账行子在内，有人已严重威胁到了宝黛的行动自由，她和宝玉每次商量燕窝，都被赵姨娘鬼使神差地阻断。"

秋真也道："情况不妙，黛玉都开始吃人参了，那贾天祥可是因缺人参才死的，可见黛玉病重得多厉害。紫鹃说完燕窝，还发生了一件宝黛两败俱伤的事，就因紫鹃对宝玉的试探引起。

"一句回苏州玩笑式的试探，引发的简直就是地震。不光如此，李妈妈见了宝玉的样子，哭说，这可不中用了。袭人也说：那个呆子眼也直了，手脚也冷了，话也不说了，李妈妈掐着，也不疼了，已死了大半个了！连用五个'了'字，是该'了'了，用李妈妈的话：我白操了一世的心了！"

山岚道："我知道此时的李妈妈是谁，宝玉若死了，她的一切可不就结束了。黛玉更是抖肠搜肺，炽胃扇肝地痛声大嗽，让紫鹃拿绳子来勒死她。宝玉死了，她也不独活。这一试探差点让二玉丧命，也确实验证了木石盟的坚固。"

婉儿道："越说越糊涂，燕窝代表什么？赵姨娘为何不愿意宝黛提燕窝？"

秋真笑道："还用问，燕窝就是'窝'，二玉商量着把贾母给的燕窝垒在哪里好。你说他们将来要垒在哪里？不用宝钗的，就是不想在宝钗的地盘上垒了，用贾母给的，可贾母已经没有地盘了。怎么办？还是去国外垒吧。所以，打算去缅甸。"

婉儿道："哦！吃燕窝需要选择吃谁的，垒燕窝，就要选择去什么地方垒，我可算明白了，与赵姨娘什么相干？"

秋真道："和赵姨娘没关吗？她有个借衣服的丫头叫'小吉祥'。你们不觉得和今天皇帝身边的马吉祥有关吗？"

芸轩道："还是我来吧。紫鹃躲着赵姨娘，和宝玉有一段关于燕窝的对话。宝玉说：不过我想着宝姐姐也是客中，既吃燕窝，又不可间断，若只管和她要，也太托实。虽不便和太太要，我已经在老太太跟前略露了个风声，只怕老太太和凤姐姐说了。如今我听见一日给你们一两燕窝，这也就完了。

"紫鹃道：原来是你说了，这又多谢你费心。我们正疑惑，老太太怎么忽然想起来叫人每一日送一两燕窝来呢？这就是了。怎么样？让黛玉改吃贾母燕窝的主意，是宝玉的没错吧？还说：这要天天吃惯了，吃上三二年就好了。

"真就出现了'三二年'这个时间段。后面也有一段，是紫鹃说宝玉娶亲的话，说：你如今也大了，连亲也定下了，过二三年再娶了亲，你眼里还有谁了？又出现个'二三年'。就是说，宝玉安排吃燕窝的时间，和紫鹃说他娶亲的时间，确实是你们说的圆光术中，三年左右的时间，这也符合永历在缅甸的时间。

"弄清楚这个，就明白了紫鹃的话：在这里吃惯了，明年家去，哪里有这闲钱吃这个。林家这么穷吗？吃不起燕窝？明白吗，是黛玉去的那地方很穷，垒不起燕窝来。此时，宝玉听紫鹃说明年家去，马上问，往哪个家去？紫鹃回答回苏州。

"她说：前日夜里姑娘和我说了，叫我告诉你：将从前小时玩的东西，有她送你的，叫你都打点出来还她。她也将你送她的打叠了在那里呢。

"这不是谎言，宝玉听了，便如头顶上响了一个焦雷一般。这一声雷也打醒了我，我怀疑，宝玉肯定不单单因黛玉回苏州难过，才像塌了天，应该有别的原因。"

山岚道："薛姨妈就说过，这会子热刺刺的说一个去，别说他是个实心的傻孩子，便是冷心肠的大人也要伤心。"

芸轩道："你也信薛姨妈的，我这里有张黛玉住处的对照表。"

说着拿给她们看：

仙境：绛珠仙草的住所——离恨天遣香洞——来自天上太虚境灵河岸边。

人间：黛玉的住所——大观园潇湘馆—来自人间天堂苏州。

又道："大观园里，很多苏州女子，如黛玉、妙玉、邢岫烟、慧娘、香菱、十二官，就连撑船的驾娘都是。这些人浑身透着灵秀之气，像仙女，所以紫鹃说的苏州应该是天堂。说黛玉这次家去，怕是要真回去了。

"通过紫鹃的话看得出，她对于宝玉安排她吃燕窝的举动无奈至极。那个家很穷，三年后，那个家就是太虚幻境，一切就该结束了。所谓回苏州，就是要返回太虚，等于回到'天堂'苏州。"

山岚道："好像黛玉变了，原来缠着宝玉一点不放松，现在却让紫鹃离宝玉远些，她是真要离宝玉去了。紫鹃倒还有一点私心，她竟还不知自己的归宿。她明确告诉宝玉，她并不是林家人，也和袭人、鸳鸯是一伙的，偏把她给了林姑娘使，偏生二人又极好，比苏州带来的还好十倍，一时一刻两个离不开。黛玉倘或要去了，她必要跟了去的，若不去，辜负了二人素日的情常。

"这像不像永历帝身边那些不离不弃的随驾人员？她实际和袭人、鸳鸯是一伙的，可以留下来呆在国内，当个清朝人。可她和黛玉手足难分，才选择追随黛玉回'天堂'苏州，她是视死如归的杜鹃。"

白禾拍手笑道："视死如归！知道为什么躲着赵姨娘了，赵姨娘带着小吉祥去出殡，去的地方是死人呆的地方。"

芸轩道："说对了，小吉祥还要借雪雁的衣服。"

婉儿道："借衣服还能借出道理来了？"

芸轩笑道："不信问山岚。"

山岚正低头看一张当票的样板，忽听芸轩说衣服，含含混混地答道："是，是。没听说'衣冠南渡'吗？中国史上，因战乱发生过三次衣冠南渡。分别是：西晋末年的晋元帝渡江，定都建康，建立东晋；安史之乱后，中原士庶南徙至金陵，建立南唐；北宋末年，宋高宗渡江，以临安为行都，建立南宋。所以，衣冠就成为文明、政权的代名词。"

芸轩又道："你俩听到了吗？这里就有两件衣服很奇怪，一件是小吉祥借衣服，一件是邢岫烟当衣服。"

小妹端来茶水，和婉儿、白禾坐过来，听芸轩继续道："先说雪雁的衣服代表什么。大雁乃忠贞之鸟，一半死去，另一半不独活。而杜鹃，传说是望帝杜宇，失权丧国，隐居西山，欲复位不得，死后化为杜鹃，悲鸣啼血而死。

"黛玉的丫鬟，一个雪雁，一个紫鹃，想必就含有这些寓意。如果这样，雪雁的衣服一定代表了忠贞。小吉祥竟借这忠贞之名，解释起来，倒有些难以理解。"

秋真道："若放在那事件中解释还行。小吉祥就是马吉祥，他为了一己私利，怂恿永历狩缅，简直是走向死亡。然而，大臣们或辞职或降清的都有，独他不离不弃。虽然谋划抢劫，连作为主使的自己也在劫难逃，这样情形下，还执意前行，最终客死他乡，你们说到底是愚还是忠？"

山岚道："此忠非忠，雪雁到底没借给她，还派了她一通不是。说：我的弄脏了也是小事，只是我想，她素日有些什么好处到咱们跟前。意思是，他这'愚忠'简直是污了'真忠'，这是小事，可他对忠良之臣，一点都不善待，反而处处加害。这愚蠢的行动，对朝廷没有半点好处。"

秋真道："紫鹃见宝玉极力劝黛玉吃二三年燕窝，就知道他去意已决，真要出国垒窝去，紫鹃才说了一篇黛玉回苏州的玩话，试图阻止他。其实也是警告宝玉，你这个举动，是置黛玉于死地，她只有返回天堂这死路一条。"

芸轩道："永历听信马吉祥建议，西狩幸缅，最失望的怕是李定国，正如李妈妈哭的：白操了一世的心。顾炎武有一论：易姓改号，谓之亡国。仁义充塞，而至于率兽食人，人将相食，谓之亡天下。换言之：异族入侵，衣冠皆失，没有了民族魂魄，才是亡了天下。"

山岚道："失了魂魄是真的，听说黛玉回苏州，再看宝玉，完全变了样，呆了！瞅着竹子发呆。"

秋真学着王太医的口声道："世兄这症乃是急痛迷心。古人曾云：痰迷有别。有气血亏柔，饮食不能熔化痰迷者；有怒恼中痰裹而迷者；有急痛壅塞者。此亦痰迷之症，系急痛所致，不过一时壅蔽，较诸痰迷似轻。"

山岚道："什么叫一时壅蔽，较诸痰迷似轻？简直是一意孤行罢了，王太医给他的病名就该叫'痰迷心窍'。黛玉的竹子已被挖笋修竿。笋乃竹之根，根无心则死，黛玉死了，宝玉也魂魄失守，心无所知了。

"发呆五六顿饭工夫，是多漫长的一段沉思，不知他想到了什么，而他坐的地方，竟是沁芳亭后桃花底下，这不正是他和黛玉葬花的地方吗？"

白禾道："这么推下去，借件衣服就借出一个败家亡国的奸臣，邢岫烟当件衣服，还不当掉一个国家？"

秋真笑道："瞧瞧，她这一说，也能碰上个死耗子。"

山岚摇摇手里的当票子，道："我正研究这个劳什子呢，不知芸轩哪里弄的，看起来真像天书。"

芸轩道："我也是从专家那里弄懂的。比如这些字，虽也是从一到十的大写数字，可写起来这么特别。第一个字都大，底下的数字又草又小，外行人根本认不出。所当物品的名字都写成异形字，即使有人认出来，也是云里雾里。如将'玉器'写成'石'，皮货写上'虫吃鼠咬，光板无毛'等。"

山岚道："史湘云就对这个'账篇子'认了半天，也没认出来。黛玉瞧了，也不知写的是啥，可薛姨妈只看了一眼，就知道是一张当票。"

文亮道："薛家是开当铺的行家，这也是宝钗日常打理的业务，她平日里干些啥，就知道了。"

婉儿道："薛家是皇商，古时候做这个很正常啊。"

秋真笑道："那倒是，可她家的典当行叫'恒舒典'，换做'输'字，就是永远赢不了，这个皇上注定也是个输家，曹公起的这个名字真好。"

芸轩道："贾家人包括宝玉，没人认识这'账篇子'，就算凤姐放贷，也是个人行为，薛家可是大规模放贷的行家。湘云、黛玉二人听了这种赚钱方法，竟天真地说：原来如此。人也太会想钱了，姨妈家的当铺也有这个不成？众人笑道：这又呆了。'天下老鸹一般黑'，岂有两样的？要听明白的，重要的是最后这句'天下老鸹一般黑'的评价，老百姓都知道，恐怕这个皇上比其他皇上更要黑的。"

秋真道："黛玉看不懂有情可原，可湘云已经入了这个阵营，她很该看懂里面的黑暗呢。"

山岚问："湘云好像知道这不是什么好东西，要不怎么偷出来给人看。"

芸轩道："这要从邢岫烟说起。"

山岚道："我最喜欢她了，快说说。"

芸轩道："邢岫烟是红楼女子里的另类，她的性格正如她的名字，云无心以出岫，给人以出世淡雅之感。'浓淡由他冰雪中'，更是一种随波逐流的散淡。虽居贫寄食，却幸得护佑；容无靓饰，而游于绫绮之场；裙布钗荆，却别具烟霞色。总之，在一个'贫'字面前，别人会因贫受窘，邢岫烟却因'贫'成就一段好姻缘。

"因早年家贫，借住梅花山，得以结识妙玉，做了十年邻居，二人既是贫贱之交，又有师生之份。正是妙玉的孤僻清高，造就了邢岫烟闲云野鹤般的风骨，使得她被黛玉接受。投亲贾府，按说姑妈邢夫人在府中并不得势，自己父母也不是年高有德之人，于女儿份中更是平常，并没有亲人爱怜，却被凤姐相中。

"凤姐儿冷眼戥戥她，是温厚可疼之人，又怜她家贫命苦，因此比别的姊妹更疼些。紧接着，平儿也突然赠衣，大家赏雪联诗，十来件大红衣裳，就只她没有，平儿看在眼里。事后专门送了她一件大红羽纱的雪褂子。她也有幸得了'红'字，被打上了红色烙印。

"然后，就是探春，见人人皆有玉佩，她独无，怕人笑话，曾送她一个'碧玉珮'。佩戴东西的人，宝玉有通灵玉，宝钗有黄金锁，湘云有金麒麟，邢岫烟有了碧玉佩，也成为一个带玉的，成为除宝玉外的第二个佩玉之人。

"最奇怪的是，宝玉和邢岫烟都有一个同名丫鬟，叫篆儿。而'篆'在古代也被称作官印。这还不算什么，我们接着看。那就是薛家，薛姨妈见她家业贫寒，却为人雅重，生得端雅稳重，是个钗荆裙布的女儿，便欲说与薛蟠为妻，又怕薛蟠行止浮奢，糟塌人家的女儿，正在踌躇之际，忽想起薛蝌未娶，看他二人恰是一对天生地设的夫妻。

"按常规，因对方端雅稳重，作为求婚的条件可以理解，但没有人会因对方家业贫寒，是个钗荆裙布而求娶的。

"最后才是贾母，听凤姐说薛姨妈求娶岫烟，对这件事出奇地热心，用了一个词叫：硬做保山。她发动宁府婆媳，三媒六证的，成就了这场《石头记》中看起来唯一美满的婚姻。为什么说'唯一'，就不用说为什么美满吧？因为嫁的是薛蝌。凡此种种，你们想到了什么？"

秋真道："不光这样，还有一事，说到邢岫烟的尴尬生活，宝钗说出一段无奈的话：偏梅家又合家在任上，后年才进来。若是在这里，琴儿过去了，好再商议你这事。离了这里就完了。如今不先定了他妹妹的事，也断不敢先娶亲的。如今倒是一件难事。再迟两年又怕你熬煎出病来。

"宝钗也是大家出身，古代婚嫁是很讲究长幼次序的，可她怎么会对妹妹比哥哥先出嫁一事那样赞同？好像宝琴必须先嫁，薛蝌才能娶邢岫烟，且也明确说到了宝琴出嫁的时间，是两年后。

"宝琴本来是进京发嫁的，母亲又是在病中，如果不是和梅家商议好，作为女方，不会轻易来等着发嫁。可事实好生奇怪，梅家合家在任上，后年才进来。

"后年，也就是两年后，她怎么也和宝钗一样，用发嫁之事当借口，来到贾府就不走了。宝钗是进京待选，结果，二人住进贾府就再也不提待选、发嫁的事。宝钗待选，咱们已看懂，宝琴发嫁就又成了谜。"

山岚道："这个谜，就是告诉的这个时间节点。我认为，和前面咱们说的三二年，是同一段时间。红色的斗篷、佩玉、和妙玉做过邻居、穷窘的邢岫烟，非常符合三年前逃到缅甸的朱由榔。朱由榔在缅甸的生活，怎是一个'穷'字了得。这像不像宝玉吃糠咽菜的三年？也是迎春嫁出去受罪的实照。"

白禾道："你是说朱由榔嫁给了薛家，也就是清廷吗？哎呀，你别让人笑死。"

山岚道："小糊涂蛋，就想成这个样子。宝钗那段，妹妹必须比哥哥早两年出嫁，违背常理的说法，怎么讲？"

白禾道："绕得我脑子疼，我不知道。"

芸轩道："忘了花开两朵、各表一枝了，水仙的事完了，腊梅的事才开始。宝琴出嫁和薛蝌娶亲，其实就是两件大事。伦理上的荒谬，在现实里是合理的。历史告诉，须得宝琴先嫁，薛蝌才能娶。"

秋真道："是的。永历十三年，该是一六五九年，郑成功开始谋求台湾，到永历十六年就收复了。这三年是宝琴的婚事，是她先嫁给了梅翰林家。

"同是永历十六年，朱由榔由缅甸被追回，追回前，在缅甸遭了三年罪。曹公就把这两件大事一起提，但西南的事，不可能重复用宝琴表现，所以就用圆光术，将宝玉的年龄拉回到三年前，婚事放置在邢岫烟和薛蝌身上。

"蝌蚪，水中之物，宝琴是谁，咱们清楚，她的哥哥，就暗隐了薛蟠的身份，这说明台湾若干年后，也会成为薛家的产业。"

芸轩道："这样一来，台湾首先是嫁给了大明，得先和宝琴结合，要不然贾母也不会那样热心喜欢她。然后，西南的永历被灭，台湾又归了大清，才能完成薛蝌的婚事。"

婉儿恍然道："难怪宝钗不让邢岫烟戴玉，邢岫烟说回去就摘了，原来邢岫烟早晚是她的人哪。"

山岚道："可宝钗马上又解释了，她好意送你，你不佩着，她岂不疑心。我不过是偶然提到这里，以后知道就是了。探春疑心什么？"

芸轩道："不是探春疑心，是怕咱们疑心，你可以现在戴戴，等嫁过来就知道，不戴也罢。"

婉儿道："为什么？"

芸轩道："将来你这一到了我们家，这些没有用的东西只怕还有一箱子。咱们如今比不得他们了，总要一色从实守分为主，不比他们才是。

"宝钗一再强调，不要跟他们比，比什么呢？比谁拥有的玉多吗？很明显，宝玉是印玺，宝玉是他们的命根子，贾府人看中的是那颗玉印。

"七八年前刚来贾府时，我宝钗也是这样来着，把玉印看得很重。但如今一时比不得一时了，我有很多了，一箱子呢，我已经不稀罕了。

"言外之意，我已经拥有了皇权，拥有了国家，该是务实管理的时候了，等你嫁过来就知道了，他们稀罕的那些玉，现对于我已没用了。"

白禾道："我算明白了，这就是宝钗说的：人没过来，衣裳先过来了。怪不得湘云一惊一乍地看待这个当票。还真是，邢岫烟当衣服，果真当掉一个国家嘞！"

芸轩道："既然明白了，你说薛姨妈为何长篇大套地说一篇月下老人的故事给黛玉听，什么用心？"

白禾道："嗯，我想，她看到宝黛二人情真意切的样子，一句玩话，都差点要命，是被感动了吧，是真想把黛玉和宝玉说合成呢。"

山岚道："只有你想得美。"

芸轩道："薛姨妈的说法，取自于一本传奇《定婚店》中。一个老人倚布囊，坐于阶上，月下捡书。一个少年叫韦固的就问他：所看何书？老人说，此幽冥之书，主天下之婚姻。少年又问囊中何物？老人答：赤绳子耳，以系夫妻之足。接着，月下老人预言了韦固十四年后的婚姻。"

白禾道："预言？"

秋真道："是，薛姨妈预言了薛蝌二十三年后的婚姻。"

芸轩道："咱就看看薛姨妈怎么预言的。她说，自古道：千里姻缘一线牵。管姻缘的有一位月下老人，预先注定，暗里只用一根红丝把这两个人的脚绊住，凭你两家隔着海，隔着国，有世仇的，也终久有机会作了夫妇。

"她说的这段姻缘有讲究，隔着海，隔着国，还有世仇，这都阻挡不了，多出奇的缘分，不正是说的薛蝌和邢岫烟之间吗？"

婉儿道："这段姻缘有这么离奇吗？"

芸轩道："台湾孤悬海外容易吗？隔着海国，隔着世仇，最终还不是给了薛家，谁能料得到？还有更意外的一段姻缘呢：凭父母本人都愿意了，或是年年在一处的，以为是定了的亲事，若月下老人不用红线拴的，再不能到一处。

"这段出人意料的姻缘是谁？显而易见是宝黛二人的。红丝也好，缘分也罢，对面天天相见，只一件事，就是不能到一处，什么原因？"

婉儿道："缘分不到哦。"

芸轩道："错了，缺个月老。邢岫烟的婚事，不是因机缘巧合，是薛姨妈提媒，贾母硬做保山保成的，红丝在谁手里？"

山岚道："贾母说：我爱管个闲事，今儿又管成了一件事，不知得多少谢媒钱。红丝线自然在贾母手里。"

芸轩道："薛姨妈还说了宝钗和黛玉二人的婚事，说不知机缘在哪里，或者说不知道月老是谁？你们听啥意思？"

秋真道："可怜的黛玉，虽贾府和宅人等都知道和宝玉的婚事没任何悬念，可惜就是没媒人，这叫什么？有缘无分。而宝钗呢？贾母根本就不支持，从张道士到宝琴，都是贾母推脱的计谋。所以，薛姨妈预言，她二人的婚姻，都应该没结果，都不知道在哪里呢。"

婉儿道："这回薛姨妈不是主动给宝玉黛玉做媒了吗？黛玉的红丝不就是在她那里呢吗，她是真心真意，还是虚与委蛇？"

芸轩道："她老人家跟贾母一样，老奸巨猾，想知道她的动机不容易。"

山岚道："薛家进京，从待选到放出金玉缘风声，使得二玉生隙，再到梦兆绛云轩的金玉破绽，结果是人人想不到的黛湘合一的'金玉缘'。

"薛家破坏二玉守盟之心，路人皆知。这个夜晚，薛姨妈和宝钗母女来到潇湘馆，难道是为了成全二玉、自荐月老吗？我不大相信。"

秋真道："别不相信。听到这个消息，怕是整个潇湘馆都欢呼雀跃呢，家下人等齐声附和：姨太太虽是顽话，却倒也不差呢。到闲了时和老太太一商议，姨太太竟做媒保成这门亲事是千妥万妥的。"

芸轩道："这就是说，薛蟠的婚事掌控人是贾母，恐怕宝钗的也由贾母说了算；宝黛的婚事，掌控人肯定是薛家，这就是贾母说的，你说我们家一个，我也说你们家一个。可怜宝黛的木石盟，为了一个承诺，就从前世还到今生，从天上还到人间，又是怎么样一份坚守，如季布一诺。"

山岚道："我倒觉得，薛姨妈是真心，也许就是'紫鹃试忙玉'的结果，宝黛二人淋漓尽致的爱，让薛家母女死心了。尽管薛姨妈不想承认这种感情，又轻描淡写地说没什么，一副药就好了。

"她是想说，他二人不是心病，二人的感情也只是兄妹之情。但她心里明镜似的，两人至死不渝的感情令人生畏，这样的忠贞之人，可夺命不可夺志，为黛玉说媒的意思是告诉宝钗，你还是放弃了宝玉吧。"

芸轩道："你说的对，这母女二人在黛玉面前，双簧演绎得惟妙惟肖，给黛玉这个寄人篱下的孤女，呈现了最具杀伤力的一幕，就是秀母爱。早晚秀得黛玉眼泪横流，秀得黛玉痴痴地要认薛姨妈娘。认薛姨妈做娘，更盼着薛姨妈为她做月老，这两样东西，都是黛玉最求之不得的，黛玉焉能不动心？"

秋真道："认干女儿这一招好，薛姨妈的想法，要宝钗放弃和宝玉的金玉缘，但不能放弃和黛玉的金玉缘。"

芸轩道："就在此时，马上出现了一个警示性的事件，就是湘云的突然出现。她拿着那个黑话连篇的'账篇子'跑来，告诉黛玉这个痴人，天下老鸹一般黑，她家是开'恒舒典'的。在蘅芜苑，莺儿都懂这个，我却还看不懂，你怎么愿意成为她家的人？"

山岚道："对呀，回到三年前，孙可望刚刚降清，那时清廷对他还算客气。所以，他还没感觉到清廷的阴毒，后来就……"

秋真道："正是因这个，黛玉讽刺说，充什么荆轲、聂政的为迎春打抱不平，还不是因你孙可望的全力'帮忙'，才使得永历帝魂断庚岭，逃亡缅甸。"

芸轩道："说远了，薛姨妈对黛玉的安慰是发自内心的，薛家喜欢黛玉也是真的。宝钗比起妈妈来就直接，她说出了动机，要黛玉嫁给哥哥。

"但薛姨妈很有自知之明，这是不可能的事，若黛玉嫁给薛蟠，就像是禽兽穿上衣冠一样滑稽。"

山岚道："薛家就真的放弃了？"

芸轩道："你也傻了，宝玉现在是什么情况？犯了呆病，吃着祛邪'守灵'丹，'开窍'通神散，说明他已经灵魂出窍，形消魂散。用他自己的话说，化烟化灰了；用李嬷嬷的话说，不知疼觉，已经不中用了；用袭人的话说，这会子大概已经死了；用宝钗的话说，这些没有用的东西，家里一大箱子，不稀罕了。

"敏探春，慧紫鹃，贤宝钗，慈姨妈。前一个字，都是定性之词，偏偏给宝玉的是'莽'字，他是块失魂落魄的'莽玉'，不再通灵了，对宝钗来说，已没任何意义了，还要这金玉缘做什么？而此时，即便使二玉结合，对薛家这个皇上，没任何威胁了。

"既然二玉追求的是矢志不渝的信念，薛姨妈自然也是钦佩感念的。即使是敌人，也会有成全之意，倒不如成全了他们。他们的结合，只是让那个破损的赤玉四角齐全，保住的是一枚没有生命迹象的痴玉，仅仅是个念想，还有实际意义吗？"

秋真道："你看人家宝钗，是薛姨妈的开心果，为一个呆霸王哥哥当政，最后得到黛玉这样的冰雪人物。再看看威风八面凤姐，侍奉一个呆子一样的宝玉政权，最终怕是失去了黛玉呢，失去邢岫烟。"

芸轩道："邢岫烟就别说了，一句魂断庚岭，让我想起了大庚岭，这个地方在古人心目中是腹地和南部边陲的分野，是文明和蛮荒的界限。宋之问有两句诗：

度岭方辞国，停轺一望家。

魂随南翥鸟，泪尽北枝花。

"邢岫烟魂断庚岭，正是说的朱由榔，此一去，身陷边鄙，祸福难料，来到'华夷'分界的梅岭之巅，将要走出中原，辞别故国了，怕是一去不回了！"

秋真叹道："宝玉藏起来的那艘船，不是去了东，就是去了西，真是各奔东西。"

山岚道："想当初，黛玉照不见菱花镜里形容瘦，此时却是轮到了宝玉。怪不得他那么不愿意紫鹃离开，且非让留下一枚菱花镜。真是'回头不见来时伴，菱花镜里空憔悴'了。"白禾和婉儿，最后只是呆呆听着她们说，并没明白多少意思。

第五十八回

杏林兆有凤　茜纱影来仪

听着三人说笑，婉儿道："别看我没听懂，但曹公的圆光术用得太神奇。昨日我也看了一夜书呢，发现从宝玉犯了呆病开始，大观园就不像原来的园子了。"

秋真道："其实是从老太妃薨逝开始，到贾家两府头脑全部出动入朝随祭起，两处下人无了正经头绪，就开始或偷安，或乘隙结党，与权暂执事者，窃弄威福；或赚骗无节，或呈告无据，或举荐无因，种种不善，开始生事，这就叫家反宅乱了。"

山岚道："哑摸出味道来了，家中无主，便报了尤氏产育，将她腾挪出来，协理荣宁两处事体。早先尤氏病得蹊跷，让凤姐去协理宁国府。现在凤姐儿突然一点也不露面了，中间掺杂着探春理政一小段。此时倒是尤氏执政了。

"而她的执政理念也简单，不过应名点卯，亦不肯乱作威福。我也认真看了，照管大观园的事其实是交待给了薛姨妈。所以，这个格局很值得玩味。"

正说着，万蝶尔和朋友几个来和山岚打招呼，告辞去了，山岚出门相送。忽抬头看见冰儿和她的助手正走来。因自从过节后，和芸轩她们还是第一次见。大家亲热地打过招呼，秋真已介绍白禾、婉儿认识，二人兴奋地拥抱冰儿。助手提了个大袋子进来，倒在桌子上，大家看时，原来是些布袋偶。

白禾、婉儿笑道："怎么是我们那里的布袋偶，你也喜欢这个吗？"

冰儿道："谁喜欢这个，我替她收的，台湾寄过来的。"

秋真拿起来，一个个欣赏，笑道："你们看像谁？我可是托了人费了老大工夫弄来的，个个都是按你的设计做的，你看合不合意。"

芸轩手里抚弄着，爱不释手笑道："多谢了，做的样子还真是到我心坎里了。"

山岚道："怪不得前两天，没日没夜地画线稿，原是为这个。"大家看时，竟是些生旦净末丑的小布人。高明处却都是神态各异，栩栩如生的。衣服的做工更是讲究，针脚细密，纹绣生辉。

婉儿道："这么多，你是收藏吗？"

芸轩道："这叫红楼十三官。正所谓你方唱罢我登场，他们是来重登政治舞台的。时候到了，所以我才急着要。"

白禾道："不是只有十二官吗？怎么是十三个呢？"

芸轩找到唯一男士样的布偶道："咦，就是多了这个琪官，才有了十三官之说。"

婉儿道："他们之间可没联系。"

芸轩道："关系大着呢，老太妃一死，就得是她们的天下了，你们不是吵着想知道老太妃的事吗？这回时机成熟了。"一听这话，二人欢欣鼓舞，催着讲讲听。

芸轩道："去我房间，帮我摆好这些布偶，回头再聊。"

婉儿、白禾的眼光自然没的说，选好了各自的位置，把布偶安插了一番，眼见得更是神采飞扬，各归各位。远远一看，倒像是一场大戏马上开演的势头，二人拍了拍手，让众人欣赏。

茶轩里响着悠扬的古琴曲《高山流水》，虽然有客人，但整个茶轩有些安静，弹琴的是位姑娘。

她们选了一处角落，要了一壶山岚自制的"苦茗啼"，静静地品了一会，一曲终了，山岚笑道："怪不得万姐姐早走了。"

秋真怪笑道："装神弄鬼,今晚不适合她,我还没请教她法术和咒语呢。问问她,能不能看到朱由榔在缅甸过得啥样?"

山岚调侃道："难道你知道啥样?"

秋真道："我可去打听了,果敢族的老人告诉我,咱们这个宗主国的皇帝在缅甸惨着呢。"

婉儿道："怎么个惨法?"

秋真道："跟随永历去的官员,先被安置在十来间草棚里。这些文武官员都是些毫无主见的人,他们哪有亡国忧君之念。安顿下来后,正如大观园尤氏执政时的现状,或苟且偷安,或乘隙结党,与权暂执事者窃弄威福;或赚骗无节,或呈告无据,或举荐无因,种种不善,始生事端,朱由榔拿他们一点办法没有。"

山岚笑道："一向里外分明,老婆子不得入二门的怡红院成了重灾区,芳官的出现才有意思呢。"

秋真道："别乱插言。据说,当地的缅甸居民,纷纷来到永历君臣住地,进行贸易。许多南明官员,不顾国体,'短衣跣足,混入缅妇,席地坐笑'。当地人私下问:天朝大臣如此嬉戏无度,天下安得不亡?一位通事说:我看这几位老爷,越发不像兴王图霸的人。

"朱由榔为了维护体统,曾经派官员轮流巡夜,可奉派官员却乘机'张灯高饮,彻夜歌号'。

"有一次,朱由榔患病,昼夜呻吟,马吉翔等于中秋节晚上,会饮于皇亲王维恭家内。他想让女戏子黎应祥唱曲侑酒,戏子流着眼泪说:宫禁咫尺,玉体违和,此何等时,乃欲行乐,应祥虽小人,不敢应命。王维恭竟拿起棍子打她,朱由榔听到哄闹哭泣之声,派人传旨,道:皇亲即目中无朕,亦当念母死新丧,不宜闻乐。王维恭等人才暂时收敛,皇帝的日子,是一日不如一日呢。"

白禾道："真如你们说的,庄稼种到皇宫里,叫卖喊到大殿上了。朱由榔说母死新丧,是指的老太妃吗?"

秋真道："这个我不知道,问你姐姐。"

山岚道："我倒觉得,老太妃不是太妃,你们且想想:哪朝哪代的太妃死了，要凡诰命等皆入朝随班按爵守制。就算是太后死了，也没有敕谕天下：凡有爵之家，一年内不得筵宴音乐，庶民皆三月不得婚嫁。再看送葬规模，整个就是国丧规制，或许，老太妃就是个皇上呢。"

婉儿道："皇上死了，哪个皇上死了？"

山岚道："反正不是皇上胜似皇上。"

秋真揶揄道："什么逻辑？"

芸轩道："逻辑上说得通，只要搞明白两点，就能水落石出。"众人回头听她说道："一是搞明白，这个老太妃是明朝的还是清朝的。因为此时，整个国家已经在清朝手里，这里的'当今以孝治天下'的'当今'是哪个皇帝？二是，先陵之地，名曰孝慈县，这个孝慈县在哪里？"

白禾伸了一下舌头，摇摇头道："这个怎么知道。"

山岚道："虽此时清朝执政，可老太妃去世，贾家穷巢而出，她一定是明朝人。以孝治天下的理念，每一个朝代都执行，自古忠孝难两全。鲁迅就说过，为什么要以孝治天下？因天位从禅让之本，若皇位是巧取豪夺来的，还主张以忠治天下，他们的立脚点便不稳，办事便棘手，立论也难了。所以，一定要以孝治天下。"

秋真道："这倒是一针见血之论，这些文武大臣，都是背主之人，如若以忠治天下，如何相互面对。所以这个'当今'，应该是包括所有皇帝。"

芸轩道："别说虚的。考虑这个问题，源自我有两个发现。《石头记》里，对'孝义'有专门演绎的，就是安排在'王熙凤斑衣戏彩'一节，来解释贾府对孝义的诠释。

"后来我又发现，《石头记》里也专门演绎了'慈爱'，就安排在'慈姨妈爱语慰痴颦'一节。此处，薛姨妈母女在黛玉面前表演了一番慈爱秀，原话是这样说的：薛姨妈用手摩弄着宝钗，叹向黛玉道：你这姐姐，就和凤哥儿在老太太跟前一样，有了正经事就和她商量，没了事幸亏她开开我的心。我见了她这样，有多少愁不散的。

"凤哥为老太太付出的是'孝义'，听完这一段薛姨妈对宝钗由衷的爱怜，我脑海里一下子就出现了'孝慈'二字。既由薛家母女来演绎'孝慈'，我就疑惑，这个孝慈县到底是明朝的地儿，还是清朝的地儿？"

秋真道："我倒是想起来了，说到孝慈，还真有意思。明朝有一个孝慈马皇后，清朝有一个孝慈高皇后。如果联系到死亡的皇帝，就是顺治，可他的死亡时间还没到，所以不可能是他。不过，本来有个明'孝'陵，他死后，却葬在清'孝'陵，这一南一北的两个'孝'陵，我也就知道芸轩的疑惑了。"

冰儿道："你们的进度不慢呢，才几天呢，人都死了。"

山岚笑道："这不是搞不懂谁死了么。这年正月，凤姐小产，老太妃死亡，可历史上这段时期，没有这么高级别的人物死亡啊。"

芸轩道："我也再三推演，有时我想，曹公一直说，宝玉不中用了，他又一直挂着个拐棍子在大观园行走。为了表达他实际上已形消魂散，安排了一个实际的国丧来严正告诉咱们，朱由榔跨出国门的瞬间，他实际上已经死了，是不是这个用意？所以，贾府倾巢而出，且送葬时住的房子也是贾府为东，北静王为西。

"第一，北静王出动，正如出席秦可卿的葬礼，这场葬礼又是一场国葬，且居所在贾府之下。这在古代是不可能僭越的事，说明死的太妃是贾家人，且是明朝人，只不过死的是'精神'而已。

"所谓孝慈，是对上孝敬，对下慈爱。贾府推崇的是一种孝慈仪式，他们隆重地把'孝慈'埋进了孝慈马皇后明孝陵。同样是孝慈，而薛家人却实实在在地把孝慈应用在日常生活中。薛家生活低调，治家务实，宝钗之孝和薛姨妈之慈，让孤苦无依的黛玉倍感羡慕。

"在接下来的日子里，薛姨妈挪至潇湘馆来和黛玉同住，一应药饵饮食十分经心，黛玉切实地享受到了这种母亲般的慈爱。她在舅母家久住十年，并没有享受到半点舅母之爱，却享受到这个不相干的姨妈之母爱，这难道不是贾家的悲哀吗？"

白禾、婉儿道："这么说有道理。这个老太妃确实不是皇帝胜似皇帝。她死了，相当于人没了魂儿，大观园可不就乱了。"

冰儿笑道："这两个小鬼头才来几天，被你们带傻了。"

山岚道："这有个过程，年前我们去台湾，我这个堂妹就听了半截儿，他们那里对《石头记》的热爱不逊咱们呢。临走扔下几个没头绪的问题，结果这俩就疯了，借汇演的机会，跑了来不走了，她们老师都催了几遍了。"

冰儿道："哈！我还没怨你呢，为什么不叫上我，带来什么礼物，要有好的，我就饶了你。"

山岚道："我还是借人家的面子，只要了几个布袋偶，你若是要，芸轩那些随你挑。"

见冰儿要敲山岚的脑袋，婉儿拦着道："喜欢这些，包在我身上，回头我给你们带一大堆来，怎么样？"

冰儿道："看着婉儿的面子饶了你。不过，芸轩弄一大堆戏子摆在那里，是啥意思，是说我们这些唱戏的上不了台面吗？我可知道，古人对戏子没好话，就像你们《石头记》里的赵姨娘，什么粉头、面头、小娼妇的，骂的难听着呢，守着我提这些可不行。"

秋真拍了一下冰儿的肩膀，笑道："怪不得一来就酸酸的，看了这些小人儿就想歪了。"

婉儿也笑道："我也是唱戏的，我怎么就没想到这些，还说要送你呢。"

冰儿笑道："我逗她们玩呢。不过，十二官戏子的命运我也感兴趣。谁告诉了她们是谁，就赦免你们骂戏子的罪过。"

秋真道："这不难，不如你给我们弄个巧头，听说秣陵刚建了一个杏花村，明日是周末，你就带我们去踏青，一并揭秘。"

芸轩道："好主意，一带江城新雨后，杏花深处秣陵关。宝玉一场大病，辜负了杏花，咱们可不能。"

这种事，又不是第一次。第二日，她们也叫来文亮、秦明，秋真找了一辆中巴车，除了陆风，一车的女孩子，叽叽喳喳的，好似一车的雀儿出了笼。

刚进园子，但见百亩杏园，春色盛开。远处村舍农居旁的小院里，有许多人在种瓜点豆呢。他们就住在杏林边上的农家院里。泥屋草顶，土墙围栏，曲径环绕，草木葱郁。芸轩和山岚住一间，室内陈设简单干净，却一应俱全。推开窗，发现两株杏树迎风摇曳，还有几朵玉兰花正盛开。淡淡的幽香，立即陶醉了芸轩，她呆呆地看了会子，再回头看他们，有去了荷塘的，有去了杏林的，早没了踪影。

芸轩一个人坐在窗下，喝着清茶。远离了喧嚣，一种回归自然的幽静和难得轻松，舒缓了她的神经。慢慢的，却有一种久违的忧虑袭上心来，芸轩也说不清为什么。

山岚和婉儿跑来，拽着她来到池塘边，山岚道："出来了，还闷在屋子里，晒一会太阳，也是好的。"

芸轩刚坐下，白禾、婉儿拿过摆弄好的鱼竿给她，冰儿和陆风去了食堂，文亮在那边讲笑话。

只听她说道："那个雀儿这回叫道：公冶长，公冶长，边境来了一群狼。吃你的肉，喝你的汤，占了你的家，杀了你的娘，快去报告你君上。公冶长一听，外敌入侵，边境告急，赶紧告诉国君哪。就这样，国君知道了他的真本事，也就不再追究他被诬陷入狱一案。"大家齐笑起来。

白禾笑道："难怪宝玉想公冶长了，雀儿能报信呢。吱吱啾啾，我学的怎样？宝玉真不赖，听叫声就能听出那个雀儿是在啼哭。文亮姐姐，你也听听，这些落在咱们周围的雀儿，说了些什么？"

文亮拿起一块坷垃，向雀儿扔过去，只听得雀儿乱叫着飞走了，便笑道："我听听。嗯，公冶长听到的一般都是凶信。它们在说：'公冶长，公冶长，杏花落，柳丝长。绿叶成荫子满枝，青满天下朱颜黄。葬杏花，杏神归，岫烟将来嫁满人。茴官死，去莲心，烧串纸钱祭玉魂。后年清明花神来，徒见空枝子无痕。'"

芸轩道："文亮的诠释也另类，我也疑心，曹公塑造黛玉和宝玉之间的感情，是不是化用了杜甫的诗境：

国破山河在，城春草木深。

感时花溅泪，恨别鸟惊心。

"草木情，花染血。所以宝黛离别之时，就是雪雁、紫鹃出场际。所谓杜鹃啼血，雪雁哀鸣，雀儿啼哭，是为'鸟惊心'的地步。"

婉儿把鱼饵放好，丢到池塘里，坐下来道："越说越神。那雀儿竟是在告诉宝玉的死期吗？你糊弄我们呢。"

文亮道："这有根据的，咱们一层层说来：清明时节大约都在三月份，朝中大祭老太妃，荣宁二府家祭也到庙中烧纸，大观园里小祭荫官。总之大家忙着两个字'祭奠'。来一个特写，祭奠的主题，实际是死去的荫官。"

白禾道："小小的荫官能代表什么？"

文亮道："代表莲子之心。莲心死了，黛玉的心焉在哉？而此时的大观园，就像咱这个农家园一样，这边祭奠，另一帮人正忙着干农活呢。

"修竹、剪树，是针对人才的，她们要修理成她们需要的样子；种藕、种豆，是新藕新豆新生命，过日子做买卖用的；在旁边看种藕的人，也是清一色宝钗的人，什么香菱、湘云还有宝琴。

"这样看来，大观园里出现了两番景象。两下里对比，虽说清明前后种瓜种豆，都是过清明，可一边忙着祭奠，一边忙着种豆。

"此次因紫鹃玩笑事件，二玉却是身心俱损，都用了'大瘦'二字，都差点死了。这里，湘云又一次开了这个玩笑，说种藕的船是来接黛玉回苏州的。我想，这回不是玩笑，是真的，因为藕官确实给了黛玉，他们忙着种新藕，啥意思？难道不是换了新藕？

"按以往的反应，紫鹃的玩笑差点要了宝玉的命，这次湘云说的是真的，宝玉就该直接没了命。而结果正是这样，因玩笑之后，宝玉就无精打采地拄着拐棍走了，前面也就是正巧碰上有人祭奠荫官。"

白禾的竿线在动，似乎有鱼咬钩，她慢慢拉着，问："前面不是看到杏花树了吗？说辜负了杏花，才有蕊官祭奠荫官，说什么：杏子荫假凤泣虚凰，谁是凤，谁是凰？"

文亮道："有凤来仪，单指黛玉。假凤也是真凤。什么是荫，就是莲心，藕又是莲根。所以，荫官就是藕官之心，即芙蓉之心，也就是黛玉之心。你说谁是凤谁是凰？"

见钩是空的，白禾又扔了回去。

问道："那谁又是黛玉的心？"

文亮道："宝玉呀！荫官死了，宝玉无精打采地成了空壳，或者其精神已死。"

婉儿不服气道:"心都死了,为什么又有个藕官和蕊官好上了呢。还有宝玉看到杏子,怎么就想起了邢岫烟呢?"

山岚道:"你没见脂砚说吗,宝玉对邢岫烟的喟叹,就如周敦颐'绿满窗前草不除'一样情怀。"

婉儿道:"还是白话些吧,也别难为我们这些没国学底子的人。"

芸轩道:"杏花凋落,是自然天成的结果。周敦颐自比,别人更明白这理,'庭前草不除'的他,见到的是天地生生不已的精神,庭草交翠中,自有大千世界的无边生机。生命交错,朝代更迭,就如这年年花开花落的杏子林。生也好,死也罢,曹公借着宝玉的眼睛,演绎着遍被华林的悲凉之雾,演绎着每个历史人物独有的归宿。"

婉儿还是摇摇头,山岚笑道:"真拿你没办法,宝玉感叹邢岫烟终于找到了归宿,不过两年,便也子满枝了,这里是指的收复台湾。可他又叹息,再几年,邢岫烟也会乌发如银,红颜似槁,也就是'朱'颜不再,台湾也不再姓朱了,那个雀儿怎能不啼哭?"

婉儿笑道:"这样说我有些明白了,宝玉伤心的还有我们台湾的事呢。"

山岚笑道:"说起这杏花,就和你们台湾脱不了干系,看这些杏花美不美?可你知道杏花树的绰号吗?"

婉儿道:"什么绰号?"

秋真道:"李渔说:树性淫者,莫过于杏,称它为'风流树'呢。倒是杏花辜负了宝玉。"

秦明道:"你错了,最早是《庄子》记载的,孔夫子讲学在杏坛。就像咱们这里一片杏林,杏树环绕,花香袅袅,弟子读书,夫子抚琴。正是:绕坛红杏垂垂发,依树白云冉冉飞。"

婉儿这回老老实实不动了。

问道:"怎么又成了风流树了呢?"

文亮拿来一枝杏花道:"大约和杏花凋落之美有关,称之为娇容三变。你看这一朵,含苞欲放,为'红蜡半含萼',多像血点枝梢;这一朵呢,又正在初放时,就变浅而成淡粉,但蕊中仍有胭脂色,这就是'似嫌风日紧,护此胭脂点'了；第三个娇容，就是这一朵，杏花盛开，由红变白，到那时，满树堆雪，就是所谓'杏花看红不看白'，意味着由盛而衰，逐渐凋零。"

山岚道："由红变白是杏花的特点。原来曹公让邢岫烟做杏神，是因这个！"

文亮接着道："我还没说完呢。且杏花雨嫩，花开一定会伴随着春雨。所谓'杏花消息雨声中'。在雨中，茂密的杏花舒展成胭脂泪，才暗香流动；雨过天晴，阳光下花色残白而疏离，其实已经失落风采；再之后，便是风吹狼藉，半落春风半在枝了。就这样，有人把本来含蓄娇羞的杏花引向'风流之花'。"

秦明道："这大约与盛唐时进士到杏花园初会，称之为'探花宴'有关。而真正将其命名为'风流树'的，是晚唐诗人薛能，在他笔下杏花成了借春机卖笑的娼妓。"遂吟道：

> 活色生香第一流，手中移得近青楼。
>
> 谁知艳性终相负，乱向春风笑不休。

文亮接着道："之后，吴融的《途中见杏花》又说：

> 一枝红杏出墙头，墙外人行正独愁。
>
> 长得看来犹有恨，可堪逢处更难留。

"含蓄的一枝红杏出墙头，开了红杏出墙的先河。"

秋真道："他的另一首杏花诗更好"，也说道：

> 粉薄红轻掩敛羞，花中占断得风流。
>
> 软非因醉都无力，凝不成歌亦自愁。
>
> 独照影时临水畔，最含情处出墙头。
>
> 徘徊尽日难成别，更待黄昏对酒楼。

芸轩道："还有，高蟾的一首，恰被曹公引用在探春身上，就是：天上碧桃和露种，日边红杏倚云栽。探春虽不是生在帝王家'王夫人肚内'，却也像天上碧桃、日边红杏一样，幸运地成就了帝王业，探春花成了幸运花。"

文亮道："到了南宋，叶绍翁的'春色满园关不住，一枝红杏出墙来'。一支美轮美奂的杏花，就被这些文人墨客糟蹋成了淫花，可恶！可恶！"

山岚道："也不尽然，四大美女之一的杨玉环，还是杏花花神呢。唐玄宗回到马嵬坡，只见贵妃墓旁有一片杏林，就称杨玉环为杏花神。"

婉儿道："杏花不好。"

白禾道："幸运之花怎么不好，红杏出墙，说的就是探春远嫁，如果分析的有道理，远嫁的地方就是咱们那个海岛。宝玉梦中祭奠的杏花神是邢岫烟。邢岫烟多年后红颜似槁，也就是杏花由红变白，由朱家台湾变成薛家台湾，可不就是这么回事。"山岚等都笑，原来宝琴亲身经历的故事，这也是一件。

婉儿消停下来，鱼丝也一动不动地。正沉思间，冰儿和陆风过来招呼她们，说园里规定自己动手，丰衣足食，食材准备好了，每人一道拿手菜，谁也不例外。

一时间，整个院子里歌声笑语，邻家种菜的也来看热闹、帮忙。骑着自行车的孩子拿来风筝，要婉儿、白禾帮着放。两个小时后，一桌丰盛的饭菜摆到桌子上，秋真打开葡萄红酒，大家围坐在大榆木餐桌旁，先举杯，后品菜。

听冰儿道："听说你俩是戏剧学院的高材生，如今也担当过角色，来一段，助助兴如何？"大家鼓起掌来。

婉儿道："施如芳老师的新本《芙蓉女儿》我们看过，不如你来一段黛玉的葬花，用'南管'，我来一段晴雯的，用'沉醉东风'的调子。"

白禾酝酿一番情绪，只听她唱道：风露清愁，拈提芙蓉花，秋尽如何怨东风。

婉儿唱道：巧心裁金缕银筅，漫收拾翠盒花钿。窈窈手，揭翠帘，依茜纱窗前。逢门女，任御香熏倦。

又夹白道：贾府为婢，老夫人念我聪慧，着我伺候宝二爷。宝二爷儿女情长，在这屋里，日子倒也过得惬意。今日晌午，为他更衣，失手跌了扇子，他竟出言奚落，使我一时羞恼说了气话。

婉儿停下来，原来后面的词忘了。看她的囧样，大家笑了，招呼她快些吃。

冰儿道："吃着饭，喝着酒，听着小曲，怪道贾母那么愿意喝酒听戏。原来古人官宦家，养戏班子这么享受呢，饭你们也吃了，曲儿我也听了，该告诉我十二官是怎么回事了吧？"

芸轩笑道："这里面就数你最坏，问就问，还不放过两个小疯子。"

冰儿道："我这叫自嘲，省得你们心里这么想，唱两句堵堵你们损人的嘴。"

秋真冷笑道："一向目中无人的冰儿，今天这是怎么了，说个戏子就戳了你那根筋，婆婆妈妈起来，文亮你只管说。"

文亮偷笑道："我对这些戏子没上心，说不出所以然来，还是问山岚吧。"

山岚道："好，那我就说说。贾家为老太妃送殡，尤氏帮忙理政。突然有一天，尤氏做主张，告诉王夫人想处理掉戏子们，咱们就从遣散十二官说起。我就发现，遣散她们是有讲究的，按尤氏的建议：这些人原是买的，如今虽不学唱，尽可留着使唤，令其教习们自去也罢了。

"王夫人却说：这学戏的，倒比不得使唤的，她们也是好人家的女儿，因无能卖了做这事，装丑弄鬼的几年。如今有这机会，不如给她们几两银子盘缠，各自去罢。

"看二人对戏子们的处理方法，竟这么不一致，尤氏要留下使唤，王夫人不同意。为什么不能留下使唤呢？她说当日祖宗手里都是有例的。如今，虽然家里有几个老的还在，那是她们各有原故不肯回去的，所以才留下使唤，大了配了咱们家的小厮们了，成了终身奴才。所以，咱们如今这样做，就是损阴坏德，而且还小器。

"这话前后没法听，既然留下过老戏子，虽不知什么缘故，是使唤过的。可现在怎么留下使唤她们，就有损阴坏德这么严重的后果。尤氏就道：如今我们也去问她十二个，有愿意回去的，就带了信儿，叫上父母来亲自领回去，给她们几两银子盘缠方妥。若有不愿意回去的，就留下。王夫人才笑道：这话妥当。

"问题是：为什么留下十二官当丫鬟使唤，就是损阴坏德？除非征求个人意见。顺便说说留下的情况。

"将十二个女孩子叫来当面问，结果倒有一多半不愿意回家的，也有说父母虽有，他只以卖我们为事，这一去还被他卖了；也有父母已亡，或被叔伯兄弟所卖的；也有说无人可投的；也有说恋恩不舍的。

"所愿去者，止四五人。王夫人听了，只得留下，将不愿去者，分散在园中使唤。贾母便留下文官，将正旦芳官指与宝玉，将小旦蕊官送了宝钗，将小生藕官指与了黛玉，将大花面葵官送了湘云，将小花面豆官送了宝琴，将老外艾官送了探春，尤氏便讨了老旦茄官去。

"我就发现，尤氏说这话时，十二官是齐全的。可你们数一数，留下的有八人，走了的和死了的是四人，是宝官、玉官、龄官、菂官。可这里一直说，所愿去者止四五人，那么第五人该是琪官吧？清明节给菂官烧纸，说明她刚死不久。且为了逃避惩罚，宝玉将烧的纸钱，说成是烧黛玉的诗稿，这才是真，如果有黛玉焚稿一说，这里就是，不过是她的藕官帮她焚的。"

文亮道："可不嘛，黛玉不止一次地要烧自己的诗稿呢，守着宝玉就烧过一次。这一次也有这意思，意味着，藕官烧掉的是汉文字，祭奠的是汉文明。"

芸轩道："宝玉说，自己一病将杏花辜负了，前面也有黛玉回苏州的试探。你们就没细想，杏树下，藕官为菂官烧纸，宝玉偏偏碰上，不就是宝黛之间有个人死了吗？"

山岚道："藕官烧纸，应该是黛玉给宝玉烧纸。"

秦明道："反过来也一样，人家已经在忙着种新藕了。贾母的话说，林家人都死绝了，没人来接林妹妹了，可见黛玉之莲心已死。"

山岚道："这些原来都有了，还是继续说那四位罢，他们自开场就出现在咱们视野中。宝、玉、龄、琪四字，龄和林谐音；琪官又是玉玺；宝官、玉官，无一不和宝玉、宝钗息息相关。

"可四官的使命，从被遣散时就结束了，或者说像菂官一样该死去了。所以去了的四五人，就这样离开了咱们的视野。余下的走出梨香院，大观园倒也成了她们的天下，可是又换了一茬新十二钗。我的另一个问题是：按龄官说的，贾府就是牢笼，既然有恩典，放她们自由，为什么有这么多不愿意走的？"

文亮马上笑道："这话说的，你知道宝、玉、龄、琪和宝、钗、黛有关联，说明十二官和十二钗是对应的。她们本是人中人，凤中凤。把她们当成丫鬟和奴才使唤，肯定不合适，所以王夫人才说，使唤她们就损阴坏德。"

芸轩道："又副十二钗换成戏子，王夫人骂的可不是贾府，是个像戏台一样的朝廷，其实暗指永历朝廷。"

秋真道："在缅甸，他确实是把朝臣当成丫鬟和奴才使唤了。虽然是朝廷和大臣，但既不上朝议政，也不下乡劝农，而是天天做些偷鸡摸狗的勾当，把大臣当丫鬟用，可不就损阴坏德。"

山岚道："那我也就知道她们为何都不走了。你看她们找的理由，有说父母虽有，他只以卖我们为事，这一去还被他卖了；也有父母已亡，或被叔伯兄弟所卖的；也有说无人可投的。听来听去，就是感觉世道太坏了，要么无父无母，要么父母专门卖儿卖女。贾府是牢笼，可外面的世界更凄惨，因她们正在遭受家国破灭、人伦消亡的苦难。所以，她们宁愿留在这个牢笼里，也不愿意离开。"

秋真坏笑道："岂不知，留下来的更悲惨。没听袭人说宝玉么：天气甚好，你且出去逛逛，省得丢下粥碗就睡，存在心里。只说喝粥，可不正是宝玉病中喝稀粥的日子呢。"遂学着宝玉的样子拄了一支杖，靸着鞋，蹒跚着走。

山岚笑话道："宝玉的身体，敢情是气吹的，又不是受了伤，只因一句玩话迷了心，怎么就像个老态龙钟的人，还挂上拐了，真是落魄了。"

小妹悄悄问冰儿："好姐姐，她们说的我也不明白。十二官我也琢磨了，什么正旦小旦的，还有花面的，这些角儿，是各演啥的？"

冰儿道："正旦呢就是青衣，演一些端庄正派的。什么贤妻良母啊，或者是贞节烈女之类的人物。小旦呢，分为悲旦、花旦、闺门旦、泼旦、正旦、武旦，还有就是贴旦，饰演些配角。"

小妹又问："大花面呢？"

冰儿道："大花面是净角里的一种，扮演的角色大多是朝廷重臣，像曹操之类的。"

秋真道："跟你啰嗦，天黑都没完，你们还是把剩下的八官弄清楚吧。"

婉儿道："这个难不倒我们，四年的大学可不是白学的。十二官的行当，都在生旦净末丑里。"

秋真道："既如此你就先说小生文官为何给了贾母？"

婉儿道:"因口齿伶俐,是个灵透孩子,贾母喜欢呗。"

秋真道:"要我说,她是唯一的'文'字辈,和贾政一辈的人,所以跟了贾母。再说正旦,她们饰演的一般是舞台上的正派女主角。其实十二官中,还有一个正旦就是玉官,因玉字辈的宝官、玉官走了,只得把草字辈的芳官,指与宝玉。'玉'字没了,说明宝玉的通灵玉之'玉'性消失了,成了普通的草莽人物。

"小旦蕊官送了宝钗,蕊多心。我注意到,十三官中有三个小旦,琪官、龄官和莇官。曹公的安排:琪官给了袭人,龄官给了贾蔷,而唯有莇官死了。当然,死了的莇官隐着一段情愫,咱们前面也说了。再就是小生藕官,指与了黛玉,却是莲藕心空。

"大花面葵官送了湘云。这个饰演朝廷重臣角色的人,给湘云再合适不过。湘云本身演得就惟妙惟肖,是谁就不用我赘述了。另外,葵心向日,却朝秦暮楚,一日三变。向阳的特性,使其不停地变换方向,也很符合这个人物特征,你们懂得。

"小花面豆官送了宝琴。小花面是丑角,伶俐风趣或阴险狡黠。曹公把这个角色给宝琴,我还是很意外的。豆蔻,寓意年轻的政权在她手里诞生;倒是送了探春老外艾官很合适。老外所扮角色,多半是年老持重者,其扮演对象颇广,上至朝廷重臣,下至仆役方外。

"这我也服了,有这样一个人,既伶俐风趣、阴险狡黠,却又老成持重,既是重臣又是奴才。要表现好这么个多重性格的人,非分裂成多个不可。"

山岚道:"别卖弄你的行当。我发现这几个人,从植物学角度看,关联性更强。比如:藕是莲根,莇是莲子,茄是莲径,蕊是莲蕊。这样一来,藕官、蕊官、莇官的关系确实微妙,比喻成假凤虚凰也好。"

芸轩道:"莲心死,怕是黛玉无心之藕官和宝钗的蕊官,只能虚与委蛇。所以,黛玉认了薛姨妈娘,她和宝钗的金玉缘只剩假凤与虚凰的缘分了。"

秋真道:"真是,藕官、莇官和蕊官的关系,就是黛玉、宝玉和宝钗的三角关系。莇官死了,藕官哭得死去活来,至今不忘,所以每节烧纸。后来补了蕊官,芳官等见她对蕊官也一般的温柔体贴,曾问她得新弃旧的问题,她解释说：这又有个大道理。比如男子丧了妻，或有必当续弦者，也必要续弦为是。便只是不把死的丢过不提，便是情深意重了。若一味因死的不续，孤守一世，妨了大节，也不是理，死者反不安了。

"宝玉听说了这篇呆话，独合了他的呆性，也许这正是宝玉的疑问。他和黛玉木石之盟的精髓，就是对方安好，我便放心。既然宝玉注定要死去，黛玉也应当安心地活下去，她续个弦，才是宝玉的初心。偏偏忘了麝月说芳官的话吗？把一个莺莺小姐，反弄成拷打红娘了！她既是红娘，谁又是莺莺呢？"

秋真一拍大腿，道："拷打红娘？又是宝琴的怀古诗。"遂吟道：

> 小红骨贱最身轻，私掖偷携强撮成。
> 虽被夫人时吊起，已经勾引彼同行。

"原来藕官和蕊官，假凤虚凰的合一，也是钗黛合一再续弦，只是在宝玉心中，要的是黛玉那份念念不忘的忠诚，自然黛玉是莺莺了。"

芸轩道："黛玉的茜纱窗是贾母亲自换的纱。那时，她老人家忙不迭地找宝玉，可惜宝玉不在。现如今，黛玉的茜纱窗内住进了薛家人，对待薛姨妈，黛玉便亦如宝钗之呼，连宝钗前亦直以姐姐呼之，宝琴前直以妹妹呼之，俨似同胞共出。黛玉将痴情揆到薛家母女身上了，可不就是假凤虚凰的再次合一了。"

冰儿道："这三人和那三人一一对应，安排个芳官给宝玉，也有这层意思嘞。"

山岚道："我看芳官真是个人物，她的做派活脱脱像宝玉。在怡红院，袭人有心计，晴雯有性格，麝月有锋芒，可芳官来了后，这三个人一下子就变了，都没了脾气。不信，我分析给你们听。

"先看众人评价芳官满身的毛病。干娘说她：是咬群的骡子似的，意思说她是个'事儿妈'，正像宝玉的无事忙；晴雯说：都是芳官不省事，不知狂的什么也不是，会两出戏，倒像杀了贼王，擒了反叛来的，这是说她无功自傲，自以为是；又说她是中看不中吃的，这和顽石喟叹自己无才补天一样道理，是个无用之人。

"袭人的评价是，一个巴掌拍不响，老的也太不公些，小的也太可恶些；

麝月道：提起淘气，芳官也该打几下。昨儿是她摆弄了那坠子半日，就坏了。钟坏了，意思是'最终'坏事的人。

"这些特征，都是宝玉这个混世魔王身上所特有的。但是，宝玉对芳官是这样的态度，他说：怨不得芳官，自古说：物不平则鸣。她少亲失眷的，在这里没人照看，赚了她的钱，又作践她，如何怪得。独宝玉为芳官说话，其实是为自己辩解，没人照管，赚了她的钱，又作践她，正是朱由榔当时的处境。要袭人来照管她，对于一个刚入园的戏子，竟然要袭人照看，可见芳官的身份。

"说完身份，再看穿戴。那芳官只穿着海棠红的小棉袄，底下丝绸撒花裌裤，敞着裤腿，麝月说她像红娘。海棠'红'的衣服和'红'娘，就为凸显一个'红'字。宝玉说她的发式，本来面目极好，倒别弄紧衬了，还是这么松怂怂的好。

"接下来，就这样对待这个芳官：袭人给了花露油并些鸡卵、香皂、头绳等；晴雯过去拉了她，替她洗净了发，用手巾拧干，松松地挽了一个慵妆髻，二人完全按宝玉的意思装扮她。

"她二人可是宝玉的贴身丫鬟，应该只对宝玉做这些事，可二人亲自侍奉芳官，你们不多想吗？然后，袭人亲自教她，笑道：你也学着些服侍，别一味呆憨呆睡。口劲轻着，别吹上唾沫星儿。芳官依言，果吹了几口，甚妥。

"芳官吹了几口，宝玉笑道：好了，仔细伤了气。你尝一口，可好了？芳官只当是顽话，只是笑看着袭人等。

"袭人道：你就尝一口何妨。

"晴雯笑道：你瞧我尝。

"说着就喝了一口，芳官见如此，自己也便尝了一口。

"这哪里是学着服侍人，这一幕也让我想起宝玉引玉钏尝荷叶汤一节。目的是让芳官和宝玉喝同一碗汤，且最终芳官还是喝了宝玉喝剩下的半碗粥才罢了。怎样，都到了分半碗羹的份上了，芳官的身份，算明确了罢。"

冰儿道："你说芳官是宝玉落魄后的化身，蕊官是灵，灵魂死了，莲子也就没了，留一个中看不中吃的空壳。"

山岚道："道理确是如此，可我觉得芳官的用处大了。最起码，身份降低成戏子，才会被死鱼眼睛一样的干娘欺负，才能让咱们看到怡红院里失了体统。这里，麝月提到一件事，说前儿坠儿的娘来吵过，她和她娘不懂规矩，让怡红院丢尽了体统，今日你们也跟她们学吗？麝月为什么提这个？"

冰儿道："别问我，一帮小丫头还成人物了？再怎么样，就是个小角色而已。古时候学戏，被干娘欺负，可不就是家常便饭。"

秋真举杯朝冰儿示意，笑道："这些戏子和老婆子们可是有渊源的，梁子早就结下了，有仇有怨，可不仅仅是欺负一下这么简单。"红酒很快被喝干了，白禾、婉儿直说没喝够，嚷着再来一瓶。

秋真笑道："酒不能喝了，我们还有正经事，没听说过'公子醉未起，美人争探春'吗？既然咱们来探春，也不能辜负了这满院子的花儿。看到文亮那枝了吗，据说这里有二十几种。"

"下午一点开始，三点禁园，咱也分头采集花香，来个斗香大会。斗香负者，各罚金钱数百，胜者贺为香妃，可在一月内随意使用罚金。"

秦明道："好主意，古人说：

　　　　水中芹叶土中花，拾得还将避众家。

　　　　总待别人般数尽，袖中拈出郁金芽。

"咱们也学些斗花斗草的雅致，不过你兴起来这个斗香，虽新奇可没依据，怎么斗法？"

文亮道："我记得好像有个皇帝叫刘怅的，斗花成癖。相传斗花之后，将斗完的鲜花丢入溪中，随水漂流，从桥上望去，蔚为壮观，景象香艳，遂留下'香溪'之名。咱们要在这里采花，不是找不自在吗？"

秋真道："所以才斗香么。至于如何采集，各显其能，斗时也没规则，到时以惊喜者为胜，咱的晚宴也叫'探春宴'。"大家听了这话，便跃跃欲试。匆匆吃完饭，各自准备去了。

莺燕斗柳堤　何婆闹怡红

　　时间过得飞快，三点刚到，秋真便拿个小锣敲着，发出收工禁园的命令。回来最快的是陆风，手里提个小药箱。

　　秋真笑道："什么花香在你的药箱子一放，管保都是药味，看来你是不打算赢了。"

　　陆风道："你根本也没打算让我赢。"

　　秋真道："别冤枉好人，我怎么不想你赢？"

　　陆风道："就凭你起的香妃名号，我赢了能叫这个？还不如不赢。"秋真听了哈哈大笑起来，她竟一时忘了这个。

　　冰儿回来了，手里是两瓶子红红的花瓣。其他人也陆陆续续回到堂屋里，也有装瓶的，也有折枝的，还有采集花蕊花粉的，不一而足。

　　芸轩只拿着一朵蔷薇回来；秦明却是一支柳条；只有文亮两手拿一本书，边读着往回走。

　　婉儿道："看来姐姐们是让着我们了。"

　　秋真道："让着你？分明是瞧不上咱们，什么态度？"

　　文亮道："你可别误会，这里虽然满园花开，可又不是薛宝钗的蘅芜苑。既没奇花，也无异草，更没奇香可斗。就这几种常见的香型，怎么出奇制胜？

所以我自有法子。"

秋真笑道："好，好，好。看你如何应对，斗香开始！此次斗香，以新奇制胜。有香者，须得说出一句古语或者诗词歌赋，评香、品香、赞香皆可。我是令官，所以就先说一句在前头，看秦明连柳枝都不放过，我有了，真是：柳摇别岸撒飞絮，敢与桃杏斗奇香。勇气可嘉，就从冰儿这边开始。"

冰儿就道："你说对了，我这里一瓶桃花，一瓶杏花。尽管你们说什么杏花是淫花，我依然喜欢她，你们闻一下。"说着，打开盖子，递给每个人，顿时一股蜜味清香，流动在空气中。

冰儿道："西施因身有异香，吴王为她修了香水溪和采香径；杨玉环因汗透香帕而芳气袭人，唐玄宗为她修了沉香亭。这些美女为了保持体香，不仅要香花沐浴，还要吃荔枝、杏仁；饮杏露，品香茶。对了，薛宝钗就是很好的例子，她服用的冷香丸就是各色花蕊炮制的。什么玫瑰香、木樨露等，不就是为了保持淡淡的体香，为吸引贾宝玉吗？我可是有体蕴杏香的秘方。"

婉儿拍手道："你就告诉我们吧。"

冰儿道："待杏花杏蕾盛开之时，取花蕊去蒂，就像我瓶子里的这样，回去用布袋盛起来，泥罐子封存，半月后取出，每斤加甘草一两，盐梅十个，共研末，再装入瓷瓶。关于吃法，每餐饭后用白开水冲服十克，可使皮肤润白，体散杏香。所以我的品语是：杏花令人好颜色，要做香妃只有我。"

芸轩道："冰儿，你的桃杏是好的，若把脸上的春癣叫成桃花癣和杏斑癣，你还能闻到体香吗？"

冰儿道："不带这样的，真扫兴。"

芸轩笑道："我没别的意思，只是因你的杏花想到这里了。薛宝钗的热毒需要冷香丸，用若干的花蕊炮制。现在直接把蕊官给了她，她的病怕是就要彻底好了。所以她今年没有犯用花治的癣病，可湘云却犯了杏斑癣，治疗方法得用蔷薇硝，而蔷薇硝在黛玉处，所以我采来了蔷薇。"

陆风突然举手示意，道："要不咱俩一起斗，我采的也是蔷薇，你们闻一闻。"说着，打开他的小药箱子，里面满满一盒蔷薇花瓣。大家闻时，花香很浓，可来苏水的味道更浓。

都道:"你这是糟蹋蔷薇呢,还斗香,要熏死人的。"

芸轩道:"我同意和陆风一起,这药味我喜欢。别的不说,你只说蔷薇能否入药,如果能,都治些什么病,比如能否治疗杏斑癣,剩下的我来说。"

陆风道:"这个比斗香容易,蔷薇花又名白残花、刺蘼、买笑,它的根、茎、叶、花和果实都可入药。《本草纲目》中说,蔷薇性寒凉,味苦涩,有清暑和胃、利湿祛风、和血解毒之功效。蔷薇花入药可内服外用,外用多研末撒敷患处,以其花制成的蒸馏液,称为'蔷薇露',香气怡人,具有开郁理气、透散风热之功。"

文亮道:"好像朱国祯的《涌幢小品》中称蔷薇露可疗人心疾,不独调粉,可用于妇人容饰,可没说能治癣哪。"

芸轩道:"这已能说明问题了,蔷薇性凉寒,除热,解毒,这和治疗薛宝钗的热毒,殊药同法,都是用寒凉之花来治疗热病,我找全了这一节中出现的各类花,蔷薇、茉莉、玫瑰。我的赞语是:正值东风料峭寒。钗头花满。舞罢梅英飞入盏。一醽何妨。花与佳人巧斗香。"

婉儿拍手道:"这个香花斗的有些意思,我也有信心了。我们满院子找了半天,真没找到有异香的花。等转到园丁的院子里,才发现几盆白牡丹,我俩就悄悄地偷了两朵,你们闻闻。"

花瓶打开,真是幽香扑鼻,味正而雅,正是清香白牡丹的味道。婉儿道:"又听了冰儿姐的美人西施,我想到了几句:最爱弄玉团酥,就中一朵,燕子飞来春尽。最忆当年,沉香亭北,无限春风恨。醉中休问,夜深花睡香冷。"

白禾道:"我有奇香,我只开了盖子,你们就能闻到芳香,先猜猜是什么花香。"

说着,打开一只瓶子,果然芳香浓郁,大家咻了半天,并没辨别出这种花香,就催她快说。白禾道:"屈子云:联蕙芷以为佩兮,过鲍肆而失香。这是白芷,这'蕙芷'可是中国文化的精华。所以,我有:白芷花开绕屋香,一时秋思入江乡。"

婉儿道:"你几时弄了这个花,我才不相信你认识白芷,定是有人做鬼。"只见陆风红了脸。也难怪,若不是医生,怎么看懂不太常见的白芷花。

秋真道："这也算出其不意。秦明，轮到你了，说说你的柳枝香吧。"

秦明拿起柳枝摇了一摇，道："柳色长条，无花但觉风香。风摆仙姿，缓步来前，对花深有意，且向花前醉语道：花是有情香。鹧鸪一声春事了，不知苦劝谁归。醉扶杨柳，不忍折。柳梢香染蔷薇红，疏枝横绝峭。未吹香、便与花相似，何须斗，只烟柳依依，胜却香无数。怎么样？谁的花香能和柳香比？"

秋真道："你这叫无赖不算！文亮是不是也打算这样？"

文亮道："我才不像她。我告诉个秘密，东边有个大院子，高高的栅栏，满院玫瑰花，还有一片薰衣草，但不让进去。我打听了，里面有个妙香坊，我才想起，原来妙香坊在这里，他们做的玫瑰露可是远近闻名。我竟有曾经沧海难为水之感，不如以无香斗妙香。我这该是最高境界，倒是无香胜有香，你们听着：

冰儿说，春莫笑，花不似人香。风来过，花多不辨香。

白禾说，蕙芷花开满城香。我且说，自有花为知己香。

古人说，花经宿雨难拾香，花本伤时不肯香。

石兄说，花落魂消因冷香，幽花憔悴为谁香？

文亮说，月中桂子飘天香，世上无花敢斗香。

"我这里不光说了花香寓意，还一口气带了十个香，我这篇就叫十香文，算不算奇香？"

冰儿站起来，拿出一瓶法国香奈儿，朝空中喷了个大雾。顿时，满屋清香弥漫。遂笑道："谁的香，也没有这个多且足，香妃非我莫属。"说的大家笑了，又觉得屋子里味道怪怪的，都要外头透透气去。

斗香的结果，秋真宣布，果然是冰儿为香妃，于是大家为她贺喜一番。天也渐渐黑下来，大家为做饭的事，又是猜拳又是抓阄，输了的只得回屋准备。

正在此时，整个园子突然一片漆黑，原来停电了。隔壁屋子里，有人出来询问情况。大半个小时后，管理员才送来几支蜡烛，说今晚上电是来不了了。因这里离市区远，又一向是各个院落以自助为主，看看各自的冰箱里有没有吃的，只好各自将就一晚了。管理员说完就走了，任谁叫也不理会。

这可怎么办？大家一时手足无措，没吃的不要紧，大不了饿一晚，反正还有几个减肥不吃晚饭的。可一想到夜里还有些冷，没有了空调怎么好。

秋真遇事冷静，先让陆风、山岚带着几个去收些干树枝，听她安排。烧水的，煮茶的，烤馒头的，大家忙起来，倒没有了担心，慢慢地找到了野炊的乐趣。冰儿先自嘲，这个香妃算是来了冷宫了，幸亏月亮升起来，要不，漆黑黑的好凄凉。

院子里架起一堆篝火，柴火不够用，拾柴又成了陆风的活。白禾与婉儿跟在他身后也帮着拾。这两人一会说草扎了手指头，陆风领她们回来，上药包扎；一会看见一只野鸡飞起，吓得二人狼嚎一样地喊叫。

忙了半天，秋真道："来，吃的也准备得差不多了，你们这里烤着，我们去为香妃点蜡烛，大家把吃的都拿来，先让冰妃享用。"

屋子里团团坐下来。陆风几个只得在外面为她们烧烤食物，只听婉儿喊白禾，说馒头烧糊了。见白禾不承认，婉儿便拿着个糊了的馒头，追着白禾让她吃。二人在那棵杏树下乱跑，晃得杏花瓣在月光下纷纷飘落。院子里，慢慢地篝火熊熊，烟雾流动。

芸轩道："这两个小疯子，叽叽喳喳地活像两只燕子。"

山岚道："你这一说，我一下子有了个联想，你们猜猜我想到什么？"

秋真拿起一杯茶，品了一口道："你能想到什么好事。不过这柴草烧的茶，味道确实不一样。"

秦明道："芸轩提到燕子，你想到黛玉的燕窝了，要不就是莺儿？"

山岚道："厉害，你怎么是我肚子里的蛔虫，咋知道我想到这些？"

秋真喊一声婉儿，白禾和陆风，进来坐就。烛光下，秋真道："我没想到，今晚咱们还有烛光晚宴，先为香妃干一杯。"大家饮完一杯。

秋真又道："晚上怕是有点冷，不如咱们晚些睡，谁出个游戏，大家消遣一晚，打发时光怎样？"

冰儿道："你们几个有自己的鬼算盘，什么游戏也不入你们的眼，个个文字功夫了得。我也领教过，刚才也有苗头，大约有了别的眉目，又有什么怪异的结果，不如告诉了吧。"

又听陆风道："她们几个石头迷，天天云山雾罩的，有时虽听不懂，但结局总是让我吃惊，今晚又权当是受罪吧。"

婉儿道："我们那里喜欢的人也多，我就是为这个才留下的呢。"

白禾道："我就听着没意思，研究的人多了去了，各说各的理，谁也说服不了谁。什么意思？"

山岚道："这才是《石头记》的魅力。前两天你轩姐姐在梦中边喊边哭。醒来我又问她，是不是又听到那个人说话了。可不怎么的，那个声音不停地告诉芸轩，说自己写这部王家血史如何心酸，写的方式如何荒唐，写的过程如何艰辛。可人们现在这样理解《石头记》，他心有不甘哪。于是那人又说，今晚来这里吧，这里一定有大事发生。"

黑影里听了这个语气，白禾向婉儿身上靠了靠，缩了缩肩膀，道："岚姐姐，这里黑咕隆咚的，你不带这么吓我们的。"

秋真在黑暗中，尖着嗓子突然道："还真别说，今晚的这个落魄劲头，蛮像朱由榔在缅甸过的日子。他是不是想让咱们体验一把那种在黑暗中无依无靠而找不到方向的感觉。"

不光白禾，其他人也吓了一跳，山岚骂道："死促狭鬼，别怪声怪调的。"

文亮道："我就说么，芸轩提起燕子，山岚就想起莺歌燕舞，山岚才是芸轩肚子里的蛔虫呢。"

山岚听她不怀好意地说自己，就要罚她一杯酒。笑道："谁下午讲瞎话，说什么公冶长，公冶长，边境来了一群狼。吃你的肉，喝你的汤，占了你的家，杀了你的娘。这会子，你又说两个小疯子是燕子。婉儿、白禾，咱们可不能饶了她。"

婉儿道："岚姐姐，她说我们是莺燕，有什么不好吗？"

文亮边跑开，笑道："就是，莺歌燕舞的多好。"

山岚道："怕说的是'莺嗔燕咤'呢。"

婉儿道："别闹了，说给我们听听，莫不是骂了我们？"

山岚道："差不多，雀儿看不到杏花，便凄凉地悲啼。宝玉想听懂鸟语，才想到公冶长。可公冶长听到的，大多是死亡消息。为了让咱们听懂雀儿的鸟语，曹公马上在燕窝里安排了一莺一燕，在一个雨后的早晨，告诉一段二三年来的不堪的经历。所以，文亮说你们是莺歌燕舞，其实别有用心，就是那一段嗔莺咤燕呢。"

婉儿道："到底没听明白，莺儿和春燕都是好姑娘，受了欺负，莺儿被骂了，春燕被打了，可不就是嗔莺咤燕。还有别的意思吗？"

文亮道："我说你，别人不领情吧。小妹，里面有个诀窍，咱得从头捋。"

白禾道："从什么时候是个头？"

文亮道："这个得问你姐姐。"

山岚道："还怕你问不成。婉儿，你不是称自己读《石头记》好几遍了吗？我只问你，贾府给老太妃送灵是几更走的？去了几个人？都有谁？家里留下了谁？"

婉儿道："五更天走的，跟着贾母的是琥珀、翡翠、玻璃；跟着王夫人的是彩云、彩霞。鸳鸯与玉钏儿没去，留下看屋子了。"

山岚道："共去了几个人？"

婉儿道："我数数。一共大小六个丫鬟，十个老婆子、媳妇子。男人不算，是十六个人。"

山岚道："你再数一数人数，琥珀、翡翠、玻璃、彩云、彩霞，其实是五丫鬟，统共是十五个人，而曹公却说十六个人。我只问你，为什么告诉我们错误的数字，说十六个人呢？"

婉儿惊奇道："真的！我怎么没注意到这里差一个人！"

山岚道："不光这样，你想想，送灵这一天，贾府的举动有没有些异常？"

婉儿道："我想想，好像是全家出动了，贾母、王夫人、贾赦、邢夫人、贾琏、贾珍、贾蓉夫妇。"

山岚道："关键不是这，贾府里上房关了，两处厅院关了，仪门关了，园中前后东西角门亦皆关了。"

文亮笑道："简直就是关门大吉。也就是停业了。"

婉儿道："谁说的，西南边小角门开着呢，王夫人大房后，他姊妹出入的门，东北边通薛姨妈的角门都开着呢。"

山岚道："这就是关键的第二个事，西南边的小角门，就是西南角的聚锦门，这个门是为谁开，咱们明白。王夫人和薛姨妈这两道门因都在内院，所以也开着。但我感觉，这些门恐怕是大观园的生命之门。"

秦明道："这话有道理，阎王让你三更去，谁敢留你到五更。这次，曹公倒是再没隐藏那'寅'字，直接说了，贾母等是五更送灵。再看跟去的人，几乎是全部家人了。这一次送灵不是为别人，我看怕是最后一次自我葬送。"

白禾道："越是黑天，你们越鬼啊神的还送灵，说得我怕怕的。好好的，怎么看出来是贾府自我埋葬了。"陆风喊走山岚，说照顾外面的火和食物，二人忙忙地出至外面。

秋真道："这还看不出来，跟贾母走的是三个丫头，琥珀、翡翠、玻璃。说明贾母的陪葬品是三件宝珠玉器，大概就是宝玉的意思。"

婉儿道："可王夫人的是彩云、彩霞。可不是玉器了，怎么说？"

秋真道："我早看出这两个人了。很显然，贾母给宝玉的两个丫鬟是袭人和晴雯。宝玉先喜欢的是袭人，袭人对于宝玉是什么角色，咱们清楚，后喜欢的晴雯，可她的角色定位，我一直不太清晰。

"现在联系王夫人的举动，我终于明白了。王夫人给贾环的两个丫鬟，便是彩云、彩霞。贾环对这二位的感情，虽不像宝玉对袭人、晴雯那样，可彩云、彩霞对贾环的感情脉络，跟袭人、晴雯很相似。

"首先，在别人都讨厌贾环时，彩霞为他倒水，还嘱咐他别招人厌；宝玉拉彩霞说话，彩霞的眼睛是看向贾环的。也就是那一次，贾环要烫坏宝玉的眼睛，这个行动里面，有很大一部分原因是因彩霞。

"但慢慢地我发现，赵姨娘愿意贾环和彩云好。后来彩云也确实和贾环好了，还偷东西给他。这一切说明，彩霞是主动的，彩云是被动的，贾环先喜欢的彩霞，后喜欢的彩云。彩云、彩霞对于贾环，和袭人、晴雯对于宝玉，是一样的感情脉络。所以我感觉，这四个丫鬟有相通之处。"

文亮道："云霞，乃日月之辉，意味着远离尘嚣的高远之处。关键是，有时也指盛开的百花。所谓：无计能邀常一笑，却来洲上种云霞。"

第五十九回
莺燕斗柳堤　何婆闹怡红

353

芸轩道:"也不用绕那么多,晴雯判词中,就有'霁月难逢,彩云易散'之句。雯便是彩云,所以晴雯和彩云担负一样的使命,晴雯就是云霞。"

婉儿道:"就算是晴雯和彩云、彩霞一样,那王夫人带走她二人,也没啥说头。"

芸轩道:"贾母葬送的是宝玉,王夫人葬送的是清明的政治环境,带走了云霞,就是带走了晴雯。所以,接下来她就要了晴雯的命。"

婉儿道:"晴雯是政治环境?"

山岚闯进来,道:"晴雯代表忠贞吧?"

芸轩道:"何为霁月?当是'光风霁月'的简语。光风霁月本是一种万物洁净的景象,是指太平清明的国家政局。如果特指到某个人,就是说这人具有坦荡高洁的政治品质。这里特别用在晴雯身上,你也明白晴雯是什么了。"

婉儿道:"似乎明白些了,晴雯的判词中说,整个画面是一片污浊,可不就是她处的政治环境一片污浊吗?"

秋真道:"这才是'霁月难逢',不就是告诉忠臣很难遇到清明的政治环境吗?'彩云易散'不也是说,晴雯很容易消失、忠臣很难存活吗?"

婉儿道:"我知道了,在王夫人这个糊涂人的政治统治下,哪里有清明的政治环境,晴雯又如何能活得下去。原来贾家人去送灵,是去葬送朝廷,葬送清明的政治环境,葬送头脑了,难怪怡红院内不成体统,任人宰割的。可惜绕得太远了,若不听这样分析,打死也不信这些。"

冰儿道:"我就半信半疑的,你们那个十五个人,又有什么花招在里面?"

秦明道:"又出现十六这个数字,应当是年号,特指永历十六年发生的事。但实际上,给了十五这个数字,是圆光术回到了十五年的春天。那一年到底发生了什么,芸轩和秋真应该最清楚。"

秋真道:"这一段别问我,是芸轩的那部分,过两天就会拍到。"婉儿一听兴奋起来。

笑道:"咱们拍的戏里面还有这些呢,反正早晚要说戏,就现在说说么。"

芸轩只好笑道:"这段事,就在你和白禾刚才的莺歌燕舞里面。"

婉儿道:"对了,现在才说到正题,刚才亮姐姐还骂我们来着。莺儿和春燕到底怎么回事?"

文亮道:"没有的事,我只告诉你,贾家如果自取灭亡,谁最得意?"

婉儿道:"按说,是薛家。"

文亮道:"对喽!你看人家薛宝钗,春困醒来,搴帷下榻,看到五更时落了几点微雨。注意!下雨偏偏是五更时,这么巧,老太太她们去葬地,竟是冒着雨走的,是不是老天在为贾府全家送灵流泪了?

"此时,由宝钗导演的戏上场了。

"首先,她唤起湘云来。湘云起来,就说两腮作痒,是犯了杏癍癣,就问宝钗要些蔷薇硝。宝钗说颦儿配了许多,正要和她要些,但她今年竟没发病,就忘了。既然湘云犯了病,就命莺儿去取些来,莺儿同蕊官一径出了蘅芜苑,好戏开始。

"恰似两个黄鹂鸣翠柳,咱们也做一回公冶长,跟着听听莺儿和春燕在柳堤上演绎那段芳官和藕官在外头二三年的仇恨和生活不易的戏。谁来对个词?"

几个人商量了一下,各自说起来:

春燕问藕官:"你们在外头这二三年积了些什么仇恨,如今还不解开?"

藕官冷笑道:"有什么仇恨?他们不知足,反怨我们了。在外头这两年,别的东西不算,只算我们的米菜,不知赚了多少家去,合家子吃不了,还有每日买东买西赚的钱。在外逢我们使他们一使儿,就怨天怨地的。你说说可有良心?"

芸轩道:"怎么样,似乎都是柴米油盐的小事,这就是小朝廷的小日子。演到高潮时,莺儿挨了骂,春燕挨了打,直到召将飞符地把平儿搬来,春燕才免了一场灾难。实际是,怡红院才避免了一场劫难。"

秋真道:"还真说着了,由于探春对大观园的改革,先失了体统的地方就是怡红院。袭人一个劲地抱怨,哪里弄个这么个不懂规矩、乱失体统的人来闹。体统才是大观园的根本。"

冰儿道:"文亮等于白说,芸轩说过的戏里,我怎么琢磨也没有这一段。"

秋真笑道:"我再提醒你,这段里有两个问题。弄明白后就知道是怎么回事了。犯杏癫癣的人，为啥是湘云不是宝钗？而能治杏癫癣的人却是黛玉，而黛玉为啥那么痛快，还亲自给湘云送去？"

冰儿道："我想想，杏花淫树和杏癫热癣，这么恶心的事都放在湘云身上，宝钗今年反而没犯热病，是隐藏了引渡朱由榔事件吗？"

婉儿道："这又是什么事？"

山岚道："别急，我来告诉你。自永历十三年朱由榔逃亡缅甸起，李定国就一直做着迎驾回国的努力，但都失败了。对待这件事，在清廷内却有两种声音存在。第一种声音即满族官员，他们以为，朱由榔在缅甸已失去作为政权的一切价值，况且连年战争，国库空虚，再加上南陌荒蛮，让朱由榔在缅甸自生自灭罢了。

"第二种声音，是汉人吴三桂的，他了解汉人的毅力和坚韧。为防止死灰复燃，他强烈要求清廷向缅甸出兵，追回朱由榔，务必斩草除根。于是，清廷在永历十五年正月，同意出兵缅甸，吴三桂亲率大军，逼近缅甸。看到大军压境，缅方同意交出朱由榔，这也就是前面十五这个数字的含义，和为什么犯病的人是湘云而非宝钗。"

婉儿道："我可知道西南的小角门，是怎么回事了？"

秋真道："正月里出兵迫缅，正月里宫中病了老太妃。清明时节，老太妃紧接着又死了，是追回朱由榔了。所以，贾府全家出动，关门大吉。"

芸轩在地上画着图，道："这三个门都有意思，西南的聚锦门通向外面，是给甄家留的，其实也是贾宝玉被打狠了南逃，成了甄宝玉的影子，去的地方自然是缅甸；内部通向薛姨妈的小门，是留给清政府引渡朱由榔用的；通向王夫人的这小门，是留给那些企图迎驾回国的王家臣子们的。"

陆风在外面喊她们，快都出来，他一个人忙不过来，再这样下去他也不管了。秋真骂道："反了天了，香妃都敢惹，不过没办法，落难的凤凰不如鸡，想是朱由榔遇到这种情况，也得乖乖出去，走吧香妃。"大家说笑着，来到篝火边，各自烧着食物，难吃得很。

吃了几口，冰儿笑道："本宫吃饱啦，白禾、婉儿再来一段沉醉东风。"

婉儿道："你们的嗔莺咤燕还没结果呢，说完了再唱。"

文亮道："敢顶嘴了。不过这场戏有你俩就好办，谁是莺儿？谁是春燕？"

婉儿道："刚才白禾是莺儿，我是春燕来着。"

文亮道："那好，我先提三个问题，你俩回答我。第一：鸠占鹊巢是什么意思？"

白禾笑道："斑鸠不会做窠强占喜鹊的巢，可谁是斑鸠？"

文亮道："对，春燕的妹妹是小鸠，大概就是取用了这个意思。说明这个燕窝里住着斑鸠呢，怎么样？宝玉要送给黛玉的燕窝果然有问题。难怪每次提到燕窝，赵姨娘都虎视眈眈的。这说明朱明的缅甸住处，很不安全。我再问第二问：折柳摘花是什么意思？"

婉儿道："这个我说不上来，听说清明上坟要插柳的，是辟邪吗？还有，观世音拿柳枝沾水来济度众生。"

文亮笑道："我说的是折柳不是插柳，《诗经·采薇》中有'昔我往矣，杨柳依依'，还有霸桥折柳的典故。古人用折柳表示挽留，因'柳'与'留'谐音。

"再就是，柳遇水土就能生存，俗话说：有心栽花花不开，无意插柳柳成荫。莺儿送个柳篮子给黛玉，就是希望留下黛玉，到这新的地方能很快生根发芽。"

芸轩道："莺儿的这个花篮可不是第一次出现的。忘了黛玉的牙牌令了？鸳鸯说，凑成篮子好采花。黛玉道：仙杖香桃芍药花。篮子留下了，里面是要装芍药花的。"

婉儿道："芍药花怎么了？"

芸轩道："采什么花不得而知，留了悬念呢，折了柳枝是肯定的。此夜曲中闻折柳，何人不起故园情。人们见了杨柳，都会触动离绪。脂砚先生把此处的柳叶渚称作苏堤柳暖、阆苑春浓。有苏堤，那么一定是苏州西湖了，便是人间天堂，是黛玉的故乡，黛玉真的被宝玉送到了'天堂'。所以，黛玉留下了柳枝花篮，也有告别家乡、依依惜别之意。她这次出现在咱们眼前的精神面貌，从来没有过的好。

"一向病不离身的她说：我好了，今日要出去逛逛。你回去说与姐姐，不用过来问候妈了，也不敢劳她来瞧我，梳了头同妈都往你那里去，连饭也端了那里去吃，大家热闹些。我简直有些不认识她了，且出门时带走了她吃饭的匙箸，这也是从来没有过的事。"

文亮道："你说到这里，我也纳闷，黛玉什么时候有了这个习惯？出门带着吃饭的家伙式。大约'箸'与'住'谐音吧？难道黛玉要离别家乡，常住蘅芜苑了？"

芸轩道："到此时，才是真正的金玉缘定！不记得那次她和湘云睡在一起，她身上裹着一幅杏子红绫被了？那是首度金玉缘开始。"

婉儿道："真的哎！这就是金玉良缘吗？不是钗玉而是钗黛吗？老天！老天！我怎么没想到！折个柳枝能折出个金玉缘，哪摘花呢？莺儿还摘了许多花呢。"

文亮道："这个问题和第三个问题放到一起说比较合适。第三就是：谁能诠释宝玉的鱼眼睛理论？这可是贯穿宝玉一生的一套经典理论，谁解开这个谜，谁就是宝玉的真知音。"

婉儿道："听你的意思，摘花和鱼眼睛有关了？"

秋真道："你别虚头巴脑的，要我说，哪有这么复杂？春燕就是宝玉的知音，她诠释得再明白不过了，且在说这段语录时，还深入浅出地举例说明了。"

婉儿道："是的，我记得清清楚楚，原话是：她是我的姨妈，也不好向着外人反说她的。怨不得宝玉说：女孩儿未出嫁，是颗无价之宝珠；出了嫁，不知怎么就变出许多的不好的毛病来，虽是颗珠子，却没有光彩宝色，是颗死珠了；再老了，更变的不是珠子，竟是鱼眼睛了。分明一个人，怎么变出三样来？这话虽是混话，倒也有些不差。别人不知道，只说我妈和姨妈，她老姊妹两个，如今越老了，越把钱看的真了。"

秋真道："怎么样，这个理论没用在别人身上，明明说的就是春燕的姨妈。"

芸轩道："不是这么推论的。这样的'姨妈'可不止春燕有，宝玉也有。没有灯光没法看，我这里有一张关系图，是宝玉和春燕的。"

冰儿道："看不到，你就说说。"

芸轩道："宝玉有薛姨妈，春燕有夏姨妈；宝玉有林姑妈，春燕有护花看园子的姑妈；宝玉有妈妈王夫人，春燕有妈妈何婆子。另外，薛姨妈有干女儿林黛玉；王夫人有干女儿薛宝琴；夏姨妈有干女儿藕官；何婆子有干女儿芳官。这两组家庭，是不是结构完全一样？"

秋真道："还真是。不过也有区别，不说别的，先说姑妈。宝玉的姑妈是缺位的，就是林黛玉的妈妈，所以黛玉缺亲少爱的，也就是说黛玉没有护花使者。春燕的姑妈是不缺位的，巧的是，恰恰是她姑妈承包了柳叶渚一带的花草树木，且看护得谨谨慎慎，可见春燕有护花使者。"

山岚道："我看没的倒比有的强，她姑妈对春燕可一点好儿没有，反而挑唆春燕的妈妈打春燕。"

秋真道："这里面有个窍门，姑妈出现时，见莺儿编嫩柳，又见藕官等都采了许多鲜花，心内已经不好受。但又不好说什么，就拿话歪派春燕，实际是说话给莺儿听。接下来的事，和紫鹃与宝玉开玩笑一样效果。莺儿就开玩笑，说姑妈，你别信小燕的话，这都是她摘下来的，烦我给她编，我撺她，她不去。

"别小瞧这个玩笑，这可是挑起内斗的好办法，姑妈本来就心疼肝断，无计可施，于是向春燕大打出手。何妈来了，更是不分青红皂白，连打带骂，最后指着花篮骂道：这叫作什么？这编的是你娘的什么！见骂的也狠，像骂自己，莺儿忙道：那是我编的，你老别指桑骂槐。

"虽然春燕挨了打骂，其实这姑嫂两个就是指桑骂槐，在向莺儿发难呢。当看到莺儿把花柳丢到河里时，骂她：糟踏了花儿，雷也是要打的。

"可见莺儿不仅来摘花，也是来糟蹋花的，姑妈也是真心护花的，这才是嗔莺咤燕的真实一幕。而莺儿来潇湘馆，不光要蔷薇硝，还负责糟蹋花。"

山岚道："出来个'莺儿葬花'。说完姑妈说姨妈。春燕的姨妈姓夏，是夏婆子。我透露一点，芸轩对于这个'夏'字，可没少下功夫。她是谁暂且不说，芸轩让保密，咱只说她现是藕官的干妈。做干妈两三年，竟有了仇，这是少有的，藕官烧纸祭奠菂官，夏婆子也抓着不放，不依不饶，这一举动有很深的用意。"

秋真道："藕官烧纸倒不新鲜，死了荳官，黛玉失了莲心，成了无心比干，再怎么念念不忘，宝钗也不会干涉，夏婆子却有些意思。"

山岚道："若换到现实中来，我倒想起了一种意思，华夏民族中的夏来自夏朝，华夏也是汉民族的代名词。《石头记》中，每到关键节点，都会出现一个姓'夏'的人来左右事态的发展。从夏公公到夏婆子，和后来的夏金桂，都是很关键的小人物，来发挥极大的作用。

"是不是可以这样理解：在明清改朝换代过程中，有一种小人物，总是在关键时刻起决定作用？"

秋真笑道："不用说得那么委婉，不就是关键时候出个把叛徒吗？"

婉儿道："有道理。那个夏姨妈就是个叛徒，给人一种胳膊肘子往外拐的感觉，可说完了姨妈，还是和鱼眼睛扯不到一起。"

秦明道："这就都有了。春燕和藕官一段对白，大意是问，你们在外头这二三年积了些什么仇恨，如今还不解开。藕官的回答是，姨妈他们不知足，盘剥她们，且贪得无厌，又没有良心。春燕听了，表示认同，将姨妈的所作所为一说，也正好印证了这些。"

冰儿问："怎么印证的？"

婉儿学道："从先时，老姐儿两个在家抱怨没个差使，没个进益。后来幸亏有了这园子，把她分到怡红院。家里不光省了费用，还每月有余剩，这也还说不够，你们说贪不贪？这是'贪'。

"再后来，老姊妹二人都被派到梨香院去了。藕官认了我姨妈，芳官认了我妈，这几年着实宽裕了，如今挪进园来，也算撒开手了，收入更高了，却还只无厌。春燕这里连用了两个'无厌'来强调姨妈们的贪婪程度。

"不光贪婪，且不善待她们。姨妈为烧纸刚和藕官吵，妈妈为洗头又和芳官吵。芳官要洗头，也不给她洗，发了月钱，推不过去了，才买了东西，却先叫小鸠洗，这就叫没有良心。既贪得无厌，又没有良心，所以才由宝玉变成鱼眼睛了。"

冰儿道："越发糊涂了。"

文亮道："未嫁先名玉，来时本姓秦。和氏璧乃无价之宝，变成秦国玉玺，就有了无上的权力。可频繁地改朝换代，使得这个传国玉玺不停地改嫁他人，而无论在哪个帝王手中，这个玉玺都会从辉煌走向没落。"

婉儿道："你说的，离这个姨妈更远了。你就说，姨妈到底怎么变成鱼眼睛。"

秦明道："没得到玉玺前，都会拼命地想得到她，把她看成香草美人一样爱戴、追求，这就是未出嫁的女儿时期之珍贵。可一旦得到，就肆无忌惮地利用她给的特权，满足自己的满腔私利，整个朝廷将变得贪得无厌；最后的结局，是让权力蒙尘，失去人民的爱戴，变成一文不值的死珠子，这个朝廷也该换主人了。宝玉说一个女孩能变三样，正是改朝换代的历史规律，合不合适？"

婉儿道："能再通俗一点吗？"

秋真道："还不通俗？真拿你没办法。春燕长篇大套说的这个姨妈，实际影射的就是夏姨妈和薛姨妈。朝代更换前，薛姨妈何等喜爱宝玉？宝钗何等热心地追逐玉玺。

"入主中原后，夏姨妈来到当年薛姨妈住过的梨香院，当上了别人的干妈，终于得逞了。那时她不仅贪得无厌，且没有良心，自己人打压自己人，便是一副叛徒走狗的嘴脸。正是那段时期，明朝本可留得江南一隅，可以像南宋时期一样，划江而治。是汉人内部的贪念帮助满人灭了弘光隆武。这就是春燕说的，虽然有了这个园子，可是还只无厌。

"如今，永历小朝廷已被赶到了西南的缅甸，却还不放过永历，说白了是汉人自己不放过自己，这就是贪欲和没有良心的具体表现。

"曹公给宝玉的这套理论是告诉咱们，每一个朝代的更迭，都遵循这样一个三段式历史规律。每个皇权，都由珍爱开始，到肆意挥霍，到腐烂变质，最终变成死鱼眼睛。他在悼念大明王朝历血消亡的同时，也确信清朝的最终结局将一样悲惨。"

冰儿道："长篇大套的我听着像说教。有些困了，能不能说点有意思的？"

芸轩道："我用四不像语言说这事吧。在贾母给黛玉的苏州天堂般的燕窝里，姨妈们像仇人一样，对自己的春燕大打出手。黄金莺这个薛家人，只用了小小的离间计，结果让自己的妈妈把春燕一巴掌打到怡红院来。黛玉的燕窝是不保了，而宝玉的怡红院才是被人荼毒的重灾区。"

文亮道："怡红院不是也召将飞符地搬救兵去了吗？"

秦明道："什么救兵，平儿根本没来，来了也是轻描淡写地说什么：得饶人处且饶人，得省的将就省些事也罢了。怡红院可是贾府重地，宝玉又是老祖宗的眼珠子，竟是这个处理法，可叹！"

秋真道："可怜见的，永历在那里就这么难了，还真有人给他手下使离间计呢。"

山岚道："有证据吗？是谁？"

芸轩道："我给你们说说春燕妈妈何婆子就知道了。《石头记》一向喜欢谐音法，你们猜猜，'何'字谐的哪个音？"

白禾道："就是和谐的意思呗！"

芸轩道："胡说。这个何婆子一直和'水'纠缠不清。她的主要任务是给芳官洗头，叫春燕帮她干活，也是帮她舀水。春燕有一句巧话说：我又没烧糊了洗脸水，有什么不是！所以她的姓，应该是河水的河。"

冰儿道："何婆子和河婆子，有啥不一样吗？"

芸轩拿起刚才陆风烧糊的馒头，笑道："有两点哪。哪怕是最后的鱼眼睛，自然也生在河里。莺儿葬花，不就是葬在河里了？从另一面讲，春燕是毁在何妈妈手里，也就是葬在自己人手里；再就是，凤姐常说一句话：她和平儿是一对烧糊了的卷子，实际上，二人确实也把朝政烧得一塌糊涂。而何妈可能经常烧糊洗脸水，如果常烧糊了洗脸水，恐怕这个小朝廷也很快被她烧干呢。"

冰儿道："听你们这么说，朱由榔这些人在缅甸的二三年里，过的日子真叫一个惨。"又站起来，伸伸腰道："本宫正在体验着呢，好在今天还好些，要不我可受不了，这皇帝当的！"说着打了个哈欠。火渐渐地灭了，陆风问加不加柴了，大家都想休息，也就算了。

第六十回

硝粉换天地　　露霜损血食

天还没亮，芸轩就被婉儿和白禾的说话声吵醒，电也有了，陆风已在厨房做饭。婉儿抱着被子，来到芸轩卧室，嚷嚷着说外面来了一群蜜蜂，大约是因她们把昨天采的花丢出去的缘故。

山岚问："哪来的蜜蜂？"

婉儿道："远处那片槐林，昨天我见到有个养蜂人在那里，蜜蜂大约是从槐树林闻香飞来的。秋真姐姐催说，让咱们去妙香坊呢，快起来吧。"

一行人各自忙乱了一番，盥洗后胡乱地吃了些早点，掩上柴门，沿着一条小路，迤逦向槐树林走来。这是一片很大的树林，有些槐树开的是红色花。婉儿摘了一朵，发现上面落着蜜蜂，惊叫着跑回来。

秋真笑道："老实些吧，你还撒香水，早起就去找你呢，还引逗它们。前面有蜂房，想要槐花蜜可以找他们。"

文亮道："你们看这一片槐树很特别。"

山岚道："真是的，开的花是红的，叶子也不一样。"

婉儿道："你们心细，真不一样呢。"

秋真道："吃槐花还能治病呢。"

陆风道："没错，我有一个上好的方子，你们谁有心痛病，能治九种。"

白禾道:"吹牛。什么药方这么好?是槐角丸吧!"

陆风道:"你那是治痔疮的。我这个方子神奇,记好了:嫩槐枝一把,去两头,切末,以水三升,煮取一升,顿服。疗大风痿痹。"

秋真道:"别听他胡说,倒是前面的妙香坊里有槐枝酒,你们可以尝尝。"

婉儿笑道:"不是有个天仙配吗,里面做媒人的,不就是棵老槐树?"

文亮突然道:"我看出来了,这几棵槐树叫五叶槐,是槐树的变种,有复叶两对,据说只在北京景山才有,怎么这里也有了?"

山岚道:"景山的那棵老槐树,可是见证崇祯殉国的。"

芸轩细细地打量了一番,说道:"古人说,灵根蟠故国,密叶荫儒宫。喜欢槐树的古人不少,景山的老槐则让人伤心。三公九卿,可称槐卿,'槐蝉'更是高官显贵的象征。古代迁民怀念先祖、留恋故国时,常植槐树表达感念。倒是有个非柳五儿不娶的钱槐,是赵姨娘的侄儿,小蝉则是探春的人,一蝉一槐,留下两个象征物给这母女俩,曹公有心了。"

山岚道:"槐含怀念之意,柳呢,又有留住的意思。钱槐是求五儿留下,可五儿不肯,这才是玄机呢。"

秦明道:"槐柳同为木,双木为林。是不是这里还有个'双木盟'?他们若要结合了,难不成要结出一个'双木缘'来,怪哉!怪哉!"

秋真道:"亏你想得出,什么双木缘,你先说说为啥叫《石头记》吧!"

秦明想了会子,笑道:"这难不倒我,听我说。《左传》有典云:石言于魏榆。"

婉儿道:"石头要开口讲话了?"

秦明道:"差不多。顽石发言,干涉朝政之微辞,就叫作《石头记》;又名悲金悼玉之《红楼梦》,是借其'红楼闺阁梦一般的悲欢离合',对干涉朝政之锋芒,加以掩饰而已。顽石竟然开口讲话,这就是传说中的凶兆:雉雊于鼎耳,石言于晋地。"

山岚道:"石言于晋地,怎就是凶兆?"

秦明道:"桑榖为妖,龙蛇作孽。雉雊于鼎耳,石言于晋地。说的都是些不祥之兆。"

婉儿道："桑榖为妖什么意思？"

秦明道："桑榖是两种树，就是构树。桑谷二木，共生于朝，朝非生木之处，是为不善之征。"

婉儿问："龙蛇作孽呢？"

秦明道："蛇宜在草野中，一旦入市朝，则为怪，雊雌于鼎就更怪。雊乃野鸟，不应入室，若入宗庙之内，升鼎而鸣，是小人将居公位，败宗庙之祀。后把雊雌于鼎耳，也作为怪异之兆了。"

山岚道："石言于晋地，就是不祥？"

秦明道："昭公八年春，顽石言于晋地的魏榆，晋侯就问师旷：石何故言？师旷回答说，作事不时，怨恨动于民，就有非言之物而言之。顽石当然不能说话，或许有人要依石而发微言了。如今，宫室崇侈，民力凋尽，石言不亦宜乎？后来，'石言'就成为讥讽失政的代名词。"

山岚道："清朝的明义，用的也是此典，他题的《红楼梦》诗中有一句：

莫问金缘与玉缘，聚如春梦散如烟。

石归山下无灵气，纵使能言也枉然。

"他真看懂了，也是暗指《红楼梦》乃讥讽时政之文，可就算这样，也不能改变历史轨迹。"说话间，他们穿过槐树林，眼见前面一片好大的玫瑰园。

园子中间，有一个水湾，水湾边上，有红墙绿瓦的十几间双层挑檐的坊舍。远远看去，有人忙忙碌碌地进进出出，一派繁忙景象。走进花园，小路两边是长长的花墙，直蔓延到天井，大家似乎走在高高隆起的蔷薇架下，那股蔷薇花香，直让人有沉醉的感觉。

婉儿和白禾蹦蹦跳跳地这里看看，那里瞧瞧，叽叽喳喳地闹个不停。直走到尽头时，才看清那红坊的大门上面，写的是"妙香坊"三个字。只见字迹古朴，黑字绿牌，看上去显得素雅顽皮。两边有一副联，是陆放翁的句子，道：湖山胜处放翁家，槐柳阴中野径斜。

再看门口，却早早地站着一位清秀飘逸的姑娘。走到跟前儿，众人见了她，都发觉有似曾相识的感觉，而那位姑娘更是让人惊奇。只见她笑吟吟地走过来，一一喊出每个人的名字，并拉着她们的手，直带到一间写着"品香轩"

的房间里。然后笑道："怎么样，比起你们的红豆馆，这里也不逊色吧？"

山岚奇怪道："你是哪路神仙姐姐，怎么知道茶轩，还知道咱们的名字，你好像知道我们今天来，未卜先知？"

秋真笑道："我就说吧，今天来这里就对了。冥冥中定会有奇迹发生，这回信我了吧。你也别装天真，先看看这里的东西喜不喜欢。"果然，神仙姐姐引着他们转遍整个妙香坊，看他们从未见过的制香蒸馏机。

看着张牙舞爪的机器，那姐姐道："古法秘制，取自北宋年间的记载，历代王宫一直都延续此法。纯露蒸馏法，取玫瑰花，趁鲜处理，用盐搅拌，封住鲜花香气即可蒸馏。鲜花蒸馏后，蒸汽冷却，形成蒸馏水，进入油水分离器。分离后的精油提取，进入精油贮藏容器，罐内继续加热蒸发。如此循环往复，直到精油提取完毕，这无色液体，就是玫瑰纯露。"

来到一间小巧的储藏间，众人更是眼花缭乱，色色新鲜，木格子上都是些叫不上名来的瓶瓶罐罐。

姐姐单指着一个小瓶道："这就是玫瑰纯露，可适合各种皮肤，中性者，可增强皮肤光泽；油性者，可平衡油脂分泌；干燥者，可迅速补充水分；敏感者，可消除红血丝，降低敏感度；对灰黄暗淡者，可增强皮肤活力。"

冰儿叹道："这么好，我的香奈儿要丢掉了，我要定制终身了，告诉我怎么用？"

姐姐又说道："可饮用。一日三次，一次一小汤匙。可加入冰糖混合冲水，长期饮用，可改善口气，改善皮肤暗淡，可延年益寿。可敷脸，敷眼，把面膜纸用纯露浸湿，敷在脸上，至八成干后取下，效果最好。

"替代爽肤水也好，演出时，作化妆水就更好了，还能做面部喷雾，皮肤就能每天保持水灵、鲜活！若是护发、沐浴用，净化空气用，杀菌留香皆可，用处极多。"说着向空中喷了一点，顿时令人头脑清新，精神一振。

冰儿向空中用手扇一些味道，入鼻息嗅了一下，道："纯的玫瑰露味道浓些，但不是那种很香的味道。这天然的混合气味，和新鲜玫瑰瓣子揉碎的味道一样。可惜市买的都加了成分。好东西！好东西！"

姐姐又说道："这边是玫瑰露酒，制法我就不说了，师父告诉我，这酒的制法源于唐代。据明朝云南府酿酒历史记载，玫瑰花酿酒，以特殊的酒质及芳香气味闻名于滇省内外。有人还写诗赞扬，好像是说：

隙地生来万千枝，恰似红豆寄相思。

玫瑰花放香如海，正是家家酒熟时。

"饮这酒好处极多，大家可以尝一尝。"看着那一滴滴晶莹剔透的玫瑰露滴在瓶中，每个人心中，都有一种冲动，真的好想尝一点。

这里也有秋真刚才说的槐枝酒，是以槐枝叶为主要原料合成的酒剂，据姐姐说，槐枝酒主要用来治疗风痹、肢体疼痛，婉儿这才信了陆风的方子。

一个小房间里，他们见到一个老师傅，用鲜茯苓去皮磨浆。另一边，是已经晒好的白色粉末，色白如霜，质地细腻，清香四溢。师傅说这就是茯苓霜。

他们回到品香轩，坐下来。芸轩很安静，略有所思地想着什么。品香轩里陈列着各色小巧青花质地泥瓶、瓷瓶、玻璃瓶，盖着沉香木的瓶塞，一一找到下面的标签看，有一个竟是蔷薇硝，还有茉莉粉，最神奇的竟有茯苓霜。

芸轩打开木塞，嗅闻瓶中温馨气息，看一眼秋真，心中升起莫名的感动。她的眼睛有些湿润了，她深深明白秋真为她所做的一切，眼前这位神仙姐姐其实像极了秋真。

她还是笑吟吟道："大家叫我兰儿就行。我们这里，可是有几位著名的制香高手。前几日，应专家给提供的方子，我们依照古法，制作了你们看到的这些籽制研磨粉，一个是蔷薇硝，一个是茉莉粉，二者的功能几乎差不多。但蔷薇硝性凉，有治疗春癣功能，而玫瑰露酒，本来就是我们的常规产品，也是按古法秘制，仅作药用。茯苓霜，才试制一个月，我们的检验结果还没出来。但据我们估计，它的补益功能应该很强。听说你们大都是品香专家，有问题提出来，可以帮我们改进些。"

婉儿道："能不能尝点姐姐的玫瑰露？"

兰儿招手，有人端着小托盘，送来几杯玫瑰露酒，她端一杯在手中，道："玫瑰露是浓缩剂，刚才说过，不能直接饮用的。但玫瑰露酒可以直接喝，却也不可多饮，你们就尝一些。"说着，让每个人喝一小杯。

第六十回
硝粉换天地　露霜损血食

婉儿举杯，太阳下照了一照，但见玫红似血。她邀请白禾看："真漂亮，我从来没喝过这么好看的酒，一同举杯好不好？"说完，每人尝了一小口。芸轩只闻了一下，一股玫瑰清香合着酒香扑面而来。

婉儿道："轩姐姐怎么不喝？"

芸轩已经有些沉醉，端着杯子道："我很感激兰儿姐姐。自看到这满园的蔷薇、玫瑰，我就浮想联翩。我一直在想，曹公在太虚幻境中呈现了两种景象，一个是千红一哭，我看到这杯晶莹的玫瑰酒，一下子又想到了另一个景象，便是万艳同杯。蔷薇硝漫天飞，玫瑰露到处传的大观园里，只为营造这两个景象，正在上演'硝粉霜露'大战，而喝过这玫瑰露的人，无一不是命在旦夕。"又消沉地自言自语道："这万艳同杯，我怎么喝得下去。"

冰儿道："别扫兴，这么好的东西，让你说得没心情。"说着，不再喝。

文亮道："宝玉挨打后，在病中喝过的；柳五儿天生弱疾，也因此求芳官向宝玉要过；柳家内侄得了热症，卧床不起，柳家的冒着被误解的风险，去送给他；就连凤姐病中，也在寻找这东西；赵姨娘更好，宠着彩云偷来给贾环喝。都这样得来不易，显然是好东西，怎么不能喝了？"见芸轩的情绪低落下来，就住了口。

婉儿伸了一下舌头，也不敢言语，秋真站起来，和兰儿悄悄说了几句话，兰儿就默默离开了。秋真打破沉默，走过去扳着芸轩的肩膀笑道："我跟兰儿说了，这里所有的粉、硝、霜、露，如果喜欢都可以带走。我知道你想什么，你可不能像那个林妹妹，进了角色出不来。曹公地下有知，也会感念咱们了，跟大家说出来就解脱了。"

山岚站起来道："还是我替她说，先说这瓶蔷薇硝。它的产地是潇湘馆，婉儿说的对，潇湘馆也许就是'消香馆'。它的原料，是龄官哭着抠土埋蔷的花架上的那些蔷薇花蕊，就是象征她和贾蔷真情的那架蔷薇花。

"自龄官葬了蔷，她也消失后，她和贾蔷的使命就已经完成。她们的灵魂仅仅化作这瓶蔷薇硝，存放在潇湘馆黛玉处。可巧，湘云犯了杏斑癣病，需要这瓶蔷薇硝来治，于是被黛玉带到了蘅芜苑。

"而蕊官却悄悄地拿了些，千叮咛万嘱咐地转给了芳官。这一转送，这瓶东西就赋上感情和使命到了怡红院。芳官为什么不给贾环？表面上看，这硝已赋加了蕊官的感情，是芳官为了维护这份感情才保住那包蔷薇硝。

"而从造成的结果看，芳官以为贾环不配用蔷薇硝，只配用茉莉粉，甚至给粉的时候，都不屑递给贾环，扔在炕上让他自取。这是一种多么强烈的厌恶。

"赵姨娘也看明白了，她说：好不好，他们是手足，都是一样的主子，那里有芳官小看他的！这以硝换粉的举动，似乎是轻辱了贾环，关乎身份，我以为，这就是事实。"

婉儿道："地位低就不配用吗？"

白禾道："就是的？蔷薇硝是黛玉给的，湘云要用，是该主子们用的，可芳官的地位可以用吗？"

秦明道："平儿理妆用的，宝玉给的就是紫茉莉籽粉，平儿用了就开始粉墨登场。二奶奶一病，她竟成了大观园的香饽饽，宝玉召将飞符，招来的就是她。现大观园就是平儿掌权，凤姐姐就和平儿掉了个儿，大观园的执政者就成了低了一个级别的平儿。

"可现在，鬼使神差地虽然换了硝，从宝玉处又流出了茉莉粉，恰恰到了贾环的彩云那里，显然是说，他们只配用茉莉粉。这不是巧合，以硝代粉是曹公千方百计的安排，大观园的政权似乎又降了一个级别，由平儿时代，换成赵姨娘为代表的贾环、彩云时代。从王夫人、宝玉、凤姐时代，换到王夫人、探春、平儿时代，目前又成了赵姨娘、贾环、彩云时代，是一代不如一代。"

白禾道："怪不得大观园贾政、王夫人都不在，夏婆子说：你老想一想，这屋里除了太太，谁还大似你？你老自己撑不起来；但凡撑起来的谁还不怕你老人家？真是老虎不在家猴子称大王，晴雯还说现在的大观园，乱为王了。

"原来高高在上、谁都不敢进入半步的怡红院，现在谁也可以进去，谁也可以在里面大打出手。特别是赵姨娘，简直就是宝玉的克星，除了想害他，就是想对他的丫鬟下狠手，她到底是谁呀？"

秋真道："这个人不一般，我也很想知道她到底是个什么人。依我判断，大闹怡红院后，就再也没有她的戏份了，这个人物的历史使命也就完成了。我算一下，她当政的时间，和柳五儿的出现正吻合，她的政权组合的维度里面，除了贾环、彩云，应该还有柳五儿。"

文亮道："十六岁的柳五儿，来得蹊跷，消失得也蹊跷，她和赵姨娘做搭档，我还真没想清楚，不如趁今天咱们说道说道。"

秦明道："赵姨娘是个最无聊的人了，一贯的言语粗俗，搬弄是非，挑拨离间，阴险狠毒。有人就说，赵姨娘这个人物非常可疑，曹公塑造了几百号人物，唯独赵姨娘的身份不合理。

"像她这样的女人，怎么可能成为贾政之妾呢？为续香火吗？王夫人有元春、贾珠，还有宝玉。而政老爹也并不像贾赦那样好色，虽说书中没有交代，赵姨娘也并不美丽，这姻缘来的好不合理。"

冰儿道："咱们可以推断一下，赵姨娘生了一儿一女。探春很漂亮，她削肩细腰，长条身材，鸭蛋脸面，俊眼秀眉，顾盼神飞，文才精华，见之忘俗。但贾环在赵姨娘的影响下，整个猥猥琐琐，举止荒诞。俗话说儿子随娘，可见赵姨娘气质人物很一般，贾政怎么爱这样的女人？"

文亮道："可不是吗，赵姨娘一开口，那简直是脏话满嘴，骂人的脏字都不带重复的。什么小淫妇、小娼妇、小粉头的下三等奴才，再也没有比这更难听的了，连探春都对她厌恶至极。"冰儿瞪她一眼，文亮笑道："又不是我骂的，瞪我做啥？"

芸轩道："她骂小粉头原没有错。红楼十二官就是'小粉头'，这些人，都是由花儿粉儿组成的，采自百花，无论做硝做粉，都是好的。倒是小娼妇，曹公一向用自己人骂自己，其实是骂她自己，在曹公眼里，她真是娼妇一流的。唯一能成为贾政妾的缘由，就是因她生了探春。"

山岚笑道："不通，岂能倒了个子，能先有探春，生完了孩子，再成为妾？贾政可不是这么不正经，先孕后娶？"

秋真道："也许就是如此呢，一看生的探春这孩子不错，鸡窝里生了个凤凰，为了得个好孩子，就收做小妾吧。"

芸轩道："别闲砸牙，前面又不是没说过，知道她的真实身份，一切迎刃而解。"

婉儿、白禾着急地问，她到底是谁。

芸轩道："是你们喜欢的尼古拉一官。"

婉儿道："谁？谁？你说她是郑成功的父亲郑芝龙？"

芸轩道："可不就是一直找不到头尾的他，就是这个复杂的混合体，附在了赵姨娘身上。比如：他的家里人很复杂，既有清人，也有明人，还有草寇，标准的三合一，就是他了。怕伤了你两个的心才没说。亏你们把他当成台湾的开拓者，我如果把他说成是赵姨娘，还不得和我拼命。"

白禾真急了，坏笑道："说是他，真有些不服，你们原说的是她兄弟赵国基。当时觉得，没有这么个实实在在的人，还只是个名字而已，又没怎么说他，我也没感觉怎样，现又变成她？你得能让咱们服了才行。"

文亮道："这有什么不服的，曹公一般的要把一个人物放在几个人身上写。放到两个人身上，算少的了。看大家对赵姨娘那种极度的厌恶感多明显。这和他写别的人物，包括薛蟠，都不一样的，薛蟠还有相对可爱的一面呢。

"赵姨娘蝎蝎螫螫，还企图与宝钗交好，就是她欲接近金人的开端。把宝钗给的东西拿给王夫人看，赞扬宝钗为人大气，见王夫人不理她，只得讪讪地出来，多像有贼心的郑一官。

"到了自己房中，将东西丢在一边，嘴里咕咕哝哝，自言自语道：这个又算了个什么儿呢。其实是说宝钗给的这些小孩子玩器，她也看不在眼里。言外之意，宝钗并不重视她。细细体会赵姨娘的心境，是阴暗复杂的。"

山岚道："她在曹公笔下，可以说是处处不得超生。女儿、儿子谁说她好？都知道她每生是非，使得探春在王夫人跟前抬不起头来。"

文亮道："就连轻易不议论人的平儿，也说赵姨奶奶原有些着三不着两的。凤姐骂她，没有资格教育儿子，说她自己不尊重，要往下流走，安着坏心，还只管怨人家偏心。什么叫往下流走，这不就是骂她娼妇吗，郑芝龙带着其他儿子投了洪承畴，不就是娼妇行为？说她没资格教育儿子，更恰当，她真没资格教育探春。"

山岚道："探春有两个大的特点，一个是期男意识，想独立于世，做一番事业；第二就是反庶意识，她是妾生的，且是赵姨娘这样的妾生的。她特别不愿意让人提她是赵姨娘生的，而赵姨娘呢，偏偏每次闹事总要提：我是你亲妈，你不但有亲妈，你还有亲舅舅。你想啊，郑芝龙投清也就算了，还常常派人来联络，劝降儿子，干的可不就是倒三颠四的事？"

秋真道："论郑成功这里，郑芝龙是亲生父亲，清政府就是亲舅舅了，这样来来回回地折腾，你让天下臣民怎么看待郑成功？让明室王家怎么再相信国姓爷？在这一点上，探春表现得特别敏感，所以才叫'敏探春'。她极力想洗刷干净自己的行为，似乎到了六亲不认的程度，为什么？"

山岚道："敏感程度，爱干净成癖，就用妙玉的洁癖来演绎了，还问为什么。"

秦明道："隆武帝确实是先赐给郑成功国姓后，郑一官才成了小妾，这回赵姨娘成为贾政妾的理由充分了吧？"

白不道："我也想不起怎么反驳了，赵姨娘也确实讨人厌得很。"

文亮道："我有不同感觉，赵姨娘大闹怡红院，似乎不关那个人的事，从时间上算，他已作为赵国基被送了殡。茉莉粉替去蔷薇硝引起的混战，好像另有所指。"

山岚道："对呀，郑芝龙乱为王的时期早过去了，这一段乱为王时期，她的身份又降了一格，这个不自尊的女人被四官制服，学问大了。"

文亮道："这一节，放在她的内侄儿钱槐身上，钱槐求娶柳五儿一节，就是你们的'双木缘'，似乎赵姨娘有野心，她想得到宝玉的人？"

秋真道："其实，赵姨娘只能算抢头，连探春都看得明白。四官能迅速来到怡红院，是因蕊官、藕官都在蘅芜苑。大观园里，最失体统的地方是怡红院，但所有事故源头都来自蘅芜苑，我说探春被人设计了吧？"

芸轩见大家说到自己心坎里，道："你们没发现吗？如今的大观园里到处有内线。芳官是五儿的内牵，蝉儿是夏妈的内牵，就连看门的小猴，都有内牵。

"先说蝉儿，'蝉'字的本意代表高洁，她在探春处当差，独占探春高洁处，可她却被侍书挑唆得暗通夏妈。探春对于赵姨娘大闹怡红院一事，知道是被人挑唆了，她越想越气，因命人查是谁挑唆的，艾官便悄悄回探春说，都是夏妈干的，怎样？关键时候，还是这个'夏人'作祟。

"探春身边出了个小蝉，令我想到了宝琴的怀古诗之《广陵怀古》：

蝉噪鸦栖转眼过，隋堤风景近如何。

只缘占得风流号，惹得纷纷口舌多。

"皮日休也说：尽道隋亡为此河。隋炀帝的败亡，正是那条被人议论不休的'隋堤风景'。"

山岚道："宝琴的每首诗都隐一件事，且是史上可查到的。是不是有件大事被隐藏在这诗里了？"

秋真道："蝉噪鸦栖，口舌纷纷，是各种谗言害了他。芳官有一段表演更到位，就是拿热糕打雀儿那一段。她在小蝉面前打雀，我忽然想起一句俗话，叫'螳螂扑蝉，黄雀在后'。是不是在告诉小蝉：别得意，你占了台湾，人家黄雀在后，还收了你们呢。"

婉儿道："一官的事说不得了，据说他投清后被软禁，最多不过来勾引一下儿子，劝他投降。他并没造反，可大闹怡红院，明显是造反之举，该是黄雀在后的事。"

白禾道："刚刚说王夫人处丢了东西，说是彩云偷的。她不是跟王夫人去参加葬礼了吗，不是只留下玉钏看屋子吗？她怎么又回来了？"

文亮道："能想到这个不赖，还能记住这细节，很细心哪。这就是问题所在。'政'不在了，大观园没有了执政能力，'王'又不在了，就失去了尊贵的皇权。此时的大观园，哪里还是宝玉的精神家园，直成了恶婆子和赵姨娘的角斗场。

"好在，彩云回来了，不光接了宝玉处的茉莉粉，还偷了王室的东西给贾环。这就意味着贾环、彩云要粉墨登场了，接下来的事，肯定是贾环、彩云弄权的故事儿。"

婉儿道："不对，郑成功开台过程中，并没有别人弄权，哪有贾环、彩云的时代？"

芸轩道："若有兴趣，再演绎一番赵姨娘为贾环打芳官的理由，就真相大白了。"

第六十回

茉粉换天地　露霜损血食

秋真道："不用演，只略学一学就行。"

山岚道："好呀，你来赵姨娘。"

秋真道："来就来。"

遂学着骂贾环道："有好的给你！谁叫你要去了，怎怨他们耍你！依我，拿了去照脸摔给她去，趁着这回子撞尸的撞尸去了，挺床的挺床，吵一出子，大家别心净，也算是报仇。"

芸轩道："挺床撞尸，不像说老太妃，倒像是骂去送殡的王夫人等。'两个月'，说的时间很准确。她想瞅准有人死后的这两个月里，为贾环打上门来。"

赵姨娘道："莫不是两个月之后，还找出这个碴儿来问你不成？便问你，你也有话说。宝玉是哥哥，不敢冲撞他罢了。难道他屋里的猫儿狗儿，也不敢去问问不成！"

芸轩道："打上门来，是消灭宝玉屋里的猫狗。她们代表谁咱清楚，王夫人都礼让她们的，连探春却也称芳官们是猫儿狗儿，劝赵姨娘别和她们一般见识，郑家人如此藐视她们，才是骨子里的东西。

"和芳官打架这段故事，肯定是个大关节，赵姨娘竟敢打倒芳官，芳官也直挺挺躺在地下，哭得死过去。她实际就是打掉了宝玉，这时的贾环一定代表着一个人，要取宝玉而代之。"

婉儿道："谁？郑成功可没干这事。"

文亮道："郑成功的弟弟郑袭干了。郑成功刚刚病逝，可以说尸骨未寒，台湾的黄昭、萧拱辰等大臣，便以'郑经得罪国姓，不可继位'为由，立郑袭为延平监国。这两个月里，台湾发生了政变。"

秦明道："怪不得大观园又是烧纸又是祭奠，死了的蕊官，敢情也有他的影子。"

秋真笑道："你没听夏婆子说吗：你老把威风抖一抖，以后也好争别的礼。争'别的'是什么礼？就是争地位，争乱中为王的地位。倘或闹起，还有我们帮着你呢。赵姨娘听了，才得了意，仗着胆子，便一径到了怡红院中，这赵姨娘受了下人的怂恿，要一鼓作气打倒芳官了。

"外面跟着赵姨娘来的一干人，见如此，心中各各称愿，都念佛说：也有今日！又有那一干怀怨的老婆子，见打了芳官，也都称愿。可见那个小朝廷，也不得人心的，臣子们是不服气的。"

山岚道："这可清楚了，怪不得探春说：这么大年纪，行出来的事总不叫人敬服。这是什么意思，值得吵一吵，并不留体统，耳朵又软，心里又没有计算。郑袭被人挑唆利用了，这是事实。"

婉儿拿起硝瓶闻了一闻，道："把蔷薇硝换成茉莉粉，就引出这么多乱子，竟是台湾的郑袭政变。那咱喝的玫瑰露和这茯苓霜，秘密就更多了。"说着，看芸轩。

芸轩的情绪好很多，兰儿进来，捧来一束玫瑰，放到瓶中道："这是苦水玫瑰，师傅让送给你们的。"

知道芸轩爱喝兰贵人，就泡了一壶，说是用了山里的泉水，"品一下我们的茶，比起红豆馆的如何？"

芸轩上来握兰儿的手，拉她坐在身边，二人像好朋友多年不见一样，竟是一见如故。又捧起玫瑰，微笑道："感谢一片心意。我们来真长了见识，不虚此行。"说了会子，因有人喊，兰儿忙忙地走开了。

冰儿嗅一下玫瑰露，道："可惜了的，我想带走这个，可不说清你的万艳同杯，我又不敢要，这可怎么好？"

婉儿道："我也想要，就说清楚呗。"

芸轩道："这玫瑰与蔷薇同科，探春不就是刺玫瑰吗，做的这玫瑰露，怕是探春的心血呢。"

山岚拿起茯苓霜道："玫瑰露是探春的心血，茯苓霜又何尝不是某个人的精魂。千年松根茯苓胆，是宝玉给黛玉开的药方里奇怪的一味药，还记得吗？头胎紫河车、人形带叶参、龟大何首乌、千年茯苓胆，正是宝玉给黛玉开的方子。"

文亮指着两瓶道："都是好东西，可为什么宝玉有了取舍？宝玉挨打，王夫人那样珍贵的给了他，先是吃了很好，后来却弃置不用了，现在甚至连瓶子都送了人。

"茯苓霜却是粤东的官，通过门子，辗转又通过五儿给了芳官。给了芳官，权当就给了他，他难道需要茯苓霜？既需要，为什么探春、李纨放在议事厅里的不直接给他，要转几个弯子才得呢？"

芸轩道："咱们都知道茯苓霜代表什么。云苓产自云南，这段时期谁在云南？"

秋真道："是李定国吧！他可执著，一次次要迎回永历，直到把自己的部队打光，说他用自己的精血制造了这瓶茯苓霜，我信。"

芸轩道："柳家的说，它需要用人奶或滚水和着喝，对弱疾有大补之效。柳五儿和这瓶茯苓霜又有着怎样的联系？这茯苓霜为何由一个粤东的官儿送进贾府？为何不直接送达怡红院，还是由柳五儿辗转送到芳官手里？"

文亮道："我只知道李定国部，多次试图联系到永历，却一次次失败，直到第三十封信才辗转到达永历处，可书信到达时一切都晚了。"

秦明道："所以，给贾府的茯苓霜是三小篓，真止送到贾府议事厅的只有两小篓，一篓被门房截留了，且这两篓还没被重视。因议事厅探春当家，所以宝玉病中需要补益的东西却得不到。"

芸轩道："大约是。"

文亮道："我插一句，说到进补，不得不提柳五儿。冷香丸是集众花之蕊的寒凉之物，专门治热毒，而玫瑰露也一样。从柳家的内侄喝玫瑰露的过程看，是从井里取凉水合着喝，喝完顿觉心里透凉清爽，说明玫瑰露是凉物，治热病。

"柳五儿有弱症也有热病，柳家的不让五儿多喝，匀一点送别人。茯苓霜不一样，要趁热喝，是专补弱症，柳五儿需要，好像宝玉也需要。"

婉儿道："越听越糊涂，什么冷补热补的。宝玉派芳官去厨房，要一样酸酸凉凉的东西，他可不心热吗，同那个柳家卧床不起的侄子一样。"

秋真道："还真是，这几个'侄儿'大约一样毛病。宝玉是林姑妈的侄儿；床上病了的是柳姑妈的侄儿；钱槐是赵姨娘的侄儿。侄儿们大约演绎了相同的角色、相同的事件，只是在不同的空间里而已。或有病或求配不成，都一样的。"

婉儿道："求配不成很对，像失败的'木石盟'，我就觉得她像黛玉。"

文亮道:"五儿袭黛玉之弱,秉晴雯之姿,是有些相类。曹公按平、袭、鸳、紫、柳来排名,数上前四个,她就是第五,才喊她五儿,为何不给她个名字?我想是因宝玉对四儿的一段评价:什么蕙香兰气的,简直就是晦气,没得糟蹋了好名好姓,不如直接叫四儿罢了。

"从实际情况看,四儿确实不配曹公费工夫起好名好姓的,而从曹公内心,也没必要给五儿个名号。同样道理,五儿也许不配呢。"

芸轩笑道:"不太一样,这个柳五儿让我想起五柳先生。陶公的《五柳先生传》说:先生不知何许人也,亦不详其姓字,宅边有五柳树,因以为号焉。

"正是这位自号五柳的陶公,生于晋宋易代之际,经历了国破家亡的磨难,却有了不为五斗米折腰的气度。正是:春秫作美酒,酒熟吾自斟。

"他所追求的,就是淳朴和谐的自然田园景致,他最终也成为各代清官君子效仿的楷模。和四儿不一样,柳五儿应该是宝玉喜欢的人。"

秦明道:"柳五儿是不一样,她表面是柔弱的,看起来像黛玉,其实不然,她是有追求的,她让母亲千方百计淘换补药,更想走进那个多事之地怡红院。宝钗天生有'热毒',才想方设法寻冷香丸,她和宝钗的心思一样。这才引出了你争我夺的'玫瑰露茯苓霜'事件,柳五儿恐怕没那么简单。"

山岚端起玫瑰酒,道:"集万千宠爱于一身的宝二爷吃的东西,自然不会是寻常物,这东西到底冷补还是热补?"

婉儿道:"我有办法,以硝代粉出了那样一个结局,是不是也有以霜代露之说?"

秋真道:"柳家的把这冷补的送人,拿回来就是热补的茯苓霜,还真是有以霜代露的过程。"

冰儿笑道:"我听出来了,和茉莉粉的传递过程一路,不过结果正相反,这个连宝玉都见不到的东西,五儿轻易就得了。以粉代硝,是降了身份;以霜代露,是不是提升了身份?五儿即得了冷补,也得了热补,只她有这个幸运还是咋的。"

文亮想了一会,忽然道:"赵姨娘的侄儿企图求'双木缘'就对了,柳五儿的身份了得呢。看我的,婉儿、白禾,给他们对一段子芳官和五儿的对话,就是厨房的那一段，让他们听听。"

婉儿咳了一下嗓子，学着五儿的口气道："我的话到底说了没有？"

白禾笑道："难道哄你不成？我听见屋里正经还少两个人的窝儿并没补上。一个是红玉的，琏二奶奶要去还没给人来，一个是坠儿的，也还没补。如今要你一个也不算过分。"

文亮道："五儿进去补窝，补哪个人的窝？这两人本身都很有故事，要么做红玉，要么做坠儿，还是兼而有之。一红一白的到底补谁的窝？参透玄机可得正果。"

白禾道："皆因平儿每每的和袭人说，凡有动人动钱的事，得挨的且挨一日更好。如今三姑娘正要拿人扎筏子呢，连她屋里的事都驳了两三件，如今正要寻我们屋里的事，没寻着，何苦来往网里碰去。倘或说些话驳了，那时老了，倒难回转。不如等冷一冷，老太太、太太心闲了，凭是天大的事先和老的一说，没有不成的。"

文亮道："看见没，柳五儿进来说是天大的事，要惊动老太太。不管补谁的窝，目前都没机会。平儿不让，探春也不依，也许都补不成。"

婉儿道："虽如此说，我却性儿急，等不得了。趁如今挑上来了，一则给我妈争口气，也不枉养我一场；二则添上月钱，家里又从容些；三则我的心开一开，只怕这病就好了。便是请大夫吃药，也省了家里的钱。"

文亮道："五儿性急得很，就在她阐述进怡红院的动机时，露马脚了，除了柳妈说的，进去是为出来外，又加了三条：为母亲、为家人、为自己的病。"

秋真道："怎么讲？"

文亮道："什么病，要我说，既有热病也有冷病，她还很会算经济账。"

白禾道："我都知道了，你只放心。"

秦明道："进去是为了放出来！宝玉一向喜聚不喜散，愿意所有人都守着他，活在一处死在一处，直到都化灰为止。现在听春燕说，将来这屋里的人，无论家里外头的，一应我们这些人，他都要回太太全放出去，与本人父母自便呢。前日袭人一说出去，还要死要活的，怎么无论家里外头，又要都放出去了？五儿还正是因这个缘故，才千方百计、急不可耐地进来。为了将来能散伙而进来，听上去很不合逻辑，难道宝玉改性了？"

秋真道："不必说他如何受婆子们的气，如何不敢得罪蘅芜苑，让春燕给莺儿赔不是，喜聚不喜散的，也由不得他。他的这个窝，就是十几间草棚子，燕子都未必愿意来住，用不了三年，就得各奔东西。春燕最明白燕窝的结局，都得散伙，她是告诉妈，闹腾啥，没几天混头。"

芸轩道："能够看清未来的只有小红和春燕。五儿是个特例，她身上发生的这些怪事，坐实了前面许多猜测不准的地方。她既像小红一样来补这个窝，谁知自己也会像坠儿一样，有了说不清的毛病，迫不及待地进怡红院，却有自己的小算盘，她说的三点动机都对。

"为母亲。她的坚持恐怕真是为母亲，父亲已沦为叛徒。

"为家人。其实她所做的一切，都是为整个郑氏集团，她不得不算经济账。

"为自己的病。她有两个心病，一个热病，像宝钗一样，所谓热病，是并吞天下的炙热之心，说实在的，她有。还有就是冷病，内心里，和宝玉不喜皇权一样，对一切仕途经济是冷淡的，最初的她，只想忠心报国，但末了她又不甘心，她此时此刻急不可耐地进来，大约是急需用别人的精血补弱症。"

秋真道："'霜露'之间有天地，担心探春不让进来，我咋看柳五儿的身份有点探春的影子。但奇怪的是，玫瑰露是探春的心血，当初是宝玉的疗伤法宝，现在却明显不再需要，他把剩下的连瓶子都给了五儿，啥意思？"

秦明道："当初确实需要玫瑰露，可如今的局势，郑成功部根本帮不上他，远在缅甸的他现在更需要茯苓霜。"

文亮道："玫瑰露给五儿，算是还给了探春，而五儿的话暴露了探春的意图，她并不看好怡红院的将来，把芳官们看成猫狗。五儿进来打这个名号，确实是为了她更好地出去闹独立。"

白禾叹气道："一瓶玫瑰露，让五儿、探春说不清了，五儿到底是谁？也不完全像探春哪。她有私心吗？这么说，是不是冤枉她了？"

封面插画：戴敦邦

子枫 著

残红旧梦 IV

知识产权出版社

全国百佳图书出版单位

—北 京—

目录
CONTENTS

第六十一回

寒冬噎酸虀　瓜田李下嫌

文亮道："不光你不服，很多人不服，要不怎么说：惹得纷纷口舌多。遥奉永历名号，只是顺势之举，不得已。"

秦明道："可五儿想补茯苓霜现实吗？粤东的官，自己都顾不上自己，还能帮上她的忙？"

秋真道："还提这个，粤东是朱由榔的发祥地，他从那里一直被赶到云南，又从云南逃到缅甸。这两三年来，李定国一直围绕着一个战略目标，就是寻找永历帝，他锲而不舍地要迎回永历。而闽浙的郑成功部，却一直以巩固自己的海上霸权地位作战略目标，来制定战术，甚至是以牺牲李定国部为代价。"

秦明道："就是啊，明面上是合作失误，骨子里，是郑氏有自己的小算盘。他可从来不关心永历的死活，这就好比怡红院，四儿们很关心宝玉的冷暖，但五儿不关心。她只关心早进去早出来，给自己个自由身，治病有个掏钱的地儿。什么钱槐的'双木缘'，见鬼去吧，我的婚姻我做主。"

秋真道："所以呀，郑氏需要李定国部与清军周旋拖延时间，给自己争取壮大发展空间，来养精蓄锐，以期达到一举全胜、独大于天下的目的。粤东的官，能给他补弱的，北伐南京就说明了他的一切战略意图。"

山岚道："茯苓霜乃云苓精血铸成，宝玉得不到，却成了五儿补身子的良药，太确切了。"

白禾道："对了，好像五儿并没进怡红院，窝没补成，还一波三折地被冤枉成了贼，呜呜咽咽直哭一夜，这又是怎么说？"

芸轩道："怎么说？冤枉她了呗，她花遮柳隐地来怡红院，站在一簇玫瑰花前，注意她的身份代表玫瑰花，是来给芳官送茯苓霜的，告诉如何吃，如何补益。蕊官送硝，五儿送霜，传递人都是春燕，接收的人都是芳官。茯苓霜真是补品，五儿并没独享，还是有心的。"

秦明道："可柳五儿毕竟是柳五儿，她见了大观园一角的大石头、大树和房子后墙后，就遗憾见不到前面的好景致，妄想窥探真正的大观园。"

文亮道："柳家的对大观园还是有敬畏之心的，她并不敢让女儿擅入，说自己头皮儿薄，意思是担不得口舌，觉得自己女儿没房头，名不正言不顺的。反而是五儿太性急了，横竖连十来日都等不了，也不遵妈妈的嘱咐，趁着夜色和妈妈不在的功夫，偷偷来到怡红院，这才被当贼抓了。这就是惹口舌是非的地方。"

婉儿道："对了，刚才说到五儿时，交代最清楚的莫过于她的年龄，今年十六岁，是不是也有含义。"

秋真赞道："有长进，开始对数字敏感了。刚才还在永历十四年，也有十五年发生的事，这里就跳到了十六年。咱们的故事情节真就一下子跳到了这一年呢。这应当是最后一年了吧，这一年，发生了太多的事。"

正说着，外面有人对着兰儿道："问问客人想吃些什么，告诉了好去采撷，准备午饭呢。"

兰儿进来笑道："咱们有个菜园子，想吃啥就去采些，有想露一手的，可以自己做着吃。"

秋真道："我说有些饿了呢，还真想做几个菜。山岚、陆风你俩给我打个下手。兰儿，你找人给冰儿打个包呗。"

冰儿拍手道："要的，要的，统统给我打包好不好？"

这里忙着包东西，冰儿领着芸轩看，和他们嘱咐明白。自然，那瓶茯苓霜和玫瑰露，芸轩小心地自己包好，认真收起来。婉儿和白禾早早不见了人影。小菜园子里，他们几个边摘边吃，也有地黄瓜，也有圣女果。只两袋烟的工夫，陆风就上楼来喊吃饭。

大家看了一眼饭菜，冰儿先笑起来，道："秋真，我做地主的时候，你可从来都不嫌麻烦的，让我弄这个弄那个，在你姐姐这里，你就这样糊弄我们？"

婉儿、白禾拍手道："有咸水鸭已经不错了。"又指着一盘像鸡蛋的东西问："这是什么？"

秋真道："我这么费心，你们还嫌这嫌那。不懂了吧，这个叫凤凰蛋，是用没孵出小鸡的蛋做的，好吃着呢。这个就不用说了，是蝉蛹，这枸杞芽只在他们园子里才找得到呢。我亲自采了来，炒给你们吃，这份用心还不良苦啊！"

冰儿道："这也叫饭？一盘豆腐，一碗炖鸡蛋，这还有咸菜萝卜条儿，你们看，还有一盘野菜呢。我算看明白了，你是诚心让忆苦思甜呢。"

婉儿突然笑道："我看出来了，秋姐姐这是给咱们做红楼宴呢。豆腐、嫩鸡蛋，又是什么面筋、炒芦蒿、酱萝卜条儿，还有这个油盐炒枸杞芽。今天吃这个，一定是有什么重大秘密要说。"

秋真道："还是咱们婉儿聪明，知道姐姐的用意，不是要告诉你什么重大秘密，只是让你体验一下，近来大观园的这些少爷小姐们是咋的了，到底过些什么生活。

"别以为是真的肥鸡大鸭子吃腻了，倒换口味，这里发生了什么？都吃起野菜来了还不相信吗？"说着，大家就座。

冰儿先吃了一口盐水鸭，边吃边说道："你呀，也别找借口，我可听说，真正的红楼宴不次于满汉全席。你也该给咱做点什么糟鹅掌、糟鸭信，最不济，也给碗肉汤喝，怎能像你这个可怜八叉的菜。就这个，若不是你的红楼手艺，该怎么吃？"

秋真道："要不宝玉会让一碗火腿鲜笋汤馋得不行？"

芸轩尝了一口枸杞芽，咂摸了一会儿道："餐馆里也有，可我从没吃过。这回我得好好尝尝，味道有点微苦，但很爽口。"

陆风也吃了一口道："这道菜不光我们这里有，广东和台湾人都爱吃，味略苦但能清火明目。民间常用来治疗阴虚内热、咽干喉痛、肝火上扬、头晕目糊、低热等。《神农本草经》就提到过：枸杞处处有之，春生苗叶，如石榴叶而软嫩，可蔬食。真能败火，可延年益寿。"

冰儿笑道："有这些好处，那我得尝尝鲜儿。大观园的小姐们也懂养生了，吃这些也为延年益寿？"

文亮笑道："枸杞芽也叫枸杞头，老百姓叫它甜菜头。徐光启的《农政全书》里有一段顺口溜，说的是：枸杞头，生高丘，实为药饵出甘州，二载淮南实不收，采春采夏还采秋，饥人饱食为珍馐。救饥，村人呼为甜菜头。"

冰儿道："是吧，救饥的。吃个枸杞芽，还这么多学问，如果是救饥，大观园就是遇到荒年头了。"

秦明道："《茹草编》中说它：昨有道士揖余言，厥惟灵卉可永年。紫芝瑶草不足贵，丘中枸杞生芊芊。"

冰儿吃着芦蒿道："这道菜还讲究，芦蒿炒面筋也是你们南京人的最爱吧，到处都有。出现在晴雯的食谱里，有人就说晴雯矫情。吃这道菜，真是吃腻了荤菜吗？"

秦明道："无论是豆腐皮包子，还是芦蒿炒面筋，晴雯向来饮食清淡，爱吃素菜，倒不是她养尊处优的缘故。我觉得，她是个地道的南方人，或者是南京人也未可知。"

山岚问陆风："芦蒿也可药用？"

陆风尝了一口道："是！芦蒿别名也叫水艾、蒌蒿、水蒿等，生长在咱们南方多水的地方。古时大约北方不常见，全草可入药，可代替芦家艾。蒿根，性凉，味甘；叶性平，可平抑肝火，可治疗河豚中毒等病症。"

秦明笑道："说到治疗河豚毒，我倒想起来，蒿之清气，有菊之甘香，苏东坡的《春江晚景》有诗：

蒌蒿满地芦芽短，正是河豚欲上时。

这苏东坡可是美食大家，想来这芦蒿和河豚配伍，当是一种好吃法。"

山岚道："你就乱讲吧，晴雯为防毒才吃芦蒿？我想起一个老生常谈的问题，就是说过的，给各主子的戏官们，好像和各自主子起的作用有关。"

婉儿道："没听明白。"

山岚道："藕官、蕊官、茄官的名字与莲有关，分别寓意莲藕、莲子和莲房，都是出污泥而不染的莲，具有莲的清香。唯独艾官与众不同，艾味浓烈，艾草有去毒驱邪、止血保胎的功效，是不是也和探春起的作用有关？"

秦明道："说了这些啥意思？"

山岚道："你尝尝，这芦蒿的味道是有些菊花味，但也有点艾草味。联想一下给了探春的老外艾官，晴雯特别地吃芦蒿，是想和探春联系起来吗？是想为探春正名？"

秋真道："也许有点。大观园里开始换口味，吃这些野菜。这和咱们南京的一句民谚有些切合。说：南京人，求不老，不吃鱼肉爱吃草，枸杞、芦蒿、菊花脑。虽没出现菊花脑，可有碗炖鸡蛋呢。"

婉儿道："说的是南京人？不是说宝玉在外面三年忍饥挨饿吃野菜了？"

秋真道："寒冬噎酸虀，雪夜围破毡。寒冬雪夜的，还没来到呢。"

芸轩道："柳家的说了一段实情：不知怎的，今年这鸡蛋短的很，十个钱一个还找不出来。昨儿上头给亲戚家送粥米去，四五个买办出去，好容易才凑了二千个来。

"这就奇了，莲花不相信，鸡蛋成了尊贵物，柳家的又说：你们深宅大院，水来伸手，饭来张口，只知鸡蛋是平常物件，哪里知道外头买卖的行市呢。别说这个，有一年连草根子还没了的日子还有呢。

"话里话外，今天不给你鸡蛋吃，就是因鸡蛋真成了尊贵物，鸡蛋难买是真。照买卖行情，今年就是连草根子都没有了呢。"

冰儿道："咱也陪他们来个噎酸虀吧。"

大家也不待她说完，各自吃起来，虽都是些野菜，但口味还不错。特别是一盘油面筋，婉儿吃得津津有味，说比外头大厨做的好吃。

山岚吃完了，看了一眼空盘子道："你的意思，这段日子，大家的饮食发生变化，连亲戚家的生活都有了困难，需要去送粥米了，真是饥荒年份的舍粥行为。闹饥荒还不算，大观园的厨房发生了争夺战，迎春的司棋又掺和进来干什么？"

芸轩道:"司棋的出现,让我感觉曹公在蝉蜕体外又藏了一个壳。这只是第一层,你们还得继续抽丝剥茧呢。"边说着,大家动手收拾桌子、洗碗,等收拾妥当,和兰儿、师傅们告别。

走出妙香坊时已午后两点,天热热的,沿着花径走进槐树林子,大家便摘些槐花骨朵,闻闻香气,看一会子养蜂人割蜂蜜。婉儿从那边跑来,道:"陆风哥哥,你快看,我找了些好东西,拿给你做药用。"

大家看时,原来她从树干上采了几只蝉衣,拿在手里亮晶晶的。芸轩拿在手里看了一会儿,陆风说不错,今年的还没有呢,应该是去年的。

芸轩突然道:"问题从柳家的态度上找很对,你们没发现柳家的态度值得推敲吗?就是对晴雯和司棋的态度。"

山岚道:"这倒是。柳家对所有来厨房倒换口味的人有不同的态度。对宝钗、探春,是念佛感恩的态度,因她俩是主子,她柳家的不能得罪,给的钱又多,还让她弥补亏空。对待晴雯态度也好,也是两个因素,是怡红院的人,她有求于她,她又是不白吃饭的人,从和莲花的对话中就能体会到。

"这里想来白吃饭的人只有两个主儿,一个是赵姨娘,另一个就是司棋。但赵姨娘有个缘故,是因探春给钱给多了,她愤不过,嫌太便宜了柳家的。从某种意义讲,赵姨娘来寻这寻那,虽说讨厌,但还说得过去。可司棋纯来吃白食,算什么?"

秋真道:"要我说,是柳家的看人下菜碟。"

山岚道:"我看不对,这些吃的有些别的含义在里面。"

冰儿笑道:"这个有意思。你们想想,秋真做的豆腐和那碗炖鸡蛋,别人倒换口味,吃的都是清口味的菜,司棋的口味,倒来倒去的也就那样,倒像老太太的,不是豆腐就是炖鸡蛋。这两样东西吃起来,差不多口味,她怎么愿意吃这类的软东西?"

陆风在那边正喝了一口水,听到这里,差点笑喷了,道:"吃豆腐,可不就是说赚女人便宜吗!爱吃豆腐的人,就是爱赚便宜的人呗。"

秋真道:"也就只有你才想得到,不过也对,就是说司棋吃白食的意思。可为什么是迎春的人老爱吃白食呢,还是说的迎春,是这个意思吗?"

芸轩道:"白食哪里是好吃的,你那个炒蝉蛹就好吃。秋真肯定是看了脂砚给咱们的提示才做了一盘蝉蛹,到吃完我也没明白她的用意,亏你也不告诉。看我手里的这个蝉衣,是婉儿刚刚找的,它让我一下子明白了一件事,脂砚说,数回用了'蝉蜕体',这回要有个说法了。"

白禾也拿了一个问:"什么是蝉蜕体?"

芸轩道:"就是蝉蛹破壳、化蝉而去的意思。蝉蜕掉的就是这蝉衣。出土时,身带污泥,破壳后的蝉,走出污壳,从此饮露高唱。因为蝉是高洁的象征,这个蝉蜕体,说的应该是某个人被玷污名声后,几经挫折,终于鸣冤于天下,破壳化蝉的经过。"

文亮道:"你这么一说,我想起来了,《史记·屈原贾生列传》就有:自疏濯淖污泥之中,蝉蜕于浊秽,以浮游尘埃之外。说的就是屈原蝉蜕于浊秽,洁身高蹈之意。另外,还有蝉蜕龙变、弃俗登仙之说。如果你确定这个蝉蜕就是解脱诽谤的意思,我一下子就有思路了。"

冰儿摆弄着一束花道:"赶紧说。"

文亮道:"想找到蝉蜕体,须得看是谁被玷污了名声?首先探春处有个小蝉,迎春处有个莲花,都是高洁之物。"

山岚道:"自从柳家的和五儿出现,在大观园内外,传递什么玫瑰露、茯苓霜之类,曹公就已暗布疑云。先是五儿不同意妈妈给舅舅的孩子送玫瑰露,说别因这个引出乱子来,柳家的偏不听,回应说,难道为这件事,还能把我们当贼吗?这就叫怕什么来什么,果不其然,因王夫人的玫瑰露失窃了,柳家的露瓶子,被来翻箱倒柜的莲花看见,告诉了林之孝家的,五儿首当其冲,被牵连在内。"

秋真道:"五儿也一样,妈妈不让她进怡红院,怕被误解,她偏不听,母女二人都被对方言中,被小蝉、莲花诬告成贼。倒是多亏她拿回家的茯苓霜救了母女俩。娘两个的预言均一一实现,不就是被人泼了脏水吗?如果想脱蝉而出,谈何容易。"

芸轩笑道:"蝉蜕有了第二层,越来越好玩了。祸端埋藏的比这个还往前,你再细想想!"

山岚道："再往前，就是柳家的送玫瑰露的过程，咱们都分析过了。"

芸轩道："玫瑰露是探春的精魂，五儿喝了就是探春。咱们知道，五儿病了被冤枉了，不就是探春被冤枉了吗？"

秋真道："探春什么心病？"

山岚道："走出去，闯一番天下，才是她的志向。放到郑氏身上，就是想独霸一方，不受任何人辖制，特别是不想受朝廷辖制。他虽遥尊皇权，但从不帮助他尊拜的朝廷，朝廷的死活和他无关。

"正是看清永历朝的没落，他才承认永历的正朔身份，即使永历死了他也要追奉。正如五儿努力要进怡红院，是为自己的病，什么病？是为了能放出来，有更好的将来，一样道理。"

秦明道："这用心在当时备受诟病。"

芸轩道："问题是，曹公不这么认为，他要替郑成功鸣冤洗白，这才是蝉蜕体的最后一层。"

文亮道："我同意！"

秦明坐到一颗大槐树下，问："何以见得？"

芸轩道："你没听曹植《君子行》说吗：君子防未然，不处嫌疑间，瓜田不纳履，李下不整冠。"

文亮也坐下来，道："你是说瓜田李下。在瓜田里不提鞋子，在李树下不整理帽子，以免被别人怀疑。瓜田李下，最是容易引起嫌疑，也比较容易引起误会，这得有被误会的场合。你这'瓜田李下'，有被人怀疑的场合吗？"

山岚道："有，有。柳家的很形象地说过这么一个过程：一个个的不像抓破了脸的，人打树底下一过，两眼就像那鲞鸡似的，还动她的果子。昨儿，我从李子树下一走，偏有个蜜蜂往脸上一过，我一招手，偏你那好舅母就看见了，离得远看不真，只当我摘李子呢。柳家的被'瓜田李下'了，开始被怀疑说不清楚了。"

芸轩道："其实瓜田李下的真正用意，古人强调，正人君子，要顾及言谈举止，风度礼仪。除此之外，还要主动避嫌，远离一些有争议的人事，不做让人误会的事情。

"瓜李之嫌，还包括嫂叔不亲授，长幼不比肩。所谓：劳谦得其柄，和光甚独难。你们可记得，柳家的在禁园期间跑出去干什么了？"

山岚道："五儿的担心是对的，这就叫嫂叔不亲授，她去给侄儿送玫瑰露，哥嫂又回送茯苓霜。这都是贾府爱物，容这些下人们私相赠送，她们不但不主动避嫌，反而在大观园禁园期间往里面跑，自然招惹是非了。"

秦明道："我感兴趣的是，曹公如何为郑氏开脱呢？"

芸轩道："就说那个长着'杩子盖'发型的小猴崽子。这个发式是金人留的发型，他又是'猴'崽子，他还有内牵。虽说大观园门都关了，可这些事能瞒过蘅芜苑里的法眼吗？所有的地方都乱了套，接连出事，到处沸反盈天的，包括王夫人处也失了盗，探春、李纨、尤氏带着平儿到处灭火，可你们何曾见过宝钗的身影？听听柳家的和小猴的对白，就知道小猴的本事有多大了。"

婉儿道："一个看门的小猴能有什么本事。对就对，我来小猴。"大家笑着围过来。

只听婉儿道："你老人家哪里去了？里头三次两趟叫人传呢，叫我们三四个人各处都找到了。你老人家从哪里来了？这条路又不是家去的路，我倒要疑心起来了。"

芸轩道："先就疑惑柳家的来的路不对，脚下的路，方向走错了。"

山岚笑道："好小猴儿崽子，你也和我胡说起来了。你亲婶子找野老儿去了，你不多得一个叔叔吗？有什么疑的？别叫我把头上的杩子盖揪下来！还不开门让我进去呢。"

芸轩道："停，金人怀疑柳家的去勾引人了。怀疑她去的地方不是自己家，是私通别人了。实际上，柳家的私通娘家了。拿到现实中来，就是指清廷开始怀疑郑芝龙私通大明了。"

婉儿又拉着笑道："好婶子，你这一进去，好歹偷几个杏儿出来赏我吃。我这里老等。你要忘了，日后半夜三更打酒买油的，我不给你老人家开门，也不答应你，随你干叫去。"

芸轩道："露出真面目了，金人竟让柳家的偷杏来证明自己的清白，日边红杏是探春，偷杏就是劝降她，否则就要受到威胁。"

山岚啐道："发了昏的！今年还比往年？可是你舅母姨娘两三个亲戚都管着，怎么不和他们要，倒和我来要？这可是'仓老鼠问老鸹去借粮，守着的没有，飞着的倒有'。"

芸轩又叫停，笑道："这回算是着道了，小猴知不知道里面搞承包？"

白禾接茬道："肯定知道，他的舅母姨娘都是承包者，他能不知道？"

芸轩道："对喽，这个小猴憋着坏呢，自己有内牵不说，且承包的人都是他的亲戚。里面几乎是他的地盘了，还让柳家的偷杏给他，他是不是别有用心？"

婉儿道："啥叫：'仓老鼠问老鸹去借粮，守着的没有，飞着的倒有'？"

芸轩道："翻译过来就是：有的逼着没有的偷，富人逼着穷人偷。够坏的，这是不是想置柳家的于'瓜田李下'之窘境？柳家的及时明白了，说：仓老鼠问老鸹去借粮，守着的没有，飞着的倒有？你这不是糟践人吗？"

婉儿笑道："嗳哟哟，没有罢了，说上这些闲话。我看你老人家从今以后就用不着我了？就是姐姐有了好地方儿，将来呼唤我们的日子多着呢，只要我们多答应她些就有了。"

芸轩道："他能预测，将来姐姐呼唤他们的日子多着呢，说明这个姐姐将来是他们的人，现在就套近乎了。"

山岚听了笑道："你这个小猴儿精又捣鬼了。你姐姐有什么好地方儿？"

婉儿笑道："不用哄我了，早已知道了。单是你们有内牵，难道我们就没有内牵不成？我虽在这里听差，里头却也有两个姐姐成个体统的，什么事瞒得过我！"

芸轩道："小猴的思路很清晰，一计不成，再生一计，不信拉不下水来。他知道柳家的和五儿的想法，你家五儿不就是想进怡红院吗？我有内牵，是两个姐姐，成体统的。要是不听我的要把你整成偷东西的贼，还不简单。接下来就发生了两个姐姐小蝉和莲花一起陷害五儿事件。"

秋真拍手道："精彩！精彩！原来事情的起因都来自杩子盖的小猴。是他想往郑成功身上泼污水，借着挟持郑芝龙，拉他下水投降呢，好手段！"

冰儿道："什么精彩？这和司棋吃豆腐还是搞不到一块。"陆风听了只是笑。

文亮道："怎么搞不到一起？司棋、迎春都是贾赦那边的人，包括秦显家的。柳家的讨厌司棋吃白食，是不买迎春的账。现实中，这个厨房就象征台湾的衣食所在，郑成功也不想白白供养另一个人。"

山岚道："秦显家的和司棋、林之孝家的是一路人，应该是迎春的势力，是贾赦那边黑油门里的人，是一帮老旧势力。这帮势力有四大特点：一个，好容易等了这个空子钻了来，说明他们并不是些得志之人，钻的这空子正是台湾出事时。

"二个，在厨房内正乱着接收家伙、米粮煤炭等物，查出了柳家的许多亏空。而她的做法却产生了更大的亏空，说明这股势力还不如那个。

"三个，说柳家的看人下菜碟，这个秦显家的更厉害，一面又打点送账房的礼，悄悄地备了一篓炭，五百斤木柴，一担粳米。在外边，就遣了子侄送入林家去了。看看吧，比柳家的更贪腐。

"四个，拿着公家的东西收买人心。她预备几样菜蔬，请几位同事的人说：我来了，全仗列位扶持。自今后都是一家人了。我有照顾不到的，好歹大家照顾些。

"总而言之，柳家的如果真坏了事，秦显家的接了去，大观园厨房更遭荼毒。你们说这秦显家的是哪方神圣？"

文亮道："这股势力，本身就没有能力，还老想吃白食被别人供养，并不得人心，很快就偃旗息鼓了。"婉儿忙说，这股势力这么不堪一击。

秋真道："是两股势力好吧。大观园的厨房两次遭劫。司棋一股来势汹汹的，司棋还说：凡箱柜所有的菜蔬，只管丢出来喂狗，大家赚不成。小丫头子们巴不得一声，七手八脚抢上去，一顿乱翻乱掷的，把柳家的厨房弄了个底朝天。

"另一股势力，就是西南上夜的司棋的姊娘秦显家的，她来得更绝，趁着柳家的母女出事说不清的档子，干脆接管了大观园厨房。关键是，如何联系这两次行动。"

秦明道："追踪起来，两股势力有关呢，司棋的父母虽是大老爷那边的人，他叔叔却是荣府这边的，该合而一股。这就好办了，司棋干脆就是指迎春，是一个吃软饭的皇帝，秦显家的又在西南角上夜，也是永历所在的方位。两个条件一凑，就是说小厨房一而再地被抄底，演绎的是那个西南方向上的皇帝的饭碗，本来就快连草根子都吃不上了，还让自己人一而再、再而三地砸了。"

秋真道："这倒好，本来就饥不果腹地吃野菜，还自己砸饭碗，作死呢真是。"

芸轩道："这是小事，对付秦显家的不费事，因为秦显家的本就弱势。主要是，曹公要借厨房事件为郑氏正名呢。砸皇帝饭碗的是两股人，一是皇帝身边的司棋等人不争气，穷到这份上了，还只想吃软饭，这怨不到远在东南的郑成功。

"二是，就算柳家的不愿意供养迎春的人，就说郑成功不想照顾皇帝，是因世道艰难物资匮乏顾不上，但她管理厨房还算谨慎尽职。如果换了秦显家的这股人，比如郑袭的势力，倘或钻空得了势，那就了不得了。好在平儿力挽狂澜，及时平定了这场乱子。

"难就难在，小猴说的两个姐姐的话，一个小蝉，一个莲花，她们都是高洁的象征，如果两个高洁之人说你龌龊，说皇帝饭碗是你砸的，还差点丢了厨房，恐怕百口莫辩吧。"

山岚道："倒是说的，小蝉、莲花虽是高洁之物，但诬陷五儿的地方，正在蓼汀花溆一带，这可是令人不寒而栗的地方。看来，五儿被诬是有金人捣乱。"

芸轩道："平儿确是公平的象征，亏了平儿行权调查，一切才水落石出，等一切清楚了，五儿的罪名就洗脱了。"

秦明道："即便五儿平了冤，可贾环和彩云却浮出水面，他们弄权的恶果得有人承担，这是彩云认了的。错放在五儿身上不对，可放在贾环身上，也让探春说不清的，五儿、探春得都洗白了才好，怎么办？难怪曹公投鼠忌器，说打老鼠，怕伤了玉瓶，这也是曹公纠结的地方，怕伤了一个好人的脸面。"

文亮道："抽丝剥茧，层层剥来，我看这才是蝉蜕体的最后一层，是该给郑氏一个结论的时候了。"

芸轩道："脂砚说的再明白不过，郑氏的名声，争端起自环哥，起自彩云，却结自宝玉，也结自彩云，只有彩云担了名才好。"

山岚道："这么说我想起来了，前两天秋真还说，贾环和彩云在东小院作怪，真有问题。本来是贾环和母婢有染，却造谣说宝玉对母婢强奸不遂，以至于贾政说宝玉要酿成弑君杀父的地步。仔细想来，这些事都是因为贾环作怪，他起的作用太大了，竟忽略了。"

秦明道："隆武帝遇害，恰恰是因郑芝龙暗中勾结清军造成的，正是赵姨娘猥亵皇权时，贾环这个最丑陋的东西，玷污了清明如彩云般的政治环境，才败坏了复国的第二春。"

文亮道："隆武还算是个明君，他留下的国姓郑氏倒没给他脸上抹黑，才迎来了第三春，只是娶了郑芝龙这个可恶的小妾，天天嘈聒郑成功，一刻不得安宁。这样推断下来，那一天发生的事，似乎更合理了。"

秦明道："本来嘛，郑芝龙拥立隆武的目的就不是精忠报国。为了父兄，郑成功也在投与不投之间取舍不清。"

秋真道："毕竟是父亲，这种斩不断的血脉总有说不清的地方。"

山岚道："这就是平儿的好处，尽管没有凤姐的杀伐决断，但她至少是公平的。她深知，探春一向被赵姨娘所累。她是她，赵姨娘是赵姨娘。所以，平儿判冤决狱，给了探春最好的结论。那就是：母亲是老鼠，女儿是玉瓶。过街老鼠人人喊打，但仍然要爱惜玉瓶。"

秦明嘟哝道："为什么曹公意犹未尽，半吐半露地说，结论可结自彩云呢。"

秋真道："你嘟哝啥？"

秦明道："我在想彩云的事，彩云担当了也不行，必须得宝玉担当，探春才彻底摆脱干系，就该结自宝玉。永历小朝廷，应该担当起这部分责任。彩云偷露，是赵姨娘再三请求，爱子之心使然。至少彩云认为，环哥的善良没有全部泯灭，所以也就做了，这是事实。"

秋真道："无论如何隐瞒，也泯灭不了她是贼这个事实。她做错了，宝玉却应承下来，不因别的，因只能是宝玉担责，他两个才是朝廷有机的组成部分。一个是皇权，一个是行使权力的政治环境。皇权无力，政体腐败，才使得皇权被挟持利用。"

芸轩道："彩云担当，预示着真正的决裂，源自贾环的那段真心表白：不看你素日之情，我索性去告诉二嫂子，就说你偷来给我，我不敢要，你细想去罢！"

秋真道："仔细想想这话真狠，这个主动和被动的关系，贾环拿捏得很准，若按这个说法做去，彩云还真百口莫辩。"

婉儿道："这个贾环比赵姨娘还无情。"

山岚道："虽如此，这母子俩这回还真怕了。确确实实偷了王室的东西，又被玉钏儿吵出，显然藏不住了，这可怎么了结？"

芸轩道："怎么了结，一拍两散。彩云赌气一顿包起来，乘人不见时，来至园中，都撒在河内，顺水沉的沉漂的漂。这可不是平常的赌气，是真正看清了贾环的面目之后的彻底决裂。"

婉儿道："这是和谁决裂？"

秦明道："是和郑袭决裂了罢。"

婉儿道："还是郑袭，赵姨娘大闹怡红院，就是郑袭监国之事，可她被四官前后左右地裹住打，是什么意思？"

秦明道："自称监国，相当于脱离大明体系，视同造反。四官是谁？藕官代表黛玉，蕊官代表宝钗，葵官代表湘云，荳官代表宝琴，还有芳官代表宝玉。这几方，几乎代表了当时国内所有势力。郑袭监国，金人不待见，大明人也不喜欢，对于郑袭的监国行为，自己人也没放过他，最后他还是投清了。"

秋真道："还真是，五儿兼有一红一白两个身份没错，起初是小红，后就是坠儿。看来郑家又出了一个败类，正是贾环那句无情之言，彻底让彩云清醒了，以至于她向沁芳溪中埋葬了所有的一切，且哭了个泪干肠断。

"郑袭也是偷鸡不成蚀把米的悲哀，大约是被彩云们一类人挑唆得闹政变，按这个理讲，主动也好，被动也罢，既投清，就要担起这个贼名。"

芸轩道："彩云虽有担当，主动承认了错误，可也改变不了丑陋的形态，这个错，结自彩云是对的。这就是贾环、彩云的弄权过程，短短两个月内发生的翻天大事。"

秦明道："我也突然明白了另一件事。脂砚说，赵姨娘疼儿，以至于弄得羞愧满面；柳家惜女，几至鞭楚随身，原来说的是同一个人。可知养子种孙，自有大体，看这两个妈妈的结局，似乎她们早晚都毁在自己孩子手里，悲哉，悲哉。"

山岚道："脂砚还说，溺爱禽犊，煮糕烹茶，何等殷勤，未得些便宜。好像欲言又止的，后面一句，干脆我替她说：禽犊之爱虽深，反因此丢了卿卿性命。说的是郑芝龙对郑成功的错爱。"

芸轩站起来，拍拍身上的土，边向前走边说道："说郑芝龙没错，但你们没想到下结论的人是谁。"

秦明道："平儿说偷东西的人是宝玉，是把误国的责任推给了宝玉，为探春正了名声。但下结论的人，轮不到平儿，最权威的还是凤丫头。婉儿，你和白禾对几句凤姐和平儿的台词给各位听听，看咂摸出什么味道来。"

婉儿、白禾道："好！"

凤姐道："虽如此说，但宝玉为人，不管青红皂白，爱兜揽事情。别人再求求他去，他又搁不住人两句好话，给他个炭篓子带上，什么事他不应承？咱们若信了，将来若大事也如此，如何治人？还要细细的追究才是。

"依我的主意，把太太屋里的丫头都拿来，虽不便擅加拷打，只叫她们垫着磁瓦子跪在太阳地下，茶饭也不用给她们吃。一日不说跪一日，就是铁打的，一日也管招了。"

芸轩笑道："听出什么了没有？为了保全探春的名声，平儿向凤姐撒了谎的，平儿之前可很少这样。可凤姐是什么人，她的聪明无人能及，是个玻璃人。她一听就知道，要么平儿撒谎，要么宝玉作怪。

"她素知宝玉为人，不分青红皂白地爱替人兜揽事务，就连贾环泼蜡，想烫瞎他的眼睛这么大的事，他都不追究；后又诬告他奸淫母婢，被打了个半死，也不了了之。什么脏水也不避讳，这次怕是又替人瞒脏呢，凤姐能不知道？将来若都如此，如何治人？如何治国？"

秋真道："或者宝玉善良，或者宝玉无能，或者宝玉没办法不承担。前面也说过，兼而有之，总之就是他的错。"

芸轩道:"因他是块宝玉,有自洁的能力。或者宝玉在哪里是非就在哪里。总之,如今的宝玉毫无招架之力,只求姐姐们以后省事些。"

凤姐又道:"苍蝇不抱没缝的鸡蛋,虽这柳家的没偷,到底有些影儿,人才说她。虽不加贼刑,也革出不用。朝廷原有挂误的,到底不算委屈了她。"

芸轩道:"凤姐这句话算一针见血,说到点子上了,郑成功被人怀疑,具是有影的事。郑芝龙叛国是隆武朝灭亡的最大祸首,对于那些经历者,想到这些,就会气得牙根痒痒。有这样的父亲,又和儿子长达一年多时间不清不楚地接触,又是受降,又是谈判的,仅仅只是扩充实力用的缓兵之计?我看未必,是金人抛出的筹码不够重而已。这些,他能解释清楚吗?坊间有传言不可避免。

"就比如崇祯朝的袁崇焕,不就因捕风捉影的事,才让崇祯起了疑心,动了杀机。凤姐的话明白得很:朝廷原有挂误的,它能不分青红皂白地揽事,也能不分青红皂白地杀人,要看朝廷的作为了。

"如果怀疑郑成功,说他投敌叛国,有他父亲在,到底不算委屈了他。可朝廷不计较,不是因相信了他,是因他到底还有些担当。用宝玉的话说,再没想到,彩云是有肝胆的人。第二个原因,也是因朝廷没有计较的实力,也没有计较的工夫。天天忙着逃跑呢,谁还管谁投降不投降。这个事,如果放在和平年代,不可能是这样的。"

白禾道:"何苦来操这心?'得放手时须放手',什么大不了的事,乐得施恩呢。依我说,纵在这屋里操上一百分的心,终久是回那边屋里去的,没的结些小人的仇恨,使人含恨抱怨。况且自己又三灾八难的,好容易怀了一个哥儿,到了六七个月还掉了,焉知不是素日操劳太过,气恼伤着的?如今趁早儿见一半不见一半的,也倒罢了。"

芸轩道:"听明白没?这才是平儿的用意,即便搞明白能怎样?操心还有用处吗?这个摇摇欲坠的王朝已走到尽头了,终久是回那边屋里去的。那边屋里,就是暮气沉沉的黑油门,就是死亡,这是《石头记》的最终要义。

"凤姐是聪明人,平儿是明白人,凤姐辛辛苦苦怀的这个六七个月的小生命或者说小政权,还不是最终流产了。郑成功治理台湾才几个月,正如探春从政期间,大观园这些奇奇怪怪的事,她对也罢,错也好,已走到尽头,你还和世人争论她的对错有意义吗？"

这一席话，说得大家都沉默了。

冰儿道："朝廷无奈。其实历史自有后人评说。哎！要不我也长长见识，听听你们各位评论一下这些古人的是非。"

文亮道："虽不当乱说，我还真是有自己的看法。从当时的情形看，郑成功选择攻打台湾是明智的，整个清朝一代，也认可他对大明的忠诚。只是从南明整个局势看，他完全站在自己立场上，从没考虑整个南明的军事态势。所以，才一次次丧失割据江南的最好战略时机，在这一点上，他有不可推卸的责任。"

秦明道："要是你处在当时那样的当口，你也未必不像他那样。那个烂朝廷值得谁去保吗？和贾环一样猥琐，像燎了毛的小冻猫子，哪里暖和往哪里钻，说逃跑就逃跑。还一脚跑到了缅甸，一点帝王的担当都没有，让我也不愿意跟他们干。

"我看郑成功就是民族英雄，在那个叛徒横行的年代，要想洁身自好不当叛国者，就得出家当和尚，哪有出路？像他这样誓死抗清的人还让人说三道四，我觉得不公。"

山岚道："对，李定国不是一直跟随永历保天下吗，结果呢？还不是遗憾终生，这个朝廷怎么让人保？"

秋真道："我还是那个观点，凡事一分为二，功是功过是过。在占领台湾后不久，就听到永历去世的消息，他和李定国的反应差不多。李定国后悔、懊恼，因自己没能力救他回国；郑成功恐怕更多的是惭愧，他的错，就是在他有能力的时候，很少向朝廷伸出援手。当年，张煌言、李定国都曾向他发出过请求，他都视而不见。

"永历是个逃跑帝，大家都认为他逃到缅甸可能相对安全，至少在那里还是一面旗子。当得知永历去世的消息时，他除了悲伤还有惭愧，我是这样推测的。"

芸轩笑道："只缘占尽风流号，惹得纷纷口舌多。不仅你们胡乱猜测呢，冯玉为宝琴的这首怀古诗画了一幅画。你们知道吗，那画的谜底，就是柳五儿。"

第六十二回

莽玉葬秋兰　浮云眠海棠

回到杏园农舍，只见院门和屋门都敞开着，大家都面面相觑。秋真吃惊喊道："招贼了，好好的怎么院门大开？"

婉儿和白禾就两步并做一步地跑进屋内，也惊惊乍乍地喊道："不是招贼了，是仙人下凡了。你们快看，这么多好吃的。哇！还有一束蝴蝶兰，谁送的？"拿过来看时，上面吊着一张小卡片。写着：

芳自幽林不是花，空谷化蝶眼中人。

从来馥郁清风里，独立求取一片云。

——送给我的爱人！

冰儿拿过来嗅了一下，又吻一下花瓣道："好美的花，这里这么大个花园子，都没这个好看的，是送给谁的？"

秋真笑道："你是有人送花习惯了吧。但直觉告诉我，这花不是给你的。"

冰儿道："难道是给你的？"

秋真道："我才不稀罕，也没人送我。"

婉儿和白禾在屋里各个角落找来找去。

芸轩笑道："找找后面藕塘上吧。"大家找过去，果然那边坐着两个人，在水塘边上坐着钓鱼呢。

山岚一眼认出是冯玉，跑上去，不容分说，先来个热烈的拥抱，彼此捶打对方。大家跟过去，乱着寒暄了一阵，山岚他们才转身看另一个人。这个女孩长得真好看，长发垂肩，眉目清亮，鹅蛋脸，细高身材。见过来这么多人倒也不羞涩，冯玉给她一一介绍，大家似乎很熟悉的感觉。

她微笑着，和大家拉手，自我介绍道："我叫芝子，是冯玉的搭档。天天听冯玉叨叨你们的名字，耳朵都起茧子了。在影视城刚杀青一部片子，冯玉等不得来找你们。一下飞机，就到了你们那里，结果在茶轩扑了空。亏了小妹告诉了你们的去向，我俩好容易才找了来。"说着，大家回屋子里。

最高兴的莫过于山岚，她忙着给二人泡自己拿手的兰贵人，又问许多那边的新鲜事。冰儿道："我们算沾光了，你们不来，谁也别想喝上她做的好茶，重色轻友。对了，这一束蝴蝶兰真好看，如果早来一天，可以参加咱们的斗香大会了。上面还写了诗，冯玉，你要送给谁，是给山岚的吧？"

秋真道："咱们的芝子小姐冰清玉洁，多配这首诗。冯玉，几天不见长进呢，会交往女朋友了。"

冯玉笑道："哪里，我是替别人送的。人家说了，谁看懂那首诗，花就落谁家。看我带的那些好酒没？是因芝子今天过生日，借她的生日，今晚咱就来个一醉方休如何？"

冰儿道："我知道花落谁家了。"

秋真听他这样说，突然来了兴致，也笑说道："不说生日我倒忘了，巧得很，今天也是我生日呢，只可惜没人记得，也没人送花。"

山岚瞪了秋真一眼，刚想骂她，秋真走过来悄悄拉她道："我知道今天不是我的生日，配合一下死不了你，非得吵嚷出来吗？"

山岚道："你冒充和她一天的生日啥意思，成花痴了！"

秋真道："你别管，一会就知道了。"然后高声对大家说道："今天不光我过生日，婉儿也是今天的生日。"婉儿吃惊地看着秋真，秋真向她眨一下眼睛，示意她别说话。

芸轩听秋真一嚷嚷，就知道秋真的用意，也不答话，笑着和婉儿、陆风等洗碗，准备摆桌子去了。

今晚的电倒没出问题，大家在院子了赏了一会儿花，钓了一会儿鱼，直到天色晚了，看不太清楚了才进屋子里。只见桌子上摆满了各色小吃食，还有白兰地和红葡萄酒。

大家围着桌子坐定，冰儿挨着山岚坐，她就怕她们又是诗词歌赋，又是谈古论今的，好有人提点一下。芝子却高兴得很，常常听冯玉说他们趣事，恨不能也参与一回，所以她专门坐在芸轩旁边。

芸轩笑道："可不行，今天有三个寿星，座次不能乱了套。你和秋真、婉儿上座，冰儿做主陪，我们几个都是副陪。"大家推让了一遍，也只得按座次坐定。

山岚道："坐也坐了，我就不服有些人，凭啥坐上座。"

秋真道："服不服的待会儿再说，让我坐这里我就得说话。咱们先吃点，尝尝冯玉的小点心，然后再举杯祝寿。"大家吃着小菜，冰儿提议，共同为三个寿星干一杯。

冯玉道："这样喝酒太无趣，也太拘谨了，咱也不用劝酒，大家放开些。说到底，还想见识你们演绎《石头记》呢，怎么今晚不安排吗？听说你们还有什么斗香大会，再来一次也行啊。"

山岚道："他们还能放过你，你说芝子生日，有人立马来了，也说自己过生日。这是哪一出？"

秋真道："不服是吧，咱两个划拳来一局，三拳两胜，输了的听宣怎么样？"

山岚道："谁怕谁！"说着二人五魁首、八匹马地乱叫起来。一会儿出了结果，山岚输了，只得道："听宣就听宣，你还能出出什么好题目来。"

秋真道："贾府大人们还没回来，只有薛姨妈看门户，给四个人同时过生日难得。行令是少不了的，但射覆就算了，也来个酒底酒面。酒面就解释黛玉那串子话是什么意味；酒底也用一句古诗来解释黛玉的酒底。"

山岚道："这得让我想一会。酒面是一句古文，一句旧诗，一句骨牌名，一句曲牌名，还要一句'时宪'书上的话。婉儿，把黛玉的那串话先说一遍，我咂摸一下味道。"

婉儿道："好说，听着：落霞与孤鹜齐飞，风急江天过雁哀，却是一只折足雁，叫得人九回肠，这是鸿雁来宾。"

山岚道："落霞与孤鹜齐飞，秋水共长天一色。取自王勃的《滕王阁序》，而我最佩服的还是里面的四韵八句诗，其中一句：阁中帝子今何在？槛外长江空自流。里面出现了'槛外'二字，槛外人可是妙玉的自号。黛玉是在喟叹逝者如斯，就像这长江东逝水。帝子何在？槛外人何在？她担心机会一去不复回。"

文亮道："风急江天无过雁，明月庭户有疏砧。黛玉为何将陆游的'无过雁'改为'过雁哀'？"

秋真道："意境大变。难道只是'有和无'的区别？"

山岚道："江上雁飞过，却是一只折足雁，她受伤了。此雁又哀鸣不止，又怎会鸿雁来宾呢？"

秋真道："自己答不来，还问别人，还不罚。"笑着，硬灌了一杯。

文亮笑道："砧子捣衣，意味着备战。槛外长江与这里的一色江天，总让人想到风急浪劲的长江。"

婉儿道："什么是鸿雁来宾？"

芸轩道："鸿雁于飞，哀鸣嗷嗷。维此哲人，谓我劬劳。维彼愚人，谓我宣骄。"

白禾道："什么意思？"

文亮道："这是《小雅·鸿雁》里的一句，说的是战后流民大批迁徙之境和开荒种地之事。所以，鸿雁成了苦难流民的代名词。"

山岚道："鸿雁在空中飞翔，哀鸣阵阵。只有那些知音，才听懂它的哀鸣和辛劳，而那些糊涂虫，才说它们哀鸣是发牢骚呢。"

白禾道："听爷爷说，郑成功收复台湾后，为断绝郑家军需，清政府实施禁海。国姓爷强行发动金厦地区大批民众和士兵，举家迁徙台湾呢，是不是说的这个事？"

秦明道："也许。季秋之月，鸿雁来宾，特指北雁南飞之象。而这只哀鸣的折足雁，让我想到两个字'哀鸿'。"

文亮道："哀鸿，不就是'哀鸿遍野'吗？黛玉是想告诉我们一种惨状，就是哀鸿遍野吗？"

山岚道："我有了：江海风急。折足雁，正迁徙，何止叫声让人九回肠。"

秋真道："这么多人帮你才算有点意思，你的酒底呢？"

山岚也拿起一个榛子，甩手掷向墙上挂着的一个葫芦瓢，道："此榛既是捣衣砧，何时长安驱胡虏？"

文亮拍手笑道："说得妙，我再敬你一杯。"大家也都笑着一起喝干。

白禾悄悄问文亮："你从哪里看出有葫芦了？"

文亮道："榛子非关隔院砧，何来万户捣衣声。黛玉肯定化用了李白《秋歌》里的一句：长安一片月，万户捣衣声。可你知道后面一句吗？"白禾摇摇头。

义亮道："何日平胡虏，良人罢远征。什么时候才把胡虏赶出去，战争才罢，她也许看不到希望了。"二人悄悄说着，那边都各自找到对手，胡乱地划起拳来。也有会的也有不会的，一时婉儿输了。白禾叫着，也让她像山岚刚才一样，说湘云的那串子话，大家静下来听她说。

婉儿道："岚姐姐提着我点。"

秋真道："不行，错了就要罚酒。"

婉儿道："好吧，我先说原话：奔腾而砰湃，江间波浪兼天涌，须要铁锁缆孤舟，既遇着一江风，不宜出行。"

说完，不见动静。

白禾催道："快说！快说！"

婉儿道："我只知道这几句话里，第一句出自《秋声赋》。说秋风骤起，听上去'奔腾而砰湃'；后面就形容秋风如金铁皆鸣，又如赴敌之兵，却不明白这话的用意。"

山岚道："风声鹤唳，犹如金戈铁马的战争景象。草木皆衰，令人心生肃杀之悲。湘云又要兴兵作乱了。"

婉儿道："第二句出自《秋兴》，里面还有一句：

寒衣处处催刀尺，白帝城高急暮砧。

"说的好像也是战争景象，湘云的意思好像说，长江这么大的风浪，需要把船用铁锁链起来。她嫌江风大，说不宜出行。"

山岚悄悄道："小疯子，《秋兴》是杜甫逃避战乱、寄居夔州时所作。湘云这是让他们快逃难去吧。"

文亮道："不过，铁锁缆孤舟一句却像鸳鸯的酒令。宝钗说，三山半落青天外，鸳鸯说，凑成铁锁练孤舟。不仅意境像赤壁之战，且这个孤舟有所指。"

婉儿道："弹丸之地的台湾，可不就是座孤舟。反正是说出行的日子不吉利，既然船遇江风，就别出行了呗，出来不是找死吗？"说得大家也笑了。

芸轩道："你们也好意思拿来当笑话呢。"

文亮道："这个，确实像极了赤壁之战，这又是哪一场失败的战役？"

秦明道："湘云的令，自然是湘云的战役。找找看，那个时候台湾和谁作战。"

冰儿道："我想了个好办法，婉儿喝一个，我就告诉你。"婉儿只得喝了。

冰儿道："还有酒底呢，肯定在湘云的酒底里面。"

婉儿等她说酒底，冰儿道："我说完了，不是办法吗？"

婉儿道："这算什么办法，骗我喝酒，还得我想。岚姐姐帮我。"

山岚道："你喝一个认罚，我替你说了。"

然后道："这鸭头不是那丫头，头上哪讨桂花油。宝玉偷来桂花油，彩云丫头抹上头。"

婉儿道："你说的我也不懂，你解释清了，我自然喝。"

山岚道："这个还不明白，宝玉、彩云为何红了脸？因被黛玉说到了玫瑰露，点着了二人想占位台湾的穴位。"

婉儿道："不对，是桂花油而不是玫瑰露，怎么说？"

山岚道："莫不是远在国外的桂王朱由榔要出事？丫鬟们说：怎见得我们就该擦桂花油的？倒得每人给一瓶子桂花油擦擦。是呀，即便偷来桂花油，那丫头也不抹，怎么见得我们就得擦桂花油了？湘云说的这丫头，根本不尊桂王永历为宗主。"

婉儿道："这不擦桂花油的丫头是谁？"

山岚笑道："不擦桂花油的不是个丫头，而是个鸭头。水里生的，想想谁穿了凫雁裘？"

婉儿道："是宝琴，她是不想擦桂花油的丫头吗？这和湘云啥关系？"

秋真道："想当年，蒋玉菡说：女儿愁，无钱去打桂花油。这会子白给了，她倒不要了。"

芸轩道："你们走差了路了，丫头没错，可人家说是船遇'江风'，黛玉和湘云都说是'江风'。台湾的风该叫海风。怎就见得铁锁所缆之'孤舟'，就是台湾呢？"

婉儿道："你说该是哪里？"

芸轩道："黛玉说：落霞与孤鹜齐飞，厦门不是称鹭岛吗？它与鼓浪屿之间的海域称鹭江。我推测这场战役，应该是金厦二岛保卫战。"

文亮道："有些靠谱，正是由于台湾政变，郑经不得已东征靖难。刚回到厦门后，清廷便虎视眈眈尾随而至，双方开战，郑经最终被赶出了金厦二岛，真是不宜出行。"

婉儿没等别人说，自己喝了。

秋真道："有本事你把李纨和宝琴的对出来。"

文亮道："这个有难度，'瓢'字射了'绿'字，莫不是用了'瓢弃尊无绿'一句旧诗？二人说的还是安史之乱的背景，这场战役肯定和胡虏有关了。"

山岚指着刚才的葫芦道："就是瓢字，李纨大概是看到了屋子里挂的葫芦了吧。"一连喝了两杯，婉儿略有些酒意，脸也红了。大家离了席，坐在沙发上，随意地喝些茶。

秦明道："说起沾光过生日，不用说，秋真肯定是想到了平儿、宝琴、邢岫烟、宝玉同一天过生日的事。"

冰儿道："大家聚在一起一天过生日，有什么奇怪的？"

芸轩道："你这话和探春说的一样，但是探春的话，没有几句是对的。"

婉儿道："有这事？"

文亮围着沙发走一圈道："我想想，探春的原话是：倒有些意思。一年十二个月，月月有几个生日。人多了，便这等巧，也有三个一日、两个一日的。大年初一日也不白过，大姐姐占了去。怨不得她福大，生日比别人就占先。又是太祖太爷的生日。"

山岚道："还说二月没人呢。袭人就说：二月十二是林姑娘，怎么没人？只不是咱们家的。这几句话听上去有点怪怪的，但又说不出为什么来，反正里面有些味道的。"

秋真道："这还不明白，主题只有一个，就是要我们注意每个人的生日。也难怪，宝玉的生日一直是个谜，要是今天让咱们给破解了，那可是值得庆贺的大事。"

芸轩道："说的没错，宝玉的生日时隐时现，见头不见尾的，让曹公藏得那叫一个严实，人们也找得辛苦。我想，若解懂了探春的话，就离真相近了。"

冰儿道："有这么简单？"

芸轩道："自然，要不曹公对我们啰嗦这些生日做啥。"

秋真道："那咱们先说说探春的第一个意思。她说：一年十二个月，月月有几个生日。人多了，便这等巧，也有三个一日、两个一日的。"

芸轩道："底下一句，就该也有四个一日的。因这一天真就是四个一日的，可她为啥不往下说了呢？"大家点头。

秋真道："第二个意思，大年初一日也不白过，大姐姐占了去。怨不得她福大，生日比别人就占先。又是太祖太爷的生日。这也没什么。"

芸轩道："这就是她举的两个一日的例子，是大姐姐和太祖太爷。若真是这两个人一日，有这么举例的吗？一个死人，一个活人，能说成是同一天过生日吗？"

秋真道："第三个意思：过了灯节，就是老太太和宝姐姐，她们娘儿两个遇得巧。"

芸轩道："这句话的问题最大。咱们都知道，宝姐姐的生日是十五岁那年过的，是元月二十一日，贾母亲自为宝钗过的。为这事，凤姐还专门和贾琏商量过，按什么规格为宝钗过。

"可到目前为止，书中还没有给贾母过生日的描写。到七十一回中，明确说了，八月初三是贾母八旬之庆，且从七月上旬，送礼的就开始络绎不绝，说明贾母过生日时,是延续些时日的。

"这和给宝钗过生日时的场面完全不符,如果她俩都是灯节过后同一天生日的话,怎么一点没有贾母过生日的迹象呢?所以,问题就大了。贾母根本就不是那天生日,可探春为什么给贾母杜撰一个错误的生日,硬生生地要和宝钗放在一天内?"

秋真道:"第四,二月怎么没人。袭人说黛玉是二月的生日,就只不是咱们家的人,这句话更有意思。"

芸轩道:"蹊跷的是,探春偏偏给忘了。其实,只有二月这两个人,才真正是同一天生日。可袭人却说,黛玉不是咱家的人,难道宝钗是咱家的人吗?"

秋真道:"第五个意思:三月初一是太太的,初九是琏二哥哥。我觉得这段话的问题也大。"

芸轩道:"这段话说了两个人的生日,但不是同一天,这和探春要表达的主题完全不符。其实,这个月加上她自己,一共三个人,但不是一天的,只是一个月份而已。

"另外,每月初二、十六,是大观园的法定社日。可偏偏在七十回的三月初一这天,黛玉却重建桃花社,初二便是探春生日。

"记得吗?初一大早晨,宝玉的怡红院就热闹非凡,紧接着就去往稻香村开社,竟没有半点为王夫人过生日的信息。你们说说,她为何说这些矛盾重重关于生日的话?"

文亮道:"这么一说,我倒悟出个道理。她说,一月份都有谁,其实是大姐姐一个人;二月份虽然忘了,但也补充上了俩人;三月份还有谁,算来算去应该三个人;跟你前面说的一样,可说到四月份就截住了。照这个话茬延续下去,就该说:巧了,四月份有你们四个呢,是不是?"

秦明道:"就是该这个样子延续,探春的话藏了尾巴。我给她还原一下,应该是这样的:一年十二个月,月月有几个生日。人多了,便这等巧,也有三个一日、两个一日的、四个一日的。然后就是一月里有谁,二月里有谁,三月里有谁,四月里有谁。

"可她为什么偏偏都说到'四'这个人数和月份时戛然而止？藏起的这'四个人和四月份'，是不是就是过生日的时间呢？"

芸轩道："你们倒是也想想！"

秦明道："她说的生日都有问题，没问题的偏偏忘了。我看她不是忘了，林妹妹的忘了，却单单想着一个琏二哥哥，这说不过去。难道说，探春有意告诉咱们，说几个人同一天过生日，纯是瞎说，也别说是四个人一天过生日，那些三个的、两个的，都是为了情节发展需要，编的。此时，这四个人在四月份的同一天过生日，也是错的，是为了故事发展需要。"

山岚道："这个说法对头，可什么原因要安排她们同一天过生日呢？"

芸轩道："四个人的生日都在四月份过，可以确定了，可到底是哪一天，曹公没告诉咱，其实也没必要告诉。"

冰儿道："一说又黑天了，藏起来个生日什么用？"

芸轩道："用途大了，依我的判断，宝玉根本没生日。"

婉儿道："真是这样吗？"

芸轩道："未嫁先名玉，来时本姓秦。每一次改姓，就是一次重生；每一次重生，都意味着改朝换代。这也就是曹公安排宝玉生日不确定的原因。这次一样，咱们只能落实一个大体的所谓生日月份。曹公不会让咱们找到宝玉的具体生日日期的，因为根本就不存在。

"每诞生一个新政权，那一天就是他的生日，而改元的日期，大多放在元月初一，就是元春生日和太祖的诞辰日。还特别把贾母和宝钗的放到了一月里，用意自明。"

冰儿叹道："事情就这么简单？你说宝玉没生日？老天，我倒从来没想到这个论调。"

婉儿道："真是这样哎，宝玉换一个主人，可不就是一次重生吗？宝玉的生日，《石头记》里共出现了两次。一次是'亡种节'，把葬花日当成了生日，这次也是这样？"

山岚道："葬花日伴随的是生日，准确得很。这次葬花日又是哪个政权亡了？"

芸轩道："那就看看，为什么这四个人同一天生日？至于葬花日也对。都在芍药栏中红香圃内，可不是要葬花？"

婉儿道："怎么葬的花？"

芸轩道："宝玉蹲在地下，将方才的夫妻蕙与并蒂菱，用树枝儿抠了一个坑，先抓些落花来铺垫了，将这菱蕙安放好，又将些落花来掩了，方撮土掩埋平服。"

文亮道："果然是葬花，且葬送的是夫妻关系。这两个人的身份有隐指呀，邢岫烟这个未来的薛家媳妇，是和宝琴代表一个人，这二人一天生日说得过去，明白了。"

芸轩笑着从里屋拿出四个布偶，放到茶几上比画道："我发现曹公架构皇权，有个窍门。一般就是让这个政权分成四部分。"

她拿出一个男布偶，道："一部分是皇权之柄，仅仅作为权力的象征。比如玉字辈的宝玉、贾环、贾琏、贾琮，带虫子的薛蟠、薛蝌等；一部分代表皇权之力，由行使权力的人处理日常事务，比如凤姐和平儿、李纨、宝钗等；一部分是皇权之魂，代表其思想和灵魂，比如妙玉、黛玉、宝琴和邢岫烟；最后一部分就是体魄，活生生地站在你面前，比如贾母、王夫人、赵姨娘、赖嬷嬷等。"说着，将布偶一一摆完。

冰儿道："为什么这么分？四春呢？"

芸轩道："因魂无形，乃是灵魂，而魄恰恰是外在形体。有了权柄、有了权利、有了魂及魄，这个组合才是有机的、完美无缺的。而四春，是每个皇权存在的时代符号。"

然后指着布偶道："在元春时代的皇权结构是：权柄为宝玉，权力是王熙凤，权魄是王夫人，权魂便是黛玉；探春时代，逐渐形成的皇权结构是：权柄宝玉，权力平儿，权魄宝琴，权魂是邢岫烟或者妙玉。所以，曹公为了让咱们明白这次的政权形制，到底是谁登上了历史舞台，他特意安排了一场四人同一天过生日的情节。"

山岚道："这么说，探春原说的二月没人也有道理，竟是黛玉的谶语。平儿行权，和凤姐倒了个子，黛玉的情况就不妙了，离宝玉渐行渐远。黛玉这个二月十二日，正是百花节出生的花神，在一次次被埋葬后，确实已经形消魂亡了。”

婉儿问：“是谁登上舞台了？这个时期是谁的历史？”

秋真道：“当然还是你们台湾哪。”

白禾道：“时间能对上号吗？”

芸轩道：“一点问题没有。该是一六六二年四月间的事。当说到宝玉生日时，曹公有这样一段话：当下又值宝玉生日已到。原来宝琴也是这日，二人相同。有几处僧尼庙的和尚姑子送了供尖儿，并本宫星官、值年太岁、周岁换的锁。凤姐还有一件波斯国的玩器。你们问问文亮，什么是本宫星官、值年太岁、周岁换的锁？”

文亮装着掐指一算，笑道：“太岁即为岁神，也就是每个人的年神，是诸神之中最有权力的年神。太岁神共有六十位将军轮值，每位轮值将军都有自己的属相。如果你的属相和太岁神同属，便是犯值太岁，也就是本命年，在本命年里要发生凶灾的。

“由于太岁位高权重，人人需敬而畏之，为避免得罪太岁，便在冲犯太岁之年，都须在生日时求取太岁符，还要佩戴。比如虎头符纹的花钱，就是本宫星官钱。”

冰儿道：“我听出来了，这次生日宝玉是本命年，看来要犯太岁了，能躲过灾难吗？”

文亮道：“谁还记得诸葛亮的事。当年，诸葛亮披发仗剑，在大帐之中布下七盏大灯，围布四十九盏小灯，内安本命灯一盏。他所拜之星，乃是辛酉太岁石政大将军。正是祈求本命星为自己添年延寿的。至于这个长命锁更好理解。现也有人为孩子祈求的，大约是在周岁时佩戴。”

山岚道：“这么说，这个年份是他们四个的本命年了。这不对呀，本命年是十二的倍数年，宝玉显然不是十二岁，更不可能二十四岁。”

秦明道：“出生的当年，难道不是本命年？没听见是周岁换的锁吗？这个政权刚刚周岁呢。忘了？凤姐还送宝玉小孩的玩具、波斯国的玩器，还是外国玩具，这就极容易想到宝琴的身份。曹公每每不忘提醒一句这一年犯太岁，会有大事发生。"

婉儿道："明白了，这么算来，应该是台湾明郑政权确立，且确立了快一年了。如果从永历十五年四月份登陆台湾的普罗民遮城开始算，到这个生日确实是一周年了。"

冰儿端来两杯酒，道："来，别光顾了说别人的生日，芝子，我敬你一杯。"

芝子喝了，一句话说不上，只好听着。听她们说来说去，也不太懂，只是笑着道："冯玉得意你们给他过生日，说热闹着呢，还做了游戏。今天我过生日，你们也行个令，让我也见识一番。"

秋真道："好啊，咱们也学着她们，来个射覆怎么样？婉儿，找一下你从台湾带来的骰子。"婉儿去了。

芸轩道："说起大上个月为冯玉过生日，我就想提醒你们，凑份子过生日咱们可见识过一回，贾母给凤姐过的。想想贾母为凤姐过生日都发生了些什么事。这会子，探春巴巴地为平儿也凑份子过生日，可不是巧合。"

文亮道："没错，那一天琏二哥哥与多姑娘鬼混，还差点杀了凤姐，导致平儿挨打，宝玉得机会为平儿理妆，平儿穿上袭人的衣服，脸上擦上茉莉粉，头上戴上并蒂蕙，从此上位。"

芸轩道："关键是宝玉迎回金钏。这里一样巧合，因香菱污了裙子，宝玉得机会为香菱换石榴裙。香菱倒实在，换上袭人的裙子，就告诉袭人，有了袭人的裙子，自己的就不要了。你们说，和平儿上位多么相似？"

秦明道："你的意思，探春仿照贾母为别人凑份子过生日，都是一样形式，交代的故事应该大体一样？"

芸轩道："直觉告诉，大事有两件，大概也一样。"

婉儿道："可说的事完全不一样。"

芸轩道："怎么不一样？平儿理妆，隐藏在'香菱情解石榴裙'里；鲍二家的和贾琏之事，隐藏在'湘云醉卧芍药裀'里。一样的，不信你们走着瞧。"

正说着，婉儿拿出骰子，大家端过酒杯拿些零食，围着沙发和凳子坐了一圈。

冰儿道："我说芝子，好不容易引她们老实说自己的事，你又挑唆什么射覆，我可不会这些，我不来。"

芸轩道："就换些简单点的。不过开始之前我得搞清楚，你们三个虽同一天生日，其实有两个是虚陪的，我要把你们先揪出来。"

秋真道："不用揪，我们自动退出。"

芸轩道："还没听懂，宝玉他们四个人的生日倒是闹清楚了。可他们四人中也有三个陪衬，你们能揪出来吗？"

文亮道："能，我发现了，这次过生日，虽然平儿的生日是无意中嚷出来的，但确是最受重视的。"

秦明道："怎么讲？"

文亮道："一，只有她和宝玉对拜了，似乎有点下马拜印的感觉。虽然湘云拉宝琴、岫烟说：你们四个对拜，直拜一天才是。但探春插话就混过去了，三人并没有对拜的行动。

"二，探春说，专门替平儿作生日，且是沿用了贾母为凤姐凑份子过生日的特例。

"三，柳家的磕头，也只给平儿，探春再次强调：外头预备的是上头的，就是给宝玉、宝琴的。这如今我们私下又凑了份子，单为平姑娘预备请她。强调单独为平儿呢。

"四，平儿的生日，有赖、林诸家送了礼来，连三接四，上中下三等家人，拜寿送礼的不少，看这气派不亚于凤姐。从这四点看，其实真正过生日的，只有平儿一人。"

山岚道："说明了什么？"

文亮道："说明这个政权由平儿主持已经一年了。期间她像个消防员，在探春的变革大潮中，显得顾了东顾不了西。平儿的好景不长，还是要出大事。难说。"

婉儿道："不对，明郑政权坚持了好多年呢。"

文亮道："不信待会看。看宝钗的谨慎劲儿，已经关闭了薛家往大观园的角门。"

秦明道："确实有大事发生，宝钗偷偷告诉宝玉：你只知道玫瑰露和茯苓霜两件，乃因人及物。若非因人，你连这两件还不知道呢。言外之意，牵扯了你的人你才知道。殊不知还有几件比这两件大的呢。若以后倒腾不出来，是大家的造化；若倒腾出来，不知里头连累多少人呢。

"话里话外，比这大的事还有几件，这几件大事，应该不关宝玉，但似乎关平儿。又说：平儿是个明白人，我前儿也告诉了她，皆因她奶奶在外头，所以使她明白了。若不出来，大家乐得丢开手。若犯出来，她心里已有稿子，自有头绪，就冤屈不着平儿了。你们也留神小心。"

婉儿道："别吓唬宝玉，平儿能出什么事。还是来酒令吧。"说着，拿出三副骰子和筛盅。

白禾问："什么玩法？"

婉儿道："要不改成白天不知夜的黑。"怕别人不知道规则遂说了一遍，然后问："输了的怎么办？"

秋真走来，写好几个题目，道是：

宝琴：吾不如老圃

香菱：药圃

探春：鸡人

宝钗：鸡息于埘

宝钗：宝玉

宝玉：敲断玉钗红烛冷

香菱：此乡多宝玉，宝钗无日不生尘

一面放到桌上，一面道："三人一组，还要从这几个题目中挑一个，说出意味才算完。"芝子要和婉儿、白禾一组先来。只见三人，各自摇动玉臂，筛盅哗啦作响，半天工夫才啪地拍到茶几上。各自看了一眼自己的点数，芝子先喊了两个三点，婉儿接着喊三个三。

白禾一听心想：难道想对付我？再看看筛盅里，有三个六点还有个一点，但还是故作为难状，喊了三个四。芝子的点数有些杂，但为了不露怯，继续喊三个五，婉儿不示弱喊了三个六。

白禾心中暗喜，喊道："就三个六。"芝子听到这里，显然是打怵了，就要开了婉儿的看，结果自己输了。大家笑着，灌了她一盅酒，让她挑个题目，她上下看了看，选了第四个，道："我不懂你们那些事，只是很喜欢看里面的诗词，喜欢得入迷，所以闲来无事，也研读一些，今儿说出来冒昧，也不知对错，大家一乐。"

秋真道："这就对啦，大家也是图个乐子，谁又不是专家，无所谓对错。"

芝子道："此乡多宝玉，是岑参《送杨瑗尉南海》里的一句，全诗写的是：

> 不择南州尉，高堂有老亲。
>
> 楼台重蜃气，邑里杂鲛人。
>
> 海暗三山雨，花明五岭春。
>
> 此乡多宝玉，慎莫厌清贫。

"在古代，岭南是流放之地，流放犯人去岭南，权当是放逐出了国门。那蛮夷之地，荒凉偏僻，所以没人愿意去那里做官。而诗人的朋友不拒绝去那里，是因要赚俸禄，养高堂老母。并说：那里有海市蜃楼，有泪化珍珠的鲛人。不要轻易就讨厌那里清贫，那里到处是宝玉呢。但我想不明白，为何要说岭南是宝玉之乡，那个荒蛮之地怎么是宝玉之乡的？宝玉和清贫能连在一起吗？"

秦明道："放到历史中，一切就好解释了，这就是脂砚透露过的，宝玉曾经度过一段凄凉清贫的日子，这段日子就是在岭南的国外。"

芝子又道："这个我不了解。宝钗无日不生尘，出自李商隐的《残花》：

> 残花啼露莫留春，尖发谁非怨别人。
>
> 若但掩关劳独梦，宝钗何日不生尘。

"残花无计留春，掩关独梦，宝钗为尘所封，单栖幽怨。人家是问'何日'能回，宝钗已经'无日'不尘封了，这难道是宝钗当前的处境吗？她无日不在独守空房？"

山岚道："荼蘼香梦怯春寒，翠掩重门燕子闲。敲断玉钗红烛冷，计程应说到常山。荼蘼花事了，远处心上人未归，玉钗敲断，蜡烛燃尽，斯人在何方？宝钗怕是再也等不来宝玉了，她只能独守空房，她和宝玉的金玉缘就此结束，历史也为宝玉画上了句号，宝玉时代从此结束了。"

婉儿向文亮道："敲断玉钗，和蜡烛什么关系？"

文亮道："烛花就像玉钗，敲下烛花来，蜡烛不就亮了，大约是这么个意思。"

山岚道："这一年永历纪年到头了。"婉儿、冰儿等都惊得睁大了眼睛，才知道历史上还有这么一说。

秋真拍手称赞，道："咱们的芝子不愧才女，宝姐姐到底死了心，彻底关上了自家通向大观园的小角门。还有谁接着来？"

芸轩道："如今的大观园就是她母女的天下，还要那个虚无的金玉缘什么用？"下一组是文亮、秦明和山岚。闹了一阵子，文亮输了。

她饮了一杯，扶一扶眼镜道："我都包圆算了，什么难的，浪费大家时间。宝琴和香菱射覆的'吾不如老圃'，这句取自《论语》，说的是樊迟请学为圃的故事。子曰：吾不如老圃。樊迟出。子曰：小人哉，樊须也！上好礼，则民莫敢不敬。"

婉儿道："什么意思？"

文亮道："就是师徒二人，讨论该不该学着种药圃。樊迟想学，孔子说我不如药农。等他出去后，孔子就说，他是小人见识。这里的小人，可不是咱们理解的那样，孔子把农人也称为小人，是中性词。他说，只要帝王好礼、好信，老百姓就会背着孩子来投奔你，做领导的不用学着种庄稼。"

白禾道："更糊涂了，这些人说种庄稼干什么？"

文亮道："其实射着宝琴覆的人是湘云。湘云大概是想告诉宝琴，你在岛上亲自开荒种地，不是帝王所为。"

婉儿道："还真是种庄稼了。"

文亮道："再看探春射的是鸡窗、鸡人。鸡窗指书斋，鸡人是皇宫内用侍卫，头戴红饰，清晨报晓的人。她对宝钗说这个，是说自己勤奋。宝钗覆的'鸡息于埘'，取自《君子于役》：鸡栖于埘，日之夕矣，羊牛下来。君子于役，如之何不勿思？"

白禾笑道："越发又出来牛羊了。"

文亮道："宝钗说，黄昏时鸡都回窝了，牛羊也归圈了，在外面出苦役的夫君怎么还不回家？这正是郑成功开发台湾的情形。在我看来，说宝琴也好，说探春也罢，都是一回事。都是褒贬她以小农思想治理大国，又是承包，又是买卖的，把高高在上的宫殿变成了大卖场，有失体统。我说了这么一长篇，你们也不给倒杯水喝吗？"山岚马上送来一杯水。

冰儿也笑道："一向文绉绉的大文豪，这回说的容易懂，我也听了个差不多。婉儿来，咱们敬她一个。"说着，婉儿拿酒，碰了文亮的茶杯，三人喝过。

婉儿道："我不能再喝了，脸红心跳的。"

芸轩道："说起探春，那些个失体统事还小，在探春的治理期间，大事可是接二连三地发生。宝钗已有避嫌之举，万一倒腾出事来，证明和薛家没任何关系。这也很符合当时的历史情况。清廷禁海，停止一切往来，你们那个岛子上发生的任何事，与清廷毫无瓜葛。也是提醒咱们，接下来发生的，就是第一件失体统的大事呢。"

婉儿道："什么大事？没杀人没放火，能有什么大事？"

秋真道："婉儿真醉了，快来沙发上躺躺。"

芸轩笑道："你就躺下吧，来一段湘云的'醉卧芍药裀'正好。"婉儿刚要躺下，听见如此说，马上坐起来，大家哄笑她。白禾道："别是耸人听闻，该躺下躺下，先讲一下湘云的那几句梦话再说。"

婉儿便躺下来，朦胧说道："泉香而酒冽，玉碗盛来琥珀光，直饮到梅梢月上，醉扶归，却为宜会亲友。"

说完又嘟哝一遍，还是摇摇头道："历来学者，都把湘云醉卧当成经典美人睡，堪比秦可卿的《海棠春睡》呢。"说着，真的闭上眼睛想睡一会。

冰儿道："这也是文人们最推崇的地方，你把她说成失体统，我还真一时转不过弯来。"

芸轩道："先别看诗，咱们捋一下，从宝钗的提醒开始，到为平儿祝寿喝酒，湘云就屡屡犯规，对不对？先是不遵规则，自作主张要拇战，因乱令被罚一杯。然后与香菱私相传递消息，被黛玉发现，又被罚了一杯。

"湘云不等发令，早和宝玉三五乱叫起来，这里就有些不雅，且有了失体统的感觉。他们什么身份，能这样吗？湘云输了拳，又被罚了一杯，最后掺和宝玉和宝钗的射覆令，又被罚。整个酒令期间，只有湘云做事出格，被罚最多。罚完酒，就没了她的踪影。

"蒙太奇手法出现了。此时，马上出现了一群人，就是林之孝家的同着几个婆子。她们来的目的很明显：一则恐有正事呼唤，二则恐丫鬟们年轻，趁王夫人不在家，不服探春等约束，恣意痛饮，失了体统，故来请问有事无事。

"早不来，晚不来，湘云喝醉了酒，她们才来，是听到什么了？还是有人告诉林之孝家的，发生什么了？反正林家的说，怕小姐们喝醉了失了体统。

"探春心知肚明，忙笑道：你们又不放心，来查我们来了。对吧，是不放心来查她们的。再看平儿。等婆子们退出去了，平儿摸着脸笑道：我的脸都热了，也不好意思见她们。依我说，竟收了罢，别惹她们再来倒没意思了。

"听到没，平儿喝得脸红了，不好意思见她们，躲起来了，这就是关于失体统的前奏。等到小丫头说，云姑娘吃醉了，图凉快，在山子后头，一块青石板凳上，睡着了。这事就到了高潮。

"因大家走来看时，发现她业经香梦沈酣。四面芍药花飞了一身，满头脸衣襟上皆是红香散乱。手中的扇子在地下，也半被落花埋了，一群蜜蜂蝴蝶闹嚷嚷地围着。又用鲛帕包了一包芍药花瓣枕着。

"这副《醉卧图》曾被好多画家画过，但若告诉你它的真实内涵，你们一定大跌眼镜，也许还会揍我一顿。"

婉儿睁开眼道："就是，我刚梦见这个场景，好美。"说着，满脸醉意朦胧的样子，引得都笑起来。

秦明道："我相信芸轩的直觉，你是说，一群蜜蜂蝴蝶，闹嚷嚷地围着她转，不美、不雅。倒好像有些不干不净的感觉。"

文亮道："对！得让我说说《海棠春睡》的意境。"

婉儿道："我这不算海棠睡吗？"

第六十三回

占花论座次　群芳开夜宴

文亮道:"有名的海棠春睡,曹公用了两次。唐明皇的:岂妃子醉,直海棠睡未足耳!是海棠睡典故的最早由来。后来,苏东坡据此写下了《海棠》诗:

> 只恐夜深花睡去,故烧高烛照红妆。

"海棠睡便人格化了;到了明代,风流才子唐伯虎据此典故,又丰富了想象,画了一幅《海棠美人图》,并提诗:

> 褪尽东风满面妆,可怜蝶粉与蜂狂。
>
> 自今意思谁能说,一片春心付海棠。

"自此,围绕海棠花,就出现了蝶粉蜂狂的状态。曹公首次把这个状态给了秦可卿,并让可儿和宝玉在梦中媾和;然后,又附会上了扒灰和养小叔子这两种乱伦镜像,宝玉又恰恰是秦可卿的小叔。秦可卿的评语也正是:情既相逢必主淫。秦玉结合,正是首度'未嫁先名玉,来时本姓秦'的政治结局,而秦可卿的淫玉之情,曹公是明写的。

"再看史湘云的花鉴,也是海棠花。醉卧芍药裀,就一定是第二次海棠春睡。湘云醉眠之时,芍药飞了一身,一群粉蝶闹嚷嚷围着她,正是碟粉蜂狂的另一番境况。"

山岚道："我倒想起一件事来，占花名时，宝玉靠着一个各色玫瑰、芍药花瓣装的玉色夹纱新枕头。湘云的枕头也是用芍药花包的，和宝玉的一模一样。"

文亮道："这就对上了，枕着芍药花包，盖着满身芍药花瓣，睡在石头凳上，竟也是'淫玉'之情，只不过隐写而已。"

白禾拍拍婉儿道："了不得，你快起来听听吧，再不能睡着了。"

婉儿迷迷糊糊坐起来，要水喝道："我都听见了，你们太可恶，怎么把这么美的东西，就这样轻松地打碎了，即便是事实，我也不愿意相信。"

芸轩道："再看她睡梦中的诗，让你没法不相信。"

文亮道："泉香酒冽，醉扶归。秦可卿的《海棠春睡图》两边，有宋学士秦太虚写的一副联，其联云：

嫩寒锁梦因春冷，芳气笼人是酒香。

"总之一个'酒香'，就让人沉醉，何况是湘云酒醉扶归的地方。湘云那句：玉碗盛来琥珀光，正是李白《客中作》里的饮酒名句，和'酒香'自是难分。

"而此诗最著名的地方，不同于一般羁旅之作，他释放的心声是反其道而行之。李白说，自己虽身在客中，却乐而不觉自己为他乡人，正所谓：反认他乡是故乡，这正是湘云一向信奉的教条。"

秦明道："芍药的花语是将离，又称花中丞相，也叫没骨花。因其外形酷似牡丹，才称其为牡丹的丞相花；又因花茎是草质，不同于牡丹茎木质，才被称没骨花。与君为近侍常伴左右，又没有骨气可言，还正是湘云的气质。"

文亮道："湘云这样还罢了，怎么黛玉也变了呢。袭人送茶给宝黛二人喝，结果两个一言不合各奔东西。"

冰儿道："这没奇怪的，她二人啥时候都忘不了吵架。"

文亮道："这次不同，正是因探春处理彩儿的娘引起的。不知彩儿的娘说了什么大逆不道的话，竟说了不敢回探春，直接撵出去才是，可探春说等太太回来定夺。

"黛玉和宝玉二人站在花下，遥遥知意。黛玉便说道：你家三丫头倒是个乖人。虽然叫她管些事，倒也一步儿不肯多走。差不多的人就早作起威福来了。

"黛玉说探春很守规矩。

"宝玉道：你不知道呢。你病着时，她干了好几件事。这园子也分了人管，如今多揿一草也不能了。又蠲了几件事，单拿我和凤姐姐作筏子禁别人。最是心里有算计的人，岂只乖而已。

"宝玉的意思，看上去是尊王夫人，说等太太回来处置，实际上，却单和凤姐、宝玉过不去，自己有自己的算盘。

"黛玉道：要这样才好，咱们家里也太花费了。我虽不管事，心里每常闲了，替你们一算计，出的多进的少，如今若不省俭，必致后手不接。

"黛玉却是赞同探春的治国方式，说当权者就是你宝玉凤姐，靡费和贪婪会拖垮整个国家，说探春搞承包是对的，应该关注国计民生，否则国将不国。宝玉笑道：凭他怎么后手不接，也短不了咱们两个人的。黛玉就是听了这句，转身就往厅上寻宝钗说笑去了。

"宝玉这个混世的观点，黛玉直接不认同了，一言不合各东西。试问：黛玉一向对宝玉的超凡脱俗、不务实业推崇备至，这回为何志趣大变？何时有过此情此景？她和宝钗一样，也关心起生计来了，宝黛二人，已不是当年的感觉了。"

秦明道："更让人费解的是，钗黛二人还共饮一杯茶呢。"说着站起来，叫山岚过来，端个茶杯，学着宝钗的样子道："我倒不喝，只要一口漱漱就是了。"先喝了一口，剩半杯，递在山岚手内。

山岚笑道："你知道我这病，大夫不许多吃茶，这半盅尽够了，难为你想的到。"说毕饮干，将杯放下。

文亮道："只见过一回，贾母将自己喝剩的半杯茶，递给刘姥姥的。怎么也想不到，黛玉也会喝别人的漱口茶。黛玉到底怎么了？我也伤心呢！"

山岚道："宝玉那边玉钗敲断，黛玉这边却金玉真缘。"

芝子悄悄问秦明："说到喝茶，我一直觉得妙玉的茶喝得古怪，她的洁癖似有所指。从妙玉的表达看，只要是刘姥姥喝过水的杯子，哪怕是无价之宝，如果她自己用过的话，就一定砸烂，还要洗洗刘姥姥站过的地儿。

"之所以留下那个杯子，是因自己从来没用过。奇怪的是，茶碗最终却给了刘姥姥。这样的安排真费解，倒是嫌弃刘姥姥，还是怜悯她？这种关系好复杂。后来觉得，她似乎是针对刘姥姥，因对任何人都没有这么大的反应。如单单因刘姥姥是个穷人，好像说不过去。我就天天盼着有人能告诉为什么。"

秦明道："刘姥姥是谁你知道吗？"

芝子摇头道："不知道。"

秦明道："说来话长，我只告诉你一个故事，你回去自己琢磨一下，就明白了妙玉的心结。当年，金人占领安平，郑成功的母亲田川氏曾经遭到清军轮奸，由于羞辱难忍，她愤而自杀。郑成功对母亲田川氏感情笃深，他无法接受这个事实。

"坊间传言，郑成功曾刀劈母体，为母亲剖腹洗肠，后用黄金为他母亲铸了一尊像，并用沉香做床，五色珠宝做帘，珍重地将其供奉起来。老天却开了个更大的玩笑，后来，这尊金像也被清军抢去熔化掉了。当然这是后话。依我看，那个茶碗最后留给刘姥姥是必然的，这也是后话。

"郑成功也因清军的杀母弑君之仇，与之不共戴天。巨大的国仇家恨，才造成他如妙玉那样洁癖式的待人方式，就让人理解了。正是这样，说他要投降金人，最不可能。"芝子半懂不懂地点头。

又听见芸轩摸着婉儿的头，笑道："傻孩子，别伤心，这也是美的。这种对帝王权力的玉淫之情是可以理解的，自古英雄都如此呢。"

婉儿道："秦可卿和宝玉在一起，是明明白白告诉的，可我还是没看出，哪里有湘云和宝玉一起的地方？就是不信么。"

芸轩道："不见棺材不落泪，文亮讲给她听。"

文亮道："我从哪里找线索？"

芸轩道："湘云的诗啊。她直饮到梅梢月上，夜深醉而扶归。请问她醉饮何处？她说会亲友去了。醉梦中与谁相会，正应了宝玉醉梦中与可卿相会的情形，你们想去，湘云醉梦中会的这个亲友，怕不是宝玉？这是一个线索。二个，还得从彩儿娘出事里找，咱们继续刚才失体统的话题，说到哪里来着？"

秋真道："林之孝家的怕王夫人不在家，不服探春等约束，有人恣意痛饮，

残红旧梦
CANHONGJIUMENG

失了体统。正是怕什么来什么，刚查完走开，小丫头来报：姑娘们快瞧云姑娘去，她喝醉了酒，图凉快，睡在石头上了，上演的就是《海棠春睡》。

"紧接着，探春和宝琴下棋，宝玉和黛玉在一簇花下唧唧哝哝不知说些什么，有些神秘吧？此时林之孝家的就来了。这些事藏头露尾、神秘兮兮的怎么看？"

白禾道："也不是什么大事。"

芸轩道："林之孝家的说：四姑娘屋里的小丫头彩儿的娘，现是园内伺候的人。嘴很不好，才是我听见了问着她，她说的话也不敢回姑娘，竟要撵出去才是。这还不严重？"

文亮道："史湘云正在眠花卧柳。你的意思，有人对此说难听的话了。至于说的啥，大约太难听，不能回给探春，反正要撵出去才行。我猜测，这话如同焦大骂秦可卿，什么爬灰的爬灰，养小叔子之类的事，遮遮掩掩地如出一辙。彩儿的娘，相当于和彩云、彩霞之类人物的娘是一个概念，属于'云霞'一类人物，她说难听的话，估计就是看不惯湘云的做法。"

秦明道："你这样猜测也不好，我看得找到芳官身上。"

冰儿道："我就怕你们越扯越远，一下子说出来多好，拐弯抹角的。"

文亮道："曹公一向伏线千里，别嫌绕得慌。"

山岚道："为啥是芳官？"

文亮道："如果是湘云醉梦中出了问题，今日喝醉酒的人可不光是她，好几个呢。夜宴群芳差不多都醉了，还能都是她们了？"

秦明道："可湘云睡石头的同时，正在睡觉的人就是芳官。曹公惯用蒙太奇手法，看完海棠春睡，喝了一杯和黛玉分道扬镳的茶，宝玉开始关注芳官，马上回头问袭人，芳官在哪里，然后回到房中找，果见芳官面向里睡在床上。他们开始说到晚上吃酒，芳官说不许叫人管着，要尽力吃够了才罢。说自己先在家里，能吃二三斤好惠泉酒呢，如今学了这劳什子，几年也没闻见，趁今儿要开斋了，意思是非喝醉不可的。"

文亮道："她不但喝醉了，还和宝玉睡到一起了，这算不算是证据？"

白禾想了想道："这回好像有些道理，这个芳官是很特别，宝玉特别嘱咐小燕，好好照顾她。"

秦明道："她呢，还特别摆谱，你们看她要的吃食，说自己吃不惯那个面条子，早起也没好生吃。才刚饿了，已告诉了柳婶子，先给她做一碗汤，盛半碗粳米饭，送到这里，吃了就完事。

"可再看柳嫂子给芳官的饭：里面是一碗虾丸鸡皮汤，又是一碗酒酿清蒸鸭子，一碟腌的胭脂鹅脯，还有一碟四个奶油松瓤卷酥，并一大碗热腾腾碧莹莹，绿畦香稻粳米饭。鸡、鸭、鹅全的。这个量，她一个人怎么吃得了，芳官的反应竟是，谁爱吃这些，油腻腻的。看起来，比小姐们还矫情。"

白禾道："晚间喝酒时，没等大家安排完席面，宝玉和芳官两个就先搳起拳来。宝玉靠在一个各色玫瑰芍药花瓣装的玉色夹纱新枕头，当时芳官满口嚷热。还别说，这几个动作，和湘云脱衣撸袖子太相似了。"

山岚道："关键是芳官的穿戴和打扮：玉色红青驼绒三色缎子拼的水田小夹袄，束着一条柳绿汗巾，底下是水红色洒花夹裤，也散着裤腿。宝玉红袄绿裤，芳官红青玉三色袄红裤，都是红绿搭配的着装。头上齐额编着一圈小辫，总归至顶心，结一根粗辫，拖在脑后。

"和湘云打扮宝玉一样，又一次出现了大辫子，这女扮男装像宝玉的装束，也曾是湘云的特长。

"右耳根内，只塞着米粒大小的一个小玉塞子，左耳上单一个白果大小的硬红镶金大坠子，越显得面如满月犹白，眼似秋水还清。红袄绿巾，又是玉又是金的。芳官简直就是浑身混合的都到位了。更好了，引得众人笑说：他两个倒像一对双生的弟兄。你们说她此时是不是湘云的替身？"

秋真道："找到窍门了，芳官吃的这些饭，连宝玉都觉得比平时的香，竟然吃了芳官的剩饭，这在宝玉的生活里也是不可能的。就算黛玉吃宝钗的剩茶，可以理解，可主子吃下人的剩饭，头回听说，大概都是唯一的一次。难怪晴雯骂芳官狐媚子，又骂宝玉吃猫儿食。"

白禾道："什么叫吃猫儿食。"

秋真笑道："见腥就吃的意思，虽说的不露骨，但这和凤姐骂琏二哥哥偷腥一样一样的。晴雯因宝玉偷腥，发表一篇散伙的言论，说：既这么着，要我们无用。我们都走了，让芳官一个人就够使了。"

山岚道："你不提我忘了，晴雯原来是专门为贾母做针线的绣娘呢，袭人就说：都去了使得，你却去不得。倘或那孔雀褂子再烧个窟窿，你去了谁可会补呢。烦你做个什么，把你懒的横针不拈，竖线不动。一般也不是我的私活烦你，横竖都是他的，你就都不肯做。怎么我去了几天，你病得七死八活，一夜连命也不顾给他做了出来。袭人说晴雯这篇话，什么缘故？"

秋真道："不能散伙的意思呀，宝玉偷腥之举，有可能再让雀金烧个大窟窿呢，你要走了，可怎么好。你说他俩之间，一个狐媚子，一个是偷腥吃猫儿食，算怎么回事？最后喝醉了，还睡到一起。"婉儿不再坚持，让人再来一杯伤心酒，醉得不省人事才好呢。

白禾道："湘云醉卧，意思是得了玉，可湘云是谁？谁得了玉？"

芸轩道："这个不知道，这只是平儿过生日间发生的第一件大事。宝钗说了，几件子呢，至少还有一件子。"

婉儿真就去端了杯酒，道："第二件是什么，你给一气儿说完算了。"

芸轩道："便是香菱的'情解石榴裙'事件。"

婉儿不忍心道："我的天，太残酷了你们，撕碎了湘云，再撕碎香菱吗？我不玩了，没意思。"说着竟要走开。

山岚拉住她道："一个刚刚好了，一个又魔怔了。前两天，你轩姐姐看到这里时，好几天不吃饭呢，还悄悄流过泪。你没见这几日，她的话刚多了些吗？才好了些，你又招她。快坐下！"婉儿嘟着个嘴，坐下来，芝子拿过一杯茶，安慰着她。

冰儿道："我也快被你们整抑郁了，好好一部书，让你们分析得没有一点美感，这哪里是红楼梦，简直是死亡史。还是来点高兴的吧。"

秋真道："好啊，陆风去拿来，咱们也来个斗花游戏，或许去些郁闷。"

芝子道："我不大懂你们的规则，容我旁观一会。"陆风、冯玉也说认罚投降。

秋真道："这么不给面子，简单得很，冰儿先说一个。"

冰儿正在摆弄那束花，见让她先说，就拿过那束兰花，爽快说道："我有蝴蝶兰。"

秋真道:"这不行,我们手里又没花。要不咱们就斗一回红楼花名鉴,看谁能把她们各自的花鉴再斗出奇彩来。说不定能找出件事的来龙去脉呢。"

冰儿道:"谁让你没提前定规则,我的已经说完了。"

大家笑她捡便宜。这个说,无风独摇草;那个说,风吹不响铃儿草;什么雨打无声鼓子花。

秋真道:"不是斗草,是斗花签。"

芸轩道:"平儿理妆夫妻蕙。"

文亮道:"宝玉情解并蒂菱。"

山岚道:"香菱诌了个夫妻蕙,你们也认真了?有这样的品种吗?"

文亮道:"有的。我能给你找到,你等一等。"说着去里边找东西去了。

秦明道:"我知道她找什么,兰蕙特指君子品格或君臣关系,我也觉得兰蕙从来不关夫妻之事。"

芸轩道:"斗草莫若说斗人。现在是四官一起斗香菱,结果胜负难分,却独少了探春的艾官,说明探春没有参与此事。"

秋真道:"我看香菱斗草是四官输了。可看武斗的情形,宝琴的荳官出手,以玷污了她的石榴裙为标志,是香菱败了。"

文亮走来道:"这个没错。兰蕙自古是华夏灵魂的象征,她的渊源来自屈原的《离骚》,就从屈原说起。我这里有一本《楚辞》,因记性差,我只得拿来翻一下,我挑几句你们听:

扈江离与辟芷兮,纫秋兰以为佩。

制芰荷以为衣兮,集芙蓉以为裳。

"古君子,向来以佩兰为美,以披荷表达清高。可这种不一般的装束,总让世俗之人觉得:众女嫉余之蛾眉兮,谣诼谓余以善淫。众女嫉妒他妩媚,造谣中伤他'善淫',这里就启用'意淫'之境,把臣子对帝王的忠贞说成'淫',并不是曹公的杜撰,屈原早就用过。

"再看下面:余既滋兰之九畹兮,又树蕙之百亩。畦留夷与揭车兮,杂杜衡与芳芷。都是说,君子不光佩兰,还要种兰。可种完兰草又怎样呢?

"屈原又说了：虽萎绝其亦何伤兮，哀众芳之芜秽。众皆竞进以贪婪兮，凭不厌乎求索。意思是：我不担心种的兰草会枯绝，但令我悲哀的是，她要抛弃美质追随世俗。

"它们既然这么热心钻营，又还有谁能够意志坚定？现实是：兰芷变而不芳兮，荃蕙化而为茅。何昔日之芳草兮，今直为此萧艾也？以致后来：余以兰为可恃兮，羌无实而容长。委厥美以从俗兮，苟得列乎众芳。

"原以为兰者是可依靠的，然而她们却以从俗与苟且的姿态，拿虚名列入群芳。这是屈原关于兰蕙的表述。再看屈原又是怎样表达美人的：

　　溘吾游此春宫兮，折琼枝以继佩。

　　吾令丰隆乘云兮，求宓妃之所在。

"翻译过来就是：我匆匆来到春宫一游啊，折几枝玉树琼枝，增添佩饰；我令丰隆驾起云车啊，去寻找宓妃的闺门所在。结果呢，发现宓妃依仗自己的美色，满身傲气，整日里寻欢作乐，放荡不羁。屈原这是把王权比作美女，怕高辛、少康这些有德政的帝王抢了去。

"最后他叹息道：闺中既邃远兮，哲王又不寤。怀朕情而不发兮，余焉能忍而与此终古？这意思，闺房是那样深远啊，明智的君王又不醒悟。我满怀真情不能倾诉啊，我怎能永远忍受下去！"文亮说完，合上书，看大家的反应。

秦明道："啰嗦这些，谁不知里面充满了香草美人。"

婉儿听了，渐渐接受了些，道："长篇大论，听着都头疼，那又怎样？"

秦明道："把帝王和臣子之事，用香草美人表达，也是《石头记》的表现手法，这不正是香菱的'夫妻蕙'出现的目的吗？"

山岚道："这就对啦，宝玉为平儿理妆时，簪的就是并蒂蕙。这次斗草，宝玉拿来的又是并蒂菱。照香菱的理论，如果并头结花者为夫妻蕙，也可以称那枝是'夫妻菱'了。可如果不关夫妻事，香菱和宝玉斗草的最终结局，是君臣相聚吗？"

文亮道："看来还是没明白我的用意，余以兰为可恃兮，苟得列乎众芳。斗草！什么观音柳、罗汉松、君子竹、美人蕉，皆徒列芳名，宝玉此时的处境，竟是无所依无所靠了。四官斗香菱，更是将姐妹花演变成仇人蕙，这些美人们，也许到了反目成仇的时候了。荳官污了香菱的石榴裙，宝玉意外地也为她尽一回心，正得意间，却不知这美人靠不靠得住。"

婉儿道："我还以为香菱这是要和宝玉和好呢。"

秋真道："就是要和宝玉好，却是为了要袭人的石榴裙。袭人的裙子给了谁，谁就有了身份，先是给了平儿，这次给的是薛家人。石榴代表什么你们懂，这石榴裙是宝琴刚给的，宝姐姐也得了一条。但香菱换了袭人的裙子后，说得很明白，有了这个，宝琴那条就不要了。

"她是薛蟠的人，这说明薛蟠得了袭人的正宗去了。有了袭人正宗的，谁还要宝琴不正宗的那一条。黛玉已经变得不可靠了，宝钗也关上了自家的门。

"于是，宝玉将方才的夫妻蕙与并蒂菱，用树枝儿抠了一个坑，先抓些落花来铺垫了，将这菱蕙安放好，又将些落花来掩了，方撮土掩埋平服。

"香菱是薛家阵营里尚存的一点胭脂红，到今天，怕是也彻底不复存在了，宝玉亲手埋葬了并蒂菱和夫妻蕙，怕是华夏一脉再也无人了。"

婉儿道："原来情解石榴裙，是香菱要走向血脉枯竭的开始，臻儿喊她，说二姑娘找她说话，难道枯竭的是二姑娘的血脉不成？"

秋真道："刚才还不同意，这回又胡乱联系。宝玉醉卧，葬送了秦可卿；湘云醉卧，葬送了宝玉。平儿理妆，理出个独立的台湾；香菱理妆，不知要埋葬哪一个。不过，还有一场最后的晚宴呢，脂砚可提醒了，做长上者有不能稽查之处，往往出大事，说的当然是怡红夜宴。"

山岚道："林之孝家的又是查上夜的，别赌钱吃酒；又是教导宝玉别失了身份：该早些睡，明儿起得方早。不然到了明日起迟了，人笑话说不是个读书上学的公子了，倒像那起挑脚汉了。还捎带着说他，越来越不尊重长者了，赶着几位大姑娘叫名字。

"麝月就说林之孝家的也是好意，少不得也要常提着些儿。也提防着怕走了大褶儿的意思。我看不是怕走了大褶，怡红院夜宴，一定走了大褶。"

婉儿问："走什么大褶儿？"

秋真道："自然是做出格的事了。"

婉儿道："她们在一起饮酒作赋，多文雅，哪里有什么问题？怡红院夜宴占花名，多有诗意。"

秋真道："是吗？要不咱们也抽个签子试试，看看到底多有诗意。"白禾高兴地拍起手来，说早就等这一刻了，快拿签子来。

秋真笑着，让陆风去里面拿出一桶签子，往茶几上一放，道："你们若感兴趣，就各自抽一个，抽到什么说什么。说不好就罚酒，就看你们的造化了。"接着又拿出一张图，让大家看，原来是宝玉他们的座次图。是秋真花了半日功夫，照她们的点数算着排出来的，问能看出些什么来。

巧了，在座共是十六人，又凑准了这个数字，这个十六纪年，本就是多事之秋。仔细看，是八个主子，八个丫头。众人都奇怪，香菱是主子吗，要不怎么和宝玉坐一样位置？大家心里没了数。

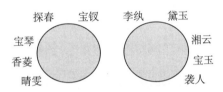

《群芳夜宴座次图》

大家放下图，又要摩拳擦掌地来抽签，又怕抽个很难的说不好，都犹豫起来。婉儿喝了杯浓茶，清醒了些，笑道："总得有人开始，我先来。"说着，不管三七二十一，撸起袖子向桶内掣了一支，看时签子上画着牡丹花。

写着：艳冠群芳帝王花。

诗云：任是无情亦动人。

婉儿道："这支是宝钗的，怎么让我抽着了，这可是王者之花，可随意发号施令的，今天我得好好用一番。"

秋真道："说好了才能用，先说何为帝王花？"

婉儿想了一会，摇摇头，看着文亮笑。文亮道："我帮忙可以，你得给我们唱那支曲子。"

婉儿："说好了意思就唱。"

文亮道："罗隐的《牡丹花》中有：

若教解语应倾国，任是无情亦动人。

芍药与君为近侍，芙蓉何处避芳尘。

可怜韩令功成后，辜负秾华过此身。

"这再清楚不过了。作为花中之王的牡丹，帝王所属。任是无情也动人，这不假，帝王再无情，谁人不爱他。芍药呢，本就是没骨花，做丞相合适。只可惜了我们的芙蓉被冷落了。可怜韩令功成后，芙蓉何处避芳尘。"

秋真道："你是说，宝钗终于修成正果了？站在帝王之位，可不就是：任是无情亦动人吗。"

文亮道："她有权可以任意安排人，命芳官唱的正是《赏花时》，你该知道这支曲子的用意。"

秋真道："这支黄粱梦曲子，和她过十五岁生日时推荐给宝玉那段《寄生草》偈子说鲁智深的用意完全一样。她真行！"

冰儿道："什么黄粱梦，怎么又和鲁智深关联上了？"

山岚笑道："让你这么一扯，倒真解释不清了。《寄生草》里一句，赤条条来去无牵挂，差点让宝玉移了性情，放弃江山，出家做和尚去。"

秋真道："这里又来个黄粱梦，说的是吕洞宾点化卢生的典故。为了度化卢生，让他尽早醒来跟自己走，就给他个枕头，让他用一顿饭的工夫，在梦中经历从困苦到荣耀的一生。醒来后，便义无反顾地跟吕洞宾来到天界，做了扫花人。"

秦明道："上一次，多亏黛玉及时一棒打醒了他，这一次，怕没人再点醒他了吧。"

芸轩道："咱们可以点醒梦中人。婉儿，你唱给咱听。"

婉儿唱到："翠凤毛翎扎帚叉，闲踏天门扫落花。您看那风起玉尘沙。猛可的那一层云下，抵多少门外即天涯。您再休要剑斩黄龙一线儿差，再休向东老贫穷卖酒家。您与俺眼向云霞。洞宾呵，您得了人可便早些儿回话；若迟呵，错教人留恨碧桃花。"

听着婉儿唱，冰儿悄问秋真："宝玉的小厮就是扫红，这个扫花人，是不是宝玉呀？"秋真点头同意。

芸轩悄悄说："劝这个扫花人早回天界呢，莫再留恋红尘中的酒色，别耽误了蟠桃宴盛景。"

冰儿道："这回，宝钗不再劝宝玉出家，直接劝他回天界了，宝钗呀宝钗。"

婉儿唱完，秋真道："我听你们叽咕得热闹，大约是听明白了。看宝玉的状态，嘴里念念有词地重复这句：任是无情也动人，是真切感受到宝钗对他的无情之处了。"

婉儿叹息道："原来这样！"

白禾撸撸袖子掣出一支，看时，画的是海棠花。

写着：香梦沉酣丞相花。

诗云：只恐夜深花睡去。

白禾笑道："这支是湘云的，我可省事了，这句香梦沉酣有道理，不就是海棠春睡吗，还用再说么？"

文亮道："曹公还是公允的，这句诗可给些慰藉。"

芸轩道："我不这么理解。海棠睡之美人杨玉环，陪皇帝逃难时，死于马嵬坡事变。宝琴的《马嵬坡怀古》也有昭示，曹公对此耿耿于怀呢。"文亮便吟出宝琴的怀古诗：

寂寞脂痕渍汗光，温柔一旦付东洋。

只因遗得风流迹，此日衣衾尚有香。

又道："一代妃子，如盛开海棠，落得温柔成空，风流不在，只留衣香，且死时是寂寞的，没人伴她身边。"

山岚道："寂寞和风流，不符合湘云的出身和气质，怎么是她？"

芸轩道："夜深花睡就是寂寞的潜台词，像不像石楼闲鹤睡，也有不被欣赏的荒凉感，才有了'故烧高烛照红妆'之举，这正是驱逐寂寞的方式。

"风流，湘云似乎和这个词不搭边，但曹公给予湘云的气质偏是：唯大英雄本色，是真名士自风流。她是孤儿，很少有人理解她帮衬她，是她的名士阔达性格成就了自己。

"尽管她一次次演绎着帝王身边的叛变人物，但从另一方面讲，这些都是因她的不被欣赏之寂寞造成的。

"她欣赏谁，宝钗？谁欣赏她？是黛玉吗？不是，黛玉改了一个词就映射了这点。黛玉把'夜深'改成'石凉'，莫若说世态炎凉。闲鹤睡在冰冷的石楼里，如湘云躺在冰冷的石头上。所以，宝钗和袭人对她的理解，倒成了惺惺相惜，让她成为牡丹王的丞相花。从这一方面讲，曹公是理解她的。"

山岚道："这回我知道了，湘云醉卧才是宝琴《马嵬怀古》的谜底。种种迹象表明，湘云又要帮着宝钗发动兵变了，而宝玉要在这次兵变中返回天界了。"

说着，赌气自己掣了一根，低头看了一会，道："看看我这支，说的是黛玉呢，上面说：风露清愁落寞花。诗云：

　　明妃去时空洒泪，青冢安留皓月魂。

　　漂泊流落在谁家？东风当叹失翰林。

"依签子上说的，有现成的答案了。难道宝琴的《青冢怀古》写的是黛玉？"

冰儿道："我还以为，昭君出塞和探春远嫁有关，怎么倒和黛玉联系上了呢？"

文亮道："我也不理解，肯定错了。昭君出塞，其悲哀是汉家制度使然。我一直不理解黛玉的表现，冰清玉洁的黛玉怎么就倒向薛姨妈怀里？这也是汉家制度使然吗？"

芸轩道："我想，曹公是在为她证明什么，证明她和明妃一样遭际。她这样做，完全不同于湘云的没骨，尽管不是汉家制度允许，也一定是不得已。"

秦明道："没见她对宝玉的态度吗？是宝玉的纨绔和无所作为，让她失望地倒向宝钗，是情非得已。正应了黛玉和宝玉口角时的话，长此以往，死无葬身之地，就连明妃那样一座孤零零的青冢怕也没有。"

冰儿频频点头道："说完她，你们看我这支上是杏花，写的是探春，写着：瑶池仙品幸运花。诗云：

　　天上碧桃和露种，日边红杏倚云栽。

　　芙蓉生在秋江上，不向东风怨未开。

"虽说出身不正，却天生的王妃命，黛玉就玩笑她：是命中该着招贵婿的杏花。我要有这样的幸运就好了，穿越到明朝当王妃去。"说的都笑起来。

秦明道："敢自好，可这里面不光说了杏花的幸运，也说了桃花，同时还说了芙蓉之不幸。"

冰儿道："怎么说的，没看出来。"

文亮道："这本是一首讥讽科场舞弊的诗。只有天上桃、日边杏，才得'和露''依云'之势。也就是说，都是靠出身显赫的家世背景登科出第。

"而生在江边的芙蓉，哪能这样幸运地开放。面对东风，只有长叹自嗟，命运使然，认命吧！"

冰儿道："探春确实幸运。"

冯玉和陆风半天没说话，两个人拿着签子，头聚在一起琢磨半天，递过去问芸轩道："这是李纨的，我们是门外汉，帮我们看看吧。"只见上面是梅花。

写着：霜晓寒姿老梅花。

诗云：竹篱茅舍自甘心。

芸轩道："梅妻鹤子真隐士。林和靖是真隐士的代表，说李纨像他，我赞成。"

秦明道："和梅花有关联的人好几个呢。又是红，又是花的，但只有李氏配得梅魂。"

山岚道："有梅魂的人物也好几个呢。她不喜妙玉栊翠庵里的梅花，且看不上妙玉的假清高。"

秋真道："李纨的梅魂当有李定国的影子，李纹的梅魂当有夔东十三家的影子。"

文亮道："夔东十三家是李自成部最后的一支抗清力量。竹篱茅舍自甘心，形容的正是他们的处境。他们常年隐匿山林，与清军打游击，在那样恶劣的条件下，无一投降，全部战死。看看这句诗的意境，确实符合。"

秦明道："刚才说到真隐士，我又想起来宝琴的《钟山怀古》，就是讽刺《北山移文》里的假隐士。"

冯玉问："这里谁是假隐士？"

文亮道:"你说谁把自己包装成真隐士呢?"

山岚道:"听芸轩的意思是妙玉。她崇尚庄子,被宝玉襃扬成世人意外之人。你再看她的号,以不同流俗的畸人自居,嫌世人扰扰,要做自蹈于槛外之人。她的座右铭竟是:纵有千年铁门槛,终须一个土馒头。正因看破红尘,才出世修行在栊翠庵。"

文亮笑道:"就是这样一个清高和寡的世外高士,邢岫烟对她的一番评价,让我看到了一个实实在在的妙玉。谁和我学一学他们?"

秦明道:"我来邢岫烟,你来宝玉。"

宝玉忙问:"姐姐哪里去?"

岫烟笑道:"我找妙玉说话。"

宝玉听了诧异,说道:"她为人孤癖,不合时宜,万人不入她目。原来她推重姐姐,竟知姐姐不是我们一流的俗人。"

岫烟笑道:"她也未必真心重我,但我和她做过十年的邻居,只一墙之隔。她在蟠香寺修炼,我家原寒素,赁的是她庙里的房子,住了十年,无事到她庙里去作伴。"

山岚听了,恍如听了响雷一般,喜得笑道:"在粤东,他们还真是做了十年邻居,朱由榔知道郑成功心里根本不看重他。"

岫烟道:"因我们投亲去了,闻得她因不合时宜,权势不容,竟投到这里来。如今又天缘凑合,我们得遇,旧情竟未易。承她青目,更胜当日。"

山岚拍手笑道:"这一段,更符合永历和郑成功各自的境况了。朱由榔可不就投亲去了?"

秋真道:"我就说吗,既是世外之人,远离尘嚣,怎么有权势困扰?不合时宜,权势不容。再一个就是她的号,畸零人,更让人觉得僧不僧,俗不俗,女不女,男不男。"

文亮道:"所谓:僧不僧,俗不俗,是说她尘缘未了,俗根未净。又是让宝玉用她的绿玉杯喝茶,又是给宝玉送梅花,这又给宝玉下拜帖,是无端被诏出凡尘吗?还是主动出凡尘?再说女不女,男不男。这分明是外相,这外相让我想到了观音。有一部《大香山》的传奇,说的就是妙善公主出世之事。

"她仁孝贞洁、慈悲爱物、舍己为人，修行学佛后，在大香山成佛为观世音。而观音有三十三相，有男相也有女相，这样看来，是说妙玉是观音吗？"

秋真道："这一点我也搞不懂，但我确定《钟山怀古》影射的就是妙玉。畸零者，形单影只的多余人，不是想做真隐士，而是迫不得已的逃避。"

冯玉道："不说了，你们扯得太远，从签子上的梅花，一下子又说到妙玉的梅花，又扯出宝琴的怀古诗。"

陆风道："我这里还有一支，是袭人的桃花，写着：武陵别景避世花。诗云：桃红又是一年春。黛玉不是葬了桃花吗，为何袭人又成了桃花？但我特别喜欢这个园子，这里就是我梦中的世外桃源。"

回头对山岚道："要不咱不回去了，永远住这里多好。"

山岚道："几天还行，时间久了，怕你跑得比谁都快。"

文亮道："陶潜寻找桃花源是为避难。因他身处乱世，眼见山河破碎，国土沦丧，忧心如焚，又无能为力，才有了避世心态，你为什么逃避？"

秦明道："不对，诗中说：

> 寻得桃源好避秦，桃红又是一年春。
> 花飞莫遣随流水，怕有鱼郎来问津。

"这个意境，透露出宝玉葬花的情形。黛玉葬花是土葬入泥，宝玉却撒在沁芳溪里，随水流出了园外。

"是不是说：花飞一随流水出，就有鱼郎来问津了？花随水流出园外，这个世外桃源，就会被世外鱼郎发现，已不是什么世外桃源，或已浸染了战火呢。所以，我觉得纷纷飘落的桃花，好像在宝琴的《桃叶渡怀古》里有所体现，只是说不出来的感觉。"

陆风道："桃枝桃叶总分离吗？桃叶渡总让人想到离别，不好，不好。"

山岚道："是袭人要和大家告别。"

文亮道："怀古诗中说：

> 衰草闲花映浅池，桃枝桃叶总分离。
> 六朝梁栋多如许，小照空悬壁上题。

"前两句，说了桃枝桃叶分离时的衰败景象；后两句说六朝梁栋如许之多，可为何麒麟阁里影壁空悬，画像不再。这些救国家于危难之时的栋梁之才都哪里去了？”

白禾问：“什么是麒麟阁？”

文亮道：“当年，汉宣帝因匈奴归降，不盛感慨。回忆往昔，见辅佐他的有功之臣寥寥无几。于是，他让人画了十一名功臣的图像，悬挂于麒麟阁内，以示纪念和褒扬，才有'功成画麟阁'之说。后世又有凌烟阁，以为人臣荣耀之最。宝琴说的这两句，似乎有这个意思，梁栋如许之多，为何空悬凌烟阁。桃花要离开桃叶了，救国能臣在哪里？看来众人和袭人一起喝酒，不是为了祝贺她什么，是袭人在和她们一一告别。这就是宝琴《桃叶渡怀古》之谜底，是袭人要告别武陵别景，退位之意。”

秋真道：“一起喝酒的有：宝钗、黛玉、探春、香菱、芳官五人，为什么没有宝玉、宝琴？特别是宝琴，根本没轮到她占花。像咱们芸轩，更没说过一句话，一点信息没有，你们说怪不怪？”

芸轩笑了道：“宝玉不得花签，因他是绛洞花王，众花之主。可宝琴这样，我想是不是她要暂代花王之位？倒是占哪个花的好？”大家觉得说的有理。

芝子道：“我这里还有一支，也琢磨半天，又听你们说的，好像和我原来的理解不一样。这写的是香菱：联春绕瑞并蒂花。诗云：连理枝头花正开。与香菱连理并蒂者无非薛蟠，这是说他吗？”芸轩吟道：

> 连理枝头花正开，妒花风雨便相催。
>
> 愿教青帝常为主，莫遣纷纷点翠苔。

又说：“这签子，就是香菱的预言。薛蟠回来，刚刚和香菱团圆，却来了一个夏桂花，这就是'自从两地生古木，致使香魂返故乡'的开始。”

秋真道：“说的有意思，这是朱淑真《落花》诗里的，她可是'娇痴不怕人猜，和衣睡倒人怀'的才情之女。只可惜，并蒂花开不长久，风雨来时各东西。”

芝子道：“姐姐告诉我，为什么并蒂花开不长久？”

秋真狡黠地笑道：“香菱的故事才刚刚开始，你等着吧，会慢慢知道的。”

芸轩道：“看到《群芳夜宴座次图》了吗，香菱先是入住蘅芜苑，后拜黛玉为师，是得了黛玉真传呢，现在又得了袭人的石榴裙，说明什么？无非是说：一方面，原来的香菱消失了，这一点胭脂红也即将消退；另一方面，她不再是丫头，她的座次和宝玉平起平坐了，而宝玉呢，由花王变成芳官一样身份，反而成了丫头，还满头扎满了小辫，这就是怡红院里的大变故。"婉儿等又是点头。

山岚道："我这最后一支，是麝月的，你们看好了。"

看时写着：韶华胜极荼蘼花。诗云：

一丛梅粉褪残妆，涂抹新红上海棠。

开到荼蘼花事了，丝丝天棘出莓墙。

山岚又道："可不是一切都行将结束，众花归位。这上面说，万事俱了，众花占定，似乎要盖棺定论。谁是帝王，谁是丞相，谁是王妃，一清二楚；谁要退位，谁要上位，一一安排。安排下来，有点龙虎榜排位的意味。还有，曹公通过明妃的悲哀，我倒理解黛玉的痛苦了。"

秋真道："有道理，只是天不早了，茶喝了也不见精神，我可困了。"

山岚道："你睡你的去，又不是离不了你。文亮快说。"

文亮道："既然众花归位，我就来个盖棺论定。俗话说，一日未死，即一日忧责未已，韩信一生，可以说是个悲情英雄。他有三个特点：一个，忍辱含耻，知恩图报。用恶少和漂母事，来说明韩信的人生观。

"有人劝他投降项羽，他是这样说的：汉王授我上将军，脱衣给我穿，分饮食给我吃，对我言听计从，我才有今天之成就。面对凌辱，我将耻辱变成动力；面对漂母的一饭之恩，我涌泉相报；面对汉王的赏识之恩，他说汉王如此信任我，我至死不叛汉。这一点和国姓爷有些相似，也和探春对王夫人的感情一样坚定。

"但尽管如此，却让世人和刘邦都对他产生怀疑。被怀疑的最大原因，除了功高盖主外，主要是他行事欠谨慎。这是第二个特点。最关键之处，就是谋取了齐王爵位，这大约是刘邦动杀机的主要动因。所以才一次次降封，直到做了毫无实权的淮阴侯。这种被人怀疑的处境，和国姓爷也有些像。

"三是，韩信是军事家，但不是政治家。排兵布阵，领兵打仗，是他的长项，但搞政治他就败得一塌糊涂。这里我想用探春的一个小细节说明一下。

"她和宝琴下棋，同时处理林家的带来个嘴碎的女人一事。下棋，相当于排兵布阵，看她的阵势，举手投足间，审时度势，镇定自若，具有大将风范。而在大观园的改革和管理中却出现了很多问题，以至于被宝钗利用，这一点，二人也有相似之处。所以，曹公为了让人们明白他对这些人的评价，给咱们找了历史参照物，对黛玉可仿明妃，对探春可仿韩信。"

芸轩道："至此，宝琴的十首怀古诗，八首已有了谜底。其中前两首是两场战役，后六首是六个人物加事件；最后两首，咱们拭目以待。"

第六十四回

遗失九龙佩　情归五美吟

秋真道："还啰嗦，谁不服夜宴的结局有问题，应该就是麝月说的，是走了大褶儿了。夜饮醉酒，猜拳赢唱小曲儿，直到'四更'方收手。芳官吃的两腮胭脂一般，眉梢眼角越添了许多丰韵，身子图不得，小燕、四儿也是，晴雯还只管叫。宝玉就说不用叫了，且胡乱歇一歇罢。自己便枕了那红香枕；芳官则被扶在他边上睡下。这境况就是大失体统了，怎是一幅海棠春睡能形容得了。继而黑甜一梦，东倒西歪地像躺死尸，再醒来，恐怕要换一茬人了。咱们也睡了吧。"

众人也确实困了，只芸轩习惯了睡前要看一会书。朦胧中，她独自一人来到一片桃林，一架桃树组成的园门上，明明写着"武陵胜境"。走进园子，只见落英纷纷，飘红满地，桃林深处传来悠扬的昆曲，似乎有个人甩着水袖。

唱道：落红成阵，风飘万点正愁人。池塘梦晓，阑槛辞春。蝶粉轻沾飞絮雪，燕泥香惹落花尘。系春心，情短柳丝长，隔花阴，人远天涯近。香消了六朝金粉，清减了三楚精神。

一面唱着，那人渐渐走向花林深处不见了，芸轩循着声儿找去，突然见那人倒在血泊中。她吓得猛然醒来，惊出一身冷汗。睁开眼，看天还没放亮，就再也不能入睡，直到听见有人起床来。

早起的是秋真，见芸轩坐在床上，知道她又没睡好，二人悄悄到室外，出了院落，沿着花径，来到池塘边。秋真道："老这样可不是办法。万一落下神经衰弱的毛病，可不得了。"

芸轩道："想到怡红院的人，黑甜一觉醒来，满院子里到处是吐蕃、鞑子。哎！大观园里，还有个什么最后的'余荫堂'，连小小的怡红院都没了。"

秋真道："别想太多，本来我还想让她们过个瘾，打扮成鞑子的样子演一场，让你看看有没有灵感，现在看来，你倒不需要了。正好，还有两场戏没联系好场地，咱们今天早回吧。其中一场，就是有你想到的这部分。"

芸轩道："进度够快的，我倒想找一下逼死坡的位置。"

秋真道："这个不难，我知道大体方位，改天陪你去。"

芸轩道："我还是要文亮她们头脑风暴一下，鸟语花香的怡红院里，突然出现吐蕃打扮的人，是有些很不和谐。虽说宝玉生日和薛姨妈生日一样，都因具体事件安排时间不确定，但我仔细想了，这次宝玉的生日，倒是可以确定时间的。"

秋真道："这又是你的矛盾了，为什么又确定了？"

芸轩道："因为牵扯到贾敬的死亡时间。他是那一天守庚申时死的，这个日子不能放过。"

秋真道："这个日子重要吗？"

芸轩道："当然。守庚申需要一夜不眠，而那个夜晚正是怡红夜宴时。曹公说她们一直喝到四更天，才东倒西歪地睡下。又是四更天，我不关心宝玉的生日是哪一天，但我关心贾敬的死亡时间。他的死亡时间，恰巧就是怡红院夜宴时，这不是巧合，而是安排。"

有人在背后突然道："又要安排谁死了？"二人听见，吓了一跳。回头见是文亮擦着眼镜走来，骂道："死妮子，怎么学着鬼鬼祟祟的，要吓死我们呀。"

文亮道："你俩大清早在这里死呀活的，怎么不嫌瘆得慌，还说我。"

芸轩道："正好问你个名字。"

文亮道："什么名字？"

芸轩道："耶律雄奴和温都里纳，是什么种族的名字？"

文亮道："耶律一姓，起初为契丹部落人，辽建国后，便用耶律为辽人国姓。雄奴，宝玉说的明白，其实就是匈奴。这个部落，在秦末汉初，是称雄北方的游牧民族。在周幽王烽火戏诸侯后，迫使王室东迁，而在刘邦称帝时经常入侵大汉。汉朝在无力还击的情况下，不得不采取和亲政策，就是有名的昭君出塞，直到在燕然山打败匈奴，这就不说了。"

秋真道："匈奴人自称胡人。所谓的南有大汉，北有强胡。厉害着呢，后来却逐渐被汉化了。"正说着，听见房间内吵嚷起来，不知发生了什么，三人赶忙往回走。

一进门，三人竟然禁不住大笑起来，原来山岚帮着白禾打扮成了芳官的样子。只见白禾将周围的短发剃了去，露出碧青头皮来，当中分大顶，梳个辫子，成了个吐蕃人。

白禾照了镜子，看山岚给自己毁了容，追着便打，山岚笑道："都商量好的，怎么突然恼了。"又说："芳官之名不好，竟改了名才别致，就叫'雄奴'多好。"

秋真拦下她俩，道："反正也这样了，一会带你回去，有人问，只说你是个野蛮人就是了。"

白禾道："那不行，你们几个也得改装，不然我不依。"

秋真回头对芸轩道："我说是吧，你还担心。你再看看湘云，更让人确定了，她自己直接穿摺袖，那种款式的袖子，纯是匈奴人的服饰。她的葵官也是剃了短发，和芳官剃短发一样，是匈奴人打扮。这又和她的身份相符得很，怎么不是匈奴满院子了。"白禾无法，问文亮，这打扮的是什么人哪，到底是匈奴还是吐蕃？难看死了。

文亮笑道："据说，吐蕃人是猕猴与岩魔女结合生出来的人类。他们在藏地子孙繁衍，建筑城邑，这就是吐蕃族的来源。唐朝的文成公主嫁的就是松赞干布，那时的吐蕃最强盛。"

白禾道："后来呢？"

文亮道："唐末安史之乱，吐蕃还乘机作乱呢。"

白禾道："不行，看把谁打扮成吐蕃？"

秋真笑道："把谁打扮成宝琴的荳官，或者湘云的葵官，也看看吐蕃人是啥样，那更有意思了。"

吓得婉儿躲起来，冰儿一把拉住冯玉，道："这个不用剃头，只给他加上短辫子，做成两个丫髻就好，谁带来这行头？"不容分说，拉着二人，连陆风一起捯饬起来。一时间，三个人成了胡人，看着他们可爱的样，大家都笑弯了腰。

秋真道："你们既是外国献俘之种，就是奴才了，给我们端饭去。"三人喏喏地下去，不提。

芸轩笑得满眼是泪，跑到屋外来，停下笑，道："怎么叫炒豆子了，还叫阿荳。这个'阿'字作为名字，在《石头记》里确很少见，根本不符合里面人物的称呼习惯。"

文亮道："可不是吗。但历史上被称作'阿物'的人物却不少。此习俗曾在汉魏风行，如陈皇后称'阿娇'，曹操称'阿瞒'，吕蒙称'阿蒙'，都是响当当的人物。"

芸轩道："这么说，倒和炒豆子的'阿豆'对上号了？"

秋真道："我没想明白，怎么起个炒豆子的外号。"

芸轩道："什么时候吃炒豆子？"

秋真道："一般是二月二。"

芸轩道："俗话说，二月二龙抬头，这个阿荳，说不定正要龙抬头呢。这一日苍龙登天，说的有可能是宝琴。"

屋里就有人喊，快进来吃饭了，秋真道："对了，让他们混忘了我，吃完饭咱们回吧，我可没时间再陪你们了。"吃着饭大家看着三人想笑，陆风恨得拿筷子敲山岚的头。

山岚躲开，笑着对芸轩道："我这招好不好？芳官的名字是耶律雄奴，还直接改头换面成吐蕃样。宝玉说自己家里有几家吐蕃呢。你们瞧瞧，什么时候贾府里有吐蕃了，说是贾府二宅皆有先人当年所获之囚，赐为奴隶，只不过令其饲养马匹，皆不堪大用。这理由找得很牵强。

"既然都是些奴隶，可吐蕃打扮还一时成了大观园的时尚，特别是湘云，连李纨、探春见了也爱，不成体统得很，我看贾府成了匈奴人的家了吧？"

文亮道："宝玉也就过个嘴瘾，说什么'雄奴'二音又与匈奴相通，都是犬戎名姓。况且这两种人自尧舜时便为中华之患，晋唐诸朝，深受其害。幸得咱们有福，生在当今之世，大舜之正裔，圣虞之功德仁孝，赫赫格天，同天地日月亿兆不朽，乃历朝中的猖獗之小丑。到了如今竟不用一干一戈，皆天使其拱手俛头缘远来降。

"你们听，可笑不可笑？什么：老天使其拱手俛头缘远来降。宝玉是做白日梦，想好事了吧？"

秋真道："站在他的角度，大骂犬戎异族，还把他们说成是野驴子，要这样作贱他们，方解宝玉的心头之恨。可见宝玉这里是被鞑子兵占了，可怜他的心，又该是怎么个难受法了。"

文亮道："为了混淆视听，还加上一番歌功颂德的幌子，纯是为遮人耳目，说什么：我们正该作践他们，为君父生色。为君父，还是为自己？"

山岚道："芳官就看透了宝玉的伎俩，笑话他自己哄自己：既这样着，你该去操习弓马，学些武艺，挺身出去拿几个反叛来，岂不尽忠效力了？何必借我们，鼓唇摇舌的，自己开心作戏，却说是称功颂德呢。"

冰儿笑道："芳官真是这样说的？这不正说出了你们的心里话？"

秦明道："这一切，离不开湘云作怪，湘云将葵官改了妆，换作'大英'，因她姓韦，便叫她作韦大英，方合自己的意思，暗有'惟大英雄能本色'之意。湘云对自己'啖腥吃肉'，称为'是真名士自风流'。这两句正是一个对子呢。豁达风流的名士湘云，又来这里做一回大英雄了？"

芸轩道："你也看出来了，这个小骚鞑子又来了，但咱们需要确定这个时间。"吃完饭，大家收拾东西。芸轩又问婉儿道："有个英文单词，你说给我听听。'Hesperus'。"

婉儿读了一遍，道："你是说'海西福朗思牙'吗？这个我不确定，但是'Hesperus'是金星的意思。"

文亮道："这就可以了，你刚才问我温都里纳，没来得及告诉你。'avventurina'，其实是温都里那石，就是一种国外人造金星玻璃宝石。"

婉儿道："真有意思，宝玉还会外语呢，可为何要说温都里那石呢？"

芸轩道："我判断，此时的芳官不仅仅改头换面变成了匈奴人，被鸳凤二女笑骂成野驴子，更重要的一点，她即刻变成一颗被蕃语说成的温都里纳宝石。"

婉儿道："你绕来绕去，我没听懂。她是块外国宝石？"

秋真笑道："那不就是匈奴人的宝石了？带金星的玻璃宝石就是金星宝石，是金宝石，是被金人拥有的宝玉了。听懂了吗？关键是个'金'星宝石，带个'金'字呢。不过，用一句汉人的话说，她是块玻璃宝石，宝玉直接称她'玻璃'。"

芸轩道："可不管怎么说，至此，这块宝石终于被金人拥有。虽然在汉人看来，他们拥有的是块温都里那石，是块玻璃，却也是宝石，咱们的宝玉没了。"

听明白芳官的身份，大家又激烈地谈论了一路，回到茶轩时已近中午。秋真和冰儿忙忙回到组里，冯玉二人、婉儿和白禾都住在了茶轩里，中午客人不少，茶轩里一时热闹起来。

芝子第一次来芸轩的书房，看到墙上贴满稀奇古怪的各色纸笺，上面的符号和网状交叉的线条让人看着像天书。那边的白板上贴着两张黑底白字的纸，走近看时写着"贾敬死亡之谜"。一时好奇，芝子便取下来，坐到芸轩的书桌边看起来。

贾敬死亡日期分析：

贾敬的死亡日期，藏在宝玉的生日里，为了藏得秘密些，前后交待了四五个章回，但还是若隐若现，能推出个大概脉络。从清明节开始，有了第一个确切的日期，直到柳湘莲八月内进京，就一直不肯泄露月份。

宫中老太妃薨逝后，贾母、王夫人将近两个月不在家。于是最确切的日期，是从清明节这一天开始。清明日，一般是二月底或三月初。这一天，贾府在铁槛寺祭祀，藕官偷着在园子内烧纸，祭奠菂官。直到论起四个人的生日，便可知道，四月里，有四个人同一天生日。所以就可确定，贾敬死亡的月份是四月。

知道月份，日期又怎么算？

算法一：通过贾珍奔丧的时间算，坐标是贾敬灵柩进城的日子：某月初四日。可到底是哪个月的初四日呢？

四个人过生日的第二天，平儿在余荫堂还席时，得到贾敬死亡的消息。尤氏赶忙给贾珍送信，原来也说过，贾珍陪贾母送老太妃，离都来往得十来日之功，尤氏算计过，在途的时间，来回至早也得十五天。结果，贾珍又是告假又是请旨的，快马加鞭地不投店，换乘马匹，星夜兼程地赶回来。正是那天夜里四更天赶到。

贾珍赶回来，先到了铁槛寺，哭了一阵子，天亮后，马上就派贾蓉回家布置灵堂一天。赶回寺内后，又连夜准备幡杠等物，贾敬的灵柩要在这个月的初四日进城。

这样算来，应该是四月底某一天死的，加上来回的日期，才能赶到五月初进京，应该是五月初四日。减去赶路的十五天和布置灵堂的日子，应该是四月二十日前后。

算法二：通过贾琏偷娶二姐的经过计算日期。坐标是娶尤二姐的时间：是某月初三，到底是几月初三呢？

凤姐说，亲大爷的孝才五七，侄儿便娶亲。贾琏娶二姐时，贾敬死期刚满三十五天。这是个什么情形，我们看看：贾敬送殡之日，也就是满五七了，贾赦、贾琏、邢夫人、王夫人等都送至铁槛寺，至晚方回。贾珍、尤氏、贾蓉仍在寺内守灵，待百日后扶柩回籍。但送殡第二日，有小管家俞禄来向贾珍要钱。贾珍想了一会儿，向贾蓉道："你问你娘去，昨日出殡以后，有江南甄家送来打祭银五百两，未曾交到库上去，家去取来。"

这时，贾琏心中想：趁此机会，正可至宁府寻二姐儿。于是找个帮银子的借口，和贾蓉回到了宁府，并一路说定偷娶二姐计谋。

这是第二天的事。

到了晚上，贾蓉就回到了寺里，告诉了贾琏要偷娶二姐之事，贾珍同意了。至次日一早，贾蓉复进城来见他老娘，将他父亲之意说了，又添上许多话，说定了亲事。

第六十四回
遗失九龙佩　情归五美吟

63

这是出殡后的第三天。

贾蓉当下回他父亲，次日命人请了贾琏到寺中来，贾珍当面告诉了他尤老娘应允之事，贾琏高兴得很。

这是第四天。

不过几日，早将诸事办妥。这几日就算上三至五日之间，也就是第七天到九天左右了。贾琏、贾珍、贾蓉等三人商议，事事妥帖。至初二日，这个日期是确切的。先将尤老娘和三姐儿送入新房，至次日五更天，一乘素轿，将二姐儿抬来。一时，贾琏素服坐了小轿来了，拜过了天地焚了纸马。

至次日就又加了一天。

也就是说，到初三结婚这日，前面铺垫了至少八天到十天左右。假如偷娶二姐是六月初三日，减掉三十五天，再减掉八到十天得出的日期，也是四月十八日到二十日左右。

这样看来，四月二十日，就是个值得研究的日期。

查看万年历，一六六二年四月份，十七日是庚申日，二十日却是个芒种节。贾敬是守庚申时死的，却让我们算出一个芒种日来？上一回的"芒种节"是假的，这回却是一个真的，是真的"亡种节"吗？

特别关注：贾琏娶二姐，是夜里的五更天，穿素服坐素轿，怎么看也不像结婚！

贾敬的死亡过程：

平儿过千秋请席，选在了余荫堂，脂砚说，这个地方有感灵怀亲不失忠孝之意义。看这地名和这个注解，大家不是过生日，似乎是在纪念谁！在座二十几人，击鼓传花，传的是芍药，竟是别离花。

尤氏突然带来两个年轻的姬妾，第一次来大观园，也是芳草美人一类人物，叫佩凤偕鸾。因她们从没来过，凭直觉，有人来赴席携带了一对鸾凤。

紧接着，甄家有两个女人送东西来，突然又有了他们的消息，送来什么没说，我寻思，和被携带的鸾凤有关，佩凤偕鸾要打秋千，和宝玉的对话意味深长，宝玉说："你两个上去，让我送。"

慌得佩凤说："罢了，别替我们闹乱子，倒是叫野驴子来送送使得。"偕鸾说:"笑软了,怎么打呢,掉下来,栽出你的黄子来。"

听上去,宝玉不是送秋千,是送行。怎么让野驴子送,还栽出黄子来。打个秋千怕什么,是怕出事?让野驴子送秋千还是送千秋?送鸾凤上青天吗?结果真就出事了。

甄家送东西,鸾凤荡秋千,跌出黄子来,巧在此时,有人说老爷宾天了,怎么和鸾凤上青天勾连了?老爷一向没有病,怎么死的?真是非正常死亡,说是吃丹砂死的,死的样子很难看,面皮嘴唇,烧得紫绛皱裂。

贾敬死后,迅速移进家庙铁槛寺,成为槛内人,这和刚刚宝玉拜帖上称自己是"槛内人"遥相呼应,是老爷做了槛内人,还是宝玉?贾敬死后,别家没说,单说"甄家"送来五百打祭银。

在守灵期间,袭人独自在屋里给宝玉做扇套。

说:我见你带的扇套,还是那年东府里蓉大奶奶的事情上做的。那个青东西,除族中或亲友家夏天有丧事方带得着,一年遇着带一两遭,平常又不犯做。如今那府里有事,这是要过去天天带的,所以我赶着另作一个。

一件扇套子,联系起蓉大奶奶的丧事,都是那府里的丧事,难道这个丧事和她的丧事藏着一样大的秘密?秦可卿丧事期间,并没提宝玉用扇子,宝玉的扇子一向敏感,是否里面有那个石呆子和扇子的故事?

祖孙二人的葬礼同样声势浩大,看热闹的人何止数万,难道贾敬也是帝王葬礼?为什么袭人说:那个"青"东西,除族中或亲友家夏天有白事,才带的着,一年遇着带一两遭,难道今年夏天这样的葬礼有两遭?所谓国孝、家孝两个葬礼,间距才两个月左右,是这两次吗?

天子额外恩旨曰:贾敬虽无功于国,念彼祖父之忠,追赐五品之职。令其子孙扶柩由北下门入都,恩赐私第殡殓,任子孙尽丧,礼毕扶柩回籍。外着光禄寺按上例赐祭,朝中由王公以下,准其祭吊。

其中有两个地方值得注意:五品之职和秦可卿的头衔一样,但秦可卿是按帝王之例赐祭,王公以上准祭。贾敬也是着光禄寺按上例赐祭,但却是朝中王公以下准其祭吊,可见其葬礼隆重亚于秦可卿。

按曹公善用的蒙太奇手法,把镜头推过去:平儿千秋日是纪念日,传的是别离花。正好甄家送来了东西，鸳鸯就到了余荫堂，甄家送来的是鸳鸯。

宝玉要送秋千，是要她飞荡上天，佩凤不依，特让野驴子送，偕鸳说佩凤跌出黄子来，结果真出事了，贾敬宾天是野驴子送鸳鸯双双登天吗？如果的确是非正常死亡，贾敬所谓死金丹者，因吞"金"而死。他的死和金人有关吗？被人勒死的样子，也是面皮紫胀。槛内人，应该享受帝王葬礼，这个人是他吗？

正看着，文亮进来，笑着端来一壶茶，坐在芸轩的书桌边，笑问："客人多，山岚顾不上我们，正好我泡了一壶茶，你也尝尝。看的什么？"

芝子把手稿递给文亮道："怪不得贾敬葬礼期间有说不出的一种味道。芸轩想找到这个人呢，到底咋摸不透。"

文亮道："是哪里？"

芝子道："扶灵柩进京城，丧仪焜耀，宾客如云，白铁槛寺至宁府，夹路看的何止数万人。内中有嗟叹的，也有羡慕的，又有一等半瓶醋的读书人，说是'丧礼与其奢易莫若俭戚'的，怎会这样议论？"

文亮道："《论语·八佾》云：丧，与其易也，宁戚。礼，与其奢也，宁俭；丧事与仪式隆重周全，不如真正悲伤哀戚。看热闹的这些人一定发现，贾敬的葬礼虽异常隆重，但没有一点悲伤气氛，所以才议论纷纷。"

芝子道："也是，我看除了宝玉和凤姐还算尽孝外，贾珍、贾蓉是恨苦居丧，人散后，却乘空寻他小姨子厮混。亲爹死了，一点悲伤没有，这算什么？惜春是亲女儿，也没说到灵前一哭；倒是那个近亲邢大舅，相伴未去，这又是为什么？"

文亮道："我看芸轩说宝玉做了槛内人，若死的是宝玉自己，他当然要天天在灵位上。至于邢大舅，我一下子想到了邢岫烟，这个得了'红'字、颤颤巍巍的女孩，不就是邢大舅的女儿吗？邢岫烟和宝玉一天生日的人，是不是也做了槛内人？所以邢大舅才这么尽心。"

芝子道："似乎有道理。说来说去，贾敬之死，和这几个刚过生日的人有关了？"

文亮道："有可能。是了，宝玉灵魂离位回家了，曹公还真安排了个细节。"

芝子道："灵魂离位？怎么还回家？"

文亮道："晴雯要追打野驴子芳官，芳官自内带笑跑出来，几乎与宝玉撞个满怀。一见宝玉，含笑站住说：你怎么来了？你快与我拦住晴雯，他要打我呢。随后晴雯赶来骂道：我看你这小蹄子往哪里去，输了不叫打。宝玉不在家，我看你有谁来救你。

"晴雯也不想宝玉此时回来，乍一见，不觉好笑，遂笑说：芳官竟是个狐狸精变的，竟是会拘神遣将的符咒，也没有这样快。又说：就是你真请了神来，我也不怕。

"宝玉每日在宁府穿孝，至晚人散方回园里。这回怎么像有了感应似的，突然回来了呢？宝玉的神魂难道不是被芳官拘回来了吗？"

芝子听了，起了一身鸡皮疙瘩，半晌才道："是芳官拘的吗？既是野驴子送他归了西，他为什么还这样护着芳官，不叫晴雯打？"

文亮道："这是史实，宝玉的悲哀也正是黛玉的悲哀。所以，我觉得最悲伤的人是黛玉。"

芝子想了想道："灵魂离位之说还真有些道理。可宝玉回来是想看黛玉的，不是要救芳官。他碰到了怪事，黛玉正想私祭！"

文亮双手合十道："够会举一反三的了，是袭人念道他回来的。袭人不光做扇套子，本要络住他，她还越发道学了，悄悄地面壁参禅呢，是不是也在祷告：宝玉快回来看看家里人罢。"

芝子笑道："雪雁也纳闷，告诉宝玉，三姑娘本来会着黛玉，要去瞧二奶奶的，黛玉没去。不知想起了什么来，自己伤感了一回，要了瓜果和小琴桌。宝玉就猜测，黛玉要行祭奠。

"且此次伤感，足可致疾，不见她已是病体厌厌大有不胜之态吗？可她为何对宝玉有所隐瞒，一面伤心落泪，一面说自己好好的，没有伤心呢？"

文亮点头道："说不得，就得解开黛玉私祭的秘密。"

秦明正进来道："你俩说什么秘密呢，也让我听听。"

文亮道："正说黛玉私祭呢，也不知她为什么突然行私祭，祭的又是谁？"

秦明道："祭品就特别，用的是菱藕，五月里怎会有菱藕？还用了小琴桌。小琴桌，如果把陈设搬下来的话，搬下来的应该是'琴'，摆上去的是文龙鼐。"

芝子问："'琴'是不是指宝琴？得先把她搬下来吗？桌子上摆个什么文龙鼐？我看后面脂砚标注的是：子之切，小鼎也。什么意思？"

文亮道："知道韵书吗，就是将同韵字编排在一起，供写作韵文者查检的字典。最早是魏时的《声类》，西晋吕静曾仿照《声类》写过一本《韵集》。我那里有明末清初由宋本传出的三个影宋抄本，其中影抄潭州本入了曹寅之手，刻入《楝亭五种》，此后清代《集韵》刻本，均出此源。"

芝子道："原来'子之切'是'zi'鼐的读音。"

文亮道："正是，脂砚告诉，这是小鼎，所谓鼐鼎及鼐的道理。"

芝子道："没听见过，什么是鼐鼎及鼐的道理？"

文亮拿手比画着，道："从鼐到鼎再到鼐，祭祀的鼎越来越小。龙文鼐，就是小鼎。有诗云：三川削弱，六国从衡。鹑首兵利，龙文鼎轻。国家越来越小，祭祀之鼎，当然越来越轻，黛玉私祭用小鼎，祭祀的是个小政权。"

秦明道："虽是用小鼎，但黛玉的祭奠仪式很正式。"

芝子道："有意思，不是芳官会拘魂，也不是袭人面壁叫回宝玉来，他突然要回来看黛玉，是黛玉私祭他，招他回来的吧？宝玉专门去凤姐那里耽搁一会，才来的正是时候呢，只有黛玉做完招魂仪式他才能来。"

秦明道："招魂？招谁的魂？"

芝子道："为宝玉招魂。"

文亮道："只见炉袅残烟，奠馀玉醴，她焚了香。和宝玉通灵，必是需要香的；还用了酒，这大概表明黛玉此祭的身份。黛玉是仿国之祭祀中的秋祭。"

秦明道："打哪里看出来的？"

文亮道："刚才你还疑惑，说用菱藕没道理。因这两样只有秋天才有，宝玉不也和你一样疑惑么。再者，薛蟠也曾经用'藕'祭奠过他，又不是第一回。"

秦明道："这就合适了，宝玉的猜测就对了吗。《礼记》中就有'春秋'荐其时食的说法，家家都上秋祭的坟，黛玉这里的私祭，就是所谓的'春秋'祭法。"

文亮道："我知道了，秋尝与秋祭之俗，在民间形成了七月为神鬼之月的俗信，黛玉正是仿照七月十五瓜节和鬼节之祭。这一天，地宫之门打开，地府开门之日，已故祖先可回家团圆，因此才称鬼节。鬼魂相聚，品尝时令瓜果，既有伤感，也有重逢的喜悦。所以说，黛玉虽是满面泪痕，但不承认伤心是有道理的。"

秦明笑道："黛玉和宝玉的鬼魂相聚了？"

芝子道："相聚的还有五个美女呢。"

文亮道："原来私祭是为了鬼节相会。但我说的是身份，黛玉祭奠的身份。宝玉正要看黛玉的诗，宝钗也有了感应，她及时赶来阻止，担心闺阁字迹传扬出去，且说了一句'女子无才便是德'的论调。

"说白了，她是不愿意黛玉的诗被外人看到，诗中有玄机。这让我想到，身为国子监祭酒的李守忠的教条，他对李纨就是这样教育的。

"而黛玉祭祀恰恰用了'酒'，身份很对。但祭品是菱藕，不仅这个季节没有，且影射着两个人，这有些犯嘀咕了。"

秦明道："迎春是菱，惜春是藕，她俩成了祭品？那宝琴呢？为什么把琴搬下去？宝琴要下课了？"

文亮道："黛玉推掉探春之约，不去看凤姐，可紧接着宝玉去了。按时间算，探春应该在凤姐处，可宝玉去时并没见到探春，她是没去还是怎的，探春怎么了？"

秦明道："黛玉没去，探春也没去吗？想起来了，宝玉去时，凤姐那里的执事婆子们正回事毕，纷纷散出。凤姐就透露说：贾母、王夫人不在家，这些大娘们没一个是安分的，每日不是打架就是拌嘴，连赌博偷盗的事情都闹出来两三件了。虽说有三姑娘帮着办理，她又是个没出阁的姑娘。也有叫她知道得的，也有往她说不得的事。

"看来凤姐有事瞒着探春，她没来是因回避事，凤姐已经正常理政了，平儿也就退居二线。不光宝琴下课，探春的时代也该结束了。"

文亮道："哪些事对她说不得的？比如彩儿娘说的事，就回不得她。这样推测的话，有两种可能：一个是，这些事有伤风化，没出阁的姑娘听不得；二是，这些事有关探春，按当事者回避的观念，所以也不能告诉她。"

秦明道："还有第三个原因，就是这些事，既有伤风化，又和探春有关，这就更和她说不得了。"

文亮道："探春下课无疑了。"

秦明道："很残酷，婉儿又要说咱们了。正直的探春，竟也有说不得的事。"

文亮道："好啊，宝玉和邢岫烟，再加上宝琴和平儿，已经是四个人的祭奠了。难道这四个人不是过生日，竟是过死日？"

秦明道："见怪不怪了。好在宝黛二人鬼节私祭后和好如初，倒是又恢复到相互牵挂、过于关心的状态，宝玉和凤姐也恢复到正常来往的状态了，凤姐扎挣起来，又开始外事活动了。"

文亮道："这么说来，黛玉私祭，招宝玉的魂儿回来没错，但招他回来干啥？为了和好还是为了看探春下课？"

芝子道："能不能借助于黛玉的诗？若解得其中滋味，就知道黛玉私祭之谜了。"

秦明道："现在就告诉你，宝钗不是专门评价了其中的《明妃》吗？说历来写昭君出塞的诗很多，但欧阳修就王昭君的题材翻新了一个观点。他批评皇帝没见识，即所谓：耳目所见尚如此，万里安能制夷狄。

"连自己身边的宫女尚且美丑不识，又如何能管理好一个庞大的国家，又怎能制服北方异族呢？她这里抱怨亡了国的皇帝很无能。这一论调，正是黛玉《明妃》要表达的意思，明妃的命运怎就交给一个画工？她说的是谁？谁的眼光这么浅？能力这么差？你想去吧。"

正说着，婉儿也走来道："你们说谁的坏话呢？"

秦明道："反正没说你，说黛玉的诗。其他几首呢？"

芸轩走来道："你没见脂砚的批语，要与将来的《十独吟》对照着看呢，会告诉你的。"

婉儿道："总得有地方下手啊。"

芝子问道："不从这里下手，怎么找到探春不能听、不能说的事呢？"

芸轩道："说曹操，曹操到。那人那事马上就来。正当宝钗评价《五美吟》时，外面说谁来了？"

婉儿道："有人报：送殡的琏二爷回来了。适才外间传说，往东府里去了好一会了，想必就回来的。接着，贾母、王夫人也都回了家，他们这叫送完国丧、送家丧。"

芸轩道："琏二哥哥不光回来了，这回他和宝琴参与家族祭奠一样待遇。前面是从宝琴的眼睛里看大观园的一切。宝琴下课了，从此开始用贾琏的眼睛看世界了，不信你们瞧着点。"

文亮道："还真是对，是那个情遗九龙佩的人正式上场了。可一上来就把九龙佩送了人。九龙佩可是代表了一种身份呢，这个佩玉的人倒大方。"

秦明道："不仅大方，他一上场，什么鲍二家、多官的媳妇就都来了，他二人还做了一对。这个淫了贾府所有男人的多姑娘隆重登场了。这时的多姑娘更出格儿，单门独院给贾琏服侍，更便利得很，她还大骂自己的丈夫鲍二是'剩王八'。"

文亮笑道："骂自己的丈夫是王八，这么准确地定位自己还真少见。从这句骂中看出，她是多么坦荡地和别的男人乱来。而更开眼界的是，尤氏三姐的做派，和这个多姑娘一样麻辣，拿着贾府两个说一不二的爷当活宝要，真让人开眼。"

芝子道："贾琏和多姑娘们的这些事，是不是和探春说不得的事情有关联？"

婉儿道："啥意思？"

文亮道："小孩子别瞎问。"

秦明道："不妨告诉她，贾蓉给了个统称，脏唐臭汉，就是说的他们一家子。贾琏回来主政这一节，简直是《石头记》里最脏的一场，也不知要编排谁的故事。父子兄弟聚麀，姐妹乱伦，最终结果，是在国孝家孝期间贾琏偷娶尤二姐。"

芸轩道:"这就是宝钗说的第二件大事,早晚要倒腾出来的这些事,确实和宝钗没关系。凤姐说探春听不得的事,大约就是这一节,肯定有伤风化,也可能关乎探春。你秋姐姐不在,要不要再给咱唱一段《西厢记》?"

婉儿道:"好勒,想听哪一段?"

芸轩说:"哪一段都行。"婉儿高兴地穿起水袖,一面舞动一面唱道:你休忧'文齐福不齐',我则怕你'停妻再娶妻'。芸轩看着她水袖飘舞,恍惚间,梦中景象浮上眼前,只见落英纷纷,婉儿突然躺倒在血泊中。

一时回过神来,忽听文亮道:"她唱的倒好,怎么告诉不得她,我看和崔莺莺的担心一样,贾琏偷娶尤二,就是停妻再娶妻。这一节,虽像孤零零加进去的故事,可有人为此丢了性命,还非得解开这个谜不可了。"

秦明道:"《会真记》怎么说?"

婉儿连连摇头道:"从不知道《会真记》述有唱词。谁又在《会真记》里藏着。"

文亮问秦明:"你觉得尤二姐像始乱终弃的崔莺莺吗?"

芝子道:"崔莺莺浦东寺偶遇张生,二人历经兵变,各种磨难后结合,却没得好结果。这和尤二姐的遭遇似乎有一点相似。只不过,尤二姐没有遇到什么兵变。"

文亮道:"怎么没遇到兵变,这才是要害呢,现实里的孙飞虎就来了,不是吗?想想这个人。还有,莺莺、张生从初见到结合,正是:戏弄初时微拒绝,温柔情意已暗通。细想贾琏和尤二姐之相戏,拿槟榔挑逗二姐后,又将九龙佩暗自相送。也真是:初时微拒,暗意相通,真异曲同工,妙不可言。

"张生离开后,崔莺莺给张生寄去环佩和青丝,表达相思之情。所谓:赠环比喻命运共,留结表示心事同。这也是浪荡子情遗九龙佩又一写实。"

婉儿道:"青丝一缕呢?尤二姐没有给贾琏留青丝呀。"

秦明道:"没有吗?曾留下一缕青丝的多姑娘,不也悄悄来到贾琏身边吗?"

文亮道:"张生说过:大凡天之所命'尤物'也,不妖其身,必妖于人。这里真出现'尤物'了。还说:使崔氏子遇合富贵,乘宠娇,不为云,不为雨,为蛟为螭,吾不知其所变化矣。昔殷之辛,周之幽,据百万之国,其势甚厚。然而一女子败之，溃其众，屠其身，至今为天下僇笑。予之德不足以胜妖孽，是用忍情。"

婉儿道："一句听不懂。"

文亮道："你们听听这段话，简直是混蛋逻辑。鲁迅就讨厌张生的论调，他自己背叛盟约，反骂别人是祸国'尤物'，竟把周亡国的责任统统推到'尤物'身上。"

芝子道："听你的意思，整个贾琏偷娶二姐尤物，就是《会真记》的翻版了。"

芸轩道："不光如此，就连宝琴的第九首《浦东寺怀古》诗，写的也是贾琏偷娶二姐之事呢。"

婉儿瞪大了双眼，道："那首诗里的事跑到这里来了？"

芸轩道："那个身轻骨贱之红娘，就是和父亲聚麀的贾蓉，且连故事发生的地点也惊人地相似。"

文亮大笑道："一个在浦东寺，红娘传信；一个在铁槛寺，贾蓉穿线。还真是这么回事。"

芝子想了一想道："真是，他这个媒人当得真地道，比起红娘还卖力。从铁槛寺到回宁府路上，不住地引导贾琏动邪念；又是告诉父母，又是说服尤老娘，来回几趟；又是找住的地方，又是置办嫁妆，还真成就了他俩。"

婉儿道："可《会真记》的结局，张生始乱终弃，反骂别人是祸国尤物，这和贾琏对二姐的结局不对隼呀，贾琏才是疼爱二姐的。"

芸轩道："这个，自然有对隼的那一天，你不用着急。我倒是想知道，贾琏偷娶二姐的真实目的是什么？这件事影射了哪段历史真实？"

秦明道："我倒想知道呢。尤氏姐妹是一对祸国尤物吗？屈原追求帝王时，美人就不是祸国尤物；而周幽王烽火戏诸侯时，美人就成了祸国尤物。这里取了哪个概念？"

文亮道："不是塑造了姐妹二人吗，尤二和尤三就迥然不同，她们之间就是美人和尤物的区别。可我觉得，尤氏姐妹乱伦与秦可卿当时的乱伦有一种藕断丝连的味道。

"从现在的情况看，尤氏姐妹和贾珍父子有染，不只今天才有的。从文字中可以看出，他们已然很熟悉对方。隐隐约约可以推断，秦可卿发丧期间，尤氏姊妹应该来过，因贾珍的心思全放在秦可卿身上，这事就成了暗线。仔细回想一下秦可卿的卧房里，好像早就埋伏下两个证物呢。"

婉儿道："是吗？哪两个物证？"

文亮道："西子浣过的纱衾，红娘抱过的鸳枕。忘了黛玉的牙牌令了？黛玉说：纱窗也没有红娘报；她的《西施》里有：一代倾城逐浪花。西子也出现在黛玉的诗里。"

秦明道："我糊涂了，黛玉和贾琏之间可不搭边的。"

文亮道："怎么不搭边，题目就是：幽淑女悲题五美吟　浪荡子情遗九龙珮。他俩是主角呢。"

芸轩道："别瞎猜了，秦可卿淫丧天香楼，和二姐之死有得一拼，恐怕隐藏着相似的秘密，肯定得先从黛玉的诗下手。"

芝子问："能从黛玉的诗中找到答案？"正说着，有人找山岚，听见下面客人多，芸轩也跟着下去了。

文亮见她两个出去了，悄悄笑道："前两天，我还看到过芸轩的几首诗，好像提到过明妃，谁见过？"

秦明道："她喜欢随写随丢的，亏得有山岚给她整理，要不她这里什么也找不到，找找看有没有。"

大家在墙上浏览一番，桌子抽屉里也乱翻了一通。

婉儿道："这里有几页。"

大家见她在一摞画稿里找出几页纸。看时写着：

《西施》

倾城又如何？沉鱼惊艳，尽付与残壁颓垣。断肠正是吴亡日，宫娃空自对吴馆。莫若儿家浣纱伴，若耶溪边，忒好看煞这韶光无限。

《虞姬》

饮剑别乌骓，玉山倾倒难扶起。羞提起，彭黥曾是英雄短。却为何？甘受醢刑做逆叛。泣幽恨！生生拆开鸳鸯剑，冷铮铮，寒光曜眼洗泥染。

《明妃》

汉家诚可笑，愿向胡儿臣服了。笑中更有可笑事，明妃出塞画工闹。莫非君王轻颜色？哪成想，辖制夷狄君无策。可叹如今又远嫁，其运堪若明妃何？

《绿珠》

石崇有金谷，绿珠在别园，时时舞"明妃"，怜其身世难。适在单于庭，父子见辱凌，对之惭亦惊，默默苟且生。唯美金谷园，正叹他人遭离乱。可怜逢末世，自此中原丢衣冠。绿珠守季伦，无情更怜坠楼人。明珠遭暗投，香消金谷伴孤魂。

《红拂》

红拂出尘女，慧眼洞穿杨素暮。尸居余气日，岂留羁縻女丈夫？识李靖，三千骑兵驱匈奴；战突厥，称臣耻辱得洗雪。北清沙塞，虏庭喋血，虎啸风生凌烟阁。

大家看了，面面相觑，不得要领。

芝子道："红拂是位女侠，女战将，又得了李靖这么个英雄大丈夫，就更了不得。黛玉怎会想起她来？哎呀，看了也是白看，还得芸轩细讲一下才好呢。"

聚麀花枝巷　情定平安州

文亮抬脚下楼，说去央她来提示一下，就去喊芸轩了。婉儿从那边架子上摘下一对佩剑，抽出一把，掂在手里试了试，还有些分量，遂舞弄了起来。

山岚进来，看见婉儿舞剑，忙道："吆，还能比画两下子，别伤了自己罢，这可是柳湘莲用过的鸳鸯剑，我寻了好多铺子才找到。"

文亮和芸轩进来，也忙阻止道："快先收起来，万一伤着人呢。"说着，拿过芸轩写的东西，要她把自己的诗给诠释一下。

芸轩道："你倒胃口大，想弄懂黛玉的《五美吟》可不容易，我研究了半个月才看出点眉目来。她这是为结束宝琴的十首《怀古》诗而做的。依我说，先别管这个，且时机不到，只能先结了宝琴的怀古诗，就差最后一首了。"

婉儿道："是《梅花观怀古》吗？"

芸轩道："就是，宝琴杜撰一个梅花观，是明显突出'梅花'二字，而宝琴的腊梅恰是送给了探春，梅花观之事就是对三丫头结局的预言，我看照应在尤三姐身上。从宝琴出现直到现在，她想表达的事件和人物结局都该画上句号了，此后才是黛玉的《五美吟》要述说的故事。"

文亮听如此说，一下子有了感应。放下稿子，拿起一把扇子，摇头晃脑地念道:"不在梅边在柳边,个中谁拾画婵娟?团圆莫忆春香到,一别西风又一年。

"这一年过得好快,宝琴原是来京待嫁梅翰林家的,却将梅花送给了探春,她不做梅边人了,而柳边人却是尤三姐,她很快要成为柳湘莲的媳妇。

"不在梅边在柳边,是梅边人转眼成了柳边人吗?如果这样,也要宝琴化作尤三姐才可以。

"个中谁拾画婵娟?这句问得好。让梅边人变成柳边人,梅花变柳枝,倒完成了不太华丽的转身,而捡到画的'个中人'是谁?不是梅郎,自然是柳郎!

"团圆莫忆春香到。柳郎与三姐婵娟化团圆,因春香的到来吗?那谁又是春香呢?"

芸轩笑道:"贾蓉若是红娘,贾琏自然就是春香,可不就是那位'贾春香'让这二人团圆的么。"

文亮将扇子敲着手掌道:"他专程来说媒,还给说成了,拿到了定礼,比贾蓉这位红娘不差啥,算是个合格的春香。可怜桃红撒满地,倾倒玉山难再扶。可惜,团圆竟意味着永别。可为何一别西风又一年呢?不是永别吗?难道她还能复活?又回到柳边还是梅边?不得要领!不得要领!还得提醒一下。"

芸轩道:"《牡丹亭》中杜丽娘相思成疾,死后葬在了梅花观后的梅树之下,自画小像又被柳郎捡去,宝琴的诗又是梅边柳边的坐实,如果用梅花观做背景,那么三姐的故事也会和《牡丹亭》的背景有相似度。要不你俩上个装,我点几段,各位准能听出个究竟来,你俩愿不愿意应战?"

婉儿和白禾对视了一下,摇摇头,又摆摆手。山岚道:"别怕,我这里有剧本,可以在旁边做个提示,就来一个吧。不知你俩谁扮杜丽娘,谁装春香啊?"

芸轩道:"不要这角色,你俩一个完颜亮,一个杜宝。"

三人听了都伸了一下舌头,难度够大的,不知芸轩葫芦里卖的什么药,只得下去胡乱换了个装扮。

白禾头上戴个扎了一对狐狸尾巴的帽子,婉儿带了个乌纱翅帽子,大家看了笑个不停。

芸轩道："婉儿，《训女》中先来一段'满庭芳'。"

婉儿挠头道："这不难为人吗？开头是什么来着？"

山岚悄悄道："自家南安太守杜宝一段。"

婉儿笑着唱道："一生名宦守南安，莫作寻常太守看。到来只饮官中水，归去惟看屋外山。"

又念白道："自家南安太守杜宝，表字子充，乃唐朝杜子美之后，随父辈流落巴蜀。想廿岁登科，三年出守，清名惠政，播在人间，今已年过五旬。

"内有夫人甄氏，乃魏朝甄皇后嫡派。此家峨眉山，见世出贤德。夫人单生小女，才貌端妍，唤名丽娘，未议婚配。因自来淑女无不知书，今日正有余闲，不免请出夫人，商议此事。正是：中郎学富单传女，伯道官贫更少儿。"

芸轩做了一个停的手势，道："往年何事乞西宾，主领春风只在君。不道暮年无嗣子，女中谁是卫夫人？真是巧得很，杜宝是南安太守，杜丽娘是他的单传女，这个老头要给独女请老师。

"我隐约觉得，杜宝和林如海一样，要给独女请西宾，而杜丽娘的《离魂》又给黛玉做了伏线，想想为什么？好，下面再唱第十五出《虏谍》里面，完颜亮自报家门一段，就是'一枝花'的。"

白禾想了一会，唱道："万里江山万里尘，一朝天子一朝臣。俺北地怎禁沙日月，南人偏占锦乾坤。"

也念白道："自家大金皇帝完颜亮是也。身为夷虏性爱风骚。俺祖公阿骨都，抢了南朝天下，赵康王走去杭州，今又三十余年矣。

"听得他妆点杭州，胜似汴梁风景。一座西湖，朝欢暮乐。有个曲儿说他：三秋桂子，十里荷花。便待起兵百万，吞取何难？兵法虚虚实实，俺待用个南人，为我乡导。喜他淮扬贼汉李全，有万夫不当之勇，他心顺溜于俺。

"俺先封他为溜金王之职，限他三年内招兵买马，骚扰淮扬地方，相机而行，以开征进之路。哎哟，俺巴不到西湖上散闷儿也！"

芝子悄问芸轩："赵康王是谁？"

芸轩道："就是康王赵构，这个战争背景是真实的，完颜亮兵分四路，对南宋发动全面进攻。一路自海道进攻临安；一路自蔡州出发进攻荆州；一路由凤翔进攻大散关，金军六十万号称百万，毡帐相望，钲鼓之声不绝。"

芝子问："什么战况？"

芸轩道："战争初期，金兵进展顺利。宋军来战，被耶律元宜击退，斩首数万，宋军退保江南。正在此时，完颜亮之从弟完颜雍乘他南征中原、东京空虚之际，在辽阳称帝。看吧，命运总是如此。

"完颜雍登位的消息传到前线，军心动摇，加之有三路水军被宋军击败，至此，辽军开始心无斗志。于是，宋将大败金朝水师于采石矶，战船全被烧毁，金军伤亡惨重，且被迫移驻瓜州渡，以致后来激起了兵变，叛将们缢杀了完颜亮。战争过程就是如此。"

芸轩拍手道："很好，可惜秋真不在，她若在，还能指点些，不过这就足够了。听我说，为什么曹公不厌其烦地选择《牡丹亭》这个曲目的唱词，还将杜丽娘的《离魂》用在黛玉身上，赋予黛玉死亡以一种艺术美。

"我仔细比对过，杜丽娘经历的战乱背景和黛玉所生活的时代背景应该相似。金人入侵，骚扰淮扬地面，但结局不尽相同。我只想说，曹公如此安排，里面的人物关系和家乡籍贯及出身，极有可能相符合。"

文亮道："完颜亮是金人说得过去，籍贯相同的话，杜宝是南安人，黛玉也是南安人吗？"

芸轩道："《离魂》伏黛玉之死，可杜丽娘埋在梅树下的魂儿碰到柳梦梅后，马上要还魂复活了。曹公不仅让黛玉《离魂》，还再次使用了杜丽娘的《还魂》手法，由梅边人变成柳边人的立意就取自《还魂》。"

文亮道："你的意思，复活后的黛玉就是尤三姐？黛玉魂招宝玉，二人死而复活，然后一起演绎三姐和柳湘莲的故事？这么说三姐是南安人？"

芸轩道："我不太确定，但是后面确实有个南安太妃。"

芝子道："倒是一直不知道尤三姐是哪里人。"

文亮又合上扇子，拍手笑道："这个想法还真管用，我有些思路了，黛玉还魂，变成三姐，那就看三姐和黛玉如何勾连，可怎么找到这个梅花观？"

芸轩道："恐怕伏线埋得很靠后，实在不行，先放弃梅花观和三姐，找一下柳湘莲也行，看可不可以从他身上打开缺口。"

文亮道："你提他，我忽然想到另一个地方，找柳湘莲先要找到平安州，因柳湘莲和平安州脱不了干系，这可是个发生大事的神秘地方，一定藏着柳二爷的行踪。"

遂向山岚要一张纸，写道：

一、柳湘莲这五年干啥去了？为什么出现在平安州？

二、贾琏偷娶二姐期间，受贾赦派遣要去平安州，说是去办机密大事，不过三五日就起身，来回得半月工夫，这个时间一定是故事发展的时间。

三、走前见了二姐，明白三姐要嫁柳湘莲的心事，这件事和机密事是一回事吗？好像是！是专程去找柳湘莲？

四、薛蟠去做生意，带回的东西里就有黛玉家乡的土仪，还有虎丘泥人，如果平安州地面上碰上了薛蟠，说明平安州在南方。

五、贾琏去时，说平安州节度使巡边去了，有人犯边？且二姐病时，说找的王太医也去从军了。太医从军，说明皇帝也参加了战事。平安州不平安，有战事，且是皇帝参与的战事？

六、薛蟠在平安州地界遇到劫匪，这些劫匪和柳湘莲有关吗？训有方，保不定日后做强梁。脂砚就说，此语是指柳湘莲一干人，难道劫匪就是柳湘莲一干人？薛蟠遇到劫匪，和节度使参与的战事有关吗？

七、"平安"是不是平服、安抚的意思，柳湘莲是被招安了吗？他和薛蟠原来像仇人似的，无缘无故地因何突然又与他好上了？薛蟠还要为柳湘莲准备娶媳妇的嫁妆，这和宝钗为黛玉准备嫁妆一样的招数吗？

秦明半天没出声，看了文亮问题，笑道："最后这点才重要，想必他是被薛蟠招安了。可都说湘莲子是纯洁的化身，他能投降吗？不可能的，柳湘莲的变化也忒大了吧，不像是一个人了。"

文亮道："不是一个人是谁？要我说，什么贾琏去平安州是为办机密大事，其实就是为柳湘莲去的，要他们结成一对真正的鸳鸯，他们这一段，该叫'鸳鸯缘'呢。

"可一面是三姐和湘莲的鸳鸯缘，一面是薛蟠和他的兄弟情，两者之间应该是冲突的，都在极力地拉拢柳湘莲，其中贾琏应该是个关键人物，只是为何要等到十月里，还要来一趟平安？平安州到底发生了什么事？"

芸轩道："文亮的感觉没错，贾琏偷娶尤二，透着一股邪劲。先看贾琏，娶了二姐后把凤姐一笔勾销，还说要等凤姐一死便接她进去。贾母就骂过的，贾琏和赵二家的又要商量着害凤姐，是不是这个事要露出水面来？

"为生儿子娶二房很正常，不至于把结发妻子看成眼中钉肉中刺的，凤姐和他也没仇恨到这个份上，就这么盼着凤姐死？但脂砚有一段回前批说的很玄，说凤姐不念宗祀血食，为贾宅第一罪人。知道这话说得多严重吗？宗祀不血食指的是祭祀全无，宗庙绝灭，断了祖先根基血脉的意思，总之是国破家亡的意思。

"凤姐是国家消亡的罪人吗？还是说，贾琏真是因她没有子嗣才考虑娶尤二姐？难道凤姐小产，真让他断子绝孙了？只有二姐才能延续香火？二姐是谁？"

文亮道："什么延续香火？贾珍、贾琏加上贾蓉，爷儿三个共侍一女，连二姐都说自己没德行，贾琏找这样一个人是为续香火吗？里面有个专用词，暴露了贾琏、贾珍的真动机，就是二马同槽。"

秦明道："只听说过三马同槽。"

文亮道："这个典用得好，曹操梦中见三马同食一槽，醒来以为此梦不吉利，疑是马腾父子为祸；后来斩了马腾，可还是做这样的梦，就怀疑司马父子，遂对曹丕说：司马懿不是个甘做人臣的人，将来必定干预朝政家事。果不出所料，司马氏父子三人相继专嬗曹魏朝政，最终灭了曹魏，建立了西晋。

"贾琏偷娶二姐后，贾珍还抽空来偷腥，便用了'二马同槽'之典。我看这二人的勾当，根本不关娶媳妇生子嗣的事，是贾琏偷偷地又另立了个小朝廷吧。"

秦明道："这就对了，就是二姐和贾琏悄悄另立门户的意思，肯定是个小政权。可这是哪个小政权？还是偷偷成立的。什么样的政权能偷着来？"

山岚道："我大约知道了，看看尤二姐就行，据她自己说，虽然长得标致，到底没德行，是个缺德的政权。连贾琏娶她的这个小院还叫'花枝巷'，听起

第六十五回
聚麀花枝巷　情定平安州

81

来像个妓院，要不里面怎会同时上演好几出乱伦大戏，贾家兄弟聚麀花枝巷，够恶心人的。"

婉儿急道："台湾的戏里插入这段乱七八糟的事，到底影射谁？"

文亮道："明白了，还不就是探春听不得有伤风化之事，就是彩儿娘说的那事，终于露出尾巴了。"

山岚道："大约如此。你们看吧，尤老娘和三个小辈一同吃酒，二姐怕贾琏来碰上，把尤老娘喊走，只剩下贾珍和三姐在那里挨肩擦脸，百般轻薄，连伺候的小丫头都看不过眼躲开，下人们是这样。

"鲍二家的和鲍二、丫鬟四人一同吃酒，那鲍二说小丫头们不在贾珍那里伺候，怕耽误了主子呼唤，却被自己的老婆骂成'胡涂浑呛了的忘八'，骂他不懂眼色，主子那里需要灯泡吗？

"笑话吧！怎么叫自己丈夫是'王八'，可见这位多姑娘乱来也是公开的。那一对人更是无所顾忌。便是来了三个小厮，更奇怪了，喝了几盅酒，其中一个喜儿便说：咱们可要公公道道的贴一炉子烧饼，要有一个充正经的人，我痛把你妈一肏，多不正经。

"还有，二马同槽，本不相融，但贾琏连起码的脸面都不要了，轻易就挑开了这层窗户纸。他明白告诉贾珍，安心来就行，他和二姐好，怂恿着贾珍和三姐好，说兄弟二人分享姐妹二人是应当的。

"这种不知羞耻的行径连贾珍都汗颜，贾琏连仅有的一点尊严也给剥的一干二净，兄弟姐妹一起喝杂烩汤，你们说这是淫乱还是延续香火？如果真是为延续香火还有平儿呢，怎么不考虑她？这个政权的显著特点，全无德行可言。"

秦明道："怎么没德行，尤物之德行放在了三姐身上呢。也许是置之死地而后生，撕破脸后，不甘堕落的三姐，不是一反常态，变得无畏、正经起来了吗？一番嬉笑怒骂，竟让这两个情场老手变得狼狈不堪，而尤三姐开始变着法子报复这兄弟二人，竟没让二人如意过一天。"

文亮道："她用这种法子也许是在保护自己的清白，为的是这二人不敢欺负她。你没看刚开始那架势吗？贾珍本想暗里霸占三姐，直到有一天，眼见没法得手，贾珍才终于舍得丢开。用贾琏的话说，玫瑰花儿可爱，刺多扎手，咱们未必降得住，正经拣个人聘了罢。贾珍的放手，才给了三姐一个重新活过的机会，三姐制服二人容易吗？于是，她发誓重新做人，寻找自己的归结处。"

芸轩道："真真不动脑子，你们根本没仔细对比，三姐之风流卓越，和柳湘莲一样惹人爱恋；没捅破窗户纸前，三姐还是假意奉承贾珍的，可贾琏贾珍一旦认了真，想把她搞到手，三姐立马翻脸不认人。以至于后来，开始不断地挑衅爷儿三个的底线，或略有丫鬟婆娘不到之处，便将贾琏、贾珍、贾蓉三个泼声厉言痛骂，说他爷儿三个诓骗了她寡妇孤女。三姐看得明白，说二姐糊涂。

"咱们金玉一般的人，白叫这两个现世宝沾污了去，也算无能。而且他家有一个极厉害的女人，如今瞒着她不知，咱们方安。倘或一日她知道了，岂有干休之理，势必有一场大闹，不知谁生谁死。

"这个结局，三姐预料得很准确，她知道二姐这个没德行的政权根本不会长久。这也就算了，三姐逃脱魔掌的法子多眼熟，当初，柳湘莲逃脱薛蟠的纠缠后，再反过来教训薛蟠时不也是这样吗，三姐的好德行，堪配柳湘莲。"

文亮道："这么般配，可为何没得好结果，这就是有意思了！柳湘莲是三姐喜欢的人，可为何直往五年前想，说明她爱的是五年前那个人，可五年过去了，柳湘莲还是那个柳湘莲吗？

"据二姐说，是尤老娘过生日，湘莲串戏时认识的，据我看，应该是赖尚荣家请客，湘莲串戏时认识的，薛蟠调戏柳湘莲反被痛打一顿。五年后，贾珍调戏三姐不成，也被三姐闹得灰溜溜的，三姐和湘莲干的是不是一回事呀？

"当年，柳湘莲就对宝玉说，要出门去走走，外头逛个三年五载再回来，让我想到探春的理想，也要出去干一番大事。宝玉听了还问为啥？柳湘莲冷笑说：我的心事，等到跟前，你自然知道。记得有谁还问过，说柳湘莲能有什么心事？这不，事到眼前了，他的心事还不明白吗？"

秦明道："之前的心事我理解了，那时父亲在人家手里，当然有所顾忌的。"

文亮道："可五年后呢，父亲已然死了，还有什么顾忌？反而和薛蟠称兄道弟的了，到底发生了什么？"

山岚道："三姐朝思暮想的人变了呗，她喜欢的应该是那个痛打薛蟠的人，绝不是这个帮助薛蟠脱难，还结拜为兄弟的人。"

秦明道："他变了吗？我不大相信，他什么时候变的？"

文亮愤愤道："柳湘莲在平安州地面和薛蟠相遇，他就变了。这样看来，他才龌龊的呢，反而骂西府里只有那对石狮子是干净的，他才不干净呢。"

婉儿笑道："这个平安州地界太重要了，关乎柳湘莲的变节问题，姐姐们是找不到了吧？"

秦明道："这种行为，像不像《会真记》里的张生，自己龌龊，还骂别人是祸国尤物。更不理解的是，就因一句不干净，就要了三姐的命，三姐原也不是贞洁之人，为何这么在意这句话？"

芸轩道："可惜三姐，情不知所起，一往而深。生者可以死，死亦可生。生而不可与死，死而不可复生者，皆非情之至也。是湘莲错了还是三姐错了？到底她是被辜负了，她错认了柳郎。"

白禾念道："砧声又报一年秋，江水去悠悠。塞草中原何处？一雁过淮楼。可奈夫人不解事，偏将亡女絮伤心。"

婉儿唱一段'昭君怨'：剩得江山一半，又被胡笳吹断。秋草旧长营，血风腥。听得猿啼鹤怨，泪湿征袍如汗。

文亮道："俩小疯子长本事了？还敢取笑我们，别酸了。听你们唱，我想起来，好像杜宝说自己是岭南人，也爱吃槟榔的，好像找到贾琏吃槟榔的出处了，难道平安州在岭南，是海外地界？"

婉儿道："姐姐们找不到平安州算了，不行再回到三姐的梅花观那里继续找。"

文亮道："还有一件事，《石头记》开篇，冷子兴评说荣国府，长篇大套的，说了贾府祖宗五代的来龙去脉。现在又来了个什么'兴儿'，又是一番背后议论，对贾府又一次进行了鞭辟入里的分析，也精辟得很。

"我认真看了几遍，只体会到一点，贾家走到尽头的主要祸首还真是宝玉和凤姐。一个机关算尽，却失了人心；一个混世魔王，毫无作为。"

秦明道："片面，片面。"

文亮道："怎么片面，兴儿一篇话，从头到尾没说过凤姐一句好儿。嘴甜心苦，两面三刀；上头一脸笑，脚下使绊子；明是一盆火，暗是一把刀：都占全了。

"一言以蔽之：如今合家大小，除了老太太、太太两个，没有不恨她的，只不过面子情儿怕她。

"且提到大太太有些不待见她，说雀儿拣着旺处飞，黑母鸡一窝儿，自家的事不管，倒替人家去瞎张罗。

"这可是重大发现，原来凤姐在荣府理事，并不是名正言顺的自家事，且遭到下人们的强烈不满。我之前从没有关注过这个，兴儿突然一说，我也觉得是，凤姐并不是这边的正经主子。兴儿还口口声声嘱咐二姐，千万别跟凤姐正面交锋，她一定不是凤姐的个儿。

"但二姐却完全不在乎，还天真地以为：我只以礼待她，她敢怎么样！看来，这个没有德行的偷偷成立的小政权，还要天真地对抗一个人人仇恨、却也有些不正当的政权，这个特点是有的，得好好找找这段历史。"

秦明着急道："越说越黑天，怎么找？都议论半天了，还不能自圆其说，这又是哪个时期的事件，怎么会有两个不正经的政权作对了。"

婉儿举手道："我有线索，三姐身上有两个人的影子。"

秦明道："谁和谁？"

婉儿得意道："玫瑰花呀。兴儿刚说了：三姑娘是玫瑰花，又红又香，无人不爱的，只是刺大戳手；贾琏怎么说三姐来着？他对贾珍说，三姐竟是玫瑰花，玫瑰花儿可爱，却刺大扎手，降不住。

"这是不是一个意思？三姑娘和三姐用带刺的玫瑰串起来，是不是指一个人哪？第二，说到宝玉时我看三姐的心思很是暧昧。"

白禾道："我也看出来了，人人都说宝玉疯疯癫癫的，像呆子，独三姐通过观察发现宝玉的好，她对二姐道：那日正是和尚们进来绕棺，咱们都在那里站着，他只站在头里挡着人。人说他不知礼，又没眼色。过后他悄悄地告诉咱们说，姐姐们不知道，我并不是没眼色，想和尚们的那样腌臜，只恐怕气味熏了姐姐们。

"接着他吃茶，姐姐又要茶，那个老婆子就拿了他的碗去倒。他赶忙说：我吃脏了的，另洗了再斟来。这两件上，我冷眼看去，原来他在女孩儿跟前，不管什么都过的去，只不大合外人的式，所以他们不知道。

"听听这口声，像不像当年的黛玉？怪不得二姐马上笑话她：依你说，你两个已是情投意合了，竟把你许了他岂不好？三姐见有兴儿在，不便说话，只低了头磕瓜子儿，我看是默认了吧。

"兴儿接了二姐的话茬儿，笑说，若论模样儿行为，倒是一对儿好人。你们看看，下人都看着般配。三姐和黛玉是不是就是一个人啊。"

山岚点头道："兴儿说了，宝玉已经有了人了，只没有露形儿，将来准是林姑娘定了的。这一句很重要的，因林姑娘多病，二则都还小，所以还没办。再过三二年，老太太便一开言，那是再无不准的了。言外之意，三姐和黛玉都应该配得上宝玉。三姐身上真有三姑娘和林姑娘二人的影子，像秦可卿，也该叫兼美才是。"

秦明道："对了，兴儿还说，黛玉的面庞和身段和三姨儿不差什么，要是这样，三姐之死意义就不一样了，既有探春的份，也有黛玉的份。"

文亮道："我就说么，三姐之死，才是探春时代的真正结束，终于找到腊梅的结局了，就是黛玉葬送了宝琴给探春的玫瑰。梅边人还魂，变成柳边人，正是黛玉、探春突变三姐的过程，也是黛玉葬梅的过程。"

秦明道："不一样，三姐和黛玉可不一样，贾琏问三姐的心里人是谁，并猜测一定是宝玉无疑了！二姐与尤老娘听了，亦以为然。尤三姐便啐了一口，道：我们有姊妹十个，也嫁你弟兄十个不成？难道除了你家，天下就没了好男子不成！"

婉儿道："萝卜白菜各有所爱，她不爱宝玉而已。"

秦明道："刚才还说她对宝玉有感觉，三姐还默认了，怎么又说不爱了？"

婉儿道："你什么意思？"

秦明道："这才是三姐的特别处，通过这件事，我大约知道三姐是谁了，你们想去。对宝玉的感情流露，是表达人的一种欲念。欣赏他但不占有他，和不欣赏他却想占有他，可是有质的区别的。想拥有宝玉的人，一定是有王权欲望的人，可三姐虽欣赏宝玉，却明确告诉并不想嫁给他，这是不是个重要信号？"

文亮笑道："我也知道了，此物太复杂。忠义、怪癖、情烈、诡异、多变。芸轩说的对，五维结构不足以表达她的多面，又加了三姐的情烈戏份，大约是为了演绎她的死亡过程，表达她对所爱之人的忠贞，以及死亡前不被理解的痛苦；关键是梅柳突变，说明梅与柳有质的区别，同样是宝琴，但梅边宝琴和柳边宝琴，一定不是同一个人。"

正说着，秋真遣人来找芸轩，要婉儿及白禾一起去现场。

《秦淮烟云》最后几场戏也接近尾声，已进入杀青倒计时阶段，文亮等也跟着赶过来看时，已是最后一场《三桂屠皇》了。

秋真找了那处小山坡，做了一块篦子坡的山石，立在那里。芝子她们也跟着来看热闹，却发现来串戏的人，都是些很熟悉的面孔，一打听才知道，这部戏拍摄阵容蛮强大的，有几个名导演参与制作呢，可见他们看好这部戏。

芝子是老行当的人，她虽不知晓那段历史，但她看到芸轩和秋真努力按复原历史原貌来拍摄，每个人物、每个事件的发生地，二人都做过专门的实地考察；制作的服饰和场景，也那样真实和细致。她们是想还原那段不为人知的或已被人篡改的历史，且也发现《秦淮烟云》里的事件竟然都在《石头记》里找到了蓝本。

芝子由衷地感叹：太神奇了！

正想着，婉儿喊她，回头才发现，人们都去了编剧的办公室，她也悄悄过来。一队清兵从面前走过，朱由榔一身汉朝帝服穿戴着坐在那里叹气。只见芸轩和编剧们讨论着一段吴三桂和朱由榔的对话，指导着饰演吴三桂的老演员在面对朱由榔时内心的变化和面部的表情变化。

婉儿找到秋真问："我们上吗？"

秋真道："再过一会儿，先上妆去。"让文亮她们到自己的临时办公棚里，见有人叫，便带着冯玉、陆风又走了。

芝子看了一眼摄制计划，问道："这么快就结束了？可你们的《石头记》还早呢，怎么一个早结束了？"

文亮道："据秋真透露，《秦淮烟云》以永历之死为结局，而《石头记》

不是。"

又拍拍芝子的肩膀道："有人说了，不能剧透的。"

芝子道："这一场里面有二姐、三姐的事吗？"

秦明道："不管谁的事，我心里算有点谱了，但这里没有，怎么你还不知道？"

芝子道："我一点逻辑也没有呢。不过，听你们刚才断断续续地说，倒模模糊糊知道点了，但还是不敢确定。"

婉儿上完妆，走来找芸轩道："我演公主，可没人说戏，台词也不知道，他们都顾不上我。"

文亮笑道："你饰演的是公主？过会儿你就陪着朱由榔去刑场了。我问你，朱由榔是哪一年死的？你对这段历史了解吗？他死后，还发生了什么大事？"

婉儿道："不是说一六六二年四月二十五日吗？我也不知道时间确不确定。后面的事更不知道了。"

秦明推一下文亮，悄悄道："时间是有些差异，前面咱们算出贾敬的死亡日期是四月二十日左右，差了四五日，能解释过去吗？"

山岚道："怎么解释？"

文亮道："崇祯的死亡时间不是三月十九日吗，可葫芦庙着火的时间是三月十五日，不也是差着四天吗？"

秦明道："这祖孙二人两场葬礼，都和'芒种节'有关联，亦真亦假地安排给了芒种节，才是大关节处。"

文亮道："对得很！贾敬之死，正式拉开了贾家的死亡大幕。也就是说，国丧后紧接着贾敬死，后面又是三姐，又是二姐，又是司棋，又是晴雯的，反正是死亡开始了。"

婉儿道："别说这个了，帮我找找台词吧。"

山岚笑道："放心，你没有台词的。"

秦明问文亮："这和那件事完全吻合吗？朱由榔之死算国丧的话，贾家全家出动去送殡，可是从正月里就开始了，时间不对的。"

文亮道："国丧是年节后，也许从他被引渡回国就开始算时间呢，说不得天要亡他。他死后，接二连三地将星陨落，可不就是一连串的死亡吗？我倒关心郑成功在最后岁月里，都经历了什么？"

婉儿听见没有台词，就放心了，笑道："我们台湾的历史，我最有发言权的。郑成功治理台湾五个多月，是五月初八死的。其间，清廷出台'平贼五策'后，就执行长达二十年的海域迁界令，用来封锁郑成功来自金、厦大陆的补给。自山东至广东沿海，二十里的海域，船只被毁，寸板不许下水。

"正好又传来了永历帝在昆明被害的消息，清廷还下令挖了郑氏祖坟，郑成功接连听闻这些噩耗，加之在台湾的将士们水土不服，人心惶惶。据说，郑成功是'顿足抚膺，大呼而殂'，死前大喊：无面目见先帝于地下。"

文亮道："是了，郑成功治理台湾的时间，确实和探春的执政时间相吻合，还有别的吗？比如有伤风化的事。"

婉儿道："没有，我就知道这些。"

白禾正进来，拍手笑道："我知道一点，是郑经的事。"

婉儿道："天啊，我还老想不通，郑成功本身没有这种有伤风化的事，倒忘了他的宝贝儿子。"

芝子笑道："郑经干了不正经的事吗？"

婉儿道："郑成功攻台期间，一直是由长子郑经镇守思明州，并调度沿海各岛。当时郑经已经十九岁，也有相当的能力。娶妻为尚书唐显悦之孙女，但两不相得，于是与四弟之乳母陈昭娘私通，并生下一子。"

山岚道："乳母！正是惜春的乳母，彩儿的娘，说了探春姑娘听不得的话，原来是这个？"

婉儿道："这类事在豪门大族中本无足轻重，也不是什么新鲜事，可郑经在向父亲报告时，竟谎称是侍妾生子，让郑成功为自己年近不惑平添'弄孙之禧'大喜过望，为此还大赏住在厦门的家人。

"谁成想，郑经的原配夫人，前明兵部尚书唐显悦的孙女唐氏告诉唐显悦此事后，他很为孙女鸣不平，就写信大骂郑成功，说他儿子乱伦，干了不道德的事，还给予赏赐，说他：治家不正，安能治国。这句话可谓锋芒毕露，直刺郑成功的痛处。

"郑成功阅信，顿时气塞胸膛，盛怒之下，命令族兄郑泰跑去厦门，责问自己的妻子董氏治家不严，并严令速斩董氏、郑经，及其私生子与乳母陈氏四人。

"镇守厦门的将领们闻讯大惊失色，怎么连自己的发妻与世子也要杀呢？于是，他们力图大事化小，就联名上书请斩'陈氏及所生婴儿'二人，以图保住董氏与郑经，可郑成功绝不通融，他非杀自己的老婆、儿子不可，并解下佩剑，命大将黄毓前往监斩。

"郑泰到思明后，与洪旭等人商议说：主母、小主其可杀乎？便再次抗拒命令，不仅不杀，且同下决心，片帆不发往台湾，相当于造反了。"

山岚道："坏大事了！这才是那个没德行的小政权哪？可郑经与清廷有瓜葛吗？又和薛蟠好上了什么意思？"

婉儿道："你的意思，柳湘莲和薛蟠和好，不是郑成功，是说的郑经？真的，郑经有过这样的事哎。郑成功逝世后，台湾内部出现了严重问题，郑经便发动攻台战事，可另一边，清廷也对他虎视眈眈，他为了解除清军的威胁，便提出加入清朝的朝贡体系，开始和康熙交涉议和事宜。他真是和郑成功使用了一样的策略，便是假装议和。"

山岚插话道："所以，那么痛恨薛蟠的柳湘莲，却无缘无故地向薛蟠示好，二人还结拜了把兄弟。出现在平安州的柳湘莲权当是落草为寇的强盗。要不怎么说：训有方，保不定日后做强梁。他其实已不是五年前的郑成功了，当初他面对家族灾难，不得已做痛苦的抉择；而此时，却变成了声誉有损的郑经，他是为了保住自己位子才和清军斡旋。"

婉儿道："倒是没有真好上，人家郑经是想利用议和停战的空档时间安定内部，解决后顾之忧。他于当年的十一月初一进攻台湾，顺利进入安平城，占领台湾。"

芝子问："平安州！你这里倒是出现了个安平城。而且还要十月左右再来一趟，这个日期也合适。"

文亮也眼前一亮道："台湾的安平城是平安州吗？得来全不费功夫啊，这我得好好验证一下。"

婉儿道:"这个不知道。后来郑经返回思明州,清廷又遣人和郑经议抚和谈。"

芝子问:"郑经愿意了吗?"

婉儿道:"没有,占领台湾后,他的后顾之忧解决了。清廷这边正想认真和他谈判呢,他立马就翻脸不认人了,坚持前议,并声言:若欲削发、登岸虽死不允。台湾在明经时期,还是遵永历为宗,遥奉永历年号。"

芝子激动道:"真像三姐的翻脸不认人,也极像他父亲。这回好像明白些了,父子二人一个腊梅,一个柳枝,原来是这么回事。前前后后听了几天,加到一起也琢磨了些,你们听听我说的对不对?

"贾敬殡天,马上出现甄家送来不明物件,正如尤氏带来的一对鸳凤;那一天,又是野驴子送鸳凤荡秋千,鸳凤怕跌出黄子来;同时,贾敬死得不明不白,脸皮紫胀吞金而逝,这才是国孝。

"对应的事实,朱由榔被清廷引渡回国,和通过大观园西南小角门迎进来的甄家相互印证。后被勒死在逼死坡,且死得很难看;他所谓的葬礼规格就是国葬,但可以想象,没有人会感到真正的悲伤。

"家孝,正是郑成功发丧事实。全家守丧时,上演了父子聚麀,贾琏偷娶上位,且兄弟乱伦这样说不得的事,这都有了眉目。其中乱伦之事,写在二姐身上,郑经这个王权虽然风流标致,但深陷乱伦门,先就失了民心德行。

"可毕竟郑氏集团的原则是在的,就是不削发,不易服,坚决奉祭大明宗祀,这是对国家和汉民族的忠诚,这一点就落在了三姐身上。

"五年前的柳湘莲,面对薛蟠的调戏,还是痛打了一顿落水猪,三姐一心一意喜欢的正是那时的柳郎,可现在我也知道贾琏来平安州的用意了。

"安平!安平在台湾的话,贾赦就是怕台湾的郑经和他父亲一样,会再一次和清廷不清不白地和谈,葬送了柳郎的一世英名。怎么办?要及时把他从薛蟠身边拉回来才行。

"于是,贾琏就以'春香'媒人的角色,奉命去平安州找柳湘莲,实际是去拉郎配,让他回到尤三姐身边,贾琏让二人团圆,顺利完成了任务。"

文亮道:"差不多是这样,但我怀疑一点,腊梅变成柳湘莲有意思,他成了醉花眠柳之人，和薛蟠不清不白，本就被怀疑不干净，怎么还嫌三姐不干净？"

秦明道："还不能就事论事了。三姐说了：这人一年不来，她等一年；十年不来，等十年。若这人死了，再不来了，她情愿剃了头当姑子去。吃常斋念佛，再不嫁人。

"这话多耳熟，这才是'鸳鸯缘'的特点。听起来，也像金鸳鸯拒婚时的誓言。《石头记》里的鸳鸯们本就代表忠贞，所有的鸳鸯人都是忠贞人物。誓言就是表达一种忠诚，誓死相随的忠诚，要不怎么配用鸳鸯剑自刎呢。我想，宝黛之间怕也是这么一种永不背叛的盟约，那对方一定是值得被忠诚的。"

文亮道："鸳鸯忠贞，可三姐风流，说她天生脾气异样诡僻，只因她的模样儿风流标致，她又偏爱打扮得出色，另式另样，做出许多万人不及的风情体态来。

"那些男子们，别说贾珍、贾琏这样风流公子，便是一班老道人，铁石心肠，看见了这般光景也要动心的。及至到她跟前，她那一种轻狂豪爽、目中无人的光景，早又把人的一团高兴逼住，不敢动手动脚。遥想这种气质和魅力，才是风流美人的风姿呢。"

婉儿叹道："这气质，风流却干净。"

文亮情绪激动道："我的看法还是和你们不一样，既然她的风流是干净的，柳湘莲怎么就起疑心了呢？是为了强调悲剧效果吗？怎么解释？

"还有，乱伦的表现形式是父子聚尤，牵扯两辈人呢，你看贾蓉和他二姨娘的表现就行，他是小辈，郑经也是小辈，如果说有个不正经的郑经，应该隐在贾蓉身上才对。

"我看贾琏和二姐建立的小政权一定不是郑经的政权，辈分错了，说明还有一段不为人知的政治事件发生在乱伦期间，或者说，也是因乱伦酿出的苦果。"

山岚幽幽说道："是不是多虑了？谁该被怀疑，谁真不干净，咱们看得明白。实际上，不是三姐之死让柳湘莲心灰意冷，是郑成功不在了，柳湘莲自然就得消失。他不是嫌弃三姐，是嫌弃自己和那个乱伦的儿子，那个没有骨头出卖国家和灵魂的父亲，都是他最嫌弃的。"

文亮道："他呀，父亲本是他的心病，现在又加上一个不争气的儿子。以郑成功的秉性，因母亲的事，像是患有洁癖的人嫌一切肮脏，怎么容得了一个乱伦的儿子？

"所以，面对将领们抗命，他是怀着多么难以忍受的痛苦，对手下人做出过分的处分，以至于手下人都有些恨他。正如兴儿评价凤姐一样，上下没有不恨的了。"

秦明道："故事情节一竿子打到尤氏姐妹这里，无故插上这么一段风月债，本来我还以为很突兀呢。文亮怀疑得对，现在想想，那个贾蓉的动作真像郑经呢，不如叫贾郑经，没大没小的，乱伦的人就是他了。"

芝子叹服道："我第一次听到这种论调。曹公打结子功力了得，你们解结子的功力也不差，不管结论对与错，我感觉这个方向是对的。如果有一天，柳湘莲的身份大白于天下，曹公有知，得多欣慰啊。"

婉儿到："我算明白了，从秋姐姐和轩姐姐去台湾，到现在，这么长时间，都说的是我们台湾的事呢。好荣幸，《石头记》里这么一长段是写台湾的啦。"

正在议论纷纷，秋真走来，喊走了婉儿与白禾，让她们准备出镜。二人悄悄做个鬼脸，临走时开玩笑说道："姐姐们，我们一会就还魂，来世再见！"

玩笑归玩笑，二人跟着秋真连续拍了十来天，总算完成了《秦淮烟云》末场的拍摄。杀青的那天，所有剧组成员来了一场外景聚会。夜幕降临，和风徐徐，秋真让人在逼死坡上升起几堆篝火，布置了一场临时晚会。

人们一洗满身的疲惫，尽情地畅饮、舞蹈。冰儿来到芸轩身边，已经差不多喝醉了，拉着婉儿又跳又唱，直热闹到半夜，大家方散。

第六十五回
聚麈花枝巷　情定平安州

魂归太虚境　幻做修书人

　　第二天醒来，天色已近中午，婉儿与白禾起床，悄悄来到芸轩的房间，见她正坐在窗前画画。二人过来一看，原来是一幅仕女图，画中是六个古代美女，画法用的是碳铅写真，每个人物的面部表情都那样惟妙惟肖，只是二人都不认得是谁，凑近了仔细看看画面中的场景，倒有些面熟。突然间，那幅画活了般，只见青烟袅袅中，一个女子正拂袖插香，看来是刚刚祭奠完，要把香插进小鼎里。

　　而其他五位女子，则是有些虚幻般，随着渺渺青烟，飘然而至。瞬间，那五位美女走下了画面，向那位焚香祝祷的美人道："不知妹妹招我等前来，所为何事？"

　　焚香的那位也走下画面，道："尔等皆是古往今来才色兼备之女子，然终身遭际令人可欣可慕，可悲可叹。我正有一件说不得的大事想诉与人知，但又不知从何说起，特请各位前来相帮，不知尔等愿不愿意？"

　　那五个美人道："愿不愿意，已被你召唤了来，也只得听你的了，说说听听。"

　　芸轩听到动静，一下子从梦中醒来，睁开眼看看，原来是婉儿与白禾在那边看她的画呢。山岚也走进来，看到芸轩醒了，嗔怪她俩冒失，说芸轩刚刚躺下才睡一小会，你俩就来吵醒她。二人伸了一下舌头，指着那幅画道："她画了一夜呢，这幅图叫什么？我们明天就走了，送给我们吧。"

山岚道："想得美，芸轩琢磨了半个月，又画了一夜。"

芸轩道："怎么，待不住想家了？"

婉儿道："院里催了几遍了，说汇演早就结束了，再待着不回去，《一官风波》里就不给我们留位置了，只好回去。姐姐，把这画给我们吧，留个念想嘛！"

芸轩道："给你们也可以。不过，我的画还没想好名字呢，你们想一个，我满意了便送你们。"

二人回头瞧了一眼，果然画上没名字，白禾道："你画的分明是黛玉祭奠五个美女的事，还叫《五美吟》怎样？"

山岚道："不妥，看诗才叫吟，看画怎么是这个称呼，且是六个人呢。"

白禾又道："要不就叫《六美仕女图》。"

婉儿道："浅薄，古人画仕女图的代表人物就是仇英。贾母说《双艳图》就是他画的，虽说是杜撰，也见其名气之大。最有名的莫过于他的《簪花仕女图》。"

白禾道："那又怎样？不就是一幅美女图吗？"

山岚道："你又不懂了，那图说的是：一个春夏之交日，幽静的庭院里，盛装浓抹的贵妇们，在侍女、白鹤、蝴蝶、小狗等伴陪下，悠闲地赏花、簪花。里面有戏犬、赏花、捉蝶、散步等，是有故事情节的，你没见《韩熙载夜宴图》吗？故事情节分明，才有意思。

"你姐姐这个也必定如此。你看，祭酒、焚香、招魂、畅谈、送别。看桌子上还有小酒壶呢，所以该叫《黛玉祭酒图》。"说完，看着芸轩。

芸轩道："虽说和我心里想表达的有些差距，也难为你了。我想的是，贾敬守灵期间，亲儿子贾珍、亲孙子贾蓉不伤心；亲女儿惜春没有说怎么样；只宝玉和凤姐稍微尽心而已，可也没多少戚哀的感觉，这哪里像秦可卿死的时候，贾珍什么样？如丧考妣；凤姐什么样？宝玉又什么样来？口吐鲜血；阖家人又是怎样？一个个惊慌的了不得，阖府大放悲声。

第六十六回
魂归太虚境　幻做修书人

95

"秦可卿之丧，如同国丧，而黛玉自己却正是家丧时，黛玉的父亲去世，她的悲伤可想而知。贾府的人，贾珍也好，宝玉也罢，无论有多悲伤，却也赶不上黛玉的丧父之痛来得撕心裂肺。

"巧的是，贾敬之丧，也同样伴随着国丧而来，同样是家丧期间遇到了国丧，这恐怕又是曹公的有意安排。贾敬之丧，虽然没有人真正伤心难过，可此丧规模堪比秦可卿，且不说这是国丧还是家丧，偏偏又是黛玉在自己的房间里祭奠所谓的五个美女，且因伤心过度，大有不胜之状。

"明的暗的，这两次大丧，最悲伤的人其实都是黛玉。我就想，在这种状态下，她写下《五美吟》，而她悲伤的原因一定藏在里面。所以，我这幅画就叫《黛玉祭魂图》，她在祭奠去了的一个魂灵。"

山岚忙端来一杯水，给了芸轩，然后道："昨晚玩疯了，又一夜不睡，你也注意些儿，如果不想睡，我就给你们做些吃的去。"

婉儿道："好的呀，叫文姐姐来一趟，再聚一下。"

山岚道："人家刚回家，哪有时间再来陪你疯？"

婉儿道："明日我们就走了，可又不想辜负了这幅《祭魂图》。名字不好听，况且她又和贾敬八竿子搭不上边。我就觉得，她犯不上为贾敬伤心，怎么会祭奠贾敬呢。再说，我们也知道贾敬之死是怎么回事了。"

山岚笑着下楼去，芸轩道："你知道了？那你说贾敬之死，是国丧还是家丧？"

婉儿道："昨天文亮姐姐就想到了，说肯定是国丧。通过袭人做扇套子，就推测宝玉可能参加两场葬礼。"

芸轩道："如果把贾敬之死看成国丧，便是朱由榔之死。对于国丧，当然贾家人没有一个悲哀的，只是要形式隆重就行，这就是上万人观礼，却有'繁隆莫若简戚'之议论的原因；如果贾敬之死隐藏郑成功之死，就是家丧，家丧期间，要的是贾珍父子聚麀之实，便是影射郑成功之死，实因儿子乱伦而致。

"朱由榔之死让宝玉和凤姐不能离开，因权力和宝印，必须和帝王在一起被埋葬。尽管此时的权力在病中，已经发挥不了任何作用，但也挣扎着来，这也是宝玉和凤姐那时的表现；而郑成功之死是家丧的话，才是黛玉悲哀的真正原因。所以，我也是才明白《五美吟》的旨意。”

婉儿道：“没想到，咱们临走还能知道《五美吟》之谜。但还有一件事，说平安州在我们那里，可也不十分确切，轩姐姐，如果也告诉了这个，我们临走就无憾事了。”

芸轩笑道：“要求这么简单！你不是善于背《石头记》文字吗？你说一段薛蟠从平安州遇到强盗那段，我听听。”说着，歪在床头上，笑着听她说。

婉儿清了一下嗓子，学着薛蟠的样子道：“天下竟有这样奇事，我和伙计贩了货物，自春天起身往回里走，一路平安。谁知前儿到了平安州地面，遇见一伙强盗，已将东西劫去。不想柳二弟从那边来了，方把贼人赶散，夺回货物，还救了我们的性命。我谢他又不受，所以我们结拜了生死兄弟，如今一路进京。从此后，我们是亲弟兄一般。到前面岔口上分路，他就分路往南二百里，有他一个姑妈家，他去望候望候。我先进京去安置了我的事，然后给他寻一所房子，寻一门好亲事，大家过起来。”

说完，自己也禁不住笑起来。

芸轩道：“秘密就在这段话里，听我给你分析一下：薛蟠游艺去了四五个月，由南向北一路平安，这是多长的一段路你们算过吗？”

婉儿道：“没算过，五个月一个来回，能走多少路？”

芸轩道：“先不管走多少路，感觉走得很慢。”

婉儿道：“有可能去的地方多呢。”

芸轩道：“是慢还是去的地方多，咱们看看。五年前，薛蟠下决心南下游艺，隐写的是洪承畴经略江南之事，经略五年，整个江南地区包括昆明都进入平安状态，可以说江南无战事了，这就叫一路平安。

“他在自己地盘上走动，当然是慢悠悠的，一路平安了么。但唯独到了‘平安州’地界，偏偏不平安了。有强盗，不光抢东西，还要人性命，这又说明什么问题？”

婉儿想了想道：“对于薛蟠，这里不是平安地界的话，可能就不是薛蟠的地盘了呢，自己管不到的地盘有强盗，当然不平安。”

第六十六回
魂归太虚境　幻做修书人

97

芸轩道："薛蟠遇到强盗，柳湘莲正从那边来，根本不像是巧遇，似乎湘莲就在平安州，且一个人就赶散贼人，夺回财物，救了薛蟠性命，我的感觉，他没有打死贼人的举动，只是赶走了他们，一个人轻易能赶走一伙强盗吗？没伤到人，要是柳湘莲和他们一伙，倒是能达到这个效果，我断定，平安州就是柳湘莲的地盘，他是个强盗头子。"

婉儿欢喜道："越说越对，文亮姐姐还担心不是呢。"

芸轩笑道："你们的一官不是海盗出身吗，如今他死了，郑成功也就成了强盗继承人，是强梁不是？"

婉儿诧异道："这么说，柳湘莲在平安州和薛蟠结成兄弟吗，不是说郑经吗？怎么又是郑成功了？"

芸轩道："慢下结论，要想看清楚柳湘莲的真实身份，还必须找到平安州。贾琏来平安州，是为小一件机密人事，你们说什么叫机密大事？"

婉儿道："不能说与人知为机密，偷偷做的。"

芸轩道："照这个标准，偷娶二姐算不算机密大事？他也瞒着人哪！"

白禾道："应该算是，这是此地无银的手法。"

芸轩道："对，贾琏找到柳湘莲，说完了三姐的婚事，拿到定情物鸳鸯剑，就算圆满完成了任务，这是公开的，不算机密，对吧？但他偷娶二姐，才是这件事的前奏，若没有那一段，怎么完成这一段？所以，要柳湘莲娶三姐才是真目的，就是将柳湘莲从薛蟠身边拉到三姐身边来，机密大事就是阻止柳湘莲被招安。"

婉儿道："且因平安州事完美收官，贾赦还为此赏了贾琏一个叫秋桐的丫头。那十月份前后又来了一趟呢？"

白禾道："十月份进入安平城就别讨论了，就是台湾的安平城，没错的。"

芸轩摇头道："谁说是台湾的安平城，我觉得不大像。书中说，平安州的长官是节度使，而台湾的长官当时是外国人，根本不用这个称呼。"

婉儿道："那节度使是什么官？"

芸轩道："节度使是手握重兵的武官职，唐初才有，安史之乱正是由节度使操纵的，之后这个职位渐渐被虚空，元代就废止了。这里用了具备藩镇割据功能的一种官职，说明这个平安州是个被割据的藩镇，不像台湾。"

婉儿道："柳湘莲是强盗头的话，平安州就具备这种势力。对了，薛蟠、柳湘莲、贾琏三人分别时，里面有一句评语，说：将军不下马，各自奔前程。这是什么意思？"

芸轩道："就是分道扬镳、各奔前程的意思。其实，这三个人并没有走一条路，薛蟠回家，贾琏继续去平安州，柳湘莲则去了姑妈家，即便刚结拜了兄弟，二人也根本不是同路人。柳湘莲拐弯去的姑妈家更像他的老家。你想想，贾琏不可能跑到台湾送信，且柳湘莲的姑妈家也就是老家，距离平安州二百里，一定还没有离开大陆。

"看贾琏的行程：是日一早出城，就奔平安州大道，晓行夜住，渴饮饥餐。方走了三日，顶头碰上他们。这个距离不远，贾琏也对二姐说过，平安州离京师来回半月路程，且不是水路。"

婉儿道："我明白了，平安州果真是柳湘莲的地盘，还在大陆。不是说大陆无战事了吗，哪里还有这么个地方让清廷头疼？"

芸轩端详着一幅地图道："思明州，我看平安州就是思明州，因为有个词能说明这一切。和节度使制度一样，羁縻制度也是唐初形成。由于左、右江和红水河流域的少数民族地区经济文化较落后，唐王朝便采取与桂东发达地区不同的治理方法，便是设置羁縻州、羁縻县等。

"这些州县，利用少数民族中的贵族高度自治，并维持原来的生产方式，以满足朝廷的征收纳贡体系。经过几个朝代的完善，渐渐形成一套成熟的纳贡体系，比如朝鲜、缅甸等，都要向宗主国朝贡。

"也就是说，郑经和清廷议和谈判时，要求进入的就是这种朝贡体系，这就是'羁縻制度'的实质。宋元明清几个王朝的土官制度，实际还是羁縻制度的延续。

"而思明州的前身就是中左所，本就是一个羁縻州，恰恰又是郑成功抗清复明的老巢。所以，思明州对当时的清廷来说，就是个不平安的地方。"

白禾道："还有这么个制度，是万国来朝吗？"

婉儿道："姐姐怎么想到羁縻州的呢？有什么诀窍？"

芸轩道："是因《五美吟》里的一个人，就是红拂。尸居余气杨公幕，岂得羁縻女丈夫。这句话本意是说，杨素一个尸居余气的垂暮之人，怎么能羁绊住这个慧眼识英雄的女人？说她自己是羁縻女丈夫。

"而三姐的聪慧和红拂一样，执着地等待，表明她识辨湘莲英雄本色的能力。思明！让自己牢记大明。可即便如此，这个暮气沉沉、行将衰败的大明，怎么能羁绊住这个能辨别时势的人。

"所以，我研究'羁縻女丈夫'五个字时才发现，若把红拂换成三姐，那羁縻之女丈夫就是她。贾琏来到柳湘莲的地盘，是专门为三姐寻找归宿的，这才是大事。

"三姐对柳湘莲的慧眼赞许，又像极了红拂对李靖的赏识，羁縻之丈夫，可不就是羁縻州的主人，这才有了思明州是羁縻州，也是柳湘莲的平安州之说。"

婉儿待还要问，只听山岚在下面喊她们吃饭，说晚上文亮要来，给婉儿和白禾送行呢，先别啰嗦了。三人只得来至外面，和小妹等一起吃饭，不提。

至晚间，秦明和文亮相约而来，给二人带来了礼物。文亮的是一套《玉茗堂四梦》，秦明是自己写了白海棠诗句的折扇二把，二人拿在手中把玩了一番。

山岚道："那些家伙怎么不来？"说着，出去瞭望去了。

婉儿道："文姐姐，我们知道平安州在什么地方了，你想知道吗？"

文亮道："我早就知道，还用问你，不成了笑话了。"

婉儿道："吹牛，不说不知道还吹牛，你说在哪里？"

文亮道："一会告诉你。你说吧，临走还有什么愿望，我一并帮你实现。"

白禾道："就想知道《五美吟》的秘密，轩姐姐刚画了一幅画，就是那个，还没名字呢，给你看看。"说着，进到里面，拿出那幅画来，文亮看了一会，要来毛笔，在画的留白处写道：《魂归太虚图》。并提诗一句曰：

太虚一梦终有醒，去到来处是青埂。

婉儿看了会儿，道："轩姐姐说是《祭魂图》，你怎么成了《太虚图》了？"

秦明道："无所寄托的灵魂，当然要回太虚幻境了，山岚呢，她说秋真为婉儿两个准备了一场好玩的游戏，怎么还不来。"

婉儿道："我们也要演吗？姐姐们功夫了得，可以临场发挥，我们怎么能有这本事。不行，姐姐得帮我俩分析剧情，要准备一下才行，到时别出丑。"正说着，冯玉和芝子也来了，给二人都有礼物，坐下来也看那幅图。

文亮和他们打过招呼，继续道："好说，给你个窍门，今晚你俩只记着一个柳二郎，便万事大吉。"

白禾道："这个人冷面冷心没什么趣味，记他做什么？"

秦明道："他冷？比冷美人宝钗怎样？他和宝钗之冷，最大的区别是什么？你俩能说清吗？"

婉儿道："还是有区别的，宝钗之冷是'无'心之冷，是冷酷，面对金钏之死，她劝王夫人不要过意不去；面对三姐之死，她照样劝妈妈别放在心上，说那是个人的命。太冷酷了，无心至无情，可她照样能'任是无情也动人'，谁让她是带香的美人呢。"

白禾道："好多人感觉不到她的冷酷，还夸她呢。"

婉儿道："二郎之冷是情冷。无亲情，也无爱情。比如无父无母，则无亲情之爱。"

白禾道："可他从平安州回来，却忘不了去望候姑母。要说他心中无亲情，是假的吧？"

婉儿道："别打岔，再说无爱情，他自称爱绝色美人。但无欲，这是爱情吗？说不是爱情吧，为何看到三姐因拒婚而自刎时，又毅然斩断青丝出家了？这又是爱情至上者的标志。是不是爱情，我也说不清了。"

众人听了只是笑她。

文亮道："救薛蟠，难道不是古道热肠？我倒认为，柳湘莲富有爱心。爱什么？对死去的秦钟念念不忘。这个最是冷面冷心的，差不多的人都视做无情无义的一个人，最和宝玉合得来，见到宝玉就如鱼得水。细细体会，这和宝钗对宝玉的感觉差不多，都是表面上装冷，骨子里发热。这才是你们对柳二爷性格把握的地方。"

芸轩道:"已经把握得不错了,这就是三姐喜欢他的地方。好好体会,一会就知道柳湘莲是谁了。"回头问秦明:"我要的槟榔找到了吗?"

秦明道:"你要槟榔做什么?我没找,咱们这里很少有人吃的。对了,不是说缅甸盛产这个吗?前些日子秋真去,你怎么没让她给你带些?"

芸轩道:"没有算了,我只是想看看,嚼槟榔是什么样子,是不是满嘴通红,看上去齿白唇红的样子。"

文亮道:"算了吧,半枚吃剩下的槟榔换了一块九龙佩,你是想看看二姐的好手段吧?"

秦明道:"那个浪荡子,吃了二姐的半块槟榔,就丢个九龙佩,偷娶了个德行败坏的美人,这个问题真哲学。"

婉儿道:"说的什么哑谜?槟榔、九龙佩、哲学的。"

秦明道:"你不知道槟榔和九龙佩有个典故吗?"

婉儿道:"没听说有这么个典故。"

文亮道:"我知道什么典故。这说的是槟榔里的'榔'字,让我想起朱由榔。半个槟榔换那个九龙佩,是不是说,朱由榔这个九龙佩政权,还有半条命?就算半条命,还把九龙佩交给了尤二姐,二姐又是一个德行有问题的人。

"这样一来,剩下半条命的南明小朝廷,把一切希望寄托在那个有些不正经的人手里。能行吗?难怪贾琏对二姐有时很无奈,略显后悔的样子。"

秦明道:"后悔了?二姐和琏二爷偷偷抢了朱由榔的半个政权,肯定是个错误的举动,才后悔。那三姐和柳二爷又是指哪个政权?没做成姻缘,三姐就死了,他不后悔?"

芸轩道:"三姐有个断簪之举,即是预言。"

文亮道:"三姐和柳二爷虽然没结果,但她至死无悔,她怕贾琏不相信自己对柳湘莲的执着,将一根玉簪击作两段,发誓道:一句不真,就如这簪子!若有了姓柳的来,我便嫁他。从今日起,我吃斋念佛,只服侍母亲,等他来了,嫁了他去,若一百年不来,我自己修行去。

"如同'你死了我做和尚去',都是一种誓言,却一谶成真,三姐的结局,同样用'敲断玉簪红烛冷'托底了。真巧妙,这和射覆游戏中宝玉送给宝钗的答复一样，虽然你很执着，但不会得到我；三姐的执着和无悔，同样得不到结果。"

秦明道："你是说湘莲退婚是因宝玉？"

文亮道："不是吗？湘莲退婚前，因有些疑惑曾打听过宝玉的。宝玉就说他：你原是个精细人，如何既许了定礼又疑惑起来？你原说只要一个绝色的，如今既得了个绝色的，便罢了，何必再疑？湘莲疑心很重，他反问宝玉，你既不知贾琏偷娶之事，如何又知三姐是绝色？意思是，你没见过她们，怎么知道她长得好看呢？

"宝玉就说：他是珍大嫂子的继母带来的两位妹子。我在那里和她们混了一个月，怎么不知？真真一对尤物，她又姓尤。湘莲正是听了这句话，才跌足道：这事不好，断乎做不得了。你们东府里，除了那两个石头狮子干净，只怕连猫儿狗儿都不干净。我不做这剩王八。

"说得宝玉都红了脸。湘莲自惭失言，连忙作揖说：我该死胡说。你好歹告诉我，她品行如何？

"宝玉倒多心了，笑道：你既深知，又来问我作什么？连我也未必干净了。连石头狮子都不干净，还问人的品行如何。言外之意，三姐若是不干净，连我也不干净。你这不是怀疑她，而是怀疑我。"

秦明道："问题还真出在宝玉身上。"

婉儿道："不是说二人见了如鱼得水吗，他们好得了不得，怎么嫌弃宝玉不干净了。前面三姐还为宝玉辩解，你们还说三姐慧眼识宝玉，他却没有为三姐说一句公道话。三姐和宝玉二人之间，什么道理？"

芸轩道："宝玉常说自己是浊物，认为男子都不干净，这是他一贯的男权思想，认为男人追逐权力都一个德行。柳湘莲怀疑三姐，不如说是自我否定。他的内心深处，可能嫌弃自己有些行为也是肮脏的。"

秦明道："说得过去。芙蓉、荷花、莲子都代表洁净。湘妃，乃是黛玉之号，芙蓉又是黛玉的花语，也是西施的花语。湘莲，乃是湘江莲子，隐含清高之意。

"所以，柳湘莲嫌弃三姐不干净，就如同嫌弃宝玉，正像宝玉嫌弃自己一样，或者直接说，柳湘莲嫌弃自己不干净，是出污泥有所染。三姐之举，是他对自己的惩罚和抛弃。"

芸轩道："这一解释更好，郑经是真不干净，没德行，但郑成功是问心无愧的，才敢这样剖析否定自己，就是一颗明珠被自己抛弃了。婉儿，你就演绿珠，就是那个被石崇当瓦砾一样抛弃的明珠，是不是很有意思？"

婉儿道："一颗明珠当瓦砾扔了，有人真不识货。"

秦明道："对，绿珠被弃，石崇不识货，湘莲抛弃三姐，也同样不识货。这个绿珠，算是明珠暗投看错了人。三姐也是看错了人，白白等了人家五年。到头来，还不是这样一个结果。"

芸轩问婉儿道："怎么样？你两个对人物还没有把握？"

婉儿道："还没有，更糊涂了。到底谁抛弃了谁呀？三姐和湘莲，谁对谁错？"

秦明道："问世间，情为何物，直教人生死相许。哎，你俩小疯子，别着急，慢慢来，我再帮你理一下。你看啊，咱们说来说去，都是围绕柳湘莲的，只有解开柳湘莲，才能明白《五美吟》，对不对？脂砚有一段关于柳湘莲之情误的批语，该弄弄明白，怎么说的？"

婉儿道："叹世人不识'情'字，常把'淫'字当作'情'字。殊不知淫里有情，情里却无淫。淫必伤情，情必戒淫，情断处淫生，淫断处情生。

"三姐项上一横，是绝情，乃是正情；湘莲万根皆消，是无情，乃是至情。生为情人，死为情鬼。故结句曰'来自情天，去自情海'，岂非一篇至情文字？"

白禾听了直摇头。

芸轩道："《石头记》曾更名《情僧录》，看了此书，连僧人都有了情，可见就是一部'情'书。可这里说，世人不知道此情无淫。这就诡异了，有情却无淫怎么讲？无情处却又至情，又怎么说？所以就问，什么'情'如此矛盾？无淫之情是爱情吗？淫断处情生，能生出什么情来？若不是爱情，是亲情吗？若是亲情的话，何为无情处却又是至情呢？

"原来我也弄不懂，这情那情地绕大一圈，就是不直接说这是一种什么情。曹公一次次强调，大旨言情，反反复复说个没完，到底想要告诉咱们一种什么情？原以为不外乎些男男女女之情，现在看来，恍然明了，这人这情，看起来不是男女爱情，也不是父母亲情，更不是友人至情。"

婉儿道："我知道那是什么情，是臣子爱帝王之情。"

芸轩道："还不太准确，是爱国家和民族的大义之情，也叫大爱无情。脂砚说柳湘莲才是至情之人，对他的评价高度无人能及，是因他自始而终忠于自己的国家和民族。"

婉儿不禁点头道："似乎这样说柳湘莲是对的，我知道点了，可三姐呢，曹公对她的评价到底好还是坏？"

文亮道："脂砚还有一条批语，专门说她，说三姐失身时，浓妆艳抹凌辱群凶；择夫后，念佛吃斋敬奉老母；能辨宝玉能识湘莲，活是红拂、文君一流人物，这可是对三姐一生最好的评价了。"

婉儿道："失身时浓妆艳抹，还凌辱群凶？"

秦明道："和猴们鬼混时，二姐就骂贾蓉，很会嚼舌头的猴儿崽子，留下我们给你爹做娘不成。果然这三姐便骑在贾珍头上，作威作福起来，竟没让贾珍称心过一日。

"猴崽子，是书里对金人的专称，这里有个对子，能像算数学题一样简单，就算出贾珍的身份：贾珍调戏三姐的境况，如同薛蟠调戏湘莲的境况，三姐等于湘莲，则贾珍该等于薛蟠才行，且贾珍身上曾有过金人的影子。这句骂：猴儿崽子，留下我们给你爹做娘不成，很解恨呢。她说想占有我们，终归做不到。

"郑成功与清军议和之事，就是郑成功所谓的'失身'之时，清军留下他，他反而利用议和停战的机会到处征粮，抢占清军地盘，打得清军晕头转向，搞不明白真相，还不能得罪他。直到后来，被清军识破，才结束议和。你说这段'失身时凌辱群凶'多恰当。"

婉儿道："知道了，择夫后吃斋念佛，侍奉老母。他一旦选定了大明宗主，就再没有动摇过。是这五年，整整坚持了五年之久，我说的对不对？"

秦明道："蒙对了，还有一节对你们小孩子说不得，就是脏唐臭汉那些事。

贾蓉说，贾府里的风气就是脏唐臭汉，有两层意思呢。

"丫鬟见贾蓉胡来，就抱怨说：不知道的人，再遇见那脏心烂肺的，爱多管闲事嚼舌头的人，吵嚷的那府里谁不知道，谁不背地里嚼舌说，咱们这边乱账。说明荣府的人常常说宁府不干净，贾琏就说贾珍素有父子聚麀之消。

"可贾蓉又是怎么说荣府的？说各门另户，谁管谁的事。都够使的了，谁家没风流事，别讨我说出来。连那边大老爷这么利害，琏二叔还和那小姨娘不干净呢。凤姑娘那样刚强，瑞叔还想她的账。那一件瞒了我！

"你们听听，也是在说，荣府里也有父子聚麀之消。在贾蓉眼里，荣府比宁府这边更厉害。如果这样，除了贾琏和贾赦，宝玉呢？"

婉儿道："无缘无故的，贾蓉为何说这样一段话？"

秦明道："因贾蓉的身份有过转换的，怂恿贾琏说亲时，被三姐骂成坏透了的'小猴儿'崽子，联系穿猞猁皮大氅的贾珍，也是金人身份，此时贾蓉就有。

"那么，这个父子聚麀之俗，实际也指金人，金人向来就有姑姑和侄女同侍一夫的习俗。说脏唐臭汉，都是皇族内的乱伦之俗，也最适合清朝的习俗。贾蓉的意思，别说我没德行，你们金人也一样，都够使的了。

"显然贾琏已经得手，虽然没德行，还是半个小朝廷，可毕竟得了。后面接着来了个'二马同槽'事，兄弟二人抢夺一对尤物，也可看作是兄弟二人争皇权，或者是两个势力争取一个政权。若贾珍是金的话，正和贾琏争夺着呢。"

芸轩道："可是，三姐的选择既不是贾珍，也不是贾琏，她打定主意等湘莲。是这样说她的：那尤三姐天天挑拣穿吃，打了银的，又要金的；有了珠子，又要宝石。所谓不是明，不是清，而是湘莲这块宝石。选择也就罢了，到底还选错了，怎么说？"

文亮道："选错了，脂砚才说了一段绕人的怪话呢。说：鸳鸯剑能斩鸳鸯，鸳鸯人能破鸳鸯。岂有此理？鸳鸯剑梦里不会杀奸妇，鸳鸯人白日偏要助淫夫。焉有此情？真天地间不测的怪事！

"婉儿，你若能注解了这一段，就真悟了三姐之为人和曹公的评价。"听到这里，婉儿、白禾颠来倒去嘟哝着这段话，一时不明白。

正在谈论着，山岚和陆风、秋真和冰儿几个，气喘吁吁地走进来。手里都是大小包的衣服、簪环之类，秋真跟在后面，手里也是一个包袱，没进门就吆喝她们快来接。

婉儿、白禾道："哇，大包小包的，是不是给我们的礼物，也不用这么多吧。"

秋真放下东西，平一回气息笑道："还真说对了，小疯子儿，为了让你们走后留个念想，山岚没少求我。我和冰儿忙活了一天，才找来这些。赶紧的都快化妆去，我和山岚还得收拾屋子呢。顺便告诉客人，有愿意留下看的，一律欢迎。"

亏了来的都是老主顾，也知道这里的规矩，大家都是些热心人，按秋真的要求，帮着收拾屋子，然后留下来要壶茶，看一场免费的戏，何乐而不为。

婉儿和白禾边换衣服，边相互嘀咕道："鸳鸯剑好说，就是那一把，鸳鸯人是谁？奸夫又是谁？淫妇又是谁？这个脂砚斋，绕得人头都疼。"

婉儿道："鸳鸯剑是湘莲的，能斩鸳鸯，说的是三姐用鸳鸯剑斩了自己，斩断了她和柳湘莲的情思，这句好理解，三姐斩了三姐呗。鸳鸯人肯定是指三姐和柳湘莲，能破鸳鸯，是说三姐能破湘莲吗？三姐使得湘莲出家？真是岂有此理？她两个本来是真正的鸳鸯，为何因对方自戕？"

白禾道："后面一句更难理解，鸳鸯剑梦里不会杀奸妇，奸妇是指二姐吗？鸳鸯人是湘莲，白日偏要助淫夫，淫夫是贾琏吗？焉有此情？真天地间不测的怪事！我看，脂砚斋是成心搞糊涂咱们吧。"

文亮过来笑道："小疯子，这句话放到现实中一点不绕，三姐自刎，就是虞姬自刎，是告别楚霸王。霸王别姬，也就预示着告别了霸主地位。柳湘莲撒手而去，这个政权就失去了灵魂，这里就是说的宝玉撒手之事。

"谁自诩了解这段历史的？郑成功气绝身亡前，曾下令斩杀这对乱伦的奸夫淫妇，郑经却将昭娘藏了起来，自己也躲过一劫。加之众将抗命，奸夫淫妇没杀成，反而伤了郑成功自己性命，到头来，反而成就了郑经，他登上了岛主之位。这一串子下来，天地间可不就是有不测的怪事！"

婉儿道："我根本不会这样联系，原来这么回事。你难不成演虞姬？"

文亮道："说对了，你们赶紧的吧。"

看到大家忙着整装，陆风扮上湘莲的样子，在那里走来走去。芸轩坐在这边看着，想起了中午那个梦，又恍惚看到湘莲走来。忽听环珮叮当，尤三姐从门外而入，一手捧着鸳鸯剑，一手捧着一卷册子，向柳湘莲泣道："妾痴情待君五年矣，不期君果冷心冷面，妾以死报此痴情。妾今奉警幻之命，前往太虚幻境，修注案中所有一干情鬼。妾不忍一别，故来一会，从此再不能相见矣。"说着便走，湘莲不舍，忙欲上来拉住问时，那尤三姐便甩手说道："来由情天，去由情地。前生误被情惑，今既耻情而觉，与君两无干涉。"说毕，一阵香风，无踪无影地去了。

芸轩忽然想到：三姐一手捧着一卷册子，说要返回太虚，修注案中所有一干情鬼。她是返回情天第 人吗？她既做了太虚幻境里情史'修注'之人，是作者还是脂砚的身份？是他的后人吗？正在胡思乱想，山岚叫她过去一下。

秋真站在屋子当中，拍拍手，喊大家过来，一副现场导演的样子。大家聚到她跟前，根本就是一帮落魄者，穿的衣服也乱七八糟，画的妆也难看得很，只有冰儿和芝子还说得过去。无法，她和冰儿只得当起了化妆师。

分派好角色，一一地说了些剧情大意，大家直忙了一个多小时才算完。

这红豆馆里一下子也有了潇湘馆的味道。青烟袅袅，鹦雀唤笼。一杆绿竹，青翠欲滴。那边的小琴桌上，摆好了香炉，还有酒壶、酒杯。

秋真道："听我指挥，第一个上场的人是黛玉。我说开始，你们就按说好的一一上场。我的是画外音，听好了啊！"然后，灯光暗了下来，音乐响起。

秋真声音低沉地念白道："死亡之雾，遍被华林，呼吸领会之，惟黛玉一人耳。国丧！家丧！谁为哀者？黛玉也！本可正祭，一七丧家设灵位，三七引灵唤亡魂，五七亡魂省亲来，七七魂灵归太虚。黛玉忧心无可祭，只得私祭当家祭。怎将此祭与人说，招来艳魂诉心事。"

秋真说着，只见芸轩装扮的黛玉走上来，来到小鼎前面，端出一盘菱藕，高举头顶，拜了一拜，用一口南京话道："菱藕本是一脉香，五魄散来七魄亡。"边说着，又拿起酒壶，向酒杯内注了酒，向地上洒了三次，接着道："两地古木若逢春，三魂也无归故乡。"

放下酒杯又道："我本孤女，自小经历家亡人散之悲苦，命也，运也。然谁人知我苦楚？今我七魄已失五具，体更不支，更无法说与人知。哎！我好生烦恼，这欲盖弥彰之为，何日才可了断？"说着，着急地走来走去，两只手搓在一起，思索着。

忽道："也罢，不如用着一缕檀香，招来那五位魂灵，五女魂来，或可解我苦恼，也解个中人之忧虑，待我拿出香来。"遂拿起香，点燃，举过头顶拜了三拜，一手扶着袖子，另一只手慢慢插进香炉。

青烟徐徐，黛玉念念有词道："西施呀，施夷光，既然我一魄如你，你何不前来助我？"

黛玉前的灯光黑下来，她不见了，香烟缭绕中，那边走来两个女子。大家定睛一看，立即偷笑起来，你道谁来了？原来是冰儿。她那模样、身段，不用妆扮，也比西施不差什么，可她身旁来了个小妹妆扮的女子，呲着个前门牙，奇丑无比的，还开口说话了。

丑女道："奴家东施，和这西施是发小，可她长得美呀，所以有了大用处，被人训练一番，帮着越王当美女间谍去。用的就是孙子的三十六计之美人计，结果呢？"

西施道："因那吴王被我缠不过，整日里三昏五迷，渐渐地就荒废国事。想当年，我住在馆娃宫，那真是铜勾玉槛，楼阁玲珑，有诗证曰：

馆娃宫外姑苏台，郁郁芊芊拨不开。

我有倾国倾城貌，吴王误国却因爱。

"而令我最难过的是，吴国人说我是红颜祸水也就罢了，可吴亡后，越国人也不善待于我。亏得后人为我正名，知我为国家安危献身，还把出污泥而不染之青莲品质赋予我，奉我为西子，才使我稍感欣慰。"

东施道："虚名！徒留虚名而已。你得了什么结果？还泛舟太湖逐浪花，简直是死无葬身之地。要我说，你还不如我东施呢，敢自像我，自由自在，浣纱于若耶溪上，长命百岁地活着多好。"

西施道："这正应了那句《南华经》上的话：巧者劳而智者忧，无能者无所求。竟是山木自寇，源泉自盗了。"

回头朝着黛玉的方向，道："你我一样境遇。立国者一方，哪不是飞鸟尽良弓藏。而亡国的一方，自然有人把罪责推给你。劝你休要难过，一切自有后人评说。我都悟了，你何苦还不明白？"

东施笑道："还是像我一样吧，饱食终日而遨游，泛若不系之舟。"说完，二人悄然而去。

秋真画外音道："当初，宝黛之缠绵也不过如此，如今黛玉要选择离开了，是目的达到了吗？亡国的罪责该推给她吗？真有两头不落好的嫌疑。可被人说成祸国尤物的西子，最终还是被人理解的。"

文亮扮演的虞姬有些狼狈，拿着宝剑，很悲伤的样子，踉跄着走上来。外面楚歌响起，传来呼啸的风声。只听虞姬舞剑唱道："汉兵已略地，四面楚歌起。霸王意气尽，贱妾何聊生。"

又抚摸着宝剑泣道："楚王霸业已矣，妾追随于他，南征北战，不辞辛苦，时至今日也从无悔意。也罢，乌骓已逝，我也随霸王去也。"说着，就要举剑自刎。

正在此时，一个尖细的声音喊道："慢着，且听臣下说几句话，再吻剑不迟。"后面就跑上来个将军模样的人，妆扮又不是楚霸王的样子，有些像女人。人们仔细看，原来是山岚妆扮的一个武官。

只听这人说道："我乃楚王帐下大将英布。当年，项王分封天下，我为九江王，走到今天，容我说句实话。这项羽也不是什么义气之人，背弃盟约，曾暗中派我追杀义帝。对于他，我呀，就多长了个心眼。

"楚汉逐鹿中原，一开始楚王就疑我，责备我不出兵相帮。其实，我也乐得作壁上观，而汉王恩我深厚，有必得天下之势头，又许我为淮南王。起先我是左右为难，两下里权衡再三，走还是不走？降还是不降？罢！罢！罢！后来明白了，还是那汉王大度些，为今之计，不如弃楚投汉，定有一些作为。"

英布走到虞姬面前说道："时势造英雄，何苦想不明白，你这样死心塌地跟了他，还不是只有一死，不如像我一样降了吧。"

虞姬大笑一声，叹道："英布呀英布！你能背叛楚王，也能背叛汉王。你们这种人，就是天生的不臣之人。哈哈哈哈！还不如我一介女子，知大义，明是非！可悲，可悲。"遂举剑自刎而逝。

秋真的画外音道："虞姬说的没错，彭越如何？韩信又怎样？都是背旧主投新主之辈，也是被新主疑而杀之者！英布也一样，曾有过不臣之举者，没人轻易再信他，管你是否真谋反，新主子还不是把他当成叛贼，剁成肉酱。

"三姐刎剑同虞姬，可叹她：醉里且贪欢笑，醒后一滂沱。在这么一个肮脏混乱的世间，容不得她有自己的无瑕与尊严。然而，三姐终于保住了自己的清洁，用自己独有的方式，周旋于肮脏的乱政之间。

"我就想到了性情刚烈的郑成功，他保护自己的名声，和三姐一样难。被至爱的人怀疑，才是最难释怀的。可怜三姐，唯以死明志，来洗脱自己一生的遗憾。他虽命薄却好过那些软骨头，早晚被钉在贰臣的耻辱柱上。"

龙凤守正位　鞶卿亡故乡

古琴悠扬，弹奏的是《胡笳十八拍》，芝子妆扮的王蔷真是艳丽庄重，仪态万千，只听她边弹边念道：翩翩之燕，远集西羌，高山峨峨，河水泱泱。父兮母兮，进阻且长，呜呼哀哉！忧心恻伤。

吟完，站起来道："当年我本元帝宫女，想我在那汉宫多年，难见天颜，如此在宫中了此残生，如何不让我悲伤。那日，忽听姐妹说，匈奴单于来汉求亲，汉王竟应允了。

"如今匈奴势弱，已不足为虑，应诺和亲却是为何？为显示天朝威严，还是想助呼韩邪单于复位？他已南迁在我长城外的光禄塞下，抑或是为了边境安危也未可知。可此时，我为何如此心绪难安？"

她坐下来继续抚琴，从那边上来一个长须老者，拿着几张画像，是秦明妆扮的小老儿来了。

见他笑道："小人毛延寿，善画人形，无论老少美丑，必得其真，这才被召进宫中做了画匠。皇上后宫佳丽颇多，却懒得一一召见，常使我画其图影，按图召幸之。嘿嘿！那些宫女们，为得见天颜便贿赂于我。干么？乖乖，甭想歪了，别的不敢做，还不是让小老儿把她们画得美一点。

"小人也乐的得些银钱，诸宫人皆送些与我，独那王嫱不肯，长得再美又如何，不还是见不着皇上么。怎么着？听说匈奴来和亲，就等着吧，小老儿马上给皇上送画儿去。"

王嫱停止抚琴，站起来道："单于在朝，皇上已经应诺我去和亲。只叹王嫱命苦，竟要嫁与异族为妻，也罢。可笑那日进殿辞行，召见对答时，皇上甚是诧异地看着我，说我的容貌后宫第一，竟有些后悔了。

"可金口玉言，也只得让我去了，哎！可悲，可叹。皇上啊皇上，后悔何用，竟然被画工蒙蔽。如此不堪的皇室，如此目光短浅的汉王，若有一天，被匈奴人踩在脚下，也就不足为怪了。"王嫱换了一身胡人装束，带着昭君帽，满腔愁闷地走了。

秋真的画外音响起来："昭君远嫁匈奴时，汉朝还没有衰弱到非要和亲的地步，才导致许多人不理解。但无论如何，当年的汉元帝已是大权旁落，宦官当道，皇权式微，朝政混乱不堪，这才是西汉走向衰亡的根本。

"探春也行将远嫁，成为王妃。她们将是一样的命运结局，也同样是由于那个无所作为、衰弱短视之皇室所赐，这个皇室在哪里？"

只见婉儿打扮得花枝招展走上来，还挽着冯玉的手，笑嘻嘻道："妾名绿珠，这位是奴家的相公石崇。这金碧辉煌的金谷园别馆，是相公为我而建。近来，我自制《明君》新舞新词，说的就是前面那位出塞的昭君。今已演练多日，现想舞给我的夫君看。"

冯玉悠然地坐下来，听她边唱边舞："我本良家女，将适单于庭。辞别未及终，前驱已抗旌。仆御涕流离，猿马悲且鸣。哀郁伤五内，涕泣沾珠缨。"

正唱时，忽听外面马蹄喧嚣，人声鼎沸，家人慌慌张张地到处乱窜。见此，绿珠停了唱，石崇慌忙站起来，外面下人来报，有官兵闯进来了。石崇拉着绿珠的手道："不好，定是贼人孙秀，他三番五次使人强索于你，我都厉言回绝，也因此开罪于他。谁知今日他竟亲自带兵而至，怕是凶多吉少了。奈何？奈何？"

绿珠惊闻此言，又见到夫君如此惊慌失措才知原委，眼见官兵一层层包围了崇绮楼，泣道："如此，为报夫君之恩，解夫君之难，当效死于夫君前。"不容分说，便纵身一跃，自投于楼下，绝地而亡。

第六十七回

龙凤守正位　鼙卿亡故乡

石崇抢到楼下，扶尸大哭道："糊涂呀，我有的是财宝，凭我的官阶，我就是有罪过，最多不过流放交趾，你怎么做这样的傻事，走得这样急？"

秋真画外音道："可惜，直到石崇被装在囚车上，他的母亲、兄长、妻妾、儿女，不论老少，共十五人，都拉到东市被斩时才清醒过来。"

他叹息道："是我错估了情势，这些人都是想图我的家产啊！正是那些财宝害了我呀。"

秋真道："可叹石崇，到死还是想自己的那点家产，他何曾真爱绿珠？绿珠之死太不值。石崇之目光短浅更甚，拿着明珠当瓦砾一样抛弃了，这目光短浅的人是谁？"

最后是白禾扮演的红拂，陆风扮演英武潇洒的李靖，二人手拉着手上来，红拂道："杨府侍女红拂，每日伺候杨公笔墨。白日里，有个李靖来府上自荐，红拂还从未见过如此人物，真乃年少有为，本有心结识，谁知这个杨公好没眼光，那样一个有勇有谋的年轻人，他竟不待见。哎，这个死气沉沉的幕府，和尸居余气的杨公，早晚会和昏庸的隋炀帝一样走上末世。主意拿定，我就趁着夜色，去找到了李靖。"

李靖抱拳向红拂施礼道："多承小妹不弃，我二人相见恨晚，便自定终身。发誓趁此乱世，做一回侠女英雄，只要找到一位明主，定能实现建功立业的梦想。"

红拂道："幸亏得遇唐王，靖哥哥赤胆忠心，不负唐王信任，领三千精锐骑兵，长途奔袭，一举歼灭东突厥，洗刷了高祖与唐王向突厥屈尊的耻辱，后来又远征吐谷浑，为大唐开国建立彪炳史册的功绩。"

秋真道："李靖入东突厥，擒颉利可汗，消灭北方异族。文才武略，入主凌烟阁十大名臣之列。功大而主不疑，乃天下英雄。与红拂是知遇之恩，堪称一对真命鸳鸯。

"而三姐之眼光可比红拂，如果三姐活着，如果柳郎活着，也同此二人志气，打败异族，快意人生。可惜，三姐死了，柳郎走了，说她尤物祸国也好，说他目光短浅也罢，但他们至少死得轰轰烈烈。如果他们活着，一定也会创造历史奇迹。只可惜，老天再也不给她和他机会，要问这个人是谁，下回接着看。"

秋真说完，灯光亮了起来，演员们早就退到里面，客人们都站起来，看得一头雾水，纷纷议论道："不搭边的美人们凑到一起，谁的主意？"

另一个道："好像是林黛玉的主意。"

一个道："我打听了，是林黛玉《五美吟》里的故事，意思好像是说，一个人死了，死了的这个人被人埋怨议论，评头论足的。黛玉便写了五首诗，编了五个美女的经历做比方，来讲给人们听，为的是给那人诉冤屈呢。"

又一个道："这是谁呀，能让林黛玉着急为她鸣冤？"

这个又道："里面一再说到匈奴和突厥这些异族人，红拂喜欢的李靖，也是平突厥，林黛玉说的这个人，定是个抗击外族入侵的人物。"

那个道："史上抗击外族的英雄多着呢，谁知道是谁。"

这个又道："真笑话，林黛玉怎么和这些人有关系了，够胡说八道的了。"说着，就纷纷散了。

大家都在山岚房间里换衣服，芝子倒是戴上昭君帽，挤到秋真身边，悄问道："《五美吟》里真的说了三姐和柳湘莲之事？如果绿珠是三姐，被当做瓦砾抛弃，可石崇和湘莲哪一点像？一个富可敌国，一个穷途末路。"

秋真笑道："你又傻了，柳湘莲是穷，可你见他缺钱用了吗？他的世界里没有钱财的概念。这是告诉咱们，石崇代表的那部分正是他富有的部分呢。我再问你，当时的几个政权里，谁最穷，谁最富？"

芝子道："朱由榔真是穷极了，谁这么富有？郑成功啊！他确实富有，有自己的小国家就算不错了。"

秋真道："他为了郑氏集团自身的利益，几次放弃大好的战略机会，贻误复国战机。这一点上，很像石崇没眼光，只注重自家的那点钱财，却丢了真明珠；更像元帝，连眼前的美人都看不懂，生生放了手，失去机会。蜗居在小小的台湾，还梦想反攻大陆？"

芝子道："对三姐的怀疑，真像汉元帝一样没眼光，连三姐这样的美女，都辨别不出好孬，一点不冤枉他。"

秋真道："所谓'耳目所及尚如此，万里安能制夷敌'，宝钗都这样笑话他。"

芝子听了点点头，道："这样说，假设这个人活着，能像李靖红拂一样吗？"

秋真道："人无完人。尽管他有那么多让人议论的地方，也难能可贵了。那种情形下，有大批臣子投降清廷呢。隆武帝器重，可父亲投降，母亲被害，国仇家恨，是怎样一种痛苦，咱们常人难以想象。他却坚持抗清，从外族人手中收复台湾，直到流尽最后一滴血。无论如何，咱们应该敬重他，说他像李靖没错，是抗击外族的名臣，有资格进入凌烟阁。"

芸轩嘟哝道："我却有别的发现，连小厮们都说：柳二爷那样个伶俐人，未必是真跟了道士去罢。他原会些武艺，又有力量，或看破那道士的妖术邪法，特意跟他去，在背地摆布他，也未可知。他若能摆布了疯道人，不就找到道士从石头上抄录《石头记》的幕后指使了吗？或许他就是那个变成情僧的传书人呢。"

山岚道："难道作书人和郑氏有关？柳湘莲醒来，发现自己在一座破庙里，三姐却拿着一卷册子前往太虚幻境报道去了，成了为情鬼们做传的修注人。二人原是这样的两个角色。柳湘莲是情僧，三姐是脂砚，难道他们是一对修书鸳鸯？"

芸轩道："你看这宝剑，不是一对鸳鸯，这二人就是一个人。甄士隐也是跟个道士去了呢，这也说和郑氏有关？按照对应关系，若这个道士就是那个道士，柳湘莲无疑就是甄士隐。"

秋真笑道："柳湘莲是甄士隐？不如说，柳湘莲的事才是作者要隐藏的真事，这才是柳湘莲的'真事隐'。所以，道士单单度化了他二人。"

芸轩道："三姐一手捧着一卷书，一手捧着一把剑，书和剑，用的是剑笔刻石的法子。又说得明明白白，她就是太虚修书人。修书人的立场，是道士的立场，道士才是修书人。"

秋真道："柳湘莲问破庙里的道士：此系何方？仙师仙名法号？道士说：连我也不知道此系何方、我系何人，不过暂来歇足而已。这个道士的答话，应该是柳湘莲的自问自答，假如道士是修书人，他正想藏匿自己的姓名和出生地，当然会说不知自己是何许人，那么这个道人的一生和道人的身份，应该藏在柳湘莲身上。"

山岚道："快打个比方。"

芸轩道："比如：柳湘莲对秦钟时代有放不下的情感，说明他是那个时代的人；他和宝玉之间的鱼水之欢，是因他和皇族有很契合的渊源；但也与清廷有过说不清道不明的牵连，是面对白色恐怖有些不得已的顺服。再者，赖尚荣家和贾府的隶属关系，就是他现实里的真实出身。平生浪迹天涯，又是他不安定的生活状态；在平安州做强盗，说明他有一段反清复明的作为。最后，伴随着郑成功的去世，大明复国的最后一点希望烟消云散，这使他感到世界冷然如寒冰侵骨，他对现实完全丧失了希望，彻底凉透了心；于是他忽然顿悟了一切，像甄士隐一样，毅然出家做了道士，很有可能这就是他的出家过程。

"好有一比：脂砚说他'撒手'之举，乃是已悟，此虽眷恋，是破了迷关，乃青埂峰时，缘了证情。至此，石头的使命完成了，宝石复归荒山又变成顽石，皇族人终究变成普通老百姓。你关注的那个人，是否具备这些特质？"

文亮听了不置可否，觉得曹公到此时，终于拨云见日地露了作者的身世，不管芸轩说的对与错，写书人是个道士是能确定的，便回想起那幅'自题小像'来，极力寻找他二人之间的相似度。

婉儿、白禾卸了妆，找到芸轩房间，嘟哝道："这个事倒也搞清楚了，可也遗憾得很。按说《石头记》到此，所隐真事都清楚了，可后面还有十几回呢，说的又是什么，我们还想知道呢。"这时秋真喊她们下来。

客人都散去，外面茶室开了灯。山岚又命小妹拿来些吃的摆了一桌，说是为婉儿、白禾再尽兴一晚。

大家坐上来，婉儿还是满脸不放松，嚷道："《石头记》关乎台湾命运。轩姐姐，你就提前告诉我们，后面都是些什么事。要不，回去了可怎么办？还不得难受死，又没人帮我们，你就告诉些线索也行。"

芸轩看她这样，无奈，进房间拿出一本书道："这是我刚刚定稿的样本，过一段时间才发呢。看你这么可怜，先给你吧，仔细看完这本书，后面的事就慢慢体会出味来。"

婉儿接过书，封面设计精美，书名则是《别立乾坤》，便道："这是真的？可不许骗我们。"说着就要翻看。

芸轩道："不许看，回去琢磨，否则你也不得结果。"

婉儿道："和三姐有关吗？"

芸轩道："当然，我的灵感就来自柳湘莲。他发誓定要得个绝色美人，连宝玉都说他：你如今既得了个绝色的，便罢了，何必再疑？我就是从这个疑惑得的启示。多好的一对人，不认不识的为何凭空疑惑她不干净起来，可见'干净'一词，对于柳湘莲何等重要。"婉儿只得收起来。

芝子道："你们明天就走吗？我刚来你们就走，不如再留一天，冯玉和山岚答应了，明天陪我去山塘街看花灯呢，你俩不羡慕？"

婉儿道："快到中秋了，再不回去爸妈就找来了，岚姐姐找到好玩的，别忘了给我留着。"

冰儿道："山塘街的花灯可是热闹呢，比你们那里好玩多了，不跟我们去吗？"

芝子道："说到八月十五和山塘街的花灯，让我想到《石头记》里的中秋和薛蟠带回来的东西。我研究了好几遍，发现一个规律，所有事件起于三春结于三秋。但到底没找到这种写法的构思目的。结于秋天，为何结于秋天？"

秋真道："问我呀？但我有个条件，明天你们三个须得照我的单子带回这些物件，我就告诉你们，怎么样？公不公道？"

山岚道："谁知你要啥，要是很费钱呢，先看再答应。"

秋真果然从衣兜里掏出一张单子，山岚打开看时，却笑了，道："知道你就搞鬼，看在芸轩的面上答应你。"

秋真道："这还差不多，你听好了，《石头记》的结构不是春天起，而是中秋起中秋结。开场第一回就是从中秋夜开始，此中秋夜是明写，从这一日开始，就进入了贾雨村的发达之日。

"注意：此时就出现了一个红拂一样巨眼识英雄的女人，她就是甄士隐的丫鬟娇杏。转眼间，她就成了贾雨村的正室夫人，其实是说贾雨村转眼间成了人上人，而娇杏的老主人却转眼间家破人亡，出家成了道士。

"三姐成了红拂后，也是巨眼识英雄，识宝玉，辨湘莲，可柳湘莲一样出家成了道士，都是一场小枯荣。前一场小枯荣的地点是日陷东南，这东南一隅名曰姑苏，脂砚表明是金陵，后面这一场枯荣怕是日陷平安州。

"到了第十一回，是第二次过中秋夜，但此次中秋是暗写。秦可卿在中秋节后的二十日这天开始一病不起，从这天起，进入了秦可卿生命倒计时，直到两年后死亡。也提醒你，这里也出现了一个巨眼识英雄的女人。"

山岚插话道："胡说，这里哪有巨眼识英雄的女人？"

文亮道："怎么没有，智能儿呀。"

秋真道："对呀，她一眼看中秦钟是个人物，就倾情于他，还私逃出来去看他，结果被发现后赶出来。秦钟死了，她也不知去向，这却是一段大枯荣。"

秦明道："这段大枯荣正是秦可卿的结局，也是元春的开端，这就是起于秋结于秋的原理。"

芝子道："这么说，我记起来了，第三次中秋，好像是第三十七回，探春中秋结海棠诗社，这个中秋是明写。探春起社，从这个中秋起，探春开始崭露头角，当权执政，治理大观园。这个小枯荣该怎样结呢？"

秦明道："直到第六十六回，第四次过中秋，但这个中秋是暗写，只用了一句：八月内湘莲方进了京。这里明白告诉咱，出现了一个巨眼识英雄的女人，就是尤三姐。

"但这个中秋的结局跟前面一样，以三姐的死亡和柳湘莲出家为结局，又是一段大枯荣，而这段大枯荣，正是三姑娘探春的结局，是不是这样？"

芸轩道："不用说，后面的中秋也会和这一样，告诉咱们最后一段大枯荣是什么。如今并不那么明了，还得一点一点地啃出来呢，就从明天的中秋礼物开始，你们得都给我找全了才行。"

曹公的文法布局，不太容易找到规律，不细琢磨，还真联系不起来。大家知道这最后一个中秋很关键，便兴奋起来，又说了会子，山岚又嘱咐些别离的话，相互收拾些个人送的礼物，直到快午夜，才依依不舍各自回家。

第六十七回
龙凤守正位　颦卿亡故乡

119

第二日一早，婉儿、白禾告别芸轩等，回台湾去了，芝子和山岚，冯玉和陆风一行，早早地也向苏州而来，快中午时节，才到了山塘街。

这里早已人山人海，熙熙攘攘，到处是各式花灯和耍货。芝子第一次来这里，看到什么都新奇可爱，在人群中挤了半天，才来到一家塑真铺子里。四个人围着一位老师傅，谈天说地地聊天。师傅一边聊着，已经用泥巴捏出四个人的样子，各具形态，栩栩如生。

芝子吃惊地比着各人的样子看，神态都像，笑道："这就是苏捏吗？我也试一试。"说着要了一块磁泥，老师傅教着捏起来。冯玉、陆风则到处看各式古董，山岚忙着按单子上名字一一找物件，直寻到下午两点才凑齐了东西。众人又挤到舞台前，看了一出弹词，买了大包的吃食，一边吃，才忙忙往回赶。

回到茶轩时天色已晚，正好秋真、秦明也在，山岚直喊累死了，冯玉则笑道："你一不提包二没开车，怎么就累了？"

山岚道："你看看这是多少东西，还不都是我找的，腿都跑直了，还不拿出来摆上，让她们瞧瞧呢。"说着，从袋子里一件件向外取，各式古怪的物件摆满桌子。

许多物件芝子都叫不上名字来，一边摆弄就向山岚问，"这是什么，干什么用，像个不倒翁？"

山岚道："什么不倒翁，这个叫指巡胡，也叫酒胡子。看上面画的这个了，碧眼虬发，是不是胡人的样子？这是古代行酒令用的。"

随手拿那玩意转了一下，只见像个陀螺似的，转了几圈又停了下来。

笑道："看到没，行酒令时，就这样旋转，当他停止时，手指向座席上的哪位宾客，就要据酒令罚他酒喝。因这酒具形貌像胡人，且用手指方向，就又称指巡胡。"

芝子道："想必薛蟠从虎丘带来的酒令儿，就是这个了？带个这回来，又是什么意思？"陆风和冯玉去找吃食，几个人兴致勃勃地看那一堆玩意。

秋真道："这个不倒翁，是有特指吧？"

芸轩道："有人写过一首诗，就是《不倒翁》，乌纱玉带俨然官，此翁原来泥半团；忽然将你来打碎，通身上下无心肝。"

秋真道："此诗最妙，一语双关。有些人道貌岸然，面上君子，实际上没心肝，骂那些当官的吧。"

芝子道："这些呢倒好看。我知道这是有名的虎丘泥美人，也叫戏文泥人。可这出戏是哪一折子里的？为什么用青纱罩着？不好看。买这些东西干吗？"

秋真道："你问问芸轩吧，她稀罕这些。"

芸轩道："你们都拿出来，摆到桌子上，我先过过目，再讲给你们听，看是否有道理。"

吃过晚饭，大家便往桌子上一样样摆着，有笔墨纸砚，香袋、香珠、扇子、扇坠、花粉、胭脂、头油；自行人，指巡胡，水银灌的打斤斗的小小子，沙子灯，一出一出的泥人儿戏，用青纱罩的匣子装着，又有泥捏的四个小像。

一面看，芸轩道："薛蟠游艺江南是带着任务去的，为的是采买纸扎香扇。可一回来就怪事连连，三姐自尽，柳湘莲出家，本来薛蟠打算给柳湘莲置买房子安个窝，可惜一切烟消云散，也不多说了。单说薛姨妈和宝钗最关心的几件事，更透着古怪。

"薛姨妈说：人家陪着你走了二三千里的路程，受了四五个月的辛苦。同你去的伙计们，也该摆桌酒给他们道道乏才是。"

芝子道："说的多在理儿，薛家人就是善待下人。"

芸轩道："错！错处有二。薛蟠游艺的时间实际是五年，而带回的礼物又大部分出自苏州的虎丘，苏州可能就是主要游艺地点，且在返回北方路经平安州时发生了惊心动魄的事情，要不薛蟠也不会说，想是魂儿丢在路上，还没归窍呢，应该是发生了大事。"

芸轩拿着那个指巡胡摩挲着道："不用说，就是这件大事了。还有就是请伙计们吃饭更有问题。他走的时候，人数不对，记得吗？一个老苍头，一个张德辉，薛姨妈特地请过张德辉的，当时咱们的结论是两人合为一人的。

"回来请客呢，人数又出了问题。小厮只回说，一个管总的张大爷发来两箱子货，是不是张德辉不确定，但老苍头没说怎么样了，他是薛蟠的乳父，死了，还是告老回乡了？我看，答谢宴喝酒，一定用的上指巡胡呢。"

芝子道："请伙计吃个饭，还能吃出什么来吗？"

芸轩道："不信数数，薛蟠听了母亲之言，急下了请帖，办了酒席。次日，请了四位伙计，俱已到齐，不免说些贩卖账目发货之事。去了六个人，请客时只有四位伙计，薛姨妈也使人特别出来向他们致意，不觉得奇怪吗？"

芝子摇摇头。

芸轩道："伙计还提醒呢，说这次请客少了两个人，为了打马虎眼，另一个小厮就说，少了琏二爷和柳湘莲。其实是提醒咱们，真的少了两个人，是张德辉和老苍头。

"你想，走的时候，薛姨妈特别地请来张德辉，千叮咛万嘱咐要安全地回来。这回，薛姨妈又特别嘱咐，好好请请人家，可请的人里面没有张德辉，也没有老苍头，是什么用意，你们能猜得出来吗？"

秦明道："我猜一下。曹公高明处就在于，自己骂自己，咱们还很难发现。就比如这次，宝钗对柳湘莲出家和三姐之死出奇地冷漠，说什么：天有不测风云，人有旦夕祸福。这也是他们前生命定。前日妈妈为他救了哥哥，商量着替他料理，如今已经死的死了，走的走了，依我说，也只好由他罢了。

"虽说是事实，但没有半点伤心可以流露，太冷漠了，却催着薛蟠赶紧请客，说那同伴去的伙计们辛辛苦苦的，回来几个月了，妈妈和哥哥商议商议，也该请一请，酬谢酬谢才是。别叫人家看着无理似的。

"听听，是不是前后矛盾？柳湘莲的救命之恩，她半点不在意，难道看着不无理？倒忘不了谢谢下人们。曹公偏偏把无理之举藏在这宴请下人们的举动中，她们一家子真是忘恩负义之人。"

芝子道："越说越不明白，不请张德辉就无理了？"

秦明道："走的时候，那样对待张德辉，回来请人时，却不见了两个老人的踪影。其中一个是乳父，这不就是自己骂自己忘恩负义吗？"

芝子道："听你的意思，两个老人是一个人，乳父就是张德辉，那这个被辜负了的老人是谁？"

秋真道："这个时候，他已经致仕了，就是洪经略。五年前，派他经略江南，而今江南再无战事，他可不就没用了。正是这一年他被赶回家的，我看人家就是兔死狗烹，也是汉奸该有的下场。"

芸轩将指巡胡放到桌子上道："对，这就是薛蟠带回这个指巡胡的用意。他本身是不倒翁，指向谁就惩罚谁。所以，宴请家奴这场酒，不是这么好喝一壶的。我推断，宝钗留下自用的东西里面除了薛蟠的小像，就应该有这个酒令儿了。"

芝子道："照你这么说，每样东西都藏着用意了，那这一大箱子东西，什么时候才能数完？"

芸轩道："其他东西没问题，最大问题就出在他带来的那口箱子上，被五花大绑的，你能想象要告诉什么？"

芝子想了想，看看满桌子的东西，还是没想明白，嘴里嘟哝道："是呀，薛姨妈同宝钗都问：到底是什么东西，这样捆着绑着的？薛蟠便命两个小厮进来，解了绳子，去了夹板，开了锁看时，这一箱都是绸缎绫锦洋货等家常应用之物。都是些平常物件，至于这样捆着绑着的？"

芸轩拿起一样道："仔细看看这堆东西，这个叫什么？"

"自行人。"

"这个呢？"

"是个不倒翁小小子。"

"这一盒子呢？"

"戏文泥人。"

"这个沙子灯里呢？"

"小纸人。"

"还有泥人小像。自行人、泥人、小小子，看上去这一堆，就是一群各式各样的'人'，如果装进箱子，再这么五花大绑捆起来，绑着的是不是里面这些人呢？"

芝子道："对呀，捆着绑着的可不就是些人吗。可是，如果薛蟠的小像也在里面，那他不就也绑上自己了？这又怎么解释？"

秦明道："这些泥人来自虎丘，虎丘有个特殊地方，就是虎丘山吴王阖闾的墓葬。薛蟠的小像专门指出来，是用虎丘山上的泥捏的，他说自己的魂又丢在路上了，还没归窍呢，说明他是个没有魂的泥死人，而他带回来的应该也是一群死人。"

芝子听了毛骨悚然，看着一桌子小人，吃惊道："薛蟠是死人吗？代表谁？谁死了？听你的意思，他带回来的还有活人吗？"

秋真道："薛蟠是死人没错。他走了，薛蝌就来了，本来就是换了一个皇帝，咱们知道的。我倒是觉得更有味道了，怪不得宝钗看到薛蟠的泥人像就笑，而黛玉看到这些东西却哭，赵姨娘看到东西后蝎蝎螫螫，都有点意思。"

芝子问："宝钗笑啥？薛蟠死了又活了？"

秋真道："他梦寐以求的江南被征服了，这么多人为他陪葬呢，还不高兴？"

芝子道："陪葬？黛玉之哭，大多都是因宝玉的缘故，但她已好久不流泪了，这次却为宝钗哭。紫鹃说：二爷还提东西呢。因宝姑娘送了些东西来，姑娘一看就伤起心来了。我正在这里劝解，恰好二爷来得很巧，替我们劝劝。宝玉很担心的样子，没话找话地劝。紫鹃劝，宝玉劝，都不算，还发动袭人来劝。

"他对麝月说：方才到林姑娘那边，见林姑娘又正伤心呢。问起来却是为宝姐姐送了她东西，她看见是她家乡的土物，不免对景伤情。我要告诉你袭人姐姐，叫她闲时过去劝劝。知道袭人去了凤姐那里，心中着实不自在起来。黛玉这一哭，又不是因他，至于这么不自在？"

芸轩道："这个问题好理解，我给你们演示一下，从宝钗对这些东西的分配思路上就能看出端倪。首先，宝钗将给她的礼物全部带进蘅芜苑，对礼物一一过目，留一部分自用，留下的肯定有薛蟠的泥人像，再就是这个不倒翁酒令，也就是惩罚别人的指巡胡。

"我的理解是这样的：薛蟠的小泥人被宝钗带进蘅芜苑，标志着薛蟠成功入住了大观园这座坟墓。

"然后，宝钗开始一份一份地分成组，且要配合妥当，开始送人，这个

'谋局士'要利用这些物件开始进行下一轮布局了。物件分组也别有目的：有送笔墨纸砚的，就是文房四宝；有送香袋、扇子、香坠的，就是饰品；也有送脂粉、头油的，是化妆品；有单送玩意儿的，问题就在单送的这个'玩意儿'身上。单送玩意儿的其中一定有贾环，且也明说给了贾环，而这堆东西里面，适合小孩玩的玩意儿只有两件，就是这个自行人和这个翻跟头的小小子，这两样东西的特点是什么？"

秋真道："收到东西的人，各自有不同的反应，看看反应就知道了。"

芝子正拿在手中摆弄，忽然想起，赵姨娘也是翻来覆去地摆弄瞧看一回，便蝎蝎螫螫地去给王夫人看，惯是一惊一乍的样子可疑。芝子正摆弄着，那个自行人突然动起来，吓了她一跳。

就笑道："我知道了，这个是个机关木人，赵姨娘摆弄会子，肯定发现它动了才蝎蝎螫螫的。这两样东西，一样自行人，一样翻跟头的小子，都是能动的，是活的人吧。怪不得赵姨娘回屋，嘴里咕咕哝哝自言自语说：这又算个什么呢？算什么？是猜不透宝钗送这个的用意吗？王夫人应该是明白的，才以为她说的不伦不类的。"

秋真道："差不离儿，可不就是只有她那帮子人活下来了，就像这个翻跟头的小小子，别人都倒下死了，只有他是不倒翁。"

芸轩道："自行人，从字面理解，也有自作主张、自我寻出路的意思，或者独立行动的意思。贾环得了这个，后面的用处大着呢，先不说。

"翻跟头的小小子，从字面意思看，含着翻过跟头来的意思。记得贾雨村看到庙里的对联和那老和尚时，就感觉里面有翻过跟头来的，说明是经历了大风大浪的人，这就是给贾环的'玩意儿'中包含的寓意。"

秋真道："说明贾环在这场政治斗争中存活下来了，成了不倒翁，成了独立自行之人，这个线索一定是为探春伏下的。再关注一下黛玉的东西，只有黛玉的比别人不同，且又加厚一倍。用宝玉的说法，她的东西多得像开杂货铺子的，说明不光数量多，且品种齐全。"

芸轩道："大约各样都给她了些，宝玉就开玩笑说她哭是嫌东西少，但恰恰是她的最多最全。既然她的最全，那么可以推断，里面一定有这个用青纱罩着的盒子，里面装着些不动的静态的泥人戏，且人数较多。"

芝子围着青纱罩看了看，道："不动的就是死了的，还用青纱罩着盒子装着，别说，更像死人了。"

秦明道："此时，黛玉有心理活动，她心理想的是，父母双亡，又无兄弟，寄居亲戚家中，哪里有人也给她带些土物来？父母双亡就不说了，没人带东西来说明家里直接没人了，谁还能给她带来土物？可怜，她的家乡沦陷了，眼前这些不动的死人告诉她一切，这就是地陷东南的真实写照。"

芸轩道："一点没错，宝玉为了哄她，问了几句话：这叫什么名字；那是什么做的，这样齐整。用了'齐整'一词，一般是指的人长得齐整，又说这一件可以摆在面前；又说那一件可以放在条桌上，当古董倒好呢。

"可你们看看这一堆东西，哪一件能放在条桌上当古董？这个还是那个？都不像。但如果把泥人放在条桌上供起来，那就真是古董了，且黛玉还在悲痛之中，坚持要去找宝钗，目的是想听听薛蟠说一些家乡的古迹儿。

"什么是'古迹儿'？就是历史遗迹，对于黛玉来说，家乡的人成了古董，家乡的物成了古迹儿，她的家乡不就是彻底沦陷了吗？"

秋真道："宝钗劝的最到位，说这叫'物离乡贵'，其实后面一句她没说，就是'人离乡贱'。人一旦离开家乡，就成了无根之人，黛玉知道自己沦落成背井离乡之人，她焉能不伤心欲绝。"

芝子提起一盏花灯转了一下，道："这是盏走马灯，和里面说的沙子灯可不一样。"

山岚道："你们就是强人所难，我找遍了整个灯市，又不是正月十五，没人知道什么叫沙子灯。"

秋真道："对呀，为什么会带来一盏花灯呢？我只知道人们取灯意同'丁'，送灯就是送丁，希望人丁兴旺的祝愿。所以，古代的新媳妇在灯节要钻灯脚，期望早得贵子。这个灯大约是送给了黛玉，这个就不大讲究了，难道希望黛玉家人丁兴旺？这不前后矛盾吗？"

芸轩道："你别忘了，这盏灯的名字叫沙子灯，也没见过沙子灯是什么样子，可'沙子'可不可以看成'杀子'的意思。"

芝子道："杀子！像！可谁要杀子？杀了谁的子？"

芸轩道："许是我瞎想，后面倒是有一场杀子行动，我推测，沙子灯可能给了凤姐，就是王熙凤杀了贾琏没出生的儿子。"

芝子道："是这样联系吗？这还隔着好几回的故事。不过，凤姐那里出现情况时，就在莺儿送完礼物回来一节。莺儿回来，挨近宝钗，悄悄说：刚才我到琏二奶奶那边，看见二奶奶一脸的怒气。我送下东西出来时，悄悄问小红，说刚才二奶奶从老太太屋里回来，不似往日欢天喜地的，叫了平儿去，唧唧咕咕地不知说了些什么。看那个光景，倒像有什么大事似的。难道杀子事件，真就发生在宝钗送完礼物后？也许就是给凤姐送了沙子灯呢。"

芸轩道："宝钗说莺儿了，各人有各人的事，别瞎说。说明这件事没有宝钗的份，纯粹是凤姐自己家的事，说白了，就是家庭内斗，自杀自的。"

芝子道："这又是哪一场政治运动？自杀自的！王熙凤可是当家人，她不希望贾家人丁兴旺吗？盼着贾家断子绝孙不成？"

秦明道："说凤姐让贾家无血食，其意就在此处。"

芸轩道："没错，起先是宝玉和袭人奇怪的举动让我生了疑。你们想，宝玉从黛玉处回来，就吵嚷着让袭人去劝劝她，这是很少有的情况。没找到袭人，自己着实不自在。这一举动让人感觉，宝玉有一种坐卧不宁的心绪。

"他为什么会这样？而袭人更怪，好好的，正做着活计，忽然就想起凤姐身上不好来，竟要去看她。宝玉为黛玉坐卧不安是因黛玉的家乡没了，袭人担心凤姐，也是少有的着急，是不是凤姐也要出事？"

秋真道："我猜测，袭人是龙之衣钵，如果凤姐杀子，她担心凤姐要把衣钵传人杀了，关系到衣钵传人出问题的话，她才有不安的感应。"

山岚道："还真是这样，我也发现袭人在去看凤姐的路上，尽是遇到怪事。"

秦明道："看了一路的景，还遇上了老祝妈赶蜜蜂，这蜜蜂里面有什么怪事吗？"

山岚道："哎！就是这个，我给袭人一个特写。"说着，做了一个摄像的动作，说道："她来到沁芳桥畔，看到池中莲藕新残相间，红绿离披。我想起来了，文中说，那时正是夏末秋初，季节严重不对。湘莲八月进京后出了事，薛蟠又忙了半个多月发货请客；请客时，又正是贾琏第二次去平安州，当在九月里了，这怎么又回到秋初了呢？"

芸轩道："大惊小怪，曹公惯用此法，给你这个感觉，是让你关注下面的事件，就是那句'莲藕新残相间，红绿离披'。红绿离披，指的是荷叶荷花半凋敝、相互倒伏的样子。我问你，如果沁芳溪里有水，你能看到泥里的莲藕吗？怎么就看见新残相间了呢？'新残相间'又是个什么样子，是新藕和旧藕相残吗？这些特别之处，是让咱关注一个词：莲藕！莲藕是咋回事，你又不是不知道。"

山岚道："好了，好了，我知道了。我的镜头继续走着，袭人沿堤看顽了一回。猛抬头，看见那边葡萄架底下有人拿着掸子，在那里掸什么呢，走到跟前，却是老祝妈。

"那老婆子见了袭人，便笑嘻嘻的迎上来，说道：姑娘怎么今日得工夫出来逛逛？袭人道：可不是。我要到琏二奶奶家瞧瞧去。你在这里做什么呢？

"那婆子道：我在这里赶蜜蜂儿。今年三伏里雨水少，这果子树上都有虫子，把果子吃得疤癞流星地掉了好些下来。姑娘还不知道呢，这马蜂最可恶的，一嘟噜上只咬破三两个儿，那破的水滴到好的上头，连这一嘟噜都是要烂的，姑娘你瞧，咱们说话的空儿没赶，就落上许多。"

芸轩道："这就是了，老祝妈原是竹子的保护神，却来这里保护果子。这里有虫子，有蜜蜂，最可恶的是马蜂，它的破坏性很大：一嘟噜上只咬破三两个儿，那破的水滴到好的上头，连这一嘟噜都是要烂掉，这威力好有一比。"

芝子问："比作什么？"

芸轩道："咱们的凤姐，有马蜂一样的威力，从旺儿的一句话开始，揪出了兴儿、喜儿，就是从这一嘟噜上先咬破三两个，然后让贾琏、尤二姐这一嘟噜人全部烂掉，形象不形象？"

山岚道："是这样比吗？我也纳闷，既然老祝妈是个种竹子、种果子的老人，怎么连袭人这个丫头还不如，倒叫袭人说她：你就是不住手地赶，也赶不了许多。你倒是告诉买办，叫他多多做些小冷布口袋儿，一嘟噜套上一个，又透风，又不糟蹋。"

芸轩道："这只能理解为保护神很外行，她今年才管上，没经验，怎么能保住果实呢！"

芝子道："保不住这些果子的用意是什么？"

山岚道："用意倒是很明显，当老祝妈说，今年果子虽糟蹋了些，味儿倒好，不信摘一个姑娘尝尝时，袭人正色道：这那里使得。不但没熟吃不得，就是熟了，上头还没有供鲜，咱们倒先吃了。

"你看看是供品呢，这就像黛玉祭祀是遵循了'春秋荐其时食'的礼。这老祝妈是贾府的老人儿，也开始不尊给祖宗供鲜的规矩，袭人提醒她：你们有年纪的老奶奶们，别先领着头儿这么着就好了。一针见血，也是说凤姐呢。"

芝子道："对呀，瓜果是祭品，藕也是祭品来着，这里的藕，新残相间，是指新藕把旧藕残了，没祭品了吗？"

山岚道："别打岔，我继续追踪不行吗？袭人的视野里，满是祭品保不住的意味。她来看凤姐的目的咱就明白了，下面就开始了这犯浑的一幕。

"说话间，就到了凤姐的院子里，没见到人，先听到声音，是凤姐出场的特点。袭人忽然听凤姐大骂：天理良心，我在这屋里熬的越发成了贼了。女主人变成贼，流寇也被称作贼，可不是个小事，性质很严重。"

秋真道："是呀，袭人来到凤姐处，和凤姐的交流只有一个主题，凤姐说：我常听见平儿告诉我，说你背地里还惦着我，常常问我，这就是你尽心了。平白无故的，袭人背地里惦记凤姐干啥，还打听凤姐的情况。袭人为什么忽然担心她了，到底担心些什么？"

山岚道："担心凤姐和担心老祝妈一样，作为贾府用老了的人，倒忘了供鲜的规矩；担心凤姐，作为贾府女主人，千万别忘了延续香火的使命。贾琏在外面迎凤筑巢，还不是为生个儿子，为贾家延续香火吗？袭人担心凤姐不放过这个尤二姐，所以才急急忙忙地赶来看看。"

芝子冷笑道："怕啥来啥，凤姐正想要找旺儿，把贾琏偷娶事件大白于天下呢。最终结局，还真是杀了贾琏的儿子，不说断了贾府的香火，至少断了贾琏一脉的香火，其实也是凤姐的香火，真是新旧相残了。这一点上，凤姐的做法我不大理解，怎么非要断了自家香火呢?"

芸轩道:"不理解就对了，你越是不理解，才觉得神秘，越想着去理解，结果你就发现，事实正好相反，杀了二姐才是对的。这才是凤姐，换了别人还做不到呢。"

芝子道:"能是这样的结果? 我一万个不信，书中可没这样的交待。"

芸轩道:"我只提醒你一件事，就足以让你揭开谜底。"

芝子不服道:"若真是这样，我还真开眼界了。"

第六十八回

尤物陷图圄　阿蓉靖东宁

芸轩道："一场政治斗争的大幕已经拉开，这回的主角是凤姐，她身体好了，重新回到舞台上，平儿和她的过儿又换回来了，因平儿担负的使命完成了。所以，又开始了最后一场小枯荣的演绎。而这场斗争，最开始就交待给我们一个词：新旧！是新奶奶和旧奶奶间的争斗。

"那句话怎么说来着：你二爷外面娶了什么新奶奶旧奶奶的事，你大概不知道吧。这句话就是病句，应该这样说：你二爷外面娶了新奶奶的事，你大概不知道吧？不是口误，把旧奶奶也说出来，二爷的新旧奶奶，才是个事儿。"

山岚道："谁说郑经的事就是二姐不正经的事，文亮就说差辈呢，郑经的事该隐在贾蓉身上。贾琏和二姐这个没德行的新政权一定不是郑经的，还有人不服。且这个政权相当厉害，都能挑战凤姐的权威了。"

秋真道："对的，凤姐用了一个专用词，叫停妻再娶。"

山岚道："我也不懂什么叫停妻再娶，你给说说呗。"

冯玉和陆风从那边走过了，冯玉笑道："我知道停妻再娶是什么意思。古代婚姻，讲究的是一夫一妻多妾制，就像皇帝，也只有一个皇后，但妃子很多。"

山岚笑道："怎么，你是可惜没生到那个年代吧？"

冯玉道:"是呀,关系好了,随便送个小妾给,多好。"

秋真道:"看你的德行,就你这样的,自己都养活不了,给你个小妾也养不住。"

山岚道:"古人的小妾是可以随便送人的,不用明媒正娶。你看贾雨村娶娇杏,也是一顶小轿晚上送来,贾赦给贾琏秋桐也没什么仪式。可贾琏娶二姐时,是用了拜天地烧纸马仪式的,按照娶正妻的仪式就有问题了。"

芸轩道:"娶妾都要征得正妻同意,比如邢夫人,就亲自为贾赦找鸳鸯做小妾。贾琏娶二姐,并没有征得王熙凤同意,是偷偷娶的,用的是娶妻规格,而不是纳妾规格,还购置了房产奴仆。

"事实上,贾琏也是以妻相待,不仅让下人称奶奶,自己也称奶奶,一月出五两银子做天天的供给。书中交代:若不来时,她母女三人一处吃饭,若贾琏来了,他'夫妻'二人一处吃。曹公明确说,二人是'夫妻'关系。也就是停妻再娶,拿现在的话说,这叫犯了重婚罪。"

芝子道:"怪不得凤姐听到兴儿提到尤二姐,称呼她二奶奶时,气得又是打又是骂的。我原以为是个小事,不过是贾琏像馋猫,爱占女人便宜,看来问题没这么简单。"

芸轩道:"凤姐有危险了,有人要代替凤姐的位置呢。她虽曾和平儿换了个子,但只是行使权力时平儿来了前台,凤姐的名分是没变化的,还是主人,平儿还是丫鬟。

"这次不同了,平儿给二姐行礼时,二姐说咱们是一样人,凤姐怎么说的?折死了她,她是咱们的丫鬟。所以,在凤姐心目中,二姐的地位和她一样。凤姐意识到事情的严重性了,她的地位要不保。"

秋真道:"谁能撼动她的地位,她担心什么?"

芸轩道:"这就是你麻木了,光知道看热闹,竟没看出门道来。凤姐对此事的反应如此强烈,让我想到了她的判词:一从二令三人木,哭向金陵事更衰。"

山岚笑道:"这个好解释,这'一从二令'可否说的贾琏对王熙凤的态度呀。'一从'者,始则言听计从,'二令',即前者和平儿倒了个儿,现在是彻底厌弃了凤姐，开始对她指手画脚的了，说：人人都说我们那夜叉婆齐整，如今我看来，给你拾鞋也不要，满心要休了她的意思，这在从前是不可能的。"

芸轩道："'人木'合写确就是个'休'字。凤姐找到尤氏理论时，说过一句诘问尤氏的话，很有道理，她说，咱们只过去见了老太太、太太和众族人，大家公议了，我既不贤良，又不容丈夫娶亲买妾，只给我一纸'休书'，我即刻就走。她提到了休书，说明停妻再娶之举不合理。

"如果二姐就是妻子的身份，凤姐事实上是被休了的，如果没有经过家族公议，或者贾琏没给休书，就不能再娶妻子。反过来说，如果再娶妻子，事实上凤姐已经被休了，或者面临被休的危险，法律上讲，娶二姐是不合法的。"

秋真道："我竟没意识到娶二姐有这么严重。"

芸轩道："你也算粗心的了，二姐说话时，也用过一个词：'一从'到了这里之事，皆系家母和家姐商议主张。这里的'一从'是'自从'的意思，忘了吗？'二令'合写为冷字，'三人木'也是个'來'字。'一从二令三人木'这句判词的谜底咱们已经有了，说的是自从'冷人來'，凤姐要被休。"

山岚道："怎么讲？"

芸轩道："这个谜底藏着个'冷'字，冷面冷心的湘莲来了又出家，走时带着三姐的魂魄去了。凤姐的失败，一部分由于冷二郎之冷，他见死不救，无情地抛弃宝玉，反而亲热比他更冷的薛家人；冷心冷意的宝钗来了，给她送一盏'杀子'灯，让她断绝香火，这才是她败亡的根本，也是她的宿命。贾琏就曾经要杀她，这回她真面临贾琏更为严峻的休妻考验。所以'冷人'就是她的冤家克星，咱们要打起精神来呢。"

芝子道："如果这样，新旧二奶奶要相互残杀吗？"

秋真道："这就是说，一股不合法的新势力，地位和凤姐相当的势力，来到了政治舞台上。所以，新旧两股势力要相互展开残杀。"

山岚道："什么相互残杀，新奶奶二姐根本没有招架之功，哪有反击能力，只是任人宰割的份。"

陆风道："我真服了你们这帮人的想象力，走火入魔了吧？从这一箱子玩物里找到了杀人动机。这些美丽的女人们，都让你们说成了杀人魔头了，真要毁了我的世界观。"

山岚道："怎么是我们想象的呢，脂砚有一段批语是专门针对凤姐的，我说给你原文：余读《左氏》见郑庄，读《后汉》见魏武，谓古之大奸巨滑惟此为最。今读《石头记》，又见凤姐，作威作福，用柔用刚，站步高，留步宽，杀得死，救得活，天生此等人琢丧元气不少！

"可惜文亮不在，我解读不那么好，但大意是佩服郑庄、魏武的做事手段，可凤姐的手段也不亚于他们。"

陆凤道："郑庄我不了解是谁，魏武不就是曹操吗？老奸巨猾，凤姐和他一样吗？"

秦明道："我知道一点。郑庄公是郑国国君，他在位期间最有名的事件，就是平定共叔段之乱，《春秋》称之为《郑伯克段于鄢》，是春秋初年郑国内发生的一场内乱。"

芝子道："共叔段之乱是怎样的经历？和凤姐平乱有相同的性质吗？要不脂砚怎会把这件事和凤姐说到一起。"

冯玉道："我也没听说过，只知道东汉末年的曹操趁天下大乱之际，挟天子令诸侯，先做丞相，后自立魏王，凤姐这也成了王？"

秦明道："曹操的儿子还称帝了呢，凤姐不但是王，还是帝王呢。我告诉你们，共叔段之乱，大体经过是这样：共叔段是郑庄公的弟弟，母亲武姜一直不喜欢庄公，但很宠爱叔段，也一直想让叔段做继承人，但最后还是按礼制由庄公继位，母亲便提出给小儿子要京邑做封地，庄公答应了。

"共叔段到封地后，就大肆违制扩建城池，加固城墙，这些举动都被看作谋反的信号，许多人进言，劝庄公要早日铲除祸患。郑庄公的答复是：多行不义必自毙。

"后来，叔段又违制强行管辖其他地方，公子吕就说，天下不能有两个国君，不尽快处理，百姓会疑虑的。郑庄公还是置之不理。于是，在郑庄公的多次放任后，叔段更加有恃无恐，加快了砺兵秣马的步伐，并准备偷袭国都新郑，母亲武姜则准备作内应。

"一场谋反正在酝酿。

"庄公获悉了这一叛乱阴谋的消息，随即命令公子吕带领战车前去讨伐叔段。京邑的民众在得知庄公大军前来平叛后，纷纷背弃叔段。叔段不得已逃往鄢城，平乱大军又一路追到鄢城。最后，叔段逃离郑国，投靠了共国。"

冯玉笑道："说凤姐像曹操一样，是个奸雄，还有点靠谱。可你的意思，凤姐和二姐之间，是庄公和叔段的关系了，要给偷娶二姐事件定位成谋反？"

山岚道："谋反！那得看事件的经历是不是一样。"

芝子道："凤姐第一步先把二姐骗进大观园，这也叫请君入瓮。用的手段还真是有点像庄公麻痹叔段的意思呢。就看鲍二家的什么反应，听见凤姐找上门来，第一反应是脊梁骨走了真魂。为什么，原来那个鲍二家的是怎么死的你忘了？让凤姐治死的，她能不知道凤姐的手段。再看看凤姐进门后的举动，连咱们这样的演员也自叹不如。"

冯玉笑道："凤姐怎么赶上你的演技，我是领教了的。"

秋真道："别吹牛了，凤姐的说话风格一向风风火火，什么时候这么咬文嚼字的了？你听听她和二姐的谈话，从来没过。我这样的是学不来的，既然牛都吹了，不如你俩给咱学一学，也都开开眼。"

冯玉道："学就学，谁怕谁，我演凤姐，芝子来二姐。"

只听二姐道："奴家年轻，一从到了这里之事，皆系家母和家姐商议主张。今日有幸相会，若姐姐不弃奴家寒微，凡事求姐姐的指示教训。奴亦倾心吐胆，只服侍姐姐。"

说着，便行下礼去。

秋真道："二姐很知礼，却把责任推到姐姐和母亲身上。"

凤姐儿忙下座，以礼相还，口内忙说道："皆因奴家妇人之见，一味劝夫慎重，不可在外眠花卧柳，恐惹父母担忧。此皆是你我之痴心，怎奈二爷错会奴意。眠花宿柳之事瞒奴或可，今娶姐姐二房之大事，亦人家大礼，亦不曾对奴说。

"奴亦曾劝二爷早行此礼，以备生育。不想二爷反以奴为那等嫉妒之妇，私自行此大事，并不说知。使奴有冤难诉，惟天地可表。"

芸轩捂着嘴笑道："凤姐一口一个奴家，一口一个姐姐，自下身段，却自诉冤屈。说你们不是单纯的眠花宿柳，是嫁娶大事，即便想生儿子，也不必瞒着我。咬文嚼字的像官场对话，像两个政权之间的外交辞令。"

凤姐继续道："前于十日之先奴已风闻，恐二爷不乐，遂不敢先说。今可巧远行在外，故奴家亲自拜见过，还求姐姐下体奴心，起动大驾，挪至家中。你我姊妹同居同处，彼此合心谏劝二爷，慎重世务，保养身体，方是大礼。若姐姐在外，奴在内，虽愚贱不堪相伴，奴心又何安。"

芸轩一注解，再听冯玉这样说完，大家也都笑起来，山岚道："一副贤良妻子的嘴脸，用贾母的话说，可怜见儿的，怎能不让人心生怜悯，尤二姐快上当了。"

凤姐又道："再者，使外人闻知，亦甚不雅观。二爷之名也要紧，倒是谈论奴家，奴亦不怨。所以今生今世奴之名节全在姐姐身上。"

秋真道："狡猾得很，给二姐这么个压力，竟为了二爷的名声着想，她渐渐入套了。"

凤姐道："那起下人、小人之言，未免见我素日持家太严，背后加减些言语，自是常情。姐姐乃何等样人物，岂可信真。若我实有不好之处，上头三层公婆，中有无数姊妹妯娌，况贾府世代名家，岂容我到今日。"

芸轩道："凤姐真有自知之明，知道下人们对她没说好的，这一番矫正太是时候了，正好打消二姐听兴儿评价后的疑心。俗话说，当家人恶水缸，凤姐管家不容易，事实也说明，对于老祖宗来说，对贾府来说，她还是尽心的，只是对手下人严些个而已。"

凤姐道："今日二爷私娶姐姐在外，若别人则怒，我则以为幸。正是天地神佛不忍我被小人们诽谤，故生此事。"

秋真道："你们看看吧，凤姐竟然对于偷娶之事，变成证明自己贤良的幸事，就这一点足以和郑庄公媲美。庄公是有意纵容叔段，纵容到他造反，以此来证明剿灭叔段不是自己不容弟弟，是弟弟先对不起自己，高招！高招！"

凤姐道："我今来求姐姐进去，和我一样同居同处，同分同例，同侍公婆，同谏丈夫。喜则同喜，悲则同悲，情似亲妹，和比骨肉。不但那起小人见了，自悔从前错认了我，就是二爷来家一见，他作丈夫之人，心中也未免暗悔。所以，姐姐竟是我的大恩人，使我从前之名一洗无余了。"

芸轩笑道："终于说出心里话，二姐之事就算是谋反，她为剿灭二姐找依据，就是为自己洗除恶名。郑庄公的手段也不过如此，看来凤姐真该姓'郑'。"

凤姐道："若姐姐不随奴去，奴亦情愿在此相陪。奴愿作妹子，每日服侍姐姐梳头洗面。只求姐姐在二爷跟前替我好言方便方便，容我一席之地安身，奴死也愿意。"说着，便呜呜咽咽哭将起来，二姐见了这般也不免滴下泪来。

秋真道："这身段放得太低了，真是占步高，留步宽，堪比郑公。冯玉，凤姐说话有这么嗲吗，也太可怜了吧？"

芸轩道："二姐都被感动得流泪了，不容二姐不上当，还不是为了达到目的吗？"

冯玉抹着眼泪道："对呀，你只说演得咋样吧，让你听了这些话，是火坑也愿意跳下去。"

秋真道："这还不够，还得下人们敲敲边鼓，你看周瑞媳妇们，又是颂扬凤姐，又是说预备了住处，至此，二姐彻底放松了警惕，愉快地跟凤姐进了大观园。你俩演的还算说得过去，有好角色给你们个。"二人高兴地去换装。

陆风笑道："二姐进大观园，眼看着是个陷阱，叫什么请君入瓮也好，放任上当也罢，和庄公放任叔段是相似，可后来发生的事就和庄公处理叔段的事不搭边了吧？"

秋真道："后面的是《石头记》里唯一的一场诉讼。我说吧，因是不合法，才有了一场重婚诉讼案，就看凤姐怎样赢得这场官司了。咱们不光见识美食服饰，还能看到明代人犯了重婚罪，从法律层面是怎么处理的。"

山岚道："什么重婚罪，除了葫芦案，这里面真是打了一场奇怪的官司，这么点小事，照凤姐的能耐，至于会惊官动府地打一场官司么。"

芸轩道："不如此，怎好引咱们重视，可见严重程度。再者，凤姐需要从律法层面解释这段婚姻的非法性。"

秋真道："好，那咱就看看这场官司里藏了啥。我虽然不懂，隐约觉得这里面有两个法律关系，一个是一女二嫁，就是二姐有俩婆家；另一个就是一男二娶，就是贾琏的重婚罪。复杂着呢，是不是和郑庄公处理叔段的效果不一样？这得慢慢捋。"

陆风道："咱们又不懂律法，怎么辨别这些事？"

山岚道："说起律法的事，虽不太明了，但我有个疑惑，古代的重婚罪是刑事罪还是民事罪？"

秋真道："可怜你是法盲，当然是刑事犯罪。但这种罪行和一般刑事罪不同，法院一般是民不告官不究的。"

山岚道："受理的衙门应该是法院还是督察院？"

陆风道："那时候有法院吗？如果有当然是法院。督察院了得吗，那是明清时期的监察机关，相当于现在的检察机关，专门从事官吏的考察、举劾。明代都察院不仅可以对审判机关进行监督，还拥有'大事奏裁、小事立断'的特殊权利，是最高监察机关。对呀，一个小小的重婚罪案子告到督察院，好像小题大做了，像找错衙门了。"

山岚道："我就说吗，他们之间就是官吏们犯法的事，根本不是什么婚姻官司。"

冯玉换完衣服，走出来道："一女嫁二男，和一男娶二女，反正都是违法行为，张华告的对。"

芸轩道："别搞得那么复杂，这两重关系就是两件大事，放到一个故事里了而已。其实凤姐说到家了，再大的违法之事也大不过谋反。她说，你就是告我们家谋反也没什么。前面也发现了，真就是谋反。

"所以，她又说了另一句话，说张华穷疯了的人，瞅着贾琏身上犯着四重罪，就有理了。俗语说：拼着一身剐，敢把皇帝拉下马。这就透露了一个重要信息，这不是什么重婚案，确是一场谋反与反谋反的斗争。"

芝子也走来，一面擦着手，一面道："我也感觉到了，到底是谁和谁在争地位，谁想谋反？"

芸轩道："确切地说，是新旧两股势力在争地位。虽是一家子内部的事，但是性质很不同，不是一般的争权夺利，而是一个政权严重影响到另一个政权的合法性了。"

芝子道："到底是哪件大事，再卖关子我都急死了。"

芸轩道："只能围绕郑成功死后和郑经乱伦期间所发生的大事去找。这段历史事件要符合四个条件：要有帝王之丧的国孝发生；家孝还是刚五七时；此人罪同谋反私自上位；停妻再娶这层罪的意思，原来的政权还好好地存在才行。"

山岚道："咱都找到国孝、家孝同时存在的历史节点了。如果原来的政权不在了，肯定不能叫谋反。"接着又问文亮："再想想，郑成功死后有人谋反吗？"

文亮想了一会道："没人谋反哪。哦！我想起来了，郑成功死后，不是有台湾将领们以郑经乱伦、不堪为'人上'为由，拥戴郑成功的弟弟郑袭为东都主吗，并分兵准备抗拒郑经来台。就是不知道，这算不算谋反？"

秦明一拍巴掌道："这不就对了，我也隐约记得有这么一段小插曲，是不是很快被平息了？也不是什么大事。不过，还真是'乱伦'惹的祸，要不是郑经这么不靠谱，郑袭也没有理由了，怎么会惹下这样的麻烦。

"眼着哥哥死了，弟弟夺了位子。而郑成功的政权本就不是朱氏正宗，正如凤姐的政权被婆婆说成帮别人家的忙一样道理，弟弟建立的这个就更名不正言不顺了。一个是帮别人家的事，另一个是偷娶上位，还真对上号了。"

秋真道："我说呢，贾蓉一向爱戴凤姐，怎么忽然就做这种无厘头的事，正如自己骂自己，吃了屎，干这样恶心人的事，挑唆贾琏偷娶他染过指的二姐，这不就能解释通了吗，郑经的'吃屎'行为，才让郑袭篡权找到了借口。"

秦明道："郑经在思明州继位发丧，以陈永华为谘议参军，周全斌为五军都督，冯锡范为侍卫，整师渡台靖难。"

山岚道："好了，郑经和叔叔郑袭抢位，才活脱脱是贾蓉和贾琏叔侄二人共享二姐，真真是这对叔侄聚麀了。"

秦明道："这也不是什么重大事件哪，都很少听说过。"

芸轩道："还不是大事？郑袭自立监国呢。"

芝子道："确信二姐上位是郑袭夺权，不是郑经的事？"

芸轩道："当然不是。郑成功病逝后，由弟弟郑袭为其治丧，代职监理台湾事务，且也通知了在思明州守城的王世子郑经。可大家知道，台湾的将领觉得郑经有乱伦的坏名声，不能做王，就挑唆郑袭承继先王成为新君，继位为延平监国，代理招讨大将军。"

芝子道："哥哥死了，也不存在争的问题。倒是和侄子争地位呢，这个和郑庄公兄弟的案例不一样。"

芸轩道："问题不在这里，郑成功的延平王和郑袭要继承的延平王，可是有本质区别的，你没注意到。"

芝子道："不都是延平王吗？"

芸轩道："郑袭的延平王后面多了俩字：监国。什么是监国？监国就是代行皇帝职权，是新君而不是新王。郑成功打死都不敢自称监国的，尽管他的行权方式和一个国君一样。他为了避嫌，每次任命大臣等这样重大事项时，还是要请朱姓王爷在旁观礼的。

"在他的世界观里，还是认为自己是明朝臣子，即使永历帝没了，他也不会僭越自立监国。好么，他的弟弟就敢这样做了，这就是所谓越权了。而凤姐本就是皇权的行使着，所以才出现了一个新二奶奶，要威胁旧二奶奶地位的问题。"

秦明道："那个敢把皇帝拉下马的人就是郑袭。但是，他上位时朱由榔已经去世，他要一笔勾倒朱明宗室，自立一个王朝，也说得过去。

"这里不厌其烦地说郑袭之事，因和孙可望的做法差不多，这也是贾母很不愿意看到的事，你也就知道为何柳湘莲嫌自己不干净了，真是家丑啊。"

秋真道："性质确实不同。先论郑袭的行为：对于郑成功而言，是一个皇权变成了两个性质，都是延平王，一个不监国，一个监国，这就相当于一女嫁二男了。"

山岚道："所以，咱们凤姐千方百计地把二姐诓骗到园子里，来个关门打狗。"

芸轩道："别扯远了。凤姐不是这个意思，贾琏、二姐一笔勾倒凤姐，凤姐也没办法，争个皇位不容易，可笑的是，他没有国号，还是尊永历年号，这样一来，放到贾琏身上，就是一男娶二女这种不伦不类的感觉。"

"凤姐诉讼的目的，正是要摆明这件事，她非要从法理上让人感觉到这一点，所以才强调一件事：合族人公议后休了她才可娶二姐，这是程序问题。既然做国主，怎么还使用原来的年号呢？她是笑话这帮人，连基本的国体制度、继位大统的法律程序都搞不明白，还监国呢。"

芝子道："真难为曹大师，怎么想出这样一个结构。怪不得凤姐一直强调，她和二姐不是姐妹胜似姐妹，姐姐妹妹的不离口，原来如此。看到事实后，这些暗藏的疑问都是可以解释清，我服了。"

山岚道："这就好比咱们小时候藏东西玩，一人藏东西，万人难找。可到底，曹公是想让咱们找到的。他为了藏一个谜底，要设置好多谜面，谜底谜面总不出他的书中，他确信细心的人总会发现。"

芝子笑道："是的，是的，太有意思了。后来呢？凤姐为这事大闹宁国府，又是哪个事件？"

芸轩道："既然名不正就言不顺，贾蓉是始作俑者，凤姐自然找上门来，连珍大哥哥的不是一起寻上。怂恿弟弟停妻再娶，放纵贾蓉乱伦；贾蓉调唆叔叔，国孝家孝里娶亲，所以下面一段就是：东征靖难。"

秋真端来茶壶，道："山岚，你怎么不看茶了，慢待我们就这样干说话。我看今晚客人也不多，来壶好茶，想听，让秦明给你们讲讲。"

山岚去了，芝子道："那敢情好。"

芸轩道："好啊，我正愁事情出了岔子，没法自圆其说呢。东征靖难，是郑经发动的夺位大战，主角是郑经，可大闹东府的主角是凤姐，这二人可是差着辈分呢，且主体人物反着了，贾蓉靖难才行，怎么是凤姐出山？"

秋真道："先不管辈分的问题，凤姐看贾蓉可怜的样子，还脸红呢，这像什么关系呢？"

芝子道："先说说详细过程，再对照。"

秦明道："事情发生在一六六二年的六月。话说郑袭继位为东都主，郑经闻讯大怒，意欲从思明发兵，准备进攻台湾。于是，这场权力之争到十一月份结束。所以，才有贾琏来到思明州即平安州出远差之事。

"可来到平安州后，说节度使巡边去了，说明边防上有战事发生，巡边近一个月，就是战事发生的时间，贾琏只好待在那里，似乎贾琏参与了战争过程。你们掐指算算，贾琏去平安州后，家里发生了什么？"

芝子道："你是说，趁贾琏去平安州这段日子，家里发生了新旧二奶奶之间天翻地覆的斗争，他赶回来，一切归于平静，家里这段就是东征靖难？"

秦明道："贾琏六月初三偷娶二姐，符不符合郑袭上位的时间？贾琏婚后不久第一次去平安州，没说具体日期，但有个时间，就是柳湘莲八月内方进京，贾琏被要求第二次去，是十月左右，在那里又待了一个月，诸事办妥，赶回家时，可不就是到了十一月份吗？

"贾琏前脚走，凤姐就去接二姐了，和贾琏在平安州办事的时间正好吻合，时间是某个月的十五日，她撒个谎说去姑子庙上香。这个十五日，大约该是九月十五日，也符合节度使要求贾琏十月左右再来一趟平安州的时间。

"这些时间节点都符合东征靖难从六月开始到十一月结束的时间段。而且事情圆满解决，并得到贾赦的赏赐，给了她个丫鬟秋桐。我想，一颗秋天的梧桐，就是这场战争留下的胜利果实。记不记得，贾母说过，探春院里的梧桐细些那话了？这是后话。"

秋真笑道："让你说东征靖难的经过，又没让你分析。"

秦明道："听我说完。还说郑经，他为了减少攻台压力，消除腹背受敌的威胁，使出了父亲郑成功的老招数，对清假意和谈，这件事就隐藏在平安州结拜兄弟之事中。

"结果，清廷这次还是当真了，看薛蟠和柳湘莲的关系就知道，议和正在秘密谈判中，清廷出的政策很优惠，亲自给你置办嫁妆安个窝，和宝钗给黛玉燕窝一样，这才是所谓的机密大事。

"郑经要求，仿照朝鲜的外藩朝贡制度，就是要求独立，而康熙不同意，说你是中国人，怎么能仿照外藩制度呢？原话是：朝鲜系从来所有之外国，郑经乃中国之人。于是，双方有来有回地谈着。这样一来，就给了郑经攻台时间，柳湘莲也就借机回了一趟姑妈家，是要回家料理自家的婚事，和姑妈商量去了。

"郑经做好了攻台准备，与支持郑袭的黄昭在赤崁海岸开战，结果黄昭战死；又通过自己王世子的身份做其他将领的工作。结果和叔段的手下投降庄公一样，原本支持郑袭的将领都纷纷向郑经投降了。这也和凤姐对二姐那番推心置腹的官样谈话一样效果，兵不血刃，就把二姐顺利赚入大观园。"

秋真道："我说凤姐穿一身素服来见二姐呢，郑经也是披麻戴孝去攻台湾的。"

芝子忽然明白了，道："先别说，让我说说靖难过程吧，应该就在凤姐大闹宁国府的过程里，贾蓉像郑袭他们，根本就没有招架之功。"

冯玉道："嘿！你也学会瞎猜了。"

芝子道："怎么是瞎猜，跟聪明人在一起学聪明了。"

冯玉道："你倒是说说看，怎么你就能知道过程了？"

芝子道："从贾蓉和凤姐的表演中看出来的，我分析出来，看是不是这样。"

山岚正递来一杯茶水，芝子遂喝了一口道："凤姐是气势汹汹地来到东府，对！东征吗，可不就是来东府打仗，兴师问罪来着，见面先大打出手，啪啪两巴掌，然后坐下来讲讲个人是非，最后化干戈于无形，事情就这样结束了。进门第一句就说：好大哥哥，带着兄弟们干的好事！

"我认为这句话是骂去了的郑成功的，作为当家哥哥，他也经常不服朝廷管，不把朝廷规则当回事，所以才带坏了弟弟们，这是郑袭不遵规矩的根源。

"再看贾珍，说了一句交待备饭的话就溜了，从此不再照面，这个大哥就权当死了没啥区别，所以这句话就是质疑郑成功的。

"凤姐拉了贾蓉就进来，看来贾蓉是跑不掉了。见尤氏正迎了出来，凤姐照脸一口吐沫啐道：你尤家的丫头没人要了，偷着只往贾家送！难道贾家的人都是好的，普天下死绝了男人了！你就愿意给，也要三媒六证，大家说明，成个体统才是。你痰迷了心，脂油蒙了窍，国孝家孝两重在身，就把个人送来了。

"言外之意，你们太不成体统了，就算要当皇帝，也要走程序，那边有个王世子是正宗的继承人，你这边没有合法的程序，自立延平王都不够格，何况还自立监国，置台湾本土的朱氏王爷们于何地？就是你想自立为皇，得先废了朱氏的皇位，大家公议了，说人家该禅让，给个休书的话，不就可以让位给你了。可怎么连起码的规矩都不懂呢，不懂礼法典制，关起门来，说当皇帝就当皇帝，简直一群糊涂蛋，而凤姐骂贾蓉的话更狠。"

又学着凤姐的口气，恶狠狠地骂道："天雷劈脑子，五鬼分尸的没良心的种子！不知天有多高，地有多厚。成日家调三窝四，干出这些没脸面没王法败家破业的营生。你死了的娘，阴灵也不容你，祖宗也不容，还敢来劝我！"

秦明听了，见她学的太像，笑道："你骂的比凤姐还解恨呢。明室待郑家不薄，又是赐国姓，又是给独断专行权，可到郑经这里，却干出这等没脸面的事情。轮到弟弟郑袭更可笑，又是做没王法的事，祖宗也不容。说真的，让明室寒心，确实让世人不齿。"

芝子道："看贾蓉的态度就知道，他是悔过了，自己打了一顿嘴巴子不说，还发誓效忠凤姐。而且说了一句俗语，胳膊只折在袖子里，意思是家丑不可外扬，自作自受，自掩苦楚罢了，谁让自己蛰蛰蝎蝎的不靠谱，又说自己糊涂死了，既做了不肖的混账事，就同那猫儿狗儿一般，让人拿着不当人，才惹出这个饥荒来。"

芸轩道："我看，态度好没什么用，凤姐起了官司，只是个引子。凡来，就是来找贾蓉算账的，糊涂的贾蓉以为拿点钱，平息了官司就了事，但这却不是凤姐的诉求，她不是为平息官司，更不是来这里要态度，是要结果的。"

秋真道："她要的是贾蓉的这几句话吧：来是是非人，去是是非者，这倒是能圆辈分的地方。"

芸轩道："倒要听听。"

秋真道："小红骨贱最身轻，私掖偷捞强撮成。贾蓉说得好，他自己才是是非人，惹事的根子在他这里。自从见到二姨三姨，就没安正经心，还发了脏唐臭汉的感慨，跟着学坏了。正是他的乱伦才给了叔叔机会，说他像红娘是好听，骂他下贱呢。是非之事，须得是非之人了结。

"如今竟去问张华个主意，或是他定要人，或是他愿意了事得钱再娶。他若说一定要人，少不得去劝二姨，叫他出来仍嫁他去，若说要钱，这里少不得给他。

"这不，事情成了贾蓉和张华之间的了，他要拿钱私了，官司主体由贾琏和张华变成贾蓉和张华，实际和凤姐没多少关系，凤姐就是个托儿，最终演绎成贾蓉东征靖难。"

芝子道："这个转换一点不生硬。"

秋真道："因为最后成了他求凤姐帮忙，凤姐也半推半就地应下来，还自己为自己找好了理由，欲擒故纵地说：正因我不大生长，原说买两个人放在屋里的，今既见你妹妹很好，而又是亲上做亲的，我愿意娶来做二房。皆因家中父母姊妹新近一概死了，日子又艰难，不能度日，若等百日之后，无奈无家无业，实难等得。我的主意接了进来，已经厢房收拾了出来暂且住着，等满了服再圆房。"

芸轩道："这么说，我理解的没错，这些托词倒是真实情况，凤姐权当是替贾蓉说了话，贾蓉怂恿贾琏偷娶的理由就是为子嗣艰难，这不就全反过来了。别看凤姐去东府是找贾蓉算账，实际是替贾蓉找东征的理由来了，贾蓉当然也愿意二姐走人，怎么能一国二主呢？"

秋真道："凤姐见说到这里，就基本达成满意效果了，态度马上缓和了，且也欢喜了。说白了，她替贾蓉靖难的任务完成了。"

芸轩道："凤姐的任务是为确认一件法律事实，二姐早晚是张华的人，起码从法律层面上成为二奶奶是违法的。"

秋真道："郑袭注定成不了事，可也得给家里人一个交代，毕竟是一家人，要让世人知道他为什么违法。所以，下面必须动用官司局儿，由督察院断定后，才能得出二姐必须跟张华的结论。"

芝子道："你们的意思，虽是一家人，怎么也得让家里人知道，二姐是有主的人，不该做二奶奶的。起码也要让二姐自己认识到，这是必定的结局才行。"

芸轩道："这才是凤姐布局的要点，要想得到这个结果，要慢慢来。第一步就是先让老祖宗知道这事，让二姐的行为大白于天下，且还要做得让自己不留把柄。所以，第一步是请君入瓮；第二步就该是依法惩处了。"

秋真道："思路一旦确定，便马上收场，并留下来吃了一顿饭。贾蓉跪着敬了一盅酒，服服帖帖地发誓效忠凤姐，这场东征靖难很快收场。郑经回到思明州，贾琏也就圆满完成任务，从平安州顺利归来，并得到了贾赦的赏赐，保住了南明那一点点仅有的小地盘。"

芝子道："那郑袭后来呢？"

冯玉笑道："你不是能猜出来吗？还问人？"

芝子道："我再推演一下。二姐成了这场官司的中心，凤姐果然让张华只要原妻，失败一次，凤姐又调唆张华：亲原是你家定的，你只要亲事，官必还断给你。要他坚持住，于是又告。凤姐便做了手脚，王信那边又透了消息与察院，察院便批：张华所欠贾宅之银，令其限内按数交还，所定之亲，令其有力时娶回，又传了他父亲来当堂批准。

"结果，张华家便来贾家要人，这个结果真美妙，虽是做了手脚，但这个结论还是合法的。这还真是，当年凤姐就懂得拿法律做武器，维护自身合法权益，看来新旧奶奶之争的结论没错，新奶奶的地位是违法的。"

山岚道："新奶奶违法，可以还给张华，为啥凤姐倒不愿意二姐出去了，怕贾琏再次到外面包占住，说是牵绊住的好，她就扣下了二姐。从此二姐失去了行动自由，不给吃不给喝的，还被丫鬟们折磨，像是被软禁了，难道郑袭被软禁过？"

芸轩刚要说话，秋真制止她，笑道："八九不离十，那场战斗很快结束，郑经以王世子的身份讲明利害，大多数人想明白了，纷纷投降，效忠郑经，圆满结束战斗。郑经则在陈永华等人的辅助之下入主台湾。为优抚人心，郑经只杀了萧拱辰等人的亲信，其余官吏均不问罪。为示宽仁，也未处决叔父郑袭，而是把他带回思明州软禁了。"

芝子道："真软禁了！我说我就能猜出来罢，这就是二姐在凤姐处的境遇吗？郑袭真这么惨？"

秋真道："成王败寇，可以想象，郑经不可能善待郑袭。虽然劝他投降时许诺得很好，一旦被骗下台，不杀他就很开恩了，还指望被善待，天真！"

芸轩道："说的对，凤姐拿到这个胜了官司的判决结果，先告诉老祖宗贾母。说如此这般，都是珍大嫂子干事不明，并没和那家退准，惹人告了，如此官断，人家来要人了。

"幸而琏二爷不在家，没曾圆房，这还无妨。只是人已来了，怎好送回去，岂不伤脸面。贾母的话就是圣旨，道：又没圆房，没的强占人家有夫之人，名声也不好，不如送给他去，哪里寻不出好人来。凤姐的第二步，按法律办事的意愿也顺利达成，接下来就是第三步，借刀杀人。"

芝子道："我知道了，郑袭一定死了。"

秋真和芸轩相视而笑，同时道："天机不可泄露！"

芝子见二人神秘地笑，知道大约结论不对，诧异道："二姐明明是吞金而逝，不就是死了吗？"

见二人只是笑，冯玉也附和着，缠着芸轩要给个说法，芸轩拗不过，就问秋真，有什么办法让这二位消停消停。秋真知道冯玉是为讨芝子欢心，才做这个样子，遂想了一会子，低头见桌子上有泥捏小人，其中一个像芝子的，手里还举着一把宝剑，又看到一个盒子里的戏文泥人布景，像是《牡丹亭》里的一折戏，便计上心来。

笑道："这有何难，你们不是想知道吗，先回答我的问题，如果满足了我的条件，就告诉你结果，如何？"

冯玉笑道："你得问我知道的，否则不是难为我吗？"

秋真道："小样，我还没问你呢。岚子，谁让你买的这出戏文？薛蟠给宝钗带玩意，选泥人时怎么可能选《牡丹亭》里的折子戏，是你自己瞎琢磨的吧？"

山岚道："别赖上我，我可是费了脑子的，怎么是瞎琢磨？你想，宝钗送给黛玉戏文泥人，最能打动她的当然是她喜欢的这出《牡丹亭》。我想，既然黛玉看到这些物件就伤心落泪，我就给订做了这出《离魂》，你不表扬我，反而骂我！什么道理？"

芸轩道："这也有我的主意，虽然曹公不曾提示，薛蟠给黛玉带回了什么玩器，但黛玉因为这些家乡之物伤心流泪，一定是关乎黛玉家乡的人和事。既然家乡没了，亲人没了，那么黛玉之死也成了我的心结。

"关于《牡丹亭》折子戏，唯有你精通，可惜婉儿不在，不如你和芝子给我演绎这出《闹殇》，也了了我的心愿。好不好？"

秋真听到这些，方明白了究竟，忙笑道："看你说的，我能不明白？只看一眼这个匣子戏，我就知道是你的主意。和山岚开个玩笑而已，你又心疼了。好！好！芝子，说不得我俩来一段《闹殇》了。"

山岚道："底下还有客人呢，天不早了，明天再演吧。"

冯玉笑道："干脆就今天，说上我的瘾来了，我可以来两个角色呢，不光妈妈，连爹爹一起演都行。"二人笑着，跟秋真去了里间，一听说唱折子戏，茶客本来要走的也围过来，借就着过一回昆戏的瘾。

山岚问芸轩道："《牡丹亭》里不是没有《离魂》一出吗？脂砚说伏黛玉之死的，就是这一出吗？"

芸轩道："《离魂》其实是《闹殇》里的一个片段，本不是独立的一出戏。我想，曹公是为了强调黛玉的死法是离魂，是魂归灵河岸而已，并不是什么投湖上吊、太过写实的死法，这个不用浪费时间争议。我想弄明白的问题是，她的死为何隐藏在《闹殇》里面，你们就演一遍戏文，我也许能明白一二。"

第六十九回

二姐吞生金　秋桐斩冤魂

三人装扮起来，芸轩看到冯玉的样子强忍住笑，底下的客人们却忍俊不住。陆风和山岚则随便拿了几件简单的家伙式儿，敲了一个开场，听上去有模有样的，只听他三人演唱起来：

春香扶病中丽娘上，春香唱【金珑璁】：连宵风雨重，多娇多病愁中。仙少效，药无功。颦有为颦，笑有为笑。不颦不笑，哀哉年少。

春香道："春香侍奉小姐，伤春病到深秋。今夕中秋佳节，风雨萧条。小姐病转沉吟，待我扶她消遣。正是：从来雨打中秋月，更值风摇长命灯。"

杜丽娘唱【鹊侨仙】：拜月堂空，行云径拥，骨冷怕成秋梦。世间何物似情浓？整一片断魂心痛。

丽娘道："枕函敲破漏声残，似醉如呆死不难。一段暗香迷夜雨，十分清瘦怯秋寒。春香，吾病境沉沉，不知今夕何夕？"

春香答道："八月半了。"

丽娘道："哎也，是中秋佳节哩。老爷奶奶都为我愁烦，不曾玩赏了？"

春香道："这都不在话下了。"

丽娘道："听见陈师父替我推命，要过中秋。看看病势转沉，今宵欠好。你为我开轩一望，月色如何？"

春香开窗，丽娘望出去，叹道："轮时盼节想中秋，人到中秋不自由。奴命不中孤月照，残生今夜雨中休。"

【前腔】：你便好，中秋月儿谁受用？剪西风泪雨梧桐，楞生瘦骨加沉重。趱程期是那天外哀鸿。草际寒蛩，撒刺刺纸条窗缝。

丽娘惊作昏状，冷松松，软兀剌，四梢难动。

春香惊道："小姐冷厥了。夫人快请。"

丽娘母亲上，道："百岁少忧夫主贵，一生多病女儿娇。我的儿，病体怎生了？"

春香道："奶奶，不好，不好。"

母亲道："可怎了！"

【前腔】：不提防，你后花园闲梦铳，不分明再不惺忪，睡临侵打不起头梢重。哭道："恨不呵早早乘龙。夜夜孤鸿，活害杀俺翠娟娟雏凤。一场空，是这答里把娘儿命送。"

丽娘醒来，【啭林莺】：甚飞丝缱的阳神动，弄悠扬风马叮咚。哭道："娘啊，儿拜谢你了。"拜跌下去道："从小来觑的千金重，不孝女孝顺无终。娘呵，此乃天之数也。当今生花开一红，愿来生把萱椿再奉。"

众人都哭【合】道："恨西风，一霎无端碎绿摧红。"

母亲【前腔】：并无儿、荡得个娇香种，绕娘前笑眼欢容。但成人索把俺高堂送。恨天涯老运孤穷。儿啊，暂时间月直年空，返将息你这心烦意冗。

丽娘道："娘，你女儿不幸，作何处置？"

母亲道："背你回去也。儿！"

丽娘泣道【玉莺儿】：旅榇梦魂中，盼家山千万重。

母亲道："便远也要回去。"

丽娘道："是不是听女孩儿一言。这后园中一株梅树，儿心所爱，但葬我梅树之下可矣。"

母亲道："这是怎的来？"

丽娘道："做不的病婵娟，桂窟里长生，则分的粉骷髅，向梅花古洞。"

母亲注目道："看她强扶头泪漾，冷淋心汗倾，不如我先她一命无常用。"

【合】：恨苍穹，妒花风雨，偏在月明中。

母亲道："还去与爹爹讲，广做道场也。银蟾谩捣君臣药，纸马重烧子母钱。"母亲下去。丽娘道："春香，咱可有回生之日否？"

丽娘叹唱【前腔】：你生小事依从，我情中你意中。春香，你小心奉侍老爷奶奶。

春香道："这是应当的了。"

丽娘道："春香，我记起一事来。我那春容，题诗在上，外观不雅。葬我之后，盛着紫檀匣儿，藏在太湖石底。"

春香道："这是主何意儿？"

丽娘道："有心灵翰墨春容，倘直那人知重。"

春香道："姐姐宽心。你如今不幸，坟孤独影。肯将息起来，禀过老爷，但是姓梅姓柳的秀才，招选一个，同生同死，可不美哉！"

丽娘道："怕等不得了。哎哟，哎哟！"

春香道："这病根儿怎攻，心上医怎逢？"

丽娘道："春香，我亡后你常向灵位前叫唤我一声儿。"

春香道："她一星星说向咱伤情重。"

【合前】：丽娘昏死，不好了，不好了，老爷奶奶快来！

母亲上，【忆莺儿】：鼓三冬，愁万重。冷雨幽窗灯不红。听侍儿传言女病凶。

春香泣道："我的小姐，小姐！"

母亲泣道："我的儿啊，你舍的命终，抛的我途穷。当初只望把爹娘送。

【合】：恨匆匆，萍踪浪影，风剪了玉芙蓉。

丽娘道【尾声】：怕树头树底不到的五更风，和俺小坟边立断肠碑一通。娘，今夜是中秋。

母亲道："是中秋也，儿。"

丽娘道："禁了这一夜雨。"

叹道："怎能够月落重生灯再红！"并下。

春香哭上道："我的小姐，我的小姐，天有不测之风云，人有无常之祸福。

我小姐一病伤春死了。痛杀了我家奶奶。列位看官们，怎了也！待我哭她一会去。"

客人们听完，因见他们唱的不伦不类，倒都笑起来，见冯玉滑稽的样子更是意犹未尽，却也不明白怎么唱这么一折子戏。

一个道："《闹殇》有什么好唱的，凄凄惨惨哭戏，倒是让他们唱笑了我，难为他们，现在谁还稀罕唱这些。"

另一个道："什么哭戏，杜丽娘虽是离魂而逝，却把魂儿藏在梅树底下的石窟里了，等待那个柳梦梅来找她叻，这帮孩子们唱的，我倒是觉得好玩。"

天也晚了，大家一边议论，一边散出，回家不提。

山岚悄问芸轩："我听出一个窍门，杜丽娘离魂的日子，正是八月十五日中秋之夜。"正要往下说，三人妆也没卸，跑来问道："演得好不好！"

山岚道："演得太不严肃了，丽娘哪像是要死的样子。"

芸轩道："我倒没注意演技，只注意丽娘为了梦中情人倒很愿意死去的感觉，好像只有死了才能和梦中情人团聚，忘了家乡，不顾爹娘，一心求死，就好像她知道自己还会回来似的。"

秋真哼唱道："恨匆匆，萍踪浪影，风剪了玉芙蓉。"又说："这就对啦，谁是玉芙蓉？黛玉每病如丽娘时，也是'伤春病到深秋'，以中秋节结作离魂，曹公一贯用的恰是这个循环。每个病重期间，就是一段国破家亡的大枯荣，而每段大枯荣都预示着华夏文化的一次沦丧。

"所以，每次败亡都安排在中秋之后，而每个败亡的中秋都是黛玉的一次《闹殇》，每一次《闹殇》就是一次离魂。丽娘离魂三年后才回来，而黛玉每次离魂和回归大都安排在同时。"

芸轩高兴地点头称是，又道："黛玉之死和黛玉的身份一直是我想不透的，几乎都成了我的心结，这个心结终于打开了，后面这段戏，我更有信心了。"

看看客人们都走了，又见芸轩正高兴，山岚等一面拾掇茶具，一面道："你这么有信心，咱接着来好不好？谁也别嫌天晚，趁热打铁，都别卸妆接着来，二姐身上的疑点太多，今晚非要解开二姐的最终结局不可。"又立逼着秋真想办法，要解不开这个谜，谁也别想睡觉去。

秋真无法，嘟哝着不心疼别人累，倒也有些不甘心，二姐的结局就在眼前，一放下就冷下来了，不如一气探出究竟来。

收拾那几个小泥人时，突然来了灵感，道："有了，不嫌累得慌，就再来一场。这个场景里，换上这四个小泥人，未必不是一场好戏。既然想解密得听我的，我给你们分分角色，各人按我的意思自编台词，就看谁的悟性和演技高。"

不容分说，拿过那四个小泥人对着看了会子。芝子的小像拿着一把宝剑，耀武扬威的样子，把她放置在梅树的背影里。道："芝子，这是你，拿把剑，你正好是凤姐借剑杀人的帮凶，就是借你的剑了，说到家，就是你杀了二姐，你就演秋桐。"

听秋真一说，芸轩也来了兴致道："这样有意思，刚才我也正这么想。可山岚的小人手里端个茶杯，没想起让她演谁，不如演二姐。"

山岚道："为什么，你看我的小像，哪有二姐那么幽怨，她一副任人宰割的样子，我的样子不像三姐吗？"

秋真道："这里没三姐的事，你就演二姐。我在你的杯子里放一块生金，吞的时候好用。二姐的结局，就在这块金子上也说不定。你要不演，我把你的泥人扔出去，你信不信？"

然后，对着冯玉和陆风道："说不得，冯玉的小泥人，不男不女的就演凤姐。陆风，你的小人就放到院子当中，演贾琏，怎样？"说着，把那些小人都按位置摆好，远处看了看。一个小花园子里摆了四个小人，各具形态，惟妙惟肖，看上去真是有一场好戏要上演。

陆风道："没看懂，我们的占位有说法吗？"

芸轩站起来，围着转了一圈，道："这个迷魂阵有些意思。贾琏站中间，被三个女人围在当中，秋桐、二姐、凤姐是他命中的三个女人，有意思，肯定有好戏。俗语说：三个女人一台戏，何况是三个非凡的女人。"

陆风道："捏了个小人，就赶鸭子上架了，还自编自演，我哪里会你们这些不靠谱的东西，你说的这些我似懂非懂，连谁是谁还搞不清呢，就让我演一个人物。先说好，演坏了别怨我。"

芝子道:"我也半瓶醋,这一折叫什么,好歹起个名。"

山岚道:"不是说叫《借剑杀人》吗?凤姐要的结果,等秋桐杀了尤二姐,自己再杀秋桐,整个就是连环杀人。"

芸轩道:"其实是'杀子'事件的情景重现,你们就一个原则,各人对二姐之死极力推卸责任,谁推卸得最干净,把别人的责任落实得最到位,让对方毫无反抗理由,谁就赢了。不是想知道郑袭怎么了吗?这一折的名字就叫《吞金之谜》。"

山岚又大略讲了一遍主题思想和中心意思,另交待了一番陆风道:"开始吧!秋真来个开场白,给起个头也行。"

秋真拿过芝子的小人道:"秋桐,秋天的梧桐,贾母曾看着探春院子里的梧桐叹道:后廊檐下的梧桐也好了,就只细些。目今,探春院子里那个细些的梧桐长成什么样了?是不是就是这棵秋桐呢?"

芝子妖妖艳艳地走过来,笑道:"我就是那棵秋天的细梧桐,就叫我秋桐好了。我可是大老爷稀罕的人,只可惜那老家伙贪多嚼不烂。我和二爷早就有意,往常只敢眉来眼去的,因惧怕老家伙之威,未曾上手。如今天缘凑巧,竟将我赏了二爷,总算如愿了。"

冯玉学着凤姐的口风道:"啊呸!什么好东西,有那府里珍大哥带头,能带出什么好风气,怎么说来着:家事消亡首罪宁,有那败德的爷们,没有亡不了的家。

"哎!也别光骂别人,谁承望这府里也够使得了,我再禁管得严,也不敢管大老爷,有这样的老子怂恿,二爷能不学坏吗?和这秋桐本就不干不净的。

"蓉儿骂的对,不也担着聚尤的坏名声吗。当家的男人们都沦落到这种不堪的地步,一个品行不端的二姐没解决,又来一个根本没品行可言的秋桐,让我怎么办?"

山岚怨声怨气,学着二姐道:"二奶奶别生气,我是品行有亏,但能怪我吗,和那珍大爷有瓜葛的女人可不止我一个。那个中秋节后的二十日,蓉大奶奶怎么得的病?那年冬底,她又是怎么死的?听说也是因乱伦的坏名声让她寻了短见。今年中秋,珍大爷他不也这样对待于我吗,看来我的死期也到了。"

秋真笑道："这个二姐，还知道总结死亡规律了。"

陆风走到场地中间，迈着方步，学着贾琏的样子道："谁说我和大哥二马同槽？洒泪亭一别，大哥远走他乡了，谁还和我争二姐？"

秋真笑道："停！你说的这些词不对，说女人们互残的事呢，怎么提起洒泪亭送别贾珍来了？不过我也纳闷，政老爷走了几年，都杳无音讯，没人提他，怎么突然今天有了消息，说他要回来。可奇怪的是，年关将至贾珍为何也匆忙地走了？像是出远门，光送别就送了三天三夜，他要去哪里？也不交待一下，让人很纳闷的。"

芸轩笑道："这大概是山岚教给你说的吧？贾政来，贾珍去，一来一往大有讲究，我告诉你为什么。先说为什么政老爹走了，很简单，政老爹走了的这几年，大观园里几乎乱了套，一切表明，贾政消失的这几年，正是政权无作为的几年，国家处于'无政府'状态，标志性的事件就是宝玉不读书。朝廷徒有其名，除了忙着赶路逃跑，就是躲到国外避难，哪有政事可言。

"如今好了，听说政老爹要回来，就会有一种有规有矩的政风重新回到大观园，不见宝玉竟知道读书写字了？而贾珍这个玩物丧志式的人物所代表的流氓政府，开始远离政治舞台了，送他长行不就对了？"

贾琏道："原来是这样，我还以为珍大哥是因我偷娶二姐的事没法向凤姐交待，出去躲羞呢？这倒是小事，你们怎的这么不待见二姐？她是我的女人，为我传宗接代。"

然后，走到屋子当中道："让我自己发挥好了，我管不了你们的道理了。"遂学着贾琏的样子，身型歪斜着，像是喝得有了些醉意，看来是酒壮怂人胆。

只听他高声说道："你们三个，别给老子躲躲藏藏的，都给我出来，惹得老子性起，还不杀了你们。既都是我的女人，就得都听我的话，谁也不能伤着谁。

"我都成家这么久了，还没个儿子呢，眼看就要断子绝孙能不着急吗？咱们一心一意的，只要我有了儿子，怎么着都好说，谁若敢断我的香火，她就是贾家的罪人。"

见凤姐站在边上，横眉冷目地瞅着他，而他立即又打叠出千般温和，觑着眼，拜了一拜，笑道："好二奶奶，前番是我的不对，不该瞒着奶奶娶二姐，你大人不记小人过，既让进来了，就得给个活路是吧？看把二姐欺负成什么样了，她多老实的一个人，你说一她不敢说二，又听话又不伤害别人，你为何还是往死里逼她呢？我就不明白了。"

凤姐笑道："好个糊涂的爷，我心里恼她，也发誓不放过她。我为什么这样待她，你听我的道理。于公，她僭越我的地位，是犯王法的罪过；于私，我还活着呢，你就偷着娶回来，竟敢把我一笔勾销，是你不对在先。

"即便如此，爷去想想，为了保住我贤良的名声，我也不能公开怎么着她，还不是亲姐妹一样待她。我实告诉你说，那个真正不想放过她的人不是我，是秋桐，要问究竟，只问她就是了。"

秋桐大笑一声，声音刺耳地冷笑道："问我，我就说，谁怕谁！我是恨她，就是二奶奶不调唆我，我也想杀了她。俗话说，一山不容二虎，　国不容二主。凤二奶奶若成了阴灵，有我替代她的位置，也轮不到这么个没人要的先奸后娶的娼妇，不杀了她，我能坐上二奶奶的宝座吗？"

贾琏苦笑道："慢着！你刚才胡说什么？凤二奶奶成了阴灵，她什么时候死的，我怎么不知道？"

秋真在一边悄声道："东征靖难时就死了。就是琏二奶奶大闹宁府时，骂贾蓉是祖宗王法不容的东西，他娘的阴灵也不饶他。随后，贾蓉又一口一个儿子地自责，赔不是，自己打自己的脸，骂自己不是东西。大家还记得吗？

"一个说，你娘的阴灵也不饶你，接着凤姐才对他大打出手，这就是'阴灵'惩罚他的表现。另一个，便是一口一个'儿子'地赔罪，显然这二人就是娘和儿子的关系。就在此时，曹公给了凤姐这样的心理活动：听到贾蓉的忏悔，凤姐心里早就软了。随后，说到自己委屈时，还有一个脸红的表现。对此，有人说他二人关系暧昧。

"要我说，这就对了！他们该有这种表现。如果把凤姐看成郑成功的阴灵，把贾蓉看成是郑经的话，郑成功恨郑经是对的，他杀死郑经的心都有，可如果看到郑经这样成心认错，他也一定会为自己的绝情痛心不已。可想而知，他肯定为杀死儿子的决定脸红心跳。

"这对父子是怎样一种感情纠葛，这种复杂的心理反应和表现只能这样表达。且这一段又是恼，又是打，又是恨，又是爱，又是心酸委屈，又是脸红的微妙关系，只有这样，才是最完美的表达，太难了。"

芸轩道："儿子那么不争气，给这个一向正气十足的郑成功政权一个怎样的打击。郑成功的要强处，就像此时的凤姐，无论如何，凤姐对祖宗还是绝对忠诚的。"

陆风道："我都糊涂了，把凤姐看成故去的郑成功吗？"

凤姐道："傻瓜，《石头记》里一向遵循一个原则，人是虽死不死的，就当我没死。反过来说，如果我真没死，弟弟做了这样的蠢事，我也得伤心死，更何况我真是被儿子气死的。一个不争气的儿子，一个犯上作乱的弟弟，不杀了他们，我怎肯罢休？"

陆风道："哎呦，这个乱哪，你到底是死了还是活着？"

冯玉道："死了装活着吧，郑成功的阴灵行了吧！"

陆风整理了一下衣服，站直身子，学贾琏正色道："到底是谁害死了二姐，你们俩得给我个交代。刚才你们说的，没一件可落实的事，也别推三阻四的，她总不能这么不明不白地死了吧？"

二姐道："竟是糊涂人，别问了，还不明白吗？奶奶想要我的命，那是她心里发狠。她并没什么过错，只是待下人们严些。我这么一来，就如同你已经休了她，这么大的事，她能不问个究竟吗？她也是为顾惜二爷的名声。

"二爷细想想，我遭了那些罪，可究竟没一件是她亲做的，虽说看起来她是幕后，可理儿在她那里，原是咱们错在先。打点官司的人是贾蓉，挑唆张华起官司的人也是他，凤奶奶才是明白人。冤有头债有主，真真的官司人是张华和贾蓉，他们才是两个真正的当事人。凤奶奶还教导丫鬟们呢。"

只听凤姐道：倘有下人不到之处，你降不住他们，只管告诉我，我打他们。又骂丫头媳妇："我深知你们，软的欺，硬的怕，背开我的眼还怕谁。倘或二奶奶告诉我一个不字，我要你们的命。"

二姐道："她说这些不管是真是假，我都信。她既然是阴灵，却也做不得什么了，只能拿众人对这件事的公议，依她的嘴说出来、骂出来解解恨而已。

"至于秋桐的名声比我还差，她也是你们父子聚麀道德沦丧的产物，她才是最失德行的人，简直什么也不顾忌。告诉二爷实话，就是算命先生说的那话，我是属兔的阴人冲犯，是她杀了我。所谓的新旧相残，自然是我们两个之间，她是新我才是旧。"

贾琏忙问："这是何道理？新旧之间不是你和凤奶奶？"

二姐道："不对，凤奶奶不是淫奔之人，我和秋桐则都是，我二人都是淫奔不才之辈，才相互残杀的。"

贾琏走到二姐旁坐下，语气温和地说道："我就不明白了，你说秋桐淫奔我理解，可你为何口口声声说自己呢？我觉得你很端庄，除了和珍大哥好过，平日里也老成得很，那些事我也不放在心上。再说，世上哪有人承认自己淫奔的，你为何自认恶名呢？"

二姐道："你哪里知道，这也有个缘故。"

贾琏问："到底什么缘故？"

二姐道："父父，子子，君君，臣臣，都有纲常伦理，但世上有一样很特别的东西是父子共享的。"

贾琏道："什么东西？"

二姐道："皇权，皇权都是父子共享的。你看哪一代帝王当权时，都会选定自己的皇位继承人。这个继承人都会在帝王行权时，同样享受皇权带给自己的威望和无上的荣耀。如果父皇在外，则儿皇监国，历代如此。自古以来，人们又喜欢把皇权比喻成美人。君臣父子，香草美人，屈子便常常使用这种提法。

"如此一来，如若把皇权和美人关联起来，再放到现实里演绎，就变得如此不堪了，会出现什么爬灰、乱伦、聚麀之现象。珍大哥哥已经承担了一次和蓉大奶奶的乱伦关系，这次再承担一次和我的也没什么，你不也一样吗？那位姑娘说的对，如若把贾蓉和凤姐看成父子关系未尝不可，那点小小的暧昧只是提醒他们有血缘关系。"

贾琏叹道："这样说，我心里好受多了。好吧，你既认命，我也不再追究她们。你死了，孩子也没了，我不就断了香火了，难道二奶奶就忍心断了血食，非要杀你和孩子？"

二姐道："你还看不透，你问问站在那边的那位姑娘，人家怎么看待这件事。"

秦明接茬道："对呀，你若再不理解，就回归真实里，好解释多了。你偷娶二姐，就是郑袭上位，你们的政权对于郑成功是新政权，可对于未继位的郑经，你们就已是老政权，是郑经来杀你的二姐和孩子，不是凤姐。"

秋桐嘀咕道："不是说我是棵梧桐树吗？梧桐应该引凤凰来，而且我也没有孩子，怎么就把乱伦的事安到我头上？这算什么？"

秋真道："如果他活着，对弟弟郑袭这种行为是难以接受的。搞"台独"，这不坏他一辈子的英明吗？无论多么艰难，他可从没动摇过对明朝的忠贞。你再回头看看凤姐，处理二姐整件事情上，只强调一个理念，不能坏了名声，她的名声，二爷的名声，这名声可比命重要多了。

"所以，凤姐维护自己的贤良之名是当务之急，她既想杀了二姐，还那么顾忌名声，这可不是那个杀伐决断、雷厉风行的凤姐。用善姐的话说，人不知鬼不觉地让二姐死在外面多利索。但她不能那么做，为的是演绎给咱们看清楚，她甚至动用法律手段，来解决一个重婚事件，不就是想证明自己的合法性吗？

"所以，曹公才费尽笔墨，大写凤姐如何维护贤良，如何打这场官司，真用心良苦，咱们不能不领情。按郑成功那脾气，断子绝孙也在所不惜。刘姥姥污了的杯子，就是件稀世国宝也得扔，自家的祖宗也可以不认，人家就有这个气魄。"

贾琏道："你们怎么越扯越远了，说我断子绝孙的事呢，哎呸呸呸！不是我，是琏二爷断子绝孙呢。就算孩子没了，二姐也死了，可你王熙凤也太过分了吧，连个死人你也不放过吗？我哭一下也不可以吗？还不给钱发丧，挑唆着老太太赶我走，连家庙也不让二姐进，更不用说回南埋入祖坟了。竟让把二姐烧了，扔到乱葬岗子上。这可推不到秋桐身上了吧，为什么这样逼我？"

二姐对凤姐道："我也不明白，我活着是个威胁，怕和你争位，给你脸上抹黑，可我死都死了，怎么还和我这么个死人过不去呢？即使我德行有亏，二爷也是娶过来的，也不至于连家庙也不让停放，到底什么道理？"

凤姐也笑道："对呀，我并没有恨她到这种地步呢，至少我们还是姐妹的。说到现实中来，我们还是亲兄弟呢，他已经下台了，死了怎么也得让进祖坟不是吗？"

芸轩道："你是越来越懒得动脑子了，她是不是真死了还值得商榷呢。"

山岚笑道："笑话，二姐的丧都发了，还没死吗？"

芸轩道："我且问你，二姐死后停尸在哪里？"

山岚道："梨香院哪，怎么了？"

秋真道："真真傻瓜！那里最先是宝钗、薛姨妈的住处，贾琏要的这个停灵处，是他有心思了，有些细节你怎么不去琢磨一下。"

山岚道："你的意思，二姐和薛家有关系了？"

秋真道："二姐原是个花为肠肚'雪'作肌肤的人，正如三姐说的，她们姐妹是'金玉'一般的人物，有了雪和金，死后又住进薛家曾经住过的地方，就得考虑她和薛家的关系。"

山岚道："不是说尤家姐妹和宝钗没关系吗？"

秋真道："活着没关系，死了就有关系了，二姐死后，抬二姐进梨香院时，用了八个小厮，正合了'八旗兵'的意思；另外，临抬尸体进去的时候，贾琏揭开布幔看了一眼，只见这尤二姐面色如生，比活着还美貌。其实就是说：八个人抬进梨香院的是个大活人。"

山岚道："二姐活了？"

芸轩道："不是活了，根本就没死。陆风，来，学一下胡君荣给二姐看病一节。"

陆风坐下来，给山岚摸了一会脉，道："若论胎气，肝脉自应洪大。然木盛则生火，经水不调亦皆因由肝木所致。医生要大胆，须得请奶奶将金面略露露，医生观观气色，方敢下药。"二姐露出脸面，那胡君荣一见，魂魄如飞上九天，通身麻木，一无所知。

看着陆风垂涎欲滴的样子，芸轩笑道："此时的胡君荣哪有心思看病，早被二姐的容貌折服了。言外之意，二姐可不就是被'胡君'看中了吗，你难道理解不了'胡君'的意思?"

山岚站起来，端起杯子，看了一会道："好了，打住，你俩别挖苦我了，这回我知道了。看来我这杯子里放的是'生'金，二姐吞下去是死不了的。

"梦中，三姐劝她拿起鸳鸯剑，杀了凤姐再自杀，回归警幻，这才是真正死法。有道是：天网恢恢，疏而不漏。她知道二姐逃不过此劫，但二姐却满以为：随我去忍耐，若天见怜，使我好了，岂不两全。她有苟活人世的强烈意愿，她既不上吊，也不自刎，却选择了吞生金。

"生金之'生'者，不死也，吞了这块生金，保管死不了的意思。金，大概指的就是清金，这才是二姐吞金之谜，原来是影射郑袭投降清金之事。

"怪不得秋桐来一句，井水不犯河水，又是井水河水的，让人想起金钏投井，和这二姐吞金一样，都是指向她们投降清金的事实吧！既这么着，她就背叛了祖宗，贾母能让她进家庙和祖坟就怪了。"

芝子道："好啊！这结论出其不意呢。从袭人的担心开始，显然是怕她没有了衣钵传人。谁又能联想到，这场嗣位之争是他们呢。可我还有一事不明，凤姐此时是郑成功的阴灵，二姐是投降清廷的郑袭，那个秋桐又是谁？好好的，怎么冒出这么个妖妖艳艳，不正经的女人来。"

芸轩道："这年腊月底发生的事，应该是一六六二年冬底，转过年就是六三年。秋桐的年龄说得很明白，今年十七岁，属兔。你翻开万年历查一查，一六六三年正是兔年，也正是永历十七年。

"这个淫奔的美人，正是探春院子里细细的秋桐。贾母看见这棵梧桐，那种怅然若失的担心是有道理的，正是那个不正经的、刚刚当政的郑经政权，他的开元之年，自然正是用了秋桐这一年。"

山岚将杯子一扔，高兴地笑着跳着："凤姐'杀子'，原来是灭了郑袭政权。"说着，都舒一口气，要去卸妆。

芸轩也被她说笑了道："郑袭下台，正是打掉的二姐腹中未成形的男胎，就叫杀子？我以为，杀子就是绝了继承人，而郑经才是继承人，他并没死，这一段是东征靖难好不好，杀子事件还远远没有结束呢。"

众人听了一愣，都以为结局很圆满，秋真道："凤姐说了，等秋桐杀了二姐，她再杀秋桐。连环杀人案，还少一环呢。"

芸轩点头道："肯定是，你们去卸妆，我只问秋真，张华的事你先说说想法，凤姐怎么想到那样一个下三滥的招数？她不是一向很高明的吗。"众人都围拢过来，听她二人辩解起来。

秋真道："什么招数，凤姐叫人暗地里杀了张华吗？那人该杀，他知道凤姐的丑事，抓着刀把儿呢，万一坏了凤姐名声呢。"

芸轩道："算了吧，聪明反被聪明误，说的就是你。我说三个不该杀他的理由，看你服不服。

"第一，他没有任何胆识告贾府，借他十个胆也不敢，都是你找人教唆他告官，才这样。

"第二，他们家是得了银子退了亲的，张华不知道，可他老子是知道的。现在呢，反过头来诬告别人，说没退订，这也是犯罪的，是诬告罪，且这罪过比你的都大，他怎么敢这样做。

"第三，他们无缘无故地得了两笔钱，一笔是退亲的二十两银子，一笔是帮你打官司当帮凶挣的，还有贾珍也给他，共约百金。对他们来说，这可不是小数目。

"贾珍说的对，爷们一生气，他们就死无葬身之地。为此，他父子才连夜逃走的，哪里还敢去衙门告状。有了钱财，身上还有过错，躲还来不及呢。

"有此三点，如果是你，你会把这件事告诉别人吗？或者有一天突然想起来，缺钱花了，再来告王熙凤？连旺儿都觉得这是多此一举，怎么？这么精明的凤姐，怎么会有此杀人灭口的拙劣念头？"

山岚道："是呀，我也觉得这事安排得有些欠妥，要不旺儿也不会抗命。那怎么解释？"

芸轩道："你俩别演双簧了，一唱一和的啥意思。这事只能这么解释，这叫过河拆桥，也叫卸磨杀驴。"

秋真问："谁是那头驴？为何要过河拆桥呢？"

芸轩道："凤姐打赢了官司，张华出了多大的力有目共睹。可都院的判决一下来，她就立即要杀人灭口了。咱们分析着这一招有问题，似乎多此一举，这说明真实里一定有这一招。不过我还没理出头绪来，一定是用在谁身上了。我记得好像有个历史人物真就叫张华的，你们谁知道他的故事？"

秦明道："倒是有个张华，好像是什么张良的世孙。哎！我想起来了，凤姐说张华起官司告贾琏时，提到过张良。

"原话是这样的：半空里又跑出一个张华来告了一状。我听见了，吓得两夜没合眼儿，又不敢声张，只得求人去打听这张华是什么人，这样大胆。打听了两日，谁知是个无赖的花子。我年轻不知事，反笑了，说：他能告什么？

"倒是小子们说：原是二奶奶许了他的，他如今正是急了，冻死饿死也是个死，现在有这个理他抓着，纵然死了，死的倒比冻死饿死还值些。

"俗语说：拼着一身剐，敢把皇帝拉下马。他穷疯了的人，什么事做不出来，况且他又拿着这满理，不告等请不成？嫂子说，我便是个韩信、张良，听了这话，也把智谋吓回去了。

"你们听听，这段话说的很全乎，脉络清晰：先跑出一个张华来，一打听，原来是个穷疯了的无赖，竟然拿着别人的错，吃了豹子胆，敢把皇帝拉下马。

"接着凤姐就抱怨，不怨人家要把皇帝拉下马，原是咱们先失了体统，给了人家口实和机会，才被拉下了马；最后说自己就是韩信、张良在世，也夺不回江山，说明这件事很棘手。

"原话的意思好懂，巧的是，话里同时出现了张良、张华两个名字，怕不是巧合，一定是想利用二人之间的血缘关系。提到张良时，我一下子联想到他的孙子张华。如果张华是他孙子，可以这样比喻：孙子想拉皇帝下马，死去的爷爷再有威力，还真没法子阻止。

"前后串起来，感觉这个张华和张良真有些瓜葛，至少提示二人有些关系，但至于想说明什么，我就没当回事去想。怎么你想到了什么吗？"

芸轩道："我也想起来了，张华确实是张良的世孙，有句古语说：张华不存，则纲纪乱，说的就是这个张华。"

秋真道："怎么个意思？纲纪乱则国政乱。这个张华不但和张良有关，还和国政纲纪有关了，不是个穷疯子吗？"

芸轩道："先别下这个结论。张华是张良的世孙没错，张华少年家境贫寒，以牧羊为生，也是穷人出身，但却才智过人，看他的一生，既是文学家，也是一位出色的政治家、军事战略家。在西晋灭吴的军事战略制定方面，对中国北方疆域的巩固和开发方面，以及西晋王朝的繁荣方面，他都发挥过极为重大的作用。"

秋真道："还是个能臣呢，张华存纲纪在，什么典？"

秦明道："西晋末年，贾后当政，导致八王之乱，当时朝纲混乱不堪，贾后政权摇摇欲坠，为了挽救朝政，就请出已经不问政事的老臣张华。

"张华辅政后，除旧布新，政令为之一新，贾氏死党也稍自收敛，不敢放胆胡为，只有贾后淫虐日甚，张华就作了一篇《女史箴》呈入宫中，劝诫贾后。虽没起多大作用，但张华日夜操劳弥缝补阙，为这个短命的西晋王朝争取了近十年难得的和平环境，才有张华存朝纲在的说法。"

秋真道："这么说，张华不存朝纲就乱了？这里凤姐想杀张华，不就是想乱朝政吗？"

秦明道："还不确定，但我记得有记载的他的事迹之一，就是谏废太子事。贾后想要废掉太子司马遹，因太子多次感受到贾谧的骄傲无礼，憎恨他，并表露在言语神情中，贾谧便对太子也愤怨不平，就挑唆贾后废掉太子，且做了若干手脚。而张华为保太子，和贾党据理力争，说：每每废黜正嫡，总要引起动乱，且大晋拥有天下的时间不长，希望皇帝陛下慎重考虑此事。

"虽说后来也没保住太子，但他一再声明：从古至今，因废黜正嫡而导致丧乱的教训很多。就是因谏废太子未成功，导致孙秀以此为由杀害了张华，这一事件，发生在绿珠为保护石崇而跳楼事件的同一历史时期，你说张华和绿珠是不是死得太不值了？"

秋真道："哦！这里面有个保太子的举动呢，太子没保住，张华反而为此丧命。难怪凤姐没理由地一心想杀了张华，这是要告诉咱们，有个人一定像张华的结局。"

山岚道："保太子，有这样的事吗？"

芸轩道："要想知道这个人，就要看杀人动机。凤姐杀张华是为了杀人灭口。但按当时的现实情况看，凤姐不代表太子本人，只是代表行权的人。"

众人问："谁是太子本人？"

芸轩道："太子本人是郑经啊。"

秦明一拍手道："我知道了，说到郑经我想起来了，有个人的遭遇就是这样的。"

众人都问："这人是谁呀？"

秦明道："郑泰，是郑经的堂叔，是郑氏集团的户部官。在郑成功发布命令要斩杀郑经时，在思明接受命令的人就是郑泰。他向郑成功抗命，和张华保太子的理由一样，说郑成功太不理智了，这样的动荡时期，我们立足未稳，怎么能杀了嫡长子呢？"

冯玉道："怪不得袭人担心凤姐动怒，不考虑社稷血食祭祀大事，宁愿断子绝孙也在所不惜了。不能单为了解气就杀子，这很容易造成内乱的。"

秋真道："但郑成功态度很坚决，才发生诸将为保太子联合抗命事件。"

芸轩道："这才是咱们推测的凤姐'杀子'事件，张华打官司要回二姐，是间接阻止郑袭上位，不是吗？拿到现实中，就是有人保护了郑经这个世子。

"不是凤姐杀了贾琏没出生的男婴才是'杀子'，那不过是胎死腹中的郑袭监国计划，杀郑经才是事件的中心，然而喜剧的是，正在杀子的关键时刻，郑成功在台湾去世了，主母、小主无意间逃过一劫，太子自然保住了。

"而郑经的叔叔，也就是郑成功的弟弟郑袭，才借口郑经有作风问题，偷偷继位为延平监国的，这才发生了长达半年之久的嗣位之争。最后郑袭战败，被带回思明州软禁，而发生戏剧性变化的却是郑泰的结局。

"原以为他舍命力保郑经，肯定得郑经赏识，但这个郑经回到思明州之后，却怀疑郑泰和支持郑袭篡位的黄昭有瓜葛。于是，便想法诱捕郑泰，并将其囚禁。可怜郑泰，到了还是自缢身亡。"

陆风道："后来呢？"

秋真道："什么后来，保太子的人被太子杀了呗。郑泰保住了太子，张华没保住太子啊，他们不太一样啊。"

芸轩道:"是不一样,张华在纲纪存。西晋的张华死了,自然纲纪不存,国家也灭亡了。可凤姐的张华没死,让旺儿放了。这个张华,一定还有故事延续,郑泰只代表他死了的部分,后面一定有人代表张华活着的部分,所以才不一样呢。"

山岚道:"原来小小的张华隐藏了这么一段历史。你们不说,我还不知道呢,也大约很少有人知道。"

第七十回

花开桃源郡　诗辩桃花行

陆风道："我可是首演，算不算处女作？"

冯玉笑道："你改行跟我学拍戏吧。"

秋真道："别嘚瑟了，你们演的我都看不懂，哪有什么味道可言，都赶紧的收拾起来，今天熬得不早了。"转身问芸轩道："你明天来组里吗？"

芸轩低头沉思了一会道："不了，姐姐捎来信，说妈妈身体不好，要我回去呢。"听完这句话，山岚最吃惊。这个消息太突然，芸轩自从大学毕业，待在这里已三年多，从来没说过要回家，大家曾问过她，都被支吾过去了，只知她是山东人，父亲常年在国外，家中有母亲和姐姐。

但从没见她联系过家人，也不曾见家里有人来看她，在秋真她们的感觉里，她很独立，就连日常生活费用都是自己打理。可这一次，怎么突然间要回家了呢？大家关切地看着她，以为她家中一定发生了大事。

山岚作为她的大学同学，也是多年好友，最是放心不下，遂说道："我也想认识一下伯母，要不带我回家，和你做个伴吧。"芸轩也不搭言，默默地拾掇东西。大家都有些累了，芝子又不想回住处，留下来住在山岚这里。

秋真忙忙收拾完东西，临走时告诉她，如果能等一阵子，把片子剪完，也想陪她回家，芝子也说自己最近没什么事，也要跟来。

芸轩也只好暂时安下心来，接下来，又近年关，眼看秋真的事忙不完，她们只得等到节后三月初。知道这次回家芸轩有可能常住，山岚这边也离不开，就只有秋真和芝子陪着。

路上，芝子问芸轩的家乡什么名字，芸轩说是东营，芝子满脸吃惊地问道："哪里？东瀛，你是东瀛人吗？我怎么不知道？"

秋真奇怪地问："我们都不知道，你为什么知道？"

芝子道："东瀛吗？这么远的路途，也不可能这样回家。"芸轩明白了，她肯定是把东瀛和东营搞混了，遂笑问道："你是东瀛人吗？"

芝子道："我姥姥家是，但我不在那边长大。"

秋真一下子明白了，原来芝子有一半东瀛人的血统，便满脸惊奇道："怪道呢，你一来我就看你不大顺眼，像是来卧底，问东问西的，快说，你来接近我们的目的是什么？"

芸轩道："看你，说话这么直。"

芝子道："没关系，她和山岚早就不待见我。可我没敌意，你们可不能误会了我。我母亲是东瀛人，但父亲是南京人，我从小在南京长大，母亲听姥姥说，他们世家里有个郑芝龙，是他们引以为自豪的女婿，在氏族内谁都知道的，虽说我在国内长大，但也常听妈妈谈起他。

"巧的是，我也从小喜欢《红楼梦》，更巧的是，结识冯玉后，他天天向我夸你们几个，说《石头记》里就有郑芝龙的事，我一百个不信。这不，他就说带我来开开眼，让我印证一番，所以我才冒昧地加入进来。那蝴蝶兰是我送给芸轩的，本想以知己相见，又怕唐突了些，请多担待。"说着，低下头，鞠了一躬。

芸轩忙制止，秋真却不以为然道："我对你可没一点好感，过两天你就请回吧。回头我再找冯玉算账。"说得芝子脸红起来。

傍晚时分，三人才到家。来到家门口，秋真和芝子发现，这里竟然是一片庄园，古旧的石头门斗上写着三个墨绿篆体字：桃源郡。进得门来，是一条下沉式红砖甬道，东面是灰瓦玫红的洋房，西面有个大花园子。

花园里草坪初绿，桃花盛开，墙边有一排高大的中国梧桐，那边还有几块玲珑的山子石，旁边有一弯小池塘。园门对面，一条小河，河堤上垂柳成排，柳枝泛绿。见园子里一片幽静，二人不禁感叹道："这才真是世外桃源哪。"

正看得眼花缭乱，北面正房里走出一位姑娘，搀扶着一位头发灰白的老人走出来。那老人的身体明显有些虚弱，芸轩先是怔了一下，然后快步迎上去，喊了一声："妈妈！"就朝老人奔去。

妈妈突然见女儿站在眼前，先是一愣，继而惊得合不拢嘴，眼中流下泪来。母女相见，悲喜交加。秋真和芝子也不禁陪着落泪，姐姐提醒妹妹，妈妈身体不好，快回屋让妈妈躺下。

妈妈拉着秋真和芝子的手，一壁走一壁问，路上累不累，饿不饿，一面又忙喊人来，让赶紧收拾吃食和住的地方，先让小三子她们休息一下。

多年不见女儿，自然看不够，吃着饭，也不停地给她们布菜。知道秋真是女儿的朋友，又忙着道了谢。芸轩一一告诉妈妈，她的朋友叫什么，是做什么工作的。

妈妈叹道："这孩子，生下来就让人省心，可自从看了一样东西，就一下子变了一个人。我还以为，赶死都见不到她了呢，她爸爸也天天怨我。这下可好！好啊！你终于还是回来了。哎！不知道这几年你是怎么过来的。"摩挲着芸轩，眼泪又流下来。

芸轩拉着妈妈的手笑道："妈，看我多好，有她们呢。"

妈妈道："这孩子变得不让人省心，多亏你们照应着，都是好孩子。"

大家吃完了饭，一起回到芸轩住过的房子里，秋真发现，这里的书特别多，各种研究《石头记》的书简直是琳琅满目。秋真和芝子一一翻看着，有个笔记本里面掉出一张纸，二人凑到一起看上面写的字：

张华在则纪纲存，张华九死一生地活下来了，这条线悄悄留下来，留给了贾政，贾政回来了，就要政令归源。大观园的人们听说贾政要回来，反应很可爱。宝玉开始写字，温习功课，黛玉、探春等人，虽是帮着宝玉作弊，但也是每天都写字，整个大观园充满了一股学习氛围。一个有纲纪的政府又要重生，只是不知存纲纪的是哪个政权。

二人正看着，芸轩扶着妈妈进来，问二人吃得可口吗，别想家，想吃啥就尽管告诉了。然后又参观每个人的房间，不消说。

三人陪着回到妈妈的大屋里，妈妈就半躺在床上，她们围拢来，说着话。秋真有些不好意思问道："妈妈，您说有个东西让小三子变了，能告诉是什么东西吗？"

妈妈道："哎！我得想想从哪里说起，这得从我的妈妈说起。"沉思了一会，就提起一段久远的往事。

有一对年轻夫妇，住在卧虎街的西头，男人叫满仓，他的母亲是个瞎子，而他是个识字的山子匠人。他很爱自己的手艺，为了做出形质微妙的山石园景，常常踏遍山林，寻找妙石奇树，那股沉迷劲头，竟到了忘我境地。当地的乡绅大族多有请他做匠人，他在当地也小有名气。

这一天，他兴兴头头跑回家对妻子说，自己从大户人家那里得了一件宝贝，你们猜是什么？原来是一本残缺不全的手抄书。拿回到家来，他央求妻子做了个布封皮，又请人写了名字，就是《石头记》。

自从得了此书，满仓白天出工，一有空，便有声有色地给妻子和母亲讲书里面的故事。特别是晚饭后，一家三口就拿这个消愁破闷，婆媳二人也渐渐听得入了迷。

起先，妻子也只是以为满仓痴迷里面的才子佳人、风月情浓的故事。渐渐才发现，满仓是被里面的园林景致吸引住了。每次讲完故事，他就埋头比着书里讲的样子画园子图，有时还拿树枝和砖头搭建园子的布置。

楼台廊榭、亭阁轩舫，禽溪花径、竹石梅棠，每当发现布局巧妙处，就忙用毛笔绘在毛头纸上。还发誓说，一定要把这个园子做出来，才不枉一生，嘀嘀咕咕地絮叨，这个园子一定有原型，定不是那人自己瞎造的，应该就在石头城这里。

自那后，只要有空，他就背着干粮，看着自己画的图纸，在石头城里里外外地找大观园的影子。就这样一晃几年过去了，他们有了一个女儿，起名叫阿锦。

满仓把阿锦看作掌上明珠，等阿锦长到六七岁时，满仓除了给她讲《石头记》里的故事，还经常带着阿锦去梅花山看梅花，去燕子矶看滚滚江流，一家人倒也其乐融融。

这日傍晚，母女二人做好了晚饭，安排好婆婆吃完饭后，等着满仓回来。可已到了掌灯时分，还是不见满仓人影，母女二人渐渐有些担心起来。因这几天没活计，满仓不该回来得这么晚。于是，阿锦扶着妈妈来到街口。

正是吃晚饭的档口，街口的行人很少，娘儿两个张望远处，隐约发现那边走来一群人。几个人脚步杂乱、慌张，远远看去好像背着一个人，还有几个手忙脚乱地扶在后面，来到近前看清楚了，是满仓受伤了。

母女二人见此情景，不知如何是好，惊慌失措地跟着来到家里。背他来的是几个邻居，也有不认识的，大家也顾不得打招呼，先看伤势如何，又忙遣人去药房找大夫。

妻子看满仓昏迷着，哭着问到底怎么了，好好的怎么会这样？那几个陌生人说，满仓看好了一块身上布着三条白线的红色三生石。他就想上去取下来，我们都说那上面太危险，万一滑落下来怎么办，谁知他偏不听，说想送给阿锦。果不然，石头没取到，却真的摔下来了，我们只得背他回来，到底伤得如何，我们也不知道。

大夫很快来了，查看了伤势。外伤倒是不重，可看满仓没有醒来，诊了一下脉，便知情形很糟，大约受了很重的内伤，大夫无奈地摇摇头，说让家人准备后事吧。

就这样，三个女人凄凄凉凉地为满仓做了后事。送走了满仓，妻子回到空空的土房子里，看到桌子上那本书和一摞子图纸，抓起来向火盆里扔去。

阿锦见妈妈这样，先是吓得哭起来，接着扑向火盆，把书和图抢了出来。她慢慢抚平了，找来一个小包袱皮仔细包起来，放到自己的被窝底下。又回到妈妈身边，抱着妈妈和瞎奶奶，家里一片哭声。

又过了一年，妈妈靠浆洗缝补，也实在不能养活娘儿三个，无奈之下，经媒人说合，妈妈嫁给了东街口一户人家。自此，每个傍晚，妈妈总是出来倒泔水，然后偷偷放一些吃食在门洞外。

等妈妈回去关上门，不远处，阿锦偷偷蹭过来，把吃食拿回家，和瞎奶奶吃这一天唯一的一顿饭。然而，就这样每天的一顿饭也没有吃多长时日。突然一天，有两个样貌凶恶的人来，要把阿锦带走了，不用说，她被妈妈的新夫家卖作了童养媳。

阿锦不知道这家人离自己家有多远，也不知道妈妈能不能找到她，那一年阿锦只有十岁。临走时，只带了爸爸留下来的那本书和图册，而那个新家就像个魔窟，一家四口，三个男人，婆婆公公和两个儿子，都似凶神一般。

自从来到这个魔窟，阿锦每天学着洗衣做饭，但几乎每天，都会遭受父子三人下死手的打骂。每个傍晚，邻居都能听到阿锦凄惨的哭声。

这一日半夜，阿锦独自在磨屋里看磨，听到房后有动静。开开窗户瞧时，原来是邻居家的大嫂。她从窗外递过一包锅饼，悄悄跟阿锦讲："妹子，快逃走吧，你再待在他家，早晚会没命的。带上这包吃的，先躲到山下的庄稼地里，等没人时，能走多远走多远。"

阿锦的心砰砰乱跳，一股惊悚的感觉让她后背发凉，可人在极度恐惧后反而变得大胆起来，小小的阿锦悄悄摸回自己的屋子，拿上爸爸的遗物和大嫂的吃食，匆忙走出那个魔窟般的家。

小阿锦辨不清东西南北，她只想跑到一个没有人的地方躲起来。望望远去，那边山下有一片庄稼地，于是，她急匆匆消失在夜幕里。

蹲在庄稼地里没多久，她发现村庄的方向亮着火把，一群人闹闹嚷嚷地围着村子找了一圈，很快又安静下来，阿锦知道，一定是找她的。接下来怎么办，阿锦看看黑魆魆的山野，听到远处汪汪的狗叫声，不禁嘤嘤地哭起来，她多想去找妈妈，但她不知道该向哪个方向去。

正在这时，她听到了一个熟悉的声音，是那位隔壁大嫂小声呼唤她，她立即停下哭泣，循着声音高兴地向着大嫂说："大嫂，我在这里。"

这时，走过来的是两个人，一个是大嫂，还有个男人，她不认识。大嫂找到她，替她擦去眼泪，向她道："孩子，这是我家哥哥，他知道你的家在哪里，你跟他走吧，他会帮你找到妈妈的。"

阿锦感激地跪下来，磕了头，谢了大嫂，拿起自己的包袱，擦干眼泪，跟着这个男人，离开了那片庄稼地。

但是，阿锦并没有见到妈妈，她先是来到一处偏僻的院落，奇怪的是，院子里竟然有十几个和她年龄相仿的孩子，大门上有人看着，不许出院，屋子里还有几个。

带她来的男人告诉她，要想找到妈妈，就不要跟别人说话，也别问别人事情，否则，她就永远见不到妈妈。她很听话。在这里一住就是十来天，其间又来了几个小姑娘。倒是吃的、住的还算可以，又有这些年龄相仿的孩子在一起，阿锦渐渐地没有了恐惧感。

十多天后，来了三辆驴车，大家拾掇好自己的行李爬上车，后面跟着五六个男人和妇女，开始了长途跋涉。阿锦不记得走了多少天，只觉得走了很久，走了很远的路，不消说，阿锦又一次被贩卖了。这一次，她被卖到了山东一家王姓人家，那家人买她用了一车厢铜钱。

可就在她即将被带离的瞬间，那个带她来的男人，一把将母亲给她的银耳钉扯下来一只，道："赔钱的货，这个留下也没用。"只听见阿锦一声尖叫，捂着耳朵大哭起来。银钉被扯走了，也同时扯豁了耳垂，只见她的半边衣襟瞬间被鲜血染红。

那王姓人家也只是吵闹了一阵，见人贩子人多势众，也只得作罢。从此，阿锦的一只耳朵成了豁耳垂。阿锦又做了王家的童养媳，她比这个男人小二十几岁，后来和这个男人一共生育了二男五女。

阿锦在王家虽也时常被丈夫打骂，但有这些儿女们围在身边，总还有许多天伦之乐。她最小的女儿就是我，那个王家男人就是我的父亲。

妈妈又道："你姥爷打骂姥姥和我们也是家常便饭，每不如意，姥姥便试图离家出走，发誓回南方去找自己的妈妈。自从记事起，唯一的不快乐，就是害怕回家见不到你姥姥。好在你姥爷死得早，也亏了他去得早，姥姥算是过了几年舒心的日子。

"姥姥把你太姥爷的《石头记》，用多层裹布做成了鞋样夹子，常常拿出那本图册翻看半日，又把太姥爷的故事讲给我们听。夜深人静时，姥姥也悄悄地哭，告诉我，长大了要拿着这件东西帮她去找她的母亲。"

讲完这段心酸的经历，妈妈已是泪流满面，虚弱地喘息了半天，又告诉："我八岁那年，日本侵华战争开始，你大舅舅参加抗战南下，留在了福建；二舅舅也参加抗战，却杳无音信。都以为他已不在人世了，解放后才知道，是被俘虏东渡去了台湾。姨妈们也都结婚生子离开了姥姥，剩下姥姥更孤单了。"

妈妈又道："不怕你们笑话，我也认不全字，生了她姐妹，就把小女儿留给了姥姥，就是我这个小三子。她打小跟姥姥长大，才和我不亲呢。"

芸轩为妈妈擦了眼泪，苦笑道："怨我平日里不想提这些事，实在是也不愿意想，你们也没人好意思问。在我印象里，姥姥经常流泪，看着那本书流泪。看着伤心的老人，我悄悄告诉姥姥：等我识字了，就读给姥姥听，且暗暗发誓，长大了，一定帮着姥姥找到妈妈。姥姥总是无奈地笑笑，说：好孩子，我怕是闭上眼睛的那　天，才能回到妈妈身边呢。

"上到小学时，我就把姥姥的书要来看。起初看着很吃力，连里面谁是谁都搞不懂，更不知道那个丫鬟是谁。我一遍遍反复看了几十上百遍，没过多久，渐渐就看懂了，慢慢地开始讲给姥姥听。

"自此，姥姥的情绪好了起来。她开始回忆太姥爷带她去看梅花山的情形，想起太姥爷曾告诉过她，他找到了大观园。当时，我也只当是姥姥的玩话，就告诉姥姥，等我长大了，也一定帮姥姥到那里看看。

"姥姥终究没能等到，她老人家去的那年八十三岁，是无疾而终，去的时候很高兴，还开着玩笑说，这回终于可以回家找妈妈了。"

说到这里，芸轩眼圈红了，喃喃道："我最对不起姥姥的，那年我刚上初中，姥姥临终前，把那两份遗物郑重交到了我的手中，嘱咐我，去南边，带着这个图帮她找到家，找到那块伤了她父亲命的三生石。

后来，我把姥姥的东西收在我的书箱下面，谁知那天村里来了个收旧书的，姐姐收拾出自己的旧课本，也没认真翻看，就连我书箱里旧书也一起卖掉了。好在那份图册一直在妈妈那里。"

秋真听完芸轩的诉说，沉默了好大一阵，问妈妈道："可不可以给图册看看。"

妈妈说道:"怎么不能看,去拿来。"命芸轩从书柜里拿出一本经过精心装裱的毛头纸图册。妈妈笑说,这个封皮是她自己设计的。打开图册,是一页一页的园林山石布局图。按秋真的理解,每一幅都经过仔细构图,和《石头记》里的景致极其吻合。最后有一页图却很特别,是一条弯弯曲曲的小河,河边有一块身上有三道线纹的形状奇特的石头,下面有一行小字写得歪歪扭扭,仔细看时,原来写着:灵河岸边三生石。在图纸的空白处有一首诗:

> 雪挂梧桐落叶芹,凤踩肩头欲载欣。
>
> 芸轩深处观秦梦,明月几时追玉魂。
>
> 霜打仲秋山岚近,是真幻象是真存。
>
> 天外文章说三生,三生缘照凤采人。

落款是天机道人,但没有年代日月。

又听妈妈道:"姥姥说过,她小时候,太姥爷见到过一块三生石,就念念不忘,又比着块石头画了这幅图,想着哪天去取下那块石头。

后来,又因一个道人看了他的这幅奇石图,告诉他,你女儿和那块石头虽有缘,但你不可妄动。太姥爷到底不听,才有了那场祸事。我家先生也曾经反复研读这段文字,可一直不得其解。"

秋真道:"我也感觉那首诗中好像藏着秘密。"

妈妈道:"小三子出生时,是二月底,已是初春时节了,院子里有些桃花发了骨朵。那年一冬没见雪花,可接下来,却是下了四天四夜的鹅毛大雪,足有一尺深,门都出不去的。那些初开的花朵被突如其来的雪冻伤了。更奇怪的是,刚出生的小三子,肩头上有一块红色胎记,那块胎记的形状酷似一只想要起飞的鸟。

"当时,只是觉得天气有些异常,却也没想太多。她爸爸要给孩子起个名字时,正看见那块胎记,就说:'这个胎记好像一只凤鸟。古人云,凤落梧桐,叫她凤桐吧,叶凤桐好不好?'

这时,我突然想起图册上的那首诗,忙叫先生拿来,对照着发现:雪挂梧桐落叶芹,凤踩肩头欲载欣。这句的意境,这么像小三子的出生景致。大雪、梧桐、彩凤欣欣欲飞,我们家先生又姓叶,难道是给小三子的名字?

"先生说没错，是这个意思。看来这个小三子还有些来历呢，如果这是她的名字，那后面这几句什么意思？先生研究了半晚，也不得头绪，就放下了。所以，就给她起名叫叶芹儿，但家里人都喊她小三子也习惯了。

"这孩子从小就精灵古怪，上墙爬树，和男孩子一样调皮。可一旦静下来看书，就完全变了一个人。八九岁起，就天天吵着给她淘换什么老版的《石头记》。

"直到上初中时，姐姐把太姥爷的书卖了，她一下子变了一个人，整天沉默寡言，有时痴痴呆呆的，高考临近，竟然每晚还看《石头记》到深夜。后来谁的意见也不听，非要报考一所南京的大学，临走时告诉说，谁也不要去看她，她毕了业就留在那里，直到她找到太姥姥的家，否则就当没她这个女儿。七年了，她走了整整七年，我们年年捎信给她，她每次都说再等一年。前儿捎信的人说，她想回来了，我竟不信了。"

妈妈摸着芸轩的头道："终于回来了，回来就好，回来就好啊，不管找没找到太姥姥的家，我们只盼你早早回来。"说着，又禁不住滴下泪来，心疼地抚摸着芸轩的肩膀，又搂在怀里。

秋真拿着图册，看了又看，笑道："妈妈，别光顾着哭，太姥爷图上的题诗，后半段秘密在我这里呢，不信，您听我说说。"

妈妈高兴道："真是这样？快说说！"

秋真道："妈妈知道小三子的笔名吗？"

妈妈道："这竟不知道。"

秋真道："她叫芸轩，她四年的大学同学，亲密无间的一个闺蜜，就叫山岚。我是秋真，还有两个，一个叫秦明，一个叫文亮。我们原都是山岚的朋友，我们都通过山岚认识了芸轩。妈妈，你仔细看看，好像我们的名字都在这首诗里了。"

妈妈吃惊地拿过诗，又问了一遍每个人的名字，道："感觉还真是这样。这可真是天下少有的异事，我竟不知这前生今世的缘分，竟是命里该有的，奇了！奇了！这可是缘分不是。"

又拉着秋真的手道："好孩子，我这一辈子的心事算是了了。我信了，你们定是找到了太姥爷梦寐一生想找的东西。"说着又唏嘘不已，又高兴地看看她们，久久不舍地让回房间，芸轩和秋真哄着，才离开妈妈屋子。

十几天的日子里，妈妈的精神明显好了起来。远远看着几个孩子，在桃花树下论诗谈梦，她老人家的脸上荡漾着幸福的笑容。

秋真采了朵花，簪在鬓上，道："不在这个世外桃源里注解黛玉的《桃花行》，简直就是罪过，我可从来没有这么好的兴致。芸轩，你就提着些，让我解解如何？"

芝子却捧来一捧桃花瓣，散在水塘里，看着它们漂摇远去，道："黛玉葬的是桃花，如今桃花又开，她不是又要葬一次吧？"

秋真自言自语道："和你说就是对牛弹琴，要是文亮她们来了就好了。"

芸轩道："正所谓，桃红又是一年春。恐怕这里的桃花说的是袭人。黛玉重建桃花社，可是一件大事。我猜这篇《桃花行》一定和袭人重回政治舞台有关。"

芝子没听清秋真的话，继续道："我对诗可是外行。只是奇怪，从七十回开始，大量出现小厮指婚啦、王子腾女儿出嫁啦、迎春被相亲啦，各种涉及婚嫁的事集中出现。看来，宝玉喜欢的女孩子们都要从女儿变成女人了。有人要出嫁，是不是新政权又要成立呢？要不，这回轮到黛玉重建诗社了，应该是好兆头。"

秋真道："强弩之末罢了，我看贾府从此要走向没落了呢。既如此，你告诉我，林之孝列出八个小厮配婚的名单，有什么含义？"

芝子道："怎么单单是八个小厮？'八'的意思，是八旗的人来贾府求配吗？"

芸轩道："有意思了吧，果真是八旗人求配的话，再有汉人出嫁，这不就是昭君出塞的再版吗？就看贾府对这件事的回应了，看到底谁出嫁了。"

秋真道："论理，鸳鸯该出嫁呢，林之孝家的和凤姐数算过几个到了年龄的大丫头，可她姓金，未见得是什么出塞的事，她的信条：别说是宝玉，就是宝金、宝银、宝天王、宝皇帝，横竖死都不嫁，更何况现在是小厮求婚，她怎么可能答应。"

芸轩道："她一直有意识地远着宝玉，不就因那次的围剿行动吗？为什么宁愿当姑子，甚至死也不嫁人了呢？连皇帝都不嫁？这一定有原因，她如此刻意地想独身，是想表达什么志向吧？是忠于谁？"

秋真道："曹公一向喜欢正话反说，鸳鸯本是匹鸟，是成双成对，更是美满婚姻的代名词。但这个叫鸳鸯的人偏偏选择独身，连皇帝都不嫁，我也不知道，曹公为什么安排这种矛盾人和矛盾事。"

芸轩道："这种行为是为另一个人的行为做诠释的。"

芝子问："谁呀，谁还喜欢独身？"

芸轩道："也许金鸳鸯的独身主义，所代表的正是宝钗对婚姻的态度呢。宝钗亲近宝玉是为了得到他，但并不是要嫁给宝玉，仅仅是为了拥有宝玉，或者拥有宝玉代表的皇权而已。

"宝钗不也有意识地远离宝玉吗？宝钗说自己家里成箱子的玉佩，她已经拥有很多了，哪里稀罕这块假宝玉，何况是块没有任何价值的顽石了。正如她放的风筝是七只大雁一个道理。"

芝子道："七只大雁怎么了？"

秋真道："大雁也是匹鸟，常常是六只或者偶数为群。春天北去，秋天南飞。清明放风筝时，宝钗偏偏放了七只，可不就是想说，北归的大雁里有一只是孤雁，或许就是只独身而归的大雁。"

芸轩道："所以，小厮们想娶鸳鸯的想法才是不现实的。另外还有几件事同样很难实现。一是贾母的琥珀，她代表的寓意是一块比宝玉质量差些的宝石，小厮们想得到它是可以理解的，可惜琥珀正有病。

"二是王夫人的彩霞，代表的是政治清明如霞，可贾环已经把她毁了。二人的分崩离析，说明贾环代表的政权完全失去了政治环境，彩霞才得了无医之症。

"总之都有病，小厮们的求配，只得了凤姐和李纨的粗使丫头。我总觉得，真是有人出塞呢，只不过出塞的人身份很一般，就像粗使的丫头。"

三人正说着，门口有人喊："三郡主，有人找你呢。"大家来到门口瞧时，原来是山岚、文亮和秦明来了，后面竟还有白禾。这让三人喜出望外，秋真捶着山岚的肩膀笑道:"刚才还想骂你一通呢,也不知道想我们。"

大家簇簇拥拥地进了屋,和妈妈、姐姐等相认了,桃源郡里马上又热闹起来。几个人也不停地感叹,北方的园子倒有些南方气息,一样桃红柳绿,一样柳絮飞扬。难得的是,园外的河沿上有人悠闲地垂钓,一群孩子正在河堤上放风筝。

厮混了几日,先是山岚耐不住好奇,急切打问妈妈芸轩小时候的情况,一得了空就跑到河堤上,抢小孩子们的风筝放,享受小城里独有的田园休闲。

秋真还是念念不忘,非要注解黛玉的那首《桃花行》。不管人家同不同意,她开始分配任务,每人照任务准备起来。芸轩这才问白禾,怎么刚回去不长时间就又回来了。

白禾道:"别说了,你给的书很快看完了,可我没管住自己的嘴,就跟同学们吹嘘,结果传到院长耳朵里了。有一天,廖院长找到我问这事,没办法,我只好告诉了咱们的来龙去脉,院长要去看了。前几天,又给我安排了任务,让我回来请你过去聊一聊,你是不是怨我多事?来了正不知怎么告诉你呢。"

芸轩果然说她多事,妈妈听见,反倒说芸轩,"去吧,也许能找到你二舅的后人呢,也了了姥姥的心愿。"

芸轩笑道:"妈妈是不是要赶我离开?我现在哪也不想去。"妈妈也就不再劝。

这日,天气和暖,山岚牵着一只风筝走来,后面跟着个小女孩。秋真笑她,别老长不大,风筝还给人家,赶紧做正经事。大家在桃花树下的草地里放置了条桌,白禾从台湾给她们带来了几个布袋偶人,照秋真的要求,让姐姐帮着做了改造。

条桌上布置了两个小房间,里面还有小床,两间房之间用竹帘子挡着门。外间屋里是三个丫鬟,丫鬟的名字是:晴雯、麝月、芳官,里间是宝玉和袭人,屋外还站着两个小丫鬟,端着洗脸水盆,手里拿着毛巾之类的洗漱物件。按要求一一放好后,芝子不相信,布置的这场景怎么能和《桃花行》有关了?

秋真没理她,向众人道:"《桃花行》为古风歌行体。既然是歌行体,就有叙事诗的特点。至于她想叙述谁的事，让咱们来看看。该诗共三十四句，却有八次换韵，关键是前六句一韵，说了一个场景，而这个场景，正是咱们这里布置的情景。"芝子奇怪地凑过来，看看桌子上的小房子。

又听文亮道："相见时难别亦难，东风无力百花残。桃花欲远行别离，这情形，正应了李商隐'无题'之句。"

山岚道："谁是东风？"

秦明道："肯定是宝玉。在怡红院里，他虽是王者，可一贯地少威严，堪称软东风。所以，怡红院里向来没大没小，丫鬟们大清早起来，就闹翻了天。"

秋真道："听我说，桃花帘外东风软，说这'软弱'的东风使得怡红院里毫无'纲纪'可言。"

文亮道："所以才有了'桃花帘内晨妆懒'。文中交待，她三人被褥尚未叠起，大衣也未穿，样子是刚起床，还未梳洗就打闹起来。宝玉也不顾身份，竟和她们闹在一处，形成对比的是李纨的稻香村，碧月说我们奶奶不顽，把两个姨娘和琴姑娘也拘住了，不是简单地拘住了，而是一种礼尊。宝玉这里没有，林之孝家的一再教导，早睡早起，可你看现在，整个怡红院起迟了，且还有众丫鬟'懒晨妆'胡闹的现象，哪有半点规矩？"

芝子道："看这场景，我也知道了。帘外桃花帘内人。站在帘外唯一的人，可不就是袭人？她得的花鉴子正是桃花，祝语是'桃红又是一年春'，她真是又迎来了桃花盛开的一年吗？"

秋真不屑道："你又错了，袭人在帘内好不好。帘外桃花是她们呢。"指着床上打闹的三个丫鬟道："你们瞧瞧，这一群滚在一起的女孩子们都穿了啥？那晴雯，只穿葱绿苑绸小袄，红小衣红睡鞋，披着头发。红小衣，就是红色内衣裤，红睡鞋，葱绿袄，红绿相配，像不像一朵桃花？

"再看麝月是红绫抹胸，披着一身旧衣，也是红内衣，外衣是披着的，露着文胸呢；这个'雄奴'穿着撒花紧身儿红裤绿袜，也是红绿配，更像桃花。这样三个红红绿绿的女孩滚到一起闹，是不是有'桃花桃叶落纷纷'之意象？"

文亮道："大早起只穿着内衣就闹在一起，且宝玉也加入进来，其实很不雅观。"

芸轩道："我才注意到，只有麝月身上没有绿色，还强调她披的是旧外衣。所以我认为，曹公安排麝月做最终留在宝玉身边的人，这是有特别意味的。"

秋真道："帘外一群桃花在闹春呢，下一句：人与桃花隔不远。这才说到袭人呢，从袭人的眼里要出镜头了。前面，袭人见祝妈赶吃果子的害虫，后面就上演了一场凤姐损血食的杀子大戏；现在她又看到了一幕：晴雯、麝月大战匈奴，且宝玉的加入，偏偏是解救了雄奴，有意思了。"

芸轩道："这不正是'东风有意揭帘栊，花欲窥人帘不卷'吗？宝玉揭帘加入醋战，袭人却远远观战，似乎是坐山观虎斗，也似乎是窥视一场闹剧。不是闹春，真是一场战争呢。"

芝子问："这么说，历史上肯定有这场战争了？"

秋真道："急什么？慢慢就知道。"

文亮道："桃花帘外开仍旧，帘中人比桃花瘦。花解怜人花也愁，隔帘消息风吹透。这一韵，似乎就是战时情形。倒是开仍旧，帘外桃花们醋战正浓，而帘中人也处境危难，花愁花也瘦。但帘内帘外，似乎很难互通消息，最终还是被风吹透，到底什么样帘子不透消息？又是什么消息这么难透出来呢？"

芸轩道："风透湘帘花满庭。是湘帘，软东风终于吹透了湘帘。湘莲是谁，湘帘便在哪里，让我想起了潇湘馆的帘子，透过这个帘子看，帘内人难道是黛玉吗？"

文亮道："花满庭。吹来的消息，竟然是落英纷纷。所以，庭前春色倍伤情。帘内人透过湘帘，看到外面的情形让人无限伤感，就是后面四句了。"遂吟道：

闲苔院落门空掩，斜日栏杆人自凭。

凭栏人向东风泣，茜裙偷傍桃花立。

秦明道："好啊！从晨光到晚景，这里出现了一个身穿红色纱裙的女子。她是谁？但见黄昏日下，她独自一人立于闲苔院落，面对无力东风，看桃花残谢。桃花树下，她凭栏哭泣，为何如此伤感，不又是宝黛葬花吗？这个长满苔藓的院落在哪里？是潇湘馆吗？可红衣女子是谁？是林黛玉吗？面对桃花，是在悼亡吗？"

芸轩摇摇头道："红衣女子不是黛玉，记得袭人有个红色石榴裙，她又是桃花。自立、自凭，又暗自哭泣，这里怕是她自己哭自己呢。"

文亮道："应该是袭人，大早晨起，就是她看到了一切。不是单单你说的埋葬几片桃花，而是下面这一幕：

桃花桃叶乱纷纷，花绽新红叶凝碧。

雾裹烟封一万株，烘楼照壁红模糊。

"桃花纷纷凋敝，想象一番吧，万株桃花被烟雾笼罩，还不如说被战火洗礼。所以才烘楼照壁红模糊。大地一片血色，这景色到底如何？是不是血肉模糊？"

芝子道："我一直以为这个景象很美。就像这个桃源郡，新红初绽，嫩叶初凝的桃树盈满院子，不就是烘楼照壁的热烈气氛嘛，多美呀。"

秋真道："哼，你的感觉就没对过，桃叶纷落，雾裹烟封，烘楼照壁，正是面临战火洗礼，一片'红模糊'是什么感觉？硝烟弥漫，是火光熊熊的战场写照。"

文亮道："天机烧破鸳鸯锦。这不就对了，她们打闹成一堆，正是在未叠起的'鸳鸯锦'被上。女孩子打闹，却用了一个词'烧破'，若几个女孩子闹着玩，何苦用这样的词？"

秋真道："好了，再回到咱们布置的场景里，下面四句又是一韵，正是：

天机烧破鸳鸯锦，春酣欲醒移珊枕。

侍女金盆进水来，香泉影蘸胭脂冷。

"这四句，又回到了懒晨妆的现场。春酣欲醒，移去珊枕后，就上演了这场硝烟弥漫的桃花战。此时，鸳鸯锦已被烧破，小丫头子们此时端来了洗脸水，拿来了毛巾等洗漱的物件。结果是：她们因相互抓挠，手和脸上都带着冷凝了的胭脂血。"

白禾一直没说话，听了这个，她惊呼道："这么可怕吗？相互抓伤了对方的脸吗？她们不是闹着玩的吗？"

芸轩道："现实是残酷的，下面四句说得清楚着呢，闹着玩？何苦说到胭

脂泪:

> 胭脂鲜艳何相类，花之颜色人之泪；
>
> 若将人泪比桃花，泪自长流花自媚。

"这四句结语，我也不多说了，洗个脸就能洗出桃花血泪来，还血泪长流，你不觉得严重吗？"

秋真道："结语倒是好理解，似乎又回到了黛玉身上，泪易干、花憔悴，花飞人倦易黄昏，末世的情形再现。"

秦明道："关键是最后尾联:

> 一声杜宇春归尽，寂寞帘栊空月痕！

"杜宇就是黛玉的丫鬟紫鹃，这和《葬花吟》的'花落人亡两不知'何其相似？那位红裙少女对着黄昏悼亡，也像那一声杜宇，会啼血而死，确实是黛玉为袭人写的又一首《葬花吟》。"

芸轩道："我倒认为'空月痕'另有意味。这个'月'字，我原以为和麝月有关，后来一想不对。她们正在打闹时，从李纨处来了个'碧月'，来找李纨丢的手帕子。

"这个碧月可是第一次出现，找的手帕子偏偏是李纨的，难道是李纨要为这场战争哭泣？看起来，曹公又埋了伏笔。看战况，三个打闹的丫鬟里，将来死的是晴雯，去的是芳官，留下的是麝月，而哭泣的人却是李纨，只是这个'空月痕'究竟指的是什么，我如今也不明了。"

秋真道："我感兴趣的是芳官。袭人说:晴雯和麝月两个人按住温都里那膈肢呢。她称呼了芳官的外号，叫她温都里那，而文中又几次叫她雄奴。袭人这里同时称呼了芳官的两个名字，暴露了战争的参与方，看来芳官在这场战斗中代表了两个身份。"

秦明道："雄奴好理解，就是匈奴胡人，可温都里那是什么玩意我不知道。"

文亮道："忘了告诉你，是外国的玻璃宝石，代表了外来政权。袭人称呼芳官时用了两个外号，又是匈奴又是温都里那的，我有个大胆猜测，俩名绝不是指一样，温都里那是不是指的荷兰人哪？"

白禾道:"什么意思? 一个匈奴人加一个荷兰人?"

芸轩道:"加在一起,应该代表'清荷联军'。"

白禾道:"清荷联军是什么东西?"

秦明道:"亏你还是台湾人,连这个都不知道,真是有这么个东西。荷兰人被郑成功逐出台湾后,就一直想夺回来,后多方联系清廷,与之结盟,组成联军。

"一六六三年,清荷联军于金门乌沙头击败郑军,并顺势占领思明,迫使郑军全部退守台湾。此战役后,荷兰人重新占领了基隆。"

白禾道:"我知道了。"

山岚道:"能的个你,你怎么知道的?"

白禾道:"《桃花行》就是写一场战争的,又用二人共战芳官来演绎咱们看,而芳官的俩名,说明有两方合成一支联军,而这场战争描绘的,正是清荷联军与郑军之间的金夏海战,你的《别立乾坤》里提到过这场海战的。"

芝子听了,将信将疑,评一首诗和芳官的温都里那、匈奴外号,怎么就断定是一场海战了?

白禾道:"我就相信,她们混闹时,芳官的外号出现变化,是按顺序来的,先是袭人对宝玉说:你快出去解救,晴雯和麝月两个人按住'温都里那'膈肢呢。

"宝玉忙上前笑说:两个大的欺负一个小的,等我助力。说着,也上床来膈肢晴雯。晴雯触痒,笑的忙丢下'雄奴'和宝玉对抓。'雄奴'趁势又将晴雯按倒。

"我觉得,晴雯麝月开始欺负温都里那是有些得势、占了上风的。可宝玉参与后,匈奴却趁势将晴雯按倒,芳官似乎由弱变强,但变强的这个,显然不是前边那个,确实是两个人。"

第七十一回

香花别故土　柳絮上青云

芝子道："我还是疑惑《桃花行》能演绎一场战争。"

秦明道："曹公从来不放孤证，证据多着呢。三宝讨论这首诗时，已经告诉了端倪。"

芝子道："就是三人讨论诗的作者是谁吗？"

文亮道："对呀，宝琴说这诗是她做的，宝玉不信，宝钗就笑说：所以你不通。难道杜工部首首只作'丛菊两开他日泪'之句不成！一般的也有'红绽雨肥梅''水荇牵风翠带长'之媚语。你可知道，宝钗说的这三首诗，具体写什么的吗？"芝子摇头，说不知道。

文亮接着道："《秋兴》八首，是杜甫五十五岁时旅居夔州时所作，里面有一句：丛菊两开他日泪，孤舟一系故园心。述说持续八年之久的安史之乱造成的国家创伤，动乱虽结束，而吐蕃、回纥人乘虚而入，藩镇拥兵割据，唐王朝是难以复兴了。

"诗人的意思：菊花再开时，他却回不到故乡了。后一句便是：寒衣处处催刀尺，白帝城高急暮砧。其实战乱并没有停息。"

白禾道："那'红绽雨肥梅'可是浪漫景色，就没有离乱的意思了吧？"

文亮道："不求甚解。离意更甚。我说出来你听听。这句出自《陪郑广文游何将军山林》第五首里面，原文是：

> 剩水沧江破，残山碣石开。
>
> 绿垂风折笋，红绽雨肥梅。

"诗意为：残山剩水下，铸就名园里，嫩笋肥梅。看似书写美景，而美景里面，实则用了'残山剩水'之典，关键是，你再看看他的第三首，说了这么一篇话：

> 万里戎王子，何年别月支？
>
> 异花开绝域，滋蔓匝清池。
>
> 汉使徒空到，神农竟不知。

"说是：戎王子花，远来万里，是何年何月告别月支故土来到了中原的？这异国绝域的王子花，却在我们的清水池塘四周滋生开放。当年，汉使张骞都不曾把这花带回来，真是徒然到了月支一回，连神农也不知道，世上还有这样美妙的鲜花。

"这话反问得好，异域之花开在中原大地，和蘅芜苑的奇香之花开在大观园，也同样美妙得让人不可思议。前者暗指安禄山等外族入侵，这和后来的金人入关何等相似。汉人失去家园，才有残山剩水之说。"

秦明道："水荇牵风翠带长之句，出自《曲江对雨》：

> 城上春云覆苑墙，江亭晚色静年芳。
>
> 林花著雨燕脂落，水荇牵风翠带长。
>
> 龙武新军深驻辇，芙蓉别殿谩焚香。
>
> 何时诏此金钱会，暂醉佳人锦瑟旁。

"春云低垂，笼罩宫城，覆压苑墙；斜晖脉脉，江亭寂寂，暮霭沉沉。虽是春景生意盎然，却了无人迹，一派荒凉与落寞。曾见证过开元盛世繁华与奢靡的曲江，在安史乱后沉寂下来。年年芳草，而'金钱会'的盛况却荡然无存，令人嗟叹。"

芸轩道："你还不知，水荇牵风翠带长，脱胎于'牵风紫蔓长'之句。翠带飘逸，本因风吹水荇，诗人却反其道而行，说水荇牵风，似乎这水荇翠带难耐寂寞，作者思念的恐怕是旧日君恩之宠，所以宝钗说他是媚语。但他真正抒发的却是一种大厦将倾、逝水难回的情感下，渴盼恩泽重沐、一展怀抱的理想，这更让人伤感。"

秋真道："还是宝玉说的对，潇湘子的稿子发的是哀音，经的是离丧，可你们一论证，杜工部的又何尝不是？"

白禾道："在我的印象里，黛玉的桃花社好像并没有重建起来。先是被探春的生日耽搁，后来改到初五，可这一天又听说贾政回来，怕耽误宝玉的功课，黛玉便一再地拖延下来，最终应该是没成吧。"

秋真道："不但没成，时间上也奇怪着呢。三春本来是指一到三月之间，可从来没有把三春集中放到一个月里说的，这一回偏是这样。湘云说，海棠社起自秋天，就不应发达。现是初春，万物逢新，桃花社才应发达，黛玉就写了《桃花行》，上任做了社长，便定于三月初二日要作兴起来。

"巧的是，探春生日需陪老太太玩一日，把社日改到初五吧，又接到贾政要回来的家书，宝玉便忙着写字温习功课。似乎这都是仲春的事，紧接着是三月下旬，宝玉的字也在大家帮助下完成了。

"不想中间插了一场奇怪的海事。

"正是天天用功，可巧近海一带海啸，又糟蹋了几处生民。地方官题本奏闻，奉旨就着贾政顺路，查看赈济灾情。

"如此，贾政的回程就拖延了，说至冬底方回。宝玉听了，便把书字又搁过一边，仍是照旧游荡。这时又说：时值'暮春'之际，史湘云无聊，因见柳花飘舞，偶成一小令，便号召填柳絮词，接着又是放风筝。

"如此一来，所谓三春很快在一个月里过去了。这就是三春过后诸芳尽的节奏吗？在以后的时间里，诸多事件都是照这个节奏写呢，这又是个小枯荣之年？"

芸轩道："是一场海事，真真切切提到这场海事了，应是《桃花行》事件的一个佐证。从三月初二起社，延迟到初五日，再就是五月初十，王子腾嫁女儿，再到六七月贾政勘察海啸，直到冬底回来。这一连串日期，似乎就是海事发生的前后时间。"

秋真道："贾政本来是六七月回京，因勘察海啸对民生的伤情，延迟到冬底。那么六七月就是海啸开始发生的时间，到冬底该是海啸结束的时间。"

文亮算了一下道："看上去，中间的大小事件，包括三月份起诗社、写诗、填词、放风筝，王子腾嫁女儿，应是海啸发生的前奏。文中说：偏生近日王子腾之女，许与保宁侯之子为妻，择日于五月初十日过门。你们不是说有人要出塞吗？王家女儿要出嫁，万一就是昭君出塞呢？"

芸轩道："我曾理过这一段时序，比较接近的正是金夏海战的过程，可以对比一下。"

白禾道："从来也没听说还有个金夏海战。倒是有记载，一六六四年三月初十郑经到达台湾，八月改东都为东宁。刚才说嫁给了'保宁侯'，是不是保卫东宁的侯？"

文亮道："提醒得好，如果真是这场海战，过程我也大体知道些，不妨比较一下。"

"郑经平息内乱后，一六六三年元月返回思明州，为避免腹背受敌，期间一直假意被清朝招抚，与此同时，荷兰人也正与清军达成联合用兵计划，试图用清荷联军共同消灭郑军。但是，清政府对其或剿或抚又拿不定主意。一边郑经同意谈判；另一边，荷兰人同意出兵。这种胶着状态持续到三月份，荷军在没有得到明确答复的情况下全部撤回国内。而此时，清廷和郑经的谈判也告破裂。"

秋真道："桃花行，桃花行动也，合了预言的时间。"

文亮道："直到六月，清政府终于批准兵部，让施琅等人相机从速进剿郑军，他们再度联合荷兰人重新成立清荷联军。同时，郑经却做了一件自毁长城的事，便是设计将郑泰处死，由此引发郑泰之弟郑鸣峻和郑泰之子郑缵绪及所部文武官吏四百余名、水陆兵丁七千三百余名及其家眷，乘一百八十余艘船，从金门投降清军的大事。"

山岚道："不像，才六月份呢。"

文亮道："还有呢，郑军此次内讧极大地削弱了自己的军事力量，其实力遭受巨大损失，也造成了军心浮动，为施琅夺取厦门增加了胜算把握。清兵是六月二十日抵达海澄的，施琅的作战计划是打算八月十八日夜五更时总攻，于是便大规模调动部队。"

秋真道:"这不是六七月份将要发生海啸?"

文亮道:"这些举动引起了郑军的注意,郑经与众人商讨后,判定清军即将对厦门发动进攻,他们也开始着手防御。七月二十九日,郑经之母董氏及郑经的家眷全部迁往金门;三十日,郑经颁发告示,要求厦门的居民转往他处,躲避战火;八月初,郑经又把郑军官兵家属全都迁往金门,同时郑经调兵遣将,布置对厦门的防御。

"施琅原想出其不意、攻敌不备,实行偷袭战术。侦知郑军的行动后,发现此计失效。八月初九,施琅迅速调整了作战方案,实行强攻,将进攻厦门的时间延期至八月下旬。其实,由于各种原因,直到十月,清军才云集厦门附近,攻厦之战由此拉开了序幕。

"战斗打响,清荷联军排兵布阵,郑军渐渐失去优势,但有个结果却令人鼓舞。二十日,马得功率泉州战船四百余艘,会同荷兰夹板船七艘,一路直奔厦门而去,恰逢前来迎敌的郑军猛将周全斌。

"周全斌充分发挥快艇灵活机动的特点,运用群狼战术,集中数艘战船的优势兵力,对清军战船实行各个击破,马得功被围而败投海身亡。虽如此,郑军将领黄廷战败,陈升投降,厦门最终失守,郑经同周全斌会合后退往金门。

"二十一日清晨,施琅率军占领厦门,又挑选精锐水师船队,会同荷兰夹板船,组成新的攻击部队,于十月二十四日从厦门出发,进攻金门的浯屿。

"此时郑军已毫无战斗力,一触即溃,已到了兵败如山倒的境况,完全失去了抵御能力。郑经遂被迫放弃金门,领兵退至铜山。十月二十六日,施琅领兵夺取了金门。

"郑经失去金厦后,都督杜辉即率所属将领一百零二名、兵丁两千零九十六名、大小战船六十二艘,献其驻守之地南澳,向清廷投降。"

秦明道:"怪道贾母生日宴上出现了粤海将军。"

文亮道:"这场海战就是冬底结束的。按说就结束了,可第二年正月,郑军的林顺率全镇将士从镇海降清,这件事在郑军内引起了巨大震动,简直是连锁反应,这又引发了周全斌降清。他可是郑军的猛将,随郑成功征战多年,屡建功勋。现在，受郑经猜疑被囚禁了，后虽被放出，在领军平定内乱时也立下大功，但郑泰之死让他心有余悸。看到林顺降清，他也心动了。

"至此，郑成功时代的军中勇猛战将大多投降了清廷，郑经对夺回金厦也深感悲观，一六六四年三月初十，郑经留下部将留守铜山，自己退往台湾。"

秋真道："还真是金厦海战的过程，好有一比。"

众人问，比做什么？

秋真道："这不就是桃花帘内，三人闹得不可开交那一幕吗？起先是晴雯、麝月一起骑在雄奴身上，而宝玉一出手，就出现了内讧，自己人相互猜忌，偏偏是帮雄奴解了围。"

山岚道："时间节点大体也配合得上，可没有五月初十这日的重大事件，倒有两个重要活动，也和这个有关吗？"

秋真问："填柳絮词和放风筝吗？"

山岚道："正是。"

芸轩道："这才是三春连写的用意。三春能缩短到一个月里，那句'三春事业付东流'，正是给宝琴的谶语，说明这个政权的寿命短如三春，所以才像柳絮一样，无根易逝。"

文亮拿手向空中一挥，正巧捉了一团柳絮，向掌上吹一口气，那团柳絮飘飘欲飞，笑道："那咱们就解开柳絮词里的奥秘。"

秋真道："那自然妙，可我没准备。"

文亮道："不用准备，湘云是心血来潮填的词，咱们就心血来潮地解一番，岂不有趣。"

秋真道："那好，正好五首，咱们每人解一首，怎样？"说着，大家各自挑选自己喜欢的那首，众人又一致推芸轩先起个头，给启发一下。

芸轩道："我就来这首《南柯子》，是探春原作、宝玉续作。据我看来，他姊妹二人，并不是因时间原因没作完，恰恰是有意识地一起做上下阕，竟是以一问一答的方式，叙述同一事件。

"也难绾系也难羁，当为探春心境，是无法释怀的离别心绪，因柳怀'留'意。柳絮之与我同样命运，绾系是于柳丝之情，羁绊是因柳根之意。

"一任东西南北各分离。又是如何让一切羁绊都化为徒劳。任我离开吧，不是我不愿意留下，是根与丝都无力挽留，而宝玉的续答，则是一种安慰。

"宝玉答道：落去君休惜，飞来我自知。他梦想着，还有相聚之日。落去不要怅惜，早晚还要飞回来的。那么，什么时候回来呢？便是'莺愁蝶倦晚芳时'。只是这个'晚芳时'很值得推敲，到底什么时候才回来？"

文亮道："莺儿愁了、蝶儿倦了的时候就可以回来。莺儿和蝴蝶可都和宝钗有关哪，一个是她的丫鬟，一个是宝钗扑蝶之典。而乱蝶纷飞，又是湘云醉卧时的特景，所谓招蜂引蝶么，引来的就是宝钗。可见'莺蝶'是宝钗专用的东西。

"明白了这些，就大体知道宝玉的用意，他劝探春别难过，还有回家的那一天，就是莺愁蝶倦，宝钗老了时。"

山岚道："纵是明春再见隔年期。这句说的是'七夕相会'吧，宝玉怎么用到这里了呢？"

芸轩道："我的理解，'隔年期'三字别有意味，七夕隔年相会没错，但他们因什么被隔断？是因天河，是因隔海相望，探春要去的地方，是三千里海路。"

大家听了这句，都说这才是故事眼儿，拍手称赞了一番，就轮到山岚，是黛玉的《唐多令》。

山岚道："粉堕百花州，香残燕子楼。黛玉竟以柳絮自比，她的题材关乎忠诚，她一贯坚守木石盟誓，但如今的境况，坚守忠诚的西施，和为爱殉情的关盼盼，都已经香消玉殒了，而黛玉不过是一棵草，如这柳絮般韶华已过，絮发白头，她变成了无根柳絮。

"叹今生谁舍谁收？这一声长叹，是长长的悲哀，哀叹自己像无根飘摇的风筝一样，试问谁人收留？嫁与东风春不管，凭尔去，忍淹留。这一句，才是柳絮的结局。试问谁舍谁收，答曰嫁与东风。你是风儿，我是柳絮，飞飞扬扬到天涯，自然是东风收柳絮。他们坚守了永远在一起的盟誓，只可惜，留不住，春正去。"

秋真道："有这么点意思，秦明，换你的《西江月》。"

秦明道："宝琴用意更明显，她的词具有历史分析价值，因她使用了两个与柳有关的地方。一个是汉苑，汉代皇家三十六苑；一个便是长安曲江。

"曲江池，水边多植杨柳，柳列如排衙一样壮观，但远不及隋堤柳之规模，但隋堤却被称为亡国之堤。在宝琴看来，柳树和柳絮都是离别之物，她本是柳絮一样的命运，但她崇尚的仍是梅花精神。

"三春事业付东风，明月梅花一梦。这句比喻好，如果三春事业是探春的，东风就是宝玉，她同时回答了探春和宝玉的问题：若将探春的事业寄托在宝玉身上，就只落下梅花一梦。

"几处落红庭院，谁家香雪帘栊？她不禁问，为何家家庭院落红，户户雪挂帘栊？却原来，处处离别，人人恨重，全国沦陷了，这才有：江南江北一般同。"

山岚笑道："湘帘变成香雪帘栊，影射妙极。潇湘为黛，香雪为钗。潇湘馆的门帘都换了，门庭改换了天下。"

芸轩道："柳絮，偏偏是咏柳絮。和柳絮最相关的，莫过于红楼二柳。柳湘莲，和宝玉最好的人出了家，成了三姐活在世上的魂，不知这柳絮里面有没有她。

"柳五儿，最想成为宝玉身边的人却病了，我也有个大胆的推测，她可能是二姐活在世上的魂儿，其实二姐并没死，柳絮里面也许有她。"

文亮道："试试看吧，我不太同意。我的《如梦令》是湘云的小令，她是柳絮填词的发起人，黛玉看到这首小令，连连羡慕。她可没你们那些颓败之感，她是一个抓住春尾巴的人，短短三十三个字，抒尽她的得意之情。

"她说自己也是柳絮，但不是被吐掉的残绒，她如香雾般涌来，卷起了半边别人卷不动的香帘。纤手自拈来，空使鹃啼燕妒。这一切，竟是她信手拈来，得来那样容易。那啼血的杜鹃如何？那辛劳搭窝的燕子又怎样，相比她的成功，空留妒忌，只有她能把春天留住。"

芝子笑道："岂是绣绒残吐。她自称不是被吐掉的残绒，是种什么意境？因残被吐，说明她被人嫌弃过、唾弃过，现在却因走进香帘而得意了。"

秋真道："历史上不乏其人，也许就是说的柳五儿呢。最后看我的《临江仙》，这可是宝钗的夺魁之作。桃花社没发达起来，《桃花行》却无人匹敌，倒是柳絮填词，宝钗得了第一，咱们看看她的小令好在哪里。

"首先，她摈弃了众人的颓败情绪，也没有湘云的媚态，她要让这个轻薄无根的东西，变成青云直上的宠儿。于是，就翻了个样式，首先，拿出了自家的高贵出身：白玉堂。

"白玉堂，金马门，乃帝宫独有，若是薛家柳絮，落在白玉堂上，就另一番景象了。

"白玉堂前风解舞，我的白玉堂，自然我是东风。就在宝钗说出'东风卷的均匀'一句时，湘云大加赞赏，说这一句就出人之上。徐徐东风，均匀有力地将柳絮慢慢卷起，又把团团柳絮洒落白玉堂前，你们看多么巧合，这和湘云的'卷起半帘香雾'多么切合。"

秦明也笑道："东风卷的均匀，确实有意思，湘云感同身受。若朝廷让所有人得到公平待遇，卷的均匀，就算是遇到了明君。"

秋真道："底下的更妙，宝钗说当今世道，蜂团蝶阵乱纷纷。所谓乱世出英雄，你们何必随波东逝，落于尘埃。

"柳丝也好，柳絮也罢，不管你们是否分离，都要随分安分。韶华已过，休笑自己无根无本，有我东风在，你们应该凭借东风之力直达青云，完成从柳絮到香雾的华丽转身。正是：好风凭借力，送我上青云！"

秦明道："湘云的成功就是一个典范，怪不得大批将领纷纷来降，好风凭借力，真是好招。"

正说得热闹，忽见一个小女孩向这边跑来，山岚看时，原来她的风筝正向这边园子里飘落，挂在桃树枝上了，山岚跑去帮着摘。

芸轩见了笑道："巧了，说到这里，外面突然发生了落风筝事件，这也就是曹公惯用的蒙太奇手法。你这边不是正鼓动大家上青云吗，外边却突然有风筝，从青云之上直掉下来，用这个法子来回应她的得意。"

秋真道："这个回应很不错，风筝和柳絮在某些方面是有共性的，比如见风飘扬，无根无本。可能放风筝一节，就是飞柳絮的延续，咱们要是有风筝放起来就好了。"

芸轩笑道:"知道你会要这个,早备下了。"说着,就要取风筝去,秋真听了高兴地拍着手。

文亮道:"记得就有一首《临江仙》,就是说上青云和放风筝之事,竟是侯蒙的《未遇行藏谁肯信》。

"说的是:未遇行藏谁肯信,如今方表名踪。无端良匠画形容。当风轻借力,一举入高空。才得吹嘘身渐稳,只疑远赴蟾宫。雨馀时候夕阳红。几人平地上,看我碧霄中。"

秦明道:"当风轻借力,一举入高空。听你这词,贬意十足,明写风筝高飞,实写小人心理,双关双画,是讽刺那些瞧不起他的人。"

山岚回来道:"我看,这洋洋得意的神态,是刻画了一个得势小人的嘴脸。"

芸轩给每人拿来一只风筝,大家手忙脚乱接簸子线,展风筝翅,都说是头回放风筝,不懂咋放。

芸轩道:"放风筝,黛玉称之为放晦气。古有断鸢之说,就是指的断线风筝,也就是放断鸢,我想起一首《放断鹞》诗来,说:

春衣称体近清明,风急鹞鞭处处鸣。

忽听儿童齐拍手,松梢吹落美人筝。

这个就是宝玉放的美人筝,等绑好了,谁来这只?"

山岚道:"怎么没有蝴蝶筝?"

芝子道:"为什么要蝴蝶筝?"

山岚道:"把美人筝改蝴蝶筝,竹梢吹落蝴蝶筝,还差不多。落了蝴蝶风筝的人是嫣红,我看是她的消息要动了。贾赦围剿鸳鸯没成功,好不容易得个嫣红,她又怎么了?放风筝不说,还把风筝落在潇湘馆的竹子上,不对劲。探春就说,拾人走了的风筝,就是拾晦气,嫣红的晦气怎么偏偏落到黛玉家里,这是要把晦气放给黛玉吗?"

芸轩道:"黛玉反应也快,听探春一说,就说自己也要放晦气,是成心想放掉病根。可我的理解,她们放的风筝是断线风筝,表达的是要永远离开的意思，难道嫣红要离开吗？你想想黛玉当时的心境，剪断风筝线是不忍的。

"用宝玉的话说：可惜不知落在哪里去了。若落在有人烟处，被小孩子得了还好，若落在无人烟处，我替他寂寞。想起来把我这个放去，教他两个作伴儿罢。单是他的和黛玉的要去作伴，不是二人同生同灭吧？"

山岚帮小女孩把风筝修展好翅膀，迎风拉起来，边走边道："潇湘馆掉下一只蝴蝶风筝，紫鹃非要收起来，似乎真是不吉利。"

文亮道："真还别说，放风筝是清明习俗，有诗说：

南北山头多墓田，清明祭扫各纷然。

纸灰飞作白蝴蝶，泪血染成红杜鹃。

烧纸的飞灰，化作蝴蝶样飘在空中，样子很像血染的红杜鹃呢。所以，紫鹃非要收起这只蝴蝶筝，就是不吉利。"

绑完风筝，展开看时，里面还有大鱼和螃蟹的，秋真拿过来，转动簟子道："这只好看，还没见过螃蟹风筝呢，我要放一放。"

秦明拿起一只蝙蝠的放起来，道："要这么说，风筝的讲究可多了，蝴蝶还代表长寿呢。我觉得宝琴的蝙蝠就是遍福之意；贾环的螃蟹可以横行称霸；宝钗七只大雁，刚才说了，是独身而归的意思。

"山岚，这一对凤凰和喜字，就留给你放吧，用意更明显，可晴雯放的大鱼，怎么说？"说着，大家七手八脚地拉开线，在草地上跑起来，那些风筝都飘飘摇摇地向空中飞去。

芸轩仰望自己的大鱼风筝，摇头摆尾地像极了一条活鱼，慢慢起高在半空里，那种大鱼飞天的样子，真让她想到了鲤鱼跳龙门，心下暗想：晴雯飞天吗？不知这条大鱼要去哪儿了。想着，簟子线已经松到底，便将线一铰，那条大鱼便摇摇地飞走了。

芸轩拿着空簟子，来到秋真这边道："我替晴雯把大鱼放走了，晴雯为宝玉放的这只是赖大娘给的。赖大娘的身份又很特别，晴雯又是她买来的丫头。一只大鱼上了天，算是鱼跃龙门了。晴雯之死，我好像找到答案了。"

秦明拉着线，也靠拢过来，笑道："我知道，你的下一句定是天机先不泄露，问也白问。那我就知道贾环和探春的风筝代表什么了，可真搞不懂的是，贾赦和晴雯怎么掺和进来了？李纨没放风筝咱理解，湘云那么爱热闹的一个人，刚才填词那么踊跃，放风筝竟没她的影子。所以，我相信你的推断，放风筝的人都将离去。"

白禾和山岚放的都是凤凰的，二人也靠过来，白禾央求道："别呀，姐姐们可不能闷着葫芦卖药，讲一下放风筝的谜底呀。"秋真就问她，《石头记》里共几处提到了风筝？白禾就把线递到山岚手中，掰着手指头数起来。

"第一次提到风筝在第五回，宝玉在太虚幻境，从十二钗册页中看到一幅画，画中两人放风筝。一片大海，一只大船，船中有一女子，掩面泣涕之状。下面题了四句诗：

才自精明志自高，生于末世运偏消。

清明涕泣江边望，千里东风一梦遥。

"毫无疑问，是暗示探春背井离乡，远嫁不归。然后是《红楼曲》中一句：一帆风雨路三千，把骨肉家园齐来抛闪。也是照应这件事的，她去的地方离家乡三千里海路。到了二十二回，探春又做了个灯谜，也提到风筝：

阶下儿童仰面时，清明妆点最堪宜。

游丝一断浑无力，莫向东风怨别离。

"又是写自己，说自己是一只断了线的风筝，面对东风怨别离，预示着要和东风告别呢。直到第七十回，探春就真的放了软翅子大凤凰风筝，她正要剪自己的丝线，见天上也有一只凤凰风筝，就说道：这也不知是谁家的。这是有人来找她了。"

秋真道："算的没错，是揭晓风筝之谜的时候到了，你也抬头看看，那只风筝就是来找探春的。"

众人抬头看，真是靠过来一只凤凰风筝，皆笑说："且别剪你的，看他倒像要来绞的样儿。"说着，只见那凤凰渐逼近来，遂与这凤凰绞在一处。众人方要往下收线，那一家也要收线，正不开交，又见一个门扇大的玲珑喜字带响鞭，在半天如钟鸣一般也逼近来。

大家都说："这一个也来绞了。且别收，让他三个绞在一处倒有趣呢。"那喜字果然与这两个凤凰绞在一处。三下齐收乱顿，谁知线都断了，那三个风筝飘飘摇摇都去了。

白禾笑道："这就是探春远嫁的完美过程吗？"

秋真道："可不吗？从第五回就布线，直到第七十回，探春终于按画中的意象，放出了风筝，远嫁成功。可有一点，别人都是自己剪断的线，唯有她的是被别人绞断的。说明她是被动无奈地远走他乡。"

芸轩道："昭君出塞，终于尘埃落定。"

山岚收拾着那两只风筝，笑道："画中可是两人放风筝，而这里只有探春一人，另一只凤凰的主人藏着呢，咱们并不知道。"

芸轩道："不知道，才需要找出来呢。"

秋真道："怎么不知道，后面不是告诉你了，慢慢你就发现，是南安太妃相中了探春。要我说，只要知道了南安太妃的身份，就知道探春要嫁给谁了。"

白禾道："那只有等后面再找这个人了。"

又指着文亮的美人筝道："宝玉和黛玉的美人呢，结局真就这么惨吗？我记得宝玉放的美人筝，是林红玉的娘林大娘给的，就是没放起来。没放走，是红玉留下来了吗？

"黛玉让宝玉另换了一只，也没说是什么，但从和黛玉作伴的情形来看，也该是美人筝的。我就糊涂了，美人化作君权的话，宝玉并没有把君权放走，或者一分为二了？一份随黛玉走了，一份留下来了成了红玉不成？"

秦明道："分析的有理。第五十回里，宝玉也做过一首诗谜，你忘了？他说：

> 天上人间两渺茫，琅玕节过谨提防。
>
> 鸾音鹤信须凝睇，好把唏嘘答上苍。

"说的就是放风筝，闹离别，正如《长恨歌》中唱到：

> 上穷碧落下黄泉，两处茫茫皆不见。

"二人终将天上人间相分离。木石盟的坚守，在地不能连理共，在天也当比翼飞。宝玉的一部分，是陪绛珠仙草，回到太虚幻境去了罢。"

芸轩道："说到这个，还是宝玉那句'琅玕节过谨提防'要紧。不是说琅玕节是五月十三日吗，倒和王子腾女儿出嫁的日期、五月初十很接近，又正是放风筝，咱们找的预言伏线，应该就是这个地方了。这个日子里，宝玉那次预言的灾难怕是这次重演了。"

文亮道："我要放走美人了，给黛玉一个仪式感才好。"说着，将籰子顿了顿，果然风紧力大，随着风筝的势，将籰子一松，只听一阵豁剌剌响，登时籰子线尽。

文亮便从手内拿出一把西洋小银剪子来，齐籰子根下寸丝不留，咯噔一声铰断，笑道："这一去，把黛玉的病根儿可都带了去了。"

口中念念有词："竹做风筝，放飞在天，发出的是鸢音鹤信。风筝断线，飘摇而去，才有天上人间两茫茫的唏嘘而叹。黛玉用一把'西洋银剪'，剪断了自己的根，不是'病根'，而是带病之'根'，也是'病根'。这才是藏在探春远嫁里的秘密。"大家看文亮虔诚的样子，都笑她病根不病根的说胡话。

芝子道："带走的是得了病的根没错。想不到，不知不觉中，探春远嫁已结束，我原以为还在八十回后呢。"

芸轩道："远嫁不可怕，用湘云的话说，好在正是万物逢新的好时候。嫁到那边，也许更有作为呢，她不是梦想着自己走出去创一番世界吗？探春远嫁的同时，贾政回来了，政务归源，真是气象一新，宝玉开始读书写字干正事了。那还算是个明政清新的政权，总比早先流亡无政的样子好多着呢。"

白禾忽然想起芸轩给的书里提到这一节，忙道："这个我知道，就是郑经全力经营的明郑东宁政权。他任用咨议参军陈永华掌管政事，坚持遵循郑成功的路线，实行屯田政策，从此台湾经济日渐繁盛。

"此外，在陈永华主政之下，台湾奉行明朝的尊儒制度，开办学堂，开科取仕，并在台南修建孔子庙，台湾遂进入明郑繁盛时期，这也是郑氏集团最为鼎盛时期。"

秋真道："主政的人叫陈永华吗？他让我想起了张华，这是不是你说的，张华在纲纪存呀？"

秦明道："哎，有这么点味道。"

芝子道："我才听出来，金夏海战之后，郑经退守台湾，自此，他在大陆完全失去了立足之地，他们就像一只断了线的风筝，孤悬海外，这才是大家放风筝的最终用意。对不对？"

芸轩笑道："差不多。"

秋真道："可这次海战，也和贾母的生日有关吗？为什么一场战争后，夹上贾母的生日？"

芸轩道："你怎么又错会了意，海战的时间节点隐藏在整个三月到冬底这段时间里，贾母的生日就是一场真生日、真庆典。脂砚早就有评的，贾母寿宴之隆重不亚于宁府年祭，所谓的五凤裁诏，都是照皇家体制来的，一点错不得。只要找出这是为谁过的生日，就能为咱们的推断又增加一层说服力。"

秋真道："这个不好证明吧？"

芸轩道："试试看，我找过。这年八月初三，贾母生日，应该是贾政回家的第二年，先看这个年份，是海战结束的第二年，看这一年那里发生了什么。

"第二个问题，应该出在二十八日的议程安排上，本来议定二十八日请皇亲国戚、驸马、王公、国君、诸公主、郡主、王妃、太君、夫人等人。主要的寿宴日程，详写的也只有这一天，咱就看看这一天。

"到了二十八日，男客在宁府，本日只有北静王、南安郡王、永昌驸马、乐善郡王，并几个世交公侯应袭。你看里面有驸马、王公、郡主、侯，但没有国君。这里的国君应该是诸侯国的国君，而不是皇帝，贾家突然就有了国君这样的皇亲。

"再看荣府中，有南安王太妃、北静王妃，并几位世交公侯诰命。你再看，这里有太妃、王妃，公侯诰命，但没有太君、夫人。太君是个统称，比如，作为公侯母亲的贾母就是老太君；夫人也是，国君的妻子，也可以称夫人。

"比较下来，议定要来的人里面和实际到的客人中，最明显的区别就是国君和太君、夫人都没来。找到这个差异后，我又发现，在荣府的酒宴座位安排上有问题，来看我画个座次图，给你们瞧瞧。"

说着，在地上画了个圆形，标上几个座位，道："上面两席是南北俩王妃。其中一个是王妃，一个郡王太妃。两个主位平坐上席，还算合理，下手依序是公侯诰命们。

"再看下面两席：左边下手一席，陪客是锦乡侯诰命与临昌伯诰命。注意了！这一席只说有陪客，没有主位。右边下手一席，方是贾母主位，却没说陪客是谁。这样的话就有了破绽，左下手一桌，隐匿了一个主位，咱们把目光就锁定主位。

"我再推测一下：如果上面两席主位，是王妃与郡王太妃，下面两席主位，该是什么爵位呢？既然右边的贾母是国公夫人，左边这个被侯爵诰命陪衬的人，至少也是公爵夫人，但不可能超过王位。所以我推断，缺的这个主位，应该和贾母一样级别，也是个国公夫人或郡王太夫人。"

山岚道："你直接说她是谁。"

秦明点点头，道：《石头记》里每次安排座位都暗藏玄机，我算服了。这里我有个建议，四个主位，也许是一个人不同的四个面呢，曹公一向如此立体安排人物，最起码，贾母算是这人的一个影子吧。"

芸轩道："对！曹公布置四个老太太凑在一起，让咱们猜其中那个人是谁的话，以曹公的习惯，那个人占着这三位老太太各一部分。既有北静王妃的级别，这是最高地位了；也有南安太妃的出身，才是其真实的身份；贾母的影子，说明是个聪明老练的老太君，你们说她该是谁？"

大家摇头，都反问是谁。芸轩道："郑成功的夫人董酉姑。在台湾，她所起的作用，就是和贾母一样。"

文亮先是诧异，随后想了想道："郑成功号称国姓爷，董夫人也被尊称为国姓夫人，可以和北静王平起平坐的；郑经继位，她可不就成了国太夫人，南安人，称她是南安郡王太妃最合适了，或者称太君也可，可不就是她！"

秦明道："陪客中的'锦乡侯'与'临昌伯'两个爵位名也提示，这场大典的主题：临昌，乃是临时的昌荣，锦乡，是提醒别忘了纳土还乡的遗训。"

山岚道："我再补充两条。贾母生日，客人送来围屏十六件，这和十六扇慧纹璎珞一个理儿，这些围屏就是明王朝留下的踪迹。内中有江南甄家一架大屏十二扇，大红缎子缂丝'满床笏'，一面是泥金'百寿图'，还有粤海将军邬家一架小屏，是玻璃的。

"这里脂砚评了：一提甄家，盖真事将显，假事将尽。看来又有甄家真事发生，而真事将显的当事人就是连连续续出现南安、粤海这样地方，前面又提到了一个南澳，还有黛玉的西洋剪，风筝去的地方，真是东南海上的台湾。

"还有满床笏的典，在《石头记》里出现过三次。其中一次是贾母点的戏曲。这次是围屏图，且都用在了贾母拜寿礼仪中，这正好切合《满床笏》的真实出处。"

白禾道："满床笏什么典？"

文亮道："郭子仪寿庆，因子女都是文武官员，来拜寿时，上朝用的象牙笏板堆满床。关键是，郭子仪是因平定安史之乱才被封为郡王。

"这就再次提醒，这个寿星郭子仪郡王，和延平郡王同级，都是平乱的功臣。这好几个线索凑到一起，还正是指向在台湾刚刚起家的郑家人。"

秦明道："我知道了，贾母做八旬之庆的八月，和探春说的，老祖宗和宝钗一同过生日的正月，一个人两个生日的秘密，好解释了。"

秋真道："你是说，贾母两个生日都对，一个正是改元之月，如果改元，贾母就应该在正月过生日，而这次应该是立国庆典之日。"

秦明道："刘姥姥来时，说的也清楚，七十多岁，贾母比刘姥姥还小，这里就忽然来了个八旬之庆，都快满百岁了，差近二十年呢，怎么可能？是提醒咱们时间跨度吗？"

文亮道："非常赞同，刘姥姥二进大观园，就拿这个鸽子蛋一样的弹丸之地没辙，直到台湾独立，确实经历了近二十年的艰辛。《石头记》唯一的一次喜事，就是《满床笏》说的，是一场文武百官庆祝的立国大典。这么多年来最值得庆贺的，正是台湾政权的正式确立，一六六四年的八月，郑经改东都为东宁，史称东宁王国。"

山岚自言自语地嘀咕，东宁王国！宁国府就是东府，凤姐去东府靖难，相当于去东宁。郑成功就是南安人，此时把董鄂姑称南安太妃太准确了。

芸轩道："果然是海战结束后的第二年。但别忘了，不仅有一家王国出现呢，贾母最爱的可是两架大炕屏，嘱咐凤姐好好收拾起来。甄家的'满床笏'大炕屏是头等的。粤海将军邬家一架玻璃的还罢了。虽然玻璃易碎，可这方贾母珍爱的邬家势力不知是哪家，都到这个时候了，哪里还有一家抗清势力呢?"众人也都疑惑起来。

正待还说,妈妈喊她们进屋吃饭。外面也渐渐起风了,几个人边收拾没放的风筝,见姐姐从外面拎进一袋新鲜的三疣梭子蟹,说让她们尝尝鲜儿。

山岚头次见到这样大的海蟹,不小心打开了袋子口,海蟹都爬了出来,满地张牙舞爪地横行,几个女孩子笑着又不敢捉,还是张大爷乐呵呵地一一抓到盆子里。

白禾和芝子闹着帮大姐做螃蟹去了。

秋真道:"我也是第一次见这样大螃蟹,横行霸道的,窝窝囊囊的贾环去那边也能这样横冲直撞了?"

山岚道:"别轻狂了,贾环肯定是换角色了,贾环还罢了,我更关心另一件事,探春远嫁前,记得贾母让探春来见南安太妃时,一共叫了五个人呢,放风筝的也是好几个,莫非不光探春一个人远嫁,其他人呢?"

秦明道:"刚才文亮剪断丝线时,我想到了,本来贾母命凤姐儿去把史、薛、林带来,还特别嘱咐:再只叫你三妹妹陪着来罢。听话头,三妹妹倒成了陪客。

"南安太妃当时见到了五个人,先对湘云说:你在这里,听见我来了还不出来,还只等请去。我明儿和你叔叔算帐。半真半假的因认识,所以没拉她的手,也没相看,没看中的意思。

"又一手拉着探春,一手拉着宝钗,问几岁了,又连声夸赞。因又松了她两个,又拉着黛玉、宝琴,也着实细看,极夸一回。又笑道:都是好的,不知叫我夸哪一个的是。除了湘云,好像四个她都看中了,都要娶走的意思吗?"

山岚道:"明明只有探春一人远嫁,怎么都看中了呢,这些人都远嫁了?"

文亮道:"你还真说对了,我觉得凡放风筝者,都远嫁海外,不光探春一人,宝琴的身份你又不是不知道,除了湘云。"

秋真道:"就是,这个生日里,贾母一下子喜欢两个穷孩子,喜鸾和四姐儿,你们记得吗?命她两个过来,榻前同坐,又赶着交待园里众人,都好生看待二人,怎么毫无征兆地,出现这么两位,这和当初喜欢宝琴一样。展开你们的想象力,如果南安太妃是真身份,像贾母喜欢宝琴一样,又看中探春四人,这一系列下来，到底是怎么回事？"

芸轩道："来个喜鸾，又出现南安太妃相亲，真是多喜临门呢。不光是生日庆典，'喜鸾'二字就有喜结良缘、结婚庆典的意思；又来个四姐儿，因除了湘云，一下子相中四位姐姐，这才是'四姐儿'出现的寓意。"

山岚道："错了，宝钗难道也嫁过去了不成？"

东宁庆国时　江郎才尽日

秋真笑道："怎么没有她，'莺愁蝶倦晚芳时'，什么是'晚芳时'，就是老了的时候呗，那里终会成为她的家园。懂了吗，贾母特意留下喜鸾、四姐儿好有意思，她是代南安太妃迎接探春远嫁而来呢，而喜结鸾凤者，正是四个人，还能不是特别的喜事吗？

"所以宝琴才是她堂妹，薛蝌才娶邢岫烟，宝钗也来，黛玉也来，探春不用说，这都会在将来兑现。南安太妃现在看上她们不对吗？我看文亮说的对，就是一群人远嫁。"

山岚道："远嫁！还一群人远嫁。不光湘云落了单儿，宝玉的美人也没飞过去，那里既没湘云的事，也没宝玉什么事。我看黛玉的桃花社是开在台湾了，是春天发起理应发达的，可怎么看着贾府里，因周瑞和费婆子的挑拨邢夫人开始生事，那个地方怕是又要窝里斗了吧？"

秋真道："我说怎么贾赦的嫣红还参与放风筝了呢，他也伸过手来了。我看那个地方的败落，首罪之人就是贾赦和邢夫人。"

芝子道："为什么这么说？他二人是可有可无的角色，怎么成了首罪之人？"

芸轩道："邢夫人首先向凤姐发难，一是因娶鸳鸯的事，老太太冷淡她；

二是贾母偏疼探春，未让迎春出面见南安太妃。放到现实中，是抱怨贾母，那个地方为何不属于迎春的地盘；三是老婆子们的挑唆。

"但不管怎样，直接结果是让凤姐灰心了，因凤姐生这种闷气，落下一个可怕的病根：血山崩。这是后话，目前有个信息告诉咱们，贾母开始关注寿命长短了。"

白禾道："什么时候说凤姐、宝玉有寿命问题了？"

芸轩道："第一次提到这事，因贾母今日寿诞，她告诉南安太妃，几处庙里都念'保安延寿经'，是为贾母祈求延寿的，宝玉也跪经去了；第二次，是让他姊妹们捡佛豆，还特别告诉凤姐，晚上住下来帮她捡佛豆，也积积寿，贾母好像特别担心自己和宝凤二人的寿命了。"

秋真道："前面担心梧桐太细，这回担心政权短命。"

秦明道："是呀，贾府局势有所变化，贾母的担心是对的。尤氏乘机落井下石，一向糊涂的王夫人也站到了邢夫人一边，真有一种墙倒众人推的感觉，也只有贾母还算个明白人。"

芸轩道："真正的明白人是鸳鸯，你听她那段话，一针见血。说为人难，做媳妇更难，意思是可怜凤姐治国难。"

秋真道："打天下难，守天下更难，探春发出的感叹也是，最是烦难帝王家。"

芸轩咕哝道："可不吗，又是一番烈火烹油之势，热闹过后，一个新政权算是重打锣鼓另开张，一场新戏就要上演呢，大观园的女儿们却开始纷纷出阁了，等着瞧吧。"

姐姐喊她们吃饭，妈妈特意嘱咐，要为她们姊妹们每天换着样做吃的，姐姐连忙应着，还答应周六要带她们去看海河交汇奇景，观赏上万只黄河湿地候鸟。每次饭间，妈妈都要打问她们在南边的趣事，一时哪里问得完。吃完饭，芸轩等来到桃源郡外的小河边，一排垂柳下的石桥边上，坐着十几个垂钓人。

山岚道："不行，我得回去。你们这里三月天，午后还凉凉的，披个大毛衣服才行。"

第七十二回
东宁庆国时　江郎才尽日

205

秋真道："你说冷我想起来了，怎么《石头记》里的许多环境温度倒符合你们北方特点？比如这个季节有些冷；再比如十月芦雪庵赏雪、这在咱们南方可不多见。"

山岚回头道："我就这么一说。所有的故事已告一个段落了，前面所有的伏线也水落石出，还争论啥？下面的故事要重新布线了好不好。"

白禾听说，便央求道："你们又得新起头吗？我可等不得了。上次来，迁延了那些时日，回去挨了训，这回我想早回呢，叶妈妈又给我任务，好姐姐，怎么也得帮帮忙。"

秋真等都笑道："谁敢比你的事要紧，只是说了不算。"

接下来，先是芝子的剧组有事，不得已，她匆匆告别大家回去了。接着，秋真的团里又接了新任务，让她回去做交底，并请芸轩一起去。白禾无法，只得自己一人回去复命。大家便约好了再见面的时间。

因芸轩几年没得回家，临走时，妈妈千叮咛万嘱咐，让芸轩和秋真等人一定回来过中秋团圆节。

时间过得飞快，展眼就是八月里，后天就是八月十五日，到了她们约定的时间，白禾如约来到桃源郡。大家再次重逢，有说不完的新鲜事，叙不够的重逢情，白禾还是那件事，说给的日子不多，最好过完十五就跟她去台湾。

山岚道："这么着急怎么行，几个月来，我们最忙，啥也没顾上，都快断了线索了，后面的故事都迷糊着呢，怎么去给你们讲？"

文亮道："无论如何也得让咱们先弄明白了再说。"

芸轩道："后面的事说不清的话，你几位能饶了我？可时间又这么急。要不，咱们也来个十日谈，谢绝一切活动，每日一事，十日内勘察完《石头记》全貌。然后，秋真和我陪你回去完成你的任务，这样行吗？"大家听了，无不乐意，说干就动手起来。

一早，山岚就把院子里三间落地玻璃房、写着"梅舍"的屋子收拾一番。里面阳光灿烂，几株老梅也开得正艳。山岚搬出一座现成的茶台，只是久不使用，浮满灰尘。

山岚一边洗着茶具，一边嚷嚷："这间茶轩比起咱们的来可敞亮多了，这么好的屋子，要在咱们那里就好了，我定把它拾掇得有声有色的。"

秋真道："怎么说话，在这里你就不收拾了？烹茶还是你的任务，上午啥也别干，看我怎么把这里收拾巧妙。"

果然，秋真的眼光没得说，稍加布置，添了张书台和笔砚，又抬来画板，把芸轩的图画钉在上面，又把芸轩关于红学的书也尽搬了来。大家放眼看过来，活脱一个案件侦破室。

山岚笑说："仅有的一点温馨也让你给收拾没了，真像破案现场了。"

秋真道："你就认清现实吧，时间紧迫，再磨磨唧唧哪能行。再者，我也有事，赶时间呢。"

芸轩道："曹公的布局也像加快了节奏呢。后面的事件，似乎也是集中写了，咱们不集中精力哪能行，可不就是像破案吗？"

秋真笑道："这样好，我喜欢。没有花花草草，更容易集中精力。我只提一点要求，这十天里，每人主讲两天，也就是说，每人要在两天里提出最关键的线索，交给咱们讨论，但谁也别说题外话。"

秦明道："说的对，就该这样。"

文亮洗干净手，先用毛笔写了一个文案，钉在白板上。大家看时，见她提出的线索是：贾母八旬之庆，一方面说贾母高寿，但从另一方面讲，既然岁数大了，就离死亡也越近了。针对一场祝寿，其实是开始埋下死亡的伏笔。

然后，文亮说了自己的理由：

第一，地藏庵的姑子出现在贾母寿宴期间，还来往于宝玉的怡红院里，目的也是帮贾母积寿，且贾母要求宝玉、凤姐都要参与捡佛豆，到十字街上广结寿缘，他们真的是面临寿短问题了。

第二，地藏菩萨的《本愿经》里详细讨论地狱状况，地藏菩萨发誓：地狱未空，誓不成佛，众生度尽，方证菩提。地藏菩萨以悲愿力，救度一切众生，尤其是地狱中的罪苦众生，他就是幽冥教主。

第三，姑子来，不光讲说佛家因果，而是这个充满喜庆的地方，出现了幽冥教主的人。是阎王派人来这里了，就要让此地沦为地狱。贾母大喜的日子里，怪异的婆媳内斗肯定不简单，关乎下地狱。

文亮回头又问芸轩:"哎,对了,是不是你说的两家势力内斗?"芸轩只是笑。

秦明也拿过笔来,边写边道:"这个动议不错,我同意。邢夫人的话,软中带硬,夹枪带棒,是给了凤姐沉重一击。想找到事件的中心,应该先找到问题的关键人物,我认为是邢夫人。她嫌凤姐:只哄着老太太喜欢了,他好就中作威作福,辖治着琏二爷,调唆二太太,把这边的正经太太倒不放在心上。邢夫人觉悟了,本来没地位的邢夫人,这回是要地位了,里面肯定有地位之争。

"因看门的婆子冒犯尤氏,原则上说,凤姐其实是很无辜的,她做的没错。原本是为维护尤氏,不料尤氏并不领情。像尤氏,即使真不知两个老婆子被绑了,也不能在这种情况下说凤姐太多事,真有点落井下石的不地道。

"联系前面,她又和平儿半含半露地说二姐之事,透出对凤姐的怨恨,借着邢夫人这事,肯定有挟私报复的意味。再分析邢夫人的动机,主要是因强婆鸳鸯事件,贾母冷淡了她,又加上奴才们挑拨。凤姐只不过是导火索,才把愤怒发泄在她身上。

"而王夫人本来就糊涂,更不分青红皂白了,还认为邢夫人说的对,真是一反常态。加上陪房周瑞家的私心,才把凤姐推到了风口浪尖上。

"所以,在贾母的寿日期间,有为地位的,有挟私报复的,有落井下石的,有糊里糊涂的,就发生了这样诡异的婆媳斗法。"边说着,画了一个婆媳斗法八卦圈。

秋真道:"话又说回来,婆媳斗法,倒简单了。白禾,你们那里这个时间节点上,谁是婆婆谁是媳妇,找出来不就行了。"

白禾道:"郑经当家,他的婆婆是不是他妈妈?"

秋真道:"应该是,他们母子有矛盾吗?需要斗法?"

不等白禾回答,文亮道:"有些,郑成功死后,郑经当家,因郑经有乱伦的短处,为此,母亲差点陪着丢了性命,而乱伦生的孩子就是她长孙。

"自从有了这个长孙,董酉姑和儿子的关系越来越远,加上底下大臣们风言风语,他们母子关系确实越来越冷淡,还真是为争地位。"

秋真道:"如果这样,还真是这个原因了。奴才们的挑唆是其一,王夫人的态度也有了说处。不是她真糊涂，正宗朱明王家的人，肯定不愿意承认他的身份，才不愿意为凤姐撑腰的。"

文亮又道："这只是一个因果，另外一件子，贾母为了延长这个政权的寿命尽了最大努力。先是让宝玉跪《延寿经》，再就是督促凤姐捡佛豆儿积寿。我的问题是：捡豆子结寿缘，到底能不能积下寿来？能不能延长这个政权的寿命？"

芝子道："捡佛豆是什么风俗？"

山岚道："我问过鲁尼，她告诉说捡佛豆结缘有几个意思呢。有结人缘、有结善缘，若是结寿缘，又是地藏庵的姑子来念的佛偈，大约是末世十恶轮经，是为免地狱之祸的。"

芸轩笑道："你们自己杜撰吧？缘分这东西，如果可以通过一粒小小的豆子在十字街头与陌生人挽结，却难以在同一个屋檐之下和有血脉关系的亲人相连，反而同室操戈，缘分是这样不可思议吗？"

山岚道："可贾母到底想干啥？我倒是关注了那两个被捆起来放到马圈里的奴才，她们和焦大有得一拼。当年贾蓉把焦大捆到马圈里，焦大醉骂中透出了两个信息：

"一是，少主子们轻慢了出过大力的老奴才，还都不是一般的老奴才，是把主子从死人堆里背出来的有功之人。宁府是怎么待他们的？这有一说，狡兔死走狗烹，有功之人被主子抛弃了。如果放在平常年份，即便是给你嘴里填粪，奴才们也只能忍着，就像焦大。但如果发生在改朝换代的特殊时期，对奴才这样，就会被逼得叛变。

"二一个，焦大的意思，贾府的主人一代不如一代，其实已到了末世。所以，不怨奴才背叛主子，而是改朝换代了，加上主子待奴才太刻薄，正如史湘云的'闲鹤睡石楼'的境况，何等凄凉，他们处在如此凄凉的境况下，怎能不找一个善待他们的君主？

"再联系此时这一幕，俩管家婆子被捆到马圈里，状况和焦大正相反，不是主子欺负奴才，是奴才不把那边的主子放在眼里了。所以，也透露了两条信息：一是现在大观园里出现了一种怪异现象，奴才强势，可以压过主子去，比如迎春的奶妈,比如邢夫人的配房费婆子,比如王夫人的配房周瑞家的,她竟敢假传圣旨,凤姐只让记下名字,过后发配她们,她却自作主张,立时就捆了送到马圈里。

"二是这一拨主子像是一群无脑人,愚笨的邢夫人开始代替王夫人的主导地位登上舞台;大老爷贾赦开始代替二老爷发话;邢夫人开始宠着迎春和探春比。说明这是一个式微政权,怕是因权臣操纵而败亡。"

芸轩道:"你总没说出关键点,周瑞家的假传圣旨也罢,是她的出发点和凤姐不同。得罪了尤氏事小,她最反感婆子们说'各门各户'的话,这两府一向是允许相互干涉内政的,尤氏有权管理大观园的人,怎么叫各门各户了? 不就是奴才们挑唆主子闹分裂吗?

"趁着立国大典,就有人不服管了,不想听东府的招呼了,还不是要搞独立? 贾母是明白人,捆了她们是对的,可惜碰到了糊涂婆婆,才纵容这些奴才们闹独立,确实是两方老势力在博弈,倒不一定是董酉姑和儿子之间。

"贾母捡佛豆,我可提醒你们,宝琴的丫鬟就叫炒豆子,记不记得? 她们刚捡完佛豆,进来的人就是宝琴,是为了她吧。"

秋真道:"不用说,贾母还是把希望寄托在宝琴身上了。我想宝琴和喜鸾肯定有瓜葛。"

白禾道:"她们怎么有瓜葛了?"

秋真道:"你想啊,贾母留下喜鸾和四姐儿的样子,和当初留下宝琴时的情形一模一样。鸾凤呈祥,两只凤凰和一只大喜字风筝搅在一处,可不就变成喜鸾么。若出现的喜鸾和四姐儿能和宝琴的出现媲美的话,宝琴便转换成了喜鸾,而喜鸾就有阿凤的影子,那凤姐的遭遇就是宝琴的了。"

白禾摸摸脑袋笑道:"谁绕这些圈子,能把喜鸾、四姐儿和凤姐儿连起来?"

秋真道:"且喜鸾的话也很直接,她说:等这里姐姐们果然都出了阁,横竖老太太、太太也寂寞,我来和你作伴儿。只有凤姐说过,陪着老太太一起做老妖精?"

秦明叹息道:"三春去后不是诸芳尽,还有喜鸾呢,她做了凤姐的接班人,能把三春延长到第四春,也说不得,这何尝不是老太太期望的呢。"

芸轩道："岌岌可危了，两个糊涂太太联合打击凤姐后，亏老太太及时出手，先是让凤姐积寿，马上让鸳鸯传话，谁也不许欺负喜鸾，说呀：有人小看了她们，我听见可不依。贾母明显是为凤姐儿撑腰了，难道有人要对凤姐下手？"

文亮接话道："可婆子应了贾母的话，方要走时，鸳鸯又说：我说去罢。听见没？她们哪里听她的话。园子里的婆子们，根本不会听贾母身边婆子传的话，只有鸳鸯去说了才行，大观园只听金姑娘的话了？"

山岚一拍桌子道："是这个苗头，没什么可怪的，大观园早就姓金了，鸳鸯可是一副主子的谱呢。她看得多明白，新出来的这些底下'奴'字号的奶奶们，一个个心满意足，都不知要怎么样才好，少有不得意，不是背地里咬舌根，就是挑三窝四的。

"这是有所指的，鸳鸯还有一句：什么凤丫头，虎丫头，她也可怜见儿的。总而言之，凤姐的势力开始被一股奴字号的新势力欺压了，而这件事的起因是因贾母偏疼探春，邢夫人不乐意了。"

芸轩道："凤丫头变'虎'丫头，我记起一句俗话，正经是'虎'落平阳被犬欺。"

秋真道："所以说，后面的故事就是惜春的机会了。惜春，惜春，当是珍惜之春。正如尤氏担心的，谁都像宝玉，一心无挂碍，只知道和姊妹们顽笑，饿了吃，困了睡，再过几年，不过还是这样，一点后事也不虑。

"宝玉倒好：我能够和姊妹们过一日是一日，死了就完了。什么后事不后事。

"宝玉还是一如既往地混日子，黛玉为此已经和他渐行渐远，只剩这么个短暂的第四春，还这么混世魔王一样不珍惜。而凤姐得了血山崩，才是最真实的短命之兆。"

文亮道："贾母的喜宴里，不对，是立国庆典里，揭示了两大征兆：东宁王国是建立起来了，可开始不服族长管束，要各门各户地闹独立；还有就是婆婆们太糊涂，怂恿奴才欺负主子，这就是王国短命的原因。"

芸轩道："婆媳内斗毕竟是内因，一定还有外在原因，后面的怪事难道就是?"

山岚问道:"快说,什么怪事?"

文亮笑道:"尤氏担心的事呀,这早晚门还大开着,明灯蜡烛,出入的人又杂,倘有不防的事,如何使得?所谓担心什么出什么。果然,司棋就买嘱园内老婆子们,留门看道,趁黑趁乱,潘又安偷偷混进来,要偷人了。"

芸轩道:"此时的园子是金家的,偷人这事也许和金家有关,要不怎么单单让鸳鸯碰上。咱们先放下这头。凤姐的病也许是外因,真正的怪事是凤姐的夺锦之梦。我反复推演过,凤姐和贾琏在这里演了一出双簧。

"原先大观园何其富有,探春改革算是没落的开始,但从这一刻起,却突然穷到借当度日,太太开始处理铜锡家伙;凤姐也卖自鸣钟,穷到典当金项圈;连外面也周转失灵,开始搜寻到老太太那里;直到出现夺锦之梦,我总觉得是个怪圈,这到底唱的是哪一出?"

山岚道:"我先注意到,贾琏向鸳鸯借当之前先问了一件古董,就是蜡油冻的佛手。这原是贾母上年的生日礼物,今日怎么突然关心这个东西了?"

秦明道:"这二位大概都想打这件宝物的主意呢,见贾琏问鸳鸯佛手下落,平儿忙出来解释,说在楼上放着,还抱怨贾琏一番,言语可疑得很,越描越黑的感觉。

"凤姐连自鸣钟都卖了,这件东西也不一定还收着。贾琏突然找它,也没安好心,见平儿不给,也打个哈哈,便继续搜寻老太太的东西,开始向鸳鸯借当,他们夫妇开始变卖祖宗的东西了,还不可怕吗?"

芸轩道:"佛手的出现,用意太明显了。从元春的香橼到探春的佛手,又让板儿换到巧姐手里,这里又出现被凤姐迷失的玉佛手,佛手一指,是不是给咱指点迷津呢?佛手、香橼、一张弓和宫中相通,或是宫中迷失了宝物?"

秦明道:"这么说凤姐转换角色了,她此时是站在元、探的立场上来演绎这个夺锦之梦。"

秋真道:"家道艰难,突然出现了家道艰难现象,除了吃草根子那一节,这是从来没有过的,虽说秦可卿曾梦中托付过凤姐防备这一天的到来,可凤姐并没能制止,这一天终于还是来了,只是来得毫无征兆,太突然了。为什么会这样？"

文亮笑道："你也不用疑惑，曹公最拿手的地方就是自问自答。他先设下迷阵，然后马上就说原因，从来不带拖泥带水的呢。你看，先是说玉佛手到了凤姐处，她拥有这个，表明她是宫中人，马上就是夺锦之梦，再告诉夺锦之人并不是咱家的娘娘。那就是说，这个夺锦之人一定也是宫中人，且是别家娘娘。说到这里时，紧接着出现了谁？你们想想，那人不就是谜底吗？"

秋真道："说得轻巧，倒是出现了一位呢，夏太监。呵！夺锦之人难道是个太监吗？"

秦明道："也难说，首先他确实是宫里人。凤姐为了打发夏太监的人，当掉了自己的两个金项圈，且以前的还有一千二百两没还呢，用凤姐的话说，都要还的话，还不知多少呢；贾琏还说，周太监开口就要一千两银子，这种盘剥法长此以往，怎受得了啊，说不定贾家败落的最大外因就是这些个作祟的宫中人呢。"

山岚道："这个夏太监一出现，贾家人就心慌意乱的，他可真是贾家的克星。"

芸轩道："这个人确实有问题。凤姐病了，表象是懒懒的，实际是血崩之灾，恰恰就表现在这个夺锦之梦上，且夺锦是有典故的。"

文亮道："是的，这让我想到江郎才尽一典，江淹乘船，停在禅灵寺河边，梦见一个自称张景阳的人，向他讨还一匹绸缎，他就从怀中掏出几尺绸缎还他，此后他便写不出佳作了。显然这里是说，凤姐维持这个家族已到了穷途末路的状态了，不是江郎才尽，而是凤姐才尽。"

芸轩道："这是其一，凤姐什么时候认过孬，这次却说：不是我说没了能耐的话，要像这样，我竟不能了。昨晚上忽然做了一个梦，就是江郎才尽的梦；第二个关键处，不但那人夺了她的锦，且现实里，宫中之人确实正在夺她的锦，看看她打发夏太监，拿出来典当的东西就知道。

"一个'锦'盒，用两个'锦'袱包着。注意！这里连续出现了两个'锦'字。打开时，一个金累丝攒珠的，那珍珠都有莲子大小，一个点翠嵌宝石的，两个物件都与宫中之物不离上下，又是珍珠又是宝石的，明显是凤姐随身佩戴之物。这和宝玉不离身的玉是一样作用的物件，此时却被夏太监硬生生地夺走了，这才是夺锦之举。"

山岚道："曹公向来做四层包袱，还有其三、其四吗？"

芸轩道："当然有，其三就是郑经的另一个名字叫郑锦，昵称锦舍。别的娘娘夺锦，一定是在消磨贾家娘娘的实力，直到让她财力空虚，财政艰难，直至败落。"

山岚道："其四呢？"

芸轩道："其四就是关键人物夏太监，什么时候知道了他的身份，凤姐的夺锦之梦才不枉曹公布置一番。"

山岚道："好像有个逗露很关键，凤姐梦中见的那个夺锦之人，据凤姐描述：虽面善，却又不知名姓。这里脂砚批道：是以前授方相之旧，数十年后矣。

"意思是，夺锦的这个面善之人，是以前授之以方时的旧面相，数十年后还面善吗？说明夺锦之人定是凤姐的旧相识，只不过数十年后变了，变得不认识了，变得不面善了。"

芸轩道："此人越来越清晰。"

白禾却问道："什么是授之以方？"

文亮道："授方，是指教授为官之道的常法，就是教他怎么做个好官。这么说来，有意思了，只有帝王才能教授百官之常法。照这个理解，凤姐曾经给这个人授过方，这个夺锦之人可能还是凤姐的臣子呢。"

山岚道："这个身份够重量，难不成是个前朝大臣？"

秦明道："还有，凤姐还讽刺贾琏，说贾琏以为自家很富有，觉着贾府像石崇和邓通家一样，富可敌国。实际上，是咒骂贾琏，因这两个人虽富可敌国，却都死无葬身之地，且都因战乱或被新皇厌弃而死，那人也会是这样下场吗？"

文亮道："很有可能。我还注意到，贾琏和凤姐的双簧演到快结束时，突然就提到了二姐。其实是平儿提示凤姐，向贾琏要回扣银子，凤姐的理由是给二姐烧纸。可我算了一下，根本不到周年，这才八月上旬，二姐是去年腊月死的，怎么这就议论上坟的事呢？曹公又借错迷惑咱们了。

　　"我才注意到这句话：她虽没留下个男女，也要'前人撒土迷了后人的眼'才是。谁能体会这句话的用意？"

　　秦明道："二姐是谁？凤姐不可能给她烧纸，但她却偏偏提出了，提前这么长时间讨论此事，我看给二姐烧纸是假，做样子给后人看是真，骗咱们的。所以，才说前人设迷局，来迷惑咱们后人的眼。"

　　芸轩道："有这么点意思。才刚说那人的下场像石崇、邓通，现在又没事找事地提二姐，该是那人的经历像二姐？可二姐不就是降了清么。到现在为止，这个人的样貌就快被画出一大半，只是还不很全，再继续努力找找。"

　　文亮道："好吧，凤姐和贾琏的双簧唱到最后，也就是第四个大问题：旺儿求亲，或者干脆和第五大问题一起，就是司棋偷情。因都干涉婚嫁问题，我想肯定之间有瓜葛，不如放在一起算了。"

　　山岚道："贾府的小厮都是二十五岁才指婚。偏这旺儿家的小儿子，才十七岁就着急忙慌地求亲。自己不成人，眼光还很高，还求娶彩霞，彩霞是一般人吗？她象征什么咱们又不是不知道。

　　"怎么一个奴才的儿子来高攀彩霞呢？这又让我念念不忘，曹公安得什么心？旺儿之子，到底是什么人？

　　"才说司棋偷情，我也琢磨了，'偷情'莫若'投清'，司棋也许就是金家人，她偏偏又在桂树底下偷情，又有一个夏太监夺锦。又是金，又是夏，又是桂的。怪了，我脑子里怎么老出现'夏金桂'三个字呢。"

　　白禾道："你的脑子跑得快，夏金桂还早呢，可笑。她偷情，是被鸳鸯误撞的，她贼人胆虚，只当鸳鸯已看见首尾了，便从树后跑出来，一把拉住鸳鸯，双膝跪下。鸳鸯其实没看清，反而有些莫名其妙，感觉是司棋主动露出尾巴似的。

　　"我就觉得，这事本不是什么丢性命的事，至于就吓得那样了？她若不承认谁也无法，没证据的事。一个吓跑了，一个吓病了，我是觉得有问题。"

　　芸轩道："主动暴露不是错觉，也许司棋有自己的动机，我也想，表面是司棋做了错事，可司棋的表白很特别，细细品味就发现，司棋的话竟都是反话，意思正相反的。"

白禾道："司棋明明是告饶，还能怎么个反话法，总不能听出威胁别人的味道来吧？"

文亮道："大观园里最怪的第五件大事就是司棋偷情了，因这件事引起的连锁反应会在大观园持续发酵。正如鸳鸯说的，奸盗相连，会干系到人命，保不齐会带累旁人，连自己都吓到了，凡晚间她便不大往园中来了。

"因思园中尚有这样奇事，何况别处，因此连别处也不大轻易走动了。这样大的事，我也期盼有个结论呢。"

芸轩点头道："这会子提她的事才有些深意，我仔细研究过司棋和鸳鸯的对白，如果只读一遍，真是读不出什么来，读多了，听起来就变了味。不信，山岚和文亮就对答一次试试。"

文亮学鸳鸯道："我告诉一个人，立刻现死现报！你只管放心养病，别白糟踏了小命儿。"

山岚就学司棋的语气道："我的姐姐，咱们从小儿耳鬓厮磨，你不曾拿我当外人待，我也不敢待慢了你。如今我虽一着走错，你若果然不告诉一个人，你就是我的亲娘一样。从此后我活一日是你给我一日，我的病好之后，把你立个长生牌位，我天天焚香礼拜，保佑你一生福寿双全。我若死了时，变驴变狗报答你。"

芸轩喊停，接着道："听出什么来没？"

众人摇摇头，都道很正常。

芸轩道："真服你们了。鸳鸯碰到司棋偷情，自己反倒比司棋还难为情，是最值得关注的一种心理反应，不能拿少女心态解释。鸳鸯反而向司棋赌咒发誓，如果说出去就现死现报，这可是毒誓，是第二个需要关注的心理反应。

"第三就是司棋的表白，你若不说出去，你就是我的亲娘。有点言重了，最关键是下面几句，言外之意，假若你告诉了人怎么办？岚子，你继续说。"

司棋道："再俗语说，千里搭长棚，没有不散的筵席。再过三二年，咱们都是要离这里的。俗语又说，浮萍尚有相逢日，人岂全无见面时。倘或日后咱们遇见了，那时我又怎么报你的德行。"

芸轩道："千里搭长棚，没有不散的筵席，本是小红的语录。意思是说，别以为你们有几百年的过头似的，哪一个王朝不都有烟消云散的那一日，凡事不要太认真和别人过不去。浮萍尚有相逢日，人岂全无见面时。意思更明显，人都要自己留点后路，抬头不见低头见的，何苦把我逼到死路上。

"总而言之，司棋的意思，这件事你要不说出去，你就是亲娘一样，我报答你。可你要是说出去了，看我怎样报答你的德行。报答你的德行，何如看我怎样报复你德行，听起来更像是威胁。

"最奇怪的还在后面，鸳鸯竟认可了这几句话，她的回答是：正是这话。我又不是管事的人，何苦我坏你的名声，我白去献勤。"

秦明道："你这样一说，还真有这感觉，司棋虽是哭得声泪俱下，但话是强硬的，有点恐吓的味道。鸳鸯的反应，却是应诺的，且还信誓旦旦的样子，倒像是自己因发现了此事有了错一样。"

芸轩道："这事透着蹊跷。二人到底不这么简单，有一种较量在里面。司棋主动暴露偷情意图，且比鸳鸯还强硬。金鸳鸯可是金人的化身，此时，谁敢和她较量？"

秋真道："偷了人，主动暴露给你，还不让你说出去，还敢要挟人家，谁呀这是？凡和偷情有关联的线索，都给我找出来，不信挖不出这人来。"

秦明拿笔画起来道："有关联的倒还有几件。首先大家在探春处，议论女儿们出嫁的事，说明女孩子们都长大了，开始关心自己的婚姻大事了，这才是各自须寻各自门，都开始寻找自己的归宿了；小厮求配，司棋也就添了心事，也要自寻出路了。

"大观园里开始充斥着来往的官媒；还有凤姐、贾琏主子们给奴才牵线的私媒；还有李纨、尤氏等人的议论，说姑娘们都到了出嫁的年龄。于是便开始上演婚嫁游戏，期间就有三桩婚事，浮出水面，且透着玄机。

"一个，旺儿的儿子求娶彩霞，儿子不成才，却想仗着凤姐施威，要强娶，意味着有个强势的奴才出现了；彩霞代表政治氛围，她应该属于朱氏政权才行，再不争气，最孬还曾属于贾环，这个咱们明白。可一个奴才的儿子，也敢强娶彩霞？也配拥有朱氏政权吗？这个强势的儿子，到底是什么人？"

第七十二回
东宁庆国时　江郎才尽日

217

山岚道:"可不可以这样理解:旺儿的儿子,也就是说,势头正旺之人的儿子,想求一个朱明政权的好地位,或者说,那个人想博个明王朝的好名声。"

秦明接着道:"二是,彩霞很不愿意,却心系贾环,说明那方政权比贾环的还恶心人。"

秋真道:"是呀,王夫人能不知道贾环和彩霞的关系?此时的贾环可是横行霸道的大螃蟹呢,王夫人为何不同意彩霞给他,还把彩霞放出去?

"还原一下王夫人的主张,应该是这样的:从正统的帝王家角度看,根本不承认郑经是王家人,只能是皇家的奴才,怎能把自己的彩霞给他呢?如果给了,就是承认了他的皇家地位,还是政治清明的皇家地位。"

秦明道:"虽然王夫人不成全,彩霞却一心向往之,至少她对贾环还是充满希望的。可奇怪的是贾环对她却是一副心不在焉的样子,反而赵姨娘很着急。"

文亮道:"我看出来了,贾环根本不在意自己的政治名声,好坏无所谓,才不在意彩霞。但他的母亲很在意,这种关系正好合在郑经和母亲身上。

"你想啊,郑经本就不是皇家人,他的名声本来够坏的,虽在陈永华辅佐下,政治环境一度很晴朗,但郑经却一再做出错误的决策,这让他的母亲很是抱怨,也很着急。"

秦明道:"这些都对,可那个和他争夺彩霞的旺儿之子是谁,肯定还不如郑经,我还没理出来,你们梳理一下。

"我再说第三桩婚事,官媒朱大娘来给孙绍祖提亲了,不用说,肯定是迎春,虽然现在还没说定,但我推断,这桩官媒促成的婚事,应该和司棋偷情有千丝万缕的关系,因司棋是迎春的丫鬟。

"迎春和孙绍祖不认识,但他们的父母是老关系,他们同意了这桩婚事。别忘了,这里有官家身份。所不同的是,司棋和潘又安是从小的关系,属于有情人,双方父母也是老亲,可他们父母是不同意的。比较一下两个婚姻关系,一个有媒人,一个没媒人,一个父母同意,一个父母不同意,这里面应该大有文章。"

芸轩道:"未嫁先名玉,可但凡婚嫁,就是新政权确立。应该是同时发生了两方面的政权确立之事。"

秋真道："好几桩婚事，不好分辨。"

芸轩道："我有办法，按照有没有媒人算，就好办。一件，迎春和孙绍祖是官媒朱大娘，符合朱明人的身份；旺儿和彩霞是私媒，又知道彩霞是怎么回事，且这两组都有媒人。这两组人成婚，是不是看成一件事？

"其中一组代表地位，如迎春，邢夫人抱怨迎春时就说：你和探春一样出身，都是跟前儿人生养的，但迎春的妈妈比赵姨娘强百倍，你就该比探春强才行。

"这话说得明白，迎春和探春一样身份，权利地位应该是皇权。此时出嫁的探春，代表台湾王国的诞生，就是甄家。迎春出嫁又是代表哪个皇权的诞生呢？是不是我说的邬家势力？"

秋真道："总算归到源头了，成了迎、探之事，且这个迎春要嫁过去的政权，其实际身份是个奴才的儿子，一个正在兴头上的奴才的儿子。"

白禾笑道："这不又绕回去了，还是不知道那人是谁。"

秦明道："她们不告诉也好，我想转个角度，咱们继续分析，就说说潘又安。潘安是忠贞和正直美男子的代名词，司棋想嫁个这样的美男子，这和大臣想找个美人帝王一个意思。可潘又安跑了，司棋的理想落了空。

"彩霞的身份更好懂，贾环母子够不招人待见的了，可彩霞宁愿嫁给他，也不愿意嫁给那个人，可见这个旺儿之子多么不争气，清明的政治环境多么难以在他那里生存。

"可在凤姐斡旋之下，彩霞还是给了他，标志着他的朱明政权地位还是被确立了。虽如此，贾琏却有看法，听林之孝说那孩子不成人，配不上彩霞，需要管教。这政权实际是不得人心的，谁找找，那时有这样的一股政权吗？"

芸轩叹道："这叫明媒正娶地成了一对，还有没有媒人的呢。都是没有媒人，只是私下结合的也是两对。"

秦明道："不是一对吗？就是偷情的司棋和潘又安。"

芸轩道："彩霞和贾环呢，她自己悄悄派小霞去问赵姨娘，就不算了？"

白禾道："偷着的这两对，也是影射政权确立大事吗？"

芸轩道："哪有这些政权确立，司棋就不该得到潘又安，彩霞就该回到贾环身边。"

山岚道："我知道了，这两对是那两对的真正结局。"

芝子道："越说越糊涂了，快拉到现实中来比一比罢。旺儿之子和孙绍祖都是有官媒撮合的政权，那时候只有清廷和台湾对抗，也撮合不来呀，除了这两个政权，还有别的吗？"

芸轩道："别忙，这是文亮提的议题，说到最后，大约就会说，一个关键的政治人物终于出场了。去掉旺儿的儿子，去掉见利忘义的孙绍祖，去掉夺锦的前朝大臣，去掉石崇、邓通的结局，去掉二姐投清，去掉司棋偷娶美男子，去掉清明的彩霞，那人身上须符合所有人的每一点才行。"

白禾道："为难死了，每一件都是一个谜，这么多附加条件，怎么综合？"

芸轩道："这还不算，他最像马上出现的一个有政治背景的人，就是贾雨村。此次出场不同往日，直接一句话，林之孝说：方才听得雨村降了。那么一个走运的人物，忽然被降职了，这个信息至关重要。"

山岚道："是说这些人各自的特点都得综合到雨村身上吗？前朝大臣、投过清，这回却求娶彩霞，现在来夺锦，是又反清复明了吗？可他为什么被降职呢？"

秋真道："你就是不开窍，这人像雨村但不是雨村。"

芸轩道："还是蒙太奇，曹公自问自答得巧妙着呢，不信你们再对一下林之孝和贾琏的话。"

文亮道："说到贾雨村降职了，贾琏和林之孝二人商量着怎样离他远些，说将来有事，只怕未必不连累咱们，宁可疏远着他好。

"林之孝道：何尝不是，只是一时难以疏远。如今东府大爷和他更好，老爷又喜欢他，时常来往，那个不知。贾琏道：横竖不和他谋事，也不相干。

"这通对话有两层意思：将来会受到他的牵连，也许是因贾珍或老爷和他走得很近，也许是和他谋事情干。贾琏让打听降职的原因时，说：你去再打听真了，是为什么。林之孝答应了，却不动身，坐在下面椅子上，且说些闲话。因又说起家道艰难，便趁势又说：人口太重了。不如拣个空日，回明老太太、老爷。"

芸轩道:"慢!这就是转换之处,贾琏让:再去打听真了,是为什么?林之孝答:人口太重了。仔细读这两句文字,觉得这话茬接得好突然,好像贾雨村降职的原因是人口太重了。家道艰难,人口太重了,就需要裁员,于是林之孝说了一大套减员的法子。

"把这些出过力的老家人,用不着的开恩放几家出去。一则他们各有营运,二则家里一年也省些口粮月钱。再者里头的姑娘也太多。俗语说:一时比不得一时。如今说不得先时的例了,少不得大家委屈些,该使八个的使六个,该使四个的便使两个。

"谁使八个大丫头?只有贾母,要裁减最上层的核心人员的丫鬟了。贾雨村作为政治人物,一路好运,前途光明,怎么突然降?他的降职竟然和人口太重有关,是不是可以说,和裁员有关系?"

秋真道:"可以这么说,有裁员的政治事件吗?"

文亮道:"我的任务快结束了,最后一个关键点人物要回归到鸳鸯这里。原来是宝玉拿自己当做摄像机,记录贾府发生的一切,后来换上宝琴、贾琏、袭人,这次偏是鸳鸯。

"宝琴见证了看不清祖宗牌位的理由;贾琏见证了南巡;袭人见证了凤姐让贾府断绝祭祀血食的过程;鸳鸯主动请缨,去了一趟大观园,是下面事件的见证人,担当了同样的角色。

"先是看清楚凤姐被压制的现状,并发表了一大篇奴才欺主令人担忧的意见;到凤姐这里,又见她懒懒的,不似往日,就从平儿嘴里知道了凤姐的身体状况;出园时,又看到司棋偷情,这回凤姐是凶多吉少了。

"平儿也说:据我看也不是什么小症候。只从上月行了经之后,这一个月,竟渐渐沥沥的没有止住。这可是大病不是?鸳鸯听了,忙答:嗳哟!依你这话,这可不成了血山崩了。血山崩是要命的病,她的姐姐就是这样死的。看看,她想见证什么?"

芸轩道:"原先,宝钗是大观园改革的旁观者,也是发现弊端的明白人,现在换成了鸳鸯,这就是后面一切事情的开端。你们试着想想当时的政治环境就明白了一切。郑经本来名声不好，又加上太年轻，和妈妈的关系也很僵，雪上加霜的是，海战失败，郑袭等人叛逃，可不就相当于郑氏政权的大出血。

"所以，他的政权非常不稳，大有摇摇欲坠之势。此时，许多有政治眼光的清朝大臣，像施琅等就说，这是打败郑经的最好时机。"

山岚道："我知道了，这就是金家奴才鸳鸯的新发现，她一路走来，发现台湾内部出了问题，婆媳内斗，凤姐被婆婆压制，身体还出了状况，宝玉又一副浑浑噩噩的状态，相当于贾环失去了彩霞，郑经不正干，内部倾轧严重，正是夺取台湾的最好时机，夺台湾可不就是要夺锦吗？"

芸轩道："谁要和郑经抢政权？你们没找到着眼点，夺锦的实质，隐藏着另一段历史，只不过，我还没确定是不是。鸳鸯一路走来，发现的问题中最惊人的一件便是司棋不端，她想找个貌美的男人，相当于男人做美人梦，其实就是想做大自己，有朝一日当皇帝，这个人要谋反。"

第七十三回

祸起萧墙内　凤失夜桢中

芸轩继续道："这个发现是惊人的，是要出人命的。这个想当皇帝的人是谁？你们再把咱们刚刚梳理出来的那些个事儿往他身上一照应，是谁还不清楚吗？"

文亮沉思道："司棋偷情是在桂树下，给孙绍祖说亲的官媒叫朱大娘。这一个'桂'字，一个'朱'字，不也让人心惊肉跳吗？"

秦明拍手笑道："我的天，是朱家的老奴才吴三桂吧？"

只听山岚说声好！每条都适合他。

白禾却说不认识吴三桂。

文亮道："大闹学堂的一片石之战早成为历史，没想到这个节点他又出来了，此时出状况的人就只有他了。既然发现了行为不端的吴三桂，清廷就对三藩有所防备，紧跟着就做出了裁撤三藩的决定，后面肯定是著名的三藩之乱了。"

芸轩道："是不是，还需要抽丝剥茧。"

秋真道："别腻歪，说剥就剥，眼下要什么道具，是不是分头准备一下。"大家见有了着眼点，想立即行动。

芸轩分派了任务，秋真和姐姐赶着做了个绣春囊；文亮和山岚去图书馆找书。直到第二天下午，山岚抱着一大摞书来到梅舍。秦明忙着在白板上粘一张大圈套小圈鬼画符样的宣纸，白禾端来一盘小龙虾，说是姐姐特别辣炒的，边说边吃。

文亮笑道："今天还是我的议题。"

秋真道："还是那个线索吗？你肯定和芸轩讨论过了，想了一夜吧？早说好啊，明天换秦明。"

文亮笑道："昨天的线索刚探头，引出来的故事是不是三藩之乱还未可知，我自然不死心。咳，在讨论前，芸轩让我去搜罗了一大摞书，什么《四书》《五经》《战国策》《春秋三传》，还有这本《太上感应篇》。"

随手拿起一本《四书》道："咱们先学宝玉做做功课，究竟我也没认真读过这几本书。《四书》是《大学》《中庸》《论语》《孟子》四本书的集合，是当年士子们参加科考的必学科目，考试教材中的《孟子》分上下册，《论语》也是，所以才叫《二论》，所谓半部论语治天下么。

"宝玉为了应付贾政检查作业，说自己对《学》《庸》《二论》已经背熟了，只是《上孟》有一半是夹生的，若凭空提一句，断不能接背，至于《下孟》有一大半忘了。所以，从宝玉掌握的《四书》情况，我觉得还算可以。"

她放下《四书》，又拿起《春秋》道："这本《春秋》本是鲁国史书，从鲁隐公记述到鲁哀公，历十二代君主，计二百四十四年的历史。在每一季开始，一般要由春叙事到秋，记录四季发生的历史事件，因古人重视春季和秋季，因此就把国史记载称做《春秋》，这也是用'春秋'一词作为史书名的来由。

"现存的《春秋》基本上是鲁国史书的原文，由孔子整理成编年体书，其记事的语言极为简练，几乎每个句子都暗含褒贬之意，简直是字字针砭，微言大义。这种独特的文风就被后人称为'春秋笔法'，为历代文史家奉为经典，其作用早已超出史书范围，而《石头记》的写作手法也是如此，以三春开始，到三秋结束，甚至把三春集中到一个月完成，且更是字字针砭，句句微言，就是一部翻版的《春秋》。"

秦明笑道："既如此，咱们现在做的事如果整理出来，权当是在做《谷梁传》呢。"

文亮又道:"这件事还是芸轩做吧,她本来也整理了一篇《石头记》纪年,先不说这个。"

遂又拿起《谷梁传》道:"这就是《春秋三传》之一,因《春秋》文字过于简质,后人不易理解,所以诠释之作相继出现。其中,左丘明的《春秋左氏传》,公羊高的《春秋公羊传》,谷梁赤的《春秋谷梁传》,均成为儒家经典。我只奇怪,《三传》还罢了,罗列的书单子里面,却出现了一部《战国策》。"

文亮翻开书:"此书是一部国别体史学著作,又称《国策》,记载了西周、东周及秦等各国之事。记事年代起于战国初年,止于秦灭六国,约二百四十年的历史。那段历史是纵横家们最活跃的时期,里面大量记述了战乱期间那些活跃在政治舞台上的策士们,以自己的才智向合适的买主换取功名利禄的权谋。

"国泰民安时期所谓的仁义礼信在战乱时完全被打破,国与国之间讲的是以势相争,以谋相夺。所以,谋士们朝秦暮楚,不择手段地追求功名利禄,这与儒家正统思想是相悖的。虽习惯上把《战国策》归为历史著作,因上述原因,为后世学者所诟病,按这个标准,贾政断乎不可能考查宝玉《战国策》的。"

又放下书,继续道:"书我解释完了,有个疑问,宝玉因没好好读这本书,担心贾政查问好没道理。"

山岚道:"还有《五经》古文,宝玉说自己都不熟悉,怎么不着急这个呢?"

秦明道:"不对,算起《五经》来,有《尚书》《礼记》《周易》《春秋》,只有《诗经》是宝玉自己喜欢的,还读些,虽不甚精阐,还可塞责。别的虽不记得,素日贾政也幸未吩咐他读,纵不知也还不妨。

"关键是古文,《左传》《国策》《公羊》《谷梁》等不过几十篇,这几年竟未曾温得半篇片语,虽闲时也曾遍阅,不过一时之兴,随看随忘,未下苦工夫,如何记得,这是断难塞责的。"

文亮道:"原来宝玉担心古文部分,古文主要是《春秋三传》。既然贾政没要求他读《五经》中的《春秋》，宝玉自己为何还担心《春秋三传》呢？

"另外，我好像记得，贾政对宝玉的课业有过一段要求的，原文是贾政问书时，李贵说的话：哥儿已经念到第三本《诗经》，什么'呦呦鹿鸣，荷叶浮萍'，小的不敢撒谎。贾政就呵斥说：哪怕再念三十本《诗经》，也都是掩耳偷铃，哄人而已。你去请学里太爷的安，就说我说了：什么《诗经》古文，一概不用虚应故事，只是先把《四书》一气讲明背熟，是最要紧的。

"这里说了，只读了《四书》，黛玉也是只读《四书》的，什么《诗经》古文，虚应故事都不用。按贾政的要求，我看宝玉的《四书》掌握得也可以了，怎么反而担心古文部分？且除了《春秋》，还包括《战国策》呢？"

秋真道："我听出来了，翻来覆去地这么重视《战国策》，我只知道里面有个亡羊补牢的故事。见兔而顾犬，未为晚也；亡羊而补牢，未为迟也。我怎么觉得宝玉夜读倒有这么个意思呢，你们说呢？"

文亮笑道："似乎不是，从整个布局看，没这么简单。关于绣春囊，我倒是琢磨出了一个特殊现象，就是小鹊效应。如果这是一条主线的话，宝玉读书另有深意。"

白禾道："你说的是蝴蝶效应吧？"

文亮道："差不多吧，就叫小鹊效应。赵姨娘屋里，突然飞出一只鹊儿。注意，赵姨娘向贾政讨要彩霞时，议论到宝玉有了屋里人，这时，只听外面一声响，不知何物，大家吃了一惊不小，忙问时，原来是外间窗屉不曾扣好，塌了屈戍，掉下来了。隐隐约约觉得，其实是鹊儿听墙根儿，这是第一个偷听主人消息的人。

"喜鹊该是报喜鸟，可你们想想，她偷听来一句空穴来风的话：我来告诉你一个信儿。方才我们奶奶这般如此，在老爷前说了。你仔细明儿老爷问你话。'如此这般'是什么话，是贾政的原话吗？山岚你学学。"

山岚学着贾政道："且忙什么，等他们再念一二年书再放人不迟。我已经看中了两个丫头，一个与宝玉，一个给环儿。只是年纪还小，又怕他们误了书，所以再等一二年。"

秋真学赵姨娘道："宝玉已有了二年了老爷还不知道？"

山岚听了忙问道:"谁给的?"

秋真道:"若回答的话,一定是说王夫人给的。你看,王夫人给宝玉屋里人,怎么不给贾环呢?还没议论到这里,外面就有了动静。"

芸轩道:"赵姨娘本意是为贾环向贾政讨彩霞的,是否讨要,结果如何,没了后话。从现在的情形看,用小鹊的偷听搪塞过去了。"

文亮道:"你如何判断线索的走向?"

芸轩道:"这可是个大布局,贾环是和旺儿之子正在争夺彩霞,彩霞可是个好景致,结果如何不得而知。但公冶长的鹊儿出来报消息的话,恐怕报的是凶信,也许要上演争夺彩霞的战争。"

山岚道:"宝玉这里要上演一场夺彩霞大战吗?贾环的事闹到这里,不太可能吧。"

芸轩道:"看不到结局不好说,小鹊的活动不可忽视。"

文亮道:"鹊儿听得很慌张,听到的定是只言片语,并没提要怎样宝玉,或者问他书之类的。她的话并没多少价值,反而让宝玉无从准备,这才有了挑灯夜读之事。"

芸轩道:"至少说明,赵姨娘身边有了内鬼,且公冶长的鹊儿报来的总是坏消息。"

文亮道:"有道理,这就出现了小鹊效应,我罗列了一下。"遂写在板子上。

效应之一:空穴来风。

宝玉被这个假消息搞得满心不自在,在这样状态下,焦躁地开始温习功课。

效应之二:何苦焦躁。

从温习书的内容看,宝玉课业基础还可以,《四书》问题不是太大,算起《五经》来,《诗经》虽不甚精闰还可塞责;至于古文,贾政根本不要求读,哪来的焦虑不安?所以,宝玉的不安源自《春秋》和《战国》。

俗话说"春秋战国"乱悠悠,宝玉自己唬慌起来,是因自己这里要出战乱了吧。

效应之三：无故受惊。

乌鸦嘴的消息来的不值当，宝玉慌得更没有理由。但莫名其妙的，全家人跟着宝玉不自在起来。所有人都不能休息，闹得神鬼不安，自己慌乱的结果，真招来了暗鬼，金星玻璃喊道：墙外有人跳进来了。

效应之四：祸起萧墙。

这就叫疑心生暗鬼，神慌不守舍。到底是不是真有人进来了，谁也不知道，但被确认的结果，不管真假，晴雯就一口说定，真有人进来了，目的是让宝玉解脱学习的苦恼，假装被吓病了。

芸轩问道："你也以为这是假装吗？"

文亮道："可不就是嘛！"

芸轩道："里面有个人真吓着了，怎么忽略了呢？"

文亮一拍脑门道："看我糊涂了，金星玻璃是真被吓着了，假宝玉没吓着，金宝石芳官吓了一跳，这才是关键。"

秋真道："什么大事，能让金人吓一大跳，看来文亮的判断向着那个方向去呢，看是什么事让他吓一跳。"

山岚道："甭管吓着谁，这一招倒是真救了宝玉，但晴雯这个举动似乎开始给自己掘坟墓了：若不是宝玉被吓病，贾母不会查问，探春就不会汇报赌博之事；若查赌查不出大问题，贾母就不会生气；若贾母不生气，邢夫人就不会在大观园里溜达，就不会碰上傻丫头；碰不上傻丫头，就看不到绣春囊，就没有王善保家的来说事，也就没人陷害她，真真是自己惹事，祸起萧墙内呢。"

白禾道："什么是祸起萧墙？"

文亮道："萧墙是古代宫殿两个大门之间起屏障作用的矮墙，又称塞门，萧墙的作用在于遮挡视线，贾府就有内塞门。这个典故出自《论语》，意思等于同室操戈，常用来表示内部祸乱，《后汉书》中就引用此典说：此皆衅发萧墙，而祸延四海也。"

秦明道："还真是，下面的路径全部按照假设顺序，一步步走向晴雯。我大胆假设一下，夺彩霞和晴雯出事是不是暗指一个人？"芸轩点头，说可以考虑这个假设。

秦明道:"还有就是鸳鸯预料的:奸盗相连,闹不好要带累人的。且贾母也预见到:我必料到有此事,如今各处上夜都不小心,还是小事,只怕他们就是贼也未可知。是不是呀?赵姨娘那里有内鬼,而贾母料定自己家里也有了贼,也有内鬼。"

秋真道:"姜还是老的辣,贾母料事如神,这事非同小可。夜间既耍钱,就保不住不吃酒,既吃酒,就免不得门户任意开锁,或买东西,寻'张'觅'李'。其中,夜静人稀时,趁便藏贼引奸引盗,何等事做不出来。贼盗事小,再有别事,倘略沾带些,关系不小。别的是什么事,奸情大事吗?"

秦明道:"对了,慢慢向奸情上靠拢了,金星玻璃被吓着,肯定是因奸情大事。"

芸轩道:"那么祸起萧墙的就是金家了。"

文亮道:"好,先留个迷局。想往奸情大事上靠,少不了效应之五:找到绣春囊。曹公不失时机,让邢夫人很巧妙地拿到了绣春囊,这也是小鹊效应要的最终结果。邢夫人忙问:你是哪里得的?傻大姐道:我掏促织儿,在山石上拣的。"

说着,文亮拿起秋真做的那个东西,仔细看了看。

笑道:"不用抄捡大观园,也知道这一定是司棋的。"

芝子诧异地问:"如果是凤姐的呢?虽说她矢口否认,怎么知道她说的是真话?记得有一次,凤姐儿站在山坡上招手叫小红,让她去把凤姐屋里头床头间一个小荷包拿了来,应该是个香囊,等小红回来,见司棋从山洞里出来,站着系裙子,小红还向她打听凤姐来着。这里又是小荷包,又是凤姐的,怎么说?"

文亮道:"凤姐可能让一个不大认识的丫鬟去取这样的东西吗?倒是司棋在山洞里系裙子,让人产生联想。这和鸳鸯碰到她的感觉一样,说明司棋是个很随便的人,且王善保家搜出的喜帖中写得明明白白,赠过香袋两只,这里的香袋就是指的香囊呢。王夫人拿给凤姐时,说的就是香袋,脂砚也明确地告诉了,况且我最喜欢的还是曹公的蒙太奇又来了,还是自问自答地给你个法门。

"你仔细想，邢夫人心内十分罕异，揣摩此物从何而至，且不形于声色，且马上来至迎春室中。这一段，简单中透出了谜底，正琢磨这是谁的，抬腿就来到迎春房内，不就是说，这件东西来自迎春房中么，奸人在迎春房内吗？当然，我可不是结论，只是我的一点小窍门。"

芸轩道："曹公从不放孤证，再说绣春囊的作用没完呢，还需要蔓延下去呢。我倒是对绣春囊的昵称'狗不识'有个小小的见解。所谓狗不识，是指看不懂这个绣春囊的春意，傻大姐认为：是两个妖精打架，不然必是两口子相打。上面明明是苟且之事，是猪狗不如的行为，可在一个傻子眼里看来，竟变成两个妖精打架。傻大姐才是天才，值得研究一番。"

秦明道："傻大姐的年龄，十四五岁，面貌生得体肥面阔，两只大脚，做粗活简捷爽利，且心性愚顽，一无知识，行事出言常在规矩之外。常在规矩之外的一个人，不一定真傻。十四五岁，如果把这年龄看成吴三桂的政权的年龄，从入滇设府到被强制撤藩，正是十四年。

"而傻大姐看到这个绣春囊，竟把苟且之事说成是两口子或者两个妖精打架，说她不懂风月是好听，说她连猪狗之事都看成两口子打架，本身就是狗不识了。

"她把这件事看差了性质，把一场充满猪狗意念的反叛战争说成是反清复明、为故主报仇，是争夺'彩霞'之战，简直就是狗不识相，是对反清复明人士的亵渎。所以这个物件叫'狗不识'，骂的就是傻大姐自己。"

秋真笑道："这个证据很意外，傻大姐又是个大脚，莫不是个金人罢？"

文亮道："好了，马上出现查赌之事，也就是小鹊效应之六：三藩之乱。"

秋真道："你真这样肯定？万一给你推翻了呢？"

文亮道："我有八成把握。迎春房中不光有这个偷情的司棋，还有一个大赌家你忘了？关键迎春还丢了金丝凤，我一定从迎春身上挖出真相。"

山岚道："大赌家三个，小赌家八个，看见这两个数字，我就敏感，她们一起开赌局，一个'三'，一个'八'，不就是三藩和八旗之战吗？"

秋真道："你就喜欢瞎猜，我可真研究过三个大赌家，一个是园内厨房柳家媳妇之妹，说到柳家就想到五儿，想到柳五儿，就联系上探春，你说三藩里有她的影子吗？"

秦明道："她？她确实参与了三藩之乱。"

秋真道："再一个就是迎春乳母，做坏事的奶妈子，会让人联系到宝玉的奶妈，三藩之乱有奶妈们更不可能了。"

秦明道："林之孝，姓林。在我的印象里，应该是正义部分的代表，大赌家有她的亲戚在里面最不可思议了。和所谓的三藩更是八竿子打不着的。"

芸轩道："不能这样分析，这三家大庄头，无不和黛玉、宝玉、迎春、探春有瓜葛。他们是谁？细算起来，三家可不都是旧明朝的人。"

文亮道："三藩还真是有这特点，他们的出身，无一例外是原大明旧臣。这么说，曹公对三藩之乱还是寄予一点同情的，要不怎么让宝、黛、迎这些明时正宗人物为他们发声呢？"

秦明道："对呀，贾母对迎春的乳母是这样评价的，她说：大约这些奶子们，一个个仗着奶过哥儿姐儿，原比别人有些体面，他们就生事，比别人更可恶。

"分明是说，原先侍奉过明朝的有些遗臣们，现在要生事端了，所有故事都集中到迎春这里，也就顺序了。她的丫鬟偷情，她老乳母赌博，还输了自己的金凤，权当是输了政权。如此，咱们看看她屋里发生了什么。"

文亮道："说对了，不是故事集中到迎春这里了，而是迎春这里是故事中的故事，就是我画的两个圈。大圈：贾府里从赵姨娘处有了内鬼，蔓延到大观园里也有了内鬼，且下人们开始犯上作乱，这是三藩之乱的大背景。里面还有一个小圈：三藩内部也不是铁板一块，也有内乱。正是由于这些内乱，才造成三藩起义失败。不信，理一理迎春这里的好戏。"

秋真道："这个分析我认可，大赌家便是三藩，其一便是迎春的乳母。但迎春处发生的事显然不是一个范畴的，里面有两个新人物出现，绣橘和住儿媳妇，光名字就透着意思。"

白禾道："绣橘，是不是橘子？"

文亮道："屈原《橘颂》谓之：独立不迁，深固难徙，苏世独立，秉德无私。绣橘的出现，和她对迎春的忠诚，是符合这个意境的。说明三藩内部，有些人是真的怀着复国梦想。王住儿的媳妇，名字的含义也可能是王家留下的希望，但她的作为，是只想打着主子的旗号，自己得些便宜而已。用邢夫人的话说，还恐怕她巧言花语地和迎春借贷些簪环衣履作本钱取利。

"咱们知道，迎春的衣履簪环可都是有特别意义的，能随便借出来吗？随便就输给别人，这才是败家亡国的罪魁呢。你看吧，这里出现了两种思想境界截然不同的人，不能一棍子打死。"

芸轩道："你忽略了第三个人。"

秋真道："是司棋，她也参与吵架来着，但她的基本态度是向着绣橘的。"

芸轩道："她的态度明确吗？并没有，只是帮着问那媳妇，她的境界也高不到哪里。我说的第三人其实是探春，她出现得才及时呢。"

文亮道："正是绣橘诉委屈说：姑娘虽不怕，我们是做什么的，把姑娘的东西丢了。她倒赖说姑娘使了她们的钱，这如今竟要准折起来。倘或太太问，姑娘为什么使了这些钱，敢是我们就中取势了？这还了得！

"此时，探春她们出现了，且坐下来接口就问：我才听见什么'金凤'，又是什么'没有钱只和我们奴才要'，谁和奴才要钱了？难道姐姐和奴才要钱了不成？难道姐姐不是和我们一样有月钱的，一样有用度不成？她这里反复提到一件事，非常在意主子们向奴才要钱这事，对不对？"

芸轩笑道："结合点不准确，还要往前一点。当初提到关于邢岫烟是否花了奴才们的钱时，邢夫人出现了，关于她和迎春的关系咱们后面再谈。想说的是，邢岫烟的窘迫样，能勾画出一幅图。"

白禾问："什么图？"

芸轩道："拱肩缩背图。生活很困的她，却佩戴着探春给的玉，前面咱们也看出了她的命运轨迹，现是薛蝌的未婚妻，将来是要嫁给薛蟠的。所以，探春远嫁台湾后的状况，就是邢岫烟现在的生活状况，探春此时出现，说明台湾的经济状况不容乐观。

"你们想想，住儿媳妇吵出主子们花了下人的银子时，第一个提到了邢岫烟。按曹公的习惯，说曹操，曹操就到才是。但此时是来了一大帮人，没邢岫烟却有探春，又是探春帮迎春的腔，处理关于银子和金凤之事，咱们看看，她到底是如何了断这事端的。"

文亮道："探春问完话，司棋、绣橘都道：姑娘说的是了。姑娘们都是一样的，哪一位姑娘的钱不是由着奶奶妈妈们使，连我们也不知道怎么是算帐，不过要东西只说得一声儿。如今她偏要说姑娘使过了头儿，她赔出许多来了。究竟姑娘何曾和她要什么了？

"探春道：姐姐既没有和她要，必定是我们或者和她们要了不成！你叫她进来，我倒要问问她。

"其实，住儿媳妇明明说，自从邢姑娘来了，太太吩咐一个月俭省出一两银子来与舅太太去，这里饶添了邢姑娘的使费，反少了一两银子。说是邢岫烟花钱花过了头，探春为何揽到自己身上？连迎春都奇怪，笑道：这话又可笑。你们又无沾碍，何得带累于她。

"探春笑道：这倒不然。我和姐姐一样，姐姐的事和我的也是一般，她说姐姐就是说我。我那边的人有怨我的，姐姐听见也即同怨姐姐是一理。咱们是主子，自然不理论那些钱财小事，只知想起什么要什么，也是有的事。

"你们听听，探春的道理讲得很透，我和姐姐是一样的，你的事就和我的也是一般，她说姐姐就是说我，怨你怨我都一样。

"然后就委婉地承认了要钱事件，理由是：咱们是主子，自然不理论那些钱财小事，只知想起什么要什么也是有的事。所以，关于要钱的事，探春先是大包大揽的，还强调，既然姐姐没要，必定是我们和她们要了。然后又是委婉地承认，有可能使了奴才的钱。

"这样就理出了一条很明显的线索，三藩之内，确实有探春参与了，且因为探春向奴才们要钱而引发了内斗。咱再看探春是如何解决这件事的。

"探春因笑道：你们所以糊涂。

"言外之意，不要算糊涂账。虽然花了你们的钱，但你们却偷走了金凤，这个账怎么算？是准折吗？

"如今你奶奶已得了不是，趁此求求二奶奶，把方才的钱，尚未散人的拿出些来赎取了就完了。意思很明确，两下里准折不就得了。

"比不得没闹出来，大家都藏着留脸面，如今既是没了脸，趁此时纵有十个罪，也只一人受罚，没有砍两颗头的理。你依我竟是和二奶奶说说。在这里大声小气，如何使得。

"这个说法更有意思，主子们向你要银子是件很丢人没脸的事，你们偷了金凤赌博输了也是件丢人的事。两件事，就让一个人受罚不就得了，没有砍两颗头的理儿。

"你不是刚才也疑惑，砍两颗头的话，是谁和谁的头吗？就是向奴才要钱的人头，和偷走金凤的人头。"

秋真道："这下明白了，绣橘又气又急地说：姑娘虽不怕，我们是做什么的，把姑娘的东西丢了。她倒赖说姑娘使了她们的钱，这如今竟要准折起来。说这才是糊涂账。探春却说别人糊涂，我们的错就别追究了，你住儿媳妇再向凤姐承认错误，从没收的钱里出补偿赎金凤的钱，大家谁也不说谁的不是，不就行了？"

芸轩道："有这点含义，但赌输了金凤，她还是不想受连累的。所以，探春使出了杀手锏，开始处理金凤之事，是用了招将飞符的战术，请平儿这个消防员来了。黛玉的解释更接近实际，这倒不是道家玄术，倒是用兵最精的，所谓守如处女，脱如狡兔，出其不备之妙策也。"

文亮道："这么说，探春还真是有问题，本来那个媳妇子想恶人先告状，结果让平儿制止了，可再听听探春的话，却不大在理。"

秦明道："探春说，住儿媳妇和她婆婆仗着是奶妈，又瞅着二姐姐好性儿，如此这般私自拿了首饰去赌钱，且还捏造假帐妙算，威逼着还要去讨情，所以我看不过，才请你来问一声：还是她原是天外的人，不知道理？还是谁主使她如此，先把二姐姐制伏，然后就要治我和四姑娘了？

"这话说得太过了吧！平儿才忙赔笑道：姑娘怎么今日说这话出来？我们奶奶如何当得起！她怎么一下子就说后面指使之人是凤姐？这话听起来上纲上线了，下人犯错，说来说去牵扯到凤姐和三春身上。"

芸轩道："也许吧，凤姐先是押掉了金项圈，后面又被邢夫人逼着押掉了金首饰，且凤姐又下红不止，这个输掉的金凤，许就是凤姐之凤呢。而探春呢，又是软翅子凤凰，她的回答正应了这件事，真是一语中的：俗语说的，'物伤其类'齿竭唇亡'，输掉了迎春的金凤，探春这个软凤，自然有些惊心。"

文亮道："迎春还罢了，难道探春也这么惨？"

芸轩道："你不提我倒忘了。迎春的出身从来也没明确过，通过邢夫人才知道，她和探春一样是庶出，但她从来也没因此和探春似的那样苦恼过。可这里，邢夫人的一番话让我看清了迎春的处境，其实更糟糕。

"其一，她抱怨迎春，如今别人都好好的，偏咱们的人做出这事来。这句话里的'别人'一定有所指，是谁？她明显地划分了阵营，有了里外之分。

"其二，她埋怨迎春太懦弱，容易被下人们欺骗，如绣橘说的，迎春好性的连自己还被骗走了呢。这句话，也点出了一件事，迎春的衣服簪环不是普通之物，同样是衣钵皇权之传承，特别是金凤，真被人偷走了，权当是迎春被人骗走了一样，这就是大事了。

"其三，迎春这里出了事，司棋偷情，婆子又偷金凤，媳妇子吵架，这就是反了天了。可邢夫人除了抱怨，就是表白自己什么也不管，因自己是后妈。

"其四，邢夫人自己不照应还罢了，还抱怨贾琏、凤姐，总是好哥哥好嫂子，一对儿赫赫扬扬的两口子，遮天盖日，百事周到，竟通共这一个妹子，全不在意，也不管不问。为何只抱怨哥哥嫂子，可后妈也是妈，怎么都袖手旁观？

"其五，在邢夫人看来，贾琏这个同父异母的哥哥不出手相帮，别人会笑话，但不会议论她这个没有子嗣的后妈，这是什么逻辑？

"其六，邢夫人提出了一件在她看来的异事：迎春和探春都是庶出，但迎春的母亲比赵姨娘强十倍，迎春反而这么懦弱？这个疑问是疑问吗？谁说非是妈妈强，女儿就强？总而言之，你们帮着看看，到底邢夫人想表达什么？"

山岚道："我先回答你第一个问题，她指的别人一定是探春。自从贾母让探春见了南安太妃，邢夫人就耿耿于怀，为何不引荐迎春相见？梁子就是那时结下的。

"贾母偏爱探春，就是不太欣赏迎春的意思，现在又出来奶妈赌博这事，贾母就更不喜欢她了。再说，旁边伺候的媳妇们也说，迎春老实仁德，探春伶牙俐齿，会要姊妹们的强，明知姐姐这样懦弱，竟不顾恤她一点儿。可见邢夫人是专门和探春过不去了，我似乎感觉到，邢夫人明着是讨厌凤姐，实际是讨厌探春。

"包括捡到绣春囊后，找王夫人的目的，看似直指凤姐，其实矛头向着探春而来。从抄捡过程中探春的反感程度看，应该没错。可邢夫人这样对待探春的用意，我没搞懂。"

秦明道："凤姐是凤，软翅子凤也是凤，迎春这只凤被人利用了，别人干坏事，打着她的旗号而已。"

秋真道："这叫有亲人胜似没亲人，出了这么大的事，亲人都成了旁观者，后妈干脆承认自己没有子嗣，后女儿根本不是女儿，你死你活和我全无干系。

"可怜的迎春，有哥哥嫂子，有妈妈，有父亲，但却是孤独无助的。至于她为何落得如此，这里恐怕推导不出来，我也觉得隐着什么似的。"

芸轩道："好像邢夫人极力想撇清一件事，就是迎春和她没关系，她不愿意承认迎春和她有关系，特别是发现绣春囊和迎春这里出事后；另外，邢夫人极力想搞清一件事，就是迎春应该比探春强，为什么却落得让人不喜欢。"

白禾道："迎春本来就懦弱，遇上这样的大事，亲人们好像都嫌弃她，当她说了对待金凤的态度时，都说她好笑。黛玉就直接说她：虎狼屯于阶陛，尚谈因果。假如二姐姐是个男人，这一家上下若许人，又如何裁治他们。"

芸轩道："白禾说对了，说迎春是男人也不确切，其实是男权，她就是皇权的代表。虎狼屯于阶陛，尚谈因果，是一个故事。"

文亮道："你提起这个，找到因果了，这句话出自侯景之乱。侯景原来是羯族人，在怀朔六镇起义失败后，投奔了东魏的实际控制者，权臣高欢，很得赏识，并委以重任。高欢死后，因与其子不和，侯景率部又投降了西魏。

"宇文泰是西魏的实际控制人，并不信任他，为保安全，宇文泰诱使侯景来长安，要解除他的兵权，侯景得到消息后转而投奔南梁。就是这样一个朝秦暮楚、背恩忘主的家伙，却被梁武帝收留了，梁帝也因此埋下亡国的隐患。

"过程我就不多讲了，就是有名的景侯之乱。可笑的是，侯景攻破台城，陈兵阶下，见到武帝后，二人发生了很有趣的一段对话，大约就是谈所谓因果报应，最终武帝被困，饿死台城。"

山岚道："你们的意思，迎春这里发生的事件就是侯景之乱再现，那谁是侯景？"

文亮笑道："拿着投降叛国当饭吃，今天投降你，明天投降他的人，吴三桂也算一个了吧。"

山岚道："就算是他，又怎么解释芸轩的那两个问题？"

芸轩道："脂砚提醒咱们，笔大如椽者，是大奸大盗从此出，这里发生的大事就是三藩之乱。这是一场清廷内部的浩劫，但仅仅是一场清廷内乱的话，不值得曹公耗费笔墨的，因他写的是明朝的王家血史，清朝的事不在他的笔墨中。

"但这里却出现了两个现象，就是文亮的这两个圈，大圈是三藩之乱，是王住儿媳妇坚持的私利之争，有人造主子的反，是两个妖精打架。

"令人可气的是，造反之人却打着反清复明的亮晃晃的彩霞幌子，这也是迎春被骗走金凤的真实写意。她被利用了，邢夫人才恼了，她极力撇清自己，宁愿承认自己是绝户，极力否认和迎春有关系，她和这帮打着迎春旗号造反的乱臣贼子毫无瓜葛。他们并不是大明的真正子臣，邢夫人说了，自己无儿无女的倒干净，省的惹人议论，就是这意思。

"再看小圈子，曹公写这场战争的更大原因，是用探春的加入来表明当时台湾的境况。迎春处吵架时探春来了，且大包大揽地管起这事来，很有些说头。

"本来探春远嫁台湾，是汉人最后一点宗脉保留下来，也是明朝庙号最后的延续。尽管从出身上讲，探春的出身和血缘离着明宗室已经很远，甚至没有血缘关系，正如邢夫人说的，探春的娘比起迎春的娘差得远了，但她毕竟以国姓爷传人身份，坚持汉俗文明。

"虽然如此，因探春参加了这场三藩之乱，和迎春之间有战事发生，才让曹公为此着墨。黛玉比喻探春的举动：这倒不是道家玄术，倒是用兵最精的，所谓'守如处女，脱如狡兔'，出其不备之妙策也。探春有用兵之举。"

文亮拿出一张海战图，粘到板上，道："我给你们讲一讲这场三藩起义，就明白了原委。"于是，便一五一十地告诉了故事原委。

原来，吴三桂虽投降了清王朝，但他梦寐以求的是想割据一方，想成为云南的土皇帝。所以在帮清廷镇压南明之时，借镇压之由，要着丰厚饷银，造成清政府国库吃紧。

后来，三藩军队开支几乎吃掉半个国库，清廷开始吃不消了，有意识地给吴三桂削权。这也就是贾府突然之间开始穷下来，说人口重了，致使家道艰难，需要裁员的原因，同时，雨村被降了职。

吴三桂是怎样一个人，大家有目共睹，彻底的投机分子，两面三刀的小人，也是历史的罪人。引清入关就不用说了，在明朝灭亡后，还在李自成和清廷之间徘徊过。考虑到清廷更符合自己的利益，因而降清。随后，在清政策危及到自己利益时，又立刻起兵反抗，打出的旗号竟是：复君父之仇，反清复明。这就是司棋偷情却敢威胁鸳鸯的原因，宝玉那里祸起萧墙，也让金星玻璃吓了一跳。

由于吴三桂专制滇中十四年，这也是傻大姐的年龄。保留大脚，说明吴二桂是有金人的身份在。他各地党羽众多，加之也有些真正的复明义士群起响应，就是绣橘式的一心护主人物也夹杂期间。一时之间，形势对吴三桂非常有利，这让我想起凤姐的夺锦梦中，说那人面善，数十年后怎样？还面善吗？

说完吴三桂，再说台湾郑经。

虽说是三藩起义，可远在台湾的他还真参与了这场战争，史上有个说法，叫渡海西征。他参战的起因还是有自己的算盘，耿精忠响应吴三桂发动三藩事变后，便以提供战船给郑经为条件，换取他从台湾出兵，他也觉得这是反攻大陆的好机会，便答应了。

五月，郑经抵达厦门，要求耿精忠将漳州、泉州交给自己，而耿认为郑经兵力太少，拒绝其要求。郑经便强取海澄同安，双方开始交恶报复。交战到第二年正月，耿精忠才履行前约，为其提供五艘战船及供给，并以枫亭为界线，双方停止内耗。

这就是三藩之乱中的内斗，郑经竟为了钱财利益，将一场反清之战打成内部抢地盘之战，这也就是住儿媳妇说的，主子穷了，花奴才们的钱，探春才特别心惊的原因。

由于联军内部相互残杀和怀疑，造成三藩中的尚、耿部又重新投降清军，三藩联军迅速土崩瓦解。郑经失去了外围防护，直接面对清军主力时，便节节败退，最后只得退回厦门。探春此时说了一句惊心的话：物伤其类，唇亡齿寒，这句话真是血的教训换来的。

听文亮把故事讲完，大家对照一下，没遗漏什么。

秋真道："别的还行，就是迎春拿一本《太上感应篇》做挡箭牌，不知什么用意？"

文亮道："《太上感应篇》的主旨是劝人遵守道德规范，止恶修善的。此书特别强调因果法则，主张善恶有报。所谓一日有三善，三年天必降之福；一日有三恶，三年天必降之祸。现世作恶的最直接后果就是肉体消亡。什么扰乱国政，违逆上命，用妻妾语、违父母训等，都是恶行的准则。脂砚说过一句：迎春说因果，更可降狼伏虎。真是好见解。"

山岚道："迎春的行为，似乎靠意念也能打败别人，也确实弱到极致了，有些过了的感觉。"

芸轩道："算你敏感，迎春读《太上感应篇》，只是启动了一点意念，迎春的处境可谓难矣。她竟然没有一点主动防御的想法，只拿这个意念来御敌，鬼才害怕。但曹公却赞扬这个举动，是无奈，还是就该这样做，你想过吗？"

秦明念动咒语，笑道："太上者，道门至尊，难道迎春入道了，有了法力不成？"

秋真道："迎春对下人不苛责，不讨情；窃走的金凤，拿来也可，不给也行；太太要问，可隐瞒，瞒不了就算；你们有办法你们处置，我总不知道。"

文亮道："这纯是个木头人儿，外号才是二木头，可问题就出在这个木头上。木头虽可做栋梁，却是没有生命力的东西，二木成林，就是黛玉的姓氏，可黛玉死过几回了，咱们清楚地知道。所以，在我看来，迎春就是个活死人，她根本就左右不了什么，她只能祈求《太上感应篇》里说的现世现报，指望老天爷会惩罚这些恶奴们。"

秋真道："这个结论对，迎春出自贾赦，她的出现，是黑油门里的坟墓幽灵在活动，本代表明朝的第二次复国机会，其实早已成了历史，那正是吴三桂引金人入关时期的故主时代。所以，吴三桂如何利用她，奴才们如何欺负她，她作为亡者时代，能奈何得了谁？如何做得了回应呢？"

第七十三回

祸起萧墙内　凤失枭楼中

239

第七十四回

惜春绝入画　西子再离魂

芸轩笑道："这样就好！"

山岚道："司棋偷娶潘美人儿，旺儿之子强娶彩霞，此人又想当帝王，还想落个好名声，算盘打得真如意。"

秦明道："活脱脱就是一个孙绍祖。"

山岚道："还有贾雨村，到处走门子认主子，却认一个害一个，这回想得更美，妄想娶彩霞博虚名，为自己造反找个冠冕堂皇的理由。好在世人心中明镜似的，司棋就不该得到潘又安，结果潘又安就跑了，彩霞就不应该看中旺儿之子。"

秦明道："还有一点，旺儿之子的年龄奇奇怪怪的，十七岁就娶亲，如果他代表势头正旺的吴三桂，这个年岁是不是吴三桂叛国的年岁？要不脂批中说，这个人是凤姐的旧相识，原来面善，数十年后，就是狰狞恐怖的了。"

芸轩道："一切明了，三春已过，后面是邬将军三桂的时代开始了，只是可惜！可惜！崇祯之后，元春是明王朝第一个复国的政权，迎春是第二个复国的机会，探春则是第三个。他吴三桂虽说引清入了关，从曹公内心看，认为他有不得已的苦衷，期间还在大顺、明、清之间有所动摇。现在又倒回了迎春时代，为他一写，是贾母珍视的第二架玻璃炕屏搬出来了，可惜易碎得很。

"这个死心塌地的金人走狗，反而到了探春时代又想蠢蠢欲动，恬不知耻地以明帝老臣身份，打着为崇祯复仇的幌子，忽悠天下有复国梦想之人，怎么说迎春来着？中山狼，无情兽，全不念当日根由。一味的，骄奢淫荡贪欢媾。窥着那，侯门艳质如蒲柳。可真是对明宗室赤裸裸的亵渎。不亏又是一个孙可望式的人物，再次绑架了迎春，虽这样，却也是明朝翻盘的最后机会，贾母还是很重视这方势力的，只可惜他的下场如石崇、邓通。"

芝子问道："史上真有让吴三桂降职一说吗？"

文亮道："雨村降职的理由是人口太重，怎么个人口太重法，得回头看看一六六一年。永历被吴三桂绞杀后，清廷封他为平西王，但发现吴三桂的势力越来越大，有些尾大不掉的感觉，特别是军费开支，让清廷很是吃不消。

"到康熙二年，也就是一六六三年，清廷即以云贵军事行动已停止为由，收缴了他的平西大将军印信。接着又截其用人题补之权，迁除悉归部选，和雨村降职之事正吻合。

"后来，又乘其疏辞总管云贵两省事务之机，下令两省督抚听命于中央，同时还剥夺了他的司法特权。而吴三桂则以构衅苗蛮、借事用兵为由，来扩军索饷，报复清廷。这和司棋对鸳鸯的强硬态度一样道理。吴三桂自以为，即使金人发现他不安分，也奈何不了他。"

秋真道："这回清晰了，咱们把司棋的表白翻译成历史语言，就是说：我有野心，大家不说，睁一眼闭一眼，可能相安无事，我还认你是亲娘，有奶便是娘么；但你若挑明了，我吴三桂也不是好惹的，谁说有永远的皇帝，说不定三二年就散了呢，你也奈何不了我，大不了再造一次反哪。"

山岚道："所以鸳鸯的态度才很识趣，我保证不挑明，我惹不起你，我何苦惹你，只能等机会了。"

芸轩道："这个法门是了。不过，要看司棋的造化了。她老娘抄捡大观园，可是因她的'狗不识'而起的，其矛头直对晴雯而来，目的是想嫁祸于她，结果第一个被排除嫌疑的竟是晴雯，反而她自己拉了个现世现报，司棋反被逮了个正着。"

文亮笑道："王善保家的骂自己，老不死的娼妇，造下了什么孽！说嘴打嘴，现世现报在人眼里。这可不就是迎春的《太上感应篇》的法力吗？"

众人听了都笑道："造下什么孽，才有了现报？"

文亮笑道："到底是什么孽缘，不是我的研究方向，我是没说道头了，明天谁做主家，再拿这个话头吧。"

秦明道："这就江郎才尽了？我对抄捡大观园之事是朝思暮想啊，问题一大堆。昨晚我和山岚还路演了一回呢，容我准备一下，我有把握的。"

至晚间，秦明又各屋发帖子，让做答卷，山岚帮着做表格，直忙到半夜才睡下。第二日，秦明抱着一卷纸笺，各类表格，也粘在板子上，拿来秋真的香囊挂在上面，还用芸轩的布偶现改了一个美女，形态哀婉，手里捧着个什么，大家猜是桃子，山岚满脸的不屑。大家都笑她，大约做的不像的缘故。

秦明清一下嗓子，道："我和山岚忙了两夜，翻来覆去地演绎了十几遍，在抄捡大观园一节，我们发现两大惊人秘密。"

又双手抱拳道："我先声明，有可能不对，但没有功劳也有苦劳对吧，请各位多指点。"

秋真道："听你的意思，这一节合着你俩坐庄了？可是不合规矩的。"

山岚道："我们哪有文亮的功底，天天泡在图书馆，还有过目不忘的本领，满肚子里全是历史呀典故的。我俩绑一起也不敌她一个，能合着解出一个谜就是造化了。"

秦明道："别说没用的，说多了又乱我的思路。"拿起一只金簪，遂开始讲起来。

"探春在迎春处处理主子向奴才要钱的事，其实是处理她自己的事，只不过想瞒天过海地混过去，推卸责任而已。平儿悄悄地处理了赎金凤事，住儿媳妇答应晚上就赎回来还给迎春，那咱就说这只金丝凤簪子。

"我想起预示贾雨村飞黄腾达的那首诗来：玉在椟中求善价，钗于奁内待时飞。可如今贾雨村降职了，这只被偷走的钗并没求到'善价'，被还回来了。既然偷走金钗，表示有人正在盗用迎春的明朝旗号，如果被送回来了，是盗用结束了吗？或者说不用打她的旗号了？还是她的旗号不好使了？还是那人有了自己的旗号？"

山岚插嘴道："你这一串子问题问谁呢？迎春看《太上感应篇》时，宝钗一声不响地陪在她身旁，不光迎春被拿走的钗会回来，宝钗这支钗也在呢，也就是说，两只钗不用了，那人肯定有自己的旗号了，登基直接做皇帝不就行了，何苦打着别人的旗号。"

秋真道："你们得有证据。"

秦明道："看我的，曹公笔锋一转，一下子转到宝玉身上，说他为柳家的求情来了，这个转折很重要的。宝玉本装病在家的，为了柳家的就不顾一切，来约迎春去说情，故事的主要人物一下子从迎春这里转到柳家的事上了。

"我敢断定，只要出现'柳'字就是台湾事。所以，后面叙述的就是那边发生的事了，咱们的注意力也要分散一部分，转到台湾事务上才行。"

文亮道："何以见得？"

秦明道："因接下来的事都是围绕放过风筝的两个人来的，且都很怪异。先是凤姐的态度来了个一百八十度大转弯。原先平儿说一句让她注意保养的话，她都不服气，骂平儿诅咒她。现在呢？自己突然悟了，特别是知道了柳家的事后，按原来的做派，早就当机立断地该打该杀了，如今竟说不管了，说自己因也看破了，随他们闹去罢。

"说什么，白操一会子心，倒惹得万人咒骂，且养病要紧。便是好了，也做个好好先生，得乐且乐，得笑且笑，一概是非都凭他们去。这样一来，倒不用宝玉去求情了，她都懒得管了。这是怎么了？破天荒的，明白人一眼就看穿了，这是要撂挑子，是因她心灰意冷了吗？"

秋真道："这可不是凤姐的风格。"

秦明道："单看抄捡大观园时凤姐的状态就行，整个是被动配合的心态，看热闹似的，根本是应付事，可见其意冷的程度。这是问题一，所谓人有异变必闹妖。"

山岚道："就是，正在谈论间，闹妖的人就出现了，就是邢夫人，这人就是作孽的源头。她先是埋汰凤姐，给她下不来台，现在呢，开始向贾琏发难了，发现贾琏倒腾老太太的东西去借当，这可不是小事。

"贾家开始家道艰难了，本来就财政紧张，邢夫人却变本加厉地硬要走二百银子，使难撑局面的贾琏和心灰意冷的凤姐又雪上加霜。邢夫人为什么这样呢?

"这还不算，让凤姐更担心的是，邢夫人知道贾琏借当、倒腾贾母的东西不要紧，向自己要银子也没什么，本来就求人家鸳鸯做内应，邢夫人又和鸳鸯有仇，再把事闹出来，还不知要生出别的什么事呢。"

秦明道:"不光鸳鸯，还有傻大姐的娘。显然是傻大姐的娘看到了给贾琏东西才走了消息。我问你们，鸳鸯是谁? 傻大姐是谁? 她的娘就更好理解了，同时出现这两个人啥意思?"

山岚道:"好啊，邢夫人这一发现非同小可，原来是金人参与倒腾贾母的东西了。"

白禾道:"冤枉鸳鸯了吧，帮忙而已，怎么说是她参与呢? 我怎么觉得，凤姐是担心邢夫人追究贾琏和鸳鸯的关系呀。"

秋真道:"你错会了意，凤姐怎么会担心这个。"

秦明道:"怎么不会。当初，贾赦曾断言:鸳鸯大约恋着宝玉，或者也有贾琏的份儿，让她趁早断了这个念头。翻译一下贾赦的心里话就是:金家被我征服，被我占有了还行，他们想得到宝玉或者贾琏，休想!

"鸳鸯此后的表现也自始至终远着宝玉，这和宝钗的策略一样。不为别的，因这块玉渐渐失去了价值，用宝钗的话说，我们家一大箱子呢。但鸳鸯很愿意和贾琏夫妇来往，虽是看在凤姐的情分上，说白了，她一直希望接济拉拢这二人。"

秋真道:"你什么意思? 舍弃宝玉，却不放弃贾琏吗?"

秦明道:"哎! 这就是第二大异事。"

秋真想了想，道:"那就先解决这两件异事。"

文亮道:"有一说，鸳鸯舍不得贾琏，有现实里的意图，说明清廷并没放弃对台议和策略，特别是三藩之乱期间，清廷的态度那是温和得出奇呀，开出的条件也更优厚。这期间，清廷说把台湾送给郑家，不纳贡也不用称臣，只要他们不参加三藩之乱，老老实实撤回岛内就行。"

说着，拿出一份笔记道:"我抄录了一份一六七八年的和谈条款，在清将领赖塔给郑经的信中承诺，如果郑军肯退守台湾，则本朝可借海外一弹丸之地，郑氏可永据台湾，从此不必登岸，不必剃发，不必易衣冠；称臣纳贡可也，不称臣不纳贡亦可，以台湾为箕子之朝鲜，为徐福之日本为例。"

山岚道："脂砚就有批，很及时地提醒咱们，贾母处一箱子东西往外拿，多大动静？贾母能没知觉吗？难道贾母是睡梦中人吗？而我看就是！贾母和迎春一样，都是过去式的人物符号，是老祖宗。所谓默许同意，还不如说是无法左右之无奈。作者和批者都说，自己曾做过这种对不起祖宗的事呢。"

秋真笑道："清楚了。鸳鸯把老祖宗的东西倒腾出来，给贾琏夫妇渡难关，这就叫送他人的东西，留自己的人情，还被凤姐谢了又谢，不过意。"

秦明道："道理就简单了，清廷答应把台湾送给郑经，感觉怎样？本就是人家祖宗打下来的，也是大明的版图，为何由别人拿来，倒送给自家呢？可不是笑话？"

秋真道："这么一说，凤姐的心灰意冷就是郑经回到台湾后的心境了。渡海西征好几年，连丢七府，无功而返，类似凤姐开始下红不止。经过几年的战争消耗，台湾的财政已经耗空，家道确实艰难起来，所以才被母亲严厉斥责，致使郑经想撂挑子了。"

秦明道："我也是这样推断的。不过，脂砚批语中有一句我没弄清楚，刚才山岚讲了，关于作者和脂砚的身份这里提了一句：一箱子，若私自拿出。怎么可能？难道贾母其睡梦中之人矣。盖此等事作者曾经，批者曾经，实系一写往事，非特造出，故弄新笔，究竟记不神也。

"鸳鸯借当，分明说的是台湾和清廷议和事，难道作者曾经，批者曾经，是说二人都参与过这样的事？还是都曾做过对不起祖宗的事？"

一直看书不做声的芸轩，此时抬起头说道："你千万别在这事上耽误工夫，早着呢，说别的吧。"

秦明无法，只得说道："第三件异事，也是邢夫人向凤姐发难最厉害的第三招，她竟然认定绣春囊就是凤姐的，若说凤姐不正经，这事太吓人了。"

白禾道："是邢夫人吗？"

文亮道："王夫人糊涂，她自然是通过糊涂人来整治凤姐。不过，凤姐倒是有化解危机的招数，还应对得令人叹为观止。前面邢夫人的怪异，其实是为王夫人闹妖做铺垫的，而道具就是这个神秘物件。"遂举起那个荷包笑。

秦明道："很是，王夫人问罪，直指凤姐，肯定也是邢夫人的意思。从历史的角度看，这是要找渡海西征失败的罪责了，难道还有别的事吗？"大家听了都点头。

山岚想说话，先是红了脸，拿起香袋，笑道："我仔细看过，绣春囊事件好像代表两件事。按傻大姐的说法，一是两个妖精打架，这事已水落石出了，显然是三藩和八旗军俩妖精打架，是清廷和吴三桂之间的事。

"另一个说法，又说是两口子打架，两口子应该是内部问题，且香袋本身还带有春意儿，大约是因双方有不正经的行为，才造成两口子内斗。"

秋真道："别拐弯了，就是内部问题。一上来矛头就对着凤姐来的。"

芸轩道："有个小地方你俩忽略了，查抄园子时，请来了五六个媳妇，就出现了六家执事。谁不知道，周瑞家的是王夫人的陪房；来旺家的是王熙凤的陪房；王善保家的是邢夫人的陪房，可郑华和吴兴呢？还有来喜家的呢？虚赔的这仁是干嘛的？"

白禾道："有什么秘密吗？"

芸轩道："郑华也许是郑经陈永华的合写，显然是台湾事。吴兴、来喜，不就是吴三桂之兴旺来喜了吗？他于三藩之乱后的一六七八年，终于登基做了皇帝，史称吴周，可不就是吴家来喜了吗。"

山岚一拍巴掌，道："对头！"

秦明道："吴家的喜事，是借香囊事件，也就查抄大观园体现的，不就是一场血腥的内斗吗？有意思，咱们继续往下看。虽说绣春囊事件直指凤姐，但被凤姐化解了，化解的理由很充分，不光充分，且叹服她一石二鸟的本领。"

白禾道："怎么一石二鸟了？快讲讲。"

秦明道："文亮帮着说一下凤姐的台词，再演绎一下画外音，怎么样？"

文亮道："很愿意。"

遂道："凤姐说那香袋是粗糙的仿品，材质低劣，她这个层级的人，怎么要这劳什子，说明这不是主子该用的东西，干脆说，内斗的人是奴才出身。

"这还不算什么，她说了后面三个理由更有意思。

她说，除我常在园里之外，还有那边太太，常带过几个小姨娘来，如嫣红、翠云等人，皆系年轻侍妾，她们更该有这个了。她说到了贾赦的侍妾们。

"王夫人不是说贾琏下流胚子，可能带进来给凤姐吗？如果这样，凤姐还觉得贾赦也一样呢，她把球又踢回到了邢夫人那里。还有那边珍大嫂子，她也不算甚老，她也常带过佩凤等人来，焉知又不是她们的？这又涉及贾珍了，他更下流。

"最后说，园内丫头太多，保得住个个都是正经的？也有年纪大些的，知道了人事，或者一时半刻，人查问不到偷着出去，或借着因由，同二门上小幺儿们打牙犯嘴，外头得了来的，也未可知。这个推断完全符合事实。

"总的来说，凤姐的意思有两层：上梁不正下梁歪，贾府里除了两个石头狮子干净，哪有干净的男人？又提到了喜欢父子聚尤之悄而乱伦的贾赦和贾珍，不干净的男人才埋下不正经的种子，提这些人物，影射的不还是郑经吗？

"二个，大观园管理不善才惹出丑事。回忆一下，尤氏为此要管教两个看门的婆子，谁拦下了？邢夫人哪！是她抱怨凤姐管得严，糊涂的王夫人也给她下不来台，这也是凤姐心灰意冷的缘起。所以，闹妖的罪过，该有邢王二位夫人和贾府的下流男人们承担。"

秦明咂嘴笑道："瞧瞧人家文亮，深入浅出的。我再说我的，凤姐化险为夷，但情形却急转直下，本来王夫人听从了凤姐的建议，要悄悄地访查，不要声张。可自从出现一个王善保家的，马上让事情变得蹊跷起来，没做任何调查，她竟一口咬定是晴雯做的怪，说她勾引宝玉，这个东西就是她的。

"实际想一想，这是要把火烧到宝玉身上。比较一下，这和邢夫人一口咬定是凤姐，用意一样恶毒，凤姐转危为安，可宝玉或者晴雯就没这个造化了。"

文亮道："这一下子触动了王夫人的神经，糊涂的她竟连想也不想，就顺着王善宝家的思路一路下去。但隐约感觉，王善保这个名字好奇怪，似乎是映射王夫人的，所谓'善保'，是王家要善于保护自己的孩子了，从某一方面讲，王夫人是为护'玉'而战，不是害宝玉。"

秦明道："别岔我思路。闹妖了，在没任何证据的情况下，凭王善保家的一句挑唆的话，就认定晴雯是勾引宝玉的妖精，并让人立即叫来，说明日就要揭她的皮。"

山岚道："印象使然，肯定是老早的一个印象让她失去了判断。有时人是会这样的，可能一种抹不掉的念头让王夫人失去了理智吧。"

秦明道："王夫人的这种糊涂冲动很奇怪。"

白禾道："别问了，先的怎么解释？还没告诉呢。"

秦明道："你都明白呢，不就是郑家事吗，还用告诉。"

白禾道："嫌弃我，轩姐姐书里有的我自然知道。当年郑经乱伦，气死了郑成功，这就是所谓永远抹不掉的念头，所以，才使得董酉姑一直不喜欢那个有些来路不正的庶出的长孙。但郑经西征期间却封他为监国，据说，人们都赞他有乃祖父遗风，在陈永华辅佐下，台湾被治理得政风清明。"

秦明道："行啊，知道的不少呢。这就让晴雯完成了放飞大鱼风筝、鲤鱼跳龙门的使命，这个赖嬷嬷专门送给贾母的灵透丫鬟终于成龙，但她的结局，咱们后面解密，就先说上一个问题的答案。

"要想说清董酉姑身上发生的事，需要由两个人来完成，一个是邢夫人，她代表其固执恶毒的一面，王善保家的行为就是她的行为，一下子就认定晴雯是病西施，是勾引宝玉的狐狸精。

"一个是王夫人，代表其糊涂母亲的一面，糊涂到只听下人们的挑唆，自己完全没有判断力，她的行为方式同样放到了王善保家的身上。所以，在启动抄捡大观园之前，在没有半点证据的情况下，已经开始向晴雯开刀，是基于原有印象的影响。

"千万别小瞧王夫人骂晴雯这一段，我为此专门做了这个小布人，来阐述这一段里面暗藏的玄机，这也是我发现查抄大观园中最惊人的两个玄机之一，我的主题，就叫晴雯的捧心之死。"说着，把个小布人拿在手心，展示给大家看，原来这个美丽的小布偶手里捧的是一颗心。

听秦明道："晴雯的捧心之死，犹如王夫人之放走彩霞。宝玉的晴雯，也是一片美丽的彩霞，但却无缘无故被认定是不洁之物，咱让文亮对着王夫人的台词演一下，好解得透一些。"

文亮道："这一段我也奇怪过，王夫人说，宝玉房里常见她的，只有袭人、麝月，这两个笨笨的倒好。

"若有这个，她自不敢来见我的。我一生最嫌这样人，况且又出来这个事。好好的宝玉，倘或叫这蹄子勾引坏了，那还了得。

"这段话里充满矛盾。大观园出了这事，王夫人主观认定就是晴雯干的，且断定她不敢来见她，因她一生最嫌这样人。但结果晴雯来了，还睡眼朦胧地来了，奇怪吧?

"再看下面，当说到晴雯身上不自在时，脂砚批道：所谓魂早离舍矣，将死之兆也。若俗笔必云十分妆饰，今云不自在，想无挂碍之心，更不入王夫人之眼也。离魂之兆，是黛玉的死法，无挂碍，说明晴雯内心根本不设防。还有，来的是个没了灵魂的肉体，灵魂呢? 丢了吗?"

秋真道："别卖关子了。"

秦明道："我推断，其实就是东宁政变，是埋伏了那人被杀之事。"

秋真震惊道："胡说了，仅仅来见一面，就已到这个地步了? 晴雯还没死呢，我以为那人之死还早呢，该在晴雯死时才合适。"

秦明道："我看这里就是。"

秋真道："你太提前了罢。"

秦明道："不信咱们分析一下。郑经死后，儿子继位很正常，但老太太在郑经弟弟们的挑唆下，认定他是螟蛉子，不是郑家血脉，正如凤姐分析给王夫人的绣春囊来路，除了贾赦，就是贾珍，可不都是乱伦惹的祸吗?

"郑成功被这件事气死，成了郑老太心里抹不掉的伤，一旦触动，就会钻牛角尖，就根本不喜欢这个长孙，听了别人的挑唆，匆忙召唤他来见自己。结果，老太太不知是计，就在他来祖母府中时，被下人们暗算而死。这就是捧心而来，撒血而去的晴雯被骂事件。"众人听的半半路路的，都摇摇头，不明白她说的啥。

山岚道："我也不大相信这个，但曹公把晴雯和黛玉联系起来，就知道晴雯出事是不寻常的。王夫人眼中，水蛇腰、削肩膀、眉眼又有些像林妹妹的晴雯最可恨。这一次见她，更是钗鬟鬓松，衫垂带褪，有春睡捧心西子之遗风，又骂她：好个美人！真像个病西施了。"

秋真道："好个捧心西施，还离魂了，这次还真是晴雯捧着心送死来了。西子，不就是一起放风筝过来的黛玉吗，是她又要死了吧，这才是惊人的消息呢。"

秦明道："是吧？慢慢会证明给你们看的。我的第二个惊天玄机就藏在抄检大观园的过程里，也容我慢慢说给你们。抄检大观园，名义上是查奸情，其实不用查，奸情早已明了，而隐藏在其中的第二件大事，其实是抄贼赃，按王善保家的说法，只要找到不合适的物件，都算问题。这是我列的一张表，里面有些规律可循。

"先说抄检顺序，从宝玉的怡红院开始，反应强烈的主要人物自然是晴雯，这是关于晴雯捧心之死的开始。但无甚私弊之物，她是清白的。"大家听了，'嘘'了她一声，说她竟说白话。

秦明道："前面凤姐自己脱净了，晴雯这里也自己证明了，起码说明她们是清白的。可二人的结局都是凄惨的，一个下红不止，一个死掉了。轮到宝钗的蘅芜苑，抄人家没有道理呀，所以没查。"

山岚道："脂砚的批语说，凤姐不查她，是为了避祸。也就是说，不愿意惹那家人。其实说白了，和人家没一点关系。但没去抄查，恰恰是未被去疑儿，这是个伏线。"

秦明道："黛玉的潇湘馆里，紫鹃有东西，因从紫鹃房中，抄出两副宝玉常换下来的寄名符儿，一副束带上的披带，两个荷包并扇套，套内有扇子，打开看时，皆是宝玉往年往日手内曾拿过的。

"扇子、荷包、披带，你们看这几样东西，都有些隐意的，其他的先不说，单就是这个披带我看就有问题。所谓披带，是腰带前方向下垂下来的部分，才叫披带，这应是外用的腰带，总之是宝玉腰里的东西，我认为这也算不合适的物件。紫鹃也道：直到如今，我们两下里的东西，也算不清。要问这一个，连我也忘了是那年月日有的了。

"他们之间是不清不楚的，这算不算私藏男人的东西？我觉得算！晴雯是清白的，但黛玉或者紫鹃是有问题的。王夫人说水蛇腰，削肩膀，眉眼又有些像林妹妹的那位，其实就是林妹妹，王夫人这回要开刀的人是她无疑了。

"下面是探春处，她这里是反应最激烈的。巧不巧？抄检大观园时，表现最强烈的人是她俩，这就有的说了，这二人之间一定有关联。说实在的，探春处最干净，这和晴雯一样。但你来我往地打斗，分明就是一场战役。"

山岚道："两个放过风筝的人，又同样的遭遇，是不是说的一件事呀？"

秋真道："有可能，晴雯是捧心之死，探春处也是打打杀杀地动了手。"

秦明道："可不就是吗？咱们不就是论证这是台湾内斗吗？探春的话多明白：你们别忙，自然连你们抄的日子有呢！你们今日早起不曾议论甄家，自己家里好好的抄家，果然今日真抄了。咱们也渐渐地来了。

"可知这样大族人家，若从外头杀来，一时是杀不死的，这是古人曾说的'百足之虫，死而不僵'，必须先从家里自杀自灭起来，才能一败涂地！说着，不觉流下泪米。

"这似乎是整个抄检过程中最高潮部分，且大家都动了手，和王善保家的打起来了。说不上谁胜谁负，总之是一场都吃亏的内斗，完全就是自己人杀自己人的过程。"

山岚道："探春代表谁，咱们更清楚，她这里进行内斗的话，肯定就是台湾了，许是晴雯的西子捧心事件在探春处具体演绎给咱看而已。"

文亮点头道："有道理。探春动怒的关键点，是奴才竟动了主人的衣服，这标志着不是主子欺负主子，是奴才欺负主子了，奴才向主子先动了手。再加上探春这一段关于自己人杀自己人的话，分明就是演了一遍那个惨剧。"

秋真道："既然路子还说得过去，请继续证明。"

秦明道："李纨的稻香村当然没有。关键就是惜春处，谁知，竟在入画箱中寻出一大包金银锞子来，约共三四十个。这就是为察奸情反得贼赃的地方，得的恰恰又是一副玉带板子，并一包男人的靴袜等物。

"别的都罢了，就是这个玉带板子，和紫鹃处宝玉的披带一样。玉带是明朝的象征，金人是不使用这种东西的，且普通人也不用玉带。所以，惜春不要入画，是我的第二大悬疑。"

山岚道："人人都说，惜春赶走入画，透着大惊小怪。惜春为何这般冷酷，非要赶走并没有多大过错的入画呢？我也说说理由。

"一句话重复三遍，一定咂摸出别的味道。

"在贾府，丫鬟被扫地出门，会直接说撵走，但惜春赶走入画，却不是这么表达的，她一连说了都是'不要入画！我也舍不得入画！'你重复三遍试试，就感觉，不要入画的实际意思，是不要进入她自己画的大观园画里，不但不要入画，且不去东边的宁府了，很像是要和东边的宁府决裂的意味。"

秋真道："这为啥？"

山岚道："首先，入画是宁府之人，这些东西也来自宁府。通过落实，也确实来自宁府。宁府又是东府，是否可以称之为东宁啊，明郑时期，台湾就被称东宁的。惜春不要入画，又不进东宁，是因有人要她入画，要她进东宁吗？进东宁干什么？"

秦明道："贼赃中有玉带，是有人要逼着惜春现身吗？"

白禾问："惜春现身什么意思？是迎来了惜春时代吗？"

秦明疑惑道："挺聪明。难道三春已过，探春捧心而死？这就轮到惜春执掌天下了吗？好像又不是。"

说到这里，她眼前一亮，摩拳擦掌地笑道："怪道惜春这样强烈地不要入画，我知道了。惜春的哥哥赏了入画哥哥玉带，鬼使神差地传到她这里，真是有意图的，难道哥哥要妹妹接受玉带？让妹妹出山，要废长立幼？"

秋真道："这个定位合适，所以才和嫂子有那样奇奇怪怪的舌战。"

秦明道："她只有一个念头：不但不要入画，如今我也大了，连我也不便往你们那边去了。就是不进宁府了，那里就那么可怕？我只知道保得住我就够了，不管你们。从此以后，你们有事别累我。怎么就说到连累了呢？一定是东宁要出大事了。"

白禾道："看你说的，让人毛骨悚然的，惜春有这个道行吗？小小年纪，看得这么透？"

秦明道："哎，这你就小看她了，看她和嫂子的对话，句句点到时政痛处呢。东府里，有人背地里议论多少不堪的闲话，说明里面已经烂透了，已失去了民心。再者，拿到现实里，若和哥哥争位，本不是出于她自己的愿望，她本是与世无争的人，是被争权夺势的权臣们利用了。

"惜春信奉的教条是：善恶生死，父子不能有所勖助，何况你我二人之间。这也是树倒猢狲散的变相说法。所以，她一定预感到危机来临，才说：只知道保得住我就够了，不管你们。其实也管不了你们。从此以后，你们有事别累我。这就明白地告诉他们，祸事离他们不远了。

"当婆子替她圆场说，姑娘年轻不懂事。惜春又冷笑道：我虽年轻，这话却不年轻。你们不看书不识几个字，所以都是些呆子，看着明白人，倒说我年轻糊涂。

"翻译一下就是，说我年轻不懂事，你们老的更糊涂，骂的正是邢、王二人代表的董酉姑之流，凭自己的好恶做糊涂事，竟置国家利益于不顾。

"尤氏又讽刺道：你是状元榜眼探花，古今第一个才子。我们是糊涂人，不如你明白，何如？竟一下子扯到学问上去了，这里就带出了台湾最懂学问的那个人，陈永华。

"惜春道：状元榜眼，难道就没有糊涂的不成，可知他们也有不能了悟的。说的就是他的错。状元又怎样，还不是照样做糊涂事。"

白禾道："他有什么糊涂事，这样让惜春愤愤不平的。"

文亮道："你不知道吗？谁说过张华在纪纲存的，满腹经纶、大兴国学的陈永华，却被奸臣诱惑，糊里糊涂地自我上书，强烈要求解除自己的兵权，你说他可笑不可笑？那个人才失去了膀臂和保护，造成那么不堪的局面。"

秋真笑道："你说抄检大观园一节有两个秘密，我也听明白了，是东宁之变和废长立幼，这不就是一件事吗？还搞得神秘兮兮的，哪是两件事？"

秦明道："两件事！分别放到晴雯和探春两个人身上写，经历那么不同，应该是两件事。"

芸轩道："为了给你加些证据，还有最后一个地方，就是迎春处的搜查，你俩怎么略了？"

秦明道："文亮已经分析透了，开始就给了结论的，不就是迎春说的现世现报吗，还有什么可说的？"

芸轩道："王善保家的和凤姐算了一笔糊涂账，你们还没算清楚呢，这怎么行？"

山岚道："刚想起来，我这里还准备好了潘又安的情书呢，这不是。"说着，拿出一张画着同心如意的囍帖儿，拿腔作势地念起来：上月你来家后，父母已觉察你我之意。但姑娘未出阁，尚不能完你我之心愿。若园内可以相见，你可托张妈给一信息。若得在园内一见，倒比来家得说话。千万，千万。再所赐香袋二个，今已查收外，特寄香珠一串，略表我心。千万收好。表弟潘又安拜具。

"又说：这个帖子里，有一句话很特别：姑娘未出阁，尚不能完你我之心愿。我也琢磨了好久，难道说迎春没出阁，他俩就不能结婚吗？贾府里丫头大了，是可以配给小厮的，和姑娘出不出阁有关系吗？"

文亮道："关系大着呢，他二人想成就好事，时间节点就是和姑娘出阁同时的，其实就是一回事，那就要看迎春出阁后的结局了。"众人问什么结局。

文亮道："是嫁给死神罢了。只有迎春死了，才能完成司棋二人的心愿呢，或者说吴三桂登基之时，就是迎春死亡之日。"

秋真冷笑道："潘又安！曹公真会给吴三桂起名字儿，据说吴三桂确实是个美男子，要不陈圆圆为何着迷于他。"

芸轩道："又扯远了，你们还算不算王善保家的账了？"

秦明笑道："凤姐就先奇怪，正是这个账竟算不过来。她问王善保家的，司棋的老娘，他的表弟也该姓王，怎么又姓潘呢？你说这句话怎么理解？凤姐的意思，如果司棋和他是姑舅表弟，这个表弟该是王善保家弟弟的子孙，该姓王才对，也就是说，该是王家的子孙，可怎么姓潘呢？"

山岚道："傻了，不光王善保家的觉得问得奇，我也觉得凤姐问得怪。挺好算的，王善保家的都不愿意说：司棋的姑妈给了潘家，所以他姑表兄弟姓潘。上次逃走了的潘又安就是他表弟。说的一点没错呀，姑舅表弟，不一定非得是司棋跟潘又安的父亲叫舅舅才行，潘又安给司棋的父亲叫舅舅不也一样吗？也就是说，姥爷姓王，舅舅家的孩子肯定姓王，但姑姑家的孩子不一定姓王。如果姑妈嫁给了潘家，生的儿子就姓潘。"

芸轩笑道："你没把自己论糊涂了就行，凤姐怀疑这个的目的，是告诉咱们，这个人根本不是'王家人'。这个盼着迎春出阁的造反之人，跟王家没一点血统关系，白打着迎春的旗号，这个账还糊涂吗？"

山岚道："看起来，别看王夫人糊涂，却还是凤姐帮着王家撇清了关系。厉害！厉害！只是这一场戏下来，四个首席大丫鬟折了三个，司棋、晴雯、入画。表面上看，探春的侍书似乎躲过了一劫，其实不然，探春自己都不保，侍书能好到哪里？"

文亮道："一上来就说柳家的，去央求金星玻璃和晴雯转告宝玉，给自家说情。芳官的三个名字中，这里单用了金星玻璃一个，怕是宝玉最后一次变身了。"

秦明问文亮道："熟不熟悉台湾历史？"

文亮道："略微知道些，不详细。"

秦明道："那段时期台湾什么情况？"

文亮道："我想一想，一六七九年，郑经西征之际，按陈永华之提议，立大儿子为世子，并授职监国，持'监国世孙'之印玺，总揽东宁国事，由陈永华辅佐，台湾还算不错，而郑经开始参与三藩之乱，渡海西征。

"由于儿子秉公执政，因此史上称之为'东宁贤主'。但也因其太正直，而得罪了骄纵横行的王叔郑聪，并种下日后政变的种子。犹如晴雯长得比别人好，就埋下遭人嫉妒的种子一样道理。

"一六八零年，郑经西征无功而返，太夫人责备他：七府连败，二岛亦丧，皆由汝无权略，不能任人致左右窃权，各树其党。郑经无言以对，也从此意志消沉。这就是凤姐被邢夫人刁难后，心灰意冷之事。

"陈永华被诱骗，辞去东宁总制之职，兵权落入刘国轩、冯锡范手中，郑经不久也抑郁过世。因没有了陈永华，儿子在朝廷里渐渐遭到孤立、架空。这也就是惜春骂的，榜眼探花的有学问有什么用，聪明人照样做糊涂事。

"郑经猝死，按说王位的继承顺理成章应由长子即位，他办事英明果决，有祖父郑成功之风范，因此，颇让郑聪等诸王叔害怕。于是，兄长逝世后，冯锡范联合郑经的王弟郑聪等人，图谋废长立幼，他们以监国非郑氏之子，而是李氏之螟蛉子为由，向王太妃董氏进谗言，说监国不得继王位。这就是奴才挑唆主子，也是'惑奸谗'抄检大观园的真实始末。

"董太妃不查究竟，便下令收回监国之印玺，并废其王位。据你们的《台湾外记》传说，太夫人即刻命人召唤他入府，而他竟毫无戒备，把侍卫武器留在府外，只身一人觐见祖母，可一入府中，就被当场刺杀。

"很像是王夫人召唤晴雯，而晴雯依捧心西子之遗风，毫无戒备而来，一听说明儿要揭她的皮，心内大异，便知有人暗算了她。毕竟晴雯是聪明人，和凤姐一样做法，她有一段自我表白的话，大意是她根本不想亲近宝玉，只不过是老太太的绣娘而已。

"这一点，和世子死后她的王妃为他做的争辩一样，他本不是权力欲强的人，不让做监国，收回印玺不做就成，何苦要了他的命？"

秦明道："探春的自相残杀之说是成立的，不光台湾因自相残杀而败亡，也是整个大明王朝败亡之根本所在。

"探春发出的叹息是：如果有点气性，早就一头碰死了，还等奴才们来我身上翻贼赃。死的心都有，可见她的无奈和愤恨有多深。翻出玉带板子后，惜春并不知道来历，她只是害怕，只想自保，她觉得那玉带根本就不属于她。"

芸轩道："即便惜春不要入画，也该画上这一笔。说得这么热闹，惜春一出世，就面临所谓的废长立幼，可不能靠传说来判断，还要看东府里到底发生了什么，让惜春这样害怕？我担心如果论证半天，东府不是东宁可怎么办？"

第七十五回

瓜月祭中秋　箫音悲异相

秋真道："此时的宁府是不是东宁确实需要落实，尤氏时不时听到消息，说甄家被抄了，倒是值得注意。甄家倒了，贾母依靠的一架大屏风没了，就剩粤海将军邬家这架玻璃的了，可谁是甄家谁是邬家，好说呀。

"我的主意，既然贾母有兔死狐悲的情绪，探春又发狠说，自己抄家和甄家被人抄一样的话，此时的贾府就该是甄家，而邬家是吴三桂的话，排除法得出的结论，东宁就是甄家，正被抄家呢。"

山岚道："什么时候东宁被抄了？真自己抄了自己？"

秋真道："有兆头，只要找到《开夜宴异兆发悲音》中的异样原因，可以找到些线索的。"

秦明道："你们又问了一串子好的，甄府肯定是被别人抄，怎么会是自己抄自己呢？反正我也江郎才尽了，想一折就算不易了，这么短的功夫，哪能搞明白这么多，没想出来呢，有本事换你。"

秋真道："不用将我军，我你是知道的，无知者无畏，大不了说错了重新说，说错了，你们还砍我脑袋不成？下面一节也不用明日，我也不用准备，我想到哪就说到哪，大家一帮衬，说不定就出其不意的，也道出个天大的秘密来呢。不光你们有了成果，我也不差。"山岚就笑她逞能。

文亮笑道："那你从何说起呢？"

秋真道："这就看我笑话了？我喜欢吃，自然从吃饭说起。晚饭我带头准备，你们谁也别偷懒儿，这就随我准备去。"说完，径直喊着白禾、山岚，去市场买菜去了。

晚饭做就，饭前秋真又再四地邀妈妈和姐姐，不为别的，让二人帮着做戏，这一番算是难为妈妈了。秋真又一遍遍教妈妈那几句话，大家也各自领了角色，准备起来。

妈妈道："我这辈子还没演过戏呢，不怕给你们坏了事就行。"说着，就了座。

原来，秋真让她们准备的就是尤氏到贾母处吃晚饭一节，妈妈演贾母。看着桌子上的菜都上齐了，妈妈指着问道："都是些什么？上几次我就吩咐，如今可以把这些蠲了罢，你们还不听。如今比不得在先辐辏的时光了。"

秋真道："贾母也觉生活比不得先了，生活质量差了。"

山岚学鸳鸯的口气，忙道："我说过几次，都不听，也只罢了。"

文亮演的王夫人笑道："不过都是家常东西。今日我吃斋没有别的。那些面筋豆腐老太太又不大甚爱吃，只拣了一样椒油莼齑酱来。"

白禾悄悄地问："什么是椒油莼齑酱？"

秋真道："莼菜，西湖有产，是水葵，咱们这里见不到呢，我是找了别的代替的。莼齑酱，就是用莼菜末腌的酱，这个很下饭的，贾母馋酱了，口味也不算高贵呀。"

妈妈笑道："这样正好，正想这个吃。"

白禾道："面筋、豆腐、咸菜，这不是柳家说她们倒换口味时吃的东西吗？又提宝玉吃糠咽菜的遭际了？王夫人巴巴给贾母送一碗这个，和那时一样生活艰难了吗？"

山岚听说，便将碟子挪在跟前儿。

芸轩演的宝琴，上来一一地让了，方归坐。

妈妈便命文亮演的探春来同吃，文亮也都让过了，便和芸轩对面坐下。姐姐演的待书忙去取了碗来。

山岚又指那几样菜道："这两样看不出是什么东西来，大老爷送来的。这一碗是鸡髓笋，是外头老爷送上来的。"一面说，一面就将这碗笋送至桌上。

秋真道："家里的老爷们，孝敬些端不上台面的东西，看不清食材是什么意思？没法定义菜的好坏，外头的老爷倒好，送来鸡髓笋。看到这碗菜，让我想起探春说的两句话，一句说：今日一早不见动静，打听凤辣子又病了。'凤辣子'这个称谓，只有贾母偶尔开玩笑叫过一次，探春这样称呼凤姐，感觉有些唐突，关键是凤辣子病了。

"第二句说：咱们倒是一家子亲骨肉呢，一个个不像乌眼鸡，恨不得你吃了我，我吃了你！又来个'乌眼鸡'，这倒是邢夫人的专用词，说黑油门里的人都是些乌眼鸡，探春偏说你吃了我、我吃了你地闹内斗。送给贾母的这碗菜，单单是鸡髓笋，我就明白了这道菜的作用。"妈妈听她说，也不懂啥意思，略尝了两点。

山岚指着那一碗笑道："这是大老爷送来的，看不清是什么东西。是鸳鸯看不清还是贾母看不清？还是鸳鸯看清了不说，或者贾赦的食材真就让人看不出是啥，是不是也有鸳鸯的仇恨在里面？反正大老爷送来的是糊涂饭。"

妈妈说："将那两样着人送回去，就说我吃了。以后不必天天送，我想吃自然来要。"

秋真又道："依我说，这看不清食材的就叫糊涂饭。果然老祖宗嫌他送来糊涂饭，还不如外头老爷送的鸡髓笋，贾母还尝了尝，确实自己的儿子们不给力了。"

白禾听说凤辣子和乌眼鸡，又说这是鸡髓笋，就想起凤姐说的话，说贾母只嫌人肉酸，要不连她还吃了呢。就笑道："一群乌眼鸡，到底要吃谁的肉。"还悄悄做了个呕吐的表情，好在妈妈没听懂。

妈妈因问："有稀饭吃些罢了。"

秋真演的尤氏，早捧过一碗来，说是红稻米粥。

贾母接来吃了半碗，便吩咐："将这粥送给凤哥儿吃去。"又指着说，"这一碗笋和这一盘风腌果子狸，给颦儿、宝玉两个吃去，那一碗肉给兰小子吃去。"又向李纨："我吃了你就来吃了罢。"

秋真心里想道：哼！粥给了凤姐，起码能喝上粥；鸡髓笋和果子狸给了黛玉、宝玉，他俩成了吃鸡吃肉的；一碗肉给了兰哥，也能吃到肉；两样看不清东西的又送回去了。

这些残羹是怎么个分法？这不光剩下一碗酱了吗？让我坐下吃酱啊！贾母分羹，大有深意呀。一面寻思，还是应着坐下，待妈妈吃完漱口洗手毕，便下地和秦明说闲话行食；秋真告坐，芸轩和文亮却站起来笑道："失陪，失陪。"

秋真笑道："你们都走了剩我一个人，大排桌吃不惯。"

妈妈笑道："鸳鸯、琥珀来趁势也吃些，又作了陪客。"

秋真笑道："好，好，好，我正要说呢。"

妈妈笑道："看着多多的人吃饭，最有趣的。"又指银蝶道："这孩子也好，也未同你主子一块来吃，等你们离了我，再立规矩去。"

秋真道："快过来，不必装假。"

妈妈负手看着取乐，因见伺候添饭的人手内捧着一碗下人的米饭，秋真吃的仍是白粳米饭，便问道："你怎么昏了，盛这个饭来给你奶奶？"

那人道："老太太的饭吃完了。今日添了一位姑娘，所以短了些。"

秋真道："哪个姑娘来蹭饭？是三姑娘吧。"

山岚道："如今都是可着头做帽子了，要一点儿富余也不能的。"

秦明忙回道："这一二年旱涝不定，田上的米都不能按数交的。这几样细米更艰难了，所以都可着吃多少关去，生恐一时短了，买的不顺口。"

妈妈笑道："这正是巧媳妇做不出没米的粥来。"众人都笑起来。

山岚道："既这然，就去把三姑娘的饭拿来添上，也是一样，就这样笨。"

秋真寻思："原来添人少饭的是探春，是她阴差阳错地吃了应该属于尤氏的饭。"又笑道："我这个就够了，也不用取去。就吃丫头的饭也行。"

山岚道："你够了，我不会吃的。三姑娘的饭给我。"

秋真听了，一时生气道："我还不吃了呢！你们拿我当什么了？哦！好菜都送出去，伺候老祖宗吃完，我刚坐下，你们就都吃完了是吧？不陪我也罢了，为什么把下人们都叫上来陪我？更可气的是，让我吃下人们的饭，还说什么可着头做的。三姑娘的饭就该鸳鸯吃了？反了天了，她倒成了主子，她成了三丫头吗？你们眼里还有我吗？"说着，竟真赌气不吃了。

眼里流着泪道："我这一天真够倒霉催的。四丫头心冷嘴冷，发誓不认我这个家嫂，说东府不干不净的带累了她，谁叫是一家人，胳膊折了袖子里藏，没法子；可在珠大嫂那里，素云打发我洗脸，竟公然拿出她的脂粉给我使，幸而是我，若是别人岂不恼呢；那个炒豆儿，侍奉过宝琴的小丫头也竟敢慢待我，全不当我是个主子；不想饭点到了，来老祖宗这里更甚，简直让我和奴才们翻了个过儿。"

擦干泪，又冷笑道："咱们家下大小的人，只会外面假礼假体面，内里怎样，也只有我们自己知道罢了，究竟做出来的事，都够使的了。"

芸轩拍手叫好，秋真也收起情绪，向妈妈道："吓着您老人家了吧？我演的好不好？"

妈妈笑道："我还以为给你们惹祸了呢，究竟也没吃好，咱们坐下，正经吃你姐姐做的菜吧。"说着，大家重新归坐，边吃边聊。饭后，妈妈又叫姐姐泡了一壶普洱，说多年的习惯了。

秋真问道："妈妈，您老吃过茶面子吗？"

妈妈道："茶面子！是不是炒面哪？吃过，吃过。"

秦明道："好像是，这个东西是民族风味的油茶面，像游牧民族吃的。"

秋真道："李纨这里没了点心，说昨日他姨娘家送来的好茶面子，这个姨娘，不知是不是薛姨妈家送来的，竟用这个东西招待尤氏，是生活窘迫了，还是改了口味呢？"

山岚道："似乎是改了口味，贾府用茶讲究着呢，往常都用茶招待客人的。李纨怎么还用起宝琴的丫鬟来？那个打扮成胡人的炒豆儿，公然对尤氏没规矩，银碟就骂她，说她没机变：一个葫芦就是一个瓢。奶奶不过待咱们宽些，在家里不管怎样罢了，你就得了意，不管在家出外，当着亲戚也只随着便了。

"说你是个葫芦，你就当自己是瓢了，是不是叫炒豆儿胡唐了。这回不光宝玉那里有了匈奴，李纨这里也有了，还开始对尤氏没规矩了。"

芸轩道："那时候，茶可是控制匈奴的好东西，自古控制西番，皆以茶马为羁縻，因西域人爱喝茶，才有了茶马古道，看来中华先失去了茶文化。"

秦明道："炒豆儿是宝琴的丫头，却来到了李纨这里，还这么不守规矩，稻香村也沦陷了吧，贾母这里更厉害，西府已全面被奴才占领的征兆，而尤氏也发感慨，说自己家里也主子奴才不分了，这顿饭像是专门针对尤氏的。"

秋真道："看出来了？尤氏的遭遇可怜，她的地位变了，说明宁府里一定发生了巨变。"

山岚道："怎么知道？惜春刚才顶撞尤氏，李纨问尤氏为什么发牢骚，尤氏都不敢说。"

秋真道："看她一会儿回府，会怎么样。"

芸轩道："我提醒你，宝钗和宝琴的使命快结束了，而留在大观园的豆童和史湘云可别小瞧了。"

秋真道："忘不了。尤氏不敢说，是怕犯七出之罪。"

文亮道："七出之罪，怎么提这个？《大戴礼记》的七出，又称七弃，是休妻的七大准则。尤氏怕被休了吗？"又掰着手指头数着：

不顺父母，为其逆德也；

无子，为其绝世也；

淫，为其乱族也；

妒，为其乱家也；

有恶疾，为其不可与共粢盛也；

口多言，为其离亲也；

窃盗，为其反义也。

秦明道："想起来了，批语里说尤氏怕自己犯'口多言'之罪，而且她也无子。探春问她话，她不肯回答，就知她畏事不肯多言，探春就笑话她：别装老实了，除了朝廷治罪，没有砍头的，你不必畏头畏尾。探春虽这样宽解，我反而觉得，她不肯多言的这事，定是个砍头的朝廷大事。"

山岚道："不就是惜春抱怨东府里风声不雅吗？惜春的事，咱们不都解释得差不多了吗？尤氏先是遮遮掩掩，欲言又止，后来不是干脆也说了吗？"

秦明道："惜春横空出世，就引来'东宁事变'，尤氏又对东府内部故作神秘，还怕犯七出多言之罪。她若说出来，贾珍就真休了她吗？只是证明事情严重。她在西府，正体验一路被沦为下人的感受，回到宁府还不知怎样呢。"

山岚道："也就是说，根本不是惜春的事了。对的，脂砚说了，可知贾宅中暗犯七出之人亦不少。这叫打草惊蛇法，看看文亮罗列的条件，除了尤氏，还有邢夫人也符合条件。从抄检大观园开始，邢夫人就被绑到了道德的十字架上，这里又暗提她，难道是她的事吗？"

文亮道："邢夫人的罪责大着哩，先是把她气病了，然后挑唆王夫人对晴雯下毒手，还想制服探春。好在探春厉害，她选择主动出击，今日一早不见动静，就打发妈妈出去打听王善保家的怎样，回来告诉说王善保家的挨了一顿打，大太太嗔着她多事。探春就说：这种掩饰，谁不会作，且再瞧就是了。这不是明着怨恨邢夫人吗，邢夫人自己有了罪责，拿下人顶罪，这娘儿两个算是结了怨了。

"回到东府，尤氏听到了什么？她不回自己屋里，拐个弯，专门来听墙根话，听见的正是邢德全的抱怨：你不知我邢家底里。我母亲去世时我尚小，世事不知。她姊妹三个人，只有你令伯母年长出阁，一分家私都是她把持带来。如今二家姐虽也出阁，她家也甚艰窘，三家姐尚在家里，一应用度都是这里陪房王善保家的掌管。

"脂砚就说邢夫人，贾母先恶之，也许是贾母心偏，亦可解之；若贾琏、阿凤怨之，也因儿女之私，亦可理解；若探春怒之，恐女子不识大而知小，也说得过去。今忽然她的亲弟弟口出怨言，看来是明犯七出了。无子、妒、以怀疑凤姐之名义乱族、口多言，这都是邢夫人之重罪。"

山岚道："邢夫人一直像个影子，谁也不知其来龙去脉，这里突然地就清晰起来，这个邢家好奇怪。"

秋真道："邢家一直由邢夫人出场，没什么背景，曹公对邢家事也一直秘而不宣，加上邢家也没人来往，邢夫人似乎一直孤零零的，直到其兄长邢忠带了女儿岫烟进京来投靠，才让咱们开始了解邢家。

"邢忠可能是堂兄，因从邢德全说姊妹关系时，没提到过他，他们也许是堂兄妹关系。一分家私，都是邢夫人把持带来，并作管理，这些不重要，重要

第七十五回
瓜月祭中秋　箫音悲异相

263

的是邢家有一个被宝玉称为野鹤闲云的女儿邢岫烟。"

文亮道："所以，邢夫人这条线很关键。关于邢夫人，咱们可以给她加些标签的。当初，宝玉去看贾赦，邢夫人曾百般摩挲抚弄宝玉，表现出对宝玉的爱抚，让在一旁的贾环都很不自在，说明她很有权力欲。

"在众人眼里，她禀性愚夅，只知承顺贾赦以自保，次则婪聚财货为自得，家下一应大小事务俱由贾赦摆布，证明她没有自己的主见。凡出入银钱事务，一经她手便克啬异常，以贾赦浪费为名，须得她就中俭省，方可偿补。这是她的刻薄。

"儿女奴仆，一人不靠，一言不听的。她心目中根本不顾及氏族承继，没有家族概念，是否断子绝孙，都不放在心上。这个人是谁，是不是轮廓清晰起来了？"

芸轩道："她是谁，又不是不知道，你又重复一遍。重要的是，邢家兄弟的名字让人浮想联翩。邢忠之名含'忠贞'之意，却为何说这夫妇之为人很不堪呢？邢德全名字中有'德才'兼备之意，可怎么这么下流无比呢？曹公用这么两个名字，想说明邢家什么事？"

文亮道："我明白了，邢夫人两弟兄分别代表忠与德。堂兄为忠，应是忠贞不二之人，可又说他不堪，难道他不忠？或者是卖国奸贼？邢岫烟嫁给薛家，就是影射后来的降清之事，真所谓徒有忠贞之名。

"胞弟德全，初时德才兼备，应该是文才武略的大家，难道后来德行尽失了？变得只知弄权谋私，淫乱无度，才导致全盘皆输吗，看他那个傻德性，在上演临潼斗宝时竟输给了呆霸王薛蟠。

"瞧瞧吧，堂兄养了个好女儿，却嫁给了薛蟠的弟弟薛蝌，胞弟德才尽失，直接输给了薛蟠，这就是邢家人的忠与德，是谁？能猜不出来吗？"

妈妈听她们你一言我一语，也不甚懂，就道了乏，自己歇息去了，姐姐也忙自己的事去了。

白禾道："什么是临潼斗宝？"

文亮道："你芸姐姐的书里没提到吗？倒碗新茶来，我告诉你。"白禾倒了来，文亮已经说开了："临潼斗宝是春秋时期的故事。周室衰微，诸侯争霸，秦穆公为了征服其他诸侯国,便采纳了谋士的建议,邀请十七国诸侯王到临潼举办斗宝大会,其实就是赌谁家的宝物好,谁就是诸侯王,输了的就为臣。

"贾珍在家干什么呢?他父亲亡故,在家居丧,宁府也正如周室衰微一般,诸侯们就要上演争霸赛了。首先,是举行射胡子比赛,这是一场武事,接着又聚众赌博,他干的事正应验这个典。

"再看他们玩的斗宝游戏,有三种:抢新快、打公番、打天九。虽说咱们不知这些游戏的玩法,可看名字就知道,抢新快一定是武力解决,且看谁的动作快,争霸双方,一个傻大舅,一个呆大爷,真对撒子了,不需要文化和智力,二人凑在一处,都爱抢新快,输赢爽利。"

白禾道:"咱们也模仿着来两局玩玩。"

文亮道:"没研究过怎么玩,打天九倒可以推断出玩法,应该是先掷骰子,确定点数,依次摸牌和打牌。打牌打不起时,则将牌翻过来垫牌,不让对方知道是什么牌,是颇费脑筋的。然后,根据牌面点数不同组合来比大小。

"文牌分为大牌:天、地、人、和;长牌:长三、长五、长二;短牌:幺五、幺六、四六、虎头,还有武牌等。最大的便是至尊牌,一般是一文一武合成的组合牌,如天九就是。这些组合牌,可依次相打,最后一轮大牌为结,才算获胜。"

秋真道:"倒像临潼斗宝的法则,大者至尊为胜,胜者为王。虽是两个傻子,但'德全'的傻大舅反而一败涂地,剩下的只有酒后抱怨,抱怨邢夫人独断专行,不顾亲情骨肉;抱怨邢夫人越权管理事务,等等等等,反正到此时,一切失败的根源,全部指向邢夫人。"

山岚道:"自己不成人,还抱怨姐姐,也有些不公平。荣府那边,贾母下狠手段禁赌,宁府这里却没天没地地赌博,就算是斗宝斗输了又怎样?是输了霸主地位了吗?"

秋真道:"比较严重,正如前面的推断,下人翻身成了主人,被'豆童'抹掉了规矩,尤氏沦落成下人待遇,特别是鸳鸯,还吃了探春主子的饭。

"尤氏回到东府,见两边狮子下放着四五辆大车,便知系来赴赌之人所乘,遂向银蝶众人道:你看,坐车的是这样,骑马的还不知有几个呢。马自然在圈里拴着，咱们看不见。也不知道他娘老子挣下多少钱与他们，这么开心。"

芸轩道："曹公说，这个叫《群居终日图》，这句话本出自《论语·卫灵公》里的一首诗中，子曰：群居终日，言不及义，好行小慧，难矣哉！"

白禾道："什么意思呀？"

文亮道："孔子说，如果一群人整天聚在一起，说话不讲道义，胡吹乱侃，漫无边际，心中空虚，又逞能耍小聪明，这些人难成大事！"

秋真道："那《序齿燕毛录》又是什么意思？"

文亮道："连你也不知道吗？'燕毛'出自《中庸》，祭祀完毕，宴饮客人时，应尊重年长者居上位之礼，燕子以毛发之色分别长幼，确定座次。而贾母这里的坐序，也没严格照礼仪来，宁府是什么情形，更不肖说，完全就是没有了礼义廉耻。"

秋真道："从尤氏和下人的待遇对调看，是出大问题了，她和鸳鸯倒换了角色，鸳鸯为主，她成了丫鬟，这个变故好大。从尤氏偷看贾珍赌博情况看，是群小丑态百出，惜春的担心不无道理，宁府简直就是末日前的狂欢。"

白禾道："东府里群魔乱舞，按照邢德全的抱怨，罪人就是邢夫人的话，我知道她是谁。"正待说，山岚要去外面小解，拉上白禾作伴去了。

秦明道："她倒明白得快，邢岫烟的身份本就可以锁定台湾，邢夫人的定位也可以锁定董酉姑，邢德全这样一说，可就更确定了？"

芸轩道："就算是她把台湾搅得一塌糊涂，惜春也太消极了。探春是入世者的态度，她在努力拯救这个家族，保护自己的下人，惜春则完全是出世的态度，她觉得这个家族已毫无拯救的可能。所以，她毅然决然放弃入画，但命运却偏偏选中她，她这最后一春，也是最后一次复国机会，该珍惜的。"

山岚、白禾慌慌张张得跑进来，道："不得了，池塘边上不是有块三生石的吗？白天我还去摸过它，怎么就不见了，是让人偷走了吗？"

秋真笑道："怎么可能，这样大惊小怪的，吓着我们吧，我刚想说祠堂里发悲音的事，你就来一惊一乍配合我。"

白禾道："是真的，不骗你们。"

芸轩笑道："这是个老人给的呢，果然有些灵气，有个传说，见到这个异像必是吉兆，你们谁要走桃花运了。"

山岚道："骗我们，三生石跑了，还能遇到桃花运？"

秋真道："等明天我去看看，如果有，你真要遇桃花运了。稳稳神，离谜底越来越近了呢，快看看宁府到底有什么怪事发生吧。"

文亮道："宁府于十四日就停止了对外活动，自然也停止了'射胡'武事；两个傻子的较量也有了高下之分，正如佩凤说的：爷说了，今儿已辞了众人，停了赌局，过了八月十五，直等十六才来呢，好歹定要请奶奶吃酒。

"说孝家不宜过十五，不如十四日应个景。这时尤氏问道：今日外头有谁？佩凤说：听见说外头有两个南京新来的，倒不知是谁。"

秋真道："十三日晚上抄检大观园时，探春就说甄家被抄，我们自家也正在抄自家；十四日，尤氏说邸报上也登了，这回府里又慌慌张张来人，隐隐约约觉得甄家完了。

"我看，十三日抄检大观园，是一石二鸟法，就是自家抄自家；十四日，紧接着说甄府被抄，南京来人找贾珍，就是东府被抄的日子，得好好验证一下这个日期才行。

"十四日的夜宴，更是异象丛生。先说时辰，那天将离着快四更时，贾珍酒已八分，大家正添衣饮茶、换盏更酌之际，忽听那边墙下有人长叹之声。大家明明听见，都悚然疑畏起来。咱两个吓她们一下。"

二人遂拿捏出惊悚的声音学着贾珍，厉声叱问："谁在那里？"连问几声没人答应。

尤氏道："必是墙外边家里人，也未可知。"

贾珍道："胡说。这墙四面皆无下人的房子，况且那边又紧靠着祠堂，焉得有人。"

文亮道："一语未了，只听得一阵风声，竟过墙去了。恍惚闻得，祠堂内槅扇开阖之声。只觉得风气森森，比先更觉凉飒起来，月色惨淡，也不似先明朗。众人都觉毛发倒竖。贾珍酒已醒了一半，只比别人撑持得住些，心下也十分疑畏，便大没兴头起来。勉强又坐了一会子，就归房安歇去了。"

山岚道："你们学的太瘆人了，脂砚倒是说了，未写荣府庆中秋，却先写宁府开夜宴；未写荣府数尽，先写宁府异道。盖宁乃家宅，凡有关于吉凶者，故必先示之。且列祖祠在此，岂无得而警乎？他到底是要警示什么？"

秋真道："还能警示什么，祖宗的幽灵都长叹不已了，家要亡了，血灾到来了呗。出现异象之前，贾珍让佩凤吹箫来着，贾母赏月时，也是让人吹箫来着。吹箫的用意一定相同，代表什么？文亮！"

文亮道："吹箫有两个含义，或为丧事，伍子胥吴市吹箫乞食；再就是玉人吹箫求配成婚。但这里是什么用意，不得而知。"

秋真道："月色暗淡，异兆悲音，定是丧事无疑。"

白禾道："十四日这样，十五日贾母赏月还将就些。"

秋真道："我看更凄惨，十五日夜，贾母让人吹的是笛子，吹笛也有怀旧伤逝之意，十四日发丧音，十五日就有伤逝之感叹，这几日一定发生了天大的祸事。"

秦明道："那你论证的结果呢？"

秋真道："吃的东西还没说完，怎么知道结果？还有一个奇怪的吃食呢。"秋真不知从哪里变戏法一样，端出一盘点心，大家看时原来是月饼，都也觉得新鲜，来抢着吃。

山岚过来道："明天才中秋，怎么今晚就有月饼吃？"

秋真挡着："谁让你们吃了，说出谜底才能吃，《石头记》里过了几个中秋，很少单独说这个东西，可这里老早就埋伏了这个物件。

"先是宁府下人说，西瓜月饼都准备全了，只待分派送人，贾珍便吩咐佩凤说，请你奶奶看着送罢。第二日便是十五，贾母就收到了，还说：你昨日送来的月饼好，西瓜看着好，打开却也罢了。怎么今年中秋，突然送西瓜和月饼了？贾母说西瓜不好，可能雨水大，瓤子不好吃，啥兆头呢？再看月饼有没有问题。贾珍就笑说：月饼是新来的一个专做点心的厨子，我试了试果然好，才敢做了孝敬。"

芸轩从画卷桶内抽出一幅画，打开挂到墙上。大家看时，原来是八大的一幅《瓜月图》。文亮读着上面的诗："昭光饼子一面，月圆西瓜上时。是两样象征团圆之物。"

秦明道："怎么好好地联系他的画？你的意思，这里的月饼虽是专门请人做的，也不一定没问题？"

芸轩道："小饼如嚼月，中有酥和饴。到底这团圆之夜是否真团圆，才是这个中秋的主题。不能光听贾母说，她说月饼还好，未必就真好，尝一尝才知道好不好。西瓜已经不好，是得关注这些月饼。"

白禾掰一块尝一尝道："我尝着好，他们怎么尝？"

芸轩道："贾政尝了，他用笑话尝的。一向正经的老学究，竟讲了一个怕老婆的冷笑话，道具就是月饼。"

秋真道："所以，说完吃食，后面就是贾母领着众人赏月时发生的怪事。而且，贾政、贾赦分别说了一个不可笑的笑话。贾政说的可明白，不是因老婆脚臭，是因吃了月饼馅子反酸才呕吐，月饼馅子里一定有问题。"

白禾道："月饼馅子怎么了？"

秋真道："月饼馅子和脚丫子一样臭呗。"

白禾正吃着，听这样说，骂道："别恶心人，看来你根本没搞懂月饼的寓意。贾赦的笑话也简单，寓意明显，简直就是直接抱怨贾母偏心，只疼小儿子贾政，他还吃醋。"

山岚道："贾政的笑话没说完，又说贾赦的，就不能说清楚一个再说另一个吗？"

秋真道："看着贾母喜欢贾政，贾赦还吃味儿了，先搞清贾赦吃味的原因，和贾母偏心的动机，未尝不可。"

芸轩道："未必就是说的贾母偏心，贾母是只疼贾政不疼他吗？也许还有更深层的意思呢。"

秦明道："说得对，贾赦散席回房，路上崴了脚，贾母命邢夫人等快回去看视。见方才瞧贾赦的两个婆子回来说：右脚面上白肿了些，如今调服了药，疼得好些了，也不甚大关系。贾母点头叹道：我也太操心，打紧说我偏心，我反这样。因将方才贾赦的笑话，说与王夫人、尤氏等听，才都笑劝贾母：这原是酒后大家说笑，不留心也是有的，岂有敢说老太太之理。所以说，偏心之人并不是老太太，只说天下做父母的都偏心小儿子，是天下所有人的常情，后面还有一个例子呢。"

山岚问："别搪塞了，肯定有所指，若不是说的老太太，谁还这样偏心？"

秋真道："贾赦自己呀，不记得贾府三个小爷作诗了，里面可是有文章的啦。"

芸轩道："玄机就在这里面，单看你有没本事找出来。"

山岚道："好难，脂砚可说了，三首中秋诗都没写完，雪芹就去世了，这还怎么说得清楚。"

芸轩道："惊心法呢，你也信，我打量着，《石头记》里没有未完的局，没有未完的诗，也没有解不开的谜。我认为，曹公已把中秋诗交待得很清楚了。"

文亮道："贾政让宝玉写诗，没限韵但限了词，什么冰玉晶银光明彩素等字眼，一律不让用。你们看这几个字，怎么这样熟悉？比如冰晶玉洁，代表人物有妙玉、黛玉、惜春，这是些最干净的人物，惜春的灯谜就有：性中自有大光明。

"彩和光明，代表人物是晴雯、彩霞；素字的代表人物是忠贞的李纨。作为当政者的贾政，竟不让再提这些很有素养的人物，你们说宝玉的诗要怎么写？没了这些，是作者死了才没写完中秋诗？还是作者死了心而不想写？"

芸轩道："其实是不让取那些人的事迹做素材，但温八叉的诗，或者温八叉本人的作风，或许就是宝玉诗里要取的素材。前面咱们没少提他，这是个终生不得志的悲剧诗人，要看宝玉的手段了，怎么用他来标榜自己，才让贾政高兴地拿出扇子来奖赏他。"

山岚道："温八叉有什么特别处？"

文亮道："什么题材不好瞎猜，倒是贾政说宝玉以温飞卿自居，温飞卿出过什么样的名句吗？"

芸轩道："宝玉的诗没给出句子，我理解，既然不把诗句写出来，便不要在诗句上徘徊，我倒想起一件事。"

山岚道："什么事？"

芸轩道："是温庭筠的才高累身之举。"

文亮道："有道理，这才是温庭筠一生遭际的焦点。"

白禾道："这跟宝玉有关吗？"

文亮道："不敢说，我说一下你们自己分析。当年宣宗喜欢微服出行，有一次遇上了温庭筠，他不认识皇帝，便傲慢地追问皇上：你是长史司马之流的大官吗？皇帝说：不是；他又问：那你是大参簿尉之类的吧？皇上又说：也不是。因此，皇帝便把温庭筠贬为坊城尉。有人就给他赠诗说：凤凰诏下虽沾命，鹦鹉才高却累身。"

秦明道："温庭筠虽然才华横溢，却负才傲世，讥讽权贵，终自累其身。难道宝玉也以此标榜自己才高过人，却遭际累身之变？他也被贬官吗？"

文亮道："不光贬官，说不定有性命之忧。"

秋真道："不会吧。宝玉才高，可并不累身。贾政一高兴，赏给他两把海南带回来的扇子。我就想，送扇子充分证明贾政是维护宝玉的，宝玉有危险吗？"

芸轩道："没危险？可怎么理解贾政对贾环的态度？我发现有了奇怪的变化，就是贾环变了。书里说，贾环近日读书稍进，其脾味中不好务正，也与宝玉一样，故每常也好看些诗词，却专好奇诡仙鬼一格。

"这真是破天荒，读书有长进了，还和宝玉一个脾性了，也好诗词，且写的文笔让贾政都纳罕，贾赦也连连夸赞，这里真的出现了不疼哥哥疼弟弟的现象。

"再看贾环的气度，也让人刮目相看，索纸笔来，立挥一绝与贾政。脂砚不失时机提醒：贾政戏谑讲笑话已是异文，而贾环作诗，更奇中又奇之奇文也。

"且别急着惊讶，说贾环亦荣府公子正脉，虽少年顽劣，现今小儿之常情耳，读书岂无长进之理哉？贾政看了，亦觉罕异。照贾政的评判，只是词句终带着不乐读书之意，遂不悦道：可见是弟兄了。发言吐气总属邪派，将来都是不由规矩准绳，一起下流货。听听，这和平日里评判宝玉一样声调的，批判中带点欣赏的味道。又说：妙在古人中有'二难'，你两个也可以称'二难'了。怎么样，说的够明白了吧？"

文亮道："贾政的口声，明显说宝玉、贾环二人是一对佳兄佳弟了，这是从来没有过的。'二难'恰恰是兄弟俱佳、难分高下之意。虽然贾政解释，他两个的'难'字，却是作难以教训之'难'字讲才好，可难以教训和难兄难弟，总不矛盾的。"

秋真道："说哥哥公然以温飞卿自居，咱们理解，如今兄弟又自为曹唐再世，又是什么缘故？"

文亮道："曹唐诗的特点就明显了，确实是贾环喜欢的游仙派风格，什么古代神话传说及六朝志怪故事，都是他的题材，他的《小游仙诗》在当时广为流传。"

遂吟一段道：

玉诏新除沈侍郎，便分茅土镇东方。

不知今夕游何处，侍从皆骑白凤凰。

秦明道："贾赦看了这种诗，极力夸奖，要不怎么说世袭的官，跑不了贾环的呢。明显的是贾赦偏心小儿子贾环了。所以，偏心之人是他自己，而不是贾母。"

山岚道："偏心也对，是偏心！说贾母偏心小儿子，说贾赦偏心小儿子，都对。你们忘了，贾环不是得了宝玉的大螃蟹风筝吗？标志着贾环来台湾后将横行天下，这里就是。看来小儿子有出息了，若贾环做了世袭的官，他不是要顶了宝玉的位置罢，贾环做了东宁国王的话，可不就是废长立幼吗？"

秋真道："这个结论自然好，一直憋屈的贾环终于有了出头之日。虽然贾政肯定了宝玉的地位，却也没否认贾环，妙在贾赦偏心贾环，直接就论到贾家后事上来了。

"他说：我爱他这诗，竟不失咱们侯门的气概。因又拍着贾环的头，笑道：以后就这么做去，方是咱们的口气，将来这世袭的前程，定跑不了你袭呢。好得很哪！贾环就这样上位了。

"邢夫人从刁难凤姐开始，到收拾完探春结束，只为这事做铺垫，抄检大观园针对的就是探春，这一春算是彻底消失了，而邢夫人作为始作俑者，直接结果便是晴雯出事，导致清明的政风一去不复返。抄检后，惜春无意间得了玉带，她横空出世，伴随着废长立幼的政变，在大家的偏心护佑下，贾环上位，且用尤氏的感受再次证明，东府就是东宁。好！抄检大观园一节，能顺出这么个路子来，值得庆贺！"大家听了，高兴地互碰一杯茶。

秋真又笑道："可是，既然贾环做了王，为何以曹唐自居呢？应该还有其他意思。我记得有个传说，说曹唐和李商隐相会，隐曰：闻兄《游仙》之制甚佳，但中联云：洞里有天春寂寂，人间无路月茫茫。乃一鬼耳。

"唐笑曰：足下《牡丹》诗一联，乃咏女子障者：若教解语应倾国，任是无情也动人。一个说是神仙见鬼，一个说美人智障。难不成，贾环的自比曹唐在世，说自己是神仙见鬼了？还是美人智障了？"

芸轩笑道："我明白贾环何以曹唐自居，美人智障之事，宝钗做过。帝王的样子，就是美人智障，她也美人智障一回；神仙见鬼也不假，所谓《游仙》者，分明有避世之心，这也是惜春的心态，说明他并不想做智障美人，而是想出家修仙。

"宝玉因才高累身而死，贾环正是美人智障者。一个是温八叉，一个想做曹唐没错，这很符合事实：郑克臧才高累身而死，弟弟却被推着做了世袭的官。"

秋真笑道："水底有天云漠漠，人间无路月茫茫。巧的是曹唐之死也和别人不同，正是因这句神来之诗，曹唐以为是神仙所赐，竟连日恍惚而逝。他在《小游仙》中有：

净扫蓬莱山下路，略邀王母话长生。

"这让我又想起惜春的结局，她在人间也找不到出路，丧音吹处，哪里还有复国生机，所以就向虚无的仙境寻找出路。《虚花悟》中所谓：这的是，昨贫今富人劳碌，春荣秋谢花折磨。似这般，生关死劫谁能躲？闻说道，西方宝树唤婆娑，上结着长生果。

"贾环自比曹唐，喜欢神仙，皆因只有神仙才长生。如何长生？当然是放弃杀戮和争斗？如何放弃杀戮和争斗？就是投降，这也是出世的态度，和惜春一样遁入空门，才是话长生的秘诀。我解的如何？"大家拍手赞同。

芸轩却道："离真相远着呢，才刚开始，还是回到贾政的笑话里吧。八月十四的悲音和十五的月饼到底咋回事，还没说呢。"

秋真道："别急呀，慢慢来，说完难兄难弟，就说八月十四的祖宗悲叹。郑经死后第三天，董酉姑糊涂乱政，致使郑克臧和夫人相继死亡，而此时的当局者正是年幼无知的弟弟郑克塽。实际上，他被岳父冯锡范控制，再加上郑聪等人的胡作非为，台湾的情形和宁府里没两样。

"清廷看到台湾内政混乱不堪，新旧势力交替，文武解体，主幼国疑，正是收复台湾的大好机会，于是派施琅发动了澎湖海战。我插一段小曲，就是关于宝钗搬离大观园一事，诸位刚才也提到了，做何感想？"

文亮道："此战结束，国内外从此无战事，宝钗的使命完美收官，她还待在这个已是她囊中物的园子里干吗？"

秦明道："住进来呢，是为了金玉缘，缘分该结的结了，还没留下任何不是，高明！"

芸轩道："更高明的地方还有呢，她走了，临走安排了自己的丞相之花史湘云住进自己的屋子，她是再也不会回来了，好比鸳鸯成了主子，尤氏沦为丫鬟待遇，什么大变故？大观园蘅芜苑的主人变成史湘云，如同台湾的主人换成施琅，是一样的。"

秋真道："这就更明白了，宁府从射胡子开始，到傻大舅和呆霸王的临潼斗宝，傻大舅输了，只是我不知道，这场海战到底是怎么输的？"

文亮道："还是我来说吧。当时的交战双方兵力大体相当，但郑军经营澎湖多年，设防据守以逸待劳，应该占优势的。清军渡海作战，远来疲惫，并无胜算，而结果正相反，郑军却一败涂地，全军覆没。说起来除了政治腐败、士气不高以外，指挥上的失着应是重要原因。所以，两个呆子'抢新快'时，先是薛蟠输了一局，正没好气，幸而掷第二张完了，算来除翻过来，倒反赢了。

"首先，防御部署上就有致命错误。

"郑军只防守八罩水道以北的西屿、北山等大岛，而忽视了在八罩水道以南的八罩、桶盘诸小岛，使南来的清军水师轻松乘虚入据，有了驻泊休整和出击的基地。

"其次，消极防御，贻误战机。

"当清军水师经过三十多小时的航行抵近澎湖时，邱辉曾对刘国轩说：乘彼船初到，立脚未定，兵心尚摇，愿领帆船十只，贯阵却之。

"刘国轩却说，炮台处处谨守，彼何处湾泊？此六月时，一旦风起，则彼何所容身？应以逸待劳，不战可收全功，便令按兵不动，结果清军水师顺利到达澎湖的花、猫二屿。刘国轩三次放弃歼敌的有利战机，把取胜的希望完全寄托在可期而不可求的风暴上，真是风未至而兵已败。

"第三，冒险决战，全军覆没。

"郑军的作战方针是设防固守，既如此，就该充分利用防御工事，保存有生力量，避免与清军决战，也行啊！可事情正相反，他贸然决战的结局就不值当说了，看这场战争指挥得傻到家了，他可不就是个傻大舅吗。

"七月十三日，清军登陆台湾，刘国轩负责与清廷谈判，七月十五日，便将郑克塽移交清军了。

"八月十三日，施琅亲率舟师到达台湾鹿耳门港。

"八月十五日，全台大臣举行归降仪式，并于八月十八日剃发易服，郑氏王朝正式灭亡。

"怎样？十三日抄家不说，这里还有个关键日期，就是八月十五日的受降日，这正是祖宗叹息的日子，佩凤吹箫的日子，也是贾母听笛流泪的日子，更是贾环和惜春求得长生的日子，这个日子不值得纪念吗？"

秋真道："郑氏家族因郑成功而成就德才兼备的忠勇一门，从六一年到八三年的二十二年间，竟堕落成这样的结局，令人扼腕长叹，忠义何在？德行何在？"

白禾道："八月十五投降，才是月饼里藏的秘密吗？"

秋真也叹道："不知道，抄检大观园倒真是藏了两件事呢，自家被抄了，甄家也被抄了，暗线终于成了明线。三更天，祖宗在宗祠里长叹，贾母也长叹；四更天，贾母熬不过，众人都熬不过，最后一个中秋过得真要命。要知月饼馅子里的秘密，下回别人接着说。"

第七十六回

笛声动凄凉　诗韵传哀怆

天刚亮，秋真就早早起床，和妈妈一起预备十五的节礼和宴会用的食物。亲戚们来的也不少，叶爸爸也寄来许多礼物，各色菠萝蜜干、西番奶酪、榴莲饼、松子酥月饼等，用白禾的话说，都是她的最爱。

妈妈的身体已好很多了，今日自是高兴，多是因芸轩回来过第一个团圆节的缘故，且爸爸来信说，生意已经安排给了侄儿，很快就回来，可以经常不回去了。

一天忙碌下来，妈妈意犹未尽，晚间又让摆上各色果饼和葡萄酒，要在院子里陪孩子们好好赏月。

只见一轮明月爬上树梢，桃树上鲜果累累，妈妈和姐姐热情劝大家多吃些果子。秋真端起酒杯，向妈妈敬道："人都说：天下三分明月夜，二分无赖是扬州。可在妈妈这里，我也不想家了。"

妈妈道："说的可不是，你们圆月夜赶夫子庙，踏文德桥，去扬州的瘦西湖赏桂花，哪里像我们这里，没得好去处，也难为你们在这穷乡僻壤赏月了。"

白禾边吃边道："我在家还吃不到松子酥月饼呢，这里的中秋吃食，比我们那里的还好。秋姐姐，只是昨天的月饼馅子还没着落呢。"

秋真笑道："这么些好吃的还混不过去，真有你的。要不我给妈妈说个笑话？"大家听她要说笑话，一起鼓起掌来，都不想秋真好好的说什么笑话。

只听秋真道："有个怕老婆的人，从不敢多走一步。偏那日是八月十五，他到街上买东西，便遇见了几个朋友，死活拉到家里去吃酒。不想吃醉了，便在朋友家睡着了，第二日醒来，后悔不及，只得来家赔罪。

"回到家，见他老婆正在洗脚，就说：既是这样，你替我舔舔，就饶你。这男人只得给她舔，未免恶心要吐。他老婆便恼了，要打他，说你这样轻狂！唬得男人忙跪下说：并不是奶奶的脚腌臜，只因昨晚吃多了黄酒，又吃了几块月饼馅子，所以今日有些作酸呢。"

大家听完并没人笑，妈妈倒笑起来，道："怕老婆怕到这份上的男人少找，这个老婆得多厉害，才见得这个模样？"见大家都不笑，就觉得奇怪，自笑道："你们哄我呢，我也知道并没这样的男人，倒是天下女人怕男人的多。"

秋真笑道："您老人家说对了，八月十五吃月饼的时候，谁家的女人这么可怕？"

妈妈说："说到吃月饼怕老婆，还真有个故事儿，老人家常讲个笑话，说朱元璋那会儿，户户家里住着鞑子，比这个男人还坏呢，别说舔脚丫子了，一不高兴就杀了人家，大家实在受不过，商量着往月饼馅子里放纸条，各家相送，约定八月十五日夜里，一起动手杀鞑子。"

秋真端一杯酒，敬妈妈笑道："妈妈就是我的救星了，从此我们的路子越走越宽呢。"

秦明道："八月十五杀鞑子，往月饼馅里藏字条，都是老掉牙的传说，还拿出来当笑话呢。"说着，掰了一个，果然里面有东西。

芸轩指着八大的《瓜月图》道："西瓜、月饼，别看都是团圆吉祥物，可给贾母的西瓜瓤子不好，月饼馅子也有问题，用这份情结作画，预示八月十五杀鞑子，很有创意。也体会一下政老爹的一片苦心吧，宁府的月饼馅子是贾珍专门找人做的，又专门让佩凤每家亲戚都派送，贾母偏没发现月饼有问题，贾政才用自己毫不擅长的冷笑话来提醒，别忘了反抗。

"怕老婆！多么形象地描绘了汉人和鞑子间的紧张关系，八月十五这日，别光顾着喝酒，忘了看馅子里的纸条，别像那个怕老婆的男人那样怕那些鞑子们，若被欺负到舔脚丫子的地步，人就失去了所有尊严。"

妈妈听她说就问："怎么贾政也和鞑子扯不清了？那里面又有鞑子了？"芸轩悄悄讲给妈妈自己的新发现，妈妈听了，高兴地只管喝了那杯酒，又坐了会子，有些朦胧的困倦，就告辞歇息去了。

等妈妈一走，山岚像放了野马的人，嚷嚷着要仿着凹晶馆联诗，来个通宵达旦的比赛，看能否把湘黛妙的组诗翻腾明白。

文亮也摩拳擦掌地道："好啊，谁怕谁，又不是没熬过夜。最好咱们以诗解诗，就像上次芦雪庵联句一样。限什么韵？从哪里开始？"

芸轩道："倒别忙，以诗解诗有难度，还不如单刀直入地解。据我看，那次联句共得三十五韵，这次也一样，都是五言排律，且起首都相似。比如：几处狂飞盏，谁家不启轩。和原来的：何处梅花笛，谁家碧玉萧。连句式都相类，可见都是以诗言事的老套子。我倒发现，想弄明白她们所言何事，须得从'凹凸'二字开始。"

秋真道："好啊！只要能挖到线头，揪着线头找线索，然后就能见到真相。既然这样，算我的任务得了。"

山岚道："那不行，谁解的多算谁的。这两个字的出处和用意，肯定和黛湘二人那段对话有关。"

文亮道："那咱就从二人的对话开始。"

芸轩道："在说这个之前，二人有一段同病相怜的感叹才关键，你们想想。"

文亮道："可是呢，今夜难得全家团圆赏月，却触动了黛玉的心事，宝玉因晴雯出事，伤心得也顾不得她了。黛玉垂泪，倒是湘云安慰她，这样说的：我也和你一样，我就不似你这样心窄。何况你又多病，还不自己保养？"

芸轩道："她劝黛玉跟自己学呢，别想不开。"

文亮又道："湘云有些抱怨了，她说，可恨宝姐姐，姊妹们天天说亲道热，早已说今年中秋要大家一处赏月，必要起社，大家联句，到今日便弃了咱们，自己赏月去了。"

秋真道："抱怨的中心意思：到今日便弃了咱们。宝钗丢弃了湘云吗？看来这个向宝钗投怀送抱的人，被宝钗怜惜的人，最终被冷落了，湘云是不是又要闲鹤睡石凉了？"

文亮道："她还说，社也散了，诗也不作了。倒是他们父子叔侄纵横起来。你可知宋太祖说的好：卧榻之侧，岂许他人酣睡。他们不作，咱们两个竟联起句来，明日羞他们一羞。"

芸轩道："国内无战事，可不就得社也散了，诗也不作了。原来的走狗们，就一定落得兔死狗烹的下场。"

山岚道："可怎么说他们父子叔侄的倒纵横起来了呢？"

秦明笑道："对外没战事，不代表没了内斗，叔侄们窝里斗啊。这里用了'卧榻之侧岂容他人鼾睡'之典，真恰当，也不知谁的卧榻旁不让谁酣睡？"

山岚道："谁内斗？他们的事不都尘埃落定了吗？用这样一个争权夺利的典，且这话说得让人不明不白的。"

秋真道："我说你不动心思，细读一下不就明白了，她二人专门讨论诗社和作诗时才提这个话头。谁作诗？很明显是宝玉、贾兰、贾环叔侄们在纵横。"

山岚道："怎么可能是他们，已经死的死，降的降，还怎么内斗，还有什么可斗的？"

芸轩又重复一遍道："你可知宋太祖说的好：卧榻之侧，岂许他人酣睡。他们不作，咱们两个竟联起句来，明日羞他们一羞。

"听听，湘云说的不明白吗？'他们'不作'咱们'作，目的是明日'咱们'羞'他们'。这不就分出卧榻旁的双方是谁和谁了，是咱们旁边不容他们安睡。"

秋真道："咱们是指湘云和黛玉，这好理解，他们是谁？是宝钗姊妹，还是宝玉叔侄？两拨人呢，含糊着呢。"

秦明道："不含糊，发现了没？此次赏月，是贾府全家骨肉团圆，可当时，一张圆桌只坐满了一半，贾母叫那边挪几个人过来同坐时，只挪过来三春，一反常态地漏掉了两个她喜欢的人，就是黛玉和湘云。况且，贾母对黛玉的态度也是一百八十度大变脸，一向把她当心肝宝贝的贾母，从来没这样过。看来，从今日起，贾母也顾不上黛玉了，而湘云却被宝钗冷落了。也对，都是宝钗的天下了，当然不需要帮她打天下的人了。薛家姊妹更不必来凑场，因宝琴有了自己的家。"

秋真道："不对，既然再无战事，也没必要再起诗社，黛玉和湘云还这么起劲，是为什么？我的推断，联诗一节就是湘云和黛玉之间的事情，还需要做个了结。"

文亮道："还原一下湘云的意图吧。卧榻之侧，岂许他人酣睡，是宋太祖灭南唐之事。李煜想以求和来保住自己的领地，太祖就直接告诉了这句话，说你别妄想了还是投降吧，我怎么可能答应你。如果是这个意思，需要看谁是太祖，谁是李煜。"

芸轩道："我找到一个点，叔侄弟兄纵横起来，他们纵横起来是干什么？"

山岚道："作诗呀！"

芸轩道："这不就对了，李煜是不是有名的大诗人？作诗的人是李煜，不作诗的就是宋太祖，这样分对不对？你数一数，看谁作诗，谁不作诗就行。"

山岚道："细算起来，除了宝玉叔侄，黛玉、湘云甚至妙玉都做了，难不成她们都是李煜？"

芸轩笑道："我看差不多，妙玉从来不作诗，可这一次连做十三韵，黛玉就赞她是大诗人呢，照湘云划定的范围，作诗的人就多，但只有宝钗姊妹没作诗。把这两个区别放到宋太祖和李煜身上就是：宝钗的卧榻之侧，岂许诗人们酣睡。"大家笑起来，觉得有意思，宝玉叔侄是李煜的话，分明是亡国后主了，可湘云、黛玉呢，宝钗不是挺稀罕她们吗？也不容吗？

秦明道："还是一个结论，贾环才是李煜，从来不会作诗的贾环，这回也成了诗人，他才是真李煜呢，灭了哥哥自己也投了降。"

山岚道："一说又乱了，还是没分出'他们'是谁来。"

芸轩道："会分出来的，台湾的事本该完结，妙玉也该收场，湘云的事等着瞧。既然都糊涂着，还是说'凹凸'的意境吧。"

文亮道："我来。"

遂学着湘云道："这山上赏月虽好，终不及近水赏月更妙，而山坳里近水一个所在就是凹晶馆，可知当日盖这园子时就有学问。"

秦明道："听这意思，湘云是说贾母了，她老人家登高望月，在山顶上带领少得可怜的家人们赏了一个凄凉之月，简直就是高处不胜寒的处境，意思是说，山上的月亮不如水里的好。"

文亮道："这山之高处，就叫凸碧；山之低洼近水处，就叫作凹晶。这'凸凹'二字历来用的人最少。如今直用作轩馆之名，更觉新鲜，不落窠臼。可知这两处一上一下，一明一暗，一高一矮，一山一水，竟是特因玩月而设此处。有爱那山高月小的，便往这里来，是山上月；有爱那皓月清波的，便往那里去，是水中月。

"只是这两个字，俗念作'洼拱'二音，便说俗了，不大见用，只陆放翁用了一个'凹'字，说'古砚微凹聚墨多'，还有人批他俗，岂不可笑。"

秋真道："湘云长篇大论的，就是突出了一个意思，这个凹凸不平处，单就是为赏月建造的，山上赏也行，水边赏也好，就没有别的用处，或者说，单是为这次赏月用的，之前没提过有这么个地方，之后也没有什么用处。"

秦明道："湘云是鼓动黛玉，山上赏月不好，赏月就要到水边赏。我想，水中之月应该属于湘云，她可是个得意之人，但看湘云的水月，能怎么个赏法。"

秋真道："明白了，盖园子时，有人专门为今天赏月做了准备，好像是未卜先知的意味。"

秦明道："实和你说罢，这两个字是黛玉拟的，就是她未卜先知的。她说：那年试宝玉，因他拟了几处，也有存的，也有删改的，也有尚未拟的。这是后来大家把这没有名色也都拟出来了，注了出处，写了这房屋的坐落，一并带进去与大姐姐瞧了。

"她又带出来，命给舅舅瞧过。谁知舅舅倒喜欢起来，又说：早知这样，那日该就叫他姊妹一并拟了，岂不有趣。所以凡我拟的，一字不改都用了。这一篇话只有一个主题意思，黛玉是这地方的命名者。"

山岚道："用'凹凸'二字命名，历来用的人真很少，湘云就说俗，黛玉怎么想起用这两个字起名呢？"

文亮道:"黛玉的答话,应该就是解释这个的,她说古人中以此用者不少呢。她专门提到三个人,江淹和他的《青苔赋》;东方朔和他的《神异经》;以至《画记》上的张僧繇和他画一乘寺的故事,这三人及关联的三本书一定就是答案。"

秦明道:"这个容易,江淹的《青苔赋》中有:悲凹险兮,唯流水而驰骛。这话没有特别处,只是说凹处悲险。"

文亮道:"凹处危险,黛玉是惊醒湘云吧,还非来凹处的水中赏月。但《青苔赋》中,江淹曾以青苔自喻,表达自己政治失意、亲友离丧、远离故土、沉沦不堪之苦闷情绪的。"

白禾道:"青苔还有这么多讲究呢。"

文亮道:"青苔之渺小,不足以改变天地间的一瞬,依然是'蔓草萦骨,拱木敛魂'的苍莽。温庭筠的《邯郸郭公辞》中就有:青苔竟埋骨,红粉自伤神。所以,青苔成为落没、荒芜的代名词。"

芸轩道:"可青苔还有一层意思,《青苔赋》中的江淹,想努力忘却身世之痛,积极寻找新的精神寄托。他深知,青苔绝非无用物,恰是它的无用之用,才避免了木秀于林风必摧之的厄运,同宝玉续《南华经》一样道理。青苔之于隐逸,以无为来养生,黛玉的住处布满青苔,焉知不是黛玉看得透。悲凹险兮,流水湍急,而于微渺之青苔,也无可奈何了。"

秋真道:"江淹赋青苔,江郎却才尽,黛玉是自比江淹吗?难道说,她和被夺锦的凤姐一样,也是遇到了巨大的政治危机,已经失去了力挽狂澜的能力,她要化作青苔潜伏下来,等待时机?正所谓,百年积流水,千岁生青苔。"

文亮道:"越说越有点味道了,继续看黛玉说的《神异经》,其中有:北荒有个石头湖,一年当中,有十个月都结冰,冰面平坦,没有凹凸,可在深冰底下,却暗藏着食人妖怪鱼。这个故事好理解,是在提醒湘云,没有凹凸的地方,不一定风平浪静,下面暗流涌动呢,正有这个地方,是千里冰封万里雪飘的北方,是宝钗的故乡,好像芦雪庵联句中也说过这个异象。"

秦明道:"第三,说了张僧繇画凹凸花的故事,《画记》中,只说有一种凹凸画技法,在金陵的一乘寺,用退晕法画凸凹花,其实就是现代画讲究的明暗关系，它的特点，就是远看画面凹凸有立体感，近看却是平平的。"

文亮道："这不正是《石头记》文理的奥妙之处吗！近看则平淡无奇，需远观，否则你是看不出他的凹凸奇观的。另外，张僧繇画一乘寺之典，我又想到他善画佛寺壁画，很像八大。用微凹的砚台蘸墨作画，像不像脂砚？"

秋真道："就忘不了你的作书人。凹凸二字，也确实表示道路洼拱，人生波折，黛玉起名凹凸处，一点不俗，在这么个凹险处赏月，是想告诉湘云，贾母高处赏月凄凉，你湘云凹处观月，也险象环生啊。"

山岚道："这个挑战不一般，不妨一句一句揭开看看。"

白禾道："姐姐们可得细细讲，要不我半点也看不懂。"

山岚道："虽这样起意，我也是不能的，就安心地听她们论战吧，我给你们沏茶助战。"

月亮朝东南偏去，见天也不早了，又冷浸浸的，芸轩怕冷着大家，就让回屋子里去。于是，拾掇杯盘、酒果，来到芸轩和山岚的屋子里。大家又坐定，山岚干脆冲一壶咖啡，为的是给大家提神，又细细地谈论起来。

文亮道："共二十二韵，怎么个解法？"

芸轩道："咱们四人解算了，又不比往常，可以准备一下。也别分工了，没得大家一时想不到冷场，谁想起来谁说。已经到这地步了，不似刚开始没头绪，胡猜乱论的，大体轮廓已显现，路径也没错，又有前面的底子，后面也离不了大调，就解吧！无论如何，真相恐怕只有一个。"

秋真道："也是，咱们试图牵出曹公的每一个伏线，可再周密，恐怕也会有纰漏，留下些空间给别人也是好的。"

文亮道："那就开始了，我先第一句：三五中秋夕，清游拟上元。开篇是黛玉起首，湘云点明，这个中秋与前面的元宵节相比，虽都是团圆日，但却冷清得很。贾母也说，少了凤姐、李纨等几个，这个团圆节并不团圆，冷清得很。"

秦明道："撒天箕斗灿，匝地管弦繁。所谓南箕北斗皆是星宿。就有：维南有箕，不可以簸扬，维北有斗，不可以挹酒浆。"白禾忙问怎么讲。

秦明道："南方有箕，但不能像簸箕一样，用来簸扬谷物里的糟糠；北方有斗，可这个斗勺，不能用来舀酒水。"

白禾笑道："古人的想象力丰富，想到簸箕和斗勺。"

秦明道："虽然天上箕斗争辉，实际徒有虚名。地上管弦相繁，也是虚相繁华，都是些没用的假象而已。"

文亮道："谁说管弦相繁？贾母听曲子时都让省了，只用一种笛子，倒是何处梅花笛了，是何处？偏生在荣府的桂花树下。谁家碧玉箫？谁家？你听！倒是宁府的佩凤在独自吹箫。"

秋真道："我正想说呢，几处狂飞盏？谁家不启轩？这真与那句'何处梅花笛？谁家碧玉箫'句式雷同。看来梅花笛和碧玉箫都是重要物件了，且也不是什么吉祥之物。这个中秋夜，贾母让飞盏执壶，又非要登山赏月，且换大杯饮酒，怎么都是强作欢颜的味道。"

芸轩道："轻寒风剪剪，良夜景暄暄。这句真应了你的景。寒风尖细，透着清冷，赏月的氛围更冷清，可贾母还是努力营造暖融融的气氛。"

文亮道："前面都是造景，后面一句才是实事：争饼嘲黄发，分瓜笑绿媛。湘云说俗事，黛玉则含典，其实都对。前面说过吃月饼分西瓜，确实是传说，但黄发争饼真是旧典。黛玉说的典，正是唐书唐志里的争饼之事，就发生在唐朝，好像是五胡乱华时期。

"胡人南下，带来他们的一样面食，就是胡饼，是西域胡人做的，用炉子烤胡麻饼，或许是芝麻饼。据说，中秋节流行的月饼即由胡饼而来。唐人李靖征讨匈奴时，正是八月十五得胜归来，李渊便将胡人献的祝捷饼，分食群臣，此后，遂有中秋吃胡饼之俗。

"僖宗时，御膳房做中秋红绫饼，赐给在曲江宴会的新进士们，其中卢延让就在其间，因其年老中举，有人作诗说：莫欺老缺残牙齿，曾吃红绫饼馅来。"

秦明道："按理说，老来中举也是荣耀之事，可为何被黛玉嘲笑呢？是不喜欢老年人抢功争名吗？"

芸轩道："这件事现成的，你倒想不起来了。除了贾政的笑话是吃月饼，还有一处，也有人吃饼的。"

文亮猛然想到那一处，笑道："看我的记性，竟是平常了，是贾母，我想起来了，贾母带众人赏月，本来安排有人吹笛，正说着闲话，猛不防听到那壁厢桂花树下，呜呜咽咽，悠悠扬扬地吹来笛声。趁着明月清风，天空地净，真令人烦心顿解，万虑齐除，都肃然危坐，默默相赏。"

白禾道："何处梅花笛？只是吹笛罢了，哪有月饼？"

文亮道："只是这一吹，是桂花笛。"

秋真又道："说到这一节，记得当时我还联了一句：垤处成堆坳中陷，度势险夷国运飘。"

文亮道："就是，她们都喜欢取景于韩愈的《咏雪赠张籍》，就有一句：坳中初盖底，垤处遂成堆。便是取凹凸之意，但说的可不是水，而是雪面上虽平坦，可雪下面高低不平，寓意国运不平与艰险。"

秦明道："宝琴的'伏象千峰凸'一句就直接道出意境，凹凸处，自然险象环生的。"

白禾道："刚才说的月饼呢，怎么还到桂花笛上了？"

文亮道："这就对啦。你跟着我的提示往下接，这是一吹桂花笛，待会儿还有二吹。妙就妙在这两次吹笛中间夹杂着贾赦受伤之事。

"本来贾母专门安排人去吹笛的，她说：如此好月，不可不闻笛。因命人将十番上女孩子传来。又说：音乐多了，反失雅致，只用吹笛的，远远地吹起来就够了。说毕，刚才去吹时，只见跟邢夫人的媳妇走来，向邢夫人前说了两句话。就说贾赦脚崴了，然后就吩咐人去看他，又提出让尤氏回去等话头，就再也没提吹笛之人是否去了，似乎安排吹笛的人时，被贾赦的事打断了，并没去。

"正在说闲话，猛不防，只听那壁厢桂花树下，呜呜咽咽，悠悠扬扬，吹出笛声来。且用了'猛不防'一词，说明不是贾母派去的人，是另有人去吹笛了，才让人觉得突然。

"贾母就笑问众人道：果然可听么？众人笑道：实在可听。我们也想不到这样，须得老太太带领着，我们也得开些心胸。

"贾母道：这还不大好，须得拣那曲谱越慢的吹来越好。说着，便将自己吃的一个内造瓜仁油松穰月饼，又命斟一大杯热酒，送给谱笛之人，说慢慢地

第七十六回
笛声动凄凉　诗韵传哀怆

285

吃了，再细细地吹一套来。那么这个吹笛之人似乎不是贾母派去的，贾母却赏了他月饼和酒，可不可以把吹笛者看作争饼之人？

"巧的是，方送去，只见方才瞧贾赦的两个婆子回来了，说没甚大关系。而贾母紧接着就说：我也太操心。打紧说我偏心，我反这样。贾母强调，自己恰恰偏心的这人是贾赦。再问你们，赏月饼和偏心贾赦嫁接起来，这个争饼吹笛人，和贾赦有没关系？"

说着，拿起一块月饼，随手掰开看了一会子道："贾母的月饼不是宁府送来的，却是内造的，就是宫中之物，这正好应了唐僖宗赠月饼的'黄发争饼'之典。贾母赏了桂树下吹笛之人内造月饼，说明吹笛者是个年老之人。"

秦明道："黄发老人，争饼人和吹笛人是贾赦，他离开的同时，那边笛子响了，是他得了贾母的月饼。"

文亮道："呵呵，偏心之人没找到，争饼老人倒找到了。可吹笛争饼人却受了伤。黄发老人受伤后，再次吹出的笛声是这样的：只听桂花阴里，呜呜咽咽，袅袅悠悠，又发出一缕笛音来，果真比先越发凄凉。

"大家都寂然而坐，夜静月明，且笛声悲怨，贾母年老带酒之人，听此悲音，不免有触于心，禁不住堕下泪来。二次吹笛，更加悲凉凄惨，贾母竟哭了。

"跟着我再往下看。住了笛，见贾母伤怀，尤氏开始讲冷笑话，道：我也学一个笑话，说与老太太解解闷。贾母勉强笑道：这样更好，快说来我听。

"乃说道：一家子四个儿子，大儿子只一个眼睛，二儿子只一个耳朵，三儿子只一个鼻子眼，四儿子倒都齐全，偏又是个哑叭。可笑吗？这一家是什么人？给我的感觉，这一家子没个全乎人，全成了残废，说明什么？"

山岚道："仗打得惨烈都受伤了呗。"

文亮道："猜的不错，再往下看。王夫人道：夜已四更了，风露也大，请老太太安歇罢。明日再赏十六，也不辜负这月色。贾母就问：那里就四更了？完全是不愿意面对死亡的口气。王夫人就说实已四更，她们姊妹们熬不过，都去睡了。贾母听说，细看了一看，果然都散了，只有探春在。大家看清楚，探春没走，她在坚持。贾母笑道：也罢。你们也熬不惯，况且弱的弱，病的病，去了倒省心。只是三丫头可怜见的，尚还等着。

"一直都避讳的'四更天'，这个代表死亡的时辰，这回不再避讳。什么叫弱的弱，病的病，去了倒省心，贾母是彻底失望了，只剩下三丫头还在坚持，如何表达最后这句话的意境，不用很费口舌的。"

秋真道："早想到了，赏月一段很有意思，分高处和洼处两个地方，自然是说了两件大事。高处赏月不胜寒，贾母回想当年过团圆节的盛况，三四十口人的热闹，今晚人口少得可怜，便掩饰不住内心的凄凉。

"桂花笛，一定是吴三桂在黄发争饼，已是暮年之人，打着为君父复仇的旗号反清，贾母自然疼他，只是他受了伤后，就一病而亡；二笛再吹时，竟让贾母落泪了。只剩下三姑娘，更好理解，这场三藩之乱，吴周以败亡告终，就只有台湾的郑氏了。"

山岚道："刚才我还纳闷，贾母说尤氏的公公，就是贾敬已经死了两年了，可脂砚明明告诉咱，这是指贾赦的死期过了两年，贾赦刚才还好好的，只不过崴了脚，怎么就说死了两年呢？原来在这里。"

白禾道："等等，我还是没明白，他还没死呢，怎么就说死了两年了？"

文亮提醒道："这事早就伏下线头了，前面奶妈偷了迎春的金凤，邢夫人抱怨凤姐夫妇不管迎春死活，意思是，就算同父异母的哥哥也该管。那时脂砚就提醒，说哥哥嫂子不管，后妈也不管，都算不得亲，那他们的父亲呢，贾赦怎么也不管？隐约把迎春出事的责任要推给贾赦，是把吴周的灭亡和贾赦勾连的。

"当尤氏说公公死了两年多时，你没算算吗？贾敬是四月底死的，到八月节，才死了半年不到呢，怎么就说已死了两年多？这种矛盾好解释，只要算算吴周灭亡的日子就行，今天赏月的这个八月十五，也是两年后的了。"

文亮道："吴周是八一年败亡。"

白禾道："台湾正式受降的日子，应是八三年中秋。"

文亮道："是不是差着两年呢，又是两件事合写了。"

秋真一拍巴掌笑道："几乎没错，该谁说了？"

芸轩道："我来，笑绿媛之分瓜，说的好，说完吃月饼，再说吃西瓜。'绿媛'所指，该是年轻的姑娘，如果和争饼老人关联起来，这个分瓜的年轻姑娘就是迎春，分瓜即隐二八之年，说她十六岁了。

"段成式的《戏高侍郎》诗中说：犹怜最小分瓜日，奈许迎春得藕时。迎春在什么地方住？藕香榭，所以湘云便嘲笑这个绿媛，马上就得'佳藕'了。"

山岚道："迎春要嫁中山狼了？特指吴周登基！"

秋真道："看你一派不正经的样子，我接着说：香新荣玉桂，色健茂金萱。这句太明显，黛玉笑她：不犯着又用'玉桂，金兰'等字样来塞责。金玉兰桂，字字深刻，都占全了，是颂扬这位金玉成缘之人同时具备兰桂之质。

"金萱一词好理解，是指健康的老人。金玉兰桂之人虽老了，但很健康，说的具体着呢。这个既有'金'也有'玉'之'兰桂'者，又健康得很，活脱脱就是六十多岁还登基做皇帝的吴三桂么。"

秦明道："所以，湘云才说：不犯着替他们颂圣去。所谓颂圣，可不就是颂扬皇帝的。黛玉笑话其玷污了兰桂气质，湘云则不屑其金萱样貌。"

白禾打个呵欠，看看窗外道："天晚了，有点犯困。"

山岚悄悄道："我还没困呢，何况个个都是夜猫子。"

又听秦明道："蜡烛辉琼宴，觥斝乱绮园。纯是铺陈之句，看来是要过渡了，过渡到了绮园中，就是会芳园里。"

文亮道："蜡烛、盛宴和绮园，令人想起元春归省之盛况，果然是回忆，才又说：分曹尊一令，射覆听三宣。还是回忆当年贾母行三宣之令，探春行射覆之事。"

秋真道："分曹射覆听三宣，是过去的战争场景，可贾母这里只有击鼓传花，并没有骰子，为何说'骰彩红成点'了呢？"

秦明道："是回忆宁府的博彩活动，抢新快，打天九，说到了宁府的夜宴悲音，又说起那场海战来。"

白禾问道："哪一场海战？"

秋真道："就是邢大舅败给薛大傻的澎湖海战。看下面吧：晴光摇院宇，素彩接乾坤。这里的晴光、素彩均指月光。院宇和乾坤倒放在一处，说月光洒满天地间，黛玉笑说，只管拿些风月来塞责，湘云却说究竟没说到月上。此地无银，二人话里有话，说的就是当下的贾母赏月。"

秦明道："月光照着院子，月色接着乾坤。有光、有色，只是说的光和色，真没说到月亮上呢，可这是风月吗？不是啊。二人争论的言外之意，竟是天上一轮才捧出，人间万户仰头看的实照。此时，明月升空，你们想它是谁？"

文亮道："那要看底下一句：赏罚无宾主，吟诗序仲昆。这句就是答案，什么是无宾主？就是不讲次序，什么时候赏罚无宾主了？就在宝玉、贾环吟诗序仲昆时。"

白禾道："一点没明白，序仲昆是啥？"

文亮道："序仲昆是分出高下、评定优劣的意思。湘云提醒得太及时了，她道：又说他们作什么，不如说咱们。很明显，他们是谁们？是贾政和贾赦，那段毫无道理的胡乱赏赐，令人匪夷所思。贾政赏了宝玉、贾兰，贾赦却极力嘉奖贾环，说贾环可以做世袭家族的官，就一下子抹掉了哥哥的存在，把贾环推到了世袭的位置上，这就是乱了次序之处。"

山岚道："怪不得呢，弟弟比哥哥好，弟弟成了王，正像一轮明月冉冉升起，原来贾母赏的月亮是贾环。"

芸轩道："你又忘了，咱们是得了两份意思在呢。湘云不愿意提他们，还是看看湘云如何说自己的吧：构思时倚槛，拟景或依门。看来拟景构思，才是黛玉和湘云此时的任务，竟是又一个过渡，从回忆又拉到现实来，从别人说到自己，真另一番情景，她们开始说自己了，湘云就说是时候了。"

秋真道："是什么时候了？说完几场战争，接着说是时候了，说眼前是时候了，还是说赏月的这个夜晚是时候了，是什么时候了？"

芸轩道："当然是'酒尽情犹在，更残乐已谖'之时了。酒尽、更残、乐止，一切该是结束的时候了。对应赏月，笛声止时是四更天，贾母流了泪，特别问：是四更天了吗，都散了吧。酒干、更尽、月残，一切该散场。"

黛玉也说：这时候可知一步难似一步了。这话似乎不是说联句，而是说世事越发艰难了。王夫人回答贾母，明天就是十六日，再赏十六吧，贾母还是依依不舍，不想走。"

秦明道："不用奇怪，贾母如此留恋这个中秋之夜，非要通宵赏月，还不让散伙，尤氏也表示，定要陪她饮酒一夜，因这个夜晚太不寻常，明天十六日就不属于她们了。"

秋真道："我同意，难怪黛玉、湘云、妙玉三人也是通宵达旦地论诗，这是《石头记》中从来没有的事，这个中秋，都要一夜无眠。"

秦明道："咱们接着。因联道：渐闻语笑寂，空剩雪霜痕。笑声消失了，只剩下雪霜痕，可哪来的霜雪？"

秋真道："傻了吧，这就是黛玉说的越来越难了的真实意思，只剩霜雪痕还不明白，只落得白茫茫大地一片真干净的意境。又说：阶露团朝菌，庭烟敛夕楂。朝菌又名大芝，朝生见日则死，属于朝生暮死的菌物，而黛玉又自比青苔，借喻生命极为短暂。细细体会之，说这些见不得天日的东西，是见不到明天的太阳了吧。"

文亮笑道："朝菌，也是木槿花的别称。文震亨的《长物志》中说，木槿花最贱，古称舜华，朝开暮落，又名朝菌，李商隐的《槿花诗》就说：风露凄凄秋景繁，可怜荣落在朝昏。黛玉说'朝菌团生'，是已见不到明天的太阳了，可湘云的'夕楂敛合'则别有意味。"

芸轩道："说到楂字，黛玉直夸用得好，湘云也特别自负，说此字是得益于宝钗的教导，说是合欢树。听她的赞誉：幸而昨日看历朝文选见了这个字，我不知是何树，因要查一查。宝姐姐说不用查，这就是如今俗叫作明开夜合的。我信不及，到底查了一查，果然不错。看来宝姐姐知道的竟多。"

秦明道："我也觉得怪异，合欢树又有合昏、夜合之称，宝钗和湘云两个女孩怎会讨论这个问题？是谁和谁要夜合吗？"

山岚道："若宝钗提议，是不是湘云和黛玉夜合？"

秋真道："这个鬼主意不错。今夜无眠，但天亮前湘云去了潇湘馆，与黛玉同睡一床，还特特地解释说，自己有择席之癖。择席，又是一个择席，这难道是择席夜合？"

山岚道："什么择席之病，来到荣府的第一天，她就和黛玉同床，睡得可安稳了，那时怎么没说有择席之癖，偏今夜就有了？"

芸轩道："自古道，良禽择木而栖，这个湘鹤是否为良禽，咱们心中有数。

至此，湘云和黛玉论诗的目的我才明白。黛玉被贾母抛弃，或者失去了贾母的护佑，湘云感同身受，她想教会黛玉放开心，要她和自己一样，学会保护自己。"

山岚道："黛玉愿意了？"

芸轩道："若愿意了，就不是咱们的黛玉了，她和黛玉同床的话，怕是只能算异梦。夜合又如何，金玉缘也只是单相思罢了。今夜二人联诗，也将是她们之间的终极之战。"说得都点头。

秦明道："她二人是该有一场决战，其实黛湘都是丞相花，但二人的终极追求大有区别。十五赏月，就是判定她们人生追求的分水岭。今夜，天上月明，池中也一轮水月，上下争辉，如置身于晶宫鲛室之内。微风吹过，粼粼然，池面皱碧铺纹，真令人神清气净。

湘云笑道：怎得这会子坐上船吃酒倒好。这要是我家里这样，我就立刻坐船了。听口气，想必这是个敢想敢干的人，自己怎么舒服怎么来，颇具晋士豪爽风度。白鹤飞时起自寒塘。这池塘想必就是她说的寒塘，不用坐船来，她其实已落在寒塘内，映在水月中。"

文亮道："黛玉就笑她：正是古人常说的好，'事若求全何所乐'。据我说，这也罢了，偏要坐船起来。

"黛玉说的对，事若求全何所乐？你做过几个帝王的丞相花，你的梦想实现了吗？毕竟要委曲求全地屈服于别人，还不得已，再搭上自己的名声，有乐趣吗？"

秦明道："湘云回答说：得陇望蜀，人之常情。谁不想往高处走？"

文亮道："这就明了。黛玉说，我生命之短暂如同朝菌，怕是见不到明天的太阳了。湘云就说，咱俩可以结缘哪，像合欢树，再结一次金玉之缘也未尝不可。"

山岚道："我知道了，她要求夜合，跟第一次带着两个金镯子睡到黛玉床上一样。今夜再入潇湘馆，是要结缘哪，可结缘后的景致如何？"

秦明遂说道："秋湍泻石髓，风叶聚云根。这句大约就是二人结缘后的景致，虽然我还暂时搞不懂。"

第七十六回
笛声动凄凉　诗韵传哀怆
291

文亮道:"白说了,黛玉直夸'秋湍'二字用得特别好,说别的都要抹倒。可我也没发现这二字好在哪里。湍字表示急流,秋湍而泻,说的是急泻而下的流水,可这里说的是月色。湍急的月色,像流水一样,泻在石髓上吗?"

秦明走到窗前,向外看道:"到底是秋水还是月色,这个意境很特别。看院外的石头,石髓之中真能流出月光来的,这月光像水一样无孔不入,钻到石髓的心田里去了。

"云根,五岳之云,触石出者,云之根也。聚字,又指云气遇石而生。风叶是秋风落叶,是落叶要归根?模糊着呢。怎么就只这一句好,别的都要抹倒了。黛玉还要打起精神来对下一句,只是再不能似这一句了,到底什么意思?"

文亮道:"她说'秋湍'二字特别好,对应的另两个字,一定就是'风叶'。秋湍是月色的话,那风叶是什么?"

芸轩道:"看你们自相矛盾的样儿罢,只听说过松湍、清湍、林湍,但这里'秋湍'指什么,我也一时拿不准,好歹给个说法。"

文亮道:"素湍绿潭,回清倒影。皆是指水流,秋湍肯定是水流吧。我也只是体会个境界,秋水也好,月色也罢,感觉一个'冷'字。好歹给个结论的话,就是她们夜合后的状况,湘云的感觉,秋月如水,已经注入石髓心田,月石有缘,该融为一体,但黛玉却说,她要落叶归根呢。"

秋真道:"你才是杜撰,也有才尽的时候,别耽误工夫了,听我的吧。湘云的秋水入髓之冷,正是宝钗当年的独守空房之感,湘云觉得冷就对了,黛玉还是要魂归云根处。我想,风叶的意境,代表林木的魂魄,云根乃石头,很明白,黛玉告诉湘云,我不想和你合欢,我要魂归石根,若说成落叶归根也勉强。"

山岚赞道:"聪明!再说下一句:宝婺情孤洁,银蟾气吐吞。什么讲究?"

秋真道:"这个不难,宝婺是指婺女星。女星情孤洁,分明就是说的宝钗。湘云接句时,说黛玉用'宝婺'二字是塞责她,她说的是:银蟾气吐吞。依我说,湘云是嫌黛玉,嫌她把宝钗比喻成宝婺太不合适,把鹜女星换成银蟾才对。这正是应了贾雨村的'蟾光如有意,先上玉人楼'之句,把宝钗比喻成月亮，能气吞山河更好。"

山岚道："你的意思，湘云嫌比宝钗是星星太小了，宝钗不是颗星星，而是月亮。"

秋真道："黛玉是说宝钗像女星一样孤洁，还不如说冷酷，湘云嫌说错了，说宝姐姐是好的，是月亮，虽冷但很明亮，有气吞山河之势，而且她那里有捣药的灵兔，能医好你的病呢，才有这句：药经灵兔捣。"

秦明道："这样解释说得过去，贾母赏月是因贾环，湘云赏月是为宝钗。黛玉听了这句，不语点头，是同意湘云的观点了，二人睡在潇湘馆时，就说起过黛玉的病，湘云总劝她注意。听了这句玉兔灵药的话，知是湘云关心自己的病，黛玉才点头，半日随念道：人向广寒奔。"

山岚道："怎么说？还是不领情？"

秦明道："我倒觉这句就不近人情了。传说嫦娥因偷吃不死药而奔月，才在那里受广寒之苦，黛玉的言外之意是，偷吃了灵药，病可以治好，也可能长生，但那里太冷了，你睡过石楼，也睡过石凳，还不嫌冷吗？为什么还要去广寒宫，不嫌那里寒冷吗？"

文亮道："所以才说湘云是犯斗邀牛女。翻译过来就是：你不过是想登天去见牛女而已，想高攀人家神仙们。"

秦明道："此时，湘云也是望月点首，大概也同意此说法，才说了个合掌句：乘槎访帝孙。她承认自己想登天，目的就是为了访问帝孙。"

文亮道："记得宝琴也曾化用此意：游仙香泛绛河槎。当年，她也有登天之非分想头的。现实的说法，这个帝孙不仅仅是织女星，也是真正的帝王之孙吧。"

秋真道："然后，湘云用词一转说：虚盈轮莫定。黛玉也说：晦朔魄空存。二人开始比兴，发同样之感慨：月亮圆缺不定，世间轮回，且月亮也空无魂魄。正所谓，帝王都是无情物，你看那壶漏将涸，窗灯已昏，历史总是由兴到衰地轮着来。"

文亮道："寒塘渡鹤影，冷月葬花魂。最后这句，才至精髓。杜甫就有'鸟影度寒塘'之句，湘云这只从冰冷石楼里飞出的鹤，再飞过这片寒塘后，就奔向广寒之所了。哎！一路寒冷走下去，怎是一个'寒'字了得啊。"

白禾道："这就是湘云的结局吗？她要渡过寒塘，还是义无反顾地飞去月亮上了。那黛玉呢？"

秦明道："黛玉的结局更悲惨，她又一次在寒冷的月影里埋葬自己罢了。"

秋真道："咬文嚼字的，还不如说湘云这只不忠的鹤又变成一只鬼魂，飞向藕香榭去了。"

白禾道："半夜的你吓唬谁？"

芸轩道："没吓唬你，黛玉指池中黑影与湘云看，说那个黑影敢是个鬼罢？湘云不怕，打它一下，只见一个大白鹤直往藕香榭去了。藕香榭里不就住着迎春吗？"

秋真笑道："好么，'迎春得藕'的意境在这里呢，和湘云夜合之人是迎春，而不是黛玉。不对，这样说也不十分确切，干脆这样说，夜合者是中山狼娶了迎春的暗写，可见湘云又做中山狼了。"

秦明道："对景了，宝钗的卧榻之侧岂容诗人们安睡，当然也包括湘云这样反复不定的人物。"

山岚叹道："黛玉的诡谲之语'冷月葬花魂'用得真切，大约这是最后一次做'葬花吟'了吧！"

文亮道："慢着感慨，没完呢，还有一段妙玉续貂呢。说实在的，一切本该就此结束的，我是这样认为的。可曹公为何还是安排了一段三人酣战作诗呢？上次，宝琴、黛玉、湘云，这次宝琴走了，剩下的是她的灵魂妙玉。而妙玉一出现就说，此亦关人之气数而有，所以我出来止住，她好像很知道结局似的。"

芸轩道："那当然，后面的话就是结局。说如今老太太都已早散了，满园的人想俱已睡熟了，天也快亮了，一切都结束了。如今收结，到底还该归到本来面目上去。若只管丢了真情真事，且去搜奇捡怪，一则失了咱们的闺阁面目，二则也与题目无涉了。这就是她告诉的结局。"

秦明道："玄而又玄的，还'真事真情'，真事的本来面目，就是化悲剧为大团圆吗？为何要翻转过来才好？也得琢磨一下再说。"

白禾道:"多早晚了？我饿了，吃些东西再说吧。"

果然，外面是黎明前最暗的时候，大家去拿些吃的，又新泡了热茶喝，文亮拿着妙玉的诗，翻来覆去地看，坐在那里写着什么。

山岚拿着一个茶盅子瞧，遂笑道:"看见这个茶盅，我想起一件事，就是妙玉的茶盅。刘姥姥带走她的那只，可这次奇怪，我觉得湘云好像带了个茶盅来。"

白禾道:"我也注意了，婆子们忙着找茶盅，似乎这个茶盅也很值钱，要不怎么非要找到磁瓦子，交割清楚了才行，要不就说偷起来了，如果不值钱，谁偷这个。可说来说去，这个茶盅就在湘云手里，没错的，丫鬟都说了，有了姑娘，自然你的茶盅也有了。"

文亮道:"妙玉特特请人来喝茶，统共就两次。第一次大肆渲染茶杯之事，这次却闭口不提体己茶，也没那么多讲究了。是妙玉变性了？没有洁癖了？我也觉得，刘姥姥带走的茶盅，似乎借史湘云的手，又带回来的意思。"

白禾道:"给我们讲清楚才行。"

文亮抬头道:"我也懒得再讲，她的这十三韵我仔细看了好多遍，发现她续的倒简单，也好理解，我写了点思路，还是你们自己看吧。"大家拿过来，看她究竟写的什么。

兰桂枉风流　芳情难自遣

大家拿过来看时，题目写的是《妙玉十三韵释义诗》。

香篆销金鼎，脂冰腻玉盆。

燃去魂消尽，污脂魄不存。

箫增嫠妇泣，衾倩侍儿温。

嫠不恤其纬，却忧宋之陨。

只看到这里，白禾就嚷嚷，这谁能看懂，比曹公的诗还难懂，一句一句讲讲才好。文亮只得拿过来笑道："真拿你没法子，听好了，我只解释妙玉的。起首就说：宝鼎内已燃尽香篆，正是香消玉殒时；胭脂红沾染了玉盆，血已冰凝成脂。金鼎内燃去之魂，玉盆内污染之魄，正是魂飞魄散的秦可卿。

"寡妇不怕纱线少织不成布，只怕亡国之难，祸及于己。吹箫的哀音，更增加泣妇的亡国之忧。寒冷袭来，衾被都需要侍女来温暖，此乃李纨之处境。

空帐悬文凤，闲屏掩彩鸳。

"文凤、彩屏都是代权力之词，彩屏空掩，凤帐空悬，可见皇权处在真空状态，徒有帝位却无帝权，当然指病入膏肓而无法理政的凤姐。

露浓青苔滑，霜重竹也涩。

犹步萦纡沼，还登寂历原。

"露浓苔滑，竹凉霜重。行走间，犹如徘徊在泥潭之中，整个人，好似登上寂寞高原，道路艰辛难行，凄凉之境遍被华林，当是黛玉的心境。

　　　　　　石奇神鬼搏，木怪虎狼蹲。

　　"木石缘已了，奇石被神鬼捉走，怪木也被虎狼眈眈。宝玉和黛玉的关系，岌岌可危，乃是木石盟散。

　　　　　　赑屃朝光透，罘罳晓露屯。

　　"背着三山五岳，兴风作浪的霸下，却迎来了黎明前的曙光，宫门外防御的垣屏，被晓露包围，要改朝换代了。

　　　　　　振林千树鸟，啼谷一声猿。

　　"猿猴长啸，一声空谷传响，犹如一唱雄鸡天下白，猴猿占人间，正是大难临头，便是飞鸟各投林。

　　　　　　歧熟焉忘径？泉知不问源。

　　"失去家园的人们啊，即便迷失在歧路，也应该熟悉你的来处。既然是泉流，就知道寻找自己的根源。这是告诫人们，应迷途知返，要懂得寻根求源。

　　　　　　钟鸣拢翠寺，鸡唱稻香村。

　　"这是妙玉说自己，她盼望着，总有一天还要钟鸣拢翠寺，鸡唱稻香村。她将希望寄托在茅屋草舍的稻香村，和干净避世的栊翠庵。一个是农家老梅，一个是傲雪红梅。只有这两处，可能重新变成钟鼎龙居的希望所在。

　　　　　　有兴悲何继？无愁意岂烦？
　　　　　　芳情只自遣，雅趣向谁言！

　　"既然有兴盛起来的希望，就不必悲伤，也不必烦恼，这是芳情自遣吗？不是，她多么希望有人懂她的芳情，是发自亡国之忧。所以'雅趣向谁言'，便是'谁解其中味'的翻版。

　　　　　　彻旦休云倦，烹茶更细论。

　　"在妙玉处吃茶的三人，休说彻夜无眠，不怕困倦，只要能论出文中秘密，了解作书者苦心，也值了。"

　　秦明拿过去又看一遍，笑着摇头道："彻夜难眠，煮茶论英雄，妙玉最后这句也是说咱们呢。真变了，她原来嫉恶如仇的气势没了。"

芸轩道："稍有问题。"

文亮道："愿闻其详。"

芸轩道："妙玉口口声声说，要实事求是地叙事，但不能为讲究新奇而歪曲事实。可事实是金人一唱天下白，他们迎来了自己的盛世，所谓的'钟鸣拢翠寺，鸡唱稻香村'，该是人家大清的盛世之景，怎么翻转？"

文亮道："天下有兴必有衰，兴衰轮回间就有希望，不必过于悲哀，实事求是地说，悲凉已过，希望还远吗？当存希望翻转过来呢，该是这个意思吧？"

山岚道："不同意，妙玉能为他们颂圣么？"

芸轩道："和颂圣无关，妙玉只是论希望。黛玉、湘云之流，是玉质文人的代表，妙玉续貂也有另一个用意，是要她二人莫忘出身，无论身在曹营还是在汉，都要把汉文化传承下去，亡国了却不能亡种。"

文亮道："妙玉的十三韵，确实有续貂之感，特别是最后一句更明显，好像是为了凑够三十五韵，强拉硬拽地说下去，难道这几个数字不是韵脚，是发生这些事的年限，妙玉要凑足三十五个年头，还是怎么回事？"

芸轩道："你的感觉没错，这个中秋夜，贾母就不想早结束，一直熬到四更天，黛玉和湘云更是熬了个通宵，这个夜晚，注定是个不眠之夜，又多次提到朝死夜合之物，好像是都怕入睡，难道入睡就死亡吗？"

文亮道："还有，妙玉续完诗，给这场联句提了一个很特别的名字，叫《右中秋夜大观园即景联句三十五韵》。"

山岚道："这有什么特别处。"

文亮道："为何要一个'右'字？"

秦明道："芦雪庵联句，也是三十五韵，是为了表示和那次不一样吗？"

文亮道："右字怎么讲？右中秋，难道还有左中秋吗？"

芸轩笑道："中秋之所以为中秋，就是有左中右之分。十五夜半，中分为二，上半夜自然是左中秋，下半夜就是右中秋，写完诗时，正是下半夜。"

白禾问："原来这样，妙玉为什么把中秋分得这么细，直接中秋夜不就得了吗？"

芸轩道："这就是问题所在，这个夜晚里的每一个时辰，对她们来说都至关重要，上半夜和下半夜就有天壤之别，大家熬到下半夜是有目的的，所以才分开。"

文亮道："这么说我知道了，对二十二韵我有个算法，你们听听，从黛湘叙事的结构看，应该是二十二年间发生的大事，包括渡海西征、三藩之乱、废长立幼、东宁政变。这些事，恰好是明郑治理台湾期间发生的，应是从一六六一年郑成功登陆台湾开始，到一六八三年郑克塽降清，正好二十二年，对与不对？"秦明等都同意。

芸轩道："可这个三十五韵，是妙玉努力加到了三十五年吗？按你的算法，就该是妙玉总结三十五年的历史，多增了十三年的历史，可怎么算着多一年？"

秋真道："你怎么算的？"

文亮道："我算算。永历的年号自一六四七年改元，到一六八三年，是三十六年，怎么真少一年？"

秋真道："怕是推断方向不对吧？"

芸轩道："应该没问题，如果贾赦的死亡日期和吴周的灭亡时间相吻合，就没问题。吴周是八一年亡，贾母说死了两年多呢。"

正说到此处，芸轩一拍脑袋道："对了，就在这个两年'多'上。既然妙玉连时辰都算得不差半点，她告诉的年限自然要很精确，一定是不到三十六年，是三十五年多一点。这样推算，这个中秋夜肯定是八三年的中秋夜，文亮给算算。"

文亮掐指算了半天道："没错，一六八三年郑克塽降清，正式举行受降仪式，到八月十五日就是不足一年，原来中秋分左右的意义在这里。"

秦明道："可是一点不错，是三十五年零八个月十五日呢，所以才用一个'右'字。原来是写了三十五年多八个月的一段历史呢。哎呀真好，咱们能看出这么重要的东西，我真是越来越佩服曹公了，明末这三十五年，真是一段无人知晓的历史。"大家为这个发现高兴了一番，只有芸轩不说话，大家也习惯了，又感叹了会子。外面，天已放亮。

第七十七回
兰桂枉枉风流　芳情难自遣

秋真道："既然曹公说是一段无法载入史册的王家史，几百年后，咱们有幸成为解味人，到此就该结束了。我觉得到了第七十六回就可以了，可怎么后面还有四回呢，他还有什么未了的心愿吗？"

芸轩道："黛玉葬花，惜春出家，两个重头戏，照宝玉出家做和尚的遭儿数算，他还要最后一遭出家的。"

山岚道："黛玉还要葬一次花，宝玉还要出一次家？"

芸轩道："那是肯定的，晴乃黛副，晴雯死了；芳官本来又是宝玉的变种，芳官肯定也要出家，这不又是一场'你死了，我做和尚去'的重演吗？我觉得后面的故事，是要围绕这事展开了。"

山岚笑道："依你说，还有一段历史没叙述明白？到底是哪一枝花又要被埋葬？"

白禾道："还是明天吧！我困得不行了，要迷糊一会罢。"说着自去睡下，大家也呵欠连天地走开，歇息不提。

一觉直睡得过午，大家才懒懒地起来。看芸轩坐在桌子前，已画好了一幅画，另有几张人物素描摊在一旁。

秋真看了道："怎么？亲自上阵了。把晴雯之死放到最后，该有几层意思吧，能不能说她映照某个具体人物的死亡？前几天你就嚷嚷，说知道她是谁。"

芸轩叹道："可我又糊涂了，探究晴雯之死，是我最早立下的目标。最早先，以为晴为黛副，晴雯之死肯定和黛玉之死有关，接着又发现，有出入。前些日子，我还做了设定，以为胸有成竹的了，直到她放了宝玉的大鱼风筝，又都说是鱼跃龙门，她是唯一以丫鬟的身份跳过龙门的人，我就又改了方向。所有放风筝的人，又都和台湾有瓜葛，赖嬷嬷的花园子又是台湾的影子，赖嬷嬷正好又是她的故主，她的身份指向台湾无疑。但她的死，却和司棋偷情关联在一处，我就又怀疑自己的观点了。"一边说，一边涂抹着画。

秋真道："晴雯是贾府最干净的，却成了大观园风化败坏的牺牲品，这就叫把最美的东西撕碎了给你看，是什么来着，悲剧！是多么无辜的牺牲。而郑克臧之死，也正是郑经乱伦的恶果。命！这很符合的。末了，晴雯成了捧心西施，也美。是郑克臧化身无疑了，还怀疑啥？"

芸轩听说摇了摇头叹气道:"晴雯夭亡,因其风流,她又是个美人,香草美人是什么,咱们也知道,我怀疑。"

秋真不待她说完道:"说起来,郑克臧可是最后的汉人王子了,没错呀。"

芸轩道:"果是这样,《石头记》就该杀青了,三十五年,一段被遗忘的大明史,随着郑克塽的投降,到一六八三年就该结束了。可七十六回后,又加了四回,只说了一件事,拿晴雯之死大作文章,该是还有未完之事。特别是王夫人的态度,我特别不理解。抄检大观园明显是为了找晴雯的错,可抄完发现晴雯是最干净的。按说,晴雯没错处,就该罢休,可王夫人知道抄检结果后,非但没放过晴雯,反而变本加厉起来,她根本不需要理由,非要治死晴雯才算,我怀疑咱们的方向可能错了。"

秋真道:"哎,你倒提醒了我,郑克臧是哪一年死的?"

文亮洗漱完,拿个毛巾擦着脸凑过来,随口答道:"是一六八一年,怎么了?"

芸轩道:"这不就对上了,晴雯之死如果影射台湾政权灭亡,而这一年,还有一个政权同时灭亡。"

文亮道:"周吴政权。"

秋真道:"晴雯之死真隐了两件事,是不是这样?"

芸轩在画上收了最后一笔,掷下笔来道:"论证一下不就知道了,就算是我的命题吧,咱们马上就找,试看黛玉最后葬了哪枝花,快叫起她们来吃饭,到梅舍集合。"

大家吃了饭,芸轩把她的画和人物素描一一钉在板子上,写了一行字:晴雯之死探源。

白禾道:"你不是知道了吗?怎么还说这事?"

芸轩道:"曹公总是一箭双雕,一石二鸟,我只知其一不知其二,还是随着我的摄像机镜头走吧。围绕晴雯之死,我先设定几个问题,你们帮我分析。"

大家看上面写着:

一、晴雯的死亡背景是什么?

二、晴雯到底什么身份?

三、晴雯到底被谁诬陷,因何而死?

四、晴雯和宝玉什么关系，她是谁？

山岚道："前面不是有了晴雯的轮廓吗，怎么又变了？你的问题太笼统了，哪有这么简单就回答了的，提示点细节线索才行。"

芸轩想了一会道："先说时间背景。从时间上说，晴雯之死发生在八月十五后的几天里，是第几天很关键；第二就是政治背景，贾府开始大批撵人，宝玉、迎春、惜春的三个大丫头都被撵了，是宝玉、迎春和惜春时代结束的信号；王夫人还赶走了八官，似乎在大换血。所以，再次展现出来的这个时代，一定和正宗皇家没关系了，这就是当时的政治背景。"

文亮道："恐怕人参变灰事件就是个引子。"

秦明附和道："人参变灰意义重大。黛玉一进贾府，就开始靠贾母的人参养荣丸延续生命，现在凤姐也开始吃调经养荣丸了，也是用的人参，且是王夫人亲自给配。"

文亮道："平常多的没处使，这回偏偏没了。贾母虽给了一包好的，奇怪的是失了效没了药性。周瑞家的是这样说的：这一包人参固然是上好的，如今就连三十换也不能得这样的了，但年代太陈了。这东西比别的不同，凭是怎样好的，只过一百年后，便自己就成了灰了。如今这个虽未成灰，然已成了朽糟烂木，也无性力的了。"

白禾一吐舌头道："乖乖，贾母的人参若没了药性，那给黛玉配的药不就没药力了，黛玉天天吃失效的药救命吗？怪不得黛玉的病越来越厉害。"

文亮道："人参到了有效期，可有效期很长的，百年后才腐朽变灰。现在的状态虽还没变灰，却因时间关系无药性了，那这包人参存了多少年？能否找到这个时间节点？"

山岚道："贾母嫁到贾家五十四年多，人参保存的时间肯定小于五十四年。另外，宝钗也说：这东西虽值钱，究竟不过是药，原该济众散人才是。咱们比不得那没见世面的人家，得了这个，就珍藏密敛的。珍藏密敛，说明藏得时间确实不短。"

秋真道："她这句话是在贬老祖宗，说她抠门，且没见过世面。意思是，外面也有好人参的人家，养好黛玉的病容易着呢，比如她薛家。可不嘛，也只有她家有，因那时候也兴作假，她倒了解行情，说市买的都作假，只有她家能倒腾来真的，她家还大方到拿人参济众散人，像送燕窝这样的事就常干。另外，王夫人换了新人参，却不让告诉贾母，看起来像是孝顺，怕老祖宗知道自己珍藏的人参失效了会伤心，其实想想可怕。刚才白禾说，贾母配的丸药是给黛玉用，如果继续使用这失效的人参，黛玉会怎样？"

芸轩道："王夫人一向反感西施一样的美人，这回怕是像对待晴雯一样对付黛玉了。还是算时间吧，我仔细看了几遍周瑞家的话，里面出现了个数字。说：这些人参，如今就连三十换也不能得这样的了，但年代太陈了。乍一看，这个'三十'似乎是价格，可仔细看，三十后面并没有计量单位。紧接着就是说'年代'太陈了，这样一关联，'三十'许是指的年代呢。"

秋真道："有道理！又是圆光术吧。妙玉刚总结完三十五年的历史，今又提出了个三十年，这是用圆光术回到了第三十年吗？"

芸轩道："我也这样认为，是要告诉咱们，这个失效了且年代太陈的政权，是个贾母珍藏了三十年的政权。曹公又杀了个回马枪，似乎将背景拉回到那个时间节点了。"

秋真道："我也想起来了，吴三桂的政权从一六四四年反明，到一六七四年再反清，整三十年呢。是不是指这一段？期间恰恰是宝钗提供了上好的人参，供养了他三十年。"

山岚道："说反了吧，是贾母失效了的三十年。"

芸轩道："一样的，贾母给了黛玉同样有效时间。还有一句话，王夫人对人参之事说了个俗话：卖油的娘子水梳头。再对上那句话：这鸭头不是那丫头，头上哪有桂花油。梳头油，自然是桂花油，可桂花油没了，变成了水，怎么样？是不是也跟失效了一样形象？"

山岚道："还有宝玉吃的木樨清露，就是桂花油，桂花油换做水，宝玉也危险了，假设这背景正确，咱们只要证明后面几个问题，和这个结论符合就行。"

芸轩道："好啊，说说晴雯啥身份？"

山岚道："脂砚说晴雯是小姐身子丫鬟命，她可能是个小姐。想想，虽说她是宝玉屋里的丫鬟，但根本使唤不动她，麝月就笑她：今儿别装小姐了，我劝你也动一动。晴雯就说：等你们都去尽了，我再动不迟。有你们一日，我且受用一日。看排场，她实际是贾母的绣娘，贾母珍藏的十六架桌屏该是她的作品，这也和后来邬家送的玻璃屏风对应看。读遍《石头记》，从小姐到丫鬟，没有一人留指甲，只有她留，指甲上还染了凤仙花。

"从她搬出宝玉房间后的情形看，袭人和宝玉讨论关于睡觉的地方时，晴雯才是宝玉的贴身丫鬟，是她在里间屋里睡的，干的其实是袭人的活。王夫人听了王善保家的话，最强烈的反应，就是怕晴雯和宝玉在一个房间睡觉。

"还有，王夫人给贾母汇报，要驱逐晴雯时也说过：三年前，先取重了晴雯，冷眼观察了几年，发现晴雯轻浮，性格暴烈，虐待手下，才最终选取了袭人。并不是说，她似乎不认识晴雯，单听了王善保家的挑唆才这样。如此看来，留长指甲，是不是小姐的作为？凤仙花的事，咱们也说过，她贴上膏药，很像二奶奶，晴雯身份清晰了吧。"

芸轩道："这是其一，我是从其他人身上找到晴雯身份的，你们看。"说着，指着板子上的照片道："驱逐晴雯和赶走司棋同时发生。表面看，这二人被赶走的缘故很不一样，但我以为是一回事，不光和司棋是一回事，和芳官、四儿、蕊官、藕官被赶走，都是一回事。"

山岚道："这怎么可能？"

芸轩道："只不过将驱逐晴雯之事，放到了几人身上分着写罢了，因晴雯身份复杂，才用这么复杂的分身术，咱们不妨一点点抽剥。咱先确定大方向，曹公布局的最大原则，就是黛玉死了宝玉就做和尚去。黛玉每一次葬花，就是一次死亡。晴雯死后，宝玉写诔文，脂砚就直接说是诔黛玉，黛玉再次死亡无疑。可这里出现了怪现象，有三个人同时出家，说明死的这人有三重身份，能说晴雯不复杂吗？"

文亮道："大方向算是对的，驱逐的这几人里，司棋的身份不用说了。可四儿和三官呢？咱们得分析一下：四儿的名字，就有些不同凡响，原名芸香，后改为蕙香，本是个好名字，兰桂蕙香的，我当时以为，她是宝玉四大丫鬟的统称，或者是平儿等人的组合，现在才明白，宝玉为何当时就讽刺她，说没得玷污了好名好姓的。

"蕙香本是'兰桂'之香，既然由香气变成晦气，蕙香做了贴身丫鬟伺候宝玉，就是宝玉的晦气来了。且从来没说过，她和宝玉是一天生日，却玩笑说，同日生日就是夫妻，可那天同一天过生日的人确实是四个，所以这个'四儿'就有些意思了。

"王夫人就骂：这也是个不怕臊的，同日生日就是夫妻，这可是你说的？打谅我隔的远，都不知道呢。可知道我身子虽不大来，我的心耳神意时时都在这里。难道我通共一个宝玉，就白放心凭你们勾引坏了不成！通共一个宝玉，四个人来勾引，这个由蕙香变晦气的四儿是谁？"

山岚道："某些时候，芳官是宝玉的变种，四人当中有宝玉本人的，怎么能和宝玉当成一回事呢。"

文亮道："直觉。芳官被驱逐时，王夫人要求她把衣物都带走。王夫人问：谁是耶律雄奴？此时芳官的身份是匈奴人，她的出家之地偏是'北门'外的水月庵，是水神宓妃的居所，是宝玉把金钏领回家的地方。芳官在这里出家，必定是宝玉身份里匈奴部分要修成正果了，当然都要带走她自己的衣冠。蕊官代表宝钗，藕官代表黛玉，宝黛合一也正好隐在这一对假凤凰身上。她们的出家之地是地藏庵，入地狱，黛玉葬的是个复合体，说明这人身上有薛家人的影子。"

芸轩道："所以，四儿是个气味变化的人，又有四个人的成分，晴雯的身份确实复杂了，她走时，王夫人特别交代留下她的衣服，是不愿意这个人穿走王家衣服的。看我这幅画，一簇桂花放在破席子上，能看出什么吗？"大家围着转一圈，都努力搜寻关于这幅画的信息。

文亮道："袭人的判词。枉自温柔和顺，空云似桂如兰。堪羡优伶有福，谁知公子无缘。至于其他的，也没有什么特别。"

芸轩道："也无梅柳新标格，也无桃李妖娆色。一味恼人香，群花争敢当。情知天上种，飘落深岩洞。不管月宫寒，将枝比并看。

"这首《木樨》词，说的正是广寒宫里的桂花，我画的桂花也来自广寒宫，袭人的判词里怕也有晴雯的影子。"

秦明道:"不可能。"

芸轩道:"你没发现诗里说的是两个人吗？袭人温柔和顺是对的，但她怎么似桂如兰呢？她犯的是桃花运，也不算干净，至少和晴雯比她不属于兰桂，反而晴雯更适合似桂如兰的气质。"

山岚吃惊道:"木樨清露是晴雯？你的意思，她才是琪官摘走的木樨花？"

芸轩不理会她，笑道:"别急，再看第二联：优伶有福，指的是袭人再嫁，咱们也确认过优伶的身份，实际也是宝玉，袭人本就是宝玉的人，包括灵与肉。所以这句'公子无缘'，倒是晴雯了。"

山岚道:"晴雯不是凤仙吗？怎么又是兰桂呢。"

芸轩道:"想想看，晴雯病重被撵回家，宝玉去看她时，晴雯睡在什么地方？"

白禾道:"睡在破房子里的土炕上啊。"

山岚道:"宝玉进来，一眼就看见晴雯睡在芦席上，就是你画的这个芦席？"

芸轩道:"对了，宝玉也强调过一句话，说晴雯回到哥哥家，就如同一盆才抽出嫩箭来的兰花，送到猪窝里去一般。怎么样，明白告诉了，晴雯现就是一枝兰花，睡在芦席上，可不正是这幅画的写意。芦席是袭人，睡在上面的兰桂就是晴雯，晴雯的身份就是桂花。这幅画，明显就是袭晴合一，和钗黛合一同理。"

山岚说道:"佩服！佩服！那第三个问题呢？晴雯为何被驱逐？谁陷害她？"

文亮道:"这事不光你问，宝玉也问了，到底晴雯犯了什么弥天大罪？王夫人要没理由地治死她。既然这样问，也许真是弥天大罪，而大部分人都认为，陷害晴雯的人就是袭人。其实仔细看文本，里面说的很明白。

"原来王夫人自那日着恼之后，王善保家的趁势告倒了晴雯，'本处人'和园中不睦的，也就趁便下了些话。

"王夫人不单听信别人的挑唆，她着恼的是，曾经看见晴雯打骂过小丫头子，这是晴雯烈性强势的一面，王夫人亲眼见的。谗言的来路，有王善保家的、王夫人本处人、园中不和睦的，这么多人和晴雯过不去呢，可见晴雯是犯了众怒。那这都是些什么人？再往下看。

"正当要带走司棋时，只见几个老婆子走来，忙说道：你们小心，传齐了伺候着。此刻太太亲自来园里，在那里查人呢。只怕还查到这里来呢。又吩咐快叫怡红院的晴雯姑娘的哥嫂来，在这里等着，领他妹妹出去。这很明显，是王夫人亲自出马了，这是王夫人本处的婆子在传话。

"再看婆子们对晴雯的态度，那婆子知道要赶走晴雯，便笑道：阿弥陀佛！今日天睁了眼，把这个祸害妖精退送了，大家清净些。这些人，从内心就讨厌晴雯。"

山岚道："为什么会这样呢？"

芸轩道："身份使然。这些人代表一种特别身份，对此宝玉和婆子们有一段精彩对话。"

秦明学着宝玉，指着婆子恨道："奇怪，奇怪，怎么这些人只一嫁了汉子，染了男人的气味，就这样混账起来，比男人更可杀了！"

文亮道："这是宝玉的一贯，还是死鱼眼睛理论。"

秦明道："守园门的婆子听了，也不禁好笑起来，问他：这样说，凡女儿个个是好的了，女人个个是坏的了？

"宝玉点头道：不错，不错！

"婆子们笑道：还有一句话，我们糊涂不解，倒要请问请问。但婆子们没等问话，宝玉就急忙走了。你们觉得，婆子们有什么糊涂不解的要问呢？"

文亮道："不用婆子们问，我也觉得宝玉的话有些不敬。比如说，他的母亲王夫人，老祖宗贾母，还有凤姐、李纨，这些都是女人，而不是女儿了，都是坏人吗？"

秦明道："这就是问题所在，婆子们大约也会这样问，那你说宝玉如何答呢？"

秋真道："有什么难答，宝玉的意思，女儿沾染了权力就是嫁了男人变成女人，就混账起来，当然也包括王夫人等。但我觉得，宝玉不会骂自己的母亲，而是告诉咱，这起撵人事件，是当权者在行使权力，根本没有袭人的事。"

白禾问道:"王夫人非要置晴雯于死地吗?"

芸轩道:"女人有了权力就混账起来,那么赶走晴雯是皇权在行动,是皇权非要杀了她,为什么这样?也许她做了违背皇权的事呢?她犯上作乱了?"

秦明道:"还真是问题,宝玉和袭人也反复讨论过这事,不光宝玉怀疑,我也怀疑,晴雯的事好像袭人参与了。"

文亮道:"未必,宝玉怀疑袭人才是误导,袭人怎会是内奸?当宝玉问:咱们私自顽话怎么也知道了?袭人的辩解是合理的。"

秦明道:"宝玉问:怎么人人的不是太太都知道,单不挑出你和麝月、秋纹的来?这时袭人心内一动,是被说中了。"

文亮道:"袭人心里有鬼也好解释,她并没说过晴雯的不是,但她确实向王夫人说过对黛玉不放心的话,晴为黛副,从这个角度看,驱逐晴雯,袭人是难辞其咎的。"

白禾道:"说是王权,现又说是袭人,到底是谁?"

芸轩道:"不妨换个角度,你会发现王夫人赶走芳官和四儿都有确切的理由,一个说,同一天生日是夫妻,一个挑唆宝玉要五儿,可唯独没说赶晴雯的理由。倒是袭人说了个理由,太太只嫌她生得太好了,未免轻佻些。在太太,是深知这样美人似的人,必不安静,所以恨嫌她。

"宝玉也认同说:芳官过于伶俐,未免倚强压倒了人,连干妈都欺住了,惹人厌。四儿是我误了她,叫上来作些细活,未免夺占了地位,故有今日。

"就是说,这二人被王权驱逐的理由很清楚,有人太伶俐以势压人,有人强夺地位。细想想,晴雯似乎也有这两样毛病,她睡在了袭人应该睡的地方,是不是占了别人的地位?且晴雯也很强势的。

"晴雯也说,虽生的比别人略好些,并没有私情密意勾引你怎样,如何一口死咬定了是个狐狸精!我太不服。就一句话:因晴雯是美人,所以被王权不容,且强占了别人地位,香草美人的故事真发生在她身上了。"

秋真道:"怪不得王夫人赶她的理由,就是嫌她是个美人,怕她不安分。天哪!难道她想当皇帝?还是个强抢帝位的皇帝?如果真想强占了皇家的地位,被王夫人发现,当然不可能容她。"

文亮道："还别不信，关于海棠死了一半的说法就令人疑惑。海棠春睡，先是用在秦可卿身上，后又用在史湘云身上，现在又用在晴雯身上，确实是美人春睡的再现。"

白禾道："宝玉说春天就有兆头，海棠死了一半，就知有异事，果然应在晴雯身上。后面还用那些人，来比喻海棠死了的大义，闹得袭人都忍不住骂，说晴雯怎么能盖过她的次序去，果然就盖过去了。"

山岚道："应该是晴雯，袭人老说自己粗粗笨笨的，晴雯又是公认的美人。她有帝王身份，不被王夫人所容，找到理由了，可还不是又回到了台湾人身上。"

秋真道："不是的，惜春出局了，那里的事早就了结，且给予郑家的是红梅气质，从来没说他们有兰桂气质。"

白禾笑道："那是谁呀？"

芸轩道："要想知道她是谁，搞懂两个问题就行，其中要先说说她的出身，虽也和赖家有关，先是赖嬷嬷的丫鬟，这一点，放到郑克臧身上就不说了，但她还有个姑舅哥哥，后来也被赖家收养。这个表哥倒一般，可娶了个媳妇就是勾引贾琏的多姑娘，这种组合方式眼熟吧？比如宝玉和凤姐，凡是皇权政治，政体和治体结合时，都要用到这种姐弟组合。黛玉有表哥，柳五儿有表哥，司棋也有，晴雯也不例外，且晴雯的嫂子更出奇。"

秋真道："这个嫂子不一般，她竟恣情纵欲，满宅内便延揽英雄，收纳材俊，上上下下，竟有一半是她考试过的，把个赖府搞了个鸡犬不宁。有人说过，所谓多姑娘，就像皇上，把赖府、贾府当成自己的后宫，男人都是为她服务的，这话不假。"

文亮道："她好像还有另一个名字是灯姑娘。"

山岚道："多姑娘可以这样理解，灯姑娘呢？"

文亮道："为了有所区别，她和贾琏鬼混时，是多浑虫的老婆多姑娘，正是巧儿出天花那年，她说为自己腌臜了贾琏，想想那年、那人干的事，确实是脏了贾琏。这回是和宝玉了，她满心满意地要和宝玉成好事时，却变成了灯姑娘，就因和宝玉没做成，而灯姑娘反而成了照亮事实的丈八灯台。"

山岚道："曹公精雕细琢这么个人，用脂砚的话说，奇奇怪怪，左盘右旋，千丝万缕，其实是皆自一体也。什么叫一体？怎么把这不堪之人和晴雯绑到一块呢？"

芸轩道："有的文本里，晴雯的姑舅表哥叫吴贵。"

秋真道："要我说，这个名字到底是'乌龟'，还是'吴三桂'呢？"

芸轩道："才刚我总结了一下，曹公为了告诉这个人的名字，在一节话里，出现三个'桂'字，你们信不信？"

山岚道："谁也不敢跟你打赌，相信你。但如果是他，曹公把干净的晴雯说成他，我真不大接受。"

芸轩道："你傻了，这就是第二个问题，但此'桂'非彼'桂'。真是曹公巧借了一个景致，来自广寒宫的吴三桂，和月亮上的吴刚伐桂，巧成一幅画了。他投降清廷，如同吴刚奔月，这是一'桂'；现今又背叛清廷，打的却是桂王朱由榔的名义，朱由榔同样也带个'桂'字。打着反清复明的旗号，召令天下，拥戴的人又是桂王，许多仁人志士，云集响应，有些人真的誓死相随，他们的精神，就是晴雯精神，晴雯的兰桂之香，实乃此'桂'之香。

"为正视听，特别让宝玉为她一说，说从大处讲，晴雯好比孔子庙前之桧，坟前之蓍，诸葛祠前之柏，岳武穆坟前之松。松、柏、桧可都是千古不磨之物，世乱则萎，世治则荣。这让我想起了杜甫的《古柏行》：

> 孔明庙前有老柏，柯如青铜根如石。
>
> 大厦如倾要梁栋，万牛回首丘山重。

"是呀，大厦将倾，确实需要栋梁，可杜甫却在喟叹：古来材大难为用。而晴雯身处流言，其死却被宝玉赋予了正大忠诚之气，这不能不说曹公对吴三桂的复明之举是肯定的，从维护汉文明的角度出发，是给予高度评价的。"

文亮道："对呀，他又从小题目说起，好比杨太真的死，沉香亭的木芍药，端正楼的相思树，都会有感应，还提到王昭君的青冢，说花草树木的荣枯反映了重大的人事变迁。曹公一直以杨贵妃引发的安史之乱和昭君出塞之史实，来反复告诉这段历史中包含着汉人和塞外异族的结合与冲突，所以，这海棠死半边，正应了晴雯欲亡。"

山岚道："为何死半边？"

芸轩道："这棵海棠，也像探春她们咏的白海棠，那棵成分复杂，这棵海棠也是，正如钗黛合一或晴袭合一，死亡的只是晴雯和黛玉代表的半边，另一半是袭人、宝钗代表的并没死。但随着吴三桂的登基，人们看清了他的真面目，这也是王夫人长久观察后得出的结论，四儿的兰桂惠香，终于变成了宝玉的晦气，她终究会不安分的，而被王夫人驱逐就成为必然。贾母也感叹，晴雯是她看重的人，将来只她还可以给宝玉使唤得。更是她老人家曾经珍爱收藏的那架玻璃屏风，在贾母心中，晴雯的位置是比袭人重的，谁知竟变了，王夫人这才安排袭人的次序超越了晴雯。"

秦明道："我怎么觉她二人的次序还有问题呢，袭人口口声声说，晴雯强不过她的次序去，因晴雯始终也没勾引宝玉。但事实是，这一二年间，她一直在宝玉房内，在怡红院，很有半个主子小姐的感觉。从宝玉对她的纵容看，单单给她留爱吃的东西，竟高过李奶妈的地位；从她对小丫鬟们的态度看，很强势；王夫人怕她睡在宝玉房内，可她偏就睡在房内了，她事实上已经占了袭人的位置。"

文亮道："这也对，放在现实里，她虽没有勾引宝玉的实际行为，但王夫人总有一种尾大不掉的感觉，感觉她很强势，又具备美人不安分的条件，怀疑她是对的，她还不是最后自己当皇帝了，还是占了袭人的位置吗？"

山岚道："虽然这样说，我还是不愿意相信晴雯是他。"

秋真道："你敢是像宝玉一样糊涂。"遂学着宝玉的口气道："我究竟不知，晴雯犯了何等滔天大罪！"

秦明学袭人："太太只嫌她生得太好了，未免轻佻些。在太太深知，这样美人似的人必不安静，所以恨嫌他。"

秋真道："虽然她生得比人强，也没甚妨碍去处。就是她的性情爽利，口角锋芒些，究竟也不曾得罪你们。想是她过于生得好了，反被这好所误。"

文亮笑道："这不找到症结了。"

秋真道："还有，看看灯姑娘家里，吃茶的碗，甚大甚粗，不像个茶碗，未到手内，先就闻得油膻之气。油膻味，分明是满族人的气味，晴雯在这个地方，竟也渴不择茶了，喝着这样的茶，也像得了甘露一般。"

文亮道："这是她在清廷的境遇，那个地方不会喝到真正的'茶'。但是，到底是灯姑娘为她澄清了呢，原先的清白没得说，虽是美人，但终没做不安分的事。今日不同了，晴雯强烈表达自己想占有宝玉的欲望，现在看来，临死前，她还是要达成愿望的。"

山岚道："我还以为灯姑娘为她洗白了呢，我看晴雯是晴雯，嫂子是嫂子。我还有个问题，为什么晴雯腕上戴着四个银镯子？我记得湘云手上戴着两只金镯子，她倒好，戴这么多银镯子干嘛？"

秦明道："两对银镯子，代表两对银质姻缘，一对是他和清廷的'金银缘'，一对是他和明朝的'玉银缘'。"

文亮道："而他这方政权，不是金，不是玉，却是银，她目前都要放弃了，这才铰下指甲，脱下红绫袄，除下银镯子，做个交割。担个虚名多亏，她不也说么，早知今日何必当初。"

秋真问："今日怎样？当初如何？"

文亮道："早知今日非反不可，还不如当初就不投降，直接反了当皇帝。这么多年，包括反清期间，吴三桂从没想过要觊觎皇位，包括清朝的皇位，他也没想过沾染，权当晴雯和宝玉间，一直保持着洁身自好的底线。

"可如今，迫于形势，既然担了个觊觎皇位、勾引宝玉的虚名，还不如做成了，自己做皇帝算了，'金与玉'都不属于自己，该拥有一块真属于自己的宝石了。所以，给宝玉留指甲，就是身体发肤的交换，况且，最终还是得了宝玉的贴身衣物，临死时终于穿一回龙衣也值了。

"将这些愿望，放到灯姑娘对宝玉的心愿上就更明显了，曹公是用她二人行为，结合着写呢，太有意味了。"

秋真道："一个出污泥而不染，一个烂淫无比。晴雯得到了宝玉的衣服，而她嫂子却没得到宝玉本人，这就是一个'桂'字，反做两笔写的玄机。"

芸轩道："差不多了，为了最后落实晴雯之死就是吴三桂之亡，咱们还要再回到第一个问题，就是死亡时间。"

山岚道："搞懂是哪一年的八月十六之后就行了呗。"

芸轩道:"晴雯是十六日被赶出来的,她自己说,不过三五天的光景就回去了,且此次曹公又是使用了秦可卿死亡时的镜像。宝玉先是在枕上长吁短叹,复去翻来睡不着,直至三更后,方渐渐安顿了,但半盏茶的工夫就醒了,喝了茶,也和袭人说了话,中间单单略了四更天。卧下后,宝玉又翻转了一个更次,至五更方睡去,只见晴雯从外头走来,仍是往日形景,进来笑向宝玉道:你们好生过罢,我从此就别过了,宝玉就知晴雯死了。两次死亡,过程类比着写,秦可卿梦惊凤姐,晴雯却和宝玉告别,是要咱们和秦可卿之死做关联的,但为了有别于秦可卿的身份,特别安排晴雯的死亡时间不是夜里,在白天下午。"

秋真道:"还有,秦可卿死时,宝玉吐血,非要去现场,贾母拦不住就去了。晴雯死了,宝玉虽没吐血,但流了泪,也是非要去看她。巧的是,王夫人鬼使神差地安排了一个火烧眉毛的外事活动。"

文亮道:"是有这么回事,宝玉恨不能就派人去看看,但及至天亮,就有王夫人房里小丫头,立等叫开前角门,传王夫人的话:

"即时叫起宝玉,快洗脸,换了衣裳快来,因今儿有人请老爷,寻秋赏桂花,老爷因喜欢他前儿作的诗好,故此要带他们去。你们快飞跑告诉他去,立刻叫他快来,老爷在上屋里,还等他吃面茶呢。环哥儿已来了。快跑,快跑。再着一个人去叫兰哥儿,也要这等说。

"我数了一下,这里连用了六个'快'字,听到这些话,宝玉恐怕不会有时间安排人去看晴雯,他错过了见晴雯最后一面的时机,不可思议的是,贾政要宝玉陪着去赏'桂花',为什么偏偏是赏桂花?"

芸轩道:"贾政今天还特别喜悦,对宝玉也是赞口不绝地夸奖,连王夫人都意外,从来不曾听见这等考语,真是意外之喜。你们看看,晴雯之死和赏桂之举,怎么这样放到了一起?赏桂的结果,贾政和王夫人竟是这样态度:喜悦,赞叹。"

山岚问:"时间呢?还没出现吗?"

芸轩道:"你问文亮吧,她准知道吴三桂的死亡时间。"

文亮道:"我也是才注意到,昨天刚刚帮你查了,一六七八年八月十八日,他真是这一日死的。"

山岚道:"原来真是他的死亡时间哪?"

芸轩道:"对,八月十五日过了三天,正是吴三桂的死亡之日,贾政才为此喜悦赞叹。他登基做皇帝,才真正要了晴雯的命。晴雯怎么死的?听见嫂子要强逼宝玉就范,是被活活气恼而死。"

山岚道:"没听懂,晴雯之死和吴三桂登基有关吗?"

芸轩道:"当然,因为赶走司棋的事还没完,曹公把赶走晴雯这两件事,放在同一时间写,简直如同一对影子。"

山岚道:"想象不到。"

芸轩道:"那当然,春秋笔法,才把这个八月十五写得如此诡异。先说司棋和潘又安偷情,被鸳鸯冲散,潘又安穿花度'柳'而去;灯姑娘强迫宝玉偷情,被谁冲散?是不是柳五儿母女?司棋被撵时,正碰上宝玉,二人拉拉扯扯没个开交;在灯姑娘这里,他俩人也是纠缠不清。

"晴雯的衣服,被袭人打包送出了大观园,这是绝了晴雯的根源;司棋却相反,临走时,绣橘也赶来给她一个绢包,却是恋恋不舍的。正如婆子骂的:谁是你一个衣包里爬出来的,辞他们作什么,衣包!司棋是把这里当做她的出生地的。两两对应,你不明白吗?是一件事的两面呢。"

山岚道:"越发糊涂了。"

文亮道:"说来说去都是演绎吴三桂,此人身份太复杂,经历又反复无常,才找了这么多替身穿插着写,不同历史时期,不同的政治取向,也只得正反着说。

"比如司棋偷情,却没能和潘又安这个妙人儿做成野鸳鸯,潘又安跑了。这就是造金人的反,却没有实现做金人皇帝的梦,是被金鸳鸯冲散的,这是他反金的部分。

"晴雯荐席给宝玉,所代表的却是他复明的部分,洁如兰桂,可惜这稚嫩的兰桂,却生在一张破席上,大明已经破烂不堪,哪里还有她成活的基础?即便打着复明的旗号,到底这张破席上承载不了任何东西。而她和宝玉的好事写在灯姑娘身上,他俩拉拉扯扯,正不可开交时,让柳五儿母女冲散,用历史的眼光看，柳家冲散人家好事，相当于台湾人把吴三桂的一场反清复明之战，生生打成内战，破坏了三藩反清大计。"

秋真道："水梳头的丫头，不用桂花油，还说抱屈夭风流呢。灯姑娘眼看着宝玉这个妙人儿离开了自己，也无奈，最后才自己当了皇帝，还抱什么屈。吴将军此举，彻底葬送了自己的光辉形象，明亮辉煌乃晴雯之彩也，这才是晴雯消亡的真正秘密。"

文亮点头道："冷月葬花魂，再合适不过。黛玉最后葬了一枝来自广寒宫的桂花。"

第七十八回

娧姻生前词　芙蓉死后诔

秋真道："出乎意料，看来吴三桂的历史也和孙可望一样，被当作正经事来写一写了。"

芸轩道："他干的那些事，就该自行惭愧，德行像晴雯的嫂子，若说晴雯是被嫂子的行径羞死的也差不多。"

秋真道："说到底，晴雯之死就是王夫人一手策划的，用她的话说：冷眼看去，色色虽比人强，只是不大沉重。虽说贾母也看重，但王夫人发现了端倪，她认为有本事的人，未免就有些调歪，调歪就是不正经。王夫人一点没冤枉她，这在历史上有据可查。"

文亮道："吴三桂造反之前，有人向清廷弹劾过，说他有谋反之心，那时他作为最大的三藩势力，正加紧兵力部署，清廷也悄悄做了防范，连续两三年间，频繁调度吴三桂两大主力部队高层，就好比两年前，王夫人悄悄瞒着贾母，将晴雯和袭人重新做了安排一个道理。"

秦明道："对，有人参劾吴三桂，直言其'必有异志，宜早防备'。当时清廷未完全掌握主动权，不敢轻易触动他，只能暗做防备，不动声色地采取实际步骤，逐步削弱吴三桂的势力。鳌拜先后把云南、贵州总督赵廷臣调任浙江总督，进行一系列人事调动，这些人原都是吴三桂的心腹将领，朝廷把他们逐一调离云南，吴三桂精心建置的忠勇营、义勇营几经调动后，已有名无实。"

芸轩道："对于这件事，王夫人心机缜密，直到查抄大观园也并没结束，包括给凤姐配丸药，用宝钗家的人参，也是一环。"

秋真道："对了，王夫人顺便还赶走了兰哥的奶妈，是不是也想告诉咱们，她顺便处理了郑经方面的问题。"

山岚道："这是王夫人亲政以来的三件大事，赶走晴雯和八官，为凤姐配薛家的人参药，顺便赶走贾兰的奶妈。"

白禾道："你们能不能一件一件地说。"

秋真道："复杂吗？我一说就不复杂了。这就好比智斗，凤姐是阿庆嫂，宝钗是刁德一，王夫人就是胡传魁，权当三人来一场智斗。"

白禾道："智斗！你们唱唱我听听。"

秦明道："说给你就不错了。你看啊，王夫人问凤姐，你那丸药配了没有？凤姐儿说：还不曾呢，如今还是吃汤药。太太只管放心，我已大好了。实际上凤姐并没好，但凤姐不想用宝钗家的人参。

王夫人又问：怎么宝丫头私自回家睡了，你们都不知道？是有人得罪她了吗？王夫人对宝钗的撤离很重视的。凤姐就答：谁可好好的得罪她？明显的不友善。

"又说：薛妹妹此去，想必为着前时搜检众丫头东西的缘故。她自然为信不及园里的人才搜检，她又是亲戚，现也有丫头、老婆子在内，我们又不好去搜检，恐我们疑她，所以多了这个心，自己回避了。也是应该避嫌疑的。

"看出凤姐厉害了吧？她是有意的，从抄检大观园的这天晚上就开始了针对宝钗的行动。黛玉也是亲戚，怎么没避讳，可见凤姐没把宝钗当作自家人，以亲戚不方便查抄为理由，反而增加众人对宝钗的不信任，这叫欲擒故纵。

"探春理政期间，平儿走到了前台，而左右大观园命运的实际控制人是宝钗。从现在起，凤姐强撑着身体，开始正式理政了。此刻，权力又回到了凤姐手中，她还一口拒绝了要她吃宝钗家人参的建议。"

山岚道："为什么这样，凤姐为什么又回到了舞台中央，不是说天下无战事了吗，宝钗不是自动放弃大观园的吗？"

芸轩道："天下无战事，大观园里去了司棋、入画、芳官等五个，死了晴雯，今又去了宝钗，迎春虽尚未去，但接连有媒人来求亲，大约园中之人不久都要散了的。

"所以，宝钗没必要再待在大观园，可还没等她喘口气呢，又有一个新政权冉冉升起在政治舞台上。凤姐当然要回来了，而这个政权虽然有病，却正想脱离金人的供养，她的行动就是代表此政权，才对宝钗赖在园子里不走采取了措施。

"再看宝钗的反击，她告诉王夫人：今日不但我执意辞去，之外还要劝姨娘，如今该减些的就减些，也不为失了大家的体统。据我看，园里这一项费用也竟可以免的，说不得当日的话。

"她劝王夫人，大观园该关闭了。怎么样？就是因费用大，人口多，且老生事端，该裁撤掉才行，这就是宝钗下决心撤离的原因，她决定撤藩了，这一建议是针对凤姐的。凤姐也不失时机地对王夫人说，不必强了，让宝钗搬出去吧。至此，撵宝钗的计划就完成了，二人彻底决裂。"

山岚道："宝钗还说了一句惊醒王夫人的话，姨娘深知我家的，难道我们当日也是这样冷落不成。啥意思？宝钗家什么时候败落的？"

秦明道："薛家有钱吧，可人家的生活一切从简，多会过日子，哪像贾府，都穷到骨子里了，凤姐还只管自己敛财。宝钗撤藩的原因，就是因吴三桂部人口重，费用大。这么多年的供养，已经让国库空虚，让薛家势头开始冷落了，才说这句话，这是告诉王夫人撤藩的无奈呢。"

秋真道："宝钗的厉害还不止这个，劝王夫人关闭大观园是一计，她还说了一句，我纳闷了十来天才明白。"

山岚道："什么话？"

秋真道："她说：自我在园里，东南上小角门子就常开着，原是为我走的，保不住出入的人就图省路也从那里走，又没人盘查，设若从那里生出一件事来，岂不两碍脸面。

"联系实际，东南方是不是台湾的位置？所以王夫人就顺路查了一下兰小子一个新进来的奶子，她也十分的妖娆，也不让人喜欢。不正经的奶子，最容易让人联想到郑经那边。宝钗是提醒王夫人，台湾那边你也要防着点，否则也会出问题。"

芸轩道："王夫人缜密处，你们根本想象不到。"

文亮道："她还有别的动作吗？后面没见她做什么。"

芸轩道："连你也骗了，我说出来你们准惊讶。王夫人未雨绸缪，早就在二三年前调换了晴袭的位置不说，还雷厉风行地驱逐了晴雯，这还不算，她毫不留情地杀了晴雯后，特别嘱咐，要迅速把晴雯烧成灰。"

山岚道："是这样吗？"

芸轩道："怎么不是？比如说，宝玉夜里梦见晴雯死了，恨不能天不亮就去看她，结果天刚亮，都还在睡梦中，王夫人就安排个小丫头，一连六个'快快快'，把宝玉带走了，直到下午，误了晴雯咽气的时辰，回来的时候，晴雯死去已过了一刻钟。照秦钟死时的情况看，宝玉去时，秦钟也没留时间给宝玉的，但小鬼们听了秦钟的请求，讲了情面的。"

秦明道："不是看秦钟的情面，是因宝玉那时是个势气正旺的人，所以才留给了宝玉和秦钟会面的时辰。"

芸轩道："这次不同了，带走晴雯的不是小鬼是天神，也根本不讲情，或者说王夫人不讲情，根本不想留给他们见面的时间。最根本，宝玉的气势也不旺了。

"宝玉一回到贾府，王夫人又亲自领着宝玉去见贾母，明明三个人都得了奖赏，王夫人却只让拿着宝玉的那份去，咱先不说王夫人有几个用意，最起码耽误了宝玉见晴雯的时辰。是这样说的：贾母看了，喜欢不尽，不免又问些话。无奈宝玉一心记着晴雯，答应完了话时，便说骑马颠了，骨头疼。说要回去歇歇。

"这几句很明白，贾母见宝玉得了东西，有了成绩，会问来问去的，但宝玉一心记挂晴雯，就撒了谎，很明显怕耽误时辰。这也就罢了，可宝玉一出门才发现，来了四个丫鬟等着他，谁表演看看那段奇怪的对话。"

文亮道："是丫鬟和宝玉的对话吗？"

芸轩道："就是这段，麝月、秋纹带了两个丫头来等候，见宝玉辞了贾母出来，秋纹便将笔墨拿起来，一同随宝玉进园来的那段。"

文亮学着宝玉道："好热。"一边走，一边便摘冠解带，将外面的大衣服都脱下来，麝月拿着，只穿着一件松花绫子夹袄，袄内露出血点般大红裤子来。

芸轩道："在外面就脱衣服，也是少见，大约是让咱们看看宝玉的内衣，不光有袭人做的，也有晴雯做的。"

山岚学着秋纹叹道："这条裤子以后收了罢，真是物件在人去了。"

秋真学着麝月忙也笑道："这是晴雯的针线。"

又叹道："真真物在人亡了！"

山岚将秋真拉了一把笑道："这裤子配着松花色袄儿，石青靴子，越显出这靛青的头、雪白的脸来了。"

芸轩道："看看宝玉的打扮，红裤绿袄的身份，一下子出来了，身上唯一的红色以后要被收起来了。我知道为什么不让和晴雯见面了。秦可卿死时宝玉赶着见她一面，秦钟也如此，说明他们的缘分很深，因宝玉的属性没变化。可晴雯死后，红衣服被收走，二人的缘分是尽了的，宝玉的属性变了，他们自然不可能再见面的。"

山岚道："怎么变了属性？"

芸轩道："靛青的头是什么样的头？没有头发的头皮，才可能是这个色，宝玉没了头发吗？要不怎么会得一尊小佛呢。多好解释，一听那边晴雯死了，宝玉这边立马出家做和尚去。"

文亮在前假装听不见，又走了两步，便止步道："我要走一走，这怎么好？"

秋真道："大白日里，还怕什么？还怕丢了你不成！"因命两个小丫头跟着，道："我们送了这些东西去再来。"

文亮道："好姐姐，等一等我再去。"

秋真道："我们去了就来。"两个人手里都有东西，倒像摆执事的，一个捧着文房四宝，一个捧着冠袍带履。

芸轩道："文房四宝，衣履冠带，宝玉统统丢下不要了。怎么样？你们真没咂摸出点滋味来？"

秋真道:"宝玉像出家了!"

文亮点头道:"只觉得宝玉正在动心眼儿,要调开秋纹、麝月的监视似的,谁派了这么多人盯着他?这一天古怪的,一大早是贾政急急来叫,一回家王夫人亲自领着见贾母,这回更好,袭人派来一大堆丫鬟缠着他。为什么大家对宝玉和晴雯见最后一面用尽伎俩呢?"

秋真道:"不光如此,秋纹、麝月怎不把晴雯的死讯直接告诉宝玉,却用什么睹物思人的话外言传递,晴雯的死讯有人不敢让宝玉知道的吗?"

文亮道:"宝玉听了二人的对话,还假装没听到,和二人说,他想走一走,言外之意,你二人要配合我才行。结果二人真就配合他,说:走就行,大白天不用我们寸步不离地跟着,且手里还拿着东西,需要回去放。这两人明显想帮他,但还得暗暗帮,明显怕有人监视她们,这样做好像是给第三者看,这才给了宝玉和小丫头交流的机会,为什么会这样?"

芸轩道:"这就是问题的症结,今日一天,王夫人都在掌控宝玉的动向,秋纹、麝月是袭人调教出来的,肯定听袭人的指挥,袭人又是王夫人的人。派来监视宝玉的那个人,大约也嘱咐了,不许让宝玉知道晴雯死了,所以秋纹、麝月才委婉地告诉宝玉,且宝玉也感觉出来了,才一面走一面喊热,脱衣服,动心思,二人也就配合了他。这个监视他的人,应该就是王夫人。

"宝玉去看晴雯,肯定是想做遗体告别,王夫人算计好了时间,根本就不给机会。晴雯刚刚咽气,王夫人就发话,赶紧烧了,结果宝玉摆脱监控后,却还是扑了个空。怎么样?佩服王夫人的手段吧。"

秋真道:"这个可以有个结论了,让我说说看吧,这就是朱明对吴三桂的态度。当初反清,被贾母老祖宗看好,希望他是复明复国的顶梁柱,谁知他变了,他想抛弃朱明体系,自己做吴周皇帝了,和郑经搞独立一样,也让王夫人看着不顺眼。从此,他和朱明尽了缘分,王夫人极力拒绝他染指汉玉,当断则断,王夫人狠呐!就势杀了晴雯,还驱逐了奶妈。

"可她也有纰漏,贾母看得明白,王夫人调换晴袭的位置,贾母说过:袭人本来从小儿不言不语,我只说她是没嘴儿的葫芦。既是你深知,岂有大错误的。没有大错误吗?选的袭人根本靠不住。用贾母的话说,她是个没嘴的暗藏在宝玉身边的'胡虏'呢。所以秋纹、麝月的盯梢，完全是袭人的安排。"

秦明道："宝玉身边危机重重啊，既然王夫人这么对晴雯，那黛玉的结局肯定也不妙。"

山岚道："不是说黛玉葬了桂花吗。"

秦明道："哼！怕是也被别人埋葬，《芙蓉诔》是《石头记》最后的绝唱，唱的应该是黛玉之亡。"

秋真道："你的意思，晴雯之死，就是实写黛玉的？"

妈妈走来说道："喊你们几遍了，饭菜刚温热又凉了，快些吃饭去。"大家正讨论得起劲，竟没听见姐姐喊，妈妈才亲自过来催。众人齐声应着，跟在妈妈后面走。

芸轩悄悄道："诔文是为晴雯还是为黛玉写，不用争论，肯定是诔黛玉的。"说着，跟妈妈来到餐厅，不提。

天却突然起了风，园子里的树叶被吹落了一地，好像是一场大雨马上来临。白禾见妈妈和她们几个忙着关窗，就跑出去收拾院子里的东西。

刚收拾完，秋真又安排她到芸轩书房里拿东西，进来看桌子上有三把扇子、三个扇坠、六匣笔墨、三串香珠和护身佛一个，但没有玉绦环。秋真让她想办法，没有就画一个也行，她一时发愁，连玉绦环什么样都没见过呢，只好找文亮帮忙。文亮找来个图片，原来是玉带上的绦环，也就是玉扣，有绦环就该有绦钩，应该是系腰带用的。

白禾道："这么个东西，哪里找去？"

文亮道："你不会像芸轩一样，画个给她们，不就交差了？"白禾只得坐下，画起来。

外边已经大雨滂沱，秋真没躲好，被淋着了，跑进屋里来嚷嚷冷，要换衣服去。芸轩站在窗前，看着外面的大雨，口里嘟哝着，天要下雨，该来的还是要来。回头告诉白禾，都去大客厅。

客厅的沙发上，坐满了人，一进来，就闻见一股浓浓的陈皮红茶香，是妈妈储藏多年的陈皮茶。山岚这个地道的江南女子，给妈妈表演一套精致的茶艺，妈妈都看乐了，一边品着茶，一边赞赏山岚的茶技。芸轩进来，坐到妈妈近前，亲昵了会子，又让白禾把物件放到一个托盘里。

妈妈见这样，就说道："外面打雷，我得看看我的猫儿躲哪儿了，也不碍你们正事。"喝完茶，扶着秋真离开了。

芸轩道："今天还是我的东道，就把这块最难啃的骨头啃开，无论如何也得揭开《芙蓉诔》的秘密。这样，咱们先从这堆东西说起。"

白禾把托盘端上来，大家看时，就是贾兰、宝玉、贾环得的赏赐，玉绦环还是一张画。

秋真道："你这画的哪是玉绦环，分明是根玉带吗？"

白禾道："文亮让我这样画的，我又没见过。"

文亮道："玉绦环就是玉带上的，不就是想让你们看着更直观么，比如这些东西，扇子、扇坠代表权力；香珠、玉绦环代表身份；笔墨代表汉族文化。"

秋真进来道："这几样东西还代表皇家身份呢。清朝人戴朝珠，汉人戴玉带，怎么出现了两朝都用的东西了？"

芸轩道："明知故问，可不就是两朝共存吗？这个是梅翰林送的，既然这些东西代表身份，每人一份，你们就分开，猜猜什么人送的什么东西，给他们贴贴标签怎样？"

文亮道："好啊！先分角色，再分身份。白禾最小，来贾兰，山岚就当你最心爱的宝玉，秦明来贾环吧。通过送的礼物，看能不能找出你们三个各自的真实身份。"于是三个每人拿把扇子，在屋子里执扇踱步，装模作样的。

芸轩道："听好了，这些东西分别是梅翰林、杨侍郎、李员外送的，每人一份。虽然没明说谁送的什么物件，凭感觉，能说出谁送的什么来吗？"

白禾道："我猜，梅翰林家本来是宝琴的婆家，送的是纸墨吧，王夫人赶走了兰哥的奶妈，宝琴就和奶妈是一个系列，就是贾兰了，只有台湾政权可配使这样的东西。"

秦明道："'翰林'送纸墨合适，'侍郎'代表一定的权力，应该送扇子、扇坠之类。合适的人，是像螃蟹一样横行霸道有权力的贾环吗？"

山岚道："宝玉代表朱明身份没问题，他的奶妈又姓李，该是李员外给的香珠和玉绦环。唯独'员外郎'是个虚职，则朱明政权已经形同虚设了。"又向怀中取出一个檀香小护身佛来道："这是庆国公单给的护身佛，可能宝玉已是个出家佛爷了。"

芸轩道："好！各自身份先这样确定下，后面就该看三人应贾政的要求各自做《姽婳词》的目的。读出自己的词，咱们再配合着表演一番，看能不能体会些味道出来。"说着，把准备好的诗词给了每个人。

秋真笑道："晴雯死了，政老爹倒是难得这么高兴，还一直夸宝玉诗词作的好，真是一反常态，还领着幕友们填词作赋起来。"

芸轩道："探春的海棠社没了，黛玉的桃花社也亡了，填词联诗的才女们已不复存在了。正如湘云说的，只好由他们父子叔侄的纵横起来，自然贾政亲自出马开诗社了。

"我给这个起个名，这一社就叫做芙蓉社，开社首篇大作就是《姽婳词》，这可是大有学问，曹公插一段林四娘的故事，可谓煞费苦心哪，还是开始吧。"

白禾遂念道：

> 姽婳将军林四娘，玉为肌骨铁为肠，
>
> 捐躯自报恒王后，此日青州土亦香。

念完了，看着大家道："读完诗，就是这句'玉为肌骨铁为肠'有点别扭，玉做肌肤之人，怎么会铁石心肠？"

芸轩道："感觉对，还有别的吗？"

白禾摇摇头，文亮道："好像不对。捐躯自报恒王后，此日青州土亦香。如果是我写，我会说：捐躯自报恒王日，致使青州土亦香。正因林四娘之死，才让青州大地保留香气，可曹公用了'此日'，意思是说，林四娘死后，别的日子青州的土是不香的，只有'此日'才香吗？"

秋真道："捐躯自报恒王'日'，土才香的吗？"

芸轩道："文亮感觉的对，自报恒王日，此日土亦香。还说得过去。但若是自报恒王'后'，应该是一大段日子，单用'此日'则是独选了一日，就矛盾了，这个'此日'很特殊，贾政的幕友们，对此还来了一段评论。"

遂学着男子口气道："小哥儿十三岁的人就如此，可知家学渊源，真不诬矣。你们听听，他说出了贾兰的年龄，这是第一次告诉贾兰的年龄。所以，这个年龄和刚才贾兰诗词里的'此日'，便是解密他《姽婳词》的钥匙。"

秋真道："有道理，你的意思，林四娘之死，原先对青州并没多少意义，但今日不同，突然有意义了，'此日'青州的土也香了。我们需要找到此日的时间坐标，找找此日是历史上的哪一天，值得贾政和皇家来作词纪念。"

文亮道："《姽婳词》是为一件前朝盛事做纪念的，说不定是特指某个人的事迹。贾兰这首肯定是从自己的角度来说的，时间坐标需要从他的年龄里找。"

白禾道："我若是贾兰，代表台湾的明郑，十三岁也许是明郑政权已延续十三年了。让我算算，台湾是从六一年独立，延续十三年的话，今年的坐标是七四年。"

文亮一拍巴掌道："正是吴三桂举兵造反的元年。我可明白了，贾兰是说，吴三桂复明的那一日，青州的土才香起来。我说贾政怎么公然以朝廷的名义，大肆赞美镇压农民军起义之事，原来关窍在这里，《姽婳词》是为了纪念三藩起义的。"

山岚道："我却糊涂了，关系有点乱，郑经还赞扬起吴三桂消灭农民军来了？"

文亮道："那真是一段说不清的混乱时期，贾政所谓黄巾赤眉骚扰山左，无非是指农民军暴乱，流寇走山东又有实指，影射的就是李自成的农民起义之事。郑经倒不是赞美他，是暗示人们，说林四娘见死不救，铁石心肠呢。"

山岚刚想反驳，芸轩道："打住，后面再说，看贾环如何看待这件事，秦明快说贾环的词。"

秦明念道：

> 红粉不知愁，将军意未休。
>
> 掩啼离绣幕，抱恨出青州。
>
> 自谓酬王德，讵能复寇仇。
>
> 谁题忠义墓，千古独风流。

芸轩问："怎么样，啥感觉？"

秦明道："他对林四娘的事迹似乎很不屑。他以为林四娘生前是个不知愁滋味的红粉尤物罢了，并非忧国忧民者。但自从恒王以未完的事业败给敌人后，才使她满怀怨恨，来打这场仗。

"自谓酬王德。林四娘自认为，此举报答了恒王的知遇之恩。讵能复寇仇，是说并不能消灭流寇，为恒王报仇，所以，没有谁会感念她的忠义行为，只能让人觉得她仅仅是个报王爷恩的风流人物而已。"

秋真道："'自'谓酬王德，贾环用了第一人称，他怎么会以林四娘的语气说事，让我不可理解。"

芸轩道："到底怎么理解，幕友们会告诉咱们。其中一个说：这就罢了，三爷才大不多两岁，在未冠之时如此，用了工夫，再过几年，怕不是大阮小阮了。

"照他说的算年龄，贾兰十三岁，贾环差不多十四五岁，算算吴周政权，七四年时，是不是形成十四五年了？"

秦明道："吴三桂在云南开府建衙是五九年，正是十五年了，也差不多是傻大姐的年龄。真会绕人，贾兰从明郑成形起算，贾环从吴三桂设衙建府算起，都能算到'此日'，正是三藩起义之日，也分别和各自的年龄相符，再比作大阮小阮也对，大阮就是阮籍，你又不是不知道他。"

文亮道："阮籍所处的竹林七贤时期，正是魏晋交接的乱世。司马氏杀戮异己，被株连者很多，阮籍在政治上本倾向于曹魏皇室，对司马氏心怀不满，但又觉得世事已不可为，便采取了明哲保身的态度，才在改朝换代的大潮中保住了性命，却还是因一篇《劝进表》毁了自己的清誉。"

白禾问："什么是《劝进表》？"

文亮道："就是假模假样劝那个谋权篡位的人登基而写的表章，阮籍才被骂为新潮走狗。他糊里糊涂干的这事挺像吴三桂的，都处在新旧更迭时代，和阮籍的行为一样，说贾环是大阮，还真和吴三桂匹配呢。"

芸轩道："贾环站在林四娘的立场上，就是吴三桂对自己镇压农民军之事感到不公，有所抱怨。你们想想，李自成可是他吴三桂消灭的，但人们并不认为他这是忠义行为，因为打败李自成时，他已经是清廷的人。但今天不同了，贾政公然以朝廷名义褒奖他，为什么？"

山岚道："对呀，转换时空了吗？"

芸轩道："答案就在宝玉的词里，看你的了。"

当山岚读到：

> 天子惊慌恨失守，此时文武皆垂首。
>
> 何事文武立朝纲，不及闺中林四娘？

芸轩喊停，说道："林四娘的事，突然就插上天子的情形，和满朝文武的情形，怎么一个林四娘就和立朝纲擦上边了呢，有这么严重吗？"

文亮道："对，贾政的幕友又提供了惊人的信息，就是当说到'娇难举'一句时，有这样一句话：当日敢是宝公也在座，见其娇且闻其香否？不然，何体贴至此。

"宝公，当着贾政的面称宝玉为宝公，也少见。且意思就是说宝公就是恒王，要不怎么写的这样真实，简直就似自己的亲身经历。宝玉之词，就是为死去的恒王爷自述感受罢了。延伸开来，联系当时的历史背景，恒王爷的遭遇难道不像崇祯吗？

"李自成大军袭来，天子惊慌恨失守，不论是青州失守，还是北京失守，满朝文武确实都弃他而去，此时文武皆垂首。宝玉问的对，文武何以立朝纲？那时的吴三桂，是有机会救下崇祯的，但他并没有。难怪郑经说他见死不救，是'玉'为肌肤，但却铁石心肠，即便后来他灭了李自成，人们也不会感念他，崇祯也不会认为他是忠义之人，因他是为金人效劳。"

秦明道："一件事三种含义，看站在谁的角度说了，真是'蓉桂'竞芳，丁香结子芙蓉绦，不系明珠系宝刀。这个不系明珠却系着芙蓉绦的人，还真是吴三桂无疑。

"只是后来作为清朝大臣，消灭李自成是为金人打天下，青州人自不会感念他。可'此日'不同，他反清复明了，当他成为明朝人的这一天，当年消灭李自成的行为，同林四娘的事迹一样，就是'誓死生前报恒王'的木石前盟了，变得意义非凡了，就成了为君父报仇之义举了。难为曹公怎么想出'此日'俩字。"

山岚叹息道："宝玉若是崇祯的化身，怪不得念完这首词，走出贾政那里，他满心凄楚。历史真是开了个天大的玩笑，让他来挽唱自己曾经的仇人，亏得宝玉好心胸！此时猛然见到水芙蓉，才立意要写一篇诔文。竟不知，他想表达一种多么复杂心境。"

这时，外面的雨越下越大，更怪异的是，秋日里怎会雷声滚滚，房间里一时变得漆黑起来。白禾胆小，窝在沙发里不敢动，秋真命人把灯开开，又笑骂她胆小鬼。

笑道："《姽婳词》算有了结论，'此日'值得好好颂扬，可后面有个更难啃的骨头，就是《芙蓉诔》怎么办？"

芸轩道："我费好大功夫，才把《芙蓉诔》一字一句、原汁原味地翻译出来。你们听听，也许就明白宝玉那时的心境。"说着，去书房取来一篇小楷写就的诗笺，大家急忙围过来。文亮抢过来道："我来读，你给诠释着点就好。"只听文亮念起来，芸轩不时解释着：

【文亮】维不太平之元年，

【芸轩】七四年起义建元。

【文亮】正是芙蓉与桂花竞相争香之月。

【芸轩】一枝芙蓉与一枝桂花，此文诔的是两个人。

【文亮】无可奈何之日。

【芸轩】香销玉殒日，该是八月十八日。

【文亮】怡红院浊玉，谨以百花蕊为香，冰鲛縠为帛，沁芳水为酒，枫露茶为茗。四者虽微，聊以达我诚挚心意，乃以四物致祭于白帝宫中抚司秋花之神，芙蓉女儿之前。

奠曰：窃思女儿自降临污浊人世，迄今已有十六年了。其先辈籍贯和姓氏，早已湮没无从查考。而宝玉能够与你衾枕梳洗间，栖息宴游时，亲昵嬉戏，共处五年八月余。

【芸轩】晴雯十六岁，不知是谁的生命，在这一年戛然而止？我只知道，吴三桂复明的全部日子是五年八个月有余，宝玉珍重记下来的，正是'此日'起义后的这段日子里他和晴雯的点点滴滴，可见宝玉对这段日子的珍惜。

【文亮】回忆女儿活着的时候，其品质，金玉难以喻其高贵；其心性，冰雪难以喻其纯洁；其神智，星日难以喻其光华；其容貌，花月难以喻其娇美。

姊妹们都爱慕其文静，婆妈们都敬仰其惠德。

【芸轩】所谓金玉体质，兰桂气质。

【文亮】谁料，鸠鸮仇恨其高翔，鹰鸷因不合群反遭网获；苍耳和蒺藜等恶草忌其芬芳，香兰竟被剪除！花儿本就怯弱，怎忍风之狂飚；柳枝本就多愁，怎禁风雨骤飘。

【芸轩】真是大阮小阮了，竟隐写了两个人的遭际，柳枝多愁，风雨骤飘，竟有郑克臧遇难的影子；兰桂吐香，预示他吴三桂渐成气候，才惹得清金起了剪除羽翼之念。

【文亮】一旦遭受恶毒诽谤，随即得了不治之症。故你樱桃般的嘴唇，褪去鲜红，发出呻吟；甜杏似的脸庞，丧失芳香，现出病容；流言蜚语出自帏屏；荆棘毒草蔓延门窗。哪里是自招过失而受害，实在是蒙受垢辱而致死。

【芸轩】正因获诨奸，致抄检大观园，才造成西子捧心而死；而另一位却誉朝谇而夕替，初始的忠心被怀疑，最终遭遇清廷斥废，一场撤藩的暴风雨马上来临。

【文亮】你既怀着不尽之忧忿，又含着无穷冤屈！高尚品格遭人妒忌，来自闺帏之冤屈，恰似被贬到长沙的贾谊；刚烈的气节遭到暗害，巾帼的惨烈超过窃息壤救洪灾，恰似被杀在羽野的鲧。

【芸轩】贾谊对国家之最大贡献，恰恰是削藩制度之割地定制，而鲧又是接近成功而亡的悲剧典型。削藩和反清功亏一篑，都是吴三桂和明郑政权最独特的元素。

【文亮】独自怀着辛酸，谁怜你夭亡！仙云般消散，何处寻香踪。聚窟洲的去路已经迷失，哪来不死的神香？渡海的灵筏消失，得不到回生之药。

【芸轩】晴雯实乃仙霞灿烂，宝玉期盼她能死而复活。

【文亮】你的眉毛青黛如烟，昨日还是我亲手描画；指环玉冷，如今有谁把她焐暖？鼎炉里的药渣依然在，衣襟上的泪痕尚未干。

【芸轩】张敞画眉，与药渣为伍与泪巾常伴者，莫不是黛玉；而那年雪天，贴字捂手取暖之人，却是晴雯。

【文亮】镜已破碎，鸾鸟离别，我满怀愁绪，不忍打开麝月之镜匣；梳化龙飞，哀伤中檀云齿断。你把镶嵌着金花的钗环委弃给草莽，拾取了落在尘土里的翡翠玉饰。

【芸轩】正如夫妻间的别离，虽然悲伤，但宝玉最感念的，是你丢弃了金簪，重新拾起翡翠玉饰，回到朱明。

【文亮】鹈鹕楼空，徒悬七夕乞巧之针；鸳鸯带断，谁能续接五色之缕？况是五行属金的秋天，西方白帝司时，孤单的被衾中虽有梦，但空寂的房间里已无人。

【芸轩】七夕无缘，鸳鸯断带，正是金人兴旺时，你却独自地离开他们。你回来了，可我的房间里无人接应你。

【文亮】梧桐阶前，月色昏暗，你的芳魂和倩影一同消失；芙蓉帐内，香气残留，你的娇喘和细语也都灭绝。连天衰草，又何止芦苇苍茫；遍地悲声，无非是蟋蟀悲鸣。夜露洒满苔石，捣衣的寒砧之声，不再穿帘而进；秋雨打在荔枝墙垣上，难以听到隔壁院子里哀怨的笛声。

【芸轩】桂花笛吹出的，是战后一片惨烈与凄凉。

【文亮】你的芳名未被遗忘，檐前的鹦鹉还在呼唤；你的生命行将结束，槛外的海棠预先枯萎。

【芸轩】一切将以你的生命结束为终。

【文亮】你曾躲在屏风后捉迷藏，却再也听不到你莲花瓣样的脚步声；你也到庭前斗草，那兰香之芽，等待你去采摘。抛下刺绣的残绒，还有谁来裁纸样续彩缕？洁白的绢丝已断，再也无人去御沉香、熨金斗。

【芸轩】裁剪、熨锦、做嫁衣，还有以生命为代价，为宝玉补雀裘，分明是晴雯与黛玉织补大明衣钵的艰辛。

【文亮】昨日，我奉严父之命乘车远去，离开芳园；今天，我不顾慈母发怒，拄杖哭泣，告别你的孤柩。当知你的灵柩被乱火焚烧，我违背了与你死同墓穴的誓盟；石椁成灾，我深愧曾对你说过，要一同化灰的讥诮。

【芸轩】木石之盟难现，是宝玉食言了吗？

【文亮】你是西风古寺里徘徊不去鬼魂；落日下的荒坟上，白骨零落。听那楸树榆木飒飒作响，蓬草艾叶萧萧低吟。隔着雾蒙蒙的墓窟，听见猿猴啼嚎，绕着烟蒙蒙的田埂，听见冤鬼哭泣。

【芸轩】猿猴绕着荒冢啼嚎，一切被凄凉埋葬。

【文亮】自以为红绡帐里，公子情深；才相信黄土垄中，女儿薄命！汝南王失去了碧玉，泪血斑斑洒向西风；石季伦保不住绿珠，衷情惟有对冷月倾诉。

【芸轩】木石盟终归以失败告终。

【文亮】呜呼！固然是鬼魅阴谋，制造的灾祸，岂是神灵也妒忌我们的情谊。钳住长舌奴才的烂嘴，我的诛伐岂肯从宽；剖开凶狠妇人的黑心，我的愤恨也难以消除！

与君在世上的缘分虽浅，而宝玉对你的情意岂能终了。因我怀着拳拳思念，禁不住问个不停。

现在知道了，是上帝传下了旨意，你是花宫待诏，生与兰蕙结为伴侣；死后你是芙蓉主人。听小丫头的话似乎荒唐无稽；以我浊玉想来，则颇有依据。

为什么？从前叶法善就曾把李邕的魂魄从梦中摄走，叫他撰写碑文；诗人李贺，也被上帝派人召去，请他给白玉楼作记。事有不同，理则无异。相应的事宜，要匹配能够胜任的人，假如人与事不匹配，难道不是让恶事漫延吗？

【芸轩】宝玉希望事情有所翻转。

【文亮】我开始相信，上帝委托一个人，是要权衡恰当妥善之极，定不辜负其所乘的禀赋。希望其有不灭的灵魂或者能降临到这里；我特地不揣，将鄙俗之词来污了你的视听，乃以歌来召唤你的灵魂。

【芸轩】以下便《招魂》部分，他希望黛玉灵魂归来。

文亮念道：

天空为什么如此苍苍啊，是你驾着玉龙在天庭遨游吗？

大地为什么如此茫茫啊，是你乘着象牙车降临泉壤吗？

看那宝伞多么绚烂啊，是你骑的箕星和尾星之光芒吗？

排列着装饰羽毛的华盖在前开路啊，是危星和虚星卫护你两旁？驱电师作为侍从啊，是希望月神送你离去吗？听车轴咿呀作响啊，是你驾驭着鸾凤出征？问浓郁的香气这样强烈，是把杜蘅结成佩带吗？衣裙何等光彩夺目啊，是把明月镂成耳坠打珰？

借繁茂花草作为祭坛啊，是点燃莲花灯，烧着兰脂吗？铭文的葫芦化作斛斝，成为祭祀的酒器啊，是要酌绿酒饮桂花酿吗？望天上云气凝盼啊，仿佛有所窥察？深俯身向地下侧耳啊，恍惚倾听到什么？你的期望无边无际而不止啊，怎忍心把我抛弃在这尘世，请风神为我赶车啊！能希望我们一起携手乘车归去。

【芸轩】望天探地，他在窥察什么？觊觎皇位，他开始有了无休止的欲望，他终究弃了宝玉。

【文亮】我的心为此感慨万分啊，却为何徒自哀叹悲号？你静静地长眠不醒了啊，难道说天道变幻就是这样？既然你墓穴如此安稳啊，你死后又为何要化仙？我身受桎梏啊，而成为这世上的累赘，你的神灵我能呼唤来吗？

【芸轩】你独自飞仙而去，我却还是一块受世间桎梏的浊玉，盼你来生还与我共度。

【文亮】来呀，停下了吧，到我这儿来吧！

至于你居住混沌之中，处寂静之境，即使降临到这里我也看不到你的踪影。我拔取烟萝作为你的步幛，排列菖蒲象仪仗队伍一样，还要警告柳眼不要贪睡，为你消释那莲心的苦味。

素女神约你，在长满桂树的山间，宓妃迎你，在开遍兰花的渚边。弄玉为你吹笙，寒簧为你击敔。召来嵩岳灵妃，启动骊山老母。

灵龟像大禹治水那样，背着天书从洛水跃出，百兽像听到尧舜的咸池曲那样，群起舞蹈。潜伏在赤水中的龙在吟唱，聚集在珠林里的凤在翱翔。

恭敬虔诚，不必因祭器和祭品来感动。你从碧霞城乘车出发，回到昆仑山的玄圃仙境。既在显著而隐微中彼此相通，忽又被烟云笼罩无法相逢。

离合间，好比浮云轻烟，聚散不定。神灵空蒙呵，却似薄雾细雨，难以看清。尘埃阴霾已消散呵，明星高悬，溪光山色多么美丽呵，月到中天。

为何忧心忡忡，仿佛梦中景象，在眼前展现。于是我欷歔叹息，怅然四望，流泪哭泣，流连彷徨。人声寂历，竹林静如天籁。受惊的鸟儿各自投林，水下鱼儿喋喋争食。我以极大的悲哀开始祈祷，用虔诚仪式期盼吉祥。

呜呼哀哉！尚飨！

大家听文亮念完，秦明又要过来读了一遍。

白禾道："宝玉念完，黛玉还说没听明白呢，何况我，轩姐姐解释的也不太懂，说的啥嘛？"

芸轩笑道："你只要搞明白这几个事就行了。第一，诔的是两个人，晴雯是桂，黛玉便是芙蓉。"

秋真笑道："我想是这样的，宝玉是看到池塘边的水芙蓉时才想写这篇诔文，晴雯也是水芙蓉，出污泥而不染，明郑政权一向纯洁，并无觊觎之心；黛玉的木芙蓉乃拒霜花，木石盟之木，只能属于黛玉，这个说法对不对？"

芸轩笑道："但不是《芙蓉诔》的主题。"

秋真道："主题是《招魂》，黛玉每每都是'还魂'复活，妙玉也说了，须得翻转过来方妙，但这次够呛，虽说是招魂，我觉得晴雯之死是真死。"

芸轩道："第二，《芙蓉诔》的主题思想是什么？我认为是记载三藩起义和渡海西征的，包括吴三桂登基和西征失败后郑克塽的遭遇。诔文里，从他举兵反叛始，到七八年八月自立为皇终，这段五年八个月的艰难岁月，生生死死的都结束了，还能招回魂来吗？但是晴雯的年龄截止到十六岁，不知是谁的寿命。"

文亮道："是不是郑克塽？可六四年到八一年，他应该是十七岁，年龄有点出入，但晴雯的捧心之死，确实是他，而宝玉所诔之人，明显是个混合体。宝玉去拜别晴雯的灵柩时扑了个空，回到黛玉处也扑了个空，接着到宝钗处也一样，也搬家了，他谁也没见着，又回到黛玉处，还是没人。丫鬟又确定说黛玉去了宝钗那里，说明黛玉跟着宝钗去薛家了吧。用曹公的蒙太奇法，三处扑了空，说明死了的晴雯和黛玉、宝钗都有关系。"

秋真笑道："这不正好是吴三桂吗？他就是金玉合体，当然没的说。诔文的主题不用争了，是纪念两件事的，大阮小阮，还不如说是贾母珍爱的那两架玻璃屏风都碎了呢。如果能翻转，就看能不能招回黛玉了？"

秦明道："宝玉和黛玉讨论过茜纱窗，可以探个究竟的。黛玉说：'红绡帐里'未免熟滥些。放着现成真事，为什么不用？咱们如今都系霞影纱糊的窗槅，何不说：茜纱窗下，公子多情呢？可不现成的真事么，茜纱窗黛玉独有，宝玉常常站在窗外欣赏她，听她说'静日里情思睡昏昏'这样的情话，也是贾母特别给她换的。

"黛玉和宝玉本无红绡帐缘，只有捅不破的一层茜纱窗缘，她这里换做茜纱窗的用意，是试探宝玉和她的茜纱窗缘是否还在。别忘了，贾母给的时候恰好宝玉不在，茜纱窗根本也和宝玉无缘。虽然黛玉说：我的窗即为你之窗，何必分析得如此生疏，改了几遍，把我换做你，我的丫头换做你的丫头，还是不如意，宝玉最终还是确定下来，说：茜纱窗下我本无缘；黄土垄中卿何薄命。

"论来论去，宝玉从红绡帐里'公子多情'说到茜纱窗后，却突然改成'我本无缘'了，真是一箭双雕。'你我'之间的转换，让黛玉明白了一切，他们之间的缘分，从贾母给茜纱窗开始就已尽了，到此时一切就该结束了，这才让她怔然变色，心中有无限的狐疑乱拟。

"所以我觉得，整篇诔文的中心思想，是表达宝玉最后一次放弃了与黛玉的盟约，黛玉的结局有了，正应了《西厢记》之双文事，她是被宝玉抛弃了。"

芸轩道："不是宝玉丢弃了盟约，是整个社会丢弃了汉文明，也是清廷的悲哀。你把黛玉和吴三桂联系起来，我心里很不痛快。可这段日子，我反复推演过，总是逃不开这个结论。黛玉不去宝钗家，薛蟠怎么娶媳妇？"听这么一说，山岚瞪大眼睛，将头摇得拨浪鼓似的，根本不同意。

芰荷消玉影　金桂飘天香

文亮道："你不用难受黛玉，宝玉在写诔文前说了一大堆古体骚赋名篇，什么《大言》《招魂》《离骚》《九辩》《枯树》《问难》《秋水》《大人先生传》。我可知道这些文章的分量，用在黛玉身上很合适的。"

芸轩笑道："和黛玉怎么个合适法，你倒是说说看。"

文亮道："先看《大言赋》，宋玉说：并吞四夷，饮枯河海，跋越九州，无所容止。这等超级大话和宏伟梦想，不是常人敢想的，只有帝王才敢做；《招魂》又是召唤楚怀王的灵魂回到楚国来，是召唤一个帝王的灵魂。

"《离骚》就不用说了，是表达香草美人失意志向的，自然说的君臣之事。把黛玉比作屈子，是多高的评价；《九辩》是表达贫士失职而志不平的感慨，什么：处浊世而显荣，非余心之所乐。与其无义而有名，宁处穷而守高。

"《枯树赋》是庾信在亡国后，羁留北方时的感伤之作。亡国之痛、乡关之思，人生多难的情怀尽在其中；《秋水》则是博大的历史观。秋水见海，如沧海一滴存于天地之间，就好像一小块石子，一小块木屑存于大山之中，每一段历史，都会淹没在时间的长河里。

"五帝所传承的，三皇所争夺的，仁人所忧患的，贤才所操劳的，全在于这毫末般的天下！你方唱罢我登场的意义何在？谁又能参得透。

"阮籍的《大人先生传》就更有意思了，充斥着曹公崇尚的老庄思想。做一个生于远古、长生不老、四海为家、天地等寿、独求大道的精神之人，正是曹公在这个乱世中的唯一追求。宝玉用这些观点和手法来写诔文，你们能看不出他的用意？"

山岚还是摇着头道："你的意思，为有些人鸣不平？"

芸轩道："我之所以感动，是小丫头的那句话。说晴雯临死前，直着脖子叫了一夜的'娘'。这个无父无母的刚烈女子，并没有得到多少母爱，却在临死前，声嘶力竭地喊娘，却不是喊的宝玉。

"娘！娘就是她的母国，应该代表国家。她至死也不惦记宝玉，才是让人最感动的。放在吴三桂身上，他虽平生有种种恶行，那是人生的无奈和历史碰撞时的裂痕，并非他一个人的过错。他在晚年，能回到娘的怀抱，能和金人奋力一搏，即便是窃号登帝，也是无奈之举，在曹公看来，无论如何，都值得为他讴歌。我翻译的诔文里，有几句是别有滋味在里面的。"

芸轩边走动，边指着笺子上的诔文，解释起来，只听她说道："也别嫌我啰嗦，就从宝玉赞美晴雯开始。其品质，金玉难以喻高贵；其心性，冰雪难以喻纯洁；其神智，星日难以喻光华；其容貌，花月难以喻娇美。

"金玉气质，冰雪容貌。八个字再次将晴雯化身为'金玉'结合体，且有宝钗冰雪一样冷美人的特质。既作为星星也作为月亮，还有太阳般的光华。至此，晴雯的定位也更明确了。

"至于晴雯的死亡原因，宝玉说，不是招来的外部祸患，而是来自内部的自相绞杀。实在说来，三藩之乱失败的最大原因，确实是因与郑经部的自相残杀造成的。

"后来，宝玉说到他和晴雯的关系时说：镜已破碎，鸾鸟离别，梳化龙飞，折齿檀云，鸳鸯带断，麝月难开。这显然是夫妻关系，可他和晴雯之间根本没有这种缘分的，这种夫妻关系说的若不是晴雯，那是谁？"

山岚道："和黛玉吗？"

芸轩道："不对，是和宝钗。因这些丫鬟中，除了檀云、麝月，还有一个鸳鸯。镜分鸾别，也是鸳鸯断带的另一种说法。这说明，晴雯死亡之日，正是宝玉和宝钗决裂之时。紧接着，宝玉又说了：你把镶嵌着金花的钗环，委弃给草莽，拾取了落在尘土里的翡翠玉发饰。怎么样？刚才我也说了，晴雯终于丢弃了'金'花，拾起了落满灰尘的'玉'花，重新装饰了自己，回到汉明的怀抱。

"现在，倒是宝玉提出了自己的担心。

"说，如今正是五行属金的秋天，西方白帝司时，正是北方金人最强盛的状态。你虽然发出七夕之约，要与我相会，但孤衾虽有梦，空寂的房子里却已无人。这种担心不无道理，为响应你的召唤，华夏一族是要梦回大明，但事实是，有这样情怀之人已消亡殆尽了，恐怕你的倡议是徒劳的。

"然后，宝玉就看到了这样一番景象：桐阶月暗，芳魂与倩影一同消失；芙蓉帐内，香气残留，你的娇喘与细语，也都灭绝了，因只有宝玉梦中见证了晴雯之死。

"晴雯死后的景象，只有连天衰草，芦苇苍茫；遍地悲惨，蟋蟀悲鸣。遍地芦苇，是清廷统治下的白色恐怖，白如雪，冷如霜。跟着吴三桂一起消亡的，是汉人最后那点文明。中华大地上，只落得白茫茫大地真干净。

"夜露洒满苔石，捣衣的寒砧之声，不再穿帘而进；秋雨打在荔枝墙垣上，难以听到隔壁院子里那有哀怨的桂花笛声。战争结束了，一切归于死寂。这就是诔文的第一部分。其实，也是晴雯的《问难》部分。后面才是宝玉回忆他和晴雯一起生活的一点一滴。"

文亮道："这提示得好，我也有了想法，这一部分让我来说。"遂整理一下衣襟道："檐前鹦鹉，槛外海棠。屏风藏迷，庭前斗草。抛残绣线，剪裁熨斗，所有的回忆里，大部分是黛玉和晴雯的生活元素，而斗草却是宝玉和香菱的趣事，为什么掺杂黛玉和香菱的生活呢？

"这让我想起香菱的那句判词：根并荷花一茎香。水芙蓉、荷花、香菱角儿，她们同根同源，她们才是宝玉最怀念的人。莲瓣是什么？是莲花小脚。清初时，女人没有小脚，这是很大区别的。虽说宝钗和宝玉是夫妻关系，但宝玉回忆的这段日子，不是宝钗的，而是黛玉、香菱、晴雯的。

"回忆完了，宝玉开始自责。

"昨天，奉严父之命，乘车远出，离开芳园；今日不顾慈母会发怒，想方设法来和你的孤柩告别。谁会料到，你的灵柩被乱火焚烧。是我背叛了你，不得已背叛了你，我们的木石盟也终于烟消云散了。可怜你，成了西风古寺里徘徊不去的阴魂，你的下场太悲惨，落日下的荒坟上，白骨零星。

"我不知道，怎么算是'白骨零星'，为何晴雯的棺椁还要被焚烧？王夫人此举为哪般？这也是宝玉耿耿于怀的地方。不光如此，还将她的骨灰到处散落。

"后来我明白了，这是专指吴三桂。相传，他死后，尸身的处理办法很特别，吴三桂确实是被火化的，举兵失败后，尸骨被康熙找到，焚烧后分发各省，以儆效尤。

"又说：楸榆飒飒，蓬艾萧萧。猿猴啼嚎，冤鬼哭泣。猿猴是金人的象征，这场惨败的战争结局，被看做猿猴啼嚎，冤鬼哭泣，一点不假。宝玉再一次自责：我之罪，就如同汝南王保不住碧玉，石季伦保不住绿珠。

"我只好默对无情冷月，我恨哪，除了恨泼奴悍妇，就是恨我自己，为何缘分这么短。至此，整个回忆和《问难》部分，也就结束。下面是第三部分，你们谁来？"

秋真道："我来一段，虽不如你说的文绉，但意思有就行。宝玉现在知道了，生与兰蕙结为伴侣，死后你是芙蓉花的主人。对呀，怎么不是桂花的主人呢？"

文亮道："不知道诔文说'蓉桂'竞芳吗，蓉是蓉，桂是桂，两种气质，吴三桂独有。反清复明之日，乃芙蓉芳香之时；自立为帝时，便是自己的桂花独自飘香了。"

秋真道："白问一句，你就显摆了，谁不知道这个。晴雯不是死了，是被上帝召去做芙蓉花神了，芙蓉芳香日就结束了，只剩下桂花飘香时了。

"小丫头的话，好像是开玩笑，其实不然。就像李邕、李贺，是因有能力，才被摄走了魂魄，上帝正是相信你的能力，才摄走你的灵魂，因为你有能力，才希望你的灵魂再次降临到这浊世，这一部分就是《招魂》。

"你们看，宝玉多愿意晴雯再生，再来到这个浊世，再造金人的反哪。我也觉得，如果吴三桂不死，真够康熙喝一壶的。开始的势头完全倒向吴三桂一方，各地反清义士群起响应，这一仗若好好打，鹿死谁手，真还不一定呢。

"咱再看宝玉的《招魂》辞。"遂道：

> 天苍苍，地茫茫。伞灿烂，星发光。
>
> 车开路，尾虚护。电师从，月神送。
>
> 凤出征，佩兰成。明月坠，莲花灯。

文亮道："你打住吧，比我们还文绉呢，你这三字三字地蹦，我们就听不懂了。"

秋真道："哎呀！你还有听不懂的地方，这意思多明白呀。说晴雯的魂儿，被前呼后拥地上战场打仗呗，浑身佩戴的光彩夺目，又是兰蕙又是莲花的。啊，吴三桂打着美丽的旗号，用'葫芦'器皿做祭祀器，喝着桂花酒，抬着头，望着天，这架势，好像要觊觎什么呢？"

文亮抬头看看天笑道："抬头望天空就是觊觎什么了？"

秋真道："你真傻，天上自然有日月呀，觊觎日月呗；俯下身子倾听什么，听到了人间地狱声。忘了？那'葫芦'器皿，妙玉也曾用过的，宝玉却用在晴雯身上，有意思得很。于是宝玉就说了，你的期望无边无际的，就是奢望太多了，私心太重了，反清复明也罢了，又梦想着自己当帝王了吧。所以，你就抛弃了我。"

文亮笑得不行，问道："这是孙绍祖占了迎春，又弃了迎春，再后来呢？"

秋真道："风神哪，为我赶车吧，快呀！快呀！努力地追赶你呀。你不要愈行愈远，快牵着我的手，咱们一起回家吧。"山岚等见她说的可笑，示意她停下。

秋真继续道："我的心为何这样悲哀？因你长眠不醒了呀。老天哪，为何这样对待我。你在墓穴里睡得很安稳哪，你的灵魂为什么不回来呢？别是招不来你的魂灵了吧。

"我是这个世界上被桎梏了的最无用的累赘，多少人为得到我走上不归路，你别犯傻了，得到我这无用的东西干啥，你就停止那种追求吧，回到我这里来吧！"

芸轩笑道:"你快停下吧,把《招魂》这么严肃的事情说得这么滑稽。最后部分还是让我说。这部分,宝玉就是借用《大人先生传》的意境了。

"可惜,你即使回来了,再次降临这个寂静的人世,我也看不到你的踪影。我只能用茂密的烟萝为你做步幛,把菖蒲排列起来做仪仗队。还要警告柳眼不要贪睡,为你消释那莲心的苦味。

"何为柳眼贪睡?又如何莲心味苦?让我想到了喜欢眠花卧柳的那个柳湘莲,是他和薛蟠不清不楚的调情与纠缠,给这场战役造成无可挽回的困惑和失败。

"如果再给一次机会,宝玉作为柳湘莲的好友,他要给予柳湘莲很好的警告,莫再犯那样的低级错误,不要'柳'眼贪眠,'莲'心释苦地只考虑自己那点伤心事,耽误了大局。所以你就放心回来吧。"

文亮道:"素女约你,在岩间的桂树下;宓妃迎你,在开遍兰花的渚边,好浪漫的两对儿。桂树下的素女,明明指吴三桂的陈圆圆。传说,她老来隐居夜郎国,得遇素女,才永驻美颜。而水月庵的宓妃,却让跳井的金钏迷途知返,让宓妃迎接她,也是对的。

"弄玉吹笙,寒簧击敔,是祝你和素女琴瑟和美;嵩岳灵妃与骊山老母也因你们的美满结合再启征航。大禹治水时,有神龟负图而出;尧舜清明时,百兽在咸池起舞。你就是潜伏在赤水中的龙,在吟唱;像聚集在珠林里的凤,等待飞翔。

"宝玉多么希望:若你的灵魂再回来,再次重新来过,你要睁大双眼,卧薪尝胆。做一个潜伏的赤龙,像一只竹林里的凤凰,定会迎来一片太平盛世的景象。

"然而一切都是梦,你的面目忽又被烟云笼罩,我们无法相逢。你好比浮云轻烟,聚散不定。神灵空蒙地又似薄雾细雨,难以看清。

"尘埃阴霾已消散呵,明星高悬,溪光山色多美丽呵,月到中天。一轮冷月照耀天空,世道已变。正所谓,飞鸟儿各投林,大明末年的所有轰轰烈烈,就这样烟消云散。"

大家听了,都默不作声,外面正是狂风大作,一条闪电划过天际,紧接着是一声闷闷的响雷隆隆传来，白禾缩紧身子，向秋真身上靠了靠。

秋真拍打着白禾，强做笑声道："我说你也忒胆小了，又不是没见过暴风雨。"

白禾道："轩姐姐说得这么凄凉，加上这个鬼天气，谁不害怕？"

秋真道："说得对，这个鬼天气，明日晴不了天，可咋办呢？我还让他们带了一大包东西呢，不知能不能来？"

山岚听了，便喜道："你给那两个人捎信了，明天来吗？明天周六，老天开开眼吧，但愿能来。"

秦明道："不早说，我也有东西捎。"

秋真道："算了吧，人家这都不耐烦呢。哎，对了芸轩，陈圆圆的出生地是苏州的桃花坞呢，和你们这里的名字相似呢，你说巧不巧？"

芸轩笑道："谁知道呢，巧合吧。"

山岚道："你说宝玉把黛玉的魂招回来了没？"白禾急得挠了山岚一把，道："又提那个。"

芸轩道："招魂，招魂，肯定招回来了，丫鬟都明明白白地告诉了，等宝玉刚念完《芙蓉诔》，小丫头就喊：有鬼，晴雯显魂了。结果，从芙蓉花丛里，笑嘻嘻地走出了黛玉，这不就是黛玉的魂回来了吗？"边说边吓唬白禾。看着白禾害怕的样子，大家也笑了。

芸轩又说道："别笑了，有个地方我想问你们，既然一切都结束了，宝玉抛弃了盟约，舍弃了黛玉，可又把黛玉的魂招回来做什么？她还能做什么？一切结束了不是吗？"

山岚道："愿望，美好的愿望。想让黛玉灵魂不死呀。"

秦明道："宝玉说了，没有却死之香，这一脉，怕是不可能留存。"

秋真道："黛玉代表什么？汉人的灵魂，这次是真的去了，她和宝玉谈论完'茜纱窗'，只说了一句：我也家去歇息了，明儿再见罢。明儿能再见吗？她怎么还会还魂，除非还有存下来的意义。"

文亮道："哪还有什么意义，接下来，就是二百多年的清金史，哪还有汉人什么事。"

芸轩道："回来就有回来的理由，在金家或者说在薛家，不是还有个可怜的大明遗脉香菱吗？根并荷花一茎香的夫妻蕙还没演绎完呢，香菱须得有个了结的。若香魂未归，留在薛家的一点胭脂红何去何从？"

秋真道："明白了，黛玉还有个学生没带走呢。"

文亮道："这个有意思了，我还以为最后两回是曹公自己续的貂呢。黛玉的使命明明结束了，该葬的花都葬完了，后面什么桂花夏家，什么妒妇方，都和香菱有关。现在看，黛玉为贾雨村做的任务，还差香菱呢。"

芸轩道："起先，我也是这样认为，但脂砚有一句话说：先为对境悼颦儿作引。一下子提醒了我，既然黛玉已死，《芙蓉诔》为她做了最后的挽悼，可什么叫对境悼念？"

说着，拿起一支铅笔，在宣纸上迅速地勾画出一幅漫画轮廓，几个人凑上去看了半天。山岚最了解她的画风，不等画完，不禁笑道："一簇芙蓉花里面，模糊的人影是黛玉，宝玉站在花前念悼词。"大家看了看，是这么个意思。

芸轩画完，在旁边题了一句话，写的是：对境悼颦儿。

秋真道："是这么个对境悼颦儿呀，你的意思，宝玉对着芙蓉花念悼词，而芙蓉里面其实有个黛玉。《芙蓉诔》本身就是对境悼颦儿吗？"

芸轩搁下笔道："对了，脂砚批这句话的时候，是怎样的场景忘了吗？"

文亮道："知道，知道，我给你们形容一下。丫头说宝钗搬出大观园时，宝玉没多少反应，但听说迎春要出嫁，一下子要走掉五个人，便跌足长叹。自从迎春搬走，紫菱洲一带一下子就冷落下来，于是他天天到这里徘徊瞻顾，见其轩窗寂寞，屏帐翛然。这时脂砚就批了一句：先为对境悼颦儿作引。瞻顾迎春的住处，和悼亡颦儿有关吗？

"又说了：再看那岸上的蓼花苇叶，池内的翠荇香菱，也都觉摇摇落落，似有追忆故人之态，迥非素常逞妍斗色之可比。景致凄凉，翠荇'香菱'摇摇落落，似有追忆故人之态。出现'香菱'的名字，说香菱正在摇摇落落地悼念故人，脂砚又说，这该是对境悼颦儿的出处。"

芸轩道："对呀，紫菱洲便是红菱的居所，寥落的景致是什么？是香菱摇落飘零，我再给你们画一幅。"

说着，提笔又画，大家看时，这回白禾眼尖，没等画完就笑道："香菱捧着一盘菱角，宝玉也是对着她念挽歌吗？"

秦明笑道："刚才对境悼颦儿，这是对境悼香菱。"

文亮猛然想一事，拍着秦明的肩膀道："我说呢，一点没错，宝玉就是为香菱致了悼词的，就是那首宝玉即景吟成的歌。"遂想了一想又道："这首歌就叫《别香菱》。"听她念道：

> 池塘一夜秋风冷，吹散芰荷红玉影。
>
> 蓼花菱叶不胜愁，重露繁霜压纤梗。
>
> 不闻永昼敲棋声，燕泥点点污棋枰。
>
> 古人惜别怜朋友，况我今当手足情！

山岚道："这首歌，我仔细研究过，当时虽不是解得太透，但如今想来竟没有错，就是为香菱作的挽歌。

"香菱的名字就是被换成了秋菱，不是简单地换了一个字，香字没了，我以为是香消玉殒的兆头。芰荷红玉，芰是菱角，荷是芙蓉，说的就是香菱和黛玉。她眉间天生的红印记，是被黛玉留下的烙印，香菱就是那块黛玉身上独有的'红玉'，黛玉回来就是为了取走她。

"所以，第一联的秋风瑟瑟，吹散了芰荷'红玉'影，意味着黛玉和香菱要一起香消玉殒；第二句，蓼花菱叶不胜其愁，纤梗弯腰，原是被重露繁霜压迫所致。何来霜雪？乃薛家给予的；第三句，不闻永昼敲棋声，燕泥点点污棋枰。棋局结束，棋枰荒落，一切对决和战斗结束了，这一春的司棋之人没了，就只剩下一盘残局。

"尾联，古人惜别怜朋友，况我今当手足情！宝玉惜别的不仅有香菱这样的朋友，还有姊妹手足。这首挽歌，不仅为香菱，也为迎春，我解得对不对？"

文亮道："所以，宝玉刚吟罢《芙蓉诔》，黛玉就走出花丛，一模一样的场景，当他吟完《别香菱》挽歌，也忽听背后有人笑，宝玉回头看时，正好是香菱。这两处景致对着看，就是脂砚提醒的，为对境悼颦儿做引子，应该引到香菱这里，与对境悼香菱同看才好。"

芸轩道:"香菱原是我最关注之人,起初看《石头记》,我觉里面最可怜的人莫过于她了。她是开首第一个出现的女子,也是最后一个收尾的女子,中间并没有她多重的戏份,可为什么让她殿后,我一直觉得是个谜。

"直到今天我才明白,她原来是黛玉灵魂的一部分,这最后两节仅仅是黛玉灵魂的延续。香菱的死亡,才标志着黛玉的真正死亡,而她的死亡原因,却也出人意料。

"宝玉听说薛蟠要娶亲,就有感应,听她兴兴头头地说这件事,便怅然如有所失,呆呆地站了半天,思前想后,不觉滴下泪来,怪不怪?宝玉怕薛蟠娶了新妇会冷落了她,可她竟然认为,宝玉这样想是唐突她,从此倒要远避他才好。此后,连大观园也不轻易进来了,你们瞧瞧,她一心向往的圣地——大观园,竟自动放弃了。"

山岚兴奋道:"是揭开香菱面纱的时候了,可香菱死亡的原因是什么?真是因为薛蟠吗?我是说历史原因。"

芸轩道:"就是因这场她非常向往的婚姻,不是说:自从两地生孤木,致使香魂反故乡吗?刚才夏金桂不是已经给香菱改了名字,去香换秋了吗?"

山岚道:"也怨香菱自己大意,她还以为夏金桂是她的护身符呢,是来保护她成就一番事业的,她还盼望夏金桂是个诗人,像黛玉那样教她写诗,所以离了大观园那些人也不怕。可夏金桂是谁呀?香菱为什么对她的到来那么憧憬,而夏金桂却为何那样讨厌香菱?"

文亮道:"同样的典故,前面给宝钗,现又给金桂。"

秋真道:"哪个典故?"

文亮道:"宋太祖灭南唐之意,卧榻之侧,岂容他人酣睡。夏金桂刚进家门,就见薛蟠气质刚硬,举止骄奢,若不趁热灶一气炮制熟烂,将来必不能自竖旗帜,看见人家夏金桂的理想了?自竖旗帜!

"又见有香菱这等才貌俱全的爱妾在室,越发添了'宋太祖灭南唐'之意。卧榻之侧,岂容他人酣睡。什么意思,就是灭了薛蟠和香菱,自立自强啊。"

秦明道:"她真有这么大的野心,看她的言谈举止,心中丘壑经纬,颇步熙凤之后尘，亦颇识得几个字。只吃亏了一件，从小时父亲去世的早，又无同胞弟兄，寡母独守此女，娇养溺爱，不啻珍宝，凡女儿一举一动，彼母皆百依百随，因此未免娇养太过，竟酿成个盗跖的性气。

"怎么样？不仅有凤姐对待贾琏和平儿的手段，夏金桂既想挟制薛蟠，又要灭了香菱，还有盗跖的性气，这个女人不简单哪！"

秋真道："还别说，凤姐最后回到舞台上来，演绎的多半是那人的事迹。娶亲时，香菱又跑到园子里来，特特找凤姐，金桂与凤姐此时关联，莫不是说，娶来的这位也是凤凰人物？

"且金桂还真是颇有心机的，先是试着一步紧似一步地挟制薛蟠，一月之中，二人气概还都相平；至两月之后，便觉薛蟠的气概渐次低矮下去；再后来，利用婆婆的良善，她又会使性子，就渐渐得逞了。

"那金桂见丈夫旗纛渐倒，也就持戈试马起来。先时不过挟制薛蟠，后来倚娇作媚将及薛姨妈，又将至宝钗。宝钗久察其不轨之心，每随机应变，暗以言语弹压其志。金桂知其不可犯，每欲寻隙，又无隙可乘，只好曲意附就。

"这一段下来，我感觉完全不是家庭内部的磨合，就是一场金戈铁马的明争暗斗。宝钗已经窥探到夏金桂的不轨企图。可怕的是，最后薛家被压倒了气焰，败下阵来。"

山岚道："这还是个人物啦！"

芸轩道："可不是吗。用薛姨妈的话说，薛蟠是个龙蛋，人家夏金桂就是凤凰蛋。还有一个特点，夏金桂要人们避讳自己的名字，她小名就唤做金桂，在家时不许人口中带出金桂二字来，凡有不留心误道一字者，她便定要苦打重罚才罢。她因想桂花二字是禁止不住的，须另换一名，因想桂花曾有广寒嫦娥之说，便将桂花改为嫦娥花，又寓自己身份如此。

"什么样的人，才这样讲究避讳名字？称自己是嫦娥花，还不如直接称月亮花。八月中旬，月挂中天，是不是又一轮明月照人间，人间万姓仰头看了。"

秦明道："这么说就很明显了，夏金桂是桂花夏家人，又有月亮花的身份，她绞尽脑汁，又明争暗斗地挟制薛蟠，她就是种在薛家广寒宫里的桂花呢。华'夏'一族的败类，又是'金'，又是'桂'的，可不就是吴三桂干的勾当？

第七十九回
茭荷消玉影　金桂飘天香

345

"可吴三桂的事，说的已经够清楚的了，也该结束了，可又提他的事做什么？金桂想消灭薛蟠和香菱，就是吴三桂反叛清廷，顺带自行亡了明朝最后那点血脉，再自树旗帜的过程，说得也淋漓尽致的了，这里再提出来，是不是曹公太啰嗦了？"

文亮疑惑道："没道理，曹公一向惜墨如金，一定还有别的。夏金桂嫁给薛蟠之日，就是和薛蟠叫板之时，是吴三桂反清复明的开端。清廷既已动了心思，他为了自保，先发制人，兴兵灭金也是对的。

"可我不明白，金桂还没怎么样薛蟠呢，倒先向代表明人遗脉的香菱下了手，不像是顺带灭了香菱，而是专门针对香菱设计了若干计划，倒把香菱看成她登上大奶奶高位的眼中钉，肉中刺。

"这不对呀，现实并不是这样的，大明人是支持吴三桂反清复明的，根本不可能妨碍他，帮助他还来不及呢，香菱就把夏金桂看成护身符，即便后来他自己登帝，也没妨碍他，也没这个能量妨碍他，更不可能成为他的肉中刺，她何苦这样费气力作践自己人呢？夏金桂对香菱的举动令人费解，她怎么会是香菱的克星？"

芸轩道："我就说么，曹公怎么舍得啰嗦一件事没完没了的，就是有疑点。《石头记》的女儿们，从开始谈论出嫁，这会子已经出嫁了。嫁了人，就是改朝换代的日子重新开始，关乎新朝的状况。这一节牵扯两桩婚姻，我做了两份《合婚书》，一份是迎春和孙绍祖的，一份是薛蟠和夏金桂的，你们看看。"说着，拿出两份红色的《合婚书》，大家打开看起来。

孙绍祖贾迎春合婚书		
合婚人	贾迎春（女方）	孙绍祖（男方）
父 母	贾赦 邢夫人	不知祖上是谁
出 身	荣府庶出二小姐	祖上系军官出身，宁荣府中之门生，系世交之孙。孙绍祖一人在京，现袭指挥之职，正兵部候缺
年 龄	大约16岁	未满30岁
住 处	京城	大同府，两家相同的住处，其实也住在京城
特 点	老实、懦弱	相貌魁梧，体格健壮。家资富饶，应酬权变

贾母贾政态度	贾母心中不称意,想拦阻亦恐不听,儿女之事自有天意,况且是亲父主张,何必多事,只说知道了,余不多及	贾政深恶孙家,虽是世交,当年不过是彼祖希慕荣宁之势,有不能了结之事,才拜在门下,并非诗礼名族之裔
成婚理由	据孙绍祖说,贾赦曾收了孙家五千银子,不该使了他的,如今来要了两三次不得,便把迎春准折卖给孙绍祖了	据孙绍祖说,当日有迎春爷爷在时,希图上他们的富贵,赶着相与的。自己应该和贾赦是一辈,如今强压着他的头卖了一辈,硬作了这门亲,倒没的叫人看着赶势利似的
婚后状态	孙绍祖常指着迎春的脸骂:你别和我充夫人娘子,好不好打一顿撵在下房里睡去	孙绍祖一味好色,赌博酗酒,家中所有的媳妇丫头将尽淫遍。略劝过两三次,便骂迎春是醋汁子老婆拧出来的
婚姻结局	迎春的愿望:乍乍的离了姊妹们,只是眠思梦想。二则还记挂着她的屋子,还得在园里旧房子里住得三五天,死也甘心了。不知下次还可能得住不得住了呢	迎春在邢夫人处住了两日,就有孙绍祖的人来接去。迎春虽不愿去,无奈惧孙绍祖之恶,只得勉强忍情作辞了

薛蟠夏金桂合婚书

合婚人	夏金桂(女方)	薛蟠(男方)
个人简介	诨名:嫦娥花,步熙凤之后尘。凤凰蛋	诨名:呆霸王,龙蛋
父母	父亲去世,只有母亲,无兄弟姊妹。绝户	父亲去世,母亲薛姨妈,有个宝钗妹妹
议婚过程	曾经被张家、李家、王家、桂花夏家,这几家议过婚	宝玉说这些人家的女儿也不知道造了什么罪,叫人家好端端议论。被薛家议婚就是罪过?香菱说如今定了,可以不用搬扯别家了
双方职业	长安城中,上至王侯,下至买卖人,都称他家为'桂花夏家'。在户部挂名行商,数一数二的大门户	薛蟠赖祖父之旧情分,在户部挂名行商,领着内帑钱粮,采办杂料。数一数二的大门户
家庭状况	桂花夏家,非常的富贵。单有几十顷地独种桂花,凡长安里城外城桂花局俱是他家的,连宫里一应陈设盆景亦是他家贡奉	紫薇舍人薛公之后,共八房。薛家有'丰年好大雪,珍珠如土金如铁'的说法,家资巨富无比
年龄	17岁	大约18岁
关系	老亲,姑舅兄妹	老亲,姑舅兄妹
两家态度	夏奶奶又是没儿子的,一见了薛蟠出落的这样,又是哭,又是笑,竟比见了儿子的还胜。又令他兄妹相见	薛姨妈原是见过这姑娘的,且又门当户对。也就依了。和这里王夫人、凤姑娘商议了,打发人去一说就成了
香菱态度	认为娶过门就是她的护身符。自己身上分去责任,到底比这样安宁些	二则又闻得是个有才有貌的佳人,自然是典雅和平的诗人,巴不得薛蟠早娶过来
宝玉态度	为夏金桂求取妒妇方,目的是为救香菱	担心香菱的处境,思前想后不觉滴下泪来。为此香菱不但不领情,还嫌宝玉不尊敬她

婚后现状	每日务要杀鸡鸭，将肉赏人吃，只单以油炸焦骨头下酒。吃的不耐烦或动了气，便肆行海骂，说有别的忘八粉头乐的，我为什么不乐！薛家母女奈何不了她	薛蟠对夏金桂：说又不好，劝又不好，打又不好，央告又不好，只是出入咳声叹气，抱怨自己运气不好。惟日夜悔恨，不该娶这搅家星
香菱结局	香菱离了薛蟠，不免对月伤悲，挑灯自叹。本来怯弱，虽在薛蟠房中几年，皆由血分中有病，是以并无胎孕。今复加以气怒伤感，折挫不堪，竟酿成干血之症，请医诊视服药亦不效验	薛蟠对香菱：虽是香菱犹在，却亦如不在的一般，就不觉的碍眼了。薛蟠终于抛弃了香菱，她在薛家隐忍这么多年，终究落了个无果而终，薛家并没有容下这点胭脂红

秋真抢到手中，左右看了两遍，笑道："你这哪是《合婚书》，就是这两对新人新生活的缩影。你就算再罗列一遍，无非是想告诉咱们，香菱的结局是被薛蟠抛弃，得了干血之症，且是医治无效而亡。这就脱了夏金桂的干系了？不是夏金桂害死的吗？

"想想她在薛家熬了这么些年，总该有个结果。这个向往诗人生活的女孩，在薛家找不到活下去的土壤，金人不需要诗，容不得她，汉文明在薛家就是无果而终。

"和迎春的结局一样，回到孙家，怕是再也回不来了。正如宝玉悼念香菱和迎春的挽歌中说的，终是：池塘一夜秋风冷，吹散芰荷红玉影。"

山岚道："不对的，脂砚告诉说：夏日何得有桂？又桂花时节，焉得又有雪？三事原系风马牛，全若强凑合，故终不相符。运败之事，大都如此，当事者，自不解耳。

"我却解开了，薛家娶了夏天的金桂，就好比雪落盛夏，雪的命运可想而知，但夏天也不是桂花该盛开的季节。曹公取名字的水平了得，吴三桂就是清廷的克星，他们的缘分已到头了。反过来讲也一样，夏金桂和薛蟠的结合，也是金桂败运的开始。金桂霸蟠龙，焉知不是被蟠龙抛弃的结局呢。"

芸轩看看外面的雨，渐渐停下来，向众人说道："我算服你们了，都自以为是。既是吴三桂之事，为什么又再重复一遍，谁说曹公向来惜墨如金，他才不可能拿一件事重复两章。不过这最后的结局，我想留个念想，你们解不透，我也就不告诉了，过两天就回去，白禾，咱们也可以回你家了。"

听到这里，别人尤可，白禾先是高兴地跳起来。这些日子难为她了，尽管妈妈和姐姐极力做些适合白禾口味的饭菜，她还是吃不惯。

秋真站起来笑道："可没那么便宜，你让人家千里迢迢地奔了来，说不玩就不玩了，我可没法交代。"

芸轩道："谁知道你的话好不好使，万一他们不来呢。"

大家没见识到香菱的结局，郁闷了半天，看屋外雨停了，也想出来透透气，便叽叽喳喳地跑出去，看小清河里正有人在起渔网。

第八十回

梦回天齐庙　再寻疗妒方

第二天果然晴朗，秋真一早就告诉她们，必须来帮她预备中午的饭，让姐姐和妈妈歇歇。白禾问她，怎么这么乖巧能干了，秋真笑说，恐怕陆风和冯玉赶晌就到，快帮着干活要紧。山岚听说他二人要来，高兴得无可无不可，最是颠颠地要来帮忙，秋真乘势打趣她，笑她赶紧定下一个，怎么得也要让一个给别人。

秦明也笑道："有些人一个没有，她倒好，霸占着两个，向哪里说理去。"说得山岚红了脸，骂她们是些促狭鬼。

秋真边忙活边正色道："他二人来，可不是自愿的，别打量是惦记某些人呢，全是看着我的面子才来的，来了先干正经事。你们看芸轩，已很不耐烦了，连结局都不想啰嗦了，我也没时间呢。我这就给各位安排任务，准备一个下午，赶他俩来，再说他俩的事，不准耽搁了，明天完事，咱们就打道回府。"

山岚见这样说，并不在意，只关心一件事，问芸轩："我们回去，你跟不跟着，可别说不来了。"

芸轩笑道："再说吧，你们都是大忙人，我已经打扰了这几年，去了没得是累赘。"

秋真向着山岚道："你也别问她些没用的，她去不去，自己还说了算吗？

赶啥时心眼长全，再说话行不行。”山岚听了，只伸伸舌头。秋真又一一给她们分派些任务。

你道是什么任务？原来大家都不甘心，《石头记》的秘密探了个十之八九，到末了还要留点尾巴，不甘心，便再三地央告芸轩，好歹说完。

不得已，芸轩就请秋真做导演，照自己的构思，让大家演完这最后一场戏，也是《石头记》唯一的热闹戏，就是薛蟠和金桂、贾迎春和孙绍祖，两对新人的结婚喜剧。

快到晌午时，冯玉二人就赶到了桃源郡，只见手里大包小包地带来一大堆东西。白禾以为是礼物，兴头头地帮忙拿到屋里，忙忙地打开要看个究竟，嚷嚷着问都是谁的。

看时，却发现是些衣服和头饰，且都是些古代服饰，就噘着嘴问，咋没带点南京的小吃来，真扫兴。

陆风见她这样，从随身的包里掏出一大包，笑道：“这可是地道的桂花糖和桂花鸭，你秋真姐姐专门嘱咐的，谁敢不带来？”

白禾见状，高兴地跳起来，向秋真脸上亲了又亲。二人洗了把脸，歇息了片刻，妈妈劝着大家就坐吃饭，不提。

整个下午，几个人在梅舍讨论各自的台词，虽都是些临时角色，但秋真也不敢怠慢，翻来覆去地讨论每个细节。好在冯玉是个真角儿，大家也学得津津有味，等待着能演绎出最终结局，都很是兴奋。

晚间吃了饭，来到桃树林的空草地上，庭院里的花灯下飞蛾乱扑。一家人摆上桌子和果点，妈妈和姐姐还有秋真和芸轩，坐在那里喝茶。

他们几个都上了妆，坐在另一边也喝着茶，闹闹嚷嚷地等秋真发令呢。秋真站起来，拍手道：“大家静一静，都准备好，严肃一点，各就各位，准备第一场：合婚。”

只见草地中央，走上来山岚和冯玉，山岚着宽袖肥袍的明服，冯玉着窄袖紧身的胡服，但衣饰都很飘逸，芸轩由衷叹服秋真设计舞台服饰的天赋，每次看到都会眼前一亮。古琴奏起《寒江月冷》，二人随即与音乐同舞，竟也是一段古舞，还有点胡风的味道。此时妈妈倒佩服山岚学得这么快，只半天工夫，竟也能跳得像模像样。

只听秋真道："在宝玉生病的一百天里，贾府发生了一件大事，迎春出嫁了。元春时的繁花似锦，探春时的远嫁海外，惜春业已出家，三春都结束了，迎春反而成了最后一春。这是贾府唯一的喜事，结婚么，怎么不是喜事？但自从官媒婆说媒开始，整个贾府就对这桩婚事充满避讳。贾政不愿意提，王夫人也不愿意提，贾母不看好，都不看好。结果呢，迎春嫁了，这到底是因为什么？"

舞场上，冯玉和山岚像一对青梅竹马的恋人，翩翩起舞。冯玉道："我只不过一介军阀，无奈生逢末世，改朝易代之际，也只好斡旋于各势力之间，求一点生存之地。

"大明乃是旧主，虽有恩于我，却是盛世不再，已然成强弩之末。忽一日陡生变故，皇帝自杀。无奈之下，我只得投靠李自成的新朝，谁知李朝更是昙花一现。最后，也只得卖身清廷。无所谓良禽择木，我无非是要保存自己的一点实力而已。

"李陵心事久风尘，三十年来讵卧薪？掐指算来，我侍奉清朝主子、割据藩镇近三十年，也过了些安稳日子。天可鉴，我无任何野心，无论谁当帝王，我都无他图，但只盼望我吴氏家族能像沐英一样，世镇云南即可。

"谁承望，清廷见我势力渐强，听信谗言，疑吴某有谋反之心，五年前逼我撤藩。无奈之下，我只得打着兴明讨虏的旗号，带领我的四个异性弟兄及众将领，蓄发、易衣冠。"说着，一把扯下身上的胡服，露出宽大的长袍，与山岚翩翩交舞。

山岚道："迎春本是明王朝复兴的第二春，而那个春天，短暂得令人可怜。即便五朱联线，众星辉煌，也未能挽救大明命运于危难。谁能想到，那时留下了一粒不安分的火种，让渺茫的希望到今日竟还有一线。"

又审视眼前这人道："只可惜，眼前竟是个荒淫无度之人，他换主子如同换衣服那样平常，岂有半点忠诚可言？他如今反了金家，要打着我的旗号，想利用我的号召力复明，谁知将来如何？"

忽然间，冯玉的面目变得狰狞起来，突然做了个饿狼捕食的动作，吓得山岚扑倒在地，瑟瑟发抖。冯玉、山岚同时道："没错，终有一天，她（他）与我竟是同葬自己。"

妈妈问："合婚怎么还有同葬？这个不讲究，你们的词错了吧？"

芸轩悄悄道："他们结婚的目的，不是追求死后同穴，他们的婚姻，讲的是同归于尽。"

妈妈道："这孩子说话这么不中听，婚姻是奉献给对方，组织家庭，怎么会追求同归于尽呢。"

芸轩悄指秋真，让妈妈听听，秋真说道："妈妈，《石头记》里的婚姻，不同于一般婚姻，是一种特别的征服与对立。比如金玉姻缘，无非是金方和玉方之间的殊死较量，从征服直到占有，而这两组婚姻更是如此。"

舞场上，只见冯玉哗地一个动作，又一把扯下白色宽大的袍服，指着迎春道："兵兴五年有余，我的兵力呢？我的财力呢？大明的号召力呢？没了，都没了，打着你的旗号还有什么用。那些离心离德者各有图谋。叫我如何是好？"

此时，有人送上一套帝王的黄袍，冯玉一见，眼前一亮，接过来，呼啦一声，披袍上身，哈哈大笑道："天不灭我，就是有今日，不如我吴某窃号称帝，大封臣僚，激励斗士，或可挽回些局面呢。"

此时响起了隆重登基乐曲，冯玉黄袍加身，站在台上。转身拿出那本《合婚书》，指着迎春道："要你亡的人不是我，是天要亡明，休怪我无情。"说完，将《合婚书》一撕两半。"什么花柳质？我抛弃你如同抛弃蔽衣滥履。骂我是一只忘恩负义的中山狼，又如何，说我淫了那些热血的复明义士又怎样，所谓乱世出英雄，谁不是为自己的利益合纵连横中转换不同的主人？"

秋真等他说完道："好了，下来吧，自己加那么多台词。可是有个疑问呢，怎么迎春嫁给他就一载赴黄粱了。"

芸轩道："我记得吴三桂是七八年三月登基，改元昭武，八月十八日他就去世了，他的这个年号，用了不到一年，这就是迎春出嫁后，一载赴黄粱的缘故。

"曹公将迎春的结局，放在了第八十回最末，是全书最后的重点。她如回光返照一样，最后回了一趟大观园，住了几天自己的屋子，和姐妹们亲热了几天。就如吴周起兵，为明末这段被埋没的历史，加了一点最后的红色，让已经消失的第二春，又起死回生了一段时日而已。"

接着，秋真又让第二组上，便说道："宝玉病中，发生的第二件大事，薛家有了头等喜事，呆霸王薛蟠要娶妻纳妾了。"

芸轩偷笑道："娶妻就不错了，还顺便纳了个妾。"

秋真道："同样是一场充满怪异因子的合婚，恐怕里面除了征服与对立，还有杀戮。这场婚事，也同样议论了半年之久，今儿说张家的好，明儿又要李家的，后儿又议论王家的。为什么搬扯上这些人家？说明这场婚姻，肯定不简单，用宝玉的话说：这些人家的女儿，也不知道遭了什么罪了，叫人家好端端议论。听到了吗？女儿被薛家议论就是造罪，更别说被薛蟠娶来了，宝玉真是一语中的。

"如今我明白了，搬扯这些人家，造这些人家的罪，说明了一件史实，就是薛蟠和夏金桂家的发家史很复杂。先说议论的张家，不是别人，正是张献忠；李家自然是李自成，王家呢，所谓帝王之家，肯定就是桂王永历。

"吴三桂率部，当初从西北入关，一路打到西南边陲，横扫大半个中华大地，为清朝政权的确立和对全国的统治，建立了特殊功勋，他正是靠着消灭两部农民军，去缅甸追杀永历发的家，他的部队组成中，很大成分是收拢了张献忠和李自成的部队，最后师出缅甸，拘捕桂王回国，靠杀了永历取得清廷的最终信任。

"所以，这些被谈论婚嫁的张、李、王家，都知道自己遭了什么罪。这如今定了，可以不用搬扯别家了。可这场婚姻是谁消灭了谁？我们拭目而待。"

秋真宣布第二场：《婚中婚》

琴曲换做《胡笳十八拍》，两个穿胡服的男女走上舞台，是秦明和陆风，二人翩翩起舞，欢快地眉目传情。

秋真画外音道："没成婚前，夏家奶奶和薛蟠一见如故，相见恨晚，亲如母子。一则是天缘，二则是'情人眼里出西施'。可见，黛玉是宝玉眼里的西施，夏金桂就是人家薛蟠眼里的西施，这才入了吴三桂和金人真正的蜜月期。

无论吴三桂提什么要求，金人都百依百顺的。有情人终成眷属，薛蟠眼中的西施，终于成了薛家少奶奶。可看看成婚后的光景又将如何？"

　　音乐突然变了调，再看草地上，欢快舞蹈的二人，将衣服脱掉。夏金桂换上了一套明朝帝王加冕服，薛蟠换上一套清朝帝王服，二人各自威风凛凛。

　　夏金桂完全是一派王者风范，她稳稳地坐在了一张龙椅上。并自言道："今日出了阁，是要做当家奶奶的，须要拿出这威风来，才钤压得住人。"

　　后恶狠狠道："俗话说的好，卧榻之侧岂容他人酣睡，先灭香菱，再摆布了宝蟾，天下就是桂花夏家的了。香菱在哪里？"

　　只见一个红衣女子碎步走来，是文亮装扮的，她的额头点着一颗红痣，才知道她演的是香菱。她展舞而起，先是捧一支夫妻蕙轻盈舞蹈，后是摘一株小菱花，簪在发间。袭一身红妆，飘飘而至，如出水芙蓉般亭亭玉立。

　　香菱自言道："听说桂花夏家虽是买卖人家，也是诗书世家，少奶奶必定是个诗人，她来了我学诗也有伴了。"

　　秋真道："在香菱的心目中，夏家是华夏一族的希望所在，她羡慕的诗人除了黛玉，怕是也有夏金桂。她蜗居薛家这些年，在白色恐怖中，几乎沦丧掉华夏一脉，她实指望这个'夏'家人不同于那些'夏'家人，能给予她祖先失去的东西。诗人，她一直想做个诗人，夏小姐如今已过了门，香菱自觉有了盼头和希望，自己身上也分去责任。什么责任？是为大明延续香火，保留文明的责任。"

　　香菱道："听奶奶在喊我，且看何事？"走到金桂面前。

　　金桂见了她，却无故发难起来道："'香菱'二字是谁起的名字，菱角花谁闻见香来着？若说菱角香了，正经那些香花放在那里？可是不通之极！"

　　秋真道："她的意思，若说菱角香，她的桂花香放在哪里，这不是和她争地位吗？"

　　香菱道："不独菱角花，就连荷叶莲蓬，都是有一股清香的。但他那原不是花香可比。须得静下心来，最好夜深人静时，用心去闻，带着真心去品味。菱角荷叶之清香，比十里飘香之桂花，具另一种清韵。"

　　秋真道："香菱的意思：桂花浓香之美在于诱人，却也招蜂引蝶的；清香之韵在于使人安静，少些虚妄与争名夺利的狂躁。这是警示金桂呢。"

金桂道："大胆！难不成要'菱桂竞芳'了，敢和我争执起来。别以为说我是妒妇你就得意。我嫉妒你？嫉妒你什么？地位还是出身？我只不过不想做大明臣子而已。

"干脆一不做二不休，做我大周皇帝多爽快。薛家婆婆说的对，我若做皇帝，你可不就成了我的眼中钉，肉中刺。看我如何收拾你。"

说着，站起来："你在薛家隐忍多年，还不是多亏那个天天吃冷香丸的薛宝钗，她给你一点菱角的幽香，你就忘了自己是谁了。她还不是靠吃冷香丸才能冷却内心的欲望。我却不能，也没人家的学识，香菱的香字，她让你粘，我不让你粘。香消才能玉殒，你得先失了香味再说。"

香菱无奈地望着这个曾经的同根之人，满心惆怅。她深知，她的香就是金桂之香，她的一身一体俱属金桂，她失了香，就是金桂在自掘坟墓。

二人交互地舞动起来，时而交织时而分离，金桂渐渐向香菱逼近，香菱不得不低头匍匐，一时，定格了舞动。

陆风和白禾手拉手，一同走上来。白禾穿一身白色长裙，像月中嫦娥，她演的是宝蟾。二人先是相互保持距离，满含羞涩，见金桂稍不注意，便勾肩搭背，互传眉目。

金桂忽然转头，发现二人如此这般，便指着薛蟠二人冷笑道："两个人的嘴脸都够使得了，打量谁是傻子，你看上宝蟾，就是看上嫦娥，她是我的影子，我的人还怕你看上不成，我才是嫦娥花。"

又自言自语："可为了摆布香菱，也顾不得许多，我需要宝蟾配合，且让他二人去香菱房内成婚，暂让他们乐几日，那时他自然就疏远了香菱。等我使法子打发了她，再打发你。"

宝蟾暗暗得意，笑金桂道："她才是个暴虐的傻瓜，她是她，我是我，我宝蟾才是月亮。她用了一招丢卒保车的招数，让我变作了那丫鬟小舍。什么好东西，她为辖制香菱和呆子，竟选择舍弃了我，我宝蟾才是被她舍弃的月亮。月中桂子要丢了月宫，说她没有反心，谁相信。

"告诉各位个秘密，谁若得到我，就是摘了月亮。月到中天，万人敬仰，那个呆子可不傻，我们才是天做的一对。"

秋真笑道："这个自以为技高一筹之人，却不知是她成就了另一桩婚事，就是薛蟠和宝蟾的结合。你们看，接下来就是他二人两两一室同眠，薛蟠和宝蟾，金桂和香菱。金桂这边不停地摆布香菱，香菱起来倒下，一夜不成眠。

"我为香菱一叹：本是同根生，相煎何太急。

"虽说金桂和薛蟠成为夫妇，但大部分晚上，金桂却是和香菱同眠一室，这一幕叫什么？二人演绎的场景，明明就是同室操戈。

"再看金桂，突然倒地，动弹不得，但两个眼珠却溜溜乱转，她使用了最毒的一计，嫁祸于人加借刀杀人。至此，薛蟠立即动了杀机，没有半点犹豫，抄起门栓，毫不念情地鞭笞香菱。

"自此后，这个在他身边委曲求全多年的香菱，失去了所有的复国希望，必将血干而亡。她终于结束了心酸无助、飘零孤独的人生。"

秋真道："香菱的一切结束了，薛家留给自己的微香也消失了，而结束自己生命的人，竟然是同根之人。"

这时，草地上音乐戛然而止，薛蟠和宝蟾舞蹈着，躲在树荫里相互亲昵，香菱匍匐在地，已奄奄一息。金桂见此，妒火中烧，二目圆睁，跑过去一把扯开二人，向着宝蟾先是谩骂，后是撕打。

再看宝蟾，她可不比香菱，她并无半点服低，一冲一撞地和金桂拌嘴。金桂打她，她便大撒泼性，寻死觅活，一边刀剪，一边绳索，无所不闹，金桂竟也无奈于她。

秋真冷笑道："表面看，金桂一步步逼近薛蟠，制服薛蟠，似乎她是赢家，薛蟠拿她没一点办法。虽曾仗着酒胆，挺撞过两三次，持棍欲打，那金桂便递与他身子，随意叫打；这里持刀欲杀时，便伸与他脖项，薛蟠也实不能下手，只得乱闹了一阵。如今习惯成自然，金桂渐渐长了威风，薛蟠越发软了气骨。

"其实呢？金桂才是最大的失败者，她妥协了，是宝蟾渐渐地辖制住了她，你们看看吧。"只见薛蟠、宝蟾二人，竟勾肩搭背地下场而去。

金桂气得无处发泄，吆喝道："上骨头。"看着消失的二人背影骂道："一对王八。有别的忘八粉头乐的，我为什么不乐！"说着，拿起一块炸焦了的骨头大嚼起来。

秋真笑道："如何？她也终究像自己舍弃香菱一样，成了别人的弃子，她终于被薛蟠抛弃了。"

说到这里，这一场就结束了。

白禾嚷嚷渴了，秋真要大家先停下来歇歇。妈妈拍手说演的真好，只是后面这个金桂，长得如花似玉的，怎么吃相不雅，还吃那些骨头做什么，怎么爱吃这个？

芸轩笑道："妈妈知道薛姨妈骂自己的儿子薛蟠是什么吗？"遂学道："不争气的孽障！骚狗也比你体面些！谁知你三不知的，把陪房丫头也摸索上了，叫老婆说嘴霸占了丫头，什么脸出去见人！

"妈妈骂自己的儿子是骚狗，而这个爱啃骨头的女人，像不像条疯狗？还爱耍粉头乐，骚不骚？不也是个'骚狗'嘛。概括一句话，薛姨妈这是骂他二人，是一对'狗'男女呢。"

白禾问："那什么是三不知？"

芸轩道："天知、地知、自己知，三不知就是谁也不知道的意思。那时候娶妻纳妾都要有个仪式。比如贾雨村娶娇杏，贾琏偷娶二姐，都有个仪式过程呢，薛蟠倒好，将宝蟾纳做妾，收在屋子里，谁也不知道，连妈妈也不告诉一声，老婆装作不知道，这才骂他是猪狗不如的东西。"

"喝些茶，咱们继续，还有一场呢。"秋真催着，白禾却道："秦明姐姐有一段词没说呢，我可记得，她偷懒了。"

秋真道："是吗，哪一段？对了，差点瞒过去，是有一段没说。"

秦明笑道："好好好，我一激动就忘了，我说，我现在就说：各位，你们肯定问我金桂是谁？为何要灭了香菱，为何被薛蟠抛弃，听我慢慢告诉你们。

"孙绍祖，年不满三十岁，生得相貌魁梧，体格健壮，弓马娴熟，应酬权变，家资饶富。但却出奇地吝啬，为了五千两银子，竟那样对待迎春，说明这人目光短浅，一心想着一己小利，是个不能成大事之人。这个年龄，确实符合吴三桂割据藩镇的时间，是吴三桂不假。"

白禾道："孙绍祖是吴三桂，那夏金桂是谁？"

秦明道："另有其人。两桩婚事在一百天内完成就是玄机。脂砚批：先是河东狮，后是中山狼。是倒装上下情孽，细腻写来，可见迎春是书中正传，阿呆夫妻是副，宾主次序严肃之至。

"从这段脂批看，两段婚姻是有先后次序的。迎春为主，阿呆为辅。可宝玉病中，先是听得薛蟠摆酒唱戏，热闹非常，已娶亲入门；再过些时，又闻得迎春出了阁。"

山岚道："明明金桂先嫁，迎春后嫁。次序不对？"

秦明道："脂砚说了，如果按倒装的次序是迎春在前，薛蟠在后，这才符合历史真实。这也没错，迎春出嫁才是吴三桂复明开始，之后才是独立反清，没什么好强调的，是这么个次序。但奇怪的是，这两段前后相继发生的婚事，都是在宝玉病中，他还正好病了一百天。"

芸轩道："这百日内，宝玉差点闷出火星来，只不曾拆毁了怡红院，和这些丫头们无法无天，凡世上所无之事，都顽耍出来。什么意思？无法无天的一百天。宝玉不光病了，还被贾母、王夫人强行隐藏起来了，或者说暂时消失了一百天。

"说到底，宝玉政权空白了一百天。这期间，肯定是两个政权交接不及时，有一百天的权力空窗期，才导致无法无天的状况，到底是怎么回事，只有问文亮。"

文亮道："她的台词怎么又问我，你的孙绍祖简历里不是说孙绍祖是世孙吗？又说娶了迎春是卖了一辈，那他可能不是吴三桂，或者是他的孙子呢。"

秦明拍手道："说的没错，他的皇孙是吴世璠，吴三桂八月死亡，吴世璠则十一月登基，从八月到十一月，中间确实有一百天的空窗期，难道这就是没了宝玉的位置，干脆被软禁的一百天？"

芸轩道："另外听说，吴世璠上台前，他们内部争权夺势，发生了大的内乱，竟也有同室操戈之事。"

文亮道："是有这么回事，好像是什么吴三桂的侄子吴应期引发的，他本是吴军的核心人物，吴三桂死后，他痛苦地发现大势已去。吴三桂死了，他打算重新集结逃散的吴军，企图回昆明搞宫廷政变，废黜吴世璠取而代之。结果被发现后处死，包括他的儿子。如此一来，内部的倾轧相残进一步削弱了大周政权的实力，人心更加涣散，情势急转直下。"

秋真拍着手，招呼大家道："原来还有这么短短的一百天的历史。怪不得曹公这么特别地针对夏金桂和香菱设计这么一段同根相煎的冲突，竟是同室操戈占了大半篇，原来是吴世璠登基前的内乱在里面，香菱的结局明白了。

"不说这些了，咱们演完最后一场好不好？都准备些着，到位了，到位了。陆风、冯玉快装扮，这回你俩可就过了瘾了，拾掇好了没？好！最后一场：《魂返天齐庙》。"

芸轩站起来，朗诵道："没想到，大周的命运也是强弩之末，昭武的年号用了没一年，就换成了吴世璠的洪化年。这算不算大明衣钵的延续？算！在曹公看来，他主张亡国但不能亡天下，就算有一点汉文明的血液流淌，他都会为此泼墨。

"一个朝代的灭亡，必然是因当政者倒行逆施的报应，面对血淋淋的这段历史，面对死亡，宝玉除了出家做和尚这一唯一的避世之举，他还是要问的，他要问几个为什么？这大约是他最后的《诘问》。

"但我想，一切无需回答。毫无疑问，香菱的任务完成了，迎春的任务也完成了。玉印当尊于庙堂之上，护文明，发善政，顺民心。至此，宝玉的结局也接近了尾声。所以，曹公说宝玉烧香是停笔，是也该停笔了，曹公也许累了。"

古筝响起，昏黄的路灯下，一个老道士坐在那里，头顶的幡子上写着庙号：天齐庙主人，旁边的幡子上写着：王一贴膏药。一把雪白的胡须，头戴道士帽。仔细看，原来是陆风，演得惟妙惟肖，冯玉夸他快成专业的了。

只听他口中念念有词道："我这膏药共药一百二十味，君臣相际，宾客得宜，温凉兼用，贵贱殊方。内则调元补气，开胃口，养荣卫，宁神安志，去寒去暑，化食化痰；外则和血脉，舒筋络，出死生新，去风散毒，其效如神。"

秋真道："膏药一百二十味，君臣相际，宾客得宜，正合了金陵十二衩之正衩、副衩、又副衩，一系列总和之数。应当说明，对于每一衩的病症，都有对应的膏药丸散，比如宝衩的冷香丸，黛玉的养荣丸，还有凤姐的调经丸。只要君臣相际，宾客得宜，就能幻化出能治百病的良药。真美妙，换个思路吧，既然有君有臣，这个公然出售丸散膏药的庙堂，能不能看成是皇家朝堂呢？我看可以。"

芸轩道："破庙里的王道士就是王家道士，是真人，是这里的当家人，看成朝堂也有些意思。"

秦明道："他那天齐庙更有些意思，书中说：这天齐庙，本系前朝所修，说明这是明代的庙堂。虽极其宏壮，如今却年深岁久，又极其荒凉了。里面泥胎塑像，皆极其凶恶，怎么供些凶神恶煞呢？"

文亮道："据我了解，天齐庙本是东岳大帝的庙宇，里面供奉的差不多是十殿阎罗，护法神王，山神、土地，牛鬼蛇神，不一而足，所以宝玉见了感到害怕。如果将这个明朝的庙堂比喻成朝堂，这朝堂之上全是恶煞，也就很可怕了。"

只听那王道士道："是你们演戏还是我演戏？你们就别瞎说了，听我说好不好？天齐庙里供奉的是黄飞虎。黄飞虎何许人也？他的家族在商朝世居高位，七世忠良。商朝末年，纣王受妲己蛊惑，荒淫残暴，为了满足自己的淫欲，连黄飞虎的妻子也不放过。黄飞虎之妻为保贞节自杀身亡，黄飞虎的妹妹也是纣王的妃子，在痛斥纣王之后，被摔下摘星楼而亡。

"这下子，黄飞虎身负家仇族恨，就和老父、二弟、三子、四友，并带一千家将，反出五关，投奔周武王了，一起讨伐昏庸暴虐的纣王。后来，商汤被灭，黄飞虎却被商朝大将张奎杀死，姜太公设坛，为阵亡将士封神时，特敕封黄飞虎为东岳泰山天齐仁圣大帝之职，总管天地人间吉凶祸福，并加敕一道，封他为五岳之首，执掌幽冥地府一十八重地狱，凡一应生死转化人神仙鬼，俱从东岳勘对，方许施行，权力大不大？"

秋真道："我说呢，黄飞虎为了杀妻之仇而反叛，这和冲冠一怒为红颜的吴三桂，是否是同样的热血青年？"

王道士道："我这里可是掌管生死祸福的去处，我这些膏药也是全能之药，百病千灾，没有治不了的。"

秦明问："这么说，你这庙堂之上，君臣相际，开出来的，都是些治国良方了?"

道士道:"你这孩子说的对,治国若烹小鲜,有什么难处尽管问。"

文亮道:"不用问别的,据我看,你的药都是假的呢,你自己就矛盾得不通,内则调元补气,养荣卫,宁神安志,这还通。可温凉能兼用吗?既去寒也去暑就更不通;还出死肌,生新肉,这不成了不死药了,到底能补气,还是能泻火?"

道士笑道:"看你说的,我是医家,我能乱来吗?"

这时山岚上场了,穿着她原来扮过宝玉的衣服,冯玉打扮成小厮的模样,跟在后面,是茗烟。

宝玉走到王道士对面,坐下来。

道士问:"哥儿来了?"

茗烟道:"我们爷困了,讲个笑话我们听听。"

王一贴赶快泡好酽茶,递过来。

茗烟道:"我们爷不吃你的茶,连这屋里坐着,还嫌膏药气息呢。"

王一贴笑道:"不当家花拉的,知道什么。膏药从不拿进这屋里来的,我也嫌那味道腌臜。知道哥儿今日必来,头三五天就拿香,熏了又熏的。"

文亮悄笑道:"我说什么来?自己做的膏药都嫌气味不好,肯定不是什么好东西。"

王一贴道:"怎么可能,我这药百病千灾,无不立效。若不见效,哥儿只管揪着胡子,打我这老脸,拆我这庙如何?只说出病源来。"

宝玉道:"我且问你,倒有一种病可也贴的好么?"

王一贴笑道:"什么病?"

宝玉道:"你猜,若你猜得着,便贴得好了。"

王一贴听了,寻思一会,道:"这倒难猜,只怕膏药有些不灵了。"

宝玉命:"这屋里人多,越发蒸臭了。"茗烟便手内燃起一支梦甜香来,宝玉命他坐在身旁,却倚在他身上,做假寐状。

秋真道:"别动,这个场面定格一分钟,你们瞧瞧,茗烟手里点着'梦甜香',宝玉靠在他身上,别说王一贴心有所动,我也纳闷,这个动作代表什么?"

秦明道:"脂砚马上说:万端生于心,心邪则意在于邪。这个出家人竟然想到了房中事,说:想是哥儿如今有了房中事情,要滋助的药。"

秋真道:"算了罢,看他们这个举动,别说道士,我也这样想呢,就是演示给咱看的。不过,我更关注他手里的那支'梦甜香'。"

秦明道:"因这梦甜香,紫鹃也点过,是为黛玉重建桃花社时点的,脂砚说,因为重建诗社,所以点香。难道这个香是入梦之香。这里好好的,点一支这个,一定有别的用意。"

芸轩道:"我想想,宝玉来这个荒庙里是为还愿的,许的什么愿,要来这破庙里还?这座庙还是出西城门外,一路向西而来,怎么和元春半夜出城去的方向一样呢。"

文亮道:"闻说道,西方宝树唤婆娑,上结着长生果。不是什么困倦,宝玉真心倦了,是回至静室安歇,还是想长眠不醒?这是来找回家的路呢。

"他正歪在炕上想睡,茗烟就点了这香。对境儿想来,我记起宝玉在宁府家宴时,中午困倦,在秦可卿处歇午觉时的光景。来至秦氏房中,刚至房门,便有一股细细的甜香,袭人而来。宝玉闻到这个香,就觉得眼饧骨软,连说:好香!这里有批语说:此香名'引梦香'。进房如梦境,向壁上看时,有唐伯虎画的《海棠春睡图》,于是宝玉进了太虚幻境,有了和仙子可儿的房中事。

"那里有警幻仙子,有金陵十二钗册页,有各种预言。所以,这个场景让咱们联想到房中事是对的,目的是想让咱们知道,宝玉来的这地方,其实就是太虚幻境,只不过原来的仙子们换成了凶神恶煞,迎接他的警幻姐姐成了王道士。"

秦明道:"我说呢,这是要说宝玉的结局呢,我还一直想这个呢。黛玉的有了,香菱的有了,迎春的有了,曹公如何安排宝玉的呢?我推测过无数次,一定是回大荒山无稽崖了,但没想到是回太虚幻境了。这里是他诞生的地方,也应该是他回归的地方。只不过,等他归来时,这里已变成了人间地狱。"

文亮道:"别的人都是明写结局,香菱、晴雯、迎春。为什么却是暗写宝玉和黛玉的结局?"

芸轩道:"明写的话,《石头记》就完璧无瑕的了。暗写了,你就不知道宝玉其实已经回家了,你就会努力找他的结局,努力想知道他去了哪里,你也会努力挖掘《石头记》的秘密,寻找的过程中,你就会慢慢体会到曹公的心酸处,这才是此书最让人着迷的地方。"

王一贴说道:"你们有完没完? 少说几句吧,哥儿这里问病呢。"回头问道:"哥儿明说了罢,想问什么病?"

宝玉道:"我问你,可有贴女人妒病的方子没有?"

王一贴听说,拍手笑道:"这可罢了。不但说没有方子,就是听也没有听见过。"

文亮笑问:"求这个方子是为谁? 为香菱还是为金桂?"

秦明道:"你问得蹊跷,当然是为香菱,宝玉刚听说薛蟠娶亲,就为香菱担心来着。《芙蓉诔》里提到过'悍妇'一词,说晴雯之死和悍妇泼奴有关。那时候宝玉就知道有金桂这样悍妇,只凭直觉,就感到香菱的处境会不妙。无论那人是谁,都会对香菱下手,所以他只担心香菱。"

芸轩道:"可金桂没有嫉妒香菱的理由,香菱并没有独占薛蟠,而抢了金桂地位的人反而是宝蟾。所以,金桂嫉妒的人该是宝蟾,她舍弃香菱如同王夫人舍弃晴雯一样,无需理由的。"

秦明问:"为宝蟾求方子吗?"

芸轩道:"别瞎猜了,他只为金桂求,如果为香菱,他就会找养荣补血的,不会是嫉妒的,宝玉只想知道,这个妒病怎么办。"

秦明道:"这么个妒病也值当得问?"

芸轩道:"那么霸道的薛蟠,那么暗藏锋芒的宝钗,都拿她没办法,怎么不值当?"

秦真道:"你们也是少见多怪,《石头记》里有嫉妒之心者大有人在。远了不说,就是咱们冰清玉洁的黛玉,因那个金玉缘,被搞得心神不宁。正是因天天不放心宝玉的缘故,才落了一身的病。黛玉小性,算不算嫉妒?

"再说一个醋坛子、醋缸子凤姐,独占贾琏,连平儿都不得近身,偷娶来的二姐,也被她借刀杀死。强势嫉妒,被婆婆嫌弃,这个算不算是嫉妒?

"再说个和嫉妒不擦边的人，就是懦弱的迎春。出嫁后，因发现孙绍祖一味好色，家中所有的媳妇丫头将及淫遍，略劝过两三次，便被骂是'醋汁子老婆拧出来的'，迎春算不算嫉妒？在孙绍祖看来就是。所以，'嫉妒'是损害国家政权的通病，宝玉才有这样一问呢，他想找到真正的治国良方。"

　　文亮道："我想，别人嫉妒尤可，林妹妹的小性就算是一种嫉妒，但她的嫉妒情绪伤害的是自己，她对任何人无害；凤姐吃醋，总还是知书达理的，她尊重琏二哥，孝敬祖宗，即便害了二姐，也有可恕的事实，总没越过一个理字去，就算很好的了。

　　"可为什么到了金桂这里，就这样无法无天的。什么三纲五常，在她那里被践踏得一文不值，对丈夫对婆婆，连起码的尊重都没了，这个妒病要不得。"

　　宝玉道："她既这样不自重，又出狠手伤害别人，所以我苦恼。若王师父的膏药灵验，就给她一贴。"

　　王一贴拍手笑道："倒有一种汤药或者可医，只是慢些儿，不能立竿见影地效验。"

　　宝玉道："什么汤药，怎么吃法？"

　　王一贴道："这叫做'疗妒汤'，用极好的秋梨一个，二钱冰糖，一钱陈皮，水三碗，梨熟为度，每日清早吃这么一个梨，吃来吃去就好了。"

　　宝玉道："这也不值什么，只怕未必见效。"

　　王一贴道："这个秋梨汤倒常见，横竖是润肺开胃不伤人的，甜丝丝的又止咳嗽，又好吃，只不过我加了一味陈皮，哥儿能不知陈皮的效用？"

　　宝玉道："竟不知，有何妙用？"

　　王一贴道："他的药用一般，可哥儿忘了，陈皮就是橘皮，橘子的妙用可大着呢。"

　　宝玉道："你是说屈子的《橘颂》？"

　　遂念道："后皇嘉树，橘徕服兮。受命不迁，生南国兮。深固难徙，更壹志兮。"

　　王一贴念道："苏世独立，横而不流兮。闭心自慎，终不失过兮。秉德无私，参天地兮。愿岁并谢，与长友兮。"

宝玉叹息道："淑离不淫，梗其有理兮。年岁虽少，可师长兮。行比伯夷，置以为像兮。此为橘者，何变枳兮？"

秋真道："停，到此结束了罢，也别之乎者也的了。"

大家一齐鼓掌，欢呼一声，陆风等跑开去换衣服。白禾边拾掇东西边问秋真，刚才他们说的啥，这个"秋梨汤"剂到底管不管用。

秋真道："王一贴的意思，妒病者常饮橘皮汤，而不是秋梨汤，终生服用才能管用，但疗效很慢。秋梨秋梨吗，就是秋天的末世分离，至到末世消亡，便一了百了。"

白禾道："还是不懂。"

秋真道："橘子代表节操，一个王朝的朝堂之上，若缺少有节操的仁人志士，这个王朝离衰败就不远了，宝玉能不叹息吗。"

陆风学着道人笑道："实告你们说，连膏药也是假的呢。我有真药，我还吃了做神仙呢，跑到这里来混？这世上哪有什么治世良方，要有，就不会这么一茬一茬地改朝换代了，薛家得了天下，可也正被夏家闹得渐入冷落。曹公早就算出二百年后薛家的结局了，这是不可避免的历史规律。"说得大家都笑起来。

此时已交深夜，妈妈竟也意犹未尽。收拾完东西，芸轩回房，又记录些感受，从来没有的轻松感划过她的心田。她静静地想了一夜，终于做出一个决定，过几天就跟他们一起走，再回她朝思暮想的秦淮河和魂牵梦绕的红豆馆。

子枫结稿于二零一八年十二月十八日晚，桃源郡